E O VENTO LEVOU

MARGARET MITCHELL

E O VENTO LEVOU

Tradução de
MARILENE TOMBINI

5ª edição

EDITORA RECORD
RIO DE JANEIRO • SÃO PAULO
2021

CIP-BRASIL. CATALOGAÇÃO-NA-FONTE
SINDICATO NACIONAL DOS EDITORES DE LIVROS, RJ

M668e
5ª ed.
Mitchell, Margaret, 1900-1949
    E o vento levou / Margaret Mitchell; tradução de Marilene Tombini. — 5ª ed.
Rio de Janeiro: Record, 2021.

    Tradução de: Gone with the wind
    ISBN 978-85-01-08730-0

    1. Estados Unidos — História — 1815-1861 — Ficção. 2. Romance americano.
I. Tombini, Marilene. II. Título.

11-6427

CDD: 813
CDU: 821.111(73)-3

Título original em inglês:
GONE WITH THE WIND

Copyright © 1936 by Macmillan Publishing Company, a division of Macmillan, Inc.
Copyright renewed 1964 by Stephen Mitchell and Trust Company of Georgia as Executors of Margaret Mitchell Marsh. Copyright renewed 1964 by Stephen Mitchell.

Esta é uma obra de ficção. Nomes, personagens, lugares e incidentes são produto da imaginação da autora ou utilizados ficcionalmente. Qualquer semelhança com nomes, pessoas ou acontecimentos reais é mera coincidência.

Texto revisado segundo o novo Acordo Ortográfico da Língua Portuguesa.

Todos os direitos reservados. Proibida a reprodução, no todo ou em parte, através de quaisquer meios. Os direitos morais da autora foram assegurados.

Direitos exclusivos de publicação em língua portuguesa somente para o Brasil adquiridos pela
EDITORA RECORD LTDA.
Rua Argentina, 171 — Rio de Janeiro, RJ — 20921-380 — Tel.: (21) 2585-2000, que se reserva a propriedade literária desta tradução.

2021
Impresso no Brasil
Printed in Brazil

ISBN 978-85-01-08730-0

Seja um leitor preferencial Record.
Cadastre-se em www.record.com.br e receba informações sobre nossos lançamentos e nossas promoções.

Atendimento e venda direta ao leitor:
sac@record.com.br

Para
J. R. M.

Primeira Parte

Capítulo 1

Scarlett O'Hara não era linda, mas os homens raramente se davam conta disso quando enredados por seu encanto, como acontecia aos gêmeos Tarleton. Em seu rosto, os traços delicados da mãe, uma aristocrata litorânea de ascendência francesa, combinavam-se com excessiva nitidez aos do pai irlandês, mais grosseiros. Mas era um rosto arrebatador, de queixo pontudo e maxilar quadrado. Os olhos eram verde-claros, sem qualquer toque de castanho, sombreados por profusos cílios negros de pontas levemente arqueadas. As sobrancelhas espessas e escuras, um tanto oblíquas, sobressaíam-se na pele alva como a magnólia, aquela pele tão apreciada pelas mulheres sulistas, e muito bem protegida contra o sol quente da Geórgia por chapéus de sol, véus e luvas.

Sentada com Stuart e Brent Tarleton à sombra fresca da varanda de Tara, a fazenda de seu pai, naquela iluminada tarde de abril de 1861, ela fazia uma bela figura. Seu novo vestido florido de musselina verde espalhava dez metros de tecido ondulante à sua volta e combinava perfeitamente com as sapatilhas de pelica que o pai lhe trouxera recentemente de Atlanta. O vestido se ajustava com exatidão à cintura de 43 centímetros, a menor em três condados, e o corpete justo revelava seios maduros para seus 16 anos. Mas, apesar de toda a modéstia das saias espalhadas, do recato do cabelo preso em um coque suave e da tranquilidade das pequenas mãos brancas cruzadas sobre o colo, sua verdadeira personalidade não ficava oculta. Os olhos verdes no rosto meigo eram turbulentos, voluntariosos, cheios de vida, em desacordo com seu ar decoroso. As boas maneiras lhe haviam sido impostas pelas gentis repreensões maternas e pela disciplina mais severa de sua babá negra, Mammy;* os olhos, entretanto, lhe pertenciam.

De cada lado dela, os gêmeos se reclinavam confortavelmente em suas cadeiras, olhos apertados sob a luz do sol, segurando copos altos decorados com folhas de hortelã, enquanto riam e conversavam; as longas pernas, com botas até os joelhos, cruzavam-se com negligência, revelando os músculos construídos em cima da sela. Dezenove anos, 1,85m, ossos longos e robustos, rostos bronzeados e cabelos castanho-avermelhados. Os olhos eram alegres e arrogantes, e eles vestiam-se

---

Mammy, do inglês, aia negra. Apesar de a palavra ter uma tradução, optamos por mantê-la como apelido, pois essa personagem já foi consagrada na versão cinematográfica do livro. (N. do E.)

com idênticos casacos azuis e culotes cor de mostarda. Eram tão iguais quanto dois caroços de algodão.

Lá fora, o sol do fim de tarde se inclinava sobre o pátio, iluminando os botões brancos dos alfeneiros contra a relva nova. Os cavalos dos gêmeos estavam amarrados no caminho de entrada, animais grandes, castanho-avermelhados como os cabelos de seus donos; e, em torno de suas patas, altercava-se a matilha de esbeltos e nervosos cães de caça que sempre acompanhava Stuart e Brent. Um pouco distanciado, como convém a um aristocrata, estava um dálmata, focinho descansando sobre as patas, pacientemente esperando que os rapazes fossem para casa jantar.

Entre os cães, os cavalos e os gêmeos, havia uma afinidade mais profunda do que a que os rapazes dedicavam a suas companhias constantes. Eram todos animais saudáveis, irrefletidos, jovens. Os rapazes eram afáveis, elegantes, fogosos, tão bravos quanto os cavalos que montavam. Bravos e perigosos, mas também dóceis com aqueles que soubessem lidar com eles.

Embora nascidos com as facilidades da vida de fazendeiros, atendidos em todas as necessidades desde a infância, a fisionomia dos três na varanda não era relapsa nem meiga. Tinham o vigor e a prontidão da gente do campo, que passa a vida inteira ao ar livre, sem se preocupar com as tolices dos livros. A vida no condado de Clayton, na Geórgia, ainda era nova e, de acordo com os padrões de Augusta, Savannah e Charleston, um pouco rústica. As regiões mais sossegadas e antigas do sul menosprezavam os georgianos do norte, mas lá a falta dos refinamentos da educação clássica não implicava vergonha, contanto que um homem tivesse tino para o que importava. E cultivar um bom algodão, montar bem, acertar o alvo, dançar com leveza, acompanhar as damas com elegância e saber beber como um cavalheiro era o que importava.

Nesses quesitos os gêmeos se sobressaíam, assim como eram notórios em sua igualmente extraordinária incapacidade de assimilar qualquer coisa contida entre as capas dos livros. Embora sua família possuísse mais dinheiro, mais cavalos e mais escravos do que qualquer outra no condado, os rapazes sabiam menos gramática que a maioria de seus pobres vizinhos caipiras.

Era precisamente por esse motivo que Stuart e Brent passavam o tempo na varanda de Tara naquela tarde de abril. Tinham acabado de ser expulsos da Universidade da Geórgia, a quarta que lhes dava um pontapé em dois anos; e seus irmãos mais velhos, Tom e Boyd, tinham voltado para casa com eles, pois se recusavam a permanecer em uma instituição onde os gêmeos não fossem bem-vindos. Stuart e Brent consideravam aquela última expulsão uma piada, e Scarlett, que por vontade própria não abrira um livro desde que deixara a Academia Feminina de Fayetteville no ano anterior, achava aquilo tão divertido quanto eles.

— Eu bem sei que vocês dois não se importam com a expulsão, tampouco Tom — disse ela. — Mas e Boyd? Ele parece disposto a se formar, e vocês o arrancaram das universidades da Virgínia, do Alabama e da Carolina do Sul, e agora da Geórgia. Neste ritmo ele nunca vai conseguir.

— Ah, ele pode ler sobre Direito no escritório do juiz Parmalee, em Fayetteville — respondeu Brent, indiferente. — Além do mais, isso não importa muito. De qualquer jeito, teríamos de voltar para casa antes que o semestre acabasse.

— Por quê?

— A guerra, boba! A guerra vai começar a qualquer momento. E você não acha que algum de nós continuaria na faculdade durante uma guerra, não é?

— Vocês sabem que não vai haver guerra alguma — disse Scarlett, entediada. — É tudo conversa. Porque Ashley Wilkes e o pai disseram a papai na semana passada que nossos representantes em Washington chegariam a... a... um acordo amigável com o Sr. Lincoln sobre a Confederação. E, de qualquer jeito, os ianques morrem de medo de lutar contra nós. Não vai haver guerra alguma e estou farta de ouvir falar nisso.

— Não vai haver guerra alguma?! — protestaram os gêmeos, indignados, como se tivessem sido feitos de bobos.

— Ora, doçura, é claro que vai haver uma guerra — disse Stuart. — Os ianques podem estar com medo de nós, mas, depois do jeito como o general Beauregard os expulsou do forte Sumter anteontem, eles vão ter de lutar ou ficar com fama de covardes diante do mundo todo. Sim, porque a Confederação...

Scarlett fez um muxoxo de impaciência.

— Se vocês falarem "guerra" mais uma vez, eu entro em casa e fecho a porta. Nunca, em toda a minha vida, uma palavra me cansou tanto quanto "guerra", a não ser que seja "secessão". Papai fala sobre guerra de manhã, ao meio-dia e à noite, e todos os cavalheiros que vêm visitá-lo ficam berrando sobre o forte Sumter, os Direitos de Estado e Abe Lincoln até me deixarem tão entediada que tenho vontade de gritar! E é só disso que os rapazes falam também, disso e de sua antiga Tropa. Ninguém conseguiu se divertir em nenhuma festa nesta primavera porque os rapazes não conseguem arrumar outro assunto. Estou feliz que a Geórgia tenha esperado até depois do Natal para se separar, caso contrário teria acabado com as festas natalinas também. Se vocês disserem "guerra" de novo, eu me retiro.

Ela falava sério, pois nunca conseguia aguentar por muito tempo qualquer conversa da qual não fosse o principal assunto. Mas sorria ao falar, propositadamente acentuando as covinhas e piscando os densos cílios negros com a velocidade de asas de borboletas. Os gêmeos, tão encantados quanto ela pretendia deixá-los, apressaram-se em pedir desculpas por aborrecê-la. A opinião que tinham dela não diminuía por causa de sua falta de interesse pela guerra. Pelo contrário. Guerra era negócio de homens, não de damas, e eles encaravam a atitude de Scarlett como evidência de sua feminilidade.

Tendo afastado os rapazes do entediante assunto da guerra, ela voltou interessada à situação imediata deles.

— O que a mãe de vocês falou sobre terem sido expulsos outra vez?

Eles pareceram constrangidos, lembrando-se da conduta materna três meses antes, quando tinham voltado para casa a pedido da Universidade da Virgínia.

— Bem — disse Stuart —, ela ainda não teve oportunidade de dizer nada. Nós e Tom saímos de casa hoje cedo, antes que ela se levantasse, e Tom vai pernoitar nos Fontaine, enquanto nós estamos aqui.

— Ela não falou nada quando vocês chegaram em casa ontem à noite?

— Estávamos com sorte ontem. Logo antes de chegarmos, aquele novo garanhão que mamãe tinha comprado no Kentucky mês passado chegou, e todo mundo estava no maior alvoroço. Que animal... É um grande cavalo, Scarlett; você precisa dizer a seu pai que vá vê-lo logo. Ele já tinha tirado um naco do tratador no caminho de ida, e escoiceou dois dos negros de mamãe que foram buscá-lo no trem em Jonesboro. E logo antes de chegarmos, ele tinha praticamente posto abaixo o estábulo e quase matado Strawberry, o antigo garanhão da fazenda. Quando chegamos em casa, mamãe estava lá com um saco de açúcar acalmando o bicho, e com muito resultado! Os negros estavam pendurados nos caibros do teto, de olhos esbugalhados, de tão apavorados, mas ela falava com o cavalo como se fossem velhos conhecidos e ele comia na mão dela. Ninguém lida com um cavalo como mamãe. E, quando ela nos viu, disse: "Pelo amor de Deus, o que vocês quatro estão fazendo em casa outra vez? Vocês são piores que as pragas do Egito!" E então o cavalo começou a relinchar e empinar, e ela disse: "Saiam daqui! Não estão vendo que ele está nervoso? Cuidarei de vocês amanhã de manhã." Então fomos dormir. Saímos hoje cedo, antes que ela pudesse nos agarrar, e deixamos Boyd para lidar com ela.

— Vocês acham que Boyd vai apanhar?

Scarlett, como o resto do condado, não conseguia se acostumar com o modo como a pequena Sra. Tarleton batia nos filhos crescidos e lhes descia o chicote nas costas se a ocasião lhe parecesse justificada.

Beatrice Tarleton era uma mulher ocupada, tendo nas mãos não só uma grande plantação de algodão, cem escravos e oito filhos, mas também o maior haras do estado. Ficava exaltada e se aborrecia facilmente com as frequentes desgraças dos quatro jovens e, ainda que não permitisse a ninguém chicotear um cavalo ou um escravo, sentia que uma surra eventual não fazia mal aos rapazes.

— É claro que ela não vai bater em Boyd. Ela nunca bateu muito nele, porque ele é o mais velho e, além disso, o menor do bando — disse Stuart, orgulhoso do seu 1,85m. — Foi por isso que o deixamos em casa para explicar as coisas. Deus do céu, mamãe precisa parar de nos bater! Temos 19 e o Tom, 21, e ela age como se tivéssemos 6.

— Será que ela vai com o cavalo novo ao churrasco dos Wilkes amanhã?

— Ela quer, mas papai diz que ele é muito perigoso. E, de qualquer maneira, as meninas não vão deixar. Elas disseram que a fariam ir ao menos a uma festa como uma dama, de carruagem.

— Tomara que não chova amanhã — disse Scarlett. — Tem chovido quase todos os dias faz uma semana. Não há nada pior que um churrasco transformado em um piquenique dentro de casa.

— Ah, amanhã vai estar límpido e quente como em junho — disse Stuart. — Olhe para o pôr do sol. Nunca vi um mais vermelho. Sempre se pode prever o tempo com base no pôr do sol.

Eles olharam a vastidão de hectares intermináveis dos campos de algodão recém-arados de Gerald O'Hara, até o horizonte. Agora que o sol se punha em um tumulto de carmins atrás das colinas do outro lado do rio Flint, o calor do dia de abril recuava para um frio leve e agradável.

A primavera chegara cedo naquele ano, com rápidas chuvas mornas, a súbita floração rosada dos pessegueiros e os cornisos salpicados de estrelas brancas a iluminar o charco do rio escuro e as colinas distantes. A terra já estava quase toda arada, e a glória sangrenta do crepúsculo coloria os sulcos recém-cavados no barro vermelho da Geórgia em tons ainda mais profundos. A terra úmida revirada, aguardando sequiosa pelas sementes do algodão, mostrava-se rosada no topo arenoso dos sulcos, e escarlate e acastanhada onde as sombras se estendiam pelas laterais. A casa-grande de tijolos brancos parecia uma ilha no meio de um bravio mar vermelho. Um mar de vagalhões espiralados, curvos e crescentes, subitamente petrificados no momento em que as ondas de topos rosados quebravam na arrebentação. Pois ali os sulcos não eram longos e estreitos como os que podiam ser vistos nos campos de barro ocre dos terrenos planos da Geórgia central ou na viçosa terra preta das plantações costeiras. O campo ondulado aos pés das montanhas do norte da Geórgia era arado em milhões de curvas para impedir que a rica terra fosse lavada para o fundo dos rios.

Era uma terra vermelha bravia, da cor do sangue após as chuvas, como pó de tijolo nas secas, a melhor terra do mundo para o algodão. Era uma terra agradável de casas brancas, tranquilos campos arados e indolentes rios lamacentos, mas uma terra de contrastes, indo da mais intensa luz solar às mais densas sombras. As clareiras formadas pelas plantações e as léguas de campos de algodão sorriam para o sol cálido, plácido, complacente. Em seus limites se erguiam as florestas virgens, escuras e frias mesmo ao meio-dia mais quente, misteriosas, um pouco sinistras, os pinheiros parecendo esperar com secular paciência para sussurrar baixinho a ameaça: "Cuidado! Cuidado! Estas terras já foram nossas um dia. Podemos tomá-las de volta."

O som de cascos, o tilintar das correntes dos arreios e o riso estridente e descuidado das vozes dos negros chegaram aos ouvidos dos três na varanda conforme os trabalhadores e as mulas voltavam dos campos. A voz suave da mãe de Scarlett, Ellen O'Hara, veio flutuando de dentro da casa quando ela chamou a negrinha encarregada da cesta de chaves. Uma voz infantil aguda respondeu: "Já vai, sinhá," e ouviu-se o som de passos indo para os fundos, rumo ao fumeiro onde Ellen ia racionar a comida para os trabalhadores que chegavam. Pork, o mordomo de Tara, colocava a mesa para o jantar, produzindo o som característico da louça e dos talheres.

Com esses últimos ruídos, os gêmeos se deram conta de que era hora de ir para casa. Mas estavam relutantes em encarar a mãe e se demoraram na varanda de Tara, esperando, por um momento, que Scarlett os convidasse para jantar.

— Olhe, Scarlett, a propósito de amanhã — disse Brent. — Só porque estávamos fora e não sabíamos do churrasco e do baile, não há motivo para não termos direito a um monte de danças à noite. Você não prometeu todas, não é?

— Bem, prometi! Como eu ia saber que vocês estariam todos em casa? Não poderia me arriscar a ficar sentada sozinha esperando por vocês dois.

— Você, esperar sentada?! — Os rapazes se dobraram de rir.

— Ouça, doçura, você tem de me conceder a primeira valsa, e a última a Stu, e tem de jantar conosco. Ficaremos sentados no patamar da escadaria como no último baile e faremos a bá Jincy ler nossa sorte outra vez.

— Não gosto das leituras de sorte da bá Jincy. Sabem, ela disse que vou me casar com um cavalheiro de cabelos e bigode negros, e não gosto de cavalheiros de cabelos negros.

— Você gosta dos ruivos, não é, doçura? — disse Brent com um sorriso matreiro. — Agora, vamos, prometa-nos todas as valsas e o jantar.

— Se você prometer, nós lhe contaremos um segredo — disse Stuart.

— Qual? — bradou Scarlett, alerta como uma criança ao som daquela palavra.

— É o que ouvimos ontem em Atlanta, Stu? Se for, você sabe que prometemos não contar.

— Bem, a Srta. Pitty nos contou.

— Srta. quem?

— Você sabe, a prima de Ashley Wilkes que mora em Atlanta, a Srta. Pittypat Hamilton, tia de Charles e Melanie Hamilton.

— Sei, e nunca conheci uma velha mais tola em toda a minha vida.

— Bem, quando estávamos em Atlanta ontem, esperando pelo trem a fim de vir para casa, a carruagem dela passou pela estação. Ela parou e falou conosco, e disse que haveria um anúncio de noivado amanhã à noite no baile dos Wilkes.

— Ah, eu sei disso — disse Scarlett, decepcionada. — Aquele tolo do sobrinho dela, Charlie Hamilton, e Honey Wilkes. Há anos que todo mundo sabia que os dois se casariam um dia, mesmo que ele parecesse meio indiferente.

— Você o acha tolo? — perguntou Brent. — No Natal passado, você o encorajou quando andava atrás de você.

— Não pude impedir. — Scarlett deu de ombros de modo negligente. — Acho que ele é um tremendo almofadinha.

— Além disso, não é o noivado dele que será anunciado — disse Stuart, triunfante. — É o de Ashley com a irmã de Charlie, a Srta. Melanie!

O rosto de Scarlett não mudou, mas seus lábios ficaram lívidos como os de uma pessoa que tivesse recebido um soco estontiante sem aviso e que, nos primeiros momentos do choque, não se desse conta do acontecido. Sua fisionomia estava tão imóvel enquanto encarava Stuart que ele, nada perspicaz, supôs que ela estivesse meramente surpresa e interessada.

— A Srta. Pitty nos contou que eles não pretendiam fazer o anúncio até o ano que vem, porque a Srta. Melanie não tem passado muito bem; mas, com todos esses rumores de guerra por aí, as duas famílias acharam que seria melhor que eles se casassem logo. Então será anunciado amanhã à noite, no intervalo do jantar. Agora, Scarlett, nós contamos o segredo, então você tem de prometer que vai jantar conosco.

— É claro que vou — disse Scarlett automaticamente.

— E todas as valsas?

— Todas.

— Você é um amor! Aposto que os outros rapazes vão pular de raiva.

— Pois que fiquem com raiva — disse Brent. — Nós dois damos conta deles. Scarlett, sente-se conosco no churrasco ao meio-dia.

— Como?

Stuart repetiu o pedido.

— Claro.

Os gêmeos se entreolharam, radiantes, mas um tanto surpresos. Embora se considerassem os admiradores favoritos de Scarlett, nunca tinham recebido provas desse favorecimento com tanta facilidade. Ela geralmente os fazia implorar e protestar enquanto dava desculpas, recusando-se a dizer sim ou não, rindo se ficassem aborrecidos, mantendo-se distante se eles se zangassem. E ali ela lhes prometera praticamente todo o dia seguinte: sentar-se com eles no churrasco, todas as valsas (e eles providenciariam para que todas as danças fossem valsas!) e o intervalo do jantar. Isso fazia valer a pena terem sido expulsos da universidade.

Cheios de um entusiasmo renovado pelo sucesso, foram ficando, falando sobre o churrasco e o baile, sobre Ashley Wilkes e Melanie Hamilton, interrompendo um ao outro, contando piadas e rindo delas, visivelmente forçando o convite para jantar. Passara-se algum tempo quando perceberam que Scarlett estava calada. A atmosfera tinha mudado um pouco. Os gêmeos só não sabiam bem de que modo, mas o ardor sumira da tarde. Scarlett parecia prestar pouca atenção ao que diziam, embora desse as respostas certas. Sentindo algo que não conseguiam entender, desconcertados e aborrecidos, os gêmeos se esforçaram por algum tempo até se levantarem com relutância, olhando para seus relógios.

O sol estava baixo sobre os campos recém-arados, e as matas altas do outro lado do rio já formavam um vulto de silhueta preta. As andorinhas atravessavam o pátio velozmente, e as galinhas, patos e perus gingavam, pavoneando-se, dispersamente chegando dos campos.

— Jeems! — gritou Stuart.

Logo um negro jovem e alto da idade deles corria sem fôlego em volta da casa rumo aos cavalos amarrados. Jeems era o pajem dos gêmeos e, como os cães, estava sempre com eles. Ele os acompanhara nas brincadeiras da infância e lhes fora dado como presente pelo décimo aniversário. Vendo-o, os cães de caça dos Tarleton se ergueram do pó vermelho e ficaram esperando pelos donos. Os rapazes fizeram uma mesura, apertaram a mão de Scarlett e disseram que estariam nos Wilkes de manhã cedo, esperando por ela. Depois tomaram o caminho, montaram em seus cavalos e, seguidos por Jeems, seguiram pela alameda de cedros a galope, abanando os chapéus e gritando suas despedidas.

Ao fazer a curva da estrada poeirenta que os ocultava de Tara, Brent puxou as rédeas do cavalo a fim de parar sob um arvoredo de alfeneiros. Stuart também parou, e o rapaz negro ficou a alguns passos atrás. Os cavalos, sentindo as rédeas frouxas, esticaram o pescoço para ceifar a tenra grama primaveril, e os pacientes cães deitaram-se de novo na macia poeira vermelha, voltando o olhar cobiçoso para as andorinhas que voavam em círculos na penumbra que se formava. O rosto de Brent, largo e ingênuo, estava intrigado e levemente indignado.

— Ei — disse ele —, você não acha que ela deveria ter nos convidado para jantar?

— Achei que ela iria — disse Stuart. — Fiquei esperando que ela convidasse, mas nada. O que acha disso?

— Não acho nada. Mas só me parece que ela deveria ter convidado. Afinal, é nosso primeiro dia em casa e não nos víamos fazia um bom tempo. E tínhamos mais um monte de coisas para contar.

— Eu tive a impressão de que ela ficou bem contente de nos ver quando chegamos.

— Eu também.

— E aí, cerca de meia hora atrás, ela ficou quieta, como se estivesse com dor de cabeça.

— Eu notei, mas na hora não dei muita atenção. Por que será que ela ficou incomodada?

— Não sei. Você acha que falamos alguma coisa de que ela não gostou?

Os dois refletiram por um minuto.

— Não consigo pensar em nada. Além disso, quando Scarlett fica aborrecida, todo mundo fica sabendo. Ela não se controla, como muitas outras moças.

— Sim, é disso que gosto nela. Não fica por aí quieta e emburrada quando está irritada. Mas foi alguma coisa que dissemos que a fez ficar calada e parecer meio indisposta. Eu podia jurar que ela gostou de nos ver quando chegamos e que tinha a intenção de nos convidar para jantar.

— Você não acha que foi por causa da expulsão, não é?

— Ah, não! Não banque o bobo. Ela riu quando contamos. Além disso, Scarlett não dá maior importância aos livros do que nós.

Brent se virou na sela e chamou o pajem negro.

— Jeems!

— Sinhô?

— Você ouviu o que estávamos conversando com a Srta. Scarlett?

— Não sinhô, seu Brent! Como que o sinhô pode achá que eu tava espiano vosmecês branco?

— Espiando, santo Deus! Vocês, negros, sabem tudo o que acontece. Ora, seu mentiroso, eu vi com meus próprios olhos você saindo da varanda e se acocorando atrás da moita de jasmim perto da parede. Agora, você nos ouviu dizer alguma coisa que pudesse ter deixado a Srta. Scarlett aborrecida... ou que ferisse os sentimentos dela?

Assim interpelado, Jeems desistiu de fingir que não ouvira nada e franziu o cenho.

— Não sinhô, num vi vosmecês dizê nada que zangasse ela. Inté pensei que ela tava feliz de vê vosmecês e que tava com saudade e tava cantarolano feito passarim inté mais ou menos a hora que vosmecês falô que o sinhô Ashley e a sinhazinha Melly Hamilton vai casá. Daí ela ficô muda que nem passarim quando o gavião arrevoa lá em cima.

Os gêmeos se entreolharam e assentiram, mas sem compreender.

— Jeems tem razão. Mas não entendo por quê — disse Stuart. — Meu Deus! Ashley não representa nada para ela, a não ser um amigo. Ela não é louca por ele. Ela é louca por nós.

Brent concordou.

— Mas você acha — disse ele — que, talvez por Ashley não ter contado a ela, uma velha amiga, que iria anunciar o noivado amanhã à noite, ela tenha se zangado de não saber antes de todo mundo? As garotas fazem muita questão de saber essas coisas primeiro.

— É, talvez. Mas e daí se ele não contou a ela que o anúncio seria amanhã? Era para ser um segredo e uma surpresa, e um homem tem o direito de manter discrição sobre o próprio noivado, não é? Não teríamos essa informação se a tia da Srta. Melly não tivesse dado com a língua nos dentes. Mas Scarlett devia saber que ele se casaria com a Srta. Melly algum dia. Porque nós sabemos há anos. Os Wilkes e os Hamilton sempre se casam com os primos. Todo mundo sabia que era provável que ele se casasse com ela, assim como Honey Wilkes vai se casar com o irmão da Srta. Melly, Charles.

— Bem, desisto. Mas fiquei chateado por ela não ter nos convidado para jantar. Garanto que não quero ir para casa e escutar mamãe falando sobre nossa expulsão. Como se esta fosse a primeira vez.

— Talvez, a esta altura, Boyd já a tenha acalmado. Você conhece a lábia que aquele patifezinho tem. Sabe que ele sempre consegue amansar mamãe.

— É verdade, mas leva algum tempo. Ele tem de fazer rodeios até ela ficar tão confusa que acaba desistindo e pedindo que ele guarde seu fôlego para o trabalho como advogado. Mas ele ainda não deve ter tido tempo para começar. Porque, vou lhe dizer, aposto que mamãe ainda está tão empolgada com o cavalo novo que nem vai se dar conta de que voltamos para casa até se sentar para jantar hoje à noite e ver Boyd. E, antes que o jantar acabe, ela vai estar bufando e soltando fogo pelas ventas. Já serão 22 horas quando ele tiver uma chance de dizer que não teria sido honroso para nenhum dos irmãos ficar na faculdade depois do modo como o reitor falou conosco. E vai ser meia-noite antes que ele a deixe zangada a ponto de perguntar-lhe por que não deu um tiro no reitor. Não, não podemos chegar em casa antes da meia-noite.

Os gêmeos se entreolharam, taciturnos. Eles não tinham medo de cavalos selvagens, de se meter em rixas ou da indignação dos vizinhos, mas se apavoravam com as descomposturas daquela mulher ruiva e do chicote que ela não tinha escrúpulos de estalar em seus culotes.

— Bem — disse Brent —, vamos então até os Wilkes. Ashley e as garotas vão ficar contentes em nos convidar para jantar.

Stuart pareceu um pouco desconfortável.

— Não, não vamos até lá. Vai estar um alvoroço por causa do churrasco de amanhã e, além disso...

— Ah, eu esqueci — falou Brent, apressado. — Não, não vamos até lá.

Eles instigaram os cavalos e seguiram em silêncio por algum tempo, as bronzeadas faces de Stuart rubras de constrangimento. Até o verão anterior, Stuart fizera a corte a India Wilkes com a aprovação das duas famílias e do condado inteiro. Todos sentiam que a reservada e contida India Wilkes talvez tivesse uma influência calmante sobre ele. Esperavam por isso fervorosamente, a qualquer preço. E Stuart podia ter sido bem-sucedido, mas Brent não ficara satisfeito. Brent gostava de India, mas a achava muito sem graça e monótona, e simplesmente não conseguiria se apaixonar por ela para acompanhar o irmão. Era a primeira vez que os interesses dos gêmeos divergiam, e Brent ficou ressentido com a atenção que o outro dava a uma moça que não lhe dizia absolutamente nada.

Então, no verão anterior, durante um comício político em um bosque de carvalhos em Jonesboro, os dois subitamente notaram Scarlett O'Hara. Eles a conheciam havia anos e, desde a infância, ela fora uma amiga favorita, pois sabia cavalgar e subir em árvores quase tão bem quanto eles. Mas agora, para surpresa de ambos, encontraram-na transformada em uma moça, a mais encantadora de todo o mundo.

Pela primeira vez perceberam como seus olhos verdes dançavam, quanto eram profundas suas covinhas quando ela ria, como suas mãos e pés eram mínimos, e a cinturinha que tinha. As tiradas inteligentes deles a faziam rir e, inspirados pela ideia de que ela os considerava uma dupla extraordinária, eles se superavam.

Foi um dia memorável na vida dos gêmeos. Dali em diante, quando o relembravam, sempre questionavam o motivo para não terem percebido os encantos de Scarlett antes. Nunca chegaram à verdade, que era o fato de Scarlett naquele dia ter decidido fazer com que a notassem. Sua constituição era incapaz de aguentar qualquer homem apaixonado por qualquer mulher que não fosse ela, e a visão de India Wilkes e Stuart no comício tinha sido demais para sua natureza predatória. Não contente em monopolizar apenas Stuart, ela voltou sua atenção também para Brent, e com uma dedicação que os deixou arrebatados.

Agora estavam ambos apaixonados por ela, e India Wilkes e Letty Munroe, de Lovejoy, a quem Brent estivera cortejando meio a contragosto, tinham ficado para trás em seus pensamentos. O que o perdedor faria no caso de Scarlett aceitar um dos dois, os gêmeos não cogitavam. Atravessariam essa ponte quando chegassem a ela. No momento, satisfaziam-se em estar de acordo novamente sobre uma moça, pois entre eles não havia ciúmes. Era uma situação que interessava aos vizinhos e enfurecia a mãe deles, que não gostava de Scarlett.

— Será bem feito se aquela astuciosa aceitar um dos dois — dizia ela. — Ou talvez ela aceite os dois, e então vocês vão ter de se mudar para Utah, se os mórmons os receberem... o que eu duvido... A única coisa que me aborrece é que um dia desses vocês dois se embriagam, ficam com ciúmes um do outro por causa daquela duas-caras de olhos verdes e vão acabar se matando. Mas talvez isso também não seja uma má ideia.

Desde o dia do comício, Stuart ficava desconfortável na presença de India. Não que ela o tivesse censurado ou desse a perceber por algum olhar ou gesto que notara sua súbita mudança de devoção. Era educada demais para tanto. Mas Stuart sentia-se culpado e pouco à vontade com ela. Tinha consciência de que despertara os sentimentos da jovem e sabia que ela ainda o amava e, no fundo do coração, sentia que não agira como um cavalheiro. Ele ainda gostava muito de India, e a respeitava por seus modos finos e serenos, sua erudição e todas as excelentes qualidades que possuía. Mas, droga, ela era tão pálida, desinteressante e monótona se comparada ao encanto fascinante e sempre renovado de Scarlett! Você sempre sabia onde pisava com India e nunca tinha a mínima ideia com Scarlett. Isso era suficiente para levar um homem à loucura, mas tinha seu encanto.

— Bem, vamos até a casa de Cade Calvert para jantar. Scarlett falou que Cathleen chegou de Charleston. Talvez ela tenha notícias do forte Sumter.

— Cathleen? Duvido! Posso apostar que ela nem sequer sabe onde fica o forte, muito menos que estava cheio de ianques até os expulsarmos de lá. Só o que ela vai saber é dos bailes que frequentou e dos rapazes que conquistou.

— Bem, é divertido ouvi-la tagarelar. E vai ser um bom abrigo até mamãe se recolher.

— Ah, com os diabos! Eu até que gosto de Cathleen, e ela é engraçada. Além do mais, seria bom ouvir sobre Caro Rhett e o resto do pessoal de Charleston, mas duvido que consiga aguentar outro jantar com aquela madrasta ianque dela.

— Não seja tão duro, Stuart. Ela tem boas intenções.

— Não estou sendo duro. Sinto pena dela, mas não gosto de sentir pena das pessoas. E ela se esforça demais para que nós fiquemos à vontade. Tanto que sempre acaba dizendo e fazendo exatamente o contrário. Isso me dá nos nervos!

E ela considera os sulistas uns bárbaros selvagens. Até falou isso para mamãe. Ela tem medo de sulistas. Sempre que estamos lá, ela parece estar apavorada. Ela me lembra uma galinha magra empoleirada em uma cadeira, os olhos meio vidrados e amedrontados, pronta para bater as asas e soltar um grito ao menor movimento de alguém.

— Bem, você não pode culpar a coitada. Você realmente deu um tiro na perna de Cade.

— Bem, eu só fiz aquilo porque estava bêbado — disse Stuart. — E Cade nunca ficou ressentido. Nem Cathleen, Raiford ou o Sr. Calvert. Foi só aquela madrasta ianque que gritou e disse que eu era um bárbaro selvagem e que pessoas decentes não estavam a salvo perto de sulistas incivilizados.

— Bem, você não pode culpá-la. Ela é uma ianque e não tem boas maneiras; e, afinal, você realmente deu um tiro no enteado dela.

— Ah, droga! Isso não é desculpa para me insultar! Você é filho de sangue de mamãe, mas ela tirou partido disso naquela vez que Tony Fontaine deu um tiro em sua perna? Não, ela só chamou o Dr. Fontaine para fazer um curativo e perguntou a ele o que atrapalhara a mira de Tony. Disse que achava que a bebida estava estragando sua pontaria. Lembra como isso deixou Tony brabo?

Os dois rapazes deram boas gargalhadas.

— Mamãe é um portento — disse Brent com aprovação amorosa. — Sempre podemos contar com ela para fazer a coisa certa e não nos constranger na frente dos outros.

— É, mas ela é bem capaz de nos deixar constrangidos na frente de papai e das meninas quando chegarmos em casa hoje à noite — disse Stuart, desanimado. — Veja bem, Brent, acho que isso significa que não vamos para a Europa. Você sabe que mamãe disse que, se fôssemos expulsos de outra universidade, não ganharíamos nosso *Grand Tour*.

— Bem, que diabos! Não nos importamos, certo? O que há para ver na Europa? Aposto que esses estrangeiros não conseguem nos mostrar uma coisa que não se tenha aqui mesmo, na Geórgia. Aposto que os cavalos deles não são tão rápidos nem as garotas, tão bonitas, e aposto que eles não têm um uísque de centeio que bata o de papai.

— Ashley Wilkes disse que eles têm um monte de peças de teatro e música. Ashley gostou da Europa. Está sempre falando sobre isso.

— É, você sabe como são os Wilkes. Eles são suspeitos sobre música, livros e teatro. Mamãe diz que é porque o avô deles é da Virgínia. Dizem que o pessoal da Virgínia faz o maior estardalhaço por causa dessas coisas.

— Podem ficar com elas. Deem-me um bom cavalo para montar, uma boa bebida para beber, uma boa moça para cortejar e uma moça má com quem me divertir e podem ficar com a Europa... Quem se importa em perder a viagem? Imagine se estivéssemos na Europa agora, com a guerra chegando? Não conseguiríamos chegar em casa a tempo. Prefiro ir à guerra do que à Europa.

— Eu também, a qualquer hora... Olhe, Brent! Eu sei onde podemos jantar. Vamos atravessar o pântano até o Able Wynder e dizer a ele que estamos de volta para ficar e prontos para o treino.

— Que boa ideia! — exclamou Brent com entusiasmo. — E podemos saber de todas as notícias da Tropa e descobrir que cor eles finalmente escolheram para as fardas.

— Se for igual à dos soldados franceses, os zuavos, duvido que eu vá para a Tropa. Ia me sentir um maricas naquelas calças bufantes vermelhas. Pra mim, parecem ceroulas femininas de flanela vermelha.

— Vosmecês tá pensano em ir jantá no sinhô Wynder? Pruque se tivé, num vai consegui muita janta — disse Jeems. — A cunzinhera deles morreu e eles não comprô uma otra. Pegô uma muié do campo pra cunzinhá e os nêgo falô que ela é a pió cunzinhera do estado.

— Santo Deus! Por que não compram outra cozinheira?

— Como que pode os branco ordinário pobre comprá mais nêgo? Eles nunca teve mais de quatro quando muito.

Havia um claro desdém na voz de Jeems. Seu próprio status social estava garantido porque os Tarleton possuíam uma centena de negros e, como todos os escravos das grandes fazendas, ele desprezava os pequenos fazendeiros que tinham poucos escravos.

— Eu arranco seu couro por isso — gritou Stuart, arrebatado. — Não chame Able Wynder de "branco ordinário". Ele é pobre, está certo, mas não tem nada de ordinário e ai de quem, negro ou branco, atacá-lo. Não há homem melhor neste condado, ou por que a Tropa o teria eleito tenente?

— Nunca que entendi isso — replicou Jeems, sem se preocupar com a atitude severa do senhor. — Tinha pra mim que eles ia escolhê pra oficiar só os cavalero rico, e não os ordinário do pânto.

— Ele não é ordinário! Você está querendo compará-lo aos verdadeiros brancos ordinários, como os Slattery? Able simplesmente não é rico. É um pequeno fazendeiro, não um grande estancieiro, e, se os rapazes têm consideração bastante por ele para elegê-lo tenente, não é qualquer negro que vai falar dele desse jeito insolente. A Tropa sabe o que faz.

A tropa de cavalaria fora organizada três meses antes, no dia exato em que a Geórgia se separara da União, e desde então os recrutas andavam querendo guerra. Até então, a companhia ainda não tinha um nome, embora não fosse por falta de sugestões. Todos tinham a própria ideia sobre o assunto e estavam relutantes em abandoná-la, assim como todo mundo tinha ideias sobre a cor e o corte das fardas. "Gatos Selvagens de Clayton", "Comedores de Fogo", "Cavaleiros do Norte da Geórgia", "Zuavos", "Fuzileiros do Interior" (embora a tropa fosse ser armada com pistolas, espadas e punhais, e não com fuzis), "Os Cinzentos de Clayton", "Coriscos de Sangue", "Bravos e Velozes", todos tinham seus partidários. Até que as coisas se acomodassem, todos se referiam à organização como a Tropa e, apesar do nome sonoro finalmente adotado, eles ficaram conhecidos até o fim de sua vida útil simplesmente como "A Tropa".

Os oficiais eram eleitos pelos membros, pois ninguém no condado tivera experiência militar, exceto alguns poucos veteranos das guerras com o México e com os Seminole e, além disso, a Tropa teria desprezado um veterano se não tivesse pessoalmente gostado e confiado nele. Todos gostavam dos quatro Tarleton e dos três Fontaine, mas lamentavelmente se recusaram a elegê-los porque os Tarleton ficavam embriagados muito rapidamente e eram dados a travessuras, e os Fontaine se irritavam com facilidade e tinham temperamento assassino. Ashley Wilkes fora eleito capitão porque era o melhor cavaleiro do condado e todos contavam com sua cabeça fria para manter alguma aparência de ordem. Raiford Calvert se tornou primeiro-tenente porque todos gostavam de Raif. E Able Wynder, filho de um caçador do pântano, ele próprio um pequeno fazendeiro, foi eleito segundo-tenente.

Able era um gigante astuto e circunspecto, analfabeto, de bom coração. Era mais velho que os outros rapazes e tinha maneiras tão boas ou melhores que eles na presença de damas. Havia pouco esnobismo na Tropa. Grande parte dos pais e avôs dos combatentes fizera fortuna na classe dos pequenos fazendeiros. Além disso, Able era o que melhor atirava na Tropa, um verdadeiro ás, que conseguia acertar o olho de um esquilo a 70 metros de distância e, além disso, sabia tudo sobre sobrevivência ao ar livre, como fazer fogo na chuva, seguir o rastro de animais e encontrar água. A Tropa reverenciava o que realmente valia a pena e, além do mais, como gostavam dele, o haviam tornado oficial. Ele recebeu a honra com seriedade e sem qualquer presunção, como se não passasse de seu dever. Mas as esposas e os escravos dos fazendeiros não conseguiam ignorar o fato de ele não ter nascido um cavalheiro, mesmo que seus companheiros conseguissem.

No início, a Tropa fora recrutada exclusivamente entre os filhos dos fazendeiros, uma companhia de cavalheiros, cada homem fornecendo o próprio cavalo, armas, equipamento, farda e ajudante. Mas eram poucos os fazendeiros ricos no jovem condado de Clayton e, para formar uma tropa de força total, fora necessário conseguir mais recrutas entre os filhos de pequenos fazendeiros, caçadores de regiões mais remotas e do pântano, caipiras e, em pouquíssimos casos, até mesmo brancos pobres, se estivessem acima da média de sua classe.

Estes últimos jovens estavam tão ansiosos para combater os ianques, caso irrompesse a guerra, quanto seus vizinhos mais ricos; mas surgiu a delicada questão financeira. Poucos pequenos fazendeiros possuíam cavalos. Realizavam seus trabalhos na fazenda com mulas e não tinham excedentes destas, raramente mais de quatro. As mulas não podiam ser cedidas para ir à guerra, mesmo que fossem aceitáveis para a Tropa, o que enfaticamente não eram. Quanto aos brancos pobres, já se consideravam ricos se possuíssem uma só mula. Os habitantes das regiões mais remotas e os do pântano não possuíam cavalos nem mulas. Viviam inteiramente dos produtos da terra e da caça, geralmente conduzindo seus negócios com base no sistema de trocas, e raramente viam 5 dólares em dinheiro em um ano. Cavalos e fardas estavam fora de seu alcance. Mas eles eram tão altivos e soberbos em sua pobreza quanto os fazendeiros em sua riqueza, e nada aceitariam de seus vizinhos ricos que tivesse sabor de caridade. Então, para salvaguardar os sentimentos de todos e levar a Tropa à força total, o pai de Scarlett, John Wilkes, Buck Munroe, Jim Tarleton, Hugh Calvert e, na verdade, cada grande fazendeiro do condado, com a única exceção de Angus MacIntosh, contribuíram com dinheiro para equipar totalmente a companhia, homens e cavalos. O desfecho da questão foi que cada fazendeiro concordou em pagar pelo equipamento dos próprios filhos e pelo de certo número de outros, mas o modo de arranjarem isso foi tal que os membros menos ricos da companhia puderam aceitar cavalos e fardas sem ficar com a honra ofendida.

A Tropa se encontrava duas vezes por semana em Jonesboro para treinar e rezar pelo começo da guerra. Os arranjos ainda não estavam completos para a obtenção da cota total de cavalos, mas aqueles que os possuíam desempenhavam o que imaginavam ser manobras de cavalaria no campo atrás do recinto do tribunal, levantando muita poeira, ficando roucos de tanto gritar e agitando as espadas da guerra revolucionária que tinham retirado das paredes dos salões. Aqueles que ainda não tinham cavalos sentavam-se no meio-fio, em frente à loja de Bullard, e ficavam observando seus camaradas montados, mascando tabaco e contando lorotas. Ou então ocupavam-se em disputas de tiros. Não havia necessidade de ensinar nenhum homem a atirar. A maioria dos sulistas nascia com um revólver nas mãos, e a vida passada na caça fazia de todos exímios atiradores.

Uma variada coleção de armas de fogo proveniente das casas de fazenda e das cabanas do pântano estava presente em cada reunião da Tropa. Havia espingardas de matar esquilos que haviam sido novas na época da travessia dos montes Allegheny; antigos rifles municiados pela boca que tinham acabado com muitos índios nos primórdios da Geórgia: pistolas de cavalarianos que tinham estado em serviço em 1812, nas guerras contra os Seminoles e contra o México: pistolas de duelo engastadas em prata; revólveres Derringer de bolso; espingardas de caça de cano duplo; e belos rifles novos de fabricação inglesa com coronhas lustradas de madeira fina.

O treino sempre se encerrava nos bares de Jonesboro, e até o cair da noite ocorriam tantas brigas, que os oficiais tinham um trabalho enorme para evitar baixas até os ianques conseguirem infligi-las. Foi em uma dessas turbulências que Stuart Tarleton dera um tiro em Cade Calvert, e Tony Fontaine, em Brent Tarleton. Os gêmeos estavam em casa, recém-expulsos da Universidade da Virgínia, na época em que a Tropa fora organizada, e tinham se alistado com entusiasmo; mas, após o episódio do tiroteio, dois meses antes, a mãe os despedira sumariamente para a universidade estadual, com ordens de que lá ficassem. Sentiram falta da animação dos treinos enquanto estiveram fora; e achavam que não fazia mal perder a educação desde que pudessem montar, berrar e dar tiros na companhia dos amigos.

— Bem, vamos pegar um atalho pelo campo até a casa de Able — sugeriu Brent. — Podemos ir pelo leito do rio do Sr. O'Hara, depois pelo pasto dos Fontaine, e chegar em pouco tempo.

— Num vamo consegui nada de comê, só gambá e verdura — argumentou Jeems.

— Você não vai conseguir é nada — sorriu Stuart —, porque vai para casa dizer à mamãe que não vamos jantar lá.

— Num vô, não! — gritou Jeems, alarmado. — Num vô, não! Num me divirto mais que vosmecês tudo com sinhá Biatris me atazanano. Primero, ela vai perguntá como que eu fui deixá vosmecês sê expurso de novo. E despois, como que eu num levei vosmecês pra casa hoje pra ela atazaná vosmecês. E despois ela vai caí em cima de mim e a primera coisa que eu sei é que eu vô levá a curpa de tudo. Se vosmecês num me levá junto pro sinhô Wynder, vô deitá no mato à noite toda e pode sê que o capitão do mato pegue eu, pruquê eu prefiro os capitão do mato me pegá que a sinhá Biatris quando tá arreliada.

Os gêmeos olharam para o determinado rapaz negro com perplexidade e indignação.

— Ele seria tolo o bastante para se deixar capturar pelos capitães do mato, e isso daria a mamãe mais um motivo para falar por semanas. Juro, os negros são um problema. Às vezes eu acho que os abolicionistas têm razão.

— Bem, não seria certo obrigar Jeems a enfrentar o que não queremos enfrentar. Vamos ter de levá-lo. Mas veja bem, seu negro tolo e insolente, se você empinar o nariz para os negros de Wynder e ficar falando que nós comemos frango frito e presunto o tempo todo, enquanto eles não têm outra coisa além de coelho e gambá, eu... eu conto para mamãe. E também não vamos deixá-lo ir para guerra conosco.

— Empiná o nariz? Eu empiná o nariz pros nêgo barato? Não sinhô, eu tenho mais modo. A sinhá Biatris num me ensinô os modo que nem que ensinô procês tudo?

— Ela não se saiu muito bem com nenhum de nós três — disse Stuart. — Vamos, vamos andando.

Ele recuou o cavalo castanho e, fincando as esporas nos flancos do animal, o fez pular com facilidade sobre a cerca, para o campo macio da fazenda de Gerald O'Hara. O cavalo de Brent o seguiu e, depois, o de Jeems, com este se segurando à sela e à crina. Jeems não gostava de saltar cercas, mas já saltara outras mais altas que aquela para não ficar atrás dos senhores.

Enquanto seguiam seu curso pelos sulcos vermelhos e desciam a colina até o leito do rio sob a penumbra crescente, Brent gritava para o irmão:

— Ei, Stu! Você não acha que Scarlett *teria* nos convidado para jantar?

— Continuo achando que sim — gritou Stuart. — Por que você acha...

Capítulo 2

Quando os gêmeos deixaram Scarlett de pé na varanda de Tara e o último som dos cascos galopantes sumiu, ela voltou para a cadeira como uma sonâmbula. Seu rosto estava tenso como se ela sentisse dor, e a boca realmente doía de tanto ter se esticado em sorrisos forçados para evitar que os gêmeos percebessem seu segredo. Sentou-se exausta sobre um dos pés e seu coração se dilatou de agonia, até parecer grande demais para caber no peito. Batia em leves pulsações desordenadas; suas mãos estavam geladas e uma sensação de desgraça a oprimia. Havia dor e atordoamento em seu rosto, o atordoamento de uma criança mimada que sempre tivera satisfeitos os menores caprichos e que agora, pela primeira vez, estava em contato com as contrariedades da vida.

Ashley se casando com Melanie Hamilton!

Ah, não podia ser verdade! Os gêmeos estavam enganados. Estavam lhe pregando uma de suas peças costumeiras. Ashley não podia estar apaixonado por Melanie. Ninguém poderia, não por uma pessoinha insignificante como aquela. Scarlett relembrou com desdém a figura magra e infantil de Melanie, seu rosto sério em forma de coração, tão comum que chegava a ser feio. E Ashley não devia vê-la havia meses. Não estivera em Atlanta mais que duas vezes desde a festa que dera no ano anterior em Twelve Oaks. Não, Ashley não podia estar apaixonado por Melanie, porque... ah, ela não estava enganada... porque ele a amava! Ela, Scarlett, era quem ele amava... ela sabia disso!

Scarlett ouviu os passos de Mammy sacudindo o piso do vestíbulo e, endireitando a postura, tratou rapidamente de dar à fisionomia traços mais plácidos. Não podia deixá-la perceber que havia algo de errado. Mammy achava que possuía o corpo e a alma dos O'Hara, achava que os segredos da família eram os seus segredos; e qualquer sinal de mistério era suficiente para colocá-la no rastro de modo tão implacável quanto um cão de caça. Scarlett sabia, por experiência própria, que, se a curiosidade da aia não fosse imediatamente satisfeita, ela levaria o caso a Ellen, e então Scarlett seria forçada a revelar tudo à mãe ou pensar em uma mentira plausível.

Mammy emergiu do vestíbulo, uma velha enorme com os pequenos olhos astutos de um elefante. Era uma negra retinta, africana pura, dedicada até a última gota de sangue aos O'Hara, esteio de Ellen, desespero de suas três filhas, terror dos outros criados da casa. Mammy era negra, mas seu código de conduta e seu senso de orgulho eram tão elevados quanto os de seus senhores, ou até mais. Ela fora criada no quarto de Solange Robillard, mãe de Ellen O'Hara, uma francesa exigente, fria, esnobe, que não livrava os filhos nem os criados de uma punição justa por qualquer violação do decoro. Ela servira de babá a Ellen e fora com ela de Savannah para o interior quando Ellen se casara. Aqueles que Mammy amava, ela disciplinava. E, como seu amor e orgulho por Scarlett eram enormes, o processo disciplinatório era praticamente contínuo.

— Os cavalero foi embora? Como que vosmecê num convidô eles pra janta, sinhazinha Scarlett? Eu disse pro Pork botá mais dois prato pra eles. Donde tá seus modo?

— Ah, eu estava tão cansada de ouvi-los falando em guerra que não os aguentaria durante todo o jantar, especialmente com papai participando e esbravejando contra o Sr. Lincoln.

— Vosmecê num tem mais modo que as galinha, e despois de todo trabaio que a sinhá Ellen e eu passô cocê. Inda pru cima vosmecê tá sem o xale! E o sereno tá desceno! Já disse pra vosmecê num sei quantas vez que vai pegar febre de tanto tomar sereno sem nada nos ombro. Vem pra dentro, sinhazinha Scarlett.

Scarlett virou o rosto para Mammy com estudada indiferença, agradecida por sua expressão ter passado despercebida com a preocupação da aia por causa do xale.

— Não, quero ficar aqui e ver o pôr do sol. Está tão bonito... Vá você pegar meu xale. Por favor, Mammy, e eu ficarei aqui até papai chegar.

— Pela sua voz acho que vosmecê tá pegano um resfriado — disse Mammy, desconfiada.

— Mas não estou — disse Scarlett, impaciente — Vá pegar meu xale.

Mammy saiu gingando de volta ao vestíbulo e Scarlett a ouviu chamando baixinho pela escadaria a criada lá em cima.

— Ocê, Rosa! Me joga o xale da sinhazinha Scarlett. — Depois, mais alto. — Nêga desapiedada! Nunca tá onde pode ajudá os otro. Agora, eu merma tenho que subi lá.

Scarlett ouviu as escadas gemerem e se levantou de mansinho. Quando Mammy retornasse, continuaria o sermão sobre sua falta de hospitalidade, e ela sentiu que não aguentaria conversar sobre uma questão tão trivial com o coração partido. Enquanto se levantava, hesitante, cogitando onde poderia se esconder até que a dor em seu peito se amainasse um pouco, lhe veio uma ideia, trazendo um pequeno raio de esperança. Naquela tarde, seu pai fora até Twelve Oaks, a fazenda dos Wilkes, para propor a compra de Dilcey, a avantajada esposa de Pork, o mordomo e seu criado pessoal. Dilcey era governanta e parteira em Twelve

Oaks e, desde o casamento, seis meses atrás, Pork tinha atormentado seu senhor dia e noite para que a comprasse e os dois pudessem morar na mesma fazenda. Naquela tarde, Gerald, minguado em sua resistência, saíra para fazer uma oferta por Dilcey.

"Certamente," pensou Scarlett, "papai vai saber se essa história horrível é verdadeira. Mesmo que ele não tenha ouvido falar nada hoje à tarde, talvez tenha percebido algo, sentido algum entusiasmo na família Wilkes. Se eu simplesmente puder falar com ele em particular antes do jantar, talvez descubra que tudo não passa de uma das brincadeiras de mau gosto dos gêmeos".

Era hora de Gerald voltar e, se ela quisesse vê-lo a sós, nada havia a fazer além de ir até onde o caminho da fazenda encontrava a estrada. Ela desceu de mansinho as escadas da frente, olhando cuidadosa para cima para ter certeza de que Mammy não a observava das janelas. Não tendo visto um rosto negro redondo com um turbante branco como a neve espiando com ar de reprovação entre as cortinas, ela suspendeu resolutamente as saias verdes floridas e correu pela alameda rumo à entrada com a maior velocidade que lhe permitiam as sapatilhas fechadas com laços de fita.

Os cedros escuros que ladeavam o caminho de cascalho se encontravam em um arco lá em cima, transformando a longa alameda em um túnel sombrio. Assim que se viu sob os braços retorcidos das árvores, ela soube que estava a salvo da observação da casa e diminuiu o passo. Estava ofegante, pois seu espartilho era apertado demais para permitir corridas longas, mas continuou caminhando o mais rápido que podia. Logo, estava junto à estrada principal, mas não parou até fazer uma curva que interpunha um arvoredo entre ela e a casa.

Corada e respirando com dificuldade, Scarlett se sentou em um cepo à espera do pai. Já passava da hora de sua chegada, mas ela ficou contente com o atraso. Isso lhe daria tempo de aquietar a respiração e acalmar a fisionomia, de modo a não levantar suspeitas. A qualquer momento ela esperava ouvir o ruído dos cascos do cavalo e enxergá-lo subindo a colina em sua usual velocidade vertiginosa. Mas os minutos passavam e Gerald não vinha. Ela olhou ao longo da estrada, a dor em seu peito se inflamando outra vez.

"Ah, não pode ser!", pensou. "Por que ele não chega?"

Seus olhos seguiram a estrada sinuosa, vermelha como o sangue depois da chuva da manhã. Em pensamento, rastreou seu curso colina abaixo até o indolente rio Flint, pelo complicado leito pantanoso, e sobre da próxima colina até Twelve Oaks, onde Ashley morava. Isso era tudo o que a estrada significava agora: um caminho até Ashley e a linda casa de colunas brancas que coroava a colina como um templo grego.

"Oh, Ashley! Ashley!", pensava ela, e seu coração batia mais forte.

Parte da fria sensação de atordoamento e desgraça que lhe pesava desde que os rapazes Tarleton haviam contado o mexerico tinha recuado para o fundo de sua mente, e no lugar insinuava-se uma febre que a possuía havia dois anos.

Agora parecia estranho que, quando ela estava crescendo, Ashley nunca lhe tivesse parecido tão atraente. Durante a infância, ela o via ir e vir e nunca lhe reservara um pensamento. Mas, desde aquele dia, dois anos antes, quando, recém-chegado de seus três anos de *Grand Tour* pela Europa, ele fora lhes fazer uma visita de cortesia, ela se apaixonara. Era simples assim.

Ela estava na varanda da frente e ele chegara a cavalo pela longa alameda, vestido com um traje cinza de casimira e uma gravata preta larga que combinava perfeitamente com o preguedo da camisa. Mesmo agora, ela conseguia se lembrar de cada detalhe da roupa, o brilho das botas, uma cabeça de Medusa em um camafeu no alfinete da gravata, o chapéu-panamá de abas largas que fora parar instantaneamente em suas mãos quando ele a vira. Ele tinha apeado, jogado as rédeas para um negrinho que estava por perto e ficado olhando para ela, os olhos cinzentos sonhadores, então alargados por um sorriso, e o sol tão brilhante em seus cabelos louros que os fazia parecer um barrete de prata cintilante. E disse:

— Como você cresceu, Scarlett.

Subindo os degraus com leveza, ele beijara sua mão. E sua voz! Ela nunca se esqueceria do salto que seu coração tinha dado quando a ouvira, como se pela primeira vez, arrastada, cadenciada, melódica.

Ela o tinha desejado, naquele primeiro instante, com o mesmo desejo simples e impensado com que desejava alimento para comer, cavalos para cavalgar e uma cama macia na qual se deitar.

Por dois anos, ele a acompanhara pelo condado, a bailes, peixadas, piqueniques e às feiras, nunca com a assiduidade dos gêmeos Tarleton ou a de Cade Calvert, nunca tão inoportuno quanto os rapazes Fontaine, mas, ainda assim, nunca se passava uma semana sem que Ashley aparecesse em Tara.

De fato, ele jamais lhe declarara amor, nem seus claros olhos cinzentos brilhavam com aquela luz ardente que Scarlett conhecia tão bem em outros homens. E, contudo... e, contudo... ela sabia que ele a amava. Não podia estar enganada quanto a isso. O instinto, mais forte que a razão e que o conhecimento nascido da experiência, lhe dizia que ele a amava. Com excessiva frequência, Scarlett o surpreendera despojado da expressão vaga e distante, olhando para ela com um anseio e uma tristeza que a intrigavam. Ela *sabia* que ele a amava. Por que não se declarara? Isso ela não conseguia entender. Mas havia muitas coisas sobre ele que não entendia.

Ele era cortês, sempre, mas inacessível, distante. Ninguém jamais podia imaginar o que lhe passava pela cabeça, Scarlett menos que todos. Em um lugar onde todo mundo dizia exatamente o que pensava enquanto estava pensando, a personalidade reservada de Ashley era exasperante. Ele era tão hábil quanto todos os outros jovens nos folguedos usuais do condado, caça, jogatina, dança e política, e era o melhor cavaleiro de todos; mas se diferenciava do resto no sentido de que essas atividades prazerosas não eram a finalidade e o objetivo de sua existência. Além disso, ficava isolado devido a seu interesse por livros, música e por escrever poesia.

Ah, por que ele era tão lindamente louro, tão cortesmente inacessível, tão loucamente enfadonho com suas conversas sobre Europa, livros, música, poesia e coisas que não a interessavam nem um pouco... e, a despeito disso, tão desejável? Noite após noite, quando ia dormir, depois de ficar sentada com ele na varanda na semiescuridão, Scarlett ficava horas a fio se virando de um lado para outro, inquieta, e só se confortava com a ideia de que na próxima vez que se encontrassem ele certamente pediria sua mão. Mas a próxima vez vinha e ia, e o resultado era nulo... nulo, exceto pelo aumento da febre que a possuía, cada vez mais ardente.

Ela o amava, desejava e não entendia. Era tão franca e simples quanto os ventos que sopravam sobre Tara e o rio turvo que a cortava, fadada pelo resto de seus dias a não conseguir entender uma complexidade sequer. E agora, pela primeira vez em sua vida, ela encarava uma natureza complexa.

Pois Ashley nascera de uma linhagem de homens que usava seu tempo de lazer para pensar, não para agir, para tecer sonhos vividamente coloridos que nada possuíam de realidade. Ele se movia em um mundo interior que era mais lindo que a Geórgia, e retornava à realidade com relutância. Ele observava as pessoas sem gostar ou desgostar delas. Olhava para a vida e não se animava nem se entristecia. Aceitava o universo e o lugar que nele ocupava pelo que eram e, dando de ombros, se voltava para seu mundo melhor, sua música e seus livros.

Por que ele cativara Scarlett com toda a estranheza de sua mente, ela não sabia. Era exatamente aquele mistério que excitava sua curiosidade, como uma porta que não tivesse fechadura nem chave. As coisas que não conseguia entender sobre ele só a faziam amá-lo ainda mais, e a corte que ele lhe fazia, estranha e contida, servia apenas para aumentar sua determinação de tê-lo para si. De que ele ia pedir sua mão algum dia, ela nunca duvidara, pois era jovem demais e mimada demais para já ter conhecido a derrota. E agora, fulminante como um raio, chegara aquela notícia terrível. Ashley ia se casar com Melanie! Não podia ser verdade!

Pois, ainda na semana anterior, quando eles voltavam de Fairhill, cavalgando para casa, ele tinha dito:

— Scarlett, eu tenho uma coisa tão importante para lhe dizer, que nem sei como.

Ela baixara os olhos recatadamente, o coração batendo descompassado com um prazer selvagem, achando que o feliz momento chegara. Então ele dissera:

— Agora não! Estamos quase chegando e não há tempo. Ah, Scarlett, que covarde eu sou!

E, metendo as esporas no cavalo, ele a fizera subir a colina correndo até Tara.

Sentada no toco de árvore, Scarlett pensava naquelas palavras que a haviam deixado tão feliz, e subitamente elas assumiram outro sentido, um sentido hediondo. Imagine se fosse a notícia do noivado que ele pretendia lhe dar!

Ah, se pelo menos o pai chegasse logo! Ela não estava conseguindo mais aguentar o suspense. Impaciente, olhou outra vez estrada abaixo e outra vez se decepcionou.

Agora o sol se ocultava no horizonte, e o fulgor vermelho na orla do mundo se tornava cor-de-rosa. O céu acima passava lentamente do azulão para um sutil azul esverdeado, da cor de um ovo de tordo, e a imobilidade sobrenatural do crepúsculo rural insidiosamente apoderou-se dela. Um obscurecimento sombrio insinuou-se pelos campos. Os sulcos avermelhados e a estrada entalhada em carmim perderam sua mágica cor sanguínea para se transformarem em terra parda e fosca. Nas pastagens que beiravam a estrada, cavalos, mulas e vacas esperavam imóveis, tranquilamente, com as cabeças sobre a cerca, para serem levados para os estábulos e para o jantar. Não gostavam das sombras escuras projetadas pelo matagal que cercava o riacho do pasto e abanavam as orelhas para Scarlett como que apreciando a companhia humana.

Sob a estranha meia-luz, os altos pinheiros que margeavam o rio, tão verdes sob a luz do sol, estavam escuros contra o céu esmaecido, uma fileira impenetrável de gigantes negros ocultando a vagarosa água barrenta sob seus pés. Na colina do outro lado do rio, as altas chaminés da casa dos Wilkes sumiam gradativamente na escuridão por entre os grossos carvalhos que as cercavam, e só as longínquas luzes do tamanho de cabeças de alfinetes mostravam que havia uma casa lá. A tépida umidade balsâmica da primavera a envolvia docemente com os aromas da terra recém-arada e de todas as coisas verdejantes se expandindo pelo ar.

O pôr do sol, a primavera e o verde renovado não eram um milagre para Scarlett. Ela aceitava sua beleza com a mesma naturalidade com que respirava o ar e bebia a água, pois conscientemente nunca vira beleza em nada que não fossem rostos femininos, cavalos, vestidos de seda e coisas igualmente palpáveis. Mesmo assim, a meia-luz serena sobre as terras bem-cuidadas de Tara trouxe alguma tranquilidade à sua mente perturbada. Ela amava aquela terra, sem nem mesmo sabê-lo, amava-a como amava o rosto de sua mãe iluminado pelo lampião na hora das orações.

Ainda não havia qualquer sinal de Gerald na tranquila estrada sinuosa. Se ela tivesse de esperar muito mais, Mammy certamente iria procurá-la e a levaria para casa sob intimidação. Mas, assim que espremeu os olhos pela estrada que escurecia, ouviu o som de cascos no pasto ao pé da colina e viu cavalos e vacas se dispersando, amedrontados. Gerald O'Hara estava cortando caminho para casa, e a toda velocidade.

Ele chegou ao topo da colina a galope em seu forte cavalo de longas pernas; a distância, parecendo um menino montado em um cavalo grande demais. Com o longo cabelo branco esvoaçando, ele instigava o animal a seguir em frente, brandindo o chicote e gritando.

Mesmo ocupada pela própria ansiedade, ela o observava cheia de orgulho afetuoso, pois Gerald era um excelente cavaleiro.

"Gostaria de saber por que sempre que bebe um pouco ele gosta de saltar as cercas", pensou ela. "E era de esperar que aquela queda que sofreu bem aqui ano passado, quando quebrou o joelho, tivesse servido de lição. Especialmente depois que ele jurou à mamãe que nunca mais saltaria."

Scarlett não tinha uma reverência temerosa pelo pai. O sentia mais como um contemporâneo do que suas irmãs, pois saltar cercas e manter segredo para a mulher davam a ele um orgulho juvenil e uma alegria culpada que combinavam com o prazer dela de passar a perna em Mammy. Ela se levantou para observá-lo.

O grande animal chegou à cerca, reuniu forças e se ergueu no ar sem esforço, como um pássaro, seu cavaleiro gritando entusiasmado, o chicote batendo no ar, a cabeleira branca solta ao vento. Gerald não viu a filha sob a sombra das árvores e dirigiu as rédeas para a estrada, dando uma palmadinha de aprovação no pescoço do cavalo.

— Não há outro melhor que você no condado, nem no estado — informou ele à montaria com orgulho, o sotaque do condado de Meath ainda forte em sua língua, apesar dos 39 anos na América. Depois se apressou a ajeitar o cabelo, endireitar a camisa pregueada e a gravata, que ficara atrás de uma orelha. Scarlett sabia que o objetivo dessa arrumação apressada era encontrar a mulher com a aparência de um cavalheiro que cavalgara sossegadamente para casa depois de uma visita ao vizinho. Sabia também que ele estava lhe apresentando a oportunidade exata para entrar na conversa sem revelar seu verdadeiro propósito.

Ela soltou uma gargalhada. Como pretendia, assustou o pai com o ruído; depois ele a reconheceu e seu rosto corado foi tomado por uma expressão ao mesmo tempo acanhada e desafiadora. Desmontou com dificuldade porque o joelho estava rígido e, escorregando as rédeas no braço, foi em sua direção.

— Muito bem, senhorita — disse ele, beliscando-lhe a bochecha —, então veio me espiar, como sua irmã Suellen na semana passada. Vai falar de mim para sua mãe?

Havia indignação em sua grave voz rouca, mas também uma nota de persuasão, e Scarlett, implicante, estalou a língua contra os dentes enquanto estendia os braços para colocar a gravata dele no lugar. O hálito de Bourbon do pai era forte, misturado a uma leve fragrância de hortelã. Também o acompanhavam os aromas de fumo mascado, couro bem encerado e cavalos — uma combinação de odores que ela sempre associara a ele e, indistintamente, apreciava em outros homens.

— Não, papai, não sou mexeriqueira como Suellen — garantiu-lhe, recuando para ver o traje reorganizado com um ar crítico.

Gerald era um homem baixo, com pouco mais de 1,60m, mas de porte tão robusto e pescoço tão grosso que, quando sentado, levava os estranhos a pensar que era um homem alto. O torso atarracado se apoiava sobre pernas curtas e fortes, sempre vestidas em botas do melhor couro disponível, e sempre bem separadas uma da outra, em uma postura arrogante de rapaz. A maioria das pessoas pequenas que se levam a sério são um pouco ridículas; mas o galo combativo é respeitado no terreiro, e assim era com Gerald. Ninguém jamais ousaria pensar em Gerald O'Hara como uma pequena criatura ridícula.

Ele tinha 60 anos e seus cabelos encaracolados eram branco-prateados, mas o rosto astuto não tinha rugas e seus pequenos e enérgicos olhos azuis tinham a jovialidade despreocupada de alguém que nunca sobrecarregara o cérebro com problemas mais abstratos do que a quantidade de cartas a baixar em um jogo de pôquer. Seu rosto era o mais irlandês que se podia encontrar em toda a extensão da pátria que ele deixara havia tanto tempo — redondo, corado, de nariz pequeno, boca larga e aspecto beligerante.

Sob o exterior colérico, Gerald O'Hara tinha o mais terno dos corações. Não suportava ver um escravo amuado por causa de uma repreensão, não importando quanto fosse merecida, ou ouvir um gatinho miando nem uma criança chorando; mas tinha pavor de que descobrissem essa fraqueza. Ignorava que, ao conhecê-lo, qualquer um descobria seu bom coração em cinco minutos; e sua vaidade teria sofrido tremendamente se soubesse, pois gostava de pensar que, quando berrava as ordens no tom mais elevado de sua voz, todos tremiam e obedeciam. Nunca lhe ocorrera que uma única voz era obedecida na fazenda, a voz suave de sua mulher, Ellen. Era um segredo que jamais viria a saber, pois todos, desde Ellen até o mais rude dos trabalhadores do campo, conspiravam tácita e gentilmente para mantê-lo certo de que sua palavra era a lei.

Quem menos se impressionava com seu temperamento e seus rompantes era Scarlett. Ela era sua primogênita e, agora que Gerald se conformara de que não haveria mais filhos em sequência aos três que estavam no cemitério da família, ele criara o hábito de tratá-la de homem para homem, o que a agradava sobremaneira. Ela se parecia mais com o pai do que as irmãs mais jovens, pois Carreen, que nascera Caroline Irene, era delicada e sonhadora; e Suellen, batizada Susan Elinor, orgulhava-se da própria elegância e modos femininos.

Além disso, Scarlett e o pai eram ligados por um acordo mútuo. Se Gerald a flagrasse pulando uma cerca em vez de caminhar meio quilômetro até o portão, ou sentada nos degraus da frente até mais tarde com um rapaz, ele a castigava pessoalmente e com veemência, mas não mencionava o fato a Ellen ou a Mammy. E, quando Scarlett o descobria saltando cercas após a solene promessa feita à mulher ou ficava sabendo a quantia exata de suas perdas no pôquer, como sempre acontecia por causa dos mexericos do condado, abstinha-se de mencionar o fato à mesa do jantar como fazia Suellen, com fingida naturalidade. Scarlett e o pai tinham um pacto solene de jamais levar tais questões aos ouvidos de Ellen, o que só a magoaria, e nada os induziria a ferir sua bondade.

Scarlett olhou para o pai sob um resto de luz e, sem saber por que, achou reconfortante estar em sua companhia. Havia nele algo de vital, concreto e rude que a encantava. Sendo a menos analítica das pessoas, estava longe de atribuir o fato à afinidade existente entre eles, pois ela possuía, em certo grau, essas mesmas qualidades, apesar dos 16 anos de esforço de Ellen e de Mammy para eliminá-las.

— Agora está apresentável — disse ela —, e acho que ninguém vai desconfiar de que andou aprontando das suas, a não ser que o senhor mesmo conte vantagem. Mas realmente me parece que depois de ter quebrado o joelho naquela mesma cerca ano passado...

— Ora, que eu me dane se tiver de escutar minha própria filha dizer o que devo ou não saltar — gritou ele, dando-lhe outro beliscão na bochecha. — O pescoço é meu. Além disso, senhorita, o que está fazendo aqui sem seu xale?

Vendo que ele estava empregando manobras familiares para se desembaraçar de conversas desagradáveis, ela lhe deu o braço e disse:

— Estava esperando pelo senhor. Não sabia que ia chegar tão tarde. Só estava querendo saber se ia trazer Dilcey.

— Comprar, comprei, e o preço me arruinou. Comprei não só ela, como a menina dela, Prissy. John Wilkes estava quase me dando as duas de presente, mas nunca vou aceitar alguém dizendo que Gerald O'Hara se aproveitou de uma amizade para fazer negócios. Obriguei-o a aceitar 3 mil pelas duas.

— Louvado seja Deus, papai, 3 mil! E não precisava comprar Prissy!

— Será que chegou o dia em que minhas próprias filhas sentem-se no direito de me julgar? — berrou Gerald retoricamente. — Prissy é uma fedelha, então...

— Eu a conheço. É uma criatura sonsa e preguiçosa. — replicou Scarlett calmamente, sem se impressionar com o alarde. — E o senhor só a comprou porque Dilcey pediu.

Gerald ficou constrangido, como sempre ficava quando era flagrado em um ato de bondade, e Scarlett deu uma franca gargalhada de sua transparência.

— Ora, e se fosse? Que utilidade haveria em comprar Dilcey se ela ia ficar desanimada por causa da filha? Bem, nunca mais vou deixar um negro daqui se casar fora. É muito caro. Ora, vamos, mocinha, vamos para dentro jantar.

As sombras caíam mais pesadas agora, o último matiz de verde abandonara o céu e uma aragem deslocava o bálsamo primaveril. Mas Scarlett tentava ganhar tempo, pensando em um modo de abordar o assunto de Ashley sem deixar que o pai desconfiasse de seu motivo. Isso era difícil, pois ela não tinha a menor sutileza; e se parecia tanto com Gerald, que um nunca deixava de decifrar os débeis subterfúgios do outro. E raramente o faziam com tato.

— Como estão todos lá, em Twelve Oaks?

— Como sempre. Cade Calvert estava lá e, depois que acertamos o negócio de Dilcey, ficamos todos na varanda e tomamos vários grogues. Cade acabou de chegar de Atlanta e está todo mundo apreensivo, falando da guerra e...

Scarlett suspirou. Se Gerald começasse com o assunto da guerra e da secessão, se passariam horas até que o esgotasse. Ela o interrompeu com outro assunto.

— Eles falaram alguma coisa sobre o churrasco de amanhã?

— Agora que você mencionou, falaram, sim. A senhorita... qual é mesmo o nome dela... aquela criaturinha encantadora que esteve aqui no ano passado, sabe, a prima de Ashley... ah, sim, a Srta. Melanie Hamilton, esse é o nome... ela e o irmão, Charles, já chegaram de Atlanta e...

— Ah, então ela veio mesmo?

— Veio, e que coisinha quieta ela é, incapaz de dizer uma palavra sobre si mesma, exatamente como convém a uma mulher. Agora vamos, filha, não podemos demorar. Sua mãe deve estar nos caçando.

O coração de Scarlett afundou com a notícia. Esperava, contra toda a esperança, que algo pudesse reter Melanie Hamilton em Atlanta, onde era seu lugar. E, ao ficar sabendo que o próprio pai aprovava a natureza doce e quieta da jovem, tão diferente da sua, decidiu arriscar.

— Ashley estava lá também?

— Estava. — Gerald soltou o braço da filha e se virou, olhando-a fixamente. — E, se foi por isso que você veio até aqui me esperar, por que não disse logo em vez de fazer tantos rodeios?

Scarlett não conseguia pensar em nada para dizer e sentiu o rosto enrubescendo de contrariedade.

— Vamos, diga.

Ela continuou sem dizer nada, desejando poder sacudir o próprio pai e mandar que calasse a boca.

— Ele estava lá, e gentilmente perguntou por você, assim como as irmãs dele, e exprimiram o desejo de que nada a impeça de ir ao churrasco amanhã. Garanto que nada impedirá — disse ele, astuto. — Agora, filha, o que há entre você e Ashley?

— Não é nada — disse ela sem se estender no assunto e tomando-lhe o braço. — Vamos entrar, papai.

— Então agora é você que quer entrar — observou ele. — Mas vou ficar aqui até entender o que está acontecendo. Agora me dou conta de que você tem andado estranha. Ele andou gracejando? Pediu você em casamento?

— Não — respondeu ela, sucinta.

— Nem vai — disse Gerald.

Ela se inflamou de fúria, mas Gerald fez um gesto para que se aquietasse.

— Fique quieta, senhorita! Soube por John Wilkes hoje à tarde, na mais estrita confidência, que Ashley vai se casar com a Srta. Melanie. Será anunciado amanhã.

A mão de Scarlett escorregou do braço dele. Então era verdade!

Uma dor lhe cortou o coração como se fosse a garra de um animal selvagem. Em meio a tudo, ela sentiu os olhos do pai fixos nela, parte piedosos e parte aborrecidos por encarar um problema para o qual não conhecia resposta. Ele amava Scarlett, mas era desconfortável que ela lhe impusesse seus conflitos infantis pedindo uma solução. Ellen tinha todas as respostas. Scarlett deveria ter levado suas atribulações à mãe.

— Você quer expor a si mesma e a todos nós? — berrou ele, a voz se elevando como sempre nos momentos de exaltação. — Está correndo atrás de um homem que não está apaixonado por você, quando podia agarrar qualquer janota do condado?

Raiva e mágoa expulsaram parte da dor.

— Não estou correndo atrás dele. Só... só fiquei surpresa.

— Você está mentindo! — disse Gerald e depois, examinando a expressão arrasada da jovem, acrescentou em um rompante de bondade: — Sinto muito, filha. Mas, afinal, você não passa de uma criança, e há um monte de outros rapazes.

— Mamãe só tinha 15 anos quando se casou com o senhor, e eu tenho 16 — reagiu Scarlett, a voz sufocada.

— Sua mãe era diferente — disse Gerald. — Ela nunca foi brigona como você. Agora vamos, filha, anime-se e eu a levarei a Charleston na semana que vem para visitar sua tia Eulalie e, com toda a algazarra que está havendo por lá por causa do forte Sumter, em uma semana você terá esquecido Ashley.

"Ele me julga uma criança", pensou Scarlett, a dor e a raiva lhe engasgando a voz, "e acha que só precisa oferecer um novo brinquedo para que eu esqueça meus desgostos".

— Agora, não faça essa carinha — avisou Gerald. — Se você tivesse um pingo de juízo, já teria se casado com Stuart ou Brent Tarleton há muito tempo. Pense bem, filha. Case-se com um deles e então as fazendas vão se juntar, e Jim Tarleton e eu construiremos uma bela casa para vocês, bem onde as terras se unem, naquele grande bosque de pinheiros e...

— Pare de me tratar como uma criança! — disse Scarlett, exaltada. — Não quero ir a Charleston nem ter uma casa nem me casar com os gêmeos. Só quero... — Ela se refreou, mas não a tempo.

A voz de Gerald ficou estranhamente tranquila e ele falou lentamente, como se retirasse as palavras de uma linha de pensamento que raramente usava.

— Você quer apenas Ashley, mas não vai tê-lo. E, se ele quisesse se casar com você, seria com apreensão que eu aprovaria, por toda a amizade que há entre mim e John Wilkes. — E, vendo o olhar perplexo da filha, continuou: — Quero minha menina feliz e você não seria feliz com ele.

— Ah, seria, seria, sim.

— Não seria, não, filha. Só quando afins se casam, pode haver felicidade.

Scarlett sentiu um súbito desejo traiçoeiro de gritar: "Mas o senhor é feliz e não é parecido com mamãe", mas se conteve, temendo que ele pudesse lhe dar um puxão de orelha pela impertinência.

— Nossa gente é diferente dos Wilkes — continuou ele devagar, atrapalhado, procurando as palavras. — Os Wilkes são diferentes de todos os nossos vizinhos, diferentes de qualquer família que já conheci. Eles são esquisitos, e é melhor que se casem com os primos e primas e mantenham entre si aquela esquisitice.

— Ora, papai, Ashley não é...

— Calma, mocinha! Não falei nada contra o rapaz, pois gosto dele. E, quando digo esquisito, não é louco que quero dizer. Ele não é esquisito como os Calvert, que apostam tudo o que têm em um cavalo, ou como os Tarleton, que a cada geração produzem um ou dois bêbados, ou como os Fontaine, que são uns brutos de cabeça quente que seriam capazes de matar um homem por uma ofensa imaginária. Esse tipo de esquisitice é fácil de entender, é claro, e, se não fosse pela graça de Deus, Gerald O'Hara teria todos esses defeitos! E não quero dizer que Ashley fugiria com outra se fosse seu marido, ou que bateria em você, o que talvez a deixasse mais feliz, pois ao menos poderia entendê-lo. Mas ele é esquisito de outro jeito e não há como entender. Gosto dele, mas não consigo compreender o sentido da maior parte do que diz. Agora, mocinha, diga a verdade, você entende toda aquela bobagem sobre livros, poesia, música, pinturas e outras tolices?

— Ah, papai — choramingou Scarlett, impaciente —, se eu me casasse com ele, eu mudaria tudo isso!

— Ah, mudaria? — disse Gerald, lançando-lhe um olhar astucioso. — Então você conhece muito pouco sobre os homens, quanto mais Ashley. Nenhuma mulher jamais mudou o marido, nunca se esqueça disso. E, quanto a mudar um Wilkes... pelo manto de Cristo, filha! A família inteira é assim e sempre foi. Provavelmente sempre será. Estou certo de que nascem esquisitos. Veja o jeito como eles vão a Nova York e a Boston para assistir à ópera e ver pinturas. E encomendam dos ianques livros franceses e alemães aos caixotes! E lá ficam eles sentados, lendo e sonhando só Deus sabe com o quê, quando podiam passar o tempo caçando e jogando pôquer, como todos os homens.

— Não há ninguém no condado que monte melhor do que Ashley — disse Scarlett, furiosa com o estigma de feminilidade jogado ao rapaz —, ninguém, com exceção talvez do pai dele, e, quanto ao pôquer, Ashley não lhe arrancou 200 dólares na semana passada em Jonesboro?

— Os rapazes Calvert andaram dando com a língua nos dentes de novo — disse Gerald, resignado —, ou você não saberia a soma. Ashley pode disputar a montaria com o melhor e jogar pôquer com o melhor... este sou eu, mocinha! E não posso negar que, quando ele se dispõe a beber, consegue pôr até os Tarleton debaixo da mesa. Ele consegue fazer todas essas coisas, mas não faz com o coração. É por isso que digo: ele não regula bem.

Scarlett ficou quieta e seu coração afundou mais um pouco. Não conseguiu pensar em nenhuma defesa para este último ataque, pois sabia que Gerald estava certo. O coração de Ashley não estava em nenhuma das coisas prazerosas que ele sabia fazer tão bem. Ele nunca era mais que cortesmente interessado em qualquer das atividades que a todos os outros eram vitalmente interessantes.

Interpretando corretamente o silêncio da filha, Gerald deu-lhe um tapinha no braço e disse triunfante:

— Isso mesmo, Scarlett! Você admite que é verdade. O que faria com um marido como Ashley? São todos uns lunáticos, esses Wilkes. — E continuou, em um tom persuasivo: — Quando mencionei os Tarleton antes, não estava dando preferência a eles. São bons rapazes, mas se for Cade Calvert que a agrada, ora, para mim é o mesmo. Os Calvert são boa gente, todos eles, apesar de o velho ter se casado com uma ianque. E, quando eu partir... ouça o que estou dizendo, querida, deixo Tara para você e Cade...

— Eu não aceitaria Cade nem coberto de ouro — disse Scarlett, furiosa. — E gostaria que o senhor parasse de empurrá-lo para mim! Não quero Tara nem outra fazenda velha. Fazendas não levam a nada quando...

Ela ia dizer "quando não se tem o homem que se quer", mas Gerald, exasperado com o pouco caso que ela fizera a sua oferta, à coisa que, depois de Ellen, ele mais amava em todo o mundo, urrou.

— Você fica aí, Scarlett O'Hara, e me diz que Tara, esta terra, não leva a nada?!

Scarlett assentiu obstinadamente. Seu coração estava magoado demais para se importar se estava ou não atormentando o pai.

— A terra é a única coisa no mundo que leva a alguma coisa — gritou ele, os braços grossos, curtos, gesticulando indignados para todo lado —, pois é a única coisa neste mundo que perdura, não se esqueça disso! É a única coisa pela qual vale a pena trabalhar, vale a pena lutar... vale a pena dar a vida.

— Ah, papai — disse ela, desgostosa —, o senhor fala como um irlandês!

— Alguma vez tive vergonha disso? Não, tenho orgulho. E não se esqueça de que a senhorita é meio irlandesa! E, para qualquer um que tenha uma gota de sangue irlandês, a terra onde se vive é como uma mãe. Como estou envergonhado de você neste momento. Eu lhe ofereço a terra mais linda deste mundo, com exceção do condado de Meath na velha pátria, e o que você faz? Torce o nariz! — Gerald se comprazia com a explosão da própria cólera, quando algo nas feições acabrunhadas de Scarlett o interrompeu. — Mas, afinal, você é jovem. O amor pela terra ainda vai chegar. Não há escapatória quando se é irlandês. Você é apenas uma criança aborrecida por causa de seu admirador. Quando ficar mais velha, verá como isso... Ora, acabará se decidindo por Cade ou pelos gêmeos ou por um dos janotas de Evan Munroe e verá como a deixarei bem!

— Ah, papai!

Àquela altura, Gerald já estava farto da conversa e aborrecido de que o problema tivesse caído em suas mãos. Além disso, lamentava que Scarlett ainda se sentisse desolada depois de ter recebido a oferta de ficar com um dos melhores rapazes do condado e também com Tara. Gerald gostava que seus presentes fossem recebidos com uma salva de palmas e beijos.

— Agora, chega de beicinhos, senhorita. Não importa com quem se case, contanto que ele pense como você, seja um cavalheiro, um sulista e tenha brio. Para uma mulher, o amor vem depois do casamento.

— Ah, papai, essa é uma noção tão irlandesa!

— E é muito boa! Todo esse negócio americano de correr por aí se casando por amor, como os criados, como os ianques! Os melhores casamentos são os escolhidos pelos pais da moça. Pois como pode uma tolinha como você diferenciar um homem de bem de um patife? Ora, olhe para os Wilkes. O que os manteve cheios de brio e fortes por todas essas gerações? Os casamentos com seus similares, com os primos e primas com quem a família sempre espera que se casem.

— Ah — exclamou Scarlett, a dor a invadia conforme as palavras de Gerald lhe traziam a terrível inevitabilidade da verdade. Gerald olhou para sua cabeça baixa e arrastou os pés, inquieto.

— Você não está chorando, não é? — perguntou ele, segurando desajeitadamente o queixo da filha, tentando erguer-lhe o rosto, estando o dele próprio cheio de pena.

— Não — disse ela veemente, virando o rosto.

— É mentira, mas fico orgulhoso. Fico contente por você ter seu orgulho, mocinha. E espero ver esse orgulho amanhã no churrasco. Não vou querer todo o condado mexericando e rindo de você por sonhar acordada com um homem que nunca lhe dedicou um pensamento além da amizade.

"Ele me dedicou, sim, um pensamento", pensou Scarlett, com o coração pesaroso. "Ah, muitos pensamentos! Sei disso. Dava para notar. Se eu tivesse tido um pouco mais de tempo, sei que conseguiria fazê-lo dizer... Ah, se não fosse pelos Wilkes sempre acharem que devem se casar com suas primas!"

Gerald pegou o braço dela e passou-o pelo seu.

— Vamos entrar agora para jantar e esse assunto ficará entre nós. Não vou preocupar sua mãe com isso... nem você. Assoe o nariz, filha.

Scarlett assoou o nariz em seu lenço amassado e eles começaram a subir o caminho escuro de braços dados, o cavalo os seguindo devagar. Perto da casa, Scarlett estava a ponto de falar novamente quando viu sua mãe na varanda mal iluminada. Ela usava seu chapéu de sol, o xale e as luvas, tendo atrás de si Mammy, com a fisionomia semelhante a uma nuvem de tempestade, segurando na mão a bolsa preta de couro em que Ellen O'Hara costumava levar os curativos e remédios que usava para tratar os escravos. Os lábios de Mammy eram carnudos e pendentes e, quando indignada, ela conseguia deixar o inferior duas vezes maior que seu tamanho normal. Naquele momento, Mammy fazia um grande beiço, e Scarlett sabia que ela estava fervilhando por causa de algo que não aprovava.

— Sr. O'Hara — chamou Ellen quando viu os dois vindo pelo caminho. Ellen pertencia a uma geração que era formal mesmo após 17 anos de matrimônio e seis gestações. — Sr. O'Hara, há um problema de saúde na casa dos Slattery. O bebê de Emmie nasceu e está morrendo, e precisa ser batizado. Vou até lá com Mammy para ver o que posso fazer.

Ela dava à voz uma entonação de pergunta, como se dependesse do consentimento do marido para seu plano. Mera formalidade, mas cara ao coração de Gerald.

— Em nome de Deus — vociferou ele. — Por que esses brancos ordinários vêm chamar a senhora na hora do jantar, e logo quando eu quero lhe falar sobre a conversa de guerra que está havendo em Atlanta! Vá, Sra. O'Hara. Sei que não descansaria a cabeça no travesseiro à noite se houvesse algum problema lá fora e a senhora não pudesse ajudar.

— Ela nunca que tem nenhum descanso nos travesseiro, pruque fica pulano da cama de noite ajudano os nêgo e os branco ordinário miserave que podia cuidá deles memu — resmungou Mammy em um tom monótono enquanto descia as escadas rumo à carruagem que esperava na alameda lateral.

— Ocupe meu lugar à mesa, querida — disse Ellen, dando um tapinha suave no rosto de Scarlett com a mão enluvada.

Apesar das lágrimas engasgadas, Scarlett vibrou com o toque mágico de sua mãe, com a leve fragrância do sachê de limão e verbena que exalava de seu vestido de seda farfalhante. Para Scarlett, havia algo de tirar o fôlego em Ellen O'Hara, um milagre que habitava a casa com ela e a deslumbrava, encantava e acalmava.

Gerald ajudou sua mulher a subir na carruagem e deu ordens ao cocheiro para que dirigisse com cuidado. Toby, que havia vinte anos cuidava dos cavalos, fez um bico de indignação muda ao ouvir alguém lhe dizer como conduzir o próprio ofício. Partindo com Mammy a seu lado, cada um deles era o retrato perfeito da indignação africana.

— Se eu não tivesse feito tanto por aqueles ordinários dos Slattery e eles tivessem que pagar em dinheiro por outro lugar — falou Gerald enfurecido —, eles me venderiam aqueles miseráveis hectares de fundo no pântano, e o condado se veria livre deles. — Depois, se animando em antecipação a uma de suas brincadeiras, disse: — Vamos, filha, vamos dizer a Pork que em vez de comprar Dilcey, eu o vendi para John Wilkes.

Ele jogou as rédeas do cavalo para um negrinho que estava por perto e começou a subir as escadas. Já se esquecera da desilusão amorosa de Scarlett, e só o que lhe ocupava a mente era atormentar seu criado. Scarlett subiu as escadas lentamente atrás dele, os pés pesados. Pensava que, afinal de contas, uma união entre ela e Ashley não poderia ser mais singular que a de seu pai e Ellen Robillard O'Hara. Como sempre, ela se perguntava de que modo seu espalhafatoso e insensível pai tinha conseguido se casar com uma mulher como sua mãe, pois nunca duas pessoas tinham sido mais distantes pelo nascimento, criação e raciocínio.

Capítulo 3

Ellen O'Hara tinha 32 anos e, segundo os padrões de sua época, era uma mulher de meia-idade, uma mulher que gerara seis filhos e enterrara três. Era alta, uma cabeça acima de seu pequeno marido ruivo, mas se movia com tamanha graça em sua saia balouçante que a altura não chamava a atenção. O pescoço cor de marfim que emergia do corpete justo de tafetá preto era bem torneado e esguio, dando a impressão de estar sempre levemente inclinado para trás ao peso do cabelo abundante preso com uma rede na nuca. Ela herdara os olhos escuros oblíquos, sombreados por cílios espessos, e os cabelos negros de sua mãe francesa, cujos pais tinham fugido da Revolução do Haiti, em 1791; e de seu pai, um soldado de Napoleão, ela tinha o longo nariz reto e o maxilar quadrado, suavizado pelo contorno delicado das faces. Mas somente da vida o rosto de Ellen poderia ter adquirido aquela fisionomia de altivez sem insolência, a graciosidade, a melancolia e a total falta de humor.

Teria sido uma mulher de beleza arrebatadora, tivesse algum brilho no olhar, qualquer entusiasmo reativo no sorriso ou alguma espontaneidade na voz, que entrava como suave melodia nos ouvidos dos familiares e dos criados. Ela falava com a voz arrastada e ininteligível dos georgianos do litoral, fluida nas vogais, gentil nas consoantes e com um nítido traço do sotaque francês. Era uma voz que jamais se elevava no comando de um criado ou em repreensão a uma criança, mas que era instantaneamente obedecida em Tara, onde os urros e gritos do marido eram discretamente ignorados.

Até onde Scarlett conseguia se lembrar, a mãe sempre fora igual, a voz baixa e meiga, no cumprimento ou na reprovação; os modos eficientes e serenos, apesar das contingências diárias da turbulenta vida doméstica de Gerald; o espírito sempre calmo e as costas sempre eretas, mesmo na morte dos três filhos bebês. Scarlett nunca vira as costas da mãe tocarem o encosto de qualquer assento que usasse. Nem a vira se sentar sem algum trabalho manual por fazer, exceto às refeições, quando atendia os doentes ou fazia a contabilidade da fazenda. Se houvesse visitas, era um bordado delicado, mas em outras situações suas mãos se ocupavam com as camisas de jabô de Gerald, os vestidos das filhas ou roupas para os escravos. Scarlett não podia imaginar as mãos da mãe sem o dedal de ouro, ou sua figura farfalhante desacompanhada da negrinha cuja única função na vida era remover os alinhavos e carregar a caixa de costura de jacarandá de cômodo em cômodo, conforme Ellen se movimentava pela casa supervisionando a cozinha, a limpeza e a fabricação de roupas em grande escala para a fazenda.

Nunca vira a mãe abandonar sua austera placidez nem comparecer a um compromisso sem estar impecável, não importando a hora do dia ou da noite. Quando Ellen se arrumava para um baile, para receber visitas ou mesmo para ir a uma feira em Jonesboro, muitas vezes eram necessárias duas horas, duas criadas e Mammy para deixá-la satisfeita com a própria aparência; mas a rápida toalete nos dias de emergência era impressionante.

Scarlett, cujo quarto ficava em frente ao dela no corredor, conhecia desde criança o som suave dos pés negros descalços e apressados sobre o piso de madeira de lei ao raiar do dia, as batidas leves e urgentes na porta de sua mãe, e as vozes abafadas, amedrontadas, a sussurrar sobre doença, nascimento e morte na longa fileira de cabanas caiadas. Quando pequena, ela muitas vezes fora furtivamente até a porta e, espiando pela ínfima fresta, vira Ellen sair do quarto escuro, onde os roncos de Gerald eram rítmicos e despreocupados, para a luz trêmula de uma vela erguida, seu estojo de medicamentos sob o braço, o cabelo arrumado e nenhum botão aberto no corpete.

Sempre fora calmante para Scarlett ouvir a mãe sussurrar de modo firme, mas piedoso, quando seguia pelo corredor na ponta dos pés: "Sshhh! Falem mais baixo. Vão acordar o Sr. O'Hara. Não é um caso de vida ou morte."

Sim, era bom voltar para a cama e saber que Ellen estava fora e tudo estava bem.

De manhã, após noites inteiras ocupada com nascimentos e mortes, quando o velho Dr. Fontaine e o jovem Dr. Fontaine estavam atendendo a chamados e não conseguiam ser encontrados para ajudá-la, Ellen presidia a mesa do café da manhã como sempre, os olhos escuros com olheiras de cansaço, embora a voz e modos nada revelassem de seu esforço. Sob sua grandiosa bondade, havia uma resistência de aço que impressionava a todos os moradores da casa, a Gerald e também às meninas, ainda que ele preferisse morrer a admitir.

Às vezes, quando Scarlett ficava na ponta dos pés para beijar o rosto daquela mãe tão alta, olhava para sua boca de lábios finos e delicados, a boca de alguém que a vida magoaria com facilidade, e imaginava se ela alguma vez se curvara em tolas risadas de mocinha ou sussurrara segredos noite adentro para amigas íntimas. Mas não, isso era impossível. Sua mãe sempre fora como era, um pilar de força, uma fonte de sabedoria, a pessoa que tinha respostas para todas as coisas.

Mas Scarlett estava errada, pois anos antes Ellen Robillard de Savannah dera risadas tão inexplicáveis quanto as de qualquer jovem de 15 anos naquela encantadora cidade litorânea e sussurrara noites adentro com as amigas, trocando confidências e contando todos os segredos, menos um. Aquele foi o ano em que conheceu Gerald O'Hara, 28 anos mais velho que ela. O mesmo ano, também, em que a juventude e seu primo de olhos negros, Philippe Robillard, deixaram sua vida. Pois quando Philippe, com seus olhos fulminantes e seus modos impetuosos, deixou Savannah para sempre, levou com ele o fulgor que havia no coração de Ellen, e deixou para o pequeno irlandês cambaio que veio a desposá-la apenas uma casca gentil.

Mas aquilo bastava para Gerald, deslumbrado com a sorte incrível de se casar com ela. E, se algo a abandonara, ele nunca sentira falta. Sendo um homem astucioso, ele sabia que um irlandês, sem família ou riqueza que o recomendassem, conseguir conquistar a filha de uma das famílias mais ricas e altivas do litoral era um milagre. Pois Gerald era um homem que vencera por conta própria.

Gerald fora da Irlanda para a América quando tinha 21 anos. Partira precipitadamente, assim como muitos irlandeses melhores e piores antes e desde então, com as roupas que tinha, 2 xelins a mais que o dinheiro da passagem e um preço por sua cabeça, que ele considerava ser maior do que seu delito justificava. Não havia nenhum partidário dos Orange, nenhum protestante irlandês naquele lado do inferno que valesse 100 libras esterlinas ao governo britânico ou ao próprio demônio; mas, se o governo britânico sentia com tanta veemência a morte do cobrador de aluguéis de um senhorio inglês, era hora de Gerald O'Hara ir embora, e logo. Verdade que ele chamara o cobrador de "Orange canalha", mas isso, segundo seu modo de ver as coisas, não dava ao homem nenhum direito de insultá-lo assobiando os primeiros versos de "The Boyne Water".

A Batalha de Boyne fora travada havia mais de cem anos, mas para os O'Hara e seus vizinhos parecia ter sido ontem que suas esperanças e sonhos, assim como suas terras e riquezas, se haviam desfeito na mesma nuvem de poeira que envolvera um amedrontado e fujão príncipe Stuart, deixando Guilherme de Orange e suas odiosas tropas de penachos laranja abater os partidários dos Stuart.

Por essa e outras razões, a família de Gerald não dera ao desfecho fatal dessa disputa maior importância, exceto por sentir-lhe as graves consequências. Fazia anos que estavam em maus lençóis com a polícia inglesa devido a atividades suspeitas contra o governo, e Gerald não era o primeiro O'Hara a levantar acampamento e abandonar a Irlanda da noite para o dia. De seus dois irmãos mais velhos, James e Andrew, ele mal se lembrava, a não ser como jovens taciturnos que iam e vinham na calada da noite com ocupações misteriosas, ou desapareciam por semanas, para grande ansiedade da mãe deles. Tinham ido para a América havia anos, após a descoberta de um pequeno arsenal de espingardas enterradas no chiqueiro da família. Agora eram comerciantes bem-sucedidos em Savannah, "embora só Deus adorado saiba ao certo onde isso fica", como sua mãe sempre pontuava ao mencionar os dois mais velhos de sua ninhada de homens, para os quais Gerald foi enviado.

Ele abandonou o lar com o apressado beijo da mãe no rosto e suas fervorosas bênçãos católicas nos ouvidos, além da advertência de despedida do pai: "Lembre-se de quem você é e não tire nada de homem algum." Seus cinco irmãos de grande estatura lhe deram adeus com olhos admirados, mas levemente condescendentes, pois Gerald era o caçula, e o menor de uma família robusta.

Os cinco irmãos e o pai mediam 1,80m e eram grandes, mas o pequeno Gerald, aos 21 anos, sabia que 1,61m era tudo o que o Senhor em Sua sabedoria lhe permitiria. Fazia parte de seu modo de ser que nunca tivesse se lamentado pela falta de altura, e esta nunca lhe fora empecilho para conseguir qualquer coisa que quisesse. Mais exatamente, era sua estatura compacta que o fazia quem era, pois bem cedo aprendera que as pessoas pequenas precisam ser valentes para sobreviver entre as grandes. E, valente, Gerald era.

Seus irmãos maiores formavam um grupo soturno, calado, em quem a tradição familiar de glórias passadas, para sempre perdidas, inflamava um ódio silencioso e impunha um humor amargo. Se Gerald tivesse sido robusto, teria seguido o caminho dos outros O'Hara e se infiltrado discreta e obscuramente entre os rebeldes contra o governo. Mas era "cabeça-dura e fanfarrão", como sua mãe dizia com carinho, de temperamento explosivo, rápido com os punhos, sempre pronto para uma briga, algo indisfarçável. Ele se movia com andar arrogante entre os altos O'Hara como um garnisé se pavoneando em um terreiro de galos Cochin, e eles o amavam, implicavam com ele afetivamente para ouvi-lo berrar e lhe batiam com os punhos fortes não mais do que o necessário para manter o irmão caçula em seu lugar.

Se a educação que Gerald levara para a América era escassa, ele não sabia. E nem sequer ligaria se alguém lhe tivesse dito. Sua mãe o ensinara a ler e escrever corretamente. Sabia fazer contas. E aí terminava sua intimidade com os livros. O único latim que conhecia eram as réplicas à missa, e a única história, as múltiplas afrontas à Irlanda. De poesia, só conhecia a de Moore e nenhuma música, exceto as canções irlandesas que passavam de geração em geração. Ao mesmo tempo em que nutria o mais vivo respeito por aqueles que tinham mais instrução formal, nunca sentiu falta dela. E que falta ele podia sentir dessas coisas em um país novo, onde o mais ignorante dos colonos fazia grandes fortunas? Em um país onde só pediam que um homem fosse forte e não temesse o trabalho?

Nem James nem Andrew, que o receberam em sua loja em Savannah, lamentavam sua falta de instrução. Sua boa caligrafia, os cálculos corretos e a habilidade astuciosa para barganhar conquistaram o respeito deles, enquanto um conhecimento de literatura ou um fino apreço pela música, se o jovem Gerald os possuísse, os teria feito rir de descaso. A América, nos primeiros anos do século, fora generosa com os irlandeses. James e Andrew, que tinham começado com o transporte de produtos em carroções cobertos, de Savannah para as cidades do interior da Geórgia, haviam prosperado, abrindo sua loja própria, e Gerald prosperara com eles.

Ele gostava do sul e logo se tornou, na própria opinião, um sulista. Havia muita coisa sobre o sul e os sulistas que ele nunca entenderia; mas, com o coração dedicado que fazia parte de sua natureza, ele adotava as ideias e costumes do modo como os entendia, tornando-os seus: pôquer e corridas de cavalo, política inflamada e o código de duelos, os Direitos de Estado e a abominação a todos os ianques, escravatura e o Rei Algodão, desprezo pelos brancos ordinários e cortesia exagerada com as mulheres. Até a mascar tabaco ele aprendeu. Não houve necessidade de adquirir uma boa resistência para o uísque, pois nascera com ela.

Mas Gerald continuava sendo Gerald. Seus hábitos e suas ideias mudaram, mas seus modos não mudariam, mesmo que ele pudesse tê-lo feito. Ele admirava a elegância arrastada dos ricos plantadores de arroz e algodão que chegavam a Savannah oriundos de seus reinos cobertos de musgo, montados em cavalos puro-sangue e seguidos pelas carruagens de suas damas igualmente elegantes e pelos carroções com seus escravos. Mas Gerald nunca conseguiria ser elegante. As vozes preguiçosas, indistintas, lhe agradavam os ouvidos, mas o vivaz sotaque irlandês mantinha-se fiel em sua língua. Apreciava a cortesia informal com que eles conduziam os negócios importantes, o modo como arriscavam uma fortuna, uma plantação ou um escravo na virada de uma carta, e como aceitavam suas perdas com um bom humor descuidado e sem mais cerimônias do que quando jogavam moedas aos negrinhos. Mas Gerald conhecera a pobreza e nunca conseguiria aprender a perder dinheiro com bom humor ou dignidade. Era uma raça agradável a desses georgianos do litoral, com sua fala macia, suas vogais passageiras e encantadoras inconsistências. Gerald gostava deles. Mas havia uma vitalidade enérgica e inquieta naquele jovem irlandês recém-chegado de um país onde os ventos sopravam úmidos e frios, onde os pântanos enevoados não provocavam febre, que o separava daquele povo gentil e indolente do clima semitropical e brejos infestados de malária.

Deles aprendia o que achava útil, e o resto dispensava. Achou o pôquer a coisa mais útil de todos os costumes sulistas, o pôquer e uma boa cabeça para o uísque;

e foi sua aptidão natural para as cartas e para a bebida âmbar que dera a Gerald duas de suas mais prezadas posses: seu camareiro e sua fazenda. A outra era sua mulher, e ele só podia atribuí-la à misteriosa bondade de Deus.

O camareiro, de nome Pork, negro retinto, honrado e treinado em todas as artes da elegância do trajar, era resultado de uma noite inteira de jogatina com um fazendeiro da ilha de St. Simons, cuja coragem para o blefe se igualava à de Gerald, mas a resistência ao rum de Nova Orleans, não. Embora o ex-dono de Pork posteriormente tivesse oferecido o dobro do valor para tê-lo de volta, Gerald recusou obstinadamente, pois a posse de seu primeiro escravo, aquele escravo, o "melhor camareiro do litoral", era o primeiro passo ascendente na direção do desejo de seu coração. Gerald queria ser dono de escravos e senhor de terras.

Ele estava decidido a não passar o resto de seus dias, como James e Andrew, barganhando, nem todas as suas noites à luz de velas, debruçado sobre longas colunas de algarismos. Sentia intensamente, ao contrário dos irmãos, o estigma social daqueles "do comércio". Gerald queria ser fazendeiro. Com a fome profunda de um irlandês que fora inquilino das terras que um dia sua gente possuíra e onde caçara, ele queria ver seus próprios hectares se estendendo verdejantes à sua frente. Com uma implacável obstinação em seu propósito, ele desejava a própria casa, a própria plantação, os próprios cavalos, os próprios escravos, e ali, naquele novo país, a salvo do duplo perigo da terra que deixara — impostos que consumiam a colheita e os celeiros, e a ameaça constante de um súbito confisco —, ele pretendia ter tudo aquilo. Mas acalentar essa ambição e levá-la à realização eram duas coisas diferentes, como ele descobriu com o passar do tempo. O litoral da Geórgia era demasiadamente dominado por uma aristocracia entrincheirada para que ele pudesse ter esperança de conquistar o lugar que desejava.

Então a mão do Destino e uma mão de pôquer se combinaram para lhe dar a fazenda, que ele depois chamou de Tara, e ao mesmo tempo o fizeram se mudar do litoral para as terras altas do interior, ao norte da Geórgia.

Foi em um saloon em Savannah, em uma noite quente de primavera, quando Gerald entreouviu a conversa de um estranho sentado próximo a ele e aguçou os ouvidos. O homem, natural de Savannah, acabara de retornar após 12 anos no interior. Ele fora um dos vencedores da loteria da terra feita pelo Estado para lotear uma vasta região da Geórgia, cedida pelos índios no ano anterior à chegada de Gerald à América. Ele fora até lá, estabelecera uma fazenda, mas agora a casa tinha se incendiado, ele estava cansado do "maldito lugar" e ficaria grato de se ver livre dele.

Gerald, a mente sempre presa ao desejo de possuir uma fazenda, arranjou para que fossem apresentados e seu interesse aumentou conforme o estranho lhe contava como a região norte do estado estava se enchendo de recém-chegados das Carolinas e da Virgínia. Gerald já morava em Savannah havia tempo suficiente para ter adquirido a visão do litoral — de que o resto do estado era um matagal, com um índio à espreita atrás de cada moita. Em transações comerciais para os irmãos O'Hara, ele visitara Augusta, uns 150 quilômetros acima do rio Savannah, e viajara pelo interior, indo longe o bastante para conhecer as velhas cidades a oeste. Ele sabia que aquela região era tão bem estabelecida quanto o litoral, mas, pela descrição do estranho, sua fazenda ficava a mais de 400 quilômetros de Savannah na direção noroeste, não muito ao sul do rio Chattahoochee. Gerald sabia que ao norte, além daquelas águas, a terra ainda pertencia aos Cherokee, então foi surpreso que ele ouviu o homem zombar das sugestões de problemas com os índios e narrar como as cidades estavam crescendo e que as fazendas prosperavam no novo povoamento.

Uma hora depois, quando a conversa começava a se arrastar, Gerald, com uma malícia que desmentia a ampla inocência de seus claros olhos azuis, propôs uma partida. Depois de beberem e jogarem até altas horas, chegou um momento em que todos os outros jogadores se retiraram, deixando Gerald e o estranho sozinhos na disputa. O estranho empurrou todas as suas fichas e, com elas, a escritura de sua fazenda. Gerald empurrou todas as suas fichas, colocando sobre elas sua carteira. O fato de o dinheiro contido nela pertencer à firma dos irmãos O'Hara não preocupava sua consciência a ponto, sequer, de fazê-lo se confessar antes da missa na manhã seguinte. Ele sabia o que queria e, quando Gerald queria alguma coisa, ele a conseguia pela rota mais direta. Além disso, tal era sua fé no próprio destino e em seus quatro valetes que nunca, nem por um instante, ele se perguntou como o dinheiro seria devolvido no caso de uma mão mais alta ser baixada do outro lado da mesa.

— Não é nenhuma barganha que você está ganhando e fico contente de não precisar mais pagar impostos pelo lugar — suspirou o possuidor de um *full* de ases, enquanto pedia uma pena e tinta. — A casa-grande pegou fogo há um ano e o mato está tomando conta dos campos. Mas é sua.

— Nunca misture cartas e uísque a não ser que tenha sido desmamado com uísque irlandês — disse Gerald gravemente a Pork naquela mesma noite, enquanto este o atendia para ir dormir. E o camareiro, que começara a tentar imitar o sotaque irlandês devido à admiração pelo novo senhor, respondeu adequadamente em uma mistura do dialeto negro, o *geechee*, com o do condado de Meath, que teria intrigado qualquer um, exceto aqueles dois.

O lamacento rio Flint, correndo silenciosamente entre muralhas de pinheiros e carvalhos cobertos por trepadeiras emaranhadas, envolvia a nova terra de Gerald como um braço dobrado, abraçando-a por dois lados. Para Gerald, sobre a pequena colina onde estivera a casa, essa barreira verde e alta era uma evidência tão visível quanto prazerosa de propriedade quanto uma cerca que ele mesmo tivesse construído para marcá-la como sua. De pé sobre as pedras pretas de fundação da casa incendiada, ele olhou para a longa alameda de árvores abaixo que levava até a estrada e praguejou alto, com uma alegria grande demais para uma oração de agradecimento. Aquelas duas fileiras de árvores sombrias eram dele, assim como o gramado abandonado, com a erva daninha crescida sob as jovens magnólias floridas de branco. Os campos não cultivados, invadidos por brotos de pinheiros e arbustos, que estendiam sua superfície ondulante de barro vermelho pela vastidão dos quatro lados, pertenciam a Gerald O'Hara — era tudo dele porque ele tinha uma resistência irlandesa à embriaguez e a coragem de apostar tudo em uma mão de cartas.

Fechando os olhos, na imobilidade dos hectares ociosos, Gerald sentiu que tinha chegado em casa. Ali, sob seus pés, se ergueria uma casa de tijolos brancos. Do outro lado da estrada, haveria novas cercas, reunindo o gado gordo e cavalos de raça, e a terra vermelha que descia pela encosta da colina até as férteis margens do rio refletiria a brancura da penugem do algodão sob o sol, hectares e mais hectares de algodão! A fortuna dos O'Hara ressuscitaria.

Com sua pequena participação na firma, o que conseguiu pegar emprestado dos irmãos, nada entusiasmados, e uma boa soma obtida com a hipoteca da terra, Gerald comprou a primeira leva de trabalhadores para o campo e foi para Tara, viver sua solidão de solteiro na casa de quatro cômodos do capataz até as paredes brancas da casa poderem ser erguidas.

Ele limpou os campos, plantou algodão e pegou emprestado mais dinheiro de James e Andrew para comprar novos escravos. Os O'Hara eram uma tribo fechada, unida na prosperidade e na ruína, não devido a algum afeto presunçoso, mas porque tinham aprendido durante anos cruéis que uma família precisa apresentar ao mundo uma fachada inquebrantável para sobreviver. Eles emprestaram o dinheiro a Gerald e, nos anos subsequentes, a quantia lhes foi devolvida com juros. Gradativamente a fazenda se ampliou, conforme Gerald foi comprando mais hectares no entorno, e com o tempo a casa branca se tornou uma realidade em vez de um sonho.

Foi construída com trabalho escravo, um prédio pesado e deselegante que coroava a elevação de terra sobre a encosta verde das pastagens que iam até o rio; mesmo quando nova, a casa tinha uma aparência de maturidade, o que agradava a Gerald. Os velhos carvalhos, que tinham visto os índios passarem sob seus ramos, abraçavam a casa com seus possantes galhos, cuja ramagem se projetava sobre o telhado, fazendo muita sombra. Recuperado das ervas daninhas, o gramado cresceu espesso, e Gerald cuidava para que fosse bem mantido. Da alameda de cedros até a fileira de cabanas brancas dos escravos, havia um ar de solidez, de estabilidade e de permanência em Tara; e, sempre que Gerald galopava até a curva da estrada e via seu próprio telhado sobressaindo-se em meio aos galhos verdes, seu coração se enchia de orgulho como se cada visão fosse a primeira.

Ele fizera aquilo tudo, o pequeno Gerald, cabeça-dura e fanfarrão.

Gerald tinha excelentes relações com todos os vizinhos do condado, exceto com os MacIntosh, cuja terra fazia limite com a sua à esquerda, e os Slattery, cujo escasso hectare se estendia à direita, ao longo dos fundos do pântano, entre o rio e a fazenda de John Wilkes.

Os MacIntosh eram escoceses da Irlanda e protestantes Orange, e, mesmo que possuíssem todas as qualidades santificadas pelo calendário católico, essa ascendência os teria eternamente amaldiçoado aos olhos de Gerald. Verdade, eles moravam na Geórgia havia setenta anos e, antes disso, tinham passado uma geração nas Carolinas, mas o primeiro da família que botara o pé na costa americana viera de Ulster, e isso bastava para Gerald.

Era uma família calada e impertinente, que só se relacionava entre si e se casava com os parentes da Carolina. Gerald não estava sozinho com seu sentimento negativo por eles, pois o pessoal do condado era amistoso e sociável, e ninguém tolerava muito quem não possuísse essas qualidades. Rumores de simpatia abolicionista não aumentavam a popularidade dos MacIntosh. O velho Angus nunca emancipara um único escravo e nunca cometera a imperdoável falta social de vender alguns de seus negros a negociantes de escravos de passagem para os campos de cana-de-açúcar da Louisiana, mas os rumores persistiam.

— Ele é um abolicionista, sem dúvida — observava Gerald a John Wilkes. — Mas, em um homem de ascendência Orange, quando um princípio vai contra a sovinice escocesa, o princípio perde.

Os Slattery eram outro caso. Sendo brancos pobres, eles nem sequer recebiam das famílias vizinhas o respeito de má vontade concedido à obstinada independência de Angus MacIntosh. O velho Slattery, que se agarrava com persistência aos seus poucos hectares, apesar das repetidas ofertas de Gerald e de John Wilkes, era indolente e queixoso. A mulher dele era uma criatura de cabelos desgrenhados, aparência doentia e abatida, mãe de uma ninhada de crianças taciturnas e dentuças — uma ninhada que aumentava regularmente todos os anos. Tom Slattery não possuía escravos e cuidava esporadicamente dos poucos hectares de algodão com os dois filhos mais velhos, enquanto a mulher e os filhos menores tomavam conta do que era para ser uma horta. Mas, de alguma maneira, o algodão nunca dava certo e a horta, devido às constantes gestações da Sra. Slattery, raramente provia o suficiente para alimentar seu bando.

A visão de Tom Slattery vagando pela varanda dos vizinhos, pedindo sementes de algodão para plantar ou um pedaço de bacon para "ajudá-lo em uma dificuldade", era familiar. Slattery odiava os vizinhos com a pouca energia que tinha, sentindo o desprezo sob a cortesia deles, e odiava especialmente os "negros arrogantes dos ricos". Os negros das casas do condado se consideravam superiores aos brancos ordinários e, ao mesmo tempo que o visível desprezo deles o ofendia, a posição mais segura que tinham na vida lhe instigava a inveja. Em oposição à sua miserável existência, eles eram bem-alimentados, bem-vestidos e assistidos na doença e na velhice. Tinham orgulho dos bons nomes de seus donos e, na maior parte, eram orgulhosos de pertencer a pessoas de qualidade, enquanto ele era desprezado por todos.

Tom Slattery poderia ter vendido sua fazenda pelo triplo do valor para qualquer um dos fazendeiros do condado. Eles teriam considerado um dinheiro bem gasto para livrar a comunidade de algo ofensivo ao olhar, mas ele ficava bem satisfeito de ficar e sobreviver miseravelmente com o lucro de um fardo de algodão por ano e a caridade dos vizinhos.

Gerald tinha uma boa relação e alguma intimidade com todo o resto do condado. Os Wilkes, os Calvert, os Tarleton, os Fontaine, todos sorriam quando a pequena figura no grande cavalo branco chegava galopando a suas fazendas. Sorriam e mandavam vir copos longos, onde um cálice de Bourbon era derramado sobre uma colher de chá de açúcar e um raminho esmagado de hortelã. Gerald era simpático, e os vizinhos aprenderam a tempo o que crianças, negros e cachorros descobriam à primeira vista: que, por trás da voz alta e dos modos truculentos, se escondia um bom coração, um ouvido pronto e solidário e uma carteira aberta.

Sua chegada sempre se dava em meio ao tumulto dos cães de caça latindo e de criancinhas negras gritando enquanto corriam ao seu encontro, brigando pelo privilégio de segurar o cavalo e sorrindo embaraçadas com seus insultos bem-humorados. As crianças brancas faziam o maior alarido para se sentarem em seus joelhos e serem balançadas em um trote, enquanto ele denunciava aos mais velhos as infâmias dos políticos ianques; as filhas dos amigos lhe confidenciavam seus casos amorosos; e os jovens da vizinhança, temerosos de confessar dívidas de honra sobre os tapetes de seus pais, encontravam nele o amigo de que necessitavam.

— Então, você está com essa dívida há um mês, seu crápula! — ele gritava.
— E, por todos os santos, por que não me pediu esse dinheiro antes?

Sua aspereza era conhecida demais para chegar a ofender, e não fazia mais que arrancar um sorriso acanhado dos jovens, que retrucavam:

— Bem, senhor, eu odiaria incomodá-lo e a meu pai...

— Seu pai é um bom homem, sem dúvida, mas rígido, então pegue isso e não toquemos mais no assunto.

As esposas dos fazendeiros foram as últimas a capitular. Mas, quando a Sra. Wilkes, "uma grande dama, com um raro talento para o silêncio", como Gerald a caracterizava, disse ao marido certa noite, depois que o cavalo de Gerald se afastava pelo caminho de entrada: "Ele tem uma fala grosseira, mas é um cavalheiro", Gerald tinha definitivamente conseguido.

Ele não sabia que levara quase dez anos para conseguir, pois nunca lhe ocorrera que a princípio os vizinhos o haviam olhado com desconfiança. Em sua mente, nunca houvera qualquer dúvida de que seu lugar era ali, desde o primeiro momento em que pusera os pés em Tara.

Quando Gerald completou 43 anos, tão atarracado e com o rosto tão corado que parecia um caçador de uma pintura esportiva, lhe passou pela cabeça que, por mais caros que lhe fossem Tara e os vizinhos do condado, com seus corações e casas abertos, eles não eram suficientes. Ele queria uma esposa.

Tara implorava por uma senhora. O gordo cozinheiro, um negro do quintal promovido à função por necessidade, nunca aprontava as refeições na hora; e a camareira, antes trabalhadora do campo, deixava a poeira se acumular sobre os móveis e parecia nunca ter roupa de cama limpa à mão; de modo que a chegada de hóspedes era sempre ocasião de muito tumulto e afazeres. Pork, o único negro doméstico experiente, fazia a supervisão geral dos outros criados, mas até ele se tornara um tanto negligente após tantos anos de exposição ao modo despreocupado de Gerald levar a vida. Como camareiro, ele mantinha o quarto do senhor em ordem e, como mordomo, servia as refeições com dignidade e estilo, mas, fora isso, deixava as coisas seguirem seu próprio curso.

Com o infalível instinto africano, todos os negros perceberam que Gerald latia alto, mas não mordia nem de leve, e desavergonhadamente se aproveitavam dele. A atmosfera estava sempre tensa com ameaças de vender escravos para o sul e de horríveis chicotadas, mas nunca houve um escravo vendido em Tara, e apenas uma chicotada, e essa ocorrera por não terem tirado sela e arreios do cavalo de Gerald após um longo dia de caçada.

Os argutos olhos azuis de Gerald percebiam como as casas dos vizinhos eram dirigidas com eficiência, e a facilidade com que as esposas bem penteadas em saias farfalhantes manejavam seus criados. Ele não sabia que essas mulheres passavam seus dias acorrentadas à supervisão da cozinha, das crianças, da costura e da lavanderia. Ele só via os resultados externos, que o impressionavam.

A necessidade urgente de uma esposa ficou clara quando certa manhã ele se vestia para ir à feira na cidade. Pork trouxe sua camisa favorita, consertada de modo tão inábil que não era possível ninguém usá-la, exceto o próprio criado.

— Sinhô Gerald — disse Pork, dobrando a camisa, agradecido, enquanto Gerald se enfurecia —, o que o sinhô precisa é uma muié, e uma muié com bastante nêgo de dentro de casa.

Gerald repreendeu Pork por sua impertinência, mas sabia que ele estava certo. Ele queria uma mulher e queria filhos, e, se não os tivesse logo, seria tarde demais. Mas não se casaria com qualquer uma, como o Sr. Calvert fizera, tomando como esposa a governanta ianque de seus filhos órfãos de mãe. Sua mulher teria de ser uma dama, e uma dama de sangue nobre, com tanta pose e graça quanto a Sra. Wilkes, e com a capacidade de dirigir Tara tão bem como a Sra. Wilkes ordenava seus domínios.

Mas havia dois obstáculos no caminho de um casamento com alguém das famílias do condado. O primeiro era a escassez de moças em idade de se casar. O segundo, e mais sério, era que Gerald era um "homem novo", apesar de seus quase dez anos de residência, e estrangeiro. Ninguém sabia nada sobre sua família. Mesmo que a sociedade do norte da Geórgia não fosse tão inexpugnável quanto a dos aristocratas do litoral, nenhuma família desejava que sua filha se casasse com um homem de quem não soubessem nada do avô.

Gerald sabia que, apesar de contar com a simpatia genuína dos homens da região, com quem caçava, bebia e falava de política, dificilmente encontraria um que o aceitasse como genro. E ele não queria que mexericassem à mesa de jantar dizendo que este ou aquele pai tinha pesarosamente recusado Gerald O'Hara como pretendente de sua filha. Essa consciência não fazia Gerald se sentir inferior aos vizinhos. Nada jamais conseguia fazê-lo se sentir inferior, de modo algum, a ninguém. Era simplesmente um costume singular do condado que as filhas só se casassem com jovens de famílias que vivessem no sul havia mais de 22 anos, possuíssem terra e escravos e fossem adeptas dos vícios da moda.

— Faça as malas. Estamos indo para Savannah — disse ele a Pork. — E, se eu ouvi-lo dizer "Cristo!" ou "Credo!" uma só vez, é você que eu vou vender, pois essas são palavras que eu mesmo raramente uso.

James e Andrew poderiam lhe dar algum conselho sobre aquele assunto de casamento e poderia haver filhas entre os velhos amigos deles prontas a satisfazer suas exigências e aceitá-lo como marido. James e Andrew escutaram sua história pacientemente, mas lhe deram pouco incentivo. Eles não tinham parentes em

Savannah a quem pudessem recorrer, pois quando foram para a América estavam casados. E as filhas de seus velhos amigos havia muito tinham se casado e já estavam criando os próprios filhos.

— Você não é um homem rico e não tem uma grande família — disse James.

— Eu fiz meu dinheiro e posso fazer uma grande família. E não vou me casar com qualquer uma.

— Você sonha alto — disse Andrew secamente.

Mas eles fizeram o possível por Gerald. James e Andrew estavam velhos e eram benquistos em Savannah. Tinham muitos amigos e por um mês levaram Gerald de casa em casa, a jantares, danças e piqueniques.

— Apenas uma fisgou meu olhar — disse Gerald por fim —, e ela nem era nascida quando aportei por aqui.

— E quem foi que fisgou seu olhar?

— A Srta. Ellen Robillard — disse Gerald, tentando falar sem muito interesse, pois os olhos escuros levemente oblíquos de Ellen Robillard tinham fisgado mais do que seu olhar. Apesar de um misterioso comportamento indiferente, estranho em uma moça de 15 anos, ela o encantara. Além disso, havia nela um assombroso ar de desespero que penetrara seu coração, tornando-o mais gentil com ela do que jamais fora com qualquer pessoa no mundo.

— E você tem idade para ser pai dela!

— Estou em meu auge! — gritou Gerald, ofendido.

James falou baixinho.

— Jerry, não há moça em Savannah com quem você tenha menos chance de se casar. O pai dela é um Robillard, e esses franceses são orgulhosos como Lúcifer. E a mãe dela, que Deus a tenha, era uma grande dama.

— Não me importo — disse Gerald acaloradamente. — Além disso, a mãe dela está morta e o velho Robillard gosta de mim.

— Como homem, sim, mas como genro, não.

— De qualquer maneira, a moça não o aceitaria — interpôs Andrew. — Faz um ano que está apaixonada por aquele janota leviano do primo dela, Philippe Robillard, apesar de a família pressioná-la dia e noite para que desista dele.

— Ele partiu para a Louisiana este mês — disse Gerald.

— Como é que você sabe?

— Eu apenas sei — respondeu Gerald, sem contar que Pork tinha lhe passado essa valiosa informação, nem que Philippe fora obrigado pela família a partir para o oeste. — E não acho que a Srta. Robillard estivesse tão apaixonada que não vá esquecer o sujeito. Com 15 anos, ela é jovem demais para saber muito sobre o amor.

— Eles iriam preferir aquele primo desvairado para ela do que você.

Por isso, James e Andrew ficaram tão surpresos quanto todo mundo quando chegou a notícia de que a filha de Pierre Robillard se casaria com o pequeno irlandês do interior. Por trás das portas, os moradores de Savannah comentavam e especulavam sobre a ida de Philippe Robillard para o oeste, mas não chegaram a conclusão alguma. Por que a mais adorável das filhas de Robillard se casaria com um homenzinho barulhento e corado que mal chegava à altura de sua orelha, continuava sendo um mistério para todos.

O próprio Gerald nunca soube muito bem como tudo acontecera. Só sabia que fora um milagre. E, por uma vez na vida, comportou-se com absoluta humildade quando Ellen, muito pálida, mas igualmente calma, pousou de leve a mão em seu braço e disse:

— Eu me casarei com o senhor, Sr. O'Hara.

Os estupefatos Robillard conheciam parte dos motivos, mas apenas Ellen e sua aia sabiam toda a história da noite em que a jovem chorou até o amanhecer como uma criança de coração partido e se levantou de manhã uma mulher, com a decisão tomada.

Com um mau pressentimento, Mammy entregara à sua jovem senhora um pacote, endereçado a ela em uma caligrafia desconhecida, de Nova Orleans. Um pacote contendo uma miniatura de Ellen, que ela arremessou ao chão com um grito, quatro cartas suas para Philippe Robillard, e uma breve carta de um padre de Nova Orleans, comunicando a morte do primo em uma briga de bar.

— Eles o afastaram de mim. Papai, Pauline e Eulalie. Eles o levaram embora. Eu os odeio. Nunca mais quero vê-los. Quero ir embora. Vou embora para um lugar onde nunca mais os veja, nem a esta cidade, nem ninguém que me faça lembrar... de... dele.

E quando a noite praticamente chegara ao fim, Mammy, tendo ela mesma chorado sobre os cabelos escuros de sua senhora, protestou:

— Mas, meu docim, vosmecê num pode fazer isso!

— Vou fazer. Ele é um homem bom. Ou me caso com ele ou vou para um convento em Charleston.

Foi a ameaça do convento que finalmente conquistou o consentimento do aturdido e desolado Pierre Robillard. Ele era um dedicado presbiteriano, embora sua família fosse católica, e a ideia de sua filha tornar-se freira era ainda pior do que a de vê-la casada com Gerald O'Hara. Afinal, nada depunha contra o homem, além da falta de uma família.

Então, Ellen, não mais Robillard, deu as costas a Savannah para nunca mais voltar e, com um marido de meia-idade, Mammy e vinte "negros domésticos", pegou a estrada rumo a Tara.

No ano seguinte, a primeira filha deles nasceu e eles a chamaram Katie Scarlett, como a mãe de Gerald. Embora desapontado, pois queria um filho, Gerald ficou satisfeito o suficiente com sua filhinha de cabelos negros para servir rum a todos os escravos de Tara e ficar ele mesmo esfuziante e alegremente bêbado.

Se Ellen algum dia se arrependeu da súbita decisão de se casar com ele, ninguém nunca soube, muito menos Gerald, que quase explodia de orgulho cada vez que olhava para a esposa. Ela deixara Savannah e suas memórias para trás ao sair daquela bem-educada cidade litorânea e, desde o momento de sua chegada ao condado, o norte da Geórgia se tornou sua casa.

Ao sair do lar de seu pai para sempre, ela deixara uma casa cujas linhas eram tão belas e fluidas quanto as do corpo de uma mulher, quanto um navio a todo vapor; uma casa de estuque rosa-pálido construída em estilo colonial francês, erguida de modo caprichoso, dando-lhe acesso uma escada circular, com um corrimão de ferro batido delicado como renda. Uma casa discreta, rica e graciosa, mas fria.

Ela deixara não só a habitação elegante, como também toda a civilização que estava por trás de sua edificação, e se encontrou em um mundo tão estranho e diferente que lhe pareceu ter atravessado um continente.

O norte da Geórgia era uma região acidentada e ocupada por um povo intrépido. No alto do platô, ao pé das montanhas Blue Ridge, para onde quer que olhasse ela via as colinas ondulantes de terra vermelha, com grandes saliências de granito, e altos pinheiros a tudo sombreando tristemente. A seus olhos criados no litoral, acostumados à tranquila beleza das ilhas cobertas com seu musgo cinzento e seu emaranhado verde, às brancas extensões de praia quente sob o sol semitropical, às longas vistas de terra arenosa salpicada de palmeiras, tudo pareceu selvagem e indomado.

Aquela era uma região que conhecia o frio do inverno assim como o calor do verão, e havia um vigor e uma energia nas pessoas que lhe eram estranhos. Era uma gente bondosa, cortês, generosa e extremamente afável, mas resoluta, viril e facilmente irritável. As pessoas do litoral, que ela deixara, podiam se orgulhar de dar conta de todos os seus negócios, até de seus duelos e intrigas, com um ar displicente, mas o povo do norte da Geórgia possuía um traço de violência. No litoral, a vida amadurecera; ali, era jovem, vigorosa e nova.

Todas as pessoas que Ellen conhecera em Savannah pareciam ter saído do mesmo molde, tão semelhantes eram seus pontos de vista e tradições, mas ali havia uma grande variedade de tipos. Os colonizadores do norte da Geórgia vinham de diversos lugares, de outras partes do estado, das Carolinas e da Virgínia, da Europa e do norte. Alguns deles, como Gerald, eram pessoas recém-chegadas em busca de fortuna. Outros, como Ellen, eram membros de antigas famílias que acharam a vida intolerável em seus antigos lares, e buscaram refúgio em uma terra distante. Muitos se mudaram sem qualquer motivo, exceto que o sangue inquieto dos ancestrais pioneiros ainda pulsava em suas veias.

Aquelas pessoas, oriundas de vários lugares e de origens muito diferentes, davam a toda a vida do condado uma informalidade que era nova para Ellen, uma informalidade à qual nunca conseguiu se acostumar muito bem. Ela sabia instintivamente de que maneira as pessoas do litoral agiriam em qualquer circunstância. Mas nunca era possível prever o que os georgianos do norte fariam.

E, acelerando todos os negócios da região, estava a grande onda de prosperidade que então circulava pelo sul. O mundo inteiro precisava de algodão, e a terra nova do condado, descansada e fértil, o produzia em abundância. O algodão era o coração pulsante da região, o semear e colher eram a diástole e a sístole da terra encarnada. A riqueza saía dos sulcos sinuosos, assim como a arrogância — uma arrogância nascida dos arbustos verdes e dos hectares de branco lanoso. Se o algodão conseguira deixá-los ricos em uma geração, seriam ainda mais na próxima!

A certeza do amanhã dava à vida um sabor e entusiasmo, e o povo do condado a aproveitava com um vigor que Ellen não conseguia entender. Tinham dinheiro e escravos suficientes, o que lhes dava tempo para o lazer, e eles não o desperdiçavam. Nunca pareciam ocupados demais para largar o trabalho e se engajar em uma peixada, em uma caçada ou em uma corrida de cavalos, e raramente se passava uma semana sem um churrasco ou um baile.

Ellen nunca quis, ou conseguiu, tornar-se um deles — deixara muito de si mesma em Savannah —, mas os respeitava e, com o tempo, aprendeu a admirar a franqueza e a maneira direta daquelas pessoas, que tinham poucas reticências e valorizavam um homem pelo que era.

Ela se tornou a vizinha mais amada do condado. Era uma dona de casa próspera e gentil, boa mãe e esposa dedicada. A dor pela perda do jovem que amava e o desprendimento que teria devotado à Igreja, ela dedicava ao cuidado da filha, da casa e do homem que a tirara de Savannah e de suas memórias, e que nunca lhe fizera pergunta alguma.

Quando Scarlett tinha 1 ano e, na opinião de Mammy, era mais saudável e vigorosa do que uma menina tinha o direito de ser, nasceu a segunda filha de Ellen, batizada Susan Elinor, mas sempre chamada de Suellen, e no tempo devido chegou Carreen, registrada na Bíblia familiar como Caroline Irene. Depois seguiram-se três meninos, tendo cada um deles morrido antes de aprender a andar — três menininhos que agora jaziam sob os cedros retorcidos no cemitério a um quilômetro da casa, sob três lápides, cada uma levando o nome de "Gerald O'Hara Jr.".

Após a chegada de Ellen, Tara se transformou. Mesmo tendo apenas 15 anos, ela estava pronta para as responsabilidades de uma senhora de fazenda. Antes do casamento, as jovens devem ser, acima de tudo, dóceis, gentis, belas e decorativas, mas, depois, esperava-se que dirigissem casas que compreendiam cem ou mais pessoas, brancas e negras, e eram treinadas para isso.

Ellen recebera essa preparação para o casamento, como qualquer moça bem-criada, e também tinha Mammy, capaz de despertar a energia no mais indolente dos negros. Ela rapidamente levou ordem, dignidade e graça à vida familiar de Gerald e deu a Tara uma beleza que nunca antes houvera.

A casa fora construída sem qualquer projeto arquitetônico, com cômodos extras sendo acrescentados onde e quando parecia conveniente, mas, com o cuidado e a atenção de Ellen, ela adquiriu um encanto que compensava sua falta de estilo. A alameda de cedros que levava da estrada até a entrada — essa alameda de cedros sem a qual nenhuma casa de fazenda da Geórgia seria completa — tinha uma sobriedade obscura que, em contraste, dava um tom mais brilhante ao verde das outras árvores. A glicínia caindo sobre as varandas era luminosa contra o tijolo caiado, e se unia aos arbustos de murta rosada junto à porta e às magnólias de botões brancos no pátio para disfarçar algumas das linhas mais desastradas da casa.

Na primavera e no verão, a grama-bermudas e os trevos ficavam cor de esmeralda, de um esmeralda tão sedutor que se tornavam uma tentação irresistível aos bandos de perus e gansos brancos que só deviam percorrer as áreas dos fundos da casa. Os mais velhos dos bandos realizavam avanços furtivos e incessantes ao pátio da frente, atraídos pelo verde da relva e pela deliciosa promessa dos botões de gardênia e dos canteiros de zínia. Contra suas depredações, ficava de sentinela um negrinho na varanda da frente. Armado com uma toalha velha, o moleque sentado nos degraus fazia parte do retrato de Tara — e um retrato descontente, pois lhe era proibido bater nas aves, podendo apenas agitar a toalha e enxotá-las.

Ellen designou dezenas de negrinhos para essa tarefa, a primeira posição de responsabilidade que um escravo homem tinha em Tara. Quando completavam 10 anos, eram enviados ao velho Papai, o sapateiro da fazenda, para aprender o ofício; ou a Amos, que consertava as rodas dos veículos e era carpinteiro; ou a Phillip, que cuidava das vacas; ou a Cuffee, o rapaz das mulas. Se não mostrassem aptidão para nenhum desses ofícios, iam trabalhar no campo e, na opinião dos negros, teriam perdido sua pretensão a qualquer posição social.

A vida de Ellen não era fácil, nem feliz, mas ela não esperava que a vida fosse fácil e, se não era feliz, essa era a sina das mulheres. O mundo pertencia aos homens, e ela o aceitava como tal. O homem possuía a propriedade, e a mulher a administrava. O homem levava o crédito pela administração, e a mulher elogiava sua esperteza. O homem berrava como um touro se tivesse um espinho cravado no dedo, e a mulher sufocava os gemidos do parto para não perturbá-lo. Os homens costumavam ter a fala áspera e se embriagar. As mulheres ignoravam os lapsos da linguagem e botavam os bêbados na cama. Os homens eram grosseiros e francos, as mulheres, sempre gentis, graciosas e magnânimas.

Ela fora criada na tradição das grandes damas, que a ensinara como carregar seu fardo e ainda assim manter o encanto, e pretendia que suas três filhas também se tornassem grandes damas. Com as mais novas, ela tinha sucesso, pois Suellen ficava tão ansiosa para ser atraente que emprestava o ouvido atento e obediente aos ensinamentos da mãe, e Carreen era tímida e fácil de guiar. Mas Scarlett, filha de Gerald, achava o caminho para se tornar uma dama duro demais.

Para indignação de Mammy, os companheiros favoritos de brincadeira da menina não eram as recatadas irmãs ou as garotas Wilkes, tão bem criadas, mas as crianças negras da fazenda e os meninos da vizinhança, e ela sabia subir em uma árvore ou atirar uma pedra tão bem quanto qualquer um deles. Era um motivo de grande preocupação para Mammy que a filha de Ellen exibisse tais traços, e frequentemente a intimava a "agir que nem uma daminha". Mas Ellen assumia uma atitude mais tolerante e fazia vista grossa em relação ao problema. Ela sabia que os amiguinhos de infância seriam pretendentes no futuro, e o primeiro dever de uma moça era se casar. Ela se convencia de que a criança era simplesmente cheia de vida e ainda havia tempo para lhe ensinar as artes e graças de se tornar atraente para um homem.

Com essa finalidade, Ellen e Mammy reuniam seus esforços, e, à medida que Scarlett crescia, tornava-se uma pupila apta no assunto, embora aprendesse pouco do resto. Apesar de uma sucessão de governantas e de dois anos na Academia Feminina de Fayetteville, sua educação era precária, mas nenhuma mocinha do condado dançava mais graciosamente. Ela sabia como sorrir para salientar as covinhas, como caminhar de modo que suas amplas saias armadas balançassem de modo arrebatador, como olhar para o rosto de um homem e depois baixar os olhos e piscar rapidamente, parecendo trêmula de suave emoção. Sobretudo, ela aprendeu como ocultar dos homens uma inteligência aguçada sob um rosto tão doce e afável quanto o de um bebê.

Ellen, com suas suaves repreensões, e Mammy, com suas constantes críticas, trabalhavam para incutir na jovem as qualidades que a tornariam verdadeiramente desejável como esposa.

— Você precisa ser mais suave, querida, mais serena — dizia Ellen à filha. — Não deve interromper os cavalheiros quando estão falando, mesmo se achar que sabe mais sobre o assunto do que eles. Os cavalheiros não gostam de jovens atrevidas.

— As jove senhorita que franze a testa e levanta o quexo e diz: "Eu vô" e "Eu num vô" num garra marido — profetizava Mammy, desanimada. — As jove senhorita deve baxá os óio e dizê: "Sim sinhô, eu vô fazê que nem que o sinhô diz."

As duas ensinavam tudo o que uma moça educada devia saber, mas Scarlett só aprendia os sinais externos da gentileza. A graça interior que devia dar origem a esses sinais, ela nunca aprendeu e nunca viu motivo para aprender. As aparências eram o suficiente, pois a aparência de dama lhe tinha conquistado popularidade, e isso era tudo o que ela queria. Gerald se gabava de que a filha era a beldade dos cinco condados, e com alguma razão, pois ela recebera propostas de casamento de quase todos os jovens da vizinhança e de muitos de lugares distantes, como Atlanta e Savannah.

Aos 16 anos, graças a Mammy e a Ellen, ela parecia dócil, encantadora e passiva, mas na verdade era voluntariosa, vaidosa e obstinada. Era passional como o pai irlandês e nada possuía além de uma leve camada superficial da natureza magnânima e controlada da mãe. Ellen nunca percebeu totalmente o quão superficiais eram as boas maneiras da filha, pois Scarlett sempre lhe mostrava seu melhor lado, ocultando suas leviandades, controlando o próprio temperamento e parecendo tão dócil quanto podia em sua presença, pois bastava um olhar de reprovação da mãe para envergonhá-la até as lágrimas.

Mas Mammy não tinha ilusões e estava em constante alerta às rachaduras nesse verniz de bom comportamento. Os olhos de Mammy eram mais aguçados do que os de Ellen, e Scarlett não se lembrava de já ter conseguido enganá-la por muito tempo.

Não que essas duas mentoras amorosas deplorassem o ânimo, a vivacidade e o encanto da jovem. Esses eram traços de que as mulheres sulistas se orgulhavam. Era a natureza voluntariosa e impetuosa de Gerald nela que as preocupava, e às vezes temiam não ser capazes de ocultar suas qualidades danosas até que ela conseguisse um bom partido. Mas Scarlett pretendia se casar — se casar com Ashley — e estava disposta a parecer recatada, dócil e desmiolada, se fossem essas as qualidades que atraíam os homens. Por que os homens eram assim, ela não sabia. Só sabia que tais métodos funcionavam. Nunca a interessou o suficiente tentar descobrir o motivo, pois nada sabia dos processos interiores da mente de qualquer ser humano, nem mesmo dos próprios. Só o que sabia era que, se fizesse ou dissesse assim ou assado, os homens infalivelmente responderiam com o assim ou assado complementar. Era como uma fórmula matemática e não mais do que isso, pois matemática era a única matéria que Scarlett aprendera com facilidade em seus tempos de escola.

Se ela pouco sabia sobre as mentes masculinas, menos ainda conhecia das femininas, pois elas a interessavam em menor grau. Nunca tivera uma amiga, e nunca sentira falta. Em sua opinião, todas as mulheres, inclusive as duas irmãs, eram inimigas naturais na perseguição da mesma presa — homens.

Todas as mulheres com a única exceção de sua mãe.

Ellen O'Hara era diferente e Scarlett a encarava como algo um tanto sagrado e à parte de todo o resto da humanidade. Quando criança, confundia a mãe com a Virgem Maria, e agora que era mais velha não via motivo para mudar de opinião. Para ela, Ellen representava a segurança máxima que só o Céu ou uma mãe podem proporcionar. Sabia que ela personificava justiça, verdade, ternura e profunda sabedoria — uma grande dama.

Scarlett queria muito ser como a mãe. A única dificuldade era que, sendo justa, verdadeira, terna e altruísta, perdia-se a maior parte das alegrias da vida e certamente muitos admiradores. A vida era curta demais para se perder coisas tão prazerosas. Um dia, quando estivesse velha e casada com Ashley, um dia, quando tivesse tempo, ela pretendia ser como Ellen. Mas até então...

Capítulo 4

Naquela noite, durante o jantar, Scarlett cumpriu os atos de presidir a mesa na ausência da mãe, mas sua mente fermentava com a terrível notícia que recebera sobre Ashley e Melanie. Desesperada, esperava pelo retorno de Ellen de sua visita aos Slattery, pois, sem ela, sentia-se perdida e sozinha. Que direito tinham os Slattery e suas constantes enfermidades de tirar sua mãe de casa logo quando Scarlett precisava tanto dela?

Durante toda a refeição melancólica, a voz estrondosa de Gerald retumbou em seus ouvidos até fazê-la pensar que não aguentaria mais. Ele esquecera completamente a conversa que tivera com ela e, em um monólogo, contava as últimas notícias do forte Sumter, que eram pontuadas por seu punho batendo na mesa e seus braços gesticulando no ar. Gerald tinha por hábito dominar a conversa na hora das refeições, e Scarlett, geralmente ocupada com os próprios pensamentos, mal o ouvia; mas naquela noite não conseguia se desligar da voz do pai, por mais que se esforçasse, para se concentrar no som das rodas da carruagem que anunciaria o retorno de Ellen.

É claro que ela não pretendia contar à mãe o que lhe pesava tanto no coração, pois Ellen ficaria chocada e triste em saber que uma filha sua queria um homem que estava noivo de outra moça. Mas, nas profundezas da primeira tragédia de sua vida, ela queria o conforto da presença materna. Sempre sentia-se segura quando Ellen estava por perto, pois não havia nada tão ruim que a mãe não conseguisse melhorar simplesmente com sua presença.

Ela subitamente se levantou ao som do rangido de rodas no caminho e logo voltou a se sentar conforme elas davam a volta na casa para o pátio dos fundos. Não podia ser Ellen, pois ela desembarcaria nos degraus da frente. Depois houve o balbucio animado de vozes negras e risadas estridentes na escuridão do pátio. Olhando pela janela, Scarlett viu Pork, que saíra da sala pouco antes, segurando no alto um nó de pinho aceso, enquanto figuras indistinguíveis desciam de um carroção. As risadas e conversas se elevavam e se perdiam no ar escuro da noite, sons agradáveis, caseiros, despreocupados, guturalmente suaves, musicalmente estridentes. Depois o arrastar de passos subiu as escadas dos fundos e seguiu pela passagem que levava à casa-grande, parando no corredor, logo antes da sala de jantar. Houve um breve intervalo de sussurros e Pork entrou, sem sua dignidade usual, os olhos brilhantes e os dentes muito brancos à mostra.

— Sinhô Gerald — anunciou ele, com a respiração entrecortada, o orgulho de um noivo inundando seu semblante —, a escrava nova do sinhô chegô.

— Nova escrava? Não comprei nenhuma nova escrava — declarou Gerald, fingindo um olhar feroz.

— Comprô sim, sinhô Gerald! Comprô sim! E ela tá aqui agorinha quereno falá com o sinhô — respondeu Pork, dando uma risadinha e esfregando as mãos de empolgação.

— Bem, então traga a noiva — disse Gerald, e Pork, virando-se, gesticulou com o dedo para a esposa no corredor, recém-chegada da fazenda dos Wilkes para fazer parte de Tara. Ela entrou e, atrás dela, quase escondida pela volumosa saia de chita, vinha sua filha de 12 anos, agarrando-se às pernas da mãe.

Dilcey era alta e tinha porte ereto. Podia ter qualquer idade entre 30 e 60 anos, tão liso era seu imóvel rosto de bronze. O sangue índio era evidente em suas feições, contrabalançando os traços africanos. A cor avermelhada da pele, a testa alta e estreita, as faces proeminentes e o nariz aduncо achatado na extremidade acima dos lábios grossos, tudo mostrava a mistura das duas raças. Ela era calma e caminhava com uma dignidade que superava até a de Mammy, pois Mammy a adquirira, e a de Dilcey estava no sangue.

Sua fala não era tão ininteligível como a da maioria dos negros e ela escolhia as palavras com mais cuidado.

— Boas noite, sinhazinhas, sinhô Gerald, me desculpe incomodá, mas eu queria agradecê de novo o sinhô tê me comprado e minha fia. Uma porção de cavalhero podia tê me comprado, mas não ia tê comprado minha Prissy também só pra num me deixá sofreno e eu agradeço. Vô dá o melhó ao sinhô e mostrá que num vou esquecê.

— Hum... hãrrhãm — pigarreou Gerald, constrangido por ter sido flagrado em um ato de bondade.

Dilcey se virou para Scarlett, e algo como um sorriso enrugou os cantos de seus olhos.

— Sinhazinha Scarlett, Pork me contô como a sinhazinha pediu pro sinhô Gerald pra me comprá. Então vô dar minha Prissy a vosmecê pra sê sua criada.

Ela estendeu o braço para trás e puxou a menina para a frente. Era uma criaturinha marrom, de pernas finas como as de um pássaro, e com uma miríade de trancinhas cuidadosamente amarradas com fitas na cabeça. Tinha olhos aguçados que nada perdiam e uma estudada expressão de estupidez.

— Obrigada, Dilcey — respondeu Scarlett —, mas acho que Mammy discordaria. Ela é minha criada desde que nasci.

— Mammy tá ficano véia — disse Dilcey, com uma calma que irritaria Mammy. — Ela é boa bá, mas vosmecê é uma jove dama agora e precisa duma boa criada, e minha Prissy já faz um ano que é criada da sinhazinha India. Ela sabe costurá e arrumá cabelo, bem como uma pessoa grande.

Com uma cotovelada da mãe, Prissy fez uma ligeira mesura e sorriu para Scarlett, que não conseguiu deixar de corresponder.

"Uma fedelhinha esperta", pensou ela, e disse em voz alta:

— Obrigada, Dilcey, veremos isso quando mamãe voltar para casa.

— Brigada, sinhazinha. Vou dá boas noite a vosmecês — disse Dilcey e, virando-se, saiu da sala com a filha e Pork a acompanhando solicitamente.

Depois que a mesa do jantar foi retirada, Gerald voltou a sua oratória, mas com pouca satisfação para si mesmo e nenhuma para a audiência. Suas previsões ameaçadoras de uma guerra iminente e as indagações retóricas quanto ao sul suportar mais insultos dos ianques só produziam entediados "Sim, papai" e "Não, papai". Carreen, sentada em uma almofada sob uma grande luminária, estava absorta lendo o romance de uma moça que decidira se tornar freira após a morte de seu amado e, com silenciosas lágrimas de prazer nos olhos, imaginava-se em um hábito branco. Suellen, bordando algo que tirara de dentro do que ela chamava, rindo, de sua "arca da esperança", cogitava se conseguiria tirar Stuart Tarleton do lado da irmã no churrasco no dia seguinte e fasciná-lo com as doces qualidades femininas que ela possuía e Scarlett, não. E Scarlett estava perturbada por causa de Ashley.

Como é que o pai podia falar sem parar sobre o forte Sumter e os ianques quando sabia que ela estava com o coração partido? Característica natural dos mais jovens, ela se espantava com o fato de que as pessoas pudessem ficar tão egoisticamente alheias à dor que ela sentia, e de que o mundo continuasse girando do mesmo modo, apesar de sua dor.

Sua mente parecia ter sido varrida por um ciclone, e era estranho que a sala onde estavam continuasse tão plácida, tão igual ao que sempre fora. A pesada mesa de mogno com os aparadores, a prataria imponente, os tapetes coloridos sobre o piso lustrado estavam todos em seus lugares costumeiros, como se nada tivesse acontecido. Era uma sala simpática e confortável e, geralmente, Scarlett adorava as horas silenciosas que a família passava ali após o jantar; mas a odiava naquela noite e, se não temesse as perguntas vociferadas a altos brados pelo pai, teria saído furtivamente pelo corredor escuro até o pequeno gabinete de Ellen e chorado sua dor no velho sofá.

Aquele era o cômodo de que Scarlett mais gostava em toda a casa. Lá, Ellen se sentava diante de sua escrivaninha todas as manhãs, fazendo a contabilidade da fazenda e ouvindo os relatórios de Jonas Wilkerson, o administrador. Lá também, a família passava o tempo enquanto a pena de Ellen riscava o livro-razão. Gerald na velha cadeira de balanço, e as meninas nas almofadas macias do sofá que estava gasto demais para ficar na sala de estar. Agora Scarlett queria ficar lá, sozinha com Ellen, para pôr a cabeça em seu colo e chorar em paz. Será que mamãe nunca chegaria em casa?

Então ouviu-se o ruído de rodas sobre o cascalho da entrada, e o murmúrio suave da voz de Ellen liberando o cocheiro flutuou pela sala. O grupo todo olhou, ansioso, quando ela entrou rapidamente, a saia rodada balançando, o rosto triste e cansado. Entrou com ela a leve fragrância do sachê de limão e verbena, que sempre parecia se insinuar das dobras de seus vestidos, uma fragrância que na mente de Scarlett estava sempre ligada a sua mãe. Alguns passos atrás, Mammy a seguia, a bolsa de couro na mão, com um grande beiço e a cabeça baixa. A criada resmungava consigo mesma enquanto andava com seu jeito gingado, cuidando para que suas observações não tivessem volume suficiente para serem entendidas, mas que fossem altas o bastante para deixar registrada sua absoluta reprovação.

— Desculpem-me por chegar tão tarde — disse Ellen, escorregando o xale xadrez dos ombros caídos e entregando-o a Scarlett, cuja face ela afagou ao passar.

A fisionomia de Gerald se iluminou como em um passe de mágica quando ela entrou.

— O fedelho foi batizado? — perguntou.

— Sim, e morreu, o pobrezinho — disse Ellen. — Temi que Emmie também fosse morrer, mas acho que vai sobreviver.

As meninas viraram-se para ela, assustadas e cheias de perguntas, e Gerald meneou a cabeça filosoficamente.

— Bem, é melhor assim, que o fedelho tenha morrido, sem dúvida, o coitado sem pa...

— É tarde. Seria melhor fazermos nossas orações agora — interrompeu Ellen tão suavemente que, se Scarlett não a conhecesse bem, a interrupção teria passado despercebida.

Seria interessante saber quem era o pai do bebê de Emmie Slattery, mas Scarlett sabia que nunca saberia a verdade se esperasse ouvi-la da mãe. Desconfiava de Jonas Wilkerson, pois várias vezes o vira andando com Emmie pela estrada ao anoitecer. Jonas era um ianque solteiro, e o fato de ser administrador o barrava para sempre de qualquer contato com a vida social do condado. Não havia família de qualquer posição na qual ele pudesse arrumar um casamento, ninguém com quem pudesse se associar, exceto os Slattery e a ralé como eles. Como sua educação era muito superior à dos Slattery, era bem natural que não quisesse se casar com Emmie, a despeito da frequência com que caminhasse a seu lado ao entardecer.

Scarlett suspirou, pois sua curiosidade era grande. As coisas estavam sempre acontecendo sob os olhos da mãe, que tomava tanto conhecimento delas como se não tivessem acontecido. Ellen ignorava tudo aquilo que fosse contrário a suas ideias de adequação, e tentava ensinar Scarlett a fazer o mesmo, mas com pouco sucesso.

Ellen já fora até o console para pegar seu rosário de dentro do porta-joias onde sempre ficava, quando Mammy falou com firmeza:

— Sinhá Ellen, vosmecê vai comê sua janta antes de fazê as oração.

— Obrigada, Mammy, mas não estou com fome.

— Vô aprontá sua janta e vosmecê vai comê — disse Mammy, o cenho franzido de indignação enquanto saía pelo corredor rumo à cozinha. — Pork! — chamou. — Diz pra Cookie pra aprontá a comida. Sinhá Ellen tá em casa.

Conforme as tábuas sacudiam sob seu peso, o solilóquio que ela vinha murmurando desde o vestíbulo foi ficando cada vez mais alto, chegando claramente aos ouvidos da família na sala de jantar.

— Já falei num sei quantas vez, num dianta nada fazê as coisa pros branco ordinário. Eles são os vivente mais preguiçoso e malagradecido que tem. E a sinhá Ellen num tem nada que ficá se cansano com essa gente que era mió matar, que num ia tê os nêgo pra cuidá deles. E eu já falei...

Sua voz foi sumindo conforme ela seguia pela longa passagem aberta, coberta apenas por um telhado, que levava à cozinha. Mammy tinha seu método de fazer os senhores saberem exatamente qual era sua posição em todos os assuntos. Ela sabia que estava abaixo da dignidade dos brancos de classe prestar a mínima atenção ao que uma negra resmungava consigo mesma. Sabia que, para manter essa dignidade, eles deviam ignorar o que ela dizia, mesmo que ela estivesse no cômodo ao lado e praticamente gritasse. Isso a protegia de censuras e não deixava ninguém em dúvida sobre seus pontos de vista.

Pork entrou na sala segurando um prato, os talheres e um guardanapo. Era seguido de perto por Jack, um negrinho de 10 anos, abotoando apressadamente um casaco de linho branco com uma das mãos e na outra segurando um espanta-moscas feito de tiras finas de jornal amarradas a um caniço mais longo que ele próprio. Ellen tinha um lindo espanta-moscas de penas de pavão, mas era usado somente em ocasiões muito especiais e apenas após uma batalha doméstica, devido à convicção obstinada de Pork, Cookie e Mammy de que penas de pavão davam azar.

Ellen sentou-se na cadeira que Gerald puxou para ela e quatro vozes a atacaram.

— Mamãe, a renda de meu vestido de baile novo se soltou e eu quero usá-lo amanhã à noite em Twelve Oaks. A senhora poderia consertar?

— Mamãe, o vestido de Scarlett é mais bonito que o meu, e eu fico horrível de cor-de-rosa. Por que ela não pode usar o meu cor-de-rosa e eu o verde dela? Ela fica bem de cor-de-rosa.

— Mamãe, posso ficar acordada para o baile amanhã à noite? Já tenho 13 anos...

— Sra. O'Hara, a senhora acredita... quietas, meninas, antes que eu use meu chicote em vocês!... Cade Calvert esteve em Atlanta hoje de manhã e disse... vocês poderiam ficar quietas e me deixar ouvir minha própria voz?... e ele diz que está o maior mal-estar, que não falam de nada além de guerra, treinamento das milícias, formação de tropas. E diz que as notícias de Charleston são de que eles não vão mais aguentar os insultos dos ianques.

A boca cansada de Ellen sorriu em meio ao tumulto enquanto se dirigia primeiramente ao marido, como era o dever de uma esposa.

— Se as boas pessoas de Charleston pensam assim, tenho certeza de que todos pensaremos em breve — disse ela, pois tinha uma crença profundamente enraizada de que, exceto por Savannah, a maior parte do sangue virtuoso de todo o continente podia ser encontrado naquela pequena cidade portuária, uma crença largamente compartilhada pelos charlestonianos.

— Não, Carreen, no ano que vem, querida. Então você poderá ficar acordada para os bailes e usar um vestido de mocinha, e como minha pequena Bochechas Rosadas vai aproveitar! Nada de beicinhos, querida. Lembre-se de que poderá ir ao churrasco e ficar até depois do jantar, mas nada de bailes até completar 14 anos.

— Dê-me seu vestido, Scarlett, vou consertar a renda depois das orações.

— Suellen, não gosto de seu tom, querida. Seu vestido cor-de-rosa é lindo e combina com seu tom de pele, assim como o de Scarlett com o dela. Mas você poderá usar meu colar de granada amanhã à noite.

Pelas costas da mãe, Suellen franziu triunfante o nariz para Scarlett, que planejava pedir o colar emprestado. Scarlett mostrou a língua para ela. Suellen era uma irmã irritante com seus queixumes e seu egoísmo, e, se não fosse pela mão repressora de Ellen, Scarlett muitas vezes teria lhe dado uns tapas nas orelhas.

— Agora, Sr. O'Hara, conte-me mais sobre o que o Sr. Calvert disse sobre Charleston — pediu Ellen.

Scarlett sabia que a mãe pouco ligava para guerra e política, considerando-as assuntos masculinos com os quais nenhuma dama devia se preocupar. Mas dava prazer a Gerald expressar seus pontos de vista, e Ellen nunca deixava de ser solícita aos prazeres do marido.

Enquanto Gerald continuava com as notícias, Mammy serviu o prato diante de sua senhora. Brioches dourados, peito de frango frito e uma batata-doce amarela aberta e fumegante, com manteiga derretida. Mammy beliscou o pequeno Jack, que se apressou em seu serviço de abanar lentamente as tiras de papel de cá para lá, por trás de Ellen. Mammy ficou ao lado da mesa, observando cada garfada que viajava do prato à boca, como se fosse forçar a comida pela garganta de Ellen caso visse sinais de desistência. A mãe comeu aplicadamente, mas Scarlett podia ver que ela estava cansada demais para saber o que estava engolindo. Somente a expressão implacável de Mammy a obrigava a fazê-lo.

Quando o prato já se esvaziara e Gerald só estava a meio caminho em suas observações sobre a desonestidade dos ianques, que queriam libertar os negros e não ofereciam um único centavo pela liberdade deles, Ellen se levantou.

— Vamos todos fazer as orações? — indagou ele, relutante.

— Sim. Está tão tarde... na verdade já são 22 horas. — O relógio, com tossidas e leves pancadas, marcava a hora. — Carreen já deveria estar dormindo há muito tempo. O lampião, por favor, Pork, e meu missal, Mammy.

Instigado pelo sussurro rouco de Mammy, Jack deixou seu espanta-moscas no canto e tirou os pratos, enquanto Mammy remexia a gaveta do aparador para pegar o velho missal de Ellen. Na ponta dos pés, Pork encaixou a argola no gancho e foi baixando o lampião até que a mesa ficasse banhada de luz e o teto, sombrio. Ellen arrumou as saias e pôs-se de joelhos, deixando o missal na mesa diante de si e cruzando as mãos sobre ele. Gerald se ajoelhou ao lado dela, e Scarlett e Suellen assumiram seus lugares de costume do outro lado da mesa, dobrando as volumosas anáguas sob os joelhos, para que doessem menos em contado com o chão duro. Carreen, que era pequena para a idade, não conseguia se ajoelhar confortavelmente à mesa, então o fazia diante de uma cadeira, os cotovelos apoiados no assento. Ela gostava daquela posição, pois raramente conseguia se manter acordada durante as orações e, assim, os cochilos passavam despercebidos aos olhos da mãe.

Os criados se acomodavam e sussurravam no vestíbulo para se ajoelhar no vão da passagem, Mammy gemendo alto enquanto se abaixava; Pork ereto como uma vareta; Rosa e Teena, as camareiras, graciosas com suas saias de chita espalhadas; Cookie magra e amarelada por baixo de seu turbante branco; e Jack, tonto de sono, tão distante dos beliscões de Mammy quanto possível. Os olhos escuros de todos brilhavam de expectativa, pois rezar com os senhores brancos era um dos acontecimentos do dia. As antigas e pitorescas expressões da ladainha com suas imagens orientais pouco significavam para eles, mas satisfaziam algo em seus corações, e sempre se balançavam ao recitar as respostas: "Sinhô, tem piedade de nós"; "Cristo, tem piedade de nós".

Ellen fechou os olhos e começou a rezar, sua voz subindo e descendo, embalando e acalmando. As cabeças se inclinavam no círculo de luz amarela enquanto Ellen agradecia a Deus pela saúde e felicidade de sua casa, sua família e seus escravos.

Ao terminar as orações por aqueles sob o teto de Tara, pelo pai, mãe, irmãs, três bebês mortos e "todas as pobres almas do purgatório", ela segurava as contas brancas entre os dedos longos e começava o rosário. Como o sopro de um vento suave, as gargantas negras e brancas entoavam: "Santa Maria, mãe de Deus, rogai por nós, pecadores, agora e na hora de nossa morte."

Apesar da dor de cabeça e da dor das lágrimas retidas, Scarlett foi tomada por uma profunda sensação de quietude e paz, como sempre acontecia naquela hora. Um pouco da decepção do dia e do pavor do dia seguinte a abandonou, deixando um sentimento de esperança. Não era a elevação de seu coração a Deus que lhe trazia esse bálsamo, pois para ela a religião não ia além do balbuciar das orações. Era a visão do rosto sereno de sua mãe voltado ao trono de Deus, a Seus santos e Seus anjos, rezando pelas bênçãos para aqueles que ela amava. Quando Ellen falava com os Céus, Scarlett tinha certeza de que os Céus ouviam.

Ellen acabou, e Gerald, que nunca conseguia encontrar seu terço na hora das orações, começou a contar furtivamente nos dedos sua dezena. À medida que sua voz monótona seguia em frente, os pensamentos de Scarlett se dispersavam sem querer. Ela sabia que devia estar examinando sua consciência. Ellen lhe ensinara que ao final de cada dia ela devia examinar a consciência cuidadosamente, para admitir suas numerosas culpas e rezar a Deus por perdão e força para não repeti-las. Mas Scarlett estava examinando seu coração.

Ela deixou cair a cabeça sobre as mãos cruzadas, para que a mãe não pudesse lhe ver o rosto, e seus pensamentos se voltaram tristemente para Ashley. Como ele podia pretender se casar com Melanie quando realmente era a ela, Scarlett, que amava? Como é que ele podia deliberadamente partir seu coração daquele jeito?

Então, subitamente, uma ideia, brilhante e nova, atravessou seu cérebro como um cometa.

"Porque Ashley não faz ideia de que eu o amo!"

Ela quase arfou em voz alta com o choque daquela ideia inesperada. Sua mente ficou imóvel, como se paralisada por um longo instante sem respiração, e depois seguiu adiante.

"Como ele poderia saber? Perto dele, sempre agi de modo tão pudico, como uma dama cheia de não-me-toques, que provavelmente Ashley pensa que eu não me importo com ele, a não ser como amiga. Sim, é por isso que nunca falou! Acha que não há esperança para seu amor. E era por isso que ele parecia tão..."

Sua mente rapidamente voltou àquela época em que o flagrara olhando-a de modo estranho, quando seus olhos cinzentos, que eram cortinas perfeitas para seus pensamentos, tinham se aberto e ficado nus, mostrando-se atormentados e aflitos.

"Ele ficou de coração partido, achando que estou apaixonada por Brent, Stuart ou Cade. E provavelmente acha que se não puder ficar comigo, é melhor agradar a família e se casar com Melanie. Mas se ele soubesse que eu o amo..."

Seu humor volúvel se lançou da mais profunda depressão a uma felicidade exultante. Aquela era a resposta para a reticência de Ashley, para sua conduta estranha. Ele não sabia! A vaidade de Scarlett saltou em auxílio de seu desejo de acreditar, tornando a crença uma certeza. Se ele soubesse que ela o amava, iria preferi-la. Ela só tinha de...

"Ah!", pensou em êxtase, cutucando sua testa abaixada. "Que boba eu fui de não ver isso até agora! Preciso pensar em algum modo de fazê-lo saber. Ele não se casaria com ela se soubesse que o amo! Como poderia?"

Em um sobressalto, ela percebeu que Gerald terminara e que os olhos da mãe estavam pousados nela. Apressadamente, deu início a sua dezena, passando pelas contas do terço automaticamente, mas com uma profundidade de emoção na voz que fez Mammy abrir os olhos e lhe lançar um olhar investigador. Assim que terminou suas orações, e Suellen e depois Carreen começaram as delas, sua mente voou outra vez para acalentar a nova ideia arrebatadora.

Mesmo naquele momento, não era tarde demais! O condado já tinha se escandalizado muitas vezes com fugas, quando uma ou outra das partes estava praticamente no altar com uma terceira. E o noivado de Ashley nem fora anunciado ainda! Sim, havia bastante tempo!

Se não havia amor entre Ashley e Melanie, mas apenas uma promessa feita havia muito tempo, então por que não seria possível que ele quebrasse aquela promessa e se casasse com ela? Ele certamente faria isso se soubesse que ela, Scarlett, o amava. Só era preciso arranjar algum modo de fazê-lo saber. Ela descobriria um! E então...

Scarlett saiu abruptamente de seu sonho encantado, pois deixara de fazer suas réplicas e a mãe a olhava com ar de censura. Ao voltar ao ritual, ela abriu os olhos brevemente e lançou um rápido olhar em volta da sala. As figuras ajoelhadas, o clarão suave do lampião, a penumbra onde os negros se balançavam, até os objetos familiares, que tinham lhe parecido tão detestáveis uma hora antes, em um instante assumiram as cores de sua própria emoção e a sala novamente pareceu um lugar adorável. Ela nunca se esqueceria daquele momento, nem daquela cena!

— Santa virgem das virgens — entoou sua mãe.

A Ladainha da Virgem estava começando e, obediente, Scarlett respondeu:

— Rogai por nós — enquanto Ellen louvava em um contralto suave os atributos da Mãe de Deus.

Como sempre desde a infância, esse era para Scarlett um momento de adoração a Ellen, em lugar da Virgem. Por maior sacrílego que fosse, Scarlett sempre via, através dos olhos fechados, o rosto elevado da mãe e não o da Virgem Abençoada, como repetiam as antigas frases. "Saúde dos enfermos", "Sede da sabedoria", "Rosa mística" eram todas belas palavras porque eram os atributos de Ellen. Mas, naquela noite, devido à exaltação de seu próprio espírito, Scarlett viu em toda a cerimônia, nas palavras ditas com suavidade, no murmúrio das respostas, uma beleza que se sobrepunha a qualquer outra que já experimentara antes. E seu coração se elevou a Deus em um agradecimento sincero pela abertura de um caminho a seus pés, que a retirava da infelicidade e a levava aos braços de Ashley.

Ao soar do último "Amém", todos se ergueram, um tanto enrijecidos, Mammy sendo puxada pelos esforços combinados de Teena e Rosa. Pork pegou um longo caniço do console, acendeu-o na chama do lampião e foi para o vestíbulo. Em frente à escadaria circular, ficava um aparador de nogueira, grande demais para ser usado na sala de jantar, tendo sobre seu topo diversos lampiões e uma longa fileira de velas e castiçais. Pork acendeu um lampião e três velas e, com a dignidade pomposa de um primeiro camareiro da câmara real iluminando o caminho de um rei e uma rainha aos seus aposentos, liderou a procissão até o andar superior, segurando a luz acima da cabeça. Ellen, de braço dado com Gerald, o seguia, e as meninas, cada uma segurando o próprio castiçal, subiam atrás deles.

Scarlett entrou em seu quarto, colocou a vela sobre a cômoda alta e remexeu o armário escuro, buscando o vestido de baile que precisava de conserto. Jogou-o no braço e atravessou o corredor sem fazer ruído. A porta do quarto dos pais estava entreaberta e, antes que pudesse bater, a voz de Ellen, baixa, mas firme, chegou aos seus ouvidos.

— Sr. O'Hara, o senhor precisa despedir Jonas Wilkerson.

Gerald explodiu:

— E onde eu conseguiria outro administrador que não me arrancasse os olhos da cara?

— Ele deve ser despedido imediatamente, amanhã de manhã. Big Sam é um bom capataz e pode se encarregar dos afazeres até que o senhor contrate um novo administrador.

— Ahã — veio a voz de Gerald. — Estou entendendo! Então o ilustre Jonas é o pai do...

— Ele deve ser demitido.

"Então ele é o pai do bebê de Emmie Slattery", pensou Scarlett. "Bem, o que mais se poderia esperar de um ianque e de uma filha de brancos ordinários?" Então, após uma discreta pausa que deu tempo para Gerald terminar o que estava dizendo, ela bateu na porta e entregou o vestido à mãe.

Quando Scarlett apagou a vela, depois de já ter se trocado, seu plano para o dia seguinte já tinha sido elaborado em cada detalhe. Era um plano simples, pois, com a mesma obstinação do pai, seus olhos estavam fixos no alvo e ela só pensou nos passos mais diretos para atingi-lo.

Primeiro, ela se mostraria "orgulhosa", como Gerald ordenara. Desde o momento em que chegasse a Twelve Oaks, exibiria seu melhor humor, o mais alegre. Ninguém desconfiaria de que ficara abatida por causa de Ashley e Melanie. E flertaria com todos os rapazes que lá estivessem. Isso seria cruel com Ashley, mas o faria querê-la mais do que nunca. Não ignoraria nenhum homem em idade de se casar, desde o velho Frank Kennedy com suas costeletas alaranjadas, que era o admirador de Suellen, até o tímido e quieto Charles Hamilton, irmão de Melanie, que corava por qualquer coisa. Eles a rondariam como abelhas em volta de uma colmeia e, certamente, Ashley se afastaria de Melanie, atraído para o seu círculo de admiradores. Então, de algum modo, ela conseguiria ficar alguns minutos a sós com ele, distante da multidão. Ela esperava que tudo funcionasse dessa maneira, pois seria mais difícil de outra. Mas, se Ashley não desse o primeiro passo, ela simplesmente teria de fazê-lo.

Quando eles finalmente estivessem a sós, a imagem dos outros homens se aglomerando a sua volta estaria fresca na mente dele, que ficaria com a impressão renovada de que todos a desejavam, e aquela impressão de tristeza e desespero estaria em seus olhos. Então, ela o faria novamente feliz, deixando-o descobrir que, embora fosse tão popular, o preferia acima de qualquer outro homem em todo o mundo. E, quando o admitisse, modesta e docemente, ela deixaria transparecer milhares de coisas mais. É claro que faria tudo como uma dama. Nem sonharia em dizer abertamente que o amava, isso nunca funcionaria. Mas o modo de dizer a ele era um detalhe que não a preocupava nem um pouco. Ela já manejara tais situações antes e poderia fazê-lo outra vez.

Deitada na cama com a luz do luar escorrendo sombriamente sobre seu corpo, ela visualizou toda a cena. Viu a fisionomia de surpresa e felicidade que tomaria conta do rosto de Ashley quando percebesse que ela realmente o amava e ouviu as palavras que ele diria pedindo que se tornasse sua esposa.

Naturalmente, teria de dizer que simplesmente não podia pensar em se casar com um homem que estava noivo de outra moça, mas ele insistiria e finalmente ela se deixaria persuadir. Então eles decidiriam fugir para Jonesboro naquela mesma tarde e...

Bem, àquela mesma hora, na noite seguinte, ela poderia ser a Sra. Ashley Wilkes!

Ela se sentou na cama, abraçando os joelhos, e por um longo e feliz momento *foi* a Sra. Ashley Wilkes... a noiva de Ashley! Depois, um leve calafrio lhe percorreu o coração. E se não funcionasse desse modo? E se Ashley não implorasse que ela fugisse com ele? Resoluta, afastou esses pensamentos.

"Não vou pensar nisso agora", disse a si mesma firmemente. "Se pensar nisso agora, vou me aborrecer. Não há motivo para que as coisas não ocorram do modo como eu quero... se ele me ama. E eu sei que sim!"

Scarlett ergueu o queixo, e seus olhos claros, orlados pelos cílios escuros, brilharam sob o luar. Ellen nunca lhe dissera que desejar e possuir eram duas coisas diferentes, a vida não lhe ensinara que a corrida não era para os apressados. Ela ficou deitada nas sombras prateadas, com a coragem se edificando, e fez os planos que uma jovem de 16 anos faz quando a vida é tão prazerosa que a derrota é uma impossibilidade, e um belo vestido e uma pele clara são as armas para subjugar o destino.

Capítulo 5

Eram 10 horas da manhã. O dia estava quente para o mês de abril e a luz dourada do sol escorria com seu brilho para dentro do quarto de Scarlett através das cortinas azuis da grande janela. As paredes cor de creme fulguravam, e as profundezas da mobília de mogno tinham o lampejo avermelhado do vinho, enquanto o piso cintilava como se fosse de vidro, exceto onde os tapetes de cores vivas o cobriam.

O verão já estava no ar, o primeiro sinal do verão da Geórgia, quando a primavera relutantemente dá lugar a um calor mais forte. Uma brisa agradável e balsâmica se derramou pelo quarto, carregada de odores aveludados, aromas de muitos botões, das folhas novas, do frescor da terra vermelha recém-arada. Pela janela, Scarlett podia ver a abundância luminosa dos canteiros paralelos de narcisos margeando a entrada de cascalho, e a massa dourada do jasmim espalhando modestamente suas flores pelo chão como saias armadas. Tordos e gaios, ocupados em sua antiga hostilidade pela posse de uma magnólia abaixo da janela, se altercavam. Os tordos, estridentes e ásperos; os gaios, de voz doce e queixosa.

Uma manhã tão radiante geralmente levava Scarlett à janela para se debruçar no largo parapeito e sorver os perfumes e os sons de Tara. Mas naquele dia ela não tinha olhos para o sol ou para o azul do céu, apenas para o pensamento apressado: "graças a Deus não está chovendo." Sobre a cama estava o vestido de baile de seda cor de maçã verde, adornado com renda de linho cru, cuidadosamente acondicionado em uma grande caixa de papelão. Estava pronto para ser levado a Twelve Oaks, onde seria colocado antes do início do baile, mas Scarlett deu de ombros ao vê-lo. Caso tivesse sucesso em seus planos, não o usaria à noite. Muito antes do início do baile, ela e Ashley estariam a caminho de Jonesboro para se casar. O problema era... que vestido usar para o churrasco?

Que vestido melhor ressaltaria seus encantos e a tornaria mais irresistível para Ashley? Desde as 8 horas, ela experimentava e rejeitava vestidos, e agora estava insatisfeita e irritada, usando calçolas rendadas, espartilho de linho e três anáguas de renda. Os trajes descartados se espalhavam pelo chão, pela cama, por cadeiras, em pilhas coloridas e laços extraviados.

O vestido de organdi cor-de-rosa com a longa faixa combinando lhe caía bem, mas ela o usara no verão anterior, quando Melanie visitara Twelve Oaks, e, com certeza, ela se lembraria. E poderia ser traiçoeira o bastante para mencioná-lo. O preto de bombazina, com mangas bufantes e gola princesa de renda, realçava soberbamente sua pele clara, mas a fazia parecer mais velha. Scarlett olhou ansiosa para seu rosto de 16 anos no espelho como se esperasse ver rugas ou músculos flácidos. Ela nunca poderia aparecer acomodada e velha diante da dócil juventude de Melanie. O de musselina cor de alfazema era lindo, com aquelas grandes aplicações de renda e filó debruando a bainha, mas nunca combinara com seu tipo. Cairia perfeitamente bem para o perfil delicado e a expressão insípida de Carreen, mas Scarlett sentia que ele a fazia parecer uma colegial. Não podia lembrar uma colegial ao lado do porte equilibrado de Melanie. O de tafetá verde xadrez, vaporoso com seus babados debruados em fita de veludo verde, ficava muito bem, sendo de fato seu vestido favorito, pois escurecia seus olhos para um tom de esmeralda. Mas havia uma mancha de gordura indisfarçável no corpete. É claro que ela poderia prender o broche sobre a mancha, mas talvez Melanie tivesse uma visão aguçada. Sobravam vestidos de algodão de cores variadas, que Scarlett sentia não serem festivos o bastante para a ocasião; vestidos de baile; e o de musselina verde florido que usara no dia anterior. Mas era um vestido vespertino. Não era adequado a um churrasco, pois tinha mangas pouco bufantes e era bastante decotado, como um vestido de baile. Mas nada mais havia a fazer senão usá-lo. Afinal, ela não se envergonhava do pescoço, dos braços e do busto que tinha, mesmo que não fosse correto mostrá-los de manhã.

Diante do espelho, virando-se de um lado para outro a fim de conseguir uma visão de perfil, ela achou que nada havia em sua figura para envergonhá-la. Seu pescoço era curto, mas bem torneado, e os braços, roliços e sedutores. Os seios, elevados pelo espartilho, eram muito bonitos. Ela nunca precisara costurar tiras de seda no forro do corpete, como muitas moças de 16 anos faziam para dar às suas silhuetas as curvas e o preenchimento desejado. Ela ficava contente de ter herdado as mãos claras e delgadas de Ellen, além dos pés pequenos, e bem que gostaria de ter também a altura da mãe, mas a sua própria a satisfazia. Era uma pena que não se pudesse mostrar as pernas, ela pensou, puxando para cima as anáguas e olhando-as com pesar, roliças e bem-feitas sob as calçolas. Tinha pernas lindas. Até as meninas da Academia Fayetteville admitiam isso. E quanto à cintura... não havia ninguém em Fayetteville, Jonesboro ou nos três condados que se comparasse a ela, que tivesse uma cintura tão estreita.

A lembrança de sua cintura a trouxe de volta às questões práticas. O vestido de musselina verde tinha 43 centímetros de cintura, e Mammy tinha fechado seu espartilho para o de bombazina, com 45 centímetros. Mammy teria de apertar. Ela abriu a porta, ficou escutando e ouviu os passos pesados da aia no vestíbulo lá embaixo. Gritou com impaciência, sabendo que podia elevar a voz impunemente, pois Ellen estava no fumeiro, medindo a comida do dia para Cookie.

— Argumas pessoa acha que eu sei avoá — resmungou Mammy arrastando os pés escada acima. Entrou bufando, com a expressão de quem espera uma batalha e lhe dá boas-vindas. Em suas grandes mãos negras, havia uma bandeja onde a comida fumegava, dois grandes inhames cobertos de manteiga, uma pilha de panquecas de trigo-sarraceno com melado e uma grande fatia de presunto nadando em molho. Enxergando o carregamento de Mammy, a expressão de Scarlett mudou de levemente irritada para a de obstinada beligerância. No entusiasmo de experimentar os vestidos, ela se esquecera da regra inflexível de Mammy: antes de ir a uma festa, as meninas O'Hara deviam se empanzinar tanto que não conseguissem comer mais nada.

— Não adianta. Não vou comer. Pode ir levando de volta para a cozinha. — Mammy pôs a bandeja sobre a mesa e botou as mãos nos quadris.

— Vai sim, sinhazinha! Num quero nem pensar no acontecido do úrtimo churrasco, que eu tava muito doente pra te trazê uma bandeja antes de vosmecê saí. Vosmecê vai comê cada tantim.

— Não vou! Agora venha aqui e aperte mais o espartilho porque já estamos atrasadas. Ouvi a carruagem chegar na frente da casa.

O tom de Mammy tornou-se persuasivo.

— Ara, sinhazinha Scarlett, seja boazim e come só um poquim. A sinhazinha Carreen e a sinhazinha Suellen comeu tudim.

— É claro — disse Scarlett desdenhosamente. — Elas não têm mais energia que um coelho. Mas eu não vou comer! Não me esqueço da vez em que comi uma bandeja inteira e fui para os Calvert, e eles tinham sorvete que haviam comprado em Savannah e eu não consegui comer mais de uma colher. Hoje eu vou aproveitar e comer quanto quiser.

Diante dessa heresia desafiadora, a testa de Mammy se franziu de indignação. Em seu modo de pensar, o que uma mocinha podia ou não fazer era tão diferente quanto branco e preto; não havia conduta intermediária. Suellen e Carreen eram barro em suas mãos poderosas, escutavam solicitamente suas advertências. Mas sempre fora uma luta ensinar a Scarlett que a maioria dos seus impulsos naturais não eram próprios de uma dama. As vitórias de Mammy eram duramente conquistadas e requeriam uma astúcia desconhecida da mente branca.

— Se vosmecê num liga pro jeito como os otro fala dessa famía, eu ligo — ribombou ela. — Num vou ficá por aí com todo mundo na festa dizeno como vosmecê num sabe se comportá. Eu já te disse mais de mil vez que nós sempre pode apontá uma dama, pruquê uma dama come que nem um passarim. E num quero que vosmecê vai pro sinhô Wilkes e come que nem uma trabaiadora do campo, devorano tudo feito um porco.

— Mamãe é uma dama e ela come — contrapôs Scarlett.

— Quando vosmecê fô casada, vosmecê também vai podê comê — retrucou Mammy. — Quando a sinhá Ellen era da sua idade, ela nunca comia nadim quando ia saí e nem sua tia Pauline nem sua tia Eulalie. E todas se casô. As sinhazinha que se empanturra nunca pega marido.

— Não acredito. Naquele churrasco em que você estava doente e eu não comi antes, Ashley Wilkes me disse que *gostava* de ver uma moça com um apetite saudável.

Mammy balançou a cabeça de modo ameaçador.

— O que os cavalero diz e o que eles sente são duas coisa diferente. E num ouvi o sinhô Ashley pedino sua mão pra se casá.

Scarlett franziu a testa, começou a falar asperamente e depois se aprumou. Mammy a pegara e não havia argumento. Vendo a fisionomia renitente no rosto de Scarlett, Mammy pegou a bandeja e, com uma expressão maliciosa, mudou de tática. Enquanto começava a se mexer rumo às escadas, suspirou.

— Bão, tá bão. Eu tava dizeno pra Cookie enquanto ela tava preparando essa bandeja, "a gente pode vê quem é uma dama pelo que ela *num* come", e eu disse pra Cookie "nunca vi nenhuma dama branca que come menos que a sinhazinha Melly Hamilton, dessa úrtima vez que ela tava visitano sinhô Ashley"... qué dizê, a sinhazinha India.

Scarlett lhe lançou um olhar de desconfiança, mas o rosto largo de Mammy mantinha uma fisionomia de inocência e de desapontamento por Scarlett não ser a dama que Melanie Hamilton era.

— Deixe aí essa bandeja e venha apertar meu espartilho — disse Scarlett, irritada. — Depois eu tento comer um pouco. Se eu comesse agora, não poderia apertar demais.

Disfarçando seu triunfo, Mammy largou a bandeja.

— O que minha cabritim vai usá?

— Este — respondeu Scarlett, apontando para o volume fofo de musselina verde florida. Instantaneamente Mammy se armou.

— Num vai, não. Num serve pra de manhã. Vosmecê num pode mostrá o colo antes das três hora e esse vestido é decotado e num tem manga. E vosmecê vai ficá com sarda se mostrano do jeito que nasceu e eu num vô perdoá vosmecê ficá sardenta despois de todo o creme de leite que esfreguei nocê o inverno intero, clareano as sarda que vosmecê pegô em Savannah, sentada na praia. Eu devia fazê quexa de vosmecê com a sua mãe.

— Se você falar uma palavra com ela antes de eu estar vestida, não darei nenhuma garfada — disse Scarlett friamente. — Mamãe não vai ter tempo de me mandar trocar de vestido depois que eu estiver pronta.

Mammy suspirou resignada, dando-se por vencida. Entre os dois males, era melhor que Scarlett usasse um vestido vespertino em um churrasco matutino do que devorar a comida feito um porco.

— Segura nalgum canto e num respira — ordenou ela.

Scarlett obedeceu, se esticando e segurando firme em um dos pilares da cama. Mammy puxou bruscamente e, quando a circunferência mínima da cinta de barbatana ficou ainda menor, um olhar de orgulho e carinho tomou conta de seus olhos.

— Num tem ninguém com a cintura da minha cabritim — disse ela, aprovando. —Toda vez que eu puxo a sinhazinha Suellen pra menos de cinquenta centímetro, ela desmaia.

— Puff! — arfou Scarlett, falando com dificuldade. — Nunca desmaiei na vida.

— Bem, num era mau vosmecê desmaiá vez por otra — aconselhou Mammy. — Vosmecê é tão danada, sinhazinha Scarlett. Era bom lhe dizê, num fica bem vosmecê num desmaiá por causa de cobra e rato e essas coisa. Num quero dizê em casa, mas na frente dos otro. E eu já disse e...

— Ora, vamos logo! Não fale tanto. Vou conseguir um marido. Vai ver se não, mesmo sem gritar ou desmaiar. Santo Deus, mas o espartilho está apertado! Ajude-me a pôr o vestido.

Cuidadosamente, Mammy deixou cair os dez metros de musselina verde florida sobre as anáguas rodadas e enganchou as costas do justo corpete decotado.

— Vosmecê fica com o xale nos ombro quando sentá no sol e num vá tirá o chapéu quando tivé quente — comandou ela. — Senão, vai chegá em casa marrom que nem a véia sinhá Slattery. Agora vem comê, docim, mas não muito depressa. Num adianta fazê vortá tudo de novo.

Obediente, Scarlett se sentou diante da bandeja, imaginando se poderia pôr alguma comida no estômago e ainda conseguir respirar. Mammy pegou uma toalha grande do lavatório e amarrou-a com cuidado em volta do pescoço de Scarlett, espalhando as dobras brancas em seu colo. Scarlett começou com o presunto, pois gostava de presunto, e o forçou a descer.

— Como eu queria estar casada — disse ela, ressentida enquanto atacava o inhame com aversão. — Estou cansada de ser artificial o tempo todo e de nunca fazer o que quero. Estou cansada de fingir que não como mais que um passarinho, de caminhar quando o que queria era correr e de dizer que estou fraca após uma valsa, quando podia dançar por dois dias e nunca me cansar. Estou cansada de dizer "como você é maravilhoso" a tolos que não têm a metade da inteligência que tenho, e estou cansada de fingir que nada sei, só para que os homens possam me chamar do que quiserem e se sentirem importantes... Não consigo dar outra garfada.

— Exprimenta as panqueca quente — disse Mammy, inexorável.

— Por que uma moça tem que ser tão boba para conseguir um marido?

— Ah, por causa que os cavalero num sabe o que qué. Só acha que sabe o que qué. E fazê o que eles acha que qué popa as moça um monte de arreliamento e de ficá solterona. E eles acha que qué umas mocinha com apetite de passarim e miolo mole. Um cavalero num se casa com uma dama com mais miolo que ele.

— Você não acha que os homens se surpreendem depois de se casar quando descobrem que suas esposas têm inteligência?

— Bão, daí tá muito tarde. Eles já tá casado. Além disso, os cavalero espera que a muié tenha miolo.

— Um dia eu vou fazer e dizer o que quiser e, se as pessoas não gostarem, não vou ligar.

— Num vai, não — disse Mammy, inflexível. — Não enquanto eu tivé folgo. Come as panqueca, fia. Móia no moio.

— Acho que as moças ianques não precisam agir como tolas. Quando eu fui a Saratoga no ano passado, notei muitas delas agindo como se fossem inteligentes, também na frente dos homens.

Mammy bufou.

— As moça ianque! Sim, sinhazinha. Eu acho que elas fala o que qué sim, mas num vi muitas sê pedida a mão em Saratoga.

— Mas os ianques devem se casar — argumentou Scarlett. — Eles não brotam da terra, simplesmente. Devem se casar e ter filhos. Existem ianques demais.

— Os home casa com elas por causa do dinhero — disse Mammy firmemente.

Scarlett molhou a panqueca de trigo-sarraceno no molho e pôs na boca. Talvez Mammy tivesse alguma razão. Devia ter, pois Ellen dizia as mesmas coisas, com outras palavras, mais delicadas. Na verdade, as mães de todas as suas conhecidas imprimiam nas filhas a necessidade de parecerem criaturas desamparadas, dependentes, com olhos de corça. Realmente, era preciso muita esperteza para cultivar e manter essa pose. Talvez ela tivesse sido muito impetuosa. Ocasionalmente discutira com Ashley e emitira suas opiniões. Talvez isso e seu gosto saudável por caminhar e cavalgar o tivessem feito se voltar para a frágil Melanie. Talvez, se mudasse de tática... Mas ela sentia que, se Ashley sucumbisse a truques femininos premeditados, nunca conseguiria respeitá-lo como agora. Qualquer homem tolo o bastante para se deixar levar por um sorriso afetado, um desmaio e um "Ah, que maravilhoso você é!" não valia a pena ter. Mas parecia que todos eles gostavam disso.

Se ela usara as táticas erradas com Ashley no passado... bem, isso era passado e estava acabado. Naquele dia usaria artifícios diferentes, os certos. Ela o queria e só tinha algumas horas para agarrá-lo. Se desmaiar ou fingir desmaiar funcionasse, então desmaiaria. Se sorrir, ser coquete ou ter a cabeça oca o atraísse, ela seria ainda mais cabeça oca que Cathleen Calvert. E, se medidas mais ousadas fossem necessárias, ela as tomaria. Aquele era o dia!

Não havia ninguém que dissesse a Scarlett que sua própria personalidade, assustadoramente vital como era, seria mais atraente que qualquer máscara que ela viesse a adotar. Se alguém lhe dissesse, ela ficaria feliz, mas descrente. E a civilização à qual pertencia também teria ficado descrente, pois em nenhuma época, antes ou desde então, a naturalidade feminina fora tão pouco valorizada.

Enquanto a carruagem a levava pela estrada de terra vermelha à fazenda dos Wilkes, Scarlett carregava um sentimento de prazer culpado por nem sua mãe nem Mammy estarem no grupo. Não haveria ninguém no churrasco que, por meio de sobrancelhas delicadamente erguidas ou de um beiço esticado, pudesse interferir com seu plano. Com certeza, Suellen faria seus mexericos no dia seguinte, mas, se tudo corresse como Scarlett esperava, o entusiasmo da família por seu noivado com Ashley ou pela evasão dos dois iria mais que contrabalançar o desprazer. Sim, ela estava bem feliz que Ellen tivesse sido forçada a ficar em casa.

Gerald, preparado pelo conhaque, tinha demitido Jonas Wilkerson naquela manhã e Ellen ficara em Tara para supervisionar a contabilidade da plantação antes que ele partisse. Scarlett fora ao pequeno gabinete, dera um beijo de despedida na mãe, que se sentava diante da escrivaninha com seus escaninhos recheados de papéis. Jonas Wilkerson, de chapéu na mão, estava de pé ao lado dela, o rosto estreito mal conseguindo ocultar a fúria que o possuía por ter sido dispensado de um dos melhores empregos de administrador do condado com tamanha falta de cerimônia. E tudo por causa de um namorinho besta. Ele dissera diversas vezes a Gerald que o bebê de Emmie Slattery podia ter sido gerado tão facilmente por ele como por qualquer outro entre uma dezena de homens — uma ideia com a qual Gerald concordava —, mas que não alterava o caso dele no que se referia a Ellen. Jonas odiava os sulistas. Odiava a fria cortesia com que o tratavam e o desdém que tinham por seu status, tão inadequadamente encoberto pela cortesia. Odiava Ellen O'Hara acima de qualquer outra pessoa, pois ela era a epítome de tudo o que ele odiava nos sulistas.

Mammy, como governanta da fazenda, ficara para ajudar Ellen, e era Dilcey que se sentava ao lado de Toby, com os vestidos das meninas em grandes caixas no colo. Gerald cavalgava ao lado da carruagem, aquecido pelo conhaque e satisfeito consigo mesmo por ter resolvido tão rapidamente a desagradável situação de Wilkerson. Empurrara a responsabilidade para Ellen, e sua decepção por perder o churrasco e a reunião com as amigas não lhe passou pela cabeça; pois era um belo dia de primavera, seus campos estavam lindos, os pássaros cantavam e ele se sentia jovial e brincalhão demais para pensar nos outros. Vez por outra cantarolava "Peg in a Low-backed Car" e outras cançonetas irlandesas ou o lamento mais lúgubre para Robert Emmet, "Ela está distante da terra onde seu jovem herói descansa".

Ele estava contente, agradavelmente animado pela perspectiva de passar o dia vociferando sobre os ianques e a guerra, e orgulhoso de suas três belas filhas em seus luminosos vestidos armados sob as ridículas sombrinhas de renda. Nem pensou sobre a conversa com Scarlett no dia anterior, pois aquilo simplesmente se esvaíra de sua mente. Ele só pensava que ela estava bonita, o que lhe dava grande crédito, e que seus olhos estavam tão verdes quanto as colinas da Irlanda. O último pensamento enalteceu seu conceito de si mesmo, pois trazia certo elo poético, então favoreceu as meninas com a execução em voz bem alta e um tanto desafinada de "The Wearin' o' the Green".

Olhando para ele com o desdém afetuoso que as mães sentem por filhos exibidos, Scarlett sabia que ao entardecer ele estaria muito embriagado. Voltando para casa no escuro, tentaria, como de costume, saltar todas as cercas entre Twelve Oaks e Tara e, ela esperava, pela piedade da Providência e o bom-senso do cavalo, acabaria escapando sem quebrar o pescoço. Deixaria a ponte de lado, fazendo a montaria atravessar o rio a nado, chegando em casa ofegante, e Pork, que nessas ocasiões sempre o esperava com um lampião no vestíbulo da frente, o poria no sofá do gabinete para dormir.

Ele destruiria seu novo terno de casimira, o que o faria praguejar horrivelmente pela manhã e dizer a Ellen que o cavalo tinha caído da ponte no escuro, uma mentira palpável que a ninguém enganava, mas que seria aceita por todos e o faria se sentir muito esperto.

"Meu pai é um egoísta irresponsável encantador", pensou Scarlett, tomada por uma onda de afeto por ele. Ela se sentia tão animada e feliz naquela manhã, que incluía o mundo todo em seu afeto, inclusive Gerald. Estava bonita e sabia disso; antes que o dia acabasse, Ashley seria seu; o sol estava agradavelmente quente e a glória da primavera georgiana se espalhava diante de seus olhos. Às margens da estrada, as amoreiras silvestres ocultavam com seu verde delicado as ravinas selvagens cortadas pelas chuvas de inverno, e as grandes pedras de granito se salientando na terra vermelha começavam a ser cobertas por botões de rosas selvagens e cercadas por violetas do mais pálido tom de roxo. Sobre as colinas arborizadas, rio acima, os botões dos cornisos floridos cintilavam, como se a neve ainda permanecesse em meio à paisagem verdejante. As árvores jorravam seus brotos de modo desregrado desde o delicado branco até o rosa escuro e, abaixo delas, onde a luz do sol manchava a palha dos pinheiros, a madressilva formava um tapete multicolorido de escarlate, laranja e rosa. Havia na brisa uma leve fragrância silvestre de arbustos adocicados e o mundo cheirava tão bem que daria para comê-lo.

"Vou me lembrar da beleza deste dia até morrer", pensou Scarlett. "Talvez seja o dia de meu casamento."

E foi com um tinido no coração que ela pensou em como ela e Ashley poderiam estar cavalgando velozmente naquela mesma tarde ou à noite, sob a luz do luar rumo a Jonesboro e um padre. É claro, ela precisaria se casar de novo na presença de um padre de Atlanta, mas isso seria uma preocupação para Gerald e Ellen. Ela se acovardou um pouco ao pensar em como Ellen ficaria branca de desgosto ao saber que sua filha fugira com o noivo de outra moça, mas sabia que a perdoaria quando soubesse de sua felicidade. E Gerald ia resmungar e berrar, mas, apesar de todas as observações que fizera na noite anterior sobre não querer que ela se casasse com Ashley, ficaria sem palavras de tanta satisfação com uma aliança entre sua família e os Wilkes.

"Mas isso é algo com que me preocupar depois de estar casada", pensou ela, livrando-se daqueles pensamentos.

Era impossível sentir outra coisa além de alegria sob aquele sol aconchegante, naquela primavera, com as chaminés de Twelve Oaks começando a aparecer na colina do outro lado do rio.

"Vou morar lá toda a vida e verei cinquenta primaveras como esta, talvez mais, e contarei aos meus filhos e netos sobre a beleza desta primavera, mais adorável que qualquer outra que eles venham a testemunhar." Ela ficou tão feliz com esse último pensamento que cantou junto o último refrão de "The Wearin' o' the Green", com o grito de aprovação de Gerald.

— Não sei por que você está tão feliz hoje — disse Suellen, mal-humorada, pois a ideia de que ela ficaria muito melhor no vestido de baile de seda verde de Scarlett do que sua dona por direito ainda a exasperava. E por que Scarlett era sempre tão egoísta e não emprestava suas roupas e chapéus de sol? E por que a mãe sempre a apoiava, declarando que verde não servia para Suellen? — Você sabe tão bem quanto eu que o noivado de Ashley será anunciado hoje à noite. Papai nos contou hoje de manhã. E eu sei que faz meses que você anda caidinha por ele.

— E é só o que você sabe — disse Scarlett, mostrando a língua para ela e se recusando a perder o bom humor. Que surpresa ficaria a Srta. Sue àquela hora na manhã seguinte!

— Susie, você sabe que não é assim — protestou Carreen, chocada. — É de Brent que Scarlett gosta.

Scarlett pousou os olhos verdes e sorridentes na irmã mais nova, se perguntando como alguém podia ser tão dócil. Toda a família sabia que o coração de 13 anos de Carreen estava fixo em Brent Tarleton, que nunca lhe dedicara um pensamento sequer, exceto como irmã caçula de Scarlett. Na ausência de Ellen, os O'Hara implicavam com ela até levá-la às lágrimas.

— Querida, não ligo a mínima para Brent — declarou Scarlett, feliz de ser generosa. — Nem ele liga a mínima para mim. Ora, ele está esperando que você cresça!

O rostinho redondo de Carreen ficou rosado, enquanto o prazer lutava com a incredulidade.

— Ah, Scarlett, mesmo?

— Scarlett, você ouviu mamãe dizer que Carreen ainda é nova demais para pensar em admiradores, e aí está você pondo ideias na cabeça dela.

— Bem, pode fazer seus mexericos e ver se me importo — retrucou Scarlett.

— Você quer segurar a irmãzinha porque sabe que daqui a um ano, mais ou menos, ela vai estar mais bonita que você.

— Comportem-se com essa língua hoje ou desço o chicote em vocês — avisou Gerald. — Agora esperem! Estou ouvindo ruído de rodas? Devem ser os Tarleton ou os Fontaine.

Conforme se aproximavam da estrada que descia a colina coberta de mata, vindo de Mimosa e Fairhill, o som de cascos e rodas de carruagem ficou mais claro e surgiu o alarido de vozes femininas em uma boa disputa soando por trás do biombo de árvores. Gerald, indo à frente, parou o cavalo e sinalizou para que Toby parasse a carruagem na interseção das duas estradas.

— São as Tarleton — anunciou ele às filhas, o rosto corado contente, pois, exceto por Ellen, não havia dama no condado de quem gostasse mais do que a ruiva Sra. Tarleton. — E ela mesma vem segurando as rédeas. Ah, essa é uma mulher que tem mãos para um cavalo! Leve feito uma pena, forte feito um chicote de couro cru e, mesmo assim, bonita o bastante para ser beijada. Que pena nenhuma de vocês ter essa mão — acrescentou ele, lançando um olhar afetuoso, mas reprovador, às meninas. — Carreen tem medo dos pobres animais, Sue tem as mãos que mais parecem um ferro de engomar quando se trata de rédeas, e você, mocinha...

— Bem, eu pelo menos nunca fui derrubada — gritou Scarlett, indignada. — E a Sra. Tarleton leva um tombo a cada caçada.

— E quebra uma clavícula como qualquer homem — disse Gerald. — Sem desmaiar nem fazer estardalhaço. Agora chega, pois aí vem ela.

Ele ficou de pé nos estribos e tirou o chapéu em um movimento circular, enquanto a carruagem dos Tarleton, transbordante de mocinhas em vestidos luminosos, sombrinhas e véus esvoaçantes, ficava à vista, com a Sra. Tarleton na boleia, como Gerald dissera. Com as quatro filhas, a aia delas e os vestidos de baile em longas caixas de papelão lotando a carruagem, não havia espaço para o cocheiro. Além disso, Beatrice Tarleton nunca permitia, por vontade própria, que ninguém, negro ou branco, segurasse as rédeas quando seus braços estivessem fora da tipoia. Delicada, de ossatura miúda, pele tão alva que os cabelos flamejantes pareciam ter puxado toda a cor de seu rosto para sua massa lustrosa de vitalidade, ela era, mesmo assim, dotada de uma exuberante saúde e de uma energia incansável. Dera à luz oito filhos, com cabelos ruivos e tão cheios de vida quanto ela, e os tinha criado com sucesso, assim dizia o condado, pois lhes dedicava o mesmo descaso amoroso e a rígida disciplina que dedicava aos potros que criava. "Controle-os, mas sem lhes romper o ânimo", era o lema da Sra. Tarleton.

Amava os cavalos e esse era seu assunto constante. Ela os entendia e lidava melhor com eles do que qualquer homem no condado. Os potros lotavam suas pastagens como os oito filhos lotavam a casa de formato irregular na colina, e ela se movimentava pela fazenda sendo seguida de perto por potros, filhos, filhas e cães de caça. Ela creditava a seus cavalos, especialmente a sua égua Nellie, a posse de inteligência humana; e, se a lida da casa a mantivesse ocupada além da hora que ela aguardava para a cavalgada diária, ela punha a tigela de açúcar nas mãos de algum negrinho e dizia: "Dê um punhado a Nellie e diga que logo estarei com ela."

Com raras exceções, sempre usava seu traje de montaria, pois, cavalgando ou não, sempre esperava fazê-lo, e, com essa expectativa, se vestia de acordo logo ao levantar. Todas as manhãs, chovesse ou fizesse sol, Nellie era selada e ficava caminhando para cima e para baixo em frente à casa, esperando pela hora em que a Sra. Tarleton pudesse passar uma hora afastada de seus afazeres. Mas Fairhill era uma fazenda difícil de administrar, sendo raro conseguir tempo livre, e com muita frequência Nellie caminhava para cima e para baixo sem ser montada, por horas a fio, enquanto Beatrice Tarleton passava o dia segurando descuidadamente a saia de seu traje, deixando à mostra 15 centímetros de botas.

Hoje, vestida em uma seda preta sem graça sobre saias retas fora de moda, ainda parecia estar em seu traje de montaria, pois o vestido tinha um estilo tão severo quanto o traje, e o pequeno chapéu preto com uma pena da mesma cor pousado sobre os olhos castanhos cordiais, sempre a piscar, era uma réplica do velho chapéu usado para caçar.

Ela acenou com o chicote ao ver Gerald e puxou as rédeas dos dois cavalos castanho-avermelhados, e as quatro mocinhas lá atrás se inclinaram para fora, vociferando seus cumprimentos de tal modo que a parelha empinou alarmada. A um observador casual, pareceria que as Tarleton não viam os O'Hara havia anos em vez de apenas dois dias. Mas tratava-se de uma família sociável que gostava dos vizinhos, especialmente das meninas O'Hara. Ou seja, gostavam de Suellen e de Carreen. Nenhuma mocinha do condado, com exceção da cabeça-oca da Cathleen Calvert, gostava de Scarlett.

No verão, o condado fazia em média um churrasco e um baile por semana, mas para os ruivos Tarleton, com sua enorme capacidade para se divertir, cada churrasco e cada baile eram tão entusiasmantes como o primeiro de suas vidas. Elas formavam um belo e viçoso quarteto, tão comprimido na carruagem que suas saias rodadas e babados se sobrepunham e as sombrinhas se chocavam umas contra as outras acima dos chapéus de abas largas, a copa enfeitada de rosas e amarrada com fitas de veludo preto que caíam balançando. Todos os tons de cabelos ruivos estavam representados sob aqueles chapéus. O de Hetty, vermelho puro; o de Camilla, louro alaranjado; o de Randa, cor de cobre; e o da pequena Betsy bem laranja.

— É um belo bando, senhora — disse Gerald galante, guiando as rédeas ao lado da carruagem. — Mas ainda precisa muito para que elas superem a mãe.

A Sra. Tarleton revirou os olhos castanho-avermelhados e mordeu o lábio inferior, mostrando apreciação, enquanto as meninas gritavam:

— Mamãe, pare de olhar desse jeito ou contamos a papai!

— Juro, Sr. O'Hara, ela nunca nos dá uma chance quando há um homem bonito como o senhor por perto!

Scarlett riu com os outros daquelas sandices, mas, como sempre, a liberdade com que as Tarleton tratavam a mãe a chocava. Elas agiam como se ela fosse uma delas e não tivesse um dia a mais que 16 anos. Para Scarlett, só a ideia de dizer tais coisas para sua mãe era quase um sacrilégio. E contudo... e contudo, havia algo muito agradável na relação que as Tarleton tinham com a mãe delas, e, por mais que a criticassem, se queixassem e implicassem com ela, a adoravam. Não que — a lealdade de Scarlett se apressou a dizer a si mesma — ela fosse preferir uma mãe como a Sra. Tarleton a Ellen, mas ainda assim seria divertido brincar ruidosamente com a mãe. Ela sabia que mesmo essa ideia era desrespeitosa, e se sentiu envergonhada. Sabia que esses pensamentos perturbadores nunca preocupavam os cérebros sob as madeixas flamejantes da carruagem e, como sempre quando se sentia diferente das vizinhas, uma confusão irritante tomava conta dela.

Por mais rápido que fosse seu cérebro, não era feito para análises, mas meio conscientemente ela percebeu que, por mais que as meninas Tarleton fossem indisciplinadas como potros e insubordinadas como éguas, possuíam uma pertinácia despreocupada que fazia parte de sua herança. Tanto por parte de mãe quanto de pai, elas eram georgianas, georgianas do norte, a uma geração apenas dos pioneiros. Sentiam-se seguras de si mesmas e de seu ambiente. Sabiam instintivamente quem eram, assim como os Wilkes, embora de modos extremamente divergentes, e nelas não havia o tipo de conflito que muitas vezes vociferava no peito de Scarlett, onde o sangue de uma aristocrata litorânea de voz macia se misturava ao de um camponês irlandês astuto e simples. Scarlett queria respeitar e adorar sua mãe como um ídolo e também lhe despentear e implicar com ela. Mas sabia que devia ser de um ou de outro modo. Era a mesma emoção conflitante que a fazia desejar parecer uma dama delicada e de alta estirpe com os rapazes e também uma moça atrevida que não se furtava a alguns beijos.

— Onde está Ellen? — perguntou a Sra. Tarleton.

— Está na função de demitir nosso administrador e ficou em casa para revisar a contabilidade com ele. E quanto ao seu marido e os rapazes?

— Ah, eles foram para Twelve Oaks horas atrás, para experimentar o ponche e ver se estava forte o bastante, acho eu, como se não pudessem fazer isso de agora até amanhã de manhã! Vou pedir a John Wilkes que os deixe passar a noite lá, mesmo que tenha de acomodá-los no estábulo. Cinco homens embriagados é um pouco demais para mim. Até três eu aguento, mas...

Gerald apressou-se a mudar de assunto. Podia sentir suas filhas dando risadinhas atrás dele, se lembrando das condições em que ele chegara em casa do último churrasco dos Wilkes no outono anterior.

— E por que a senhora não está montando hoje, Sra. Tarleton? Com certeza, não parece a mesma sem Nellie. A senhora é um estentor.

— Eu, um estentor, mas que ignorante esse rapaz! — bradou a Sra. Tarleton, imitando o sotaque dele. — O senhor quer dizer um centauro. Estentor era um homem com uma voz feito um gongo de bronze.

— Estentor ou centauro, não importa — respondeu Gerald, sereno com seu engano. — E que é uma voz de bronze que a senhora tem, madame, quando está instigando os cães de caça, ah é.

— Essa é para a senhora, mamãe — disse Hetty. — Eu já disse que a senhora berra como um comanche sempre que vê uma raposa.

— Mas não tão alto quanto você quando a bá lava suas orelhas — retrucou a Sra. Tarleton. — E você tem 16 anos! Bem, quanto a não estar montando, Nellie deu cria bem cedo hoje.

— Foi mesmo!? — exclamou Gerald com verdadeiro interesse, sua paixão irlandesa por cavalos brilhando nos olhos, e Scarlett novamente teve uma sensação de choque ao comparar sua mãe à Sra. Tarleton. Para Ellen, éguas nunca davam cria, nem vacas tinham bezerros. Na verdade, as galinhas quase não botavam ovos. Ellen ignorava completamente esses assuntos. Mas a Sra. Tarleton não tinha tais reticências.

— Uma potranquinha, foi?

— Não, um belo garanhãozinho com pernas de quase vinte centímetros. O senhor precisa ir vê-lo. É um verdadeiro cavalo Tarleton. Tem a pelagem tão ruiva quanto os cachos de Hetty.

— E se parece muito com Hetty também — disse Camilla e logo sumiu dando risadinhas em meio à agitação de saias, calçolas e chapéus, enquanto Hetty, que realmente tinha um rosto alongado, começou a beliscá-la.

— Minhas potranquinhas estão eufóricas hoje — disse a Sra. Tarleton. — Estão pulando de alegria desde cedo, quando soubemos da notícia sobre Ashley e a prima dele de Atlanta. Como é o nome dela? Melanie? Que Deus a abençoe, ela é um docinho, mas nunca consigo me lembrar de sua fisionomia e nem do nome. Nossa cozinheira é casada com o mordomo dos Wilkes e ele passou lá em casa ontem à noite com a notícia de que o noivado seria anunciado hoje à noite, e a nossa Cookie nos contou hoje de manhã. As meninas estão todas animadas com isso, embora eu não consiga entender por quê. Faz anos que todo mundo sabe que Ashley se casaria com ela, quer dizer, se não se casasse com uma de suas primas Burr, de Macon. Assim como Honey Wilkes irá se casar com o irmão de Melanie, Charles. Agora me diga, Sr. O'Hara, será que é ilegal que os Wilkes se casem fora da família? Por que se...

Scarlett não ouviu o resto da conversa, acompanhada por risadas. Por um breve instante, foi como se o sol tivesse se enfiado por trás de uma nuvem fria, deixando o mundo na sombra, roubando a cor das coisas. A folhagem fresca pareceu doentia, o corniso, pálido, e as árvores, tão maravilhosamente rosadas um minuto antes, ficaram desbotadas e sombrias. Scarlett enfiou os dedos no estofado da carruagem e por um instante sua sombrinha oscilou. Uma coisa era saber que Ashley estava noivo, outra era ouvir as pessoas falarem sobre isso de modo tão despreocupado. Então sua coragem retornou com toda a força, e o sol saiu outra vez e a paisagem fulgurou renovada. Ela sabia que Ashley a amava. Isso era certo. E sorriu ao pensar em como a Sra. Tarleton ficaria surpresa quando nenhum noivado fosse anunciado àquela noite... que surpresa se houvesse uma fuga! E ela diria aos vizinhos que Scarlett bancara a sonsa, ali sentada escutando-a falar sobre Melanie quando Ashley lhe pertencia todo o tempo. Ela sorriu consigo mesma, e Hetty, que observava com atenção o efeito das palavras de sua mãe, voltou a se acomodar, intrigada, franzindo levemente o cenho.

— Não me importa o que o senhor diz, Sr. O'Hara — dizia enfaticamente a Sra. Tarleton. — É bem errado esse casamento entre primos. Já é ruim que

Ashley se case com a filha dos Hamilton, mas Honey se casar com o insosso do Charles Hamilton...

— Honey nunca vai agarrar outro se não se casar com Charlie — disse Randa, cruel e confiante da própria popularidade. — Nunca teve outro admirador a não ser ele. E ele nunca foi muito atencioso com ela, pelo tempo que já estão namorando. Scarlett, você se lembra de como ele correu atrás de você no Natal passado...

— Não seja ferina, senhorita — disse a mãe dela. — Primos não deveriam se casar entre si, nem de segundo grau. Enfraquece a linhagem. Não é como com os cavalos. Pode-se cruzar uma égua com um irmão ou um reprodutor com a filha e conseguir bons resultados se conhecermos as linhagens de sangue, mas com gente não funciona. Talvez se consiga boas linhagens, mas vai faltar vigor. A gente...

— Agora, madame, vou discutir sobre isso! A senhora pode me apontar gente melhor que os Wilkes? E eles vêm se casando entre si desde que Brian Boru era criança.

— E já passou da hora de pararem com isso, pois está começando a aparecer. Ah, não tanto com Ashley, pois ele é um demônio de bonito, embora até ele... Mas veja aquelas duas meninas Wilkes, coitadinhas, que falta de graça! Ótimas meninas, é claro, mas muito sem graça. E veja a pequena Srta. Melanie. Magra como um palito e tão delicada que um sopro de vento pode carregá-la, e sem qualquer vivacidade. Sem nenhuma noção de si própria. "Não, senhora!", "Sim, senhora!" Ela não tem outra coisa a dizer. Entende aonde quero chegar? Aquela família precisa de sangue novo, um bom sangue vigoroso como minhas cabecinhas ruivas ou a sua Scarlett. Agora, não me entenda mal. Os Wilkes são ótimas pessoas do jeito deles e o senhor sabe o quanto gosto deles todos, mas seja franco! Eles já cruzaram demais entre si, não é? Em uma corrida eles podem se dar bem em uma pista seca, mas, anote minhas palavras, não creio que os Wilkes consigam vencer em uma pista enlameada. Acho que o vigor ficou de fora dos cruzamentos deles, e quando surgir uma emergência não creio que consigam superar as adversidades. É gado de clima seco. Dê-me um bom cavalo que possa correr sob qualquer tempo! E o casamento entre parentes os deixou diferentes do resto do pessoal daqui. Sempre perdendo tempo com o piano ou com a cabeça enfiada em um livro. Até acredito que Ashley iria preferir ler a caçar! É, eu honestamente acredito nisso, Sr. O'Hara! E olhe só para os ossos deles. Muito delgados. Eles precisam de mães e varões fortes...

— Ah-ah-hum — disse Gerald, súbita e culpadamente percebendo que a conversa, das mais interessantes e inteiramente apropriada para ele, pareceria bem o contrário para Ellen. Na verdade, ele sabia que ela nunca se recuperaria se soubesse que as filhas tinham sido expostas a uma conversa tão franca. Mas a Sra. Tarleton estava, como de costume, surda a todas as outras ideias quando engajada em seu assunto favorito, cruzamentos, fossem de cavalos ou de humanos.

— Eu sei do que estou falando porque tive uns primos que se casaram e lhe dou minha palavra de que todos os filhos deles vieram com olhos esbugalhados ou parecendo uns sapos, os coitadinhos. E, quando minha família quis me casar com um primo de segundo grau, eu corcoveei como um potro e disse: "Não, mamãe. Para mim, não. Não quero todos os meus filhos com esparavões e pulmoeira." Bem, minha mãe desmaiou quando eu falei sobre esparavões, mas fiquei firme e minha avó me apoiou. Ela também sabia muito sobre cruza de cavalos, sabe, e disse que eu estava certa. E me ajudou a fugir com o Sr. Tarleton. E veja meus filhos! Grandes e saudáveis, nenhum doentio ou nanico, embora Boyd só tenha 1,75 m. Agora, os Wilkes...

— Sem querer mudar de assunto, senhora — interrompeu Gerald apressadamente, pois percebera a fisionomia confusa de Carreen e a ávida curiosidade no rosto de Suellen, e temia que pudessem fazer perguntas constrangedoras a Ellen, que revelaria o acompanhante inadequado que ele era. Scarlett, ele ficou contente em constatar, parecia estar pensando em outras coisas, como cabia a uma dama.

Hetty Tarleton o resgatou do apuro.

— Deus do Céu, mamãe, vamos logo — suplicou ela, impaciente. — Este sol esta me cozinhando e já consigo ouvir as sardas brotando em meu pescoço.

— Só um minuto, senhora, antes que se vá — disse Gerald. — Mas o que decidiu fazer sobre a venda dos cavalos para a Tropa? A guerra pode estourar a qualquer momento agora e os rapazes querem resolver a questão. É uma tropa do condado de Clayton e queremos cavalos de Clayton para ela. Mas a senhora, obstinada como é, ainda está se recusando a nos vender seus belos animais.

— Talvez não haja guerra alguma — contemporizou a Sra. Tarleton, a mente se desviando totalmente dos estranhos hábitos casamenteiros dos Wilkes.

— Ora, madame, a senhora não pode...

— Mamãe — interrompeu Hetty outra vez —, será que a senhora e o Sr. O'Hara não podem falar sobre cavalos em Twelve Oaks tão bem quanto aqui?

— É isso mesmo, Srta. Hetty — disse Gerald —, e não vou prendê-las mais nem um minuto. Estaremos chegando a Twelve Oaks daqui a pouquinho e todos os homens por lá, velhos e jovens, vão querer saber dos cavalos. Ah, mas me parte o coração ver uma senhora tão fina como sua mãe ser assim sovina com seus animais! Agora, onde está o seu patriotismo, Sra. Tarleton? A Confederação não significa nada para a senhora?

— Mamãe — gritou a pequena Betsy —, Randa está sentada em meu vestido e estou ficando toda amassada.

— Bem, tire Randa de cima de você, Betsy, e aquiete-se. Agora ouça uma coisa, Gerald O'Hara — retrucou ela, os olhos fuzilando-o. — Não comece a me jogar a Confederação na cara! Calculo que a Confederação signifique tanto para mim quanto para o senhor, eu com quatro rapazes na Tropa e o senhor sem nenhum. Mas meus rapazes conseguem cuidar de si mesmos, meus cavalos, não. Eu cederia meus cavalos sem cobrar e de bom grado se soubesse que seriam montados por rapazes que eu conheço, cavalheiros acostumados com animais puro-sangue. Não, não hesitaria por um minuto. Mas deixar minhas joias à mercê de caipiras e moradores do brejo, acostumados a montar mulas! Não senhor! Eu teria pesadelos pensando neles sendo montados com selas de má qualidade, sendo maltratados. O senhor acha que eu deixaria uns tolos ignorantes montarem meus queridos de lábios macios e ver suas bocas destroçadas e espancados até que seus ânimos fossem destruídos? Ora, me dá arrepios agora mesmo só de pensar nisso! Não, Sr. O'Hara, o senhor é muito gentil por querer meus cavalos, mas é melhor ir a Atlanta e comprar alguns pangarés velhos para os seus caipiras. Eles nunca vão saber a diferença.

— Mamãe, será que podemos ir? — perguntou Camilla, aderindo ao coro impaciente. — A senhora sabe que vai acabar lhes dando seus queridos de todo jeito. Quando papai e os rapazes ficarem insistindo que a Confederação precisa deles e coisa e tal, a senhora vai chorar e deixá-los ir.

A Sra. Tarleton sorriu e sacudiu as rédeas.

— Não vou fazer tal coisa — disse ela, tocando os cavalos de leve com o chicote. A carruagem começou a andar rapidamente.

— Esta mulher é ótima — disse Gerald, pondo o chapéu e assumindo o posto ao lado de sua carruagem. — Vamos lá, Toby. Nós ainda vamos cansá-la e conseguir os cavalos. É claro que ela tem razão. Ela tem razão. Se um homem não é um cavalheiro, seu lugar não é em cima de um cavalo, é na infantaria. Mas é uma pena, pois não há filhos de fazendeiros suficientes neste condado para formar uma tropa inteira. O que você diz, mocinha?

— Papai, por favor, cavalgue atrás de nós ou na frente. O senhor está levantando tanto pó que estamos nos engasgando — disse Scarlett, sentindo que não podia mais levar uma conversa adiante. Aquilo a distraía de seus pensamentos e ela estava muito ansiosa para organizá-los e deixar o semblante atraente antes de chegarem a Twelve Oaks. Obediente, Gerald fincou as esporas no cavalo e se distanciou em meio a uma nuvem vermelha atrás da carruagem dos Tarleton, onde poderia dar continuidade à conversa hípica.

Capítulo 6

Atravessaram o rio e a carruagem subiu a colina. Antes mesmo que Twelve Oaks ficasse à vista, Scarlett viu uma névoa de fumaça pairando preguiçosamente sobre o alto das árvores e sentiu os apetitosos odores de toras de nogueira em brasa misturados aos de porco e carneiro assando.

As covas do churrasco, que ardiam lentamente desde a noite anterior, agora seriam longos fossos de brasas róseo-avermelhadas, com as carnes girando nos espetos e seus sucos pingando, fazendo o carvão chiar. Scarlett sabia que a fragrância carregada pela leve brisa vinha do arvoredo de grandes carvalhos nos fundos da casa-grande. John Wilkes sempre fazia seus churrascos lá, na leve colina que levava ao jardim de roseiras, um lugar sombreado agradável e muito melhor que, por exemplo, o usado pelos Calvert. A Sra. Calvert não gostava de churrascos, declarando que o cheiro permanecia na casa por dias, de modo que os convidados sufocavam de calor em um lugar plano e descampado a meio quilômetro da casa. Mas John Wilkes, famoso em todo o estado por sua hospitalidade, sabia como receber para um churrasco.

As longas mesas de piquenique sobre os cavaletes, cobertas pelas mais finas toalhas de linho dos Wilkes, sempre ficavam sob a sombra mais densa, com bancos sem encosto de cada lado; e cadeiras, pufes e almofadões da casa eram espalhados pela clareira para aqueles que não apreciavam os bancos. A uma distância, grande o bastante para que a fumaça não incomodasse os convidados, ficavam as longas covas, onde as carnes cozinhavam, e os caldeirões de onde flutuavam os odores suculentos do molho de churrasco e do cozido Brunswick. O Sr. Wilkes sempre tinha pelo menos uma dúzia de negros ocupados, indo e vindo com bandejas para servir os convidados. Atrás dos estábulos, sempre havia outro fosso de churrasco, onde os criados da casa, cocheiros e camareiras dos convidados faziam seu próprio banquete de tortilhas de milho, inhames e tripas de porco, prato tão apreciado pelos negros, e, dependendo da estação, melancias suficientes para se fartar.

Conforme se aproximava o cheiro da carne fresca de porco, Scarlett franziu o nariz em apreciação, esperando sentir algum apetite na hora que estivesse pronto. Do jeito que estava, tão cheia de comida e tão apertada, ela temia que a qualquer momento fosse arrotar. Aquilo seria fatal, pois só homens idosos e damas muito velhas podiam arrotar sem temer a reprovação social.

Eles chegaram ao topo e a casa branca apareceu diante dela com sua perfeita simetria, longas colunas, varandas amplas, telhado reto, bela como uma mulher quando é tão segura de seu encanto que pode ser generosa e graciosa com todos. Scarlett amava Twelve Oaks ainda mais que a Tara, pois ali havia uma beleza imponente, uma dignidade madura que a casa de Gerald não possuía. O largo caminho curvo da entrada estava cheio de cavalos encilhados e carruagens, além de convidados apeando e cumprimentando os amigos. Negros sorridentes, animados como sempre em uma festa, levavam os animais para o pátio do estábulo para serem desarreados e desencilhados. Enxames de crianças, negras e brancas, corriam gritando pelo gramado verdejante, jogando amarelinha, brincando de pegar e apostando o quanto iriam comer. O amplo corredor que ia da frente até os fundos da casa estava apinhado de gente e, enquanto a carruagem das O'Hara parava diante dos degraus da frente, Scarlett viu as moças de saias armadas, luminosas como borboletas, subindo e descendo as escadas para o segundo andar, braços nas cinturas umas das outras, parando para se inclinar no delicado corrimão da balaustrada, rindo e chamando os rapazes no corredor abaixo delas. Pelas longas janelas abertas, viu de relance as mulheres mais velhas sentadas na sala, sossegadas em seda preta enquanto se abanavam com os leques, conversando sobre bebês e doenças, e sobre quem se casara com quem e por quê. O mordomo dos Wilkes, Tom, corria pelos corredores, uma bandeja de prata nas mãos, fazendo mesuras e sorrindo, enquanto oferecia bebidas para os jovens de calças cor de creme e cinza e finas camisas com jabôs de linho.

A ensolarada varanda da frente estava repleta de convidados. Sim, todo o condado estava lá, pensou Scarlett. Os quatro rapazes Tarleton e seu pai estavam encostados nas colunas, os gêmeos, Stuart e Brent, lado a lado, inseparáveis como de costume, Tom e Boyd com o pai, James Tarleton. O Sr. Calvert estava por perto, ao lado da mulher ianque, que mesmo após 15 anos na Geórgia nunca parecia estar em seu lugar. Todos eram muito educados e gentis com ela porque sentiam pena, mas ninguém se esquecia de que ela agravara o erro de nascimento se tornando governanta dos filhos do Sr. Calvert. Os dois rapazes Calvert lá estavam com sua vistosa irmã loura, Cathleen, implicando com o moreno Joe Fontaine e com Sally Munroe, sua bonita noiva. Alex e Tony Fontaine sussurravam nos ouvidos de Dimity Munroe, fazendo-a soltar gargalhadas. Havia famílias de lugares tão distantes como Lovejoy, a 16 quilômetros de distância, de Fayetteville e Jonesboro, algumas até de Atlanta e Macon. A casa dava a impressão de que ia explodir com a multidão, e o balbucio incessante de conversa, risadas e gritinhos femininos agudos subia e descia.

Nos degraus da varanda, estava John Wilkes, cabelos prateados, ereto, irradiando o encanto discreto e a hospitalidade que eram tão calorosos e infalíveis quanto o sol de verão da Geórgia. A seu lado, Honey Wilkes, que tem esta alcunha chamar todo mundo, indicriminadamente, de doçura, desde o pai até os trabalhadores do campo, se movia irrequieta e ria ao cumprimentar os convidados que chegavam.

O óbvio desejo nervoso de Honey para ser atraente a todos os homens à vista contrastava nitidamente com o porte do pai, e Scarlett teve a ideia de que talvez houvesse alguma verdade no que a Sra. Tarleton dissera. Certamente, os homens Wilkes tinham ficado com a beleza da família. Os cílios espessos e dourados que margeavam os olhos cinzentos de John Wilkes e de Ashley eram escassos e desbotados nos rostos de Honey e de sua irmã, India. Honey tinha a estranha aparência de um coelho sem cílios, e não havia outra palavra para descrever India a não ser comum.

India não estava à vista, mas Scarlett sabia que ela devia estar na cozinha dando as últimas instruções aos criados. "Pobre India", pensou, "passou por tantas dificuldades para manter a casa desde que a mãe morreu, que nunca teve oportunidade de agarrar nenhum admirador além de Stuart Tarleton, e certamente não é culpa minha que ele me ache mais bonita do que ela".

John Wilkes desceu as escadas para oferecer o braço a Scarlett. Ao descer da carruagem, ela viu Suellen sorrir afetada e percebeu que a irmã devia ter localizado Frank Kennedy na multidão.

"Ah, se eu não conseguiria um admirador melhor que aquela velha de culotes", ela pensou desdenhosa, ao pisar no chão e sorrir em agradecimento para John Wilkes.

Frank Kennedy estava correndo para a carruagem a fim de ajudar Suellen, que se empertigava de tal modo que Scarlett sentiu vontade de lhe dar um tapa. Frank Kennedy possuía mais terras que qualquer outro do condado e podia ter um bom coração, mas nada disso contava diante do fato de que ele tinha 40 anos, era insignificante e nervoso e tinha uma barba rala laranja e um jeito de solteirona atarantada. Entretanto, lembrando-se de seu plano, Scarlett sufocou seu desdém e lhe lançou um sorriso vistoso de cumprimento que o fez parar de repente, o braço estendido para Suellen, e arregalar os olhos para Scarlett em um atordoamento de satisfação.

Os olhos de Scarlett procuravam por Ashley na multidão, mesmo enquanto conversava amenidades com John Wilkes, mas ele não estava na varanda. Houve brados de cumprimento de uma dezena de vozes, e Stuart e Brent Tarleton foram até ela. As moças Munroe se apressaram a elogiar seu vestido e logo ela se viu no centro de um círculo de vozes que ficavam cada vez mais altas, no esforço de serem ouvidas acima do alarido. Mas onde estava Ashley? E Melanie e Charles? Ela tentava não ser óbvia enquanto olhava em volta e espiava o grupo risonho no corredor lá dentro.

Enquanto conversava, ria e lançava olhares rápidos para dentro da casa e para o pátio, seus olhos pousaram sobre um estranho, parado sozinho no vestíbulo, olhando para ela de um modo impertinente que lhe despertou uma sensação aguda de prazer feminino por ter atraído um homem, misturada ao constrangimento de que talvez seu vestido estivesse decotado demais. Ele parecia bem velho, pelo menos uns 35 anos. Era alto e de constituição poderosa. Scarlett pensou que nunca vira um homem de ombros tão largos, tão musculoso, quase forte demais para a distinção. Quando seus olhos se cruzaram, ele sorriu, mostrando dentes tão brancos quanto os de um animal sob um bigode preto aparado. Ele era moreno como um pirata e seus olhos, tão ousados e negros como os de qualquer pirata avaliando a fuga precipitada de um galeão ou de uma moça prestes a ser violada. Havia uma fria imprudência em sua fisionomia e um humor cínico na boca quando ele sorria para ela, e Scarlett prendeu o fôlego. Sentiu que devia se sentir insultada com tal olhar e ficou aborrecida consigo mesma por não se sentir assim. Não sabia quem ele podia ser, mas era inegável que havia uma aparência de bom sangue em seu rosto moreno. Isso se exibia no fino nariz aquilino sobre os lábios vermelhos e carnudos, a testa alta e os olhos bem separados.

Ela desviou os olhos dos dele sem retribuir o sorriso e ele se virou quando alguém chamou:

— Rhett! Rhett Butler! Venha cá! Quero apresentá-lo à moça de coração mais duro da Geórgia.

Rhett Butler? O nome era familiar, de alguma forma ligado a algo agradavelmente escandaloso, mas sua cabeça estava com Ashley e ela o tirou do pensamento.

— Preciso ir lá em cima para ajeitar o cabelo — disse ela a Stuart e Brent, que estavam tentando afastá-la da multidão. — Vocês dois esperem por mim e não fujam com nenhuma outra moça, senão vou ficar furiosa.

Ela podia ver que seria difícil lidar com Stuart se ele flertasse com qualquer outra. Ele vinha bebendo e tinha a expressão arrogante de quem procura briga, o que, por experiência, ela sabia que significava problema. Parou no vestíbulo por um instante para falar com conhecidas e cumprimentar India, que vinha chegando dos fundos da casa, o cabelo despenteado e algumas gotas de suor na testa. Pobre India! Já era ruim o bastante ter cabelo e cílios descorados, um queixo saliente que lhe dava uma expressão teimosa, ter passado dos 20 anos e, ainda por cima, ser solteirona. Ela gostaria de saber se India se ressentia muito por ela lhe ter tirado Stuart. Muita gente dizia que ainda estava apaixonada por ele, mas nunca se podia saber o que uma Wilkes estava pensando. Se ela realmente se ressentia, nunca dera sinal disso, tratando Scarlett com a mesma cortesia levemente distante e bondosa que sempre lhe dedicara.

Scarlett falou com ela de modo aprazível e começou a subir as escadas. Em seguida, uma voz tímida chamou seu nome por trás e, virando-se, ela viu Charles Hamilton. Ele era um rapazinho de boa aparência com abundantes cachos castanhos sobre a testa branca e olhos tão profundamente castanhos, límpidos e gentis quanto os de um cachorro collie. Estava muito bem com calças cor de mostarda e casaco preto, e sua camisa pregueada era coroada com a mais larga e atual das gravatas pretas. Um leve rubor se insinuou pelo seu rosto quando ela se virou, pois ele era tímido com as moças. Como a maioria dos homens tímidos, ele admirava moças posudas, animadas e sempre à vontade, como Scarlett. Ela nunca se dirigira a ele com mais que uma cortesia superficial antes e, portanto, o sorriso radiante de prazer com que o cumprimentou e as duas mãos estendidas para as dele quase lhe tiraram o fôlego.

— Ora, Charles Hamilton, seu bonitão! Aposto que veio de Atlanta até aqui só para partir meu pobre coração!

Charles quase gaguejou de emoção, segurando as pequenas mãos quentes nas dele e olhando para os dançantes olhos verdes. Era assim que as moças falavam com outros rapazes, mas nunca com ele. Ele não sabia por quê, mas as jovens sempre o tratavam como a um irmão mais novo e eram muito gentis, nunca se dando ao trabalho de implicar com ele. Ele sempre quisera que flertassem e brincassem com ele como faziam com rapazes muito menos bonitos e menos dotados das benesses deste mundo. Mas, nas poucas ocasiões em que isso ocorria, ele nunca conseguia pensar em nada para dizer e sofria agonias de constrangimento com seu mutismo. Depois ficava acordado à noite pensando em todas as galanterias encantadoras que podia ter empregado; mas raramente tinha uma segunda chance, pois elas o deixavam sozinho após uma ou duas tentativas.

Mesmo com Honey, com quem havia um silencioso pacto de casamento para quando ele tomasse posse de seus bens no outono seguinte, era acanhado e quieto. Às vezes, tinha a deselegante impressão de que o coquetismo e a pose de Honey não eram crédito seu, pois ela era tão doida por rapazes que ele a imaginava usando esses artifícios com qualquer homem que lhe desse oportunidade. Charles não estava animado com a perspectiva daquele casamento, pois ela não lhe despertava nenhuma das emoções dos romances arrebatados que seus amados livros lhe garantiam serem próprios de um amante. Ele sempre ansiara por ser amado por alguma bela criatura arrojada, cheia de fogo e malícia.

E ali estava Scarlett O'Hara implicando com ele sobre partir seu coração!

Ele tentou pensar em algo para dizer sem conseguir, e silenciosamente a abençoou por ter continuado a tagarelar, salvando-o da necessidade de conversar. Era bom demais para ser verdade.

— Agora, espere bem aqui até eu voltar, pois quero comer churrasco com você. E não saia por aí namoricando com essas outras garotas porque eu sou muito ciumenta. — Vieram aquelas incríveis palavras dos lábios vermelhos com uma covinha de cada lado; e os cílios negros piscaram recatadamente sobre os olhos verdes.

— Não vou. — Ele finalmente conseguiu expirar, sem sequer sonhar que ela estava achando que ele parecia um bezerro esperando pelo açougueiro.

Dando-lhe um tapinha no braço com o leque fechado, ela se virou para subir as escadas e seus olhos novamente pousaram sobre o homem chamado Rhett Butler, que estava sozinho a poucos passos de Charles. Ele evidentemente ouvira toda a conversa, pois sorriu para ela tão malicioso quanto um gato, outra vez lhe passando os olhos com uma intensidade totalmente destituída da deferência a que ela estava acostumada.

"Pelo manto de Cristo!", disse Scarlett para si mesma, indignada, usando a blasfêmia favorita de Gerald. "Ele dá a impressão de... de saber como eu sou sem a roupa de baixo", e, virando a cabeça, subiu as escadas.

No quarto onde estavam as caixas, ela encontrou Cathleen Calvert se olhando no espelho e mordendo os lábios para deixá-los mais vermelhos. As rosas frescas presas ao cinto combinavam com suas bochechas, e os olhos azuis como a flor do milho dançavam entusiasmados.

— Cathleen — disse Scarlett, tentando elevar o corpete do vestido —, quem é aquele homem detestável lá embaixo, chamado Butler?

— Minha querida, você não sabe? — sussurrou Cathleen alvoroçada, sem tirar a atenção do quarto ao lado, onde Dilcey e a bá das Wilkes conversavam. — Nem consigo imaginar como o Sr. Wilkes está se sentindo por recebê-lo aqui, mas ele estava visitando o Sr. Kennedy em Jonesboro, algo sobre uma compra de algodão e, é lógico, o Sr. Kennedy teve de trazê-lo. Ele não podia simplesmente sair e deixá-lo lá.

— O que há com ele?

— Minha querida, ele não é recebido em lugar algum!

— Não?

— Não.

Scarlett digeriu aquilo em silêncio, pois nunca estivera sob o mesmo teto com alguém que não fosse recebido por ninguém. Era muito excitante.

— Que foi que ele fez?

— Ah, Scarlett, ele tem a pior das reputações. Chama-se Rhett Butler e é de Charleston, e a família dele é uma das melhores de lá, mas nem falam com ele. Caro Rhett me falou dele no verão passado. Ele não se dá com a família dela, mas ela sabe tudo a respeito dele, todo mundo sabe. Ele foi expulso de West Point! Imagine só! E por causa de coisas ruins demais para Caro saber. E depois teve aquele negócio da moça com quem ele não se casou.

— Conte!

— Querida, você não sabe de nada? Caro me contou tudo no verão passado e a mãe dela teria um ataque se sonhasse que Caro sabe disso. Bem, esse Sr. Butler levou uma moça de Charleston para passear de charrete. Eu nunca fiquei sabendo quem ela era, mas tenho minhas desconfianças. Ela não devia ser muito distinta ou não teria saído com ele ao entardecer sem acompanhante. E, minha querida, eles ficaram fora quase toda a noite e acabaram indo para casa a pé, dizendo que o cavalo tinha fugido e despedaçado a charrete, e eles tinham ficado perdidos na mata. E adivinhe...

— Não consigo adivinhar. Conte — disse Scarlett, entusiasmada, esperando pelo pior.

— Ele se recusou a se casar com ela no dia seguinte!

— Ah! — disse Scarlett, suas esperanças frustradas.

— Ele disse que não tinha... hã... feito nada a ela e não via por que deveria se casar. E, é claro, o irmão dela o desafiou e o Sr. Butler disse que preferia morrer a se casar com uma tola idiota. Então eles se bateram em duelo e o Sr. Butler deu um tiro certeiro no irmão da moça, que morreu, e o Sr. Butler teve de ir embora de Charleston e agora ninguém o recebe — concluiu Cathleen em um tom triunfante e bem na hora, pois Dilcey voltava ao quarto a fim de inspecionar a toalete sob sua responsabilidade.

— Ela teve um bebê? — sussurrou Scarlett no ouvido de Cathleen.

Cathleen sacudiu a cabeça com veemência.

— Não, mas ficou arruinada do mesmo jeito — sibilou ela em resposta.

"Bem que eu gostaria que Ashley me comprometesse", pensou Scarlett de repente. Ele seria cavalheiro demais para não se casar comigo. Mas, de alguma forma, sem querer, ela sentiu respeito por Rhett Butler ter se recusado a casar com uma moça tola.

Scarlett se sentou em um divã alto de jacarandá, sob a sombra de um enorme carvalho nos fundos da casa, babados e franzidos ondulados a sua volta e cinco centímetros de sapatilhas de pelica à mostra — tudo que uma dama podia exibir e ainda continuar sendo uma dama. Tinha um prato nas mãos quase intocado e sete cavalheiros a sua volta. O churrasco chegara ao auge e o ar morno estava cheio de riso e conversa, o estalar da prata na porcelana e os cheiros fortes das carnes assadas e molhos aromáticos. Ocasionalmente, quando uma leve brisa soprava, lufadas de fumaça oriundas dos fossos do churrasco flutuavam sobre a multidão e eram recebidas com reclamações de simulada aflição pelas damas e pelo agito violento dos leques de folhas de palmeira.

A maioria das jovens se sentava com acompanhantes nos longos bancos diante das mesas, mas Scarlett, percebendo que uma moça só tem dois lados e só um homem pode se sentar de cada um, preferira se sentar à parte, de modo que pudesse reunir em torno de si o maior número possível de rapazes.

Sob o caramanchão, sentavam-se as mulheres casadas, os vestidos escuros como notas de decoro no colorido da jovialidade que as cercava. As matronas, não importando a idade, sempre se agrupavam à parte das moças de olhos brilhantes, dos admiradores e dos risos, pois não havia beldades casadas no sul. Desde vovó Fontaine, que arrotava abertamente com o privilégio de sua idade, até Alice Munroe, de 17 anos, que lutava contra os enjoos de sua primeira gravidez, todas reuniam suas cabeças em torno das infinitas discussões genealógicas e obstetrícias que tornavam aqueles encontros tão agradáveis e instrutivos.

Lançando olhares desdenhosos, Scarlett achava que elas pareciam um bando de gralhas gordas. As mulheres casadas nunca se divertiam. Não lhe ocorria que, se ela se casasse com Ashley, ficaria relegada a caramanchões e salas de visita com tristes matronas vestidas em sedas monótonas, tão sérias e monótonas quanto elas, e não participaria do divertimento e das brincadeiras. Como a maioria das moças, sua imaginação só a levava até o altar, não mais longe. Além disso, agora estava infeliz demais para se perder em abstrações.

Deixou os olhos pousarem no prato e deu uma beliscada em um biscoito mordido com uma elegância e uma total falta de apetite que teriam conquistado a aprovação de Mammy. Por maior que fosse a abundância de admiradores a seu redor, ela nunca estivera tão infeliz na vida. De algum modo que não conseguia entender, seus planos da noite anterior tinham fracassado totalmente no que se referia a Ashley. Ela atraíra outros pretendentes às dezenas, mas não Ashley, e todos os temores da tarde anterior estavam retornando, fazendo seu coração bater em descompasso, e o sangue inflamar e empalidecer suas faces.

Ashley não fizera nenhuma tentativa de participar do círculo à sua volta, de fato ela não conseguira lhe dar uma única palavra a sós desde a chegada, nem sequer falara com ele desde o primeiro cumprimento. Ele tinha se adiantado para lhe dar as boas-vindas quando ela chegara ao jardim dos fundos, mas Melanie estava de braço dado com ele, Melanie que mal lhe chegava ao ombro.

Ela era uma moça miúda, de constituição frágil, que dava a impressão de ser uma criança fantasiada com as enormes saias rodadas da mãe, ilusão reforçada pela expressão tímida, quase assustada, em seus olhos castanhos grandes demais. Tinha uma nuvem de cabelos escuros encaracolados, tão severamente presos sob a rede que nenhum cacho caprichoso conseguia escapar, e essa massa escura com seu longo bico de viúva lhe acentuava o formato de coração do rosto. Muito largo na altura das maçãs, muito pontudo no queixo, era um rosto doce, tímido, mas comum, e ela não tinha truques femininos de fascínio que desviassem a atenção dos observadores da simplicidade de seus traços. Ela parecia — e era — tão simples como a terra, tão boa quanto o pão, tão transparente quanto água de fonte. Mas, apesar da simplicidade das feições e diminuta estatura, havia uma dignidade tranquila em seus movimentos, que era estranhamente comovente e muito mais madura que seus 17 anos.

O vestido de organdi cinza, com a cinta de cetim cor de cereja, disfarçava com seus babados e franzidos o corpo imaturo e infantil, e o chapéu amarelo com longas fitas cor de cereja fazia brilhar sua pele cor de marfim. Os pesados brincos pingentes de ouro caíam entre anéis de cabelo cuidadosamente enredados, balançando próximo aos olhos castanhos, olhos que tinham o brilho passageiro de um lago invernal na floresta quando as folhas marrons cintilam sobre a água parada.

Ela sorrira com tímida simpatia ao cumprimentar Scarlett, dizendo-lhe o quanto era bonito seu vestido verde, e Scarlett ficou na difícil posição de ser cortês em resposta, tão violento era seu desejo de falar a sós com Ashley. Desde então, ele ficara sentado em um banco aos pés de Melanie, à parte dos outros convidados, conversando baixinho com ela, mostrando seu vagaroso sorriso sonolento que Scarlett amava. O que piorava as coisas era que diante do sorriso dele surgira um leve brilho nos olhos de Melanie, de modo que até Scarlett teve de admitir que ela ficara quase bonita. Olhando para Ashley, o rosto simples de Melanie se iluminou como que por um fogo interno, pois, se alguma vez um coração apaixonado se mostrasse em um rosto, estava se mostrando no de Melanie Hamilton naquele momento.

Scarlett tentava manter os olhos desviados dos dois, mas não conseguia, e após cada espiada redobrava a alegria com seus cavalheiros, dizendo coisas ousadas, implicando, atirando a cabeça para trás a cada elogio até seus brincos dançarem. Ela disse "bobagem!" várias vezes, declarou que a verdade não estava com nenhum deles e jurou que nunca acreditaria em nada que qualquer homem lhe dissesse. Mas Ashley não parecia notá-la. Ele só tinha olhos para Melanie e continuava conversando com ela, que o olhava com uma expressão que irradiava o fato de lhe pertencer.

Portanto, Scarlett estava infeliz.

Aos olhos externos, nunca uma moça tivera menos motivo para estar infeliz. Sem dúvida, era a beldade do churrasco, o centro das atenções. O furor que estava causando entre os homens, combinado aos corações inflamados das outras moças, a teria agradado enormemente em qualquer outra ocasião.

Charles Hamilton, estimulado pela atenção, estava firmemente plantado a seu lado, recusando-se a ser desalojado pelos esforços combinados dos gêmeos Tarleton. Ela segurava o leque em uma das mãos e na outra o prato intocado de churrasco, e teimosamente se recusava a encontrar os olhos de Honey, que parecia estar à beira de uma crise de choro. Cade reclinava-se graciosamente a sua esquerda, puxando sua saia para lhe chamar a atenção, e olhava para Stuart de modo exasperado. A atmosfera estava elétrica entre ele e os gêmeos, e já haviam trocado palavras grosseiras. Frank Kennedy andava ao redor como uma galinha em volta do pinto, indo e vindo da sombra do carvalho às mesas, buscando petiscos para tentar Scarlett, como se não houvesse dezenas de criados ali com aquele propósito. Em consequência, o soturno ressentimento de Suellen passara do ponto da dissimulação elegante, e ela olhava para Scarlett com expressão ameaçadora. A pequena Carreen podia ter chorado, pois, apesar das palavras encorajadoras da irmã mais cedo, Brent não fizera mais que dizer "Olá, irmãzinha" e dar um puxão no laço do seu cabelo antes de voltar toda sua atenção para Scarlett. Geralmente ele era tão gentil e a tratava com uma deferência tão descuidada que a fazia se sentir crescida, e Carreen sonhava secretamente com o dia em que pentearia os cabelos para cima e usaria saias longas para recebê-lo como um verdadeiro admirador. E agora parecia que Scarlett o tinha. As garotas Munroe ocultavam sua contrariedade diante da deserção dos morenos Fontaine, mas estavam aborrecidas com o modo como Tony e Alex ficavam em torno do círculo, disputando uma posição próxima a Scarlett no caso de qualquer dos outros se levantar do seu lugar.

Elas telegrafaram sua reprovação da conduta de Scarlett a Hetty Tarleton com um delicado erguer de sobrancelhas. "Assanhada" era a única palavra para Scarlett. Simultaneamente, as três jovens ergueram as sobrinhas de renda, disseram que já estavam satisfeitas, agradeceram e, pondo os dedos levemente nos braços dos homens mais próximos a elas, manifestaram docemente que gostariam de ver o jardim das roseiras, a primavera e a casa de verão. Essa retirada estratégica em boa hora não passou despercebida a nenhuma mulher presente, assim como não foi notada por homem algum.

Scarlett riu ao ver três homens serem carregados da mira de seus encantos para investigar terrenos familiares às moças desde a infância e desviou o olhar rapidamente para ver se Ashley percebera. Mas ele brincava com a ponta da faixa de Melanie e sorria para ela. Seu coração se contorceu de dor. Ela sentiu que poderia enfiar as unhas na pele de marfim de Melanie até lhe tirar sangue e ter prazer ao fazê-lo.

Enquanto seus olhos se desviavam de Melanie, ela percebeu o olhar fixo de Rhett Butler, que não se misturava com a multidão, mas estava à parte conversando com John Wilkes. Estivera a observá-la e, quando ela o olhou, ele soltou uma boa risada. Scarlett teve a inquietante sensação de que aquele homem infame era o único ali que sabia o que estava por trás de sua alegria esfuziante, e que isso lhe estava rendendo um cínico divertimento. Com prazer, ela podia ter enfiado as unhas nele também.

"Se eu conseguir sobreviver a este churrasco até a tarde," ela pensou, "todas as garotas vão subir para tirar um cochilo e estar descansadas para hoje à noite, e eu vou ficar aqui embaixo e vou conseguir falar com Ashley. Com certeza, ele deve ter notado o quanto sou popular". Ela acalmou o coração com outra esperança: "É claro, ele precisa ser atencioso com Melanie porque, afinal de contas, ela é sua prima e não é nada popular, e, se ele não lhe fizesse companhia, ficaria sozinha."

Ela recobrou a coragem com esse pensamento e redobrou seus esforços na direção de Charles, cujos olhos castanhos fulguravam ansiosos para ela. Era um dia maravilhoso para Charles, um dia de sonho, e ele se apaixonara por Scarlett sem fazer nenhum esforço. Diante daquela nova emoção, Honey recuara para uma névoa obscura. Honey era um pardal de voz esganiçada e Scarlett, um beija-flor reluzente. Ela implicava com ele, favorecendo-o, e lhe fazia perguntas a que ela mesma respondia, de modo que ele parecesse muito esperto sem dizer uma só palavra. Os outros rapazes estavam intrigados e aborrecidos com seu óbvio interesse por ele, pois sabiam que Charles era tímido demais para conseguir encaixar duas palavras, e a educação estava sendo gravemente forçada para ocultar a ira crescente que sentiam. Estavam todos ardendo em fogo lento, e isso seria um triunfo para Scarlett não fosse por Ashley.

Quando a última garfada de porco, frango e carneiro tinha sido dada, Scarlett esperava pela hora em que India se levantaria para sugerir que todas as damas se retirassem para dentro de casa. Já eram 14 horas e o sol estava quente acima de suas cabeças, mas India, exausta com os três dias de preparação para o churrasco, estava contente de permanecer sentada sob o caramanchão, fazendo comentários aos gritos para um cavalheiro surdo de Fayetteville.

Uma sonolência preguiçosa desceu sobre a multidão. Os negros retiravam vagarosamente as longas mesas onde a comida fora servida. Os risos e conversas ficaram menos animados e grupos aqui e ali caíram no silêncio. Todos esperavam que a anfitriã sinalizasse o fim das festividades matutinas. Os leques de folha de palmeira abanavam mais lentamente, e diversos cavalheiros cochilavam devido ao calor e aos estômagos cheios. O churrasco tinha acabado e todos estavam contentes de poder ficar à vontade enquanto o sol estava em seu pico.

Nesse intervalo, entre a festa da manhã e o baile da noite, eles pareciam um grupo plácido e pacífico. Só os rapazes mantinham a energia incansável que assomara toda a multidão pouco antes. Indo de grupo em grupo, com a fala arrastada e vozes baixas, eles eram tão belos quanto garanhões puro-sangue, e igualmente perigosos. A languidez do meio do dia tomara conta da reunião, mas por baixo se ocultavam humores que podiam emergir a alturas assassinas em um segundo e se encolerizar com a mesma rapidez. Homens e mulheres, belos e selvagens, todos um pouco violentos sob seus modos agradáveis e apenas levemente domados.

Passou-se algum tempo e o sol ficou mais forte. Scarlett e outros olharam mais uma vez para India. As conversas estavam morrendo quando, em meio à calmaria, todos ouviram a voz de Gerald se erguer em uma entonação furiosa. Em pé, a pouca distância das mesas do churrasco, ele estava no auge de uma discussão com John Wilkes.

— Pelo manto de Cristo, homem! Rezar por um acordo pacífico com os ianques? Depois de termos atirado nos tratantes no forte Sumter? Pacífico? O sul devia mostrar com armas que não pode ser insultado e que não vai sair da União pela gentileza da União, mas por sua própria força.

"Ah, meu Deus!", pensou Scarlett. "Ele conseguiu! Agora vamos todos ficar aqui sentados até a meia-noite."

Em um instante a sonolência abandonou a multidão preguiçosa e algo elétrico estalou pelo ar. Os homens se ergueram dos bancos e cadeiras, braços gesticulavam, vozes se chocavam pelo direito de serem ouvidas acima das outras. Não houvera conversas sobre política ou guerra iminente durante toda a manhã devido ao pedido do Sr. Wilkes de que não aborrecessem as damas. Mas agora Gerald berrara as palavras "forte Sumter" e todos os homens presentes se esqueceram da advertência do anfitrião.

"É claro que lutaremos...", "ianques ladrões...", "Poderíamos acabar com eles em um mês...", "Ora, um sulista pode acabar com vinte ianques...", "Dar-lhes uma lição que eles não vão facilmente esquecer...", "Pacificamente? Eles não nos deixarão ir em paz...", "Não, vejam como o Sr. Lincoln insultou nossos comissários!", "É, deixou-os esperando por semanas... prometendo que evacuaria

Sumter!", "Eles querem guerra, nós os deixaremos cansados de tanta guerra...". E, acima de todas as vozes, a de Gerald ribombava. Só o que Scarlett conseguia ouvir era o grito repetido de "Direitos dos Estados, por Deus!". Gerald se divertia, mas não sua filha.

Secessão, guerra — essas palavras havia muito tinham se tornado tremendamente enfadonhas para Scarlett, de tanto serem repetidas, mas agora ela odiava seu som, pois significava que os homens ficariam ali por horas discutindo uns com os outros, e ela não teria chance de encurralar Ashley. É claro que não haveria guerra alguma, e os homens sabiam disso. Eles só adoravam falar e se ouvir falar.

Charles Hamilton não se levantara com os outros, conseguindo relativa privacidade, com Scarlett. Aproximou-se e, com a ousadia nascida do novo amor e sussurrou uma confissão.

— Srta. O'Hara... eu... eu já decidi que, se realmente formos a combate, irei para a Carolina do Sul e entrarei para uma tropa lá. Dizem que o Sr. Wade Hampton está organizando uma tropa de cavalaria, e logicamente eu gostaria de ir com ele. É uma pessoa esplêndida e era o melhor amigo do meu pai.

Scarlett pensou: "o que devo fazer... dar três vivas?", pois a expressão de Charles mostrava que ele estava revelando a ela os segredos de seu coração. Não conseguiu pensar em nada para dizer, então só ficou olhando para ele, perguntando-se por que os homens eram tão tolos a ponto de achar que as mulheres se interessavam por tais assuntos. Ele interpretou a expressão dela como significativa de uma formidável aprovação e continuou rapidamente, com ousadia...

— Se eu fosse... a senhorita... a senhorita... sentiria, Srta. Scarlett?

— Vou chorar em meu travesseiro todas as noites — disse Scarlett, com a intenção de ser loquaz, mas ele recebeu a declaração pessoalmente e ficou corado de prazer. Ele cautelosamente insinuou sua mão e apertou a dela, que estava oculta entre as dobras do vestido, impressionado com a própria ousadia e com a aquiescência da jovem.

— A senhorita rezaria por mim?

"Que bobo!", pensou Scarlett amargurada, lançando ao redor um olhar sub-reptício na esperança de ser resgatada da conversa.

— Rezaria?

— Ah... sim, é claro, Sr. Hamilton. Três rosários à noite, no mínimo!

Charles deu uma rápida olhada em volta, inspirou, retesou os músculos do abdômen. Eles estavam praticamente sozinhos e talvez ele nunca tivesse outra oportunidade. E, mesmo que Deus lhe enviasse outra dessas ocasiões, ele podia perder a coragem.

— Srta. O'Hara... preciso lhe dizer uma coisa, eu... eu a amo!

— O quê? — disse Scarlett, ausente, tentando ver, através da multidão de homens que discutiam, se Ashley ainda estava sentado conversando aos pés de Melanie.

— Sim! — sussurrou Charles, em um arroubo por ela não ter rido, gritado nem desmaiado, como ele sempre imaginara que as mocinhas fariam nessas circunstâncias. — Eu a amo! A senhorita é a mais... a mais... — Pela primeira vez em sua vida, ele conseguia dar voz ao que sentia. — A moça mais linda que já conheci e a mais generosa e tem os modos mais doces e eu a amo de todo o coração. Não posso esperar que a senhorita ame alguém como eu, mas, minha querida Srta. O'Hara, se puder me dar seu incentivo, farei qualquer coisa neste mundo para fazê-la me amar. Vou...

Charles parou, pois não podia pensar em nada difícil o bastante a realizar que realmente provasse a Scarlett a profundidade de seu sentimento, então disse simplesmente:

— Quero me casar com a senhorita.

Scarlett voltou a aterrissar com um solavanco, ao som da palavra "casar". Ela estava pensando em casamento e em Ashley, e olhou para Charles com uma irritação mal disfarçada. Por que aquele tolo com jeito de bezerro decidira se intrometer com seus sentimentos justamente no dia em que ela estava tão preocupada a ponto de perder a cabeça? Ela olhou para os olhos castanhos que imploravam e não viu nada da beleza do primeiro amor de um rapaz tímido, da adoração de um ideal se tornando realidade ou da alegria impetuosa e da ternura que o varriam como uma chama. Scarlett estava acostumada a pedidos de casamento, de homens muito mais atraentes que Charles Hamilton e homens que tinham mais fineza do que lhe propor casamento em um churrasco quando ela tinha assuntos mais importantes em mente. Ela só viu um rapaz de 20 anos, vermelho como uma beterraba e parecendo muito tolo. Ela queria poder dizer a ele o quanto parecia tolo. Mas, automaticamente, as palavras que Ellen a ensinara a proferir nessas emergências lhe vieram aos lábios e, baixando os olhos, pela força de um longo hábito, ela murmurou:

— Sr. Hamilton, estou consciente da honra que me concede ao querer que eu me torne sua esposa, mas tudo isso é tão repentino que não sei o que dizer.

Aquela era uma forma elegante de satisfazer a vaidade de um homem e ainda mantê-lo preso, e Charles a aceitou como se tal isca fosse nova e ele, o primeiro a engoli-la.

— Eu esperaria para sempre! Eu não iria querê-la a não ser que a senhorita estivesse bem certa. Por favor, Srta. O'Hara, diga-me que posso esperar!

— Hã — disse Scarlett, seus olhos astutos percebendo que Ashley, que não se levantara para participar do assunto da guerra, sorria para Melanie. Se aquele tolo que agarrava sua mão ficasse quieto por um momento, talvez ela conseguisse ouvir o que eles estavam dizendo. Ela precisava ouvir o que diziam. O que teria dito Melanie que levara aquele ar de interesse aos olhos dele?

As palavras de Charles deixavam indistintas as vozes que ela se esforçava em escutar.

— Ah, quieto — ela sussurrou, beliscando a mão dele, sem sequer olhá-lo.

Atordoado, a princípio desconcertado, Charles corou diante da repreensão e então, vendo que os olhos dela estavam fixos em sua irmã, sorriu. Scarlett temia que alguém pudesse ouvir suas palavras. Naturalmente, estava constrangida, tímida e agoniada com a possibilidade de serem entreouvidos. Charles sentiu um arroubo de masculinidade como nunca experimentara, pois aquela era a primeira vez em sua vida que ele deixava uma moça constrangida. A emoção era intoxicante. Ele compôs a fisionomia no que imaginava ser uma expressão despreocupada e cautelosamente retribuiu o beliscão de Scarlett para mostrar que era um homem mundano o bastante para entender e aceitar sua repreensão.

Ela nem sequer sentiu, pois estava conseguindo ouvir claramente a doce voz de Melanie, que era seu principal encanto:

— Sinto que não posso concordar com você sobre as obras do Sr. Thackeray. Ele é um cínico. Sinto que não é o cavalheiro que o Sr. Dickens é.

Que tolice para se dizer a um homem, pensou Scarlett, pronta para rir de alívio. Ora, ela não passa de uma sabichona e todos sabem o que os homens acham de sabichonas... o modo de deixar um homem interessado e manter seu interesse é falando sobre ele e depois gradativamente dirigir a conversa para si mesma... mantendo-a aí. Scarlett teria sentido algum motivo para alarme se Melanie estivesse dizendo: "Que maravilhoso você é!" ou "Como você consegue chegar a essas conclusões? Minha cabecinha explodiria se eu sequer tentasse pensar sobre isso!". Mas lá estava ela, com um homem a seus pés, conversando com tanta seriedade como se estivesse na igreja. As perspectivas pareceram mais brilhantes para Scarlett, na verdade tão brilhantes que ela virou os olhos radiantes para Charles e sorriu de pura alegria. Arrebatado pela evidência de seu afeto, ele agarrou o leque e começou a abaná-la de modo tão entusiástico que ela ficou despenteada.

— Ashley, você não nos contemplou com sua opinião — disse Jim Tarleton, virando-se do grupo de homens que berrava e, desculpando-se, Ashley se levantou. Não havia ninguém ali tão bonito, pensou Scarlett, enquanto reparava na graciosidade da postura negligente e no modo como o sol fazia brilhar o cabelo e o bigode dourado de Ashley. Até os homens mais velhos pararam para escutar o que ele tinha a dizer.

— Ora, cavalheiros, se a Geórgia for à luta, eu vou com ela. Por que outro motivo eu teria entrado para a Tropa? — disse ele. Seus olhos cinzentos se abriram e sua sonolência sumiu em uma intensidade que Scarlett nunca vira antes. — Mas, como meu pai, espero que os ianques nos deixem em paz e que não haja combate... — Ele ergueu a mão com um sorriso, enquanto a algazarra de vozes dos rapazes Fontaine e Tarleton começava. — Sim, sim, sei que fomos insultados e enganados... mas, se estivéssemos no lugar dos ianques e eles estivessem tentando deixar a União, como teríamos agido? Do mesmo jeito. Não teríamos gostado.

"Lá vai ele de novo", pensou Scarlett. "Sempre se pondo no lugar dos outros." Para ela, nunca havia nada além de um lado justo em uma discussão. Às vezes, não havia como entender Ashley.

— Não fiquemos com a cabeça tão quente e não façamos guerra. Grande parte da infelicidade do mundo foi causada por guerras. Depois as guerras acabaram e ninguém sabia por que começaram.

Scarlett bufou. A sorte de Ashley era que ele tinha uma reputação de coragem inatacável, caso contrário haveria problemas. Conforme pensava isso, o clamor de vozes discordantes se elevou sobre Ashley, indignadas, ferozes.

Sob o caramanchão, o velho cavalheiro surdo de Fayetteville questionava India:

— De que se trata? O que estão dizendo?

— Guerra — gritou India, botando a mão em concha no ouvido dele. — Eles querem lutar contra os ianques!

— Guerra, é? — gritou ele, tateando em volta em busca da bengala e erguendo-se da cadeira com mais energia do que demonstrara em anos. — Vou contar a eles sobre a guerra. Estive lá. — O Sr. McRae não tinha muitas oportunidades de falar sobre a guerra, pois suas mulheres sempre o mandavam se calar.

Ele foi até o grupo rapidamente, abanando a bengala e gritando e, como não podia ouvir as vozes a sua volta, logo tomou conta do comício.

— Vocês, seus janotas falastrões, me ouçam. Vocês não vão querer lutar. Eu lutei e sei. Fui à Guerra dos Seminole e fui tolo o bastante para ir à Guerra do México também. Nenhum de vocês sabe o que é uma guerra. Vocês acham que se trata de montar um belo cavalo e ter as garotas jogando flores, depois voltar para casa como heróis. Bem, não é assim. Não, senhor! Significa passar fome e pegar sarampo e pneumonia de dormir na umidade. E, se não for sarampo e pneumonia, são as tripas. Sim, senhor, o que uma guerra não faz às tripas de um homem, disenteria e coisas do gênero...

As damas estavam ruborizadas. O Sr. McRae era um lembrete de uma época mais rústica, como a vovó Fontaine, com seus constrangedores arrotos a todo volume, uma época que todos gostariam de esquecer.

— Corra e traga seu avô — sibilou uma das filhas do velho cavalheiro a uma mocinha ali perto. — Devo dizer — sussurrou ela às matronas alvoroçadas ao redor —, ele está piorando a cada dia que passa. Vocês acreditam que hoje de manhã ele disse a Mary... e ela só tem 16 anos: "Agora, senhorita..." — E a voz sumiu em um sussurro enquanto a neta saía para tentar induzir o Sr. McRae a voltar a seu assento na sombra.

De todos os que circulavam pelos grupos sob as árvores, moças sorrindo animadas, homens falando passionalmente, só havia um que parecia calmo. Os olhos de Scarlett se voltaram para Rhett Butler, que estava encostado em uma árvore, as mãos enfiadas nos bolsos das calças. Estava sozinho desde que o Sr. Wilkes o deixara, e não dissera uma palavra enquanto a conversa ficava mais calorosa. Os lábios rubros sob o bigode preto bem aparado curvavam-se para baixo e havia um lampejo de desdém divertido nos olhos negros... um desdém de quem escuta fanfarronices de crianças. "Um sorriso muito desagradável", pensou Scarlett. Ele escutava em silêncio até que Stuart Tarleton, o cabelo ruivo despenteado e os olhos brilhantes, repetiu:

— Ora, podemos acabar com eles em um mês! Cavalheiros sempre lutam melhor que a ralé. Um mês... ora, uma batalha...

— Cavalheiros — disse Rhett Butler, em uma fala arrastada que revelava seu nascimento em Charleston, sem sair de sua posição, encostado na árvore, nem tirar as mãos dos bolsos —, posso dizer uma coisa?

Havia desdém em seus modos assim como nos olhos, um desdém encoberto por um ar de cortesia que, de algum modo, parodiava a própria educação.

O grupo se virou para ele e lhe concedeu a palavra com a cordialidade sempre devida a um forasteiro.

— Algum dos cavalheiros já pensou que não há uma fábrica de canhões ao sul da Linha Mason-Dixie? Ou quão poucas são as fundições de ferro existentes no sul? Assim como tecelagens de lã, fábricas de algodão ou curtumes? Já pensaram que não teríamos um único navio de guerra e que a esquadra ianque poderia tomar conta dos nossos portos em uma semana, de modo que ficaríamos impedidos de vender nosso algodão para fora? Mas... é claro... os cavalheiros já pensaram nessas coisas.

"Ora, ele quer dizer que os rapazes são um bando de tolos!", pensou Scarlett indignada, o sangue quente lhe subindo às faces.

Evidentemente, não foi só a ela que ocorreu essa ideia, pois vários rapazes estavam se enfurecendo. John Wilkes, de modo natural, mas rápido, voltou para perto do Sr. Butler, como para reforçar a todos os presentes que aquele homem era seu convidado e, além do mais, havia damas ali.

— O problema da maioria de nós, sulistas, é que não viajamos o suficiente ou não lucramos o suficiente com nossas viagens. Ora, claro que todos os cavalheiros aqui são bem viajados. Mas o que viram? Europa, Nova York, Filadélfia e, é claro, as damas estiveram em Saratoga — ele fez uma leve mesura para o grupo sob o caramanchão. — Viram os hotéis, os museus, os bailes e as casas de apostas. E voltaram para casa acreditando que não há lugar como o sul. Quanto a mim, nasci em Charleston, mas passei os últimos anos no norte. — Seus dentes brancos se exibiram em um sorriso, como que se dando conta de que todos os presentes sabiam por que ele já não morava em Charleston, e não se importasse. — Vi muitas coisas que vocês não viram. Os milhares de imigrantes que adorariam lutar pelos ianques em troca de comida e de alguns dólares, as fábricas, as fundições, os estaleiros, as minas de ferro e de carvão... coisas que não possuímos. Pois tudo o que temos é algodão, escravos e arrogância. Eles acabariam conosco em um mês.

Houve um silêncio nervoso por um momento. Rhett Butler tirou um fino lenço de linho do bolso do paletó e vagarosamente tirou o pó da manga com leves batidinhas. Em seguida, um burburinho agourento emergiu, e do caramanchão veio um zumbido tão inconfundível quanto o de uma colmeia de abelhas recém-perturbada. Mesmo que ainda sentisse o sangue quente da ira nas faces, algo na mente prática de Scarlett lhe sugeria que havia razão e bom-senso no que aquele homem dizia. Ora, ela nunca tinha visto uma fábrica nem conhecia alguém que tivesse visto. Mas, mesmo que fosse verdade, ele não fora cavalheiro ao fazer tal afirmação... e em uma festa, onde todo mundo estava se divertindo.

Stuart Tarleton, abaixando as sobrancelhas, deu um passo adiante, seguido de perto por Brent. É claro, os gêmeos Tarleton eram bem-educados e não fariam uma cena em um churrasco, mesmo tendo sido tremendamente provocados. Ainda assim, todas as damas ficaram agradavelmente ansiosas, pois era tão raro assistirem a uma briga ou discussão. Geralmente ficavam sabendo de tais coisas por terceiros.

— Senhor — disse Stuart gravemente —, o que quer dizer?

Rhett olhou para ele com olhos educados, mas irônicos.

— Quero dizer — respondeu ele — o que Napoleão, talvez você tenha ouvido falar nele, observou certa vez... "Deus está ao lado do batalhão mais forte!" — E, virando-se para John Wilkes, disse com cortesia genuína: — O senhor prometeu me mostrar sua biblioteca. Seria um favor muito grande lhe pedir que o fizesse agora? Sinto ter de voltar a Jonesboro ainda esta tarde, onde alguns negócios me aguardam.

Ele se voltou, encarando o grupo, bateu os calcanhares e fez uma mesura como um mestre da dança, uma mesura graciosa, para um homem tão grande, e tão cheia de impertinência quanto um tapa na cara. Depois, atravessou o gramado com John Wilkes, a cabeça escura erguida, e o som de sua risada desconfortante ecoou para o grupo em volta das mesas.

Houve um silêncio sobressaltado e logo o zumbido recomeçou. India se levantou cansada de seu assento no caramanchão e foi na direção do furioso Stuart Tarleton. Scarlett não conseguiu ouvir o que ela disse, mas seu olhar fixo no rosto abaixado de Stuart deu a Scarlett algo como uma pontada de consciência. Era o mesmo olhar de entrosamento que Melanie possuía quando olhava para Ashley, só Stuart não via. Portanto, India realmente o amava. Scarlett pensou por um instante que, se ela não tivesse flertado de modo tão espalhafatoso com Stuart no comício do ano anterior, ele podia ter se casado com India. Mas então a pontada passou com o pensamento reconfortante de que não era culpa dela se as outras garotas não conseguiam manter seus homens.

Finalmente, Stuart sorriu para India, um sorriso a contragosto, e assentiu. Provavelmente India estava lhe pedindo para não seguir o Sr. Butler e arrumar encrenca. Um tumulto bem-educado começou sob a sombra das árvores conforme os convidados se levantaram, sacudindo migalhas do colo. As mulheres casadas chamaram as amas e crianças pequenas, e agarraram suas saias, aprontando-se para ir embora. Grupos de moças começaram a sair, rindo e conversando rumo à casa para trocar mexericos nos quartos do segundo andar e fazer a sesta.

Todas as damas, exceto a Sra. Tarleton, saíram do pátio dos fundos, deixando a sombra dos carvalhos para os homens. Ela foi retida por Gerald, o Sr. Calvert e os outros que queriam uma resposta sobre os cavalos para a Tropa.

Ashley foi até onde Scarlett e Charles estavam, com um sorriso cortês e divertido no rosto.

— Um diabo de arrogante, não é? — observou ele, referindo-se a Butler. — Parece um dos Bórgia.

Scarlett pensou rapidamente, mas não conseguiu se lembrar de nenhuma família no condado ou em Atlanta, nem em Savannah com esse nome.

— Eu não os conheço. Ele é parente deles? Quem são?

Uma fisionomia estranha tomou conta de Charles, incredulidade e vergonha lutando com o amor. O amor triunfou quando ele se deu conta de que era suficiente para uma moça ser doce, gentil e bonita, sem ter uma instrução que estorvasse seus encantos, e respondeu rapidamente:

— Os Bórgia eram italianos.

— Ah — disse Scarlett, perdendo o interesse —, estrangeiros.

Ela deu seu sorriso mais lindo para Ashley, mas por algum motivo ele não estava olhando para ela. Olhava para Charles e havia compreensão e um pouco de pena em seu rosto.

Scarlett parou no patamar da escadaria e espiou cuidadosamente sobre a balaustrada para o corredor lá embaixo. Estava vazio. Dos quartos do andar acima, chegava um burburinho interminável de vozes baixas, subindo e descendo, pontuadas por risadinhas e comentários, "Ora, você não fez isso!" e "O que foi que ele disse então?". Nas camas e sofás dos seis amplos dormitórios, as moças descansavam, sem seus vestidos, os espartilhos afrouxados, os cabelos soltos para trás. As sestas da tarde eram um costume do interior e nunca eram mais necessárias do que nas festas de longa duração, que se iniciavam cedo de manhã e culminavam com um baile. Por cerca de meia hora, as moças tagarelavam e riam até que as criadas puxassem as persianas e na penumbra aconchegante a conversa ia morrendo em sussurros até finalmente expirar em um silêncio só quebrado pela suave respiração ritmada.

Scarlett certificou-se de que Melanie estivesse deitada com Honey e Hetty Tarleton antes de escapulir pelo corredor e descer as escadas. Da janela do patamar, ela podia ver um grupo de homens sentados sob o caramanchão, bebendo em copos longos, e sabia que ali ficariam até o entardecer. Seus olhos investigaram o grupo, mas Ashley não estava lá. Então ela ficou escutando e ouviu sua voz. Como esperava, ele ainda estava no caminho de entrada se despedindo das matronas e suas crianças.

Com o coração na garganta, ela desceu correndo as escadas. E se encontrasse o Sr. Wilkes? Que desculpa poderia dar por estar vagando pela casa quando todas as outras moças estavam tirando seu cochilo embelezador? Bem, ela teria de correr esse risco.

Ao chegar ao último degrau de baixo, ouviu os criados se movimentando na sala de jantar sob as ordens do mordomo, arrastando a mesa e as cadeiras em preparação para a dança. Do outro lado do amplo vestíbulo, estava a porta aberta da biblioteca e ela se apressou a entrar sem fazer ruído. Poderia esperar ali até Ashley acabar seu *adieux* e então chamá-lo quando ele entrasse na casa.

A biblioteca estava em semiescuridão, pois as persianas tinham sido fechadas contra o sol. O cômodo sombrio de paredes altas completamente abarrotadas de livros escuros a deprimia. Não era o lugar que teria escolhido para um encontro como o que esperava que aquele fosse. Grandes quantidades de livros sempre a deprimiam, assim como as pessoas que gostavam de ler grandes quantidades de livros. Quer dizer, todas as pessoas, menos Ashley. Os contornos da pesada mobília surgiam na meia-luz, cadeiras de encostos altos com assentos e braços amplos, feitas para os homens altos que eram os Wilkes; diante delas, cadeiras baixas e macias de veludo com almofadas de veludo para as moças. Do outro lado, diante da lareira, o sofá de dois metros de comprimento, assento favorito de Ashley, erigia seu encosto alto, como um enorme animal adormecido.

Ela fechou a porta, deixando apenas uma fresta, e tentou aquietar o coração. Tentou se lembrar exatamente do que planejara dizer na noite anterior, mas nada lhe voltava à mente. Será que tinha pensado em algo e se esquecera... ou só planejara que Ashley devia lhe dizer algo? Não conseguia se lembrar, e um súbito temor a deixou arrepiada. Se pelo menos seu coração parasse de bater tão forte em seus ouvidos, talvez ela conseguisse pensar no que dizer. Mas o rápido batimento só aumentava enquanto ela o ouviu em suas últimas despedidas e em seguida caminhando para o vestíbulo.

A única coisa de que conseguia se lembrar era que o amava — tudo nele, desde a altiva cabeça dourada às finas botas escuras, amava seu riso, mesmo quando encoberto em mistério para ela, amava seus silêncios desnorteantes. Ah, se ele simplesmente viesse em sua direção e a tomasse nos braços, de modo a lhe poupar de dizer algo. Ele devia amá-la... "Talvez se eu rezasse..." Ela fechou bem os olhos e começou a murmurar "Ave Maria, cheia de graça..."

— Ora, Scarlett! — disse a voz de Ashley, irrompendo em seus ouvidos e deixando-a em total confusão. Ele estava no vestíbulo olhando para ela pela fresta, um sorriso zombeteiro no rosto.

— De quem você está se escondendo... de Charles ou dos Tarleton?

Ela engoliu em seco. Então ele notara como os homens se apinhavam a sua volta! Como estava indescritivelmente adorável ali parado, com os olhos piscando, sem nenhuma consciência do nervosismo dela. Ela não conseguia falar, mas estendeu a mão e puxou-o para dentro do cômodo. Ele entrou, intrigado, mas interessado. Havia uma tensão nela, um brilho nos olhos que ele jamais vira antes, e mesmo com pouca luz ele podia vislumbrar um leve rubor em suas faces. Automaticamente fechou a porta atrás de si e pegou a mão dela.

— O que foi? — disse, quase em um sussurro.

Ao toque de sua mão, ela começou a tremer. Iria acontecer agora, exatamente como ela sonhara. Milhares de pensamentos sem nexo lhe passaram pela cabeça e ela não conseguiu fisgar nenhum para moldá-lo em palavras. Só tremia e olhava para ele. Por que ele não falava?

— O que foi? — repetiu ele. — Um segredo para me contar?

Subitamente ela reencontrou a fala e, do mesmo modo súbito, todos os anos de ensinamentos de Ellen caíram por terra e o franco sangue irlandês de Gerald falou nos lábios de sua filha.

— É... um segredo. Eu o amo.

Por um instante houve silêncio total, o que dava a impressão de que nenhum dos dois respirava. Então o tremor a abandonou, à medida que felicidade e orgulho se fizeram presentes. Por que não fizera aquilo antes? Tão mais simples que todas as manobras próprias das damas que lhe tinham ensinado. E então seus olhos buscaram os dele.

Havia uma aparência consternada, incrédula neles e algo mais... o que era? Sim, Gerald ficara assim no dia em que seu cavalo favorito de caça quebrara a pata e ele tivera que lhe dar um tiro. Por que ela tinha de pensar nisso agora? Que ideia mais tola. E por que Ashley estava com aquela fisionomia estranha e não dizia nada? Então algo como uma máscara bem treinada lhe encobriu o rosto e ele sorriu, galante.

— Não é suficiente que você tenha roubado o coração de todos os outros homens hoje aqui? — disse ele, com aquela velha nota implicante, carinhosa, na voz. — Você quer que seja unânime? Bem, você sabe que sempre teve meu coração. Você o destroçou com os dentes.

Alguma coisa estava errada, completamente errada! Não fora assim que ela planejara. Através do dilacerante redemoinho de ideias que circulava por sua mente, uma começava a tomar forma. De algum modo, por alguma razão, Ashley estava agindo como se achasse que ela estava flertando com ele. Mas ele sabia que não era isso. Ela sabia que ele sabia.

— Ashley... Ashley... diga-me... você precisa... ah, não brinque comigo agora! Eu tenho o seu coração? Ah, meu querido, eu amo...

A mão dele foi até sua boca, rapidamente. A máscara sumira.

— Você não deve dizer essas coisas, Scarlett! Não deve. Não é verdade. Você vai se odiar por dizê-las e vai me odiar por ouvi-las.

Ela desviou o rosto. Uma veloz corrente de calor lhe atravessou.

— Eu jamais poderia odiar você. Estou dizendo que o amo e sei que você deve gostar de mim porque... — Ela parou. Nunca vira tanta infelicidade no rosto de alguém antes. — Ashley, você gosta... gosta, não é?

— Sim — disse ele vagamente. — Gosto.

Se ele tivesse dito que a odiava, ela não estaria mais amedrontada. Ela puxou a manga dele, sem palavras.

— Scarlett — disse ele —, não podemos simplesmente ir embora e esquecer que dissemos essas coisas?

— Não — sussurrou ela. — Não posso. O que quer dizer? Você não quer... se casar comigo?

Ele respondeu:

— Vou me casar com Melanie.

De algum modo, ela se encontrava sentada na cadeira de veludo e Ashley, na almofada a seus pés, segurava suas duas mãos firmemente nas dele. Ele dizia coisas... coisas que não faziam sentido. A cabeça dela estava em branco, vazia de todos os pensamentos que tinham se assomado havia apenas um instante, e as palavras dele não causavam mais impressão do que chuva escorrendo pelo vidro. Elas caíam em ouvidos surdos, palavras velozes, ternas e cheias de piedade, como um pai que fala a um filho magoado.

O som do nome de Melanie ficou preso na consciência dela, que olhava para aqueles olhos de cristal cinza. Ela enxergou ali a antiga distância que sempre a desconcertara... e uma expressão de quem está se odiando.

— Papai vai anunciar o noivado hoje à noite. Vamos nos casar em breve. Eu devia ter contado a você, mas achei que soubesse. Achei que todos soubessem... que soubessem há anos. Nunca me passou pela cabeça que você... Você tem tantos admiradores. Achei que Stuart...

Vida, sentimento e compreensão começavam a retornar a ela.

— Mas você acabou de dizer que gosta de mim.

As mãos quentes dele a machucavam.

— Minha querida, é realmente necessário me fazer dizer coisas que irão magoá-la?

O silêncio o pressionou a continuar.

— Como posso fazer com que você veja essas coisas, minha querida? Você é tão jovem e tão impulsiva que desconhece o significado de um casamento.

— Eu sei que amo você.

— Amor não é o suficiente para fazer um casamento ser bem-sucedido quando duas pessoas são tão diferentes quanto nós dois. Você iria querer tudo de um homem, Scarlett, seu corpo, seu coração, sua alma, seus pensamentos. E, se não tivesse tudo isso, seria infeliz. E eu não poderia lhe dar tudo o que sou. Não poderia dar a ninguém tudo o que sou. E eu não iria querer toda a sua mente e a sua alma. E você ficaria magoada e acabaria me odiando... e com que amargura! Você odiaria os livros que leio e a música que amo, porque me afastariam de você, nem que fosse por um momento. E eu... talvez eu...

— Você a ama?

— Ela se parece comigo, é parte do meu sangue e nós nos entendemos. Scarlett! Scarlett! Será que não consigo fazê-la ver que um casamento não pode ir adiante de qualquer modo pacífico a não ser que as duas pessoas sejam semelhantes?

Outra pessoa dissera o mesmo: "Só quando afins se casam pode haver felicidade." Quem fora? Parecia que tinha escutado aquilo havia um milhão de anos, mas ainda não fazia sentido.

— Mas você disse que gostava de mim.
— Não devia ter dito.
Um fogo lento surgiu em algum canto de seu cérebro e a raiva começou a explodir todo o resto.
— Bem, tendo sido cafajeste o bastante para dizer...
O rosto dele empalideceu.
— Fui um cafajeste em dizer, pois vou me casar com Melanie. Agi errado com você e mais ainda com Melanie. Não deveria ter dito isso, pois sabia que você não entenderia. Como é que eu poderia não gostar de você... você, que tem toda a paixão pela vida que eu não tenho? Você, que consegue amar e odiar com uma violência que é impossível para mim? Porque você é tão elementar quanto o fogo, o vento e a natureza, e eu...

Ela pensou em Melanie e repentinamente viu seus olhos castanhos tranquilos com o olhar distante, suas pequenas mãos plácidas nas luvas pretas de renda, seus silêncios gentis. Então teve um acesso de raiva, a mesma raiva que levara Gerald a matar e outros ancestrais irlandeses a transgressões que lhes custaram o pescoço. Nada havia nela agora dos Robillard bem-educados, que aguentavam em silêncio qualquer coisa que o mundo pudesse lhes lançar.

— Por que você não diz, seu covarde! Você tem medo de se casar comigo! Prefere viver com aquela idiotinha que não sabe abrir a boca, a não ser para dizer "Sim" ou "Não" e criar um bando de fedelhos insípidos como ela. Por que...

— Você não deve dizer essas coisas sobre Melanie!

— Não dou a mínima! Quem é você para me dizer o que não devo fazer? Seu covarde, patife, seu... Você me fez acreditar que ia se casar comigo...

— Seja justa — implorou sua voz —, eu alguma vez...

Ela não queria ser justa, embora soubesse que ele dizia a verdade. Nenhuma vez sequer ele cruzara a fronteira da amizade com ela, e, ao pensar nisso, emergiu uma raiva renovada, a raiva do orgulho ferido e da vaidade feminina. Ela se oferecera para ele e ele a rejeitara. Preferia uma tola sem graça como Melanie a ela. Ah, teria sido muito melhor se ela tivesse seguido os preceitos de Ellen e Mammy e nunca, nunca revelasse que sequer se importava com ele... qualquer coisa seria melhor do que enfrentar aquela vergonha causticante!

Ela se levantou, punhos cerrados, e ele se levantou, pairando sobre ela, a fisionomia tomada pela muda infelicidade daqueles que são forçados a encarar realidades quando as realidades são agonias.

— Vou odiar você até morrer, seu baixo... seu cafajeste... cafajeste... — Qual era a palavra que ela queria? Não conseguia pensar em uma palavra ruim o bastante.

— Scarlett... por favor...

Ele estendeu a mão em sua direção e, então, ela lhe deu um tapa na cara com toda a força que tinha. O ruído estalou como um chicote no cômodo silencioso, e de repente a raiva se fora e seu coração estava desolado.

A marca vermelha de sua mão ficou evidente no rosto pálido e cansado dele. Ele não disse nada, mas levou a mão solta dela aos lábios e a beijou. Em seguida, saiu, antes que ela pudesse falar novamente, fechando a porta atrás de si devagar.

Ela se sentou outra vez de súbito, a reação de raiva amolecendo seus joelhos. Ele se fora e a memória da expressão em seu rosto a acompanharia até a morte.

Ela ouviu o som abafado dos passos dele diminuindo pelo longo corredor e a total enormidade de seus atos a assaltou. Ela o perdera para sempre. Agora ele a odiaria e, cada vez que olhasse para ela, se lembraria de como se jogara para ele, sem que a tivesse encorajado.

"Sou tão afoita quanto Honey Wilkes", ela pensou de repente, lembrando-se de como todo mundo, e ela mais que qualquer outro, ria desdenhosamente da conduta atrevida de Honey. Visualizou os meneios estranhos da moça e ouviu seus risinhos abafados quando se jogava nos braços dos rapazes, e o pensamento estimulou uma nova raiva, raiva de si própria, de Ashley, do mundo. Pois ela odiava a si mesma, e odiava a todos os outros com a fúria do amor frustrado e humilhado dos 16 anos. Apenas um fio de ternura verdadeira se misturava a seu amor, que em grande parte se compunha de vaidade e presunçosa confiança em seus encantos. Agora ela tinha perdido, e maior que a sensação de perda era o medo de ter se tornado motivo de piadas. Será que fora tão óbvia quanto Honey? Estariam todos rindo dela? Ela começou a tremer diante dessa ideia.

Sua mão ficou caída sobre uma mesinha ao lado, dedilhando um vaso mínimo de porcelana, no qual dois querubins sorriam. O cômodo estava tão silencioso que ela quase gritou para quebrar o silêncio. Precisava fazer alguma coisa ou enlouqueceria. Então pegou o vasinho e arremessou-o com força na direção da lareira. Ele passou rente ao encosto alto do sofá e se estilhaçou contra o console de mármore.

— Isto — disse uma voz das profundezas do sofá — já é demais.

Nada nunca a sobressaltara ou assustara tanto, e sua boca ficou seca demais para que pudesse proferir um som. Ela se segurou no encosto da cadeira, os joelhos se dobrando enquanto Rhett Butler se ergueu do sofá, onde estivera deitado, e fez uma mesura de educação exagerada.

— Já é ruim o bastante ter uma sesta vespertina perturbada por uma passagem como a que fui forçado a ouvir, mas por que minha vida deveria ser ameaçada?

Ele era real. Não era um fantasma. Mas, que os santos a protegessem, ele tinha ouvido tudo! Ela arregimentou suas forças para mostrar um semblante de dignidade.

— O senhor devia ter anunciado sua presença.

— Mesmo? — Os dentes brancos cintilaram e os ousados olhos negros riram dela. — Mas foi a senhorita a intrusa. Fui forçado a esperar pelo Sr. Kennedy e, sentindo que devia ser persona non grata no pátio dos fundos, achei atencioso retirar minha presença indesejável para cá, onde achei que não seria perturbado. Mas, ai de mim! — Ele deu de ombros e riu baixinho.

Seu mau humor começava a se elevar novamente com o pensamento de que aquele homem grosseiro e impertinente ouvira coisas que agora ela preferia ter morrido a ter dito.

— Bisbilhoteiros... — começou ela furiosa.

— Bisbilhoteiros costumam ouvir coisas extremamente divertidas e instrutivas — riu ele. — Com uma longa experiência em bisbilhotar, eu...

— Senhor — disse ela —, o senhor não é um cavalheiro!

— Uma observação pertinente — respondeu ele com leveza. — E a senhorita não é uma dama. — Ele parecia achá-la muito divertida, pois riu outra vez. — Ninguém pode continuar sendo uma dama depois de dizer e fazer o que acabei de entreouvir. Contudo, as damas raramente me encantam. Sempre sei o que estão pensando, mas elas nunca têm a coragem ou a falta de modos para dizer o que pensam. E isso, com o tempo, se torna um tédio. Mas a senhorita, minha querida Srta. O'Hara, é uma moça de ânimo raro, muito admirável, e tiro meu chapéu. Não consigo entender que encantos têm o elegante Sr. Wilkes para atrair uma moça com sua natureza tempestuosa. Ele devia agradecer a Deus de joelhos por uma moça com a sua... como foi mesmo que ele colocou?... "paixão pela vida", mas sendo um infeliz de pouco ânimo...

— O senhor não serviria para limpar as botas dele! — gritou ela irada.

— E a senhorita iria odiá-lo para sempre! — Ele se afundou no sofá e ela o ouviu rir.

Se pudesse tê-lo matado, o teria feito. Em vez disso, saiu da biblioteca com o máximo de dignidade que conseguiu reunir e bateu a pesada porta atrás de si.

Ela subiu as escadas tão rapidamente que, quando chegou ao patamar, achou que fosse perder os sentidos. Parou, agarrando-se no corrimão; o coração martelando de raiva, ofensa e esforço parecia que ia sair pelo corpete. Tentou respirar profundamente, mas Mammy apertara demais o espartilho. Se ela desmaiasse e fosse encontrada ali, no patamar, o que pensariam? Ah, pensariam de tudo. Ashley e aquele vilão do Butler, além de todas aquelas moças nojentas que eram tão invejosas! Pela primeira vez na vida, desejou ter o hábito de carregar sais aromáticos, como as outras, mas nunca possuíra sequer um frasco. Sempre se orgulhara de jamais ficar tonta. Ela simplesmente não podia se permitir um desmaio naquele momento!

Gradativamente, a sensação de mal-estar começou a ceder. Em um minuto estaria se sentindo bem e entraria bem quieta no pequeno vestiário, junto ao quarto de India, afrouxaria o espartilho e se deitaria em uma das camas ao lado das moças adormecidas. Ela tentou aquietar o coração e recompor a fisionomia, pois sabia que devia estar parecendo uma louca. Se qualquer das moças estivesse acordada, ficariam sabendo que havia algo de errado. E ninguém deveria saber de nada do que acontecera.

Pela ampla janela do patamar, ela podia ver os homens ainda descansando nas cadeiras sob as árvores e na sombra do caramanchão. Como os invejava! Que maravilha ser homem e nunca ter de passar pelas infelicidades que acabara de enfrentar. Enquanto os observava, tonta e com os olhos ardendo, ela ouviu os golpes rápidos de cascos de cavalo no caminho de entrada, o cascalho se espalhando e o som de uma voz agitada fazendo perguntas a um dos negros. O cascalho voou de novo e um homem a cavalo atravessou sua visão galopando pelo gramado em direção ao grupo preguiçoso sob as árvores.

Algum convidado tardio, mas por que ele cavalgava pelo gramado que era o orgulho de India? Não conseguiu reconhecê-lo, mas, quando ele apeou e agarrou o braço de John Wilkes, ela pôde ver que havia agitação em seus traços. O grupo se aglomerou a sua volta, copos e leques de palmeira abandonados nas mesas e no chão. Apesar da distância, ela conseguia ouvir a algazarra das vozes, questionando, chamando, conseguia sentir a tensão exaltada dos homens. Então, acima dos sons confusos, elevou-se a voz de Stuart Tarleton, em um grito exultante, "Iaahuu!" como se estivesse em um campo de caça. E, sem saber, estava ouvindo pela primeira vez o grito dos Rebeldes.

Enquanto observava, os quatro Tarleton, seguidos pelos rapazes Fontaine, se afastaram do grupo e foram na direção do estábulo, gritando enquanto corriam:

— Jeems! Ei, Jeems! Encilhe os cavalos!

"A casa de alguém deve ter pegado fogo", pensou Scarlett. Mas, com ou sem incêndio, ela precisava voltar ao quarto antes que fosse descoberta.

Seu coração já batia mais tranquilo, e ela subiu as escadas na ponta dos pés até o corredor silencioso. A casa estava tomada por uma morna sonolência, parecendo dormir com a facilidade das moças, até a noite, quando irromperia em sua plena beleza, com música e chamas de velas. Cuidadosamente, ela abriu a porta do vestiário e entrou. Sua mão ainda segurava a maçaneta atrás dela, quando lhe chegou aos ouvidos a voz de Honey Wilkes, baixinha, quase em um sussurro, pela fresta da porta em frente que levava para o quarto.

— Acho que ninguém teria conseguido ser mais assanhada do que Scarlett foi hoje.

Scarlett sentiu seu coração iniciar sua louca disparada outra vez e inconscientemente fechou a mão sobre ele, como se pudesse subjugá-lo. "Bisbilhoteiros costumam ouvir coisas extremamente instrutivas", zombou uma memória. Será que devia sair de novo? Ou mostrar sua presença e constranger Honey como ela merecia? Mas a voz seguinte a fez parar. Um time de mulas não teria conseguido arrastá-la dali depois que ouviu a voz de Melanie.

— Ah, Honey, não! Não seja maldosa. Ela é apenas bem-humorada e vivaz. Acho-a encantadora.

"Ah", pensou Scarlett, enfiando as unhas no corpete, "ter essa criaturinha palerma para me defender!".

Aquilo era mais difícil de aguentar do que a malevolência franca de Honey.

Scarlett nunca confiara ou acreditara em mulher alguma, com exceção de sua mãe, se não tivesse motivos egoístas para tanto. Melanie sabia que tinha segurado Ashley, então podia muito bem demonstrar tal espírito cristão. Scarlett sentia que aquela era a maneira de Melanie exibir sua conquista e, ao mesmo tempo, ainda levar crédito por sua doçura. Scarlett usara o mesmo truque muitas vezes ao comentar sobre outras moças com os homens, e nunca deixara de convencer os tolos de sua ingenuidade e seu altruísmo.

— Bem, senhorita — disse Honey acidamente, a voz se elevando —, você deve ser cega.

— Psiu, Honey — sibilou a voz de Sally Munroe. — Vão ouvi-la por toda a casa.

Honey baixou a voz, mas continuou:

— Bem, vocês viram como ela estava flertando com todos os homens que conseguia agarrar, inclusive o Sr. Kennedy, que é admirador da irmã dela. Nunca vi coisa igual. E ela certamente estava encorajando Charles. — Honey deu uma risadinha tímida. — E vocês sabem, Charles e eu...

— Vocês estão mesmo? — sussurraram vozes animadas.

— Bem, não digam a ninguém, meninas... ainda não!

Houve mais risadinhas e as molas da cama rangeram enquanto alguém abraçava Honey. Melanie murmurou algo sobre estar feliz de que Honey seria sua cunhada.

— Bem, eu não ficaria feliz de ter Scarlett como cunhada, pois não há ninguém mais assanhada que ela — falou a voz ressentida de Hetty Tarleton. — Mas ela está praticamente noiva de Stuart. Brent diz que não, mas, é claro, Brent também é doido por ela.

— Se querem saber — disse Honey com uma misteriosa importância —, só existe uma pessoa com quem ela se importa: Ashley!

Conforme os sussurros se elevavam de modo violento, questionando, interrompendo, Scarlett se sentiu esfriando de medo e humilhação. Honey era uma tola, uma idiota, uma simplória em relação aos homens, mas tinha um instinto feminino sobre outras mulheres que Scarlett subestimara. A aflição e o orgulho ferido que sofrera na biblioteca com Ashley e Rhett Butler eram meras alfinetadas se comparados àquilo. Podia-se confiar que os homens ficassem de bico calado, mesmo homens como o Sr. Butler, mas, com Honey Wilkes abrindo a boca como um perdigueiro no campo, todo o condado ficaria sabendo antes das 18 horas. E, no dia anterior, Gerald dissera que não admitiria o condado rindo de sua filha. E como todos ririam agora! Uma transpiração fria iniciada nas axilas começou a descer-lhe pelas costelas.

A voz de Melanie, medida e tranquila, em um leve tom de repreensão, elevou-se acima das outras.

— Honey, você sabe que não é verdade. E isso é tão indelicado.

— É sim, Melly, e, se não estivesse sempre tão ocupada procurando pelo bem em pessoas que não têm nenhum, você veria. E fico contente de que seja assim. Bem feito para ela. Tudo o que Scarlett O'Hara sempre fez foi arrumar problemas e tentar tomar os admiradores das outras garotas. Você sabe muito bem que ela tirou Stuart de India mesmo sem querê-lo. E hoje tentou agarrar o Sr. Kennedy, Ashley e Charles...

"Preciso ir para casa!", pensou Scarlett. "Preciso ir para casa!"

Quisera ela poder ser transportada para Tara e para a segurança em um passe de mágica. Se pudesse estar com Ellen, se pudesse apenas vê-la, segurar sua saia, chorar e derramar toda a história em seu colo. Se tivesse de escutar outra palavra, entraria naquele quarto, arrancaria o cabelo ralo de Honey aos punhados e cuspiria em Melanie Hamilton só para mostrar o que achava dela. Mas, por ora, já se comportara com vulgaridade suficiente, agira como os brancos ordinários agiriam... e aí estava todo o seu problema.

Comprimindo as saias com as mãos, para que não fizessem ruído, ela recuou tão furtivamente quanto um animal. "Casa", ela pensou, enquanto se apressava pelo corredor, passando por portas fechadas e quartos silenciosos, "preciso ir para casa".

Ela já estava na varanda da frente quando um novo pensamento lhe veio à cabeça abruptamente... não podia ir para casa! Não podia fugir! Teria de ver tudo, aguentar a maledicência das moças, a própria humilhação e seu coração partido. Fugir só lhes daria mais munição.

Bateu com o punho cerrado na grande coluna branca ao seu lado e desejou ser Sansão para poder derrubar toda Twelve Oaks, destruindo cada pessoa ali dentro. Ela os faria se arrepender. Mostraria a eles. Não sabia exatamente como, mas mostraria a eles de algum modo. Ela os magoaria mais do que eles a tinham magoado.

Por um instante, Ashley não era Ashley. Ele não era o rapaz alto e lento que ela amava, mas parte dos Wilkes, de Twelve Oaks, do condado... e ela os odiava a todos porque tinham rido dela. A vaidade era mais forte que o amor aos 16 anos, e agora não havia espaço para nada mais em seu coração atormentado do que ódio.

"Não vou para casa", pensou. "Vou ficar aqui e fazer com que se arrependam. E nunca vou contar a mamãe." Ela se preparou para entrar, subir outra vez as escadas e entrar em outro quarto.

Ao se virar, viu Charles entrando na casa pela outra extremidade do longo corredor. Ao vê-la, ele se apressou em sua direção. Estava descabelado e com o rosto eufórico quase da cor do gerânio.

— Sabe o que aconteceu? — gritou ele, antes mesmo de chegar até ela. — Já soube? Paul Wilson acabou de chegar de Jonesboro com a notícia!

Ele parou, sem fôlego, ao se aproximar dela. Ela o olhou sem dizer nada.

— O Sr. Lincoln convocou os homens, os soldados... quero dizer, voluntários... 75 mil!

O Sr. Lincoln de novo! Será que os homens nunca pensavam em nada que realmente importasse? Ali estava aquele tolo esperando que ela se empolgasse com as travessuras do Sr. Lincoln quando seu coração estava partido e sua reputação, praticamente arruinada.

Charles a encarou. O rosto dela estava branco como papel e os olhos, resplandecentes como esmeraldas. Ele nunca vira tamanho ardor no rosto de uma moça, tanta intensidade nos olhos de alguém.

— Sou tão desajeitado — disse ele. — Devia ter lhe contado de modo mais suave. Esqueço-me de quanto as damas são delicadas. Perdoe-me se a aborreci. Não vai desmaiar, vai? Quer que eu pegue um copo de água?

— Não — disse ela, e arranjou um sorriso torto.

— Que tal irmos nos sentar no banco? — perguntou ele, dando-lhe o braço.

Ela concordou e ele ajudou-a a descer as escadas da frente com todo o cuidado, levando-a pelo gramado até o banco de ferro sob o maior carvalho do pátio. "Que frágeis e ternas são as mulheres", pensou ele, "que a mera menção à guerra e às durezas as faz desmaiar". A ideia o fez se sentir muito másculo, e ele foi duplamente gentil ao fazê-la se sentar. Ela estava muito estranha, e havia uma beleza agreste em seu rosto alvo que fez o coração dele bater mais forte.

Seria por ter ficado aflita com a ideia de que ele poderia ir à guerra? Não, seria muita pretensão achar isso. Mas por que ela olhava para ele de modo tão estranho? E por que suas mãos tremiam ao manusear seu lenço de renda? E seus densos cílios negros... estavam piscando como os das jovens dos romances que ele lera, piscando de timidez e amor.

Ele pigarreou três vezes para falar e não conseguiu. Desviou o rosto porque os olhos verdes dela fixavam os seus de tal forma, que pareciam não vê-lo.

"Ele tem muito dinheiro", ela estava pensando rapidamente, conforme uma ideia e um plano se desenhavam em sua mente. "Não tem pais para me incomodar e mora em Atlanta. Se eu me casasse com ele imediatamente, mostraria a Ashley que não me importei nem um pouco... que só estava flertando com ele. E simplesmente mataria Honey. Ela nunca, nunca mais conseguiria outro admirador, e todo mundo morreria de rir dela. E magoaria Melanie, porque ela ama tanto Charles. E magoaria Stu e Brent..." Ela não sabia muito bem por que queria magoá-los, exceto pelo fato de eles terem irmãs traiçoeiras. "E todos se arrependeriam quando eu voltasse aqui para visitá-los em uma bela carruagem e com um monte de roupas bonitas e uma casa só minha. E nunca, nunca ririam de mim."

— É claro que isso significa ir lutar — disse Charles, após diversas tentativas mais constrangedoras —, mas não se agaste, Srta. Scarlett, em um mês a guerra acabará e nós os faremos uivar. Sim, senhor! Eu não perderia essa por nada. Sinto que não vai haver baile hoje à noite, pois a Tropa vai se encontrar em Jonesboro. Os Tarleton saíram para espalhar a notícia. Sei que as damas não vão gostar.

— Ah — disse ela, por falta de coisa melhor, mas foi suficiente.

A serenidade começava a voltar e sua mente estava se recobrando. Uma camada de gelo encobriu todas as suas emoções e ela achou que nunca mais sentiria nada caloroso outra vez. Por que não ficar com aquele rapaz ruborizado e bonito? Ele era tão bom quanto qualquer outro e ela não se importava. Não, ela nunca mais poderia se importar com nada, nem que vivesse até os 90 anos.

— Só não consigo decidir se vou com a Legião da Carolina do Sul do Sr. Wade Hampton ou com a Guarda do Pórtico da Cidade de Atlanta.

— Ah — disse ela outra vez. Os olhares se encontraram novamente, e os cílios dela o atormentaram.

— A senhorita esperaria por mim, Srta. Scarlett? Se... Seria divino saber que a senhorita estaria esperando por mim até acabarmos com eles. — Ele ficou sem fôlego esperando pelas palavras dela, olhando o modo como seus lábios se curvavam para cima nos cantos, notando pela primeira vez as sombras nesses cantos e imaginando como seria beijá-los. A mão dela, com a palma úmida, deslizou para a dele.

— Eu não gostaria de esperar — disse ela com os olhos velados.

Ali sentado, segurando sua mão, ele estava boquiaberto. Observando-o por debaixo dos cílios, Scarlett achou que ele definitivamente parecia um sapo fisgado. Ele gaguejou várias vezes, fechou e abriu a boca, e novamente ficou vermelho como um gerânio.

— Será possível que me ame?

Ela não disse nada, baixando os olhos para o próprio colo, e Charles foi lançado a novos estados de êxtase e constrangimento. Talvez um homem não devesse fazer tal pergunta a uma moça. Talvez não lhe fosse adequado respondê-la. Nunca tendo tido a coragem de se colocar em tal situação antes, Charles estava perdido, não sabendo como agir. Ele queria gritar, cantar, beijá-la e sair pulando pelo gramado, depois correr contando a todos, negros e brancos, que ela o amava. Mas limitou-se a apertou sua mão até lhe enfiar os anéis na carne.

— Nós nos casaremos em breve, Srta. Scarlett.

— Hum — disse ela, ajeitando uma dobra do vestido.

— Que tal fazermos um casamento duplo com Mel...

— Não — interrompeu ela, os olhos lampejando para ele ameaçadoramente. Charles soube que cometera outro engano. É claro, uma moça queria seu próprio casamento... não a glória compartilhada. Que gentileza a dela fazer vista grossa a seus disparates. Quem dera estivesse escuro, e as sombras lhe dessem a coragem para beijar a mão dela e dizer as coisas que gostaria.

— Quando devo falar com seu pai?

— Quanto antes, melhor — disse ela, esperando que ele talvez soltasse a pressão que lhe esmagava os anéis antes que ela precisasse pedir que o fizesse.

Em um salto ele se pôs de pé e por um instante ela achou que ele fosse fazer alguma loucura antes que a dignidade o controlasse. Ele olhou para ela radiante, todo o seu simples e puro coração em seus olhos. Nunca alguém a olhara assim antes e nenhum homem jamais voltaria a fazê-lo, mas, em sua total indiferença, ela só pensou que ele parecia um bezerro.

— Vou agora mesmo procurar seu pai — disse, a fisionomia radiante. — Não posso esperar. A senhorita me dá licença... querida? — O termo afetuoso saiu com dificuldade, mas, depois de dito uma vez, ele o repetiu com prazer.

— Sim — disse ela —, vou esperar aqui. Está fresco e agradável aqui.

Ele saiu pelo gramado, desaparecendo no canto da casa, e ela ficou sozinha sob o farfalhar do carvalho.

Uma sucessão de homens montados a cavalo saía do estábulo, os criados negros cavalgando com dificuldade atrás dos patrões. Os rapazes Munroe passaram em disparada abanando os chapéus, os Fontaine e os Calvert desceram a estrada gritando. Os quatro Tarleton cruzaram o gramado perto dela e Brent gritou:

— Mamãe vai nos dar os cavalos! Iaahuu!

Levantando capim eles se foram, deixando-a só outra vez.

As altas colunas da casa branca se erigiam a sua frente, parecendo se afastar dela com digna indiferença. Agora nunca viria a ser sua casa. Ashley nunca a carregaria pelo vão da porta como sua noiva. "Ah, Ashley, Ashley! O que fui fazer?" Lá no fundo, sob camadas de orgulho ferido e fria praticidade, algo se agitava dolorosamente. Uma emoção adulta nascia, mais forte que sua vaidade ou que seu determinado egoísmo. Ela amava Ashley e sabia que o amava, e nunca se importara tanto com isso quanto naquele instante em que viu Charles desaparecer pela curva do caminho de cascalho.

Capítulo 7

Em duas semanas, Scarlett se tornara esposa e após dois meses estava viúva. Ficou logo liberta dos laços que assumira com tanta pressa e sem muito pensar, mas nunca voltou a conhecer a liberdade descuidada dos dias de solteira. A viuvez tinha se seguido rapidamente ao casamento, mas, para sua consternação, logo veio a maternidade.

Nos anos que se seguiram, quando pensava naqueles últimos dias de abril de 1861, Scarlett nunca conseguia se lembrar bem dos detalhes. O tempo e os acontecimentos ficaram condensados, embaralhados como em um pesadelo que não possuía realidade nem razão. Até o dia de sua morte, haveria pontos em branco em sua memória daqueles tempos. Especialmente vagas eram as lembranças da época entre sua aceitação de Charles e o casamento. Duas semanas! Um noivado tão curto teria sido impossível em tempos de paz. Nesse caso, haveria o decoroso intervalo de um ano ou de pelo menos seis meses. Mas o sul fora incendiado pela guerra, os acontecimentos rugiram com uma velocidade estonteante, como carregados por um vento poderoso, e o lento andamento dos velhos tempos estava perdido. Ellen torcera as mãos e aconselhara o adiamento, para que Scarlett pudesse pensar melhor no assunto. Mas Scarlett fizera cara feia e ouvido mouco às súplicas. Casar ela iria! E rapidamente, também. Em duas semanas.

Sabendo que o casamento de Ashley fora transferido do outono para o primeiro de maio, de modo que ele pudesse partir com a Tropa assim que fosse convocado, Scarlett marcou seu casamento para o dia anterior. Ellen protestou, mas Charles apelou com uma eloquência recém-descoberta, pois desejava partir sem demora para a Carolina do Sul, onde entraria para a Legião de Wade Hampton, e Gerald tomou o partido dos dois jovens. Ele estava mobilizado pela febre da guerra e satisfeito por Scarlett ter arrumado tão bom partido, e quem era ele para se interpor no caminho do jovem amor quando havia uma guerra? Ellen, perturbada, acabou cedendo, como outras mães por todo o sul estavam fazendo. Seu mundo tranquilo tinha sido virado de pernas para o ar e seus apelos, orações e conselhos nada valiam contra as poderosas forças que os varriam.

O sul foi intoxicado pelo entusiasmo e agitação. Todos sabiam que bastaria uma batalha para acabar a guerra e todos os jovens correram a se alistar antes que ela pudesse acabar... Apressaram-se a se casar com suas namoradas antes de partir para a Virgínia a fim de acabar com os ianques em um só golpe. Houve dezenas de casamentos de guerra no condado e havia pouco tempo para o pesar da partida, pois todos estavam muito ocupados ou empolgados para pensamentos solenes ou lágrimas. As damas faziam fardas, tricotavam meias e enrolavam ataduras e os homens treinavam e praticavam tiro. Trens carregados de tropas passavam por Jonesboro diariamente a caminho de Atlanta e de Virgínia. Alguns destacamentos estavam alegremente uniformizados com as cores escarlate, azul-claro e verde de seletas companhias de milícia social; alguns pequenos grupos usavam quepes tecidos em casa ou de pele de guaxinim; outros, desuniformizados, usavam casimira e linho fino; todos semitreinados, semiarmados, impetuosos em seu alvoroço, berravam como se a caminho de um piquenique. A visão desses homens deixou os rapazes do condado em pânico, temerosos de que a guerra acabasse antes que pudessem chegar à Virgínia, e as preparações para a partida da Tropa foram aceleradas.

Em meio a esse tumulto, os preparativos para o casamento de Scarlett avançaram e, antes que ela se desse conta, estava dentro do vestido e usando o véu de noiva de Ellen, descendo as largas escadas de Tara de braço dado com o pai, para encarar uma casa lotada de convidados. Depois ela lembraria, como se tivesse sido um sonho, as centenas de velas flamejando nas paredes; a fisionomia de sua mãe, carinhosa, um pouco aturdida, os lábios se movendo em uma oração silenciosa pela felicidade da filha; Gerald corado de conhaque e orgulho por um casamento que oferecia não apenas fortuna, mas um nome antigo e tradicional; e Ashley, parado ao pé da escadaria de braço dado com Melanie.

Quando ela viu sua fisionomia, pensou: "Isso não pode ser real. Não pode ser. É um pesadelo. Vou acordar e descobrir que foi tudo um pesadelo. Não posso pensar nisso agora ou vou começar a gritar diante de todas essas pessoas. Não posso pensar agora. Pensarei mais tarde, quando puder aguentar... quando não estiver vendo os olhos dele."

Tudo foi como em um sonho, a passagem pelo corredor de pessoas sorridentes, o rosto escarlate de Charles, a voz gaguejante dele e suas próprias respostas, tão alarmantemente claras, tão frias. E as congratulações depois, os beijos, os brindes, as danças... tudo, tudo como em um sonho. Até a sensação do beijo de Ashley em seu rosto, até o leve sussurro de Melanie: "Agora somos verdadeiras irmãs", era tudo irreal. Até a agitação causada pelo desmaio da emotiva e avantajada tia de Charles, a Srta. Pittypat Hamilton, teve o tom de um pesadelo.

Mas, quando a dança e os brindes finalmente terminaram e o alvorecer chegava, quando todos os convidados de Atlanta que conseguiram ser acomodados em Tara e na casa do administrador tinham ido dormir em camas, sofás e colchões de palha no chão, e todos os vizinhos tinham ido para casa descansar em preparação para o casamento em Twelve Oaks no dia seguinte, então o transe onírico se estilhaçou como cristal diante da realidade. A realidade era o corado Charles, emergindo do quarto de vestir em seu camisão de dormir, evitando o olhar desnorteado que ela lhe lançou sobre o lençol puxado até em cima.

É claro que ela sabia que pessoas casadas ocupavam a mesma cama, mas nunca tinha pensado nisso antes. Parecia muito natural no caso de sua mãe e seu pai, mas nunca se aplicara a ela. Agora, pela primeira vez desde o churrasco, ela percebia o que causara a si mesma. A ideia daquele rapaz estranho, com quem ela não queria de fato ter se casado, deitar-se com ela quando seu coração estava se dilacerando em uma agonia de arrependimento pelo ato impulsivo e na angústia de perder Ashley para sempre, era demais para suportar. Enquanto ele se aproximava hesitante, ela falou em um sussurro rouco:

— Se chegar perto de mim, eu vou gritar bem alto. Eu grito! Grito... bem alto! Afaste-se de mim! Não se atreva a me tocar!

Então Charles Hamilton passou sua noite de núpcias em uma poltrona no canto, não muito infeliz, pois entendeu, ou pensou entender, o recato e a delicadeza de sua noiva. Ele estava disposto a esperar até que seus temores se dissipassem, para só então... só então... Ele suspirava ao se virar buscando uma posição confortável, pois estava indo para a guerra muito em breve.

Um pesadelo pior que seu próprio casamento foi o de Ashley. Scarlett estava no salão de Twelve Oaks, usando seu vestido verde-maçã do "segundo dia" em meio ao resplendor de centenas de velas, acotovelando-se com a mesma multidão da noite anterior, e viu o rostinho simples de Melanie Hamilton irradiando beleza ao se tornar Melanie Wilkes. Agora, Ashley estava perdido para sempre. Seu Ashley. Não, não mais seu Ashley agora. Teria sido algum dia? Estava tudo tão confuso em sua mente e ela estava tão cansada e atônita... Ele dissera que a amava, mas o que os tinha separado? Ah, se conseguisse se lembrar. Ela silenciara as línguas mexeriqueiras do condado casando-se com Charles, mas o que importava isso agora? Tinha parecido tão importante, mas agora parecia não ter importância alguma. Só o que importava era Ashley. Agora ele se fora e ela estava casada com um homem que não só não amava, mas por quem tinha verdadeiro desprezo.

Ah, como se arrependia de tudo. Ela sempre ouvira falar de gente que atirava, mas o tiro saía pela culatra, mas até então não passara de figura de linguagem. Agora ela realmente sabia o que isso significava. E mesclado ao seu desejo frenético de se ver livre de Charles e voltar para a segurança de Tara, solteira de novo, havia a consciência de que ela só podia culpar a si mesma. Ellen tentara impedi-la e ela não a tinha escutado.

Então, foi em um atordoamento que ela dançou durante a noite do casamento de Ashley, falou mecanicamente, sorriu e, por mais irrelevante que fosse, pensou na estupidez das pessoas que a imaginavam uma noiva feliz, sem conseguir enxergar que seu coração estava partido. Bem, graças a Deus, não conseguiam enxergar!

Naquela noite, depois de Mammy tê-la ajudado a se despir para ir embora, Charles surgiu timidamente do quarto de vestir, imaginando se teria de passar uma segunda noite na poltrona de tecido de crina, e ela teve um acesso de choro. Chorava tanto que Charles deitou-se na cama ao seu lado para tentar confortá-la; chorou sem palavras até que já não houvesse mais lágrimas e por fim deitou a cabeça no ombro dele, soluçando.

Se não houvesse uma guerra, teria havido uma semana de visitas pelo condado, com bailes e churrascos em homenagem aos dois casais recém-casados antes que eles partissem para Saratoga ou White Sulphur em lua de mel. Se não houvesse uma guerra, Scarlett teria tido vestidos de terceiro, quarto e quinto dia para usar nas festas dos Fontaine, dos Calvert e dos Tarleton em sua homenagem. Mas agora não haveria festas nem viagens de lua de mel. Uma semana após o casamento, Charles partiu para se aliar ao coronel Wade Hampton e, duas semanas depois, Ashley e a Tropa também se foram, deixando todo o condado consternado.

Naquelas duas semanas, Scarlett nunca esteve com Ashley a sós, nunca teve uma conversa em particular com ele. Nem mesmo no terrível momento de sua partida, quando ele passou por Tara a caminho do trem, ela conseguiu lhe falar a sós. Melanie, de chapéu de sol e xale, tranquila na recém-adquirida dignidade matronal, estava agarrada ao braço dele, e toda a criadagem de Tara, negros e brancos, apareceram para se despedir de Ashley indo para a guerra.

— Você deve beijar Scarlett, Ashley — disse Melanie —, ela é minha irmã agora. — E Ashley se inclinou e tocou seu rosto com lábios frios, o rosto teso. Scarlett mal pôde sentir a alegria daquele beijo, de tão infeliz que ficou seu coração por ter sido Melly a sugeri-lo. Melanie sufocou-a com um abraço ao partir.

— Você irá a Atlanta me visitar e a tia Pittypat, não é? Ah, querida, queremos muito recebê-la! Queremos conhecer melhor a esposa de Charles.

Passaram-se cinco semanas durante as quais chegaram cartas tímidas, extasiadas, carinhosas de Charles na Carolina do Sul, falando de seu amor, de seus planos para o futuro quando a guerra acabasse, de seu desejo de se tornar um herói por amor a ela e de sua veneração pelo seu comandante, Wade Hampton. Na sétima semana, chegou um telegrama do próprio coronel Hampton e em seguida uma carta, uma gentil e exaltada carta de condolências. Charles estava morto. O coronel teria telegrafado antes, mas Charles, achando que seu mal fosse menor, não queria preocupar a família. O infeliz rapaz não só fora traído no amor que julgava ter conquistado, mas também em suas elevadas esperanças de honra e glória nos campos de batalha. Morrera, de modo ignominioso e rápido, de pneumonia, seguida de sarampo, sem nunca ter chegado mais perto dos ianques do que o acampamento da Carolina do Sul.

No tempo devido, o filho de Charles nasceu, e, como era moda dar o nome dos oficiais comandantes dos pais aos meninos, ele foi batizado Wade Hampton Hamilton. Scarlett tinha chorado de desespero ao saber que estava grávida e preferira estar morta. Mas carregou o filho até o termo da gravidez com um mínimo de desconforto, o deu à luz com pouco sofrimento e se recuperou tão rapidamente que Mammy lhe disse em particular que isso não era nada nobre — damas deviam sofrer mais. Ela sentia pouco afeto pela criança, ocultando o fato como podia. Não a desejara, ressentia-se de sua chegada e, agora que estava ali, não lhe parecia possível que fosse dela, uma parte dela.

Embora se recuperasse fisicamente do nascimento de Wade em um tempo desgraçadamente curto, sentia-se atordoada e doente. Seu ânimo decaiu, apesar dos esforços de toda a fazenda para reavivá-lo. Ellen circulava com a testa franzida, preocupada, e Gerald praguejava com mais frequência do que de costume, trazendo-lhe presentes inúteis de Jonesboro. Até mesmo o Dr. Fontaine admitia estar intrigado, depois que seu tônico de enxofre, melado e ervas não surtiu efeito para reanimá-la. Ele disse a Ellen que era uma decepção amorosa que deixava Scarlett sucessivamente irritada e apática. Mas, se quisesse, Scarlett poderia ter-lhes dito que era um problema bem diferente e muito mais complexo. Ela não disse a eles que era o absoluto tédio, o atordoamento de ser mãe e, sobretudo, a ausência de Ashley que a faziam parecer tão deprimida.

Seu tédio era agudo e sempre presente. O condado estivera desprovido de qualquer entretenimento ou vida social desde que a tropa partira para a guerra. Todos os homens interessantes tinham ido embora — os quatro Tarleton, os dois Calvert, os Fontaine, os Munroe e todos de Jonesboro, Fayetteville e Lovejoy que fossem jovens e atraentes. Só ficaram os velhos, os aleijados e as mulheres, que passavam o tempo tricotando e costurando, cultivando mais algodão e milho, criando mais porcos, carneiros e gado para o exército. Nunca havia um homem de verdade à vista, a não ser quando o batalhão de suprimentos, sob o comando do admirador de meia-idade de Suellen, Frank Kennedy, passava todos os meses para recolher mantimentos. Os homens do batalhão não eram muito empolgantes e a cena dos tímidos galanteios de Frank a aborrecia ao ponto de ela ter dificuldade de ser educada com ele. Esperava que ele e Suellen resolvessem aquilo logo!

Mesmo que o batalhão de suprimentos fosse mais interessante, não teria ajudado em nada sua situação. Ela era uma viúva e seu coração estava no túmulo. Pelo menos era o que todos achavam, e esperavam que agisse de acordo. Isso a irritava, pois, por mais que tentasse, a única coisa que se lembrava de Charles era da fisionomia de bezerro à beira da morte quando ela lhe dissera que se casaria com ele. E até mesmo essa imagem estava sumindo. Mas ela era uma viúva e precisava observar o próprio comportamento. Não eram para ela os prazeres das moças solteiras. Ela tinha de ser séria e distante. Ellen deixara isso bem claro depois de flagrá-la sendo empurrada no balanço do jardim pelo tenente de Frank e dobrando-se de rir. Profundamente aflita, Ellen lhe dissera como era fácil uma viúva se tornar alvo de fofocas. A conduta de uma viúva devia ser duas vezes mais circunspecta que a de uma matrona.

"E só Deus sabe", pensou Scarlett, escutando obedientemente a voz suave da mãe, "se as matronas nunca se divertem, as viúvas então bem podiam estar mortas".

Uma viúva tinha de usar horríveis vestidos pretos sem sequer um debruado para avivá-los, sem flor, laço ou renda, nem mesmo joias, exceto broches de ônix, próprios do luto, ou colares feitos com o cabelo do falecido. E o véu de crepe preto de seu chapéu de sol tinha de ir até os joelhos, só podendo ser encurtado à altura dos ombros após três anos de viuvez. As viúvas nunca podiam conversar animadamente nem rir alto. Mesmo ao sorrir, devia ser um sorriso triste, trágico. Além disso, o mais terrível de tudo, não podiam demonstrar qualquer interesse na companhia de um homem. E, se acontecesse de um cavalheiro ser tão descortês a ponto de cortejá-la, ela devia congelá-lo com uma referência digna, mas bem escolhida ao marido morto. Ah, sim, pensou Scarlett lugubremente, algumas viúvas acabam se casando outra vez, quando estão velhas e acabadas. Embora só Deus saiba como conseguem, com os vizinhos observando. E então geralmente é com algum viúvo desesperado com uma enorme fazenda e uma dezena de filhos.

O casamento já fora ruim o bastante, mas ter enviuvado... ah, então a vida acabara para sempre! Que imbecis eram as pessoas quando falavam do consolo que o pequeno Wade Hampton devia ser para ela, agora que Charles se fora. Que imbecilidade a deles dizer que agora ela tinha uma razão para viver! Todos falavam do quanto era encantador ter essa lembrança póstuma do seu amor e, naturalmente, ela não os desiludia. Mas isso estava longe de ser verdade. Pouco se interessava por Wade e às vezes era difícil lembrar que ele realmente era dela.

Todas as manhãs ela acordava e, por um momento de sonolência, era Scarlett O'Hara outra vez e o sol brilhava sobre a magnólia do lado de fora de sua janela, os tordos cantavam e o doce aroma do bacon fritando chegava de mansinho às suas narinas. Ela era despreocupada e jovem novamente. Então ouvia o impaciente choro de fome e sempre... sempre havia um momento de espanto em que ela pensava: "Ah, tem um bebê na casa!" Mas se lembrava de que era o seu bebê. Era tudo muito desnorteante.

E Ashley! Mais do que tudo, Ashley! Pela primeira vez na vida, ela odiava Tara, odiava a longa estrada vermelha que descia a colina até o rio, odiava os campos vermelhos com os brotos verdes de algodão. Cada pedaço de terra, cada árvore e riacho, cada alameda e caminho de cascalho a faziam se lembrar dele. Ele pertencia a outra mulher e fora para a guerra, mas seu fantasma ainda assombrava as estradas no crepúsculo, ainda sorria para ela com seus olhos cinzentos de mormaço nas sombras da varanda. Ela nunca ouvia o som de cascos de cavalo subindo a estrada do rio de Twelve Oaks, sem pensar por um doce momento — Ashley!

Agora ela odiava Twelve Oaks, a mesma que um dia amara. Apesar do ódio, ela era atraída para lá, de modo que pudesse ouvir John Wilkes e as moças falarem dele... ouvi-los lendo suas cartas da Virgínia. Elas a magoavam, mas precisava ouvi-las. Não gostava da empertigada India, nem da tola e tagarela Honey, e sabia que não gostavam dela igualmente, mas não podia ficar distante. E cada vez que chegava em casa de Twelve Oaks, deitava-se na cama de mau humor e se recusava a jantar.

Era essa recusa por comida que preocupava Ellen e Mammy mais do que qualquer outra coisa. Mammy levava bandejas tentadoras para cima, insinuando que, agora que era viúva, ela podia comer o quanto quisesse, mas Scarlett não tinha apetite.

Quando o Dr. Fontaine contou a Ellen que uma decepção amorosa muitas vezes levava a um declínio e as mulheres definhavam até o túmulo, ela ficou lívida, pois era esse o temor que carregava no coração.

— Não há nada que se possa fazer, doutor?

— Uma mudança de ares será a melhor coisa do mundo para ela — disse o médico, bastante ansioso para se livrar de uma paciente insatisfatória.

Então, sem entusiasmo, Scarlett partiu com o filho, primeiro para visitar seus parentes O'Hara e Robillard, em Savannah, e depois as irmãs de Ellen, Pauline e Eulalie, em Charleston. Mas voltou para Tara um mês antes do que a mãe esperava, sem explicação para seu retorno. Tinham sido gentis em Savannah, mas James, Andrew e as esposas eram velhos e se contentavam em se sentar tranquilamente e ter conversas enfadonhas sobre o passado. Foi o mesmo com os Robillard, e Scarlett achou Charleston terrível.

Tia Pauline e seu marido, um velhinho dono de uma cortesia frágil, formal, e com o ar ausente de alguém que vive no passado, moravam em uma fazenda perto de um rio, muito mais isolada que Tara. Seus vizinhos mais próximos estavam a 30 quilômetros de distância por estradas escuras que passavam por matas intocadas de pântanos de ciprestes e carvalhos. Os carvalhos, com suas cortinas ondulantes de musgo cinza, deixavam Scarlett arrepiada e sempre traziam a sua mente as histórias que Gerald contava sobre os fantasmas irlandeses vagando tremeluzentes pelas névoas cinzentas. Nada havia a fazer senão tricotar o dia inteiro e à noite escutar tio Carey ler em voz alta as benéficas obras do Sr. Bulwer-Lytton.

Eulalie, escondida atrás dos jardins murados em uma grande casa do bairro de Battery em Charleston, não era mais divertida. Acostumada às amplas vistas de colinas ondulantes, Scarlett sentiu-se em uma prisão. Havia mais vida social lá do que com tia Pauline, mas Scarlett não gostava dos visitantes, com sua pose, tradições e ênfase na família. Ela sabia muito bem que todos achavam que ela era filha de uma má associação e não entendiam como uma Robillard pudera se casar com um irlandês recém-chegado. Scarlett sentia que tia Eulalie se desculpava por ela pelas costas. Isso a deixava de mau humor, pois ela não ligava mais para famílias do que seu pai. Orgulhava-se de Gerald e do que ele realizara sem ajuda de ninguém, contando apenas com sua astuta cabeça irlandesa.

E o povo de Charleston se exibia tanto por causa do forte Sumter! Deus do Céu, será que não percebiam que, se não tivessem sido tolos o bastante para dar o primeiro tiro que dera início à guerra, outros tolos o teriam feito? Acostumada à fala vivaz das terras altas da Geórgia, as vozes arrastadas e monótonas da planície pareciam afetá-la. Ela achava que iria gritar da próxima vez que ouvisse alguém dizendo "paamas" em vez de "palmas" ou "maa" e "paa" em vez de "mãe" e "pai". Aquilo a irritava tanto que durante uma visita formal ela imitou o sotaque de Gerald para aflição da tia. Depois, voltou para Tara. Melhor ser atormentada pelas memórias de Ashley do que pelo sotaque de Charleston.

Ocupada dia e noite, tentando aumentar a produtividade de Tara para auxiliar a Confederação, Ellen ficou apavorada quando sua filha mais velha chegou de Charleston magra, pálida e com a língua afiada. Ela mesma experimentara uma desilusão amorosa e uma noite após a outra, deitada ao lado de Gerald, que só roncava, tentara pensar em um modo de mitigar o sofrimento de Scarlett. A tia de Charles, a Srta. Pittypat Hamilton, havia lhe escrito diversas vezes, insistindo que ela permitisse a ida de Scarlett a Atlanta para uma longa visita e pela primeira vez Ellen considerava seriamente o convite.

Ela e Melanie estavam sozinhas em uma casa enorme "e sem proteção masculina", escrevia a Srta. Pittypat, "agora que o querido Charlie se foi. Claro, há meu irmão Henry, mas ele não compartilha seu domicílio conosco. Mas talvez Scarlett tenha lhe falado de Henry. A consideração me proíbe de colocar algo mais no papel referente a ele. Melly e eu nos sentiríamos tão mais confortáveis e seguras se Scarlett estivesse conosco. Três mulheres solitárias é melhor do que duas. E talvez a querida Scarlett pudesse encontrar algum conforto para sua dor, como Melly está fazendo, no auxílio a nossos bravos rapazes no hospital. Além disso, é claro, Melly e eu queremos muito ver o querido bebê...".

Portanto, o baú de Scarlett foi novamente carregado com suas roupas de luto e lá foi ela para Atlanta com Wade Hampton e sua babá Prissy, uma cabeça cheia de advertências de Ellen e Mammy em relação a sua conduta e 100 dólares de notas confederadas dadas por Gerald. Ela não fazia questão de ir para Atlanta. Achava tia Pitty a mais tola das velhas, e a ideia de viver sob o mesmo teto com a mulher de Ashley era abominável. Mas o condado com suas memórias era insuportável, e qualquer mudança era bem-vinda.

Segunda Parte

Capítulo 8

No trem que a transportava para o norte naquela manhã de maio de 1862, Scarlett pensava que Atlanta não podia ser tão entediante quanto Charleston e Savannah tinham sido, e, apesar de não gostar da Srta. Pittypat nem de Melanie, estava curiosa para ver o que acontecera na cidade desde sua última visita, no inverno anterior ao início da guerra.

Atlanta sempre a interessara mais do que qualquer outra cidade porque, quando era criança, Gerald contara que ela e Atlanta tinham exatamente a mesma idade. Quando cresceu, descobriu que Gerald tinha alterado um pouco a verdade, como era seu costume quando uma pequena alteração melhorasse a história; mas Atlanta era apenas nove anos mais velha que ela e isso ainda deixava o lugar incrivelmente jovem em comparação a qualquer outra cidade de que ouvira falar. Savannah e Charleston tinham a dignidade de seus anos, uma estando bem encaminhada em seu segundo século e a outra, entrando em seu terceiro, e a seus jovens olhos elas sempre se pareceram com avós envelhecidas, placidamente abanando seus leques sob o sol. Mas Atlanta pertencia a sua própria geração, crua com as asperezas da juventude e tão voluntariosa e impetuosa quanto ela própria.

A história que Gerald lhe contara se baseava no fato de que ela e Atlanta tinham sido batizadas no mesmo ano. Nos nove anos anteriores ao nascimento de Scarlett, a cidade se chamara primeiro Terminus e depois Marthasville, e não foi até o ano do nascimento de Scarlett que se tornou Atlanta.

Quando Gerald se mudou para o norte da Geórgia, não havia Atlanta, nem sequer a imagem de uma aldeia, e a natureza selvagem se espalhava pelo local. Mas, no ano seguinte, em 1836, o Estado autorizara a construção de uma ferrovia de norte a oeste atravessando o território que os Cherokees tinham acabado de ceder. O destino da rodovia proposta, Tennessee, era claro e definido, mas seu ponto inicial na Geórgia estava um tanto incerto até que, um ano depois, um engenheiro enfiou um marco na terra vermelha para marcar a extremidade sul da linha e iniciava-se Atlanta, nascida Terminus.

Na época não havia ferrovias no norte da Geórgia e muito poucas em outros lugares. Mas, durante os anos que antecederam o casamento de Gerald com Ellen, a pequena povoação, 40 quilômetros ao norte de Tara, foi lentamente se transformando em uma aldeia, e os trilhos, lentamente empurrados para o norte.

Então a época da construção de ferrovias realmente começou. Da velha cidade de Augusta, uma segunda ferrovia se estendeu para o oeste, cruzando o estado para se ligar à nova via para o Tennessee. Da velha cidade de Savannah, construíram uma terceira ferrovia, primeiro até Macon, no coração da Geórgia, e depois até ao norte, passando pelo condado de Gerald até Atlanta, a fim de fazer ligação com as duas outras vias e dar ao porto de Savannah uma passagem para o oeste. A partir do mesmo ponto de junção, a jovem Atlanta, construíram uma quarta ferrovia rumando para o sudeste, até Montgomery e Mobile.

Nascida de uma ferrovia, Atlanta crescia conforme cresciam suas ferrovias. Com as quatro linhas completas, a cidade agora estava ligada ao oeste, ao sul, ao litoral e, através de Augusta, ao norte e leste. Tornando-se o entroncamento das viagens de norte a sul e de leste a oeste, a pequena aldeia ganhou vida.

Em um espaço de tempo pouco mais longo que os 17 anos de Scarlett, Atlanta passara de um único marco fincado na terra a uma pequena cidade próspera de 10 mil habitantes que era o centro das atenções de todo o estado. As cidades mais antigas, mais tranquilas, se acostumaram a estimar a nova cidade movimentada com a sensação de uma galinha que chocara um patinho. Por que seria o lugar tão diferente dos outros da Geórgia? Por que crescera tão rapidamente? Afinal de contas, pensavam, ele nada tinha que o recomendasse, a não ser suas ferrovias e um bando de gente atrevida.

O povo que se estabeleceu na cidade e a chamou sucessivamente de Terminus, Marthasville e Atlanta era um povo atrevido. Pessoas inquietas, cheias de energia, oriundas de regiões mais antigas da Geórgia e de estados mais distantes foram atraídas para essa cidade que se espalhou em torno do entroncamento das ferrovias. Elas chegaram entusiasmadas. Construíram suas lojas pelas cinco ruas de lama vermelha que se entrecruzavam perto da estação. Construíram suas boas casas nas ruas Whitehall e Washington e ao longo dos terrenos elevados onde incontáveis gerações de índios de mocassim tinham aberto um caminho chamado Trilha dos Pessegueiros. Orgulhavam-se do lugar, de seu desenvolvimento e de si mesmos por fazê-lo crescer. Que as cidades mais antigas chamassem Atlanta do que quisessem. Atlanta não se importava. Scarlett sempre gostara de Atlanta exatamente pelos mesmos motivos que faziam Savannah, Augusta e Macon condená-la. Como ela própria, a cidade era uma mistura do velho e do novo na Geórgia, onde o velho costumava ficar em segundo lugar em seus conflitos com o novo voluntarioso e cheio de vigor. Além disso, havia algo pessoal, empolgante em uma cidade que nascera — ou pelo menos fora batizada — no mesmo ano que ela.

A noite anterior fora tempestuosa, chovera muito, mas quando Scarlett chegou a Atlanta havia um sol forte, bravamente tentando secar as ruas que pareciam córregos de lama vermelha. No espaço descampado em volta da estação, o solo fora cortado e revirado pelo constante fluxo de tráfego que ia e vinha até parecer um enorme chiqueiro de porcos, e aqui e ali os veículos tinham lama até o eixo de suas rodas. Uma fila incessante de carroções e ambulâncias do exército carregando e descarregando suprimentos e feridos dos trens piorava ainda mais a lama e a confusão ao se mover penosamente, cocheiros praguejando, mulas arfando e pingos de lama voando a metros de distância.

Scarlett parou no degrau mais baixo do trem, uma bonita figura pálida em seu vestido preto de luto, o véu de crepe esvoaçando quase até os tornozelos. Ela hesitava, sem querer sujar as sapatilhas e a bainha, olhando em torno entre o emaranhado de carroções, charretes e carruagens à procura da Srta. Pittypat. Nem sinal daquela mulher gorducha de faces rosadas, mas, enquanto Scarlett procurava ansiosa, um velho negro de carapinha branca e ar de digna autoridade se salientou, veio em sua direção pela lama, o chapéu na mão.

— Vosmecê é a sinhá Scarlett, num é? Eu sô o Peter, cochero da sinhá Pitty. Num pisa na lama — ordenou ele gravemente, enquanto Scarlett agarrava as saias se preparando para descer. — A sinhá é que nem que a sinhá Pitty e ela é que nem criança pra moiá os pé. Deixa que eu carrego vosmecê.

Ele pegou Scarlett com facilidade apesar da aparente fragilidade e da velhice. Em seguida, observando Prissy parada na plataforma do trem, o bebê no colo, ele parou:

— Esse é o fio dela que vosmecê cuida? Sinhá Scarlett, ela é muito nova pra tá segurano o fio único do sinhô Charles! Mas isso nós cuida despois. Vosmecê, menina, me segue e num vai dexá esse menino caí.

Scarlett se submeteu docilmente a ser carregada até a carruagem e também ao modo peremptório com que Tio Peter a criticou e a Prissy. Enquanto avançavam pela lama com Prissy lutando para caminhar, fazendo beiço atrás deles, ela se lembrou do que Charles dissera sobre Tio Peter.

"Ele passou por todas as campanhas do México com o pai, cuidou dele quando ele foi ferido — de fato, salvou sua vida. Tio Peter praticamente criou Melanie e a mim, pois éramos muito pequenos quando o pai e a mãe morreram. Tia Pitty teve uma desavença com o irmão dela, tio Henry, naquela época, então veio morar conosco e tomar conta de nós. Ela é a alma mais desamparada que existe — parece uma dócil criança crescida, e Tio Peter a trata desse modo. Para salvar a própria vida, ela não seria capaz de tomar qualquer decisão, então Tio Peter toma por ela. Foi ele quem decidiu que eu devia ter uma mesada maior ao completar 15 anos e insistiu que eu fosse para Harvard em meu último ano, quando tio Henry queria que eu me formasse na universidade. E foi ele quem decidiu quando Melly tinha idade suficiente para prender o cabelo e ir às festas. Ele diz a tia Pitty quando está frio ou úmido demais para ela fazer visitas e quando deveria usar o xale... Ele é o negro velho mais esperto que já conheci e também o mais dedicado. O único problema com ele é que possui nós três, corpo e alma, e sabe disso."

As palavras de Charles se confirmaram quando Peter subiu na boleia e pegou o chicote.

— Sinhá Pitty tá arreliada pruquê num veio lhe recebê. Ficô cum medo de vosmecê num entendê, mas eu disse que ela e a sinhá Melly só ia se sujá de lama e estragá os vestido novo e que eu expricava pra vosmecê. Sinhá Scarlett, é mió pegá essa criança. Essa neguinha vai dexá ela caí.

Scarlett olhou para Prissy e suspirou. Prissy não era a mais adequada das babás. Sua recente promoção de negrinha esquálida de saias curtas e trancinhas espetadas para a dignidade dos longos vestidos de chita e turbantes brancos engomados foi um caso inebriante. Ela nunca teria chegado a essa eminência tão cedo na vida se não tivesse sido pelas exigências da guerra e as necessidades do Batalhão de Suprimentos em relação a Tara, que impossibilitaram Ellen de abrir mão de Mammy, Dilcey ou mesmo Rosa ou Teena. Prissy nunca se afastara mais que 2 quilômetros de Tara ou Twelve Oaks, e a viagem de trem mais sua promoção à babá eram quase mais do que o cérebro em seu pequeno crânio podia suportar. A viagem de 30 quilômetros de Jonesboro a Atlanta a tinha deixado tão ansiosa que Scarlett fora forçada a segurar o bebê todo o tempo. Agora, a visão de tantos prédios e pessoas completava o atordoamento de Prissy. Ela se virava de um lado para outro, apontava, pulava e assim sacudia o bebê, que berrava de infelicidade.

Scarlett sentia falta dos velhos braços gordos de Mammy. Bastava Mammy pôr as mãos em um bebê, que ele parava de chorar. Mas Mammy estava em Tara e não havia nada que Scarlett pudesse fazer. Era inútil tirar o pequeno Wade dos braços de Prissy. Ele berrava tão alto com ela quanto com Prissy. Além disso, ele iria puxar os laços do chapéu de sol e, sem dúvida, amarrotaria seu vestido. Então ela fingiu não ter ouvido a sugestão de Tio Peter.

"Talvez eu acabe aprendendo a cuidar de bebês", ela pensou irritada, conforme a carruagem dava solavancos e balançava saindo do lamaçal que cercava a estação, "mas nunca vou gostar de perder tempo com eles". E, conforme o rosto de Wade foi ficando roxo de tanto berrar, ela falou contrariada:

— Dê a ele a chupeta de açúcar que está em seu bolso, Priss. Qualquer coisa que o faça ficar quieto. Eu sei que ele está com fome, mas não posso fazer nada agora.

Prissy apresentou a chupeta de açúcar, que Mammy lhe dera de manhã, e os gritos do bebê cessaram. Com a tranquilidade restaurada e as novas paisagens diante de seus olhos, Scarlett começou a se animar um pouco. Quando Tio Peter finalmente manobrou a carruagem para fora dos buracos enlameados, entrando na rua dos Pessegueiros, ela sentiu a primeira onda de interesse que lhe acometia em meses. Como a cidade tinha crescido! Não fazia muito mais de um ano que estivera ali, e parecia impossível que a pequena Atlanta que conhecia tivesse mudado tanto.

No último ano, ela estivera tão absorta com os próprios infortúnios, tão entediada por cada menção à guerra, que não sabia da transformação que Atlanta sofrera desde o minuto em que o combate se iniciara. As mesmas ferrovias que tinham feito da cidade um cruzamento comercial em tempo de paz eram agora de importância estratégica vital em tempo de guerra. Distante das linhas de batalha, a cidade e suas ferrovias proporcionavam o elo de comunicação entre os dois exércitos da Confederação, o exército da Virgínia, do Tennessee e do oeste. Da mesma forma, Atlanta ligava os exércitos ao extremo sul, de onde retiravam os suprimentos. Agora, em reação às necessidades da guerra, Atlanta se tornara um centro manufatureiro, uma base hospitalar e um dos principais depósitos do sul para a arrecadação de suprimentos para os exércitos em campo.

Scarlett olhou em volta procurando a pequena cidade de que se lembrava. Sumira. A cidade que ela via agora se assemelhava a um bebê que tivesse crescido da noite para o dia, transformando-se em um gigante movimentado.

Atlanta estava zumbindo como uma colmeia, orgulhosamente consciente de sua importância para a Confederação, e o trabalho avançava dia e noite com o intuito de transformar uma região rural em uma área industrial. Antes da guerra, havia poucas fábricas de algodão, tecelagens, arsenais e máquinas ao sul de Maryland — um fato de que todos os sulistas se orgulhavam. O sul produzia estadistas e soldados, fazendeiros e médicos, advogados e poetas, mas certamente não engenheiros e mecânicos. Deixem os ianques adotarem essas vocações tão baixas. Mas agora as canhoneiras ianques fechavam os portos Confederados, apenas um ou outro navio furava o bloqueio, deixando passar produtos vindos da Europa, e o sul tentava desesperadamente fabricar seus próprios materiais bélicos. O norte conseguia pedir a cooperação de todo o mundo para o envio de suprimentos e soldados, milhares de irlandeses e alemães entravam para o exército da União, atraídos pela generosa recompensa monetária oferecida pelo norte. O sul só podia depender de si mesmo.

Em Atlanta, havia fábricas de máquinas lentamente produzindo maquinaria que fabricasse material bélico — lentamente porque havia poucas máquinas no sul que servissem de modelo e praticamente cada roda e engrenagem tinham que ser feitas a partir de desenhos que chegavam da Inglaterra pelos navios que furavam o bloqueio. Agora havia rostos estranhos nas ruas de Atlanta, e cidadãos que um ano antes teriam ficado alertas ao som até de um sotaque do oeste já não prestavam atenção aos idiomas estrangeiros de europeus que tinham furado o bloqueio para construir máquinas e entregar munição aos Confederados. Homens habilidosos aqueles, sem os quais a Confederação teria ficado em maus lençóis para fabricar pistolas, rifles, canhões e pólvora.

Era quase o pulsar do coração da cidade que podia ser sentido à medida que a faina seguia dia e noite, bombeando os materiais bélicos pelas artérias ferroviárias para as duas frentes de batalha. Os trens rugiam entrando e saindo da cidade a toda hora. A fuligem das fábricas recém-construídas caía sobre as casas brancas. À noite, as fornalhas fulguravam e os martelos tiniam até muito depois da hora de dormir. Onde havia terrenos vazios um ano antes, agora havia fábricas entregando arreios, selas e calçados, fábricas de material bélico manufaturando rifles e canhões, oficinas de laminação e fundições produzindo trilhos e vagões de carga para substituir os destruídos pelos ianques, além de uma variedade de indústrias fabricando esporas, rédeas, fivelas, barracas, botões, pistolas e espadas. As fundições já começavam a sentir a falta de ferro, pois pouco ou nenhum conseguia atravessar o bloqueio, e as minas do Alabama estavam praticamente ociosas com os mineiros na frente de batalha. Não havia cercas, coretos, portões ou mesmo estátuas de ferro nos gramados de Atlanta, pois todos tinham bem cedo encontrado seu destino nos caldeirões das oficinas de laminação.

Ali, ao longo da rua dos Pessegueiros e proximidades, ficavam os quartéis-generais de vários departamentos do Exército, cada repartição apinhada de homens fardados: a de suprimentos, o corpo de comunicações, o serviço de correios, o transporte ferroviário, a delegacia da polícia militar. Na periferia da cidade, ficavam grandes estábulos, onde cavalos e mulas de reserva aguardavam, e ao longo das ruas transversais ficavam os hospitais. Conforme Tio Peter lhe contava sobre esses prédios, Scarlett teve a impressão de que Atlanta era uma cidade de enfermos, pois havia hospitais gerais, hospitais de doenças contagiosas, hospitais para convalescentes sem conta. E todos os dias os trens abaixo de Five Points descarregavam mais doentes e mais feridos.

A pequena cidade se fora, e a face da cidade em crescimento vertiginoso era animada com uma energia e alvoroço incessantes. A visão de tanto movimento deixou Scarlett, recém-chegada do lazer e da quietude rural, quase sem fôlego, mas ela gostava disso. Havia uma atmosfera palpitante no lugar que a reanimou. Era como se ela realmente conseguisse sentir o pulso constantemente acelerado do coração da cidade batendo em uníssono com o seu próprio.

Conforme iam andando pelos buracos de lama da rua principal, ela observava com interesse todos os novos prédios e os novos rostos. As calçadas estavam apinhadas de homens uniformizados, exibindo insígnias de todos os postos e ramos de serviço; a rua estreita estava congestionada de veículos — carruagens; charretes; ambulâncias; carroções cobertos do exército com cocheiros profanos que praguejavam enquanto as mulas faziam grande esforço para vencer os sulcos de barro; mensageiros vestidos de cinza salpicando lama pelas ruas iam de um quartel-general a outro, carregando ordens e despachos telegráficos; convalescentes que mancavam em muletas, geralmente com uma dama solícita apoiando cada cotovelo; cornetas, tambores e ordens soavam dos campos de treinamento onde os recrutas estavam se transformando em soldados; e, com o coração na garganta, Scarlett viu pela primeira vez as fardas ianques, quando Tio Peter apontou com o chicote para um destacamento de fardas azuis de aparência desalentada sendo guiado à estação por um pelotão de Confederados com baionetas apontadas a embarcá-los para o campo de prisioneiros.

"Ah", pensou Scarlett, com a primeira sensação de verdadeiro prazer desde o dia do churrasco, "vou gostar daqui! É tão animado e estimulante!".

A cidade era ainda mais animada do que ela percebia, pois havia novos bares às dezenas. Seguindo o exército, prostitutas lotavam a cidade, e os bordéis floresciam, para a consternação dos religiosos. Todos os hotéis, pensões e casas particulares estavam abarrotados de hóspedes que tinham chegado para ficar perto de parentes feridos nos grandes hospitais de Atlanta. Havia festas, bailes e quermesses todas as semanas, e casamentos de guerra sem conta, com os noivos de licença vestidos em cinza-claro com galões dourados, e as noivas usando ornamentos que haviam atravessado o bloqueio, fileiras de espadas cruzadas, brindes com champanhe europeu e despedidas chorosas. À noite, as escuras ruas arborizadas ressoavam com as danças, e dos salões vinha o som de pianos e sopranos se misturando às vozes dos soldados convidados, com a agradável melancolia de "The Bugles Sang Truce" e "Your Letter Came, but Came Too Late" — lamentos que traziam lágrimas emocionadas a olhos gentis que nunca tinham conhecido o pesar verdadeiro.

Conforme avançavam pela rua enlameada, Scarlett transbordava de perguntas e Peter respondia a elas, apontando aqui e acolá com o chicote, orgulhoso por exibir seu conhecimento.

— Aquele é o arsená. Sim sinhá, eles guarda arma e coisa assim. Não, sinhá, num é loja, é as repartição do broqueio. Ah, sinhá Scarlett, num sabe que é as repartição do broqueio? É as repartição onde os estrangero compra nosso argodão confederado e embarca em Charleston e Wilmington e embarca de vorta pra nós pórvora. Não, sinhá, num tô bem certo que tipo de estrangero que é. Sinhá

Pitty, ela diz que são ingreis, mas ninguém consegue entendê uma palavra do que eles fala. Sim, sinhá, essa fumaça e a fulige, tá estragano as cortina de seda da sinhá Pitty. É da fundição e da oficina de laminação. E o baruio que elas faz de noite! Num dexa ninguém drumi. Não, sinhá, num posso pará pra vosmecê olhá por aí. Prometi pra sinhá Pitty que levava vosmecê direto pra casa... Sinhá Scarlett, faz sua cortesia. Lá tá a sinhá Merriwether e a sinhá Elsing fazeno mesura pra vosmecê.

Scarlett se lembrava vagamente de duas senhoras com aqueles nomes que tinham ido de Atlanta a Tara a fim de assistir ao seu casamento, e se lembrava de que eram as melhores amigas da Srta. Pittypat. Então ela se virou rapidamente para onde Tio Peter apontara e fez um aceno de cabeça. As duas estavam sentadas em uma carruagem encostada diante de um armazém. O proprietário e dois funcionários estavam na calçada com os braços cheios de fardos, lhes mostrando tecidos de algodão. A Sra. Merriwether era uma mulher alta e forte, que estava com o corpete tão apertado que seu busto se projetava como a proa de um navio. O cabelo grisalho era alongado por uma falsa franja ondulada orgulhosamente castanha que não se importava em combinar com o resto de cabelo. Ela tinha um rosto redondo e corado, no qual se combinavam a astúcia bem-intencionada e o hábito do comando. A Sra. Elsing era mais jovem, uma mulher magra e frágil que fora uma beldade e ainda trazia em si um frescor desbotado, um imperioso ar exigente.

Essas duas senhoras, juntamente a uma terceira, a Sra. Whiting, eram os pilares de Atlanta. Dirigiam as três igrejas a que pertenciam, o clérigo, os corais e os paroquianos. Organizavam quermesses e presidiam círculos de costura, serviam de acompanhantes em bailes e piqueniques, sabiam quem formaria bons casais e quem não, quem bebia secretamente, quem esperava bebês e para quando. Eram autoridades na genealogia de todos que eram alguém na Geórgia, Carolina do Sul e Virgínia, e não ocupavam as cabeças com os outros estados, pois acreditavam que ninguém que fosse alguém jamais viria de outros estados, além desses três. Elas sabiam o que era um comportamento decoroso e o que não era, e nunca deixavam de tornar suas opiniões conhecidas — a Sra. Merriwether em altos brados, a Sra. Elsing em uma elegante fala arrastada e a Sra. Whiting em um sussurro aflito que mostrava o quanto detestava falar dessas coisas. Essas três damas não se gostavam nem confiavam umas nas outras, de modo tão cordial quanto o Primeiro Triunvirato de Roma, e sua íntima aliança se dava provavelmente pelo mesmo motivo.

— Falei a Pitty que precisava de você em meu hospital — chamou a Sra. Merriwether, sorrindo. — Não vá prometer à Sra. Meade nem à Sra. Whiting!

— Não se preocupe — disse Scarlett, sem fazer a menor ideia do que a Sra. Merriwether falava, mas sentindo o calor do aconchego de ser bem-vinda e procurada. — Espero vê-la em breve.

A carruagem avançava com dificuldade, parando por um momento para permitir que duas damas com cestas carregadas de ataduras escolhessem algumas pedras como passagem precária e atravessassem a rua inclinada. No mesmo instante, o olhar de Scarlett foi fisgado por uma figura na calçada com um vestido espalhafatosamente colorido — espalhafatoso demais para usar na rua —, coberta por um xale de Paisley com franjas que chegavam aos calcanhares. Quando ela se virou, Scarlett viu uma bela mulher alta com uma cara atrevida e um cabelo ruivo, vermelho demais para ser verdadeiro. Era a primeira vez que via uma mulher que com certeza "fizera algo no cabelo", e ficou olhando fascinada.

— Tio Peter, quem é aquela? — sussurrou ela.

— Num sei.

— Sabe, sim. Dá para notar. Quem é?

— O nome dela é Belle Watling — disse Tio Peter, o lábio inferior começando a se pronunciar.

Scarlett logo percebeu que ele não precedera o nome com "Srta." ou "Sra.".

— Quem é ela?

— Sinhá Scarlett — disse Peter soturnamente, deitando o chicote no cavalo assustado —, sinhá Pitty num vai gostá de vosmecê perguntano o que num é da sua conta. Tem um monte de gente que num interessa nessa cidade, então num tem pruque falá disso.

"Deus do Céu!", pensou Scarlett, reprimida ao silêncio. "Aquela mulher não deve prestar!"

Ela nunca tinha visto uma mulher que não prestasse antes e, virando a cabeça, ficou olhando para ela até que se perdesse na multidão.

As lojas e os novos prédios de guerra estavam mais separados agora, com terrenos vazios entre si. Finalmente, a área comercial ficou para trás e as residências começaram a aparecer. Scarlett as observou como a velhas amigas; a casa dos Leyden, digna e imponente; a dos Bonnell, com pequenas colunas brancas e persianas verdes; a casa taciturna de tijolos aparentes e estilo georgiano da família McLure, atrás de sua cerca viva quadrada. O progresso da carruagem era mais lento ali, pois das varandas, jardins e calçadas, as senhoras a chamavam. Algumas ela conhecia pouco, de outras se lembrava vagamente, mas a maioria não conhecia em absoluto. Certamente Pittypat anunciara sua chegada. O pequeno Wade teve de ser segurado no alto repetidamente, para que as senhoras que tinham se aventurado até a lama pudessem fazer suas exclamações sobre ele. Todas lhe diziam que ela devia entrar para seus círculos de tricô e costura e para os comitês hospitalares delas e de ninguém mais, e ela, imprudentemente, prometeu a torto e a direito.

Assim que passaram por uma casa de formato irregular de tábuas de madeira verde, uma menininha negra de pé nos degraus da frente gritou "Ela chegou" e o Dr. Meade, sua mulher e o pequeno Phil, de 13 anos, surgiram, gritando seus cumprimentos. Scarlett se lembrou de que eles também tinham estado em seu casamento. A Sra. Meade subiu na caixa da própria carruagem e esticou o pescoço para ver o bebê, mas o médico, desconsiderando a lama, foi até o lado da carruagem de Scarlett. Ele era alto e magro, tinha uma barba pontuda grisalha e as roupas lhe caíam como se um furacão as tivesse soprado ali. Atlanta o considerava a raiz de toda a força e sabedoria, não sendo estranho que ele tivesse absorvido algo dessa crença. Mas, apesar de todo o seu hábito de fazer declarações oraculares e dos modos levemente pomposos, era o mais gentil dos homens que a cidade possuía.

Depois de apertar a mão dela e acariciar a barriga de Wade, cumprimentando-o, o médico anunciou que tia Pittypat lhe jurara que Scarlett não ficaria em nenhum outro hospital e comitê de enrolar ataduras que não os da Sra. Meade.

— Ah, minha nossa, mas já prometi a centenas de senhoras! — disse Scarlett.

— À Sra. Merriwether, certamente! — bradou a Sra. Meade, indignada. — Que mulher! Ela deve esperar por todos os trens.

— Eu prometi porque não fazia ideia do que se tratava — confessou Scarlett. — Afinal, o que são comitês hospitalares?

Tanto o médico quanto sua mulher pareceram levemente chocados com a ignorância de Scarlett.

— Mas, é claro, você esteve enterrada no interior e não podia saber — desculpou-a a Sra. Meade. — Temos comitês de enfermagem para diferentes hospitais e dias diversos. Atendemos os homens, ajudamos os médicos, fazemos ataduras e roupas, e, quando os homens têm alta dos hospitais, os levamos para nossas casas a fim de que convalesçam até que estejam em condições de voltar ao exército. E cuidamos das esposas e famílias de alguns dos feridos que são miseráveis... sim, pior que miseráveis. O Dr. Meade está no hospital do Instituto, onde funciona o meu comitê, e todos dizem que ele é maravilhoso e...

— Calma, calma, Sra. Meade — disse o médico carinhoso. — Não fique se gabando à minha custa. É o mínimo que posso fazer, visto que a senhora não me deixa entrar para o exército.

— Eu não deixo!? — bradou ela, indignada. — Eu? A cidade não o deixaria, e o senhor sabe. Ora, Scarlett, quando o pessoal ficou sabendo que ele pretendia ir para a Virgínia como cirurgião do exército, todas as damas assinaram uma petição implorando que ficasse. É claro que a cidade não poderia ficar sem o senhor.

— Ora, ora, Sra. Meade — disse o médico, obviamente deleitando-se com o elogio. — Talvez ter rapazes na frente de batalha seja suficiente por enquanto.

— E eu vou no ano que vem! — bradou o pequeno Phil, dando pulos de entusiasmo. — Como tocador de tambor. Estou aprendendo a tocar agora. Quer ouvir? Vou lá correndo pegar meu tambor.

— Agora não — disse a Sra. Meade, puxando-o para si, um súbito olhar de tensão lhe abatendo. — No ano que vem não, querido. Talvez no seguinte.

— Mas aí a guerra vai ter acabado! — falou ele, birrento, afastando-se dela. — E a senhora prometeu!

Os olhos dos pais se encontraram sobre a cabeça do menino e Scarlett percebeu. Darcy Meade estava na Virgínia e eles estavam mais apegados ao menino que ficara.

Tio Peter pigarreou.

— A sinhá Pitty tava arreliada quando eu saí de casa e se eu num chego lá em seguida ela vai esfalecê.

— Até logo. Irei lá hoje à tarde — disse a Sra. Meade. — E diga a Pitty que, se você não ficar em meu comitê, ela vai ficar ainda mais "arreliada".

A carruagem derrapou e saiu deslizando pela rua enlameada, Scarlett se recostou nas almofadas e sorriu. Fazia meses que não se sentia tão bem. Atlanta era ótima, com suas multidões, sua pressa e o efervescente impulso subjacente, muito melhor que a fazenda isolada de Charleston, onde o bramido dos jacarés rompia o silêncio da noite; melhor que a própria Charleston, sonhadora por trás de seus jardins murados; melhor que Savannah, com suas largas avenidas orladas de palmeiras e o rio lamacento que a margeia. Sim, e temporariamente até melhor que Tara, por mais querida que Tara fosse.

Havia algo de eletrizante naquela cidade, com suas estreitas ruas enlameadas entre as colinas de terra vermelha, algo cru e rústico que atraía a crueza e a falta de refinamento subjacente à camada de verniz que Ellen e Mammy lhe haviam proporcionado. Ela sentiu que era ali o seu lugar, não em velhas cidades planas, serenas e silenciosas, margeando águas amareladas.

As casas ficavam cada vez mais esparsas e, inclinando-se para fora, Scarlett viu os tijolos expostos e o telhado de ardósia da casa da Srta. Pittypat. Era quase a última casa ao norte da cidade. Depois dela, a estrada dos Pessegueiros se estreitava e suas curvas se perdiam de vista sob grandes árvores que iam dar em uma mata fechada. A caprichada cerca de madeira fora recém-pintada de branco e o pátio que ela circundava destacava-se pelo amarelo dos últimos junquilhos da estação. Nos degraus da entrada, estavam duas mulheres de preto e, atrás delas, uma mulata gorda com as mãos sob o avental e os dentes alvos arreganhados em um sorriso. A rechonchuda Srta. Pittypat estava em um vaivém inquieto sobre os pés mínimos, uma das mãos comprimida em seu copioso busto para aquietar o coração palpitante. Scarlett viu Melanie a seu lado e, com um acesso de desgosto, percebeu que a mosca na sopa de Atlanta seria aquela insignificante pessoinha de luto, com os abundantes cachos negros subjugados a uma homogeneidade matronal, um sorriso carinhoso de boas-vindas e felicidade no rosto em formato de coração.

Quando um sulista se dava ao trabalho de carregar um baú e viajar 30 quilômetros para fazer uma visita, esta raramente durava menos de um mês, geralmente muito mais. Os sulistas eram hóspedes tão entusiastas quanto bons anfitriões, e nada havia de incomum em parentes irem para passar as festas de Natal e permanecerem até julho. Muitas vezes, quando os recém-casados faziam sua série costumeira de visitas de lua de mel, acabavam se detendo em alguma casa agradável até o nascimento do segundo filho. Era frequente que tias e tios idosos fossem para um almoço dominical e permanecessem até serem enterrados, anos depois. Os hóspedes não apresentavam qualquer problema, pois as casas eram grandes, os criados, numerosos e a alimentação de várias bocas extras, uma questão de menor importância naquela terra abundante. Pessoas de todas as faixas etárias e de qualquer sexo faziam visitas: casais em lua de mel, jovens mães mostrando seus bebês, convalescentes, os privados de posses, moças cujos pais estavam ansiosos para afastá-las dos perigos de uniões desaconselháveis, moças que tinham chegado à idade perigosa sem ficarem noivas e, esperava-se, encontrariam bons partidos em outros lugares, sob a orientação de parentes. Os hóspedes emprestavam animação e variedade à lenta vida sulista e eram sempre bem-vindos.
    Portanto, Scarlett chegara a Atlanta sem ter ideia de quando retornaria. Se a visita se mostrasse tão tediosa quanto as de Savannah e Charleston, ela voltaria para casa em um mês. Se fosse agradável, ficaria indefinidamente. Mas mal chegara e tia Pitty e Melanie começaram a fazer uma campanha para induzi-la a fazer da casa sua residência permanente. Expuseram todos os argumentos possíveis. Elas a queriam lá por ela mesma, porque a amavam. Sentiam-se solitárias e muitas vezes assustadas à noite naquela casa enorme, e ela era tão valente que lhes dava coragem. Era tão encantadora que as animava em seu pesar. Agora que Charles estava morto, o lugar dela e do filho era com os familiares dele. Além disso, metade da casa agora lhe pertencia por parte do testamento de Charles. Por último, a Confederação necessitava de cada par de mãos para costurar, tricotar,

enrolar ataduras e atender os feridos. O tio de Charles, Henry Hamilton, que vivia só no hotel Atlanta, perto da estação, também falou seriamente com ela sobre esse assunto. Tio Henry era um velho cavalheiro de baixa estatura e barriga protuberante, rosto rosado, longos cabelos grisalhos e emaranhados e total impaciência com os acanhamentos e gabolices femininas. Era por esse último motivo que ele mal falava com sua irmã, a Srta. Pittypat. Desde a infância, eles tiveram temperamentos exatamente opostos e a desavença continuara com as objeções que ele fazia ao modo como ela criava Charles — "Fazendo do filho de um soldado um maricas!" Anos antes, ele a insultara a tal ponto que agora a Srta. Pitty nunca falava com ele, salvo sob sussurros vigiados e com tanta reticência que um estranho teria achado que o velho e honesto advogado era um assassino, no mínimo. O insulto ocorrera em um dia em que Pitty queria retirar 500 dólares de seus bens, dos quais ele era fiduciário, para investir em uma mina de ouro inexistente. Ele se recusara a permiti-lo e declarara irritado que ela não tinha mais juízo que um percevejo e, além disso, lhe dava nos nervos ficar com ela por mais de cinco minutos. Desde aquele dia, ela só o via formalmente, uma vez por mês, quando Tio Peter a levava a seu escritório para pegar o dinheiro da manutenção doméstica. Após essas breves visitas, Pitty sempre se recolhia em sua cama com lágrimas e sais aromáticos. Melanie e Charles, que se davam muito bem com o tio, frequentemente se ofereciam para aliviá-la daquela provação, mas Pitty sempre enrijecia a boca infantil e recusava. Henry era sua cruz e ela precisava aguentá-lo. A partir disso, Charles e Melanie só podiam deduzir que ela tirava grande prazer dessa ocasional exaltação, a única de sua vida protegida.

Tio Henry gostou imediatamente de Scarlett, pois, disse ele, podia ver que, apesar de todas as tolas afetações, ela tinha algum juízo. Ele era o fiduciário não só dos bens de Pitty e Melanie, mas também dos deixados por Charles para Scarlett. Foi com agradável surpresa que Scarlett ficou sabendo que era agora uma jovem próspera, pois Charles não só lhe deixara metade da casa de tia Pitty, mas fazendas e propriedades na cidade. E as lojas e depósitos ao longo da ferrovia perto da estação, que faziam parte de sua herança, tinham triplicado de valor desde o início da guerra. Foi quando tio Henry lhe prestava contas de suas propriedades que levantou a questão de sua residência permanente em Atlanta.

— Quando Wade Hampton chegar à maioridade, vai ser um jovem rico — disse ele. — Do modo como Atlanta está crescendo, suas propriedades terão dez vezes o valor em vinte anos, e é certo que o menino seja criado onde estão seus bens, de modo que possa aprender a tomar conta deles. Sim, e dos de Pitty e Melanie também. Ele será o único Hamilton homem remanescente, pois não ficarei aqui para sempre.

Quanto a Tio Peter, era fato consumado que Scarlett viera para ficar. Era-lhe inconcebível que o único filho de Charles fosse criado em um lugar onde ele não pudesse supervisionar sua criação. Diante de todos esses argumentos, Scarlett sorriu, mas nada disse, não querendo se comprometer antes de saber se gostaria de Atlanta e da associação com os parentes do marido falecido. Sabia também que precisaria convencer Ellen e Gerald. Além disso, agora que estava distante de Tara, sentia enorme falta de lá, sentia saudades dos campos vermelhos, dos brotos verdes do algodão e dos suaves silêncios do crepúsculo. Pela primeira vez, ela vagamente percebia o que Gerald queria dizer ao falar que o amor pela terra estava em seu sangue.

Então ela educadamente se esquivou, por enquanto, de dar uma resposta definitiva sobre a duração de sua visita e penetrou com facilidade na vida da casa de tijolos vermelhos no final da tranquila rua dos Pessegueiros.

Morando com gente do mesmo sangue de Charles, vendo o domicílio de onde ele vinha, agora Scarlett conseguia entender um pouco melhor o rapaz que a tornara esposa, viúva e mãe em uma sucessão tão rápida. Era fácil perceber por que ele era tão tímido, tão pouco sofisticado, tão idealista. Se Charles tivesse herdado qualquer das qualidades severas, destemidas, coléricas do soldado que fora seu pai, elas tinham sido apagadas na infância pela atmosfera feminina em que se criara. Fora dedicado à infantil Pitty e mais próximo a Melanie do que os irmãos costumam ser, e era impossível encontrar duas mulheres mais meigas e etéreas.

Tia Pittypat fora batizada Sarah Jane Hamilton sessenta anos antes, mas desde o passado longínquo em que seu apaixonado pai lhe pusera esse apelido, por causa do som de seus pezinhos delicados e inquietos, ninguém mais a chamara de outra coisa. Nos anos que se seguiram àquele segundo batizado, ocorreram-lhe muitas mudanças que deixaram incongruente o apelido mimoso. Tudo o que agora restava da criança que saía correndo velozmente eram os pés de mínimo tamanho, inadequados a seu peso, e uma tendência a tagarelar a esmo e alegremente. Era robusta, de faces rosadas e cabelo grisalho e sempre estava um tanto ofegante devido ao espartilho muito apertado. Era incapaz de andar mais de uma quadra com os pezinhos que enfiava em sapatilhas pequenas demais. Ela tinha um coração que palpitava diante de qualquer emoção e sem constrangimento o mimava, desmaiando diante de qualquer provocação. Todos sabiam que seus desfalecimentos geralmente não passavam de fingimentos próprios das damas, mas a amavam o bastante para não dizê-lo. Todos a amavam, mimavam como a uma criança e se recusavam a levá-la a sério, todos menos seu irmão Henry.

A coisa que mais adorava fazer neste mundo era mexericar, ainda mais do que os prazeres da mesa, e ficava tagarelando por horas sobre a vida dos outros de um modo gentilmente inofensivo. Não tinha memória para nomes, datas nem lugares, e geralmente confundia os protagonistas dos dramas de Atlanta, o que a ninguém confundia, pois ninguém era tolo de levar a sério suas palavras. Ninguém jamais lhe contava algo realmente chocante ou escandaloso, pois sua condição de solteirona devia ser protegida, mesmo que ela tivesse 60 anos, e os amigos conspiravam gentilmente para conservá-la uma velha criança, protegida e mimada.

Melanie assemelhava-se à tia de muitas formas. Possuía a timidez, os rubores súbitos, o recato, mas tinha bom senso — "Até certo ponto, admito", pensava Scarlett de má vontade. Como tia Pitty, Melanie tinha a fisionomia de uma criança protegida, que nunca conhecera nada além de simplicidade e gentileza, verdade e amor, uma criança que nunca se debruçara sobre a aspereza ou o mal e não os reconheceria se os visse. Como sempre fora feliz, queria que todos a sua volta o fossem ou, pelo menos, que ficassem contentes consigo mesmos. Com essa finalidade, sempre via o melhor em todos e fazia gentis comentários. Não havia criado burro o bastante para que nele não descobrisse algum traço redentor de lealdade e bom coração, nenhuma moça tão feia e desagradável em quem não conseguisse descobrir alguma graça de forma ou nobreza de caráter, e nenhum homem era tão sem valor ou maçante que ela não o visse à luz do que poderia se tornar, em vez do que realmente era.

Por causa dessas qualidades sinceras e espontâneas, vindas de um coração generoso, todos se reuniam a sua volta, pois quem pode resistir ao encanto de alguém que descobre nos outros qualidades maravilhosas, impensáveis até mesmo pela própria pessoa? Ela tinha mais amigas que qualquer outra moça na cidade e mais amigos também, embora tivesse poucos pretendentes, pois lhe faltavam a intenção e o egoísmo para prender os corações masculinos em sua armadilha.

O que Melanie fazia não era diferente do que todas as moças sulistas eram ensinadas a fazer — deixar os que a rodeavam à vontade e satisfeitos consigo próprios. Era essa feliz conspiração feminina que tornava a sociedade sulista tão agradável. As mulheres sabiam que uma terra onde os homens estavam contentes, onde ninguém os contradizia e os mantinha seguros na posse de uma vaidade intocada, deveria ser um lugar agradável para as mulheres viverem. Portanto, do berço ao túmulo, elas se esforçavam para deixar os homens satisfeitos consigo mesmos, e os homens satisfeitos retribuíam prodigamente com galanteria e adoração. Na verdade, os homens davam de boa vontade às mulheres tudo o que houvesse no mundo, menos o crédito de possuírem inteligência. Scarlett exercia os mesmos encantos que Melanie, mas com um estudado talento artístico e habilidade consumada. A diferença entre as duas moças estava no fato de que

Melanie dizia palavras bondosas e elogiosas por um desejo de deixar as pessoas felizes, mesmo que só temporariamente, e Scarlett só o fazia em proveito próprio.

Charles não recebera das duas que mais amava nenhuma influência enrijecedora, nada aprendera da aspereza ou da realidade, e a casa onde se tornara adulto era tão delicada quanto um ninho de pássaro. Era uma casa muito tranquila, à moda antiga e cortês em comparação a Tara. Para Scarlett, faltavam a ela os aromas masculinos do conhaque, do tabaco e do óleo de Macassar para cabelo, vozes roucas e xingamentos ocasionais, armas, costeletas, selas e arreios, e cães de caça sob os pés. Ela sentia falta das discussões que eram sempre ouvidas em Tara, quando Ellen dava as costas e Mammy discutia com Pork, Rosa e Teena se altercavam, ela mesma tinha brigas ásperas com Suellen, e Gerald fazia ameaças a altos brados. Não era de surpreender que Charles tivesse sido um maricas, oriundo de uma casa como aquela. Ali o alvoroço nunca entrava, as vozes nunca se elevavam, todos acatavam gentilmente as opiniões alheias e, por fim, o negro grisalho autocrata da cozinha manejava as coisas como queria. Scarlett, que esperava uma rédea mais solta quando escapou à supervisão de Mammy, descobriu com pesar que os padrões de conduta de uma dama para Tio Peter eram ainda mais restritivos que os de Mammy, especialmente para a viúva do sinhozinho Charles.

Em tal domicílio, Scarlett se recuperou e, quase antes de se dar conta, seu ânimo voltara ao normal. Ela só tinha 17 anos, uma saúde e uma energia soberbas, e a família de Charles fez de tudo para deixá-la feliz. Se não tinham sido completamente bem-sucedidos, não era culpa deles, pois ninguém podia tirar de seu coração a dor que latejava sempre que o nome de Ashley era mencionado. E Melanie o mencionava com muita frequência. Mas Melanie e Pitty eram incansáveis no planejamento de coisas que abrandassem o pesar que pensavam acometê-la. Puseram a própria dor em segundo plano para distraí-la. Elas se preocupavam com sua alimentação e com as horas de sesta, e providenciavam passeios de carruagem. Não apenas a admiravam de modo extravagante, seu ânimo elevado, seu porte, as mãos e pés tão pequenos e a pele alva, como também o declaravam a todo instante, acariciando-a, dando-lhe beijos e abraços para enfatizar as palavras amorosas.

Scarlett não ligava para as carícias, mas deleitava-se com os elogios. Ninguém em Tara jamais lhe dissera tantas coisas encantadoras. Na verdade, Mammy passava o tempo todo esvaziando sua presunção. O pequeno Wade já não era um estorvo, pois a família, branca e negra, além dos vizinhos, o idolatrava, e havia uma rivalidade incessante a disputar o colo que ele ocuparia. Melanie era especialmente louca por ele. Mesmo em seus piores acessos de choro, dizia que o achava adorável, acrescentando: "Ah! Minha querida preciosidade! Só queria que você fosse meu!"

Às vezes Scarlett achava difícil dissimular os sentimentos, pois ainda considerava tia Pitty a mais tola das velhas, e suas imprecisões e tagarelice a irritavam de modo intolerável. Sua antipatia por Melanie era uma antipatia ciumenta que crescia com o passar dos dias, e às vezes ela tinha de sair abruptamente da sala, quando Melanie, irradiando orgulho amoroso, falava de Ashley ou lia suas cartas em voz alta. Mesmo assim, a vida seguia o mais feliz possível dentro das circunstâncias. Atlanta era mais interessante que Savannah, Charleston ou Tara, e oferecia tantas ocupações diferentes relativas à guerra que ela tinha pouco tempo para pensar ou ficar desanimada. Mas, às vezes, depois de soprar a vela e deitar a cabeça no travesseiro, suspirava, pensando: "Se ao menos Ashley não estivesse casado! Se ao menos eu não tivesse de atender naquele hospital empesteado! Ah, se ao menos eu pudesse ter um admirador!"

Ela imediatamente odiara servir de enfermeira, mas não havia como escapar, pois estava nos comitês da Sra. Meade e da Sra. Merriwether. Isso significava quatro manhãs semanais no hospital sufocante, fedorento, com o cabelo preso em uma toalha e um avental quente que a cobria do pescoço aos pés. Todas as matronas de Atlanta, velhas e jovens, serviam como enfermeiras e o faziam com um entusiasmo que para Scarlett beirava o fanatismo. Elas contavam como certo que ela estivesse imbuída do fervor patriótico e teriam ficado chocadas com o quanto era mínimo seu interesse pela guerra. Exceto pelo tormento constante de que Ashley pudesse morrer, a guerra não a interessava nem um pouco, e servia de enfermeira porque não sabia como se esquivar.

Certamente, nada havia de romântico no serviço de enfermeira. Para ela, significava gemidos, delírios, morte e odores. Os hospitais estavam cheios de homens sujos, barbados, infectados, que cheiravam muito mal e tinham em seu corpo ferimentos horrorosos o bastante para revirar qualquer estômago cristão. Os hospitais fediam a gangrena, o odor assaltando suas narinas muito antes que ela chegasse à porta, um odor que ficava em suas mãos, no cabelo e assombrava-lhe os sonhos. Moscas e mosquitos rondavam em nuvens, zumbindo sobre as enfermarias, atormentando os homens, levando-os a praguejar e soluçar baixinho; e Scarlett, coçando suas próprias mordidas de mosquitos, abanava os leques de folhas de palmeira até ficar com os ombros doendo e desejar que os homens estivessem mortos.

Melanie, contudo, não parecia se importar com os cheiros, ferimentos ou a nudez, o que Scarlett achava estranho, naquela que era a mais receosa e recatada das mulheres. Às vezes, ao segurar as bacias e instrumentos enquanto o Dr. Meade cortava a carne gangrenada, Melanie ficava muito pálida. Certa vez, após uma dessas operações, Scarlett a encontrou no compartimento da roupa de cama, vomitando silenciosamente em uma toalha. Mas, enquanto estivesse em uma posição em que o ferido pudesse vê-la, ela era gentil, solidária e alegre, e os homens nos hospitais a chamavam de anjo de misericórdia. Scarlett também teria gostado daquele título, mas ele envolvia tocar em homens cheios de piolhos, descer os dedos pelas gargantas de pacientes inconscientes para ver se não estavam se engasgando com pedaços de tabaco, fazer curativos em cotos e fisgar varejeiras em carne infeccionada. Não, ela não gostava de assistir enfermos!

Talvez tivesse sido suportável se lhe fosse permitido usar seus encantos com os homens convalescentes, pois muitos deles eram atraentes e bem-nascidos, mas isso ela não podia fazer em sua condição de viúva. As solteiras da cidade, a quem não era permitido servir de enfermeira por temor de que se deparassem com cenas impróprias a olhos virgens, ficavam encarregadas das enfermarias de convalescentes. Sem o empecilho do casamento ou da viuvez, elas faziam vastas incursões aos convalescentes, e até mesmo as moças menos bonitas, observou Scarlett tristemente, não encontravam dificuldades para ficar noivas.

Com a exceção dos desesperadamente doentes e gravemente feridos, o mundo de Scarlett era totalmente feminino, e isso a aborrecia, pois ela não gostava e nem confiava no próprio sexo e, o que era pior, sempre se entediava com ele. Mas três tardes por semana ela tinha de frequentar os círculos de costura e enrolamento de ataduras das amigas de Melanie. As moças, que tinham conhecido Charles, eram muito gentis e atenciosas com ela nesses encontros, especialmente Fanny Elsing e Maybelle Merriwether, filhas das rainhas da cidade. Mas elas a tratavam de modo deferente, como se ela estivesse velha e acabada, e a constante conversa sobre danças e admiradores a deixava invejosa dos prazeres delas e ressentida de que sua viuvez a excluísse dessas atividades. Ora, ela era três vezes mais bonita do que Fanny e Maybelle! Ah, como a vida era injusta! Injustiça todos acharem que seu coração estava no túmulo quando estava longe de lá! Estava na Virgínia, com Ashley!

Mas, apesar desses desconfortos, Atlanta a agradava. E sua visita foi se prolongando com o passar das semanas.

Capítulo 9

Scarlett debruçou-se na janela de seu quarto naquela manhã de pleno verão e, desconsolada, ficou olhando os carroções e carruagens cheios de moças, soldados e damas de companhia passando alegremente pela rua dos Pessegueiros rumo à mata. Iam em busca de decorações para a quermesse que se realizaria naquela noite em benefício dos hospitais. Sob o arco de árvores, a estrada vermelha se mesclava de sombras e reflexos solares, e os muitos cascos faziam subir pequenas nuvens de poeira. Um dos carroções, à frente dos outros, levava quatro negros fortes carregando machados para cortar os ramos e derrubar as trepadeiras, e a traseira desse carroção estava lotada de volumes cobertos por guardanapos, cestas de piquenique e uma dúzia de melancias. Dois dos rapazes negros tinham um banjo e uma harmônica e entoavam uma versão animada de "If You Want to Have a Good Time, Jine the Cavalry". Atrás deles, vinha o desfile alegre, as moças em vestidos de algodão florido, com xales leves, chapéus de sol e luvas para lhes proteger a pele, e pequenas sombrinhas; as senhoras mais velhas, sorrindo plácidas em meio às risadas; gritos e brincadeiras entre uma carruagem e outra; convalescentes dos hospitais enfiados entre gorduchas acompanhantes e moças delgadas, que os enchiam de atenção e cuidados; oficiais a cavalo, a passo de tartaruga, que iam ao lado das rodas das carruagens que rangiam, esporas tinindo, galões dourados brilhando, sombrinhas balouçando, leques silvando, os negros cantando. Todos estavam subindo a rua dos Pessegueiros para catar ramos, fazer um piquenique e comer melancias. "Todos", pensou Scarlett, mal-humorada, "menos eu".

Todos acenaram, chamando por ela enquanto passavam, e ela tentou responder de boa vontade, mas foi difícil. Uma dorzinha difícil se iniciara em seu coração e estava subindo lentamente por sua garganta, onde se transformaria em um nó, e o nó logo se transformaria em lágrimas. Estavam todos indo ao piquenique, menos ela. E todos iriam à quermesse e ao baile daquela noite, menos ela. Quer dizer, todos, menos ela, Pittypat, Melly e os outros desafortunados da cidade que estavam de luto. Mas Melly e Pittypat não pareciam se importar. Nem sequer lhes ocorrera desejar ir. Ocorrera a Scarlett. E ela desejava muito ir.

Simplesmente não era justo. Ela trabalhara duas vezes mais do que qualquer moça da cidade, aprontando as coisas para a quermesse. Tinha tricotado meias, toucas de bebês, mantas, cachecóis, fizera metros e metros de frocos de renda, pintara bacias e xícaras de porcelana. E bordara a bandeira dos Confederados em meia dúzia de capas de almofada. (Com certeza, as estrelas ficaram um pouco tortas, algumas quase redondas, e outras tinham seis ou até sete pontas, mas o efeito era bom.) No dia anterior, trabalhara até a exaustão no velho depósito empoeirado de um arsenal, cobrindo as barracas alinhadas nas paredes com tecido amarelo, rosa e verde. Sob a supervisão do Comitê Hospitalar das Senhoras, aquilo fora trabalho duro, sem nenhuma graça. Nunca tinha graça estar perto da Sra. Merriwether, da Sra. Elsing e da Sra. Whiting, mandando nela como se fosse uma de suas negras. E ter de escutá-las se gabando do quanto suas filhas eram populares. E, pior de tudo, ficara com duas bolhas nos dedos, ajudando Pittypat e a cozinheira a fazer bolos em camadas para a rifa.

E agora, tendo trabalhado como uma escrava do campo, ela tinha de se recolher decorosamente quando a diversão estava só começando. Ah, não era justo que ela tivesse um marido morto, um bebê gritando no quarto ao lado e ficasse de fora de tudo o que era bom. Pouco mais de um ano antes, ela estava dançando e usando roupas coloridas em vez daquele luto preto, e estava praticamente noiva de três rapazes. Ela só tinha 17 anos e havia muita dança ainda para seus pés. Ah, não era justo! A vida estava passando por ela, por uma sombreada estrada quente de verão, vida de fardas cinza e esporas tilintando, vestidos de organdi floridos e banjos tocando. Ela tentou não sorrir nem acenar com excesso de entusiasmo para os homens que conhecia melhor, os que atendera no hospital, mas era difícil subjugar suas covinhas, difícil dar a impressão de que seu coração estava no túmulo, quando não estava.

Suas mesuras e acenos foram abruptamente interrompidos quando Pittypat entrou no quarto, ofegante como sempre, devido à subida das escadas, e a puxou da janela sem qualquer cerimônia.

— Você perdeu a cabeça, doçura, acenando para os homens da janela de seu quarto? Devo dizer, Scarlett, estou chocada! O que diria sua mãe?

— Bem, eles não sabiam que era meu quarto.

— Mas devem ter desconfiado de que era seu quarto, e isso é tão mau quanto. Doçura, você não pode fazer coisas assim. Todos vão comentar e dizer que é uma assanhada... e, de qualquer jeito, a Sra. Merriwether sabe que é o seu quarto.

— E suponho que vá contar para todos os rapazes, a velha ferina.

— Doçura, cale-se! Dolly Merriwether é minha melhor amiga.

— Bem, ela não deixa de ser ferina mesmo assim... Ah, perdoe-me, tia, não chore! Esqueci que era a janela do meu quarto. Nunca mais faço isso... Eu... eu só queria vê-los passar. Eu queria ir.

— Doçura!

— Bem, eu queria. Estou muito cansada de ficar em casa.

— Scarlett, me prometa que não vai dizer coisas desse tipo. As pessoas falariam. Diriam que você está faltando com o devido respeito ao querido Charlie...

— Ah, tia, não chore!

— Ah, agora eu a fiz chorar também — soluçou Pittypat, satisfeita, buscando um lenço no bolso da saia.

A dorzinha difícil por fim atingira a garganta de Scarlett e ela chorou bem alto... Não, como Pittypat pensou, pelo pobre Charlie, mas porque os últimos sons das rodas e do riso estavam sumindo. Melanie veio farfalhando de seu quarto, cenho franzido de preocupação, uma escova nas mãos, o cabelo preto, geralmente arrumado, livre de sua rede, caindo em torno do rosto em um amontoado de cachinhos e ondas.

— Querida! O que houve?

— Charlie! — soluçou Pittypat, entregando-se completamente ao prazer de sua dor e enterrando a cabeça no ombro de Melly.

— Ah — disse Melly, um tremor no lábio pela menção do nome do irmão —, seja corajosa, querida. Não chore. Ah, Scarlett!

Scarlett tinha se jogado na cama e chorava a plenos pulmões, chorava por sua juventude perdida e pelos prazeres que lhe eram negados, chorava com a indignação e o desespero de uma criança que antes conseguia qualquer coisa que quisesse, bastando chorar, e agora sabe que chorar já não ajuda. Com a cabeça enterrada no travesseiro, ela chorava e batia os pés.

— Eu bem que podia estar morta — soluçava passionalmente. Diante de tal exibição de pesar, as lágrimas fáceis de Pittypat cessaram e Melly voou para a cabeceira a confortar sua cunhada.

— Querida, não chore! Pense no quanto Charlie a amava e deixe que isso a conforte! Tente pensar em seu filhinho querido.

A indignação de Scarlett por ser mal compreendida se misturou à desesperada sensação de ser excluída de tudo, lhe estrangulando qualquer possibilidade de fala. Ainda bem, pois, se ela tivesse conseguido proferir qualquer coisa, teria berrado algumas verdades expressas com as palavras francas de Gerald. Melanie dava tapinhas em seu ombro e Pittypat andava na ponta dos pés pelo quarto fechando as cortinas.

— Não faça isso! — gritou Scarlett, erguendo o rosto vermelho e inchado do travesseiro. — Não estou morta de todo para que a senhora puxe as cortinas... embora pudesse estar. Ah, saiam daqui e me deixem sozinha!

Ela afundou o rosto no travesseiro de novo e, após uma conferência sussurrada, as duas que se debruçavam sobre ela saíram na ponta dos pés. Ela ouviu Melanie dizendo a Pittypat em voz baixa enquanto desciam as escadas:

— Tia Pitty, por favor, não fale de Charlie com ela. A senhora sabe como sempre a afeta. Coitadinha, ela fica com aquela fisionomia estranha e eu sei que está tentando conter o choro. Não devemos dificultar as coisas para ela.

Scarlett chutou a colcha em um acesso impotente de raiva, tentando pensar em algo bem mau para dizer.

— Pelo manto de Cristo! — falou enfim e se sentiu um pouco aliviada. Como é que, só tendo 18 anos, Melanie podia se contentar em ficar em casa, nunca se divertir e usar luto pelo irmão? Melanie parecia não saber, ou não se importar, que a vida passasse com esporas tilintando.

"Mas ela é tão sem graça", pensou Scarlett, socando o travesseiro. "E nunca foi popular como eu, que não sente falta das coisas que eu sinto. E... e, além disso, ela tem Ashley e eu... eu não tenho ninguém!" E com renovado desgosto, teve outro acesso de choro.

Ela ficou no quarto, abatida, até tarde, e nem a visão do grupo, retornando do piquenique com carroções lotados de ramos de pinheiro, trepadeiras e samambaias a reanimou. Todos pareciam alegremente cansados ao acenar novamente para ela, que retribuiu os cumprimentos tristemente. A vida era um caso perdido e certamente não valia mais a pena. A libertação chegou da forma menos esperada quando, durante a sesta após o almoço, a Sra. Merriwether e a Sra. Elsing chegaram. Espantadas de receberem visitas àquela hora, Melanie, Scarlett e tia Pittypat se levantaram, rapidamente fecharam os corpetes, arrumaram os cabelos e desceram para o salão.

— Os filhos da Sra. Bonnell estão com sarampo — disse a Sra. Merriwether de maneira abrupta, mostrando claramente que responsabilizava a própria Sra. Bonnell por permitir que tal coisa acontecesse. — E as meninas McLure foram chamadas à Virgínia — disse a Sra. Elsing com seu fio de voz, abanando-se languidamente com o leque, como se nem isso nem qualquer outra coisa importasse muito. — Dallas McLure está ferido!

— Que horror! — falaram as anfitriãs em coro. — O coitado do Dallas está...

— Não. Só pegou o ombro — disse a Sra. Merriwether sem demora. — Mas não podia ter acontecido em uma hora pior. As meninas estão indo ao norte a fim de trazê-lo para casa. Mas, que os céus nos protejam, não temos tempo de ficar aqui conversando. Precisamos nos apressar até o Arsenal e terminar a decoração. Pitty, precisamos que você e Melly assumam os lugares da Sra. Bonnell e das meninas McLure hoje à noite.

— Ah, Dolly, mas não podemos ir.
— Não diga "não posso" para mim, Pittypat Hamilton — disse a Sra. Merriwether vigorosamente. — Precisamos que você supervisione os negros com os refrescos. Era isso que a Sra. Bonnell ia fazer. E Melly, você precisa ficar na barraca das meninas McLure.
— Oh, nós simplesmente não podemos... com o pobre do Charlie morto há apenas...
— Entendo como você se sente, mas não há sacrifício grande demais pela Causa — interrompeu a Sra. Elsing em uma voz tranquila que acomodou a questão.
— Ah, nós adoraríamos ajudar, mas... por que não conseguem algumas moças bonitas para ficar nas barracas?
A Sra. Merriwether bufou como uma trombeta.
— Não sei o que se passa com as jovens hoje em dia. Elas não têm senso de responsabilidade. Todas as moças que já não assumiram barracas arrumaram mais desculpas do que se pode imaginar. Ah, elas não me enganam! Só não querem ficar impedidas de ter o caminho livre para os oficiais, só isso. E ficam com medo de que seus novos vestidos não apareçam atrás dos balcões das barracas. Como eu queria que aquele sujeito que fura o bloqueio... como é mesmo o nome dele?
— Capitão Butler — supriu a Sra. Elsing.
— É, queria que ele trouxesse mais suprimentos hospitalares e menos crinolinas e renda. Se eu estivesse procurando um vestido para usar hoje, teria visto vinte dos que ele conseguiu passar. Capitão Butler... nem posso ouvir o nome. Agora, Pitty, não tenho tempo para desculpas. Você precisa vir. Todos vão entender. Ninguém vai vê-la na sala de trás de todo modo e Melly não vai ficar evidente. A barraca das pobres meninas McLure é bem no final e não é muito bonita, então ninguém vai percebê-la.
— Acho que deveríamos ir — disse Scarlett, tentando controlar sua animação e manter a fisionomia séria e simples. — É o mínimo que se pode fazer pelo hospital.
Nenhuma das senhoras visitantes tinha sequer mencionado seu nome e elas se viraram, olhando-a fixamente. Mesmo em um momento tão crítico, não haviam sonhado em pedir a uma mulher na condição de viúva havia cerca de um ano que aparecesse em uma função social. Scarlett encarou o olhar delas com uma expressão infantil de olhos arregalados.
— Acho que deveríamos ir e ajudar para que seja um sucesso, todas nós. Acho que devo ficar na barraca com Melly porque... bem, acho que ficaria melhor que nós duas estivéssemos lá em vez de uma só. Você não acha, Melly?
— Bem — começou Melly, impotente. A ideia de aparecer em público em uma reunião social enquanto estava de luto era tão inusitada que ela se sentia confusa.

— Scarlett tem razão — disse a Sra. Merriwether, observando sinais de enfraquecimento. Ela se levantou e ajeitou as saias. — Você duas... todas vocês devem ir. Agora, Pitty, não me venha com suas desculpas de novo. Só pense no quanto o hospital precisa de dinheiro para comprar novas camas e remédios. E sei que Charlie gostaria de que vocês ajudassem a Causa pela qual ele morreu.

— Bem — disse Pittypat, desamparada como sempre na presença de uma personalidade mais forte —, se você acha que as pessoas vão entender...

"É bom demais para ser verdade! É bom demais para ser verdade!", cantava o coração alegre de Scarlett ao entrar sem maiores obstruções na barraca cortinada de rosa e amarelo que teria sido das meninas McLure. Na verdade, ela estava em uma festa! Após um ano de reclusão, após ser obrigada a usar o véu e manter baixo o tom de voz, e de quase ir à loucura de tédio, ela realmente estava em uma festa, a maior festa que Atlanta já vira. E ela podia ver as pessoas, as luzes e ouvir música, e ver com seus próprios olhos as adoráveis rendas, vestidos e enfeites que o famoso capitão Butler tinha contrabandeado em sua última viagem.

Ela se sentou em um dos banquinhos atrás do balcão da barraca e ficou observando o longo corredor que, até aquela tarde, tinha sido um salão de treinamento vazio e feio. Como as senhoras deviam ter trabalhado para deixá-lo em seu presente estado de beleza. Estava encantador. Todas as velas e castiçais de Atlanta deviam estar ali naquela noite, ela pensou, alguns prateados com uma dúzia de braços, outros de porcelana com estatuetas encantadoras lhes servindo de base, antigos suportes de bronze, eretos e dignos, carregados de velas de todos os tamanhos e cores, cheirando a frutas silvestres, localizados sobre a estante de armas que percorria o comprimento do salão, sobre as longas mesas adornadas de flores, nos balcões das barracas e até no peitoris das janelas abertas onde a correnteza do ar quente de verão só as ajudava a se inflamar.

No centro do salão, o lustre enorme e feio que pendia do teto por correntes enferrujadas fora completamente transformado pela hera e pelas trepadeiras enroladas, que já estavam murchando com o calor. As paredes tinham sido forradas com ramos de pinheiro, que exalavam um aroma fresco e transformavam os cantos do salão nos belos caramanchões que acolheriam as damas de companhia e as senhoras idosas. Em toda parte, havia longas e graciosas cordas de hera e trepadeira, como guirlandas nas paredes, como cortinas nas janelas, e ornamentando as barracas coloridas. Por todo o lugar, em meio aos ramos verdes, fulguravam as estrelas brancas da confederação sobre o fundo vermelho e azul das bandeiras.

O estrado onde ficariam os músicos fora arranjado de modo artístico e ficava totalmente oculto pela forração de ramos e bandeiras estreladas. Scarlett sabia que todos os vasos e barris de plantas da cidade estavam ali: begônias, gerânios, hortênsias, espirradeiras, orelhas-de-elefante e até mesmo as quatro preciosas seringueiras da Sra. Elsing marcavam presença, recebendo postos de honra nos quatro cantos.

Na extremidade oposta ao palco, as damas tinham se superado. Pendurados nas paredes, estavam os grandes retratos do presidente Davis e de "Pequeno Alec" Stephens, da Geórgia, vice-presidente da Confederação. Acima deles, uma enorme bandeira e, abaixo, sobre longas mesas, o resultado da pilhagem dos jardins da cidade: avencas, canteiros de rosas vermelhas, amarelas e brancas, orgulhosas palmas de gladíolos dourados, um tapete de capuchinhas de cores variadas, mimos-de-vênus empinados exibindo cabeças castanhos e creme acima das outras flores. Entre elas, as velas ardiam serenas como fogos de altar. Os dois rostos dos retratos olhavam para a cena, dois rostos tão diferentes quanto é possível em dois homens no comando de um empreendimento tão importante: Davis tinha as faces planas e os olhos frios de um asceta, os finos lábios resolutamente cerrados; Stephens, ardentes olhos escuros nas órbitas fundas, tinha uma fisionomia em que se estampava o sofrimento de doença e dor, que ele derrotara com humor e ânimo — dois rostos muito amados.

As velhas senhoras do comitê, em cujas mãos estava a responsabilidade de toda a quermesse, entraram com a importância de navios totalmente equipados, incitando as matronas atrasadas e as mocinhas sorridentes para suas barracas, antes de se precipitarem porta adentro da sala dos fundos onde preparariam os refrescos. Tia Pitty as seguia ofegante.

Foi com dificuldade que os músicos negros, sorrindo, os rostos gordos já luzidios de suor, subiram ao palco e começaram a afinar seus instrumentos com ares antecipados de importância. O velho Levi, cocheiro da Sra. Merriwether, regente da orquestra em todas as quermesses, bailes e casamentos desde que Atlanta se chamava Marthasville, rangeu o arco pedindo atenção. Pouca gente tinha chegado, além das senhoras organizadoras da quermesse, mas todos os olhos se voltaram para ele. Em seguida, as rabecas, violas, acordeons, banjos e nós dos dedos iniciaram uma lenta execução de "Lorena" — muito lenta para dançar. A dança teria início mais tarde, quando as barracas tivessem se esvaziado de suas prendas. Scarlett sentiu o coração se acelerar com a doce melancolia da valsa que lhe chegava aos ouvidos:

Os anos passam devagar, Lorena!
A neve está na relva outra vez.
O sol está distante no céu, Lorena...

Um-dois-três, um-dois-três, vai-balança-três, gira-dois-três. Que linda valsa! Ela esticou um pouco as mãos, fechou os olhos e se balançou ao triste ritmo melancólico. Havia algo na trágica melodia e no amor perdido de Lorena que combinava com sua própria ansiedade e lhe deu um nó à garganta.

Então, como que atraídos pela valsa, os sons entraram flutuando da rua mal iluminada pelo luar, o pisotear dos cascos dos cavalos, o som das rodas das carruagens, as risadas na brisa tépida e a indolente aspereza das vozes negras que discutiam, procurando lugar para amarrar os cavalos. Pelas escadas, em certa confusão e alegria despreocupada, ouvia-se a mescla das vozes frescas das moças e das notas baixas de seus acompanhantes, os cumprimentos joviais e os gritinhos de animação conforme elas reconheciam amigas de quem se haviam separado poucas horas antes.

Subitamente o salão explodiu de vida. Ficou cheio de mocinhas, mocinhas que flutuavam em vestidos luminosos feito borboletas, com suas enormes saias rodadas, as calçolas de renda espiando por baixo; pequenos ombros alvos desnudos e leves esboços de seios apareciam acima de babados. Os xales de renda pendiam descuidadamente dos braços. Leques de lantejoulas ou pintados, leques de penugem de cisne ou de penas de pavão balançavam, atados aos pulsos por fitinhas de veludo. Havia moças de cabelos escuros alisados sobre as orelhas e penteados em coques tão pesados que suas cabeças se inclinavam para trás, dando-lhes um ar altivo; havias as moças cheias de cachos dourados presos à nuca, com brincos pingentes de ouro que dançavam com os cachos. Rendas e sedas, debruns e fitas que tinham atravessado o bloqueio eram, portanto, mais preciosos e usados com mais altivez por isso, ornamentos ostentados com um acréscimo de orgulho, uma afronta a mais aos ianques.

Nem todas as flores da cidade se exibiam em tributo aos líderes da Confederação. Os botões menores, mais perfumados, enfeitavam as moças. Pequenas rosas enfiadas atrás de orelhas rosadas, jasmins e botões de rosas em guirlandas sobre cascatas de cachos, flores decorosamente enfiadas nas faixas de cetim, flores que antes do fim da noite encontrariam seu caminho nos bolsos das fardas cinza como valiosos suvenires.

Havia tantas fardas na multidão, tantos homens uniformizados conhecidos de Scarlett, homens que ela conhecera nos catres do hospital, nas ruas, no campo de treinamento. Essas fardas resplandeciam com seus botões e galões dourados nos punhos e golas; as listras vermelhas, amarelas e azuis nas calças, de acordo com as diferentes categorias de serviço, combinavam perfeitamente com o cinza. Scarlett acompanhava o ir e vir das faixas douradas, dos sabres reluzentes, do bater de botas lustradas, das esporas que sacudiam e tilintavam.

"Que belos homens", pensava Scarlett, o coração se ufanando de orgulho enquanto eles a cumprimentavam, acenavam para os amigos, se inclinavam sobre as mãos das senhoras idosas. Pareciam tão jovens, mesmo com os vastos bigodes louros e barbas pretas e castanhas, tão belos, tão despreocupados, com os braços em tipoias, com ataduras assustadoramente brancas lhes atravessando os rostos bronzeados. Alguns deles estavam de muletas, e como ficavam orgulhosas as moças que solicitamente diminuíam o passo ao ritmo de um pé só de seus acompanhantes! Entre as fardas havia uma de colorido tão vistoso que empanava os ornamentos reluzentes das moças e se salientava na multidão como um pássaro tropical — um zuavo da Louisiana, de calças bufantes listradas de azul e branco, polainas cor de creme e uma túnica vermelha. Parecendo um macaquinho moreno e sorridente, com o braço em uma tipoia de seda preta, ele era o admirador especial de Maybelle Merriwether, René Picard. Todo o hospital devia estar lá, pelo menos todos os que podiam andar e os homens em licença ordinária ou por moléstia; todos os funcionários da ferrovia, dos correios, dos hospitais e dos batalhões de suprimentos entre Atlanta e Macon. Que satisfação a das senhoras! O hospital arrecadaria uma quantia enorme de dinheiro àquela noite.

Houve um rufar de tambores na rua lá embaixo, o som de passos pesados, os gritos de reverência dos cocheiros. Uma corneta tocou e uma voz grave gritou a ordem de dispersar. Em um instante, a Guarda Nacional e a unidade da milícia em seus uniformes reluzentes sacudiram as escadas estreitas e entraram, abarrotando o salão, fazendo mesuras, saudando, apertando mãos. Havia garotos na Guarda Nacional, orgulhosos de fazer parte da guerra, prometendo a si mesmos que àquela hora no ano seguinte estariam na Virgínia, se por acaso a guerra durasse tanto; homens de barba branca, lamentando não serem mais jovens, orgulhosos de marchar em fardas que refletiam a glória dos filhos que estavam na frente de batalha. Na milícia, havia muitos homens de meia-idade e outros mais velhos, mas havia alguns poucos em idade de servir que não pareciam tão vivazes quanto os mais idosos ou mais jovens. Indagava-se, à boca pequena, por que não estavam combatendo ao lado de Lee.

Como se acomodariam todos no salão? Minutos antes, parecera um lugar tão grande e agora estava lotado, quente, preenchido pelos odores de uma noite de verão, que sabiam a sachê, água-de-colônia, cremes de cabelo e velas aromáticas ardendo, e se uniam ao perfume das flores, levemente empoeiradas conforme muitos pés circulavam pelo velho piso de treinamento. A algazarra e o alarido das vozes quase impossibilitavam a audição de qualquer coisa, e, como quem sente a alegria e empolgação da ocasião, o velho Levi interrompeu "Lorena" em meio a um compasso. Ao toque da batuta, a orquestra irrompeu com a vivaz "Bonnie Blue Flag".*

Centenas de vozes acompanharam, cantando, gritando como uma saudação. O corneteiro da Guarda Nacional, subindo ao palco, reforçou a banda assim que o refrão começou e as notas agudas do metal se elevaram de modo sensacional acima das vozes, fazendo os braços nus se arrepiarem e um frio de emoções profundas subir pelas espinhas:

> *Hurra! Hurra! Pelos direitos do sul!*
> *Hurra pela Bela Bandeira Azul*
> *A que tem uma só estrela!*

Partiram para a segunda estrofe e Scarlett, cantando com os outros, ouviu o meigo tom soprano de Melanie surgindo atrás dela, cristalino e sincero, tão emocionante quanto as notas do corneteiro. Virando-se, ela viu que Melly estava de pé com as mãos cruzadas sobre o peito e finas lágrimas lhe escorriam pelas faces. Ela sorriu para Scarlett, de modo estranho, quando a música acabou, fazendo um trejeito de desculpas enquanto procurava pelo lenço.

— Estou tão feliz — sussurrou ela —, e tão orgulhosa dos soldados, que não pude conter as lágrimas.

Passou-lhe pelos olhos um lampejo profundo, quase fanático, que por um momento acendeu seu rosto comum, deixando-o lindo.

A mesma fisionomia estava no rosto de todas as mulheres quando a música acabou, lágrimas de orgulho nas faces, rosadas ou enrugadas, sorrisos nos lábios e um brilho ardente nos olhos ao se voltarem para seus homens, namoradas aos amados, mães a filhos, esposas a maridos. Elas estavam todas belas, com a beleza ofuscante que transfigura até a mais comum das mulheres quando ela se sente absolutamente protegida e amada e retribui com mil vezes mais intensidade o amor recebido.

Elas amavam seus homens, acreditavam neles, confiavam neles até o último suspiro. De que modo a desgraça poderia atingir aquelas mulheres, quando aqueles homens, formando fileiras cinzentas insuperáveis, se interpunham entre elas e os ianques? Teriam existido homens como eles desde a primeira aurora do mundo, tão heroicos, destemidos, galantes e ternos? O que uma Causa tão justa e correta como a delas podia obter, senão uma vitória esmagadora? Uma Causa

---

*Música inspirada na *bonnie blue flag*, bandeira azul com uma estrela branca que, embora não tenha sido adotada oficialmente, foi bastante popular entre os Confederados. (N. do E.)

que elas amavam tanto quanto amavam seus homens, uma Causa à qual elas serviam com as mãos e os corações, que ocupava suas conversas, pensamentos e sonhos — uma Causa pela qual sacrificariam esses mesmos homens se preciso fosse e suportariam a perda com o mesmo orgulho com que eles empunhavam suas bandeiras na batalha.

Seus corações chegaram ao clímax da dedicação e do orgulho, a Confederação chegara ao clímax, pois a vitória final estava próxima. Os triunfos de Stonewall Jackson no Vale e a derrota dos ianques na Batalha dos Sete Dias perto de Richmond demonstravam isso claramente. Como poderia ser diferente com líderes como Lee e Jackson? Mais uma vitória e os ianques estariam de joelhos, implorando pela paz, e os homens estariam cavalgando para casa e haveria beijos e risos. Mais uma vitória, e a guerra chegaria ao fim!

É claro, havia cadeiras vazias e bebês que nunca veriam o rosto dos pais, assim como túmulos sem epitáfios pelos remotos riachos da Virgínia e nas montanhas isoladas do Tennessee, mas seria esse um preço caro demais a pagar por tal Causa? Não era fácil conseguir seda para as damas, assim como chá e açúcar, mas isso era motivo de piada. Além do mais, os atravessadores do bloqueio estavam trazendo exatamente esses itens bem debaixo do nariz desgostoso dos ianques, o que tornava sua posse muitas vezes mais emocionante. Em breve, Raphael Semmes e a Marinha Confederada dariam um jeito naquelas canhoneiras ianques e os portos estariam escancarados. Com as tecelagens inglesas ociosas por falta do algodão sulista, a Inglaterra estava vindo para ajudar a Confederação a vencer a guerra. Naturalmente, a aristocracia britânica era solidária à Confederação, assim como uma aristocracia é com outra, contra uma raça de adoradores de dinheiro, como eram os ianques.

Portanto, as mulheres farfalhavam suas sedas, riam e, olhando para seus homens com os corações transbordantes de orgulho, sabiam que o amor ficava mais arrebatado em face do perigo, e a morte era mais suave pela estranha exaltação que a acompanhava.

No início, ao olhar para a multidão, o coração de Scarlett ficara aos saltos com a inusitada empolgação de estar em uma festa, mas, à medida que viu, sem compreender de todo, a fisionomia cheia de coragem e nobreza nos rostos a sua volta, sua alegria começou a evaporar. Todas as mulheres presentes resplandeciam com uma emoção que ela não sentia. Aquilo a deixava aturdida e a deprimia, a ponto de não ver mais o salão tão bonito, nem as moças tão vistosas. E o intenso ardor de devoção à Causa que ainda brilhava em cada fisionomia lhe parecia... ora, parecia apenas tolice!

Num súbito lampejo de autoconhecimento que a fez ficar boquiaberta de espanto, Scarlett se deu conta de que não compartilhava com aquelas mulheres o orgulho arrebatado, o desejo de sacrificarem a si mesmas e a tudo o que possuíam pela Causa. Antes que o horror a fizesse ponderar: "Não... não! Não posso pensar essas coisas! Elas são erradas... pecaminosas!", soube que a Causa não significava coisa alguma para ela e que estava cansada de aguentar os outros falarem dela com aquele olhar fanático. A Causa não lhe parecia sagrada. A guerra não parecia uma coisa santa, mas um inconveniente que matava os homens de maneira insensata, custava dinheiro e dificultava a obtenção de produtos luxuosos. Ela percebeu que estava cansada do infinito tricotar e enrolar ataduras, de tirar os alinhavos que lhe estragavam as cutículas das unhas. E, ah, estava mais do que farta do hospital! Cansada, entediada e enjoada dos odores nojentos de gangrena e dos gemidos incessantes, assustada com a expressão que a morte iminente imprimia aos rostos encovados.

Conforme aqueles pensamentos traidores e blasfemos lhe assaltavam a mente, ela olhou furtivamente em torno, temerosa de que alguém pudesse lê-los claramente em sua fisionomia. Ah, por que não podia se sentir como as outras mulheres? Elas eram sinceras e se entregavam com toda a devoção à Causa. Tudo o que faziam e diziam realmente tinha significado para elas. E se alguém chegasse a suspeitar que ela... Não, ninguém jamais ficaria sabendo! Ela devia continuar fingindo o entusiasmo e o orgulho que não sentia pela Causa, desempenhando seu papel da viúva de um oficial confederado que aguenta bravamente seu pesar, cujo coração está no túmulo, que sente nada significar a morte do marido se tiver ajudado no triunfo da Causa.

Ah, por que ela era tão diferente daquelas mulheres apaixonadas? Ela jamais conseguiria amar qualquer coisa ou pessoa de modo tão abnegado como elas. Que sensação de solidão aquilo dava, e ela nunca fora solitária antes, nem em corpo nem em espírito. A princípio, tentou sufocar os pensamentos, mas a firme honestidade consigo mesma que havia na base de sua natureza não permitiria. Então, enquanto a quermesse continuava, enquanto ela e Melanie atendiam os fregueses que chegavam à barraca, sua mente se ocupava, tentando justificar-se para si mesma, uma tarefa que raramente considerava difícil.

As outras mulheres eram simplesmente tolas e histéricas com sua conversa de patriotismo e a Causa, e os homens eram quase tão bobos quanto elas com a conversa de questões vitais e Direitos dos Estados. Só ela, Scarlett O'Hara Hamilton, possuía o bom-senso realista irlandês. Ela não ia bancar a ridícula pela Causa, mas também não seria boba de admitir seus verdadeiros sentimentos. Era realista o bastante para ser prática com a situação, e ninguém nunca saberia o que pensava. Que surpresos ficariam os presentes naquela quermesse se soubessem o que ela realmente estava pensando! Seria chocante se de repente subisse ao palco e declarasse que a guerra devia ser interrompida para que todos pudessem ir para casa, cuidar do seu algodão e possibilitar o retorno das festas, dos admiradores e de muito vestidos verde-claros.

A justificativa a reanimou por um instante, mas ainda era com aversão que ela olhava em volta. Como dissera a Sra. Merriwether, a barraca das McLure era pouco atraente e havia longos intervalos sem que ninguém aparecesse naquele canto, e Scarlett nada tinha a fazer, a não ser observar com inveja a multidão alegre. Melanie sentiu seu mau humor, mas, creditando-o à saudade de Charlie, nem tentou puxar conversa. Ela se ocupava arrumando os artigos da barraca de modo mais atraente enquanto Scarlett ficava sentada olhando à sua volta de modo taciturno. Até mesmo as flores sob os retratos do Sr. Davis e do Sr. Stephen a desagradavam.

"Parece um altar", ela torceu o nariz. "E o modo como todos veem esses dois, até parece que são o Pai e o Filho!" Depois, atingida por um súbito temor pela irreverência, começou sem demora a persignar-se como modo de se desculpar, mas se deu conta a tempo.

"Ora, é verdade", argumentou com sua consciência. "Todo mundo os trata como se fossem santos e não passam de homens de carne e osso, e muito feios por sinal."

Claro, o Sr. Stephens não tinha culpa de sua aparência, pois fora inválido durante toda a vida, mas o Sr. Davis... Ela olhou para o rosto de camafeu, honesto e altivo. O que mais a incomodava era seu cavanhaque. Os homens deviam ser escanhoados, usar bigode ou barbas inteiras.

"Parece que ele só pode ter aquele filete de pelos", ela pensou, sem perceber em seu rosto a fria e firme inteligência que conduzia uma nova nação.

Não, ela não estava feliz. A princípio, sentira-se radiante pelo prazer de estar em uma multidão. Agora, a simples presença não era suficiente. Ela estava na quermesse, mas não fazia parte dela. Ninguém prestava atenção nela, a única mulher jovem descasada que estava sem um admirador. E durante toda a vida ela apreciara o centro do palco. Não era justo! Tinha 17 anos e seus pés estavam acariciando o chão, querendo saltar e dançar. Tinha 17 anos, um marido que jazia no cemitério de Oakland e um bebê no berço na casa de tia Pittypat, e todos achavam que ela devia estar contente com seu quinhão. Seu colo era mais alvo, sua cintura mais estreita e os pés menores do que os de qualquer moça presente, mas, por tudo que aos outros importava, ela podia muito bem estar deitada ao lado de Charles com "Amada esposa de" entalhado acima.

Ela não era uma moça que podia dançar e flertar e não era uma esposa que podia se sentar com outras esposas e criticar as moças que dançavam e flertavam. E não tinha idade suficiente para ser viúva. As viúvas deviam ser velhas... tão velhas que não quisessem dançar, flertar e ser admiradas. Ah, não era justo que ela devesse sentar-se ali toda empertigada e representar o ápice da viuvez digna e adequada quando tinha apenas 17 anos. Não era justo que devesse manter a voz baixa, assim como os olhos, quando os homens, alguns até atraentes, vinham à barraca.

Não havia moça em Atlanta que não tivesse, pelo menos, três admiradores. Mesmo as mais insignificantes se comportavam como beldades... e, ah, o pior de tudo, elas usavam vestidos tão, mas tão lindos!

E ali estava ela, parecendo um corvo em um tafetá abafado até os pulsos e abotoado até o queixo, sem sequer uma alusão a renda ou debrum, nem uma joia, exceto o broche de ônix de Ellen, próprio do luto, observando moças desalinhadas de braços dados com homens de boa aparência. Tudo porque Charles Hamilton tivera sarampo. Nem sequer morrera no galante ardor da batalha para que ela pudesse se gabar dele.

Revoltada, apoiou os cotovelos no balcão e ficou olhando a aglomeração de pessoas, zombando das frequentes advertências feitas por Mammy sobre apoiar-se nos cotovelos, algo que os deixava feios e enrugados. O que importava se ficassem feios? Seria improvável que ela tivesse oportunidade de mostrá-los outra vez. Olhava avidamente para os vestidos flutuantes: sedas amarelo-manteiga feito aquarelas com guirlandas de botões de rosa; cetins cor-de-rosa com 18 babados debruados com fitinhas pretas de veludo; tafetás azul-bebê com dez metros de saias espumantes com rendas em cascata; colos expostos; flores sedutoras. Maybelle Merriwether dirigiu-se à barraca vizinha de braço dado com o zuavo, usando um vestido de musselina cor de maçã verde tão rodado que reduzia sua cintura a nada. Era guarnecido de renda cor de creme que viera de Charleston no último furo ao bloqueio, e Maybelle o ostentava com grande insolência, como se tivesse sido ela e não o famoso capitão Butler a passar pelo bloqueio.

"Como eu ficaria bem naquele vestido", pensou Scarlett, uma inveja incontida em seu coração. "A cintura dela é tão larga quanto a de uma vaca. Aquele verde é a minha cor e faria meus olhos... Por que as louras tentavam usar aquela cor? A pele dela parece tão verde quanto queijo velho. E pensar que nunca mais vou usar essa cor, nem quando sair do luto. Não, nem mesmo se eu conseguisse me casar outra vez. Aí vou ter de usar cinzas, castanhos e lilases horrorosos de velha".

Por um breve momento ela refletiu sobre a injustiça daquilo tudo. Como era curto o tempo para se divertir, para usar roupas bonitas, para dançar e flertar! Somente alguns anos, pouquíssimos anos! Depois vinham o casamento; as roupas sem graça; os bebês, que arruinavam a cintura; e, durante as danças, os lugares afastados junto a outras matronas sóbrias, que só podiam se levantar para dançar com o marido ou com cavalheiros idosos que lhes pisavam os pés. Caso não se fizessem essas coisas, as outras matronas falavam, a reputação ficava arruinada e a família caía em desgraça. Passar toda a breve juventude aprendendo como ser atraente e como conquistar os homens e depois só utilizar esse conhecimento por um ou dois anos parecia um terrível desperdício. Ao refletir sobre seu treinamento nas mãos de Ellen e Mammy, ela concluiu que tinha sido completo e de boa qualidade, porque sempre colhera resultados. Havia regras estabelecidas a ser seguidas e bastava isso para que os esforços fossem coroados de sucesso.

Com as senhoras mais velhas, era preciso demonstrar meiguice e ingenuidade, parecer o mais simplória possível, pois as senhoras mais velhas eram astuciosas e observavam as moças com uma inveja ferina, prontas para saltar sobre qualquer indiscrição de fala ou de olhar. Com os senhores, uma moça podia ser animada e insolente, quase, mas não propriamente, coquete, de modo a atiçar a vaidade dos velhos tolos. Isso fazia com que se sentissem audazes e joviais. Eles beliscavam-lhe a bochecha e a chamavam de atrevida e, é claro, a moça sempre enrubesceria nessas ocasiões; caso contrário, eles a beliscariam com mais prazer que o adequado e depois diriam aos filhos que era assanhada.

Com meninas e jovens casadas, era preciso se derramar em doçura, beijando-as a cada vez que as encontrasse, mesmo que fosse dez vezes ao dia. E abraçá-las pela cintura, incentivando-as a fazer o mesmo, não importando quanto se desgostasse daquilo. Admirar seus vestidos ou bebês indiscriminadamente, implicar com os admiradores e elogiar os maridos, dando risadinhas recatadas a negar os próprios encantos se comparados aos delas. E, acima de tudo, nunca dizer o que realmente se pensava sobre nada, assim como as outras também não o faziam.

Os maridos das outras mulheres eram deixados escrupulosamente de lado, mesmo que fossem admiradores descartados do passado, e não importava quanto fossem tentadoramente atraentes. Se uma moça fosse gentil demais com um jovem marido alheio, suas esposas diriam que ela era uma assanhada, ganhando assim má reputação, o que a impediria de conseguir um admirador.

Mas com os jovens solteiros... bem, isso era outro assunto! Podia-se rir baixinho deles, e, quando eles viessem voando para saber o porquê do riso, podia-se recusar a dizer e rir ainda mais, mantendo-os em volta indefinidamente para tentar descobrir. Podia-se prometer, com os olhos, uma série de coisas interessantes que levariam um homem a fazer muitas manobras para ficar a sós com a moça. E, tendo conseguido isso, era permitido ficar muito, muito magoada, ou muito, muito brava quando ele tentasse um beijo. Podia-se fazê-lo pedir desculpas por ser desprezível e perdoá-lo tão docilmente que ele ficaria em volta tentando roubar outro beijo. Às vezes, mas não sempre, podia-se deixar que nos beijassem. (Ellen e Mammy não lhe haviam ensinado isso, mas ela aprendera que era eficaz.) Depois a moça chorava, declarando que não sabia o que acontecera, e que ele nunca mais a respeitaria. Então ele tinha que secar seus olhos, e geralmente falava em casamento, simplesmente para mostrar quanto nos respeitava. E então havia... Ah, havia tantas coisas que se podia fazer com os solteiros, e ela sabia de todas. A nuance do olhar oblíquo, o meio sorriso por trás do leque, o balançar dos quadris para que as saias oscilassem como um sino, as lágrimas, as risadas, as lisonjas, a meiga solidariedade. Ah, todos os truques que nunca deixavam de funcionar, exceto com Ashley.

Não, não parecia certo aprender todos esses ótimos truques, usá-los tão brevemente e depois guardá-los para sempre. Como seria bom nunca se casar, mas continuar sendo encantadora, usando vestidos verde-claros e ser eternamente cortejada por homens bonitos. Mas, caso se mantivesse esse comportamento por tempo demasiado, acabava-se sendo solteirona como India Wilkes, e todos diriam "coitadinha" daquele detestável modo presunçoso. Não, afinal era melhor se casar e manter o respeito, mesmo se nunca mais houvesse diversão.

Ah, sua vida estava uma confusão! Por que tinha sido tão tola de se casar com Charles entre tantos outros e encerrar a vida aos 16?

Seu devaneio indignado e desesperançoso foi interrompido quando a multidão começou a recuar, encostando-se nas paredes, as senhoras segurando as crinolinas com cuidado para que nenhum contato descuidado as virasse para cima, exibindo uma porção maior das calçolas que a apropriada. Scarlett ficou na ponta dos pés e viu o capitão da milícia subindo no estrado da orquestra. Ele gritou as ordens e metade da Companhia entrou em fila. Por alguns minutos, fizeram rápidas manobras, que deixaram suas testas suadas e provocaram aplausos na plateia. Scarlett cumpriu sua obrigação batendo palmas com os outros, enquanto os soldados avançavam rumo às barracas de ponche e limonada após serem dispensados. Ela se virou para Melanie, sentindo que devia começar logo sua encenação sobre a Causa.

— Eles foram ótimos, não é? — disse.

Melanie arrumava os tricôs no balcão.

— Muitos deles estariam bem melhores fardados de cinza e na Virgínia — disse ela, sem se preocupar em baixar a voz.

Muitas das mães orgulhosas de membros da milícia estavam por perto e entreouviram a observação. A Sra. Guinan ficou rubra e logo empalideceu, pois seu Willie, de 25 anos, estava na companhia.

Scarlett ficou horrorizada com tais palavras vindas justamente de Melly.
— Ora, Melly!
— Você sabe que é verdade, Scarlett. Não digo os meninos nem os senhores idosos, mas uma porção dos membros da milícia está perfeitamente apta a empunhar um rifle, e é isso o que devia estar fazendo neste minuto.
— Mas...mas... — começou Scarlett, que nunca pensara no assunto antes. — Alguém tem que ficar em casa para... — O que era mesmo que Willie Guinan lhe dissera para desculpar sua presença em Atlanta? — Alguém tem que ficar em casa para proteger o estado de invasões.
— Ninguém está nos invadindo, e nem vai invadir — disse Melly friamente, olhando em direção a um grupo da milícia. — E a melhor maneira de impedir os invasores é ir para a Virgínia e derrotá-los lá. E quanto a essa conversa sobre a milícia ficar aqui para impedir a insurgência dos negros... ora, é a coisa mais tola que já ouvi. Por que nossa gente iria se insurgir? Não passa de uma boa desculpa para os covardes. Aposto que conseguiríamos derrotar os ianques em um mês se todas as milícias de todos os estados fossem para a Virgínia. É isso!
— Ora, Melly! — retrucou Scarlett outra vez, olhando para ela.
Os meigos olhos escuros de Melanie brilhavam de raiva.
— Meu marido não teve medo de ir, nem o seu. E eu preferia que os dois estivessem mortos a vê-los em casa... Ah, querida, me perdoe. Falei sem pensar e fui cruel!
Ela afagou o braço de Scarlett em sinal de desculpas, e Scarlett ficou olhando para ela. Mas não era no falecido Charles que pensava. Era em Ashley. Imagine se ele também morresse? Virou-se rapidamente e sorriu de modo automático para o Dr. Meade, que chegava à barraca.
— Bem, meninas — cumprimentou-as —, foi louvável de sua parte terem vindo. Imagino o sacrifício que fizeram para vir aqui esta noite. Mas é tudo pela Causa. Vou lhes contar um segredo. Tenho uma surpresa para levantar fundos para o hospital, mas temo que algumas senhoras se choquem.
Ele pausou e riu à socapa enquanto afagava o cavanhaque grisalho.
— Ah, é? O quê? Conte!
— Pensando bem, acho que vou deixá-las imaginando também. Mas vocês precisam tomar meu partido se os paroquianos quiserem me expulsar da cidade por fazer isso. Mas é pelo hospital. Vocês verão. Nunca se fez nada parecido antes.
Ele saiu todo pomposo rumo a um grupo de damas de companhia em um canto, e, assim que as duas se viraram uma para a outra querendo discutir as possibilidades do segredo, dois senhores idosos chegaram à barraca, declarando em altos brados que queriam 16 quilômetros de renda. Bem, afinal de contas, dois

cavalheiros idosos era melhor que cavalheiro nenhum, pensou Scarlett, medindo a renda e recatadamente deixando que lhe afagassem o queixo. Os valentes senhores rumaram para a barraca da limonada e outros tomaram o lugar deles no balcão. A barraca delas não era tão visitada como as outras, onde a sonora risada de Maybelle Merriwether e as risadinhas de Fanny Elsing soavam, com a pronta reação das moças Whiting. Melly era tão séria quanto uma vendedora de loja ao vender coisas inúteis para homens que não haveriam de lhes encontrar destino, e Scarlett tomava sua conduta como modelo.

Na maioria das barracas, aglomerava-se uma multidão, menos na delas, com as moças conversando e os homens comprando. Os poucos que vinham até elas comentavam que tinham frequentado a universidade com Ashley e sobre o ótimo soldado que ele era. Ou então falavam em tom respeitoso sobre Charles e a grande perda que sua morte representara para Atlanta.

Quando o ritmo animado de "Johnny Booker, he'p dis Nigger!" começou a tocar, Scarlett achou que ia gritar. Ela queria dançar. Queria dançar. Olhar fixo no salão, marcando o compasso com o pé, seus olhos verdes fulgurando de tanta ânsia mal piscavam. Do outro lado da pista de dança, um homem recém-chegado, parado no vão da porta, enxergou-os, surpreso pelo reconhecimento, e focou os olhos oblíquos na rebelde fisionomia amuada. Então riu para si mesmo ao reconhecer o convite que qualquer homem conseguiria ler.

Vestindo um terno de casimira preta, sua altura excedia a dos oficiais perto dele, os ombros eram largos e o corpo ia se afunilando até uma cintura estreita e pés absurdamente pequenos em botas de verniz. O terno escuro sério, com uma fina camisa preguada e as calças elegantemente presas sob os pés, formava um estranho contraste com seu físico e fisionomia, pois ele estava arrumado e usava as roupas de um dândi em um corpo atlético, que com sua graça impassível representava um perigo latente. Seu cabelo era preto como o azeviche e o bigode era curto e bem aparado, de aparência quase estrangeira se comparado aos vistosos bigodes caídos dos oficiais de cavalaria ali presentes. Ele parecia, e era, um homem de apetites vigorosos e despudorados. Tinha um ar de absoluta confiança, de insolência desconcertante, e havia um vislumbre de malícia em seus olhos ousados enquanto olhava para Scarlett, até ela finalmente sentir seu olhar e encará-lo.

Em algum ponto de sua cabeça, houve sinal de reconhecimento, mas naquele momento ela não conseguiu se lembrar de quem ele era. Mas era o primeiro homem em meses que lhe demonstrara interesse, e ela lhe lançou um sorriso alegre. Fez uma pequena mesura quando ele se curvou e então, enquanto ele se endireitava e começava a ir em sua direção com um andar peculiar que lembrava o dos índios, ela levou a mão à boca, apavorada, pois agora sabia quem era.

Estupefata, ela ficou paralisada enquanto ele abria caminho entre a multidão. Ela se virou como uma cega, tentando escapar para a sala dos refrescos, mas a saia se enganchou em um prego da barraca. Ela puxou furiosamente, rasgando-a, e em um piscar de olhos ele estava a seu lado.

— Permita-me — disse ele, curvando-se para soltar o babado. — Não esperava que fosse se lembrar de mim, Srta. O'Hara.

Sua voz soou estranhamente agradável aos ouvidos dela. A voz grave de um cavalheiro, bem modulada e revestida pela fala arrastada dos charlestonianos.

Ela olhou para cima implorando, o rosto rubro de vergonha por seu último encontro, e encontrou os olhos mais negros que já vira, dançando com um prazer impiedoso. Entre todas as pessoas do mundo que poderiam aparecer ali, justamente essa criatura terrível, testemunha daquela cena com Ashley que ainda lhe causava pesadelos, esse miserável odioso que arruinava a reputação das moças e não era recebido pelas pessoas de bem; esse homem desprezível que lhe dissera, e com razão, que ela não era uma dama.

Ao som daquela voz, Melanie se virou e, pela primeira vez em sua vida, Scarlett agradeceu a Deus pela existência da cunhada.

— Ora... é... é o Sr. Rhett Butler, não é? — disse Melanie com um leve sorriso, estendendo a mão. — Eu o conheci...

— Na auspiciosa ocasião do anúncio de seu noivado — concluiu ele, inclinando-se sobre a mão dela. — Gentileza sua lembrar-se de mim.

— E o que faz aqui, tão distante de Charleston, Sr. Butler?

— Um enfadonho assunto de negócios, Sra. Wilkes. Estarei indo e vindo de sua cidade de agora em diante. Terei não só que trazer as mercadorias, mas também tratar de sua distribuição.

— Trazer as... — começou Melly, o cenho se franzindo para logo abrir um sorriso maravilhado. — Ora, o senhor... o senhor deve ser o famoso capitão Butler, de quem se ouve tanto falar... o atravessador do bloqueio. Ora, todas as moças aqui estão usando vestidos que o senhor trouxe. Scarlett, você não está emocionada... o que há, querida? Está passando mal? Sente-se aqui.

Scarlett afundou-se no banco, a respiração tão acelerada que ela temeu arrebentar os cordões do espartilho. Ah, que situação terrível! Ela nunca imaginara reencontrar aquele homem. Solicitamente, ele pegou o leque preto sobre o balcão e começou a abaná-la, com uma solicitude exagerada, o rosto sério, mas os olhos ainda dançantes.

— Está bastante abafado aqui — disse ele. — Não é de admirar que a Srta. Scarlett esteja se sentindo mal. Posso levá-la até uma janela?

— Não — disse Scarlett, de modo tão grosseiro que Melly a encarou.

— Ela já não é Srta. O'Hara — disse Melly. — É Sra. Hamilton. Agora é minha cunhada — completou, lançando a Scarlett um olhar carinhoso. Scarlett achou que fosse sufocar diante da expressão no rosto moreno de pirata do capitão Butler.

— Tenho certeza de que isso é uma grande vantagem para duas senhoras tão encantadoras — disse ele, fazendo uma ligeira mesura. Era o tipo de observação que todos os homens faziam, mas, dita por ele, pareceu-lhe querer dizer exatamente o oposto.

— Imagino que seus maridos estejam aqui hoje, nesta alegre ocasião. Seria um prazer renovar as relações.

— Meu marido está na Virgínia — disse Melly erguendo ligeiramente a cabeça com orgulho. — Mas Charles... — sua voz se embargou.

— Ele morreu no acampamento — disse Scarlett sem rodeios, praticamente cuspindo as palavras. Será que aquela criatura não iria embora? Melly olhou para ela, atônita, e o capitão fez um gesto de autocensura.

— Minhas caras senhoras... como pude! Precisam me perdoar. Mas permitam que um estranho lhes ofereça o conforto de dizer que morrer pela própria nação é viver eternamente.

Melanie sorriu para ele com os olhos embaçados pelas lágrimas enquanto Scarlett sentia a embriaguez da ira e um ódio impotente lhe corroendo as entranhas. Outra vez, ele fazia um comentário gentil, o tipo de elogio que qualquer cavalheiro faria nessas circunstâncias, mas sem acreditar em uma palavra sequer. Ele debochava dela. Sabia que ela nunca amara Charles. E Melly era tola o bastante para não perceber. Ah, por favor, meu Deus, não permita que ninguém perceba, pensou ela em um sobressalto de pavor. Será que ele diria o que sabia? Era evidente que não era um cavalheiro, e a atitude dos homens que não são cavalheiros é sempre imprevisível. Não havia critérios pelos quais julgá-los. Ela olhou para ele e viu que os cantos de sua boca estavam caídos em simulada condolência, mesmo enquanto ele abanava o leque. Algo em seu olhar lhe provocou de tal forma a antipatia que ela arrancou bruscamente o leque da mão dele.

— Estou bem — disse ela asperamente. — Não há necessidade de me despentear.

— Scarlett, querida! Capitão Butler, queira desculpá-la. Ela... ela fica fora de si quando ouve o nome do pobre Charles... e talvez, afinal de contas, nós não devêssemos ter vindo aqui hoje. Ainda estamos de luto, sabe, e isso representa um esforço para ela... toda essa alegria e música, coitadinha.

— Eu entendo perfeitamente — disse ele com seriedade forçada, mas, ao se virar para Melanie e lançar-lhe um olhar penetrante que chegou ao fundo dos dóceis olhos preocupados da moça, sua expressão mudou e em seu rosto moreno se estampou o relutante respeito e a admiração.
— Creio que é uma jovem corajosa, Sra. Wilkes.
"Nenhuma palavra a meu respeito!", pensou Scarlett indignada enquanto Melly sorria confusa e respondia:
— Ah, que nada, capitão Butler! O comitê do hospital só precisou que ficássemos nesta barraca porque no último minuto... Uma fronha? Temos uma linda aqui com a bandeira.
Ela se voltou para três cavalarianos que apareceram no balcão. Por um momento, Melanie pensou no quanto o capitão Butler era simpático. Depois desejou que houvesse algo mais compacto que o pano de saco pintado que separava sua saia do cuspidor que ficava logo adiante da barraca, pois a mira dos cavaleiros com seus esguichos marrons de tabaco não era tão certeira quanto com suas espingardas. Em seguida, esqueceu-se do capitão, de Scarlett e do cuspidor à medida que mais fregueses iam se amontoando à volta.
Scarlett, sentada em silêncio no banco, abanando-se, não ousava olhar para cima, desejando que o capitão Butler retornasse ao convés de seu navio, onde era seu lugar.
— Faz tempo que seu marido faleceu?
— Ah, sim, bastante tempo. Quase um ano.
— Um éon, com certeza.
Scarlett não sabia o significado de éon, mas não havia dúvida quanto ao tom implicante na voz de Butler, então ficou calada.
— Fazia tempo que estavam casados? Perdoe minha pergunta, mas fiquei afastado desta região por muito tempo.
— Dois meses — disse Scarlett a contragosto.
— Nada menos que uma tragédia — continuou sua voz agradável.
"Ah, ele que vá se danar", ela pensou furiosa. "Se fosse qualquer outro homem no mundo, eu simplesmente assumiria um ar glacial e ele iria embora. Mas ele sabe sobre Ashley e sabe que eu não amava Charlie. Estou de mãos atadas." Fixando os olhos no leque em seu colo, ela ficou quieta.
— E esta é sua primeira aparição social?
— Sei que parece estranho — explicou ela rapidamente. — Mas as McLure, que eram responsáveis por esta barraca, tiveram que viajar e não havia mais ninguém, então Melanie e eu...
— Não há sacrifício grande o bastante pela Causa.

Ora, fora aquilo o que a Sra. Elsing dissera, mas quando dito por ela não soava do mesmo modo. Palavras indignadas lhe chegaram aos lábios, mas ela as sufocou. Afinal de contas, não estava ali pela Causa, mas por estar farta de ficar sentada em casa.

— Sempre achei — disse ele refletindo — que esse sistema de luto, de confinar as mulheres por trás de véus de crepe pelo resto de seus dias, proibindo-as de aproveitar a vida, é tão bárbaro quanto o sati hindu.

— Cetim?

Ele riu e ela corou da própria ignorância. Odiava gente que usava palavras desconhecidas.

— Na Índia, quando os homens morrem, são cremados em vez de serem enterrados, e as esposas sempre sobem na pira funeral e são queimadas com eles.

— Que horror! Por que fazem isso? A polícia não faz nada?

— É claro que não. Uma viúva que não se incendiasse seria excluída da sociedade. Todas as matronas hindus falariam dela por não se comportar como uma dama bem-nascida... exatamente como aquelas dignas matronas lá do canto falariam da senhora, caso aparecesse aqui hoje de vestido vermelho e liderasse a dança escocesa. Pessoalmente, acho que o sati é muito mais piedoso que nosso encantador hábito sulista de sepultar vivas as viúvas!

— Como ousa dizer que estou sepultada viva?

— É incrível como as mulheres se agarram às correntes que as prendem! A senhora acha que o costume hindu é bárbaro... mas teria tido a coragem de aparecer aqui se a Confederação não a requisitasse?

Discussões dessa ordem sempre eram confusas para Scarlett. Com ele, era duplamente confuso, pois ela tinha uma vaga ideia de que ele estava certo. Mas agora era hora de calar-lhe a boca.

— É claro que eu não teria vindo. Teria sido... bem, desrespeitoso a... daria a impressão de que eu não amav...

Seus olhos esperavam pelas palavras dela, uma diversão cínica estampada neles, e ela não conseguiu continuar. Ele sabia que ela não amara Charlie, e não a deixaria fingir os sentimentos bem-educados que deveria expressar. Que coisa mais terrível ter que se relacionar com um homem que não era um cavalheiro. Um cavalheiro sempre parecia acreditar em uma dama, mesmo quando sabia que ela estava mentindo. Era o cavalheirismo sulista. Um cavalheiro sempre obedecia às regras e dizia as palavras certas, facilitando a vida de uma dama. Mas aquele homem não parecia ligar para as regras, e era evidente que gostava de falar de coisas sobre as quais ninguém falava.

— Estou aguardando ansiosamente.

— Acho o senhor terrível — disse ela, baixando os olhos.

Ele se debruçou para o outro lado do balcão, deixando a boca perto do ouvido dela, e sussurrou em uma ótima imitação dos vilões dos palcos que poucas vezes apareciam no Athenaeum Hall:

— Não tema, bela dama! Seu segredo culpado está seguro comigo!

— Ah — murmurou ela furiosa —, como pode me dizer tais coisas?

— Só tive a intenção de tranquilizá-la. O que queria que eu dissesse? "Seja minha, linda mulher, ou revelarei tudo?"

A contragosto, ela encontrou seus olhos e viu que estavam tão provocantes quanto os de um menino. De repente, ela riu. Afinal, era uma situação muito tola. Ele também riu, e tão alto que diversas acompanhantes lá no canto olharam em sua direção. Observando que a viúva de Charles Hamilton parecia estar se divertindo com um total estranho, as cabeças se juntaram a censurar.

Houve um rufar de tambores e muitas vozes fizeram "SShhhh!" enquanto o Dr. Meade subia no estrado e abria os braços pedindo silêncio.

— Devemos todos agradecer às encantadoras damas, cujo esforço infatigável e patriótico fez desta quermesse não só um sucesso pecuniário — começou ele —, como também transformou este tosco depósito em um pavilhão adorável, um verdadeiro jardim para os botões que vejo em torno.

Todos aplaudiram em aprovação.

— As damas deram o melhor de si, não só seu tempo, mas também seu trabalho, e esses belos objetos nas barracas têm dupla beleza, produzidos como foram pelas mãos delicadas de nossas encantadoras mulheres sulistas.

Houve mais gritos de aprovação. Rhett Butler, encostado displicentemente no balcão ao lado de Scarlett, sussurrou:

— Bode imponente, não é?

Estarrecida, a princípio horrorizada, com essa lesa-majestade contra o mais amado dos cidadãos de Atlanta, ela o mirou com olhar de censura. Mas o médico realmente parecia um bode, com seu cavanhaque grisalho balançando, e foi difícil reprimir uma risadinha.

— Mas isso não é suficiente. As caridosas senhoras do comitê hospitalar, cujas mãos frescas aliviaram o sofrimento de muitas testas e resgataram das garras da morte nossos bravos homens, feridos na mais corajosa de todas as causas, sabem de nossas necessidades. Não vou enumerá-las. Precisamos de mais dinheiro para comprar suprimentos médicos da Inglaterra e temos aqui conosco hoje à noite o intrépido capitão que com tanto sucesso tem furado o bloqueio há um ano e que o fará novamente para nos trazer os remédios necessários. Capitão Rhett Butler!

Embora pego de surpresa, o capitão fez uma elegante mesura... elegante demais, pensou Scarlett, tentando analisá-la. Era quase como se exagerasse a cortesia devido ao enorme desdém que tinha por todos os presentes. Houve uma grande salva de palmas enquanto ele se curvava, e os pescoços das damas do canto se esticaram. Então era com ele que a viúva do pobre Charles Hamilton estava se comportando mal! E mal fazia um ano que Charlie falecera!

— Precisamos de mais ouro, e é isso o que estou lhes pedindo — continuou o médico. — Peço-lhes um sacrifício, mas tão menor que os sacrifícios que nossos galhardos homens de cinza estão fazendo, que parecerá ridiculamente pequeno. Senhoras, quero suas joias. *Eu* quero suas joias? Não, é a Confederação que as requisita, e sei que ninguém as reterá. Que lindo é o brilho de uma pedra preciosa em um pulso adorável! Como cintilam os broches de ouro no peito de nossas mulheres patrióticas! Mas como é mais belo o sacrifício de todas as joias e pedras preciosas da terra. O ouro será derretido, e as pedras, vendidas, o dinheiro será usado para comprar remédios e outros suprimentos médicos. Senhoras, dois de nossos garbosos feridos vão passar com cestas entre vocês e... — Mas o resto do discurso se perdeu em uma tempestade de aplausos e tumulto de vozes de encorajamento.

O primeiro pensamento de Scarlett foi de profunda gratidão pelo fato de o luto proibi-la de usar seus preciosos brincos, a pesada corrente de ouro que fora da avó Robillard, os braceletes de ouro e esmalte preto e o broche de granada. Ela viu o pequeno zuavo, com uma cesta sobre o braço são, fazendo a volta a seu lado, e ficou observando as mulheres, velhas e jovens, rindo, ansiosas, arrancando os braceletes, reclamando de dor fingida ao tirar os brincos da carne perfurada, ajudando umas às outras a abrir o fecho dos colares, a desprender os broches do peito. Espalhou-se o ruído do tilintar do metal e gritinhos de "Espere... espere. Agora já abri. Tome!" Maybelle Merriwether tirava o adorável par de braceletes de cima e de baixo do cotovelo. Fanny Elsing, dizendo, "Mamãe, posso?", tirava de seus cachos o ornamento de pérolas e ouro que estava na família havia gerações. A cada oferta que caía na cesta, havia aplausos e gritos entusiasmados.

O homenzinho sorridente aproximava-se da barraca delas agora, a cesta pesada no braço, e ao passar por Rhett Butler, uma bela cigarreira de ouro foi jogada descuidadamente na cesta. Quando ele se dirigiu a Scarlett e descansou a cesta no balcão, ela fez que não, estendendo as mãos para mostrar que nada tinha a dar. Era constrangedor ser a única pessoa presente que não daria nada. Então viu o lampejo brilhante de sua aliança de casamento.

Em um confuso momento, ela tentou se lembrar da fisionomia de Charles... como era quando ele a deslizara em seu dedo. Mas a memória estava enevoada,

enevoada por uma súbita sensação de irritação que a memória dele sempre lhe causava. Charles... ele era a razão para que sua vida estivesse acabada, a razão para que agora ela fosse uma velha.

Com um puxão resoluto, ela tentou tirar o anel, mas ele emperrou. O zuavo estava se dirigindo a Melanie.

— Espere! — disse Scarlett. — Tenho algo para você! — O anel saiu e, antes de jogá-lo na cesta, aumentando a pilha de correntes, relógios, anéis, alfinetes de gravata e braceletes, ela encontrou o olhar de Rhett Butler. Os lábios traziam um ligeiro sorriso. Desafiadora, ela jogou a aliança no topo da pilha.

— Oh, minha querida! — sussurrou Melly, segurando seu braço, os olhos ardendo de amor e orgulho. — Sua menina corajosa! Espere... por favor, espere, tenente Picard! Eu também tenho algo para lhe dar!

Ela estava puxando a própria aliança, aquela que Scarlett sabia jamais ter saído de seu dedo desde que Ashley a pusera ali. Scarlett sabia como ninguém quanto ela significava para Melly. Saiu com dificuldade e, por um breve momento, ficou fechada na pequena palma da mão. Depois foi delicadamente colocada sobre a pilha de joias. As duas ficaram olhando para o zuavo, que se dirigia a um grupo de senhoras idosas no canto. Scarlett, desafiadora, Melanie com um olhar mais de pena que lacrimoso. Nenhuma das expressões escapou ao homem que estava ao lado.

— Se você não tivesse tido a coragem de fazer isso, eu também nunca teria — disse Melly, abraçando Scarlett pela cintura. Por um momento, Scarlett desejou empurrá-la e gritar "Por Deus!", como Gerald fazia quando ficava irritado, mas percebeu o olhar de Rhett Butler e conseguiu dar um sorriso azedo. Era irritante o modo como Melly sempre interpretava mal seus motivos... mas talvez isso fosse preferível a tê-la desconfiando da verdade.

— Que belo gesto — disse Rhett Butler suavemente. — São sacrifícios como os seus que encorajam nossos bravos rapazes de cinza.

Foi com dificuldade que ela refreou as palavras apimentadas que lhe vieram aos lábios. Havia escárnio em tudo o que ele dizia, ali encostado na barraca. Ela o detestava de todo o coração, mas havia algo de estimulante nele, algo de aconchegante, vital e elétrico. Tudo o que ela tinha de irlandês se acendia com a provocação de seus olhos negros. Decidiu que baixaria um pouco a crista daquele homem. O conhecimento que tinha de seu segredo lhe dava uma vantagem exasperadora sobre ela, então ela teria, de algum modo, que mudar aquilo, colocando-o em desvantagem. Reprimiu o impulso de dizer exatamente o que pensava sobre ele. O açúcar sempre captura mais moscas que o vinagre, como dizia Mammy, e ela ia capturar e subjugar aquela mosca, de modo que ele nunca mais pudesse tê-la a sua mercê.

— Obrigada! — disse ela com jeito meigo, deliberadamente interpretando a troça de forma equivocada. — Um elogio desses vindo de um homem tão famoso como o capitão Butler é uma honra.

Ele jogou a cabeça para trás e soltou uma gargalhada... ganiu, foi o que Scarlett pensou, fula de raiva, as faces corando de novo.

— Por que não diz o que realmente pensa? — exigiu ele, baixando a voz para que, em meio ao ruído e animação do recolhimento das joias, só chegasse aos ouvidos dela. — Por que não diz que sou um maldito cafajeste, que não sou um cavalheiro, e que é melhor eu sair daqui ou você vai chamar um desses galhardos rapazes de cinza a fim de me pôr para fora?

Já estava na ponta da língua uma resposta azeda, mas, em um ato heroico de autocontrole, ela conseguiu dizer:

— Ora, capitão Butler! Como pode! Como se todos não soubessem quanto o senhor é famoso e corajoso e que... que...

— Estou decepcionado com você — disse ele.

— Decepcionado?

— Sim. Na ocasião daquele nosso primeiro encontro memorável, pensei comigo mesmo que afinal eu conhecera uma moça que não só era bela, mas também tinha coragem. E agora vejo que é apenas bela.

— Está querendo me chamar de covarde? — disse ela arrepiando-se como uma galinha.

— Exatamente. Não tem coragem de dizer o que realmente está pensando. Quando a conheci pensei: "Eis uma moça em um milhão. Não é como essas outras tolinhas que acreditam em tudo o que suas mães lhes dizem e encenam de acordo, não importando o que sentem. Ocultam todos os seus sentimentos, desejos e pequenas decepções amorosas por trás de palavras meigas." Pensei: "A Srta. O'Hara é uma moça de caráter raro. Ela sabe o que quer e não se importa de ser franca... nem de jogar vasos."

— Ah — disse ela, a raiva lhe subindo à cabeça —, então vou ser bastante franca neste mesmo minuto. Se o senhor tivesse tido alguma educação, nunca teria vindo até aqui falar comigo. Saberia que eu não queria vê-lo novamente! Mas o senhor não é um cavalheiro! Não passa de uma criatura desprezível sem berço! E acha que, porque seus barquinhos conseguem furar o bloqueio dos ianques, tem o direito de vir aqui zombar de homens que são corajosos e mulheres que estão sacrificando tudo pela Causa...

— Calma, calma... — implorou ele com um sorriso. — Começou muito bem e disse o que pensava, mas não me venha falar da Causa. Estou farto de ouvir falar nisso e aposto que a senhora também...

— Ora, como é que... — começou ela, pega de surpresa, e depois se deteve, apressada, fervendo de raiva consigo mesma por cair na armadilha dele.

— Antes que me avistasse, fiquei lá na porta observando-a — disse ele. — E observei as outras moças. Todas elas pareciam ter os rostos saídos do mesmo molde. O seu não. Seu rosto é de fácil leitura. Sua atenção não estava voltada para seu negócio, e arrisco dizer que não estava pensando sobre a Causa nem sobre o hospital. Estava claro em toda a sua fisionomia que queria dançar, se divertir, e não podia. Então era transparente sua raiva. Diga a verdade. Não estou certo?

— Nada mais tenho a lhe dizer, capitão Butler — disse ela do modo mais formal que conseguiu, tentando se cobrir com os trapos de dignidade que lhe restavam. — Seu convencimento por ser o grande atravessador do bloqueio não lhe dá o direito de ofender as mulheres.

— O grande atravessador do bloqueio! Isso é uma piada. Conceda-me só mais um momento de seu precioso tempo antes de me lançar à obscuridade. Não gostaria que uma pequena patriota tão encantadora ficasse com a impressão errada sobre minha contribuição à Causa Confederada.

— Não me interessa ouvi-lo se vangloriar.

— Furar o bloqueio para mim é um negócio, e estou ganhando dinheiro com isso. Quando deixar de ganhar dinheiro, eu paro. O que acha disso?

— Acho que é um patife mercenário... bem como os ianques.

— Exatamente — sorriu ele. — E os ianques me ajudam a levantar esse dinheiro. Sim, porque no mês passado aportei bem em Nova York e peguei minha carga.

— O quê? — exclamou Scarlett, interessada e empolgada, apesar de tudo. — Eles não o bombardearam?

— Minha pobre inocente! Claro que não. Há muitos patriotas da União que não têm escrúpulos de ganhar dinheiro vendendo mercadorias para a Confederação. Levo meu navio até Nova York, compro das firmas ianques, em segredo, é claro, e vou embora. E, quando isso fica perigoso, vou a Nassau, onde esses mesmos patriotas da União levaram pólvora, cartuchos e saias de crinolina para mim. É mais conveniente que ir à Inglaterra. Às vezes, fica um pouco difícil passar as mercadorias para Charleston ou Wilmington... mas a senhora ficaria surpresa se soubesse aonde um pouco de ouro pode nos levar.

— Ah, eu sabia que os ianques eram vis, mas não sabia...

— Por que criticar os ianques por ganhar um dinheiro honesto vendendo para fora da União? Daqui a cem anos, não vai fazer diferença. O resultado será o mesmo. Eles sabem que a Confederação vai acabar sendo derrotada, então por que não iriam lucrar com isso?

— Derrotados... nós?

— É claro.

— Faça-me o favor de se afastar... ou será necessário que eu chame a carruagem e vá para casa para me ver livre do senhor?

— Uma pequena rebelde de cabeça quente — disse ele, com outro sorriso repentino.

Ele fez uma mesura e saiu andando, deixando-a com o peito arfante de raiva e indignação. Havia uma decepção lhe ardendo por dentro que ela não conseguia analisar muito bem, a decepção de uma criança que vê suas ilusões desmoronarem. Como ele ousava tirar o glamour dos atravessadores do bloqueio! E como pudera dizer que a Confederação seria derrotada? Deveria ser fuzilado por isso... fuzilado como traidor. Ela olhou para os rostos familiares no salão, tão confiantes no sucesso, tão corajosos, tão dedicados, e, sem saber como, sentiu um aperto no coração. Derrotados? Essas pessoas... Ora, é claro que não! A própria ideia era impossível, desleal.

— Sobre o que vocês dois cochichavam? — perguntou Melanie, virando-se para Scarlett logo que os fregueses se foram. — Não pude deixar de perceber que a Sra. Merriwether a estava observando todo o tempo e, querida, sabe como ela fala.

— Ah, o homem é impossível... um grosseirão sem berço — disse Scarlett. — E, quanto à velha senhora Merriwether, deixe-a falar. Estou farta de agir como uma tola só porque ela quer.

— Scarlett! — falou Melanie, escandalizada.

— Ssh-ssh — exclamou Scarlett. — O Dr. Meade vai fazer outro anúncio.

As pessoas se aquietaram outra vez enquanto a voz do médico se elevava, a princípio em agradecimento às damas que de tão boa vontade tinham cedido suas joias.

— E agora, senhoras e senhores, vou propor uma surpresa... uma inovação que talvez choque alguns dos presentes, mas peço que se lembrem de que tudo isto é pelo hospital e em benefício de nossos rapazes que estão lá.

Todos se aproximaram, curiosos, tentando adivinhar que proposta chocante o tranquilo doutor faria.

— O baile está para começar, e a primeira dança será, é claro, uma escocesa, seguida por uma valsa. As seguintes, as polcas, os xotes, as mazurcas, serão precedidas por uma curta escocesa. Como bem conheço a gentil disputa para liderar as escocesas... — O médico secou a testa e lançou um olhar inquisidor para o canto, onde sua mulher se sentava com as damas de companhia. — Senhores, quem quiser liderar uma escocesa com a dama de sua escolha, precisará barganhar por ela. Serei o leiloeiro, e o lucro irá para o hospital.

Leques pararam em meio ao abano, e um burburinho animado se espalhou pelo salão. O canto das damas de companhia ficou tumultuado, e a Sra. Meade, ansiosa para prestar solidariedade ao marido em uma atitude que ela reprovava de coração, ficou em desvantagem. As Sras. Elsing, Merriwether e Whiting ficaram rubras de indignação. Mas, subitamente, a Guarda Nacional deu um viva, que foi seguido pelos outros convidados fardados. As jovens bateram palmas e pularam empolgadas.

— Você não acha que é... é um pouco como um leilão de escravos? — sussurrou Melanie, olhando incerta para o controvertido doutor, que até então considerara perfeito.

Scarlett ficou calada, mas seus olhos brilharam, e seu coração se apertou com uma leve dor. Que bom seria se não fosse viúva. Que bom seria se fosse Scarlett O'Hara de novo, lá, na pista de dança, usando um vestido verde-maçã, com esvoaçantes fitas verde-escuras de veludo presas no peito e angélicas nos cabelos negros... ela lideraria aquela escocesa. Ah, sem dúvida! Haveria uma dezena de homens batalhando por ela e pagando ao doutor. Ah, ficar ali sentada contra a vontade e assistir a Fanny ou Maybelle liderar a primeira escocesa como a beldade de Atlanta!

Elevou-se acima do tumulto a voz do pequeno zuavo, deixando óbvio seu sotaque crioulo.

— Se me derem liceennça... vinte dóolares pela Srta. Maybelle Merriwether.

Maybelle, corada, deixou cair a cabeça no ombro de Fanny e as duas esconderam o rosto no pescoço uma da outra, rindo enquanto outras vozes começavam a dizer outros nomes, outras somas de dinheiro. Ignorando completamente os sussurros indignados do Comitê Hospitalar das Senhoras lá no canto, o Dr. Meade começava novamente a sorrir.

A princípio, a Sra. Merriwether tinha declarado categoricamente e a altos brados que sua Maybelle nunca tomaria parte em tal evento, mas, à medida que o nome da filha ia sendo chamado mais que o das outras e a quantia do lance chegava a 75 dólares, seus protestos foram definhando. Cotovelos apoiados no balcão, o olhar de Scarlett fulminava a risonha multidão alvoroçada que se amontoava em torno do tablado, as mãos cheias de notas de dinheiro confederado.

Agora todas iam dançar, menos ela e as mulheres mais velhas. Agora todos iam se divertir, menos ela. Então, viu Rhett Butler diante do tablado e, antes que conseguisse recompor a fisionomia, ele captou seu olhar, um canto da boca caiu e uma sobrancelha se ergueu. Ela levantou o queixo e se virou para então ouvir o próprio nome sendo chamado — chamado por uma inconfundível voz charlestoniana que soou acima da algazarra dos outros nomes.

— Sra. Charles Hamilton... 150 dólares... em ouro.

À menção da soma e do nome, um súbito silêncio caiu sobre o salão. Scarlett ficou tão atônita que nem conseguiu se mover. Continuou sentada, com o queixo apoiado nas mãos, os olhos arregalados de assombro. Todos se viraram para ela, que viu o médico se abaixando no tablado a sussurrar algo para Rhett Butler. Provavelmente lhe dizendo que ela estava de luto e que seria impossível comparecer à pista de dança, ao que Rhett deu de ombros de modo displicente.

— Talvez alguma outra de nossas beldades? — perguntou o médico.

— Não — disse Rhett claramente, passando os olhos pela multidão. — A Sra. Hamilton.

— Estou lhe dizendo que é impossível — disse o médico. — A Sra. Hamilton não...

Scarlett ouviu uma voz que, a princípio, não reconheceu como a própria.

— Irei, sim.

Ela se ergueu de súbito, o coração batendo tanto que teve medo de não conseguir ficar de pé, batendo com a emoção de voltar a ser o centro das atenções, de ser a moça mais cobiçada ali presente e, o melhor de tudo, diante da perspectiva de dançar outra vez.

— Ah, não me importo! Não me importa o que digam — sussurrou, enquanto uma doce loucura a levava de roldão. Jogou a cabeça para trás, saiu da barraca e, abrindo o leque de seda preta, fez soar os saltos como castanholas. Em uma fração de segundo, ela viu o rosto incrédulo de Melanie, a fisionomia das damas de companhia, o olhar petulante das moças e a aprovação entusiástica dos soldados.

Logo estava na pista de dança e Rhett Butler avançava em sua direção pelo corredor humano que se formou, aquele sorriso insuportável de escárnio em seu rosto. Mas ela não ligava... não ligaria nem que fosse o próprio Abe Lincoln! Ia dançar outra vez. Ia liderar a escocesa. Ela fez uma ligeira mesura com um sorriso fascinante e ele se curvou, uma mão sobre o peito de babados. Levi, horrorizado, rapidamente salvou a situação, gritando:

— Escolham seus pares para iniciar a escocesa!

E a orquestra atacou os compassos da melhor de todas as escocesas, "Dixie".

— Como ousa me expor desse jeito, capitão Butler?

— Mas, minha querida Sra. Hamilton, era tão óbvio que queria se expor!

— Como pôde chamar meu nome diante de todos?

— Você poderia ter recusado.

— Mas... eu devo isso à Causa... eu... eu não podia pensar em mim mesma quando o senhor estava oferecendo tanto ouro. Pare de rir, estão todos olhando para nós.
— Vão olhar para nós de qualquer modo. Não me venha com essa tolice de Causa. Você queria dançar e eu lhe dei a oportunidade. Esta marcha marca o último número da escocesa, não é?
— É... de fato, preciso parar e me sentar agora.
— Por quê? Pisei em seu pé?
— Não... mas vão falar de mim.
— Você realmente se importa... do fundo do coração?
— Bem...
— Não está cometendo nenhum crime, está? Por que não dança a valsa comigo?
— Mas se minha mãe...
— Ainda presa à barra da saia da mãe.
— Ah, o senhor tem um modo detestável de fazer as virtudes parecerem imbecis.
— Mas as virtudes são imbecis. O falatório dessa gente a incomoda?
— Não... mas... bem, não vamos falar nisso. Ainda bem que a valsa está começando. As escocesas sempre me deixam sem fôlego.
— Não se esquive de minha pergunta. Importa-se com o que as outras mulheres dizem?
— Ah, se me põe assim contra a parede... não! Mas uma moça deve se importar. Esta noite, no entanto, não me importo.
— Bravo! Agora começa a pensar por si mesma. É o início da sabedoria.
— Ah, mas...
— Quando for tão falada quanto eu, perceberá quão pouco importa. Pense só, não há uma única casa em Charleston onde me recebam. Nem mesmo minha contribuição a nossa justa e santa Causa anula a interdição.
— Que terrível.
— Ah, de jeito algum. Até perder a reputação, não percebemos o peso que ela tinha, nem o que a liberdade realmente significa.
— O senhor realmente fala de um modo escandaloso!
— Escandaloso e verdadeiro. Basta ter coragem suficiente... ou dinheiro... e pode-se viver sem uma reputação.
— O dinheiro não pode comprar tudo.
— Alguém deve lhe ter dito isso. Jamais teria pensado em tal chavão por si própria. O que é que o dinheiro não compra?
— Ah, bem, eu não sei... não compra felicidade nem amor, por exemplo.
— Geralmente, sim. E, quando não consegue, pode comprar alguns dos mais notáveis substitutos.

— E o senhor tem tanto dinheiro assim, capitão Butler?

— Que pergunta mal-educada, Sra. Hamilton. Estou surpreso. Mas, sim. Para um jovem deserdado em tão tenra idade sem um centavo sequer, eu me saí muito bem. E tenho certeza de que completarei um milhão como atravessador do bloqueio.

— Ah, não!

— Ah, sim! O que a maioria das pessoas parece não perceber é que se pode ganhar tanto dinheiro com os destroços de uma civilização como com sua construção.

— E o que tudo isso significa?

— Sua família, a minha e todos os que estão aqui hoje fizeram suas fortunas transformando a terra inóspita em uma civilização. Isso é a construção de um império. Há muito dinheiro na construção de um império. Mas há mais na ruína.

— De que império está falando?

— Este império em que vivemos... o sul... a Confederação... o Reino do Algodão... está se rachando bem debaixo de nossos pés. Só os mais tolos não veem e não tiram vantagem da situação criada pelo colapso. Estou fazendo minha fortuna com os destroços.

— Então realmente acha que seremos derrotados?

— Acho. Por que ser um avestruz?

— Ah, minha nossa, que tédio falar dessas coisas. Nunca diz coisas bonitas, capitão Butler?

— Será que lhe agradaria se eu dissesse que seus olhos são como dois aquários cheios da mais límpida água verde e que, quando os peixes dourados nadam no topo, como estão fazendo agora, você fica diabolicamente encantadora?

— Ah, não gosto disso... Esta música não é maravilhosa? Eu poderia valsar eternamente! Não sabia que sentira tanta falta!

— É a dançarina mais linda que já tive nos braços.

— Capitão Butler, o senhor não deve me segurar com tanta força. Todos estão olhando.

— Se não houvesse ninguém olhando, se importaria?

— Capitão Butler, o senhor está fora de si.

— Nem por um minuto. Como poderia, com você em meus braços?... Que música é essa? É nova?

— Sim. Não é divina? É algo que capturamos dos ianques.

— Como se chama?

— "When This Cruel War Is Over."

— Como é a letra? Cante-a para mim.

Lembra-te meu amado
De nosso último encontro?
Quando ajoelhado a meus pés
Declaraste-me teu amor?
Ah, que brioso estavas
Em tua farda cinza
Ao me fazer jurar pela nação
Nunca partir teu coração.
Choro, triste e sozinha,
Suspiros, lágrimas em vão!
Quando findar esta guerra cruel
Reze para nos encontrarmos outra vez.

— É claro que era "farda azul", mas mudamos para "cinza". Ah, o senhor valsa tão bem, capitão Butler. A maioria dos homens altos não valsa assim. E pensar que vão se passar muitos anos até que eu possa dançar outra vez.

— Vai levar só alguns minutos. Vou dar um lance em seu nome para a próxima escocesa... para a outra, e a seguinte.

— Oh, não. Eu não poderia! O senhor não deve! Minha reputação ficará arruinada.

— Já está em frangalhos, então o que importa outra dança? Talvez eu dê uma chance aos outros rapazes depois de ter dançado cinco ou seis, mas quero ficar com a última.

— Ah, que seja. Sei que é loucura, mas não me importo! Não ligo a mínima para o que dizem. Estou tão farta de ficar em casa. Vou dançar e dançar...

— E não usar preto. Odeio o crepe do luto.

— Oh, não posso tirar o luto... Capitão Butler, o senhor não deve me apertar tanto. Vou me zangar se o fizer.

— Você fica linda quando está zangada. Vou apertá-la ainda mais... assim... só para ver se vai ficar realmente zangada. Não faz ideia de quanto parecia encantadora naquele dia em Twelve Oaks quando estava furiosa jogando coisas na parede.

— Ah, por favor... será que pode esquecer isso?

— Nunca, é uma de minhas mais preciosas memórias... uma beldade sulista delicadamente criada com sua impulsividade irlandesa... Você é bastante irlandesa, sabia?

— Minha nossa, a música acabou e lá vem tia Pittypat saindo da sala dos fundos. Tenho certeza de que a Sra. Merriwether foi contar a ela. Ah, meu Deus, vamos até a janela olhar lá para fora. Não quero que ela me pegue agora. Está com os olhos esbugalhados querendo me comer viva.

Capítulo 10

Na manhã seguinte, enquanto comiam waffles, Pittypat estava lacrimosa, Melanie, calada, e Scarlett, desafiadora.

— Não me importa que falem. Aposto que levantei mais dinheiro para o hospital que qualquer das outras moças lá... mais que toda aquela quinquilharia que vendemos.

— Oh, meu Deus, o que importa o dinheiro? — lastimava Pittypat, esfregando as mãos. — Eu não podia crer no que meus olhos viam, e não faz ainda um ano que o pobrezinho do Charlie faleceu... E aquele detestável capitão Butler, deixando-a tão exposta. Ele é uma péssima, péssima pessoa, Scarlett. A prima da Sra. Whiting, a Sra. Coleman, cujo marido é de Charleston, falou-me sobre ele. É a ovelha negra de uma família adorável... ah, como pôde sair dos Butler alguém assim? Em Charleston, ninguém o recebe, pois ele tem a mais leviana das reputações. Houve algo com uma moça... coisa de tal ordem que a Sra. Coleman nem sabe o que foi...

— Ah, não posso acreditar que ele seja tão mau assim — disse Melly gentilmente. — Pareceu-me um perfeito cavalheiro, e, quando se pensa em sua bravura, furando o bloqueio...

— Não é bravura alguma — disse Scarlett, perversa, derramando meia jarra de melado sobre os waffles. — Só o faz por dinheiro. Foi o que me disse. Ele não dá a mínima importância à Confederação e diz que seremos derrotados. Mas dança divinamente.

Sua audiência ficou muda de horror.

— Estou farta de ficar em casa, e não vou mais ficar. Se todo mundo falou de mim ontem à noite, minha reputação já está arruinada, e não vai importar o que mais disserem.

Não lhe ocorreu que essa ideia era de Rhett Butler. Era muito oportuna e condizia perfeitamente com o que ela estava pensando.

— Oh! O que sua mãe dirá quando souber? O que pensará de mim?

Um calafrio de culpa assaltou Scarlett à ideia da consternação de Ellen, viesse ela a saber da conduta escandalosa da filha. Mas criou coragem ao pensar nos quarenta quilômetros que separavam Atlanta de Tara. Certamente, a Srta. Pitty não contaria a Ellen, pois aquilo lhe poria em uma péssima posição como guardiã. E se Pitty não desse com a língua nos dentes, ela estava a salvo.

— Acho — disse Pitty —, sim, acho que devo escrever a Henry sobre isso... por mais que deteste fazê-lo... mas ele é nosso único parente do sexo masculino, para que procure o capitão Butler e o censure... ah, meu Deus, se pelo menos Charlie estivesse vivo... Você nunca, nunca mais deve falar com aquele homem, Scarlett.

Melanie ficara sentada em silêncio, as mãos no colo, seus waffles esfriando no prato. Levantou-se e abraçou Scarlett por trás.

— Querida — disse ela —, não se preocupe. Eu entendo e foi muito corajoso o que fez ontem à noite. Vai ajudar muito o hospital. E, se alguém ousar dizer qualquer coisa a seu respeito, eu cuido deles... Tia Pitty, não chore. Tem sido difícil para Scarlett ficar trancada em casa. Ela ainda é uma criança. — Seus dedos brincavam com os cabelos negros de Scarlett. — E talvez fosse melhor para todas nós se fôssemos a algumas festas ocasionalmente. Talvez tenhamos sido muito egoístas, ficando aqui com nosso pesar. Uma época de guerra não é como outras épocas. Quando penso em todos os soldados nesta cidade que estão longe de casa, sem amigos para visitar à noite... e os que estão no hospital, já recuperados para sair da cama, mas não o bastante para voltar ao exército... Ora, temos sido egoístas. Deveríamos ter três convalescentes em nossa casa agora mesmo, como todo mundo, e trazer alguns rapazes para almoçar todos os domingos. Pronto, Scarlett, não se preocupe. As pessoas não falarão quando entenderem. Sabemos que você amava Charlie.

Scarlett estava longe de estar preocupada, e as mãos delicadas de Melanie em seus cabelos a irritavam. Ela tinha vontade de puxar a cabeça e dizer: "Ah! Que bobagem!", pois ainda acalentava a lembrança de como a Guarda Nacional, a milícia e os soldados do hospital haviam disputado suas danças na noite anterior. Ah, entre todas as pessoas do mundo, não era Melly que ela queria como defensora. Ela podia se defender, obrigada, e se as velhas megeras quisessem tumulto... bem, ela podia muito bem ficar sem as velhas megeras. Havia uma enorme quantidade de belos oficiais no mundo para se preocupar com o que as velhas diziam.

Pittypat enxugava os olhos em face das reconfortantes palavras de Melanie, quando Prissy entrou com uma volumosa carta.

— Pra vosmecê, sinhá Melly. Um neguinho trouxe.

— Para mim? — disse Melly, imaginando o que seria enquanto abria o envelope.

Ocupada com seus waffles, Scarlett nada notou até ouvir o acesso de choro de Melly e, olhando para cima, viu a mão de tia Pittypat ir para o coração.

— Ashley morreu! — gritou Pittypat, jogando a cabeça para trás e deixando os braços caírem.

— Ah, meu Deus! — gritou Scarlett, o sangue gelando.

— Não! Não! — exclamou Melanie. — Rápido! Os sais, Scarlett! Pronto, pronto, querida, está se sentindo melhor? Respire fundo. Não, não é Ashley. Sinto muito tê-las assustado. Estava chorando de felicidade. — E então ela abriu a palma da mão, levando um objeto aos lábios. — Estou tão feliz. — E teve outro acesso de choro.

Scarlett olhou de relance e viu que era uma larga aliança de ouro.

— Leia — disse Melly, apontando para a carta no chão. — Ah, que doce, como ele é gentil!

Aturdida, Scarlett pegou a folha de papel e viu escrito em uma letra preta e firme: "A Confederação pode precisar da vida de seus homens, mas ainda não exige o sangue do coração de suas mulheres. Aceite, prezada senhora, esta prova de minha reverência por sua coragem, e não pense que seu sacrifício foi em vão, pois este anel obteve dez vezes mais o seu valor. Capitão Rhett Butler."

Melanie pôs a aliança no dedo, olhando-a cheia de carinho.

— Não disse que ele era um cavalheiro? — falou, virando-se para Pittypat, o sorriso radiante em meio às lágrimas que lhe escorriam pelas bochechas. — Ninguém além de um cavalheiro refinado e atencioso teria pensado em como me partiu o coração... Vou enviar minha corrente de ouro no lugar. Tia Pittypat, a senhora precisa escrever-lhe um bilhete, convidando-o para o almoço de domingo, de modo que eu possa agradecer a ele.

No entusiasmo, nenhuma das duas pareceu notar que o capitão Butler não devolvera a aliança de Scarlett. Mas ela notou, aborrecida. E sabia que não fora o refinamento do capitão Butler que inspirara um gesto tão galante, mas sim sua intenção de ser convidado à casa de Pittypat, e sabia muito bem como conseguir o convite.

"Fiquei profundamente perturbada ao saber de sua recente conduta", dizia a carta de Ellen, e Scarlett, que a lia à mesa, franziu a testa. Com certeza, as más notícias corriam depressa. Em Charleston e Savannah, ela ouvira com frequência que o povo de Atlanta fazia mais mexericos e se metia mais na vida dos outros que qualquer outro do sul. Agora ela acreditava. A quermesse acontecera na noite de segunda-feira, e ainda era quinta. Qual das velhas megeras tinha se encarregado de escrever a Ellen? Por um momento, ela desconfiou de Pittypat, mas logo abandonou a ideia. Pobre Pittypat, andava tremendo dentro dos sapatinhos, com medo de levar a culpa pela atitude leviana de Scarlett, e seria a última a colocar Ellen a par de sua própria inadequação como guardiã. Devia ter sido a Sra. Merriwether.

"Custa-me crer que você pôde perder o controle de tal forma e esquecer-se da criação que teve. Vou ignorar a impropriedade de sua aparição pública durante o luto, percebendo seu caloroso desejo de ajudar o hospital. Mas dançar, e com um homem como o capitão Butler? Ouvi falar muito dele (e quem não ouviu?), e Pauline me escreveu, justamente na semana passada, que é um homem de má reputação e nem sequer a própria família o recebe em Charleston, com a exceção, é claro, de sua desolada mãe. Ele é um mau-caráter de tal calibre que se aproveitou de sua juventude e inocência para expô-la e desmoralizá-la publicamente e a sua família. Como pôde a Sra. Pittypat negligenciar de tal maneira a responsabilidade que tem com você?"

Scarlett olhou para a tia do outro lado da mesa. A velha reconhecera a letra de Ellen, e sua boquinha gorda estava enrugada de um modo amedrontado, como um bebê que aguarda uma repreensão e espera repeli-la com lágrimas.

"Estou decepcionada com você ter esquecido tão rapidamente a criação que lhe foi dada. Pensei em chamá-la imediatamente para casa, mas deixarei isso a cargo de seu pai. Ele chegará a Atlanta na sexta-feira para falar com o capitão Butler e para acompanhá-la de volta. Receio que, apesar de meus apelos, ele será severo com você. Espero que tenha sido apenas a juventude e a irreflexão a incitar uma conduta tão leviana. Ninguém pode querer servir a nossa Causa mais que eu, e gostaria que minhas filhas sentissem o mesmo, mas daí a desmoralizar..."

A carta continuava no mesmo tom, mas Scarlett não terminou de ler. Pela primeira vez, estava assustada. Agora não se sentia afoita nem desafiadora. Sentia-se tão infantil e culpada como quando jogara um biscoito amanteigado em Suellen aos 10 anos de idade. Pensar em sua doce mãe censurando-a tão duramente e no pai indo a Atlanta para tomar satisfações com o capitão Butler despertou-lhe a medida da gravidade do caso. Gerald seria severo. Dessa vez, ela sabia que não poderia se safar do castigo sentando-se no joelho dele, sendo meiga e atrevida.

— Não... não são más notícias, são? — falou Pittypat com voz trêmula.

— Papai está vindo amanhã e vai me matar — respondeu Scarlett dolorosamente.

— Prissy, traga-me os sais — agitou-se Pittypat, empurrando a cadeira para trás, deixando a refeição pela metade. — Sinto que vou desmaiar.

— Tão no borso da sua saia — disse Prissy, que rondava por trás de Scarlett, adorando drama. Era sempre empolgante ver o sinhô Gerald irritado, contanto que a irritação não tivesse por alvo sua cabeça encarapinhada. Pitty remexeu no bolso e levou o frasco ao nariz.

— Vocês devem me apoiar e não me deixar a sós com ele nem por um minuto — suplicou Scarlett. — Ele gosta tanto de vocês duas que, se estiverem comigo, não vai poder fazer estardalhaço.

— Não vou poder — disse Pittypat baixinho, levantando-se. — Eu... estou me sentindo mal. Preciso me deitar. Vou ficar o dia inteiro de cama amanhã. Vocês devem apresentar-lhe minhas desculpas.

"Covarde!", pensou Scarlett, fuzilando-a com o olhar.

Melly reafirmou seu apoio, embora pálida e receosa diante da perspectiva de encarar o Sr. O'Hara enfurecido.

— Eu... eu a ajudarei a explicar que tudo foi feito pelo hospital. É claro que ele vai compreender.

— Não vai, não — disse Scarlett —, e, ah, eu morro se tiver que voltar a Tara desonrada, como mamãe ameaçou!

— Ah, você não pode ir para casa — implorou Pittypat, tendo um acesso de choro. — Se isso acontecesse, eu seria forçada... sim, forçada a pedir a Henry que viesse morar aqui, e vocês sabem que seria simplesmente impossível conviver com Henry. Fico tão nervosa sozinha com Melly à noite, com tantos forasteiros na cidade. Você é tão corajosa que não me importo de ficar sem um homem!

— Ah, ele não pode levá-la para Tara! — disse Melly, dando a impressão de que também ia cair no choro em um instante. — Esta é sua casa agora. O que faríamos sem você?

"Você ficaria feliz de ficar sem mim se soubesse o que realmente penso a seu respeito", pensou Scarlett, irritada, desejando que houvesse outra pessoa que não Melanie para ajudá-la a aplacar a ira de Gerald. Era revoltante ser defendida por alguém de quem se desgostava tanto.

— Talvez devêssemos cancelar nosso convite ao capitão Butler... — começou Pittypat.

— Ah, não podemos! Seria uma total falta de educação! — suplicou Melly, aflita.

— Ajudem-me a ir para a cama. Vou passar mal — gemeu Pittypat. — Ah, Scarlett, como você foi me arranjar isso?

Pittypat estava de cama quando Gerald chegou à tarde do dia seguinte. Através da porta fechada, ela lhe enviou diversos pedidos de desculpas, deixando as duas moças assustadas a presidir a mesa do jantar. Gerald estava agourentamente silencioso, embora tivesse beijado Scarlett e beliscado a bochecha de Melanie de modo simpático, chamando-a de "prima Melly". Scarlett teria preferido berros ameaçadores e acusações. Fiel a sua promessa, Melanie ficou ao lado de Scarlett como uma sombra, e Gerald era cavalheiro demais para repreender a filha na frente dela. Scarlett teve de admitir que Melanie soube como levar as coisas, agindo como se não estivesse ciente de qualquer problema, e conseguindo manter a conversa com Gerald depois de servido o jantar.

— Gostaria de saber tudo sobre o condado — disse ela, sorrindo. — India e Honey são péssimas correspondentes, e sei que o senhor sabe de tudo o que se passa por lá. Conte-nos sobre o casamento de Joe Fontaine.

Animado pela lisonja, Gerald contou que o casamento fora tranquilo, "não como o de vocês", pois Joe só tinha uns poucos dias de licença. Sally, a menina dos Munroe, estava muito bonita. Não, ele não conseguia se lembrar de como estava vestida, mas tinha ouvido falar que não tivera um vestido de "segundo dia".

— Não?! — exclamaram as moças escandalizadas.

— Claro, pois não teve um segundo dia — explicou Gerald, dando uma gargalhada, antes de se lembrar de que, talvez, tais observações não fossem apropriadas para ouvidos femininos. Scarlett se reanimou com a gargalhada, abençoando o tato de Melanie.

— Joe voltou à Virgínia no dia seguinte — acrescentou Gerald rapidamente. — Não houve visitações nem bailes subsequentes. Os gêmeos Tarleton estão em casa.

— Soubemos disso. Eles já se recuperaram?

— Os ferimentos não foram graves. Stuart levou um tiro no joelho, e Brent, no ombro. Vocês souberam também que eles foram citados por bravura?

— É mesmo? Conte!

— Aqueles dois são malucos. Creio que devem ter algum sangue irlandês — disse Gerald, complacente. — Esqueço o que fizeram, mas Brent agora é tenente.

Scarlett ficou satisfeita por receber notícias das proezas dos dois, satisfeita como se fosse a proprietária dos gêmeos. Depois de um homem ter sido seu admirador, ela nunca perdia a convicção de que ele lhe pertencia, e todas as façanhas deles lhe davam prestígio.

— E tenho uma notícia que vocês não devem saber — disse Gerald. — Dizem que Stu está novamente cortejando em Twelve Oaks.

— Honey ou India? — perguntou Melly, entusiasmada, enquanto Scarlett ficou com o olhar parado, quase indignada.

— Ah, a Srta. India, com certeza. Ela não o tinha agarrado até essa minha espevitada piscar para ele?

— Ah! — exclamou Melly, um tanto constrangida diante da franqueza de Gerald.

— E mais que isso, o jovem Brent anda rondando Tara agora.

Scarlett não conseguiu dizer palavra. A deserção de seus admiradores era quase insultante. Especialmente ao se lembrar do modo como os gêmeos tinham reagido quando ela dissera que se casaria com Charles. Stuart até ameaçara dar um tiro em Charles ou em Scarlett ou em si mesmo, ou em todos os três. Tinha sido empolgante.

— Suellen? — perguntou Melly, abrindo um sorriso de alegria. — Mas eu achava que o Sr. Kennedy...

— Ah, ele? — disse Gerald. — Frank Kennedy ainda ronda por lá, com medo da própria sombra, e em breve vou perguntar sobre suas intenções, se ele não o fizer. Não, é minha caçula.

— Carreen?

— Ela não passa de uma criança — disse Scarlett, recuperando a fala.

— Ela tem um ano a menos do que você tinha ao se casar, senhorita — retrucou Gerald. — É de má vontade que concede o antigo admirador a sua irmã?

Melly corou, desacostumada com tal franqueza, e fez sinal a Peter para trazer a torta de batata-doce. Freneticamente, ela percorria a mente em busca de algum outro assunto que não fosse tão pessoal, mas que distraísse o Sr. O'Hara do propósito de sua viagem. Não conseguiu pensar em nada, mas, uma vez tendo começado a falar, Gerald não precisava de outro estímulo que não uma audiência. Comentou a roubalheira do Batalhão de Suprimentos, que mensalmente aumentava suas exigências, a estupidez de Jefferson Davis, e a patifaria dos irlandeses, que estavam sendo seduzidos para o exército ianque por gratificação financeira.

Quando o vinho do Porto foi posto na mesa e as duas moças se levantaram para deixá-lo sozinho, Gerald, com o cenho franzido, piscou um olho severo para a filha e ordenou sua presença a sós por alguns minutos. Scarlett lançou um olhar desesperado para Melly, que torceu o lenço, impotente, e se retirou, fechando devagar as portas de correr.

— Agora vamos lá, mocinha! — proclamou Gerald, servindo-se um cálice de Porto. — Que belo modo de agir! É outro marido que está tentando agarrar, mal enviuvou?

— Não fale tão alto, papai, os criados...

— Com certeza já sabem, assim como todo mundo sabe de nossa desmoralização. E sua pobre mãe, tendo que levar esse peso para a cama, e eu sem poder erguer a cabeça. Que vergonha! Não, mocinha, nem pense em me vir com suas lágrimas desta vez — apressou-se ele a dizer, com certo pânico na voz assim que as pálpebras de Scarlett começaram a piscar, e sua boca, a se contorcer. – Eu bem a conheço. Estaria flertando no velório do próprio marido. Não chore. Pronto, nada mais vou dizer por hoje, pois devo me encontrar com esse capitão Butler, que fez tão pouco caso da reputação de minha filha. Mas pela manhã... Vamos, não chore. De nada vai lhe adiantar, de nada. Estou resolvido a levá-la de volta para Tara amanhã antes que nos desgrace a todos novamente. Não chore, boneca. Veja o que lhe trouxe! Não é um belo presente? Está vendo, olhe. Como foi me arrumar um problema desses, fazendo-me vir até aqui, o homem ocupado que sou? Não chore!

Melanie e Pittypat já tinham se recolhido fazia tempo, mas Scarlett ficou acordada na escuridão acolhedora, o coração pesado e amedrontado dentro do peito. Deixar Atlanta agora que a vida estava recém-recomeçando, ir para casa e enfrentar Ellen! Ela preferia morrer a encarar a mãe. Quisera estar morta naquele mesmo minuto, então todos se arrependeriam de ter sido tão odiosos. Sem sossego, ela se virava no travesseiro quente até que um ruído distante na rua silenciosa alcançou seus ouvidos. Era um ruído estranhamente familiar, mesmo distante como estava. Ela saiu de mansinho da cama e foi até a janela. Sob o céu pontilhado de estrelas, a rua com seu arco arborizado estava muito escura. O ruído foi se aproximando, o som de rodas, os passos de cascos de cavalo e vozes. Então ela sorriu, pois conforme uma voz enrolada pelo sotaque e pelo uísque lhe chegava aos ouvidos, aumentava o som de "Peg in a Low-backed Car", que ela conhecia. Podia não estar em Jonesboro nem em dia de feira, mas Gerald estava chegando em casa nas mesmas condições.

Ela viu o vulto de uma charrete parando em frente à casa e figuras indistintas descendo. Alguém estava com ele. Os dois pararam no portão, ela ouviu o estalo do trinco e a voz de Gerald soou claramente.

— Agora vou lhe mostrar "Lament for Robert Emmet". Esta canção você precisa saber, meu caro... vou lhe ensinar.

— Gostaria de aprender — retrucou o acompanhante, um sinal de riso reprimido em sua fala arrastada. — Mas não agora, Sr. O'Hara.

"Oh, meu Deus, é aquele detestável Butler!", pensou Scarlett, a princípio aborrecida. Mas, em seguida, esperançosa. Pelo menos não tinham dado tiros. E deviam ter chegado a um acordo para virem juntos para casa àquela hora e naquelas condições.

— Cantar eu vou e ouvir você vai, ou acabo lhe dando um tiro pelo Orange que é.

— Orange, não... charlestoniano.

— Não é muito melhor. É pior. Tenho duas cunhadas em Charleston e sei bem.

"Será que ele vai contar para toda a vizinhança?", pensou Scarlett, tomada de pânico, procurando o roupão. Mas o que faria? Não podia descer àquela hora da madrugada e puxar o pai para dentro.

Sem mais delongas, Gerald, apoiado no portão, jogou a cabeça para trás e começou "Lament" com uma voz grave. Scarlett descansou os cotovelos no parapeito da janela e ficou escutando, sorrindo mesmo sem querer. Seria uma bela canção se, pelo menos, seu pai conseguisse cantar sem desafinar. Era uma de suas canções favoritas e, por um instante, ela seguiu a delicada melancolia daqueles versos, que assim começavam:

> *Ela está distante da terra onde seu jovem herói descansa*
> *E os amores em volta dela cantam.*

A canção continuou e ela ouviu uma agitação no quarto de Pittypat e Melanie. Coitadas, certamente ficariam aborrecidas. Não estavam acostumadas a machos puro-sangue como Gerald. Quando a canção acabou, duas formas se mesclaram em uma só, seguiram pelo caminho e subiram os degraus da entrada. Uma batida discreta soou na porta.

"Acho que sou eu quem deve descer", pensou Scarlett. "Afinal, ele é meu pai, e a pobre Pitty preferiria morrer a fazer isso." Além do mais, não queria que os criados vissem Gerald naquelas condições. E se Peter tentasse botá-lo na cama, ele poderia ficar incontrolável. Pork era o único que sabia lidar com ele.

Ela fechou o roupão até o pescoço, acendeu a vela de cabeceira e correu pelas escadas escuras até o vestíbulo. Deixando a vela no pedestal, abriu a porta e, sob a luz oscilante, viu Rhett Butler, sem uma única prega da camisa desarrumada, amparando o corpo pesado e atarracado de seu pai. Era evidente que "Lament" fora seu canto do cisne, pois Gerald estava pendurado no braço do acompanhante. Seu chapéu ficara pelo caminho, as longas melenas brancas estavam despenteadas, a gravata, pendurada em uma das orelhas, e havia manchas de bebida no peito da camisa.

— Seu pai, creio eu! — disse o capitão Butler, os olhos divertidos no rosto trigueiro. Em um relance, ele pareceu enxergar através de seu roupão.

— Traga-o para dentro — disse ela secamente, constrangida com a indumentária e enfurecida com Gerald, por colocá-la em posição ridícula diante daquele homem.

Rhett o impeliu adiante.

— Quer que a ajude a levá-lo para cima? Não vai conseguir sozinha. Ele é bem pesado.

Ela ficou boquiaberta diante da audácia da proposta. Imagine só o que Pittypat e Melly, encolhidas em suas camas, pensariam se o capitão Butler fosse até lá em cima!

— Virgem Santíssima, não! Aqui na sala, naquele canapé.
— De pé, você disse?
— Eu lhe agradeço se puder manter a compostura. Aqui. Agora deite-o.
— Devo tirar-lhe as botas?
— Não. Ele já dormiu com elas antes.

Teve vontade de morder a língua por aquele deslize, pois ele riu baixinho enquanto cruzava as pernas de Gerald.

— Por favor, queira retirar-se agora.

Ele foi para o vestíbulo sombrio e pegou o chapéu que deixara cair no vão da porta.

— Vejo-a no almoço de domingo — disse, e saiu, fechando a porta sem fazer ruído.

Scarlett se levantou às 5h30, antes que os criados chegassem do pátio dos fundos para preparar o café da manhã e, pé ante pé, desceu ao silencioso térreo. Gerald estava acordado, sentado no sofá, as mãos segurando a cabeça inchada como se quisesse esmagá-la entre as palmas. Ele olhou para cima furtivamente quando ela entrou. A dor de mover os olhos foi demais e ele gemeu.

— Que dia!

— Foi muito bonito o que o senhor fez, papai — sussurrou ela, furiosa. — Chegar em casa em uma hora dessas e acordar toda a vizinhança com sua cantoria.

— Eu cantei?

— Cantou? Despertou a todos com "Lament".

— Não me lembro.

— Os vizinhos vão se lembrar para sempre, assim como a Srta. Pittypat e Melanie.

— Nossa Senhora das Dores — gemeu Gerald, molhando os lábios secos com uma língua grossa. — Pouco me lembro do que aconteceu depois de iniciado o jogo.

— Jogo?

— Aquele rapazola, Butler, ficou se exibindo, dizendo que era o melhor jogador de pôquer do...

— Quanto você perdeu?

— Ora, eu ganhei, é lógico. Um ou dois copos me ajudam no jogo.

— Olhe em sua carteira.

Como se cada movimento representasse uma agonia, Gerald tirou a carteira do casaco e a abriu. Estava vazia, e ele olhou para ela em total perplexidade.

— Quinhentos dólares — disse ele —, e era para comprar mercadorias dos navios atravessadores para a Sra. O'Hara, e agora nem sobrou para comprar a passagem de volta a Tara.

Indignada, Scarlett olhou para a carteira vazia, e uma ideia se formou em sua cabeça e cresceu rapidamente.

— Não vou mais erguer a cabeça nesta cidade — começou ela. — O senhor nos desmoralizou a todos.

— Veja como fala, mocinha. Não consegue ver que minha cabeça está estourando?

— Chegar em casa bêbado com um homem como o capitão Butler e cantando em voz alta para todos ouvirem. Depois, perder todo esse dinheiro.

— O sujeito é muito esperto com as cartas para ser um cavalheiro. Ele...

— O que mamãe vai dizer quando souber?

Apreensivo, ele olhou para cima em uma súbita angústia.

— Você não diria uma palavra para aborrecer sua mãe, diria?

Scarlett limitou-se a um muxoxo.

— Pense em como isso a magoaria, e ela é tão delicada...

— E pensar, papai, que ontem mesmo o senhor disse que eu tinha desmoralizado a família! Eu, com uma mera dança para levantar dinheiro para os soldados. Ah, tenho vontade de gritar.

— Não faça isso — implorou Gerald. — Seria mais do que minha pobre cabeça poderia aguentar, e com certeza já está estourando agora.

— E você, dizer que eu...

— Agora, mocinha, agora, boneca, não se magoe com o que seu velho pai disse, sem nem querer dizer e sem entender nada! Claro, você é uma moça boa e bem-intencionada, tenho certeza.

— E querendo me levar para casa desmoralizada.

— Ah, querida, eu não faria isso. Foi só para implicar com você. Não vá falar nada do dinheiro para sua mãe, que já está perturbada por causa das despesas.

— Não — disse Scarlett francamente. — Não falarei se o senhor me deixar ficar aqui, e se disser a mamãe que tudo não passou de um mexerico das velhas megeras.

Gerald olhou pesarosamente para a filha.

— Isso é pura chantagem.

— E ontem foi puro escândalo.

— Bem — começou ele persuasivo —, vamos esquecer tudo. E você acha que uma dama tão fina como a Srta. Pittypat teria algum conhaque em casa? A melhor maneira de curar uma ressaca...

Na ponta dos pés, Scarlett atravessou o vestíbulo e foi até a sala de jantar pegar a garrafa de conhaque que ela e Melly particularmente chamavam de "garrafa antidesmaio", porque Pittypat sempre dava um gole quando seu coração palpitante a fazia desmaiar... ou parecer desmaiar. O triunfo estava escrito em seu rosto, sem qualquer traço de vergonha pelo tratamento pouco filial a Gerald. Agora Ellen seria tranquilizada com mentiras se qualquer outro bode desocupado lhe escrevesse. Agora poderia ficar em Atlanta. Agora poderia fazer praticamente o que quisesse, sendo Pittypat o jarro frágil que era. Ela abriu o armário e ficou por um instante com a garrafa e o copo junto ao peito.

Avistou um longo panorama de piqueniques às margens das águas borbulhantes do riacho dos Pessegueiros e churrascos na montanha Stone, recepções e bailes, tardes dançantes, passeios de charrete e jantares nas noites de domingo. Ela estaria lá, bem no centro dos acontecimentos, bem no meio de uma multidão de homens. E os homens se apaixonam com tanta facilidade depois que se faz alguma coisa por eles no hospital. Ela não se importaria tanto de trabalhar no hospital agora. Era tão fácil provocar os homens quando eles estavam acamados. Caíam nas mãos de uma moça esperta assim como os pêssegos de Tara quando se sacudiam as árvores levemente.

Ela foi até o pai com a bebida revigorante, agradecendo aos céus que a famosa resistência de O'Hara não tivesse conseguido sobreviver à rodada da noite anterior, e subitamente se perguntou se Rhett Butler não tivera algo a ver com aquilo.

Capítulo 11

Em uma tarde da semana seguinte, Scarlett chegou do hospital fatigada e indignada. Estava cansada por ter ficado de pé a manhã inteira, e irritada por ter sido bruscamente repreendida pela Sra. Merriwether por estar sentada na cama de um soldado enquanto lhe fazia um curativo no braço ferido. Tia Pitty e Melanie, com os melhores de seus chapéus de sol, estavam na varanda com Wade e Prissy, prontas para seu giro semanal de visitas. Scarlett pediu que a desculpassem por não acompanhá-las e subiu para seu quarto.

Quando o último som das rodas da carruagem sumiu e ficou claro que a família estava seguramente fora de vista, ela entrou furtivamente no quarto de Melanie e trancou a porta. Era um quarto pequeno, bem-arrumado e simples. Estava silencioso e aquecido pelos raios oblíquos do sol das 16 horas. O piso era encerado, ostentando apenas uns poucos tapetes coloridos. As paredes brancas eram nuas, exceto por um pequeno altar que Melanie arranjara em um canto.

Ali, sob a bandeira confederada, estava pendurado o sabre dourado que seu pai usara na Guerra do México, o mesmo que Charles levara para a guerra. Estavam também o cinturão e a pistola de Charles, com a arma no coldre. Entre o sabre e a pistola, havia um daguerreótipo do próprio Charles, muito empertigado e orgulhoso em sua farda cinza, os grandes olhos castanhos reluzentes com um sorriso tímido nos lábios.

Scarlett nem sequer olhou para o retrato e, sem hesitar, atravessou o quarto direto à caixa de jacarandá sobre a mesa ao lado da cama estreita. Dali ela tirou um maço de cartas atadas por uma fita azul, endereçadas a Melanie com a letra de Ashley. No topo estava a carta que chegara naquela manhã, e foi esta que ela abriu.

Quando começara a ler essas cartas secretamente, Scarlett ficara tão atormentada pela consciência e com tanto medo de ser descoberta que mal conseguia abrir os envelopes devido à tremedeira. Agora seu senso de honra, que jamais fora muito escrupuloso, se embotara pela repetição do delito, e até o medo de ser descoberta diminuíra. Ocasionalmente, ela pensava com um aperto no coração: "O que mamãe diria se soubesse?" Ela sabia que Ellen a preferiria morta a vê-la culpada de tal desonra. A princípio isso preocupava Scarlett, pois ela ainda queria ser como sua mãe em todos os aspectos. Mas a tentação de ler as cartas era grande demais, e ela havia deixado de pensar em Ellen. Tornara-se adepta de afastar os pensamentos desagradáveis. Tinha aprendido a pensar: "Não vou pensar nesse ou naquele aborrecimento agora. Pensarei nisso amanhã." Geralmente, quando o amanhã chegava, o pensamento não lhe ocorria ou ficava tão atenuado pelo atraso que já não parecia tão problemático. Portanto, a questão das cartas de Ashley não lhe pesava muito na consciência.

Melanie era sempre muito generosa com as cartas, lendo partes delas em voz alta para tia Pitty e Scarlett. Mas eram as partes não lidas que atormentavam Scarlett, que a levavam à leitura sub-reptícia da correspondência da cunhada. Precisava saber se Ashley passara a amar sua mulher desde o casamento. Precisava saber se pretendia amá-la. Será que lhe dirigia palavras de ternura? Que sentimentos expressava, e com que ardor?

Ela abriu a carta com cuidado.

A letra pequena e parelha de Ashley saltava a seus olhos enquanto ela lia: "Minha prezada mulher", e ela respirava aliviada. Ele ainda não estava chamando Melanie de "Meu amor" ou "Querida".

"Minha prezada mulher: Escreve-me dizendo-se alarmada por eu estar ocultando meus verdadeiros pensamentos, e me pergunta o que está ocupando minha mente nesses dias..."

"Mãe de Deus!", pensou Scarlett, em um pânico de culpa. "Ocultando seus verdadeiros pensamentos." "Terá Melly lido a mente dele? Ou a minha? Terá suspeitado que ele e eu..."

Suas mãos tremeram de medo enquanto ela aproximava a carta dos olhos, mas, ao ler o parágrafo seguinte, relaxou.

"Cara mulher, se ocultei algo é porque não quero pôr nenhum fardo sobre seus ombros, aumentar suas preocupações por minha segurança física com minhas perturbações mentais. Mas nada posso lhe ocultar, pois me conhece bem. Não se alarme. Não fui ferido. Não fiquei doente. Tenho o suficiente para comer e, às vezes, uma cama na qual dormir. Não há nada mais que um soldado possa pedir. Mas, Melanie, pensamentos perturbadores afligem meu coração e vou abri-lo para você.

Nestas noites de verão, fico deitado acordado, horas depois de terem todos adormecido, olho para as estrelas e me pergunto: 'O que você está fazendo aqui, Ashley Wilkes? Por que está lutando?'

Certamente, não é por honra e glória. A guerra é um negócio sujo, e não gosto de sujeira. Não sou um soldado e não tenho desejo de buscar uma reputação empolgante, nem mesmo a que se conquista na boca de um canhão. Sim, eis-me aqui na guerra... eu, a quem Deus deu como missão nada além de ser um estudioso homem do campo. Pois, Melanie, as cornetas não me agitam o sangue nem os tambores me instigam os pés, e vejo com demasiada clareza que fomos traídos, traídos por nossos egos sulistas, crendo que um de nós poderia abater uma dúzia de ianques, crendo que o Rei Algodão poderia dominar o mundo. Traídos também por palavras e frases de efeito, preconceitos e rancores vindos das bocas dos mais aquinhoados, daqueles homens que respeitamos e reverenciamos... 'Rei Algodão, Escravatura, Direitos de Estados, Malditos ianques.'

Então, quando me deito e olho para as estrelas me perguntando 'Por que você está lutando?', penso nos Direitos de Estados, no algodão, nos negros e nos ianques que fomos ensinados a odiar, e sei que não estou lutando por nenhuma dessas razões. Em vez disso, vejo Twelve Oaks e me lembro da lua se inclinando pelas colunas brancas, da aparência etérea das magnólias se abrindo sob o luar e das rosas trepadeiras fazendo sombra na varanda mesmo nos dias mais quentes. E vejo minha mãe costurando, como ela fazia quando eu era menino. E ouço os negros chegando dos campos ao entardecer, cansados e cantando, prontos para o jantar e o som do sarilho quando descem o balde no poço de água fresca. E há a longa vista que desce da estrada até o rio, atravessando os campos de algodão, e a bruma surgindo das terras baixas no crepúsculo. E é por isso que estou aqui, eu, que não tenho amor pela morte e pela infelicidade, nem pela glória, assim como a ninguém odeio. Talvez seja isso o que chamam de patriotismo, amor por nossa casa e nossa terra. Mas, Melanie, vai além disso. Pois isso que mencionei nada é além de um símbolo daquilo por que arrisco a vida, símbolo do tipo de vida que amo. Pois estou lutando pelo passado, por uma época que amo tanto, mas que, receio, acabou para sempre, não importa o resultado desta guerra. Pois, vencendo ou perdendo, perdemos do mesmo modo.

Se vencermos e tivermos o Reino do Algodão de nossos sonhos, ainda assim teremos perdido, pois nos tornaremos outras pessoas, e os velhos hábitos tranquilos se acabarão. O mundo estará à nossa porta suplicando por algodão, e poderemos impor nosso próprio preço. Então, receio, ficaremos como os ianques, de cujas atividades financeiras, consumistas e mercantilistas agora escarnecemos. E se perdermos, Melanie, se perdermos!

Não temo o perigo, a captura, os ferimentos, nem mesmo a morte, se ela tiver de vir. O que realmente me amedronta é que, quando esta guerra acabar, nunca mais consigamos voltar aos velhos tempos. E meu lugar é lá, nesses velhos tempos. Não tenho lugar neste presente louco de matança, e temo que não vá me adaptar a qualquer futuro, por mais que tente. Nem você, minha cara, pois nós dois temos o mesmo sangue. Não sei o que o futuro vai trazer, mas ele não será tão belo nem nos satisfará tanto quanto o passado.

Aqui, deitado, olho para os rapazes que dormem por perto e cogito se os gêmeos, Alex ou Cade têm esses mesmos pensamentos. Imagino se sabem que estão lutando por uma Causa que se perdeu no minuto em que o primeiro tiro foi disparado, pois nossa Causa é, de fato, nosso estilo de vida, e isso acabou para sempre. Mas acho que eles não pensam nessas coisas e têm sorte.

Quando a pedi em casamento, não tinha pensado nisso. Tinha pensado na vida se passando em Twelve Oaks como sempre se passou, pacificamente, sem dificuldades, imutável. Somos parecidos, Melanie, amamos as mesmas coisas tranquilas, e eu enxerguei diante de nós uma grande extensão de anos rotineiros durante os quais fôssemos ler, ouvir música e sonhar. Mas não isto! Nunca isto! Que algo assim pudesse acontecer a todos nós, esta destruição da vida antiga, esta carnificina sangrenta, este ódio! Melanie, nada vale isso... Direitos de Estados, escravos ou o algodão. Nada vale o que está nos acontecendo agora e o que pode acontecer, pois, se os ianques nos vencem, o futuro será de um horror inacreditável. E, minha cara, eles ainda podem vencer.

Eu não deveria escrever estas palavras, nem sequer deveria pensá-las. Mas você me perguntou o que ia por meu coração, e o que há aqui é medo da derrota. Lembra-se de que no dia do churrasco, no dia em que nosso noivado foi anunciado, um homem chamado Butler, um charlestoniano pelo sotaque, quase provocou uma briga por causa de suas observações sobre a ignorância dos sulistas? Lembra-se de como os gêmeos queriam dar-lhe um tiro por ele ter dito que tínhamos poucas fundições e fábricas, tecelagens e navios, arsenais e oficinas mecânicas? Lembra-se de como ele disse que a esquadra ianque poderia fechar nossos portos de tal forma que nem conseguiríamos embarcar o algodão? Ele estava certo. Estamos lutando contra os rifles novos dos ianques com mosquetes da Guerra Revolucionária, e em breve o bloqueio será tamanho que nem sequer suprimentos médicos conseguirão passar. Devíamos ter prestado atenção a cínicos como Butler, que sabiam o que diziam, em vez de ouvir o que os estadistas achavam... e falavam. Ele disse, com razão, que o sul não tinha nada com que combater além de algodão e arrogância. Nosso algodão está sem valia, e o que ele chamava de arrogância foi só o que restou. Mas digo que arrogância combina com coragem. Se..."

Scarlett dobrou cuidadosamente a carta sem acabar de ler e devolveu-a ao envelope, por demais entediada para ler o resto. Além disso, o tom da carta a deixara vagamente deprimida com seu tolo discurso de derrota. Afinal, não era para saber das ideias intrigantes e pouco interessantes de Ashley que ela lia a correspondência de Melanie. Já escutara aquilo o bastante quando eles se sentavam na varanda de Tara em tempos passados.

Só desejava saber se ele escrevia cartas apaixonadas à mulher. Até agora, não. Lera todas as cartas daquela caixa e nada havia em nenhuma delas que um irmão não pudesse ter escrito a uma irmã. Eram afetuosas, bem-humoradas, discursivas, mas não eram cartas de um amante. Ela mesma já recebera muitas cartas inflamadas e sabia reconhecer um autêntico sinal de paixão quando o via. E esse sinal faltava. Como sempre, após suas leituras secretas, uma sensação de presunçosa satisfação a envolvia, pois se certificava de que Ashley ainda a amava. E, debochada, sempre se perguntava como Melanie não percebia que o marido só a amava como amiga. Era evidente que Melanie não sentia essa lacuna nas mensagens dele, mas era porque nunca recebera cartas de amor de outro homem para poder comparar com as de Ashley.

"Ele escreve cartas tão sem sentido...", pensou Scarlett. "Se um dia meu marido me escrevesse tais disparates, certamente se veria comigo! Ora, até Charlie escrevia cartas melhores que essas."

Ela dedilhou a ponta das cartas, olhando para as datas, lembrando-se do conteúdo de cada uma. Não havia passagens descritivas do acampamento e dos ataques como as que Darcy Meade escrevia aos pais, ou o coitado do Dallas McLure escrevera para as irmãs solteironas, as Srtas. Faith e Hope. Os Meade e os McLure liam com orgulho essas cartas por toda a vizinhança, e muitas vezes Scarlett sentira uma vergonha secreta de que Melanie não tivesse esse tipo de carta de Ashley para ler em voz alta nos círculos de costura.

Era como se, ao escrever para Melanie, Ashley tentasse ignorar a guerra e procurasse desenhar em torno deles dois um círculo mágico de atemporalidade, deixando de fora tudo o que ocorrera desde que o forte Sumter se tornara a notícia do momento. Era quase como se ele quisesse acreditar que não havia guerra alguma. Escrevia sobre livros que ele e Melanie tinham lido, e sobre canções que gostavam de cantar, dos velhos amigos que conheciam e dos lugares que ele conhecera em seu *Grand Tour*. Transcorria em todas as cartas uma saudade intensa de estar de volta a casa em Twelve Oaks, e eram várias as páginas nas quais escrevia sobre as caçadas, os longos passeios a cavalo pelos caminhos silenciosos da floresta sob a geada das noites estreladas de outono, os churrascos, as peixadas, a tranquilidade das noites enluaradas e o encanto sereno da velha casa.

Ela pensou nas palavras da carta que acabara de ler: "Não isto! Nunca isto!", e pareciam o grito de uma alma atormentada enfrentando algo que não conseguia enfrentar e, contudo, devia. O que a intrigou foi que, se ele não temia os ferimentos nem a morte, o que temia, então? Nada analítica, ficou tentando desvendar aquela ideia complexa.

"A guerra o perturba e ele... ele não gosta de coisas que o perturbem... Eu, por exemplo... Ele me amava, mas tinha medo de se casar comigo porque... tinha medo! Eu perturbaria seu modo de pensar e de viver. Não, não era bem disso que Ashley tinha medo. Ele não é covarde. Não pode ser, pois foi citado em despachos e quando o coronel Sloan escreveu aquela carta a Melly sobre sua brava conduta ao liderar o ataque. Uma vez tendo se decidido sobre algo, ninguém era mais corajoso e mais determinado, mas... Ele vive ensimesmado em vez de viver no mundo exterior, e odeia vir para o mundo exterior e... Ah, não sei o que é! Se tivesse entendido exatamente isso sobre ele anos atrás, ele teria se casado comigo."

Ela ficou por um momento segurando as cartas junto ao peito, pensando em Ashley com saudades. Seus sentimentos por ele nunca tinham mudado desde o dia em que ela se apaixonara. Eram os mesmos sentimentos que a tinham deixado muda naquele dia, aos 14 anos, quando, parada na varanda de Tara, ela o vira chegar a cavalo, sorridente, o cabelo prateado brilhando sob o sol da manhã. Seu amor ainda era a adoração de uma menina por um homem que não compreendia, um homem que possuía todas as qualidades que lhe faltavam, mas que ela admirava. Ele ainda era o sonho do Príncipe Encantado de uma menina, e seu sonho nada mais pedia do que o reconhecimento de seu amor, não ia além da esperança de um beijo.

Após ler as cartas, ela teve certeza do amor dele por ela, mesmo que tivesse se casado com Melanie, e essa certeza era quase tudo o que desejava. Ela ainda era aquela jovem intocada. Se Charles, com seu modo desajeitado e suas intimidades constrangidas, tivesse lhe tocado qualquer das profundas veias de sentimento apaixonado, seus sonhos com Ashley não se limitariam só a um beijo. Mas aquelas poucas noites enluaradas com Charles não haviam atingido suas emoções nem a amadurecido. Charles não tinha despertado qualquer ideia do que a paixão poderia ser, nem a ternura ou a verdadeira intimidade de corpo ou de espírito.

Tudo o que a paixão significava para ela era uma servidão à inexplicável insanidade masculina, não compartilhada pelas mulheres, um processo doloroso e constrangedor que inevitavelmente levava ao ainda mais doloroso processo do parto. Não deveria lhe surpreender que o matrimônio fosse assim. Antes do casamento, Ellen tinha lhe dado pistas de que isso era algo que as mulheres deviam suportar com dignidade e bravura, e os comentários sussurrados de outras matronas desde sua viuvez o confirmavam. Scarlett ficava contente de ter se livrado da paixão e do matrimônio.

Livrara-se do casamento, mas não do amor, pois seu amor por Ashley era algo diferente, nada tendo a ver com paixão ou casamento, era algo sagrado e lindo, de tirar o fôlego, um sentimento que crescera furtivamente durante os longos dias de silêncios forçados, alimentando-se de repetidas memórias e esperanças.

Ao amarrar cuidadosamente a fita em volta do maço, ela suspirou, indagando-se pela milésima vez o que havia em Ashley que ela não entendia. Tentou pensar no assunto de modo a chegar a uma conclusão satisfatória, mas, como sempre, a conclusão escapava à sua mente pouco complexa. Recolocou as cartas na caixa e fechou a tampa. Depois franziu a testa, pois o pensamento retornou à última parte da carta que acabara de ler, à menção feita ao capitão Butler. Era estranho que Ashley estivesse impressionado com algo que aquele patife dissera um ano atrás. Inegavelmente, o capitão Butler era um patife, por mais que dançasse daquele modo divino. Ninguém, a não ser um patife, diria as coisas que ele dissera sobre a Confederação na quermesse. Atravessando o quarto, olhou-se no espelho e tocou os cabelos bem penteados em sinal de aprovação. Ficou animada, como sempre ficava à vista de sua pele alva e dos oblíquos olhos verdes, e sorriu para provocar as covinhas. Em seguida, afastou o capitão Butler de seus pensamentos ao ver alegremente seu reflexo, lembrando-se de como Ashley sempre apreciara suas covinhas. Nenhuma agonia de consciência por amar o marido de outra mulher nem por ler a correspondência dela lhe perturbava o prazer de sua juventude, encanto e renovada segurança no amor de Ashley por ela.

Abriu a porta e desceu a sombria escada caracol com o coração leve. A meio caminho, começou a cantar "When This Cruel War Is Over".

Capítulo 12

A guerra continuou, na maior parte com sucesso, mas as pessoas pararam de dizer "Mais uma vitória e a guerra acaba", assim como pararam de dizer que os ianques eram covardes. Agora era óbvio a todos que os ianques nada tinham de covardes e que seria preciso mais que uma vitória para derrotá-los. Entretanto, havia as vitórias confederadas no Tennessee conquistadas pelo general Morgan e pelo general Forrest, e o triunfo da Segunda Batalha de Bull Run, exibidas como escalpos ianques a serem observados com mórbida satisfação. Mas o preço pago por esses escalpos era alto. Os hospitais e as residências de Atlanta estavam superlotados de doentes e feridos, e cada vez mais mulheres apareciam de luto. As monótonas fileiras de túmulos dos soldados no cemitério de Oakland se alongavam todos os dias.

O dinheiro confederado diminuíra assustadoramente, e o preço dos alimentos e das vestimentas subira de acordo. O batalhão de suprimentos do exército estava impondo arrecadações tão pesadas de alimentos que as mesas de Atlanta começavam a sofrer. A farinha de trigo estava tão escassa e cara que as broas de milho se tornaram a norma em vez de biscoitos, pãezinhos e waffles. Os açougues quase não tinham carne de gado e muito pouco carneiro, que custava tão caro que só os ricos podiam comprar. Mas ainda havia muita carne de porco e de galinha, assim como verduras.

O bloqueio ianque nos portos Confederados ficara mais severo, e artigos de luxo como chá, café, sedas, espartilhos, colônias, revistas de moda e livros eram escassos e preciosos. Até mesmo os mais baratos artigos de algodão tinham chegado a um preço exorbitante, e as damas, de mau grado, estavam repetindo os vestidos da estação anterior. Os teares, que havia anos juntavam pó, foram trazidos dos sótãos, e em qualquer salão se encontravam tecidos feitos em casa. Todos, soldados, civis, mulheres, crianças e negros, começaram a usar esses panos. O cinza, cor da farda confederada, praticamente desapareceu, e o tecido de tom amanteigado feito em casa tomou seu lugar.

Os hospitais já estavam preocupados com a escassez de quinino, calomelano, ópio, clorofórmio e iodo. Ataduras de linho e de algodão passaram a ser preciosas demais para serem jogadas fora depois de usadas, e todas as senhoras que serviam nos hospitais levavam para casa cestas cheias de tiras ensanguentadas para lavar e passar a ferro, sendo depois devolvidas para o uso de outros sofredores.

Mas para Scarlett, recém-saída da crisálida da viuvez, tudo o que a guerra significava era uma época de algazarra e empolgação. Nem mesmo as pequenas privações de vestimentas e alimentos a aborreciam, tão feliz estava por ter voltado ao mundo.

Quando pensava no tédio do ano anterior, com os dias passando, um igual ao outro, a vida parecia ter se acelerado a uma velocidade incrível. Cada dia nascia para uma aventura emocionante, um dia em que ela conheceria homens novos que pediriam para visitá-la, falariam do quanto era bonita e do privilégio que era lutar e, talvez, morrer por ela. Ela podia amar, e realmente amava, Ashley até o último suspiro, mas isso não a impedia de seduzir outros homens a lhe pedir em casamento.

A guerra onipresente como pano de fundo emprestava uma agradável informalidade às relações sociais, uma informalidade que os mais velhos viam com alarme. As mães testemunhavam forasteiros visitando suas filhas, homens que chegavam sem cartas de referência e cujos antecedentes eram desconhecidos. Horrorizadas, as mães encontravam suas filhas de mãos dadas com esses homens. A Sra. Merriwether, que nunca beijara o marido até se passar a cerimônia de casamento, mal pôde crer em seus olhos ao flagrar Maybelle beijando o pequeno zuavo, René Picard, e ficou ainda mais consternada quando a filha recusou-se a sentir vergonha por isso. Mesmo o fato de René imediatamente pedi-la em casamento não melhorou as coisas. A Sra. Merriwether sentia que o sul estava se dirigindo para um completo colapso moral, e o dizia com frequência. Outras mães concordavam veementemente com ela e culpavam a guerra.

Mas os homens, com a expectativa de morrer em uma semana ou um mês, não podiam esperar um ano antes de suplicar a possibilidade de chamar uma moça pelo primeiro nome, com "Srta." o precedendo, é claro. Nem poderiam passar pelo longo e formal processo de cortejar, prescrito pelas boas maneiras antes da guerra. A probabilidade era que propusessem casamento em três ou quatro meses. E as moças, que bem sabiam que uma dama sempre devia recusar um cavalheiro nas três primeiras propostas, apressaram-se em aceitar na primeira vez.

A informalidade tornava a guerra algo divertido para Scarlett. Exceto pelo negócio sujo de servir de enfermeira e do tédio de enrolar ataduras, ela não se importava se a guerra durasse para sempre. Na verdade, podia aguentar o hospital com imparcialidade agora, pois se tornara um perfeito campo de caça. Os feridos desamparados sucumbiam a seus encantos sem esforço. Bastava trocar-lhes os curativos, lavar-lhes o rosto, afofar os travesseiros e abaná-los para que se apaixonassem. Aquilo era o paraíso depois do pavoroso ano anterior!

Scarlett retornara ao ponto no qual estava antes de se casar com Charles, e era como se nunca o houvesse desposado, como se nunca tivesse sentido o choque de sua morte, nunca tivesse dado luz a Wade. Guerra, casamento e maternidade tinham passado por ela sem tocar em qualquer corda profunda, ela não se modificara. Tinha um filho, mas os outros cuidavam tão bem dele naquela casa de tijolos vermelhos que ela podia quase esquecê-lo. Em sua mente e seu coração, ela era Scarlett O'Hara novamente, a beldade do condado. Suas ideias e atividades eram as mesmas dos velhos tempos, mas seu campo de ação se alargara imensamente. Sem ligar para a censura das amigas de tia Pitty, ela se comportava como antes do casamento, frequentava festas, dançava, ia cavalgar com os soldados, flertava, fazia tudo o que fizera quando mocinha, exceto deixar o luto. Isso ela sabia que seria a gota d'água que entornaria o copo de Pittypat e de Melanie. Era uma viúva tão encantadora como fora quando mais nova, agradável quando fazia as coisas a seu modo, prestativa se isso não a desacomodasse, vaidosa de sua aparência e popularidade.

Agora estava feliz, poucas semanas depois de estar infeliz, feliz com seus admiradores e as confirmações de seu encanto, tão feliz quanto era possível estar tendo Ashley casado com Melanie e em meio ao perigo. Mas, de algum modo, estando distante, era mais fácil conviver com a ideia de que Ashley pertencia a outra. Com as centenas de quilômetros que separavam Atlanta da Virgínia, às vezes ele lhe parecia tanto dela quanto de Melanie.

Assim, os meses do outono de 1862 se passaram rapidamente com o serviço de enfermagem, as danças, os passeios e o enrolar de ataduras tomando todo o tempo que ela não passava em curtas viagens a Tara. Essas visitas eram decepcionantes, pois tinha poucas oportunidades para as longas conversas que sonhava em ter com a mãe quando estava em Atlanta. Não havia tempo de sentar ao lado de Ellen enquanto ela costurava, de sentir o suave cheiro de limão e verbena quando suas saias farfalhavam, de sentir as mãos macias dela em seu rosto em um carinho gentil.

Agora Ellen estava magra e preocupada, de pé desde cedo até bem depois de toda a fazenda estar recolhida. As exigências do batalhão de suprimentos aumentavam a cada mês, e lhe competia a tarefa de fazer Tara produzir. Até Gerald estava ocupado, pela primeira vez em muitos anos, pois não conseguira um administrador para tomar o lugar de Jonas Wilkerson, de modo que ele próprio percorria seus hectares de terra. Com Ellen ocupada demais para mais que um beijo de boa-noite e Gerald nos campos o dia inteiro, Scarlett achou Tara um tédio. Até mesmo suas irmãs estavam absorvidas pelos próprios interesses. Suellen tinha chegado a um "entendimento" com Frank Kennedy e cantava "When This Cruel War Is Over" com uma intenção maliciosa que Scarlett achava quase insuportável e Carreen estava envolvida demais em seus sonhos com Brent Tarleton para ser uma companhia interessante.

Embora Scarlett sempre fosse para Tara com alegria, nunca se entristecia quando as inevitáveis cartas de Pitty e Melanie chegavam, suplicando sua volta. Ellen sempre suspirava nessas ocasiões, entristecida pela ideia de que sua filha mais velha e o único neto fossem deixá-la.

— Mas não posso ser egoísta e mantê-la aqui, quando precisam de você para servir em Atlanta — dizia ela. — Só... só, minha querida, parece que nunca tenho tempo de conversar com você e sentir que ainda é a minha menina antes que vá embora.

— Sempre vou ser sua menina — dizia Scarlett, enterrando o rosto no peito de Ellen, sua culpa surgindo acusatória. Não dizia à mãe que eram as danças e os admiradores que a levavam de volta a Atlanta e não o serviço à Confederação. Nessa época, havia muitas coisas que ocultava da mãe. Sobretudo, mantinha em segredo o fato de Rhett Butler visitar a casa de tia Pittypat com frequência.

Durante os meses que se seguiram à quermesse, Rhett as visitava sempre que estava na cidade, levando Scarlett para passeios em sua carruagem, acompanhando-a às danças e às quermesses e aguardando-a na saída do hospital para levá-la em casa. Ela perdera o medo de que ele viesse a trair seu segredo, mas lá no fundo a assombrava a inquietante lembrança de que ele a vira em seu pior estado e sabia a verdade sobre Ashley. Era isso o que controlava sua língua quando ele a aborrecia, o que acontecia com frequência.

Ele tinha 30 e poucos anos, sendo o admirador mais velho que tivera, e ela ficava impotente como uma criança para controlá-lo e lidar com ele do modo que lidava com os admiradores de sua idade. Ele sempre dava a impressão de que nada jamais o surpreendia ou divertia e, quando a deixava irritada a ponto de não conseguir falar, ela sentia que o divertia mais que qualquer outra coisa no mundo. Muitas vezes ela explodia em um acesso de raiva com a isca experiente que ele lhe lançava, pois tinha o temperamento irlandês de Gerald e a doçura enganadora dos traços que herdara de Ellen. Até então, nunca se preocupara em controlar o próprio temperamento, a não ser na presença de Ellen. Agora era doloroso ter que reprimir as palavras por medo daquele sorriso debochado. Se pelo menos ele também ficasse irritado de vez em quando, ela não se sentiria em tamanha desvantagem.

Após suas discussões com ele, das quais raramente saía vitoriosa, jurava que ele era intolerável, mal-educado, não era um cavalheiro e que cortaria relações. Porém, mais cedo ou mais tarde, ele retornava a Atlanta e, a pretexto de visitar tia Pitty, com exagerada galanteria presenteava Scarlett com uma caixa de bombons trazidos de Nassau. Reservava um assento a seu lado em um sarau ou a tirava para dançar, e ela geralmente se divertia tanto com sua afável imprudência que acabava rindo e fazendo vista grossa para suas iniquidades passadas até ocorrer a próxima.

Apesar de todas as qualidades exasperantes, ela passou a aguardar com certa ansiedade por suas visitas. Ele tinha algo fascinante que ela não sabia bem o que era, algo diferente de todos os homens que conhecera. Havia algo de tirar o fôlego na graça de seu corpo atlético, de tal modo que sua entrada em qualquer lugar chamava a atenção. Algo na impertinência e afável escárnio de seus olhos escuros a desafiava a subjugá-lo.

"É quase como se eu estivesse apaixonada por ele!", pensava, aturdida. "Mas não estou, e simplesmente não consigo entender."

Mas a sensação de fascínio persistia. Quando ele vinha visitar, sua total masculinidade fazia a casa bem-educada e feminina de tia Pitty parecer pequena, pálida e meio antiquada. Scarlett não era a única a reagir de modo estranho e contrário à sua presença; ele deixava tia Pitty em um grande alvoroço.

Embora soubesse que Ellen reprovaria suas visitas à filha, e soubesse também que o decreto de Charleston banindo-o da sociedade educada não devia ser desconsiderado, Pitty não conseguia resistir aos elaborados elogios e beija-mãos mais que uma mosca consegue resistir a um pote de mel. Além disso, ele geralmente lhe trazia algum presentinho de Nassau, que garantia ter adquirido especialmente para ela, atravessando o bloqueio e arriscando a própria vida... conjuntos de alfinetes e agulhas, botões, carretéis de linha de seda e grampos de cabelo. Atualmente era quase impossível obter esses luxos... as mulheres estavam usando grampos de madeira entalhados à mão e forravam caroços de algodão para servir de botões... e faltava a Pitty a energia moral para recusá-los. Ademais, ela tinha uma paixão infantil por pacotes-surpresa, não conseguindo resistir à abertura de presentes. E, uma vez abertos, sentia que não podia recusá-los. Então, aceitando seus presentes, ela não conseguia reunir coragem para dizer-lhe que sua reputação tornava inapropriada uma visita a três mulheres sós, que não possuíam um protetor. Tia Pitty sempre sentia que necessitava de um protetor quando Rhett Butler estava na casa.

— Não sei o que ele tem — suspirava ela, indefesa. — Mas... bem, eu realmente acho que seria um homem bom e muito atraente se pudesse sentir que... bem, que no fundo de seu coração ele respeita as mulheres.

Desde a devolução de sua aliança, Melanie sentira que Rhett era um cavalheiro de raro refinamento e delicadeza, e ficou chocada com essa observação. Ele era infalivelmente cortês com ela, embora sua presença a deixasse um pouco tímida, em grande parte porque era assim que se sentia com qualquer homem que não conhecesse desde a infância. Secretamente, sentia muita pena dele, o que o teria divertido, caso viesse a saber. Ela tinha certeza de que alguma dor romântica malograra sua vida, tornando-o duro e amargo, e sentia que era do amor de uma boa mulher que ele precisava. Em toda a sua vida passada dentro de uma redoma, ela nunca vira o mal, e nem sequer conseguia admitir sua existência, e, quando os mexeriqueiros sussurraram coisas sobre Rhett e a moça em Charleston, ela ficou chocada, sem conseguir acreditar. E, em vez de jogá-la contra ele, aquilo só a tornou timidamente mais indulgente em relação a Rhett Butler, indignada com o que considerou uma tremenda injustiça que lhe faziam.

Silenciosamente, Scarlett concordava com tia Pitty. Ela também sentia que ele não tinha respeito pelas mulheres, exceto, talvez, por Melanie. Ainda se sentia nua a cada vez que os olhos dele percorriam sua silhueta. Não que ele dissesse qualquer coisa. Nesse caso, ela poderia tê-lo censurado com palavras fortes. Era o modo ousado com que seus olhos perscrutavam todas as mulheres, com aquele desagradável ar de insolência, como se todas fossem sua propriedade e ele pudesse desfrutá-las quando bem lhe aprouvesse. Somente com Melanie não havia esse olhar. Nunca a encarava com o jeito frio de avaliação, não havia nenhum escárnio em seus olhos e, quando conversavam, existia uma nota especial em sua voz, cortês, respeitosa, ansiosa para ser útil.

— Não entendo por que a trata melhor que a mim — disse Scarlett, insolente, certa tarde em que Melanie e Pitty se retiraram para fazer a sesta e ela ficara a sós com ele.

Por uma hora, ela observara Rhett segurando a meada que Melanie enrolava para tricotar, e percebera sua expressão absolutamente insondável enquanto Melanie falava com orgulho sobre Ashley e detalhava sua promoção. Scarlett sabia que Rhett não dava a mínima importância para Ashley, muito menos para sua promoção a major. Contudo, ele fez as réplicas adequadas e murmurou as coisas corretas sobre a bravura de Ashley.

"Não posso sequer citar o nome de Ashley", ela pensou, irritada, "que ele ergue a sobrancelha e sorri aquele detestável sorriso de quem sabe tudo!"

— Sou muito mais bonita que ela — continuou — e não sei por que a trata com mais gentileza.

— Será que me concede a honra de estar com ciúmes?

— Ah, não se iluda!

— Outra esperança arruinada. Se trato melhor a Sra. Wilkes, é porque ela merece. É uma das poucas pessoas boas, sinceras e abnegadas que já conheci. Mas talvez você não tenha percebido essas qualidades. Além disso, apesar de tão jovem, é uma das raras grandes damas que já tive o privilégio de conhecer.

— Está querendo dizer que não me considera uma grande dama também?

— Acho que tínhamos concordado na ocasião de nosso primeiro encontro que você não é, absolutamente, uma dama.

— Ah, vai começar a ser desagradável e mal-educado e novamente trazer aquilo à baila... Como pode se agarrar àquela irritação infantil e usá-la contra mim? Isso foi há tanto tempo, e eu amadureci desde então, e já teria me esquecido de tudo se você não estivesse sempre tocando na mesma tecla.

— Não acho que tenha sido uma irritação infantil, e não creio que tenha mudado. Você é tão capaz agora como era naquela época de jogar vasos na parede se as coisas não estiverem a seu gosto. Mas atualmente as coisas estão andando a seu gosto. Então, não há necessidade de quebrar quinquilharias.

— Ah... você é... eu queria ser um homem! Ia chamá-lo para ir lá fora e...

— E morreria. Consigo atirar em uma moeda a uma distância de 45 metros. É melhor ficar com suas próprias armas... covinhas, vasos e similares.

— Você é um patife!

— Espera que eu me irrite com isso? Sinto decepcioná-la. Não consegue me irritar me chamando de nomes que são verdadeiros. Eu certamente sou um patife, e por que não? Estamos em um país livre e qualquer homem pode ser um patife se assim escolher. São só os hipócritas como você, minha cara, com as mesmas trevas no coração, mas tentando escondê-las, que se irritam quando são chamados por seus nomes reais.

Ela ficou impotente diante do calmo sorriso e das observações em tom arrastado, pois nunca encontrara antes alguém que fosse tão completamente impenetrável. Suas armas de desprezo, frieza e insultos se embotavam em suas mãos, pois nada que pudesse dizer o envergonharia. Sabia por experiência que o mentiroso era o mais ardoroso a defender sua veracidade; o covarde, sua coragem; o mal-educado, suas maneiras; e o canalha, sua honra. Mas isso não funcionava com Rhett. Ele admitia tudo, ria e a desafiava a dizer mais.

Durante esses meses, ele se foi e voltou, chegando sem ser anunciado e partindo sem dizer adeus. Scarlett nunca descobriu exatamente que negócio o levava a Atlanta, pois poucos outros atravessadores achavam necessário afastar-se tanto do litoral. Eles descarregavam suas mercadorias em Wilmington ou Charleston, onde enxames de mercadores e especuladores de todo o sul os encontravam para os leilões dos produtos atravessados. Seria um prazer saber que ele fazia essas viagens para vê-la, mas até mesmo sua incomum vaidade se recusava a acreditar nisso. Se, pelo menos uma vez, lhe tivesse declarado amor, parecesse ciumento dos homens que a cercavam, se tivesse tentado segurar sua mão ou lhe pedido uma foto ou um lenço como lembrança, ela teria pensado, triunfante, que o enredara com seus encantos. Mas ele permanecia irritantemente desprovido dos sinais do amor e, pior de tudo, todas as suas manobras para deixá-lo de joelhos pareciam ser invisíveis aos olhos dele.

Sempre que ele chegava à cidade, havia um alvoroço feminino. Ele não só trazia a aura do atravessador arrojado, como também havia o excitante elemento do pecaminoso e do proibido. Sua reputação era péssima! E, sempre que as matronas de Atlanta se reuniam para mexericar, ela piorava, o que só colaborava para deixá-lo mais glamouroso aos olhos das jovens. Como a maioria delas era bastante ingênua, ouvira uma vaga alusão a ele ser "muito licencioso com as mulheres"... e o que exatamente um homem fazia para ser "licencioso" elas não sabiam. Tinham ouvido também que nenhuma garota estava segura com ele. Com tal reputação, era estranho que nunca tivesse sequer beijado a mão de uma moça solteira desde que aparecera em Atlanta. Mas isso só servia para deixá-lo mais misterioso e interessante.

Exceto pelos heróis militares, ele era o homem de quem mais se falava em Atlanta. Todos sabiam em detalhes como fora expulso de West Point por causa de bebedeira e "alguma coisa com mulheres". Aquele terrível escândalo relativo à jovem de Charleston, quando depois de comprometê-la ainda matara seu irmão, era de domínio público. A correspondência com amigos de Charleston acrescentara a informação de que seu pai, um cavalheiro encantador, possuidor de uma vontade de ferro e de uma vareta de espingarda no lugar da espinha dorsal, o expulsara de casa sem nenhum centavo quando ele tinha 20 anos e até riscara seu nome da Bíblia da família. Depois disso, ele vagara pela Califórnia durante a corrida do ouro de 1849 e dali partira para a América do Sul e para Cuba, e os relatórios de suas atividades nesses lugares não eram muito recomendáveis. Rixas por causa de mulheres, vários tiroteios, venda de armas para os revolucionários na América Central e, pior de tudo, jogatina profissional, tudo isso havia em sua carreira, como Atlanta tomara conhecimento.

Era rara a família na Geórgia que não possuísse, para seu pesar, pelo menos um membro ou parente do sexo masculino que jogasse, perdesse dinheiro, casas, terras ou escravos. Mas isso era diferente. Um homem podia jogar até chegar à miséria e ainda continuar sendo um cavalheiro, mas um jogador profissional nunca poderia ser nada além de um proscrito.

Não fosse pelas condições contrárias impostas pela guerra e por seus serviços ao governo confederado, Rhett Butler nunca teria sido recebido em Atlanta. Agora, porém, até mesmo os mais conservadores sentiam que o patriotismo exigia que fossem mais condescendentes. Os mais sentimentais inclinavam-se a pensar que a ovelha negra dos Butler se arrependera do modo desregrado de ser e estava fazendo uma tentativa de expiar seus pecados. Então as senhoras se sentiam na obrigação de exceder seus limites, especialmente em se tratando de um atravessador tão intrépido. Agora todos já sabiam que o destino da Confederação dependia tanto da habilidade dos barcos atravessadores de enganar a esquadra ianque quanto dos soldados na frente de batalha.

Corriam rumores de que o capitão Butler era um dos melhores práticos do sul, audacioso e desprovido de medo. Criado em Charleston, ele conhecia cada enseada, angra, banco de areia e rocha nas proximidades do porto da Carolina, estando igualmente em casa nas águas em torno de Wilmington. Nunca perdera um barco nem fora forçado a despejar uma carga. No início da guerra, ele surgira do obscurantismo com dinheiro suficiente para comprar um barco veloz e, agora, quando os produtos atravessados lucravam duzentos por cento em cada carga, ele estava com quatro barcos. Tinha bons práticos e pagava bem. Eles saíam de Charleston ou de Wilmington em noites escuras, levando algodão para Nassau, Inglaterra e Canadá. As tecelagens inglesas estavam ociosas e os trabalhadores passavam fome. Qualquer atravessador que conseguisse levar a melhor sobre a esquadra ianque podia ditar seu próprio preço em Liverpool. Os barcos de Rhett eram singularmente sortudos ao levar o algodão da Confederação e trazer os materiais bélicos de que o sul necessitava com desespero. Sim, as senhoras sentiam que podiam perdoar e esquecer muitas coisas em favor de um homem tão bravo.

Era uma figura vistosa, dessas que as pessoas se viram para olhar. Gastava dinheiro sem ressalvas, montava um garanhão preto e usava roupas de alto estilo e qualidade. Só isso já era suficiente para atrair a atenção, pois as fardas dos soldados estavam encardidas e gastas agora, e os civis, mesmo quando se apresentavam com o melhor que tinham, mostravam habilidosos remendos e cerzidos. Scarlett achava nunca ter visto calças tão elegantes como as que ele usava, de xadrez castanho. Os coletes eram indescritíveis de tão bonitos, especialmente o de seda branco com mínimos botões de rosa bordados. E ele usava esses trajes com um ar ainda mais elegante, como se inconsciente de sua glória.

Havia poucas senhoras que conseguiam resistir a seus encantos quando ele decidia se empenhar por elas. Finalmente, até a Sra. Merriwether relaxou e convidou-o para o almoço dominical.

Maybelle Merriwether estava para se casar com o pequeno zuavo quando ele tivesse sua próxima licença, e chorava toda vez que pensava nisso, pois seu sonho era se casar em um vestido branco de cetim e não havia tal tecido na Confederação. Nem pegar um vestido emprestado poderia, pois todos os vestidos de casamento dos anos idos tinham se destinado a fazer bandeiras de batalha. Foi inútil a patriótica Sra. Merriwether repreender a filha e mostrar que o tecido feito em casa era o traje adequado para uma noiva confederada. Maybelle queria cetim. Estava disposta, e até orgulhosa, a abrir mão de grampos de cabelo, botões, sapatos bonitos, doces e chá por amor à Causa, mas queria um vestido de cetim para o casamento.

Rhett, sabendo disso por intermédio de Melanie, trouxe da Inglaterra muitos metros de um cintilante cetim branco e um véu de renda, oferecendo-os como presente de casamento. Ele fez a coisa de tal modo que era impensável sequer mencionar o pagamento pela mercadoria, e Maybelle ficou tão feliz que quase o beijou. A Sra. Merriwether sabia que era altamente inadequado receber um presente tão valioso — ainda mais se tratando de vestimenta —, mas não conseguiu pensar em um modo de recusar quando Rhett lhe disse, na mais floreada das linguagens, que nada era suficiente para adornar a noiva de um de nossos bravos heróis. Então a Sra. Merriwether o convidou para almoçar, sentindo que essa concessão mais que pagava pelo presente.

Ele não só trouxera o cetim, como também pôde dar excelentes ideias de como fazer o vestido de noiva. As crinolinas em Paris estavam mais largas naquela estação, e as saias, mais curtas. Já não eram franzidas, mas presas ao recorte com festões, mostrando anáguas debruadas por baixo. Disse também que não vira calçolas sob os vestidos nas ruas, então imaginava que estavam fora de moda. Mais tarde, a Sra. Merriwether contou à Sra. Elsing que, se tivesse lhe dado qualquer incentivo, ele teria revelado exatamente que tipo de ceroulas que estava sendo usado pelas parisienses.

Fosse ele menos obviamente masculino, sua capacidade de se lembrar dos detalhes dos vestidos, chapéus de sol e penteados teria lhe dado fama de afeminado. As senhoras sempre se sentiam um pouco vexadas quando o assediavam com perguntas sobre estilos, mas mesmo assim o faziam. Estavam muito isoladas do mundo da moda, como marinheiros náufragos, pois poucas revistas sobre o assunto atravessavam o bloqueio. Pelo que lhes era possível saber, as damas francesas podiam estar raspando a cabeça e usando barretes de guaxinim; portanto, a memória de Rhett para os adornos era um ótimo substituto para a *Godey's Lady's Book*. Ele tinha muita facilidade de observar os detalhes tão prezados aos corações femininos e, após cada viagem ao exterior, podia ser encontrado no centro de um grupo de senhoras contando que os chapéus de sol estavam menores naquele ano e eram usados mais em cima, cobrindo a maior parte da cabeça; que estavam sendo enfeitados com plumas, e não flores; que a imperatriz da França abandonara o coque na nuca para a noite e que amontoava os cabelos quase no topo da cabeça, mostrando as orelhas; e que os vestidos de noite estavam escandalosamente decotados outra vez.

Durante meses, ele foi a figura mais popular e romântica que a cidade conheceu, apesar da reputação anterior, apesar dos leves rumores de que, além de atravessador do bloqueio, ele também estava envolvido com a especulação de gêneros alimentícios. Seus desafetos diziam que, após cada uma de suas viagens a Atlanta, havia uma alta nos preços. Apesar desses comentários à boca pequena, ele poderia ter mantido sua popularidade se achasse que valia a pena. Em vez disso, dava a impressão de que, após privar da companhia dos graves e patrióticos cidadãos, de ganhar seu respeito e obter seu apreço forçado, algo de perverso em sua natureza o fizera se desviar desse caminho para afrontá-los, mostrando que sua conduta não passara de uma farsa e que esta já não o entretinha.

Era como se ele nutrisse um desdém impessoal pela gente e por tudo o mais que pertencia ao sul, particularmente pela Confederação, sem se dar ao trabalho de dissimular esse sentimento. Foram suas observações sobre a Confederação que fizeram Atlanta encará-lo primeiramente com perplexidade, depois com frieza e, finalmente, com fúria incontida. Mesmo antes da passagem de 1862 para 1863, os homens acenavam para ele com estudada frieza, e as mulheres começavam a puxar as filhas para junto de si quando ele aparecia em uma reunião.

Ele parecia se comprazer não só em afrontar as sinceras e ardorosas lealdades de Atlanta, como também em se apresentar sob a pior luz possível. Quando pessoas bem-intencionadas o elogiavam por sua bravura em furar o bloqueio, ele displicentemente retrucava que sempre sentia medo diante do perigo, assim como os bravos rapazes na frente de batalha. Todos sabiam que nunca houvera um soldado confederado covarde e achavam essa afirmação especialmente irritante. Ele sempre se referia aos soldados como "nossos bravos rapazes" ou "nossos heróis de cinza", e o fazia de modo a soar como um grande insulto. Quando as jovens ousadas, esperando um flerte, lhe agradeciam por ser um dos heróis que lutavam por elas, ele fazia uma mesura e declarava que não era o caso, pois faria o mesmo pelas ianques se a mesma quantia de dinheiro estivesse em jogo.

Desde seu primeiro encontro com Scarlett em Atlanta na noite da quermesse, ele lhe falara desse modo, mas agora havia uma fina nota velada de troça em suas conversas com todos. Ao ser elogiado por seus serviços à Confederação, ele infalivelmente retrucava que furar o bloqueio era um simples negócio. Chegava a dizer que, se conseguisse levantar tanto dinheiro com os contratos do governo, certamente abandonaria os riscos de atravessar o bloqueio e, como outros, passaria a vender tecidos de má qualidade, açúcar com areia, farinha estragada e couro podre para a Confederação.

A maioria de suas observações era irrefutável, o que as tornava ainda piores. Já houvera alguns escândalos envolvendo os detentores de contratos do governo. Cartas enviadas por homens na frente de batalha traziam constantes reclamações de calçados que se gastavam em uma semana, pólvora que não acendia, arreios que se arrebentavam ao menor esforço, carne podre e farinha cheia de brocas. O povo de Atlanta queria acreditar que os homens que vendiam tal mercadoria ao governo deviam ser os contratados do Alabama, da Virgínia ou do Tennessee, não da Geórgia. Pois esses contratados georgianos não incluíam os homens das melhores famílias? Não eram eles os primeiros a contribuir para os fundos do hospital e a auxiliar os órfãos dos soldados? Não eram eles os primeiros a saudar o "Dixie" e os mais exaltados caçadores, pelo menos na oratória, do sangue ianque? A onda de fúria contra aqueles que lucravam com os contratos do governo ainda não se insuflara, e as palavras de Rhett eram tomadas como mera evidência de seu mau caráter.

Ele não só afrontava a cidade com insinuações de corrupção por parte de homens que ocupavam altos cargos como manchava a coragem dos combatentes e se comprazia em induzir os dignos cidadãos a situações embaraçosas. Não conseguia resistir à tentação de alfinetar os presunçosos, os hipócritas e o patriotismo exibicionista dos que o cercavam, assim como um menino não resiste à travessura de furar um balão. Com destreza, ele humilhava os pomposos e expunha os ignorantes e fanáticos. Usando táticas sutis, fazia as vítimas se abrirem devido a seu aparente interesse cortês e, no fim, elas nunca tinham muita certeza do que acontecera até ficarem expostas como fanfarronas, pretensiosas e ligeiramente ridículas.

Durante os meses em que a cidade o aceitou, Scarlett não tinha ilusões a seu respeito. Ela sabia que seus elaborados galanteios e discursos rebuscados eram todos da boca para fora. Sabia que ele estava desempenhando o papel do atravessador arrojado e patriótico só porque aquilo o divertia. Às vezes ele se parecia com os rapazes do condado com quem fora criada, os terríveis gêmeos Tarleton com sua obsessão por pregar peças, os diabólicos Fontaine, implicantes, travessos, os Calvert, que passavam a noite inteira planejando uma brincadeira de mau gosto. Mas havia uma diferença, pois, abaixo da aparente leveza de Rhett, havia uma malícia, algo quase sinistro em sua cortês brutalidade.

Embora estivesse totalmente ciente de sua insinceridade, ela o preferia em seu papel de atravessador romântico. Uma das razões era porque isso facilitava sua própria situação de relacionar-se com ele. Portanto, ficou muitíssimo aborrecida quando ele deixou cair a máscara e iniciou uma campanha aparentemente deliberada para alienar a boa vontade de Atlanta. Aquilo a aborrecia porque parecia uma tolice e também porque algumas das ásperas críticas a ele dirigidas respingavam nela.

Foi no sarau beneficente da Sra. Elsing em prol dos convalescentes que Rhett assinou seu mandado final ao ostracismo. Naquela tarde, a casa dos Elsing estava lotada de soldados em licença e de homens do hospital, membros da Guarda Nacional, da unidade miliciana, matronas, viúvas e moças. Todos os assentos da casa estavam ocupados, e até a longa escada caracol estava repleta de convidados. A grande tigela de vidro que o mordomo dos Elsing segurava à porta já fora esvaziada duas vezes de sua carga de moedas de prata. Só isso já bastava para transformar o evento em um sucesso, pois agora um dólar de prata valia 60 dólares em notas confederadas.

Todas as moças com alguma pretensão artística tinham cantado ou tocado piano e os quadros vivos haviam arrancado aplausos entusiasmados. Scarlett estava muito satisfeita consigo mesma, pois não só ela e Melanie tinham se apresentado em dueto cantando o emocionante "When the Dew Is on the Blossom", seguido no bis pelo mais animado "Oh, Lawd, Ladies, Don't Mind Stephen!", como também ela fora escolhida para representar o Espírito da Confederação no último quadro vivo.

Estava encantadora, vestindo uma modesta túnica grega de algodão cru debruada de vermelho e azul, segurando as Estrelas e Listras em uma das mãos e, na outra, estendendo o sabre dourado que pertencera a Charlie e a seu pai ao capitão Carey Ashburn ajoelhado.

Quando acabou o quadro vivo, ela não se conteve em procurar os olhos de Rhett para ver se ele apreciara a bela figura por ela composta. Exasperada, viu que ele estava em um debate, e que provavelmente nem prestara atenção. Pelas fisionomias do grupo que o cercava, Scarlett podia ver que estavam furiosos com o que ele dizia.

Ela abriu caminho até eles e, em um daqueles silêncios esporádicos que às vezes ocorrem em uma reunião, ouviu Willie Guinan, da milícia, dizer claramente:

— Devo entender, senhor, que está dizendo que a Causa pela qual nossos heróis estão morrendo não é sagrada?

— Se o senhor fosse atropelado por um trem, sua morte não tornaria a companhia ferroviária sagrada, não é? — indagou Rhett, sua voz soando como se ele estivesse humildemente buscando uma informação.

— Senhor — disse Willie, a voz trêmula —, se não estivéssemos sob este teto...

— Tremo ao pensar no que poderia acontecer — disse Rhett —, pois, é claro, sua bravura é muito conhecida.

Willie enrubesceu e todas as conversas cessaram. Todos ficaram constrangidos. Willie era forte e saudável, em idade de servir, e mesmo assim não estava na frente de batalha. Claro, era filho único e, afinal, alguém devia ficar na milícia para proteger o estado. Mas houve algumas risadinhas abafadas por parte dos oficiais convalescentes quando Rhett falou em bravura.

"Ah, por que ele não fica calado", pensou Scarlett, indignada. "Está estragando a festa!"

A fisionomia do Dr. Meade anunciava tempestade.

— Talvez nada seja sagrado para você, meu jovem — disse ele com a entonação que sempre usava ao fazer discursos. — Mas há muitas coisas sagradas para os patrióticos homens e mulheres do sul. E livrar nossa terra do usurpador é uma, os Direitos de Estados são outra e...

Rhett parecia indiferente, e havia um tom sedoso, quase entediado em sua voz.

— Todas as guerras são sagradas — disse ele — para aqueles que precisam combatê-las. Se as pessoas que iniciam as guerras não as sacralizassem, quem seria tolo de lutar? Mas não importa quais sejam os apelos de arregimentação que os oradores fazem aos idiotas que lutam, não importa quais sejam os nobres propósitos que designam às guerras, nunca há outro motivo para a guerra. E este é o dinheiro. Na realidade, todas as guerras são disputas financeiras. Mas são tão poucos os que o percebem. Os ouvidos da maioria estão cheios do som de cornetas, tambores e das belas palavras dos que ficam em casa. Às vezes o apelo de arregimentação é "Salvem o túmulo de Cristo dos pagãos!". Outras é "Abaixo o papismo!" ou "Liberdade!" ou então "Algodão, escravatura e direitos de estados!".

"Mas o que o papa tem a ver com isso, por misericórdia?", pensou Scarlett. "Ou o túmulo de Cristo?"

Mas, enquanto ela se apressava em direção ao grupo exasperado, viu Rhett curvar-se em uma saudação elegante e ir saindo rumo à porta em meio ao aglomerado de pessoas. Ela saiu em seu encalço, mas a Sra. Elsing a puxou pela saia, detendo-a.

— Deixe-o ir — disse ela em uma voz clara que ressoou por toda a sala tensamente silenciosa. — Deixe-o ir. Ele é um traidor, um especulador! É uma víbora que acalentamos em nosso seio!

Rhett, parado no vestíbulo, chapéu na mão, ouviu, como era a intenção e, voltando-se, passou os olhos pela sala por um instante. Lançou um olhar evidente para o busto reto da Sra. Elsing, sorriu e, com outra saudação, foi embora.

A Sra. Merriwether foi para casa de carona na carruagem de tia Pitty e, mal as quatro senhoras se acomodaram, ela explodiu.

— Pronto, Pittypat Hamilton! Espero que esteja satisfeita!

— Com o quê? — perguntou Pitty, apreensiva.

— Com a conduta daquele miserável Butler que você tem abrigado.

Pittypat se alvoroçou, ficando aborrecida demais para se lembrar de que a Sra. Merriwether também tinha recebido Rhett Butler em diversas ocasiões. Scarlett e Melanie pensaram nisso, mas, ensinadas a ser educadas com os mais velhos, abstiveram-se de fazer comentários. Em vez disso, baixaram os olhos para as mãos enluvadas.

— Ele nos ofendeu a todos, e também à Confederação — disse a Sra. Merriwether e os seios robustos palpitavam sob o acabamento cintilante da passamanaria. — Dizer que estávamos lutando por dinheiro! Dizer que nossos líderes nos mentiram! Ele deveria ser preso. Deveria mesmo. Vou falar com o Dr. Meade a respeito. Quisera que o Sr. Merriwether estivesse vivo, ele cuidaria do sujeito! Agora, Pitty Hamilton, ouça o que estou dizendo. Nunca mais deixe aquele patife entrar em sua casa de novo!

— Ah — murmurou Pitty, indefesa, com a aparência de quem preferia estar morta. Ela olhou suplicante para as duas moças, que mantinham os olhos baixos e, depois, esperançosa, na direção das costas eretas de Tio Peter. Ela sabia que ele estava atento a cada palavra pronunciada e esperava que fosse se virar e dar um aparte na conversa, como muitas vezes fazia. Esperava que ele fosse dizer: "Agora, sinhá Dolly, deixa a sinhá Pitty em paz", mas Peter não se mexeu. Ele censurava Rhett Butler de modo veemente, e a pobre Pitty sabia. Ela suspirou e disse:

— Bem, Dolly, se você acha...

— Acho, sim — retrucou a Sra. Merriwether com firmeza. — Para começar, não sei o que deu em você para recebê-lo. Após esta tarde, não haverá uma casa decente na cidade onde ele será bem-vindo. Faça-me o favor de ter juízo e proíba-o de ir à sua.

Ela lançou um olhar fulminante às moças.

— Espero que vocês duas estejam anotando minhas palavras — continuou ela —, pois, em parte, a culpa é de vocês por serem tão gentis com ele. Digam-lhe educadamente, mas com firmeza, que sua presença e seu discurso desleal não são bem-vindos na casa de vocês.

A essa altura, Scarlett estava fervendo, pronta para empinar como um cavalo ao toque de uma mão estranha e rude em suas rédeas. Mas teve medo de falar. Não podia se arriscar a fazer a Sra. Merriwether escrever outra carta à sua mãe. "Sua vaca velha!", ela pensou, o rosto corado de fúria reprimida. "Que paraíso seria lhe dizer exatamente o que penso de você e de seus modos autoritários!"

— Nunca pensei que fosse viver o bastante para ouvir tais palavras desleais sobre nossa Causa — continuou a Sra. Merriwether, a essa altura exaltada pela ira justificada. — Qualquer homem que não considere nossa Causa justa e sagrada deveria ser enforcado! Não quero saber de vocês duas nem sequer falando com ele novamente... Pelo amor de Deus, Melly, o que há com você?

Melanie estava lívida e de olhos arregalados.

— Eu continuarei falando com ele — disse ela em voz baixa. — Não serei grosseira com ele. Não o proibirei de entrar em casa.

O fôlego da Sra. Merriwether saiu-lhe dos pulmões de modo explosivo, como se ela tivesse levado um soco. A boca gorda de tia Pitty se abriu e Tio Peter se virou para olhar.

"Ora, por que não tive a iniciativa de dizer isso?", pensou Scarlett, a inveja se mesclando à admiração. "Como foi que essa coelhinha conseguiu reunir coragem para enfrentar a velha Merriwether?"

As mãos de Melanie tremiam, mas ela continuou, apressada, como se temesse lhe faltar a coragem caso se demorasse.

— Não serei grosseira com ele pelo que ele disse, porque... bem, foi grosseiro da parte dele dizê-lo em voz alta... muito pouco recomendável... mas é... é o que Ashley pensa. E não posso barrar a entrada de casa a um homem que pensa o mesmo que meu marido. Seria injusto.

A Sra. Merriwether recuperara o fôlego e voltou a atacar.

— Melly Hamilton, nunca ouvi tal mentira em toda a minha vida! Nunca houve um Wilkes covarde...

— Nunca disse que Ashley era covarde — disse Melanie, os olhos começando a brilhar. — Eu disse que ele pensa o mesmo que o capitão Butler, só o expressa com outras palavras. E não sai por aí dizendo isso em saraus, espero. Mas me escreveu a respeito.

A consciência culpada de Scarlett se agitou enquanto tentava se lembrar do que Ashley podia ter escrito que levava Melanie a fazer tal afirmação, mas a maioria das cartas lhe escapava da mente assim que acabava a leitura. Achava que Melanie tinha simplesmente perdido o juízo.

— Ashley me escreveu dizendo que não deveríamos estar combatendo os ianques. E que fomos iludidos a fazê-lo por estadistas e oradores a balbuciar frases de efeito e preconceitos — disse Melly rapidamente. — Ele disse que nada neste mundo valia o que esta guerra irá fazer conosco. Disse que não há nada de glorioso... era só infelicidade e sujeira.

"Ah! Aquela carta", pensou Scarlett. "Era a isso que ele se referia?"

— Não acredito — disse a Sra. Merriwether com firmeza. — Você entendeu mal o que ele quis dizer.

— Nunca entendo Ashley mal — respondeu Melanie baixinho, embora seus lábios tremessem. — Eu o entendo perfeitamente. Ele quis dizer exatamente o que o capitão Butler disse, só não o fez de modo grosseiro.

— Você devia se envergonhar de estar comparando um homem do calibre de Ashley Wilkes a um canalha como o capitão Butler! Suponho que também ache que a Causa não representa nada!

— Eu... eu não sei o que pensar — começou Melanie, incerta, o ardor a abandonando e o pânico diante da própria franqueza tomando conta dela. — Eu... eu morreria pela Causa, como Ashley também. Mas... quero dizer... quero dizer, deixo que os homens pensem nisso, pois eles são mais inteligentes.

— Nunca ouvi coisa igual — bufou a Sra. Merriwether. — Pare, Tio Peter, está passando da minha casa!

Tio Peter, preocupado com a conversa ali atrás, tinha passado da casa dos Merriwether e fez o cavalo retroceder. A Sra. Merriwether apeou, as fitas do chapéu de sol balançando como velas de barco em uma tempestade.

— Você vai se arrepender — disse ela.

Tio Peter chicoteou o cavalo.

— Vosmecês sinhazinha devia se envergonhá de deixá sinhá Pitty arreliada — ralhou.

— Não estou arreliada — retrucou Pitty, surpreendentemente, pois muito menos tensão que aquela a levava a acessos de desmaio. — Melly, meu bem, sei que só fez aquilo para me defender e, na verdade, fiquei contente por ver alguém fazer a Dolly baixar a crista. Ela é muito autoritária. Como teve coragem? Mas acha que devia ter dito aquilo sobre Ashley?

— Mas é verdade — respondeu Melanie, começando a chorar baixinho. — E não me envergonho por ele pensar assim. Mesmo achando que a guerra é toda errada, está disposto a lutar e a morrer do mesmo jeito, e isso exige muito mais coragem do que lutar por algo que se acha correto.

— Por Deus, sinhá Melly, num chora aqui na rua dos Pessegueiro — gemeu Tio Peter, apressando o passo do cavalo. — Os pessoá vai falá que é um escândalo. Espera inté nós chegá em casa.

Scarlett não disse nada. Nem sequer apertou a mão que Melanie pusera na sua buscando conforto. Ela só lera as cartas de Ashley com um único propósito, assegurar-se de que ele ainda a amava. Agora Melanie dera novo significado a passagens da carta que Scarlett mal vira. Ela ficou chateada ao perceber que alguém tão perfeito quanto Ashley pudesse ter qualquer ideia em comum com um condenado como Rhett Butler. Pensou: "Os dois veem a verdade dessa guerra, mas Ashley está disposto a morrer por ela, e Rhett, não. Acho que isso mostra o bom-senso de Rhett." Parou um momento, horrorizada de que pudesse ter tal ideia sobre Ashley. "Os dois veem a mesma verdade desagradável, mas Rhett prefere encará-la de frente e encolerizar as pessoas falando nisso, enquanto Ashley mal consegue encará-la."

Era desnorteante.

Capítulo 13

*I*ncitado pela Sra. Merriwether, o Dr. Meade tomou uma atitude em forma de carta ao jornal, na qual não mencionou o nome de Rhett, embora o deixasse óbvio. O editor, sentindo o impacto social da carta, publicou-a na segunda página, por si só uma inovação surpreendente, pois as duas primeiras páginas do jornal eram sempre dedicadas a anúncios de escravos, mulas, arados, caixões, casas para vender ou alugar, curas para doenças específicas, drogas abortíferas e tônicos para a virilidade perdida.

A carta do médico foi a primeira de um coro de indignação que começava a ser ouvido por todo o sul contra especuladores, exploradores e servidores contratados pelo governo. As condições em Wilmington, o principal porto para o furo do bloqueio, agora que o porto de Charleston estava praticamente fechado pelas canhoneiras ianques, tomaram proporções de um escândalo escancarado. Os especuladores enxameavam Wilmington e, tendo dinheiro em mão, compravam cargas inteiras de mercadorias, retendo-as à espera de uma alta de preços. A alta sempre chegava, pois, com a crescente escassez de víveres, os preços saltavam a cada mês. A população civil tinha que se abster ou comprar os produtos no preço dos especuladores. Os pobres e aqueles de circunstância remediada sofriam privações cada vez maiores. Com o aumento dos preços, a moeda confederada afundou e, com sua rápida queda, aumentou uma paixão cega por produtos luxuosos. Os atravessadores eram encarregados de trazer artigos de primeira necessidade, deixando os produtos de luxo em segundo plano, mas agora eram os produtos caros que enchiam seus barcos, excluindo as necessidades vitais da Confederação. Freneticamente, as pessoas adquiriam essas mercadorias luxuosas com o dinheiro de que dispunham na hora, temendo que no dia seguinte os preços subissem e o dinheiro se desvalorizasse.

Para piorar as coisas, só havia uma linha férrea de Wilmington a Richmond e, enquanto milhares de barris de farinha e caixas de bacon apodreciam ao lado das estações por falta de transporte, especuladores com vinhos, tafetás e café sempre pareciam conseguir levar seus produtos a Richmond dois dias após terem chegado em Wilmington.

O rumor que circulava à boca pequena agora estava sendo abertamente discutido, de que Rhett Butler não só dirigia seus quatro barcos e vendia as cargas a preços sem precedentes, como também comprava as cargas de outros barcos e as retinha, aguardando a alta de preços. Diziam que ele encabeçava um conluio de valor superior a um milhão de dólares, tendo Wilmington como matriz, com o propósito de comprar as mercadorias atravessadas nas docas. Havia dezenas de armazéns naquela cidade e em Richmond e, segundo o boato, estavam lotados de artigos alimentícios e de vestuário que eram retidos no aguardo de uma alta de preços. Soldados e civis já sentiam o aperto, e os boatos contra ele e seus colegas especuladores eram amargos.

"Há muitos homens corajosos e patrióticos na esquadra de atravessadores do serviço naval da Confederação", dizia o final da carta do médico, "homens abnegados que estão arriscando a própria vida e toda a sua fortuna pela sobrevivência da Confederação. Esses estão gravados nos corações de todos os sulistas leais, e ninguém lhes concede de má vontade o escasso retorno monetário que lhes possa advir pelos riscos assumidos. São cavalheiros abnegados e nós os respeitamos. Desses homens, nada digo.

Mas há outros, canalhas, que se dissimulam sob o manto do atravessador para o ganho egoísta, e eu evoco a justa cólera e a vingança de um povo sob ataque, lutando na mais justa das Causas, contra esses abutres humanos que trazem cetins e rendas quando nossos homens estão morrendo por falta de quinino, que carregam suas embarcações com chá e vinho quando nossos heróis se contorcem pela necessidade de morfina. Execro esses vampiros que estão sugando o sangue dos homens seguidores de Robert Lee... esses homens que tornam o próprio nome de atravessador fétido às narinas de todos os patriotas. Como podemos tolerar esses abutres em nosso meio com suas botas lustrosas quando nossos rapazes vão descalços para a batalha? Como aturá-los com sua champanhe e patês de Estrasburgo quando nossos soldados tremem ao redor das fogueiras dos acampamentos roendo bacon mofado? Convoco todos os leais Confederados a bani-los."

Atlanta leu, entendeu a mensagem do oráculo e todos os leais Confederados apressaram-se a banir Rhett.

De todas as casas que o recebiam no outono de 1862, a da Srta. Pittypat era praticamente a única onde ele podia entrar em 1863. E, se não fosse por Melanie, talvez nem ali fosse recebido. Tia Pitty sempre ficava desarvorada quando ele estava na cidade. Sabia muito bem o que as amigas comentavam sobre a permissão que dava às suas visitas, mas ainda não tinha coragem de dizer a ele que não era bem-vindo. Cada vez que ele chegava a Atlanta, ela franzia a boca gorda e dizia às moças que atenderia a porta e o proibiria de entrar. E, cada vez que ele vinha, um pacotinho na mão e um elogio sobre seu encanto e beleza nos lábios a desarmavam.

— Simplesmente, não sei o que fazer — resmungava. — Ele olha para mim e eu... eu fico morta de medo do que faria se eu lhe proibisse a entrada. Sua reputação é tão ruim... Vocês acham que ele poderia me agredir... ou... ou... Minha nossa, se pelo menos Charlie estivesse vivo! Scarlett, você precisa lhe dizer para não vir mais nos visitar... diga-lhe de modo educado. Ah, nossa! Eu realmente acho que você o incita, e toda a cidade está falando e, se sua mãe chegar a descobrir, o que dirá a mim? Melly, você não pode ser tão gentil com ele. Seja fria e distante, e ele vai entender. Ah, Melly, você acha que devo escrever uma bilhete a Henry e pedir que ele fale com o capitão Butler?

— Não, não acho — disse Melanie. — E não serei grosseira com ele. Penso que as pessoas estão agindo como galinhas sem cabeça em relação ao capitão Butler. Tenho certeza de que ele não pode ser todas as coisas ruins que o Dr. Meade e a Sra. Merriwether estão dizendo. Ele não iria reter os alimentos de pessoas que passam fome. Ora, ele até me deu 100 dólares para os órfãos. Tenho certeza de que é tão leal e patriota quanto qualquer um de nós, e só é orgulhoso demais para se defender. A senhora sabe quanto os homens são obstinados quando se empertigam.

Tia Pitty nada sabia sobre os homens, empertigados ou não, e só o que conseguia fazer era abanar as mãozinhas gordas, impotente. Quanto a Scarlett, ela havia muito se acostumara ao hábito de Melanie de ver o bem em todos. Melanie era uma tola, mas nada havia que se pudesse fazer a respeito.

Scarlett sabia que Rhett não estava sendo patriótico e, embora preferisse morrer a confessar, não se importava nem um pouco. Os presentinhos que lhe trazia de Nassau, pequenas sobras que uma dama podia aceitar sem problemas, eram o que mais lhe importava. Com os preços nas alturas do jeito que estavam, onde mais ela conseguiria agulhas, bombons e grampos de cabelo se proibisse sua entrada? Não, era mais fácil transferir a responsabilidade para tia Pitty, que, afinal de contas, era a dona da casa, guardiã e árbitro da moral. Scarlett sabia que a cidade mexericava sobre as visitas de Rhett e sobre ela também; mas sabia também que, aos olhos de Atlanta, Melanie Wilkes nada fazia de errado, e, se ela defendia Rhett, suas visitas mantinham um toque de respeitabilidade.

Entretanto, a vida seria mais prazerosa se Rhett se retratasse de suas heresias. Ela não teria que passar pelo constrangimento de vê-lo ser abertamente ignorado quando passavam juntos pela rua dos Pessegueiros.

— Mesmo que pense essas coisas, por que as diz? — repreendeu-o. — Se só pensasse o que bem quer, mas ficasse de boca fechada, tudo seria muito melhor.

— Esse é o seu sistema, não é, minha hipócrita de olhos verdes? Scarlett, Scarlett! Eu esperava uma conduta mais corajosa de sua parte. Achava que os irlandeses dissessem o que pensam e os outros que se danassem. Diga-me sinceramente, às vezes não fica a ponto de explodir por ficar de boca calada?

— Bem... sim — confessou Scarlett, relutante. — Realmente, morro de tédio quando eles ficam falando da Causa da manhã à noite. Mas, por Deus, Rhett Butler, se eu admitisse, ninguém falaria comigo e nenhum rapaz dançaria comigo.

— Ah, claro, precisamos ter com quem dançar a todo custo. Bem, admiro seu controle, mas não consigo imitá-lo. Nem posso me esconder sob o manto do romance e do patriotismo, não importa quanto seja conveniente. Há muitos patriotas idiotas furando o bloqueio que estão arriscando cada centavo que têm e vão sair pobres desta guerra. Não preciso engrossar esse número para abrilhantar o registro de patriotismo nem a lista dos pobres. Deixe que fiquem com os louros. Eles os merecem, estou sendo sincero, e, além disso, os louros da glória serão tudo o que vão ter daqui a cerca de um ano.

— Acho-o abominável por insinuar tais coisas quando sabe muito bem que a Inglaterra e a França estão vindo para nos defender a qualquer momento e...

— Ora, Scarlett! Você lendo o jornal! Estou admirado. Mas não faça mais isso. Confunde o cérebro feminino. Se quiser saber, estive na Inglaterra há menos de um mês e vou lhe contar. A Inglaterra nunca ajudará a Confederação. Nunca aposta no oprimido. É por isso que é a Inglaterra. Além disso, a holandesa gorda que está no trono é uma alma temente a Deus e não aprova a escravatura. É capaz de deixar os empregados ingleses das tecelagens passarem fome por falta do nosso algodão, mas jamais dará uma bofetada pela escravatura. E, quanto à França, aquela pálida imitação de Napoleão está ocupada demais instalando os franceses no México para se preocupar conosco. Na verdade, ele é grato por esta guerra, pois nos mantém ocupados demais para expulsar suas tropas do México... Não, Scarlett, a ideia de uma ajuda do exterior é só uma invenção do jornal para manter elevada a moral sulista. A Confederação está condenada. Como um camelo, sobrevive de suas corcovas que, por maiores que sejam, se esgotam. Vou me dar mais seis meses para furar o bloqueio e depois chega. Depois disso, será arriscado demais. Então venderei meus barcos a algum inglês tolo que ache possível passar com eles. Ganhei muito dinheiro, que está em bancos ingleses e em ouro. Nada desses papéis sem valor para mim.

Como sempre quando falava, ele parecia totalmente plausível. Outras pessoas podiam chamar suas afirmações de traição, mas para Scarlett elas sempre soavam sensatas e verdadeiras. Ela sabia que aquilo era extremamente errado, sabia que deveria ficar chocada e furiosa. Na verdade, não ficava, mas podia fingir. Assim, sentia-se mais respeitável e feminina.

— Acho que o Dr. Meade tem razão no que escreveu a seu respeito, capitão Butler. O único modo de se redimir é alistando-se após vender seus barcos. Você frequentou West Point e...

— Você fala como um pregador batista fazendo seu discurso de arregimentação. Digamos que eu não queira me redimir? Por que deveria lutar para manter o sistema que me desterra? Eu devia ter prazer de vê-lo esmagado.

— Nunca ouvi falar de nenhum sistema — disse ela zangada.

— Não? E mesmo assim faz parte dele, como eu fazia, e aposto que não gosta mais dele que eu. Ora, por que eu sou a ovelha negra da família Butler? Por esse motivo e nenhum outro... não me moldei a Charleston, e nem poderia. E Charleston é o sul, só que intensificado. Será que você se dá conta do tédio que é aquilo? São tantas as coisas que a pessoa precisa fazer porque sempre foram feitas... Tantas coisas, bastante inofensivas, que a pessoa não pode fazer pela mesma razão... Tantas coisas que me aborreciam por sua falta de sentido... Não me casar com a moça, de quem provavelmente ouviu falar, foi meramente a gota d'água. Por que eu me casaria com uma tola entediante só porque um acidente me impediu de deixá-la em casa antes do anoitecer? E por que deixaria seu irmão alucinado atirar em mim e me matar quando eu sabia atirar melhor? Se tivesse sido um cavalheiro, é claro, teria deixado que ele me matasse, e isso teria limpado a mancha no brasão dos Butler. Mas... eu gosto de viver. Então é isso que tenho feito, e tenho me divertido... Quando penso em meu irmão, morando entre as vacas sagradas de Charleston e sendo o mais reverente possível com elas, e me lembro de sua mulher enfadonha, dos bailes de Santa Cecília e de seus intermináveis campos de arroz, percebo as compensações de ter rompido com o sistema. Scarlett, nosso sistema sulista de vida é tão antiquado quanto o sistema feudal da Idade Média. O incrível é ter durado tanto tempo. Tinha que acabar, e está acabando agora. E mesmo assim você espera que eu ouça oradores como o Dr. Meade a me dizer que nossa Causa é justa e sagrada? E que fique empolgado com o rufar dos tambores a ponto de agarrar meu mosquetão e correr para a Virgínia a fim de derramar meu sangue pelo Sr. Robert? Que tipo de tolo acha que eu sou? Beijar o açoite que me castigou não faz meu gênero. Agora o sul e eu estamos empatados. O sul me jogou lá fora para passar fome uma vez. Não passei, e estou ganhando dinheiro com a agonia mortal do sul para compensar por meu direito nato perdido.

— Acho que você é vil e mercenário — disse Scarlett, mas sua observação foi automática. Não prestara atenção à maior parte do que ele dissera, como sempre fazia com qualquer conversa que não fosse pessoal. Mas parte daquilo fazia sentido. Havia tantas tolices na vida das pessoas de bem. Precisar fingir que seu coração estava no túmulo quando não estava. E como todos tinham ficado chocados quando ela dançara na quermesse. E a fúria no modo como as pessoas erguiam a sobrancelha toda vez que ela fazia ou dizia qualquer coisa um pouco diferente do que as outras moças faziam ou diziam. Mas, ainda assim, ela se chocava por ouvi-lo atacar as tradições que mais a aborreciam. Ela convivera por tempo demais com pessoas que dissimulavam com educação para não se sentirem perturbadas ao ouvir os próprios pensamentos postos em palavras.

— Mercenário? Não, só enxergo longe. Embora, talvez, isso seja apenas um sinônimo para mercenário. Pelo menos, as pessoas que não enxergam tão longe como eu pensarão assim. Qualquer leal confederado que tivesse mil dólares em 1861 poderia ter feito o que fiz, mas poucos eram mercenários o bastante para tirar proveito de suas oportunidades! Por exemplo, logo depois da queda do forte Sumter e antes da instalação do bloqueio, comprei milhares de fardos de algodão a um preço baixíssimo e os levei para a Inglaterra. Ainda estão lá em armazéns em Liverpool. Nunca os vendi. Estou retendo a carga até as tecelagens inglesas ficarem sem algodão, e então eles vão me pagar qualquer preço. Não vou me admirar se conseguir um dólar por cada meio quilo.

— Vai conseguir um dólar por meio quilo quando elefantes pousarem em árvores!

— Acho que consigo. O algodão já está a 75 centavos o meio quilo. Quando esta guerra acabar, serei um homem rico, Scarlett, porque enxerguei longe... Ah, perdão: porque fui mercenário. Eu já lhe disse uma vez que há dois modos de se ganhar muito dinheiro: um é na construção de um país e outro, na destruição. Dinheiro lento na construção, dinheiro rápido na derrocada. Lembre-se de minhas palavras. Talvez lhe sejam úteis algum dia.

— Muito aprecio um bom conselho — disse Scarlett, reunindo todo o sarcasmo que podia. — Mas não preciso do seu. Acha que meu pai é pobre? Ele tem todo o dinheiro de que preciso e, além disso, tenho as propriedades de Charles.

— Imagino que os aristocratas pensavam praticamente a mesma coisa até o exato momento de subir ao carroção que os levaria à guilhotina.

Frequentemente, Rhett apontava a Scarlett a incoerência de ela usar o preto do luto, visto que estava participando de todas as atividades sociais. Ele gostava de cores claras, e os vestidos de funeral e o véu pendurado do chapéu de sol até os calcanhares o divertiam e desagradavam ao mesmo tempo. Mas ela se mantinha fiel aos tediosos vestidos pretos e ao véu, sabendo que, se os trocasse por cores sem esperar mais vários anos, a cidade iria mexericar ainda mais do que já fazia. E, além disso, como poderia explicar à mãe?

Rhett disse francamente que o véu lhe dava o aspecto de um corvo, e que os vestidos pretos lhe acrescentavam dez anos à idade. Essa declaração nada cavalheiresca a fez voar ao espelho para ver se realmente parecia ter 28 anos em vez de 18.

— Eu achava que você tinha mais brio do que tentar se parecer com a Sra. Merriwether — troçava ele. — E mais bom gosto do que usar esse véu para anunciar um pesar que, tenho certeza, nunca sentiu. Vou fazer uma aposta com você. Em dois meses, eu tiro o chapéu e o véu de sua cabeça e os substituo por uma criação parisiense.

— De forma alguma, e basta dessa discussão — disse Scarlett, aborrecida pela referência feita a Charles. Rhett, que se preparava para partir rumo a Wilmington e dali para outra viagem ao exterior, foi embora com um sorriso.

Em uma clara manhã de verão, algumas semanas mais tarde, ele reapareceu com uma bela caixa de chapéu na mão e, depois de saber que estava a sós com Scarlett na casa, abriu-a. Embrulhado em várias folhas de papel de seda estava um chapéu de sol, uma criação que a fez exclamar: "Ah, que coisa linda!" enquanto estendia a mão para pegá-lo. Ávida por ver, mais ainda que por usar coisas novas, parecia o mais belo chapéu que já vira. Era de tafetá verde-escuro, forrado com seda de um tom claro de jade. As fitas que o amarravam embaixo do queixo eram tão largas quanto sua mão e também verde-claras. E, aninhada à aba, havia uma exuberante pluma verde de avestruz.

— Experimente — disse Rhett sorrindo.

Ela atravessou voando a sala até o espelho e colocou-o, puxando a cabeça para trás para mostrar os brincos e amarrando a fita sob o queixo.

— Que tal estou? — perguntou ela, fazendo piruetas e jogando a cabeça para trás, a pluma a dançar. Mas sabia que estava bonita mesmo antes de ver a confirmação nos olhos dele. Estava muito graciosa, e o verde do forro dava brilho a seus olhos verde-esmeralda.

— Ah, Rhett, de quem é este chapéu? Eu compro. Dou-lhe todos os centavos que tenho por ele.

— É seu — disse ele. — Quem mais poderia usar esse tom de verde? Acha que me lembrei direito da cor de seus olhos?

— Mandou mesmo fazê-lo só para mim?

— Sim, e veja na caixa, "Rue de la Paix", se é que isso significa alguma coisa para você.

Não significava coisa alguma para ela, que sorria diante do próprio reflexo no espelho. Naquele exato momento, nada lhe importava a não ser que estava absolutamente encantadora com o primeiro chapéu bonito que colocava na cabeça em dois anos. O que ela não poderia fazer com aquele chapéu! Então seu sorriso se esvaneceu.

— O que foi? Não gostou?

— É um sonho, mas... Ah, odeio ter que cobrir esse lindo verde com o crepe e tingir a pluma de preto.

Rapidamente, ele estava ao lado dela e seus dedos hábeis desamarraram o enorme laço sob seu queixo. Em um instante, o chapéu estava de volta na caixa.

— O que está fazendo? Tinha dito que era meu.

— Mas não para transformá-lo em um chapéu de luto. Vou encontrar outra dama encantadora de olhos verdes que aprecie meu gosto.

— Ah, não faça isso! Eu morrerei se não ficar com ele! Ah, por favor, Rhett, não seja mesquinho! Deixe-me ficar com ele.

— E transformá-lo em um horror como seus outros chapéus? Não.

Ela se agarrou à caixa. Aquela doçura que a fizera parecer tão jovem e encantadora ser dada para outra moça? Ah, nunca! Por um instante, ela pensou em como Pitty e Melanie ficariam horrorizadas. Pensou em Ellen e no que ela diria e teve um calafrio. Mas a vaidade foi mais forte.

— Não mudo nada. Prometo. Deixe-me ficar com ele.

Ele lhe entregou a caixa com um sorriso levemente mordaz e ficou a observá-la enquanto ela o colocava novamente e se envaidecia.

— Quanto custa? — perguntou de repente, a fisionomia se abatendo. — Só tenho cinquenta dólares, mas no mês que vem...

— Custaria cerca de 2 mil dólares em dinheiro confederado — disse ele com um sorriso diante de sua expressão acabrunhada.

— Ah, minha nossa... Bem, digamos que eu lhe dê 50 agora e depois quando eu...

— Não quero dinheiro algum — disse ele. — É um presente.

Scarlett ficou boquiaberta. Os presentes masculinos obedeciam a uma regra bastante delimitada, cuidadosamente estabelecida.

"Doces e flores, querida", Ellen sempre dizia, "e talvez um livro de poesias, um álbum ou um vidrinho de água de cheiro são as únicas coisas que uma dama pode aceitar de um homem. Jamais, jamais um presente caro, nem sequer de seu noivo. E nunca uma joia ou uma peça de vestuário, nem mesmo luvas ou lenços. Caso você aceite tais presentes, os homens saberão que não é uma dama e tentarão tomar liberdades."

"Minha nossa", pensou Scarlett, olhando primeiro para si mesma no espelho e depois para a fisionomia ilegível de Rhett. "Eu simplesmente não posso dizer a ele que não vou aceitar. É lindo demais. Eu quase... quase preferia que ele tomasse uma liberdade, se fosse bem pequena." Em seguida, ficou horrorizada consigo mesma por ter tal pensamento e corou.

— Eu... eu vou lhe dar os 50 dólares...

— Se me der, vou jogá-los na sarjeta. Ou, ainda melhor, vou encomendar missas por sua alma. Tenho certeza de que bem precisa...

Ela não pôde conter o riso, e o reflexo risonho sob a aba verde a fez decidir de imediato.

— O que está pretendendo comigo?

— Estou lhe tentando com finos presentes até que seus ideais infantis se desgastem e você fique à minha mercê — disse ele. — "Só aceite doces e flores dos cavalheiros, queridinha" — imitou ele, fazendo-a dar uma gargalhada.

— Você é um miserável esperto e desalmado, Rhett Butler, e sabe muito bem que este chapéu de sol é bonito demais para ser recusado.

Os olhos dele debochavam dela, mesmo quando elogiavam sua beleza.

— É claro que você pode dizer à Srta. Pitty que me deu uma amostra de tafetá e seda verde, fez um desenho do chapéu e eu lhe extorqui 50 dólares por ele.

— Não. Vou dizer 100 dólares, e ela vai contar a todo mundo na cidade, e vão ficar verdes de inveja, falando de minha extravagância. Mas Rhett, não deve mais me trazer nada tão caro. É uma extrema gentileza de sua parte, mas eu não poderia aceitar mais nada.

— Mesmo? Bem, vou lhe trazer presentes enquanto isso me der prazer e enquanto vir coisas que salientem seus encantos. Vou lhe trazer uma seda verde-escura para fazer um vestido que combine com o chapéu. E estou lhe avisando que não sou gentil. Estou lhe tentando com chapéus e pulseiras e levando-a para uma armadilha. Não se esqueça de que nunca faço algo sem um motivo, e nunca dou nada sem esperar algo em troca. Sempre sou pago.

Seus olhos negros buscaram o rosto dela, detendo-se em seus lábios. Scarlett baixou os olhos, nervosa. Agora, ele tentaria tomar liberdades, bem como Ellen previra. Ele iria beijá-la ou tentar beijá-la e, alvoroçada, ela não conseguia decidir como devia reagir. Caso se recusasse, ele poderia arrancar o chapéu de sua cabeça e dá-lo a alguma outra moça. Por outro lado, se ela permitisse um beijo recatado, ele poderia lhe trazer outros presentes adoráveis na esperança de ganhar outro. Os homens davam muita importância a essa história de beijos, só Deus sabia por quê. E, muitas vezes, depois de um beijo eles se apaixonavam de tal modo que tornavam-se ridículos, bastando que a jovem fosse esperta e recusasse outros beijos depois do primeiro. Seria tão empolgante fazer Rhett Butler se apaixonar por ela, admiti-lo e implorar por um beijo ou um sorriso. Sim, ela o deixaria beijá-la.

Mas ele não fez qualquer movimento nesse sentido. Ela lhe lançou um olhar oblíquo por baixo dos cílios e murmurou encorajadora:

— Quer dizer que sempre é pago? E o que espera conseguir de mim?

— Isso vamos ver.

— Bem, se acha que vou me casar com você para pagar por um chapéu de sol, não vou — disse ela com ar provocante, movendo a cabeça graciosamente para balançar a pluma.

Seus dentes brancos brilharam sob o pequeno bigode.

— Senhora, não seja pretensiosa, não quero me casar com você ou com qualquer outra. Não sou homem que se case.

— Não diga! — exclamou ela, espantada e agora decidida de que ele devia tomar alguma liberdade. — Eu também não pretendo beijá-lo.

— Então por que sua boca está fazendo esse biquinho ridículo?

— Ah! — exclamou enquanto se olhava rapidamente no espelho, vendo seus lábios vermelhos realmente em pose para um beijo. — Ah! — exclamou outra vez, perdendo a compostura e batendo com o pé no chão. — Você é o homem mais horrendo que já encontrei, e não me importo se nunca mais o vir!

— Se realmente sentisse isso, teria pisado no chapéu. Deus, mas está furiosa, o que lhe cai bem, como provavelmente sabe. Vamos, Scarlett, pise no chapéu para mostrar o que acha de mim e de meus presentes.

— Não se atreva a tocar neste chapéu — disse ela, segurando-o pela copa e recuando. Perseguindo-a, rindo baixinho, ele tomou as mãos dela nas suas.

— Ah, Scarlett, você é tão jovem que me comove — disse ele —, e vou beijá-la, como você parece esperar que eu faça. — E, se inclinando displicentemente, seu bigode só roçou o rosto dela. — Agora, acha que deve me dar um tapa só para cumprir as normas?

Os lábios insurgentes, ela olhou dentro dos olhos dele e viu tanta diversão nas profundezas escuras que teve um acesso de riso. Que provocador ele era, e que exasperante! Se não queria se casar com ela e nem beijá-la, o que queria então? Se não estava apaixonado por ela, por que ia visitá-la com tanta frequência e lhe levava presentes?

— Assim é melhor — disse ele. — Scarlett, eu sou uma má influência para você e, se tiver juízo, me mandará pastar... se conseguir. É muito difícil livrar-se de mim. Mas não lhe faço bem.

— Não?

— Não percebe? Desde que a encontrei na quermesse, sua conduta tem sido chocante, e a culpa é, em grande parte, minha. Quem a levou a dançar? Quem a forçou a reconhecer que não achava nossa gloriosa Causa nem gloriosa nem sagrada? Quem a incitou a admitir que achava tolos os homens que morriam por princípios ocos? Quem a ajudou a dar motivos de sobra para os mexericos das velhas? Quem a está tirando do luto com muitos anos de antecedência? E quem, para acabar com isso, a fez cair em uma armadilha e aceitar um presente que nenhuma dama pode aceitar e continuar sendo uma dama?

— Não seja presunçoso, capitão Butler. Nada fiz de tão escandaloso e, de qualquer maneira, teria feito tudo o que mencionou sem sua ajuda.

— Duvido — disse ele, e sua fisionomia ficou subitamente quieta e sombria.

— Você ainda seria a viúva de coração partido de Charles Hamilton, afamada pela caridade distribuída aos feridos. Finalmente, no entanto...

Mas ela não escutava, pois se olhava no espelho de novo, pensando que usaria o chapéu de sol para ir ao hospital naquela tarde mesmo e levaria flores para os oficiais convalescentes.

Não lhe ocorreu a verdade presente nas últimas palavras dele. Ela não percebia que Rhett lhe abrira a prisão de sua viuvez, deixando-a livre para reinar sobre as moças não casadas, quando seus dias de beldade deveriam há muito ter ficado para trás. Não percebia também que sob sua influência ela se distanciara muito dos ensinamentos de Ellen. A mudança fora gradual, o desprezo a uma pequena convenção parecendo não ligar-se a outro, e nenhum deles parecendo estar ligado a Rhett. Ela não percebia que, com o incentivo dele, desconsiderara as imposições mais severas de sua mãe no que se referia às normas de conduta, esquecera a difícil lição de ser uma dama.

Ela só percebia que o chapéu era o mais lindo que já tivera, que não lhe custara um centavo e que Rhett devia estar apaixonado por ela, admitisse ou não. E, certamente, ela pretendia achar um modo de fazê-lo admitir.

No dia seguinte, Scarlett estava diante do espelho com um pente na mão e a boca cheia de grampos, tentando um novo penteado que Maybelle, recém-chegada de uma visita ao marido em Richmond, dissera que era a coqueluche na capital. Chamava-se "Gatos, Ratos e Camundongos" e não era nada fácil. O cabelo era repartido no meio e arrumado em três rolos de tamanhos gradativos de cada lado da cabeça, ficando o maior mais próximo ao repartido, sendo este o gato. O gato e o rato eram fáceis de fixar, mas o camundongo sempre escapava do grampo. Contudo, ela estava decidida a conseguir, pois Rhett estava chegando para jantar, e sempre percebia qualquer inovação no vestir ou no pentear.

Enquanto lutava com seus bastos, obstinados cachos, a transpiração pontilhando sua testa, ela ouviu passos apressados no vestíbulo e percebeu que Melanie chegara do hospital. Quando a ouviu voar escada acima de dois em dois degraus, parou, o grampo no ar, percebendo que devia haver algo errado, pois Melanie sempre se movimentava tão decorosamente quanto uma rainha. Ela foi até a porta, abriu-a, e Melanie correu para dentro, o rosto corado e amedrontado, parecendo uma criança culpada.

Havia lágrimas em seu rosto, o chapéu de sol estava pendurado no pescoço pelas fitas e a crinolina balançava muito. Ela apertava algo na mão, e o cheiro forte de perfume barato entrou no quarto com ela.

— Ah, Scarlett — exclamou, fechando a porta e caindo na cama. — A tia já chegou? Não? Ah, graças a Deus! Estou tão aflita que poderia morrer! Quase desmaiei e, Scarlett, Tio Peter está ameaçando contar para tia Pitty!

— Contar o quê?

— Que eu estava falando com aquela... com a Srta... Sra... — Melanie abanou o rosto afogueado com o lenço. — Aquela mulher de cabelo ruivo chamada Belle Watling!

Belle Watling era a ruiva que ela vira no dia em que chegara a Atlanta, e atualmente a mulher de pior reputação da cidade. Muitas prostitutas haviam ido para Atlanta, no rastro dos soldados, mas Belle se destacava do resto por causa do cabelo flamejante e dos vestidos vistosos e modernos que usava. Ela raramente era vista na rua dos Pessegueiros ou em qualquer outro bairro elegante, mas, quando resolvia aparecer, as mulheres respeitáveis apressavam-se a cruzar a rua para se afastar dela. E Melanie havia conversado com ela. Não era de admirar que Tio Peter estivesse ultrajado.

— Eu morro se tia Pitty descobrir! Você sabe que ela vai gritar e espalhar para todo mundo na cidade e eu vou cair em desgraça — soluçou Melanie. — E não foi culpa minha. Eu... eu não consegui escapar dela. Teria sido uma total grosseria. Scarlett, eu... eu senti pena dela. Acha que sou má por me sentir assim?

Mas Scarlett não estava interessada na ética da questão. Como a maioria das jovens inocentes e bem-criadas, ela tinha uma curiosidade devoradora sobre prostitutas.

— O que ela queria? Como é que ela fala?

— Ah, ela fala errado, mas pude ver que a coitada estava tentando ser elegante. Saí do hospital e o Tio Peter não estava esperando por mim com a carruagem, então pensei que devia vir a pé para casa. Quando passei pelo pátio dos Emerson, lá estava ela se escondendo atrás da cerca viva! Ah, graças a Deus que os Emerson estão em Macon! E ela disse: "Por favor, Sra. Wilkes, pode falar um minuto comigo?" Não sei como ela sabia meu nome. Eu sabia que devia sair dali correndo, mas... bem, Scarlett, ela parecia tão triste e... bem, meio suplicante. Usava vestido e chapéu pretos, estava sem pintura e parecia bastante decente, com exceção do cabelo vermelho. E, antes que eu pudesse responder, ela disse:

"Sei que não devia falar com a senhora, mas tentei falar com aquela velha pavoa, a Sra. Elsing, e ela me enxotou do hospital".

— Ela a chamou mesmo de pavoa? — perguntou Scarlett, satisfeita e entretida.

— Ah, não ria. Não é engraçado. Parece que a Srta... essa mulher, queria contribuir de alguma forma com o hospital... você pode imaginar? Ela se ofereceu para trabalhar como enfermeira todas as manhãs e, é claro, a Sra. Elsing deve ter ficado à morte com essa ideia e a mandou embora do hospital. E então ela disse: "Eu também quero fazer algo. Eu não sou uma confederada do mesmo jeito que a senhora?" Scarlett, fiquei imediatamente comovida por ela querer ajudar. Se quer ajudar a Causa, não deve ser de todo má. Acha que estou errada em pensar assim?

— Pelo amor de Deus, Melly, quem se importa se você está errada? O que mais que ela disse?

— Ela disse que tinha ficado observando as senhoras que andavam pelo hospital e achou que eu tinha... uma... uma expressão bondosa, e então me abordou. Ela tinha dinheiro e queria que eu o pegasse e usasse em prol do hospital, sem dizer a vivalma de onde viera. Disse que a Sra. Elsing não iria querer usá-lo se soubesse que tipo de dinheiro era. Que tipo de dinheiro! Foi quando eu achei que fosse desmaiar! Eu estava tão perturbada e ansiosa para sair dali, que só disse: "Ah, sim, claro, que gentileza a sua!" ou qualquer bobagem assim, e ela sorriu e disse: "Isso é bem cristão da sua parte" e enfiou esse lenço sujo em minha mão. Argh, consegue sentir o perfume?

Melanie segurava um lenço masculino, manchado e muito perfumado, onde havia algumas moedas amarradas.

— Ela estava agradecendo e dizendo algo sobre levar algum dinheiro todas as semanas e nesse momento o Tio Peter apareceu e me viu! — Melly caiu no choro e deitou a cabeça no travesseiro. — E, quando ele viu com quem eu estava falando, ele... Scarlett, ele *gritou* comigo! Nunca ninguém jamais tinha gritado comigo em toda a minha vida. Ele disse: "Vem já e sobe nessa carruage nesse minuto!" É claro que subi, e durante todo o caminho para casa ele ficou me benzendo, sem me deixar explicar, e disse que ia contar à tia Pitty. Scarlett, vá até lá embaixo e lhe suplique que nada diga. A tia vai morrer se souber que eu sequer olhei para aquela mulher. Você vai?

— Vou, sim. Mas vamos ver quanto dinheiro tem aí. Parece pesado.

Ela desamarrou o lenço e um punhado de moedas de ouro rolou pela cama.

— Scarlett, há 50 dólares aqui! Em ouro! — exclamou Melanie, impressionada, enquanto contava as peças brilhantes. — Diga, você acha certo usar esse tipo... bem, de dinheiro ganho... hã... desse modo em prol dos rapazes? Não acha que

Deus vai entender que ela quis ajudar e não vai se importar que seja dinheiro sujo? Quando penso nas tantas coisas de que o hospital precisa...

Mas Scarlett não estava escutando. Ela olhava para o lenço manchado e se enchia de humilhação e fúria. Havia um monograma no canto com as iniciais "R.K.B.". Na gaveta da sua cômoda, havia um lenço exatamente como aquele, que Rhett Butler lhe emprestara no dia anterior para enrolar os galhos de algumas flores silvestres que eles tinham colhido. Ela planejara devolvê-lo quando ele fosse jantar à noite.

Então Rhett se associara àquela vil criatura Watling e lhe dera dinheiro. Era dali que vinha a contribuição para o hospital. O ouro do bloqueio. E pensar que Rhett tivera o descaramento de olhar nos olhos de uma mulher decente depois de estar com aquela criatura! E pensar que ela podia ter acreditado que ele estava apaixonado por ela! Isso provava que não estava.

As mulheres perdidas e tudo o que as envolvia eram para ela assuntos misteriosos e revoltantes. Ela sabia que os homens patrocinavam essas mulheres com propósitos que nenhuma dama devia mencionar... ou, se os mencionasse, era por meio de sussurros e modos indiretos ou usando eufemismos. Sempre achara que só homens vulgares procurassem essas mulheres. Antes daquele momento, nunca lhe ocorrera que homens de trato, homens que encontrava em casas finas e com quem dançava pudessem fazer tais coisas. Aquilo lhe abriu todo um novo campo de ideias, que a horrorizou. Talvez todos os homens fizessem isso! Já era ruim que forçassem as esposas a passar por desempenhos tão indecentes, mas que realmente procurassem mulheres inferiores e pagassem por tal favor! Ah, os homens eram vis, e Rhett Butler o pior de todos!

Ela ia pegar aquele lenço e jogar na cara dele, mostrar-lhe a porta, e nunca, nunca mais falaria com ele outra vez. Mas não, é claro que não podia fazer isso. Jamais poderia deixá-lo saber que ela sequer percebia a existência de tais mulheres, muito menos que sabia que ele as procurava. Uma dama jamais poderia fazê-lo.

"Ah", pensou furiosa, "se pelo menos eu não fosse uma dama, o que não diria àquele verme!"

Apertando o lenço na mão, ela desceu até a cozinha procurando por Tio Peter. Ao passar pelo fogão, jogou o lenço nas chamas e, com uma raiva impotente, ficou observando enquanto queimava.

Capítulo 14

Na chegada do verão de 1863, a esperança estava em alta nos corações sulistas. Apesar das privações e das dificuldades, apesar da especulação com os gêneros alimentícios e de provações semelhantes, apesar dos óbitos, da doença e do sofrimento que agora deixavam sua marca em praticamente todas as famílias, o sul estava novamente dizendo "Mais uma vitória e a guerra acaba", dizendo-o com ainda mais segurança do que no verão anterior. Os ianques comprovavam não se dobrarem com facilidade, mas começavam a se dobrar.

O Natal de 1862 fora feliz para Atlanta e para todo o sul. A Confederação conquistara uma vitória espetacular em Fredericksburg e foram milhares os ianques mortos e feridos. Houve um regozijo geral naquele período das festas, regozijo e agradecimento pela virada da maré. O exército de farda castanha se compunha agora de guerreiros experientes, seus generais tinham provado seu brio e todos sabiam que, quando a campanha recomeçasse na primavera, os ianques seriam definitivamente esmagados.

A primavera chegou e a luta recomeçou. Em maio, a Confederação obteve outra grande vitória em Chancellorsville. O sul urrava de ufanismo.

Mais perto de casa, a investida de uma cavalaria da União se transformara em um triunfo confederado. O pessoal ainda ria e dava tapinhas nas costas uns dos outros: "Sim senhor! Quando o velho Nathan Bedford Forrest os puser para correr, é melhor que obedeçam." No fim de abril, o coronel Streight, acompanhado de 1.800 cavalarianos ianques, atacou a Geórgia de surpresa, tendo por alvo Rome, cerca de 100 quilômetros ao norte de Atlanta. Eles tinham o ambicioso plano de cortar a vitalmente importante ferrovia entre Atlanta e o Tennessee e depois se dirigir a Atlanta para destruir as fábricas e os suprimentos bélicos concentrados naquela cidade-chave da Confederação.

Foi uma tacada ousada e muito teria custado ao sul se não fosse por Forrest. Com um terço do número de homens... mas que homens e que cavaleiros!... ele começou a persegui-los, cercou-os antes mesmo que chegassem a Rome, os acossou dia e noite até finalmente capturar a força inteira!

A notícia chegou a Atlanta quase ao mesmo tempo que a notícia da vitória em Chancellorsville, e a cidade exultou de alegria. A vitória podia ser mais importante, mas a captura dos cavaleiros de Streight deixara os ianques em uma posição ridícula.

— Não, senhor, é melhor não brincar com o velho Forrest — dizia Atlanta em regozijo enquanto a história era contada e recontada.

A onda de sorte da Confederação se desencadeava com força e plenitude agora, levando as pessoas ao jubilo. Era verdade que os ianques sob o comando de Grant estavam sitiando Vicksburg desde meados de maio. Era verdade que o sul sofrera uma perda incomparável quando Stonewall Jackson fora fatalmente ferido em Chancellorsville. Era verdade que a Geórgia perdera um de seus filhos mais bravos e brilhantes quando o general T.R.R. Cobb morrera em Fredericksburg. Mas os ianques já não podiam aguentar derrotas como as de Fredericksburg e Chancellorsville. Eles teriam que se entregar e, então, essa guerra cruel acabaria.

Chegaram os primeiros dias de julho e com eles o boato, mais tarde confirmado por despachos, de que Lee marchava para a Pensilvânia. Lee no território inimigo! Lee forçando a batalha! Essa seria a última luta da guerra!

Atlanta não se continha de tanta empolgação, prazer e uma sede ardente de vingança. Agora os ianques saberiam o que significava realizar uma guerra em seu próprio território. Agora saberiam o que significava ter os campos férteis desnudados, cavalos e gado roubados, casas incendiadas, velhos e meninos levados para a prisão e mulheres e crianças expostas à fome.

Todos sabiam o que os ianques tinham feito no Missouri, no Kentucky, no Tennessee e na Virgínia. Até as crianças sabiam recitar com ódio e medo os horrores infligidos pelos ianques ao território conquistado. Atlanta já estava repleta de refugiados do leste do Tennessee e soubera em primeira mão dos sofrimentos por que tinham passado. Naquela região, os simpatizantes Confederados estavam em minoria, e a mão da guerra caíra com força sobre eles, assim como em todos os estados de fronteira, vizinho passando informações contra vizinho e irmão matando irmão. Os refugiados imploravam para ver a Pensilvânia se transformar em chamas, e até na fisionomia das damas mais gentis viam-se expressões de prazer impiedoso.

Mas, quando chegou a notícia de que Lee dera ordens para que nenhuma propriedade particular da Pensilvânia fosse tocada, declarara que o saque seria punido com a morte e que o exército pagaria por cada artigo requisitado, foi necessário reunir toda a reverência amealhada pelo general para salvar sua popularidade. Não liberar os rapazes nas ricas lojas daquele próspero estado? O que o general Lee estava pensando? E nossos rapazes tão famintos e necessitando de calçados, roupas e cavalos!

Um bilhete escrito às pressas por Darcy Meade para o médico, a única informação de primeira mão que Atlanta recebeu durante aqueles dias de julho, foi passado de mão em mão, provocando uma escalada de revolta.

"Pai, poderia me conseguir um par de botas? Já faz duas semanas que estou andando descalço e não vejo perspectivas de conseguir outro par. Se eu não tivesse pés tão grandes poderia pegá-las dos ianques mortos, como fazem os outros rapazes, mas ainda não encontrei nenhum ianque que tivesse os pés desse tamanho. Se conseguir, não envie pelo correio. Alguém as roubaria pelo caminho e eu não iria culpá-lo. Ponha Phil no trem com as botas. Eu lhe escreverei em breve informando nosso paradeiro. Ainda não sei qual será, exceto que estamos marchando para o norte. Estamos em Maryland agora, e todos dizem que iremos até a Pensilvânia...

Pai, eu achava que daríamos aos ianques um gostinho de seu próprio veneno, mas o general diz 'não' e, pessoalmente, não quero morrer só pelo prazer de incendiar alguma casa ianque. Pai, hoje marchamos pelo maior campo de milho que já vi. Aí em casa não existe milharal como esse. Bem, devo admitir que pilhamos um pouco daquele milho, pois estávamos todos com muita fome e o que o general não souber não há de magoá-lo. Mas o milho estava verde e não nos fez nenhum bem. Todos estão com disenteria, de todo modo, e o milho só piorou as coisas. É mais fácil ir em frente com uma perna ferida do que com disenteria. Pai, veja se consegue as botas para mim. Sou capitão agora, e um capitão precisa ter botas, mesmo que não tenha uma farda nova nem uma dragona."

Mas o exército estava na Pensilvânia, e era isso o que interessava. Mais uma vitória e a guerra acabaria, e então Darcy Meade poderia ter todas as botas que quisesse e os rapazes iriam para casa marchando e todos seriam felizes de novo. Os olhos da Sra. Meade ficaram marejados quando ela imaginou seu filho soldado em casa outra vez; enfim, em casa para ficar.

No dia 3 de julho, caiu um súbito silêncio no telégrafo que vinha do norte, um silêncio que continuou até o meio-dia do dia 4, quando relatórios fragmentados e truncados começaram a pingar nos quartéis de Atlanta. Houvera um grande embate na Pensilvânia, próximo a uma cidadezinha, Gettysburg, uma batalha de enormes proporções com todo o exército de Lee reunido. As notícias eram imprecisas, chegavam aos poucos, pois a luta se dera em território inimigo e os relatórios primeiro passavam por Maryland, dali para Richmond e depois para Atlanta.

O suspense crescia e o início do pavor foi lentamente se espalhando pela cidade. Nada era pior do que não saber o que estava acontecendo. As famílias que tinham filhos em combate rezavam fervorosamente para que seus rapazes não estivessem na Pensilvânia, mas aqueles que sabiam que os seus estavam no mesmo regimento de Darcy Meade cerravam os dentes e diziam ser uma honra para eles estar na batalha definitiva contra os ianques.

Na casa de tia Pitty, as três mulheres entreolhavam-se, sem conseguir ocultar o receio que sentiam. Ashley estava no regimento de Darcy.

No dia 5, chegaram marés maléficas, não do norte, mas do oeste. Vicksburg caíra; caíra após um longo e amargo cerco, e praticamente todo o rio Mississippi, de St. Louis a Nova Orleans, estava nas mãos dos ianques. A Confederação fora dividida em duas. Em qualquer outro momento, a notícia do desastre teria levado medo e lamentações a Atlanta. Mas agora eles só podiam dar pouca atenção a Vicksburg. Estavam voltados para Lee na Pensilvânia, impondo a batalha. A derrota de Vicksburg não seria uma catástrofe se Lee vencesse no leste. Lá estavam Filadélfia, Nova York, Washington. Sua captura paralisaria o norte e mais que anularia a derrota no Mississippi.

As horas se arrastavam e a sombra negra da calamidade pairava sobre a cidade, obscurecendo o sol quente até as pessoas olharem para cima assombradas, como que incrédulas de que o céu estivesse claro e azul em vez de escuro e carregado de nuvens passageiras. Em toda parte, as mulheres se agrupavam, reunidas nas varandas, nas calçadas, até no meio da rua, dizendo que a falta de notícias significava falta de más ocorrências, tentando confortar umas às outras, tentando mostrar uma aparência de coragem. Mas rumores obscuros de que Lee fora morto, a batalha, perdida, e de que uma enorme lista de baixas estaria a caminho escapavam pelas ruas silenciosas como morcegos em disparada. Embora não quisessem crer, bairros inteiros, dominados pelo pânico, correram ao centro, aos jornais, aos quartéis, implorando por notícias, quaisquer que fossem, mesmo ruins.

Formaram-se multidões na estação, esperando por notícias dos trens que chegavam, na agência dos telégrafos, diante das portas trancadas dos jornais. Eram multidões estranhamente imóveis, que foram aumentando silenciosamente. Não havia conversas. Ocasionalmente, a voz trêmula de algum velho a implorar por notícias, em vez de incitar o balbucio, só intensificava a quietude conforme ouviam: "Ainda não chegou nenhuma notícia do norte, exceto que houve luta." O número de mulheres a pé e em carruagens foi ficando cada vez maior, e o calor dos corpos aglomerados e o pó subindo dos pés inquietos eram sufocantes. As mulheres não falavam, mas suas fisionomias pálidas suplicavam com uma eloquência muda que era mais alta que lamentos.

Difícil haver uma casa na cidade que não tivesse enviado um filho, um irmão, um pai, um amado, um marido a essa batalha. Todos esperavam ouvir a notícia de que a morte chegara às suas casas. Esperavam a morte. Não esperavam a derrota. Essa ideia rejeitavam. Seus homens podiam estar morrendo, agora mesmo, nas campinas crestadas pelo sol das colinas da Pensilvânia. Agora mesmo, as tropas sulistas podiam estar caindo como os grãos em face de uma tempestade de granizo, mas a Causa pela qual lutavam jamais poderia cair. Podiam estar morrendo aos milhares, mas como pitaias, milhares de homens recém-chegados, de cinza e castanho, com o grito rebelde nos lábios, brotariam da terra para tomar seus lugares. Ninguém sabia de onde viriam esses homens. Sabiam apenas, com a mesma certeza com que sabiam que havia um Deus justo e cioso no Céu, que Lee era milagroso e o Exército da Virgínia invencível.

Scarlett, Melanie e a Srta. Pittypat sentavam-se em frente à sede do *Daily Examiner* na carruagem com o teto arriado, protegidas pelas sombrinhas. As mãos de Scarlett tremiam, de modo que a sombrinha balançava sobre sua cabeça. Pitty estava tão alvoroçada que seu nariz se agitava na cara redonda como o de um coelho, mas Melanie estava imóvel, parecendo ter sido entalhada em pedra, os olhos escuros ficando cada vez maiores com a passagem do tempo. Em duas horas, ela só fez uma única observação, ao pegar o frasco de sais em sua bolsa, alcançando-o à tia, sendo esta a primeira vez em toda a vida que lhe dirigia a palavra de modo diverso da mais terna afeição.

— Tome, titia, e use se acha que vai desmaiar. Mas vou logo avisando, se desmaiar terá que desmaiar sozinha e deixar que Tio Peter a leve para casa, pois não saio daqui até saber sobre... até saber. E também não vou deixar que Scarlett me abandone.

Scarlett não tinha nenhuma intenção de ir embora, nenhuma intenção de ficar em um lugar onde não pudesse receber as primeiras notícias de Ashley. Nem que tia Pitty morresse, ela sairia dali. Em alguma parte, Ashley estava lutando, talvez morrendo, e a sede do jornal era o único lugar onde poderia ficar sabendo da verdade.

Ela olhou por entre a multidão, avistando amigos e vizinhos, a Sra. Meade com o chapéu de sol enviesado, de braço dado com o filho de 15 anos, Phil; as Srtas. McLure tentando cobrir os dentes salientes com os lábios trêmulos; a Sra. Elsing, ereta feito uma mãe espartana, só traía o tumulto interno pelos cachos grisalhos que escapavam do coque na nuca; e Fanny Elsing, pálida como um fantasma. (Certamente, Fanny não estaria tão preocupada com o irmão Hugh. Será que ela teria um admirador na frente de batalha do qual ninguém suspeitava?) A Sra. Merriwether sentava-se em sua carruagem acariciando a mão de Maybelle. Maybelle estava tão grávida que era uma desgraça aparecer em público, mesmo com o xale cuidadosamente encobrindo-a. Por que estaria tão preocupada? Ninguém soubera que as tropas da Louisiana estivessem na Pensilvânia. Era provável que seu pequeno zuavo cabeludo estivesse a salvo em Richmond naquele instante.

Houve um movimento pela margem da multidão, e os que estavam a pé abriram caminho para que Rhett Butler fosse cuidadosamente avançando seu cavalo em direção à carruagem de tia Pitty. Scarlett pensou: "Ele tem mesmo coragem de se meter aqui, nesta hora, quando não precisaria muito para que esta turba o fizesse em pedacinhos só por ele não estar fardado." Conforme ele se aproximava, ela achou que poderia ser a primeira a estraçalhá-lo. Como ousava aparecer montado naquele belo cavalo, usando botas lustradas e em um belo terno de linho branco, tão reluzente e bem alimentado, fumando um charuto caro, quando Ashley e todos os outros rapazes lutavam contra os ianques, descalços, sufocando no calor, famintos, as barrigas corroídas pela doença?

Olhares amargos foram lançados enquanto ele passava devagar pela multidão. Velhos resmungaram e a Sra. Merriwether, que nada temia, ergueu-se de leve em sua carruagem e disse claramente: "Especulador!", em um tom que tornou a palavra o mais obsceno e virulento dos epítetos. Ele não prestou atenção a ninguém, tirou o chapéu para Melly e tia Pitty e, indo para o lado de Scarlett, inclinou-se e sussurrou:

— Não acha que esta seria a hora para o Dr. Meade fazer seu famoso discurso sobre a vitória que pousa como uma águia altaneira em nossos estandartes?

Os nervos tensos pela incerteza, ela se virou rapidamente para ele como uma gata enraivecida, palavras fortes borbulhando em seus lábios, mas interrompidas por um gesto dele.

— Vim aqui para lhes comunicar, senhoras — disse ele em voz alta —, que estive no quartel e as primeiras listas de baixas estão chegando.

A essas palavras, elevou-se um murmúrio entre os que estavam por perto, e a multidão começou a se movimentar, pronta para se virar e correr à rua Whitehall rumo ao quartel.

— Parem — exclamou ele, erguendo-se na sela e levantando a mão. — As listas foram enviadas para os dois jornais e estão sendo impressas agora. Fiquem onde estão!

— Ah, capitão Butler — exclamou Melly, virando-se para ele com lágrimas nos olhos —, que gentileza a sua vir nos contar! Quando serão divulgadas?

— Devem sair a qualquer minuto, senhora. Faz meia hora que chegaram os relatórios. O major encarregado não quis divulgar nada até que a impressão estivesse pronta, receando que a multidão pudesse destruir os escritórios na tentativa de conseguir notícias. Ah! Vejam!

A janela lateral da sede do jornal se abriu e uma mão se estendeu, com um maço de longas e estreitas provas de galé, marcadas pela tinta fresca com os nomes impressos bem próximos. A turba brigou por elas, rasgando as tiras de papel pela metade, aqueles que as obtinham tentando recuar no meio do povo para poder ler, aqueles mais atrás empurrando e gritando: "Deixem-me passar!"

— Segure as rédeas — disse ele secamente, apeando e jogando os arreios para Tio Peter. Elas viram seus ombros largos se sobressaindo entre a multidão, enquanto ele seguia empurrando com força. Logo estava de volta, com meia dúzia de papéis na mão. Entregou um para Melanie e distribuiu os outros entre as senhoras nas carruagens próximas, as Srtas. McLure, a Sra. Meade, a Sra. Merriwether e a Sra. Elsing.

— Vamos logo com isso, Melly — exclamou Scarlett, o coração lhe saindo pela boca, ficando exasperada ao ver a tremedeira das mãos de Melly que nem lhe permitia ler.

— Tome — sussurrou Melly, e Scarlett pegou a lista de sua mão. O W. Onde estava o W? Ah, lá estava, embaixo e todos manchados.

— White — lia ela, a voz trêmula — Wilkens... Winn... Zebulon... Oh, Melly, ele não está! Ele não está! Ah, graças a Deus, titia! Melly, pegue os sais! Segure-a, Melly.

Melly, chorando abertamente de alegria, segurou a cabeça da Srta. Pitty, que caía, e manteve o frasco de sais sob seu nariz. Scarlett apoiou a velha e gorda senhora pelo outro lado, o coração cantando de felicidade. Ashley estava vivo. Nem sequer ferido estava. Que bondade de Deus, deixá-lo a salvo! Que...

Ela ouviu um suave gemido e, olhando para o lado, viu Fanny Elsing deitar a cabeça no peito da mãe, a lista das baixas caíra no chão da carruagem, os lábios finos da Sra. Elsing tremerem enquanto segurava a filha nos braços e dizia baixinho ao cocheiro: "Para casa. Rápido." Scarlett deu uma rápida olhada na lista. O nome de Hugh Elsing não constava. Fanny devia ter um admirador, que morrera. A multidão abriu caminho, em um silêncio solidário para a carruagem dos Elsing, e atrás dela seguiu a pequena charrete das McLure puxada por um pônei. Quem dirigia era a Srta. Faith, o semblante petrificado e, uma vez na vida, os dentes cobertos pelos lábios. A Srta. Hope, a morte estampada em seu rosto, sentava-se ereta ao lado, segurando a saia da irmã com o punho bem fechado. Elas pareciam mulheres muito velhas. Seu jovem irmão, Dallas, era o querido das solteironas e o único parente que tinham no mundo. Dallas se fora.

— Melly! Melly! — exclamou Maybelle, a voz cheia de alegria. — René está a salvo! E Ashley também! Ah, graças a Deus! — O xale lhe escorregara dos ombros e seu estado era bastante óbvio, mas, pelo menos dessa vez, nem ela nem a Sra. Merriwether estavam se importando. — Ah, Sra. Meade! René... — Sua voz mudou rapidamente. — Melly, veja!... Sra. Meade, por favor! Darcy não...?

A Sra. Meade olhava para baixo e não ergueu o rosto quando ouviu seu nome, mas a fisionomia do pequeno Phil a seu lado era um livro aberto que todos podiam ler.

— Calma, calma, mãe — dizia ele, impotente. A Sra. Meade olhou para cima, encontrando os olhos de Melanie.

— Ele não vai mais precisar daquelas botas — disse ela.

— Ah, minha querida! — exclamou Melly, começando a soluçar enquanto empurrava tia Pitty para o ombro de Scarlett e saltava da carruagem, dirigindo-se para a da mulher do doutor.

— Mãe, a senhora ainda tem a mim — disse Phil, em um desesperado esforço de consolar a mulher lívida a seu lado. — E é só me deixar, eu vou lá e mato todos os ianq...

A Sra. Meade agarrou o braço dele como se nunca fosse deixá-lo ir.

— Não! — saiu sua voz estrangulada e parecendo se engasgar.

— Phil Meade, não diga uma coisa dessas! — sussurrou Melanie, subindo na carruagem ao lado da Sra. Meade e abraçando-a. — Você acha que vai ajudar sua mãe indo até lá para levar um tiro também? Nunca ouvi tamanha tolice. Leve-nos para casa, rápido!

Ela se virou para Scarlett enquanto Phil pegava as rédeas.

— Assim que você deixar titia em casa, vá até a Sra. Meade. Capitão Butler, poderia ir até o hospital falar com o doutor?

A carruagem saiu em meio à multidão que se dispersava. Algumas das mulheres choravam de alegria, mas a maioria estava muito atônita para se dar conta do forte golpe que as abatera. Scarlett inclinou a cabeça sobre as listas borradas, lendo rapidamente à procura de nomes conhecidos. Agora que Ashley estava a salvo, ela podia pensar em outras pessoas. Ah, que longa era a lista! Ah, que longa! Quão grande era o número de mortos de Atlanta, de toda a Geórgia.

"Deus do céu! "Calvert... Raiford, tenente." Raif! Ela, então, se lembrou do dia, muito tempo atrás, quando eles tinham fugido juntos, mas decidiram voltar para casa ao anoitecer porque estavam com fome e com medo do escuro.

"Fontaine — Joseph K., soldado." O pequeno Joe, tão mal-humorado! E Sally que mal tivera o bebê!

"Munroe — LaFayette, capitão." E Lafe estava noivo de Cathleen Calvert. Pobre Cathleen! Sua perda fora dupla, um irmão e um namorado. Mas a de Sally fora maior, um irmão e um marido.

Ah, aquilo era terrível demais. Ela estava quase com medo de ir adiante. Tia Pitty arfava e suspirava em seu ombro e, sem muita cerimônia, Scarlett a empurrou para o canto da carruagem, continuando a ler.

Não, com certeza... não podiam constar três nomes "Tarleton" naquela lista. Talvez... talvez, com a pressa, o tipógrafo tivesse repetido o nome por engano. Mas não. Ali estavam. "Tarleton — Brenton, tenente." "Tarleton — Stuart, cabo." "Tarleton — Thomas, soldado." E Boyd, morto no primeiro ano da guerra, fora enterrado Deus sabe onde na Virgínia. Todos os rapazes Tarleton tinham morrido. Tom e os gêmeos preguiçosos de pernas compridas, com seu amor pelos mexericos e suas brincadeiras absurdas, e Boyd que tinha a graça de um mestre da dança e a língua afiada de uma vespa.

Ela não conseguia mais ler. Não queria saber se qualquer outro daqueles rapazes com quem se criara, dançara, flertara e beijara estava naquela lista. Ela queria poder chorar, fazer qualquer coisa que soltasse aqueles dedos de ferro que se fincavam em sua garganta.

— Sinto muito, Scarlett — disse Rhett. Ela olhou para ele. Tinha se esquecido de que ele ainda estava ali. — Muitos dos seus amigos?

Ela fez que sim e se esforçou para falar.

— Praticamente de todas as famílias do condado... e todos... todos os Tarleton.

O semblante dele estava quieto, quase sombrio, e não havia sinal de troça em seus olhos.

— E ainda não acabou — disse ele. — Estas são só as primeiras listas, e estão incompletas. Haverá uma mais extensa amanhã. — Ele baixou a voz para que os outros nas carruagens mais próximas não ouvissem. — Scarlett, o general Lee deve ter perdido a batalha. Ouvi dizer no quartel que ele recuou para Maryland.

Ela ergueu os olhos amedrontados para ele, mas seu medo não provinha da derrota de Lee. Listas de baixas mais longas amanhã! Amanhã. Ela não pensara no amanhã, tão alegre tinha ficado a princípio pelo nome de Ashley não constar daquela lista. Amanhã. Ora, naquele mesmo instante ele podia estar morto, e ela só ficaria sabendo amanhã ou talvez dali a uma semana.

— Ah, Rhett, por que têm de haver guerras? Teria sido tão melhor que os ianques pagassem pelos negros... ou mesmo que os entregássemos a eles sem cobrar nada do que acontecer isso.

— Não são os negros, Scarlett. Eles são apenas a desculpa. Sempre haverá guerras porque os homens adoram guerras. As mulheres não, mas os homens sim... mais ainda do que adoram as mulheres.

Sua boca se torceu em seu velho sorriso, e a seriedade sumiu de sua fisionomia. Ele ergueu o chapéu-panamá de abas largas.

— Até logo. Vou procurar o Dr. Meade. Imagino que nesta hora ele nem vá perceber a ironia de ser eu a levar-lhe a notícia da morte do filho. Mas, depois, é provável que vá odiar pensar que um especulador levou a notícia da morte de um herói.

Scarlett deu um grogue quente a tia Pitty e levou-a para a cama, deixou Prissy e Cookie atendendo-a e foi até a casa dos Meade. A Sra. Meade estava no andar de cima com Phil, aguardando o retorno do marido, e Melanie sentava-se na sala, conversando baixinho com um grupo de vizinhos solidários. Estava ocupada com agulha e linha, consertando um vestido de luto que a Sra. Elsing emprestara à Sra. Meade. A casa já recendia ao cheiro acre das roupas fervendo na tintura preta, pois, na cozinha, a cozinheira aos soluços mexia todos os vestidos da Sra. Meade em uma enorme panela.

— Como ela está? — perguntou Scarlett baixinho.

— Nenhuma lágrima — disse Melanie. — É terrível quando as mulheres não conseguem chorar. Não sei como os homens suportam as coisas sem chorar. Creio que é por serem mais fortes e corajosos que as mulheres. Ela está dizendo que vai à Pensilvânia sozinha a fim de trazê-lo para casa. O doutor não pode abandonar o hospital.

— Será terrível para ela. Por que Phil não vai?

— Ela tem medo de que ele se aliste no exército se ela tirar os olhos dele. Você sabe, ele é grande para a idade e agora eles estão aceitando 16 anos.

Um a um os vizinhos foram se retirando, relutantes de estar presentes quando o doutor chegasse, e deixaram Scarlett e Melanie sozinhas, costurando na sala. Melanie parecia triste, mas tranquila, embora as lágrimas caíssem no pano que segurava. Era evidente que não tinha pensado na possibilidade de a batalha ainda estar sendo travada e Ashley estar morto naquele instante. Com o coração em pânico, Scarlett não sabia se contava a Melanie o que Rhett lhe dissera, para ficar com o dúbio consolo de sua infelicidade, ou se guardava aquilo consigo. Finalmente, decidiu ficar calada. Era melhor que Melanie não a visse tão preocupada com Ashley. Ela agradecia a Deus por todos, Melly e Pitty inclusive, estarem tão absorvidos com suas preocupações naquela manhã para perceberem sua conduta.

Após um intervalo de trabalho silencioso, elas ouviram ruídos lá fora e, espiando pelas cortinas, viram o Dr. Meade apear do cavalo. Seus ombros estavam vergados, e a cabeça se curvara até que a barba grisalha se espalhasse como um leque no peito. Ele entrou devagar em casa e, largando o chapéu e a maleta, beijou as moças em silêncio. Depois, com jeito cansado, subiu as escadas. Em seguida, Phil desceu, longas pernas e braços, desajeitado. Com os olhos, as duas moças o convidaram para juntar-se a elas, mas ele foi até a varanda, sentou-se no último degrau e deixou a cabeça cair entre as mãos.

Melly suspirou.

— Ele está zangado por não o deixarem ir lutar contra os ianques. Quinze anos! Ah, Scarlett, seria maravilhoso ter um filho como esse!

— E mandá-lo para a morte certa? — disse Scarlett secamente, pensando em Darcy.

— Seria melhor ter um filho, mesmo que ele viesse a morrer, do que nunca ter um — disse Melanie, engolindo em seco. — Você não pode entender, Scarlett, porque tem o pequeno Wade, mas eu... Ah, Scarlett, quero tanto um bebê! Sei que deve estar me achando horrível por dizer isso justo agora, mas é verdade, e só o que todas as mulheres desejam, você sabe disso.

Scarlett se conteve para não torcer o nariz.

— Se for da vontade de Deus, que Ashley deva... ser levado, acho que eu conseguiria aguentar, embora preferisse morrer se ele morresse. Mas Deus me daria forças para suportar. O que eu não suportaria era tê-lo morto sem um filho seu para me consolar. Ah, Scarlett, que sorte a sua. Embora tenha perdido Charlie, ficou com um filho dele. E, se Ashley se for, não terei nada. Scarlett, perdoe-me, mas já senti tanto ciúme de você...

— Ciúme... de mim? — exclamou Scarlett, atingida pela culpa.

— Por você ter um filho e eu não. Eu até já fingi que Wade era meu, porque é terrível não ter um filho.

— Bobagem! — disse Scarlett aliviada. Ela olhou de relance para a silhueta frágil de faces coradas curvada sobre a costura. Melanie podia desejar filhos, mas certamente não tinha o porte para dá-los à luz. Era pouco mais alta que uma criança de 12 anos, tinha quadris estreitos como os de uma menina, e seios praticamente inexistentes. Scarlett se repugnava só de pensar em Melanie tendo um filho. Trazia-lhe muitos pensamentos que não conseguia tolerar. Se Melanie viesse a ter um filho de Ashley, seria como se algo que pertencesse a Scarlett lhe fosse tirado.

— Por favor, perdoe-me de dizer isso sobre Wade. Sabe como o amo. Não ficou zangada comigo, não é?

— Não seja boba — disse Scarlett secamente. — E vá até a varanda fazer algo por Phil. Ele está chorando.

Capítulo 15

Tendo que recuar para a Virgínia, o exército passou o inverno no distrito de Rapidan. Um exército fatigado, exaurido desde a derrota em Gettysburg e, com a aproximação da época de Natal, Ashley foi para casa de licença. Encontrando-o pela primeira vez em dois anos, Scarlett temia a violência de seus sentimentos. Ao vê-lo se casar com Melanie no salão de Twelve Oaks, ela achara que nunca mais o amaria com maior intensidade inconsolável do que estava amando naquele momento. Mas agora sabia que seus sentimentos naquela noite longínqua eram os de uma criança mimada impedida de ter um brinquedo. Agora suas emoções estavam mais aguçadas pelos longos devaneios, ampliadas pela repressão que fora forçada a impor à própria língua.

Esse Ashley Wilkes em sua farda desbotada e remendada, cabelo alvejado pelo sol dos verões, era um homem diferente do rapaz despreocupado de olhos de mormaço que ela amara com desespero antes da guerra. E era mil vezes mais arrebatador. Agora estava bronzeado e magro, quando antes era claro e delgado, e o longo bigode dourado caindo nos cantos da boca, estilo cavalariano, foi o último toque para que ele se tornasse o perfeito retrato de um soldado.

Carregava o porte ereto dos militares em sua farda velha, a pistola dentro do coldre gasto, a surrada bainha da espada batendo nas botas de cano alto, as esporas embaciadas — o major Ashley Wilkes, dos Estados Confederados da América. O hábito do comando o caracterizava agora, um ar sereno de autoconfiança e de autoridade, rugas impiedosas começando a surgir nos cantos da boca. Havia algo novo e estranho na postura dos ombros e no brilho frio de seus olhos. Onde outrora ele fora ocioso e indolente, agora era alerta como um gato à caça, tendo a prontidão daqueles com os nervos perpetuamente tesos, como as cordas de um violino. Havia uma expressão cansada, assombrada, em seus olhos, e a pele queimada de sol se esticava sobre os finos ossos de seu rosto — seu belo Ashley de sempre, mas tão diferente.

Scarlett fizera planos de passar o Natal em Tara, mas, depois da chegada do telegrama de Ashley, nenhum poder terreno, nem mesmo uma ordem expressa da decepcionada Ellen, conseguiria arrastá-la de Atlanta. Se Ashley tivesse planejado ir a Twelve Oaks, ela teria corrido para Tara a fim de ficar próxima a ele; mas ele escrevera à família para que se reunissem em Atlanta. O Sr. Wilkes, Honey e

India já estavam na cidade. Ir para Tara e deixar de vê-lo após dois longos anos? Perder o som da voz que fazia disparar seu coração, perder seus olhos dizendo que não a esquecera? Nunca! Nem por todas as mães do mundo.

Quatro dias antes do Natal, Ashley chegou em casa com um grupo de rapazes do condado, também de licença, um grupo tristemente reduzido desde Gettysburg. Cade Calvert estava entre eles, um Cade magro e desolado, que tossia sem cessar, dois dos Munroe, animadíssimos com sua primeira licença desde 1861, além de Alex e Tony Fontaine, totalmente embriagados, tempestuosos e brigões. O grupo tinha duas horas de espera entre os trens e, como se impunha aos membros sóbrios da turma impedir os Fontaine de brigar um com o outro ou com estranhos na estação, Ashley levou todos à casa de tia Pittypat.

— Era de pensar que eles tivessem brigado o suficiente na Virgínia — disse Cade, amargo, enquanto observava os dois se eriçando como galos de briga para ver quem seria o primeiro a beijar a alvoroçada e lisonjeada tia Pitty. — Mas não. Estão bebendo e provocando brigas desde que chegamos a Richmond. A polícia militar os levou e, se não fosse pela capacidade de persuasão de Ashley, teriam passado o Natal na cadeia.

Mas Scarlett mal ouvia o que ele dizia, de tão arrebatada por estar na mesma sala que Ashley outra vez. Como podia ter achado durante aqueles dois anos que outros homens eram gentis, belos ou interessantes? Como podia ter aguentado ouvi-los lhe falar de amor quando Ashley estava no mundo? Ele estava em casa novamente, separado dela apenas pela largura do tapete da sala, e lhe exigiu toda a força que possuía não se derramar em lágrimas de felicidade toda vez que olhava para ele no sofá com Melly de um lado, India do outro e Honey apoiada em seu ombro. Se ao menos ela pudesse sentar-se a seu lado, dar o braço a ele...! Se pelo menos pudesse lhe bater na manga de vez em quando para ter certeza de que ele realmente estava lá, segurar sua mão e usar seu lenço para enxugar as lágrimas de alegria. Pois Melanie estava fazendo tudo isso, sem qualquer vergonha. Alegre demais para ser tímida e reservada, segurava o braço do marido, adorando-o abertamente com olhos, sorrisos e lágrimas. E Scarlett estava feliz demais para se ressentir com isso, contente demais para sentir ciúmes. Enfim, Ashley estava em casa!

De vez em quando, ela punha a mão na bochecha, onde ele a beijara, e sentia de novo a emoção de seus lábios e sorria para ele. É claro que ele não a beijara primeiro. Melly se arremessara em seus braços, chorando desbragadamente, apertando-o como se nunca mais fosse soltar. Depois, India e Honey o abraçaram, quase o arrancando dos braços de Melanie. Então ele beijara o pai, com um digno abraço afetuoso que mostrava o sentimento forte e calmo que os unia. Em seguida, tia Pitty, que saltitava ansiosa sobre os incríveis pezinhos. Finalmente, tinha se virado para ela, cercado por todos os rapazes que reclamavam seus beijos, e disse: "Ah, Scarlett! Como está linda!", e beijou-a na bochecha.

Com esse beijo, tudo o que ela pretendera dizer para dar as boas-vindas ganhou asas. Só horas mais tarde, se lembrou de que ele não a beijara nos lábios. Então ela cogitou febrilmente se ele o teria feito se ela o tivesse encontrado sozinho, inclinando seu corpo esguio sobre o dela, puxando-a para a ponta dos pés, abraçando-a por um longo, longo tempo. E, como ficava feliz por pensar assim, ela acreditou que ele iria. Mas haveria tempo para tudo, uma semana inteira! Certamente, ela conseguiria manobrar para ficar a sós com ele e dizer: "Lembra-se das cavalgadas que costumávamos fazer por nossos caminhos secretos?" "Lembra-se de como estava a lua naquela noite em que sentávamos nos degraus de Tara e você recitou aquele poema?" (Deus do Céu! Como era mesmo o nome do poema?) "Lembra-se daquela tarde em que eu torci o tornozelo e quando a noite caiu você me carregou nos braços até em casa?"

Ah, havia tantas coisas que ela iria prefaciar com "Lembra-se?". Tantas memórias queridas que lhe trariam de volta aqueles dias adoráveis em que eles percorriam o condado como crianças despreocupadas, tantas coisas que seriam lembradas sobre o período anterior à entrada de Melanie Hamilton em cena. E, enquanto falavam, talvez ela pudesse ler em seus olhos alguma chispa de emoção, alguma pista de que por trás da barreira da afeição marital por Melanie ele ainda gostava dela, tão apaixonadamente como naquele dia do churrasco quando a verdade viera à tona. Não lhe ocorreu planejar exatamente o que fariam se Ashley lhe declarasse claramente seu amor. Seria suficiente saber que ele de fato gostava dela... Sim, ela podia esperar, podia deixar que Melanie tivesse seu momento de felicidade apertando seu braço e chorando. Sua vez chegaria. Afinal, o que uma moça como Melanie sabia do amor?

— Querido, você parece um maltrapilho — disse Melanie ao acabar o rebuliço inicial da chegada. — Quem foi que consertou sua farda, e por que usaram remendos azuis?

— Achei que eu estava bastante vistoso — disse Ashley, apreciando a própria aparência. — Apenas me compare com aqueles esfarrapados ali e vai me valorizar mais. Foi Mose quem remendou a farda e acho que ele fez um bom trabalho, se considerarmos que nunca tinha usado agulha e linha antes da guerra. Quanto ao tecido azul, se for para escolher entre ficar com furos nas calças ou remendá-las com pedaços da farda de um ianque capturado... bem, não há muita escolha. E, quanto a parecer um maltrapilho, você deveria agradecer aos astros por seu marido não ter vindo para casa descalço. Semana passada minhas botas ficaram imprestáveis e eu teria chegado aqui com sacos amarrados aos pés se não tivéssemos tido a sorte de acertar dois patrulheiros ianques. As botas de um deles me serviram perfeitamente.

Ele esticou as longas pernas com as botas de cano alto, todas riscadas, para que admirassem.

— E as botas do outro patrulheiro não me serviram — disse Cade. — Dois números menores, e estão me matando neste exato segundo. Mas quero chegar em casa com classe de qualquer jeito.

— E o porco egoísta não quer dar as botas para nenhum de nós — disse Tony. — E elas serviriam perfeitamente em nossos pequenos, aristocráticos pés Fontaine. Pelo fogo do inferno, estou envergonhado de encarar mamãe com estes sapatos grosseiros. Antes da guerra, ela não teria deixado um de nossos negros usá-los.

— Não se preocupe — disse Alex, olhando para as botas de Cade. — Vamos arrancá-las dele no trem a caminho de casa. Não me importo de encarar mamãe, mas mald... quero dizer, não pretendo deixar que Dimity Munroe veja meus dedos de fora.

— Ora, as botas são minhas. Eu pedi primeiro — disse Tony, começando a olhar mal-humorado para o irmão, e Melanie, temendo a possibilidade de uma das famosas discussões dos Fontaine, se interpôs para apaziguá-los.

— Eu estava com uma barba inteira para mostrar para vocês, meninas — disse Ashley pesaroso, esfregando o rosto, onde ainda se viam talhos meio cicatrizados feitos por uma lâmina cega. — Era uma bela barba e posso afirmar que nem Jeb Stuart ou Nathan Bedford Forrest tinham uma mais bonita. Mas, quando chegamos a Richmond, esses dois patifes — continuou ele, apontando para os Fontaine — decidiram que, como estavam raspando a barba deles, a minha também devia cair. Eles me seguraram à força e me barbearam, e nem sei como minha cabeça também não veio abaixo com a barba. Foi só com a intervenção de Evan e Cade que meu bigode foi salvo.

— Víboras, Sra. Wilkes! A senhora devia me agradecer. Nem sequer o teria reconhecido e não o deixaria entrar — disse Alex. — Só fizemos isso para agradecer por ele ter convencido a polícia militar a não nos pôr na cadeia. Basta que a senhora mande e lhe tiramos o bigode agora mesmo.

— Ah, não, obrigada! — disse Melanie apressada, agarrando Ashley amedrontada, pois os dois homenzinhos trigueiros pareciam capazes de qualquer violência. — Acho que ele está adorável assim.

— Isso é o amor — disseram os Fontaine, assentindo firmemente um para o outro.

Quando Ashley saiu para levar os rapazes à estação na carruagem de tia Pitty, Melanie segurou o braço de Scarlett.

— A farda dele não está pavorosa? Meu casaco não vai ser uma boa surpresa? Ah, pena que não tenho tecido suficiente para fazer calças também!

Aquele casaco para Ashley era um assunto doloroso para Scarlett, pois queria ardentemente que ela, e não Melanie, o estivesse dando como presente de Natal. Lã cinza para fardas era agora quase literalmente mais cara que rubis, e Ashley estava usando o conhecido tecido feito em casa. Até mesmo o algodão cru andava escasso, e muitos soldados estavam usando fardas de ianques capturados, que tinham ficado marrom-escuras com a tintura de nogueira. Mas Melanie, em um raro golpe de sorte, se apossara de uma casimira para fazer um casaco, um tanto curto, mas um casaco mesmo assim. Ela cuidara de um rapaz de Charleston no hospital e, quando ele morrera, ela cortara uma mecha do cabelo para enviar à mãe, juntamente com o escasso conteúdo de seus bolsos e um reconfortante relato de suas últimas horas, que não mencionava o tormento que o acompanhara à morte. Uma correspondência se desenvolvera entre elas e, sabendo que Melanie tinha um marido na frente, a mãe lhe enviara o corte de tecido cinza e os botões de latão que comprara para o filho morto. Era um belo corte de tecido, grosso e quente, com um lustro opaco, sem dúvida mercadoria que atravessara o bloqueio e, é claro, muito caro. Estava no momento nas mãos do alfaiate, e Melanie o apressava para que ficasse pronto até a manhã de Natal. Scarlett teria dado qualquer coisa para conseguir o resto da farda, mas simplesmente não se encontravam os materiais necessários em Atlanta.

Ela tinha um presente de Natal para Ashley, mas que empalidecia diante da glória que era o casaco cinza de Melanie. Era um pequeno costureiro de flanela, contendo todo o precioso conjunto de agulhas que Rhett lhe trouxera de Nassau, três de seus lenços de linho, obtidos da mesma fonte, dois carretéis de linha e uma pequena tesoura. Mas ela queria lhe dar algo mais pessoal, algo que uma esposa pudesse dar a um marido, uma camisa, um par de luvas, um chapéu. Ah, sim, tinha que ser um chapéu. Aquele boné pilhado de copa chata que Ashley usava estava ridículo. Scarlett sempre os detestara. Imagine se Stonewall Jackson tivesse usado um desses em vez de um chapéu de aba larga? Eles não davam uma aparência elegante. Mas os únicos chapéus que se poderiam obter em Atlanta eram chapéus malfeitos de lã, ainda mais desleixados que os bonés pilhados.

Quando pensava em chapéus, ela pensava em Rhett Butler. Ele tinha tantos chapéus, largos panamás para o verão, cartolas para situações formais, chapéus de caça, chapéus desabados castanhos, pretos e azuis. Que necessidade tinha ele de tantos, quando seu querido Ashley cavalgava na chuva com água pingando em sua gola por trás do boné?

"Vou fazer Rhett me dar aquele preto novo de feltro", decidiu. "E eu ponho uma fita cinza em volta da copa, costuro as insígnias de Ashley e vai ficar lindo."

Ela parou e pensou que podia ser difícil conseguir o chapéu sem explicar nada. Simplesmente não podia contar a Rhett que o queria para Ashley. Ele ergueria as sobrancelhas daquele modo detestável como sempre fazia quando ela mencionava o nome de Ashley e, como se não fosse nada, se recusaria a lhe dar o chapéu. Bem, ela inventaria alguma história triste sobre um soldado no hospital que precisava dele e Rhett nunca saberia da verdade.

Durante toda aquela tarde, ela tentou ficar a sós com Ashley, nem que fosse por alguns minutos, mas Melanie estava constantemente a seu lado, além de India e Honey, os olhos pálidos sem cílios, que o seguiam pela casa. Nem mesmo John Wilkes, visivelmente orgulhoso do filho, tinha uma oportunidade para uma conversa tranquila com ele.

Foi o mesmo durante o jantar, quando todos o cumularam de perguntas sobre a guerra. A guerra! Quem se importava com a guerra? Scarlett achava que Ashley também não ligava muito para aquele assunto. Ele falava bastante, ria bastante, dominando a conversa de um modo como ela jamais o vira fazer antes, mas não parecia dizer muito. Ele contava piadas e histórias engraçadas sobre amigos, falava alegremente sobre os acampamentos, fazendo pouco da fome e das longas marchas sob a chuva, descreveu em detalhes como estava o general Lee ao chegar da retirada de Gettysburg e perguntar: "Cavalheiros, os senhores pertencem às tropas da Geórgia? Bem, não podemos seguir em frente sem vocês, georgianos!"

Scarlett teve a impressão de que ele falava febrilmente para impedi-los de fazer perguntas a que não queria responder. Quando ela viu seus olhos vacilarem e caírem diante de um olhar prolongado e preocupado do pai, surgiu um leve nervosismo em relação ao que Ashley ocultava no coração. Mas logo passou, pois não havia espaço em sua mente para nada que não fosse uma alegria radiante e um desejo impetuoso de ficar a sós com ele.

A alegria durou até todos os que estavam reunidos em torno da lareira começarem a bocejar e o Sr. Wilkes e as moças se despedirem, indo para o hotel. Depois, enquanto Ashley, Melanie, Pittypat e Scarlett subiam as escadas, iluminada por Tio Peter, um calafrio lhe baixou o ânimo. Até aquele momento em que estavam no corredor de cima, Ashley tinha sido dela, só dela, mesmo que não tivessem conseguido trocar uma palavra a sós durante toda a tarde. Mas, agora, quando ela deu boa-noite, viu que as bochechas de Melanie estavam coradas e que ela tremia. Os olhos dela estavam voltados para o chão e, embora parecesse tomada de alguma emoção amedrontadora, parecia timidamente feliz. Melanie nem sequer olhou para cima quando Ashley abriu a porta do quarto, mas correu para dentro. Ashley deu um abrupto boa-noite e também não olhou nos olhos de Scarlett.

A porta se fechou atrás deles, deixando Scarlett boquiaberta e desolada. Ashley já não lhe pertencia. Pertencia a Melanie. E, enquanto Melanie vivesse, poderia entrar nos quartos com Ashley e fechar a porta... deixando o mundo lá fora.

Agora Ashley partia, voltava à Virgínia, voltava às longas marchas debaixo de chuva com neve, aos pobres acampamentos, às dores e sofrimentos e ao risco de ter toda a beleza de sua cabeça dourada e esbelto corpo brioso estourados em um instante, como uma formiga embaixo de um salto descuidado. A semana passada, com sua brilhante beleza onírica, suas horas cheias de felicidade, tinha terminado.

A semana passara velozmente, como um sonho, um sonho aromático como o cheiro dos galhos de pinheiro das árvores de Natal, luminosa com as pequenas velas e o ouropel feito em casa, um sonho no qual os minutos voavam com a rapidez das batidas do coração. Uma semana de tirar o fôlego em que algo dentro de Scarlett a impulsionou em uma combinação de prazer e dor a reunir e abarrotar cada minuto com incidentes a relembrar depois que ele se fosse, acontecimentos que ela poderia analisar com folga nos longos meses que se seguiriam, extraindo deles cada bocado de consolo — dançar, cantar, rir, buscar e levar coisas para Ashley, adivinhar seus desejos, sorrir quando ele sorria, calar-se quando ele falava, segui-lo com os olhos, de modo que cada traço de seu corpo ereto, cada movimento de suas sobrancelhas, cada gesto de sua boca ficasse impresso de modo indelével em sua mente — pois uma semana passa com muita rapidez, e a guerra continua para sempre. Sentada no divã da sala, segurando seu presente de despedida no colo, Scarlett aguardava enquanto ele se despedia de Melanie, rezando para que estivesse sozinho quando descesse as escadas e que Deus lhe concedesse alguns minutos a sós com ele. Seus ouvidos faziam força para ouvir os sons lá em cima, mas a casa estava estranhamente silenciosa, a tal ponto que até sua respiração parecia alta. Tia Pittypat chorava em seu travesseiro, no quarto, pois Ashley já se despedira dela meia hora antes. Nenhum som do murmúrio de vozes nem de lágrimas vinha de trás da porta fechada do quarto de Melanie. Scarlett tinha a impressão de que fazia horas que ele estava dentro daquele quarto, e se ressentia amarguradamente por cada minuto que gastava se despedindo da mulher, pois os minutos corriam rapidamente, e o tempo de que ele dispunha era muito curto. Ela pensou em todas as coisas que pretendera dizer a ele durante a semana, mas não tivera oportunidade, e agora sabia que talvez nunca tivesse.

Coisas tolas, pequenas, como: "Ashley, você vai tomar cuidado, não é?" "Por favor, não fique com os pés molhados. Você se resfria com facilidade." "Não deixe de pôr um jornal no peito, por baixo da camisa. Protege muito bem do vento." Mas havia outras coisas, coisas mais importantes que queria lhe dizer, coisas muito mais importantes que queria ouvir, coisas que quisera ler em seus olhos, mesmo que ele não as dissesse.

Tantas coisas a dizer e agora não havia mais tempo! Mesmo os últimos minutos que restavam podiam lhes ser tomados se Melanie o seguisse até a porta, até a carruagem. Por que ela não criara a oportunidade durante a semana? Mas Melanie estava sempre ao lado dele, os olhos o acariciando com adoração, sempre havia amigos, vizinhos e parentes na casa e, da manhã à noite, Ashley nunca ficava sozinho. Então, à noite, a porta do quarto se fechava e ele ficava a sós com Melanie. Nenhuma vez, durante aqueles últimos dias, ele se revelara a Scarlett, com um olhar, uma palavra, nada além da afeição que um irmão pode demonstrar por sua irmã ou amiga, uma amiga de toda a vida. Ela não podia deixá-lo partir, talvez para sempre, sem saber se ainda a amava. Então, mesmo que ele morresse, ela poderia acalentar o conforto de seu amor secreto pelo resto de seus dias.

Depois do que lhe pareceu uma espera eterna, ela ouviu o ruído de suas botas no quarto acima, a porta se abrindo e fechando. Ouviu-o descendo as escadas. Sozinho! Graças a Deus! Melanie devia estar sofrendo muito pela partida, incapaz de sair do quarto. Agora ela o teria só para si por alguns poucos preciosos minutos.

Ele desceu os degraus lentamente, as esporas tilintando, e ela podia ouvir os tapinhas de sua espada nas botas de cano alto. Quando chegou à sala, seus olhos estavam sombrios. Ele tentava sorrir, mas seu semblante estava lívido e contraído como o de um homem que sangra de um ferimento interno. Ela se levantou assim que ele entrou, pensando com orgulho de proprietária que ele era o soldado mais lindo que já vira. Seu longo coldre e o cinturão cintilavam devido ao polimento diligente que Tio Peter lhes dera. O casaco novo não se ajustava muito bem, pois com a pressa o alfaiate deixara algumas costuras tortas. O lustro de novo do casaco cinza não combinava com as calças castanhas remendadas e surradas nem com as botas riscadas, mas, mesmo que ele estivesse dentro de uma armadura de prata, não pareceria um cavaleiro mais luminoso para ela.

— Ashley — suplicou ela abruptamente —, posso ir até o trem com você?

— Por favor, não. Papai e as meninas estarão lá. E, de todo modo, prefiro me lembrar de você se despedindo de mim aqui do que tiritando de frio na estação. São tão importantes as memórias...

Ela abandonou seu plano instantaneamente. Se India e Honey, que a detestavam tanto, estariam na despedida, ela não teria oportunidade para lhe falar em particular.

— Então não vou — disse ela. — Veja, Ashley, tenho outro presente para você.

Um pouco acanhada, agora que chegara o momento de lhe entregar aquilo, ela desembrulhou o pacote. Era uma longa faixa amarela, feita de seda chinesa e debruada nas extremidades com uma franja pesada. Rhett Butler lhe trouxera um xale amarelo de Havana vários meses atrás, um xale vistosamente bordado com pássaros e flores em magenta e azul. Durante a semana, ela desfizera pacientemente todo o bordado e cortara o quadrado de seda, costurando-o no comprimento de uma faixa.

— Scarlett, é lindo! Você mesma fez? Então vai ter muito mais valor para mim. Ponha-o em mim, querida. Os rapazes vão ficar verdes de inveja quando me virem na glória de meu casaco novo e com a faixa.

Ela enrolou sua cintura esbelta, acima do cinturão, e amarrou-a com um bonito nó. Melanie podia ter-lhe dado o casaco novo, mas a faixa era presente dela, sua própria recompensa secreta para ele usar na batalha, algo que o faria lembrar-se dela a cada vez que olhasse. Ela recuou, olhando-o orgulhosa, pensando que nem mesmo Jeb Stuart com suas belas faixa e pluma estaria com aparência tão elegante como o cavaleiro dela.

— É linda — repetiu ele, tocando a franja —, mas sei que você cortou um vestido ou um xale para fazê-la. Não devia ter feito isso, Scarlett. Está muito difícil conseguir coisas bonitas atualmente.

— Ah, Ashley, eu...

Ela começara a dizer: "Eu cortaria meu coração para você usar, se você quisesse", mas acabou dizendo:

— Eu faria qualquer coisa por você!

— Faria? — perguntou ele e parte do ar sombrio abandonou sua fisionomia.

— Então há algo que você poderia fazer por mim, Scarlett, algo que me deixará mais tranquilo enquanto eu estiver fora.

— O que é? — perguntou ela, contente, pronta para prometer qualquer prodígio.

— Scarlett, você cuidaria de Melanie para mim?

— Cuidar de Melly?

Seu coração se apertou de desapontamento. Então era esse seu último pedido a ela, quando ela queria tanto prometer algo lindo, algo espetacular? Então, a raiva a sobressaltou. Aquele momento era seu momento com Ashley, só seu. Embora Melanie estivesse ausente, sua sombra pálida se interpunha entre eles. Como é que ele podia trazer o nome dela àquele momento de despedida? Como podia lhe pedir tal coisa?

Ele não percebeu a decepção na fisionomia dela. Como outrora, seus olhos a varavam e iam além dela, olhando para alguma outra coisa, mas não ela.

— Sim, cuide dela, tome conta dela. Ela é muito frágil e não percebe. Vai se esgotar servindo de enfermeira e costurando. E é tão gentil e tímida. Exceto por tia Pitty, tio Henry e você, ela não tem nenhum parente próximo no mundo, a não ser pelos Burr em Macon, que são primos de terceiro grau. E tia Pitty... Scarlett, você sabe que ela é como uma criança. E tio Henry é um homem de idade. Melanie adora você, não só porque você era esposa de Charlie, mas porque... bem, porque você é você, e ela a ama como a uma irmã. Scarlett, tenho pesadelos ao pensar no que aconteceria se eu morresse e ela não tivesse ninguém a quem recorrer. Promete?

Ela nem escutou seu último pedido, tão apavorada ficou com aquelas palavras agourentas, "se eu morresse".

Ela lera as listas das baixas todos os dias, sempre com o coração na boca, sabendo que o mundo se acabaria se algo acontecesse a ele. Mas, toda vez, ela tinha uma sensação de que, mesmo que todo o Exército Confederado fosse dizimado, Ashley seria poupado. E agora ele falara as palavras atemorizantes! Ela se arrepiou toda e ficou molhada de suor, um temor supersticioso que não conseguia combater com a razão. Ela era irlandesa bastante para acreditar em um sexto sentido, especialmente quando envolvia premonições de morte, e viu nos grandes olhos cinzentos de Ashley uma profunda tristeza, que só podia interpretar como a de um homem que já sentira o dedo frio no ombro, que já ouvira o chamado da morte.

— Você não deve dizer isso! Nem sequer pensar. Traz azar falar da morte! Ah, faça uma oração, rápido!

— Faça por mim e acenda algumas velas também — disse ele, sorrindo diante da urgência temerosa em sua voz.

Mas ela não conseguiu responder, tão aflita que estava pelas imagens desenhadas em sua mente. Ashley morto nos campos nevados da Virgínia, tão longe dela. Ele continuou falando, e havia um tom em sua voz, uma tristeza, uma resignação, que aumentaram seu medo, eliminando todos os vestígios de raiva e desapontamento.

— É por isso que lhe peço, Scarlett. Não posso saber o que vai me acontecer ou a qualquer um de nós. Mas, quando o fim chegar, vou estar muito longe daqui, mesmo que ainda esteja vivo, longe demais para olhar por Melanie.

— O... o fim?

— O fim da guerra... e o fim do mundo.

— Mas, Ashley, é claro que você não pode achar que os ianques vão nos vencer, não é? Durante toda a semana, você falou do quanto é forte o general Lee...

— Toda esta semana eu falei mentiras, como todos os homens falam quando estão de licença. Por que eu assustaria Melanie e tia Pitty antes da hora? Sim, Scarlett, acho que os ianques nos têm nas mãos. Gettysburg foi o começo do fim. O pessoal por aqui ainda não sabe. Não conseguem perceber nossa situação, mas... Scarlett, alguns de meus homens estão descalços agora, e a neve está alta na Virgínia. E, quando vejo os pobres pés gelados, embrulhados em trapos e sacos velhos, vejo as marcas de sangue que deixam na neve, sabendo que tenho um par de botas... bem, sinto que devia entregá-las e ficar descalço também.

— Ah, Ashley, prometa que não vai tirar as botas!

— Quando vejo coisas desse tipo e depois olho para os ianques... vejo o fim de tudo. Ora, Scarlett, os ianques estão comprando soldados da Europa aos milhares! A maioria dos prisioneiros que temos capturado ultimamente nem sabe falar inglês. São alemães, poloneses e irlandeses que só falam gaélico. Mas, quando perdemos um homem, ele não tem substituição. Quando nossos calçados se acabam, não há mais calçados. Estamos acabados, Scarlett. E não podemos lutar contra o mundo todo.

Ela pensou, desvairada: "Deixe que toda a Confederação se esmigalhe em poeira. Deixe que o mundo se acabe, mas você não pode morrer! Eu não poderia viver se você estivesse morto!"

— Espero que você não repita o que eu disse, Scarlett. Não quero alarmar os outros. E, minha querida, eu não a teria alarmado dizendo essas coisas se não tivesse que lhe explicar por que estou pedindo que cuide de Melanie. Ela é tão frágil e fraca, e você é tão forte, Scarlett... Será um consolo para mim saber que vocês estão juntas se algo vier a me acontecer. Você me promete, não é?

— Ah, claro! — exclamou ela, pois, naquele instante, vendo a morte a rondá-lo, teria prometido qualquer coisa. — Ashley! Ashley! Não posso deixá-lo ir embora! Simplesmente não consigo ter coragem!

— Precisa ter — disse ele, e sua voz mudou abruptamente. Ficou grave, profunda, e suas palavras saíram rapidamente como que apressadas por uma urgência interna. — Você precisa ter coragem. Pois, caso contrário, como eu aguentaria?

Seus olhos buscaram o rosto dele rapidamente e com alegria, imaginando se ele não queria dizer que deixá-la lhe partia o coração, assim como estava partindo o dela. O semblante dele estava tenso como quando descera da despedida com Melanie, mas ela nada conseguiu ler em seus olhos. Ele se inclinou, pegou seu rosto entre as mãos e beijou sua testa de leve.

— Scarlett! Scarlett! Você é tão linda e forte... Tão linda, não apenas seu rosto doce, mas tudo em você, seu corpo, sua mente e sua alma.

— Ah, Ashley! — sussurrou ela alegremente, eletrizada com suas palavras e seu toque. — Ninguém mais além de você jamais...

— Gosto de pensar que talvez eu a conheça melhor que a maioria das pessoas e que consigo ver belas coisas enterradas bem no fundo que os outros estão muito desatentos e muito apressados para notar.

Ele parou de falar e as mãos largaram seu rosto, mas os olhos continuavam pousados nos dela. Ela esperou um momento, sem fôlego, para que ele continuasse, na ponta dos pés para ouvi-lo dizer as três palavras mágicas. Mas não vieram. Ela analisou o rosto dele freneticamente, os lábios trêmulos, pois viu que ele terminara de falar.

Esse segundo malogro de suas esperanças foi mais que seu coração conseguia aguentar e ela deixou escapar um "Ah!" em um suspiro infantil, sentou-se com as lágrimas ardendo nos olhos. Então ouviu um som agourento no caminho de entrada, um som que chegava pela janela anunciando com maior prontidão ainda a iminência da partida de Ashley. Nem um pagão que ouvisse o marulhar das águas agitadas pelo barco de Caronte teria se sentido tão desolado. Tio Peter, agasalhando-se com uma coberta, trazia a carruagem para levar Ashley à estação.

Ashley deu um meigo "Adeus", pegou da mesa o chapéu de feltro que ela conseguira "surrupiar" de Rhett e saiu para o vestíbulo escuro. Com a mão na maçaneta da porta, ele se virou e olhou para ela, um longo e desesperado olhar, como se quisesse levar consigo cada detalhe de seu rosto, de sua forma. Através de uma névoa de lágrimas, ela olhava para o rosto dele acompanhada de uma dor que lhe estrangulava a garganta, sabendo que ele estava partindo, afastando-se dos cuidados, afastando-se do refúgio seguro dessa casa, saindo de sua vida, talvez para sempre, sem dizer as palavras que ela aguardava com tanta ânsia. O tempo passava como uma roda de moinho e agora era tarde demais. Ela correu tropeçando pela sala até o vestíbulo e agarrou a ponta da faixa.

— Beije-me — sussurrou — Um beijo de despedida.

Tomando-a suavemente pela cintura, ele inclinou a cabeça sobre seu rosto. Ao primeiro toque de seus lábios nos dela, ela o enlaçou pelo pescoço de modo frenético. Por um instante fugazmente imensurável, ele a apertou contra si. Em seguida, ela sentiu todos os seus músculos se retesarem. Ele deixou o chapéu cair e rapidamente lhe tirou as mãos do pescoço.

— Não, Scarlett, não — disse em voz baixa, segurando os pulsos dela em um aperto que doeu.

— Eu o amo — disse ela, engasgada. — Sempre amei. Nunca amei mais ninguém. Só me casei com Charlie para... para tentar magoá-lo. Ah, Ashley, eu o amo tanto que caminharia cada passo até a Virgínia para ficar perto de você! E cozinharia para você, engraxaria suas botas, encilharia seu cavalo... Ashley, diga que me ama! Isso me sustentará pelo resto da vida!

Ele se curvou para pegar o chapéu e ela teve um vislumbre de seu rosto. Era a fisionomia mais infeliz que já vira, uma fisionomia da qual toda a indiferença escapara. Ali estava escrito seu amor por ela e a alegria por ela amá-lo, mas contra isso estavam a vergonha e o desespero.

— Adeus — disse ele, a voz rouca.

A porta se abriu e uma lufada de vento frio varreu a casa, agitando as cortinas. Scarlett teve um calafrio enquanto o observava se dirigir à carruagem, a espada cintilando sob a luz fraca do sol invernal, a franja da faixa dançando vistosamente.

Capítulo 16

Janeiro e fevereiro de 1864 passaram, plenos de chuvas frias e ventos impetuosos, nublados por uma constante atmosfera sombria e depressiva. Além das derrotas de Gettysburg e Vicksburg, o centro da linha sulista cedera. Após muita luta, praticamente todo o Tennessee se achava em poder das tropas da União. Mas, mesmo com essa perda se acumulando às outras, o ânimo sulista não desmoronava. Uma determinação verdadeira, inquebrantável, tomara o lugar das esperanças corajosas, mas as pessoas ainda viam uma estrela brilhando por trás das nuvens. Um dos motivos era a rechaçada sofrida pelos ianques em setembro ao tentarem seguir com suas vitórias no Tennessee, avançando para a Geórgia.

Pela primeira vez desde o início da guerra, houvera graves combates em solo da Geórgia, no canto mais a noroeste do estado, em Chickamauga. Os ianques tinham tomado Chattanooga e depois marchado pelos desfiladeiros, entrando na Geórgia, mas tiveram que recuar com sérias perdas.

Atlanta e suas ferrovias desempenharam um importante papel na grande vitória de Chickamauga para o sul. As unidades do general Longstreet tinham corrido à cena de batalha pelas ferrovias que iam da Virgínia a Atlanta e dali rumo ao norte até o Tennessee. Os trilhos foram liberados ao longo de toda a rota de milhares de quilômetros, e todas as linhas do sudeste foram montadas para o movimento.

Atlanta observara a passagem de um trem após outro, hora após hora, vagões de passageiros, vagões de carga, vagões-plataforma, cheios de homens gritando. Iam sem comer nem dormir, sem seus cavalos, ambulâncias nem trens de suprimentos e sem esperar pelo descanso, saltando dos trens para a batalha. E os ianques foram expulsos da Geórgia de volta ao Tennessee.

Foi a maior façanha da guerra, e Atlanta assumia com orgulho e satisfação a ideia de que suas ferrovias tinham possibilitado a vitória.

Mas fora necessária a notícia entusiasmante de Chickamauga para fortalecer o moral de todos inverno adentro. Ninguém mais negava que os ianques eram bons lutadores e que, afinal, tinham bons generais. Grant era um açougueiro que não se importava com quantos homens fossem mortos por uma vitória, mas esta ele teria. Sheridan era um nome que trazia pavor aos corações sulistas. E depois havia um homem, Sherman, que era mencionado com crescente frequência.

Emergira para a proeminência na campanha do Tennessee e do oeste, e crescia sua reputação de combatente determinado e impiedoso.

Nenhum deles, é claro, se comparava ao general Lee. A fé no general e no exército ainda era sólida. A confiança na vitória final nunca esmoreceu. Mas a guerra estava se estendendo demais. Havia tantos mortos, tantos feridos, e mutilados para sempre, tantas viúvas, tantos órfãos... E ainda tinham uma longa e árdua luta pela frente, que significava mais mortos, mais feridos, mais viúvas e órfãos.

Piorando as coisas, uma vaga desconfiança dos ocupantes de altos cargos começou a se insinuar entre a população civil. Muitos jornais eram francos em suas denúncias do próprio presidente Davis e no modo como ele prosseguia com a guerra. Havia desavenças dentro do gabinete confederado, discordâncias entre o presidente Davis e seus generais. A moeda se desvalorizava velozmente. Calçados e vestes para o exército eram escassos, os suprimentos bélicos e medicamentos, ainda mais. As ferrovias precisavam de novos vagões para substituir os velhos, e de novos trilhos de ferro para substituir os destruídos pelos ianques. Nos campos, os generais suplicavam por novas tropas, havendo cada vez menos disponíveis. Pior de tudo, alguns dos governadores dos estados, o governador Brown da Geórgia entre eles, estavam se recusando a enviar as tropas da milícia estadual com suas armas para fora de suas fronteiras. Havia milhares de homens aptos nessas tropas, que o exército cobiçava ardentemente, mas o governo os solicitava em vão.

Com a nova desvalorização da moeda, os preços subiam outra vez. As carnes de gado, de porco e a manteiga custavam 70 dólares o quilo, o barril de farinha de trigo estava a 1.400 dólares, o chá, a mil dólares o quilo. O vestuário de inverno, quando disponível, tinha subido a preços tão proibitivos que as damas de Atlanta forravam seus velhos vestidos com trapos, reforçando-os com jornal para se proteger do vento. O preço dos calçados variava entre 200 e 800 dólares o par, dependendo de serem feitos de "papelão" ou couro legítimo. Agora as damas usavam perneiras feitas com seus velhos xales de lã e retalhos de tapetes. As solas eram de madeira.

A verdade era que o norte mantinha o sul em um estado praticamente de sítio, embora muitos ainda não se dessem conta. As canhoneiras ianques apertavam o bloqueio nos portos e muito poucos barcos conseguiam atravessá-lo.

O sul sempre sobrevivera da venda do algodão e da compra das mercadorias que não produzia, mas agora via-se na contingência de não poder vender nem comprar. Gerald O'Hara armazenara a safra de três anos em Tara, no paiol junto à descaroçadora de algodão, mas pouco lhe adiantou. Em Liverpool, renderia 150 mil dólares, mas não havia esperança de levar a carga até lá. De homem abastado, Gerald passara a se perguntar como alimentaria a família e os negros durante o inverno.

A maioria dos plantadores de algodão estava na mesma situação por todo o sul. Com o bloqueio se fechando cada vez mais, não havia como obter o dinheiro pelas colheitas, levando-as a seu mercado na Inglaterra, nem como trazer os gêneros de primeira necessidade que esse mesmo dinheiro rendia no passado. Travando guerra com o norte industrial, o sul agrícola agora necessitava de coisas que jamais pensara em comprar nos tempos de paz.

Era a situação ideal para os especuladores e caçadores de lucros, e os homens não deixavam de tirar vantagem. Conforme os gêneros alimentícios e as vestimentas ficavam mais escassos e os preços aumentavam sem parar, o clamor público contra os especuladores ficou mais loquaz e malévolo. Naqueles primeiros dias de 1864, não se abria nenhum jornal que não trouxesse editoriais sarcásticos a denunciar os especuladores como abutres e sanguessugas, conclamando o governo a usar mão forte e pôr fim àquilo. O governo fazia o melhor que podia, mas os esforços não davam em nada, pois o governo estava assolado por diversos fatores.

Ninguém era alvo de sentimentos mais amargos que Rhett Butler. Ele vendera seus barcos quando o bloqueio tinha ficado perigoso demais, e agora estava abertamente comprometido com a especulação de gêneros alimentícios. Os boatos a seu respeito, que chegavam de Richmond e Wilmington, faziam corar de vergonha os que o tinham recebido.

Apesar de todas essas provações e atribulações, a população de 10 mil habitantes de Atlanta tinha duplicado durante a guerra. Até mesmo o bloqueio aumentara o prestígio da cidade. Desde tempos imemoriais, as cidades do litoral haviam dominado o sul, comercialmente e em outros aspectos. Mas agora, com os portos fechados e muitas das cidades portuárias capturadas ou sitiadas, a salvação do sul dependia de seus próprios elementos. Se o sul ganhasse a guerra, o que iria contar era o interior, e seu centro agora era Atlanta. As pessoas da cidade estavam sofrendo dificuldades, privações, doença e morte tão gravemente como o resto da Confederação; mas Atlanta, como cidade, mais ganhara que perdera com a guerra. Sendo o coração da Confederação, Atlanta ainda batia plenamente e com força, as ferrovias, que eram suas artérias, pulsavam com o fluxo interminável de homens, munições e suprimentos.

Em outros tempos, Scarlett teria se amargurado com seus vestidos surrados e calçados remendados, mas agora não ligava, pois a única pessoa que importava não estava lá para vê-la. Naqueles dois meses, ela andava feliz, mais do que estivera em anos. Pois não tinha sentido o coração acelerado de Ashley quando pusera os braços em volta de seu pescoço? Não percebera aquele ar desesperado em seu semblante, que era uma confissão mais aberta que quaisquer palavras?

Ele a amava. Agora tinha certeza, e essa convicção era tão prazerosa que ela até conseguia ser mais atenciosa com Melanie. Agora podia ter pena de Melanie, pena com um leve desdém por sua cegueira e sua burrice.

"Quando a guerra acabar!", pensava. "Quando acabar... então..."

Às vezes pensava com uma pontada de medo: "Então o quê?" Mas tirava a ideia da cabeça. Quando a guerra acabasse as coisas iam se acomodar de algum jeito. Se Ashley a amasse, ele simplesmente não poderia continuar vivendo com Melanie.

O problema é que o divórcio era impensável, e Ellen e Gerald, católicos fervorosos, nunca lhe permitiriam se casar com um homem divorciado. Isso significaria deixar a Igreja! Scarlett examinou a questão e decidiu que, tendo que escolher entre a Igreja e Ashley, escolheria Ashley. Ah, mas seria um escândalo! Os divorciados eram banidos não só pela Igreja, mas pela sociedade. Nenhuma pessoa divorciada era recebida. No entanto, até isso ela ousaria por Ashley. Sacrificaria qualquer coisa por ele.

Quando a guerra acabasse, tudo daria certo de algum modo. Se Ashley a amasse tanto, ele daria um jeito. Ela faria com que ele desse um jeito. E, a cada dia que passava, ela ficava mais certa da devoção que ele lhe dedicava, mais certa de que ele arranjaria as coisas de modo satisfatório quando os ianques fossem finalmente derrotados. É claro que ele dissera que estavam nas mãos dos ianques. Scarlett achou que aquilo era pura tolice. Ele estava cansado e triste quando o dissera. Mas ela não ligava muito se os ianques vencessem. O que importava era que a guerra acabasse logo e que Ashley voltasse para casa. Então, quando as nevascas de março mantinham todos dentro de casa, a hedionda bomba caiu. Com os olhos brilhando de alegria, a cabeça se abaixando rapidamente, de orgulho constrangido, Melanie lhe disse que teria um bebê.

— O Dr. Meade diz que será para o fim de agosto ou setembro — disse ela. — Eu achava... mas não tinha certeza até hoje. Ah, Scarlett, não é maravilhoso? Eu invejava tanto seu Wade e queria tanto um bebê. E tinha tanto medo de que talvez jamais viesse a ter um, e agora, querida, quero uma dúzia!

Quando Melanie lhe contou, Scarlett estava penteando os cabelos, preparando-se para se deitar, e parou com o pente no ar.

— Meu Deus! — disse ela e, por um instante, não se deu conta. Então, a porta fechada do quarto de Melanie de súbito lhe saltou à mente e uma dor mortal lhe transpassou inteira, uma dor tão feroz como se Ashley fosse seu marido e lhe tivesse sido infiel. Um bebê. O bebê de Ashley. Oh, como pudera, quando era a ela que amava e não a Melanie?

— Sei que você está surpresa — continuou Melanie, ofegante —, não é maravilhoso? Ah, Scarlett, nem sei como escrever a Ashley! Não seria tão constrangedor se eu pudesse contar a ele ou... ou... bem, não dizer nada e só deixar que ele notasse aos poucos, sabe como é...

— Meu Deus! — repetiu Scarlett, quase chorando enquanto largava o pente e se apoiava no tampo de mármore da penteadeira.

— Querida, não fique assim! Sabe que ter um bebê não é tão mau. Você mesma disse. E não precisa se preocupar comigo, embora seja doce de sua parte ficar assim perturbada. É verdade que o Dr. Meade disse que sou... sou — disse ela corando — bem estreita, mas que talvez não tenha qualquer problema e... Scarlett, você escreveu para Charlie quando descobriu sobre Wade ou foi sua mãe, ou o Sr. O'Hara? Ah, se pelo menos eu tivesse uma mãe para fazer isso! É que não sei como...

— Pare! — fez Scarlett bruscamente. — Quieta!

— Ah, Scarlett, sou tão burra! Desculpe. Creio que todas as pessoas felizes são egoístas. Por um momento, eu me esqueci de Charlie.

— Quieta! — disse Scarlett outra vez, lutando para controlar a fisionomia e aquietar as emoções. Melanie nunca, jamais poderia perceber ou desconfiar de seus sentimentos.

Melanie, a mais diplomática das mulheres, estava com lágrimas nos olhos por causa da própria crueldade. Como podia ter trazido de volta a Scarlett as terríveis memórias do nascimento de Wade meses depois da morte de Charlie? Como podia ter sido tão desatenta?

— Deixe-me ajudá-la a tirar o vestido, querida — disse ela humildemente. — E lhe farei um cafuné.

— Deixe-me sozinha — disse Scarlett, o rosto petrificado. E Melanie, tendo um acesso de choro em autocondenação, saiu do quarto, deixando Scarlett ir para a cama sem chorar, com o orgulho ferido, tendo por companhia desilusão e ciúme.

Ela achou que não poderia continuar morando na mesma casa com a mulher que carregava o filho de Ashley, achou que voltaria para Tara, onde era seu lugar. Não via como conseguiria olhar para Melanie de novo sem ter seu segredo estampado no rosto. Na manhã seguinte, ela se levantou com a fixa intenção de guardar suas coisas no baú logo após o café. Mas, enquanto estavam na mesa, Scarlett, quieta e abatida, Pitty, desnorteada, e Melanie sentindo-se infeliz, chegou um telegrama.

Era para Melanie, do criado de Ashley, Mose.

"Já procurei por todo lugar e não consigo achá-lo. Devo ir para casa?"

Ninguém sabia o que aquilo significava, mas as três mulheres se entreolharam, apavoradas, e Scarlett esqueceu-se de todas as ideias de ir para casa. Sem acabar o café, elas foram até o centro para telegrafar ao coronel de Ashley, mas, assim que entraram na agência, chegava um telegrama dele.

"Sinto dizer que o major Wilkes está desaparecido desde que saiu em uma patrulha há três dias. Nós a manteremos informada."

Foi uma terrível volta para casa, com tia Pitty chorando em seu lenço, Melanie sentada ereta e lívida e Scarlett, atordoada, reclinada no canto da carruagem. Chegando em casa, Scarlett correu escada acima até o quarto e, agarrada ao rosário, caiu de joelhos e tentou rezar. Mas as orações não vinham. Ela foi tomada de um medo abismal, de certa forma reconhecendo que Deus lhe virava a cara por seu pecado. Ela amara um homem casado e tentara tirá-lo de sua esposa, e agora Deus a punia, matando-o. Queria rezar, mas não conseguia voltar os olhos para o Céu. Queria chorar, mas as lágrimas não vinham. Pareciam inundar seu peito e eram lágrimas que queimavam, mas não emergiam.

A porta se abriu e Melanie entrou. Seu rosto parecia um papel branco cortado em forma de coração, emoldurado pelo cabelo preto, e os olhos estavam arregalados, como os de uma criança perdida no escuro.

— Scarlett — disse ela estendendo as mãos —, você precisa me perdoar pelo que eu disse ontem, pois você é... tudo o que tenho agora. Ah, Scarlett, sei que meu querido está morto!

De algum modo, ela fora parar nos braços de Scarlett, seu peito plano arfando com soluços, e de algum modo as duas acabaram deitadas na cama, abraçadas, e Scarlett chorava também, chorava com o rosto colado ao de Melanie, as lágrimas de uma molhando o rosto da outra. Chorar doía muito, mas menos do que não conseguir chorar. "Ashley está morto... morto", ela pensou, e "eu o matei por amá-lo!". Os soluços se renovaram e Melanie apertou o abraço em torno de seu pescoço, de algum modo sentindo-se consolada.

— Pelo menos — sussurrou —, pelo menos... tenho o bebê dele.

"E eu", pensou Scarlett, muito pesarosa agora para qualquer coisa tão pequena como ciúmes, "eu não tenho nada... nada... nada, além da lembrança de sua fisionomia quando ele me disse adeus".

Os primeiros relatórios diziam "Desaparecido — acredita-se morto" e assim aparecia na lista de baixas. Melanie telegrafou uma dezena de vezes ao coronel Sloan e finalmente chegou uma carta, cheia de solidariedade, explicando que Ashley e um esquadrão tinham saído em uma expedição de patrulha e não tinham retornado. Houve relatórios de um ligeiro conflito dentro das linhas ianques e Mose, tomado pelo pesar, arriscara a própria vida procurando pelo corpo de Ashley, sem nada encontrar. Melanie, estranhamente calma agora, telegrafou, enviando-lhe dinheiro e instruções para voltar para casa.

Quando "Desaparecido — acredita-se capturado" apareceu nas listas de baixas, alegria e esperança reanimaram o triste domicílio. Melanie quase não saía da agência de telégrafos e ia ao encontro de cada trem esperando por cartas. Ela andava se sentindo mal, a gravidez se fazendo sentir de várias maneiras desagradáveis, mas se recusava a obedecer às ordens do Dr. Meade para ficar em repouso. Uma energia febril se apossara dela, não lhe permitindo ficar quieta; e, à noite, muito depois de Scarlett ter ido para a cama, conseguia ouvi-la caminhando no quarto ao lado.

Uma tarde, ela chegou com Tio Peter amedrontado dirigindo a carruagem e Rhett Butler apoiando-a. Ela desmaiara na agência dos telégrafos, e Rhett, que estava passando, observou o alvoroço e acompanhou-a até em casa. Ele a carregou escada acima até seu quarto e, enquanto os habitantes alarmados corriam de cá para lá pegando tijolos quentes, cobertores e uísque, ele a acomodou nos travesseiros da cama.

— Sra. Wilkes — perguntou ele abruptamente —, está esperando um bebê, não é?

Se Melanie não estivesse tão fraca, sentindo-se tão mal, com o coração tão apertado, teria tido um colapso com aquela pergunta. Até mesmo com as amigas ela ficava constrangida diante de qualquer menção a seu estado, e as consultas ao Dr. Meade eram experiências agonizantes. E era impensável que um homem, especialmente Rhett Butler, fizesse tal pergunta. Mas, deitada naquela cama, fraca e desamparada, ela só assentiu. Após ter feito que sim, não lhe pareceu tão pavoroso, pois ele demonstrou muita gentileza e preocupação.

— Então a senhora precisa cuidar melhor de si mesma. Toda essa correria e essa preocupação não vão lhe ajudar, e podem ser prejudiciais ao bebê. Se a senhora me permitir, vou usar alguma influência que tenho em Washington para saber do destino do Sr. Wilkes. Se ele tiver sido feito prisioneiro, constará das listas federais e, se não tiver... bem, não há nada pior que a incerteza. Mas preciso que me prometa. Cuide de si ou, juro por Deus, não tomarei nenhuma providência.

— Ah, o senhor é tão gentil — exclamou Melanie. — Como é que as pessoas podem falar essas coisas pavorosas a seu respeito? — Em seguida, ciente de sua falta de tato e também apavorada por ter comentado seu estado com um homem, ela começou a chorar baixinho. Voando pelas escadas, com um tijolo quente embrulhado em uma flanela, Scarlett encontrou Rhett acariciando-lhe a mão.

Ele cumpriu o prometido. Elas nunca souberam que fios tinha mexido. Temiam perguntar, sabendo que podia envolver a admissão de suas íntimas afiliações aos ianques. Passou-se um mês antes que ele tivesse qualquer notícia, notícia que as levou às alturas quando a ouviram, mas depois criou uma ansiedade corrosiva em seus corações.

Ashley não estava morto! Fora ferido e feito prisioneiro. Os registros diziam que ele estava em Rock Island, um campo de prisioneiros em Illinois. A primeira alegria só as fez pensar que ele estava vivo, mas, quando a calma começou a voltar, elas se entreolharam e disseram "Rock Island!" com o mesmo tom com que teriam dito "No Inferno!". Pois, assim como Andersonville, era um nome que amedrontava o norte, Rock Island trazia o terror ao coração de qualquer sulista que tivesse um parente preso lá.

Quando Lincoln se recusou a trocar prisioneiros, acreditando que isso apressaria o fim da guerra, pois sobrecarregaria a Confederação com a alimentação e a guarda dos prisioneiros da União, havia milhares de casacos azuis em Andersonville, na Geórgia. Os Confederados tinham escassez de ração, e praticamente não lhes sobraram medicamentos nem ataduras para seus próprios doentes e feridos. Tinham pouco para compartilhar com os prisioneiros, que recebiam a mesma alimentação dos soldados no campo, carne gorda de porco e ervilhas secas, e com esse tipo de comida os ianques morriam como moscas, às vezes uma centena em um dia. Inflamado pelos relatórios, o norte recorreu a um tratamento mais duro com os prisioneiros Confederados, e não havia lugar onde as condições fossem piores do que em Rock Island. A comida era escassa, um cobertor era usado por três homens e a devastação provocada pela varíola, pela pneumonia e pelo tifo batizara o lugar de Casa da Peste. Três quartos dos homens que iam para lá não saíam vivos.

E Ashley estava naquele lugar terrível! Ashley estava vivo, mas ferido e em Rock Island. A neve devia estar alta em Illinois quando o levaram para lá. Será que tinha morrido devido ao ferimento desde que Rhett trouxera a notícia? Teria contraído varíola? Estaria delirando com pneumonia sem um cobertor para se cobrir?

— Ah, capitão Butler, não há um jeito... O senhor não pode usar de sua influência para que ele seja trocado? — implorou Melanie.

— O Sr. Lincoln, misericordioso e justo, que chorou gordas lágrimas pelos cinco rapazes da Sra. Bixby, não tem nenhuma para derramar pelos milhares de ianques que estão morrendo em Andersonville — disse Rhett, contorcendo a boca. — Ele não liga se todos morrerem. A ordem foi dada. Nada de trocas. Eu... eu não tinha lhe dito antes, Sra. Wilkes, mas seu marido teve oportunidade de sair, e se recusou.

— Ah, não! — exclamou Melanie, sem conseguir acreditar.

— Sim. Os ianques estão recrutando homens para fazer serviço de fronteira contra os índios, os recrutam entre os prisioneiros Confederados. Qualquer prisioneiro que preste juramento de lealdade e se aliste para o serviço indígena por dois anos é libertado e enviado para o oeste. O Sr. Wilkes se recusou.

— Ah, como pôde? — exclamou Scarlett. — Por que ele não prestou juramento e depois desertou e veio para casa assim que saísse da cadeia?

Melanie se virou para ela furiosa.

— Como você pode sequer sugerir que ele fizesse tal coisa? Trair sua própria Confederação, prestando esse vil juramento, e depois trair sua palavra aos ianques! Eu gostaria muito mais de ficar sabendo que ele tinha morrido em Rock Island do que prestado esse juramento. Ficaria orgulhosa dele se morresse na cadeia. Mas, se ele fizesse *aquilo*, eu nunca mais o olharia. Nunca! É claro que ele se recusou.

Quando Scarlett levou Rhett até a porta, ela lhe perguntou indignada:

— Se fosse você, não se alistaria com os ianques para não morrer naquele lugar e depois desertaria?

— É claro — disse Rhett, os dentes aparecendo por baixo do bigode.

— Então por que Ashley não fez isso?

— Ele é um cavalheiro — disse Rhett, e Scarlett ficou se perguntando como era possível transmitir tal cinismo e desdém com aquela única palavra meritória.

Terceira Parte

Capítulo 17

Quando chegou maio de 1864, um mês quente e seco que fazia as flores murcharem ainda em botão, os ianques sob o comando do general Sherman estavam novamente na Geórgia, acima de Dalton, cerca de 160 quilômetros a noroeste de Atlanta. Corriam rumores de que haveria combates ferozes por lá, perto dos limites entre a Geórgia e o Tennessee. Os ianques estavam se reunindo para atacar a ferrovia Oeste-Atlântico, a linha que ligava Atlanta ao Tennessee e ao oeste, a mesma que as tropas sulistas tinham usado no outono anterior para a vitória de Chickamauga.

Atlanta, porém, pouco se preocupava com a perspectiva de um combate perto de Dalton. O lugar onde os ianques se concentravam ficava poucos quilômetros a sudeste do campo de batalha de Chickamauga. Eles tinham sido obrigados a recuar uma vez ao tentar atravessar os desfiladeiros da região e seriam obrigados a fazer o mesmo agora.

Atlanta, assim como toda a Geórgia, sabia que o estado era importante demais para a Confederação, e o general Joe Johnston não deixaria os ianques permanecerem dentro de seus limites por muito tempo. O Velho Joe e seu exército não permitiriam que um ianque sequer chegasse ao sul de Dalton, pois muita coisa dependia do funcionamento tranquilo da Geórgia. O estado intocado era um vasto celeiro, oficina mecânica e armazém para a Confederação. Fabricava grande parte da pólvora e dos armamentos usados pelo exército, e produzia a maior parte do algodão e dos produtos de lã. Entre Atlanta e Dalton ficava Rome, com sua fundição de canhões e outras indústrias, além de Etowah e Allatoona, com a maior metalúrgica ao sul de Richmond. E em Atlanta ficavam não só fábricas de pistolas e selas, barracas e munição, mas também as mais extensas oficinas de laminação do sul, as agências das principais ferrovias e os enormes hospitais. Além disso, era em Atlanta o entroncamento das quatro ferrovias, das quais dependia a vida da Confederação.

Portanto, ninguém estava muito preocupado. Afinal, Dalton ficava distante, próxima à linha férrea do Tennessee, onde aconteciam combates havia três anos e as pessoas estavam acostumadas à ideia de que aquele estado era um campo de batalha longínquo, quase tão distante quanto a Virgínia ou o rio Mississippi. Além do mais, o Velho Joe e seus homens estavam entre os ianques e Atlanta, e todos sabiam que, ao lado do próprio general Lee, não havia maior general que Johnston, agora que Stonewall Jackson estava morto.

Em um quente entardecer de maio na varanda da casa de tia Pitty, o Dr. Meade resumiu o ponto de vista dos civis sobre a questão quando disse que Atlanta nada tinha a temer, pois o general Johnston estava nas montanhas como um baluarte de ferro. A plateia o ouviu com emoções variadas, pois todos que se balançavam em silêncio nas cadeiras sob o crepúsculo, observando os primeiros vaga-lumes da estação a mover-se magicamente pelo anoitecer, tinham sérias preocupações em mente. A Sra. Meade, a mão pousada no braço de Phil, esperava que o doutor estivesse certo. Se a guerra se aproximasse, ela sabia que Phil seria convocado. Estava com 16 anos agora e era membro da Guarda Nacional. Fanny Elsing, pálida e com olhar ausente desde Gettysburg, tentava afastar a imagem torturante que lhe abrira uma fenda na mente cansada esses últimos meses — o tenente Dallas McLure morrendo em uma carroça de bois aos trancos, sob a chuva, na longa e terrível retirada para Maryland.

O braço inutilizado do capitão Carey Ashburn doía novamente e, além disso, ele estava deprimido por constatar que Scarlett não se mostrava receptiva a sua corte. Era essa a situação desde a notícia da captura de Ashley Wilkes, embora ele não conseguisse perceber a ligação entre os dois acontecimentos. Scarlett e Melanie pensavam em Ashley, como sempre faziam enquanto tarefas urgentes ou a necessidade de manter uma conversa não as distraía. Scarlett pensava, amargurada, com grande sofrimento: "Ele deve ter morrido, caso contrário saberíamos." Melanie, constantemente resistindo à onda de medo, por horas intermináveis dizia a si mesma: "Ele não pode ter morrido. Eu saberia... sentiria se ele estivesse morto." Rhett Butler reclinava-se nas sombras, as longas pernas vestidas nas botas elegantes, cruzadas displicentemente, o rosto moreno inexpressivo. Em seus braços, Wade dormia contente, segurando um ossinho da sorte bem descarnado. Scarlett sempre deixava Wade ficar até mais tarde quando Rhett vinha visitar, porque o menino tímido gostava dele, e Rhett, por mais estranho que fosse, dava a impressão de gostar de Wade. Geralmente, a presença da criança aborrecia Scarlett, mas ele sempre se comportava bem nos braços de Rhett. Quanto à tia Pitty, estava aflita tentando reprimir um arroto, pois o galo que tinham comido no jantar era uma velha ave de carne dura.

Naquela manhã, tia Pitty chegara à pesarosa decisão de que seria melhor matar o patriarca antes que ele morresse de velho e de saudade de seu harém, havia muito consumido. Por dias ele andava curvado pelo galinheiro vazio, muito desolado para cocoricar. Depois que Tio Peter torceu o pescoço do galo, tia Pitty ficou com a consciência pesada ao pensar em comê-lo com a família, quando tantas de suas amigas não provavam galinha havia semanas, então sugerira companhia para o jantar. Melanie, agora no quinto mês, não saía nem recebia convidados havia semanas, e ficou estarrecida com a ideia. Mas tia Pitty, pelo menos dessa vez, foi firme. Seria egoísmo comerem o galo sozinhas, e, se Melanie simplesmente pusesse a saia um pouco mais para cima, ninguém notaria nada e, de qualquer modo, seu busto era muito achatado mesmo.

— Ah, mas titia, não quero receber as pessoas quando Ashley...

— Não é como se Ashley tivesse... fosse falecido — disse tia Pitty, a voz trêmula, pois no fundo tinha certeza de que ele morrera. — Ele está tão vivo quanto você e vai lhe fazer bem ter companhia. Vou convidar Fanny Elsing também. A Sra. Elsing me pediu que tentasse fazer algo para animá-la e fazê-la ver gente...

— Ah, mas titia, é cruel forçá-la quando o pobre Dallas acabou de morrer...

— Ora, Melly, vou acabar chorando de desgosto se você discutir comigo. Creio que sou sua tia e sei o que faço. Quero dar uma recepção.

Então tia Pitty deu sua recepção e, no último minuto, chegou um convidado inesperado e indesejado. Exatamente quando o aroma do galo assado preenchia a casa, Rhett Butler, retornando de uma de suas misteriosas viagens, bateu à porta com uma grande caixa de bombons embrulhada em papel rendado embaixo do braço e uma boca cheia de dúbios elogios a ela. Nada havia a fazer se não convidá-lo a ficar, embora tia Pitty soubesse como o Dr. e a Sra. Meade se sentiam em relação a ele e como Fanny estava amargurada com qualquer homem sem farda. Nem os Meade nem os Elsing teriam lhe dirigido a palavra na rua, mas na casa de uma amiga eles teriam, é claro, de ser bem-educados. Além disso, agora ele estava, mais firmemente que nunca, sob a proteção da frágil Melanie. Após sua intervenção para lhe conseguir notícias de Ashley, ela anunciara publicamente que sua casa estava aberta para ele enquanto ele vivesse, não importando o que diziam.

As apreensões de tia Pitty se aquietaram quando ela percebeu que Rhett estava no melhor de seu comportamento. Dedicou-se a Fanny com tamanha deferência solidária que ela até sorriu para ele, e a refeição correu bem. Foi um banquete principesco. Carey Ashburn levara um pouco de chá, que encontrara no saquinho de fumo de um ianque capturado a caminho de Andersonville, e todos tomaram uma xícara, com leve sabor de tabaco. Cada um ganhou um naco do velho galo, uma quantidade razoável de farofa de fubá temperada com cebolas, uma tigela de ervilhas secas e bastante arroz e molho, este um tanto ralo, pois não havia farinha de trigo para engrossá-lo. A sobremesa foi uma torta de batata-doce, seguida pelos bombons de Rhett, e, quando ele ofereceu aos cavalheiros verdadeiros charutos de Havana para que fumassem com seus copos de vinho de amora, todos concordaram que realmente fora um pródigo banquete.

Ao se reunirem com as damas na varanda, a conversa se voltou para a guerra. Era sempre assim agora, qualquer conversa sobre qualquer assunto levava à guerra ou de volta à guerra... às vezes triste, outras alegre, mas sempre sobre a guerra. Romances e casamentos de guerra, mortes nos hospitais e no campo, incidentes no campo de batalha e marchas, bravura, covardia, humor, tristeza, privação e esperança. Sempre, sempre a esperança. A esperança firme, inabalável, apesar das derrotas do verão anterior.

Quando o capitão Ashburn anunciou que tinha pedido e lhe fora concedida a transferência de Atlanta para o exército em Dalton, as damas lhe beijaram o braço rijo com os olhos e acobertaram sua emoção de orgulho, dizendo-lhe que não podia ir, pois quem ficaria para cortejá-las.

O jovem Carey pareceu confuso e satisfeito de ouvir tais afirmações de matronas reconhecidas e solteironas como a Sra. Meade e Melanie, tia Pitty e Fanny, esperando que Scarlett o dissesse de verdade.

— Ora, ele voltará em um piscar de olhos — disse o doutor, jogando um braço sobre o ombro de Carey. — Haverá uma pequena escaramuça e os ianques vão fugir de volta para o Tennessee. E, quando chegarem lá, o general Forrest tomará conta deles. As senhoras não precisam se alarmar com a proximidade dos ianques, pois o general Johnston e seu exército estão lá nas montanhas como um baluarte de ferro. Isso, um baluarte de ferro — repetiu ele, apreciando a própria expressão. — Sherman nunca vai passar. Jamais desalojará o Velho Joe.

As senhoras sorriram com aprovação, pois o mais ligeiro de seus pronunciamentos era considerado como verdade indiscutível. Afinal, os homens entendiam muito mais desses assuntos que as mulheres, e, se ele dizia que o general Johnston era um baluarte de ferro, devia mesmo ser. Só Rhett falou. Ficara quieto desde o jantar e sentara-se à sombra escutando a conversa sobre a guerra com a boca torcida, segurando a criança adormecida em seu ombro.

— Correm rumores de que Sherman está com mais de 100 mil homens, agora que obteve reforços.

O doutor respondeu secamente. Desde a chegada, ficara sob considerável tensão ao ver que um dos convivas para o jantar era aquele homem que tanto detestava. Só o respeito devido à Srta. Pittypat e sua presença sob seu teto o impediram de demonstrar seus sentimentos de maneira mais evidente.

— Bem, senhor... — retrucou ele.

— Creio que o capitão Ashburn acabou de dizer que o general Johnston tem apenas 40 mil, contando com os desertores que se encorajaram a voltar ao pavilhão após a última vitória.

— Senhor — disse a Sra. Meade indignada —, não há desertores no exército da Confederação.

— Queira me perdoar — disse Rhett com humildade debochada —, referi-me aos milhares de homens em licença que se esqueceram de voltar a seus regimentos e àqueles que já curaram seus ferimentos há seis meses, mas permanecem em casa, cuidando de suas coisas ou dando conta da aragem de primavera.

Os olhos dele brilharam e a Sra. Meade mordeu o lábio com raiva. Scarlett teve vontade de rir com a derrota dela, pois Rhett a atingira justamente. Havia centenas de homens se esquivando nos grotões e nas montanhas, desafiando a polícia militar a carregá-los de volta ao exército. Declaravam que era uma "guerra de homens ricos e uma luta dos pobres" e que já estavam fartos daquilo. Porém, mais numeroso que esse grupo era o dos homens que, embora considerados desertores nas listas da companhia, não tinham intenção de desertar permanentemente. Eram aqueles que tinham aguardado três anos por licenças e, enquanto esperavam, recebiam de casa cartas mal escritas: "Estamos pasando fome." "Não vai ter colheita esse essi ano, não tem ninguém pra lavrar as terras. Estamos pasando fome." "O batalhão de suprimentos levou os filhotes de porco e não recebemos dinheiro de você faz meses. Estamos cumendo ervilha seca."

O coro constante não parava de aumentar: "Estamos pasando fome, sua mulher, seus filhos, seus pais. Quando é que vai acabar? Quando é que você vem para casa? Estamos famintos, famintos." Quando as licenças do exército, que rapidamente definhava, eram negadas, esses soldados iam para casa sem elas, para arar a terra e plantar suas safras, consertar as casas e construir as cercas. Quando os oficiais de arregimentação, entendendo a situação, viam uma batalha difícil pela frente, escreviam a eles, pedindo que voltassem a suas companhias e prometendo que nenhuma pergunta lhes seria feita. Geralmente esses homens voltavam ao perceber que a fome em casa ficaria afastada por mais alguns meses. "Lavradores afastados" não eram considerados desertores, mas mesmo assim enfraqueciam o exército.

O Dr. Meade apressou-se a preencher o silêncio desconfortável, a voz fria:

— Capitão Butler, a diferença numérica entre nossas tropas e as dos ianques nunca importou. Um confederado vale por uma dúzia de ianques.

As senhoras assentiram. Todos sabiam disso.

— Isso era verdadeiro no primeiro ano da guerra — disse Rhett. — Talvez ainda seja, desde que o soldado confederado tenha balas para sua arma, os pés calçados e o estômago cheio. Não é, capitão Ashburn?

Sua voz ainda era suave e sublinhada por uma enganosa humildade. Carey Ashburn parecia descontente, pois era óbvio que ele também tinha intenso desprezo por Rhett. Gostaria muito de tomar o partido do doutor, mas não podia mentir. O motivo para ter pedido uma transferência para a frente de batalha, apesar do braço inútil, era a percepção da gravidade da situação, coisa que a população civil não via. Havia muitos outros homens, pisando sobre cotos de madeira, cegos de um olho, com dedos perdidos, sem um braço, que estavam furtivamente sendo transferidos de funções burocráticas, de tarefas hospitalares, dos correios e do serviço ferroviário novamente para suas antigas unidades de combate. Sabiam que o Velho Joe precisava de cada homem.

Ele ficou quieto e o Dr. Meade bradou, perdendo a paciência:

— Nossos homens lutaram descalços e sem comida antes, e venceram. E vão lutar outra vez e vencerão! Digo-lhe, o general Johnston não pode ser deslocado! A solidez da montanha sempre foi o refúgio e a fortaleza dos povos invadidos desde os tempos mais remotos. Pense em... pense Termópilas.

Scarlett pensou bem, mas as Termópilas nada significavam para ela.

— Eles morreram até o último homem nas Termópilas, não foi, doutor? — perguntou Rhett, e seus lábios se franziram pelo riso reprimido.

— Está tentando me ofender, jovem?

— Doutor! Por favor! Não me entenda mal! Só quis saber. Minha memória acerca da história antiga é fraca.

— Se necessário for, nosso exército perderá até o último homem antes de permitir o avanço dos ianques na Geórgia — rebateu o doutor com aspereza. — Mas não será assim. Em uma única escaramuça, eles serão expulsos da Geórgia.

Ao perceber que a conversa estava atingindo águas profundas e tempestuosas, tia Pittypat levantou-se rapidamente e pediu a Scarlett que os obsequiasse com uma seleção ao piano e uma canção. Ela sabia muito bem que haveria problema se convidasse Rhett para jantar. Sempre havia problemas quando ele estava presente, mesmo que não entendesse bem como ele dava início ao conflito. Minha nossa! O que Scarlett vira naquele homem? E como a querida Melly podia defendê-lo?

Enquanto Scarlett, obediente, ia até a sala, caiu um silêncio sobre a varanda, um silêncio que pulsava de ressentimento em relação a Rhett. Como era possível alguém não acreditar de corpo e alma na invencibilidade do general Johnston e de seus homens? A crença era uma tarefa sagrada. E aqueles que eram tão traidores a ponto de não crer deviam, pelo menos, manter a boca calada.

Scarlett entoou alguns acordes e sua voz flutuou até lá fora, doce e triste, com a letra de uma canção popular:

> *Em uma ala de paredes caiadas*
> *Onde jazem mortos e moribundos*
> *Feridos por baionetas, cartuchos e balas*
> *Nasceu um dia o amor de alguém.*

> *O amor de alguém! Tão jovem e tão bravo!*
> *Ainda tendo no rosto pálido e gentil*
> *A ser em breve oculto pelo pó do túmulo*
> *A luz remanescente da graça juvenil.*

— Foscos e úmidos seus cachos dourados — lamentou o imperfeito soprano de Scarlett, e Fanny se levantou e disse em uma voz fraca e estrangulada:

— Cante outra coisa!

Surpresa e constrangida, Scarlett silenciou o piano subitamente. Em seguida, iniciou os primeiros compassos de "Jacket of Gray", interrompendo com uma nota desafinada ao lembrar quanto essa canção também era desoladora. O piano novamente silenciou, Scarlett totalmente desprovida de ideias. Todas as canções tinham a ver com morte, partidas e pesar.

Rhett levantou-se prontamente, deixou Wade no colo de Fanny e foi até a sala.

— Toque "My Old Kentucky Home" — sugeriu ele.

Agradecida, Scarlett mergulhou na canção. Sua voz foi acompanhada pelo excelente baixo de Rhett, e, quando eles passaram à segunda estrofe, os que estavam na varanda respiraram com mais facilidade, embora Deus soubesse que aquela também não era a mais alegre das canções.

> *Só mais uns dias carregando esse grande fardo!*
> *Não importa se nunca ficar leve!*
> *Só mais uns dias, cambaleando pela estrada!*
> *Depois, meu velho Kentucky, boa noite!*

★ ★ ★

A previsão do Dr. Meade estava certa, até certo ponto. Johnston realmente resistiu como um baluarte de ferro nas montanhas acima de Dalton, a 160 quilômetros de distância. Resistiu com tal firmeza e contestou tão amargamente o desejo de Sherman de atravessar o vale até Atlanta que finalmente os ianques recuaram e se reuniram em conselho. Não conseguindo romper as fileiras de cinza pelo ataque direto, sob a cobertura noturna, eles marcharam pelos desfiladeiros em um semicírculo, esperando chegar até a retaguarda de Johnston e cortar a ferrovia atrás dele em Resaca, cerca de 25 quilômetros abaixo de Dalton.

Tendo aquelas duas preciosas linhas férreas em perigo, os Confederados deixaram suas trincheiras de defesa desesperada e fizeram uma marcha forçada até Resaca, sob a luz das estrelas, pelo caminho mais curto da estrada. Quando os ianques saíram dos morros em grande número, as tropas sulistas os esperavam, entrincheiradas atrás de barricadas, baterias instaladas, baionetas brilhando, como tinham estado em Dalton.

Quando os feridos de Dalton trouxeram suas narrativas truncadas sobre a retirada do Velho Joe para Resaca, Atlanta ficou surpresa e um pouco perturbada. Foi como se uma pequena nuvem escura tivesse aparecido no noroeste, a primeira nuvem de um temporal de verão. O que estava pensando o general, deixando os ianques penetrar 28 quilômetros no território da Geórgia? As montanhas eram fortalezas naturais, como dissera o Dr. Meade. Por que o Velho Joe não os detivera lá?

Johnston lutou desesperadamente em Resaca e repeliu os ianques mais uma vez, mas Sherman, empregando o mesmo movimento pelos flancos, lançou seu vasto exército em outro semicírculo, atravessou o rio Oostanaula e novamente chegou à ferrovia pela retaguarda confederada. Mais uma vez, as fileiras de cinza foram convocadas a se retirar rapidamente de suas trincheiras vermelhas para defender a ferrovia e, exaustos pela falta de sono, esgotados de marchar e lutar, famintos, sempre famintos, eles fizeram outra rápida marcha vale abaixo. Chegaram à cidadezinha de Calhoun, quase 10 quilômetros abaixo de Resaca, antes dos ianques, se entrincheiraram e estavam novamente prontos para o ataque quando os ianques chegaram. O ataque aconteceu, houve combates ferozes, obrigando os ianques a recuar. Exaustos, os Confederados deitaram as armas e rezaram por uma pausa e repouso. Que não aconteceu. Inexorável, Sherman avançava, passo a passo, dirigindo bem seu exército em uma grande curva, forçando um novo recuo para defender a ferrovia na retaguarda.

Os Confederados marchavam como sonâmbulos, a maioria cansada demais para pensar. Mas, quando conseguiam pensar, confiavam no Velho Joe. Sabiam que estavam recuando, mas que não tinham sido derrotados. Só não havia homens suficientes para manter as trincheiras e derrotar os movimentos em flanco de Sherman.

A ferrovia ainda lhes pertencia. Aquela esguia linha de ferro serpenteando no vale ensolarado até Atlanta. Os homens se deitavam para dormir onde pudessem enxergar as linhas cintilando levemente sob a luz das estrelas. Deitavam-se para morrer e a última visão que seus olhos confusos encontravam era a dos trilhos brilhando sob o sol impiedoso, o calor tremeluzindo em sua extensão.

À medida que retrocediam pelo vale, um exército de refugiados ia recuando antes deles. Fazendeiros e caipiras, ricos e pobres, brancos e negros, mulheres e crianças, velhos, moribundos, aleijados, feridos, mulheres em gestação avançada lotavam a estrada para Atlanta em trens, a pé, a cavalo, em carruagens e carroções empilhados de baús e artigos domésticos. Oito quilômetros à frente do exército em recuo seguiam os refugiados, parando em Resaca, Calhoun, Kingston, esperando saber que os ianques tinham sido obrigados a recuar e que poderiam voltar para casa. Mas não havia retração naquela estrada ensolarada. As tropas cinzentas passaram por mansões vazias, fazendas abandonadas, cabanas solitárias com as portas entreabertas. Ali e acolá restava uma mulher com alguns escravos amedrontados, que vinham até a estrada para dar vivas aos soldados, levar baldes de água fresca para os homens sedentos, atar os ferimentos e enterrar os mortos em seus próprios campos santos. Mas, em sua maior parte, o vale ensolarado estava abandonado e desolado e só as plantações desassistidas permaneciam nos campos secos.

Novamente atacado de flanco em Calhoun, Johnston recuou para Adairsville, onde se desenrolou sério conflito, depois para Cassville e para o sul de Cartersville. Agora o inimigo já avançara quase 90 quilômetros de Dalton. Em New Hope Church, 24 quilômetros ao longo do caminho em ardente combate, as fileiras cinzentas se prepararam para uma determinada resistência. As fileiras azuis continuavam avançando, implacáveis, como uma serpente monstruosa, espiralando, retrocedendo suas extensões lesionadas, mas sempre atacando outra vez. A luta em New Hope Church foi desesperada, 11 dias de combate incessante, sendo cada ataque ianque sangrentamente repudiado. Depois, novamente atacado de flanco, Johnston recuou suas fileiras minguadas mais alguns quilômetros.

As baixas confederadas em New Hope Church foram enormes. Os feridos inundaram Atlanta em trens lotados e a cidade ficou estarrecida. Nunca, nem mesmo após a batalha de Chickamauga, a cidade vira tantos feridos. Os hospitais ficaram superlotados e os feridos deitavam-se no chão de lojas vazias e sobre fardos de algodão nos depósitos. Todos os hotéis, pensões e residências particulares estavam cheios de sofredores. Tia Pitty teve sua porção, embora protestasse que era muito inadequado receber homens estranhos em casa com Melanie em estado delicado em que imagens horrendas poderiam provocar um nascimento prematuro. Mas Melanie elevou um pouco a saia para ocultar a silhueta que engrossava e os feridos invadiram a casa de tijolos. Houve um incessante cozinhar, erguer, virar, abanar, horas infinitas lavando, enrolando ataduras e fazendo curativos e noites quentes que não acabavam, insones pelo balbuciar delirante dos homens no quarto ao lado. Até que a cidade engasgada já não podia tomar conta de mais ninguém, e o excesso de feridos foi enviado para os hospitais de Macon e Augusta.

Com esse remanso de feridos trazendo relatórios conflitantes e o aumento de refugiados assustados congestionando a cidade já lotada, Atlanta estava em comoção. A pequena nuvem no horizonte tinha rapidamente se transformado em uma grande nuvem soturna de tempestade, e era como se ela soprasse uma brisa gelada.

Ninguém perdera a fé na invencibilidade das tropas, mas todos, pelo menos os civis, perderam a fé no general. New Hope Church ficava a apenas 56 quilômetros de Atlanta! Em três semanas, o general deixara os ianques empurrá-los mais de 100 quilômetros! Por que não os tinha retido em vez de recuar incessantemente? Ele era um tolo, mais que um tolo. Os homens de barbas grisalhas da Guarda Nacional e membros da milícia estadual, seguros em Atlanta, insistiam que eles poderiam ter dirigido melhor a campanha e desenhavam mapas nas toalhas de mesa para provar suas alegações. Com suas fileiras definhando e sendo forçado a recuar, o general, desesperado, pediu ao governador Brown esses homens, mas as tropas estaduais sentiam-se razoavelmente seguras. Afinal, o governador se opusera ao pedido feito por Jeff Davis para obtê-los. Por que cederia ao general Johnston?

Lutar e recuar! Lutar e recuar! Por 112 quilômetros e 25 dias, os Confederados tinham lutado quase diariamente. New Hope Church já ficara para trás das tropas cinzentas, uma memória em uma louca névoa de memórias semelhantes, calor, pó, fome, esgotamento, a caminhada pesada pelas estradas sulcadas de barro vermelho, o salpicar da lama, recuar, entrincheirar, lutar — recuar, entrincheirar, lutar. New Hope Church foi um pesadelo de outro mundo, assim como Big Shanty, onde lutaram contra os ianques como demônios. Mas lutavam contra os ianques até que os campos estivessem azuis de morte para em seguida verem mais ianques, novinhos em folha; sempre havia aquela sinistra curva das fileiras azuis a sudeste rumo à retaguarda confederada, rumo à ferrovia, e rumo a Atlanta!

De Big Shanty, as fileiras exaustas, insones, recuaram pela estrada até a montanha Kennesaw, perto da cidadezinha de Marietta, onde espalharam suas fileiras em uma curva de 16 quilômetros. Nas laterais mais íngremes, cavaram suas trincheiras e, nos picos, posicionaram suas baterias. Homens praguejando e suando carregaram as armas pesadas pelas colinas escarpadas, pois as mulas não conseguiam subir as encostas. Os mensageiros e feridos que chegavam a Atlanta traziam relatórios tranquilizadores ao amedrontado povo da cidade. As altitudes de Kennesaw eram intransponíveis, assim como a montanha Pine e a montanha Lost lá perto, que também estavam fortificadas. Os ianques não conseguiriam desalojar os homens do Velho Joe, e seria difícil atacá-los de flanco agora, pois as baterias nos picos da montanha comandavam todas as estradas por muitos quilômetros. Atlanta respirou mais aliviada, mas...

Mas a montanha Kennesaw ficava a apenas 35 quilômetros de distância!

No dia em que chegavam os primeiros feridos da montanha Kennesaw, a carruagem da Sra. Merriwether estava diante na casa de tia Pitty na inaudita hora das 7 da manhã e tio Levi mandou o recado para que Scarlett se vestisse imediatamente e fosse para o hospital. Fanny Elsing e as meninas Bonnell, despertadas cedo de seu sono, bocejavam no assento traseiro e a bá dos Elsing sentava-se mal-humorada na boleia, com uma cesta de ataduras recém-lavadas no colo. Lá se foi Scarlett, a contragosto, pois dançara até o amanhecer na festa da Guarda Nacional e os pés lhe doíam. Em silêncio, praguejou contra a eficiente e infatigável Sra. Merriwether, os feridos e toda a Confederação Sulista enquanto Prissy abotoava seu vestido de morim mais velho e surrado, que usava para o trabalho hospitalar. Depois de engolir a infusão amarga de milho torrado e batata-doce seca que substituía o café, ela saiu para juntar-se às moças.

Estava farta de todo aquele trabalho de enfermeira. Diria à Sra. Merriwether que Ellen escrevera lhe pedindo que fosse fazer uma visita. Isso não lhe adiantou muito, pois a valorosa matrona, mangas arregaçadas, a robusta silhueta enfiada em um grande avental, lançou-lhe um olhar arguto e disse:

— Não me faça ouvir essas tolices, Scarlett Hamilton. Escreverei a sua mãe hoje mesmo, dizendo-lhe o quanto necessitamos de você aqui, e estou certa de que ela entenderá e a deixará ficar. Agora, ponha seu avental e corra até o Dr. Meade. Ele precisa de alguém que o ajude a fazer os curativos.

"Ah, meu Deus", pensou Scarlett com enfado, "esse é o problema, mamãe vai me fazer ficar aqui e vou morrer se tiver que continuar sentindo este fedor! Queria ser uma velha para poder mandar nos outros em vez de ser mandada... e mandar megeras como a Sra. Merriwether para Halifax!".

Sim, ela estava farta do hospital, do fedor, dos piolhos, dos corpos doloridos e sujos. Se a princípio houvera novidade e romance, já tinham acabado fazia um ano. Além disso, esses homens feridos da retirada não eram tão atraentes como tinham sido os primeiros. Não demonstravam o mais leve interesse por ela e tinham muito pouco a dizer além de "Como vai indo a luta? O que o Velho Joe está fazendo agora? Homem inteligente e poderoso, o Velho Joe". Ela não achava o Velho Joe um homem inteligente e poderoso. Tudo o que fizera fora deixar os ianques avançar 140 quilômetros na Geórgia. Não, de fato não eram nada atraentes. Além disso, muitos estavam morrendo, rapidamente, em silêncio, tendo lhes sobrado pouca energia para combater septicemia, gangrena, tifo e pneumonia, que haviam se instalado antes que conseguissem chegar a Atlanta e a um médico.

O dia estava quente e as moscas entravam pelas janelas abertas em enxames, gordas moscas preguiçosas que perturbavam os homens de um modo que nem a dor fazia. A onda de cheiros e dores a envolvia de modo crescente. A transpiração lhe empapava o vestido recém-engomado enquanto ela seguia o Dr. Meade com uma bacia na mão.

Ah, que enjoo sentia de ficar ao lado do médico, tentando não vomitar quando a faca brilhante cortava a carne pútrida! Ah, e o horror de ouvir os gritos que vinham da sala de operações, onde ocorriam as amputações! E a terrível sensação de pena impotente diante das fisionomias tensas, lívidas, de homens mutilados esperando pelo médico, que lhe diria as pavorosas palavras: "Sinto muito, meu rapaz, mas esta mão vai ter que ser cortada. Sim, sim, eu sei; mas veja só essas camadas vermelhas. Temos que tirá-las."

A escassez de clorofórmio era tal que só era usado para as piores amputações, e ópio era uma preciosidade, sendo usado apenas para facilitar a morte, não para aliviar a dor dos vivos. Quinino e iodo tinham acabado. Sim, Scarlett estava farta de tudo aquilo e, naquela manhã, desejava poder, como Melanie, oferecer uma gravidez como desculpa. Atualmente, essa era praticamente a única desculpa socialmente aceita para não servir de enfermeira.

Ao meio-dia, ela tirou o avental e escapou do hospital enquanto a Sra. Merriwether estava ocupada escrevendo uma carta para um montanhês desengonçado e analfabeto. Scarlett sentia que não podia mais aguentar. Aquilo era uma imposição, e ela sabia que, quando os feridos chegassem no trem do meio-dia, haveria trabalho suficiente para ela se ocupar até o anoitecer e, provavelmente, sem comer nada.

Seguiu apressada pelas duas quadras até a rua dos Pessegueiros, respirando o ar não pestilento tão fundo quanto o espartilho apertado lhe permitia. Estava parada na esquina, incerta do que faria a seguir, envergonhada de voltar para a casa de tia Pitty, mas decidida a não voltar ao hospital, quando Rhett Butler passou.

— Você está parecendo a filha do trapeiro — observou ele, os olhos captando o vestido lilás remendado, marcado pelo suor e manchado de água que respingara da bacia. Scarlett ficou furiosa de constrangimento e indignação. Por que ele tinha que estar sempre observando as vestimentas femininas e era tão grosseiro de comentar sua presente desarrumação?

— Não quero ouvir uma palavra sua. Saia daí, ajude-me a subir e me leve para algum lugar onde ninguém me veja. Não volto para aquele hospital nem que me enforquem! Minha nossa, não fui eu que comecei esta guerra e não vejo nenhum motivo para morrer trabalhando e...

— Uma traidora de Nossa Gloriosa Causa!

— O roto falando do esfarrapado. Ajude-me a subir. Não me importa onde estava indo. Vai me levar para passear agora.

Ele saltou da carruagem e subitamente ela pensou no quanto era bom ver um homem inteiro, sem a falta de um membro ou de um olho, nem pálido de dor ou amarelo de malária e que parecia bem alimentado e saudável. Estava muito bem-vestido também. O casaco e as calças eram do mesmo tecido e lhe serviam perfeitamente, em vez de ficarem preguedos ou tolhendo os movimentos, de tão apertados. E eram novos, não surrados, sem mostrar a pele nua e suja ou as pernas cabeludas. Ele possuía a aparência de quem não tinha com que se preocupar neste mundo, enquanto os outros homens carregavam fisionomias pesadas, preocupadas, assustadoras. Seu rosto moreno era afável, e a boca, lábios vermelhos, era bem talhada como a de uma mulher, claramente sensual, sorria com displicência enquanto ele a erguia para subir na carruagem.

Os músculos do seu grande corpo se desenharam por baixo das roupas bem cortadas quando ele se sentou ao lado dela e, como sempre, a sensação de sua energia física a atingiu como um golpe. Ela observou a vitalidade dos ombros fortes com um fascínio que era perturbador e um tanto assustador. O corpo dele parecia tão rijo e resistente quanto sua mente aguçada. Sua força era muito tranquila e graciosa, preguiçosa como a de uma pantera se espreguiçando ao sol, alerta como uma pantera pronta para saltar e atacar.

— Sua pequena impostora — disse ele, impulsionando o cavalo. — Dança a noite inteira com os soldados, lhes dá rosas e fitas, diz que morreria pela Causa e, quando é hora de fazer alguns curativos e catar uns piolhos, vai logo levantando acampamento.

— Será que você poderia falar de outra coisa e andar mais rápido? Era só o que me faltava vovô Merriwether sair na porta da loja, me ver e contar para a velha... quero dizer, a Sra. Merriwether.

Ele deu um toque na égua com o chicote e ela saiu trotando animada, cruzando Five Points e os trilhos da ferrovia que cortava a cidade em duas. O trem que trazia os feridos já chegara, e os carregadores de padiolas trabalhavam agilmente sob o sol escaldante, transferindo os feridos para as ambulâncias e carroções da artilharia. Scarlett não teve nenhum escrúpulo de consciência ao observá-los, mas só uma sensação de alívio de ter escapado.

— Estou simplesmente farta daquele velho hospital — disse, arrumando as saias e apertando mais o chapéu de sol sob o queixo. — E todos os dias chegam mais e mais feridos. A culpa é do general Johnston. Se ele simplesmente tivesse enfrentado os ianques em Dalton, eles...

— Mas ele enfrentou os ianques, sua pequena ignorante. Se ele tivesse ficado lá parado, Sherman o teria atacado pelos lados e esmagado entre as duas alas de seu exército. E teria perdido a ferrovia, e é por ela que Johnston está lutando.

— Ah, bem — disse Scarlett, para quem estratégia militar nada significava. — Mesmo assim, é culpa dele. Ele deveria ter feito alguma coisa, e acho que devia ser retirado do cargo. Por que não os detém em vez de ficar recuando?

— Você é como todo mundo, gritando "Cortem-lhe a cabeça" porque ele não pode fazer o impossível. Era Jesus, o Salvador, em Dalton, e agora é Judas, o Traidor, na montanha Kennesaw, tudo em seis semanas. Mesmo assim, basta ele fazer os ianques recuar 30 quilômetros e será Jesus de novo. Minha pequena, Sherman tem o dobro dos homens que Johnston, e pode se dar ao luxo de perder dois para cada um de nossos bravos moleques. Johnston não pode perder um único homem. Ele precisa de reforços urgentemente, e o que está conseguindo? "Os animaizinhos de estimação de Joe Brown." Que ajuda darão!

— A milícia vai mesmo ser chamada? A Guarda Nacional também? Eu não sabia. Como sabe?

— Correu um boato a esse respeito. Chegou no trem de Milledgeville hoje de manhã. A milícia e a Guarda Nacional serão enviadas para reforçar o general Johnston. É, os queridinhos do governador Brown vão finalmente sentir o cheiro da pólvora, e desconfio que muitos deles ficarão surpresos. Com certeza, não esperavam entrar em ação. O governador tinha lhes prometido que isso não aconteceria. Achavam que estavam à prova de bombas porque o governador tinha enfrentado até Jeff Davis e se recusado a enviá-los para a Virgínia. Dissera que eles eram necessários para a defesa do estado. Quem iria jamais imaginar que a guerra viesse para seu próprio pátio dos fundos e que eles realmente teriam que defender o estado?

— Ah, como pode rir assim, seu homem cruel! Pense nos mais velhos e nos meninos da Guarda Nacional! Ora, o pequeno Phil Meade terá que ir, assim como vovô Merriwether e tio Henry Hamilton.

— Não estou me referindo aos meninos nem aos veteranos da Guerra do México. Falo de jovens bravos como Willie Guinan, que se pavoneiam nas belas fardas, agitando as espadas...

— E de você!

— Minha cara, isso não me atingiu nem um pouquinho! Não uso farda nem agito espada, e o destino da Confederação nada significa para mim. Além disso, nem morto me pegariam para a Guarda Nacional ou para qualquer outro exército.

Tudo o que precisava ver sobre as coisas militares vi em West Point, e isso foi suficiente pelo resto de minha vida... Bem, desejo sorte ao Velho Joe. O general Lee não pode lhe enviar nenhum auxílio, pois os ianques o mantêm ocupado na Virgínia. Então, o único reforço que Johnston pode conseguir são as tropas estaduais da Geórgia. Ele merecia coisa melhor, pois é um grande estrategista. Sempre consegue assumir os postos antes dos ianques. Mas terá que continuar recuando se quiser proteger a ferrovia; e anote o que eu digo, quando eles o empurrarem montanha abaixo, para a planície aqui em volta, ele será derrotado.

— Em volta daqui? — exclamou Scarlett. — Sabe muito bem que os ianques nunca chegarão tão longe!

— Kennesaw está a apenas 30 e poucos quilômetros de distância, e aposto com você...

— Rhett, olhe só adiante! Essa multidão de homens! Não são soldados. Mas que diabos...? Ora, são negros.

Uma grande nuvem de pó vermelho subia na rua, e da nuvem vinha o som das passadas de muitos pés e uma centena ou mais de vozes negras, graves, soltas, cantando um hino. Rhett parou a carruagem no meio-fio e Scarlett olhou curiosa para os homens suados, pás e picaretas nos ombros, arrebanhados por um oficial e um pelotão de homens com a insígnia da corporação de engenharia.

— Mas que diabos...? — começou ela de novo.

Então seus olhos enfocaram um negro que vinha cantando na primeira fila. Devia ter 1,95 m, um gigante, negro como o ébano, andando com a agilidade graciosa de um animal poderoso, a dentadura branca cintilando enquanto ele liderava o grupo em "Go Down, Moses". Certamente não havia outro homem na terra tão alto e com voz tão retumbante como aquele, a não ser Big Sam, o capataz de Tara. Mas o que ele estaria fazendo ali, tão longe de casa, especialmente agora que não havia administrador na fazenda e ele era o braço direito de Gerald?

Quando ela se levantou para ver melhor, o gigante avistou-a, e seu rosto negro se abriu em um sorriso de alegre reconhecimento. Ele parou, largou a pá e foi se dirigindo a ela, falando aos negros mais próximos:

— Deus todo poderoso! É a sinhazinha Scarlett! Ei, vosmecês, Elia! Postlo! Profeta! É a sinhazinha Scarlett!

Houve confusão nas fileiras. A multidão parou, incerta, rindo, e Big Sam, seguido por três outros negros grandes, atravessou a rua, indo até a carruagem, seguido de perto pelo oficial aborrecido, a gritar.

— Voltem às fileiras, camaradas! Voltem, estou dizendo ou eu... Ora, é a Sra. Hamilton. Bom dia, senhora, e para o senhor também. O que está tentando, incitar amotinação e insubordinação? Só Deus sabe os problemas que já tive com essa rapaziada hoje de manhã.

— Ah, capitão Randall, não ralhe com eles! É gente nossa. Este é Big Sam, nosso capataz, e Elias, Apóstolo e Profeta, de Tara. É claro que tinham que falar comigo. Como estão, rapazes?

Ela apertou a mão de todos, sua pequena e alva mão sumindo entre as enormes garras negras, e os quatro saltitavam de satisfação com o encontro, cheios de orgulho de exibir aos companheiros a bela jovem senhora que tinham.

— O que estão fazendo tão longe de Tara? Fugiram, na certa. Não sabem que os capitães-do-mato vão pegá-los com certeza?

Eles soltaram uma gargalhada com o gracejo.

— Fugi? — retrucou Big Sam. — Nós num fugiu, sinhá. Eles foi lá e escolheu nós pruquê somo os maió e mais forte de Tara. — Os dentes se mostraram, orgulhosos. — Eles especiarmente me quis pruquê eu sei cantá tão bem. É sinhá, sinhô Frank Kennedy chegô lá e pego nós.

— Mas por quê, Big Sam?

— Meu Deus do Céu, sinhazinha Scarlett! Num tá sabeno? Nós vamo cavá as vala pros cavalero branco se escondê quando chegá os ianque.

O capitão Randall e os ocupantes da carruagem reprimiram o riso diante dessa ingênua explicação das trincheiras.

— Craro que o sinhô Gerald quase teve um ataque quando eles me pegô, e disse que num podia ficá sem eu pra mó de cuidá da fazenda. Mas a sinhá Ellen disse: "Leva ele, sinhô Kennedy. A Confederação precisa do Big Sam mais que nós." E ela me deu um dólar e me disse para fazê o que os cavalero branco me diz pra fazê. Entonce, nós tá aqui.

— O que significa tudo isso, capitão Randall?

— Ah, é muito simples. Temos que reforçar as fortificações de Atlanta com mais quilômetros de trincheiras, e o general não pode dispensar nenhum homem em combate para isso. Então, estamos fazendo um alistamento compulsório dos homens mais fortes do campo para esse trabalho.

— Mas...

Um leve temor começou a pulsar no peito de Scarlett. Mais quilômetros de trincheiras! Por que precisariam de mais? Naquele último ano, uma série de barricadas de terra com posição para as baterias fora construída a um quilômetro e meio do centro ao redor de Atlanta. A cidade estava completamente cercada por trincheiras. Mais trincheiras agora!

— Mas por que precisamos ficar mais fortificados do que já estamos? Não vamos precisar de mais do que já temos. Com certeza, o general não vai deixar...

— Nossas atuais fortificações só ficam a um quilômetro e meio do centro — disse o capitão Randall secamente. — E isso é muito próximo para garantir conforto... ou segurança. As novas ficarão mais distantes. Veja bem, um novo recuo pode trazer nossos homens até Atlanta.

Ele imediatamente se arrependeu do último comentário, pois os olhos dela se arregalaram de medo.

— Mas, é claro, não haverá outro recuo — acrescentou ele rapidamente. — As fileiras posicionadas na montanha Kennesaw são intransponíveis. As baterias estão assentadas em todos os lados da montanha, em uma posição em que dominam as estradas, então é impossível os ianques passarem.

Mas Scarlett percebeu-o baixando os olhos diante do olhar seguro, penetrante que Rhett lhe lançou, e ficou amedrontada. Lembrou-se de seu comentário: "Quando os ianques o empurrarem montanha abaixo, para a planície, ele será derrotado."

— Ah, capitão, o senhor acha...

— Ora, é claro que não! Não se preocupe nem por um minuto. O Velho Joe só quer tomar precauções. É o único motivo para estarmos cavando mais trincheiras... Agora preciso ir. Foi um prazer conversar com a senhora... Despeçam-se de sua senhora, rapazes, e vamos indo.

— Até logo, rapazes. Agora, se vocês ficarem doentes ou se ferirem ou estiverem em alguma encrenca, me procurem. Eu moro no final da rua dos Pessegueiros, quase na última casa no final da cidade. Esperem um segundo... — Ela remexeu na bolsa. — Ah, nossa, não tenho nenhum centavo. Rhett, dê-me algum dinheiro. Tome, Big Sam, compre fumo para você e para os rapazes. Comportem-se e façam o que o capitão Randall disser.

A fila dispersa se realinhou, a poeira subiu outra vez em uma nuvem vermelha conforme eles seguiam adiante e Big Sam recomeçou a cantar.

"Siga adiaantee, Moisés! Seeempre adiaantee, nas teeerra egiipsss!
E dizzz proo vééio Faaaroo
Dexááá meu pooovo iiii!"

— Rhett, o capitão Randall estava mentindo, como todos os homens fazem, tentando ocultar a verdade de nós, mulheres, com medo que possamos desmaiar. Ou não estava? Ah, Rhett, se não houvesse perigo, por que estariam cavando essas trincheiras? O exército está com tanta falta de homens que precisa usar os negros?

Rhett bateu com as rédeas na égua.

— O exército está à míngua de tanta falta de homens. Por que outro motivo chamaria a Guarda Nacional? E quanto às trincheiras, bem, as fortificações têm sua valia no caso de um cerco. O general está se preparando para fazer sua resistência final aqui.

— Um cerco! Ah, vire o cavalo. Vou para casa, vou voltar para Tara agora mesmo.

— O que a aflige?

— Um cerco! Pelo amor de Deus, um cerco! Já ouvi falar em cercos! Meu pai esteve em um, ou talvez tenha sido o pai dele e papai me contou...

— Que cerco?

— O cerco de Drogheda, quando Cromwell derrotou os irlandeses e eles ficaram sem ter o que comer, e papai contou que eles morriam de fome e caíam pelas ruas até acabarem comendo todos os gatos e ratos e coisas como baratas. E ele disse que comeram uns aos outros também, antes de se renderem, embora eu nunca soubesse se acreditava ou não. E quando Cromwell tomou a cidade, todas as mulheres foram... Um cerco! Mãe de Deus!

— Você é a jovem mais barbaramente ignorante que eu já vi. Drogheda foi em mil seiscentos e pouco, e o Sr. O'Hara não podia estar vivo. Além disso, Sherman não é Cromwell.

— Não, mas é pior. Dizem...

— E quanto às iguarias exóticas que os irlandeses comeram durante o cerco... pessoalmente eu preferiria comer um rato suculento do que algumas provisões que andam servindo ultimamente no hotel. Acho que terei de voltar a Richmond. A comida lá é boa, basta ter dinheiro para pagar por ela. — Seus olhos debocharam do medo estampado nos olhos de Scarlett.

Aborrecida por ter mostrado sua apreensão, ela exclamou:

— Não sei por que ficou por aqui todo esse tempo! Só pensa em seu conforto, em comer e... e coisas assim.

— Não conheço melhor maneira de passar o tempo do que comendo e há... coisas assim — disse ele. — E quanto ao motivo para eu ficar aqui... bem, já li bastante sobre cercos, cidades sitiadas e coisas do gênero, mas nunca vi um. Então acho que vou ficar para observar. Não vou me ferir, pois não sou combatente, e gostaria de ter a experiência. Nunca despreze novas experiências, Scarlett. Enriquecem a mente.

— Minha mente é rica o bastante.

— Isso só você pode saber, mas eu diria... Não, isso seria pouco educado. E talvez eu esteja aqui para resgatá-la quando estivermos sitiados. Nunca resgatei uma donzela em perigo. Essa também seria uma nova experiência.

Ela sabia que era pura provocação, mas sentiu certa seriedade por trás daquelas palavras. Jogou a cabeça para trás, em um gesto de impaciência.

— Não vou precisar que me resgate. Posso cuidar de mim mesma, obrigada.

— Não diga isso, Scarlett! Pense, se preferir, mas nunca, nunca o diga a um homem. Esse é o mal das moças ianques. Elas seriam as mais encantadoras se não estivessem sempre dizendo que podem cuidar de si mesmas, obrigada. Geralmente dizem a verdade, que Deus as guarde. Assim os homens vão deixar que cuidem de si mesmas.

— Como você fala... — disse ela friamente, pois não havia pior ofensa do que ser comparada a uma ianque. — Creio que está mentindo sobre a possibilidade de um cerco. Bem sabe que os ianques nunca vão chegar a Atlanta.

— Aposto que estarão aqui dentro de um mês. Aposto uma caixa de bombons contra... — Seus olhos escuros rumaram para os lábios dela. — Contra um beijo.

Por um último e breve momento, o medo de uma invasão ianque apertou seu coração, mas à palavra "beijo", ela esqueceu aquilo. Agora estava em terreno conhecido e muito mais interessante do que operações militares. Com dificuldade, ela conteve um sorriso de alegria. Desde o dia em que tinha lhe dado o chapéu de sol, Rhett não fizera nenhuma investida que pudesse ser interpretada como a de um apaixonado. Era difícil induzi-lo a uma conversa pessoal, por mais que ela tentasse, mas agora, sem que procurasse, ele estava falando em beijá-la.

— Não faço questão dessas conversas pessoais — disse ela friamente, e tentou franzir a testa. — Além disso, eu preferiria beijar um porco.

— Gosto não se discute e sempre ouvi dizer que os irlandeses têm um fraco pelos porcos, chegando a acomodá-los sob suas camas. Mas, Scarlett, você está precisando muito beijar. É esse seu problema. Todos os seus admiradores a têm respeitado demais, só Deus sabe a razão, ou então andam com tanto medo de você que não conseguem tratá-la como merece. O resultado é essa sua insuportável arrogância. Você devia ser beijada, e por alguém que saiba fazê-lo.

A conversa não estava tomando o rumo que ela queria. Nunca tomava quando estava com ele. Era sempre um duelo que ela perdia.

— E imagino que você se considere a pessoa indicada — disse ela com sarcasmo, reprimindo o mau humor com certa dificuldade.

— Com certeza, se eu quisesse me dar ao trabalho — disse ele, displicente. — Dizem que beijo muito bem.

— Ah — começou ela, indignada diante da desfeita a seus encantos. — Ora, você... — mas seus olhos baixaram em uma súbita confusão. Ele sorria, mas pelas profundezas escuras de seus olhos passou um breve lampejo, como uma chama espontânea na natureza.

— É claro, você deve ter se perguntado por que nunca tentei dar continuidade àquele casto beijinho que lhe dei no dia em que levei o chapéu...

— Eu nunca...

— Então você não é uma moça decente, Scarlett, sinto muito. Todas as moças realmente decentes estranham quando os homens não tentam beijá-las. Elas sabem que não deveriam querer, e sabem que devem agir como que ofendidas se eles o fazem, mas, de todo modo, elas desejam que os homens tentem... Bem, minha cara, tome coragem! Algum dia tentarei beijá-la e você vai gostar. Mas não agora. Então, peço que não fique impaciente demais.

Ela sabia que ele estava implicando, mas, como sempre, suas provocações a enlouqueciam. Sempre havia muita verdade nas coisas que ele dizia. Bem, com essa estava tudo acabado com ele. Se algum dia ele fizesse a grosseria de tomar liberdades, ela lhe mostraria.

— Poderia fazer a gentileza de dar a volta no cavalo, capitão Butler? Desejo retornar ao hospital.

— Tem certeza, minha angélica enfermeira? Quer dizer que piolhos e águas servidas são preferíveis a minha conversa? Bem, longe de mim privar Nossa Gloriosa Causa de um par de mãos laboriosas. — Ele virou a cabeça do cavalo e eles começaram a voltar para Five Points.

— Quanto ao motivo para eu não ter feito outras investidas — continuou ele suavemente, como se ela não tivesse sinalizado que a conversa chegara ao fim. — Estou esperando que você cresça um pouco mais. Entenda, não seria muito divertido beijá-la agora, e sou bastante egoísta com meus prazeres. Nunca me interessei em beijar crianças.

Ele conteve uma risadinha enquanto via de esguelha o peito dela arfando de muda raiva.

— Também porque — continuou afável — estou esperando que a memória do honorável Ashley Wilkes se extinga.

À menção do nome de Ashley, ela foi tomada de uma súbita dor, lágrimas quentes lhe picaram as pálpebras. Extinguir? A memória de Ashley jamais se extinguiria, nem que ele estivesse morto há mil anos. Ela pensou em Ashley, ferido, morrendo em uma longínqua prisão ianque, sem cobertores, sem ninguém que o amasse para segurar-lhe a mão, e se encheu de ódio pelo homem bem alimentado a seu lado, o deboche sob a voz arrastada.

Ela estava zangada demais para falar, e eles seguiram em silêncio por algum tempo.

— Agora entendo praticamente tudo sobre você e Ashley — continuou Rhett. — Comecei com sua deselegante cena em Twelve Oaks e, desde então, ficando de olhos bem abertos, colhi muitas coisas. Quais? Ah, que você ainda mantém uma romântica paixão de colegial por ele, que é recíproca, à medida que sua natureza honrada o permite. Que a Sra. Wilkes nada sabe e que vocês lhe pregaram uma bela peça. Entendo tudo, exceto uma coisa, que desperta minha curiosidade. O honorável Ashley alguma vez arriscou sua alma imortal beijando-a?

A resposta foi um silêncio pétreo e um desvio de cabeça.

— Ah, então ele realmente a beijou. Suponho que tenha sido quando esteve aqui de licença. E agora, que ele provavelmente está morto, você alimenta essa memória no coração. Mas tenho certeza de que irá superar isso e quando tiver esquecido o beijo dele...

Ela virou-se, furiosa.

— Vá para... Halifax — disse ela tensa, os olhos verdes como fendas de raiva. — E deixe-me sair desta carruagem antes que eu pule sobre as rodas. E nunca mais quero falar com você.

Ele parou a carruagem, mas antes que pudesse descer para ajudá-la, ela saltou. A crinolina prendeu na roda e, por um instante, o povo em Five Points teve a visão da anágua e das calçolas de Scarlett. Então Rhett se debruçou e rapidamente a liberou. Ela saiu precipitadamente sem dizer uma palavra, sem sequer olhar para trás, e ele riu baixinho, dando rédeas ao cavalo.

Capítulo 18

Pela primeira vez desde o início da guerra, Atlanta ouvia o som da batalha. Às primeiras horas da manhã, antes do despertar dos ruídos da cidade, podia-se ouvir, longínquo, o canhão na montanha Kennesaw. Um surdo ribombar que podia ser confundido com uma trovoada de verão. Às vezes era tão forte que se sobrepunha ao movimento do tráfego do meio-dia. O povo tentava não escutá-lo, tentava conversar, rir, seguir em frente com seus afazeres, como se os ianques não estivessem lá, a apenas 32 quilômetros de distância, mas os ouvidos eram sempre forçados a escutar. A cidade carregava um semblante preocupado, pois não importava o que lhes ocupasse as mãos, todos escutavam sem cessar seus corações aos saltos uma centena de vezes por dia. Estaria o ribombar mais alto? Ou era só a imaginação? Será que o general Johnston os deteria dessa vez? Será?

O pânico estava à flor da pele. Os nervos, que ficavam mais tensos a cada dia da resistência, começaram a atingir seu ponto de ruptura. Não se falava em temores. Era tabu, mas a tensão nervosa se expressava em ruidosas críticas ao general. O sentimento público era febril. Sherman estava bem às portas de Atlanta. Outro recuo traria os Confederados para dentro da cidade.

Queremos um general que não recue! Queremos um homem que resista e lute! Com o ribombar dos canhões em seus ouvidos, a milícia estadual, os "animaizinhos de estimação de Joe Brown" e a Guarda Nacional saíram de Atlanta marchando para defender as pontes e barcas do rio Chattahoochee na retaguarda de Johnston. Era um dia cinzento, encoberto, e, quando eles passavam por Five Points, saindo da estrada de Marietta, começou a cair uma chuva fina. A cidade toda se reunira para vê-los partir e, aglomerados sob os toldos de madeira das lojas da rua dos Pessegueiros, tentavam animá-los.

Scarlett e Maybelle Merriwether Picard tiveram permissão para deixar o hospital e assistir à partida dos homens porque tio Henry Hamilton e vovô Merriwether estavam na Guarda Nacional. Elas estavam com a Sra. Meade, comprimidas no meio da multidão, na ponta dos pés para ver melhor. Embora dominada pelo desejo universal sulista de só acreditar nas coisas mais agradáveis e tranquilizadoras sobre o progresso da luta, Scarlett teve um calafrio ao observar as fileiras heterogêneas passando. Sem dúvida, a situação devia estar desesperadora para que chamassem aquele grupo de anciãos e meninos ao combate. Com certeza, havia jovens aptos entre as fileiras, enfeitados com suas fardas das unidades formadas pela sociedade seleta, as penas tremulando, as faixas dançando. Mas havia muitos velhos e meninos, imagem que fez seu coração se contrair de pena e medo. Havia barbas grisalhas mais velhas que as de seu pai tentando acertar o passo de modo vivaz sob a chuva fina ao ritmo dos pífanos e tambores da unidade. Vovô Merriwether, protegendo-se da chuva com o melhor xale xadrez da Sra. Merriwether sobre os ombros, estava na primeira fileira, e saudou as moças com um largo sorriso. Elas abanaram os lenços e gritaram alegres despedidas; mas Maybelle, segurando o braço de Scarlett, sussurrou:

— Ah, coitadinho! Vai bastar uma boa tempestade para acabar com ele! O lumbago...

Tio Henry Hamilton marchava atrás da fileira de vovô Merriwether, a gola do sobretudo preto virada para cima a tapar-lhe as orelhas, duas pistolas da guerra mexicana no cinto e uma maleta na mão. Ao lado, marchava seu camareiro negro, quase tão velho quanto ele próprio, com um guarda-chuva aberto protegendo a ambos. Ombro a ombro com os idosos, vinham os meninos, nenhum deles parecendo ter mais de 16 anos. Muitos tinham fugido da escola para ingressar no exército e se agrupavam aqui e ali com seus uniformes de cadetes das academias militares, as penas pretas de galo em seus justos quepes cinza molhados da chuva, os tirantes de lona branca atravessados nos peitos ensopados. Entre eles, ia Phil Meade, orgulhosamente levando o sabre e as pistolas do irmão morto, o chapéu audaciosamente preso para cima em um lado. A Sra. Meade fez força para sorrir e acenar até ele ter passado e depois encostou a cabeça atrás do ombro de Scarlett por um momento, como se tivesse perdido as forças.

Muitos homens nem sequer estavam armados, pois a Confederação não possuía rifles nem munição para lhes ceder. Esperavam se equipar com o armamento de ianques mortos e capturados. Muitos levavam facas nas botas e, nas mãos, carregavam lanças com setas de ferro conhecidas como "lúcios de Joe Brown". Os sortudos tinham mosquetes de pederneira pendurados nos ombros e polvorinhos nos cintos.

Johnston perdera cerca de 10 mil homens em sua resistência. Necessitava de mais 10 mil. E isso, pensou Scarlett amedrontada, é o que ele está conseguindo!

Com o passar da artilharia, respingando lama na multidão que observava, um negro em uma mula, ao lado de um canhão, chamou sua atenção. Era um negro jovem de fisionomia séria e, ao vê-lo, Scarlett gritou:

— É Mose! Mose do Ashley! O que estará fazendo aqui? — Ela abriu caminho, foi até o meio-fio e chamou: — Mose! Espere!

Vendo-a, o rapaz puxou as rédeas, sorriu encantado e fez menção de desmontar. Um sargento encharcado, cavalgando atrás dele, chamou:

— Fique nessa mula, rapaz, ou acendo uma fogueira embaixo de você! Temos que chegar à montanha uma hora dessas.

Sem saber o que fazer, Mose olhou para o sargento, depois para Scarlett, e ela, caminhando pela lama, próxima às rodas que passavam, segurou a correia do estribo.

— Ah, só um minuto, sargento! Não precisa descer, Mose. Mas o que está fazendo aqui?

— Tô vortano pra guerra, sinhá Scarlett. Agora com o véio sinhô John ao invés do sinhozinho Ashley.

— O Sr. Wilkes! — Scarlett ficou atônita. O Sr. Wilkes tinha quase 70 anos. — Onde ele está?

— Lá atrás, com o úrtimo canhão, sinhá Scarlett. Lá atrás!

— Desculpe-me, senhora. Vamos indo, rapaz!

Scarlett ficou parada um instante, os tornozelos enfiados na lama enquanto as armas seguiam em frente. "Ah, não", pensou. "Não pode ser. Ele é velho demais. E não é maior apreciador da guerra que Ashley era!" Recuou alguns passos até o meio-fio e ficou examinando cada rosto que passava. Então, conforme se aproximava o último canhão e a carreta de artilharia guinchando, ela o viu, esguio, ereto, o longo cabelo prateado molhado, cavalgando tranquilamente uma pequena égua, que se desviava dos buracos enlameados com o mesmo capricho que uma mulher em um vestido de cetim. Ora... aquela égua era Nellie! A Nellie da Sra. Tarleton! O amado tesouro de Beatrice Tarleton!

Quando a viu parada no meio da lama, o Sr. Wilkes puxou as rédeas com um sorriso de prazer e, desmontando, foi em sua direção.

— Eu esperava visitá-la, Scarlett. Seu pessoal me encarregou de dar muitos recados. Mas não houve tempo. Acabamos de chegar, hoje de manhã, e, como vê, já estão nos apressando a partir.

— Ah, Sr. Wilkes — exclamou ela, desesperada, segurando a mão dele —, não vá! Por que precisa ir?

— Ah, então acha que estou velho demais! — sorriu ele, e era o sorriso de Ashley em um rosto mais velho. — Talvez esteja velho demais para marchar, mas não para cavalgar e atirar. E a Sra. Tarleton foi gentil de me emprestar Nellie, portanto estou em uma excelente montaria. Espero que nada aconteça a Nellie, pois, se algo lhe acontecesse, eu não poderia voltar para casa e encarar a Sra. Tarleton. Nellie é o último cavalo que lhe sobrou. — Ele ria agora, desviando os temores dela. — Sua mãe, seu pai e as meninas estão bem e lhe mandam lembranças saudosas. Seu pai quase veio conosco!

— Ah, não, papai não! — exclamou Scarlett aterrorizada. — Papai não vai para a guerra, não é?

— Não, mas estava pretendendo. É claro que não pode caminhar muito por causa do joelho, mas queria vir montado conosco. Sua mãe concordou, contanto que ele conseguisse saltar a cerca do pasto, pois ela disse que o exército exigiria manobras perigosas. Seu pai achou que isso fosse ser fácil, mas, acredite se quiser, quando o cavalo chegou à cerca, empacou e lá se foi seu pai sobre a cabeça do animal! Foi uma sorte ele não ter quebrado o pescoço! Mas você sabe como ele é obstinado. Montou e tentou de novo. Bem, Scarlett, ele tentou três vezes antes que a Sra. O'Hara e Pork o levassem para a cama. Ficou muito atacado com isso, jurando que sua mãe "sussurrara ao ouvido do cavalo". Ele simplesmente não está apto, Scarlett. Não fique constrangida. Afinal, alguém tem que ficar em casa e cultivar a terra para o exército.

Scarlett não sentia nenhum constrangimento, só uma grande sensação de alívio.

— Mandei India e Honey para Macon. Vão ficar com os Burr, e o Sr. O'Hara ficou cuidando de Twelve Oaks, além de Tara... Preciso ir, minha querida. Deixe-me dar um beijo nesse lindo rosto.

Scarlett virou os lábios para o rosto dele e sentiu um aperto na garganta. Gostava de verdade do Sr. Wilkes. Certa vez, fazia muito tempo, tivera a esperança de ser sua nora.

— E você precisa mandar esse beijo para Pittypat, e esse para Melanie — disse ele beijando-a de leve duas vezes mais. — E como está Melanie?

— Está bem.

— Ah! — Os olhos dele a fixaram, mas atravessando-a, olhando além dela como Ashley fazia, remotos olhos cor de cinza, olhando para um outro mundo. — Eu gostaria de poder ver meu primeiro neto. Adeus, minha querida.

Ele saltou sobre Nelly e partiu a meio galope, chapéu na mão, cabelo prateado sob a chuva. Scarlett já estava com Maybelle e a Sra. Meade novamente quando o significado de suas últimas palavras ficou claro. Então, em um terror supersticioso ela fez o sinal da cruz e tentou rezar. Ele falara de morte, assim como Ashley tinha feito, e agora Ashley... Ninguém jamais deveria falar na morte! Mencioná-la era tentar a Providência. Voltando em silêncio para o hospital com as outras duas mulheres, Scarlett rezava: "Ele também, não, Deus. Não ele e Ashley!"

A resistência entre Dalton e a montanha Kennesaw durara do início de maio até meados de junho. Passando os tórridos dias de chuvas de junho, sem que Sherman conseguisse desalojar os Confederados das escorregadias e íngremes encostas, a esperança novamente ergueu a cabeça. Todos ficavam mais animados e falavam mais gentilmente sobre o general Johnston. Conforme os dias úmidos de junho passavam para os mais úmidos ainda de julho e os Confederados, lutando desesperadamente nas altitudes entrincheiradas, ainda mantinham Sherman acuado, uma alegria descontrolada tomava conta de Atlanta. A esperança subiu à cabeça do povo como champanhe. Urra! Urra! Estamos dominando a situação. Houve um surto de festas e bailes. Sempre que agrupamentos de homens em combate estavam na cidade para passar a noite, as pessoas lhes ofereciam jantares e depois havia bailes. As moças, excedendo em dez o número de homens, os valorizavam, querendo a todo custo dançar com eles.

Atlanta estava lotada de visitantes, refugiados, famílias de homens feridos nos hospitais, esposas e mães de soldados em combate na montanha, que desejavam estar perto deles para o caso de ferimentos. Além disso, bandos de beldades do interior, onde todos os homens remanescentes tinham menos de 16 anos ou mais de 60, tinham aterrissado na cidade. Tia Pitty reprovava totalmente estas últimas, pois sentia que só tinham ido para Atlanta com o intuito de caçar um marido, e essa falta de vergonha a fazia questionar o ponto a que chegara o mundo. Scarlett também as reprovava. Não ligava para a sôfrega competição imposta pelas mocinhas de 16 anos, cujas faces frescas e sorrisos brilhantes faziam os rapazes esquecer os vestidos virados ao avesso e os calçados remendados. Afinal, suas roupas eram mais bonitas e mais novas que as da maioria, graças aos tecidos que Rhett Butler lhe trouxera de sua última viagem de navio, mas tinha que levar em conta que estava com 19 anos, e continuava a envelhecer, e os homens tinham a mania de procurar jovens tolinhas.

Uma viúva com um filho estava em desvantagem diante dessas belas assanhadas, pensou. Mas, naqueles dias de entusiasmo, sua viuvez e maternidade lhe pesavam menos que nunca. Entre o serviço no hospital durante o dia e as festas à noite, ela quase nunca via Wade. Às vezes, passava um bom tempo esquecida de que tinha um filho.

Nas noites úmidas e quentes de verão, as casas de Atlanta ficavam abertas para os soldados, os defensores da cidade. As amplas casas da rua Washington e da rua dos Pessegueiros resplandeciam iluminadas enquanto os combatentes enlameados das trincheiras eram entretidos. O som do banjo e do violino, do arrastar de pés dançantes e das risadas viajava longe pelo ar noturno. As pessoas se agrupavam em torno dos pianos e as vozes cantavam a letra triste de "Your Letter Came but Came Too Late", enquanto galanteadores esfarrapados olhavam significativamente para as moças, que riam por trás dos leques de cauda de peru, implorando que não esperassem até que fosse tarde demais. Se pudesse, nenhuma das moças esperaria. Com a onda de alegria histérica e entusiasmo que dominava a cidade, elas se apressavam ao matrimônio. Houve muitos casamentos naquele mês enquanto Johnston detinha o inimigo na montanha Kennesaw, casamentos em que a noiva aparecia corada de alegria com alguns artigos de luxo tomados apressadamente emprestados das amigas, e o noivo batia a espada nos joelhos remendados. Tanto entusiasmo, tantas festas, tantas emoções! Urra! Johnston está detendo os ianques a 32 quilômetros daqui!

Sim, as fileiras ao redor da montanha Kennesaw eram intransponíveis. Após 25 dias de combate, até o general Sherman estava convencido disso, pois suas perdas eram enormes. Em vez de continuar o ataque direto, ele dirigiu seu exército em um amplo círculo outra vez e tentou se posicionar entre os Confederados e Atlanta. Novamente, a estratégia funcionou. Johnston foi forçado a abandonar as alturas que tão bem dominara, para proteger a retaguarda. Perdera um terço dos homens nesse combate, e os restantes avançavam exaustos sob a chuva pelo campo rumo ao rio Chattahoochee. Os Confederados já não podiam esperar reforços, ao passo que a ferrovia, agora dominada pelos ianques, do Tennessee para o sul até a linha de batalha, diariamente trazia novas tropas e suprimentos para Sherman. Então as fileiras de cinza recuaram pelos campos lamacentos, rumo a Atlanta.

Com a perda da posição supostamente intransponível, uma nova onda de terror varreu a cidade. Por 25 dias de arrebatamento e alegria, todos tinham garantido a todos os outros que não havia possibilidade de aquilo acontecer. E agora acontecera! Mas certamente o general deteria os ianques na outra margem do rio. Embora Deus soubesse que o rio ficava bem perto, a apenas 11 quilômetros!

Mas Sherman os atacou de flanco mais uma vez, atravessando o rio acima deles, e as fileiras de cinza, esgotadas, foram forçadas a atravessar as águas barrentas e se jogar novamente entre os invasores e Atlanta. Às pressas, cavaram valas rasas ao norte da cidade, no vale do riacho Peachtree. Atlanta estava em agonia e pânico.

Lutar e recuar! Lutar e recuar! E a cada recuo, os ianques se aproximavam mais da cidade. O riacho Peachtree ficava a apenas 8 quilômetros! O que o general estava pensando?

Os brados de "Queremos um homem que resista e lute!" chegaram a Richmond. Richmond sabia que, se Atlanta caísse, a guerra estava perdida, e, depois da travessia do Chattahoochee, o general Johnston foi deposto do comando. O general Hood, um de seus comandantes de unidade, assumiu o exército e a cidade respirou um pouco aliviada. Hood não recuaria. Não aquele homem alto do Kentucky, com sua barba densa e olhar chispante! Tinha a reputação de um buldogue. Ele faria os ianques recuarem do riacho, sim, recuariam até atravessar o rio, seguindo estrada acima cada passo de volta a Dalton. Mas o exército suplicava: "Devolvam-nos o Velho Joe!", pois tinham estado com o Velho Joe durante todo o caminho extenuante desde Dalton, e sabiam, de um modo que os civis não podiam saber, as dificuldades que enfrentavam.

Sherman não esperou que Hood se preparasse para atacar. No dia seguinte à troca de comando, o general ianque atacou rapidamente a cidadezinha de Decatur, a menos de 10 quilômetros de Atlanta, capturou e cortou a linha férrea lá. Essa era a ferrovia que ligava Atlanta a Augusta, Charleston, Wilmington e Virgínia. Sherman aplicara um golpe paralisante à Confederação. Chegara a hora de agir! Atlanta bradava por ação!

Então, em uma tarde escaldante de julho, Atlanta teve seu desejo realizado. O general Hood fez mais que resistir e lutar. Ele atacou os ianques ferozmente no riacho Peachtree, lançando seus homens entrincheirados contra as fileiras azuis, nas quais os homens de Sherman estavam em dobro.

Assustados, rezando para que o ataque de Hood fizesse os ianques recuar, todos escutavam o troar dos canhões e os estampidos de milhares de rifles que, embora a 8 quilômetros do centro da cidade, tinham um volume tão alto que pareciam estar quase na quadra ao lado. Conseguiam ouvir o movimento das baterias, ver a fumaça que se formava como nuvens baixas acima das árvores, mas durante horas ninguém soube do andamento da batalha.

As primeiras notícias chegaram ao final da tarde, mas eram incertas, contraditórias, assustadoras, trazidas pelos feridos nas primeiras horas da batalha. Esses homens começaram a aparecer sozinhos e agrupados, os menos gravemente feridos apoiando os que mancavam e cambaleavam. Logo, uma corrente contínua se instalou, seguindo seu caminho doloroso para a cidade rumo aos hospitais, os rostos pretos como os dos negros por causa de pólvora, poeira e suor, os ferimentos expostos, o sangue secando e as moscas se enxameando ao redor deles.

A casa de tia Pitty era uma das primeiras que eles alcançavam em seu esforço para chegar ao norte da cidade e, um após outro, passava cambaleando pelo portão e caíam na grama implorando:

— Água!

Durante toda aquela tarde escaldante, tia Pitty e a família, negra e branca, ficaram sob o sol com baldes de água e ataduras, servindo água, fazendo curativos até acabarem as ataduras e até os lençóis e toalhas cortados se exaurirem. Tia Pitty chegou a esquecer totalmente que a visão de sangue sempre a fazia desmaiar e ficou na função até que seus pezinhos calçando sapatos pequenos demais já não a sustentassem. Até Melanie, agora bem volumosa, esqueceu o recato e trabalhou sem parar lado a lado com Prissy, Cookie e Scarlett, o semblante tão tenso como o de qualquer dos feridos. Quando ela finalmente desmaiou, não havia lugar onde deitá-la a não ser a mesa da cozinha, pois todas as camas, cadeiras e sofás da casa estavam ocupadas pelos feridos.

Esquecido em meio ao tumulto, o pequeno Wade, agachado atrás da balaustrada da varanda, espiava o gramado como um coelhinho assustado dentro da gaiola, os olhos arregalados de pavor, chupando o polegar e tendo soluços. Ao vê-lo, Scarlett gritou asperamente:

— Vá brincar no pátio de trás, Wade Hamilton! — Mas ele sentia-se apavorado e fascinado demais diante daquela cena para obedecer.

O gramado estava cheio de homens prostrados, muito enfraquecidos pelos ferimentos para se mexerem. Estes, Tio Peter colocou dentro da carruagem e levou para o hospital, fazendo várias viagens até o velho cavalo ficar espumando. As Sras. Meade e Merriwether enviaram suas carruagens, e estas também saíram, molas arqueando sob o peso dos feridos.

Mais tarde, no longo e quente crepúsculo estival, desceram as ambulâncias do campo de batalha e carroções do batalhão de suprimentos, coberto pela lona enlameada. Em seguida, reboques agrícolas, carroças de boi e até carruagens particulares dirigidas pelo corpo médico militar. Passavam pela casa de tia Pitty, aos solavancos sobre a estrada esburacada, lotadas de feridos e moribundos, pingando sangue na poeira vermelha. À vista das mulheres com baldes e canecas, os veículos paravam e o coro se elevava em brados e sussurros:

— Água!

Scarlett segurava as cabeças oscilantes para que lábios ressecados conseguissem beber, derramava baldes de água sobre corpos empoeirados, febris, e nas feridas abertas para que os homens tivessem um breve momento de alívio. Na ponta dos pés, ela entregava as canecas para os cocheiros das ambulâncias e a cada um perguntava, com o coração a lhe sair pela boca:

— Quais são as notícias? Quais são as notícias?

Todos lhe vinham com a mesma resposta:

— Não se sabe ao certo, senhora. É muito cedo para dizer.

A noite chegou abafada. O ar estava parado e os nós de pinho que os negros seguravam acesos esquentava ainda mais. O pó entupia as narinas de Scarlett e ressecava seus lábios. Seu vestido de morim lilás, tão limpo e engomado naquela manhã, trazia vestígios de sangue, sujeira e suor. Então era isso que Ashley quisera dizer quando escreveu que a guerra não era glória, mas sujeira e infelicidade.

O cansaço lançava uma sombra irreal, de pesadelo, sobre toda a cena. Não podia ser real... ou, se fosse, então o mundo enlouquecera. Caso contrário, por que ela estaria ali, no pacífico jardim de tia Pitty, em meio ao tremeluzir das luzes, jogando água nos rapazes moribundos? Pois muitos deles eram seus admiradores e tentavam sorrir ao vê-la. Havia tantos homens sacolejando por aquela estrada escura e poeirenta que ela conhecia tão bem, tantos homens morrendo ali, diante dos olhos dela, mosquitos se apinhando em seus rostos ensanguentados, homens com quem ela dançara e rira, para quem tocara música e cantara, a quem provocara, confortara e amara... um pouco.

Ela encontrou Carey Ashburn no fundo de uma camada de feridos em uma carroça de bois, quase morrendo com um ferimento de bala na cabeça. Mas não poderia desembaraçá-lo sem perturbar outros seis feridos, então deixou-o ir para o hospital. Depois ficou sabendo que ele morrera antes mesmo que um médico pudesse vê-lo e fora enterrado em algum lugar, ninguém sabia exatamente onde. Muitos homens tinham sido enterrados naquele mês, em covas rasas, cavadas às pressas no cemitério de Oakland. Melanie ficara muito triste por não terem conseguido uma mecha do cabelo de Carey para enviar à mãe dele no Alabama.

À medida que a noite quente passava, as costas doíam e os joelhos vergavam de exaustão, Scarlett e Pitty continuavam a gritar para os homens que passavam:

— Quais são as notícias? Quais são as notícias?

E, após longas horas arrastadas, elas tiveram a resposta, uma resposta que as fez se entreolharem, lívidas.

— Estamos recuando.

— Tivemos que recuar.

— Eles têm mais homens que nós, aos milhares.

— Os ianques interceptaram a cavalaria de Wheeler perto de Decatur. Precisamos levar reforço.

— Nossos rapazes estarão todos aqui na cidade em breve.

Scarlett e Pitty seguraram-se uma nos braços da outra.

— Os... os ianques estão vindo?

— Sim, senhora, estão vindo com certeza, mas não vão muito longe.

— Não se aflija, senhora, eles não vão conseguir tomar Atlanta.

— Não, senhora, temos milhares de quilômetros de trincheiras ao redor da cidade.

— Eu mesmo ouvi o Velho Joe dizendo: "Posso defender Atlanta para sempre."

— Mas não estamos com o Velho Joe. Estamos com...

— Cale a boca, seu bobo! Quer assustar as senhoras?

— Os ianques nunca vão tomar este lugar, madame.

— Por que as senhoras não vão para Macon ou para algum lugar mais seguro? Não têm parentes por lá?

— Os ianques não vão tomar Atlanta, mas de todo jeito não vai ser muito saudável para as senhoras enquanto eles estiverem tentando.

— Vai haver muitos bombardeios.

Sob uma chuva morna no dia seguinte, o exército derrotado chegou a Atlanta aos milhares, esgotados pela fome e pela fadiga, exauridos por 76 dias de batalha e retirada, os cavalos feito espantalhos famintos, os canhões e carretas de munição atrelados com uma miscelânea de cordas e tiras de couro. Mas eles não chegaram como uma turba desordenada, totalmente desbaratada. Vinham marchando enfileirados, elegantes apesar dos trapos, as bandeiras vermelhas e rasgadas de batalha erguidas sob a chuva. Tinham aprendido a recuar com o Velho Joe, que tornara o recuo uma façanha estratégica tão importante quanto o avanço. As colunas barbadas, maltrapilhas, desciam a rua dos Pessegueiros ao som de "Maryland! My Maryland!" e todos saíram à rua para saudá-los. Na vitória ou na derrota, eram seus rapazes.

A milícia estadual que saíra havia tão pouco tempo, resplandecente em suas novas fardas, mal podia ser distinguida das tropas antigas, de tão suja e desarrumada que estava. No olhar uma nova expressão. Os três anos de desculpas, de explicações para não estarem na frente de combate, tinham agora ficado para trás. Tinham trocado a segurança de trás das fileiras pelas dificuldades da batalha. Muitos tinham trocado a vida fácil pela morte. Agora eram veteranos de um breve tempo de serviço e tinham saldado bem sua dívida. Procuravam na multidão pelos rostos dos amigos e os encaravam orgulhosos, desafiadores. Agora podiam erguer a cabeça.

Os velhos e meninos da Guarda Nacional passaram marchando, os de barba grisalha quase cansados demais para levantar os pés, os meninos exibindo a fisionomia de crianças cansadas, confrontados cedo demais com problemas adultos. Scarlett localizou Phil Meade e mal o reconheceu, de tão preto que estava seu rosto de pólvora e fuligem, tão teso pelo esforço e cansaço. Tio Henry vinha mancando, sem chapéu sob a chuva, a cabeça saindo pelo buraco de um pedaço de encerado velho. Vovô Merriwether veio em uma carreta de munição, os pés descalços atados com tiras de cobertor. Por mais que procurasse, ela não viu John Wilkes.

Mas os veteranos de Johnston seguiam em frente com o passo incansável, displicente, que os levara por três anos, e ainda tinham energia para sorrir e acenar para as moças bonitas e dar gritos de troça para os homens sem farda. Estavam a caminho das trincheiras que cercavam a cidade — não eram valas rasas apressadamente cavadas estas, mas barricadas altas, reforçadas por sacos de areia e com aduelas pontudas de madeira fincadas no alto. As trincheiras cercavam a cidade quilômetro após quilômetro, talhos vermelhos encimados por montes de terra vermelha, esperando pelos homens que as preencheriam.

A multidão dava vivas às tropas como o fariam na vitória. O medo estava em todos os corações, mas, agora que sabiam a verdade, agora que o pior acontecera, agora que a guerra estava em seu quintal, uma mudança tomou conta da cidade. Nada de pânico, nada de histeria. Qualquer coisa que estivesse em seus corações não se expressava nas fisionomias. Todos pareciam animados, mesmo que o ânimo fosse forçado. Todos tentavam mostrar para as tropas expressões corajosas, confiantes. Todos repetiam o que o Velho Joe dissera logo antes de ser substituído no comando: "Posso defender Atlanta para sempre."

Agora que Hood tivera que recuar, muitos desejavam, juntamente com os soldados, a volta do Velho Joe, mas se abstinham de falar e se encorajavam com seu comentário: "Posso defender Atlanta para sempre!"

As táticas cautelosas do general Johnston não faziam o estilo de Hood. Ele atacou os ianques a leste e a oeste. Sherman cercava a cidade como um lutador que busca um espaço desprotegido no corpo do adversário, e Hood não ficou atrás das trincheiras esperando pelo ataque dos ianques. Saiu ousadamente ao encontro deles, em um ataque brutal. No espaço de poucos dias, se desenrolaram as batalhas de Atlanta e Ezra Church, e as duas foram confrontos de grande porte, fazendo a do riacho Peachtree parecer uma escaramuça.

Mas os ianques sempre voltavam para outra luta. Tinham sofrido sérias perdas, mas podiam arcar com elas. E, nesse meio tempo, suas baterias lançavam balas de canhão em Atlanta, matando pessoas em suas casas, arrancando tetos de prédios, abrindo grandes crateras nas ruas. O povo da cidade se protegia como melhor podia em porões, buracos e túneis rasos cavados nos atalhos da ferrovia. Atlanta estava sitiada.

Onze dias após ter assumido o comando, o general Hood perdera quase tantos homens quanto Johnston perdera em 74 dias de batalha e recuo, e Atlanta estava encurralada por três lados.

Toda a extensão da ferrovia que ligava Atlanta ao Tennessee agora estava em poder de Sherman. Seu exército controlava a ferrovia leste e ele cortara o ramal sudeste, que levava ao Alabama. A única linha ainda aberta era a sul, que levava a Macon e Savannah. Atlanta estava lotada de soldados, assoberbada de feridos, apinhada de refugiados, e essa única linha era insuficiente para as necessidades gritantes da cidade assolada. Mas, enquanto essa ferrovia estivesse defendida, Atlanta poderia resistir.

Scarlett ficou apavorada ao perceber a importância que essa linha assumira, a ferocidade com que Sherman lutaria para tomá-la, o desespero com que Hood lutaria para defendê-la. Pois era a linha que levava ao condado, através de Jonesboro. E Tara só ficava a 8 quilômetros de Jonesboro! Tara parecia um porto seguro em comparação ao inferno gritante de Atlanta, mas só ficava a 8 quilômetros de Jonesboro!

Scarlett e muitas outras senhoras sentaram-se nos telhados planos das lojas, à sombra de suas pequenas sombrinhas, observando a luta no dia da batalha de Atlanta. Mas, quando as balas de canhão começaram a cair nas ruas, elas fugiram para os porões, iniciando-se naquela mesma noite o êxodo de mulheres, crianças e idosos da cidade. O destino era Macon, e muitos dos que pegaram o trem aquela noite já tinham se refugiado cinco ou seis vezes, conforme Johnston recuava de Dalton. Agora viajavam com menos bagagem do que quando tinham chegado a Atlanta. A maioria só carregava uma maleta e um escasso almoço embrulhado em um lenço. Aqui e ali, criados amedrontados carregavam jarras, talheres de prata e um ou dois retratos de família que tinham sido salvos na primeira fuga.

As Sras. Merriwether e Elsing recusaram-se a partir. Precisavam delas no hospital e, além disso, disseram com orgulho, não tinham medo. Nenhum ianque as arrancaria de suas casas. Mas Maybelle com seu bebê e Fanny Elsing foram para Macon. Pela primeira vez em sua vida matrimonial, a Sra. Meade recusou-se terminantemente a obedecer à ordem de partida que lhe dera o marido, pensando em sua segurança. O doutor precisava dela. Além do mais, Phil estava nas trincheiras e ela queria estar por perto no caso de...

Mas a Sra. Whiting foi embora, assim como muitas outras senhoras do círculo de Scarlett. Tia Pitty, que fora a primeira a censurar o Velho Joe pela política de recuo, foi uma das primeiras a arrumar os baús. Tinha nervos delicados, disse ela, e não tolerava os estrondos. Temia desmaiar com uma explosão e não conseguir chegar ao porão. Não, ela não estava com medo, sua boca infantil tentava dizer de modo marcial, mas falhava. Ela iria para Macon, ficar com a prima, a velha Sra. Burr, e as meninas deviam ir com ela.

Scarlett não queria ir para Macon. Mesmo temerosa como estava das balas de canhão, preferia ficar em Atlanta a ir para Macon, pois detestava sinceramente a Sra. Burr. Anos antes, a Sra. Burr dissera que ela era "leviana" após flagrá-la beijando seu filho Willie em uma das festas na casa dos Wilkes.

— Não — ela disse a tia Pitty. — Vou para Tara e Melly pode ir para Macon com a senhora.

Diante disso, Melanie começou a chorar, amedrontada e desapontada. Quando tia Pitty saiu para chamar o Dr. Meade, Melanie pegou a mão de Scarlett, suplicante:

— Querida, não vá para Tara, não me deixe! Eu me sentiria muito só sem você. Ah, Scarlett, eu simplesmente morreria se você não estivesse comigo na

hora de o bebê nascer! Sim... sim, eu sei que tenho tia Pitty e ela é um amor.
Mas, afinal, ela nunca teve um bebê, e às vezes me deixa tão nervosa que tenho
vontade de gritar. Não me abandone, querida. Você tem sido como uma irmã
para mim e, além disso — disse ela com um leve sorriso —, você prometeu a
Ashley que cuidaria de mim. Ele me disse que lhe pediria.

Scarlett olhou para ela, espantada. Como é que Melly podia gostar tanto dela
quando ela mal conseguia disfarçar que não gostava de Melly? Como podia ser tão
burra e não perceber seu amor secreto por Ashley? Ela se traíra centenas de vezes
durante aqueles meses de tormento, esperando por notícias dele. Mas Melanie nada
via, a Melanie que nada conseguia ver, além do lado bom daqueles que amava...
Sim, ela prometera a Ashley que cuidaria de Melanie. "Ah, Ashley! Ashley! Deve
fazer meses que você está morto! E agora estou presa pela promessa que lhe fiz!"

— Bem — disse ela secamente —, eu realmente prometi isso a ele, e não
recuo em minhas promessas. Mas não irei para Macon ficar com aquela megera
que é a velha Burr. Eu lhe arrancaria os olhos nos primeiros cinco minutos. Vou
para Tara, e você pode ir comigo. Mamãe adoraria recebê-la.

— Ah, eu gostaria de ir! Sua mãe é um amor. Mas você sabe que titia é capaz
de morrer se não estiver comigo quando o bebê nascer, e eu sei que ela não iria
para Tara. É muito perto da luta, e titia quer estar a salvo.

O Dr. Meade, que chegara sem fôlego, esperando ver Melanie no mínimo
em trabalho de parto prematuro, a julgar pelo chamado alarmado de tia Pitty,
ficou indignado, e foi o que disse. E, depois de saber o motivo para o mal-estar,
ele deixou a questão acertada, sem espaço para discussão.

— Está fora de questão ir para Macon, dona Melly. Não responderei por
você, caso se mude. Os trens estão lotados, incertos, e os passageiros podem ser
deixados no meio do mato a qualquer momento se os trens forem necessários
para os feridos, para as tropas ou para carregar suprimentos. Em seu estado...

— Mas e se eu fosse para Tara com Scarlett...

— Já lhe disse que não pode sair daqui. O trem para Tara é o mesmo que vai
para Macon e prevalecem as mesmas condições. Além disso, ninguém sabe onde
os ianques estão agora, mas estão por toda parte, em todos os lugares. Seu trem
pode até ser capturado. E, mesmo que chegasse a salvo em Jonesboro, haveria
um trecho de 8 quilômetros por uma estrada esburacada até chegar a Tara. Não
é viagem para uma mulher em estado delicado. Além disso, não há nenhum
médico no condado desde que o Dr. Fontaine foi para o exército.

— Mas há parteiras...

— Eu disse médico — respondeu ele bruscamente e, inconscientemente, os
olhos dele fixaram-se em sua frágil estrutura. — Não posso permitir que você saia
daqui. Pode ser perigoso. Não quer ter o bebê no trem ou em uma charrete, quer?

A franqueza do médico reduziu as senhoras a rubores de constrangimento e silêncio.

— Deve permanecer aqui onde posso observá-la e deve ficar de repouso. Nada de ficar correndo para cima e para baixo nos porões. Não, nem mesmo que entre uma bomba pela janela. Afinal, não há tanto perigo aqui. Vamos expulsar os ianques logo, logo... Agora, Srta. Pitty, vá para Macon e deixe as jovens aqui.

— Desacompanhadas? — exclamou ela, horrorizada.

— Elas são casadas — disse o doutor, pondo-a à prova. — E a Sra. Meade está a duas casas de distância. E, de qualquer forma, elas não irão receber visitas masculinas com dona Melly neste estado. Por Deus, Srta. Pitty, estamos em guerra! Não podemos pensar nos costumes agora. Precisamos pensar na Sra. Melly.

Saiu da sala e aguardou na varanda até Scarlett ir ter com ele.

— Vou lhe falar francamente, Sra. Scarlett — começou ele, acariciando a barba grisalha. — Você parece ser uma jovem de bom-senso, portanto me poupe de seus rubores. Não quero ouvir mais falar sobre a Sra. Melly sair daqui. Duvido que ela aguentasse a viagem. Ela terá uma hora difícil, mesmo nas melhores circunstâncias... tem quadris muito estreitos, como sabe, e é provável que venha a necessitar de fórceps no parto, então não quero nenhuma negra ignorante cuidando dela. Mulheres como ela jamais deveriam ter filhos, mas... De qualquer modo, arrume o baú da Srta. Pitty e mande-a para Macon. Ela está tão amedrontada que vai preocupar a Sra. Melly e isso não vai lhe fazer nenhum bem. E agora — disse ele, olhando-a fixamente —, não quero saber de você indo para casa também. Fique aqui com a Sra. Melly até a chegada do bebê. Não está com medo, não é?

— Ah, não — mentiu Scarlett, resoluta.

— Que moça corajosa! A Sra. Meade lhe fará qualquer companhia de que necessite e posso mandar a velha Betsy para cozinhar para vocês, caso a Srta. Pitty queira levar os criados com ela. Não será por muito tempo. O bebê deve chegar daqui a umas cinco semanas, mas nunca se pode saber com o primeiro filho, e todo esse bombardeio acontecendo. Pode chegar a qualquer momento.

Então tia Pitty foi para Macon, em uma inundação de lágrimas, levando junto Tio Peter e Cookie. A carruagem e o cavalo ela doou ao hospital em um acesso de patriotismo, do qual logo se arrependeu, lhe trazendo mais lágrimas ainda. Scarlett e Melanie ficaram sozinhas com Wade e Prissy, em uma casa que ficou muito mais silenciosa, apesar de os canhões continuarem a troar.

Capítulo 19

Naqueles primeiros dias do cerco, em que os ianques conseguiram enfraquecer as defesas da cidade em alguns pontos, Scarlett estava tão amedrontada com o detonar dos canhões que a única coisa que fazia era se agachar, impotente, com as mãos nos ouvidos, esperando a qualquer momento explodir para a eternidade. Quando ouviu os gritos agudos que anunciavam a chegada deles, ela correu para o quarto de Melanie e se enfiou na cama junto dela, as duas se agarraram e gritavam "Ah! Ah!" enquanto enterravam as cabeças nos travesseiros. Prissy e Wade dispararam para o porão e ficaram agachados na escuridão cheia de teias de aranha. Prissy berrando quanto podia e Wade soluçando e chorando.

Sufocando sob os travesseiros de penas enquanto a morte gritava lá fora, Scarlett amaldiçoou Melanie em silêncio por impedi-la de se refugiar nas regiões mais seguras abaixo das escadas. Mas o doutor proibira Melanie de andar, e Scarlett tinha de ficar com ela. Ao terror de ser explodida em pedaços, somava-se o verdadeiro pavor de que o bebê de Melanie chegasse a qualquer momento. Scarlett ficava banhada de suor sempre que pensava nisso. O que faria se o bebê começasse a nascer? Sabia que preferiria deixar Melanie morrer a sair pelas ruas à caça do médico quando as balas caíam como chuvas de abril. E sabia que Prissy podia apanhar até morrer, mas também não se aventuraria. O que faria se o bebê chegasse?

Ela discutia essas questões com Prissy aos sussurros uma noite, enquanto preparavam a bandeja do jantar de Melanie, e Prissy, para sua surpresa, acalmou seus temores.

— Sinhá Scarlett, se nós num consegui o dotô quando chegá a hora da sinhá Melanie, num se apoquente. Eu sei fazê. Sei tudo sobre parto. Minha mãe num é parteira? Num me criô pra sê parteira também? Deixa comigo.

Scarlett respirou mais aliviada, sabendo que havia mãos experientes por perto, mas mesmo assim queria logo se ver livre daquela provação. Louca para estar distante do bombardeio, em uma ânsia desesperada de ir para casa, para a tranquila Tara, rezava todas as noites para que o bebê chegasse no dia seguinte e ela pudesse se ver livre da promessa e ir embora de Atlanta. Tara parecia tão segura, tão distante de toda aquela infelicidade.

Scarlett sentia falta de casa e da mãe como nunca sentira falta de nada em toda a sua vida. Ela só queria estar perto de Ellen, pois então não teria medo, não importava o que acontecesse. Todas as noites, após um dia de bombardeios ensurdecedores, ela ia se deitar decidida a dizer a Melanie na manhã seguinte que não aguentaria ficar em Atlanta mais um dia, que teria de ir para casa, e que Melanie teria que ir para a casa da Sra. Meade. Mas assim que deitava a cabeça no travesseiro, sempre surgia a lembrança do rosto de Ashley, de sua fisionomia como estava quando ela o vira pela última vez, como se carregasse uma dor interna com um leve sorriso nos lábios: "Você tomará conta de Melanie, não é? Você é tão forte... Prometa." E ela prometera. Em algum lugar, Ashley estava morto. Onde quer que fosse, estaria observando-a, fazendo-a cumprir aquela promessa. Vivo ou morto, ela não podia desapontá-lo, não importava quanto custasse. Então ficou, um dia após o outro.

Em resposta às cartas de Ellen, suplicando que ela fosse para casa, Scarlett escrevia minimizando os perigos do cerco, explicando a situação difícil de Melanie e prometendo ir assim que o bebê nascesse. Ellen, sensível aos laços de família, fossem sanguíneos ou criados pelo casamento, escreveu de volta concordando, relutantemente, que ela devia ficar, mas exigindo que Wade e Prissy fossem para casa de imediato. Essa sugestão teve total aprovação de Prissy, que agora estava reduzida ao idiotismo do bater de dentes a qualquer som inesperado. Ela passava tanto tempo agachada no porão que as moças teriam passado fome não fosse a impassível velha Betsy da Sra. Meade.

Scarlett estava tão ansiosa quanto sua mãe para que Wade saísse de Atlanta, não só pela segurança da criança, mas porque o medo constante do menino a irritava. Wade estava mudo de terror com os bombardeios, e até mesmo durante os períodos de calmaria ele ficava agarrado às saias de Scarlett, apavorado demais para chorar. Ele tinha medo de se deitar à noite, tinha medo do escuro, medo de dormir e os ianques virem pegá-lo. O som de suas lamúrias nervosas durante a noite remoía insuportavelmente os nervos dela. Em segredo, estava com tanto medo quanto ele, mas se irritava de ser lembrada disso a todo minuto pela fisionomia tensa do menino. Sim, Tara era o lugar certo para Wade. Prissy devia levá-lo para lá e retornar em seguida para estar presente quando o bebê nascesse.

Mas, antes que Scarlett pudesse encaminhar os dois na jornada rumo ao lar, chegaram as notícias de que os ianques dirigiam-se para o sul e havia conflitos ao longo da ferrovia entre Atlanta e Jonesboro. Imagine se os ianques capturassem o trem no qual viajavam Wade e Prissy... Scarlett e Melanie empalideceram com aquela ideia, pois todos sabiam que as atrocidades que os ianques cometiam com crianças pequenas eram ainda maiores do que com mulheres. Então ela ficou com medo de mandá-lo para casa e ele permaneceu em Atlanta, um fantasminha assustado e quieto, tateando em volta desesperado atrás da mãe, com medo de soltar sua saia por um minuto que fosse.

O cerco continuou durante os dias quentes de julho. Dias retumbantes seguindo-se a noites de imobilidade soturna, agourenta, e a cidade começou a se adaptar. Era como se, tendo acontecido o pior, as pessoas já não tivessem o que temer. A vida podia seguir, e seguia, quase como de hábito. Eles sabiam que estavam sobre um vulcão, mas, até que ele entrasse em erupção, nada havia a fazer. Então por que se preocupar? E era provável que isso nem viesse a acontecer. Vejam só como o general Hood está mantendo os ianques fora da cidade! E vejam como a cavalaria está protegendo a ferrovia rumo a Macon! Sherman nunca se apossará dela!

Mas, apesar da aparente despreocupação diante das bombas que caíam e das rações reduzidas, por mais que ignorassem os ianques, a menos de um quilômetro de distância; e, apesar de toda a ilimitada confiança das fileiras esfarrapadas dos homens de cinza nas trincheiras, pulsava sob a pele de Atlanta uma indomável incerteza sobre o que traria o dia seguinte. Suspense, medo, pesar, fome e o tormento da subida e descida da esperança estavam deixando aquela pele cada vez mais fina.

Aos poucos, Scarlett extraiu coragem do semblante das amigas e dos ajustes misericordiosos feitos pela natureza quando o que não tem remédio remediado fica. Com certeza, ela ainda se sobressaltava ao som das explosões, mas já não saía correndo para gritar e enterrar a cabeça embaixo do travesseiro de Melanie. Agora conseguia engolir em seco e dizer baixinho:

— Essa chegou perto, não é?

Estava menos assustada também porque a vida assumira a característica de um sonho, um sonho terrível demais para ser verdadeiro. Parecia impossível que ela, Scarlett O'Hara, estivesse metida em tal apuro, com o perigo da morte à espreita a cada hora, a cada minuto. Era impossível que o tranquilo teor da vida pudesse ter mudado tão completamente de uma hora para outra.

Era irreal, até grotesco, que os céus matinais que surgiam tão ternamente azuis pudessem ser profanados pela fumaça dos canhões, que pairava sobre a cidade como nuvens baixas de trovoadas; que as tardes quentes envoltas pela doçura penetrante da madressilva e das rosas trepadeiras pudessem ser tão amedrontadoras quando as bombas berravam nas ruas, explodindo como se fossem os estampidos do fim, lançando lascas de ferro a quilômetros de distância, estraçalhando pessoas e animais.

As tranquilas e preguiçosas sestas já não tinham lugar, pois, embora o clamor da batalha pudesse se acalmar de tempos em tempos, a rua dos Pessegueiros estava movimentada e barulhenta a qualquer hora. Canhões e ambulâncias passavam ruidosamente, feridos vinham tropeçando das trincheiras, regimentos passavam em marcha acelerada, enviados das valas de um lado da cidade para defender as barricadas mais pressionadas no outro, e mensageiros se precipitavam rumo ao quartel como se o destino da Confederação estivesse em suas mãos.

As noites quentes traziam um pouco de tranquilidade, mas esta tinha um tom sinistro. Quando a noite era silenciosa, era totalmente silenciosa... como se os sapos, gafanhotos e tordos estivessem amedrontados demais para elevar suas vozes no coro habitual das noites de verão. De vez em quando, o silêncio era quebrado pelo tiroteio dos mosquetões na última fileira de defesa.

Geralmente, durante a madrugada, quando os lampiões estavam apagados, com Melanie adormecida e um silêncio mortal pressionando a cidade, Scarlett, deitada insone, ouvia o trinco do portão se abrir e batidinhas urgentes na porta da frente.

Soldados sem rosto, parados no escuro diante da porta, lhe falavam em diversas vozes. Às vezes era uma voz instruída que saía da escuridão: "Senhora, peço-lhe as mais humildes desculpas por perturbá-la, mas poderia conseguir água para mim e para o cavalo?" Às vezes era o som gutural da voz de um montanhês, em outras, o modo anasalado de falar da região de Wiregrass, no extremo sul, e ocasionalmente o cantar arrastado do litoral que lhe tocava o coração, lembrando-lhe da voz de Ellen.

— Senhorita, tô com companheiro aqui que tava pretendendo levá pro hospitá, mas parece que ele num vai durá tanto. Dá para você ficá com ele aí?

— Dama, eu com certeza comeria alguma coisa. Ficaria feliz com uma broa de milho, se não fosse lhe fazer falta.

— Madame, perdoe minha intromissão, mas... será que eu poderia passar a noite em sua varanda? Vi as rosas e senti o cheiro da madressilva e foi como se estivesse em casa, então tomei coragem...

Não, essas noites não eram reais! Eram um pesadelo e os homens faziam parte desse pesadelo, homens sem corpos ou rostos, apenas vozes cansadas que lhe falavam do calor da escuridão. Pegar água, servir comida, colocar travesseiros na varanda, fazer curativos, segurar as cabeças sujas dos moribundos. Não, isso não podia estar lhe acontecendo.

Certa vez, no final de julho, foi tio Henry Hamilton quem veio dar batidinhas na porta durante a noite. Tio Henry estava sem o guarda-chuva e a maleta agora, assim como também deixara a barriga para trás. A pele do rosto rechonchudo e corado caía em dobras como as bochechas de buldogue, e seu longo cabelo branco estava indescritivelmente sujo. Ele estava quase descalço, cheio de piolhos e faminto, mas o temperamento irascível continuava imperturbável.

Apesar do comentário: "É uma guerra tola quando gente velha como eu precisa participar", as moças tiveram impressão de que tio Henry estava se divertindo. Necessitavam dele, assim como necessitavam dos jovens, e ele estava fazendo o serviço de um jovem. Além do mais, disse a elas em regozijo, ele conseguia acompanhá-los, algo de que vovô Merriwether era incapaz. O lumbago do vovô o atrapalhava muito, e o capitão queria dispensá-lo. Mas vovô se recusava. Disse francamente que preferia os xingamentos e as grosserias do capitão aos mimos da nora e suas incessantes exigências para que ele parasse de mascar fumo e lavasse a barba todos os dias.

A visita de tio Henry foi breve, pois ele tinha uma licença de apenas quatro horas e precisava de metade dela para a longa caminhada de ida e volta às barreiras.

— Meninas, ficarei sem vê-las por algum tempo — anunciou ao se sentar no quarto de Melanie, mergulhando luxuosamente os pés cheios de bolhas na tina de água fria que Scarlett pusera diante dele. — Nossa companhia está partindo pela manhã.

— Para onde? — perguntou Melanie assustada, agarrando o braço dele.

— Não me segure — disse tio Henry irritado. — Estou cheio de piolhos. A guerra seria um piquenique se não fosse pelos piolhos e pela disenteria. Aonde estou indo? Bem, não me disseram, mas faço ideia. Devemos marchar para o sul, a caminho de Jonesboro, pela manhã, a não ser que eu esteja muito enganado.

— Ah, por que Jonesboro?

— Porque vai haver um grande combate por lá, mocinha. Os ianques vão tomar aquela ferrovia se conseguirem. E, se o fizerem, adeus Atlanta!

— Oh, tio Henry, o senhor acha que eles vão conseguir?

— Ora, meninas! Não! Como poderiam se vou estar lá? — Ele riu das expressões assustadas e depois, sério outra vez: — Será uma dura batalha, meninas. Precisamos vencer. É claro que sabem que os ianques se apoderaram de todas as linhas férreas, exceto a que vai para Macon, mas não é só isso que eles têm. Talvez não saibam, mas eles estão controlando todas as estradas também, cada passagem de carroça e caminho de montaria, exceto a estrada McDonough. É como se Atlanta fosse uma bolsa e as tiras da bolsa fossem Jonesboro. Se os ianques conseguirem se apoderar da ferrovia lá, poderão puxar as tiras e nos dominar, como a um gambá dentro do saco. Portanto, não pretendemos deixá-los pegar a ferrovia... Então, posso ficar afastado por algum tempo, meninas, e só vim para me despedir e ter certeza de que Scarlett ainda estava com você, Melly.

— É claro que ela está comigo — disse Melanie, amorosa. — Não se preocupe conosco, tio Henry, e, por favor, cuide-se.

Tio Henry secou os pés no tapete e gemeu ao calçar os sapatos gastos.

— Preciso ir — disse. — Tenho 8 quilômetros de caminhada pela frente. Scarlett, você poderia arrumar algum lanche para eu levar? Qualquer coisa que tiver.

Depois de dar um beijo de despedida em Melanie, ele desceu à cozinha, onde Scarlett embrulhava uma broa de milho e algumas maçãs em um guardanapo.

— Tio Henry... é... é mesmo tão sério?

— Sério? Senhor Todo-poderoso, claro que é! Não seja boba. Estamos na última trincheira.

— O senhor acha que eles chegarão a Tara?

— Ora — começou tio Henry, irritado com a mente feminina que só pensava em coisas pessoais quando questões de grande amplitude estavam envolvidas. Depois, vendo sua fisionomia assustada, triste, ele se enterneceu.

— É claro que não. Tara fica a 8 quilômetros da ferrovia, e é a ferrovia que os ianques querem. Você parece ter a cabeça de um besouro, mocinha. — Então ele falou abruptamente: — Não fiz toda essa caminhada só para me despedir de vocês. Vim para dar uma má notícia a Melly, mas, quando subi para isso, simplesmente não consegui. Então vou deixar para você esta tarefa.

— Ashley não... o senhor não soube que... que ele... morreu?

— Ora, como eu poderia saber de Ashley enfiado lá naquela trincheira, sentado na lama? — perguntou o velho cavalheiro. — Não. É o pai dele. John Wilkes morreu.

Scarlett sentou-se, o lanche meio embrulhado na mão.

— Vim contar a Melly... mas não consegui. Você deve fazer isso. E dê isso a ela.

Ele puxou dos bolsos um pesado relógio de ouro, uma miniatura da falecida Sra. Wilkes e um par de abotoaduras. Ao olhar o relógio que vira nas mãos de John Wilkes milhares de vezes, Scarlett se deu conta de que o pai de Ashley realmente estava morto. Ficou atônita demais para chorar ou falar. Tio Henry, inquieto, tossiu e não olhou para ela, temendo vislumbrar uma lágrima que o aborreceria.

— Ele foi um homem corajoso, Scarlett. Diga isso a Melly. Diga-lhe que escreva às filhas dele... E um bom soldado para a idade que tinha. Uma bala de canhão o pegou. Caiu bem nele e no cavalo. Arrebentou a perna do cavalo... eu mesmo lhe dei o tiro de misericórdia, pobre criatura. Era uma boa égua. Seria melhor escrever à Sra. Tarleton sobre isso também. Ela fazia o maior alvoroço por causa daquela égua. Embrulhe meu lanche, filha. Preciso ir. Vamos lá, querida, não sofra tanto. Que melhor maneira tem um homem de morrer senão fazendo o serviço de um jovem?

— Oh, ele não deveria ter morrido! Jamais deveria ter ido para a guerra. Deveria ter ficado vivo para ver o neto crescer e ter morrido pacificamente na cama. Ah, por que ele foi? Não acreditava na secessão e odiava a guerra e...

— Muitos entre nós pensam o mesmo, mas e daí? — Tio Henry assoou o nariz, mal-humorado. — Acha que gosto de servir de alvo para os atiradores ianques na minha idade? Mas um cavalheiro não tem escolha hoje em dia. Dê-me um beijo de despedida, meu bem, e não se preocupe comigo. Vou sair dessa guerra a salvo.

Scarlett o beijou, ouviu-o descendo os degraus da frente para o escuro e depois o trinco do portão. Ficou parada por um minuto, olhando para as recordações em sua mão. Depois subiu as escadas para contar a Melanie.

No fim de julho, chegou a notícia indesejada, prevista por tio Henry, de que os ianques tinham novamente manobrado com sucesso rumo a Jonesboro. Haviam cortado a ferrovia 6 quilômetros e meio abaixo da cidade, mas sido rechaçados pela cavalaria confederada, e a unidade de engenharia, suando sob o sol escaldante, consertara a linha.

Scarlett estava em uma ansiedade frenética. Esperou por três dias, o medo crescente no coração. Então chegou uma carta tranquilizadora de Gerald. O inimigo não chegara a Tara. Eles tinham ouvido o som da luta, mas não tinham visto nenhum ianque.

A carta de Gerald era tão cheia de gabolices e fanfarras sobre a expulsão dos ianques da ferrovia que daria para pensar que ele realizara a façanha pessoalmente, e sozinho. Ele escrevera três páginas sobre a bravura das tropas e depois, no final da carta, mencionava que Carreen estava doente. Segundo a Sra. O'Hara, era tifo. Ela não estava muito mal e Scarlett não precisava se preocupar, mas sob condição alguma devia voltar para casa agora, mesmo que a ferrovia ficasse segura. Agora a Sra. O'Hara estava muito contente de que Scarlett e Wade não tivessem ido quando o cerco começou. Ela mandava dizer que Scarlett devia ir à igreja, rezar alguns rosários pela recuperação de Carreen.

Com isso, a consciência de Scarlett se abateu, pois fazia meses que não ia à igreja. Houvera um tempo em que ela teria considerado essa omissão um pecado mortal, mas agora, não sabia bem por quê, a ausência à igreja já não lhe parecia tão pecaminosa como antes. Mas obedeceu à mãe e, indo até o quarto, pôs-se de joelhos e balbuciou um rosário apressado. Ao se levantar, não estava tão reconfortada como costumava ficar após as orações. Fazia algum tempo que não sentia a atenção de Deus sobre ela, sobre os confederados nem o sul, apesar das milhares de orações que eram feitas diariamente.

Naquela noite, ela se sentou na varanda com a carta de Gerald junto ao peito, onde podia tocá-la de vez em quando e trazer Tara e Ellen mais para perto de si. O lampião na janela da sala lançava estranhas sombras douradas na varanda escura, oculta pela trepadeira, e o emaranhado amarelo de rosas e madressilvas a envolvia em uma combinação de fragrâncias. A noite estava totalmente silenciosa e imóvel. Nem mesmo o tiro de um rifle soava desde o pôr do sol, e o mundo parecia longínquo. Scarlett se balançava, sozinha, infeliz desde que lera as notícias de Tara, desejando que alguém, qualquer pessoa, nem que fosse a Sra. Merriwether, estivesse com ela. Mas a Sra. Merriwether estava de plantão no hospital, a Sra. Meade estava em casa fazendo um banquete para Phil, que chegara das linhas de combate, e Melanie dormia. Nem a esperança de um visitante ocasional havia. Nessa última semana, os visitantes tinham chegado a zero, pois cada homem que pudesse andar estava nas trincheiras ou perseguindo os ianques pelo interior perto de Jonesboro.

Raras vezes ficara tão sozinha e isso não lhe agradava. Quando estava sozinha, tinha que pensar e, atualmente, os pensamentos não eram muito agradáveis. Como todo mundo, ela adquirira o hábito de pensar no passado, nos mortos.

Na quietude de Atlanta naquela noite, ela conseguiu facilmente fechar os olhos e imaginar que estava de volta à quietude rural de Tara e que a vida era como sempre fora. Mas sabia que a vida no condado nunca mais seria a mesma. Pensou nos quatro Tarleton — os gêmeos ruivos e Tom e Boyd —, e uma tristeza visceral lhe apertou a garganta. Afinal, Stu ou Brent podia ter sido seu marido. Mas agora, quando a guerra acabasse e ela voltasse a morar em Tara, nunca mais ouviria a gritaria desbragada dos dois subindo em disparada a alameda de cedros. E Raiford Calvert, que dançava tão divinamente, nunca mais a escolheria como par. E os Munroe e o pequeno Joe Fontaine e...

— Ah, Ashley! — disse ela soluçando, botando a cabeça entre as mãos. — Nunca vou me acostumar com sua partida!

Ela ouviu o estalo do portão e apressadamente ergueu a cabeça e passou as mãos nos olhos molhados. Levantou-se e viu que era Rhett Butler vindo pelo caminho, trazendo seu enorme panamá na mão. Nunca mais o vira depois daquele dia em que saltara precipitadamente de sua carruagem em Five Points. Na ocasião, ela expressara o desejo de nunca mais lhe pôr os olhos. Mas agora ficava tão contente de ter com quem conversar, alguém que lhe desviasse o pensamento de Ashley, que se apressou em afastar aquela ideia da cabeça. Era evidente que ele se esquecera do contratempo, ou fingia ter esquecido, pois chegou ao degrau superior sem mencionar a última divergência.

— Então não se refugiou em Macon! Soube que a Srta. Pitty tinha ido e, claro, achei que você também tivesse ido. Então quando vi luz aqui, vim investigar. Por que ficou?

— Para fazer companhia a Melanie. Sabe, ela... bem, ela não pode se refugiar agora.

— Que lástima! — disse ele, e sob a luz do lampião ela viu que ele franzia o cenho. — Está me dizendo que a Sra. Wilkes ainda está aqui? Nunca ouvi tal idiotice. É muito perigoso no estado dela.

Scarlett ficou quieta, constrangida, pois o estado de Melanie não era assunto que pudesse discutir com um homem. Ficou constrangida também por Rhett saber que era perigoso para Melanie. Tal conhecimento não era adequado a um homem solteiro.

— Também é muito descortês de sua parte não pensar que eu também posso ser ferida — disse ela asperamente.

Seus olhos piscaram, divertidos.

— Eu a defenderia dos ianques a qualquer momento.

— Não estou certa de que isso seja um elogio — disse ela incerta.

— Não é — respondeu ele. — Quando vai parar de procurar um elogio na mais ligeira declaração de um homem?

— Quando estiver em meu leito de morte — retrucou e sorriu, pensando que sempre haveria homens para elogiá-la, mesmo que Rhett nunca o fizesse.

— Vaidade, vaidade — disse ele. — Pelo menos você é franca a esse respeito.

Ele abriu o estojo de charutos, tirou um, levou ao nariz para sentir-lhe o aroma. Riscou um fósforo, encostou-se em uma pilastra, flexionou uma perna e ficou fumando em silêncio. Scarlett voltou a se balançar na cadeira e eles foram envolvidos pela silenciosa escuridão no calor da noite. O tordo que se aninhava no emaranhado de rosas e madressilvas despertou do sono e soltou uma tímida nota. Em seguida, como se pensasse melhor na questão, silenciou novamente.

No silêncio da varanda, Rhett riu de repente, uma risada baixa, suave.

— Então você ficou com a Sra. Wilkes! Esta é a situação mais estranha com que já me deparei!

— Não vejo nada de estranho nisso — respondeu ela, desconfortável, ficando logo em alerta.

— Não? Mas então é por falta de ponto de vista impessoal. Já faz algum tempo que tenho a impressão de que você mal suporta a Sra. Wilkes. Você a considera tola, burra, e suas noções patrióticas a aborrecem. Raramente perde a oportunidade de fazer algum comentário depreciativo sobre ela, então é natural que me pareça estranho que tenha tido uma atitude altruísta e ficado aqui com ela durante esse bombardeio. Ora, por que fez isso?

— Porque ela é irmã de Charlie... e como uma irmã para mim — respondeu Scarlett com o máximo de dignidade possível, embora suas faces começassem a esquentar.

— Você quer dizer porque ela é a viúva de Ashley Wilkes.

Scarlett se levantou rapidamente, lutando contra a própria raiva.

— Eu estava a ponto de perdoá-lo por sua última conduta grosseira, mas desisti. Jamais teria lhe permitido chegar a esta varanda se não estivesse me sentindo tão triste e...

— Sente-se e baixe a plumagem — disse ele, mudando de tom e, aproximando-se, pegou sua mão fazendo-a sentar-se de novo. — Por que está triste?

— Ah, recebi uma carta de Tara hoje. Os ianques estão perto de casa e minha irmã caçula está com tifo e... e... então, agora, mesmo que pudesse ir para casa, como gostaria, minha mãe não deixaria com medo de que eu também pegasse. Ah, e eu queria tanto ir para casa!

— Bem, não chore por causa disso — disse ele, mas sua voz estava mais gentil. — Aqui em Atlanta, você está muito mais segura, mesmo que os ianques venham, do que estaria em Tara. Os ianques não a atingiriam, mas o tifo, sim.

— Os ianques não me atingiriam? Como pode dizer uma mentira dessas?

— Minha cara mocinha, os ianques não são demônios. Não têm chifres e patas, como você parece acreditar. Eles se parecem bastante com os sulistas... exceto que são mais mal-educados, é claro, e têm um sotaque terrível.

— Ora, os ianques iriam...

— Estuprá-la? Acho que não. Embora, é claro, iriam querer.

— Se você começar a falar desse modo desprezível, eu entro — exclamou ela, grata que as sombras ocultassem suas faces cor de carmim.

— Seja franca. Não era isso que estava pensando?

— Ah, é claro que não.

— Ah, era sim! Não adianta ficar com raiva de mim por ler seus pensamentos. É isso que pensam todas as nossas damas sulistas delicadamente criadas. É o que lhes passa constantemente pela cabeça. Aposto que até senhoras mais velhas, como a Sra. Merriwether...

Scarlett engoliu em seco, lembrando-se de que a reunião de duas ou mais matronas, nesses dias de provação, sempre trazia sussurros de tais acontecimentos, na Virgínia, no Tennessee ou na Louisiana, nunca perto de casa. Os ianques estupravam as mulheres, atravessavam o estômago das crianças com suas baionetas e queimavam casas com idosos sob seus tetos. Todos sabiam que essas coisas eram verdadeiras, mesmo que não fossem anunciadas pelas esquinas. E, se Rhett tivesse alguma decência, perceberia que eram verdadeiras e não falaria sobre o assunto. E também não era nada que provocasse riso.

Ela podia ouvi-lo rindo à socapa. Às vezes era detestável. De fato, era detestável na maior parte do tempo. Era detestável que um homem soubesse o que as mulheres pensavam e falasse a respeito. Fazia com que uma moça se sentisse despida.

Além disso, nenhum homem aprendia essas coisas com mulheres decentes. Ela estava indignada que ele tivesse lido sua mente. Gostava de se acreditar misteriosa para os homens, mas sabia que para Rhett era tão transparente como o vidro.

— Falando sobre essas coisas — continuou ele —, você tem um protetor ou uma guardiã em casa? A admirável Sra. Merriwether ou a Sra. Meade? Elas sempre me olham como se soubessem que não estou aqui com bons propósitos.

— A Sra. Meade costuma passar aqui à noite — respondeu Scarlett, feliz com a mudança de assunto. — Mas hoje não pôde. Phil, o menino dela, está em casa.

— Que sorte — disse ele suavemente — encontrá-la sozinha.

Algo na voz dele fez seu coração bater agradavelmente mais rápido, e ela se sentiu corar. Várias vezes ouvira aquele tom na voz dos homens, e sabia que era presságio de uma declaração de amor. Ah, que divertido! Se dissesse que a amava, como ela o atormentaria, e então ficaria quite com todos os comentários sarcásticos que ele fizera nos últimos três anos. Ela o faria se arrastar por ela, compensando até aquela terrível humilhação do dia em que ele a testemunhara dando um tapa em Ashley. E depois lhe diria docemente que só poderia ser uma irmã para ele e se recolheria com todas as honras da guerra. Ela riu nervosa de prazer antecipado.

— Não ria — disse ele e, tomando sua mão, pressionou os lábios na palma. Ao toque de sua boca quente, ela sentiu algo vital, elétrico, vindo dele, algo que lhe acariciou todo o corpo arrebatado. Seus lábios foram até o pulso e ela sabia que ele devia estar sentindo a palpitação acelerada de seu coração, e tentou puxar a mão. Ela não esperava por isso... essa onda traiçoeira de calor e sensações que a fez desejar correr as mãos pelos cabelos dele, sentir seus lábios em sua boca.

Ela não estava apaixonada por ele, disse para si mesma, confusa. Era apaixonada por Ashley. Mas como explicar essa sensação que fazia suas mãos tremer e lhe dava um frio no estômago?

Ele riu baixinho.

— Não puxe. Não vou machucá-la.

— Me machucar? Não tenho medo de você, Rhett Butler, nem de qualquer outro homem! — exclamou ela, furiosa, com voz trêmula como as mãos.

— Sentimento admirável, mas, por favor, baixe a voz. A Sra. Wilkes pode ouvi-la. Suplico-lhe que se controle. — Ele parecia se divertir com a fúria dela.

— Scarlett, você gosta de mim, não é?

Isso se assemelhava mais ao que ela estava esperando.

— Bem, às vezes — respondeu ela, cautelosa. — Quando não age feito um verme.

Ele riu outra vez e segurou a palma da mão dela em sua face rija.

— Acho que gosta de mim porque eu sou um verme. Você conheceu tão poucos da minha espécie em sua vida dentro de uma redoma que é exatamente esse diferencial que a encanta.

Não era essa a rota que ela previra, e novamente tentou puxar a mão, sem sucesso.

— Não é verdade! Gosto de homens gentis... homens que se possa confiar que serão sempre cavalheiros.

— Você quer dizer homens de quem sempre possa se aproveitar. Meramente uma questão de definição, mas não importa.

Ele lhe beijou a palma da mão novamente e mais uma vez a pele de sua nuca ficou eriçada de emoção.

— Mas você gosta de mim. Acha que poderia me amar, Scarlett?

"Ah!", pensou ela, triunfante. "Agora o peguei!", e respondeu com estudada frieza:

— Na verdade, não. Bem... a não ser que reveja consideravelmente seus modos.

— E não tenho nenhuma intenção de fazer isso. Então não poderia me amar? É isso o que eu esperava. Pois, embora goste imensamente de você, não a amo, e seria realmente trágico para você sofrer duas vezes de amor não correspondido, não é, querida? Posso lhe chamar de "querida", Sra. Hamilton? Consinta ou não vou lhe chamar de "querida", mas precisamos observar as conveniências.

— Você não me ama?

— Na verdade, não. Você esperava que sim?

— Não seja tão presunçoso!

— Você esperava! Ai de mim, malograr suas esperanças! Eu devia amá-la, pois você é encantadora e talentosa de muitas maneiras inúteis. Mas muitas damas têm encanto e dons, e são tão inúteis quanto você. Não, eu não a amo. Mas gosto muitíssimo de você... pela elasticidade de sua consciência, pelo egoísmo que raramente se dá ao incômodo de ocultar e pela praticidade sagaz que, acho, herdou de um ancestral camponês irlandês não muito remoto.

Camponês! Ora, ele a estava ofendendo! Ela ficou silenciosamente atabalhoada.

— Não me interrompa — pediu ele, apertando-lhe a mão. — Gosto de você porque tenho essas mesmas qualidades e as semelhanças geram o gostar. Percebo que você ainda guarda a memória do divino e sonso Sr. Wilkes, que provavelmente deve estar em seu túmulo nesses últimos seis meses. Mas deve haver lugar em seu coração para mim também. Scarlett, por favor, pare de se contorcer! Estou lhe fazendo uma declaração. Eu a quis desde a primeira vez que a vi, no vestíbulo de Twelve Oaks, a enfeitiçar o pobre do Charlie Hamilton. Eu a quero mais do que jamais quis uma mulher... e esperei mais por você do que jamais esperei por qualquer mulher.

Ela ficou sem ar de surpresa com aquelas últimas palavras. Apesar de todas as suas ofensas, ele realmente a amava e era simplesmente tão teimoso que não queria se abrir francamente e colocar isso em palavras por medo de que ela fosse rir. Bem, ela iria lhe mostrar e agora mesmo.

— Você está me pedindo em casamento?

Ele soltou sua mão e riu tão alto que ela se encolheu de volta na cadeira.

— Deus do Céu, não! Já não lhe falei que não sou do tipo que se casa?

— Mas... mas... o que...

Ele se levantou, mão no coração, e fez uma mesura exagerada.

— Querida — disse ele baixinho —, estou elogiando sua inteligência ao pedir-lhe que seja minha amante sem ter que seduzi-la.

Amante!

Ela gritava a palavra mentalmente, gritava que tinha sido vilmente ofendida. Mas naquele primeiro momento de sobressalto não se sentiu insultada. Só sentiu uma onda furiosa de indignação por ele a considerar tão tola. Ele devia pensar que ela era uma idiota se lhe fazia tal proposta em vez do pedido de matrimônio que ela esperava. Raiva, vaidade ferida e decepção levaram sua mente a uma grande agitação e, antes que pudesse sequer pensar nos elementos morais com que devia repreendê-lo, ela deixou escapar as primeiras palavras que lhe vieram aos lábios...

— Amante! Que vantagem eu tiraria disso a não ser um monte de moleques?

E logo ela ficou de queixo caído, horrorizada ao se dar conta do que dissera. Ele riu até se engasgar, espiando-a nas sombras enquanto ela se sentava muda, com o lenço lhe pressionando a boca.

— É por isso que gosto de você! É a única mulher franca que conheço, a única mulher que olha para o lado prático das coisas, sem anuviar o assunto com tagarelices sobre pecado e moralidade. Qualquer outra mulher teria desmaiado primeiro e depois me mostrado a porta da rua.

Scarlett se levantou, o rosto vermelho de vergonha. Como podia ter dito tal coisa! Como podia ela, a filha de Ellen, com sua criação, ter ficado lá sentada ouvindo palavras tão degradantes e depois retrucar de modo não desavergonhado? Ela devia ter gritado. Devia ter desmaiado. Devia ter se virado friamente em silêncio e saído da varanda. Agora era tarde demais!

— Eu vou lhe mostrar a porta da rua — gritou, sem se importar se Melanie ou os Meade a ouvissem. — Saia daqui! Como ousa me dizer essas coisas! O que fiz para encorajá-lo... para deixá-lo supor... Saia daqui e nunca mais volte. Desta vez estou falando sério. Nunca mais volte aqui com seus conjuntos de grampos e fitas sem valor, achando que vou perdoá-lo. Eu... eu vou contar a papai e ele vai matá-lo!

Ele pegou o chapéu, fez uma mesura, e ela viu que seus dentes apareciam por baixo do bigode em um sorriso. Ele não estava envergonhado, divertia-se com o que ela dissera e a olhava com atento interesse.

Ah, ele era detestável! Ela se virou rapidamente e entrou em casa. Agarrou a porta para batê-la, mas o gancho que a mantinha aberta era muito pesado. Ela fez força, ofegante.

— Posso ajudá-la? — perguntou ele.

Sentindo que ia estourar uma veia se ficasse ali mais um minuto, ela correu para as escadas. E, quando chegou lá em cima, ouviu-o cortesmente fechar a porta para ela.

Capítulo 20

Quando chegavam ao fim os ruidosos e quentes dias de agosto, o bombardeio cessou abruptamente. A quietude que caiu sobre a cidade foi assustadora. Os vizinhos que se encontravam na rua entreolhavam-se, incertos, inquietos quanto ao que viria. A quietude, após os dias fragorosos, não trazia calma aos nervos, mas, se possível, os deixava ainda mais tensos. Ninguém sabia por que as baterias ianques tinham silenciado; não havia notícias das tropas, a não ser que tinham se retirado em grande número das trincheiras ao redor da cidade e marchado para o sul a fim de defender a ferrovia. Ninguém sabia onde se encontrava a luta e como estava a batalha, se houvesse uma.

Atualmente, as únicas notícias eram as que passavam de boca em boca. Com falta de papel, tinta e homens, os jornais tinham suspendido suas publicações após o início do cerco, e os boatos mais desvairados surgiam do nada e varriam a cidade. Agora, na quietude aflitiva, multidões se apinhavam no quartel do general Hood exigindo informações; multidões se reuniam na agência dos telégrafos e na estação esperando por notícias, boas notícias, pois todos esperavam que o silêncio do canhão de Sherman significasse que os ianques tinham se retirado e que os Confederados os estivessem perseguindo pela estrada de volta a Dalton. Mas as notícias não chegavam. Os fios do telégrafo estavam mudos, nenhum trem chegava pela única linha restante e o serviço de correios estava interrompido.

O outono surgia furtivamente, com seu calor poeirento, irrespirável, deixando engasgada a cidade subitamente silenciosa, acrescentando seu peso seco, abafado, aos corações cansados e ansiosos. Mesmo aflitíssima para receber notícias de Tara, Scarlett tentava exibir uma fisionomia corajosa, mas tinha a impressão de que decorrera uma eternidade desde o início do cerco, como se, até começar essa sinistra quietude, sempre tivesse vivido com o som dos canhões nos ouvidos. Contudo, o cerco só começara havia trinta dias. Trinta dias de cerco! A cidade rodeada pelas trincheiras de barro vermelho, o monótono troar dos canhões que nunca descansavam, as longas filas de ambulâncias e carroças de boi pingando sangue pelas ruas poeirentas rumo aos hospitais, as brigadas sobrecarregadas a arrastar os homens que mal esfriavam, jogando-os como troncos de árvore em fileiras sem fim de covas rasas. Apenas trinta dias!

E fazia só quatro meses que os ianques se locomoviam para o sul desde Dalton! "Só quatro meses!", Scarlett pensou, recordando aquele dia longínquo, como se tivesse ocorrido em outra vida. Ah, não! Não podia fazer só quatro meses. Fora há uma vida.

Quatro meses antes, Dalton, Resaca e a montanha Kennesaw não passavam, para ela, de nomes de lugares ao longo da ferrovia. Agora eram nomes de batalhas, batalhas travadas com desespero e em vão enquanto Johnston recuava rumo a Atlanta. O riacho Peachtree, Decatur, Ezra Church e o riacho Utoy já não eram nomes nem lugares prazerosos. Ela nunca mais pensaria neles como vilarejos tranquilos, cheios de amigos acolhedores, como lugares verdejantes onde fazia piqueniques com belos oficiais às margens de córregos em lento movimento. Esses nomes também significavam batalhas, e a relva macia onde ela se sentara estava cortada pelas pesadas rodas dos canhões, pisada por pés desesperados quando baioneta encontrava baioneta e achatada onde os corpos deitavam em agonia... E agora os córregos preguiçosos estavam vermelhos de um modo como o barro da Geórgia jamais os deixaria. Diziam que o riacho Peachtree ficara encarnado após a travessia dos ianques. Riacho Peachtree, Decatur, Ezra Church, riacho Utoy. Nunca mais seriam nomes de lugares, mas sim nomes de túmulos onde amigos jaziam, nomes de vegetação rasteira e matas densas onde corpos apodreciam insepultos, nomes dos quatro lados de Atlanta, onde Sherman tentara forçar a entrada de seu exército e os homens de Hood obstinadamente os obrigaram a recuar.

Por fim, a cidade aflita recebia notícias do sul, e eram alarmantes, especialmente para Scarlett. O general Sherman estava novamente pondo à prova o quarto lado da cidade, mais uma vez atacando a ferrovia em Jonesboro. Um grande número de ianques estava naquele quarto lado da cidade agora, não apenas unidades de escaramuça ou destacamentos de cavalaria, mas as forças ianques em massa. E milhares de tropas confederadas tinham sido retiradas das fileiras próximas à cidade para se lançar contra eles. Isso explicava o súbito silêncio.

"Por que Jonesboro?", pensou Scarlett, o terror lhe atacando o coração ao pensar na proximidade de Tara. "Por que estão sempre atacando Jonesboro? Por que não descobrem algum outro lugar onde atacar a ferrovia?"

Ela não recebia notícias de Tara havia uma semana, e a última breve carta de Gerald aumentara suas preocupações. O estado de Carreen tinha piorado e ela estava muito, muito mal. Agora podiam se passar muitos dias até a restauração dos correios, muitos dias até poder saber se Carreen estava viva ou morta. Ah, se pelo menos ela tivesse ido para casa no início do cerco, com Melanie ou sem Melanie!

Houvera luta em Jonesboro, isso Atlanta sabia, mas de como tinha sido a batalha ninguém tinha notícias, e os rumores mais insanos torturavam a cidade.

Finalmente, chegou um mensageiro de Jonesboro com a notícia tranquilizadora de que os ianques tinham sido obrigados a recuar. Mas antes tinham dado uma batida em Jonesboro, queimado a estação, cortado os fios do telégrafo e desviado quase 5 quilômetros de trilhos e só então recuado. As unidades de engenharia estavam trabalhando incessantemente no conserto da linha férrea, mas levaria algum tempo, porque os ianques haviam arrancado os dormentes e ateado fogo a eles, deitando os trilhos por cima até ficarem incandescentes, e então os torceram em volta dos postes do telégrafo, até ficarem parecendo gigantescos saca-rolhas. Atualmente estava muito difícil substituir trilhos de ferro, substituir qualquer coisa de ferro.

Não, os ianques não tinham chegado a Tara. O mesmo mensageiro que trouxera os despachos para o general Hood garantiu isso a Scarlett. Ele encontrara Gerald em Jonesboro após a batalha, pouco antes de partir para Atlanta, e Gerald lhe suplicara que levasse uma carta para ela.

Mas o que estaria o pai fazendo em Jonesboro? O jovem mensageiro ficou sem graça ao responder. Gerald estava à procura de um médico do exército para levá-lo a Tara.

Parada na varanda sob o sol, Scarlett agradeceu o rapaz pelo incômodo, sentindo os joelhos enfraquecerem. Carreen devia estar morrendo para que os talentos médicos de Ellen não dessem conta do recado e para que Gerald precisasse sair à busca de um médico! Enquanto o mensageiro se afastava seguido de um redemoinho de poeira vermelha, Scarlett abriu a carta de Gerald com dedos trêmulos. A falta de papel na Confederação era tal que Gerald escrevia nas entrelinhas da última carta dela, dificultando a leitura.

"Querida filha, sua mãe e as duas meninas estão com tifo. Estão muito doentes, mas devemos esperar pelo melhor. Quando sua mãe ficou acamada, ela me pediu que lhe escrevesse para que, sob condição alguma, você venha para casa e se exponha e a Wade à moléstia. Ela lhe manda seu carinho e pede que reze por ela."

"Reze por ela!", Scarlett disparou escada acima até seu quarto e, caindo de joelhos junto à cama, rezou como nunca rezara antes. Nada de rosários formais agora, mas as mesmas palavras repetidas sem cessar: "Mãe de Deus, não permita que ela morra! Serei muito boa se não a deixares morrer! Por favor, não permita que ela morra!"

Durante a semana seguinte, Scarlett vagou pela casa como um animal ferido, esperando por notícias, sobressaltando-se ao som das patas dos animais e correndo pelas escadas escuras quando os soldados batiam na porta à noite, mas não havia notícias de Tara. Em vez de 40 quilômetros de estrada poeirenta, era a vastidão de um continente que a separava de casa.

Os correios continuavam interrompidos, ninguém sabia onde estavam os Confederados ou o que os ianques pretendiam. Ninguém sabia nada, exceto que milhares de soldados, de cinza e de azul, estavam em algum lugar entre Atlanta e Jonesboro. Nenhuma palavra de Tara havia uma semana.

Scarlett vira casos suficientes de tifo no hospital de Atlanta para saber o que uma semana representava para aquela doença pavorosa. Ellen estava mal, talvez à morte, e ali estava Scarlett, impotente em Atlanta, com uma mulher grávida nas mãos e dois exércitos a separando de casa. Ellen estava mal... talvez à morte. Mas Ellen não podia estar doente. Nunca ficara doente. A ideia era incrível e abalava toda a estrutura de segurança da vida de Scarlett. Todos ficavam doentes, mas Ellen, nunca. Ellen cuidava dos enfermos e lhes restituía a saúde. Ela não podia estar doente. Scarlett queria estar em casa. Ela queria Tara com o desejo desesperado de uma criança assustada, louca pelo único refúgio que já conhecera.

Sua casa! A casa branca com cortinas brancas esvoaçantes nas janelas, os trevos no gramado com abelhas a se ocupar deles, o garotinho negro nos degraus da frente espantando os patos e perus dos canteiros de flores, os serenos campos de terra vermelha e os quilômetros intermináveis do algodão embranquecendo sob o sol! Sua casa!

Se ao menos ela tivesse ido para casa no início do cerco, quando todos estavam se refugiando! Poderia ter levado Melanie junto sem que corressem perigo.

"Ah! Maldita Melanie!", ela pensou milhares de vezes. "Por que não foi para Macon com tia Pitty? É lá o lugar dela, com seus parentes, não comigo. Não somos do mesmo sangue. Por que se agarra tanto a mim? Se tivesse ido para Macon, eu poderia ter ido para casa ficar com mamãe. Mesmo agora eu arriscaria ir para casa, apesar dos ianques, não fosse por causa desse bebê. Talvez o general Hood me fornecesse um acompanhante. É um bom homem o general Hood, e sei que podia fazê-lo me conseguir um acompanhante e uma bandeira de trégua para me fazer passar pelas fileiras. Mas tenho que esperar por esse bebê!... Ah, mãe! Mãe! Não morra!... Por que esse bebê não chega logo? Vou falar com o Dr. Meade hoje e ver se não há um modo de apressar o bebê para eu poder ir para casa... se conseguir um acompanhante. O Dr. Meade disse que ela teria uma hora difícil. Meu Deus! Imagine se ela morrer! Melanie morta. Melanie morta. E Ashley... Não, não devo pensar nisso, não é bom. Mas Ashley... Não, não devo pensar nisso porque, de qualquer modo, é provável que ele esteja mesmo morto. Mas ele me fez prometer que cuidaria dela. Mas... se eu não cuidasse dela e ela morresse e Ashley ainda estivesse vivo... Não, não devo pensar nisso. É pecado. E prometi a Deus que seria boa se Ele não permitir que mamãe morra. Ah, tomara que o bebê chegue logo! Se ao menos eu pudesse sair daqui... ir para casa... ir para qualquer lugar que não fosse aqui."

Mesmo que um dia a tivesse amado, Scarlett agora detestava a visão da cidade agourentamente quieta. Atlanta já não era a cidade alegre, o lugar desesperadamente alegre que ela amara. Estava tenebrosa, como uma cidade tomada pela peste, tão quieta, tão aterradoramente quieta após o alarido do cerco... O ruído e o perigo do bombardeio eram pelo menos estimulantes. O silêncio que se seguira só trazia horror. A cidade parecia assombrada, assombrada por medo, incerteza e memórias. O semblante das pessoas parecia atormentado, e os poucos soldados que Scarlett encontrava tinham a aparência exausta de corredores se forçando na última volta de uma corrida já perdida.

Chegou o último dia de agosto e, com ele, rumores convincentes de que a luta mais feroz desde a batalha de Atlanta estava sendo travada. Em algum lugar ao sul. Esperando por notícias do resultado da batalha, Atlanta parou até de tentar rir e brincar. Agora todos sabiam o que os soldados já sabiam duas semanas antes... que Atlanta estava na última trincheira, que, se a ferrovia de Macon caísse, Atlanta cairia também.

Na manhã de 1º de setembro, Scarlett acordou com uma sensação sufocante de pavor, pavor que ela levara consigo para a cama na noite anterior. Pensou, entorpecida pelo sono: "Por que eu estava preocupada quando me deitei ontem à noite? Ah, sim, a luta. Houve uma batalha, em algum lugar, ontem! Ah, quem será que venceu?" Sentou-se apressadamente, esfregando os olhos, e o coração preocupado retomou a carga do dia anterior.

O ar estava pesado já àquela hora da manhã. Fazia calor, com a promessa abrasadora de um meio-dia de céu luminoso e sol impiedoso. A estrada lá fora estava silenciosa. Nenhum rangido de carroção passando. Nenhuma tropa levantando a poeira vermelha com os pés em marcha. Nenhum som das vozes preguiçosas dos negros nas cozinhas vizinhas, nenhum ruído agradável anunciava o preparo do café, pois todos os vizinhos próximos, exceto as Sras. Meade e Merriwether, tinham se refugiado em Macon. E mesmo da casa delas não vinha som algum. Ao longo da rua, mais abaixo, o centro comercial estava vazio, e muitas lojas e escritórios tinham fechado suas portas e garantido a segurança com tábuas pregadas do lado de fora, enquanto seus ocupantes estavam em algum lugar no campo, de rifle na mão.

A imobilidade que a cumprimentava parecia ainda mais sinistra naquela manhã do que em qualquer outra da semana estranhamente quieta que a precedera. Ela se levantou apressada, sem os habituais aconchegos e espreguiçamentos preliminares, e foi à janela, esperando ver algum vizinho, alguma visão animadora. Mas a estrada estava vazia. Percebeu como as folhas das árvores ainda estavam verde-escuras, mas com uma camada grossa de poeira vermelha, e como as flores do jardim pareciam murchas e tristes, sem cuidados.

Enquanto estava ali parada, olhando pela janela, chegou-lhe aos ouvidos um som distante, fraco e soturno como as primeiras trovoadas de uma tempestade a caminho.

"Chuva", ela pensou no primeiro instante, e sua mente criada no campo acrescentou, "com certeza é necessária". Mas em uma fração de segundo: "Chuva? Não! Não é a chuva! Canhão!"

O coração disparado, ela se inclinou para fora da janela, a mão em concha no ouvido para o troar longínquo, tentando descobrir de que direção vinha. Mas o estrondo surdo estava tão distante que, por um momento, ela não conseguia saber. "Que seja de Marietta, Senhor!", ela rezou. "Ou de Decatur. Ou do riacho Peachtree. Mas não do sul! Não do sul!" Ela segurou o parapeito da janela com mais força, aguçou os ouvidos e o bombardeio longínquo pareceu mais alto. E vinha do sul.

Um canhão ao sul! Onde ficava Jonesboro e Tara... e Ellen.

Talvez os ianques estivessem em Tara naquele exato minuto! Escutou de novo, mas o sangue que lhe pulsava nos ouvidos confundia o som do tiroteio distante. Não, eles ainda não poderiam ter chegado a Jonesboro. Se estivessem tão longe, o som seria mais fraco, mais indistinto. Mas deviam estar a pelo menos 16 quilômetros de distância de Jonesboro, provavelmente próximos da pequena colônia de Rough and Ready. Mas Jonesboro ficava a escassos 16 quilômetros dali.

Canhões ao sul podiam estar anunciando a proximidade da queda de Atlanta. Mas, para Scarlett, só interessada na segurança da mãe, a luta ao sul só significava luta próxima a Tara. Ela andava de cá para lá esfregando as mãos, e pela primeira vez pensou em todas as implicações de uma derrota do exército de cinza. Foi a ideia dos milhares de homens de Sherman tão perto de Tara que a fez perceber todo o horror da guerra, de um modo que o som das armas estilhaçando vidraças durante o cerco, as privações de alimentos e roupas, as filas incessantes de homens morrendo não tinham feito. O exército de Sherman a poucos quilômetros de Tara! E, mesmo que os ianques fossem derrotados, eles podiam recuar pela estrada que levava a Tara. E Gerald não poderia fugir com três mulheres doentes.

Ah, se ao menos ela estivesse lá agora, com ou sem ianques. Ela andava pelo quarto descalça, a camisola grudando nas pernas, e, quanto mais andava, mais forte era o pressentimento. Ela queria estar em casa. Queria estar perto de Ellen.

Ouviu o ruído de pratos lá embaixo, mostrando que Prissy preparava o café da manhã, mas nenhum sinal da Betsy da Sra. Meade. Surgiu a vozinha aguda e melancólica de Prissy. "Só mais uns dia pra carrega esse peso..." A canção irritava Scarlett, suas tristes implicações a assustavam. Vestindo um roupão, saiu no corredor e, indo até as escadas dos fundos, gritou:

— Pare com essa cantoria, Prissy!

Ouviu um tristonho "Sim, sinhá," e respirou fundo, sentindo-se subitamente envergonhada de si mesma.

— Onde está Betsy?

— Num sei. Ela num veio.

Scarlett foi até o quarto de Melanie e abriu uma fresta da porta, espiando o interior ensolarado. Melanie estava deitada, de camisola, os olhos fechados com olheiras escuras, o rosto em forma de coração estava inchado, e o corpo delgado, horrível e disforme. Scarlett, maldosamente, desejou muito que Ashley a visse agora. Ela parecia pior que qualquer mulher grávida que Scarlett já vira. Enquanto a observava, Melanie abriu os olhos e um sorriso meigo lhe iluminou a fisionomia.

— Entre — convidou ela, virando-se, desajeitada, de lado. — Estou acordada desde o nascer do sol, pensando, e, Scarlett, queria lhe pedir uma coisa.

Ela entrou no quarto e se sentou na cama, onde o sol brilhava.

Melanie estendeu o braço e segurou a mão de Scarlett em um gesto gentil de confidência.

— Querida — disse —, sinto muito sobre o canhão. Está na direção de Jonesboro, não é?

Scarlett fez um muxoxo, o coração começando a bater mais forte ao pensar nisso.

— Sei quanto está preocupada. Sei que teria ido para casa semana passada ao saber de sua mãe se não fosse por mim. Não teria?

— Teria — disse Scarlett, descortês.

— Scarlett, querida. Você tem sido tão boa comigo. Nem uma irmã teria sido mais querida e corajosa. Amo você por isso. Sinto tanto estar atrapalhando.

Scarlett olhava para ela. Amava-a, é mesmo? A tola!

— E, Scarlett, andei pensando muito e quero lhe pedir um enorme favor.

— Ela apertou mais ainda a mão de Scarlett. — Se eu morrer, você fica com meu bebê?

Os olhos de Melanie estavam arregalados e brilhantes, mostrando sua premência.

— Fica?

Scarlett puxou a mão, ficando encharcada de suor pelo medo que a acometeu. O medo deixou sua voz mais áspera ao falar.

— Ah, Melly, não seja tão medrosa. Você não vai morrer. Toda mulher acha que vai morrer antes de ter o primeiro bebê. Foi assim comigo.

— Não, não foi. Você nunca teve medo de nada. Só está dizendo isso para me animar. Não estou com medo de morrer, mas tenho tanto medo de deixar o bebê, se Ashley estiver... Scarlett, prometa que vai ficar com o bebê se eu morrer. Aí não terei medo. Tia Pitty está muito velha para criar uma criança, e Honey e India são uns amores, mas... eu gostaria que você tomasse conta de meu bebê. Prometa, Scarlett. E, se for um menino, crie-o como Ashley e se for uma menina... querida, eu gostaria que fosse como você.

— Pelo manto de Cristo! — exclamou Scarlett, pulando da cama. — As coisas já não estão ruins o bastante para você ficar pensando em morrer?

— Sinto muito, querida. Mas prometa. Acho que vai ser hoje. Tenho certeza de que vai ser hoje. Por favor, prometa-me.

— Ah, está bem, eu prometo — disse Scarlett, olhando para ela, confusa.

Seria Melanie tão tola que realmente não soubesse o quanto ela gostava de Ashley? Ou sabia de tudo e sentia que, por causa de seu amor, Scarlett cuidaria bem do filho de Ashley? Scarlett teve um exaltado impulso de fazer perguntas, que morreram em seus lábios quando Melanie tomou sua mão, segurando-a por um instante na própria face. A tranquilidade retornara a seus olhos.

— Por que acha que será hoje, Melly?

— Estou sentindo dores desde cedo... mas não muito fortes.

— Está? Bem, por que não me chamou? Vou mandar a Prissy atrás do Dr. Meade.

— Não, ainda não, Scarlett. Você sabe o quanto ele é ocupado. Só mande avisar que precisaremos dele alguma hora hoje. Mande o recado para a Sra. Meade e peça-lhe que venha ficar comigo. Ela vai saber quando realmente for necessário chamá-lo.

— Oh, deixe de ser tão abnegada. Você sabe que precisa de um médico tanto quanto qualquer outro no hospital. Vou mandar chamá-lo imediatamente.

— Não, por favor. Às vezes pode levar o dia inteiro para se ter um bebê, e eu simplesmente não poderia fazer o doutor sentar aqui por horas quando todos aqueles coitados precisam tanto dele. Peça apenas que a Sra. Meade venha. Ela vai saber.

— Ah, está bem — disse Scarlett.

Capítulo 21

Depois de mandar subir a bandeja com o desjejum de Melanie, Scarlett despachou Prissy até a Sra. Meade e sentou-se com Wade para tomar seu café. Como nunca, estava sem apetite. A apreensão com a proximidade da hora de Melanie e a tensão inconsciente provocada pelo troar do canhão mal a deixaram comer. Seu coração estava muito estranho, batia regularmente por vários minutos e, de repente, ficava forte e acelerado, quase lhe provocando vômito. A canjica pesada ficou atravessada na garganta e nunca antes a mistura de milho torrado moído com inhame seco, que passava por café, lhe fora tão repugnante. Sem açúcar, nem creme, era amargo feito fel, pois o xarope de sorgo usado para adoçar não melhorava muito o sabor. Após um gole, ela afastou a xícara. Se por um único motivo odiasse os ianques, seria pela privação de café verdadeiro com açúcar e creme bem grosso.

Wade estava mais quieto que de costume e nem sequer reclamou da canjica, que detestava, como fazia todas as manhãs. Comeu em silêncio as colheres cheias que ela lhe dava na boca, seguidas de goles ruidosos de água. Seus suaves olhos castanhos seguiam todos os seus movimentos, grandes e redondos como moedas, traziam um atordoamento infantil como se os temores mal disfarçados da mãe lhe fossem transmitidos. Quando ele acabou, ela o mandou para o pátio dos fundos brincar e, com grande alívio, observou seu caminhar vacilante pelo gramado falhado até a casinha de brinquedos.

Ergueu-se e ficou parada indecisa aos pés da escadaria. Devia subir e sentar-se com Melanie, distraí-la da provação que a aguardava, mas não estava com vontade. De todos os dias do mundo, Melanie tinha que escolher logo aquele para ter o bebê! E ainda falava em morrer!

Ela se sentou no primeiro degrau e tentou se apaziguar, novamente imaginando como tinha sido a batalha do dia anterior, imaginando em que pé andaria a luta. Que estranho haver uma grande batalha a poucos quilômetros de distância e nada se saber a respeito! Que estranha a quietude nessa extremidade deserta da cidade em oposição ao dia da luta no riacho Peachtree! A casa de tia Pitty era uma das últimas do lado norte de Atlanta e, com a luta acontecendo em algum lugar do extremo sul, não havia reforços passando em marcha acelerada, nem ambulâncias ou filas de feridos cambaleando de volta. Ela imaginou se essas cenas estavam se repetindo no lado sul da cidade e agradeceu a Deus por não estar lá. Se pelo menos não tivessem todos, exceto pelos Meade e Merriwether, ido embora dessa extremidade norte da rua dos Pessegueiros! Ela estava se sentindo desamparada e sozinha. Queria que Tio Peter estivesse ali para ir até o quartel saber das notícias. Não fosse por Melanie, ela iria naquele instante ao centro para descobrir por conta própria, mas não podia sair até a chegada da Sra. Meade. Por que ela não chegava? E onde estava Prissy?

Levantou-se e foi até a varanda, impaciente, para ver se as duas não estavam vindo. Mas a casa dos Meade ficava recuada e ela não conseguia ver ninguém. Depois de um tempo, apareceu Prissy, sozinha, caminhando devagar como se tivesse o dia inteiro pela frente, balançando as saias de um lado para outro e olhando por cima do ombro para ver o efeito.

— Você está tão lenta quanto o melado em janeiro — falou Scarlett asperamente quando Prissy abriu o portão. — O que disse a Sra. Meade? Ela vai demorar para vir?

— Ela num tava lá — disse Prissy.

— Onde ela está? Quando vai chegar em casa?

— Vão — respondeu Prissy, arrastando as palavras prazerosamente para dar mais peso a seu recado. — A cunzinhera deles falô que a sinhá Meade se levantô cedo de manhã pruquê o sinhozinho Phil levô um tiro, e a sinhá Meade pegô a carruage e o Véio Talo e a Betsy e eles foi buscá ele pra vi para casa. A cunzinhera falô que ele tá bem ferido e que a sinhá Meade num vai tá pensano em vim aqui.

Scarlett olhou para ela e teve um impulso de sacudi-la. Os negros sempre ficavam tão orgulhosos de ser os arautos das ondas maléficas.

— Bem, não fique aí parada feito uma sonsa. Vá até a Sra. Merriwether e peça que ela venha até aqui ou que mande a bá dela. Agora, vá depressa.

— Eles num tão lá, sinhá Scarlett. Eu fui lá pra passá o tempo com a bá quando tava vino. Eles saiu. Casa toda fechada. Acho que tá tudo no hospitá.

— Então foi lá que você se meteu para demorar tanto! Sempre que eu lhe mandar a algum lugar, vá onde eu digo e não pare para "passar tempo" algum com ninguém. Vá...

Ela parou para pensar. Quem sobrara na cidade entre seus amigos que poderia ajudar? A Sra. Elsing. Claro, a Sra. Elsing não gostava nem um pouco dela, mas sempre fora afeiçoada a Melanie.

— Vá até a Sra. Elsing, explique tudo direitinho e peça que ela faça o favor de vir aqui. E, Prissy, preste atenção. O bebê da Sinhá Melly está para chegar e ela pode precisar de você a qualquer minuto. Agora se apresse e volte logo.

— Tá bem, sinhá — disse Prissy e, virando-se, tomou o caminho a passo de lesma.

— Apresse-se, sua molengona!

— Tá bem, sinhá.

Prissy apressou infinitesimalmente o passo e Scarlett entrou de novo em casa. Outra vez hesitou em subir para ver Melanie. Teria que explicar por que a Sra. Meade não podia vir, e a notícia de que Phil Meade estava gravemente ferido iria aborrecê-la. Bem, ela lhe diria qualquer mentira.

Entrando no quarto de Melanie, viu que a bandeja do café estava intocada. Melanie estava deitada de lado, o rosto lívido.

— A Sra. Meade está no hospital — disse Scarlett. — Mas a Sra. Elsing está vindo. Você está se sentindo mal?

— Não muito — mentiu Melanie. — Scarlett, quanto tempo Wade levou para nascer?

— Muito pouco — respondeu Scarlett com um ânimo que estava longe de sentir. — Eu estava no pátio e mal tive tempo de entrar em casa. Mammy disse que foi vergonhoso, como com as negras.

— Espero que eu seja como uma negra também — disse Melanie, tentando um sorriso, que logo sumiu conforme a dor lhe contraía o rosto.

Scarlett olhou para os quadris estreitos de Melanie, não muito otimista, mas disse tranquilizadora:

— Não é tão ruim assim.

— Ah, eu sei que não. Só acho que sou meio covarde. A... a Sra. Elsing está vindo logo?

— Está, sim — disse Scarlett. — Vou até lá embaixo pegar água fresca para passar uma esponja em você. Está muito quente hoje.

Ela levou o máximo de tempo possível para pegar a água, correndo até a porta da frente a cada dois minutos para ver se Prissy estava vindo. Sem sinal da negrinha, ela voltou para cima, lavou o corpo suado de Melanie e penteou seu longo cabelo escuro.

Passada uma hora, ouviu uma ginga de passos vindo pela rua e, olhando pela janela, viu Prissy voltando lentamente, balançando-se como antes e jogando a cabeça para trás com tal afetação que parecia ter uma grande plateia interessada.

"Hora dessas eu chicoteio essa fedelha", pensou Scarlett furiosa, correndo escada abaixo para encontrá-la.

— A sinhá Elsing tá trabaiano no hospitá. A cunzinhera deles falô que chegô um bando de sordado ferido no trem de cedo. Ela tá fazeno uma sopa para levá lá. Ela falô...

— Esqueça o que ela disse — interrompeu Scarlett, seu coração afundando.
— Vista um avental limpo porque quero que você vá até o hospital. Vou lhe dar um bilhete para entregar ao Dr. Meade e, se ele não estiver lá, entregue ao Dr. Jones ou a qualquer outro médico. E, se você não for depressa desta vez, eu arranco seu couro viva.

— Tá bão, sinhá.

— E peça notícias da luta a qualquer dos cavalheiros, passe pela estação e pergunte aos engenheiros que trouxeram os feridos. Pergunte se estão lutando em Jonesboro ou perto de lá.

— Meu Deus do Céu, sinhá Scarlett! — exclamou Prissy, mostrando um súbito temor. — Os ianque num tão em Tara, tão?

— Não sei. Estou lhe pedindo para perguntar.

— Meu Deus do Céu, sinhá Scarlett! Que que eles vai fazê com a mãe?

Prissy começou a gritar de repente, o barulho se somando à aflição de Scarlett.

— Pare de gritar. A sinhá Melly vai ouvir você. Agora vá trocar de avental. Rápido.

Forçada a se apressar, Prissy correu para os fundos da casa enquanto Scarlett rascunhava um breve recado em um pedaço de papel da última carta de Gerald, o único da casa. Ao dobrá-lo, para que seu recado ficasse em evidência, ela viu as palavras de Gerald, "Sua mãe... tifo... sob condição alguma... venha para casa agora...". Quase caiu no choro. Se não fosse por Melanie, ela começaria a se arrumar para ir naquele mesmo instante, mesmo que tivesse de andar cada passo do caminho.

Prissy saiu rapidamente, o bilhete na mão fechada, e Scarlett voltou para cima, tentando pensar em alguma mentira que explicasse a ausência da Sra. Elsing. Mas Melanie não fez perguntas. Ao vê-la deitada de costas, o semblante tranquilo e doce, Scarlett se acalmou por algum tempo.

Sentou-se, tentando falar de coisas inconsequentes, mas o pensamento em Tara e em uma possível derrota para os ianques a afligia cruelmente. Pensou em Ellen morrendo e nos ianques indo para Atlanta, incendiando tudo, matando a todos. Em meio a isso, o monótono ribombar longínquo persistia, penetrando-lhe os ouvidos como ondas de temor, até ela não conseguir mais falar e ficar olhando pela janela a rua imóvel e quente e as folhas empoeiradas penduradas nas árvores sem se mexer. Melanie também estava quieta, mas de vez em quando seu rosto tranquilo se contorcia de dor.

Após cada dor das contrações, ela dizia: "Não doeu tanto de fato", e Scarlett sabia que estava mentindo. Ela preferiria um grito a plenos pulmões àquela resistência silenciosa. Sabia que deveria sentir pena de Melanie, mas por alguma razão não conseguia reunir uma faísca de solidariedade. Sua cabeça estava ocupada demais com a própria angústia. Em certo momento, ela olhou fixamente para o rosto contorcido e se perguntou por que tinha de ser justo ela, entre todas as pessoas do mundo, a estar ali com Melanie naquela hora... ela, que nada tinha em comum com Melanie, que a odiava, que teria ficado contente de vê-la morta. Bem, talvez seu desejo se cumprisse ainda antes que o dia findasse. Um temor supersticioso tomou conta dela com esse pensamento. Dava azar desejar a morte de alguém, quase tanto quanto amaldiçoar. O feitiço virava contra o feiticeiro, dizia Mammy. Apressadamente, se pôs a rezar para que Melanie não morresse e se lançou em uma febril conversa sem sentido, mal sabendo o que dizia. Até que Melanie segurou-lhe o pulso com a mão quente.

— Não se preocupe em falar, querida. Sei quanto está preocupada. Sinto tanto por estar criando todo esse problema.

Scarlett voltou ao silêncio, mas não conseguia parar quieta. O que faria se nem Prissy nem o médico chegassem a tempo? Foi até a janela e olhou ao longo da rua, voltou e sentou-se de novo. Depois se levantou e olhou pela janela do outro lado do quarto.

Passou-se uma hora, e depois outra. Chegou o meio-dia, o sol estava alto e quente, nenhuma brisa mexia as folhas empoeiradas. As dores de Melanie aumentavam. O cabelo comprido estava empapado de suor, e a camisola grudava em alguns pontos do corpo. Silenciosamente, Scarlett passava a esponja em seu rosto, tomada pelo medo. Deus do Céu, e se o bebê chegasse antes do médico? O que ela faria? Ela não entendia nada de nascimentos. Era justamente essa emergência que temia havia semanas. Estava contando com Prissy no caso de não haver um médico para lidar com a situação. Prissy entendia do assunto. Dissera-o várias vezes. Mas onde estava ela? Por que não vinha? Por que o médico não chegava? Foi até a janela e olhou de novo. Prestou atenção e de repente se perguntou se era sua imaginação ou se o som do canhão a distância tinha cessado. Se estivesse mais distante, significaria que a luta estava mais próxima de Jonesboro e isso significaria...

Enfim ela avistou Prissy subindo a rua em um passo apressado e se inclinou para fora da janela. Olhando para cima, Prissy a viu e abriu a boca para gritar. Vendo o pânico escrito no rostinho negro e temendo que ela pudesse alarmar Melanie berrando notícias maléficas, Scarlett apressou-se a pôr o dedo nos lábios e saiu da janela.

— Vou pegar uma água mais fresca para você — disse, observando as olheiras profundas de Melanie e tentando sorrir. Saiu apressadamente do quarto, fechando a porta com cuidado.

Prissy estava sentada no primeiro degrau da escadaria, ofegante.

— Tão lutano em Jonesboro, sinhá Scarlett! Tão dizeno que os nosso cavalero tá perdeno. Ah, meu Deus, sinhá Scarlett! O que vai acontecê com a mãe e o Pork? Ah, meu Deus, sinhá Scarlett! O que vai acontecê pra nós se os ianque chegá aqui? Ah, meu Deu...

Scarlett calou a boca carnuda com a mão.

— Pelo amor de Deus, cale-se!

Sim, o que aconteceria com elas se os ianques chegassem... o que aconteceria com Tara? Ela afastou o pensamento com firmeza e se concentrou na emergência mais premente. Se pensasse nessas coisas, começaria a gritar como Prissy.

— Onde está o Dr. Meade? Quando ele vem?

— Eu num vi ele, sinhá Scarlett.

— O quê?

— Pois é, sinhá, ele num tá no hospitá. Sinhá Merriwether e sinhá Elsing tamém num tá lá. Um home, ele me disse que o dotô foi no garpão dos trem vê os sordado ferido que acabô de chegá de Jonesboro, mas sinhá Scarlett, eu tava me pelano de medo de ir no garpão... os pessoá tá morreno lá. Eu tenho medo dos pessoá morreno...

— E os outros médicos?

— Sinhá Scarlett, meu Deus, eu mar pude consegui um pra lê seu biete. Eles tão tudo andano pelo hospitá como se tudo tava doido. Um dotô disse pra mim. "Sai daqui! Num vem me incomodá com bebê quando tamo cheio de home morreno aqui. Pega uma muié pra ajudá." Entonce eu fui pra cá e pra lá a perguntá as notícia como vosmecê mandô fazê e eles falô da luta em Jonesboro e eu...

— Então o Dr. Meade está na estação?

— Tá, sinhá. El...

— Pois preste bem atenção ao que vou dizer. Vou buscar o Dr. Meade e quero que você fique com a sinhá Melanie e faça tudo o que ela disser. E, se sussurrar qualquer coisa sobre o paradeiro da luta, eu vendo você para o sul, tão certo como dois e dois são quatro. E também não diga a ela que os outros médicos não quiseram vir. Entendeu?

— Tá bão, sinhá.

— Seque os olhos, pegue uma jarra de água fresca e suba. Lave-a com a esponja. Diga a ela que fui atrás do Dr. Meade.

— A hora dela chegô, sinhá Scarlett?

— Não sei. Acho que sim, mas não sei. Você é que devia saber. Vá lá para cima.

Scarlett pegou seu largo chapéu de sol de palha no aparador e o colocou na cabeça. Olhou-se no espelho e automaticamente ajeitou algumas mechas soltas de cabelo, mas não via o próprio reflexo. Uma onda fria de medo que se iniciara na boca do estômago agora se espalhava, chegando a seus dedos, as faces sentindo seu toque frio, embora o resto do corpo transpirasse muito. Ela saiu apressada da casa para o calor. O reflexo do sol cegava, o calor era intenso na rua dos Pessegueiros e suas têmporas começaram a pulsar. Ouvia as vozes subindo e descendo, aos brados, lá adiante. Ao avistar a casa dos Leyden, começou a ficar ofegante, pois o espartilho estava bem apertado, mas não diminuiu o passo. O fragor se elevou.

Da casa dos Leyden até Five Points, a rua fervilhava, o movimento de um formigueiro recém-destruído. Negros corriam para cima e para baixo da rua, as fisionomias em pânico; nas varandas, crianças brancas choravam sem assistência. A rua estava lotada de carroções do exército, de ambulâncias cheias de feridos e de carruagens com valises e mobília em altas pilhas. Homens a cavalo saíam precipitadamente das ruas transversais entrando de modo desordenado na rua dos Pessegueiros em direção ao quartel de Hood. Em frente à casa dos Bonnell, o velho Amos estava parado segurando a cabeça do cavalo da carruagem e cumprimentou Scarlett revirando os olhos.

— Inda num tá indo embora, sinhá Scarlett? Nós tá indo agorim. A véia sinhá tá arrumano as mala dela.

— Indo? Aonde?

— Só Deus sabe, sinhá. Pra quarqué lugá. Os ianque tão chegano!

Ela continuou sem nem se despedir. Os ianques estavam chegando! Na altura da capela Wesley, parou um pouco para tomar fôlego e esperar que as marteladas do coração cessassem. Se não se acalmasse, com certeza desmaiaria. Enquanto estava parada, apoiando-se em um poste de luz, ela viu um oficial montado vindo de Five Points e, em um impulso, correu até a rua abanando para ele.

— Ah, pare! Por favor, pare!

Ele puxou as rédeas tão subitamente que o cavalo empinou. Havia linhas duras de fadiga e premência em seu semblante, mas o chapéu cinza esfarrapado saiu de sua cabeça em um gesto largo.

— Senhora?

— Diga-me, é verdade? Os ianques estão vindo?

— Receio que sim.

— É mesmo?

— Sim, senhora. Faz meia hora que chegou ao quartel um despacho da luta em Jonesboro.

— Em Jonesboro? Tem certeza?

— Tenho. De nada adianta dizer mentiras bonitas, senhora. A mensagem era do general Hardee e dizia: "Perdi a batalha e estou em total recuo."

— Ah, meu Deus!

O rosto moreno do homem cansado olhou para baixo sem emoção. Ele reuniu as rédeas e pôs o chapéu.

— Ah, senhor, por favor, só um minuto. O que devemos fazer?

— Senhora, não sei. O exército logo deixará Atlanta.

— Estão indo embora e nos deixando para os ianques?

— Receio que sim.

Sob o toque das esporas, o cavalo se foi como se tivesse molas, deixando Scarlett parada no meio da rua com a poeira vermelha acumulada nos tornozelos.

Os ianques estavam chegando. O exército, partindo. Os ianques estavam chegando. O que devia fazer? Para onde devia correr? E havia Melanie naquela cama esperando a chegada do bebê. Ah, por que as mulheres tinham bebês? Não fosse por Melanie, ela podia pegar Wade e Prissy e se esconder no mato, onde os ianques nunca os encontrariam. Mas não podia levar Melanie para o mato. Não agora. Ah, se pelo menos ela tivesse tido o bebê antes, nem que tivesse sido no dia anterior, talvez pudessem conseguir pegar uma ambulância e escondê-la em algum lugar. Mas agora... ela precisava encontrar o Dr. Meade e fazê-lo ir para casa com ela. Talvez ele pudesse apressar o bebê.

Segurando as saias ela saiu correndo rua abaixo, o ritmo dos pés marcado pela frase "Os ianques estão chegando! Os ianques estão chegando!" Five Points estava lotado de gente correndo de um lado para outro sem ver nada, engarrafado de carroções, ambulâncias, carroças de boi, carruagens carregadas de feridos. Ouviu-se um ruído estrondoso, como uma onda quebrando, do meio da multidão.

Então um incrível espetáculo incongruente se apresentou a seus olhos. Montes de mulheres chegavam da direção da linha férrea carregando presuntos nos ombros. Crianças pequenas corriam ao lado delas, cambaleando sob baldes de melado. Meninos arrastavam sacos de milho e batatas. Um velho seguia com dificuldade carregando um barril de farinha em um carrinho de mão. Homens, mulheres e crianças, negros e brancos, corriam com fisionomias tensas, arrastando pacotes, sacos, caixas de comida, mais comida que ela tinha visto em um ano. De repente, a multidão abriu caminho para uma carruagem adernada, e por ali passou a frágil e elegante Sra. Elsing, de pé na frente de sua carruagem, rédeas em uma das mãos, chicote na outra. Ela tinha a cabeça descoberta, o rosto lívido, e os longos cabelos grisalhos desprendiam-se em ondas por suas costas enquanto chicoteava o cavalo com fúria. Sacudindo no banco de trás ia sua bá negra, Melissy, segurando uma costela gordurosa de bacon com uma das mãos, enquanto com a outra e os dois pés tentava segurar as caixas e sacos empilhados a sua volta. Um saco de ervilhas secas tinha estourado e as ervilhas se espalhavam pela rua. Scarlett gritou para ela, mas o tumulto da multidão sufocou sua voz e a carruagem passou a toda velocidade.

Por um momento, ela não conseguiu entender o que tudo aquilo significava, mas logo, lembrando-se de que os depósitos de suprimentos ficavam perto da linha férrea, deu-se conta de que o exército tinha aberto suas portas, deixando o povo salvar o que pudesse antes da chegada dos ianques.

Abrindo caminho rapidamente entre a multidão, ela passou pela turba histérica que se comprimia na clareira de Five Points e seguiu, com a maior rapidez possível, pela quadra que levava à estação. Através do emaranhado de ambulâncias e nuvens de poeira, ela conseguiu ver médicos e carregadores de padiolas se inclinando, erguendo, correndo. Se Deus quisesse, logo encontraria o Dr. Meade. Ao dobrar a esquina do hotel Atlanta e ver a estação e os trilhos, ela parou, estarrecida.

Deitados sob o sol impiedoso, ombro a ombro, cabeças abaixo de pés, havia centenas de homens feridos, sobre os trilhos, nas calçadas, esticados em filas sem fim sob o abrigo dos vagões. Alguns estavam imóveis, mas muitos se contorciam sob o calor do sol, gemendo. Em todo lugar, enxames de moscas pairavam sobre os homens, rastejando e zumbindo em seus rostos, em todo lugar havia sangue, ataduras sujas, gritos praguejantes de dor ao serem erguidos nas padiolas. O cheiro de suor, sangue, corpos sujos e excrementos subiu com as ondas de calor até o fedor deixá-la enjoada. Os responsáveis pelas ambulâncias corriam daqui para ali entre os homens prostrados e frequentemente pisavam em um ferido, de tão próximas que eram as fileiras, e os que tinham sido pisados olhavam para cima impassíveis, esperando sua vez.

Ela se encolheu, tapando a boca com a mão, sentindo que ia vomitar. Não podia continuar. Já vira homens feridos no hospital e no gramado de tia Pitty após a luta do riacho, mas nada como aquilo. Nunca tinha visto nada como aqueles corpos fedendo, sangrando, fervendo sob o sol inclemente. Era um inferno de dores, cheiros, ruídos e pressa... pressa... pressa! Os ianques estão chegando! Os ianques estão chegando!

Abraçou os próprios ombros e seguiu em frente, aguçando o olhar entre as figuras de pé para distinguir o Dr. Meade. Mas logo viu que não podia ficar procurando por ele, pois, se não tomasse cuidado, pisaria em algum soldado. Ergueu as saias e tentou seguir até um agrupamento de homens que dirigiam os carregadores de padiolas.

Enquanto caminhava, mãos febris puxavam sua saia e vozes suplicavam: "Senhora... água! Por favor, senhora, água! Pelo amor de Deus, água!"

A transpiração lhe corria pelo rosto e ela puxava as saias das mãos que as agarravam. Se chegasse a pisar em um desses homens, ia gritar e desmaiar. Pulou sobre homens mortos, sobre homens com olhos parados com as mãos segurando a barriga onde o sangue seco grudara o uniforme rasgado aos ferimentos, sobre homens cujas barbas estavam duras de sangue e de cujas mandíbulas fraturadas vinham sons que deviam querer dizer: "Água, água!"

Se não encontrasse logo o Dr. Meade, ia começar a gritar histericamente. Olhou na direção dos homens sob o abrigo dos vagões e gritou tão alto quanto podia:

— O Dr. Meade! O Dr. Meade está aí?

Um homem se destacou do grupo e olhou em sua direção. Era o doutor. Ele estava sem casaco e tinha as mangas da camisa arregaçadas até em cima. Sua camisa e sua calça estavam vermelhas como as de um açougueiro, e até a ponta de sua barba grisalha estava manchada de sangue. Sua fisionomia era a de um homem embriagado pelo cansaço, raiva impotente e piedade ardorosa. Estava cinzento e empoeirado, e o suor abrira longos filetes em seu rosto.

— Graças a Deus você está aqui. Preciso de todas as mãos disponíveis.

Por um instante, ela olhou para ele atordoada, deixando as saias cair, consternada. Elas caíram sobre o rosto de um homem ferido que, fraco, tentou virar a cabeça para escapar às dobras sufocantes. O que o doutor queria dizer? O pó levantado pela ambulância deixou-a engasgada, e o cheiro de podridão era como um líquido fétido em suas narinas.

— Apresse-se, menina! Venha aqui.

Agarrando as saias, ela foi até ele o mais rapidamente possível, passando pelas fileiras de corpos. Pôs a mão em seu braço e percebeu que ele tremia de cansaço, mas no rosto não havia fraqueza.

— Ah, doutor! — exclamou ela. — O senhor precisa vir. Melanie está tendo o bebê.

Ele olhou-a como se suas palavras não tivessem sido registradas. Um homem deitado aos pés dela, a cabeça apoiada no cantil, sorriu solidário diante do que ela dizia.

— Eles vão ajudar — disse ele, animado.

Ela nem sequer olhou para baixo, mas sacudiu o braço do doutor.

— É Melanie. O bebê. Doutor, o senhor tem que vir. Ela... o... — não era hora para delicadezas, mas era difícil pronunciar as palavras com os ouvidos de centenas de homens estranhos a escutar. — As dores estão piorando. Por favor, doutor!

— Um bebê? Meu Deus! — retumbou o doutor, e seu rosto subitamente se contorceu de ódio e raiva, uma raiva que não se dirigia a ela ou a ninguém mais, exceto a um mundo onde essas coisas podiam acontecer.

— Está louca? Não posso deixar estes homens. Estão morrendo às centenas. Não posso deixá-los por um bebê. Consiga alguma mulher que a ajude. Pegue minha mulher.

Ela abriu a boca para dizer por que a Sra. Meade não podia ir, mas logo a fechou. Ele não sabia que o próprio filho estava ferido! Ela gostaria de saber se ele ainda ficaria ali caso soubesse, e algo lhe disse que, mesmo se Phil estivesse morrendo, ele não sairia de seu posto, atendendo a muitos em vez de a um só.

— Não, o senhor precisa vir, doutor. Lembra-se do que disse, que ela teria uma hora difícil...? — Seria realmente ela, Scarlett, ali, dizendo aquelas coisas terrivelmente indelicadas, bem alto, em meio àquele inferno de calor e gemidos? — Ela vai morrer se o senhor não vier!

Ele puxou o braço asperamente e falou como se mal a tivesse escutado, mal soubesse a que ela se referia.

— Morrer? Sim, todos vão morrer... todos esses homens. Sem ataduras, sem unguentos, sem quinino nem clorofórmio. Ah, Deus, alguma morfina! Só um pouco de morfina para os que estão em pior estado. Só um pouco de clorofórmio. Malditos ianques! Malditos ianques!

— Que vão pro inferno, doutor — disse o homem no chão, os dentes aparecendo entre a barba.

Scarlett começou a tremer e seus olhos ficaram marejados de medo. O doutor não iria com ela. Melanie ia morrer e ela tinha desejado isso. O médico não iria.

— Em nome de Deus, doutor! Por favor!

O Dr. Meade mordeu o lábio, suas mandíbulas se contraíram e a fisionomia se tranquilizou novamente.

— Menina, vou tentar. Não posso prometer. Mas vou tentar. Quando atendermos esses homens. Os ianques estão vindo e as tropas estão indo embora da cidade. Não sei o que vão fazer com os feridos. Não há trens. A linha de Macon foi capturada... Mas vou tentar. Agora, vá. Não me incomode. Não há muito segredo no nascimento de um bebê. É só amarrar o cordão...

Ele se virou quando um ordenança lhe tocou o braço, começando a disparar ordens e apontar para esse e aquele ferido. O homem a seus pés olhou para Scarlett com compaixão. Ela se virou, pois o médico a tinha esquecido.

Caminhou entre os feridos e de volta à rua dos Pessegueiros. O médico não iria. Ela teria que resolver sozinha. Ainda bem que Prissy entendia tudo de partos. Sua cabeça doía por causa do calor, e ela sentia o corpete molhado de suor, grudado ao corpo. Sua mente estava entorpecida, assim como as pernas, entorpecidas como em um pesadelo quando tentava correr e não conseguia. Pensou na longa caminhada de volta até a casa e lhe pareceu interminável.

Então o refrão "Os ianques estão chegando!" começou a ressoar novamente em sua cabeça. O coração começou a bater forte e vida nova chegou a seus membros. Ela se apressou em meio à multidão em Five Points, agora tão lotado que não havia espaço na calçada estreita, forçando-a a caminhar pela rua. Longas filas de soldados passavam, cobertos de pó, esgotados. Parecia haver milhares deles, barbados, sujos, as armas penduradas nos ombros, andando apressados a passo cadenciado. O canhão passou, os cocheiros esfolando as mulas magras com relhos de couro cru. Os carroções de suprimentos, lonas rasgadas, balançavam sobre os sulcos cavados no barro. A cavalaria que levantava o pó sufocante parecia não ter fim. Ela nunca tinha visto tantos soldados reunidos. Recuo! Recuo! O exército estava indo embora.

As fileiras apressadas a empurravam para a calçada lotada e ela sentia o cheiro forte de uísque de milho barato. Perto da rua Decatur, havia mulheres na turba, usando roupas vistosas, cujos adornos brilhantes e rostos pintados davam à cena um tom desconexo de festa. A maioria estava embriagada, e os soldados, em cujos braços elas se penduravam, mais ainda. Ela avistou rapidamente uma cabeça de cachos vermelhos e viu aquela criatura, Belle Watling, ouviu seu riso agudo e embriagado enquanto se segurava em um soldado de um só braço, que cambaleava, caminhando em zigue-zague.

Depois de empurrar e dar encontrões nas pessoas por toda uma quadra, passando de Five Points a multidão começou a diminuir e, agarrando as saias, ela começou a correr de novo. Chegando à capela Wesley, estava sem fôlego, tonta e enjoada. O espartilho lhe cortava as costelas. Sentou-se nos degraus da igreja e enterrou a cabeça nas mãos até poder respirar melhor. Só o que queria era respirar fundo e que seu coração parasse de bater tão forte e de dar saltos. Se pelo menos ela pudesse contar com alguém nesse hospício.

Ora, nunca precisara fazer nada para si mesma em toda a vida. Sempre houvera alguém para fazer as coisas, para cuidar dela, abrigá-la, protegê-la e mimá-la. Era incrível que pudesse estar em tal apuro. Nenhum amigo, nenhum vizinho que a ajudasse. Sempre houvera amigos, vizinhos, as mãos competentes de escravos dispostos. E agora, nessa hora de grande necessidade, não havia ninguém. Era incrível que pudesse estar tão completamente sozinha, amedrontada e longe de casa.

Sua casa! Se pelo menos estivesse em casa, com ianques ou sem ianques. Em casa, mesmo que Ellen estivesse doente. Ela morria de saudades do rosto doce de Ellen, dos braços fortes de Mammy a sua volta.

Levantando-se um pouco tonta, ela começou a caminhar outra vez. Quando chegou ao ponto de onde podia avistar a casa, viu Wade se balançando no portão da frente. Quando a viu, seu rosto se franziu e ele começou a chorar, segurando um dedo imundo machucado.

— Dói — soluçava. — Dói!

— Quietinho! Cale-se! Cale-se! Ou bato em você. Vá lá para os fundos fazer bolinhos de barro e não saia de lá.

— Wade quer comer — soluçou, pondo o dedo machucado na boca.

— Não me importo. Vá lá para os fundos e...

Olhando para cima, ela viu Prissy se debruçando na janela, medo e preocupação estampados em seu rosto, mas em um instante se foram com o alívio de ver sua senhora. Scarlett fez sinal para que ela descesse e entrou em casa. Como estava fresco no vestíbulo... Ela desatou o chapéu de sol, jogando-o na mesa, e dobrou o braço, levando-o à testa molhada. Ouviu a porta lá em cima se abrir e um gemido fraco, provocado pelas profundezas da agonia. Prissy desceu as escadas de três em três degraus.

— O dotô vem?

— Não. Não pode vir.

— Meu Deus, sinhá Scarlett! A sinhá Melly tá mar!

— O doutor não pode vir. Ninguém pode vir. Você vai ter que fazer o parto, e eu vou ajudar.

Prissy ficou de boca aberta e sua língua se movia sem que ela conseguisse dizer palavra. Ela olhava para Scarlett de lado, arrastava os pés e torcia o corpo magro.

— Não fique me olhando com essa cara de idiota! — exclamou Scarlett, furiosa diante de sua expressão aboballhada. — Qual é o problema?

Prissy voltou de lado para as escadas.

— Por Deus, sinhá Scarlett... — Medo e vergonha estampados nos olhos que se reviravam.

— O quê?

— Meu Deus do Céu, sinhá Scarlett! Nós precisa de um dotô. Eu... eu... sinhá Scarlett, eu num sei nada de botá bebê no mundo. A mãe nunca me dexava chegá nem perto das muié que tava tendo bebê.

Todo o ar saiu dos pulmões de Scarlett em uma única arfada antes que ela ficasse possessa de raiva. Prissy tentou passar por ela, se abaixou para fugir, mas Scarlett a agarrou.

— Sua negra mentirosa... o que está dizendo? Você tinha me dito que sabia tudo sobre nascimento de bebês. Qual é a verdade? Diga! — Ela a sacudiu até a cabeça encarapinhada ficar balançando sozinha.

— Eu tava mentino, sinhá Scarlett! Num sei como foi que eu disse uma mentira dessa. Só vi um bebê nascê e a mãe quase me arrebentô por tê oiado.

Scarlett a encarava com olhar feroz e Prissy se encolheu, tentando se soltar. Por um momento, sua mente se recusava a aceitar a verdade, mas, quando finalmente percebeu que Prissy não sabia mais sobre partos que ela própria, teve um acesso de cólera. Nunca batera em um escravo em toda a sua vida, mas deu um tapa no rosto da negrinha com toda a força de seu braço cansado. Prissy gritou a todo volume, mais de medo que de dor, e começou a pular, tentando escapar do aperto da mão de Scarlett.

Quando ela gritou, os gemidos do segundo andar cessaram e, em seguida, a voz de Melanie, fraca e trêmula, chamou:

— Scarlett? É você? Por favor, venha cá! Por favor!

Scarlett largou o braço de Prissy e a fedelha desceu as escadas chorando. Por um momento, Scarlett ficou parada, olhando para cima, escutando o gemido baixinho que recomeçara. Enquanto estava lá imóvel, pareceu que uma junta de bois lhe caíra sobre os ombros, atrelada a uma carga pesada, uma carga que ela sentiria assim que desse um passo.

Tentou se lembrar de tudo o que Mammy e Ellen tinham feito no nascimento de Wade, mas o piedoso embotamento das dores do parto deixava a maior parte enevoada. Relembrando-se de algumas coisas, falou rapidamente com Prissy, com voz autoritária.

— Faça fogo e ferva uma chaleira de água. E traga para cima todas as toalhas que puder encontrar e aquele rolo de barbante. E pegue a tesoura. Não me venha dizer que não consegue encontrar. Pegue-a e rápido. Agora se apresse.

Ela pôs Prissy de pé e mandou-a para a cozinha com um empurrão. Depois ajeitou os ombros e subiu as escadas. Seria difícil dizer a Melanie que ela e Prissy iriam ajudá-la no parto.

Capítulo 22

Nunca mais haveria uma tarde tão longa como aquela. Nem tão quente. Nem tão cheia de moscas preguiçosas e insolentes. Elas pairavam sobre Melanie, apesar do leque que Scarlett mantinha em constante movimento. Seu braço doía de abanar a larga folha de palmeira. Todos os seus esforços pareciam inúteis, pois, enquanto ela as espantava do rosto úmido de Melanie, elas rastejavam por suas pernas e pés pegajosos, fazendo-a enxotá-las fracamente e exclamar:

— Por favor! Nos pés!

O quarto estava na penumbra, pois Scarlett tinha baixado as persianas para diminuir o calor e a luminosidade. Pontos de luz penetravam por furinhos na persiana e pelas beiras. O quarto parecia um forno, e as roupas suadas de Scarlett nunca secavam; ao contrário, ficavam cada vez mais empapadas e grudentas com o passar das horas. Prissy estava agachada em um canto, suando também, e cheirava tão mal que Scarlett a teria mandado sair do quarto se não tivesse medo de que a menina fugisse ao ficar fora de vista. Melanie deitava-se sobre um lençol escuro de suor e molhado nos pontos onde Scarlett derramara água. Ela não parava de se mexer, de um lado para outro, direita, esquerda e de costas outra vez.

Às vezes tentava se sentar, mas caía de novo de costas e voltava a se contorcer. A princípio, tentara se controlar e não gritar, mordendo os lábios até ficarem em carne viva, até Scarlett, cujos nervos estavam em carne viva, como os lábios de Melly, dizer secamente:

— Melly, pelo amor de Deus, não tente ser corajosa. Grite se tem vontade. Ninguém vai ouvir, a não ser nós.

Melanie passou a tarde gemendo, por coragem ou não, e às vezes gritava. Nessas horas, Scarlett segurava a cabeça com as mãos, tapava os ouvidos, contorcia o corpo e desejava estar morta. Qualquer coisa era preferível a servir de testemunha impotente para tamanha dor. Qualquer coisa era melhor do que ficar ali presa esperando por um bebê que levava tanto tempo para chegar. Esperando, quando tudo o que sabia era que os ianques estavam em Five Points.

Como queria ter prestado mais atenção às conversas sussurradas das matronas sobre o assunto de nascimento. Se ao menos tivesse feito isso! Se ao menos tivesse sido mais interessada nesses assuntos, ela saberia se Melanie estava demorando muito ou não. Tinha uma vaga lembrança de uma das histórias de tia Pitty sobre uma amiga que ficara em trabalho de parto por dois dias e morrera sem ter o bebê. Imagine se Melanie continuasse naquele estado por dois dias! Mas Melanie era delicada demais. Não aguentaria dois dias com toda aquela dor. Morreria se o bebê não viesse logo. E como ela iria encarar Ashley, se ainda estivesse vivo, e lhe dizer que Melanie morrera... depois de ter lhe prometido que cuidaria dela?

No início, Melanie queria segurar a mão de Scarlett quando a dor era forte, mas a apertava tanto que quase lhe quebrava os ossos. Depois de uma hora, as mãos de Scarlett estavam tão inchadas e machucadas que mal conseguia dobrá-las. Então ela amarrou duas toalhas compridas, atou-as no pé da cama e deixou a extremidade com o nó nas mãos de Melanie, que a segurava como se fosse uma corda salva-vidas, esticando, puxando com toda a força, soltando, rasgando-a. Durante toda a tarde, sua voz parecia a de um animal morrendo em uma armadilha. Ocasionalmente ela largava a toalha e esfregava as mãos debilmente e olhava para Scarlett com os olhos enormes de dor.

— Fale comigo. Por favor, fale comigo — sussurrava ela, e Scarlett balbuciava algo até Melanie se agarrar novamente ao nó e começar a se contorcer.

O quarto obscuro girava com o calor, a dor e o zumbido das moscas, e o tempo passava com tamanha lentidão que Scarlett mal se lembrava da manhã. Era como se estivesse naquele lugar quente, escuro e suado por toda a vida. Cada vez que Melanie gritava, ela tinha vontade de gritar junto, e só mordendo o lábio com força conseguia controlar a histeria.

Uma vez Wade subiu as escadas na ponta dos pés e ficou do lado de fora da porta, choramingando.

— Wade com fome! — Scarlett começou a ir até a porta, mas Melanie sussurrou:

— Não me deixe. Por favor. Só consigo aguentar quando você está aqui.

Então Scarlett mandou Prissy lá embaixo esquentar a canjica do desjejum e dar a ele. Ela mesma sentia que nunca mais comeria depois dessa tarde.

O relógio sobre o console tinha parado e ela não tinha como saber as horas, mas, quando o calor diminuiu no quarto e os pontinhos de luz enfraqueceram, ela abriu a persiana. Surpresa, viu que já era tarde e o sol, uma bola carmim, estava bem baixo no horizonte. Ela imaginara que o tempo ficaria fervendo para sempre.

Queria muito saber o que estava se passando no centro. Será que todas as tropas já tinham partido? Será que os ianques tinham chegado? Os confederados marchariam sem uma luta sequer? Então se lembrou, com um frio no estômago, de como eram poucos os confederados e da quantidade de homens que Sherman tinha, e de como estavam bem alimentados. Sherman! O nome do próprio Satã não a deixava tão assustada. Mas agora não havia tempo para pensar nisso, pois Melanie pedia água, uma toalha fria para a cabeça, que a abanassem, que tirassem as moscas de seu rosto.

Quando anoiteceu e Prissy, apressada como um fantasma negro, acendeu o lampião, Melanie ficou mais fraca. Começou a chamar por Ashley, repetidamente, como se delirasse, até aquilo deixar Scarlett com um desejo incontrolável de sufocá-la com um travesseiro. Talvez o doutor acabasse vindo! Quisera que viesse logo! A esperança aparecendo, ela se virou para Prissy e mandou que corresse até a casa dos Meade e visse se ele ou a Sra. Meade estava lá.

— E, se ele não estiver lá, pergunte à Sra. Meade ou à cozinheira o que fazer. Peça que venha!

Prissy saiu ruidosamente e Scarlett a observou correr pela rua, andando mais depressa do que ela jamais sonhara que a menina imprestável conseguiria. Após um tempo prolongado, ela voltou, sozinha.

— O dotô num teve em casa o dia todo. Arguma coisa levô ele com os sordado. Sinhá Scarlett, o sinhozinho Phil esfaleceu.

— Morreu?

— É, sinhá — disse Prissy, desdobrando-se em importância. — Talbot, o cochero deles me disse. Ele levô um tiro...

— Deixe isso para lá...

— Num vi a sinhá Meade. A cunzinhera diz que a sinhá Meade tá lavano ele e arrumano para enterrá ele antes dos ianque chegá. A cunzinhera diz que se a dô ficá muito ruim pra pô uma faca debaxo da cama da sinhá Melly que corta a dô no meio.

A vontade de Scarlett foi de bater nela outra vez por essa útil informação, mas Melanie abriu bem os olhos e sussurrou:

— Querida... os ianques estão vindo?

— Não — disse Scarlett com firmeza. — Prissy é uma mentirosa.

— É, sinhá, sô mermo — concordou Prissy fervorosamente.

— Estão vindo — sussurrou Melanie sem se deixar enganar, e enterrou o rosto no travesseiro. Sua voz saiu abafada.

— Coitadinho do meu bebê. Coitadinho do meu bebê. — E após um longo intervalo: — Ah, Scarlett, você não deve ficar aqui. Precisa ir embora e levar Wade.

O que Melanie disse era exatamente o que Scarlett vinha pensando, mas ouvir aquilo posto em palavras a enfurecia e envergonhava como se sua covardia secreta estivesse escrita em seu rosto.

— Não seja tola. Não tenho medo. Sabe que não vou deixá-la.

— Bem que poderia. Eu vou morrer. — E ela começou a gemer novamente.

Scarlett desceu as escadas escuras lentamente, como uma velha tateando o caminho, apoiando-se no corrimão para não cair. Suas pernas estavam pesadas como chumbo, trêmulas de cansaço e tensão, e ela chegou a sentir frio por causa do suor pegajoso que lhe empapava o corpo. Fraca, foi até a varanda e caiu sentada no degrau de cima. Encostou-se em uma pilastra e com uma mão trêmula desabotoou o corpete até o busto. A noite era uma escuridão quente e ela ficou ali olhando, entorpecida como um boi.

Estava tudo acabado. Melanie não tinha morrido e o bebezinho, um menino, que fizera ruídos estridentes como um filhote de gato, recebia o primeiro banho das mãos de Prissy. Melanie dormia. Como podia dormir depois daquele pesadelo de dores e gritos e da ajuda daquelas parteiras ignorantes, que mais machucavam que ajudavam? Como é que não estava morta? Scarlett sabia que ela mesma teria morrido com tais cuidados. Mas, quando acabou, Melanie tinha até sussurrado, tão fraquinho que ela teve que chegar bem perto para ouvir: "Obrigada." Em seguida, caíra no sono. Como podia? Scarlett se esquecera de que também caíra no sono depois de Wade nascer. Esquecera-se de tudo. Sua mente era um vácuo; não houvera uma vida antes desse dia interminável nem haveria dali em diante... só uma noite incrivelmente quente, só o som de sua respiração cansada, só o suor pingando frio das axilas até a cintura, dos quadris aos joelhos, pegajoso, grudento, esfriando.

Ela sentiu a própria respiração passar de sua uniformidade audível a um soluçar espasmódico, mas os olhos estavam secos e ardiam como se nunca mais fossem se encher de lágrimas. Lentamente, com esforço, ela puxou as saias pesadas até as coxas. Sentia calor, frio e estava pegajosa, tudo ao mesmo tempo. Então a sensação do ar noturno nas pernas era refrescante. Pensou vagamente no que tia Pitty diria se a visse estatelada ali na varanda com as saias para cima e as calçolas aparecendo, mas não se importava. Não se importava com nada. O tempo tinha parado. Podia ter passado do crepúsculo ou podia ser meia-noite. Ela não sabia e não se importava.

Ouviu os sons de pés se movendo lá em cima e pensou "Maldita seja a Prissy", antes que seus olhos se fechassem e ela caísse no sono. Após um escuro intervalo de duração indeterminada, Prissy estava a seu lado, falando toda contente.

— Nós fez tudo direitim, sinhá Scarlett. Acho que nem a mãe ia fazê mió.

Na penumbra, Scarlett olhou ferozmente para ela, cansada demais para se zangar, repreender, cansada demais para enumerar todas as trapalhadas de Prissy... Sua afirmação presunçosa de ter uma experiência que não possuía, seu medo, seu jeito desastrado, sua atroz ineficiência na hora da emergência, perdendo a tesoura, derramando a bacia de água na cama, deixando o bebê recém-nascido cair. E agora ela se exibia por ter sido ótima.

E os ianques querem libertar os negros. Bem, então que abram os braços para eles.

Ela ficou encostada na pilastra em silêncio, e Prissy, ciente de seu mau humor, saiu na ponta dos pés da varanda. Depois de um longo intervalo em que sua respiração finalmente se aquietou e a mente se acalmou, Scarlett ouviu o som de vozes chegando de cima da estrada, os passos de muitos pés chegando do norte. Ela se sentou lentamente, puxando as saias para baixo, embora soubesse que ninguém a veria no escuro. Quando passaram, ombro a ombro, pela casa, um número indeterminado, como sombras, ela os chamou.

— Ah, por favor!
Uma sombra se separou do grupo e veio até o portão.
— Vocês estão indo embora? Estão nos deixando?
A sombra pareceu tirar o chapéu e uma voz calma saiu da escuridão.
— Sim, senhora. É isso o que estamos fazendo. Somos os últimos homens das trincheiras, a quase 2 quilômetros daqui.
— Você está... o exército está realmente se retirando?
— Sim, senhora. Sabe, os ianques estão chegando.

Os ianques estão chegando! Ela tinha se esquecido. Subitamente, sentiu um aperto na garganta e ela não conseguiu dizer mais nada. A sombra saiu, misturou-se às outras sombras e os pés continuaram marchando na escuridão. "Os ianques estão chegando! Os ianques estão chegando!", era o que dizia o ritmo dos pés, era isso o que o batimento de seu coração subitamente dizia. Os ianques estão chegando!

— Os ianque tão chegano! — berrou Prissy, se encolhendo junto a Scarlett. — Ah, sinhá Scarlett, eles vai matá nós tudo! Vai enfiá as baioneta na barriga da gente! Eles vai...

— Ah, cale-se! — Já era terrível bastante pensar nessas coisas sem ouvi-las pronunciadas em palavras trêmulas. Um novo medo se apossou dela. O que devia fazer? Como poderia escapar? A quem poderia pedir ajuda? Todos os amigos a tinham abandonado.

De repente, pensou em Rhett Butler e o medo se dissipou. Por que não se lembrara dele de manhã, quando tinha se desesperado como uma galinha sem cabeça? Ela o odiava, mas ele era forte, esperto e não tinha medo dos ianques. E ainda estava na cidade. É claro que estava furiosa com ele, que lhe dissera coisas imperdoáveis no último encontro. Mas em uma hora dessas ela podia relevar tais coisas. Além disso, ele também tinha um cavalo e uma carruagem. Ah, como não pensara nele antes! Ele poderia levá-las embora daquele lugar condenado, para longe dos ianques, para algum lugar, qualquer lugar.

Ela se virou para Prissy e falou com extrema premência.

— Você sabe onde mora o capitão Butler, no hotel Atlanta?

— Sei sim, mas...

— Bem, vá até lá correndo o mais rápido que puder e diga-lhe que preciso dele. Diga que venha rapidamente e que traga sua carruagem ou uma ambulância, se conseguir. Conte a ele sobre o bebê. Diga que quero que ele nos tire daqui. Agora, vá. Depressa!

Ela se sentou ereta e deu um empurrão em Prissy para apressá-la.

— Meu Deus do Céu, sinhá Scarlett! Eu me pelo de medo de saí por aí correno sozinha no escuro! E se os ianque me pega?

— Se você correr depressa vai conseguir se juntar àqueles soldados, e eles não vão deixar os ianques pegarem você. Depressa!

— Tô com medo! Imagina se o capitão Butler num tá lá no hoté?

— Então você pergunta onde ele está. Não tem nenhuma iniciativa? Se não estiver no hotel, vá aos bares da rua Decatur e pergunte por ele. Vá à casa de Belle Watling. Cace-o. Sua tola, não vê que, se não for logo procurá-lo, os ianques com certeza vão nos pegar?

— Sinhá Scarlett, a mãe ia me dá a maió sova se eu fosse em um bar ou na casa duma muié da vida.

Scarlett se pôs de pé.

— Quem vai lhe dar uma sova sou eu se você não for. Pode gritar o nome dele lá de fora, não é? Ou pergunte a alguém se ele está lá dentro. Vá andando.

Como Prissy ainda hesitava, arrastando os pés e fazendo beiço, Scarlett lhe deu outro empurrão que quase a fez descer as escadas de cabeça.

— Você vai ou eu a venderei para bem longe. Você nunca mais verá sua mãe nem ninguém que conhece, e ainda a venderei como mão de obra para o campo. Corra!

— Por favô, sinhá Scarlett...

Mas, sob a pressão determinada da mão de sua senhora, ela começou a descer as escadas. O portão da frente deu um estalo e Scarlett gritou:

— Corra, sua medrosa!

Ela ouviu os passos de Prissy se transformando em um trote e logo o som foi sumindo na terra macia.

Capítulo 23

Em seguida à saída de Prissy, Scarlett entrou no vestíbulo e acendeu um lampião. A casa fervia de tão quente, como se tivesse retido em suas paredes todo o calor do meio-dia. Parte do entorpecimento estava passando, e seu estômago clamava por comida. Lembrou-se de que não comera nada desde a noite anterior, exceto uma colherada de canjica, e, pegando o lampião, foi até a cozinha. O fogo tinha se apagado, mas o cômodo estava sufocante. Ela encontrou meia broa de milho seca na frigideira e deu uma mordida enquanto procurava por alguma outra coisa para comer. Havia um resto de canjica na panela, que ela comeu com uma grande colher de cozinha, sem esperar para se servir em um prato. Precisava muito de sal, mas estava com fome demais para procurar. Depois de quatro colheres cheias, o calor da peça ficou insuportável e, pegando o lampião em uma das mãos e um pedaço de broa na outra, ela foi até o vestíbulo.

Sabia que devia subir e sentar-se ao lado de Melanie. Se tivesse algum problema, Melanie estaria fraca demais para chamar. Mas repudiava a ideia de retornar àquele quarto onde passara tantas horas de pesadelo. Mesmo que Melanie estivesse morrendo, ela não podia voltar lá. Nunca mais ia querer ver aquele quarto. Pôs o lampião no aparador de velas próximo à janela e voltou à varanda. Estava mais fresco ali, mesmo com a noite abafada. Sentou-se nos degraus, no círculo de luz lançada pelo lampião, continuou roendo o pão.

Ao terminar, readquiriu alguma força e, com esta, retornou uma pontada de medo. Ela podia ouvir um burburinho de vozes na rua lá embaixo, mas não fazia ideia do que pressagiava. Não conseguia distinguir nada além de um som que subia e baixava de volume. Fez um esforço para escutar e logo percebeu os músculos doendo de tensão. Mais que qualquer outra coisa no mundo, ela queria ouvir o som de cascos e ver os olhos displicentes e confiantes de Rhett rindo de seus temores. Rhett as levaria embora, para algum lugar. Ela não sabia para onde. Nem se importava.

Ao se sentar com os ouvidos atentos na direção do centro, um leve clarão apareceu acima das árvores. Aquilo a intrigou. Observando, ela viu que ficou mais claro. O céu escuro ficou rosado, depois vermelho e, de repente, acima das árvores, ela viu uma enorme língua de fogo bem alta no céu. Ficou de pé em um pulo, o coração recomeçando a bater desordenadamente.

Os ianques tinham chegado! Ela sabia que eles tinham chegado e estavam incendiando Atlanta. As chamas pareciam vir da parte leste do centro da cidade. Ficavam cada vez mais altas e aumentavam rapidamente em uma vasta extensão encarnada diante de seus olhos apavorados. Uma quadra inteira devia estar queimando. Uma leve brisa quente trazia o cheiro de fumaça.

Correndo para cima, ela foi a seu quarto e debruçou-se para fora da janela, tentando ver melhor. O céu tinha uma terrível coloração lúgubre e grandes redemoinhos de fumaça preta subiam pairando como nuvens encapeladas acima das chamas. Agora o cheiro de fumaça estava mais forte. Sua mente corria incoerentemente de um lado para outro, pensando quanto tempo levaria para que as chamas se espalhassem, subissem a rua dos Pessegueiros e queimassem a casa, quanto tempo levaria para que os ianques estivessem correndo atrás dela, para onde ela correria, o que faria. Todos os demônios do inferno pareciam gritar em seus ouvidos, e seu cérebro girava em tal confusão e pânico que ela se segurou no parapeito para não cair.

"Preciso pensar", ela dizia a si mesma sem parar. "Preciso pensar."

Mas os pensamentos lhe escapavam, indo e vindo em disparada, como beija-flores amedrontados. Enquanto se segurava no parapeito da janela, uma explosão ensurdecedora atingiu seus ouvidos, mais fragorosa que qualquer canhão. O céu foi tomado por uma labareda gigantesca. Em seguida, outras explosões. A terra tremeu e as vidraças acima de sua cabeça lascaram, caindo sobre ela.

O mundo se transformou em um inferno de barulho, chamas e tremores de terra conforme uma explosão se seguia a outra, em uma sucessão de estourar os ouvidos. Torrentes de faíscas se lançavam aos céus e desciam lenta e preguiçosamente, atravessando nuvens de fumaça cor de sangue. Ela teve impressão de ouvir um débil chamado do outro quarto, mas não deu atenção. Não tinha tempo para Melanie agora. Não havia tempo para coisa alguma, exceto para o medo que corria por suas veias com a rapidez das labaredas que via. Ela era uma criança e estava louca de medo, querendo enterrar a cabeça no colo da mãe e interromper aquela visão. Se pelo menos estivesse em casa! Em casa com sua mãe.

Em meio ao barulho de arrebentar os nervos, ela ouviu outro som, este de pés acelerados pelo medo subindo as escadas, de três em três degraus, ouviu uma voz ganindo feito um cão perdido. Prissy entrou no quarto e, voando até Scarlett, agarrou-lhe o braço, apertando tanto que parecia arrancar pedaço.

— Os ianques — exclamou Scarlett.

— Não, sinhá, é os nosso cavalero! — berrou Prissy sem fôlego, cravando as unhas no braço de Scarlett. — Eles tá queimano a fundição e os armazém e o arsená do exército e por Deus, sinhá Scarlett, eles exprodiu setenta bala de canhão e pórvora e, Cristo, nós vai tudo queimá!

Ela começou a ganir de novo e beliscou Scarlett com tanta força que provocou um grito de dor e fúria, fazendo-a desprender-se dela.

Os ianques ainda não tinham chegado! Ainda havia tempo de escapar! Ela reuniu toda a energia amedrontada de que dispunha.

"Se eu não me controlar", pensou ela, "vou gritar como gato escaldado!", e a imagem de abjeto pavor de Prissy ajudou-a a se acalmar. Segurou a menina pelos ombros e sacudiu-a.

— Pare com essa algazarra e fale direito. Os ianques não chegaram, sua tola! Você encontrou o capitão Butler? O que ele disse? Está vindo?

Prissy parou de berrar, mas seus dentes tiritavam.

— Sim, sinhá. Eu acabei encontrano ele. Num bar como vosmecê falô. Ele...

— Não importa onde o encontrou. Ele está vindo? Você disse para trazer o cavalo?

— Meu Deus do Céu, sinhá Scarlett, ele falô que os nosso cavalero pegô o cavalo dele e a carruage para servi de ambulança.

— Meu Deus Nosso Senhor!

— Mas ele tá vino...

— Que foi que ele disse?

Prissy recuperara o fôlego e algum controle, mas continuava revirando os olhos.

— Bão sinhá, que nem vosmecê mandô, eu achei ele num bar. Fiquei lá fora e gritei pra ele e ele saiu. Logo quando ele me viu e eu comecei a contá, os sordado exprodiu um arsená na rua Decatur e começô a pegá fogo e ele disse: "Vamo" e ele agarrô eu e nós correu para Five Points e ele diz entonce: "Que é? Fala rápido." E eu falei o que vosmecê mandô. Capitão Butler, vem rápido e traz o cavalo e a carruage. A sinhá Melly teve um bebê e que vosmecê tava lôca para fugí da cidade. E ele falô: "Onde ela tá quereno ir?" E eu falei: "Num sei, sinhô, mas é pro sinhô ir antes que os ianque chegue aqui e ela qué que o sinhô vá junto." E ele riu e disse que eles pegô o cavalo dele.

Perdendo esta última esperança, o coração de Scarlett sucumbiu. Que tola era, como não tinha pensado que o exército em retirada naturalmente levaria cada veículo e animal restante na cidade? Por um instante, ficou por demais atordoada para ouvir o que Prissy dizia, mas logo se aprumou para saber o resto da história.

— Entonce ele falô: "Diz pra sinhá Scarlett pra ficá assossegada. Vô robá um cavalo pra ela do estabo do exército se tivé sobrado argum." Daí ele falô: "Já robei cavalo antes. Diz pra ela que eu consigo um cavalo nem que leve um tiro por causa disso." Entonce ele riu otra vez e disse: "Agora vorta correno pra casa." Antes deu começá a corrê, tchbuummm! Otro estoro e eu quase que caí pra trás e ele me disse que num era nada, só a munição que os nosso cavalero tava estorano para os ianque num pegá e...

— Então quer dizer que ele vem? Vai trazer um cavalo?

— Ele falô isso.

Ela deu um longo suspiro de alívio. Se houvesse algum jeito de conseguir um cavalo, Rhett Butler o faria. Homem esperto, o Rhett. Ela o perdoaria de qualquer coisa se ele as tirasse daquela confusão. Fugir! E com Rhett ela não teria medo algum. Ele as protegeria. Graças a Deus por Rhett! Com a segurança em vista, ela ficou prática.

— Acorde Wade, vista-o e guarde alguma roupa para todas nós. Ponha tudo no baú pequeno. Não diga a sinhá Melly que estamos indo. Ainda não. Mas enrole o bebê em um par de toalhas grossas e não se esqueça de guardar as roupinhas dele também.

Prissy continuava agarrada a suas saias e quase nada se via em seus olhos, além do branco. Scarlett deu-lhe um empurrão para que a largasse.

— Depressa — exclamou, e Prissy saiu feito um coelho.

Scarlett sabia que devia ir tranquilizar Melanie, sabia que Melanie devia estar fora de si de tão apavorada com todas aquelas explosões que continuavam incessantes, além dos clarões que iluminavam o céu. Parecia um verdadeiro fim de mundo.

Mas ainda não estava preparada para retornar àquele quarto. Ela desceu as escadas com a vaga ideia de guardar a louça e o resto da prataria que a Srta. Pittypat deixara ao fugir para Macon. Porém, ao chegar à sala de jantar, suas mãos tremiam tanto que ela deixou cair três pratos, que se espatifaram. Correu até a varanda para escutar e voltou à sala de jantar, derrubando os talheres ruidosamente. Tudo o que pegava deixava cair. Na pressa, escorregou no tapete e levou um tombo, mas se pôs de pé com tal rapidez que nem percebeu a dor. Conseguia ouvir Prissy galopando lá em cima como um bicho do mato, o ruído deixando-a louca, pois ela também se apressava à toa.

Pela centésima vez, correu até a varanda, mas dessa não voltou à tentativa inútil de guardar as coisas. Sentou-se. Era simplesmente impossível guardar qualquer coisa. Impossível fazer qualquer coisa, se não sentar com o coração aos pulos e esperar por Rhett. A demora pareceu imensa. Finalmente, ao longe, ela ouviu o ranger de eixos sem graxa e o andar vagaroso e incerto de cascos. Por que ele não se apressava? Por que não fazia o cavalo trotar?

Os ruídos se aproximaram, ela se levantou e chamou Rhett pelo nome. Então reconheceu seu vulto saltando da boleia de uma carroça, ouviu o estalo do portão e ele foi em sua direção. Chegando mais perto, a luz do lampião o mostrou claramente. Estava tão bem trajado como se pronto para um baile, com um terno de linho branco bem cortado, um colete bordado de seda cinza e um pequeno jabô no peito da camisa. O largo chapéu-panamá estava colocado de lado, e enfiadas no cinto havia duas pistolas de duelo de canos longos e cabos de marfim. Os bolsos do casaco se avolumavam com munição.

Ele se aproximou com o passo elástico de um selvagem e o porte da cabeça era o de um príncipe pagão. Os perigos da noite, que tinham levado Scarlett ao pânico, o tinham atingido como um tóxico. Seu semblante escuro trazia uma ferocidade cuidadosamente contida, uma brutalidade que a teria assustado, tivesse ela a perspicácia de percebê-la.

Os olhos escuros dançavam como que divertidos com toda a situação, como se os ruídos estrondosos e os clarões assustadores fossem coisas que só assustassem crianças. Ela foi a seu encontro assim que ele subiu os degraus, o rosto lívido, os olhos verdes ardendo.

— Boa-noite — disse ele, com sua voz arrastada enquanto tirava o chapéu em um gesto cortês. — Está fazendo um bom tempo, não é? Soube que vai viajar.

— Se começar com piadinhas, eu nunca mais falarei com você — disse ela com voz trêmula.

— Não me diga que está com medo! — Ele fingiu surpresa e sorriu de um modo que a fez empurrá-lo de volta escada abaixo.

— Estou, sim! Estou morrendo de medo e, se você tivesse pelo menos o juízo que Deus deu a um bode, também estaria. Mas não temos tempo para conversa. Precisamos sair daqui.

— A seu serviço, senhora. Mas exatamente para onde está pensando ir? Vim até aqui por curiosidade, só para saber aonde pretende ir. Para norte, leste, oeste e sul é impossível. Os ianques estão em toda volta. Só há uma estrada que os ianques ainda não tomaram, e o exército está saindo por ela. E essa estrada não vai ficar aberta por muito tempo. A cavalaria do general Steve Lee está em combate em Rough and Ready tentando mantê-la aberta tempo suficiente para que o exército passe. Se você seguir o exército pela estrada McDonough, vão lhe tomar o cavalo e, mesmo que não seja grande coisa, foi trabalhoso consegui-lo. Então, para onde vai?

Ela tremia, ouvindo as palavras, mas mal escutando. Àquela pergunta, no entanto, deu-se conta de que durante todo aquele dia infeliz ela soubera para onde ia. O único lugar.

— Vou para casa — disse ela.

— Para casa? Você quer dizer para Tara?

— Sim, claro! Para Tara! Ah, Rhett, precisamos nos apressar!

Ele olhou para ela como se ela estivesse louca.

— Tara? Deus do céu, Scarlett! Você não está sabendo que eles lutaram o dia inteiro em Jonesboro? Lutaram pelos 16 quilômetros acima e abaixo da estrada a partir de Rough and Ready, chegando até as ruas de Jonesboro. Os ianques devem estar em Tara agora, devem estar por todo o condado. Ninguém sabe exatamente onde, mas estão por aqueles lados. Você não pode ir para casa! Não pode ir justamente para o meio do exército ianque!

— Eu vou para casa! — exclamou ela. — Eu vou! Eu vou!

— Sua tola — soou sua voz rápida e áspera. — Não pode ir para aquele lado. Mesmo que não se deparasse com os ianques, as matas estão cheias de extraviados e desertores dos dois exércitos. Muitas de nossas tropas ainda estão recuando de Jonesboro. E a primeira coisa que farão é lhe tomar o cavalo, assim como os ianques. Sua única chance é seguir as tropas pela estrada McDonough e rezar para que eles não a vejam no escuro. Você não pode ir para Tara. Mesmo que chegasse lá, é provável que fosse encontrar a casa incendiada. Não vou deixá-la ir para casa. É loucura.

— Eu vou — exclamou ela, em seguida gritando. — Eu vou para casa! Você não vai me impedir! Vou para casa! Quero minha mãe! Vou matá-lo se tentar me impedir! Eu vou para casa!

Lágrimas, medo e histeria rolaram por seu rosto quando ela finalmente cedeu à prolongada tensão. Ela bateu no peito dele com os punhos, gritando outra vez:

— Eu vou! Eu vou! Nem que seja andando.

Subitamente ela estava em seus braços, o rosto molhado encostado ao jabô engomado de sua camisa, os punhos agora imóveis em seu peito. As mãos dele acariciavam seu cabelo despenteado, suavemente, e sua voz também era meiga. Tão meiga, tão tranquila, tão despida de ironia que nem parecia a voz de Rhett Butler, mas a de algum estranho forte e bondoso que cheirava a conhaque, tabaco e cavalos, odores reconfortantes, pois a lembravam de Gerald.

— Ora vamos, querida — disse ele baixinho. — Não chore. Você irá para casa, minha menina valente. Você irá para casa. Não chore.

Ela sentiu algo roçando seus cabelos e vagamente, em meio ao tumulto que sentia, se perguntou se seriam os lábios dele. Ele era tão terno, tão reconfortante que ela desejaria ficar em seus braços para sempre. Com aquele abraço forte, ela estava a salvo de todo o mal.

Pondo a mão no bolso, ele pegou um lenço e lhe enxugou os olhos.

— Agora assoe o nariz como uma boa menina — mandou, uma faísca sorridente nos olhos — e me diga o que fazer. Precisamos agir rapidamente.

Ela assoou o nariz, obediente, ainda trêmula, mas ainda sem saber o que lhe dizer. Vendo como seu lábio tremia e seus olhos o fitavam impotentes, ele assumiu o comando.

— A Sra. Wilkes teve o bebê? Será perigoso movê-la... perigoso para ela viajar 40 quilômetros nessa carroça frouxa. É melhor a deixarmos com a Sra. Meade.

— Os Meade não estão em casa. Não posso deixá-la.

— Muito bem. Então ela vai na carroça. E onde está aquela fedelha sonsa?

— Lá em cima arrumando o baú.

— Baú? Não podemos levar nenhum baú nessa carroça. É quase pequena demais para levar todos vocês e as rodas estão prontas para cair, basta um incentivo. Chame-a e peça para pegar o menor colchão de penas da casa e colocá-lo na carroça.

Scarlett ainda não conseguia se mexer. Ele a pegou pelo braço com uma mão forte e parte da vitalidade que o animava pareceu fluir para seu corpo. Se pelo menos conseguisse ser tão fria e displicente como ele! Levou-a para o vestíbulo, mas ela ainda ficou parada, desamparada olhando para ele. Ele fez um beiço e disse, debochado:

— Será que essa é aquela jovem heroica que me garantiu não ter medo de Deus nem dos homens?

Ele caiu na gargalhada e soltou seu braço. Ferida, ela lhe lançou um olhar feroz, odiando-o.

— Não estou com medo.

— Está, sim. Daqui um pouco, vai desfalecer e não tenho sais aromáticos comigo.

Ela bateu o pé, impotente, pois não conseguia pensar em mais nada a fazer e sem uma palavra pegou o lampião e começou a subir as escadas. Ele ia bem atrás, e ela podia ouvi-lo rindo baixinho consigo mesmo. Aquele som lhe endireitou a coluna. Entrou no quarto de Wade, que estava sentado, aninhado nos braços de Prissy, semivestido e com soluços. Prissy choramingava. O colchão de penas da cama de Wade era pequeno e ela mandou que Prissy o pusesse na carroça. Prissy soltou a criança e obedeceu. Wade a seguiu até lá embaixo, os soluços passando devido a seu interesse nos procedimentos.

— Venha — disse Scarlett, indicando a porta do quarto de Melanie, e Rhett a seguiu, chapéu na mão.

Melanie estava quieta com o lençol até o queixo. O semblante mortalmente pálido, mas os olhos fundos e com olheiras escuras estavam serenos. Não mostrou surpresa pela presença de Rhett em seu quarto, parecendo-lhe normal diante das circunstâncias. Tentou sorrir, mas sua fraqueza era tal que o sorriso morreu antes de chegar aos cantos da boca.

— Nós vamos para casa, para Tara — explicou Scarlett rapidamente. — Os ianques estão vindo. Rhett vai nos levar. É o único jeito, Melly.

Melanie tentou assentir e fez um gesto em direção ao bebê. Scarlett pegou o menino e o enrolou em uma toalha grossa. Rhett foi até a cama.

— Vou tentar não machucá-la — disse ele baixinho, envolvendo-a no lençol.
— Veja se consegue abraçar meu pescoço.

Melanie tentou, mas seus braços caíram de fraqueza. Ele se curvou, colocou um braço sob os ombros dela e o outro sob os joelhos, erguendo-a com cuidado. Ela não gritou, mas Scarlett viu-a mordendo o lábio e ficando ainda mais pálida. Scarlett elevou o lampião para Rhett poder enxergar, e começava a ir para a porta quando Melanie fez um gesto em direção à parede.

— O que é? — perguntou Rhett suavemente.

— Por favor — Melanie sussurrou, tentando apontar. — Charles. — Rhett olhou para ela como se aquilo fosse um delírio, mas Scarlett entendeu e se irritou. Ela sabia que Melanie queria o daguerreótipo de Charles que estava pendurado na parede abaixo da espada e da pistola.

— Por favor — sussurrou Melanie outra vez —, a espada.

— Ah, está bem — disse Scarlett e, depois de iluminar o caminho de Rhett escada abaixo, ela voltou e pegou os cintos com a espada e a pistola. Seria complicado carregá-las junto com o bebê e o lampião. Aquilo era bem típico de Melanie, não se importar de quase morrer, de estar com os ianques em seus calcanhares e ainda se preocupar com as coisas de Charles.

Ao pegar o daguerreótipo, ela viu de relance o rosto de Charles. Seus grandes olhos castanhos encontraram os dela, e ela parou um instante para olhar aquele retrato com curiosidade. Esse homem fora seu marido, dormira a seu lado por algumas noites, tinha lhe dado um filho com os olhos tão meigos e castanhos quanto os dele. E ela mal se lembrava dele.

O menino em seus braços mexeu os bracinhos e miou baixinho e ela olhou para ele. Pela primeira vez, deu-se conta de que aquele era o bebê de Ashley e subitamente desejou com toda a força que lhe restara que fosse seu bebê e de Ashley.

Prissy subiu as escadas saltitando e Scarlett lhe entregou a criança. Elas correram para baixo, o lampião lançando sombras incertas na parede. No vestíbulo, Scarlett viu um chapéu de sol e o colocou apressadamente, amarrando um laço sob o queixo. Era o chapéu de luto de Melanie e não servia bem, mas não conseguia se lembrar de onde deixara o seu.

Ela saiu da casa e desceu os degraus da varanda, carregando o lampião e tentando manter a espada firme, para não ficar batendo em suas pernas. Melanie estava deitada dentro da carroça e, a seu lado, Wade e o bebê enrolado na toalha. Prissy entrou e pegou o bebê no colo.

A carroça era muito pequena e as laterais, muito baixas. As rodas se inclinaram para dentro como se na primeira volta fossem cair. Ela deu uma olhada no cavalo e seu coração ficou apertado. Era um pequeno cavalo magro de cabeça baixa, quase enfiada nas pernas dianteiras. Seu lombo estava pelado com ferimentos e escoriações provocadas pelos arreios, e não respirava como um cavalo sadio.

— Não é lá um grande animal, é? — sorriu Rhett. — Parece que vai morrer no varal. Mas foi o melhor que consegui. Algum dia vou lhe contar em detalhes onde e como o roubei e como escapei por um triz de levar um tiro. Nada além de minha devoção a você me faria, a esta altura de minha carreira, virar ladrão de cavalos, especialmente desse tipo. Deixe-me ajudá-la a subir.

Ele lhe tomou o lampião, deixando-o no chão. A boleia era uma tábua estreita presa às laterais da carroça. Rhett agarrou Scarlett e impulsionou-a para cima. "Que maravilha ser um homem e tão forte como Rhett", ela pensou, arrumando as saias largas. Com Rhett a seu lado, ela nada temia, nem o fogo, nem o barulho e nem os ianques.

Ele subiu no banco ao lado dela e pegou as rédeas.

— Ah, espere — exclamou ela. — Esqueci de fechar a porta da frente.

Ele deu uma sonora gargalhada e tocou as rédeas no lombo do cavalo.

— De que você está rindo?

— De você... trancando os ianques do lado de fora — disse ele e o cavalo começou a andar, devagar, relutante. O lampião na calçada continuava ardendo, formando um pequeno círculo amarelo de luz que foi diminuindo à medida que eles se afastavam.

Rhett virou as patas lentas do cavalo a oeste da rua dos Pessegueiros e a carroça bamboleante sacolejou com violência ao entrar na estrada sulcada, provocando um gemido agudo de Melanie. Árvores escuras se entrelaçavam acima de suas cabeças, casas silenciosas e escuras assomavam de cada lado, e as estacas brancas das cercas apareciam vagamente, lembrando uma fileira de lápides. A rua estreita era um túnel sombrio, mas o horrível clarão vermelho do céu o penetrava através do denso teto de folhagens, e as sombras perseguiam uma à outra pelo caminho escuro como fantasmas enlouquecidos. O cheiro de fumaça era cada vez mais forte, e nas asas da brisa quente chegava um pandemônio de sons oriundos do centro da cidade, gritos, o ruído surdo dos pesados carroções do exército e os passos uniformes de pés em marcha. Quando Rhett virou a cabeça do cavalo para entrar em outra rua, mais uma explosão ensurdecedora dilacerou o ar e um foguete monstruoso de chamas e fumaça se lançou a oeste.

— Esse deve ser o último trem de munição — disse Rhett calmamente. — Por que não os levaram embora hoje de manhã, esses tolos? Havia tempo suficiente. Bem, pior para nós. Pensei em dar a volta na cidade para evitar o fogo e aquela turba embriagada na rua Decatur e sair pelo sudeste sem qualquer perigo. Mas temos que cruzar a rua Marietta em algum ponto, e essa explosão foi lá perto ou estou muito enganado.

— Vamos... vamos ter que passar pelo fogo? — perguntou Scarlett com voz trêmula.

— Não se formos depressa — disse Rhett e, saltando da carroça, desapareceu na escuridão de um jardim. Ao retornar, trazia um galho de árvore, que deitou sem piedade sobre o lombo ferido do cavalo. O animal saiu em um trote trôpego, a respiração ofegante e difícil, e a carroça balançou adiante com um solavanco que deixou todos feito milho de pipoca estourando na panela. O bebê deu um berro, Prissy e Wade gritaram ao se machucar batendo nas laterais da carroça. Mas de Melanie não saiu qualquer som.

Ao se aproximarem da Marietta, as árvores foram ficando mais espaçadas, e as labaredas altas rugindo acima dos prédios deixavam a rua e as casas mais iluminadas que durante o dia, lançando sombras monstruosas que se contorciam com a violência de velas rasgadas se agitando em um vendaval durante um naufrágio.

Scarlett batia os dentes, mas era tamanho o seu terror que nem percebia. Ela sentia frio e tremia, mesmo que o calor das chamas já atingisse seu rosto. Aquilo era o inferno e ali estava ela. Se tivesse conseguido controlar os joelhos trêmulos, teria saltado da carroça e corrido aos gritos de volta para a rua escura de onde tinham vindo, de volta ao refúgio da casa de tia Pittypat. Ela se encolheu próxima a Rhett, pegou seu braço com dedos trêmulos e olhou para ele, esperando por palavras, por conforto, por algo que a tranquilizasse. No encarnado halo profano que os banhava, seu perfil escuro se salientava tão claramente como a cabeça de uma antiga moeda, belo, cruel e decadente. A seu toque, ele se virou, os olhos brilhando com uma luz tão assustadora quanto o fogo. A Scarlett, ele pareceu tão animado e insolente como se estivesse tirando grande prazer da situação, como se recebesse bem o inferno que se aproximava.

— Tome — disse ele, pegando uma de suas pistolas do cinto. — Se qualquer um, negro ou branco, vier do seu lado da carroça e tentar tocar no cavalo, atire, e mais tarde fazemos as perguntas. Mas, pelo amor de Deus, não acerte o pangaré na empolgação.

— Eu... eu tenho uma pistola — sussurrou ela, agarrando a arma que estava em seu colo, perfeitamente convencida de que se a morte a encarasse ela ficaria amedrontada demais para puxar o gatilho.

— Tem? Onde conseguiu?

— Era de Charles.

— Charles?

— Sim, Charles... meu marido.

— Você realmente já teve um marido, minha querida? — sussurrou ele e riu baixinho.

Se ao menos ele ficasse sério! Se ao menos se apressasse!

— Como acha que consegui meu menino? — exclamou ela, feroz.

— Ah, existem outros modos, além de maridos...

— Pode se calar e correr?

Mas ele puxou as rédeas abruptamente, quase na rua Marietta, à sombra de um armazém ainda intocado pelas chamas.

— Rápido! — Era a única palavra em que ela podia pensar. Rápido! Rápido!

— Soldados — disse ele.

O destacamento desceu a rua Marietta, entre os prédios em chamas, caminhando a passo cadenciado, com jeito cansado, os rifles carregados de qualquer modo, cansados demais para se apressar, cansados demais para se importar se a madeira queimava à direita e à esquerda ou se a fumaça os cobria. Estavam todos esfarrapados, de tal modo que entre os oficiais e seus homens não havia insígnias que os diferenciassem, exceto aqui e ali uma aba rasgada de chapéu com um emblema do Exército dos Estados Confederados. Muitos estavam descalços e alguns tinham ataduras sujas na cabeça ou no braço. Seguiam sem olhar à direita ou à esquerda, tão silenciosos que, se não fosse pelo passo cadenciado, poderiam passar por fantasmas.

— Olhe bem para eles — falou a voz de escárnio de Rhett — para poder contar a seus netos que viu a retaguarda de nossa Gloriosa Causa se retirando.

De repente ela o odiou, odiou com uma força que momentaneamente superou seu medo, que pareceu pequeno e insignificante. Ela sabia que sua segurança e a dos outros ali atrás na carroça dependia dele e de mais ninguém, mas o odiou por fazer troça daquelas fileiras esfarrapadas. Pensou em Charles, que estava morto, e em Ashley, que podia estar morto, e em todos os jovens alegres e garbosos que apodreciam em covas rasas, esquecendo-se de que ela também já os considerara uns tolos. Não conseguiu falar, mas ódio e desgosto ardiam em seus olhos quando ela o encarou.

Enquanto os últimos soldados passavam, uma pequena figura no fim da fileira, a soleira do rifle arrastando no chão, cambaleou, parou e olhou para os outros com seu rosto sujo de modo tão entorpecido que mais parecia um sonâmbulo. Tinha a altura de Scarlett, tão pequeno que o rifle era quase do seu tamanho, e seu rosto coberto de fuligem era imberbe. Devia ter 16 no máximo, pensou Scarlett, devia ser da Guarda Nacional ou um menino que fugira da escola.

Conforme ela olhava, os joelhos do menino se dobraram e ele foi caindo lentamente no chão empoeirado. Sem dizer palavra, dois homens se destacaram da última fileira e voltaram para pegá-lo. Um deles, um homem alto com uma barba preta que ia até a altura do cinto, silenciosamente entregou o próprio rifle para o outro. Depois, abaixando-se, puxou o menino até os ombros com uma facilidade que até parecia mágica. Ele recomeçou a andar atrás da coluna retirante, os ombros inclinados com o peso enquanto o menino, fraco, enfurecido como uma criança provocada pelos mais velhos, gritava:

— Ponha-me no chão, seu maldito! Ponha-me no chão! Eu posso andar.

O homem de barba nada disse e continuou a caminhada difícil, perdendo-se de vista em uma curva da estrada.

Rhett estava parado, as rédeas frouxas em suas mãos, olhando para eles, um curioso olhar mal-humorado em sua fisionomia morena. Então houve um ruído de tábuas caindo ali perto e Scarlett viu uma labareda saindo pelo telhado do armazém em cuja sombra eles se abrigavam. Em seguida, insígnias e bandeiras de batalha em chamas subiram triunfantes para o céu. A fumaça fez arder suas narinas, Wade e Prissy começaram a tossir. O bebê fez leves sons de espirros.

— Ah, por Deus, Rhett! Você está louco? Depressa! Depressa!

Rhett não respondeu, mas deitou o galho de árvore no lombo do cavalo com uma força cruel, fazendo o animal saltar adiante. Com toda a velocidade que o cavalo conseguiu reunir, eles atravessaram a rua Marietta aos trancos. Adiante havia um túnel de fogo onde os prédios estavam incendiando nos dois lados da rua curta e estreita que levava até os trilhos da ferrovia. Enveredaram por ele. Um clarão mais luminoso que uma dúzia de sóis os estonteou, um calor abrasador chamuscou-lhes a pele, e o estrondo, os estalos e crepitar das chamas chegavam a seus ouvidos em ondas dolorosas. Pelo que pareceu uma eternidade, eles ficaram no meio de um tormento incandescente e depois, abruptamente, estavam outra vez na semiescuridão. Durante a corrida pela rua e a travessia aos solavancos dos trilhos da ferrovia, Rhett chicoteava o cavalo automaticamente. Sua fisionomia parecia fixa e ausente, como se tivesse se esquecido de onde estava. Seus ombros largos estavam caídos, e o queixo se projetava como se seus pensamentos não fossem agradáveis. O calor do incêndio fez o suor lhe escorrer pela testa e pelas faces, mas ele não o enxugou.

Saíram por uma rua transversal, depois dobraram em outra e na seguinte, saindo de uma rua estreita e entrando em outra até Scarlett não saber mais onde estava e o rugir das chamas ficar para trás. Rhett continuava quieto. Só chicoteava o cavalo com regularidade. Agora o clarão vermelho do céu estava diminuindo e a estrada ficara escura de dar medo. Scarlett acolheria suas palavras, quaisquer que fossem, até deboches, palavras ofensivas, ferinas. Mas ele não falava.

Silencioso ou não, Scarlett agradecia aos céus pelo conforto de sua presença. Era bom ter um homem ao lado, encostar-se a ele e sentir-lhe o braço musculoso, saber que ele estava entre ela e terrores inomináveis, mesmo que só estivesse ali sentado com o olhar fixo.

— Ah, Rhett — sussurrou ela agarrando o braço dele —, o que teria sido de nós sem você? Fico tão feliz por você não estar no exército!

Virando-se, ele olhou para ela, um olhar que a fez largar seu braço e recuar. Agora não havia troça em seus olhos. Estavam nus, havia raiva e algo como um atordoamento. Ele fez um beiço e virou a cara. Por um longo tempo, eles seguiram aos solavancos sem quebrar o silêncio, a não ser pelo choramingar do bebê e as fungadas de Prissy. Não aturando mais ouvi-la fungar, Scarlett se virou e beliscou-a com vontade, fazendo-a soltar um grito convicto antes de silenciar amedrontada.

Finalmente Rhett virou o cavalo em ângulos retos e logo eles estavam em uma estrada mais larga, mais lisa. A silhueta indistinta das casas se distanciava, e matas densas apareciam como paredes nos dois lados.

— Agora estamos fora da cidade — disse Rhett secamente, puxando as rédeas —, na estrada principal para Rough and Ready.

— Depressa. Não pare!

— Deixe o animal respirar um pouco. — Então, virando-se para ela, ele perguntou devagar: — Scarlett, você continua decidida a fazer esta loucura?

— Qual?

— Ainda quer tentar chegar a Tara? É suicídio. A cavalaria de Steve Lee e o exército ianque estão entre você e Tara.

Ah, Santo Deus, ele ia se recusar a levá-la para casa depois de tudo o que ela passara naquele dia terrível?

— Ah, sim! Sim! Por favor, Rhett, vamos depressa. O cavalo não está cansado.

— Só um minuto. Você não pode ir até Jonesboro por esta estrada. Não pode seguir os trilhos do trem. Eles estiveram lutando o dia todo em torno de Rough and Ready em direção ao sul. Você conhece outras estradas, estradinhas para carroções ou alamedas que não passem por Rough and Ready nem por Jonesboro?

— Ah, sim — exclamou Scarlett aliviada. — Se conseguirmos chegar perto de Rough and Ready, conheço uma estradinha que sai da estrada principal para Jonesboro e serpenteia em torno por muitos quilômetros. Meu pai e eu costumávamos cavalgar por lá. Vai sair perto da fazenda dos Macintosh, que fica a pouco mais de um quilômetro de Tara.

— Ótimo. Talvez você consiga passar de Rough and Ready tranquilamente. O general Steve Lee passou a tarde lá dando cobertura à retirada. Talvez os ianques ainda não tenham chegado. Talvez consiga passar se os homens de Steve Lee não tomarem seu cavalo.

— Eu... *eu* conseguir passar?
— Sim, *você*. — Sua voz soou áspera.
— Mas Rhett... Você... Você não vai nos levar?
— Não. Vou deixá-la aqui.

Ela olhou em volta, desvairada, para o céu lívido atrás deles, para as árvores escuras dos dois lados, cercando-os como as paredes de uma prisão, para as figuras assustadas ali atrás, na carroça, e finalmente para ele. Ficara louca? Não estava ouvindo bem?

Ele sorria agora. Ela conseguia ver seus dentes brancos sob a luz fraca, e o velho olhar debochado estava outra vez em seu lugar

— Está nos deixando? Para... para onde vai?
— Eu vou, minha querida, com o exército.

Ela suspirou de alívio e irritação. Por que ele resolvera escolher justo aquela hora para brincar? Rhett no exército! Depois de tudo o que dissera sobre os tolos que eram instigados a perder a vida pelo rufar dos tambores e pelas bravas palavras dos oradores... os tolos que se matavam para que os espertos pudessem ganhar dinheiro!

— Ah, eu poderia esganá-lo por me assustar assim! Vamos embora.
— Não estou brincando, minha querida. E estou magoado, Scarlett, por você não valorizar mais meu sacrifício corajoso. Onde está seu patriotismo, seu amor por Nossa Gloriosa Causa? Esta é sua chance de me dizer para retornar com meu escudo ou sobre ele. Mas diga logo, pois preciso de tempo para fazer um bravo discurso antes de partir para as guerras.

Sua voz arrastada troçava em seus ouvidos. Ele escarnecia dela e, de algum modo, ela sabia que escarnecia de si mesmo também. De que ele estava falando? Patriotismo, escudos, bravos discursos? Era impossível que estivesse falando sério. Simplesmente não era possível que pudesse falar tão alegremente de deixá-la ali naquela estrada escura com uma mulher que podia estar morrendo, um bebê recém-nascido, uma fedelha sonsa e uma criança assustada. Deixando-a a dirigi-los por quilômetros em meio a campos de batalha e desertores, ianques e incêndios e Deus sabe o que mais.

Certa vez, quando tinha 6 anos, ela caíra de uma árvore de barriga no chão. Conseguia se lembrar daquele breve intervalo antes que o fôlego lhe retornasse. Agora, enquanto olhava para Rhett, sentia a mesma coisa, sem fôlego, atordoada, nauseada.

— Rhett, você está brincando!

Agarrando o braço dele, ela sentiu as próprias lágrimas de medo caírem sobre seu pulso. Ele levantou a mão dela, beijando-a distraidamente.

— Egoísta até o fim, não é, minha querida? Só pensando em sua preciosa segurança e não na galante Confederação. Pense em como nossas tropas ficarão animadas com minha aparição na décima primeira hora. — Havia uma terna malícia em sua voz.

— Ah, Rhett — gritou ela —, como pode fazer isso comigo? Por que está me abandonando?

— Por quê? — riu com vivacidade. — Por causa, talvez, do sentimentalismo traiçoeiro que se oculta em todos nós, sulistas. Talvez... talvez porque esteja envergonhado. Quem sabe?

— Envergonhado? Você deveria morrer de vergonha. Nos abandonar aqui, sozinhas, desamparadas...

— Querida Scarlett! Você não está desamparada. Alguém tão egoísta e decidida assim nunca fica desamparada. Que Deus ajude os ianques se eles caírem em suas mãos.

Subitamente, ele desceu da carroça e, enquanto ela o olhava, atônita, ele deu a volta indo para o seu lado.

— Desça — ordenou.

Ela ficou olhando para ele. Ele estendeu as mãos, pegou-a por baixo dos braços e colocou-a no chão a seu lado. Agarrando-a com firmeza, ele a puxou vários passos para distanciar-se da carroça. Ela sentiu o pó e o cascalho dentro das sapatilhas machucando-lhe os pés. A escuridão imóvel e quente a envolveu como em um sonho.

— Não estou lhe pedindo para esquecer ou perdoar. Também não dou a mínima se você o fizer ou não, pois eu mesmo nunca entenderei ou me perdoarei por essa idiotice. Fico aborrecido comigo mesmo de ver que ainda estou preso a tanto quixotismo. Mas nossa bela terra sulista precisa de cada homem. Não foi o que disse nosso bravo governador Brown? Não importa. Estou indo para as guerras.

Subitamente ele riu, uma risada sonora, solta, que sobressaltou os ecos na mata escura.

— "Eu não poderia amá-la tanto, querida, se não amasse ainda mais a Honra." Isso que é um discurso, hein?! Com certeza melhor que qualquer coisa que eu mesmo consiga produzir neste momento. Pois realmente a amo, Scarlett, apesar do que disse na varanda aquela noite, no mês passado.

Sua fala arrastada era carinhosa, e as mãos deslizaram por seus braços nus, mãos fortes e quentes.

— Eu amo você, Scarlett, porque somos parecidos, dois desclassificados, querida, tratantes egoístas. Nenhum de nós dá a mínima se o mundo vai acabar, desde que estejamos seguros e confortáveis.

Sua voz continuou na escuridão e ela ouvia as palavras, mas nada fazia sentido. Sua mente cansada tentava absorver a dura verdade de que ele ia deixá-la ali para enfrentar sozinha os ianques. Sua mente repetia: "Ele está me deixando... ele está me deixando", mas sem emoção.

Então os braços dele passaram por sua cintura e pelos ombros e ela sentiu os músculos rijos de suas coxas encostadas em seu corpo e os botões do casaco pressionando seu peito. Uma onda de sensações confusas, amedrontadoras a dominou, fazendo-a se esquecer do tempo, do lugar e das circunstâncias. Sentia-se tão mole quanto uma boneca de pano, acalorada, fraca e desamparada, e aqueles braços a segurando eram agradáveis.

— Você não quer mudar de ideia em relação ao que eu lhe disse mês passado? Não há nada como perigo e morte para servir de estímulo. Seja patriótica, Scarlett. Pense em como estaria enviando um soldado para sua morte com belas lembranças.

Agora ele a beijava e ela sentia as cócegas de seu bigode na boca, beijava-a com lábios vagarosos, quentes, que pareciam ter a noite inteira pela frente. Charles nunca a beijara assim. Os beijos dos Tarleton e dos Calvert nunca a tinham deixado daquele jeito, sentindo calor, frio e uma tremedeira incontrolável. Ele curvou o corpo dela para trás e seus lábios desceram pela garganta até onde o camafeu fechava o corpete.

— Doce — sussurrou ele. — Doce.

Ela viu a silhueta indistinta da carroça e ouviu a vozinha aguda de Wade.

— Mãe! Wade com medo!

À sua mente oscilante e obscura, retornou de súbito o raciocínio frio, e ela se recordou do que esquecera momentaneamente... que também estava amedrontada e que Rhett a estava abandonando, o maldito canalha. E, ainda por cima, tivera o total descaramento de ficar ali parado na estrada a insultá-la com propostas infames. A cólera e o ódio a invadiram, ela se endireitou e, com um forte empurrão, livrou-se do abraço.

— Ah, seu canalha! — exclamou com a mente aos saltos, tentando pensar em coisas piores para chamá-lo, coisas que ouvira Gerald dizer sobre o Sr. Lincoln, os Macintosh e mulas empacadoras, mas as palavras não vinham. — Seu baixo, covarde, nojento, fedorento! — E, não conseguindo pensar em mais nada ofensivo o bastante para dizer, ela jogou o braço para trás e deu-lhe um tapa na boca com toda a força que lhe restara. Ele deu um passo para trás, com a mão no rosto.

— Ah — disse ele baixinho e por um momento eles ficaram se encarando na escuridão. Scarlett conseguia ouvir a respiração pesada dele e a sua própria estava entrecortada, como se tivesse corrido muito.

— Eles tinham razão! Todos tinham razão! Você não é um cavalheiro!
— Minha pequena querida — disse ele —, que inconveniente.
Ela sabia que ele estava rindo, e isso a enlouqueceu.
— Vá embora! Vá embora agora! Quero que se apresse. Nunca mais quero vê-lo. Espero que uma bala de canhão caia bem em cima de você. Espero que o estoure em milhões de pedacinhos. Eu...
— Deixe o resto para lá. Já entendi sua ideia. Quando estiver morto no altar de meu país, espero que sua consciência a deixe com remorso.
Ela o ouviu rir quando ele lhe deu as costas, voltando à carroça. Ela o viu lá parado, ouviu-o falar, e sua voz estava mudada, cortês e respeitosa como sempre era quando ele se dirigia a Melanie.
— Sra. Wilkes?
A voz amedrontada de Prissy deu a resposta
— Meu Deus do Céu, capitão Butler! A sinhá Melly desmaiô faz tempo.
— Ela não morreu? Está respirando?
— Tá, sim, sinhô, tá respirano.
— Então deve estar melhor assim. Se estivesse consciente duvido que conseguisse sobreviver a toda essa dor. Cuide bem dela, Prissy. Tome aqui este dinheiro. Tente não ser ainda mais tola do que já é.
— Sim, sinhô. Brigada, sinhô.
— Adeus, Scarlett.
Ela sabia que ele tinha se virado e a encarava, mas ficou quieta. O ódio lhe engasgava a garganta. Os pés deles pisaram as pedrinhas da estrada e por um momento ela viu o vulto de seus ombros largos na escuridão. Depois ele se foi. Ela ficou ouvindo o som de seus passos até sumirem. Ela voltou devagar para a carroça, os joelhos trêmulos.
Por que ele se fora, saindo pelo escuro, para uma guerra, para uma Causa que já estava perdida, para um mundo insano? Por que tinha partido, Rhett, que amava os prazeres femininos e a bebida, o conforto da boa comida e das camas macias, a sensação de um linho fino e de um bom couro, que detestava o sul e caçoava dos tolos que lutavam por ele? Agora ele punha suas botas lustradas em uma estrada amarga pela qual a fome vagava em um andar incansável, e ferimentos, exaustão e desengano corriam como lobos ganindo. E o fim da estrada dava na morte. Ele não precisava ter ido. Estava seguro, rico, confortável. Mas fora, deixando-a sozinha em uma noite tão escura quanto a cegueira, com o exército ianque entre ela e seu refúgio.
Agora se lembrava de todos os nomes com que queria tê-lo chamado, mas era tarde demais. Encostando a cabeça no pescoço pendente do cavalo, ela chorou.

Capítulo 24

O clarão luminoso do sol da manhã que passava pelas árvores despertou Scarlett. Por um momento, enrijecida pela posição comprimida em que dormira, ela ficou sem noção de onde estava. O sol a cegava, as tábuas duras da carroça a machucavam e havia um peso deitado sobre suas pernas. Tentou sentar-se e descobriu que o peso era Wade, que usava seus joelhos como travesseiro. Os pés descalços de Melanie estavam quase em seu rosto e, embaixo da boleia, Prissy estava enroscada feito um gato preto com o bebezinho enfiado entre ela e Wade.

Então ela se lembrou de tudo. Sentou-se bruscamente e olhou rapidamente em volta. Graças a Deus, não havia ianques à vista! Ninguém descobrira o esconderijo durante a noite. Agora tudo lhe voltava à mente. O pesadelo da jornada depois que os passos de Rhett tinham sumido, a noite infindável, a estrada em trevas cheia de sulcos e pedras, por onde passaram aos solavancos, as valas dos dois lados para onde a carroça escorregara, a força movida a medo com que ela e Prissy tinham empurrado as rodas para fora das valas. Lembrou-se com um abalo das vezes em que tinha dirigido o cavalo, contra a vontade dele, para dentro do campo ou da mata ao ouvir soldados se aproximando, sem saber se eram amigos ou inimigos... lembrou-se também da angústia que sentira diante da possibilidade de que uma tosse, um espirro ou os soluços de Wade os traíssem para os homens em marcha.

Ah, aquela estrada escura onde os homens passavam como fantasmas, mudos, só se ouvindo o som abafado dos pés sobre a poeira macia, o leve estalar das rédeas e o rangido do couro esticado! Ah, e aquele momento pavoroso quando o cavalo doente empacara e a cavalaria e a artilharia leve passaram no escuro, ao lado de onde eles se sentavam sem fôlego, tão perto que ela quase poderia tocá-los se estendesse o braço, tão perto que ela conseguia sentir o suor rançoso dos corpos dos soldados!

Quando, finalmente, elas se aproximavam de Rough and Ready, algumas fogueiras de acampamento brilhavam onde as últimas tropas da retaguarda de Steve Lee aguardavam ordens para recuar. Ela dera a volta em um campo arado por um quilômetro até que a luz das fogueiras se perdeu de vista lá atrás. Em seguida, se perdeu na escuridão e acabou chorando quando não conseguiu encontrar a estradinha para carroções que conhecia tão bem. Quando finalmente a encontrou, o cavalo caiu por terra, recusando-se a se mexer, recusando-se a levantar mesmo quando ela e Prissy o puxavam pelas rédeas.

Então ela o desatrelou e, exausta, foi engatinhando até o fundo da carroça e esticou as pernas doloridas. Tinha a vaga lembrança de ouvir a voz de Melanie antes que o sono fechasse suas pálpebras, uma voz fraca que se desculpava, mesmo ao suplicar:

— Scarlett, pode me conseguir água, por favor?

Ao que ela disse:

— Não tem. — E caiu no sono antes que acabasse de falar.

Agora era de manhã e o mundo estava imóvel, sereno, verdejante e dourado com um sol brilhando. Sem qualquer soldado à vista. Ela estava com fome e sedenta, dolorida, com cãibras e espantada por ela, Scarlett O'Hara, que nunca conseguia repousar se não estivesse entre lençóis de linho e sobre o mais macio dos colchões de pena, ter dormido sobre tábuas como um trabalhador do campo.

Piscando por causa do sol, seus olhos pousaram em Melanie e ela engoliu em seco, horrorizada. Melanie estava imóvel e pálida. Scarlett pensou que estivesse morta. Parecia morta. Estava com a aparência de uma velha morta com o semblante devastado, o cabelo emaranhado ao redor. Em seguida ela viu, com alívio, o leve descer e subir da respiração fraca e percebeu que Melanie sobrevivera à noite.

Pondo a mão sobre os olhos para diminuir o reflexo do sol, ela olhou ao redor. Estava claro que tinham passado a noite sob as árvores do jardim de alguém, pois havia um caminho de areia e cascalho passando bem a sua frente, serpenteando em uma alameda de cedros.

"Ora, é a propriedade dos Mallory!", pensou, o coração saltando de alegria com a ideia de amigos e ajuda.

Mas a imobilidade era mortal na fazenda. Os arbustos e plantas estavam em pedaços sobre o gramado onde patas, rodas e pés tinham deixado marcas profundas. Ela olhou na direção da casa e, em vez da antiga construção de tábuas brancas que ela conhecera tão bem, viu apenas um longo retângulo com os alicerces de granito e duas chaminés altas exibindo tijolos manchados de fuligem em meio às folhas carbonizadas de árvores imóveis.

Ela respirou fundo com um estremecimento. Será que encontraria Tara daquele jeito, rente ao chão, silenciosa como a morte?

"Não posso pensar nisso agora", apressou-se a dizer a si mesma. "Não posso me permitir pensar sobre isso. Vou ficar com medo outra vez se pensar." Mas, mesmo contra a vontade, seu coração se acelerou e cada batida parecia uma trovoada. "Para casa! Depressa! Para casa! Depressa!"

Eles precisavam recomeçar a viagem para casa, mas primeiro era preciso encontrar comida e água, especialmente água. Ela deu uma cotovelada em Prissy para acordá-la. Prissy revirou os olhos enquanto olhava para ela.

— Meu Deus, sinhá Scarlett, eu achava que nunca mais ia acordá, a num sê na Terra Prometida.

— Falta muito para você chegar lá — disse Scarlett, tentando alisar o cabelo despenteado. Tinha o rosto úmido e o corpo já estava empapado de suor. Ela se sentia suja, desarrumada e pegajosa, como se estivesse cheirando mal. As roupas estavam amassadas de dormir vestida e ela nunca se sentira tão cansada e dolorida na vida. Músculos que nem sabia possuir doíam devido ao esforço desacostumado da noite anterior, e cada movimento trazia uma dor aguda.

Ela olhou para Melanie e viu que seus olhos escuros estavam abertos. Eram olhos doentes, febris, e as olheiras eram profundas. Ela abriu os lábios rachados e sussurrou suplicante:

— Água.

— Levante-se, Prissy — ordenou Scarlett. — Vamos até o poço pegar água.

— Mas, sinhá Scarlett! Deve de tê defunto lá. Imagine se arguém morreu lá?

— Eu faço de você um defunto se não sair logo dessa carroça — disse Scarlett, que não estava com espírito para discussões, enquanto pisava um pouco manca no chão.

Então ela pensou no cavalo. Por Deus! E se o cavalo tivesse morrido durante a noite? Ele parecia pronto para morrer quando ela o desatrelou. Ela deu a volta na carroça e o viu deitado de lado. Se ele estivesse morto ela amaldiçoaria Deus e morreria também. Alguém na Bíblia tinha feito exatamente isso. Amaldiçoara Deus e morrera. Ela entendia direitinho como essa pessoa se sentira. Mas o cavalo estava vivo... respirando com dificuldade, olhos doentes meio fechados, mas vivo. Bem, um pouco de água também o ajudaria.

Relutante, Prissy saiu da carroça, gemendo, e, receosa, seguiu Scarlett alameda acima. Atrás das ruínas, a fileira das senzalas caiadas dos escravos estava silenciosa e deserta sob as árvores. Entre a senzala e os alicerces queimados, elas encontraram o poço, com seu telhado ainda no lugar e o balde lá embaixo. As duas içaram a corda e quando chegou o balde de água fresca e cristalina das profundezas, Scarlett inclinou-o aos lábios e bebeu ruidosamente, esparramando água sobre si.

Ela bebeu até ouvir a impertinência de Prissy:

— Bão, eu tamém tô com sede, sinhá Scarlett.

O que a fez se lembrar da necessidade dos outros.

— Tire o nó, leve o balde para a carroça e dê água a eles. Depois dê o resto para o cavalo. Não acha que a sinhá Melanie devia dar de mamar ao bebê? Ele deve estar morto de fome.

— Sinhô do céu, sinhá Scarlett, a sinhá Melly num deve de tê leite argum.

— Como é que você sabe?

— Já vi um monte que nem ela.

— Não venha se exibir para mim. Você sabia tudo sobre partos. Agora, vá. Vou tentar encontrar algo de comer.

Scarlett procurou em vão até encontrar algumas maçãs no pomar. Os soldados haviam passado por lá antes dela e não havia nenhuma nos pés. As que encontrou estavam no chão, e a maior parte, podre. Ela encheu a saia com as melhores e voltou atravessando a terra fofa, algumas pedrinhas entrando em suas sapatilhas. Por que não pensara em pôr sapatos mais fortes na noite anterior? Por que não levara seu chapéu de sol? Por que não pegara algo de comer? Tinha agido como uma idiota. Mas, é claro, pensara que Rhett tomaria conta delas.

Rhett! Cuspiu no chão, pois até o nome tinha gosto ruim. Como o odiava! Que desprezível ele fora! E ela ficara lá na estrada, deixando que ele a beijasse... e quase tinha gostado. Ela agira como louca na noite anterior. Que vil ele fora!

Ao voltar, ela dividiu as maçãs e jogou o resto no fundo da carroça. Agora o cavalo estava de pé, mas a água não parecia tê-lo refrescado muito. À luz do dia ele parecia muito pior do que na noite anterior. Os ossos das ancas estavam para fora como os de uma vaca velha, suas costelas apareciam, parecendo uma tábua de lavar roupa, e o lombo estava todo ferido. Ela evitou tocar o animal ao atrelá-lo. Quando ela lhe deu de comer, percebeu que estava praticamente desdentado. Velho como os montes! Já que Rhett tinha roubado um cavalo, bem que podia ter roubado um bom.

Sentando-se na boleia, ela deitou o galho sobre o lombo. Com a respiração chiada, o cavalo se mexeu, mas andava tão vagarosamente sendo direcionado para a estrada que ela tinha certeza de que conseguiria ir mais rápido sem maior esforço. Ah, se pelo menos não precisasse se incomodar com Melanie, Wade, Prissy e o bebê, ela chegaria em casa logo! Ora, iria para casa correndo, correria cada passo do caminho que a aproximava de Tara e de sua mãe.

Deviam estar a menos de 25 quilômetros de casa, mas, no ritmo que andava, aquele pangaré velho levaria o dia inteiro, pois ela teria que parar várias vezes para que ele descansasse. O dia inteiro! Ela olhou para a estrada de terra vermelha, iluminada, cortada com sulcos profundos por onde tinham passado as rodas dos canhões e das ambulâncias. Levaria horas para saber se Tara ainda estava de pé e se Ellen estava lá. Levaria horas para que ela acabasse a viagem sob o sol escaldante de setembro.

Olhou para Melanie lá deitada com olhos febris fechados contra o sol e soltou o laço do chapéu, jogando-o para Prissy.

— Ponha sobre o rosto dela. Vai protegê-la do sol. — Em seguida, sentindo o sol bater sobre sua cabeça desprotegida, pensou: "Até o fim do dia, vou estar sardenta como um ovo de galinha-d'angola."

Era a primeira vez na vida que saía ao sol sem um chapéu ou véu, nunca segurara em rédeas sem luvas que protegessem a pele alva de suas mãos miúdas. Contudo, ali estava, exposta ao sol, em uma carroça alquebrada com um cavalo alquebrado, suja, suada, faminta, impotente para fazer qualquer coisa além de seguir o curso de uma terra abandonada a passo de lesma. Fazia tão poucas semanas que ela estivera sã e em segurança! Que pouco tempo se passara desde que ela e todo mundo achara que Atlanta nunca cairia, que a Geórgia nunca seria invadida. Mas a nuvenzinha que aparecera a noroeste quatro meses antes passou a ser uma poderosa tempestade, depois se transformando em um tornado estridente, arremessando-a para longe de sua vida protegida e fazendo-a cair no meio daquela desolação assombrosa.

Estaria Tara ainda de pé? Ou também fora levada pelo vento que varrera a Geórgia?

Chicoteou o lombo cansado do cavalo, tentando fazê-lo andar mais depressa enquanto as rodas incertas os balançavam hipnoticamente de um lado para outro.

★ ★ ★

A morte pairava no ar. Sob os raios do fim da tarde, cada campo e mata conhecidos estavam verdes e imóveis, em uma quietude sobrenatural que deixou Scarlett apavorada. Cada casa vazia, atingida pelos canhões, pela qual passaram naquele dia, cada chaminé desolada de sentinela sobre as ruínas do incêndio a assustavam ainda mais. Desde a noite anterior, não viam vivalma ou animal. Homens e cavalos mortos, sim, além de mulas, jazendo na beira da estrada, inchados, cobertos de moscas, mas nada vivo. Nenhum gado pastava a distância, nenhum pássaro cantava, nenhum vento balançava as árvores. Só o plop-plop cansado dos cascos do cavalo e o choro fraco do bebê de Melanie quebravam o silêncio.

Era como se o campo estivesse sob um pavoroso encantamento. Ou ainda pior, pensou Scarlett com um calafrio, como o semblante familiar e amado de uma mãe, belo e imóvel enfim, após as agonias da morte. Ela sentiu que as matas, antes familiares, estavam cheias de fantasmas. Milhares haviam morrido na luta próxima a Jonesboro. Estavam ali naquelas matas assombradas, nas quais o sol inclinado da tarde iluminava de modo lúgubre através de folhas imóveis, amigos e inimigos, espiando-a em sua carroça raquítica, através de olhos cegos pelo sangue e pela poeira vermelha, terríveis olhos vidrados.

— Mãe! Mãe! — sussurrou. Se ao menos conseguisse chegar até Ellen! Se ao menos, por um milagre de Deus, Tara ainda estivesse de pé e ela pudesse passar pela longa alameda de árvores e entrar em casa, ver o rosto bondoso e terno de sua mãe, pudesse sentir outra vez aquelas mãos suaves e hábeis que dispersavam o medo, se pudesse se agarrar às saias de Ellen e ali enterrar a cabeça. Sua mãe saberia o que fazer. Não deixaria que Melanie e o bebê morressem. Ela expulsaria todos os fantasmas e temores com seu suave "Acalme-se, acalme-se". Mas sua mãe estava mal, talvez à morte.

Scarlett deitou o chicote sobre o lombo cansado do cavalo. Precisavam ir mais rápido! Tinham rastejado pela estrada interminável durante todo aquele dia quente. Logo cairia a noite e elas ficariam sozinhas na desolação mortal. Ela agarrou as rédeas com mais força nas mãos cheias de bolhas e bateu ferozmente no animal, seus braços cansados, doendo com o movimento.

Se ao menos conseguisse chegar aos braços aconchegantes de Tara e Ellen e descarregar seus fardos, pesados demais para seus jovens ombros... a mulher moribunda, o bebê enfraquecido, seu próprio filho faminto, a negrinha assustada, todos dependendo de sua força e orientação, todos lendo em suas costas eretas uma coragem que ela não possuía e uma força que havia muito deixara de existir.

O cavalo exausto não respondia ao chicote nem às rédeas, caminhando tropegamente, arrastando as patas, tropeçando nas pedras e oscilando como se fosse cair. Mas com o anoitecer, ao menos, deram entrada no último trecho da longa jornada. Fizeram a curva do caminho, entrando na estrada principal. Tara estava a menos de 2 quilômetros!

Ali se erguia a cerca viva que marcava o início da propriedade dos Macintosh. Um pouco adiante, Scarlett puxou as rédeas em frente à alameda de carvalhos que levava à casa do velho Angus Macintosh. Espiou as duas fileiras de antigas árvores através do lusco-fusco que caía. Estava tudo escuro. Nem uma luz aparecia na casa ou na senzala. Forçando os olhos, ela discerniu uma visão que lhe era familiar depois daquele dia terrível... duas chaminés altas, como lápides gigantescas sobre o segundo andar destruído e janelas quebradas sem luz estampadas nas paredes como olhos cegos e imóveis.

— Alô! — gritou, reunindo toda sua força. — Alô!

Prissy a agarrou em um frenesi de pavor e, virando-se, Scarlett viu seus olhos se revirando.

— Num chama, sinhá Scarlett! Por favô, num chama otra vez! — sussurrou, a voz trêmula. — Num se sabe quem pode respondê.

"Meu Deus!", pensou Scarlett, tendo um calafrio. "Meu Deus. Ela tem razão. Qualquer coisa pode sair de lá!"

Ela sacudiu as rédeas, impulsionando o cavalo a seguir adiante. A visão da casa dos Macintosh tinha furado a última bolha de esperança que lhe restava. Estava queimada, em ruínas, abandonada, como estavam todas as fazendas pelas quais passara naquele dia. Tara estava a menos de um quilômetro de distância, na mesma estrada, exatamente no caminho do exército. Também devia estar no chão! Ela só encontraria os tijolos queimados, a luz das estrelas brilhando nas paredes sem teto, Ellen e Gerald tendo partido, as meninas tendo partido, os negros também, só Deus sabia para onde, e a terrível imobilidade pairando sobre tudo. Como tinha se metido nessa tola viagem, contra todo o bom-senso, arrastando Melanie e seu filho? Teria sido melhor que morressem em Atlanta do que torturados por esse dia escaldante e essa carroça balouçante a morrer nas ruínas silenciosas de Tara.

Mas Ashley deixara Melanie sob sua responsabilidade. "Cuide dela." Ah, aquele dia maravilhoso, de partir o coração, quando ele se despedira dela com um beijo e partira para sempre! "Você vai tomar conta dela, não vai? Prometa!" E ela prometera. Por que fizera tal promessa, duplamente comprometida agora que Ashley se fora? Mesmo naquela exaustão, ela odiava Melanie, odiava o miado de seu filho que, cada vez mais fraco, perturbava o silêncio. Mas ela prometera, e agora eles lhe pertenciam, assim como Wade e Prissy, e era preciso lutar por eles enquanto tivesse força e fôlego. Podia tê-los deixado em Atlanta, deixado Melanie no hospital e a abandonado. Mas, se o tivesse feito, jamais poderia encarar Ashley outra vez, nem nesta terra nem no além, e dizer-lhe que deixara sua mulher e o filho para morrer entre estranhos.

Ah, Ashley! Onde estaria nesse instante enquanto ela percorria penosamente essa estrada assombrada com sua mulher e seu bebê? Estaria vivo e pensaria nela por trás das grades de Rock Island? Ou morrera de varíola meses atrás, apodrecendo em uma longa vala com centenas de outros confederados?

Os nervos tensos de Scarlett quase tiveram um colapso ao ouvir um ruído súbito nas moitas próximas. Prissy soltou um grito, jogando-se no chão da carroça, o bebê embaixo dela. Melanie se mexeu debilmente, as mãos procurando o bebê. Wade tapou os olhos e se agachou, assustado demais para chorar. Em seguida, a moita se abriu sob cascos pesados e um mugido baixo assaltou seus ouvidos.

— É só uma vaca — disse Scarlett, a voz áspera de medo. — Não banque a boba, Prissy. Você esmagou o bebê e assustou a sinhá Melly e Wade.

— É um fantasma — grunhiu Prissy, fisionomia contorcida junto às tábuas da carroça.

Virando-se decidida, Scarlett ergueu o galho que estava usando como chicote e o deitou nas costas de Prissy. Ela estava muito exausta e fraca de medo para tolerar fraquezas em qualquer outro.

— Sente-se, sua tola, antes que eu lhe dê uma surra.

Ganindo, Prissy ergueu a cabeça e, espiando pelo lado da carroça viu que era de fato uma vaca, um animal vermelho e branco ali parado olhando para elas suplicante com enormes olhos assustados. Abrindo a boca, ela se prostrou novamente, como quem sente dor.

— Será que está machucada? Esse mugido não parece normal.

— Parece que tá com as têta cheia e precisa de ordenhá — disse Prissy, readquirindo algum controle. — Deve de sê do sinhô Macintosh que os nêgo dexô na mata e os ianque num pegô.

— Vamos levá-la. — Scarlett decidiu rapidamente. — Assim vamos ter leite para o bebê.

— Como que nós vai levá a vaca junto, sinhá Scarlett? Num podemo levá vaca nenhuma. Vaca num presta se num tirá leite dela. As têta fica inchada e estora. É por causa disso que ela tá berrano.

— Como você sabe tanto sobre o assunto, tire sua anágua, rasgue e amarre-a atrás da carroça.

— Sinhá Scarlett, vosmecê sabe que num tenho anágua faz mêis e se tinha num ia pô nela por nada. Nunca que me entendi com vaca. Tenho medo de vaca.

Scarlett soltou as rédeas e levantou as saias. A anágua debruada de renda era a última vestimenta bonita que possuía, e inteira. Ela desamarrou a fita da cintura e deixou-a escorregar até os pés. Rhett lhe trouxera aquele linho e aquela renda de Nassau no último barco com que furara o bloqueio e ela trabalhara por uma semana para costurar a roupa. Resoluta, ela a pegou pela bainha e puxou com os dentes até o tecido se rasgar no comprimento. Ela o apertava entre os dentes, furiosa, rasgando com as duas mãos até a anágua estar em tiras. Deu nós nas extremidades com dedos sangrando por causa das bolhas e trêmulos de cansaço.

— Passe isso sobre os chifres dela — mandou. Mas Prissy se recusou.

— Eu me pelo de medo de vaca, sinhá Scarlett. Nunca tive nada a vê com vaca. Num sô nêga do campo. Sô nêga de casa.

— Você é uma nêga boba e o pior negócio que papai já fez foi comprar você — disse Scarlett devagar, cansada demais para se zangar. — E, se eu voltar a usar meu braço algum dia, vou tirar seu couro com esse chicote.

"Nossa", ela pensou, "eu falei 'nêga' e mamãe não iria gostar nada disso."

Prissy revirou os olhos arregalados, olhando primeiro para a fisionomia fixa de sua senhora e depois para a vaca que mugia queixosa. Scarlett parecia a menos perigosa das duas, então Prissy se agarrou à lateral da carroça e ficou onde estava.

Resoluta, Scarlett desceu da boleia, cada movimento uma agonia de músculos doloridos. Prissy não era a única a ter medo de vacas. Scarlett sempre as temera, mesmo a mais mansa lhe parecia sinistra, mas essa não era hora de se submeter a medos bobos quando outros, muito maiores, a acuavam. Felizmente, a vaca foi gentil. Em sua dor, procurara companhia humana e ajuda, não fazendo qualquer gesto ameaçador quando Scarlett enlaçou seus chifres com uma extremidade da anágua rasgada. A outra extremidade ela amarrou atrás da carroça tão apertada quanto lhe permitiam os dedos desajeitados. Em seguida, voltando para a boleia, um grande cansaço a assaltou e ela oscilou de tontura. Agarrou-se na lateral da carroça para não cair.

Melanie abriu os olhos e, vendo Scarlett parada ao seu lado, sussurrou:

— Querida, chegamos em casa?

Casa! Aquela palavra trouxe lágrimas quentes aos olhos de Scarlett. Casa. Melanie não sabia que não havia casa alguma e que elas estavam sós em um mundo louco e desolado.

— Ainda não — disse ela, tão gentilmente quanto lhe permitia a constrição na garganta —, mas logo estaremos lá. Acabei de encontrar uma vaca e logo teremos leite para você e o bebê.

— Pobre bebê — sussurrou Melanie, a mão fraca procurando a criança e caindo antes de achá-la.

Subir de volta à boleia exigiu de Scarlett toda a sua força, mas enfim lá estava ela retomando as rédeas. O cavalo, cabeça baixa, desalentado, recusou-se a andar. Scarlett deitou-lhe o chicote impiedosamente. Esperava que Deus a perdoasse por machucar um animal cansado. E só lamentava se Ele não o fizesse. Afinal, faltava pouco para chegar a Tara e antes de completar meio quilômetro, o cavalo podia cair no varal se quisesse.

Finalmente, ele deu partida vagarosamente, a carroça rangendo e a vaca mugindo de pesar a cada passo. O som doloroso do animal irritava os nervos de Scarlett a tal ponto que ela teve vontade de parar e desatar a criatura. Afinal, de que serviria a vaca se não houvesse ninguém em Tara? Ela não sabia tirar leite de vaca e, mesmo que soubesse, o animal iria dar coices em qualquer um que tocasse seus úberes inchados. Mas a vaca estava ali e era melhor ficar com ela. Agora havia pouco mais que fosse seu neste mundo.

Os olhos de Scarlett ficaram mais embaçados quando, enfim, elas chegaram ao pé de uma leve inclinação, pois logo acima ficava Tara! Então seu coração parou. O animal decrépito nunca conseguiria puxar colina acima. A encosta sempre lhe parecera tão leve, tão gradual, nos dias em que ela galopava por ali com sua égua veloz. Não era possível que tivesse ficado tão íngreme desde a última vez que a vira. O cavalo nunca conseguiria com todo aquele peso.

Cansada, ela saltou e pegou o animal pelas rédeas.

— Saia, Prissy — ordenou —, e pegue Wade. Carregue-o no colo ou faça-o andar. Deite o bebê junto à sinhá Melanie.

Wade começou a soluçar e choramingar, e Scarlett só conseguia distinguir:

— Escuro... escuro... Wade com medo!

— Sinhá Scarlett, num posso caminhá. Meus pé tão com bôia e os sapato aperta e o Wade mais eu num pesa muito e...

— Saia já daí! Saia antes que eu a puxe para fora! E, se tiver que fazer isso, eu a deixo aqui mesmo no escuro, sozinha. Ande logo!

Prissy gemeu, olhando para as árvores escuras que as cercavam... árvores que poderiam alcançá-la e agarrá-la assim que deixasse a proteção da carroça. Mas deixou o bebê ao lado de Melanie, saltou e ajudou Wade a descer. O menininho soluçava, se encolhendo junto à babá.

— Faça-o ficar quieto. Não posso aguentar — disse Scarlett, pegando o cavalo pelas rédeas e puxando para uma partida relutante. — Seja um homenzinho, Wade, e pare de chorar ou vou aí e lhe dou um tapa.

Por que Deus tinha inventado as crianças, ela pensou brutalmente enquanto movia os tornozelos estrada escura acima. Incômodas, inúteis, choramingonas era o que eram, sempre exigindo cuidados, sempre atrapalhando. Exausta como estava, não havia lugar para compaixão pela criança assustada que caminhava ao lado de Prissy, arrastando-se de mãos dadas com ela e fungando, só havia o enfado por tê-la gerado, só o espanto de ter um dia se casado com Charles Hamilton.

— Sinhá Scarlett — sussurrou Prissy, agarrando o braço de sua senhora —, num vamo pra Tara. Eles num vai havê de tá lá. Foi tudo embora. Tarvez teje tudo morto... minha mãe e os outro tudo.

O eco de seus próprios pensamentos enfureceu Scarlett, que sacudiu os dedos que a seguravam.

— Então me dê a mão de Wade. Você pode ficar sentada bem aqui.

— Não, sinhá! Não, sinhá!

— Então *cale-se*!

A lentidão do cavalo! A saliva de sua boca pingava na mão dela. Passou-lhe pela cabeça um pedaço da letra da canção que certa vez cantara com Rhett... ela não conseguia se lembrar do resto:

Só mais uns dias carregando esse grande fardo!

"Só mais uns passos", cantarolava sua mente sem parar, "para carregar esse grande fardo".

Então chegaram ao topo e diante dela estavam os carvalhos de Tara, formando uma massa escura contra o céu que escurecia. Scarlett olhou apressada para ver se havia alguma luz em algum lugar. Não havia.

"Eles se foram", disse seu coração, como chumbo frio em seu peito. "Se foram!"

Ela virou a cabeça do cavalo para o caminho de entrada, e os cedros, que se encontravam acima de suas cabeças, as deixaram nas trevas da meia-noite. Olhando para o fundo do túnel escuro, forçando a vista, ela viu adiante... ou não? Estariam seus olhos cansados brincando com ela? Os tijolos brancos de Tara embaçados. Minha casa! Minha casa! As queridas paredes brancas, as janelas com as cortinas esvoaçantes, a larga varanda... estava tudo lá diante dela, na obscuridade? Ou a escuridão, piedosamente, ocultava um horror como o da casa dos Macintosh?

A alameda parecia longa demais, e o cavalo, puxando sua mão teimosamente, andava com cada vez maior dificuldade. Ansiosos, seus olhos buscavam na escuridão. O telhado parecia intacto. Seria possível... seria possível? Não, não era. A guerra nada poupava, nem mesmo Tara, construída para durar quinhentos anos. Não devia ter poupado Tara.

Então, os contornos sombrios realmente tomaram forma. Ela puxou o cavalo com mais rapidez. As paredes estavam lá em meio à escuridão. E não estavam marcadas pela fuligem. Tara tinha escapado! Casa! Largando as rédeas, ela correu os últimos passos, saltou à frente em um impulso de agarrar-se às paredes. Em seguida, viu um vulto, indistinto, emergindo das trevas da varanda e parando no topo das escadas. Tara não estava deserta. Alguém estava em casa!

Um grito de alegria chegou à sua garganta, ali morrendo. A casa estava totalmente escura e silenciosa, e o vulto não se mexia nem a chamava. O que estava havendo? O que estava havendo? Tara estava intacta, mas encoberta pelo mesmo silêncio sinistro que pairava por toda a paisagem rural. Então o vulto se mexeu. Retesado e lentamente, ele desceu os degraus.

— Pai? — sussurrou ela com a garganta seca, quase duvidando de que fosse ele. — Sou eu, Katie Scarlett. Voltei para casa.

Gerald foi a seu encontro, silencioso como um sonâmbulo, puxando a perna dura. Aproximou-se, olhando-a de um modo atordoado como se ela fosse parte de um sonho. Estendendo o braço, pôs a mão em seu ombro. Scarlett ficou trêmula, como se ele tivesse sido despertado de um pesadelo para uma realidade sentida apenas em parte.

— Filha — disse ele com esforço. — Filha.

Depois se calou.

"Ora... ele parece um velho", pensou Scarlett.

Ombros caídos. No rosto, que ela não enxergava direito, nada havia da virilidade, da vitalidade inquieta de Gerald, e os olhos que a fitavam traziam quase o mesmo espanto de medo que existia nos olhos do pequeno Wade. Ele não passava de um velhinho aniquilado.

O medo dos fatos que desconhecia apoderou-se dela, surgindo súbito das trevas, e ela nada conseguiu fazer a não ser ficar ali parada olhando para ele, toda uma torrente de perguntas emudecida nos lábios.

Veio um chorinho fraco da carroça e Gerald fez um nítido esforço para despertar do seu torpor.

— É Melanie e seu bebê — sussurrou Scarlett rapidamente —, ela está muito mal... eu a trouxe para casa.

Gerald largou seu braço e endireitou os ombros. Movendo-se lentamente para o lado da carroça, parecia o espectro do antigo anfitrião de Tara recebendo seus convidados, como se pronunciasse as palavras a partir de uma vaga memória.

— Prima Melanie!

A voz de Melanie saiu em um murmúrio indistinto.

— Prima Melanie, esta é sua casa. Twelve Oaks foi incendiada. Ficará conosco.

A lembrança do prolongado sofrimento de Melanie incitou Scarlett a agir. O presente estava de volta e, com ele, a necessidade de deitar Melanie e seu filho em uma cama macia e fazer por ela as poucas coisas que podiam ser feitas.

— Ela precisa ser carregada. Não consegue caminhar.

Ouviu-se um arrastar de pés e um vulto escuro emergiu do vestíbulo cavernoso. Pork desceu as escadas.

— Sinhá Scarlett! Sinhá Scarlett! — gritou.

Scarlett o agarrou pelos braços. Pork, parte essencial de Tara, tão querido quanto os tijolos e frios corredores! Ela sentiu as lágrimas dele correrem por suas mãos enquanto lhe dava tapinhas desajeitados, exclamando:

— Ah, que bão tê a sinhazinha de vorta! Ah, que bão...

Prissy desatou a chorar e começou a balbuciar coisas sem nexo.

— Pork! Pork!

E o pequeno Wade, encorajado pela fraqueza dos mais velhos, começou a fungar:

— Wade quer água!

Scarlett assumiu a situação.

— A sinhá Melly está na carroça com o bebê. Pork, você terá que carregá-la para cima com todo o cuidado. Deixe-a no quarto de hóspedes do fundo. Prissy, leve o bebê e Wade para dentro e dê um copo de água a Wade. Mammy está aqui, Pork? Diga-lhe que preciso dela.

Estimulado pelo tom de autoridade em sua voz, Pork foi até a carroça e tateou o fundo. Melanie gemeu ao ser meio erguida, meio arrastada do colchãozinho de penas, onde ficara deitada por tantas horas. E então ela estava nos braços fortes de Pork, a cabeça encostada em seu ombro, como uma criança. Segurando o bebê e arrastando Wade pela mão, Prissy os seguiu pelos largos degraus e desapareceu no vestíbulo escuro.

Os dedos ensanguentados de Scarlett procuraram a mão do pai.

— Elas melhoraram, papai?

— As meninas estão se recuperando.

Caiu um silêncio e nele formou-se uma ideia por demais monstruosa para ser posta em palavras. Ela não conseguia, de jeito algum, forçá-la aos lábios. Engolia, engolia, mas a garganta ficara totalmente seca. Seria essa a resposta para o assustador enigma que silenciara Tara? Como se respondesse à pergunta, Gerald falou.

— Sua mãe... — disse.

— E... mamãe?

— Sua mãe morreu ontem.

Com o braço do pai segurando firme o dela, Scarlett atravessou o grande vestíbulo que, mesmo na escuridão, lhe era tão familiar como sua própria mente. Ela se desviou das poltronas de espaldar alto, a estante de armas vazia, o antigo aparador com seus pés protuberantes em forma de garra, e sentiu-se instintivamente atraída para o pequeno gabinete nos fundos da casa onde Ellen sempre ficava, fazendo sua interminável contabilidade. Certamente, quando entrasse lá, sua mãe estaria, como sempre, sentada atrás da escrivaninha, olharia para cima, pena na mão, e se levantaria com sua doce fragrância e saias farfalhantes para receber a filha cansada. Ellen não podia ter morrido, mesmo que seu pai o tivesse dito, repetindo feito um papagaio que só sabe uma frase:

— Ela morreu ontem... ela morreu ontem... ela morreu ontem.

Estranho que nada sentisse agora, nada exceto uma exaustão que lhe agrilhoava os membros como pesadas correntes de ferro e uma fome que fazia seus joelhos tremerem. Pensaria na mãe depois. Agora precisava tirá-la da cabeça, caso contrário ficaria gaguejando estupidamente como Gerald ou chorando monotonamente como Wade.

Pork desceu os degraus largos em direção a eles, apressando-se para se aproximar de Scarlett como um animal que tem frio se aproxima do fogo.

— E as luzes? — perguntou ela. — Por que a casa está tão escura, Pork? Traga velas.

— Eles levô tudo que é vela, sinhá Scarlett, menos uma que nós tá usano pra achá as coisa no escuro e tá quase no fim. Mammy tá usano um trapo com gordura de porco em um prato pra alumiá quando tá cuidano da sinhazinha Carreen e da sinhazinha Suellen.

— Traga o que sobrou da vela — ordenou ela. — Traga-a para o gabinete de mamãe... para o gabinete.

Pork foi até a sala de jantar. Scarlett foi tateando até o pequeno cômodo imerso nas trevas e afundou-se no sofá. O braço do pai ainda segurando o seu, desamparado, suplicante, confiante, como só as mãos dos muito jovens e dos muitos velhos conseguem ser.

"Ele está velho, velho e cansado", ela pensou de novo e lá no fundo perguntou-se por que não se importava.

A luz vacilante penetrou o cômodo quando Pork entrou carregando uma vela pela metade grudada em um pires. A caverna escura ganhou vida, o sofá gasto onde se sentavam, a escrivaninha alta com a frágil cadeira entalhada de sua mãe, os escaninhos ainda cheios de papéis escritos com sua letra bonita, o tapete surrado... tudo, tudo estava igual, exceto pela ausência de Ellen. Ellen com o leve aroma de limão e verbena, a expressão doce em seus olhos oblíquos. Scarlett sentiu uma leve dor no coração como quando nervos dormentes após uma lesão profunda lutam para voltar a sentir. Não podia deixá-los voltar à vida agora; havia todo o resto de sua vida pela frente para que viessem a doer. Mas não agora! Por favor, Deus, não agora!

Ela olhou para o rosto pálido de Gerald e, pela primeira vez em sua vida, o viu com barba por fazer, o rosto radiante de antes coberto de pelos prateados. Pork deixou a vela sobre o suporte e foi para seu lado. Scarlett sentiu que, se ele fosse um cachorro, teria deitado o focinho em seu colo, ganindo para que uma mão bondosa lhe acariciasse a cabeça.

— Pork, quantos negros estão aí?

— Sinhá Scarlett, esses nêgo ordinário fugiu e otro foi com os ianque e...

— Quantos sobraram?

— Só eu, sinhá Scarlett, e Mammy, que fica cuidano das sinhazinha o dia todo. E Dilcey, que tá com as sinhazinha agora. É nós três, sinhá Scarlett.

"Nós três" quando antes havia cem. Com esforço, Scarlett ergueu a cabeça sobre o pescoço dolorido. Sabia que precisava manter a voz firme. Para sua surpresa, as palavras saíram tão fria e naturalmente como se nunca tivesse ocorrido uma guerra e ela pudesse, com um aceno de mão, chamar dez criados para lhe servir.

— Pork, estou morta de fome. Tem algo para comer?

— Num tem, sinhá. Eles levô tudo.

— Mas e na horta?

— Eles sortô os cavalo lá.

— Até a encosta com a batata-doce?

Algo quase como um sorriso de prazer surgiu nos lábios grossos.

— Sinhá Scarlett, esqueci das batata-doce. Elas deve de tá lá. Os ianque nunca tinha visto batata-doce e eles pensô que era só raiz e...

— A lua logo vai estar alta. Vá lá fora, tire algumas para nós e asse-as. Não há fubá? Nem ervilha seca? Nem galinhas?

— Não, sinhá. Não. As galinha que eles num comeu aqui mermo, eles carregô na sela.

Eles... eles... eles... Não haveria fim ao que "eles" tinham feito? Não fora suficiente incendiar e matar? Precisavam também deixar mulheres, crianças e negros desamparados a morrer de fome em uma região que eles tinham deixado destruída?

— Sinhá Scarlett, tem umas maçã que a Mammy enterrô embaixo da casa. Foi o que nós comeu hoje.

— Traga-as antes de ir buscar as batatas. E Pork... eu estou muito fraca. Há algum vinho na adega, nem que seja de amora?

— Ah, sinhá Scarlett, a adega foi o primero lugá que eles foi.

Uma onda de náusea composta de fome, sono, exaustão e golpes atordoantes tomou conta dela, que se agarrou nas rosas entalhadas sob sua mão.

— Nenhum vinho — disse ela entorpecida, lembrando-se das intermináveis fileiras de garrafas na adega, remexendo uma memória.

— Pork, e o uísque de milho que papai enterrou no barril de carvalho embaixo do parreiral?

Outro espectro de sorriso iluminou o semblante negro, um sorriso de prazer e respeito.

— Sinhá Scarlett, vosmecê é mermo esperta! Eu num me alembrava daquele barril. Mas, sinhá Scarlett, aquele uísque num deve de tá bão. Deve de tá lá faz um ano e uísque não é bão pras dama de quarqué modo.

Como os negros eram obtusos! Nunca pensavam em nada se não fossem mandados. E os ianques queriam libertá-los.

— Estará bom o bastante para esta dama e para papai. Depressa, Pork, desenterre-o e nos traga dois copos, um pouco de hortelã e açúcar e eu vou preparar um julepo.

A fisionomia dele foi de descrédito.

— Sinhá Scarlett, vosmecê sabe que num tem açúca em Tara tem muito tempo. E os cavalo deles comeu toda hortelã e eles quebrô todos copo.

"Se ele disser 'eles' outra vez eu grito. Não consigo me conter", ela pensou e depois disse em voz alta:

— Bem, corra e pegue o uísque, rápido. Tomaremos puro. — E quando ele se retirava. — Espere, Pork. Há tantas coisas para fazer que não consigo pensar direito.... ah, sim. Eu trouxe um cavalo e uma vaca e ela precisa ser ordenhada com urgência, e desatrele o cavalo e lhe dê água. Vá e diga a Mammy que cuide da vaca. Diga-lhe que ela precisa dar um jeito na vaca. O bebê da sinhá Melanie vai morrer se não comer nada...

— A sinhá Melly num... num pode...? — Pork pausou delicadamente.

— A sinhá Melanie não tem leite. — Deus, sua mãe desmaiaria se ouvisse aquilo!

— Bão, sinhá Scarlett, minha Dilcey pode ajudá o fio da sinhá Melly. Minha Dilcey tá com bebê novo e tem mais que baste pros dois.

— Você está com um bebê, Pork?

Bebês, bebês, bebês. Por que Deus fazia tantos bebês? Mas não, não era Deus que os fazia e sim as pessoas ignorantes.

— Sim, sinhá, um neguim gordo e grande. Ele...

— Vá e diga a Dilcey para deixar as meninas. Eu cuido delas. Diga a ela para amamentar o bebê da sinhá Melanie e fazer o que puder por ela. Diga a Mammy para cuidar da vaca e botar o pobre cavalo no estábulo.

— Num tem mais estabIo, sinhá Scarlett. Eles usô pra fazê fogo.

— Não me diga mais o que "eles" fizeram. Diga a Dilcey para cuidar da sinhá Melanie e do bebê. E você, Pork, vá lá desenterrar aquele uísque e depois as batatas-doces.

— Mas, sinhá Scarlett, num tem luz pra eu cavá.

— Você pode usar uma acha de lenha, não é?

— Num tem lenha... Eles...

— Faça algo... não sei o quê. Mas desenterre essas coisas e rápido. Agora, vá.

Pork chispou do gabinete quando a voz dela foi ficando áspera, e Scarlett ficou sozinha com Gerald. Deu uns tapinhas na perna dele. Percebeu como tinham encolhido aquelas coxas protuberantes com músculos construídos sobre a sela. Precisava fazer algo para tirá-lo daquela apatia... mas não podia perguntar pela mãe. Isso deveria vir depois, quando ela pudesse aguentar.

— Por que eles não queimaram Tara?

Gerald olhou para ela por um instante como se não estivesse ouvindo, e ela repetiu a pergunta.

— Porque — gaguejou — eles fizeram a casa de quartel.

— Ianques... nesta casa?

Ela teve a sensação de que aquelas amadas paredes tinham sido profanadas. Aquela casa, sagrada porque Ellen ali vivera e aqueles... aqueles... ali dentro.

— Pois é, filha. Nós vimos a fumaça em Twelve Oaks, do outro lado do rio, antes de eles virem para cá. Mas a Srta. Honey e a Srta. India, junto com alguns negros, tinham se refugiado em Macon, então não nos preocupamos com elas. Mas não podíamos ir para Macon. As meninas estavam muito mal... sua mãe... não podíamos ir. Nossos negros correram... não sei para onde. Roubaram as carroças e as mulas. Mammy, Dilcey e Pork ficaram. As meninas... sua mãe... não podíamos tirá-las daqui.

— Sim, sim. — Ele não podia falar sobre a mãe. Qualquer outra coisa, mas não isso. Até que o próprio general Sherman tinha usado aquele gabinete como quartel. Qualquer outra coisa.

— Os ianques estavam indo para Jonesboro, para cortar a ferrovia. E subiram a estrada lá do rio... milhares e milhares... e canhões e cavalos... milhares. Eu os encontrei na porta de entrada.

"Ah, o pequeno e corajoso Gerald!", pensou Scarlett, seu coração se inflando. Gerald encontrando o inimigo nos degraus de Tara como se houvesse um exército atrás de si em vez de na frente.

— Eles me disseram para sair, pois iam queimar a propriedade. E eu disse que eles a queimariam sobre minha cabeça. Nós não sairíamos... as meninas... sua mãe estavam...

— E então? — Será que ele sempre precisava voltar a Ellen?

— Eu disse a eles que havia doença na casa, o tifo, e que tirá-las dali seria a morte. Que eles podiam queimar o telhado em cima de nossas cabeças. De qualquer jeito, eu não queria ir embora... deixar Tara.

Sua voz foi sumindo até se silenciar enquanto ele olhava, perdido, para as paredes, e Scarlett compreendeu. Havia muitos ancestrais irlandeses se comprimindo atrás dos ombros de Gerald, homens que tinham morrido por causa de poucos hectares, preferindo lutar até o fim a deixar as propriedades que tinham habitado, arado, onde criaram seu gado e seus filhos.

— Eu disse que eles iam incendiar a casa sobre as cabeças de três mulheres agonizantes, mas que não sairíamos. O jovem oficial era... era um cavalheiro.

— Um ianque cavalheiro? Ora, papai!

— Um cavalheiro. Ele partiu a galope, logo voltando com um capitão, um médico, que examinou as meninas... e sua mãe.

— Você deixou um maldito ianque entrar no quarto delas?

— Ele tinha ópio. Nós não tínhamos nada. Ele salvou suas irmãs. Suellen estava com hemorragia. Ele foi o mais gentil possível. E quando relatou que elas estavam... doentes... eles não incendiaram a casa. Instalaram-se aqui, um general com seu estado-maior, lotaram o lugar. Tomaram conta de todos os quartos, menos do das doentes. E os soldados...

Ele pausou outra vez, como se estivesse muito cansado para continuar. O queixo de barba espetada caiu sobre o peito, com suas dobras flácidas. Fazendo um esforço, ele continuou a falar.

— Acamparam ao redor da casa, por todo lado, na plantação de algodão, no milharal. O pasto ficou azul. Naquela noite houve centenas de fogueiras de acampamento. Arrebentaram as cercas, queimando-as para cozinhar, além dos celeiros, estábulos e o fumeiro. Mataram as vacas, os porcos e as galinhas... até meus perus. — Os preciosos perus de Gerald. Então estavam perdidos... — Pegaram as coisas, até quadros... alguns móveis, a louça...

— A prataria?

— Pork e Mammy fizeram algo com a prataria... botaram no poço... mas não estou me lembrando bem. — A voz de Gerald soou irritada. — Então eles travaram a batalha a partir daqui... de Tara... tanto barulho, gente que subia galopando ou andando e voltava. Depois o canhão em Jonesboro... parecia trovoada... até as meninas conseguiam ouvir, mesmo mal do jeito que estavam, e não paravam de pedir: "Papai, mande parar de trovoar."

— E... e mamãe? Ela sabia que os ianques estavam na casa?

— Ela... nunca soube de nada.

— Graças a Deus — disse Scarlett. Sua mãe fora poupada. Nunca ficara sabendo, nunca ouvira o inimigo nos cômodos lá embaixo, nunca ouvira as armas em Jonesboro, nunca ficara ciente de que a terra que fazia parte de seu coração estava sob pés ianques.

— Vi poucos deles, pois fiquei lá em cima com as meninas e com sua mãe. Quem eu via mais era o jovem médico. Ele foi muito bom, Scarlett. Depois de trabalhar o dia inteiro com os feridos, vinha e as atendia. Até deixou remédio. Quando eles foram embora, ele me disse que as meninas iam se recuperar, mas sua mãe... Ela estava frágil demais... fraca demais para aguentar aquilo tudo. Disse que ela havia abusado da própria força...

No silêncio que caiu, Scarlett visualizou sua mãe como devia ter ficado naqueles últimos dias, uma estreita torre de força em Tara, cuidando das enfermas, trabalhando, ficando sem dormir e sem comer para que os outros pudessem descansar e comer.

— E depois eles partiram. Seguiram adiante.

Ele ficou quieto por um longo tempo e então pegou a mão dela, desajeitado.

— Fico bem feliz de você estar em casa — disse ele simploriamente.

Ouviu-se um som de pés arrastando na entrada dos fundos. O pobre Pork, há quarenta anos treinado a limpar os pés antes de entrar em casa, não se esquecia disso nem em uma hora dessas. Ele entrou, carregando com cuidado duas cabaças e o cheiro forte de bebida derramada chegou antes dele.

— Eu derramei um tanto, sinhá Scarlett. É bem difícil tirá dum barril pruma cuia.

— Está ótimo, Pork, e obrigada. — Ela pegou a cabaça molhada, o nariz se retorcendo com o odor desagradável.

— Beba isto, papai — disse ela, pondo o uísque em seu estranho recipiente nas mãos dele e pegando a segunda cabaça, de água, das mãos de Pork. Gerald a ergueu, obediente como uma criança, e deu um gole ruidoso. Ela ofereceu a água, mas ele recusou.

Quando ela pegou o uísque das mãos do pai e o levou à boca, viu seus olhos a seguirem, com um vago ar de censura.

— Bem sei que damas não bebem uísque — disse ela, seca. — Mas hoje não sou uma dama, papai, e há muito trabalho a fazer.

Ela inclinou a cabeça, puxou o fôlego e bebeu rapidamente. O líquido ardido queimou-lhe da garganta ao estômago, deixando-a engasgada e com olhos cheios de lágrimas.

— Katie Scarlett — disse Gerald, a primeira nota de autoridade que ela ouvira desde a chegada —, já chega. Você não é conhecedora de bebida e ela vai lhe deixar tonta.

— Tonta? — Ela soltou uma risada feia. — Tonta? Espero que me deixe embriagada. Queria estar embriagada e esquecer tudo isso.

Ela bebeu outra vez, um lento trem de calor se acendendo em suas veias e se espalhando por seu corpo até a ponta dos dedos formigar. Que sensação abençoada, aquele fogo generoso. Pareceu lhe penetrar até o coração enregelado, e a força foi reanimando seu corpo. Vendo a fisionomia magoada e intrigada de Gerald, ela lhe deu outro tapinha no joelho e tentou imitar o sorriso insolente que ele amava.

— Como é que me deixaria tonta, papai? Sou sua filha. Será que não herdei a resistência mais inabalável do condado de Clayton?

Ele quase sorriu diante da fisionomia cansada dela. O uísque também o revigorava. Ela passou para ele de novo.

— Agora você vai dar outro gole e depois vou levá-lo lá para cima e botá-lo na cama.

Ela se deu conta. Ora, esse era o modo como falava com Wade... não podia dirigir-se ao seu pai desse modo. Era desrespeitoso. Mas ele aceitou suas palavras.

— Sim, botá-lo na cama — reiterou com leveza — e lhe dar outro gole... talvez a cabaça inteira para fazê-lo dormir. Você precisa dormir, e Katie Scarlett está aqui, portanto não precisa se preocupar com nada. Beba.

Ele bebeu, obediente, e passando o braço pelo dele, ela o pôs de pé.

— Pork...

Pork pegou a cabaça com uma das mãos e o braço de Gerald com a outra. Scarlett pegou a vela acesa e os três seguiram lentamente pelo escuro, subindo as escadas até o quarto de Gerald.

O quarto que abrigava Suellen e Carreen, deitadas na mesma cama, resmungando inquietas, fedia terrivelmente com o odor do trapo que queimava em um pires de gordura de porco, a única luz disponível. Ao abrir a porta, a atmosfera pesada do quarto, com todas as janelas fechadas e o ar fumegando com os odores da doença, o cheiro de remédio e gordura, quase fez Scarlett desmaiar. Os médicos podiam dizer que ar fresco era fatal em um quarto de doentes, mas, se ela tivesse que ficar ali, precisaria de ar ou morreria. Abriu as três janelas, trazendo para dentro o cheiro das folhas de carvalho e de terra, mas o ar fresco não conseguia fazer muito para dispersar os odores doentios que tinham se acumulado por semanas naquele quarto fechado.

Carreen e Suellen, magras e pálidas, dormiam um sono interrompido, acordando para balbuciar qualquer coisa com olhos arregalados, fixos, ali na cama de quatro colunas altas onde as duas costumavam trocar segredos em dias melhores, mais felizes. No canto do quarto, estava uma cama vazia, estreita, estilo francês imperial, com cabeceira e pés curvos, uma cama que Ellen trouxera de Savannah. Era onde Ellen estava dormindo.

Scarlett sentou-se ao lado das duas, olhando-as aturdida. O uísque, bebido de estômago vazio, lhe pregava peças. Às vezes suas irmãs pareciam estar distantes e miudinhas, suas vozes sem nexo lhe chegando como o zumbido de insetos. Em seguida, pareciam grandes, aproximando-se dela a grande velocidade. Ela estava exausta, exausta até os ossos. Poderia se deitar e dormir por dias seguidos.

Se ao menos pudesse se deitar, dormir e acordar sentindo Ellen a lhe sacudir suavemente o braço, dizendo: "É tarde, Scarlett. Não seja tão preguiçosa." Mas ela jamais faria isso de novo. Se pelo menos houvesse Ellen, alguém mais velha que ela, mais sábia e descansada a quem pudesse recorrer! Alguém em cujo colo pudesse deitar a cabeça, em cujos ombros pudesse descansar seus fardos!

A porta se abriu devagar e Dilcey entrou, com o bebê de Melanie no seio, a cabaça de uísque na mão. Na luz enfumaçada, sombria, ela parecia mais magra que da última vez que a vira, e o sangue indígena estava mais evidente em suas feições. As faces mais proeminentes, o nariz adunco mais pronunciado e a pele acobreada brilhando com um tom mais claro. O vestido de chita desbotado estava aberto até a cintura, e seu seio volumoso, exposto. Junto dela, o bebê de Melanie pressionava sua gulosa boquinha feito botão de rosa no mamilo escuro, sugando, agarrando com as mãozinhas a carne macia como um gatinho no pelo quente da barriga da mãe.

Scarlett se levantou vacilante e pôs a mão no braço de Dilcey.

— Que bom você ter ficado, Dilcey.

— Como eu havia de ir com os nêgo ordinário, sinhá Scarlett, despois que seu pai foi tão bão de me comprá e a minha Prissy e sua mãe tê sido tão boa?

— Sente-se, Dilcey. Então o bebê pode se alimentar? E como está a sinhá Melanie?

— Num tem nada de errado com essa criança, só que tá com fome e o que precisa pra dá de comê a uma criança faminta eu tenho. Sim, sinhá, a sinhá Melanie tá boa. Num vai morrê, sinhá Scarlett. Num precisa ficá com medo. Já vi muita branca e negra que nem ela. Ela tá cansada demais e nervosa e assustada por causa desse bebê. Mais eu lavei ela e dei o que sobrô nessa cuia e ela tá dormino.

Então o uísque de milho fora usado por toda a família! Histérica, Scarlett pensou que seria bom dar um pouco ao pequeno Wade para ver se lhe curava os soluços... E Melanie não iria morrer. E quando Ashley voltasse para casa... Não, ela pensaria nisso mais tarde também. Havia tanto em que pensar... mais tarde! Tantas coisas a desembaraçar... a decidir. Se ao menos pudesse adiar eternamente a hora de acertar as contas. Ela se sobressaltou ao ouvir um rangido e um rítmico "crac-ban-crac-ban" romper o silêncio da noite lá fora.

— É Mammy pegano água pra lavá as sinhazinha. Elas toma um monte de banho — explicou Dilcey, largando a cabaça na mesa entre os vidros de remédio e um copo.

Scarlett riu. Seus nervos deviam estar em frangalhos para que se assustasse com o ruído do molinete do poço, tão ligado a suas primeiras memórias. Dilcey olhou para ela fixamente enquanto ria, a fisionomia imóvel em sua dignidade, mas Scarlett sentiu que ela entendia. Voltou a sentar-se. Se ao menos pudesse se livrar do espartilho apertado, da gola que a engasgava e das sapatilhas ainda cheias de areia e cascalho que lhe criaram bolhas nos pés...

O rangido do molinete foi diminuindo e a corda estava enrolada, cada rangido trazendo o balde de água mais próximo do topo. Logo Mammy estaria com ela... a Mammy de Ellen, sua Mammy. Ela ficou sentada quieta, sem qualquer intento, enquanto o bebê, já saciado, choramingava por ter perdido o mamilo aconchegante. Dilcey, também silenciosa, guiou a boca do bebê de volta, acalmando-o em seus braços enquanto Scarlett ouvia as passadas vagarosas de Mammy atravessando o pátio dos fundos. Como estava imóvel o ar da noite! Qualquer ruído rugia em seus ouvidos.

O corredor do andar de cima pareceu tremer conforme o peso de Mammy se aproximava da porta. Então, ali estava ela, no quarto, com os ombros curvados pelos dois baldes pesados de água, o bondoso rosto negro triste, com a tristeza confusa de um rosto símio.

Seus olhos se iluminaram ao ver Scarlett, os dentes brilharam enquanto ela largava os baldes e Scarlett correu até ela, deitando a cabeça no grande busto caído que tantas cabeças, negras e brancas, recebera. Ali estava algo estável, pensou Scarlett, algo da vida antiga que era imutável. Mas as primeiras palavras de Mammy dispersaram sua ilusão.

— A fiota da Mammy tá em casa! Ah, sinhá Scarlett, agora que a sinhá Ellen tá no túmulo, quê que nós vai fazê? Ah, sinhá Scarlett, eu queria tá deitada do lado da sinhá Ellen! Num sei o que fazê sem a sinhá Ellen. Num sobrô nada, só pesá e pobrema. Um fardo muito grande, muito grande.

Com a cabeça junto ao peito de Mammy, duas palavras chamaram a atenção de Scarlett: "fardo grande." Eram aquelas as palavras que não lhe saíam da cabeça àquela tarde, de modo tão monótono que a deixara enjoada. Agora ela se lembrava do resto da canção, lembrava-se com um aperto no coração:

Só mais uns dias carregando esse grande fardo!
Não importa se nunca ficar leve!
Só mais uns dias cambaleando pela estrada...

"Não importa se nunca ficar leve!" Ela ficou com aquelas palavras na cabeça cansada. Será que seu fardo nunca ficaria leve? Vir para casa não significava o fim daquilo, mas sim mais fardos a carregar? Saindo do abraço de Mammy, ela se endireitou e acariciou o rosto enrugado da negra.

— Amô, suas mão! — Mammy tomou as pequenas mãos cheias de bolhas e sangue coagulado nas suas com apavorada censura. — Sinhá Scarlett, quantas vez eu disse que sempre dá pra dizê se a muié é uma dama pelas mão e... sua cara, queimada tamém!

Pobre Mammy, ainda apegada a coisas tão sem importância, mesmo que a guerra e a morte acabassem de ter passado sobre sua cabeça! Logo estaria dizendo que as sinhazinhas com mãos calosas e sardas geralmente não arrumavam maridos, e Scarlett interceptou o comentário.

— Mammy, quero que você me conte sobre mamãe. Não aguentei ouvir papai falar dela.

Os olhos de Mammy ficaram marejados enquanto ela se curvava para pegar os baldes. Em silêncio, carregou-os para o lado da cama e, puxando o lençol, começou a levantar as roupas de Suellen e de Carreen. Enxergando as irmãs através da luz difusa, Scarlett percebeu que Carreen usava uma camisola limpa, mas esfarrapada, e Suellen se enrolava em um velho négligé, um roupão marrom de linho cheio de remates de renda irlandesa. Mammy chorava baixinho enquanto lavava os corpos macilentos, usando os restos de um velho avental como esponja.

— Sinhá Scarlett, foi eles, os Slattery, eles, os branco ordinário, que num presta, os baxo, os miseráve dos Slattery que matô a sinhá Ellen. Eu cansei de falá pra ela que num era bão fazê as coisa pros pessoá ordinário, mais a sinhá Ellen tinha os modo tão meigo e o coração tão bão que nunca havia de dizê não pra ninguém que precisasse dela.

— Os Slattery? — perguntou Scarlett, confusa. — O que eles têm a ver com isso?

— Eles tava doente com disentria — contava Mammy, gesticulando com o trapo e esfregando as duas meninas nuas, pingando água no lençol úmido. — Emmie, a fia da véia sinhá Slattery, começô com isso e ela veio inté aqui percurá a sinhá Ellen, como sempre fazia quando tinha pobrema. Pru que num cuidava do pessoá dela? A sinhá Ellen já tinha muito que fazê, mas foi pra lá de quarqué jeito cuidá da Emmie. E a sinhá Ellen num tava nada boa, sinhá Scarlett. Faz tempo que sua mãe num tava boa. Num tinha muita coisa para comê com o exérsto robano tudo que nós prantava. E, de todo jeito, a sinhá Ellen sempre comeu feito um passarim. E eu tava sempre dizeno pra ela dexá os branco ordinário se virá sozinho, mas ela num dava atenção. Entonce, quando a Emmie parecia tá meiorano, a sinhazinha Carreen ficô doente. Isso mermo, sinhá, o tifo veio avoano pela estrada e pegô a sinhazinha Carreen e despois pegô a sinhazinha Suellen. Entonce a sinhá Ellen começô a cuidá delas tamém.

"Com toda essas bataia pela estrada e os ianque do otro lado do rio e nós num sabeno o que havia de acontecê com nós, e os trabaiadô do campo fugino todas noite, eu tava que nem lôca. Mas a sinhá Ellen tava fria feito um pipino. Só que tava assustada feito um fantasma por causa das menina no caso de num se consegui remédio nem nada. E uma noite ela me disse, despois que nós lavô as sinhazinha, umas dez vez ela disse: 'Mammy, se eu pudesse vendê minha alma eu vendia pra tê gelo pra pô na cabeça das minha fia.'

"Ela num dexava o sinhô Gerald vi aqui, nem a Rosa nem a Teena, ninguém mais, só eu, pruquê eu já tive tifo. Entoce foi ela que pegô, sinhá Scarlett, e eu logo vi que num tinha o que se fazê."

Mammy se endireitou e, levantando o avental, secou as lágrimas.

— Ela se foi logo, sinhá Scarlett, e nem aquele dotô ianque bão pôde fazê arguma coisa pra ela. Ela num tava sabeno de nadim. Eu chamava ela e falava com ela, mas ela nem tava conheceno sua própria Mammy.

— Ela... ela alguma vez falou de mim... me chamou?

— Não, mia fia. Ela ficô achano que era aquela menina lá de Savannah. Num chamava o nome de ninguém.

Dilcey se agitou e deitou o bebê adormecido nas pernas

— Sim, sinhá. Ela chamô arguém.

— Tu cala tua boca, sua nêga índia. — Mammy se virou ameaçadora para Dilcey.

— Calma, Mammy! Quem foi que ela chamou, Dilcey? Papai?

— Não, sinhá. Num foi seu pai. Foi na noite que queimaro o argodão...

— O algodão foi queimado... conte logo!

— Foi. Os sordado tirô os fardo do celero, levô pro pátio e gritô: "vai sê a maió foguera da Geórgia", e tacô fogo.

Três anos de algodão armazenado... 150 mil dólares, tudo em uma única fogueira!

— E o fogo alumiô tudo de tar modo que parecia dia, nós ficamo com medo que a casa tamém ia queimá e ficô tão claro aqui nesse quarto que dava inté pra se pegá uma agúia no chão. E quando a luz briô na janela acho que acordô a sinhá Ellen, que se sentô na cama e gritô bem arto: "Fiiliip! Fiiliip!" Eu nunca tinha ovido esse nome, mas ela tava chamano ele.

Mammy ficou petrificada, com um olhar feroz para Dilcey, mas Scarlett deixou cair a cabeça nas mãos. "Philippe... quem era e o que teria representado para mamãe morrer chamando por ele?"

A longa jornada de Atlanta a Tara tinha se acabado, a jornada que devia acabar nos braços de Ellen acabara em uma parede branca. Scarlett nunca mais se deitaria, como uma criança, segura sob o teto do pai com a proteção do amor de sua mãe envolvendo-a como um cobertor. Já não havia segurança ou refúgio a que recorrer. Nenhuma volta ou desvio evitaria esse beco sem saída ao qual chegara. Não havia ninguém em cujos ombros ela pudesse descansar seus fardos. Seu pai estava velho e atordoado, as irmãs, doentes, Melanie, fraca, as crianças eram impotentes e os negros olhavam para ela com uma fé infantil, agarrados a suas saias, tendo a certeza de que a filha de Ellen seria o refúgio que Ellen sempre fora.

Pela janela, sob a luz fraca da lua que subia, Tara se estendia a sua frente, sem os negros, campos devastados, celeiros arruinados, como um corpo sangrando diante de seus olhos, como seu corpo, sangrando lentamente. Era o fim da estrada, velhice, doenças, bocas famintas, trabalhadores desamparados agarrando-se a suas saias. E no final dessa estrada nada havia... nada além de Scarlett O'Hara Hamilton, 19 anos, viúva com uma criança pequena.

O que faria com tudo isso? Tia Pitty e os Burr em Macon poderiam ficar com Melanie e o bebê. Se as meninas se recuperassem, a família de Ellen teria que ficar com elas, querendo ou não. E ela e Gerald poderiam recorrer aos tios James e Andrew.

Ela olhou para os vultos magros e inquietos diante dela, os lençóis úmidos e escuros onde caíra água. Ela não gostava de Suellen. Agora via com uma súbita clareza. Nunca gostara dela. Não tinha nenhum amor especial por Carreen... não conseguia amar ninguém que fosse fraco. Mas elas eram do seu sangue, parte de Tara. Não, ela não poderia deixar que fossem morar na casa das tias como parentes pobres. Uma O'Hara como parente pobre, vivendo da caridade e tolerância? Ah, isso nunca!

Haveria escapatória desse beco sem saída? Seu cérebro cansado movia-se com lentidão. Ela levou as mãos à cabeça, tão cansada que o ar mais parecia água, e seus braços lutavam contra a corrente. Pegando a cabaça que estava entre o copo e o vidro, olhou dentro. Sobrara um pouco de uísque no fundo, sendo impossível saber quanto naquela luz difusa. Estranho que o cheiro forte agora não ofendia suas narinas. Ela bebeu devagar, mas dessa vez o líquido não a queimou, só deixando um rastro de calor dormente.

Largou a cabaça vazia e olhou em volta. Era tudo um sonho, o quarto enfumaçado de luminosidade incerta, as meninas esqueléticas, Mammy agachada, meio disforme ao lado da cama, Dilcey, uma imagem de bronze imóvel com o róseo bocado adormecido em seu peito escuro... tudo um sonho do qual ela despertaria para sentir o cheiro do bacon fritando na cozinha, ouvir a risada gutural dos negros, o ranger das carroças indo para o campo e a suave e insistente mão de Ellen sobre ela.

Então descobriu que estava em seu próprio quarto, a fraca luz do luar agulhando a escuridão e Mammy e Dilcey a despiam. O espartilho torturante já não apertava sua cintura e ela podia respirar tranquilamente até o fundo dos pulmões e do abdome. Sentiu as meias lhe sendo tiradas com suavidade e ouviu Mammy balbuciando qualquer coisa reconfortante enquanto lavava seus pés cheios de bolhas. Que fresca era a água, que bom estar deitada ali, como uma criança. Ela suspirou, relaxou e, depois de um tempo, que podia ter sido um ano ou um segundo, estava sozinha e o quarto foi ficando mais claro conforme o luar se estendia sobre a cama.

Não tinha noção de estar embriagada, de cansaço e uísque. Sabia apenas que deixara seu corpo extenuado e flutuava em alguma região acima dele, onde não havia dor, nem cansaço, e seu raciocínio adquiriu uma clareza extraordinária.

Via as coisas com novos olhos, pois, em algum ponto ao longo da estrada para Tara, ela abandonara sua infância. Já não era como o barro moldável, no qual cada nova experiência deixava uma marca. O barro endurecera em algum momento desse dia que durara mil anos. Essa noite era a última vez que ela seria cuidada como uma criança. Agora era uma mulher feita, e a juventude ficara para trás.

Não, ela não podia, não iria recorrer às famílias de Gerald ou de Ellen. Os O'Hara não aceitavam caridade. Os O'Hara cuidavam dos seus. Seus fardos lhes pertenciam e fardos eram feitos para ombros fortes que os aguentassem. Não se surpreendeu, olhando lá de cima, de constatar que seus ombros agora estavam fortes o bastante para aguentar qualquer coisa, tendo aguentado o pior que lhes podia ter acontecido. Não podia abandonar Tara; pertencia àqueles hectares de terra vermelha mais ainda do que eles lhe pertenciam. Estava profundamente enraizada no solo cor de sangue, e dali sugava a vida, como o algodão. Ficaria em Tara e a manteria, de algum modo, manteria seu pai e as irmãs, Melanie e o filho de Ashley, e os negros. Amanhã... ah, amanhã! Amanhã ela botaria o jugo nas costas. Haveria tantas coisas a fazer amanhã. Ir a Twelve Oaks e à propriedade dos Macintosh, ver se algo sobrara nas hortas e pomares, passar pelos charcos procurando por porcos e galinhas extraviados, ir a Jonesboro e a Lovejoy com as joias de Ellen... devia ter restado alguém por lá que vendesse alguma comida. Amanhã... amanhã... seu cérebro palpitava cada vez mais devagar, como um relógio perdendo a corda, mas a visão clara persistia.

As frequentes histórias de família, que ela escutara desde a mais tenra infância, que escutara meio entediada, sem paciência, mas mesmo assim captando um pouco do significado, subitamente ficaram claras. Gerald, sem nenhum tostão, edificara Tara; Ellen superara algum misterioso pesar; o avô Robillard, sobrevivendo ao naufrágio do trono de Napoleão, reencontrara a fortuna no fértil litoral da Geórgia; o bisavô Prudhomme entalhara um pequeno reino nas densas selvas do Haiti, e depois de perdê-lo sobrevivera para ver seu nome homenageado em Savannah. Houvera os Scarlett, que tinham lutado com os Voluntários Irlandeses por uma Irlanda livre e sido enforcados por tais esforços, e os O'Hara, que tinham morrido na Batalha de Boyne, combatendo até o fim pelo que lhes pertencia.

Todos sofreram infortúnios esmagadores e não foram esmagados. Não se deixaram abater pela queda de impérios, pelos facões de escravos revoltados, por guerra, rebelião, proscrição, confisco. O destino maligno talvez tivesse abatido suas costas, mas nunca seus corações. Eles não se lamentaram, mas, sim, lutaram. E, ao morrer, morreram cansados, mas não vencidos. Toda aquela gente, cujo sangue lhe corria nas veias, parecia estar se movendo silenciosamente no quarto iluminado pela lua. E Scarlett não se surpreendeu por vê-los, esses antepassados que haviam suportado o pior que o destino podia lhes reservar e o tinham transformado em algo melhor. Tara era seu destino, sua luta, e ela ia conquistá-la.

Tonta, ela se virou de lado, uma escuridão se insinuando e lhe envolvendo a mente. Estariam realmente ali, sussurrando um mudo encorajamento, ou aquilo seria um sonho?

— Estejam aqui ou não — murmurou ela, adormecendo —, boa-noite... e obrigada.

Capítulo 25

Na manhã seguinte, o corpo de Scarlett estava tão enrijecido e dolorido dos longos quilômetros de viagem sacolejando na carroça que cada movimento era uma agonia. Tinha o rosto vermelho, queimado do sol, e as palmas das mãos em carne viva. A língua estava grossa, e a garganta, tão seca que não havia quantidade de água que lhe aplacasse a sede. Parecia estar com a cabeça inchada e estremecia até ao virar os olhos. Um mal-estar estomacal semelhante ao que sentia nos primeiros tempos de gravidez tornou insuportáveis as batatas-doces assadas servidas na mesa. Não conseguia nem sentir o cheiro. Gerald podia ter-lhe dito que ela estava sofrendo as consequências normais de sua primeira experiência com bebida forte, mas ele nada percebeu. Sentado na cabeceira da mesa, um velho grisalho, com o olhar ausente, opaco, grudado na porta, e a cabeça levemente inclinada para ouvir o farfalhar das saias de Ellen, para sentir o perfume do sachê de limão e verbena.

Quando Scarlett se sentou, ele balbuciou:

— Vamos esperar pela Sra. O'Hara. Ela está atrasada.

Ela ergueu a cabeça dolorida, olhou para ele com incredulidade sobressaltada e encontrou os olhos suplicantes de Mammy, que estava atrás da cadeira de Gerald. Ela se levantou vacilante, a mão na garganta, e olhou para o pai sob a luz do sol matinal. Ele olhou para ela vagamente, e ela percebeu que as mãos dele tremiam, assim como a cabeça.

Até aquele momento, ela não se dera conta de quanto estava contando com Gerald para assumir o comando, para lhe dizer o que precisava ser feito, e agora... Ora, na noite anterior ele parecia quase ele mesmo. Não houvera os rompantes e a vitalidade de sempre, é certo, mas ao menos ele lhe relatara fatos coerentes, e agora... agora nem sequer se lembrava de que Ellen tinha morrido. O duplo choque da invasão dos ianques e da morte dela o deixara atordoado. Scarlett começou a falar, mas Mammy sacudiu a cabeça de modo veemente e levantando o avental enxugou os olhos vermelhos.

"Ah, será que papai perdeu o juízo?", pensou Scarlett e sua cabeça latejante sentiu que ia se rachar com mais essa tensão. "Não, não. Ele só está aturdido com tudo isso. É como se estivesse doente. Vai superar. Precisa superar. Caso contrário, o que vou fazer?... Nem vou pensar nisso agora. Não vou pensar nele, nem em mamãe, em nenhuma dessas coisas terríveis agora. Não até poder suportar. Há muitas outras coisas em que pensar... coisas que podem ser resolvidas sem que eu pense nas que não têm solução."

Saiu da sala de jantar sem comer e foi até a varanda dos fundos, onde encontrou Pork, descalço e vestido com o que restara de seu melhor uniforme, sentado nos degraus tirando amendoins da casca. Sua cabeça martelava e latejava, e a luz brilhante do sol lhe feriu os olhos. Só ficar de pé ereta lhe exigia muita força de vontade, e ela falou o mais brevemente possível, dispensando todas as cortesias formais que sua mãe lhe ensinara a usar com os negros.

Começou a fazer perguntas de modo tão brusco e a dar ordens tão determinadamente que as sobrancelhas de Pork se ergueram, intrigadas. A sinhá Ellen jamais falava desse modo abrupto, nem mesmo quando pegava alguém roubando frangos e melancias. Ela novamente perguntou sobre os campos, a horta, o pomar, o gado, e seus olhos verdes traziam uma expressão dura e vidrada que Pork nunca vira antes.

— Sim, sinhá, aquele cavalo morreu, deitado lá donde eu amarrei com o focim metido no balde d'água virado. Não, sinhá, a vaca num morreu. Num tá sabeno? Ela deu cria ontê de noite. Era por causa disso que tava mugino tanto.

— Uma boa parteira sua Prissy vai ser — comentou Scarlett, cáustica. — Ela disse que a vaca mugia porque precisava ser ordenhada.

— Bão, sinhá Prissy num vai sê partera de vaca, sinhá Scarlett — disse Pork com tato. — E num adianta discuti com as bênção pruquê esse bezerro qué dizê muito leite pras sinhazinha, como aquele dotô ianque falô que elas precisa.

— Certo, e o que mais. Sobrou algum gado?

— Não, sinhá. Nada, além duma leitoa véia e das cria dela. Eu levei eles pro charco no dia que os ianque chegô, mas só Deus sabe como nós vai fazê pra pegá eles. É braba, aquela leitoa.

— Vamos pegá-los, sim. Você e Prissy podem começar a procurar agora mesmo.

Pork ficou perplexo e indignado.

— Sinhá Scarlett, isso é coisa pros trabaiadô do campo. Eu sempre fui nêgo de casa.

Um pequeno demônio fincou um garfo ardente atrás das órbitas de Scarlett.

— Vocês dois vão pegar a leitoa... ou vão embora daqui, como os trabalhadores do campo fizeram.

Os olhos magoados de Pork ficaram marejados. Se ao menos a sinhá Ellen estivesse lá! Ela entendia dessas minúcias e sabia a enorme diferença entre as tarefas de um trabalhador do campo e as de um negro doméstico.

— Imbora, sinhá Scarlett? Pra donde eu ia, sinhá Scarlett?

— Não sei e não ligo. Mas qualquer um em Tara que não trabalhar pode ir procurar os ianques. Pode dizer isso aos outros também.

— Tá bão, sinhá.

— Agora, me fale do milho e do algodão, Pork.

— O mio? Deus, sinhá Scarlett, eles fez o mio de pasto pros cavalo e levô o que os cavalo num comeu nem pisô. E eles botô os canhão e carroça para travessá a lavora de argodão inté destruí tudo, tirano uns hectare lá perto do riacho que eles num viu. Mas num vale a pena se ocupá daquele argodão, num deve de tê mais de três fardo lá.

Três fardos. Scarlett pensou na quantidade de fardos que Tara costumava produzir, e sua dor de cabeça piorou. Três fardos. Isso era pouco mais que os preguiçosos dos Slattery produziam. Para piorar as coisas, havia a questão dos impostos, que eram pagos ao governo confederado com algodão em lugar de dinheiro, mas três fardos não cobririam nem os impostos. Mas pouco importava para ela ou para a Confederação, agora que todos os escravos tinham fugido e não havia ninguém para fazer a colheita.

"Bem, não vou pensar nisso também", ela disse para si mesma. "Pagar impostos não é serviço de mulher, de qualquer jeito. Papai terá que tomar conta dessas coisas, mas papai... não vou pensar nele agora. A Confederação pode ficar querendo seus impostos. Agora tratemos de arranjar o que comer."

— Pork, alguém já esteve em Twelve Oaks ou nos Macintosh para ver se sobrou alguma coisa na horta ou no pomar por lá?

— Não, sinhá! Nós num saímo de Tara. Os ianque podia nos pegá.

— Vou mandar Dilcey até os Macintosh. Talvez ela encontre alguma coisa por lá. E eu vou a Twelve Oaks.

— Com quem, sinhá?

— Sozinha. Mammy precisa ficar com as meninas e o Sr. Gerald não...

Pork fez um estardalhaço que a enfureceu. Podia haver ianques ou negros maus em Twelve Oaks. Ela não devia ir sozinha.

— Basta, Pork. Diga a Dilcey para sair imediatamente. E você e Prissy vão pegar aquela leitoa com a cria — disse ela secamente e se virou.

O velho chapéu de sol de Mammy, surrado, mas limpo, estava no cabide do corredor dos fundos, e Scarlett o pôs na cabeça lembrando-se, como se de outro mundo, do chapéu com a pena verde curva que Rhett lhe trouxera de Paris. Pegou uma cesta grande e começou a descer as escadas dos fundos, cada degrau um solavanco na cabeça até parecer que sua coluna estava querendo sair pelo alto do crânio.

A estrada que conduzia ao rio estava vermelha e ressequida entre os campos de algodão devastados. Não havia nenhuma árvore para fazer sombra, e o sol passava pelo chapéu de Mammy, como se fosse feito de musselina em vez de chita acolchoada, enquanto o pó que subia entrava em seu nariz e em sua garganta até ela sentir que as membranas rachariam se ela falasse. Sulcos profundos tinham sido abertos na estrada onde os cavalos tinham puxado a artilharia pesada, e as valas vermelhas das laterais estavam profundamente marcadas pelas rodas. O algodão fora retalhado e pisoteado onde a cavalaria e a infantaria, afastadas da estrada estreita pela artilharia, tinham marchado pelos arbustos verdes, esmagando-os na terra. Aqui e ali na estrada e no campo, havia fivelas e pedaços de couro de arreios, cantis amassados por cascos e rodas de carretas de munição, botões, quepes azuis, meias furadas, restos de trapos ensanguentados, todo o lixo deixado por um exército em marcha.

Ela passou pelo arvoredo de cedros e pelo murinho de tijolos que marcava o campo-santo da família, tentando não pensar na nova sepultura ao lado dos três montinhos de seus irmãos. Ah, Ellen... Ela desceu a colina poeirenta, passou pelo monte de cinzas e pelo toco de chaminé onde ficava a casa dos Slattery e desejou ardentemente que todos deles fossem parte das cinzas. Se não fosse pelos Slattery... se não fosse por aquela nojenta da Emmie, que tivera um moleque bastardo com o administrador deles... Ellen não teria morrido.

Soltou um gemido quando uma pedra pontuda lhe cortou o pé cheio de bolhas. O que estava fazendo ali? Por que Scarlett O'Hara, a beldade do condado, o orgulho protegido de Tara, perambulava por aquela estrada, quase descalça? Seus pezinhos tinham sido feitos para dançar, não para mancar, suas pequenas sapatilhas, para espiar ousadamente por baixo de sedas brilhantes, não para recolher pedras pontudas e poeira. Ela nascera para ser bajulada e servida e ali estava, sentindo-se mal e maltrapilha, impulsionada pela fome a buscar comida nas hortas e pomares dos vizinhos.

Na base da longa colina, ficava o rio, e que fresco e imóvel estava o emaranhado de árvores que se debruçavam sobre as águas! Ela se sentou na beira e, tirando o que restava das sapatilhas e meias, mergulhou os pés ardentes na água fria. Como seria bom ficar ali sentada o dia todo, distante dos olhos desamparados de Tara, ali onde só o farfalhar das folhas e o gorgolejo da água correndo lenta quebrava o silêncio. Relutante, recolocou as meias e os sapatos e percorreu a margem, esponjosa com o musgo, sob a sombra das árvores. Os ianques tinham queimado a ponte, mas ela conhecia uma pinguela que atravessava uma parte estreita do córrego a menos de um quilômetro. Atravessou-a com cautela e subiu o quilômetro quente até Twelve Oaks.

Como torres lá estavam os 12 carvalhos, como sempre desde os tempos indígenas, mas com as folhas marrons por causa do fogo, os galhos queimados e chamuscados. Dentro do círculo, estavam as ruínas da casa de John Wilkes, os restos do imponente solar que coroara a colina com suas dignas colunas brancas. O profundo buraco que fora a adega, os alicerces pretos e as duas chaminés portentosas marcavam o lugar. Uma coluna, semiqueimada, caíra atravessada no gramado, esmagando os arbustos de jasmim.

Scarlett sentou-se na coluna, sentindo-se mal demais diante daquela visão para continuar. A desolação lhe chegou ao coração como nada que já vivenciara. Ali estava o orgulho dos Wilkes na poeira a seus pés. Ali estava o fim da casa agradável e cortês que sempre a recebera, a casa da qual em sonhos vãos ela sonhara ser a senhora. Ali dançara, jantara e flertara, e ali observara com o coração ciumento e magoado como Melanie sorria para Ashley. Ali também, sob a sombra fresca das árvores, Charles Hamilton, enlevado, tinha lhe apertado a mão quando ela disse que se casaria com ele.

"Ah, Ashley", ela pensou, "espero que você esteja morto! Não suportaria que visse isto".

Ashley tinha se casado com sua noiva ali, mas seu filho e o filho de seu filho nunca mais levariam noivas para aquela casa. Não haveria mais casamentos e nascimentos sob aquele teto, que ela tanto amara e tanto quisera dirigir. A casa estava morta e, para Scarlett, era como se todos os Wilkes também estivessem mortos em suas cinzas.

— Não vou pensar nisso agora. Não consigo suportar. Vou pensar nisso mais tarde — disse ela em voz alta, desviando o olhar.

Procurando pela horta, ela foi andando ao redor das ruínas, passando pelos canteiros de rosas esmagados de que as meninas Wilkes cuidavam com tanto zelo, pelo pátio dos fundos e pelas cinzas do fumeiro, dos celeiros e galinheiros. A cerca em volta da horta fora demolida e as antigas fileiras ordenadas de verduras tinham sofrido o mesmo tratamento das de Tara. A terra fofa estava marcada pelos cascos e rodas pesadas, e os vegetais estavam esmagados no solo. Nada havia ali para ela.

Voltou pelo pátio dos fundos e pegou o caminho que levava às cabanas caiadas da senzala chamando "Alô" enquanto seguia. Nenhuma voz respondeu. Nem sequer um cachorro latiu. Era evidente que os negros dos Wilkes tinham fugido ou seguido os ianques. Ela sabia que cada escravo tinha sua própria horta e, ao chegar à senzala, esperava que esses pequenos canteiros tivessem sido poupados.

Sua busca foi recompensada, mas ela estava cansada demais para sentir prazer com a visão de nabos e repolhos, murchos por falta de água, mas ainda aproveitáveis. Havia também alguns pés de favas extraviados e vagens, amarelando, mas consumíveis. Sentou-se no chão, cavando com mãos trêmulas, enchendo a cesta aos poucos. Naquela noite, haveria uma boa refeição em Tara, apesar da falta de carne para ferver com os vegetais. Talvez pudesse usar um pouco da gordura de bacon que Dilcey estava usando para iluminação como tempero. Precisava se lembrar de dizer a Dilcey para usar nós de pinho e poupar a gordura para cozinhar.

Junto ao degrau de uma cabana, ela encontrou um pequeno canteiro de rabanetes e foi assaltada por uma fome repentina. Um rabanete picante, de sabor pronunciado, era exatamente o que seu estômago pedia. Mal esperando para tirar a terra na saia, ela mordeu metade de um, engolindo rapidamente. Estava velho e áspero, tão picante que lhe vieram lágrimas aos olhos. Acabando de descer o pedaço, seu estômago vazio e ultrajado se revoltou e ela vomitou, cansada.

O leve cheiro dos negros que veio da cabana aumentou seu enjoo e, sem força para combatê-lo, ela continuou tendo ânsias de vômito enquanto as cabanas e as árvores giravam a sua volta.

Após um longo tempo, ela caiu de rosto no chão, a terra tão macia e confortável como um travesseiro de penas, e sua mente ficou vagando, fraca. Ela, Scarlett O'Hara, deitada atrás da cabana dos negros, em meio às ruínas, sentindo-se mal e fraca demais para se mexer, e ninguém no mundo sabia ou se importava. Ninguém se importaria se soubesse, pois todos estavam com muitos problemas próprios para se preocupar com ela. E tudo isso estava acontecendo com ela, Scarlett O'Hara, que nunca erguera a mão sequer para pegar as meias caídas no chão ou para amarrar as fitas de suas sapatilhas... Scarlett, cujas pequenas dores de cabeça e maus humores tinham sido afagados e atendidos por toda a vida.

Ali prostrada, estava fraca demais para afugentar as memórias e preocupações que se apoderaram dela, cercando-a como aves de rapina esperando por uma morte. Já não tinha energia para dizer: "Vou pensar em mamãe, em papai, em Ashley e em toda essa ruína mais tarde.... Sim, mais tarde, quando puder suportar." Não podia suportar agora, mas pensava, querendo ou não. Os pensamentos circularam acima e investiram contra ela, mergulharam e cravaram garras dilacerantes em sua mente. Por um tempo infinito, ela ficou ali deitada imóvel, o rosto na terra, sob o sol inclemente, lembrando-se das coisas e das pessoas mortas, de um estilo de vida que se acabara para sempre... e olhando para o duro panorama de um futuro obscuro.

Quando finalmente se levantou e reviu as ruínas enegrecidas de Twelve Oaks, sua cabeça se ergueu altiva e algo que representava juventude, beleza e um potencial de ternura havia desaparecido para sempre de sua fisionomia. O passado era passado. Os que estavam mortos estavam mortos. O luxo preguiçoso de outrora se acabara, para nunca mais voltar. Ao acomodar a cesta pesada no braço, Scarlett acomodou a mente e sua própria vida.

Não havia volta e ela iria adiante.

Durante cinquenta anos, haveria por todo o sul mulheres amarguradas a olhar para trás, para o passado morto, para homens mortos, a evocar memórias que magoavam e eram inúteis, tolerando a pobreza com orgulho amargo porque tinham essas memórias. Mas Scarlett nunca olharia para trás.

Olhou de relance para os alicerces escurecidos pelo fogo e, pela última vez, viu Twelve Oaks erguida diante de seus olhos como fora antes, rica e altiva, símbolo de uma raça e de um estilo de vida. Depois começou a descer a estrada rumo a Tara com a cesta pesada a lhe cortar a carne.

A fome lhe corroía o estômago vazio novamente e ela disse em voz alta:

— Com Deus por testemunha, com Deus por testemunha, os ianques não vão me vencer. Vou superar isso e, quando acabar, jamais sentirei fome novamente. Nunca, nem nenhum dos meus. Mesmo que tenha de roubar ou matar, que Deus seja minha testemunha, jamais sentirei fome novamente.

Nos dias que se seguiram, Tara poderia ser comparada à ilha de Crusoé, de tão silenciosa e isolada do resto do mundo que ficou. O mundo estava a apenas alguns quilômetros de distância, mas era como se milhares de quilômetros de ondas revoltas separassem Tara de Jonesboro, Fayetteville e Lovejoy, até mesmo das fazendas vizinhas. Tendo morrido o cavalo velho, o único meio de transporte deles se fora e não havia tempo, nem força, para caminhar os cansativos quilômetros de terra vermelha.

Às vezes, nos dias de trabalho árduo, na luta desesperadora por comida e no cuidado incessante das três enfermas, Scarlett se flagrava a forçar os ouvidos por algum som familiar — o riso agudo dos negrinhos na senzala, o ranger das carroças retornando do campo, o retumbar do garanhão de Gerald atravessando o pasto a toda velocidade, o triturar do cascalho pelas rodas da carruagem no caminho de entrada e as vozes alegres dos vizinhos chegando para um mexerico vespertino. Mas ela escutava em vão. A estrada estava imóvel, deserta e nunca havia uma nuvem de pó vermelho a anunciar a chegada de visitantes. Tara era uma ilha em um mar de colinas verdejantes e campos de terra vermelha.

Em algum lugar estavam o mundo e as famílias que comiam e dormiam em segurança sob os próprios tetos. Em algum lugar havia moças em vestidos tantas vezes reformados alegremente flertando e cantando "When This Cruel War Is Over", como ela fizera havia apenas algumas semanas. Em algum lugar havia uma guerra e canhões troando, cidades queimando e homens que apodreciam em hospitais em meio aos odores fétidos da doença. Em algum lugar um exército descalço, em fardas sujas de algodão cru, marchava, lutava, dormia, faminto e exausto, com a exaustão que chega quando a esperança está perdida. E em algum lugar as colinas da Geórgia estavam azuis de ianques, bem alimentados, sobre cavalos mantidos a milho.

Além de Tara, estava a guerra e o mundo. Mas na fazenda não existia guerra nem mundo, exceto na memória, que precisava ser combatida ao retornar em momentos de exaustão. O mundo exterior retrocedia diante das exigências de estômagos menos vazios e a vida se decidia com duas ideias relacionadas, alimentos e como consegui-los.

Comida! Comida! Por que o estômago tinha mais memória que a mente? Scarlett conseguia banir as decepções do coração, mas não a fome e, a cada manhã, ainda sonolenta, antes que a memória lhe trouxesse de volta a guerra e a fome, ela se encolhia esperando os agradáveis aromas do bacon fritando e dos pães assando. E todas as manhãs ela farejava com tanta força para realmente sentir o cheiro da comida, que despertava.

Havia maçãs, batatas-doces, amendoins e leite na mesa de Tara, mas nunca o suficiente nem mesmo dessa dieta primitiva. Ao ver aquilo, três vezes ao dia, sua memória voltava correndo aos tempos idos, às refeições de outrora, à mesa iluminada pelas velas e à comida perfumando o ar.

Que descuidados tinham sido com os alimentos naquela época, que pródigo desperdício! Pães, bolinhos de milho, biscoitos, waffles, manteiga, tudo em uma única refeição. Presunto em uma das extremidades da mesa e galinha na outra, couve em um rico molho iridescente de gordura, vagens aos montes servidas em porcelanas floridas, abóbora frita, quiabos ensopados, cenouras em um molho branco tão grosso que daria para cortar. E três sobremesas, para que todos pudessem escolher a de sua preferência, torta de chocolate em camadas, manjar branco de baunilha e bolo coberto com creme. A lembrança dessas refeições saborosas tinha o poder de lhe trazer lágrimas aos olhos, de tal modo que nem a morte nem a guerra tinham conseguido fazer, tendo o poder de transformar a fome de seu estômago sempre corroído pelo vazio em náusea. Pois o apetite que Mammy sempre deplorara, o apetite saudável de uma jovem de 19 anos, agora era quatro vezes maior por causa do trabalho duro e incessante que ela nunca tivera antes.

O seu não era o único apetite problemático em Tara, pois, para onde se virasse, encontrava caras famintas, negras e brancas, olhando para ela. Em breve, Carreen e Suellen teriam a fome insaciável dos convalescentes do tifo. O pequeno Wade já reclamava monotonamente:

— Wade não gosta de batata-doce. Wade tá com fome.

Os outros também se queixavam:

— Sinhá Scarlett, se eu num comê mais, num vô consegui mamentá essas criança.

— Sinhá Scarlett, se minha barriga num tivé mais cheia, num vô consegui rachá lenha.

— Cordero, tô precisano de comida de verdade.

— Filha, será que temos que comer batata-doce todo o tempo?

Só Melanie não reclamava. Melanie, cujo rosto ficara mais magro, pálido e contorcido de dor, mesmo quando dormia.

— Não tenho fome, Scarlett. Dê minha porção do leite para Dilcey. Ela precisa dele para amamentar os bebês. Gente doente nunca tem fome.

Era sua coragem cortês que mais irritava Scarlett, mais que as vozes queixosas dos outros. Essas ela podia calar com amargo sarcasmo, mas, diante do altruísmo de Melanie, ela ficava impotente, impotente e ressentida. Gerald, os negros e Wade apegavam-se a Melanie agora, pois, mesmo em sua fraqueza, ela era gentil e solidária, e nesses tempos Scarlett não era nada disso.

Wade, especialmente, recorria ao quarto de Melanie. Havia algo de errado com Wade, mas Scarlett não tinha tempo de descobrir exatamente o quê. Ela aceitou a palavra de Mammy de que o menino estava com vermes e o medicou com uma mistura de ervas e cascas de árvore que Ellen sempre usava para tratar os negrinhos. Mas o vermífugo só deixava o menino mais pálido. Nesses tempos, Scarlett mal pensava em Wade como uma pessoa. Era apenas outra preocupação, outra boca a alimentar. Algum dia, quando aquelas emergências tivessem passado, ela brincaria com ele, lhe contaria histórias e ensinaria o beabá, mas agora não tinha tempo nem vontade. E, como ele sempre parecia atrapalhar quando ela estava mais cansada e preocupada, ela sempre lhe falava asperamente.

Ela ficava aborrecida por suas ríspidas repreensões lhe deixarem os olhos redondos tão assustados, pois ele parecia muito simplório quando estava assustado. Ela não percebia que o menino estava vivendo lado a lado com um terror grande demais para um adulto compreender. Wade vivia com medo, um medo que lhe sacudia a alma, fazendo-o acordar gritando durante a noite. Qualquer ruído inesperado ou palavra áspera o deixava trêmulo, pois em sua mente ruídos e palavras ásperas estavam intimamente ligados aos ianques, e ele tinha mais medo dos ianques que das perseguições de Prissy.

Até o início do cerco, ele nada conhecera além de uma vida feliz, plácida e tranquila. Mesmo que sua mãe lhe desse pouca atenção, ele só ouvira palavras carinhosas até a noite em que foi sacudido do sono para descobrir que o céu estava pegando fogo e as explosões ensurdeciam. Naquela noite, e no dia que a seguiria, sua mãe lhe dera um tapa pela primeira vez e sua voz se elevara com palavras ásperas. A vida na agradável casa de tijolos da rua dos Pessegueiros, a única que ele conhecia, desaparecera naquela noite, e ele nunca se recuperaria da perda. Durante a fuga de Atlanta, ele só entendia que os ianques estavam atrás dele e agora ainda vivia atemorizado que os ianques fossem pegá-lo e cortá-lo em pedacinhos. Sempre que Scarlett elevava a voz, censurando-o, ele ficava fraco de medo enquanto sua vaga memória infantil lhe trazia de volta os horrores da primeira vez que ela o fizera. Agora os ianques e uma voz zangada estavam ligados para sempre em sua mente e ele tinha medo da mãe.

Scarlett não podia deixar de perceber que a criança a evitava e, nos raros momentos em que suas tarefas intermináveis lhe permitiam pensar a respeito, isso a incomodava muito. Chegava a ser pior que tê-lo agarrado a suas saias todo o tempo, e ela se ofendia por seu refúgio ser a cama de Melanie, onde ele brincava quieto com os jogos que Melanie propunha ou ouvia as histórias que ela contava. Wade adorava a "titia", que tinha uma voz meiga, que sempre sorria e nunca dizia: "Cale a boca, Wade! Você me dá dor de cabeça" ou "Pare quieto, Wade, pelo amor de Deus!".

Scarlett não tinha tempo nem vontade de acariciá-lo, mas ficava com ciúmes que Melanie o fizesse. Quando o encontrou um dia de cabeça para baixo na cama de Melanie e o viu caindo sobre ela, deu-lhe um tapa.

— Você não tem coisa melhor a fazer do que cair em cima da titia que está doente? Agora, vá imediatamente para o pátio brincar e não entre mais aqui.

Mas Melanie estendeu um braço fraco e puxou a criança chorosa para si.

— Pronto, pronto, Wade. Você não teve a intenção de cair em cima de mim, não é? Ele não me incomoda, Scarlett. Deixe-o comigo. Deixe-me tomar conta dele. É a única coisa que posso fazer até ficar boa, e você já tem trabalho demais sem ter que cuidar dele.

— Não seja covarde, Melly — disse Scarlett secamente. — Você não está melhorando como deveria, e Wade caindo em cima de sua barriga não vai ajudar. Agora, Wade, se eu pegar você na cama da titia de novo, vou lhe dar uma sova. E pare de fungar. Está sempre fungando. Tente ser um homenzinho.

Wade saiu correndo e chorando para se esconder embaixo da casa. Melanie mordeu o lábio e ficou com os olhos marejados. Mammy, parada no corredor, testemunha da cena, franziu o cenho e suspirou. Mas ninguém retrucava o que Scarlett dizia. Todos tinham medo de sua língua ferina, todos tinham medo da nova pessoa que andava em seu corpo.

Agora Scarlett reinava soberana em Tara e, como ocorria a outros subitamente levados à autoridade, todos os instintos abusivos de sua natureza emergiam à superfície. Não que ela fosse impiedosa. A questão é que estava tão amedrontada e insegura, que era dura para que os outros não percebessem suas inadequações e recusassem sua autoridade. Além disso, havia certo prazer em gritar com as pessoas e ver que ficavam com medo. Scarlett sentia que isso aliviava seus nervos sobrecarregados. Não estava cega ao fato de que sua personalidade estava mudando. Às vezes, quando suas ordens lacônicas deixavam Pork fazendo beiço e faziam Mammy balbuciar: "A tirania tá correno sorta hoje em dia", ela se perguntava para onde tinham ido suas boas maneiras. Toda a cortesia, toda a gentileza que Ellen se esforçara para incutir nela tinham caído por terra com a rapidez com que as folhas caem das árvores ao primeiro vento frio de outono.

Ellen repetira incansavelmente: "Seja firme, mas gentil com os inferiores, especialmente os negros." Mas, se ela fosse gentil, os negros ficariam o dia inteiro sentados na cozinha, conversando sem parar sobre os bons dias de outrora quando um negro doméstico não precisava fazer o trabalho de um trabalhador do campo.

"Ame e trate suas irmãs com carinho. Seja gentil com os aflitos", dizia Ellen. "Demonstre ternura para os que sofrem e têm problemas."

Ela não conseguia amar suas irmãs agora. Elas não passavam de um peso morto sobre seus ombros. E, quanto a tratá-las com carinho, já não estava lhes dando banho, penteando-lhes os cabelos e dando-lhes de comer, mesmo ao custo de caminhar quilômetros todos os dias para achar legumes? Não estava aprendendo a ordenhar a vaca, mesmo que ficasse com o coração na boca quando aquele animal amedrontador sacudia os chifres para ela? E, quanto a ser gentil, era perda de tempo. Se fosse muito gentil com elas, é provável que prolongassem sua estada na cama, e ela queria que ficassem de pé o quanto antes, de modo a haver mais quatro mãos para ajudá-la.

Elas convalesciam lentamente, magras e fracas naquela cama. Enquanto tinham estado inconscientes, o mundo mudara. Os ianques tinham vindo, os negros tinham partido e a mãe morrera. Eram três ocorrências inacreditáveis, insuportáveis para suas cabeças absorverem. Às vezes, elas achavam que estavam delirando e que nada acontecera. Com certeza, Scarlett tinha mudado tanto que não podia ser real. Quando ficava ao pé da cama e descrevia o trabalho que esperava delas ao se recuperarem, elas a olhavam como se fosse um duende. Não conseguiam entender que já não tinham cem escravos para fazer o trabalho. Não conseguiam entender que uma dama O'Hara precisasse fazer trabalho braçal.

— Mas, mana — disse Carreen, a doce fisionomia infantil, pálida de consternação. — Eu não posso partir gravetos. Arruinaria minhas mãos!

— Olhe para as minhas — respondeu Scarlett com um sorriso assustador enquanto estendia as palmas cheias de bolhas e calos para ela ver.

— Acho que você está sendo detestável de falar com a caçula e comigo desse jeito! — exclamou Suellen. — Acho que está mentindo e tentando nos assustar. Se mamãe estivesse aqui, não deixaria você falar assim conosco! Partir gravetos, ora!

Suellen olhou para a irmã mais velha com ódio, certa de que Scarlett só dizia aquelas coisas para ser má. Suellen quase morrera, perdera a mãe, estava se sentindo sozinha e amedrontada e queria ser acarinhada e valorizada. Em vez disso, Scarlett ficava ao pé da cama todos os dias, avaliando sua melhora com um novo brilho detestável nos olhos verdes e falava sobre fazer camas, cozinhar, carregar baldes de água e partir gravetos. E dava a impressão de se comprazer ao dizer essas coisas terríveis.

Scarlett realmente se comprazia. Abusava dos negros e atormentava os sentimentos das irmãs, não só porque estava excessivamente preocupada, tensa e cansada para agir de outro modo, mas porque a ajudava a esquecer-se da própria amargura de que tudo o que sua mãe lhe dissera sobre a vida estava errado.

Nada do que a mãe lhe ensinara tinha qualquer valia agora, e o coração de Scarlett estava magoado e confuso. Não lhe ocorreu que Ellen não podia ter previsto o colapso da civilização em que criara suas filhas, não podia ter prognosticado o desaparecimento das posições na sociedade para as quais as treinara tão bem. Não lhe ocorreu que Ellen tinha diante de si a visão futura de anos plácidos, todos como os anos rotineiros de sua própria vida, quando a ensinara a ser gentil e graciosa, honrada e bondosa, despretensiosa e honesta. A vida tratava bem as mulheres que tivessem aprendido essas lições, dizia Ellen.

Scarlett pensava, desesperada: "Não, nada do que ela me ensinou é útil! De que vai me adiantar a bondade agora? Que valor terá a gentileza? Teria sido melhor ter aprendido a arar ou a colher algodão como uma negra. Ah, mamãe, a senhora estava errada!"

Não parava de pensar que o mundo ordeiro de Ellen tinha se acabado e que um mundo brutal tomara seu lugar, um mundo onde cada configuração, cada valor, tinha mudado. Só via, ou pensava ver, que a mãe estava errada e ela tivera de se modificar rapidamente a fim de satisfazer esse novo mundo para o qual não fora preparada.

A única coisa que não mudara era seu sentimento por Tara. Sempre que chegava cansada, caminhando pelos campos, e via a ampla casa branca, seu coração se inflava de amor e alegria por estar chegando em casa. Nunca olhava pela janela as pastagens verdejantes, os campos de terra vermelha e o emaranhado da densa floresta sem que uma sensação de beleza a preenchesse. Seu amor por aquela terra com suas suaves colinas de solo encarnado, aquela bela terra vermelha, cor de sangue, de granada, de pó de tijolo, escarlate, que tão milagrosamente produzia moitas verdes estreladas com tufos brancos, era uma parte de Scarlett que não mudara, quando todo o resto estava mudando. Em nenhum outro lugar do mundo, havia uma terra como aquela.

Quando olhava para Tara, ela conseguia entender, em parte, por que se travavam guerras. Rhett estava errado ao dizer que as guerras eram travadas por dinheiro. Não, eram travadas por hectares volumosos, amaciados pelo arado, por pastagens verdes de capim cultivado, por rios preguiçosos e casas brancas frescas entre as magnólias. Essas eram as únicas coisas pelas quais valia a pena lutar, a terra vermelha que era deles e que seria de seus filhos, a terra vermelha que produziria algodão para seus filhos e para os filhos de seus filhos.

Os hectares pisoteados de Tara eram tudo o que lhe sobrara, agora que a mãe e Ashley tinham partido, agora que Gerald ficara senil com o choque, e quando dinheiro, escravos, segurança e posição tinham desaparecido da noite para o dia. Como que vinda de outro mundo, ela se lembrou da conversa que tivera com o pai sobre a terra e se perguntou como poderia ter sido tão infantil, tão ignorante para não entender o que ele queria dizer quando afirmara que a terra era a única coisa pela qual valia a pena lutar.

"Pois é a única coisa neste mundo que perdura... e para qualquer um que tenha uma gota de sangue irlandês a terra onde se vive é como uma mãe... Essa é a única coisa pela qual vale a pena trabalhar, lutar e morrer."

Sim, valia a pena lutar por Tara, e ela aceitava a luta simplesmente e sem perguntas. Ninguém lhe tiraria Tara. Ninguém a deixaria à deriva e nem à sua gente recebendo esmolas dos parentes. Ela manteria Tara, nem que precisasse sacrificar todos os que ali viviam.

Capítulo 26

*F*azia duas semanas que Scarlett estava de volta a Tara quando a maior bolha de seu pé infeccionou, inchando a ponto de ser impossível calçar o sapato ou fazer mais que mancar apoiada no calcanhar. Ela ficou tomada pelo desespero ao ver a aparência do ferimento em seu dedão. Imagine se gangrenasse como os ferimentos dos soldados e ela morresse por estar longe de um médico? Por mais amarga que a vida estivesse agora, ela não queria deixá-la. E quem tomaria conta de Tara se ela morresse?

Ao chegar em casa, ela esperava que o velho ânimo de Gerald ressuscitasse e que ele assumisse o comando, mas nessas duas semanas a esperança morrera. Agora sabia que, gostando ou não, tinha a fazenda e toda a sua gente em suas inexperientes mãos, pois Gerald continuava sentado, bem quieto, como um homem que sonha, tão assustadoramente ausente de Tara, tão gentil... A suas súplicas por conselhos, ele respondia apenas: "Faça como preferir, filha." Ou ainda pior: "Pergunte a sua mãe, mocinha."

Ele nunca mudaria, e agora Scarlett percebia essa verdade e a aceitava sem emoção, que até sua morte Gerald ficaria esperando por Ellen, sempre escutando para ver se ela estava vindo. Estava na fronteira de uma região difusa onde o tempo congelara e Ellen estava sempre no cômodo ao lado. A mola principal de sua existência fora levada embora quando ela morrera, e com ela se fora sua ilimitada confiança, a imprudência e a inquieta vitalidade. Ellen era a plateia diante da qual se desenrolava a fanfarronada desempenhada por Gerald O'Hara. Agora, a cortina tinha descido para sempre, as luzes da ribalta tinham se apagado e a plateia sumira, enquanto o velho ator permanecia atônito no palco vazio, esperando pelas deixas.

Naquela manhã, a casa estava silenciosa, pois todos, exceto Scarlett, Wade e as três enfermas, estavam no pântano procurando a leitoa. Até Gerald estava mais desperto e fora caminhar pelos campos sulcados, uma das mãos no braço de Pork e uma corda enrolada na outra. Suellen e Carreen pegaram no sono de tanto chorar, como faziam pelo menos duas vezes por dia ao pensarem em Ellen, lágrimas de pesar e fraqueza vertendo pelas faces macilentas. Melanie, reclinada nos travesseiros altos, estava coberta com um lençol remendado entre dois bebês, a cabeça de penugem loura de um aninhada em seu braço, a encarapinhada negra do filho de Dilcey abraçada meigamente com o outro. Wade sentava-se na ponta da cama ouvindo um conto de fadas.

O silêncio de Tara era insuportável para Scarlett, pois a lembrava agudamente do silêncio mortal da desolada zona rural por onde passara naquele longo dia de sua viagem de Atlanta até em casa. A vaca e o bezerro não mugiam havia horas. Não existiam passarinhos gorjeando em sua janela e nem mesmo a família de tordos, que por gerações vivera entre as folhas da magnólia, cantava nesse dia. Ela puxara uma cadeira baixa para perto da janela aberta de seu quarto, diante do caminho de entrada, do gramado e do pasto vazio do outro lado da estrada. Sentou-se com as saias acima dos joelhos e o queixo descansando sobre os braços no parapeito. Havia um balde de água no chão a seu lado, e de vez em quando ela mergulhava o pé machucado ali, contorcendo o rosto com a sensação de dor.

Irritada, ela acomodou o queixo no braço. Logo quando mais precisava de sua força, esse dedão fora infeccionar. Aqueles tolos nunca conseguiriam pegar a leitoa. Tinham levado uma semana para resgatar os porquinhos, um por um, e agora, após duas semanas, a leitoa continuava solta. Scarlett sabia que, se estivesse no pântano com eles, teria erguido o vestido até os joelhos, pegado a corda e enlaçado a leitoa antes que conseguissem acabar de dizer abracadabra.

Mas e depois que a leitoa fosse capturada — se fosse? E depois que ela e sua cria tivessem sido comidos? A vida continuaria, assim como a fome. O inverno estava chegando e não haveria comida, nem mesmo os vegetais remanescentes das hortas vizinhas. Precisavam ter ervilhas secas, sorgo, fubá e arroz e... e... ah, tantas coisas. Sementes de milho e algodão para a plantação na primavera seguinte, além de novas roupas. De onde viria tudo isso, e como ela pagaria?

Secretamente, examinara os bolsos de Gerald e sua caixa de dinheiro, e tudo o que encontrara fora pilhas de títulos confederados e 3 mil dólares em notas confederadas. Aquilo era suficiente para comprar uma boa refeição para cada um deles, ela pensou ironicamente, agora que o dinheiro confederado valia quase nada. Mas, se tivesse dinheiro e conseguisse encontrar comida, como iria transportá-la para Tara? Por que Deus permitira que o cavalo velho morresse? Até mesmo aquele pobre animal que Rhett roubara teria feito toda a diferença do mundo para eles. Ah, aquelas mulas espertas que costumavam empinar no pasto do outro lado da estrada e os belos cavalos da carruagem, sua pequena égua, os pôneis das meninas e o grande garanhão de Gerald correndo pelo campo... Ah, um que fosse, até a mula mais empacadora!

Mas não importava... assim que seu pé estivesse bom, ela iria caminhando até Jonesboro. Seria a mais longa caminhada de sua vida, mas ela a faria. Mesmo que os ianques tivessem queimado a cidade completamente, com certeza ela encontraria alguém que lhe dissesse onde encontrar comida. O rostinho aborrecido de Wade surgiu diante de seus olhos. Ele não gostava de batata-doce, costumava repetir; queria uma coxa assada e arroz com molho.

O sol brilhante do jardim subitamente nublou e as árvores ficaram embaçadas através das lágrimas. Scarlett apoiou a cabeça nos braços e lutou para não chorar. Era totalmente inútil chorar agora. A única hora em que valia a pena chorar era quando havia um homem por perto, de quem se quisesse um favor. Ali curvada, espremendo os olhos com força para reprimir as lágrimas, ela foi surpreendida pelo som do trote de cascos. Mas não levantou a cabeça. Imaginara aquele som com demasiada frequência nas noites e dias das últimas semanas, assim como imaginara e ouvira o farfalhar das saias de Ellen. Seu coração bateu forte, como sempre acontecia nesses momentos, antes que ela dissesse duramente a si mesma: "Não seja tola."

Mas os cascos diminuíram o passo de um modo assustadoramente natural ao ritmo de uma cavalgada e houve o ruído compassado do cascalho. Era um cavalo — os Tarleton, os Fontaine! Ela olhou rapidamente para cima. Era um cavaleiro ianque.

Automaticamente, ela se escondeu atrás da cortina e ficou espiando fascinada através das dobras do tecido, tão aturdida que ofegava.

Sentado preguiçosamente na sela, um homem pesado, de aparência grosseira com uma barba preta desgrenhada sobre a túnica desabotoada; os pequenos olhos espremidos devido à luminosidade calmamente examinavam a casa por baixo da viseira de seu quepe azul. Quando ele desmontou lentamente e jogou as rédeas sobre o poste de amarrar os animais, a respiração de Scarlett retornou tão súbita e dolorosamente como após um golpe no estômago. Um ianque, um ianque com uma pistola de cano longo no coldre! E ela sozinha em casa com três enfermas e as crianças!

Enquanto ele vinha andando vagarosamente pelo caminho de entrada, a mão no coldre, os olhinhos se virando de um lado para outro, um caleidoscópio de figuras embaralhadas lhe passou pela mente. Histórias sussurradas por tia Pittypat de ataques a mulheres desprotegidas, gargantas cortadas, casas incendiadas sobre as cabeças de mulheres agonizantes, crianças atravessadas por baionetas por terem chorado, todos os horrores indizíveis ligados à palavra "ianque".

Seu primeiro impulso apavorado foi o de se esconder no armário, engatinhar para debaixo da cama, correr pelas escadas dos fundos e sair gritando até o pântano, qualquer coisa para escapar dele. Então ela ouviu seus pés cautelosos nos degraus da frente e os passos furtivos ao entrar no vestíbulo, e se deu conta de que não havia escapatória. Paralisada de medo, ela o ouviu indo de cômodo em cômodo lá embaixo, os passos cada vez mais altos e ousados por não achar ninguém. Agora estava na sala de jantar e em um momento iria para a cozinha.

À ideia da cozinha, a raiva saltou ao peito de Scarlett, de modo tão precipitado que apunhalou seu coração e o medo se dissipou diante da fúria predominante. A cozinha! Lá, sobre o fogão, havia duas panelas, uma cheia de maçãs em calda e a outra com um cozido de vegetais dolorosamente trazidos de Twelve Oaks e da horta dos Macintosh — o jantar que seria servido a nove pessoas famintas e mal suficiente para duas. Scarlett controlava o apetite havia horas, esperando pelo retorno dos outros, e a ideia de ter o ianque comendo sua escassa refeição a fez tremer de raiva.

Malditos! Tinham baixado ali como gafanhotos, deixado Tara em lenta inanição e agora voltavam para roubar o pouco que restara. Seu estômago vazio se contorceu. Por Deus, esse era um ianque que não iria roubar mais nada!

Ela tirou o sapato gasto e, descalça, andou rapidamente até a cômoda, sem nem sentir o dedão infeccionado. Abriu a gaveta de cima com cuidado e pegou a pesada pistola trazida de Atlanta, a arma que Charles carregara sem nunca usar. Remexendo a cartucheira de couro pendurada na parede abaixo do sabre, ela pegou uma bala e com mão firme introduziu-a na pistola. Rápida e sem fazer qualquer ruído ela foi para o corredor e desceu as escadas, firmando-se no corrimão com uma das mãos e com a outra segurando a pistola junto à coxa, entre as dobras da saia.

— Quem está aí? — gritou uma voz anasalada, e ela parou no meio da escadaria, o sangue pulsando em seus ouvidos tão alto que ela mal conseguia ouvi-lo.

— Pare ou atiro! — disse a voz.

Parado na porta da sala de jantar, tenso, a pistola em uma das mãos e na outra a caixinha de costura de jacarandá com o dedal de ouro, a tesoura com alças de ouro e a agulheira também guarnecida de ouro. As pernas de Scarlett estavam frias até os joelhos, mas a raiva lhe chamuscava o rosto. A caixinha de costura de Ellen na mão dele. Ela queria gritar: "Largue isso! Largue isso, seu porco...", mas as palavras não vinham. Só conseguia ficar olhando para ele e observar sua fisionomia mudar de tensa aspereza para um sorriso meio desdenhoso, meio insinuante.

— Então tem gente em casa — disse ele, pondo a arma de volta no coldre e indo até o vestíbulo, ficando bem abaixo dela. — Sozinha, senhorinha?

Como um raio, ela mostrou a arma por cima do corrimão apontando para a cara barbada espantada. Antes mesmo que ele pudesse levar a mão ao coldre, ela puxou o gatilho. O coice da arma a fez cambalear ao mesmo tempo que o estampido da explosão lhe atordoou os ouvidos e a fumaça acre entrou em suas narinas. O homem caiu de costas, estatelado sobre o piso da sala de jantar, fazendo estremecer os móveis. A caixinha caiu de sua mão e seu conteúdo se espalhou em volta. Sem noção de que se mexia, Scarlett correu até embaixo e ficou diante dele, olhando para o que sobrara do rosto acima da barba, um buraco sangrando onde antes havia o nariz, olhos vidrados queimados de pólvora. Enquanto ela observava, dois filetes de sangue escorreram pelo piso lustroso, um do rosto e outro de trás da cabeça.

Sim, estava morto. Sem dúvida. Ela matara um homem.

A fumaça foi subindo espiralada até o teto e os filetes se alargaram até seus pés. Por um instante interminável, ela ficou ali parada, e na quietude da quente manhã de verão todos os sons e odores irrelevantes se ampliaram: o batimento acelerado de seu coração era como o toque de um tambor, o leve farfalhar das folhas da magnólia, o distante som lastimoso de um pássaro no pântano e o doce aroma das flores lá fora.

Ela matara um homem, ela, que sempre tomara cuidado para não estar presente na hora da matança em uma caçada, ela, que não podia ouvir os ganidos de um porco abatido ou o gemido de um coelho em uma armadilha. "Assassinato", pensou entorpecida. Eu cometi um assassinato. Ah, isso não pode estar acontecendo comigo! Seus olhos pousaram na mão peluda no chão, tão próxima à caixinha de costura, e subitamente estava cheia de energia outra vez, vitalmente contente, sentindo a fria alegria de um tigre. Podia ter enfiado o calcanhar no ferimento oco que fora o nariz dele e sentido um doce prazer ao toque do sangue quente no pé descalço. Aquele fora um golpe de vingança por Tara... e por Ellen.

Passos trôpegos apressados no corredor de cima, uma pausa e mais passos, passos fracos a se arrastar agora, pontuados por um tilintar metálico. A noção de tempo e realidade retornando, Scarlett olhou para cima e viu Melanie no alto das escadas, só com o camisão esfarrapado que lhe servia de camisola, o braço fraco caído pelo peso do sabre de Charles. Os olhos de Melanie tiveram a visão abrangente de toda a cena, o corpo estatelado de farda azul em uma poça de sangue, a caixinha de costura ao seu lado, Scarlett, descalça e com o rosto cinzento, agarrando a pistola de cano longo.

Em silêncio, seus olhos encontraram os de Scarlett. Havia um brilho de triste orgulho em sua fisionomia geralmente meiga, aprovação, e uma alegria feroz em seu sorriso, igualando-se ao tumulto feérico no peito de Scarlett.

"Ora... ora... ela é como eu! Ela entende como estou me sentindo!", pensou Scarlett naquele longo momento. "Ela teria feito a mesma coisa!"

Emocionada, ela olhou para a frágil criatura oscilante por quem nunca tivera nenhum sentimento que não de desgosto e desdém. Agora, lutando contra o ódio pela mulher de Ashley, surgia um sentimento de admiração e companheirismo.

Em um instante de clareza intocado por qualquer emoção trivial, ela viu que, por baixo da voz meiga e dos olhos de gazela de Melanie, havia uma fina lâmina de aço inquebrantável, sentiu também que havia bandeiras e cornetas de coragem no calmo sangue de Melanie.

— Scarlett! Scarlett! — gritaram as vozes fracas e assustadas de Suellen e Carreen, abafadas pela porta fechada, e a voz de Wade chamou "Titia! Titia!". Rapidamente, Melanie pôs o dedo nos lábios e, largando o sabre no chão, foi até o quarto das enfermas e abriu a porta.

— Não se assustem, suas medrosas — veio sua voz em um tom amigável de implicância. — A irmã mais velha estava tentando desenferrujar a pistola de Charles, que disparou quase matando-a de susto!... Ora, Wade Hampton, mamãe só deu um tiro com a pistola de seu querido papai! Quando você for grande, ela vai deixá-lo atirar com ela.

"Que boa mentirosa!", pensou Scarlett com admiração. "Eu não teria conseguido pensar com tanta rapidez. Mas por que mentir? Eles precisam saber que eu fiz isso."

Olhando novamente para o corpo, ela foi assaltada pela repugnância à medida que raiva e medo iam sumindo, e seus joelhos começaram a tremer. Melanie se arrastou até o alto da escadaria outra vez e começou a descer, segurando-se no corrimão, mordendo o pálido lábio inferior.

— Volte para a cama, sua boba, vai se matar assim! — exclamou Scarlett, mas a seminua Melanie desceu dolorosamente até o vestíbulo.

— Scarlett — sussurrou —, precisamos tirar ele daqui e enterrá-lo. Talvez não estivesse sozinho, e se o encontrarem aqui... — Ela se apoiou no braço de Scarlett.

— Ele devia estar sozinho — disse Scarlett. — Não vi mais ninguém da janela lá de cima. Deve ser um desertor.

— Mesmo que estivesse sozinho, ninguém deve saber disso. Os negros podem comentar e então eles viriam pegar você. Scarlett, precisamos escondê-lo antes que o pessoal volte do pântano.

Sua mente logo entrou em ação, impulsionada pelo tom de urgência na voz de Melanie.

— Eu poderia enterrá-lo no canto do jardim, debaixo do parreiral... o solo está fofo lá, onde Pork cavou para tirar o barril de uísque. Mas como vou levá-lo até lá?

— Cada uma pega em uma perna e o arrastamos — disse Melanie com firmeza.

Relutante, a admiração de Scarlett cresceu ainda mais.

— Você não conseguiria arrastar um gato. Eu o arrasto — disse ela asperamente. — Volte para a cama. Vai acabar se matando. Também não ouse me ajudar que eu a carrego lá para cima.

O rosto pálido de Melanie se abriu em um doce sorriso de compreensão.

— Você é muito querida, Scarlett — disse, e deu um beijo suave na bochecha de Scarlett. Antes que ela conseguisse se recuperar da surpresa, Melanie continuou: — Se conseguir carregá-lo para fora, eu passo um pano nnn.. na sujeira antes que o pessoal chegue, e Scarlett...

— Sim?

— Acha que seria desonesto remexer na mochila dele? Talvez tenha algo de comer.

— Não — disse Scarlett, aborrecida por não ter ela mesma pensado nisso. — Você pega a mochila, que eu revisto os bolsos. Curvada sobre o morto com repugnância, ela desabotoou o resto dos botões da túnica e fez uma revista sistemática nos bolsos.

— Santo Deus — sussurrou, puxando uma carteira volumosa, embrulhada em um trapo. — Melanie... Melly, acho que está cheia de dinheiro!

Melanie não disse nada, mas subitamente sentou-se no chão e se encostou na parede.

— Olhe você — disse ela trêmula. — Estou me sentindo meio fraca.

Scarlett rasgou o trapo e abriu a carteira de couro com as mãos trêmulas.

— Olhe, Melly... olhe!

Melanie olhou e seus olhos se dilataram. Havia uma porção de notas desarrumadas, as notas dos Estados Unidos misturadas com dinheiro confederado e, cintilando entre elas, havia uma moeda de ouro de 10 dólares e duas de 5.

— Não pare para contar agora — disse Melanie quando Scarlett começou a dedilhar as notas. — Não temos tempo...

— Você se dá conta, Melanie, de que esse dinheiro significa que vamos comer?

— Sim, sim, querida, eu sei, mas não temos tempo agora. Reviste os outros bolsos e eu pego a mochila.

Scarlett relutou em largar a carteira. Panoramas iluminados se abriram a sua frente... dinheiro de verdade, o cavalo do ianque, comida! Afinal de contas, havia um Deus e Ele realmente provia, mesmo que o fizesse por caminhos bem tortos. Ela se sentou sobre as pernas e ficou olhando para a carteira, sorrindo. Comida! Melanie puxou-a de suas mãos...

— Apresse-se! — disse.

Nada havia nos bolsos das calças além de um toco de vela e um canivete, um naco de fumo e um rolinho de barbante. Melanie tirou da mochila um pacotinho de café, que ela cheirou como se fosse o melhor dos perfumes, uma bolacha dura e, sua fisionomia mudando, uma miniatura de menininha em uma moldura de ouro com pérolas, um broche de granada, duas pulseiras largas de ouro, com correntes finas dependuradas, um dedal de ouro, uma canequinha de prata de bebê, uma tesoura de ouro para bordado, um anel de brilhante solitário e um par de brincos pingentes com dois brilhantes em forma de pera, que mesmo seus olhos inexperientes podiam dizer que tinham mais de um quilate cada.

— Um ladrão! — sussurrou Melanie, recuando do corpo imóvel. — Scarlett, ele deve ter roubado tudo isso!

— É lógico — disse Scarlett. — E veio aqui esperando roubar mais de nós.

— Que bom que o matou — disse Melanie com os meigos olhos endurecidos. — Agora se apresse, querida, e tire-o daqui.

Scarlett se inclinou, pegou o morto pelas botas e tentou puxar. Como era pesado e quão fraca ela se sentiu. E se não conseguisse levá-lo? Virando-se para deixar o cadáver atrás, ela pegou uma bota pesada debaixo de cada braço e jogou o próprio peso para a frente. Conseguiu movê-lo e continuou puxando. O pé machucado, esquecido em meio à exaltação, agora começava a latejar, fazendo-a ranger os dentes e pôr o peso no calcanhar. Puxando com força, o suor gotejando na testa, ela o arrastou pelo corredor, uma mancha vermelha marcando o caminho.

— Se ele sangrar pelo pátio, não poderemos esconder — falou forçando a voz. — Me dê sua camisa, Melanie, que vou enrolar na cabeça dele.

O rosto de Melanie ficou carmim.

— Não seja boba, não vou olhar — disse Scarlett. – Se eu tivesse uma anágua ou calçolas, as usaria.

Encolhendo-se na parede, Melanie tirou a peça esfarrapada de linho pela cabeça e jogou para Scarlett, escondendo-se o melhor que podia com os braços.

"Graças a Deus que não sou tão recatada", pensou Scarlett, sentindo, mesmo sem ver, a agonia do constrangimento de Melanie, enquanto amarrava o pano em volta do rosto estilhaçado.

Com uma série de puxões, aos trancos, ela carregou o corpo pelo corredor até a saída dos fundos e, parando para enxugar a testa com as costas da mão, olhou para trás na direção de Melanie, sentada encostada na parede, abraçando os joelhos para junto do peito nu. Que bobagem de Melanie estar se importando com o recato em uma hora dessas, pensou Scarlett com irritação. Fazia parte de seu modo requintado-impecável de agir que sempre fizera Scarlett desprezá-la. Em seguida, ela se envergonhou. Afinal... afinal... Melanie se arrastara da cama tão pouco tempo depois de ter tido o bebê e fora em seu auxílio com uma arma pesada demais até para ela mesma levantar. Isso exigira coragem, o tipo de coragem que Scarlett honestamente sabia não possuir. A fibra de aço fiada em seda que caracterizara Melanie na terrível noite da queda de Atlanta e na longa jornada para casa. Era a mesma coragem intangível, discreta, que todos os Wilkes possuíam, uma qualidade que Scarlett não entendia, mas à qual, malgrado seu, prestava homenagem.

— Volte para a cama — falou ela sobre o ombro. — Vai acabar morrendo. Eu limpo a sujeira depois de enterrá-lo.

— Vou fazer isso com um dos tapetinhos — sussurrou Melanie, olhando para a poça de sangue com cara de nojo.

— Bem, mate-se então e veja se estou ligando! E, se alguém chegar antes que eu acabe, mantenha-o dentro de casa e diga que o cavalo chegou andando do nada.

Melanie ficou sentada tiritando sob o sol da manhã e tapou os ouvidos para não ouvir a série de baques surdos provocados pela cabeça do homem nos degraus dos fundos.

Ninguém questionou de onde viera o cavalo. Era óbvio que tinha se extraviado da batalha recente e estavam todos contentes de tê-lo. O ianque jazia na cova rasa que Scarlett cavara sob o parreiral. Os paus que mantinham a videira estavam podres, e naquela noite Scarlett bateu neles com uma faca de cozinha até caírem e o emaranhado denso da planta se espalhou sobre o túmulo. A recolocação desses postes foi um dos trabalhos de conserto que Scarlett não sugeriu, e, se os negros sabiam por quê, ficaram quietos.

Nenhum fantasma se ergueu daquela cova rasa para assombrá-la nas longas noites em que ficava deitada desperta, cansada demais para dormir. Nenhum sentimento de horror ou remorso a assaltava diante da lembrança. Ela se perguntava por quê, sabendo que um mês antes não poderia ter feito aquilo. A jovem Sra. Hamilton, com suas covinhas e pingentes tilintantes, com seus modos indefesos, estourando o rosto de um homem e depois enterrando-o em um buraco cavado apressadamente por ela própria! Scarlett sorriu com certa crueldade pensando na consternação que tal ideia provocaria naqueles que a conheciam.

"Não vou mais pensar nisso", decidiu. "Está feito e acabado, e eu teria sido uma bobalhona se não o matasse. Suponho que... que devo ter mudado um pouco desde que voltei para casa, caso contrário não teria conseguido fazer isso."

Mesmo que fosse inconsciente, sempre que se confrontava com uma tarefa desagradável ou difícil, a ideia movia-se furtivamente lá do fundo: "Já matei, então é claro que consigo fazer isto."

Ela mudara mais do que se dava conta, e a capa de endurecimento que começara a se formar em torno de seu coração quando estava deitada na horta dos escravos em Twelve Oaks estava lentamente engrossando.

Agora que tinha um cavalo, Scarlett podia descobrir por conta própria o que acontecera aos vizinhos. Desde sua chegada em casa, ela cogitava, desesperada, milhares de vezes: "Seremos os únicos que restaram no condado? Terão sido todas as outras propriedades incendiadas? Terão todos se refugiado em Macon?" Tendo a lembrança fresca das ruínas de Twelve Oaks, da propriedade dos Macintosh e da choça dos Slattery, ela quase se apavorava de descobrir a verdade. Mas era melhor saber o pior do que ficar cogitando. Decidiu ir até os Fontaine primeiro, não porque fossem os vizinhos mais próximos, mas porque o velho Dr. Fontaine poderia estar lá. Melanie precisava de um médico. Não estava se recuperando como devia, e Scarlett estava assustada com sua fraqueza e palidez.

Portanto, no primeiro dia em que seu pé ficou bom o bastante para calçar as sapatilhas, ela montou o cavalo do ianque. Um pé no estribo encurtado e a outra perna dobrada no arção, tentando se colocar como em um silhão, ela saiu pelos campos rumo a Mimosa, revestindo-se de coragem para encontrá-la incendiada.

Para sua surpresa e prazer, ela viu a casa amarela desbotada de pé em meio às mimosas, com a mesma aparência de sempre. Uma felicidade aconchegante, uma felicidade que quase a levou às lágrimas, a inundou quando as três Fontaine saíram da casa para recebê-la com beijos e gritos de alegria.

Mas, quando se acabaram as primeiras exclamações de cumprimentos afetuosos e elas tinham se reunido na sala de jantar, Scarlett teve um calafrio. Os ianques não tinham passado por Mimosa porque ficava distante da estrada principal. Portanto, os Fontaine ainda tinham seus animais e provisões, mas Mimosa estava possuída pelo mesmo estranho silêncio que pairava sobre Tara, sobre toda a região. Todos os escravos, com exceção de quatro mulheres, criadas da casa, tinham fugido, com medo da aproximação dos ianques. Não havia nenhum homem no lugar, a menos que o menino de Sally, Joe, que mal saíra das fraldas, pudesse ser contado. Sozinhas na casa enorme estavam a vovó Fontaine, que tinha uns 70 anos, sua nora, que sempre seria conhecida como Sinhazinha, embora estivesse na casa dos 50, e Sally, que mal completara 20. Estavam distantes dos vizinhos e desprotegidas, mas, se tinham medo, isso não aparecia em seus semblantes. Provavelmente, pensou Scarlett, porque Sally e Sinhazinha tinham muito medo da velha vovó, frágil como porcelana, mas indomável, para ousar expressar qualquer apreensão. A própria Scarlett tinha medo da velha, pois ela tinha olhos aguçados e língua mais ainda, tendo Scarlett sentido ambos no passado.

Embora não fossem aparentadas por sangue e a idade as separasse, havia uma familiaridade de espírito e experiência ligando essas mulheres. As três usavam roupas de luto tingidas em casa, todas estavam cansadas, preocupadas e amargas, com uma amargura sem mau humor nem queixas, mas, mesmo assim, espiava por trás de seus sorrisos e palavras de boas-vindas. Pois seus escravos tinham ido embora, seu dinheiro nada valia, o marido de Sally, Joe, morrera em Gettysburg e Sinhazinha também estava viúva, pois o jovem Dr. Fontaine morrera de disenteria em Vicksburg. Os dois outros rapazes, Alex e Tony, estavam em algum lugar da Virgínia, sem que ninguém soubesse se estavam vivos ou mortos; e o velho Dr. Fontaine estava em algum lugar com a cavalaria de Wheeler.

— E aquele velho tolo tem 73 anos, embora tente agir como se fosse mais jovem, e está tão cheio de reumatismo quanto um porco está de pulgas — disse a vovó, orgulhosa do marido, a luz em seus olhos desmentindo as palavras ásperas.

— Vocês têm tido notícias do que está acontecendo em Atlanta? — perguntou Scarlett quando estavam todas bem acomodadas. — Em Tara estamos totalmente isolados.

— Santo Deus, minha filha — disse a velha, assumindo o controle da conversa, como era seu hábito —, estamos no mesmo apuro que vocês. Nada sabemos, a não ser que Sherman finalmente se apoderou da cidade.

— Então ele conseguiu mesmo. O que está fazendo agora? Onde está a luta?

— E como é que três mulheres solitárias aqui neste fim de mundo saberiam sobre a guerra se não recebemos uma carta nem um jornal faz semanas? — disse a velha acidamente. — Uma de nossas negras falou com uma negra que encontrou um negro que esteve em Jonesboro e, exceto por isso, não sabemos de nada. O que eles disseram é que os ianques se aquartelaram em Atlanta para descansar seus homens e animais, mas, se é verdade ou não, você pode julgar tão bem quanto eu. Não que não precisassem de um repouso depois da surra que lhes demos.

— Pensar que você estava em Tara todo esse tempo e não sabíamos! — disse Sinhazinha, entrando na conversa. — Ah, culpa minha por não ter saído para verificar! Mas temos tido tantos afazeres por aqui com a partida da maioria dos negros que simplesmente não consegui sair. Mas deveria ter arranjado tempo para isso. Não foi coisa de bom vizinho de minha parte. Mas, é claro, achamos que os ianques tinham incendiado Tara como fizeram com Twelve Oaks e com a casa dos Macintosh, e que o seu pessoal tivesse ido para Macon. E jamais sonhamos que você estivesse em casa, Scarlett.

— Bem, como podíamos pensar o contrário quando os negros do Sr. O'Hara passaram por aqui, de olhos esbugalhados de tão assustados e nos disseram que os ianques iam incendiar Tara? — interrompeu vovó.

— E podíamos ver... — começou Sally.

— Deixe-me acabar, por favor — disse a velha secamente. — E disseram que os ianques estavam todos acampados em Tara e que seu pessoal estava se arrumando para ir embora para Macon. Então, naquela noite, vimos um clarão de fogo lá para os lados de Tara que durou horas, assustando os tolos dos nossos negros a tal ponto que eles fugiram. Que foi que incendiou?

— Todo o nosso algodão... equivalente a 150 mil dólares — disse Scarlett amargurada.

— Agradeça por não ter sido sua casa — disse vovó, apoiando o queixo na bengala. — Sempre é possível cultivar mais algodão, mas não uma casa. Por falar nisso, vocês já começaram a colher o algodão?

— Não — disse Scarlett —, e agora a maior parte está arruinada. Imagino que não haja mais de três fardos no campo mais distante junto ao rio, e de que vai nos adiantar? Todos os escravos se foram, não há ninguém para colher.

— Por piedade, todos os escravos se foram, não há ninguém para colher! — imitou vovó, lançando um olhar satírico a Scarlett. — O que há de errado com suas belas garrinhas, senhorinha, e com as de suas irmãs?

— Eu? Colher algodão? — exclamou Scarlett horrorizada, como se vovó estivesse sugerindo algum crime repulsivo. — Como uma trabalhadora do campo? Como os brancos ordinários? Como as Slattery?

— Como brancos ordinários mesmo! Ora, não é que essa geração é mole e toda mimosa? Deixe-me contar uma coisa, senhorinha, quando eu era moça meu pai perdeu toda a fortuna e eu não me envergonhei de fazer um trabalho honesto com minhas mãos, e nos campos também, até que o pai conseguiu dinheiro bastante para comprar mais escravos. Capinei meu pedaço de terra e colhi meu algodão e posso fazer de novo se for preciso. E tudo indica que vou precisar. Branca ordinária mesmo!

— Ah, mas mamãe Fontaine — exclamou a nora, lançando olhares suplicantes para as duas moças, incitando-as a ajudá-la a acalmar as penas eriçadas da velha. — Isso foi há tanto tempo, uma época totalmente diferente, e os tempos mudaram.

— Os tempos nunca mudam quando há trabalho honesto a ser feito — declarou a velha de olhos afiados, decidida a não se acalmar. — E me envergonho por sua mãe, Scarlett, tolerar ouvi-la falar como se trabalho honesto transformasse gente boa em brancos ordinários. "Quando Adão cavava e Eva fiava..."

Para mudar de assunto, Scarlett perguntou rapidamente:

— E os Tarleton e os Calvert? Também tiveram suas propriedades incendiadas? Refugiaram-se em Macon?

— Os ianques nunca chegaram aos Tarleton. Eles estão fora da estrada principal, como nós, mas chegaram aos Calvert e roubaram todos os rebanhos e aves, e pegaram todos os negros para ir com eles... — começou Sally.

Vovó interrompeu.

— Ah! Prometeram às fedelhas negras vestidos de seda e brincos de ouro... foi isso que fizeram. E Cathleen Calvert contou que alguns dos soldados saíram com as bobas das negras na garupa. Bem, tudo o que vão conseguir são bebês amarelos, e não posso garantir que o sangue ianque vá melhorar a cria.

— Ah, mamãe Fontaine!

— Não me venha com essa cara tão chocada, Jane. Somos todas casadas, não é? E Deus sabe que já vimos bebês mulatos antes.

— Por que não incendiaram a casa dos Calvert?

— A casa foi salva por causa do sotaque da segunda Sra. Calvert e daquele administrador ianque deles, Hilton — disse a velha, que sempre se referia à ex-governanta como "segunda Sra. Calvert", embora a primeira Sra. Calvert tivesse morrido havia vinte anos.

— "Somos leais simpatizantes da União" — imitou a velha senhora, anasalando as palavras pelo longo e fino nariz. — Cathleen contou que os dois juraram por tudo que houvesse de mais sagrado que todos os Calvert eram ianques. Com o Sr. Calvert morto no meio do nada! Raiford em Gettysburg e Cade na Virgínia com o exército! Cathleen ficou tão mortificada que disse preferir que a casa tivesse sido incendiada. Ela disse que Cade iria explodir quando voltasse para casa e soubesse disso. Mas é isso que um homem arranja ao se casar com uma ianque... falta de orgulho, de decência, sempre pensando em salvar a própria pele... Como é que não incendiaram Tara, Scarlett?

Scarlett pausou por um instante antes de responder. Sabia que a pergunta seguinte seria: "E como está todo o seu pessoal? E como está sua querida mãe?" Sabia que não poderia lhes contar que Ellen tinha morrido. Sabia que, se pronunciasse essas palavras ou se permitisse pensar nelas diante dessas mulheres solidárias, teria um acesso de choro, que não cessaria. E ela não podia se permitir chorar. Desde que chegara em casa, ainda não tinha chorado de fato e sabia que, uma vez abrindo as comportas, sua coragem bem administrada se esvairia. Mas sabia também, olhando confusa em volta para as fisionomias simpáticas, que, se ocultasse a notícia da morte de Ellen, as Fontaine não a perdoariam. Principalmente a vovó era afeiçoadíssima a Ellen, havendo poucas pessoas no condado por quem a velha compr'asse uma briga.

— Vamos, conte — disse a vovó, com olhar penetrante. — Não sabe, senhorinha?

— Bem, só cheguei em casa no dia seguinte à batalha — respondeu ela apressadamente. — Os ianques já tinham partido. Papai... papai me contou que... que conseguiu que não incendiassem a casa porque Suellen e Carreen estavam muitos doentes, com tifo, e não podiam ser transportadas.

— Esta é a primeira vez que ouço falar de um ianque fazendo algo decente — disse a vovó, como se não gostasse de ouvir qualquer coisa boa sobre os invasores. — E como estão as meninas agora?

— Ah, estão melhor, bem melhor, quase boas, mas bastante fracas — respondeu Scarlett. Em seguida, vendo a pergunta que temia pairando nos lábios da velha, procurou rapidamente por algum outro assunto de conversa.

— Eu... eu gostaria de saber se vocês podem nos ceder algo de comer. Os ianques nos devastaram como um enxame de gafanhotos. Mas se estiverem com a ração contada, por favor digam e...

— Mande Pork com uma carroça e nós lhe daremos metade do que temos, arroz, fubá, presunto, algumas galinhas — disse a velha senhora, lançando um súbito olhar animado para Scarlett.

— Ah, isso é demais! Mesmo, eu...

— Nenhuma palavra! Nem vou escutar. Afinal, para que servem os vizinhos?

— Vocês são tão boas que nem tenho palavras... Mas agora preciso ir. O pessoal lá em casa vai ficar preocupado.

Vovó se levantou abruptamente e pegou Scarlett pelo braço.

— Vocês duas fiquem aqui — ordenou, empurrando Scarlett para a varanda dos fundos. — Tenho um particular com esta menina. Ajude-me a descer as escadas, Scarlett.

Sinhazinha e Sally se despediram e prometeram logo ir fazer uma visita. Ficaram loucas de curiosidade para saber o que vovó tinha para dizer a Scarlett, mas, se a própria não lhes dissesse, jamais ficariam sabendo.

— As velhas são tão difíceis... — sussurrou Sinhazinha a Sally enquanto retornavam à costura.

Scarlett ficou parada com a mão nas rédeas do cavalo, uma sensação de embotamento no coração.

— Então — disse a vovó, encarando-a —, o que está havendo em Tara? O que está escondendo?

Scarlett olhou para os velhos olhos familiares e percebeu que poderia contar a verdade sem lágrimas. Ninguém podia chorar na presença da vovó Fontaine sem sua expressa permissão.

— Mamãe morreu — disse ela sem rodeios.

A mão apertou seu braço com mais força e as pálpebras enrugadas piscaram sobre os olhos amarelos.

— Os ianques a mataram?

— Ela morreu de tifo. Morreu... um dia antes de minha chegada.

— Não pense nisso — disse a vovó, inflexível, e Scarlett a viu engolindo em seco. — E seu pai?

— Papai... papai não é mais ele mesmo.

— O que você quer dizer? Fale. Ele está doente?

— O choque... ele está tão estranho... ele não...

— Não me diga que ele está fora de si. Quer dizer que sua mente degringolou?

Foi um alívio ver a verdade sendo descrita de modo tão claro. Que bom a velha não lhe dar os pêsames de um modo que a fizesse chorar.

— Sim — disse ela entorpecida —, ele perdeu a cabeça. Está atordoado e às vezes parece não se lembrar de que mamãe morreu. Ah, senhora, é mais do que posso aguentar, vê-lo lá sentado, esperando por ela com tanta paciência, e ele não tinha mais paciência que uma criança. Mas fica pior quando ele se lembra de que ela morreu. De vez em quando, depois de ficar com a mão no ouvido para ver se a escuta, ele dá um salto súbito, sai da casa e vai até o campo-santo. Depois volta se arrastando, com o rosto molhado de lágrimas, e fica repetindo até me dar vontade de gritar. "Katie Scarlett, a Sra. O'Hara morreu. Sua mãe morreu," e é sempre como se eu estivesse ouvindo pela primeira vez. E, às vezes, de madrugada eu o ouço a chamá-la e saio da cama, vou até ele e digo que ela está na senzala com um negro doente. E ele reclama porque ela está sempre se cansando cuidando dos enfermos. E fica difícil convencê-lo a voltar a dormir. Está feito uma criança. Ah, como eu queria que o Dr. Fontaine estivesse aqui. Sei que ele poderia fazer algo por papai! E Melanie também precisa de um médico. Ela não está se recuperando do nascimento do bebê como deveria...

— Melly... um bebê? E ela está com você?

— Sim.

— O que Melly está fazendo com você? Por que não está em Macon com a tia dela e os demais parentes? Sempre me pareceu que você não gostava muito dela, senhorita, por mais que ela fosse irmã de Charles. Conte-me isso.

— É uma longa história, senhora. Não quer entrar de novo em casa e se sentar?

— Posso ficar de pé — disse vovó, secamente. — E se você contasse tudo isso em frente às outras, elas ficariam berrando e a fariam ter pena de si mesma. Agora, conte.

Com certa hesitação, Scarlett começou pelo cerco e o estado de Melanie, mas, com o progredir do relato, sob os penetrantes olhos enrugados, que nunca se desviavam, ela encontrou as palavras, palavras de poder e horror. Tudo voltou a sua mente. Aquele dia pavorosamente quente do nascimento do bebê, a agonia do medo, a fuga e deserção de Rhett. Ela contou da escuridão inóspita da noite, das fogueiras ardendo nos acampamentos, que podiam ser de amigos ou inimigos, das chaminés desoladas que seu olhar encontrou ao sol da manhã, dos homens e cavalos mortos ao longo da estrada, da fome, da devastação, do medo de que Tara tivesse sido incendiada.

— Achei que bastaria chegar em casa e mamãe daria conta de tudo e eu poderia descarregar o fardo pesado. No caminho para casa, achei que o pior já me acontecera, mas, quando soube que ela tinha morrido, me dei conta do que era o pior.

Ela olhou para o chão e esperou que vovó falasse. O silêncio foi tão prolongado que ela cogitou a possibilidade de vovó não ter entendido sua situação desesperadora. Finalmente, a velha voz se pronunciou, e seu tom era de uma bondade que Scarlett nunca a ouvira usar ao se dirigir a qualquer pessoa.

— Minha filha, é terrível para uma mulher encarar o pior que lhe pode acontecer, pois depois disso ela nunca mais consegue realmente ter medo de nada outra vez. E é muito mau para uma mulher não ter medo de nada. Acha que eu não entendo o que você me contou... pelo que passou? Pois entendo muito bem. Quando eu tinha mais ou menos a sua idade, eu estava no meio da insurreição dos índios Creek, logo após o massacre do forte Mims... é — disse ela com uma voz longínqua —, mais ou menos a sua idade, pois lá se vão uns cinquenta anos. Consegui me meter no mato e me esconder, fiquei lá e vi nossa casa ser incendiada e vi os índios tirarem o escalpo de meus irmãos e irmãs. E só o que eu podia fazer era ficar lá e rezar para que o clarão das chamas não mostrasse meu esconderijo. Eles arrastaram minha mãe para fora da casa e a mataram a uns 500 metros de onde eu estava. E também lhe tiraram o escalpo. E repetidamente um índio voltava até ela e lhe deitava a machadinha no crânio. Eu... eu era a queridinha de minha mãe e estava lá vendo tudo aquilo. Pela manhã fui para o povoado mais próximo, que ficava a 48 quilômetros. Levei três dias para chegar lá, passando por pântanos e pelos índios, e depois acharam que eu iria perder a cabeça... Foi quando encontrei o Dr. Fontaine. Ele cuidou de mim... Ah, pois é, isso foi há cinquenta anos, como eu disse, e desde então nunca mais tive medo de ninguém ou de nada, porque me aconteceu o pior que podia ter acontecido. E essa falta de medo já me causou muitos problemas e me custou muita felicidade. Deus teve a intenção de fazer das mulheres criaturas tímidas e amedrontadas e há algo de pouco natural em uma mulher que não tem medo... Scarlett, sempre deixe sobrar algo para o medo... assim como para o amor...

Sua voz calou e ela ficou parada, quieta, olhando para meio século atrás, para o dia em que sentira medo. Scarlett se mexeu, impaciente. Ela achara que a vovó iria entender e talvez lhe mostrasse algum modo de resolver seus problemas. Mas, como todos os velhos, ela se pôs a falar de coisas ocorridas antes de todos nascerem, coisas pelas quais ninguém se interessava. Scarlett desejou não ter lhe confidenciado.

— Bem, vá para casa, filha, ou vão ficar preocupados com você — disse ela subitamente. — Mande Pork com a carroça hoje à tarde... E não pense que poderá descarregar o fardo um dia, porque não poderá. Eu sei.

Um verão fora de época se estendeu até novembro naquele ano, e os dias quentes foram dias luminosos para os habitantes de Tara. O pior já passara. Agora tinham um cavalo e podiam se locomover cavalgando em vez de caminhar. Havia ovos fritos no café da manhã e presunto no jantar para variar a monotonia da batata-doce, amendoim e maçãs secas e em alguma ocasião festiva tinham até galinha assada. A velha leitoa fora enfim capturada e com sua cria vivia e grunhia alegremente embaixo da casa, que ficara servindo de chiqueiro. Às vezes guinchavam tão alto que nem dava para conversar dentro de casa, mas era um barulho prazeroso. Significava carne de porco fresca para os brancos e miúdos para os negros quando o frio e a época do abate chegasse, significando também comida para todos durante o inverno.

A visita que Scarlett fizera às Fontaine a tinha animado mais do que percebia. Só de saber que tinha vizinhos, que algumas das famílias amigas e das antigas propriedades sobreviviam, afastou a terrível sensação de perda e solidão que a oprimira nas primeiras semanas em Tara. E os Fontaine e os Tarleton, cujas fazendas não estavam na rota do exército, tinham sido muito generosos em compartilhar o pouco que tinham. Era a tradição do condado de que vizinho ajuda vizinho, e eles se recusavam a aceitar um centavo sequer de Scarlett, dizendo-lhe que ela teria feito o mesmo por eles e poderia retribuir no ano seguinte quando Tara voltasse a produzir.

Agora Scarlett tinha comida para todos, um cavalo, o dinheiro e as joias roubadas pelo ianque desertor e a maior necessidade eram roupas novas. Ela sabia que seria perigoso mandar Pork ao sul para comprar roupas, quando o cavalo poderia ser capturado pelos ianques ou pelos confederados. Mas, pelo menos, tinha o dinheiro com que comprá-las, um cavalo e uma carroça para a viagem e talvez Pork conseguisse ir sem ser pego. Sim, o pior já passara.

A cada manhã em que Scarlett acordava, agradecia a Deus pelo céu azul e pelo sol quente, pois cada dia de bom tempo adiava a época inevitável em que os agasalhos seriam necessários. E cada dia quente via mais e mais algodão se empilhando nas cabanas vazias da senzala, o único depósito que sobrara na fazenda. Havia mais algodão nos campos do que ela ou Pork tinham calculado, provavelmente quatro fardos, e logo as cabanas estariam cheias.

Scarlett não tivera nenhuma intenção de fazer a colheita ela mesma, nem mesmo depois do comentário ácido de vovó Fontaine. Era inconcebível que ela, uma dama O'Hara, agora a senhora de Tara, trabalhasse nos campos. Isso a poria no mesmo nível das desgrenhadas Sra. Slattery e Emmie. Ela pretendia que os negros fizessem o trabalho no campo, enquanto ela e as convalescentes cuidassem da casa, mas nisso foi confrontada com sentimentos de casta ainda mais fortes que o seu próprio. Pork, Mammy e Prissy fizeram a maior balbúrdia diante da ideia de trabalhar no campo. Reiteraram que eram negros de serviço doméstico, não trabalhadores do campo. Mammy, principalmente, declarou com veemência que nunca sequer fora negra de senzala. Nascera dentro da suntuosa casa dos Robillard, não na senzala, e fora criada no quarto da Velha Senhora, dormindo em um colchão de palha aos pés da cama. Dilcey foi a única a ficar quieta, cravando um olho em sua Prissy que a fez sentir-se envergonhada.

Scarlett recusou-se a escutar os protestos e levou todos para as fileiras de algodão. Mas Mammy e Pork trabalhavam com tal lentidão e lamentando-se tanto que Scarlett mandou Mammy de volta à cozinha e Pork para as matas e para o rio com armadilhas de pegar coelhos e gambás e linhas para pescar. Colher algodão estava abaixo da dignidade de Pork, mas caçar e pescar, não.

Em seguida, Scarlett tentou colocar suas irmãs e Melanie nos campos, mas isso não surtiu melhor efeito. Melanie fez a colheita direitinho, com rapidez e boa vontade por uma hora sob o sol quente, e depois desmaiou sem qualquer anúncio, tendo então que ficar de cama por uma semana. Suellen, magra e chorosa, fingiu desmaiar também, mas voltou à consciência cuspindo como um gato zangado quando Scarlett lhe jogou uma cabaça cheia de água na cara. Finalmente, ela se recusou e pronto.

— Não vou trabalhar no campo feito uma negra! Você não pode me obrigar. E se algum de nossos amigos viesse a saber? E se... se o Sr. Kennedy descobrisse? Ah, se mamãe soubesse disso...

— Mencione mamãe mais uma vez, Suellen O'Hara, e lhe dou um sopapo — gritou Scarlett. — Mamãe trabalhava mais que qualquer escravo neste lugar e você bem sabe, Dona Metida!

— Não trabalhava, não! Pelo menos não no campo. E você não pode me obrigar. Vou falar com papai e ele não vai me obrigar a trabalhar!

— Não ouse incomodar papai com nenhum de nossos problemas! — gritou Scarlett, perturbada entre a indignação com sua irmã e temor por Gerald.

— Eu vou lhe ajudar, mana — interpôs-se Carreen docilmente. — Trabalho por Sue e por mim. Ela ainda não está bem e não deveria ficar no sol.

Scarlett falou, agradecida:

— Obrigada, meu docinho. — Mas olhou preocupada para a irmã caçula. Carreen, que sempre fora tão delicadamente branca e rosada como os botões do pomar que se espalham com o vento da primavera, já não era rosada, mas ainda transmitia com seu doce e atencioso rostinho uma característica de florescência. Desde que voltara à consciência, ela andava quieta, um pouco atordoada, tendo descoberto que Ellen se fora, Scarlett estava uma megera, o mundo mudara e trabalho incessante era a ordem do novo dia. Ajustar-se à mudança não fazia parte da natureza delicada de Carreen. Ela simplesmente não conseguia entender o que acontecera e andava por Tara como uma sonâmbula, fazendo tudo o que lhe mandavam. Parecia, e era, frágil, mas tinha boa vontade, era obediente e prestativa. Quando não estava cumprindo as ordens de Scarlett, estava sempre com as contas do rosário entre os dedos e seus lábios se moviam em orações pela mãe e por Brent Tarleton. Não ocorria a Scarlett que ela levara a morte de Brent tão a sério e que seu pesar não tinha se curado. Para Scarlett, Carreen ainda era a "irmã caçula", jovem demais para realmente ter vivido um caso sério de amor.

Sob o sol nas fileiras de algodão, as costas doendo pelo curvar-se eterno e as mãos ásperas pelos gorgulhos secos, Scarlett desejava ter uma irmã que combinasse a energia e força de Suellen com a dócil disposição de Carreen. Pois Carreen era aplicada e convicta no trabalho da colheita, mas, após uma hora trabalhando, ficava óbvio que era ela, e não Suellen, quem não estava bem para tal trabalho. Então Scarlett mandou Carreen de volta para casa também.

Restavam com ela nas longas fileiras apenas Dilcey e Prissy. Prissy fazia a colheita com preguiça, de modo espasmódico, reclamando dos pés, das costas, de suas infelicidades interiores, do extremo cansaço, até que a mãe pegava um talo de algodão e a chicoteava até fazê-la gritar. Depois disso, ela trabalhava um pouco melhor, tomando cuidado para ficar longe do alcance da mãe.

Dilcey era incansável, trabalhava em silêncio, como uma máquina, e Scarlett, com as costas doendo e o ombro em carne viva pelo peso do saco de algodão que puxava, concluiu que Dilcey valia seu peso em ouro.

— Dilcey — disse ela —, quando os bons tempos voltarem, não vou me esquecer de sua atitude. Você tem sido boa demais.

A gigante de bronze não riu agradecida nem se contorceu com o elogio como os outros negros. Virou o rosto imóvel para Scarlett e disse com dignidade:

— Brigada, sinhá. Mais o sinhô Gerald e a sinhá Ellen forô bom demais pra mim. O sinhô Gerald comprô minha Prissy pra eu num ficá afrita e num me esqueço. Sô parte índia, e os índio num esquece quem foi bom pra eles. Descurpe a Prissy. Ela num presta pra nada. Parece que é toda nêga como o pai dela, que era um leviano.

Apesar dos problemas de Scarlett para conseguir ajuda dos outros na colheita, e apesar de sua exaustão fazendo o trabalho, ela foi ficando animada ao ver o algodão lentamente deixando o campo e enchendo as cabanas. Havia algo no algodão que era tranquilizante. Tara enriquecera com o algodão, assim como todo o sul, e, sendo uma sulista, Scarlett acreditava que Tara e o sul se reergueriam novamente através dos campos de terra vermelha.

Claro, esse algodão que ela colhera não era muito, mas era alguma coisa. Traria um pouco do dinheiro confederado, e esse pouco a ajudaria a poupar as notas verdes e o ouro guardados na carteira do ianque até precisarem ser gastos. Na primavera seguinte, ela tentaria fazer o governo confederado lhe devolver Big Sam e os outros escravos que tinham sido recrutados e, se o governo não os liberasse, usaria o dinheiro do ianque para contratar trabalhadores dos vizinhos. Na primavera seguinte, ela iria plantar sem parar... Endireitando as costas, olhou para os campos que estavam ficando marrons com o outono e viu a plantação do ano seguinte vigorosa e verdejante, hectare após hectare.

Na próxima primavera! Talvez àquela altura a guerra tivesse acabado e os bons tempos estivessem de volta. E tendo a Confederação vencido ou não, os tempos seriam melhores. Qualquer coisa era melhor que o perigo constante de ataques pelos dois exércitos. Quando a guerra acabasse, seria possível ganhar a vida honestamente com a plantação. Ah, se pelo menos a guerra tivesse acabado! Então as pessoas poderiam plantar as safras com alguma certeza de colhê-las!

Agora havia esperança. A guerra não podia durar para sempre. Ela tinha seu algodão, tinha alimentos, um cavalo, sua pequena, mas preciosa, reserva de dinheiro. Sim, o pior já passara!

Capítulo 27

Em um meio-dia em meados de novembro, estavam todos sentados em volta da mesa, comendo o resto da sobremesa feita por Mammy com fubá e mirtilo seco e adoçada com melado de sorgo. Fazia um friozinho, o primeiro do ano, e Pork, de pé atrás da cadeira de Scarlett, esfregou as mãos de alegria e perguntou:

— Já num tá na época de matá os porco, sinhá Scarlett?

— Você já está saboreando aqueles miúdos, não é? — disse Scarlett com um sorriso. — Bem, eu também já consigo sentir o gosto de carne fresca de porco, e, se o tempo ficar assim por mais alguns dias, nós...

Melanie interrompeu, a colher nos lábios:

— Ouça, querida! Alguém está chegando!

— Arguém tá gritano — disse Pork, inquieto.

O som de cascos de cavalo chegava claramente com o ar crepitante de outono, pulsando tão rapidamente quanto um coração assustado, e uma voz aguda de mulher gritava:

— Scarlett! Scarlett!

Todos se entreolharam por um segundo pavoroso antes de empurrarem as cadeiras e ficarem de pé. Apesar do medo que a esganiçava, todos reconheceram a voz de Sally Fontaine que, só uma hora antes, estivera em Tara para uma conversa rápida a caminho de Jonesboro. Todos correram para a porta da frente e a viram subindo pelo caminho como o vento sobre o cavalo, o cabelo ondulado atrás dela, o chapéu de sol pendurado ao pescoço pelas fitas. Ela não puxava as rédeas, mas, enquanto galopava loucamente na direção deles, apontava para a direção de onde vinha.

— Os ianques estão vindo! Eu os vi! Lá embaixo na estrada! Os ianques...

Ela puxou com força as rédeas a tempo de impedir que o animal subisse os degraus da varanda. Deu uma volta, atravessou o gramado lateral em três saltos e fez o cavalo saltar a grande cerca viva como se estivesse no campo de caça. Ouviram o golpear pesado dos cascos enquanto ela seguia para o pátio dos fundos e descia a estreita alameda entre as cabanas da senzala, sabendo que estava tomando um atalho pelo campo até Mimosa.

Ficaram paralisados por um momento e depois Suellen e Carreen começaram a soluçar e a se agarrar uma na outra. O pequeno Wade ficou imóvel, trêmulo, incapaz de chorar. O que ele temia desde a noite que tinham saído de Atlanta acontecera. Os ianques estavam vindo para pegá-lo.

— Ianques? — disse Gerald vagamente. — Mas os ianques já estiveram aqui.

— Mãe de Deus! — gritou Scarlett, os olhos encontrando os olhos assustados de Melanie. Por uma fração de segundo, novamente lhe passaram pela mente os horrores de sua última noite em Atlanta, as casas destruídas que pontilhavam a zona rural, todas as histórias de estupro, tortura e assassinato. Viu outra vez o soldado ianque estirado no vestíbulo com a caixa de costura de Ellen na mão. Pensou: "Vou morrer. Vou morrer bem aqui. Achei que isso já tinha acabado. Vou morrer. Não aguento mais."

Então seus olhos pousaram no cavalo encilhado, esperando por Pork, que iria até os Tarleton em um serviço. Seu cavalo! Seu único cavalo! Os ianques o levariam, além da vaca com o bezerro. E a leitoa com sua cria... Ah, quantas horas exaustivas para capturar aquela leitoa e seus ágeis filhotes! E eles levariam o galo e as galinhas poedeiras e os patos que as Fontaine lhe tinham dado. E as maçãs e as batatas nos caixotes da dispensa. E a farinha, o arroz e as ervilhas secas. E o dinheiro na carteira do soldado ianque. Levariam tudo e os deixariam morrendo de fome.

— Eles não vão pegar! — falou ela em voz alta e todos se viraram com expressões assustadas, temendo que ela tivesse perdido a cabeça com tanta pressão. — Não vou passar fome! Eles não podem pegá-los!

— O quê, Scarlett? O quê?

— O cavalo! A vaca! Os porcos! Eles não vão ficar com eles! Não vou deixar!

Ela se virou para os quatro negros que se acotovelavam no vão da porta, os semblantes em um tom peculiar de cinza.

— O pântano — disse ela rapidamente.

— Que pânto?

— O pântano do rio, seus tolos! Levem os porcos para o pântano. Todos vocês. Rápido. Pork, você e Prissy rastejem embaixo da casa e tirem os porcos. Suellen, você e Carreen encham as cestas com o máximo de comida que conseguirem carregar e vão para o mato. Mammy, ponha a prataria no poço de novo. E Pork! Pork, escute, não fique parado aí desse jeito! Leve papai com você. Não me pergunte para onde! Para qualquer lugar! Qualquer lugar! Vá com Pork, papai. Meu paizinho querido.

Mesmo em seu frenesi, ela pensou no que a visão das túnicas azuis poderia fazer à mente incerta de Gerald. Parou e torceu as mãos e o soluçar assustado do pequeno Wade agarrado às saias of Melanie aumentou seu pânico.

— O que eu faço, Scarlett? — A voz de Melanie estava calma em meio às lamentações, lágrimas e arrastar de pés. Embora seu rosto estivesse branco como papel e todo o seu corpo tremesse, a tranquilidade de sua voz acalmou Scarlett, lhe revelando que todos se voltavam para ela em busca de ordens e orientação.

— A vaca e o bezerro — disse ela rapidamente. — Estão no pasto antigo. Pegue o cavalo e leve-os para o pântano e...

Antes que acabasse a frase, Melanie puxou as saias das mãos de Wade e desceu as escadas correndo até o cavalo e ergueu as saias largas. Scarlett viu de relance as pernas finas, uma agitação de saias e roupas de baixo, e Melanie estava sobre a sela, os pés balançando bem acima dos estribos. Pegou as rédeas, bateu os calcanhares nas laterais do animal e em seguida puxou as rédeas, o rosto se contorcendo horrorizado.

— Meu bebê! — gritou. — Ah, meu bebê! Os ianques vão matá-lo. Pegue-o para mim!

Sua mão estava no arção e ela se preparava para apear, mas Scarlett gritou.

— Vá! Vá! Pegue a vaca! Eu cuido de seu bebê! Vá, estou dizendo! Acha que eu os deixaria pegar o bebê de Ashley? Ande!

Melly olhou desesperada para trás, mas bateu os calcanhares no cavalo e disparou alameda abaixo, fazendo salpicar o cascalho, rumo ao pasto.

Scarlett pensou: "Nunca pensei que veria Melanie Hamilton montando um cavalo feito um homem!", entrando depois na casa. Wade a seguiu, soluçando e tentando se agarrar às suas saias esvoaçantes. Ao subir as escadas, de três em três degraus, viu Carreen e Suellen, com as cestas no braço, correndo para a despensa e Pork agarrando Gerald pelo braço, sem muita suavidade, puxando-o para a varanda dos fundos. Gerald resmungava e tentava se soltar feito uma criança.

A voz estridente de Mammy chegava do pátio dos fundos:

— Anda Prissy! Vai pra baxo da casa e pega os porco! Vosmecê sabe muito bem que eu sô grande por demais pra rastejá ali. Dilcey, vem cá e dá um jeito nessa criança imprestáve.

"E eu que achei que era uma boa ideia deixar os porcos embaixo da casa para que ninguém os roubasse", pensou Scarlett, correndo para o quarto. "Ah, por que não construí um cercado para eles lá no pântano?"

Abriu a primeira gaveta da cômoda e remexeu nas roupas até a carteira do ianque estar em sua mão. Apressadamente, pegou o anel solitário e os brincos de brilhante da cesta de costura, onde os escondera, e os jogou dentro da carteira. Mas onde escondê-la? Dentro do colchão? Na chaminé? Jogá-la no poço? Colocá-la entre os seios? Não, ali nunca! O contorno podia aparecer pelo corpete e se os ianques vissem iriam despi-la para encontrar.

"Eu morro se fizerem isso!", ela pensou apavorada.

Lá embaixo, havia um pandemônio de pés correndo e vozes chorosas. Mesmo em meio ao frenesi, Scarlett queria que Melanie estivesse com ela. Melly, que fora tão corajosa no dia que ela atirara no ianque. Melly valia por três dos outros. Melly... o que ela tinha falado? Ah sim, o bebê!

Agarrada à carteira, Scarlett correu pelo corredor até o quarto onde o pequeno Beau dormia no bercinho. Ela o pegou nos braços e ele acordou, balançando as mãozinhas e babando, sonolento.

Ouviu Suellen chamando: "Venha, Carreen! Venha! Já temos o suficiente. Ah, mana, apresse-se!" Ouviam-se grunhidos selvagens, resmungos indignados no pátio dos fundos que corriam até a janela. Scarlett viu Mammy apressada atravessando o campo de algodão com seu gingado, carregando um porquinho a se debater embaixo de cada braço. Atrás dela, ia Pork, também carregando dois porcos e puxando Gerald a sua frente. Gerald seguia pelos sulcos a passos pesados, agitando a bengala.

Debruçando-se na janela, Scarlett gritou:

— Pegue a leitoa, Dilcey! Faça Prissy puxá-la para fora. Você pode correr atrás dela pelo campo.

Dilcey olhou para cima, o rosto bronzeado importunado. No avental, uma porção de talheres de prata. Apontou para baixo da casa.

— A leitoa mordeu a Prissy e dexô ela presa debaxo da casa.

"Bom para a leitoa", pensou Scarlett. Correu de volta a seu quarto e foi ao esconderijo de onde tirou os braceletes, o broche, a miniatura e a canequinha que encontrara com o ianque morto. Mas onde esconder aquilo? Era estranho, carregar o pequeno Beau em um dos braços, a carteira e a quinquilharia no outro. Ela tentou deixá-lo na cama.

Ele começou a chorar ao sair de seu braço e ela teve uma boa ideia. Que melhor esconderijo haveria que as fraldas de um bebê? Rapidamente, o virou, puxou a camisolinha e enfiou a carteira na fralda, junto às costas. Ele gritou mais alto diante desse tratamento e, apressadamente, ela ajustou a vestimenta triangular entre as perninhas agitadas.

"Agora", pensou ela, puxando o fôlego, "agora para o pântano!".

Agarrando-o a berrar debaixo de um braço e segurando as quinquilharias na outra mão, ela seguiu pelo corredor. Parou de repente, as pernas fraquejando de medo. Que silenciosa estava a casa! Que terrivelmente desolada! Teriam todos se ido, abandonando-a lá? Ninguém tinha esperado por ela? Ela não imaginou que eles fossem entender que era para deixá-la sozinha. Nos dias de hoje, qualquer coisa podia acontecer a uma mulher sozinha, e com os ianques se aproximando...

Ouvindo um leve ruído, ela se sobressaltou e, ao se virar, viu o filho esquecido, agachado junto à balaustrada, os olhos arregalados de pavor. Ele tentava falar, mas sua garganta não obedecia.

— Levante-se, Wade Hampton — ela ordenou prontamente. — Levante-se e caminhe. Mamãe não pode carregá-lo.

Ele correu até ela, como um animalzinho assustado e, agarrando-se à saia larga, enterrou a cabeça. Ela podia sentir as mãozinhas tateando em busca de suas pernas entre as dobras da saia. Ela começou a descer as escadas, cada passo estorvado pelas mãos de Wade a reboque, e disse ferozmente

— Largue-me, Wade! Largue-me e caminhe! — Mas ele só se agarrou mais ainda.

Ao chegar ao patamar, todo o andar inferior lhe saltou aos olhos. Todos os móveis e artigos domésticos tão queridos pareciam sussurrar: "Adeus! Adeus!" Ela sentiu um aperto na garganta. Lá estava a porta aberta do gabinete onde Ellen trabalhara com tanta dedicação, e ela podia ver a ponta da velha escrivaninha. A sala de jantar, com as cadeiras empurradas para trás e comida ainda nos pratos. No chão, os tapetes de trapo que a própria Ellen tinha tingido e tecido. E havia o grande retrato de vovó Robillard, com um vestido decotado, o cabelo puxado para o alto e as narinas talhadas de tal modo a lhe dar um perpétuo sorriso de escárnio de gente distinta. Tudo o que fizera parte de suas primeiras memórias, tudo o que estava ligado a suas mais profundas raízes: "Adeus, adeus, Scarlett O'Hara!"

Os ianques queimariam tudo... tudo!

Era sua última visão da casa, a última, a não ser pela que teria da mata ou do pântano, as altas chaminés envolvidas em fumaça, o telhado sendo derrubado pelas chamas.

"Não posso deixá-la", ela pensou e ficou com as mãos trêmulas de medo. "Não posso deixá-la. Papai não a deixaria. Ele disse aos ianques que poderiam queimá-la sobre sua cabeça. Então, eles irão queimá-la sobre minha cabeça, pois eu também não vou deixá-la. É tudo o que me restou."

Tomando essa decisão, parte do medo se afastou, restando apenas uma sensação cristalizada em seu peito, como se toda a esperança e o medo tivessem congelado. Ali parada, ela ouviu o som de muitos cascos de cavalos chegando pela alameda, o tilintar de arreios e espadas embainhadas e uma voz áspera gritando um comando: "Desmontar!" Rapidamente, ela se inclinou para a criança a seu lado e sua voz era urgente, mas estranhamente meiga.

— Solte minha saia, Wade, querido! Corra lá para baixo, e pelo pátio dos fundos vá depressa para o pântano. Mammy e tia Melly estão lá. Corra depressa, meu bem, e não tenha medo.

Com a mudança no tom de sua voz, o menino olhou para cima e Scarlett ficou estarrecida com a expressão de seus olhos, parecendo os de um coelhinho em uma armadilha.

— Ah, minha Nossa Senhora! — rezou ela. — Não permita que ele tenha um acesso de choro! Não... não diante dos ianques. Eles não podem saber que estamos com medo. — E, como a criança só se agarrava ainda mais a sua saia, ela disse com clareza: — Seja um homenzinho, Wade. Eles não passam de um bando de ianques malditos!

E então desceu as escadas ao encontro deles.

Sherman estava marchando pela Geórgia, de Atlanta até o mar. Atrás dele, tinham ficado as ruínas fumegantes de Atlanta, que fora incendiada enquanto o exército azul se retirava. Diante dele, havia cerca de 5 mil quilômetros de território praticamente indefeso, salvo por algumas milícias estaduais e os velhos e meninos da Guarda Nacional.

Ali estava o fértil estado, pontilhado de plantações, abrigando mulheres e crianças, os muito idosos e os negros. Em uma larga faixa de uns 1.300 quilômetros, os ianques vinham saqueando e incendiando. Havia centenas de casas em chamas, centenas de casas ressoando com os passos de seus pés. Mas, para Scarlett, observar as túnicas azuis se derramarem em sua varanda não era um caso regional. Era inteiramente pessoal, um ato mal-intencionado dirigido a ela e aos seus.

Ela ficou ao pé da escadaria, o bebê no braço, Wade grudado nela, a cabeça escondida em suas saias, enquanto os ianques se enxamearam pela casa, empurrando-a ao passar por ela para subir as escadas, arrastando móveis para a varanda da frente, correndo baionetas e facas pelos estofados à procura de valores. Lá em cima, rasgavam colchões e edredons de penas até o corredor ficar cheio de penas a flutuar lentamente, descendo sobre sua cabeça. A raiva impotente sufocava o pouco de medo que restara em seu coração enquanto ela ficava ali parada, sem ação, e eles pilhavam, roubavam e destruíam.

O sargento em comando era um homenzinho grisalho de pernas arqueadas, com a face protuberante pelo naco de fumo que mascava. Ele chegou a Scarlett antes dos outros homens e, cuspindo sem cerimônia no chão e na saia dela, disse secamente:

— Entregue o que tem em sua mão, senhora.

Ela se esquecera das quinquilharias que pretendia esconder e, com um sorriso de escárnio, que esperava ser tão eloquente quando o retratado na fisionomia de vovó Robillard, jogou os artigos no chão e quase teve prazer com o catar voraz que se seguiu.

— Vou precisar do anel e dos brincos.

Scarlett segurou com mais firmeza o bebê, que ficou com o rosto para baixo, vermelho e aos berros, e tirou os brincos de granada que tinham sido o presente de casamento de Gerald para Ellen. Depois tirou o grande solitário de safira que Charles lhe dera de noivado.

— Não jogue. Coloque em minha mão — disse o sargento, estendendo as mãos. — Esses patifes já pegaram muita coisa. O que mais a senhora tem? — Seus olhos se fixaram em seu corpete.

Por um momento, Scarlett sentiu que iria desmaiar, já sentindo mãos grosseiras se enfiando em seu busto, remexendo em suas ligas.

— Isso é tudo, mas imagino que seja costumeiro despir suas vítimas, não?

— Ah, vou acreditar em sua palavra — disse o sargento de bom grado, cuspindo outra vez antes de se virar. Scarlett endireitou o bebê e tentou acalmá-lo, segurando-o onde a carteira estava escondida, agradecendo a Deus que Melanie tivesse um bebê e que o bebê usasse fralda.

Ela podia ouvir os passos pesados das botas lá em cima, o arrastar de móveis, o estilhaçar de louça e espelhos, os xingamentos pela falta de objetos de valor. Gritos vinham do pátio dos fundos: "Peguem elas! Não deixem fugir!" e o estardalhaço desesperado das galinhas, o grasnido dos patos e gansos. Uma agonia a transpassou ao ouvir um guincho agonizante que foi subitamente silenciado por um tiro e ela soube que a leitoa estava morta. Maldita Prissy! Tinha escapado e a deixado. Se ao menos os filhotes estivessem a salvo! Se ao menos a família tivesse chegado a salvo ao pântano! Mas era impossível saber.

Ela ficou quieta no vestíbulo enquanto os soldados fervilhavam em volta, gritando e praguejando. Os dedos de Wade agarravam sua saia em um aperto aterrorizado. Ela podia sentir o corpo trêmulo do filho junto ao seu, mas não conseguia lhe dirigir qualquer palavra tranquilizadora. Não conseguia emitir qualquer palavra aos ianques, fosse de súplica, protesto ou raiva. Só conseguia agradecer a Deus por ainda ter força nos joelhos, por seu pescoço ainda conseguir manter a cabeça erguida. Mas, quando um pelotão de homens barbados desceu as escadas carregado de uma série de objetos e ela viu o sabre de Charles nas mãos de um, gritou.

Aquele sabre pertencia a Wade. Fora o sabre de seu pai e de seu avô e Scarlett o tinha dado ao menino em seu último aniversário. Realizaram uma cerimônia e Melanie tinha chorado, lágrimas de orgulho e de pesarosa lembrança. Beijou Wade, dizendo que ele devia crescer para ser um soldado corajoso como o pai e o avô. Wade tinha muito orgulho do sabre, e muitas vezes subia na mesa sobre a qual ele ficava pendurado, para tocá-lo. Scarlett conseguia tolerar a visão de suas próprias posses saindo da casa em odiosas mãos alheias, mas isso não, não o motivo de orgulho de seu menino. Espiando por trás da proteção de suas saias depois desse grito, Wade recobrou a fala e a coragem em um berro. Estendendo a mão e gritando:

— Meu!

— Não pode levar isso! — disse Scarlett prontamente, estendendo a mão também.

— Não posso, é? — disse o soldado baixinho, que o segurava, rindo descaradamente para ela. — Pois bem, posso sim! É um sabre rebelde!

— N... não é. É um sabre da Guerra do México. Você não pode levá-lo. Pertence a meu menino. Era do avô dele! Ah, capitão — gritou ela, virando-se para o sargento —, por favor, faça com que ele o devolva!

O sargento, encantado com a promoção, deu um passo à frente.

— Deixe-me ver o sabre, Bub — disse.

Relutante, o baixinho lhe entregou.

— O cabo é de ouro maciço — disse ele.

O sargento o virou de um lado e de outro, segurou o cabo sob a luz do sol para ler a inscrição gravada.

— "Ao coronel William R. Hamilton" — decifrou ele. — "De seu Estado-Maior. Por bravura. Buena Vista. 1847."

— É, senhora — disse ele —, eu também estive em Buena Vista.

— Não diga... — falou Scarlett gelidamente.

— E como não? Aquilo é que foi uma luta, lhe digo. Não vi luta como aquela nesta guerra. Então esse sabre foi do avô desse tiquinho de gente?

— Sim.

— Bem, o menino pode ficar com ele — disse o sargento, que estava satisfeito com a quinquilharia amarrada em seu lenço.

— Mas o cabo é de ouro maciço — insistiu o baixinho.

— Vamos deixar isso para ela de lembrança de nossa passagem — sorriu o sargento.

Scarlett pegou o sabre, sem sequer dizer "Obrigada". Por que deveria agradecer àqueles ladrões por devolverem o que lhe pertencia? Ficou segurando o sabre enquanto o cavaleiro baixinho discutia com o sargento.

— Por Deus, vou deixar algo para que esses malditos rebeldes se lembrem de mim — gritou o soldado, por fim, quando o sargento, perdendo a paciência, mandou que calasse a boca e fosse para o inferno. O baixinho saiu reclamando para os fundos da casa e Scarlett respirou mais aliviada. Eles não tinham falado nada sobre incendiar a casa. Não falaram para ela sair a fim de que pudessem atear fogo. Talvez... talvez... Os homens desceram e vieram do lado de fora para o vestíbulo.

— Alguma coisa? — perguntou o sargento.

— Uma leitoa, umas galinhas e uns patos.

— Um pouco de milho, batatas-doces e vagem. Por certo foi a gata selvagem que vimos a cavalo que deu o alarme.

— E você, Paul Revere?

— Bem, não tem muita coisa aqui, sargento. O senhor pegou os produtos da colheita. Vamos embora antes que toda a região tenha notícia de que estamos chegando.

— Vocês cavaram debaixo do fumeiro? Geralmente enterram coisas por lá.

— Não tem fumeiro.

— Olharam as cabanas dos negros?

— Nada, só algodão lá dentro. Tocamos fogo nele.

Em um breve instante, Scarlett visualizou os longos dias quentes no campo de algodão, sentiu outra vez a dor nas costas, seus ombros em carne viva. Tudo por nada. O algodão se fora.

— Parece que a senhora não tem muito aqui, não é?

— Seu exército já esteve aqui antes — disse ela friamente.

— É verdade. Estivemos aqui em setembro — disse um dos homens, revirando algo em sua mão. — Tinha esquecido.

Scarlett viu que era o dedal de ouro de Ellen que ele segurava. Quantas vezes ela o vira brilhando para cá e para lá no belo trabalho manual de Ellen. Aquela visão lhe trazia de volta muitas lembranças dolorosas da mão delicada que o usara. Lá estava ele na palma suja e calosa desse estranho, e logo rumaria para o norte e para o dedo de alguma ianque que se orgulharia de usar coisas roubadas. O dedal de Ellen!

Scarlett abaixou a cabeça para que o inimigo não a visse chorar e as lágrimas caíram lentamente sobre a cabeça do bebê. Com o olhar embaçado, ela viu os homens indo para a porta, ouviu o sargento dando ordens em voz alta e áspera. Eles estavam indo embora e Tara estava segura, mas, com a dor da memória de Ellen, ela mal conseguia se alegrar. O som das espadas batendo e dos cascos dos cavalos lhe trouxeram pouco alívio, e ela ficou ali parada, repentinamente fraca e inerte, enquanto eles desciam a alameda, cada homem carregado de objetos roubados, roupas, cobertores, quadros, galinhas e patos, além da leitoa.

Então chegou o cheiro de fumaça e ela se virou, enfraquecida demais por toda a tensão para se importar com o algodão. Pela janela aberta da sala de jantar, ela viu a fumaça saindo preguiçosamente das cabanas. Lá se ia o algodão. Lá se ia o dinheiro dos impostos e parte do dinheiro com que passariam o inverno. Nada havia a fazer, a não ser olhar. Ela já vira algodão pegando fogo antes e sabia o quanto era difícil apagar, mesmo tendo muitos homens nesse empenho. Ainda bem que a senzala era distante da casa! Ainda bem que naquele dia não havia vento que pudesse carregar faíscas para o telhado de Tara!

De repente ela se virou, firme como um ponteiro, e olhou apavorada pelo corredor até a passagem coberta que levava à cozinha. Havia fumaça vindo da cozinha!

Ela largou o bebê em algum ponto entre o vestíbulo e a cozinha. Em algum ponto, ela se livrou das mãos de Wade, jogando-o contra a parede. Entrou na cozinha enfumaçada e recuou, tossindo, os olhos cheios de lágrimas por causa da fumaça. Novamente se arremessou, a saia erguida tapando o nariz.

A peça era escura, tendo só uma janela por iluminação e tão cheia de fumaça que ela ficou cega, mas conseguia ouvir o silvo e o crepitar das chamas. Protegendo os olhos espremidos com uma das mãos, enxergou finas línguas de fogo lambendo o chão da cozinha rumo às paredes. Alguém jogara as achas em brasa do fogão por toda a peça e o piso de madeira, muito seco, sugava as chamas e as cuspia como água.

Ela voltou à sala de jantar e agarrou um tapete, derrubando duas cadeiras.

Nunca vou conseguir apagá-lo... nunca, nunca! Ah, Deus, se ao menos houvesse alguém para ajudar! Tara está acabada... acabada! Ah, Deus! Foi isso que aquele baixinho desgraçado quis dizer ao falar que deixaria algo para que eu me lembrasse dele! Ah, por que não o deixei ficar com o sabre!

No corredor ela passou pelo filho deitado no canto com o sabre. Seus olhos estavam fechados e no rosto havia uma expressão relaxada de paz etérea.

"Meu Deus! Ele morreu! Eles o mataram de medo!", ela pensou agoniada, mas passou por ele correndo até o balde de água que sempre ficava na passagem perto da porta da cozinha.

Molhou a ponta do tapete no balde e, respirando fundo, se arremessou outra vez para dentro da peça enfumaçada, fechando a porta atrás de si. Por uma eternidade, ela andou em volta batendo o tapete nos filetes de fogo que corriam velozmente. Duas vezes sua saia longa pegou fogo e ela o apagou com as mãos. Podia sentir o cheiro do cabelo chamuscado quando se desprendeu, caindo sobre seus ombros. As chamas avançaram adiante dela, indo para as paredes da passagem coberta, serpentes de fogo que se contorciam e saltavam, e, sendo varrida pela exaustão, ela sabia que não havia esperança.

Então a porta se abriu e a corrente de ar fez as chamas aumentarem. Fechou com um estrondo e, através do torvelinho de fumaça, meio cega, Scarlett viu Melanie, batendo com os pés no fogo, batendo nas chamas com algo escuro e pesado. Ela a viu cambaleando, ouviu a tosse, viu seu rosto lívido em um relance e os olhos espremidos contra a fumaça, viu seu corpo delgado se curvando para a frente e para trás conforme ela brandia o tapete. Por outra eternidade, elas lutaram e bateram os tapetes, lado a lado, e Scarlett pôde ver que as línguas de fogo diminuíam. Então Melanie subitamente se virou para ela e com um grito a golpeou nas costas com toda sua força. Scarlett caiu em um redemoinho de fumaça e escuridão.

Ao abrir os olhos, estava deitada na varanda dos fundos, a cabeça acomodada no colo de Melanie, e o sol da tarde brilhava em seu rosto. As mãos, o rosto e os ombros ardiam de modo intolerável com as queimaduras. A fumaça ainda subia da senzala, envolvendo as cabanas em densas nuvens, e era forte o cheiro do algodão queimado. Scarlett viu filetes de fumaça saindo da cozinha e teve o impulso de se levantar.

Mas a voz calma de Melanie a puxou para trás:

— Fique deitada, querida. O fogo está apagado.

Ela ficou deitada por um momento, olhos fechados, suspirando de alívio, e ouviu o balbuciar sem nexo do bebê por perto e o som tranquilizador dos soluços de Wade. Então ele não tinha morrido, graças a Deus! Abriu os olhos e olhou para Melanie. Seus cachos estavam chamuscados, o rosto, preto de fuligem, mas seus olhos brilhavam de emoção e ela sorria.

— Você está parecendo uma negra — murmurou Scarlett, arrumando a cabeça sobre o travesseiro fofo.

— E você parece o último homem de um espetáculo mambembe — retrucou Melanie, igualmente.

— Por que você precisou me dar aquele golpe?

— Porque, minha querida, suas costas estavam pegando fogo. Nem sonhei que você fosse desmaiar, embora Deus saiba que hoje você passou por provas suficientes para matá-la... Voltei logo que deixei os animais seguros no mato. Quase morri de pensar em você e no bebê sozinhos. Os ianques... a machucaram?

— Se quer saber se eles me estupraram, não — disse Scarlett, gemendo ao tentar se sentar. Embora o colo de Melanie fosse macio, a varanda onde se deitava estava longe de ser confortável. — Mas eles roubaram tudo, tudo. Perdemos tudo... Então, o que há para estar com essa cara de alegria?

— Não perdemos uma à outra e nossos bebês, e ainda temos um teto sobre nossas cabeças — disse Melanie e havia uma cadência em sua voz. — E isso é tudo o que se pode esperar agora... Nossa, mas Beau está molhado! Acho que os ianques roubaram até as fraldas dele. Ele... Scarlett, o que é isso na fralda dele?

Subitamente assustada, ela enfiou a mão nas costas do bebê e voltou com a carteira. Olhou para ela por um instante como se nunca a tivesse visto antes e, em seguida, começou a rir, soltando uma gargalhada de júbilo, sem qualquer sinal de histeria.

— Só você mesma teria pensado nisso — exclamou ela e, abraçando Scarlett pelo pescoço, deu-lhe um beijo. — Você é a cunhada mais imbatível que eu poderia ter arranjado!

Scarlett permitiu o abraço porque estava cansada demais para se esquivar, porque os elogios lhe trouxeram um bálsamo ao espírito e porque, na cozinha escura cheia de fumaça, nascera um respeito ainda maior por sua cunhada, um sentimento ainda mais próximo de companheirismo.

"Preciso admitir", pensou ela contra a vontade, "ela sempre está presente quando se precisa dela".

Capítulo 28

O clima frio se instalou subitamente com uma geada de matar. Os ventos gelados entravam por baixo das portas e sacudiam as vidraças soltas com um monótono tinido. As últimas folhas caíram das árvores seminuas e só os pinheiros continuaram vestidos, pretos e frios contra os céus pálidos. As estradas sulcadas estavam congeladas e a fome cavalgava os ventos pela Geórgia.

Amargurada, Scarlett relembrou sua conversa com vovó Fontaine. Naquela tarde, havia apenas dois meses atrás, que agora pareciam anos, ela dissera à velha senhora que já conhecera o pior que seria possível lhe acontecer e falara do fundo do coração. Agora aquele comentário parecia uma hipérbole de adolescente. Antes da segunda passagem dos homens de Sherman por Tara, ela tinha sua pequena reserva de alimentos e dinheiro, tinha vizinhos mais afortunados e o algodão que a faria vencer as dificuldades até a primavera seguinte. Agora, o algodão se fora, a comida acabara, o dinheiro não lhe tinha utilidade, pois não havia comida para comprar com ele, e os vizinhos estavam em situação pior que a dela. Pelo menos lhe restavam a vaca e o bezerro, alguns porquinhos e o cavalo, enquanto os vizinhos nada tinham, além do pouco que conseguiram esconder na mata e que tinham enterrado.

Fairhill, a propriedade dos Tarleton, fora queimada até os alicerces, e a Sra. Tarleton com as quatro filhas estavam morando na casa do administrador. A casa dos Munroe, perto de Lovejoy, também fora posta abaixo. A ala de madeira de Mimosa queimara, e só o estuque resistente da casa principal e o trabalho frenético das Fontaine e de suas escravas com cobertores e colchas molhadas a tinham salvado. A casa dos Calvert fora novamente poupada, devido à intercessão de Hilton, o administrador ianque, mas não sobrara uma cabeça de gado sequer, nenhuma ave, nenhuma espiga de milho.

Em Tara, assim como no resto da região, o problema era comida. A maioria das famílias não possuía nada, além das sobras de suas plantações de batata-doce e amendoins e alguma caça que conseguiam pegar na mata. O que cada um tinha era compartilhado com os amigos menos afortunados, como havia sido feito em dias mais prósperos. Mas logo chegou a época em que nada existia a compartilhar.

Em Tara comia-se coelho, gambá e bagre, se Pork tivesse sorte. Nos outros dias, um pouco de leite, nozes, sementes torradas e batata-doce. Estavam sempre com fome. Scarlett tinha a impressão de sempre encontrar mãos estendidas e olhos suplicantes onde quer que fosse. Isso a levava à loucura, pois ela sentia tanta fome quanto eles.

Mandou matar o bezerro, pois ele bebia muito do precioso leite e naquela noite todos passaram mal de tanta vitela fresca que comeram. Ela sabia que poderia matar um dos porquinhos, mas estava sempre adiando, esperando que ficassem adultos. Eram pequenos demais. Haveria pouco para comer se fossem abatidos agora, e muito mais se fossem poupados por mais algum tempo. Todas as noites ela discutia com Melanie a possibilidade de mandar Pork procurar comida com o cavalo e algumas notas verdes. Mas o medo de que pudessem capturar o cavalo e o dinheiro as dissuadia da ideia. Elas não sabiam por onde andavam os ianques. Podiam estar a milhares de quilômetros ou do outro lado do rio. Certa vez, desesperada, a própria Scarlett se propôs a sair para buscar o que comer, mas os acessos histéricos de toda a família, com medo dos ianques, a fizeram abandonar a ideia. Pork ia longe vasculhar por comida, às vezes sem voltar para casa à noite, e Scarlett não lhe perguntava aonde ia. Às vezes retornava com alguma caça; outras, com umas espigas de milho, um saco de ervilhas secas. Certa vez, trouxe para casa um galo que disse ter encontrado no mato. A família se deliciou, mas com uma sensação de culpa, sabendo que Pork o roubara, como tinha roubado o milho e o saco de ervilhas. Uma noite, logo depois disso, ele bateu na porta de Scarlett horas depois de a casa estar adormecida e, acanhado, mostrou-lhe a perna crivada de chumbinho. Enquanto ela lhe fazia um curativo, ele explicou, sem jeito, que, ao tentar pegar uma capoeira de galinhas em Fayetteville, fora pego. Scarlett não perguntou de quem era a capoeira, mas deu um tapinha gentil no ombro de Pork, com lágrimas nos olhos. Às vezes os negros eram implicantes, burros e preguiçosos, mas havia uma lealdade neles que o dinheiro não podia comprar, uma sensação de unidade com seus amos brancos que os fazia arriscar suas vidas para pôr comida na mesa.

Em outros tempos, os furtos de Pork seriam assunto grave, provavelmente exigindo açoitamento. Em outros tempos, ela teria sido forçada a, pelo menos, repreendê-lo seriamente. "Nunca se esqueça, querida", dizia Ellen, "de que somos responsáveis pelo bem-estar moral, assim como físico, dos negros que Deus colocou sob nossa responsabilidade. Você precisa saber que eles são como crianças e precisam ser protegidos de si mesmos, como crianças, e é de você que vem o bom exemplo".

Mas agora Scarlett deixava essa repreensão de lado. Que ela estivesse encorajando o roubo, e talvez o roubo de pessoas em pior situação que ela, já não era uma questão de consciência. De fato, a questão moral do caso não lhe afetava muito. Em vez de punição e censura, ela só lamentou que ele tivesse sido atingido.

— Seja mais cuidadoso, Pork. Não queremos perdê-lo. O que faríamos sem você? Você tem sido bom demais e muito leal, e, quando tivermos dinheiro de novo, vou lhe comprar um grande relógio de ouro e mandar gravar algo da Bíblia, "Muito bem, servo bom e fiel".

Pork se iluminou com o elogio e escrupulosamente esfregou a perna enfaixada.

— Parece bão, sinhá Scarlett. Quando que a sinhá espera conseguí esse dinhero?

— Não sei, Pork, mas vou consegui-lo algum dia, de algum modo. — Ela lhe lançou um olhar absorto e tão amargurado que ele se agitou, inquieto. — Algum dia, quando esta guerra acabar, vou ter muito dinheiro e, quando isso acontecer, nunca mais vou sentir fome ou frio outra vez. Nenhum de nós vai sentir fome ou frio. Vamos todos vestir boas roupas e comer frango frito todos os dias e...

Então ela parou. A regra mais rígida de Tara, que ela mesma instituíra e que rigorosamente aplicava, era de ninguém falar sobre as refeições do passado ou das que gostariam de fazer agora, se houvesse a oportunidade.

Vendo-a absorta, olhando para o nada, Pork retirou-se de mansinho. No passado, agora morto e acabado, a vida tinha sido tão complexa, tão cheia de problemas intrincados e de complicações. O problema de conquistar o amor de Ashley e de tentar manter uma dúzia de outros admiradores pendentes e infelizes. As pequenas transgressões de conduta a ocultar dos mais velhos, moças ciumentas de quem debochar ou a quem apaziguar, estilos de vestidos e escolha de tecidos, diferentes penteados a experimentar e, ah, tantos, tantos outros assuntos a decidir! Agora a vida era incrivelmente simples. Agora tudo o que importava era ter comida suficiente para não passar fome, roupa para não congelar e um teto acima da cabeça que não tivesse excesso de goteiras.

Foi nessa época que Scarlett começou a ter um pesadelo recorrente que a assombraria por anos. Era sempre o mesmo sonho, os detalhes nunca variavam, mas o terror que provocava aumentava a cada vez, e o medo de sonhar aquilo de novo lhe atrapalhava até as horas de vigília. Os incidentes do dia em que tivera esse sonho pela primeira vez ainda estavam nítidos em sua memória.

Há dias caía uma chuva fria e a casa estava gelada com as correntezas e a umidade. Os troncos na lareira, também úmidos, faziam fumaça, não esquentando muito. Não houvera nada de comer, além de leite, desde a manhã, pois as batatas-doces tinham acabado e as armadilhas e linhas de pesca não tinham surtido efeito. Teriam que abater um dos porquinhos no dia seguinte, se quisessem comer alguma coisa. Fisionomias tensas e famintas, negras e brancas, olhavam para ela, mudas, pedindo que providenciasse algo de comer. Ela teria que arriscar a perda do cavalo e mandar Pork comprar alguma coisa. E, para piorar as coisas, Wade estava doente, com dor de garganta e febre alta, sem que houvesse médico ou remédio para ele.

Faminta e cansada de cuidar do filho, Scarlett o deixou com Melanie e deitou-se para tirar um cochilo. Com os pés gelados, ela se virava de um lado para outro, sem conseguir dormir, pressionada pelo medo e pelo desespero. Não parava de pensar: "O que fazer? Aonde devo ir? Será que não tem ninguém neste mundo que me ajude?" Para onde fora toda a segurança do mundo? Por que não havia alguém, alguma pessoa sábia que lhe tirasse o fardo das costas? Ela não fora feita para carregá-lo. Não sabia como fazer isso. Então caiu em um leve cochilo.

Estava em algum campo estranho, com uma neblina tão densa que não conseguia enxergar a própria mão diante do rosto. O solo sob os pés era instável. Era uma terra mal-assombrada, prenhe de um silêncio aterrador, e ela estava perdida, perdida e apavorada, como uma criança à noite. Sentia muito frio e fome, e o medo do que podia estar se ocultando na neblina era tamanho que nem sequer gritar ela conseguia. Em meio ao nevoeiro, havia coisas estendendo os dedos para agarrar sua saia, para arrastá-la para baixo, para a terra trêmula onde ela pisava, mãos silenciosas, implacáveis, fantasmagóricas. Então ela percebia que em algum lugar na obscuridade opaca a sua volta havia um abrigo, ajuda, um refúgio de proteção e calor. Mas onde era? Será que o alcançaria antes que as mãos a segurassem e arrastassem para o meio da areia movediça?

De repente, ela estava correndo, corria em meio à neblina como uma louca, chorando e gritando, estendendo os braços para só segurar o vazio e a névoa úmida. Onde estava o refúgio? Escapava de seu alcance, mas estava lá, escondido, em algum lugar. Se ao menos conseguisse alcançá-lo, estaria segura! Mas o terror lhe enfraquecia as pernas, a fome a fazendo desmaiar. Ela deu um grito desesperado e acordou com o semblante assustado de Melanie acima dela e sua mão a lhe sacudir para despertar.

O sonho se repetia outras vezes, sempre que ela ia dormir de estômago vazio, o que era bastante frequente. Isso a assustava tanto que ela temia adormecer, embora dissesse febrilmente a si mesma que nada havia a temer naquele sonho. Nada havia em um sonho sobre a neblina para assustá-la tanto. Nada mesmo... contudo, a ideia de cair naquele campo nebuloso a aterrorizava a tal ponto que ela começou a dormir com Melanie, que a acordava quando os gemidos e espasmos revelassem que ela estava outra vez nas garras do sonho.

Sob pressão, ela ficou mais pálida e magra. As belas formas arredondadas abandonaram seu rosto, deixando as faces salientes, enfatizando seus olhos verdes oblíquos, dando-lhe uma aparência de gata selvagem faminta.

"O dia já é um pesadelo sem esses meus sonhos", ela pensava, desesperada, e começou a reservar sua ração diária para comer antes de dormir.

Na véspera de Natal, Frank Kennedy, com um pequeno batalhão de suprimentos, passou por Tara para uma caça inútil a grãos e animais para o exército. Era um bando esfarrapado e de péssima aparência, montado em cavalos estropiados e ofegantes, que obviamente estavam em péssimas condições para continuar a serviço. Como seus animais, os homens tinham ficado inválidos para as linhas de frente e, exceto por Frank, a todos faltava um braço, um olho ou tinham articulações imobilizadas. A maioria deles usava túnicas azuis de ianques capturados e, por um breve momento de horror, o pessoal de Tara achou que os homens de Sherman tinham voltado.

Passaram a noite na fazenda, dormindo no soalho da sala, achando um luxo poder se esticar sobre o tapete aveludado, pois fazia semanas que não dormiam sob um teto nem sobre algo mais macio que agulhas de pinheiro e terra dura. Apesar das barbas sujas e dos andrajos, era um grupo bem-educado, cheio de conversas agradáveis, brincadeiras e elogios, estando todos muito felizes de passar a véspera de Natal em uma casa grande, cercados de mulheres bonitas como tinham sido acostumados em tempos idos. Recusaram-se a falar seriamente sobre a guerra, contaram mentiras escandalosas para fazer as moças rirem, trazendo para a casa nua e pilhada a primeira leveza, o primeiro sinal de festividade após um longo tempo.

— Está quase parecendo como nos velhos tempos, quando tínhamos festas em casa, não é? — sussurrou Suellen alegremente para Scarlett. Suellen estava nas nuvens, tendo um admirador em casa outra vez, e mal conseguia tirar os olhos de Frank Kennedy. Scarlett se surpreendeu ao ver que Suellen parecia quase bonita, apesar da magreza que persistira desde a moléstia. Suas bochechas estavam coradas e havia uma ligeira luminosidade em seus olhos.

"Ela realmente deve gostar dele", pensou Scarlett, desdenhosa. "E imagino que ficaria parecendo quase humana se conseguisse um marido, mesmo que fosse o velho Frank estraga-prazeres."

Carreen também estava um pouco mais animada, e parte do olhar de sonâmbula a abandonou nessa noite. Descobrira que um dos homens conhecera Brent Tarleton e estivera com ele no dia em que fora morto, e prometeu a si mesma uma longa conversa com ele após o jantar.

Durante o jantar, Melanie surpreendeu a todos se esforçando para deixar a timidez de lado e quase chegando a ficar animada. Ela riu, brincou e quase, mas não de fato, flertou com um soldado caolho, que de bom grado retribuiu seus esforços com galanterias extravagantes. Scarlett sabia o esforço que isso requeria, tanto mental quanto físico, pois Melanie sofria tormentos de timidez diante de qualquer coisa masculina. Além disso, ela não estava nada bem. Insistia que era forte e chegava a trabalhar até mais que Dilcey, mas Scarlett sabia que estava doente. Quando erguia alguma coisa, seu rosto empalidecia e, após fazer esforço, ela costumava se sentar subitamente, como se as pernas já não a aguentassem. Mas, nessa noite, ela, assim como Suellen e Carreen, estava fazendo todo o possível para que os soldados aproveitassem o Natal. Só Scarlett não teve prazer com as visitas.

A tropa acrescentou sua ração de milho em grão e um pouco de carne à ceia, composta de ervilha seca cozida, passas de maçã em calda e amendoim, que Mammy lhes servira, e depois declarou ter sido a melhor refeição que tiveram em meses. Inquieta, Scarlett os observou comendo. Ela não só cedeu de má vontade cada bocado que comiam, como ficou em suspense, temendo que descobrissem que Pork abatera um dos porquinhos no dia anterior. Agora ele estava pendurado na dispensa e ela jurara impiedosamente a todos do domicílio que arrancaria os olhos de quem mencionasse o porquinho às visitas ou a presença dos irmãos e irmãs do porco morto, seguros em seu chiqueiro lá no pântano. Esses homens famintos poderiam devorar todo o porco em uma única refeição e, se soubessem dos porcos vivos, poderiam confiscá-los para o exército. Ela também estava alarmada por causa da vaca e do cavalo, e se arrependeu de não tê-los escondido no pântano em vez de amarrá-los na mata ao pé do pasto. Se o batalhão de suprimentos levasse seus animais, não haveria possibilidade de Tara sobreviver ao inverno. Não haveria como substituí-los. Quanto ao que o exército comeria, ela não se importava. Que o exército alimentasse o exército, se pudesse. Já lhe era difícil demais alimentar os seus.

Os homens tiraram de suas mochilas uns "pãezinhos de vareta" para colaborar com a sobremesa, e essa era a primeira vez que Scarlett via esse artigo da alimentação confederada, sobre o qual havia quase tantas piadas quanto sobre os piolhos. Eram espirais carbonizadas do que parecia ser madeira. Os homens a desafiaram a dar uma mordida e, quando ela o fez, descobriu que abaixo da superfície preta havia uma broa de milho sem sal. Os soldados misturavam sua ração de fubá com água, e sal também quando tinham, envolviam suas varetas de espingarda com essa massa e assavam nas fogueiras do acampamento. Era tão duro quanto bala de açúcar, e tão sem gosto quanto serragem, e depois de provar Scarlett rapidamente o devolveu em meio a sonoras gargalhadas. Seus olhos encontraram os de Melanie, e o mesmo pensamento estava claro nas duas fisionomias... "Como podem continuar lutando, tendo só isso para comer?"

A refeição foi bastante alegre, e até Gerald, que presidia a mesa absorto, conseguiu evocar lá do fundo de sua mente algumas das habilidades de anfitrião e um sorriso incerto. Os homens falavam, as mulheres sorriam e agradavam. Ao se virar subitamente para Frank Kennedy para lhe pedir notícias da Srta. Pittypat, Scarlett o surpreendeu com uma expressão no rosto que a fez esquecer o que pretendia dizer.

Seus olhos tinham se afastado dos de Suellen e vagavam pela sala, passando dos olhos infantilmente intrigados de Gerald para o chão sem tapetes, para o console da lareira, desprovido de seus usuais ornamentos, para os estofados rasgados, que as baionetas ianques tinham aberto, o espelho rachado acima do aparador, os quadrados marcados pelos quadros que ali estavam pendurados antes da passagem dos ladrões, o escasso serviço de mesa, os vestidos das moças, decentemente consertados, mas velhos, o saco de farinha que se transformara em um saiote escocês para Wade.

Frank estava se lembrando da Tara que conhecera antes da guerra, e havia uma expressão ferida, uma expressão de raiva impotente. Ele amava Suellen, gostava de suas irmãs, respeitava Gerald e tinha uma verdadeira predileção pela fazenda. Desde a varredura feita por Sherman na Geórgia, Frank tinha tido visões estarrecedoras ao andar pelo estado coletando suprimentos, mas nada lhe atingira o coração como Tara agora. Ele queria fazer algo pelos O'Hara, especialmente por Suellen, e nada havia que pudesse fazer. Quando Scarlett encontrou seus olhos, ele estava inconscientemente meneando o rosto com suas costeletas e estalando a língua nos dentes. Percebendo a faísca de orgulho indignado nos olhos dela, ele baixou o olhar para o prato, envergonhado.

As moças estavam loucas por notícias. Desde a queda de Atlanta, não havia serviço de correio, já se tinham passado quatro meses e elas nada sabiam sobre o paradeiro dos ianques, sobre qual era o andamento do exército confederado, e o que acontecera a Atlanta e a velhos amigos. Frank, cujo trabalho o levava por toda a região, servia tão bem quanto um jornal, até melhor, pois ele era aparentado ou conhecia todo mundo desde Macon até Atlanta, e podia colaborar com alguns mexericos pessoais, que os jornais sempre omitiam. Para encobrir seu constrangimento por ter sido flagrado por Scarlett, ele mergulhou apressadamente em um recital de notícias. Os confederados tinham se reapoderado de Atlanta após a saída de Sherman, mas fora um prêmio sem valor, pois Sherman a incendiara completamente.

— Achei que Atlanta tinha incendiado na noite em que vim embora — exclamou Scarlett, confusa. — Achei que nossos rapazes a tinham incendiado.

— Ah, não, Sra. Scarlett! — exclamou Frank, chocado. — Nunca incendiaríamos uma de nossas cidades com nossa gente ali! O que a senhora viu queimando foram os armazéns e os suprimentos que não queríamos deixar para os ianques, e as fundições e os arsenais. Mas só isso. Quando Sherman se apoderou da cidade, as casas e lojas estavam de pé do modo como foram deixadas. E ele aquartelou seus homens nelas.

— Mas e o que aconteceu às pessoas? Ele... ele matou todo mundo?

— Ele matou algumas... mas não com balas — disse o soldado caolho, inflexível. — Assim que chegou a Atlanta, ele disse ao prefeito que toda a população teria que se retirar da cidade, cada vivalma. E havia muitos idosos que não podiam aguentar a viagem, gente doente que não podia ser locomovida e senhoras que... bem, senhoras que também não podiam ser locomovidas. E ele as levou debaixo da maior tempestade que já se viu, centenas e mais centenas, despejando-as no mato, perto de Rough and Ready, e mandou um recado ao general Hood para que fosse lá buscá-las. E uma porção de gente morreu de pneumonia e por não aguentar aquele tipo de tratamento.

— Ah, mas por que ele fez isso? Essas pessoas não podiam lhe fazer mal algum — exclamou Melanie.

— Disse que queria a cidade para descansar seus homens e cavalos — disse Frank —, e foi o que fez até meados de novembro e depois foi embora, incendiando toda a cidade antes. Queimou tudo.

— Ah, com certeza nem tudo queimou! — exclamaram as moças, consternadas.

Era inconcebível que a cidade movimentada que elas conheciam, tão cheia de gente, tão apinhada de soldados, tivesse acabado. Todas as casas encantadoras sob árvores frondosas, todas as grandes lojas e bons hotéis... não podiam estar no chão! Melanie parecia pronta para cair no choro, pois tinha nascido lá e não conhecia outro lar. O coração de Scarlett se apertou, pois se afeiçoara ao lugar, sendo seu segundo amor depois de Tara.

— Bem, quase tudo — Frank corrigiu rapidamente, perturbado com as expressões de suas fisionomias. Tentou parecer alegre, pois não gostava de entristecer as damas. Damas tristes sempre o entristeciam, fazendo-o sentir-se impotente. Não podia ser ele a lhes contar o pior. Que elas ficassem sabendo por intermédio de outro.

Não pôde lhes contar o que o exército vira ao marchar de volta a Atlanta, os hectares e mais hectares de chaminés pretas sobre as cinzas, pilhas de lixo queimado, montes de tijolos desmoronados obstruindo as ruas, velhas árvores morrendo por causa do fogo, seus ramos carbonizados caindo com o vento frio. Ele se lembrou de como aquela visão o deixara nauseado, lembrou-se dos xingamentos dos confederados ao verem os restos da cidade. Esperava que as damas nunca viessem a saber dos horrores da pilhagem ao cemitério, pois eles nunca superariam aquilo. Charlie Hamilton, a mãe e o pai de Melanie estavam enterrados lá. A visão do cemitério ainda provocava pesadelos em Frank. Na esperança de encontrar joias enterradas com os mortos, os soldados ianques haviam profanado jazigos, cavado sepulturas. Roubaram dos cadáveres, tiraram placas, guarnições e alças de ouro e prata dos caixões. Esqueletos e cadáveres foram arremessados de qualquer jeito entre os ataúdes arrebentados, ficando expostos de um modo deplorável.

E Frank não podia lhes contar sobre os cães e gatos. As damas davam tanta importância aos animais de estimação. Mas os milhares de animais famintos, tendo ficado abandonados com a grosseira evacuação de seus donos, o chocaram quase tanto quanto o cemitério, pois Frank adorava gatos e cães. Os animais ficaram amedrontados, frios, ávidos, selvagens como criaturas da floresta, os mais fortes atacando os mais fracos para comê-los. E, acima da cidade destruída, os urubus manchavam o céu invernal com seus corpos sinistros.

Frank examinou a mente, buscando alguma informação mais branda, que fizesse as damas se sentirem melhor.

— Ainda há algumas casas de pé — disse ele —, casas que ficam em terrenos grandes, distantes das outras, e que não pegaram fogo. As igrejas e o prédio da Maçonaria também ficaram. Algumas lojas também. Mas o bairro comercial e toda a extensão da ferrovia e Five Points... bem, senhoras, aquela parte da cidade está no chão.

— Então — exclamou Scarlett amargamente —, aquele depósito que Charlie me deixou ao longo da ferrovia também se foi?

— Se ficava perto dos trilhos, sim, mas... — Repentinamente ele sorriu. Como não pensara nisso antes? — Alegrem-se, senhoras! A casa de sua tia Pitty ainda está de pé. Um pouco danificada, mas está lá.

— Ah, como foi que escapou?

— Bem, suponho que o fato de ser de tijolos e praticamente a única casa de Atlanta com telhado de ardósia impediu que as fagulhas pegassem fogo. Além disso, é uma das últimas casas na extremidade norte, e o incêndio não foi dos piores naquela área. É claro que os ianques aquartelados lá a botaram abaixo. Chegaram a usar os rodapés e os corrimãos de mogno para fazer fogo. Que pena! Mas está bem. Quando encontrei a Srta. Pitty em Macon semana passada...

— O senhor a encontrou? Como está ela?

— Está bem. Quando lhe contei que a casa ainda estava de pé, ela decidiu voltar imediatamente. Quer dizer, se aquele velho negro, Peter, consentisse. Muita gente já voltou, nervosa em relação a Macon. Sherman não tomou Macon, mas estão todos com medo de que os homens de Wilson cheguem lá em breve, e ele é pior que Sherman.

— Mas que tolice voltarem se não há casas. Onde estão morando?

— Sra. Scarlett, estão morando em barracas e choças, em cabanas de troncos, e seis ou sete famílias ocupam a mesma casa das poucas que restaram. E estão tentando reconstruir. Mas não diga que são tolos, Sra. Scarlett. A senhora conhece o pessoal de Atlanta tão bem quanto eu. São bairristas e apegados àquela cidade, quase tanto quanto os charlestonianos são a Charleston, e vai ser preciso mais que ianques e um incêndio para afastá-los de lá. O pessoal de Atlanta, com perdão da palavra, Sra. Melly, é tão teimoso quanto mulas em relação à sua cidade. Não entendo por quê, pois sempre achei aquele lugar bastante abusado e insolente. Mas, enfim, sou homem do campo e nunca gostei de cidades mesmo. E deixe que lhes diga, os que estão voltando primeiro são os mais espertos. Os que chegarem por último não vão encontrar nenhum pedaço de pau ou tijolo de suas casas, pois todo mundo está pegando o que pode para reconstruir as próprias casas. Anteontem eu vi a Sra. Merriwether e a Sra. Maybelle e a velha negra delas recolhendo tijolos com um carrinho de mão. E a Sra. Meade me contou que está pensando em construir uma cabana de troncos quando o doutor voltar para ajudá-la. Ela disse que morou em uma quando chegou a Atlanta, quando ainda era Marthasville, e não lhe importaria nem um pouco fazê-lo de novo. Claro que ela só estava brincando, mas isso lhes dá a dimensão de como estão.

— Admiro o ânimo deles — disse Melanie com orgulho. — Você não, Scarlett?

Scarlett concordou, sentindo grande prazer e orgulho por sua cidade adotada. Como dissera Frank, era uma cidade abusada e insolente e era por isso que gostava dela. Não era cheia de preconceitos e metida a besta como as outras cidades mais antigas e possuía uma exuberância impetuosa que combinava com a sua própria. "Eu sou como Atlanta", pensou. "É preciso mais que os ianques e um incêndio para me derrubar."

— Se tia Pitty está voltando para Atlanta, é melhor voltarmos e ficarmos com ela, Scarlett — disse Melanie, interrompendo-lhe o fio de pensamento. — Ela vai morrer de medo sozinha.

— Ora, como posso ir embora daqui, Melly? — perguntou Scarlett, contrariada. — Se você está tão ansiosa para ir, vá. Não vou impedi-la.

— Ah, não quis dizer isso, querida — exclamou Melanie, corando de tensão. — Que tolice a minha! É claro que você não pode abandonar Tara e... e acho que Tio Peter e Cookie podem tomar conta de titia.

— Nada a impede de ir — salientou Scarlett, secamente.

— Você sabe que eu não a deixaria — respondeu Melanie. — E eu... eu ficaria morta de medo sem você.

— Como quiser. Além disso, você não me convenceria a voltar a Atlanta. Assim que eles acabarem de reconstruir algumas casas, Sherman voltará e as incendiará de novo.

— Ele não vai retornar — disse Frank e, apesar do esforço, sua expressão foi de desalento. — Ele atravessou o estado até o litoral. Savannah foi tomada esta semana, e dizem que os ianques estão subindo para a Carolina do Sul.

— Savannah tomada!

— Sim. Ora, senhoras, não havia outro jeito. Eles não tinham homens suficientes para defendê-la, mesmo tendo usado todos os que podiam... cada homem que conseguisse dar um passo depois do outro. Imaginem que, quando os ianques estavam marchando sobre Milledgeville, eles convocaram todos os cadetes das academias militares, não importando sua idade, e até abriram a penitenciária estadual para renovar as tropas? Sim, senhor, eles libertaram todos os condenados dispostos a lutar, prometendo-lhes o perdão se sobrevivessem à guerra. Chegou a me arrepiar os cabelos ver aqueles jovens cadetes nas fileiras ao lado de ladrões e assassinos.

— Soltaram os condenados em cima de nós?

— Não se aborreça, Sra. Scarlett. Agora eles estão bem distantes daqui e, além disso, estão se saindo bons soldados. Creio que ser ladrão não impede um homem de ser um bom soldado, não é?

— Acho ótimo — disse Melanie, meiga.

— Bem, pois eu não — disse Scarlett simplesmente. — Já temos ladrões bastantes andando pela região, sem falar nos ianques e... — Ela se conteve a tempo, mas os homens riram.

— Sem falar nos ianques e em nosso batalhão de suprimentos. — Eles acabaram a frase e coraram.

— Mas onde está o exército do general Hood? — interveio Melanie rapidamente. — Com certeza, ele poderia ter defendido Savannah.

— Ora, Sra. Melanie. — Frank ficou surpreso. — O general Hood não esteve nem perto daquela região. Ele está lutando no Tennessee, tentando expulsar os ianques da Geórgia.

— E parece que a estratégia dele não funcionou! — disse Scarlett, sarcástica.

— Ele deixou os malditos ianques passarem por nós, protegidos por escolares, condenados e a Guarda Nacional.

— Filha — disse Gerald, se animando —, não blasfeme. Sua mãe vai se aborrecer.

— Eles são uns malditos ianques mesmo! — exaltou-se Scarlett. — E nunca vou chamá-los de outro modo.

À menção de Ellen todos se sentiram mal, e a conversa cessou de súbito. Melanie interveio outra vez.

— Quando esteve em Macon, o senhor viu India e Honey Wilkes? Elas... tinham notícias de Ashley?

— Ora, Sra. Melly, a senhora sabe que, se eu tivesse notícias de Ashley, teria vindo até aqui direto de Macon para lhe contar — repreendeu Frank. — Não, elas não tiveram nenhuma notícia, mas... ora, não se preocupe com Ashley, Sra. Melly. Sei que faz muito tempo que não sabe dele, mas não pode esperar receber notícias de um sujeito preso, não é? E as coisas não são tão ruins nas prisões ianques como são nas nossas. Afinal, os ianques têm bastante o que comer, assim como remédios e cobertores. Não são como nós... que não temos o bastante para nos alimentar, quanto mais os nossos prisioneiros.

— Ah, os ianques têm bastante — exclamou Melanie, passionalmente amarga. — Mas não dão aos prisioneiros. O senhor sabe que não, Sr. Kennedy. Só está dizendo isso para me acalmar. Sabe que nossos rapazes morrem de frio por lá, e de fome também, morrendo sem médicos nem remédios, porque os ianques nos odeiam! Ah, se ao menos eu pudesse varrer cada ianque da face da terra! Ah, eu sei que Ashley está...

— Não diga isso! — exclamou Scarlett, o coração na garganta. Enquanto ninguém dissesse que Ashley estava morto, uma leve esperança persistiria em seu coração de que estaria vivo, mas ela sentia que, se ouvisse as palavras naquele momento, ele morreria.

— Ora, Sra. Wilkes, não se preocupe com seu marido — disse o caolho tranquilizando-a. — Fui capturado em Manassas e depois trocado, e, quando estava na cadeia, eles me alimentavam bem, com frango frito, pão de minuto...

— Acho que você é um mentiroso — disse Melanie com um sorriso amarelo e o primeiro sinal de humor que Scarlett jamais a vira exibir para um homem. — O que acha?

— Eu também acho — disse o caolho, batendo na perna com uma risada.

— Se todos vierem para a sala, eu canto algumas canções de Natal — disse Melanie, feliz de mudar de assunto. — O piano foi uma das coisas que os ianques não conseguiram levar embora. Está muito desafinado, Suellen?

— Terrivelmente — respondeu Suellen, alegremente fazendo um sinal com um sorriso para Frank.

Mas, enquanto todos passavam para o outro cômodo, Frank ficou para trás e puxou a manga de Scarlett.

— Posso lhe falar a sós?

Por um momento assustador, ela achou que ele fosse lhe falar dos animais e logo pensou em uma boa mentira.

Quando todos saíram e eles ficaram de pé ao lado da lareira, todo o falso ânimo que coloria o semblante de Frank diante dos outros se foi e ela viu que ele parecia um velho. Seu rosto estava tão ressecado e marrom quanto as folhas que caíam no gramado de Tara, e as costeletas alaranjadas estavam minguadas e ficando grisalhas. Ele as coçou, absorto, e pigarreou de modo desagradável antes de falar.

— Eu sinto muitíssimo por sua mãe, Sra. Scarlett.

— Por favor, não fale sobre isso.

— E seu pai... Ele ficou assim desde...?

— É... ele... ele não é ele mesmo, como o senhor pode ver.

— Com certeza, ele fazia mundos e fundos por ela.

— Ah, Sr. Kennedy, por favor, não falemos...

— Sinto muito, Sra. Scarlett. — Ele arrastou os pés, nervoso. — A verdade é que eu pretendia falar com seu pai e agora vejo que não vai adiantar.

— Talvez eu possa ajudá-lo, Sr. Kennedy. Como pode ver... agora eu sou a chefe da família.

— Bem, eu — começou Frank, e novamente coçou a barba. — A verdade é... Bem, Sra. Scarlett, eu pretendia pedir a mão de Suellen.

— O senhor está me dizendo — exclamou Scarlett, divertindo-se com a surpresa — que ainda não pediu a mão de Suellen a papai? E faz tantos anos que lhe faz a corte!

Ele enrubesceu e sorriu sem graça, parecendo um rapaz tímido e acanhado.

— Bem, eu... eu não sabia se ela me aceitaria. Sou tão mais velho que ela e... sempre havia tantos rapagões bem-apanhados rondando aqui em Tara...

"Ora!", pensou Scarlett, "eles vinham aqui por minha causa, não dela!".

— E eu ainda não sei se ela vai me aceitar. Nunca lhe perguntei, mas ela deve saber de meus sentimentos. Eu... eu pensei em pedir permissão ao Sr. O'Hara e lhe contar a verdade. Sra. Scarlett, não me sobrou um centavo. Eu tinha muito dinheiro, se a senhora me perdoa mencionar, mas agora tudo o que possuo é meu cavalo e as roupas que estou vestindo. Pois quando me alistei vendi a maior parte de minha terra e pus todo o dinheiro em títulos confederados, e a senhora sabe o que estão valendo agora. Menos que o papel no qual foram impressos. E, de qualquer modo, não os tenho mais, pois queimaram quando os ianques incendiaram a casa de minha irmã. Bem sei que é um descaramento meu pedir a mão de Suellen agora que estou sem nenhum centavo mas... bem, é assim. Não sabemos como vão ficar as coisas com esta guerra. Certamente, está parecendo o fim do mundo para mim. Não se pode ter certeza de nada e... e eu pensei que seria um consolo enorme para mim, e talvez para ela, se ficássemos noivos. Isso seria uma certeza. Eu não iria pedi-la em casamento até ter certeza de poder cuidar dela, Sra. Scarlett, e não sei quando isso será. Mas, se o verdadeiro amor tiver qualquer peso para a senhora, pode ter certeza de que a Srta. Suellen será rica nesse ponto, se não em outros.

Ele falou as últimas palavras com uma simples dignidade que tocou Scarlett, que até então só se divertia. Ela não conseguia entender como alguém podia amar Suellen. Sua irmã lhe parecia um monstro de egoísmo, queixas e o que ela só podia descrever como perversidade.

— Ora, Sr. Kennedy — disse ela gentilmente —, está muito bem. Tenho certeza de que posso falar por papai. Ele sempre gostou do senhor e sempre esperou que se tornasse o marido de Suellen.

— É mesmo? — exclamou Frank, a fisionomia cheia de alegria.

— Com certeza, sim — respondeu Scarlett, disfarçando um sorriso ao se lembrar de quantas vezes Gerald gritara grosseiramente à mesa do jantar para Suellen: "Então, mocinha! Seu ardente admirador já lhe fez o pedido? Ou será que vou ter de perguntar quais são as intenções dele?"

— Vou pedi-la em casamento hoje mesmo — disse ele, a fisionomia palpitando ao pegar a mão dela e apertá-la. — A senhora é muito gentil, Sra. Scarlett.

— Vou chamá-la — sorriu Scarlett, indo para a sala.

Melanie começava a tocar. O piano estava uma tristeza de desafinado, mas alguns dos acordes eram melodiosos, e Melanie elevava a voz a guiar os outros em "Hark, the Herald Angels Sing!".

Scarlett parou. Não parecia possível que a guerra os tivesse arrasado duas vezes, que estivessem vivendo em uma terra devastada, próximos ao limite da fome, quando se ouvia esse doce cântico de Natal. De repente, ela se virou para Frank.

— Qual foi sua ideia ao dizer que lhe parecia o fim do mundo?

— Vou ser franco — disse ele devagar —, mas não gostaria que a senhora alarmasse as outras damas com o que estou dizendo. A guerra não vai poder continuar por muito tempo. Não há homens para renovar as fileiras e o número de deserções é alto... mais alto do que o exército quer admitir. Sabe como é, os homens não aguentam ficar longe de suas famílias, sabendo que estão passando fome, então vão para casa tentar conseguir alguma coisa para elas. Não os condeno, mas isso enfraquece o exército. Além do mais, é impossível combater sem comida, e não há mais alimentos. Isso eu sei porque recolher alimentos é minha tarefa. Desde a retomada de Atlanta, tenho andado por toda esta região e não há comida suficiente para alimentar um passarinho. O mesmo acontece nos

500 quilômetros ao sul de Savannah. O pessoal está com fome, os trilhos estão retorcidos e não há rifles novos, além de a munição também estar acabando, assim como não há couro para calçados... Então, como vê, o fim está próximo.

Mas a pouca esperança da Confederação pesou menos sobre Scarlett que o comentário sobre a escassez de alimentos. Ela pretendia mandar Pork com a carroça, as pepitas de ouro e o dinheiro dos Estados Unidos para esquadrinhar a zona rural em busca de mantimentos e tecidos para roupas. Mas se era verdade o que Frank dizia...

Mas Macon não caíra. Devia haver víveres em Macon. Assim que o batalhão de suprimentos estivesse bem longe, ela mandaria Pork a Macon e arriscaria perder o precioso cavalo para o exército. Teria que arriscar.

— Bem, não vamos falar de coisas desagradáveis nesta noite, Sr. Kennedy — disse ela. — O senhor vá sentar-se no pequeno gabinete de minha mãe e vou mandar Suellen ter com o senhor para que possam... bem para que tenham um pouco de privacidade.

Corando e sorrindo, Frank se retirou da sala de jantar enquanto Scarlett o observava.

"Que pena ele não poder se casar com ela agora", ela pensou. "Seria uma boca a menos para alimentar."

Capítulo 29

No mês de abril seguinte, o general Johnston, que recebera de volta o comando do que sobrara do exército, se rendeu na Carolina do Norte e a guerra acabou. Mas a notícia só chegou a Tara duas semanas depois. Havia muito a fazer em Tara para que se perdesse tempo saindo dali para saber dos acontecimentos, e, como os vizinhos estavam igualmente ocupados, havia poucas visitas, e as notícias se espalhavam devagar.

A aragem da terra estava no ápice, e as sementes de algodão e da horta, que Pork trouxera de Macon, estavam sendo plantadas. Desde a viagem, Pork estava quase inútil de tão orgulhoso de ter conseguido retornar em segurança com a carroça cheia de artigos de vestimenta, sementes, aves, presunto, carne seca e fubá. Várias vezes, ele contara a história de suas escapadas por um triz, dos atalhos e estradas vicinais que tinha tomado ao retornar a Tara, os caminhos pouco explorados, as velhas trilhas, as trilhas de cavalos. Ele ficara cinco semanas na estrada, semanas de agonia para Scarlett. Mas ela não o repreendera na chegada, pois estava feliz com o sucesso da viagem e contente por ele ter trazido de volta grande parte do dinheiro que ela lhe dera. Ela tinha a sagaz desconfiança de que o motivo para ele ter voltado com tanto dinheiro era por não ter comprado as aves, nem boa parte dos mantimentos. Pork se envergonharia de si mesmo se gastasse todo o dinheiro quando havia capoeiras de galinhas sem guarda ao longo da estrada e fumeiros à mão.

Agora que tinham um pouco mais de comida, todos em Tara se ocupavam em restabelecer um pouco da normalidade da vida antiga. Havia trabalho para cada par de mãos, trabalho que não acabava mais. Os galhos secos do algodão do ano anterior tinham que ser removidos para dar lugar às sementes desse ano, e o cavalo empacador, não acostumado ao arado, arrastava-se a contragosto pelo campo. As ervas daninhas tinham que ser arrancadas da horta e as sementes, plantadas, a lenha tinha que ser rachada e precisavam começar a refazer os cercados e os quilômetros de cerca que os ianques tinham queimado com tanta displicência. As armadilhas que Pork botava para os coelhos tinham que ser visitadas duas vezes ao dia, e as linhas de pesca no rio precisavam ganhar novas iscas. Havia camas a ser feitas, assoalhos a ser varridos, alimentos a cozinhar, pratos a lavar, porcos e galinhas a alimentar e ovos a recolher. A vaca precisava ser ordenhada e levada ao pasto perto do pântano e alguém tinha que ficar observando o dia inteiro, por temor de que os ianques ou os homens de Frank Kennedy retornassem e a levassem. Até o pequeno Wade tinha suas tarefas. Todas as manhãs ele saía, sentindo-se muito importante, com uma cesta para recolher gravetos e lascas de madeira para acender os fogos.

Foram os Fontaine, primeiros homens do condado a retornar da guerra, que trouxeram a notícia da rendição. Alex, que ainda tinha botas, caminhava, e Tony, descalço, cavalgava o lombo nu de uma mula. Tony sempre conseguia as melhores coisas naquela família. Estavam mais morenos que nunca após quatro anos de exposição ao sol e à chuva, mais magros e vigorosos e as barbas pretas desgrenhadas trazidas da guerra os faziam parecer estranhos.

A caminho de Mimosa e loucos para chegar em casa, eles só pararam um instante em Tara para cumprimentar as moças e lhes dar a notícia da rendição. Estava tudo acabado, disseram, e não pareciam se importar muito nem querer falar a respeito. Tudo que queriam saber era se Mimosa tinha sido incendiada. No caminho para o sul desde Atlanta, eles tinham passado por uma chaminé após outra onde antigamente estavam as casas de amigos, e lhes parecia quase demais esperar que a deles tivesse sido poupada. Suspiraram aliviados com as boas notícias e riram, batendo nas coxas, quando Scarlett lhes contou da louca cavalgada de Sally e de como ela saltara bem a cerca.

— Ela é uma pequena corajosa — disse Tony —, e foi o maior azar Joe ter morrido. Vocês têm algum fumo de rolo, Scarlett?

— Só bálsamo-branco, que papai fuma em um cachimbo feito de sabugo.

— Ainda não cheguei a esse ponto — disse Tony —, mas é provável que chegue.

— Como está Dimity Munroe? — perguntou Alex, ansioso, mas um pouco constrangido, e Scarlett relembrou vagamente que ele se interessava pela irmã caçula de Sally.

— Está bem. Agora está morando com a tia em Fayetteville. A casa deles em Lovejoy foi incendiada. E os demais parentes dela estão em Macon.

— O que ele quer saber é se Dimity se casou com algum coronel da Guarda Nacional — provocou Tony, e Alex virou os olhos furiosos para ele.

— É claro que ela não se casou — disse Scarlett, se divertindo.

— Talvez tivesse sido melhor se tivesse — disse Alex, triste. — Que droga... desculpe-me, Scarlett. Mas como é que um homem pode pedir a uma pequena que se case com ele quando todos os seus escravos estão livres, seus animais se foram e ele não tem um tostão no bolso?

— Você sabe que Dimity não se importaria com isso — disse Scarlett. Ela podia se dar ao luxo de ser leal a Dimity e falar bem dela, pois Alex Fontaine nunca fora um de seus pretendentes.

— Maldição... Bem, peço desculpas de novo. Preciso parar de praguejar ou vovó vai me dar uma sova. Não vou pedir a nenhuma moça que se case com um pobre. Talvez ela não se importasse, mas eu me importo.

Enquanto Scarlett falava com os rapazes na varanda, Melanie, Suellen e Carreen entraram em casa em silêncio logo após saberem da rendição. Depois da partida deles para casa, pelo atalho por trás dos campos de Tara, Scarlett entrou e ouviu as moças soluçando no sofá do gabinete de Ellen. Estava tudo acabado, o belo sonho luminoso que elas amavam e pelo qual esperavam, a Causa que lhes levara amigos, amores, maridos e que deixara as famílias na miséria. A Causa, que elas achavam que nunca poderia fracassar, fracassara.

Mas para Scarlett não havia lágrimas. No primeiro momento em que ouviu a notícia, ela pensou: "Graças a Deus! Agora não vão me roubar a vaca. Agora o cavalo está seguro. Agora podemos tirar a prataria do poço e todos poderão ter um garfo e uma faca. Agora não vou mais precisar vagar pelo campo procurando o que comer."

Que alívio! Nunca mais ela começaria a tremer de medo ao ouvir os cascos de um cavalo. Nunca mais acordaria no meio da noite escura, prendendo a respiração para escutar, cogitando se era realidade ou só um sonho ter ouvido o som dos arreios, o pisar de cascos no pátio e o áspero grito de comando dos ianques. Além disso, o melhor de tudo, Tara estava segura! Agora seu pior pesadelo não se realizaria. Agora nunca ficaria parada no gramado a observar a fumaça saindo de sua casa amada, nem a ouvir o crepitar das chamas enquanto o telhado caía.

Sim, a Causa estava morta, mas a guerra sempre lhe parecera uma tolice e a paz era melhor. Ela nunca ficara deslumbrada quando as Estrelas e Listras subiam no mastro nem sentira calafrios ao ouvir o "Dixie". As privações, as tarefas revoltantes da enfermagem, os temores do cerco e a fome dos últimos meses não tinham sido suportados devido ao fanático ardor que tornava essas coisas suportáveis para os outros, contanto que a Causa prosperasse. Estava tudo enterrado e morto, e ela não choraria por causa disso.

Tudo acabado! A guerra que parecia sem fim, a guerra não solicitada e indesejada, que cortara sua vida em duas, marcara uma divisão tão nítida que era até difícil se lembrar daqueles tempos despreocupados. Ela podia olhar para trás, sem se mexer, para a bela Scarlett com suas delicadas sapatilhas verdes de marroquim e babados impregnados pela fragrância da lavanda, mas imaginava se conseguiria ser aquela mesma moça. Scarlett O'Hara, com o condado a seus pés, cem escravos para cumprir suas ordens, a fortuna de Tara como um muro atrás dela e pais apaixonados, prontos a realizar qualquer de seus desejos. A Scarlett mimada, imprudente, que nunca tivera um desejo negado, exceto no que se referia a Ashley.

Em algum lugar, na longa estrada que serpenteara por esses quatro anos, a moça com seu sachê e sapatilhas de dança escapulira e se tornara uma mulher de olhos verdes aguçados, que contava os centavos e botava as mãos em várias tarefas subalternas, uma mulher para quem nada restara dos escombros, além da indestrutível terra vermelha sob seus pés.

Parada no vestíbulo, enquanto ouvia as outras soluçando, sua mente estava ocupada.

— Vamos plantar mais algodão, muito mais. Vou mandar Pork a Macon amanhã comprar mais sementes. Agora os ianques não vão queimá-lo e nossas tropas não vão confiscá-lo. Meu Deus! O preço do algodão irá às alturas neste outono!

Foi até o gabinete e, sem fazer caso das moças chorosas no sofá, sentou-se à escrivaninha, pegou a pena para fazer o balanço do custo de mais sementes de algodão em relação ao que lhe restava de dinheiro.

"A guerra acabou", pensou e de súbito largou a pena enquanto uma exaltação tomava conta dela. A guerra tinha acabado e Ashley... se estivesse vivo, estaria voltando para casa! Imaginou se Melanie, em meio a seu luto pela Causa perdida, pensara nisso.

"Em breve receberemos uma carta... não, uma carta não. Não podemos receber cartas. Mas logo... ah, de algum modo ele vai nos informar!"

Mas os dias se transformaram em semanas e não havia notícias de Ashley. O serviço de correios no sul estava instável e na zona rural era inexistente. Ocasionalmente, um viajante de passagem, vindo de Atlanta, trazia um bilhete lastimoso de tia Pitty suplicando que as meninas voltassem. Mas nunca notícias de Ashley.

Após a rendição, uma eterna hostilidade em torno do cavalo ardia em fogo lento entre Scarlett e Suellen. Agora que não havia o perigo dos ianques, Suellen queria sair para visitar os vizinhos. Sozinha e carente da alegre vida social dos velhos tempos, Suellen sentia falta de visitar os amigos, nem que fosse só para se assegurar de que o resto do condado estava em tão má situação quanto Tara. Mas Scarlett estava inflexível. O cavalo era para o trabalho, para arrastar os troncos da mata, para arar e para Pork ir buscar comida. Aos domingos, ele conquistara o direito de pastar e descansar. Se Suellen quisesse sair a fazer visitas, que fosse a pé.

Antes do último ano, Suellen nunca caminhara um quilômetro, e essa perspectiva não era nada agradável. Então ficou em casa, resmungando, chorando, e com excessiva frequência dizia: "Ah, se mamãe estivesse aqui!" Com isso, Scarlett lhe deu o tapa havia muito prometido, batendo com tanta força que a pôs a correr para a cama, provocando grande consternação em toda a casa. Dali em diante, Suellen não se queixou tanto, pelo menos na presença de Scarlett.

Scarlett falava a verdade quando dizia que queria descansar o cavalo, mas isso era só uma parte da verdade. A outra era que ela mesma fizera algumas visitas pelo condado no primeiro mês após a rendição, e a visão dos velhos amigos e das antigas fazendas lhe tinha abalado a coragem mais do que ela gostava de admitir.

Os Fontaine passavam melhor que quaisquer outros, graças à corrida alucinada de Sally, mas seu florescimento só era considerado positivo se comparado à situação desesperada dos outros vizinhos. Vovó Fontaine não se recuperara totalmente do enfarto que tivera no dia em que liderara as outras no combate ao fogo para salvar a casa. O velho Dr. Fontaine convalescia lentamente de um braço amputado. Alex e Tony botavam as mãos desengonçadas no arado e na enxada. Inclinaram-se sobre a cerca para apertar a mão de Scarlett quando ela passou para uma visita e riram da carroça raquítica, os olhos negros amargurados, pois, rindo dela também riam de si próprios. Ela queria comprar sementes de milho deles, o que ficou acertado, e eles passaram a discutir problemas de fazenda. Estavam com 12 galinhas, duas vacas, cinco porcos e a mula que tinham trazido da guerra. Um dos porcos acabara de morrer e eles estavam com medo de perder os outros. Ao ouvir esses dândis, que nunca tinham se importado na vida com nada mais sério que a gravata em moda, falando tão sério sobre porcos, Scarlett soltou uma risada e dessa vez seu riso também era amargo.

Todos a fizeram se sentir bem-vinda em Mimosa e insistiram em lhe dar as sementes de milho em vez de vender. O temperamento irritadiço dos Fontaine mostrou-se quando ela pôs nota verde na mesa e eles se recusaram terminantemente a receber. Scarlett levou o milho e, em particular, pôs a nota de um dólar na mão de Sally. Sally parecia outra pessoa em relação à moça que Scarlett cumprimentara oito meses atrás, após sua chegada a Tara. Na época, ela estava pálida e triste, mas ainda guardava certa animação. Agora a animação se fora, como se a rendição lhe tivesse furtado toda a esperança.

— Scarlett — sussurrou ela enquanto agarrava a nota —, de que serviu tudo? Por que lutamos? Ah, meu pobre Joe! Ah, meu pobre bebê!

— Não sei por que lutamos e não me importo — disse Scarlett. — Não estou interessada. Nunca estive, aliás. Guerra é coisa dos homens, não das mulheres. A única coisa que me interessa agora é uma boa safra de algodão. Tome, pegue este dólar e compre uma roupinha para o pequeno Joe. Deus sabe que ele precisa. Por mais que Alex e Tony sejam educados, não quero roubar o milho de vocês.

Os rapazes a acompanharam até a carroça e a ajudaram a subir, sempre corteses apesar dos farrapos, alegres com a alegria volátil dos Fontaine, mas, com o retrato da miséria diante de seus olhos, ela teve um calafrio ao sair de Mimosa. Estava exausta da pobreza e da economia forçada. Que prazer seria conhecer pessoas ricas e despreocupadas com a origem de sua próxima refeição!

Cade Calvert estava em casa em Pine Bloom e, enquanto subia os degraus da antiga casa onde ela dançara nos velhos tempos, Scarlett viu que a morte estava em seu semblante. Ele estava magro e tossia acomodado em uma espreguiçadeira ao sol com um xale a lhe cobrir as pernas, mas o rosto se iluminou ao vê-la. Era só um resfriado que se instalara em seu peito, disse ele, tentando se levantar para cumprimentá-la. Tinha ficado assim de tanto dormir sob a chuva. Mas ficaria logo bom, e então daria uma mão no trabalho.

Cathleen Calvert, que saiu da casa ao som das vozes, cruzou um olhar de amargo desespero com Scarlett por cima da cabeça do irmão. Talvez Cade não soubesse, mas Cathleen sabia. Pine Bloom parecia abandonada e cheia de ervas daninhas, pinheiros começavam a brotar nos campos e a casa estava desarrumada e necessitada de manutenção. Cathleen estava magra e tesa.

Eles dois, com a madrasta ianque, as quatro meias-irmãs e Hilton, o administrador ianque, permaneciam na casa silenciosa, que produzia estranhos ecos. Scarlett nunca simpatizara com Hilton mais do que simpatizara com o administrador deles, Jonas Wilkerson e agora, quando ele avançava e a cumprimentava como uma igual, simpatizou menos ainda. Antes, ele tinha a mesma combinação de servilismo e impertinência que Wilkerson possuía, mas agora, com a morte do Sr. Calvert e de Raiford na guerra, e com Cade enfermo, dispensara o servilismo. A segunda Sra. Calvert nunca soubera como conquistar o respeito dos criados negros e não era de esperar que o conquistasse de um branco.

— O Sr. Hilton foi extremamente generoso de ficar conosco durante esses tempos difíceis — disse a Sra. Calvert, nervosa, lançando olhares rápidos à enteada, que se mantinha quieta. — Muito generoso. Imagino que você tenha sabido que ele salvou nossa casa duas vezes quando Sherman passou por aqui. Tenho certeza de que não sei o que teríamos feito sem ele, sem dinheiro e Cade...

Um rubor passou pelo rosto pálido de Cade, os longos cílios de Cathleen lhe ocultaram os olhos, e a boca se retesou. Scarlett sabia que suas almas estavam se contorcendo de uma raiva impotente por estarem devendo favores ao administrador ianque. A Sra. Calvert parecia pronta para cair no choro. Aquilo fora uma gafe. Estava sempre cometendo gafes. Simplesmente não conseguia entender os sulistas, por mais que morasse na Geórgia havia vinte anos. Nunca sabia o que dizer aos enteados e, não importava o que dissesse ou fizesse, eles eram sempre muito educados com ela. Por dentro, ela fazia votos de voltar para o norte, para sua gente, levando as filhas e deixando esses estranhos intrigantes e teimosos.

Depois dessas visitas, Scarlett não tinha vontade de ver os Tarleton. Agora que os quatro rapazes estavam mortos, a casa incendiada, e a família, comprimida na casinha do administrador, ela não conseguiu fazer a visita. Mas Suellen e Carreen suplicaram e Melanie disse que seria falta de solidariedade não lhes fazer uma visita e dar as boas-vindas ao Sr. Tarleton, que voltara da guerra, então elas foram em um domingo.

Essa foi a pior de todas.

Ao seguirem pelas ruínas da casa, viram Beatrice Tarleton usando um velho traje de montaria, um chicote embaixo do braço, sentada na cerca do campinho, olhando de mau humor para o nada. A seu lado, empoleirado, estava o negrinho cambota que treinava os cavalos, e ele tinha o mesmo aspecto taciturno que ela. O campinho, antes cheio de potros brincalhões e plácidas éguas parideiras, agora estava vazio, exceto por uma mula, a que o Sr. Tarleton usara para voltar da rendição.

— Juro que não sei o que fazer de minha vida agora que não tenho mais meus queridos — disse a Sra. Tarleton, saltando da cerca. Um estranho pensaria que ela se referia aos quatro filhos mortos, mas as moças de Tara sabiam que eram os cavalos que ela tinha em mente. — E, ah, coitadinha da minha Nellie! Nada além de uma maldita mula por aqui. Uma maldita mula — repetiu, olhando indignada para o animal esquálido. — É um insulto à memória de meus queridos puros-sangues ter uma mula no pasto deles. As mulas são criaturas bastardas, ilegítimas e sua criação deveria ser ilegal.

Jim Tarleton, completamente irreconhecível por causa de uma densa barba, saiu da casa do administrador e beijou as moças, seguido pelas quatro filhas ruivas em vestidos remendados, que tropeçavam nos 12 perdigueiros pretos e marrons que correram para a porta latindo ao som de vozes estranhas. Havia um ar de estudada e determinada animação em toda a família que provocou em Scarlett um calafrio pior que a amargura de Mimosa ou o ressentimento mortal de Pine Bloom.

Os Tarleton insistiram que elas ficassem para o almoço, dizendo que estavam recebendo poucas visitas e queriam saber das notícias. Scarlett não queria ficar, pois a atmosfera a oprimia, mas Melanie e as duas irmãs estavam ansiosas por uma visita mais longa, então as quatro ficaram para almoçar e comeram frugalmente a carne-seca e a ervilha seca que foram servidas.

Houve risadas em torno da escassez da ração, e as Tarleton riram ao falar das viradas da roupa pelo lado avesso, como se estivessem contando a mais divertida das piadas. Melanie colaborou, surpreendendo Scarlett com sua inesperada vivacidade enquanto contava as provações vividas em Tara, tornando os sofrimentos mais leves. Scarlett mal conseguia falar. A sala parecia muito vazia sem os quatro rapazes, sentados displicentemente, fumando e implicando. E, se para ela parecia vazia, imagine para os Tarleton, que exibiam uma falsa aparência sorridente às vizinhas.

Carreen não falara muito durante a refeição, mas, ao terminar, foi para o lado da Sra. Tarleton e sussurrou alguma coisa. A fisionomia da mulher mudou, e o frágil sorriso lhe abandonou os lábios enquanto ela abraçava a cintura fina de Carreen. Elas saíram do cômodo, e Scarlett, sentindo que não aguentava mais um minuto ali dentro, as seguiu. Desceram o caminho do jardim e Scarlett viu que iam até o campo-santo. Bem, agora não poderia voltar para dentro. Seria muita falta de educação. Mas o que Carreen estava fazendo, arrastando a Sra. Tarleton para o túmulo dos rapazes quando Beatrice estava se esforçando tanto para ser corajosa?

Havia duas novas lápides de mármore no terreno cercado pelo muro de tijolos sob os cedros funerais... tão novas que nem a chuva as respingara de lama vermelha.

— Nós as compramos semana passada — disse a Sra. Tarleton, orgulhosa. — O Sr. Tarleton foi a Macon e as trouxe para casa na carroça.

Lápides! E o que deviam ter custado! De repente, Scarlett já não sentia tanta pena dos Tarleton como a princípio. Ninguém que gastasse seu precioso dinheiro em lápides quando os víveres eram tão necessários, quase inalcançáveis, merecia solidariedade. E havia várias linhas entalhadas em cada uma das lápides. Mais entalhes, mais dinheiro. A família toda devia estar louca! E também custara dinheiro trazer os corpos dos três rapazes para casa. Boyd nunca fora encontrado, nem qualquer pista dele.

Entre as sepulturas de Brent e Stuart, havia uma lápide com a inscrição: "Foram amáveis e queridos na vida e a morte não os separou."

Na outra, estavam os nomes de Boyd e Tom com algo em latim que iniciava "Dulce et...", mas nada significava para Scarlett, que conseguira escapar das aulas de latim na Academia Fayetteville.

Todo esse dinheiro por lápides! Ora, eram uns tolos! Ela ficou tão indignada quanto se tivesse sido seu próprio dinheiro a ser desperdiçado.

Nos olhos de Carreen, havia um brilho estranho.

— Achei encantador — sussurrou ela, apontando para a primeira lápide.

É claro que Carreen acharia encantador. Qualquer coisa sentimental mexia com ela.

— Sim — disse a Sra. Tarleton e sua voz era meiga —, achamos adequado... eles morreram quase ao mesmo tempo, Stuart primeiro e depois Brent, que pegou a bandeira que ele deixou cair.

Durante a volta a Tara, Scarlett ficou quieta por algum tempo, pensando no que vira nas várias casas, contra a vontade, lembrando-se do condado em seus dias de glória, com visitantes em todas as casas e abundância de dinheiro, os negros lotando as senzalas e os campos bem cuidados, gloriosos com seu algodão.

"Outro ano e os campos estarão cheios de pinheirinhos", ela pensou e, olhando para a floresta ao redor, deu de ombros. "Sem os negros, não haverá muito que se possa fazer. Ninguém pode manter uma grande plantação sem os negros, muitos dos campos não serão cultivados e o mato vai novamente tomar conta deles. Ninguém consegue plantar muito algodão, então o que faremos? O que será do pessoal do campo? O pessoal da cidade consegue dar um jeito. Sempre deu. Mas o pessoal do campo vai retroceder uns cem anos, ficar como os pioneiros que tinham pequenas cabanas e só aravam uns poucos hectares para mera subsistência."

"Não...", ela pensou, inflexível, "Tara não vai ficar assim. Nem que eu mesma tenha que arar. Toda esta região, todo este estado pode voltar a ser mato se quiser, mas não vou deixar que isso aconteça a Tara. E não pretendo desperdiçar meu dinheiro em lápides nem meu tempo chorando por causa da guerra. Vamos dar um jeito. Tenho certeza de que daríamos um jeito se os homens não estivessem todos mortos. Perder os negros não é a pior parte disso tudo. O pior é a perda dos homens, dos jovens". Ela pensou de novo nos quatro Tarleton e em Joe Fontaine, em Raiford Calvert e nos irmãos Munroe e em todos os rapazes de Fayetteville e Jonesboro, cujos nomes lera nas listas de baixas. "Se ao menos restassem alguns rapazes, poderíamos dar um jeito, mas..."

Outra ideia lhe ocorreu... supondo que quisesse se casar de novo. É claro que não queria. Com certeza, uma vez era o bastante. Além disso, o único homem com quem ela já quisera se casar era Ashley, e ele, se ainda estivesse vivo, era casado. Mas digamos que quisesse se casar. Quem haveria para se casar com ela? Aquela ideia era aterradora.

— Melly — disse ela —, o que vai acontecer com as moças sulistas?

— O que você quer dizer?

— O que estou dizendo. O que vai acontecer com elas? Não sobrou nenhum homem com quem possam se casar. Pois, Melly, com todos os rapazes mortos, haverá milhares de moças por todo o sul que vão morrer solteironas.

— E nunca terão filhos — acrescentou Melanie, para quem isso era a coisa mais importante.

Era evidente que aquela ideia não era nova para Suellen, que estava no fundo da carroça, pois ela começou a chorar de repente. Desde o Natal, não tinha notícias de Frank Kennedy. Não sabia se o motivo era a falta de serviço de correio ou se ele tinha meramente brincado com seu afeto e a esquecido. Ou talvez tivesse sido morto nos últimos dias da guerra! Isso teria sido infinitamente preferível ao esquecimento, pois pelo menos havia alguma dignidade em um amor morto, como os que Carreen e India tinham, mas nenhuma em um noivo desertor.

— Ah, pelo amor de Deus, fique quieta! — disse Scarlett.

— Ah, para você é fácil falar — soluçou Suellen. — Já foi casada, teve um bebê e todo mundo sabe que havia um homem atrás de você. Mas veja minha situação! E você precisava ser cruel e me jogar na cara que sou uma solteirona quando estou que mal me aguento. Você é detestável.

— Ah, cale-se! Você sabe quanto detesto gente que se lamenta todo o tempo. Sabe muito bem que o velho Costeletas-Alaranjadas não morreu e vai voltar para se casar com você. Ele não tem mesmo nenhum juízo. Eu, pessoalmente, preferia ficar solteirona a me casar com ele.

O fundo da carroça ficou em silêncio por algum tempo e Carreen consolava a irmã, batendo-lhe nas costas, absorta, pois sua mente estava distante, cavalgando por caminhos trilhados três anos antes com Brent a seu lado. Em seus olhos havia um clarão, uma exaltação.

— Ah — disse Melanie, triste —, o que vai ser do sul sem nossos bons rapazes? O que teria sido se eles tivessem sobrevivido? Sem dúvida, poderíamos usar a coragem, a energia e o raciocínio deles. Scarlett, todas nós que temos filhos pequenos precisamos criá-los para assumir o lugar dos homens que se foram, para serem homens corajosos como eles.

— Nunca mais haverá homens como eles — disse Carreen baixinho. — Ninguém conseguirá tomar seus lugares.

O resto do caminho até a casa foi feito em silêncio.

Um dia, não muito depois disso, Cathleen Calvert foi até Tara ao entardecer. Seu silhão estava sobre a mula em pior estado que Scarlett já vira, um animal manco de orelhas caídas, e Cathleen estava com a aparência quase tão lamentável quanto a mula que montava. Seu vestido era de um guingão desbotado, do tipo que antigamente só os criados domésticos usavam, e seu chapéu de sol estava amarrado sob o queixo com um pedaço de barbante. Ela foi até a porta de entrada, mas não desmontou, e Scarlett e Melanie, que assistiam ao pôr do sol, desceram para recebê-la. Cathleen trazia a mesma palidez de Cade no dia em que Scarlett lhes fizera a visita, pálida, rija e frágil, como se o rosto fosse rachar se ela falasse. Mas tinha as costas eretas e a cabeça erguida ao falar com elas.

Scarlett lembrou-se de súbito do dia do churrasco nos Wilkes quando ela e Cathleen tinham cochichado a respeito de Rhett Butler. Que bonita e jovem Cathleen estava naquele dia, envolta em um organdi azul com rosas perfumadas na faixa e pequenas sapatilhas de veludo preto debruadas de renda em volta dos tornozelos. E agora não havia um sinal sequer daquela moça na figura rígida montada na mula.

— Não vou apear, obrigada — disse ela. — Só vim avisar que vou me casar.

— Como?

— Com quem?

— Cathy, que ótimo!

— Quando?

— Amanhã — disse Cathleen sem ânimo, e havia algo em sua voz que tirou os sorrisos ávidos do rosto de todas. – Vim contar a vocês que vou me casar amanhã, em Jonesboro... e não estou convidando ninguém a comparecer.

Isso elas digeriram em silêncio, olhando para ela, intrigadas. Então Melanie falou.

— É alguém que conhecemos, meu bem?

— Sim — disse Cathleen secamente. — É o Sr. Hilton.

— O Sr. Hilton?

— Sim, o Sr. Hilton, nosso administrador.

Scarlett nem conseguiu encontrar a voz para dizer "Ah", mas Cathleen, olhando para Melanie de súbito, disse com voz baixa e nervosa:

— Se você chorar, Melly, não vou suportar. Eu morro!

Melanie não disse nada, mas deu-lhe um tapinha no pé, em seu esquisito sapato caseiro que estava apoiado no estribo. A cabeça baixa.

— E não me dê tapinhas! Não aguento nem isso.

Melanie deixou a mão cair, mas não ergueu a cabeça.

— Bem, preciso ir. Só vim contar a vocês. — A frágil máscara pálida estava de volta, e ela recolheu as rédeas.

— Como está Cade? — perguntou Scarlett, totalmente perdida em busca de algo para dizer e quebrar aquele silêncio estranho.

— Está morrendo — disse Cathleen laconicamente. Sua voz parecia despida de sentimento. — E vai morrer com algum consolo e paz se eu conseguir, sem se preocupar sobre quem tomará conta de mim quando ele se for. Pois é, minha madrasta e as filhas estão indo para o norte amanhã, para ficar. Bem, preciso ir.

Melanie olhou para cima e encontrou os olhos duros de Cathleen. Havia lágrimas cintilando nos cílios de Melanie, compreensão em seus olhos e, diante disso, os lábios de Cathleen se contorceram no sorriso de uma criança valente que tenta não chorar. Era tudo muito atordoante para Scarlett, que ainda tentava entender a ideia de que Cathleen Calvert iria se casar com um administrador... Cathleen, filha de um rico fazendeiro, que, depois de Scarlett, tinha mais pretendentes que qualquer outra jovem do condado.

Cathleen se curvou e Melanie ficou na ponta dos pés. Elas se beijaram. Em seguida, Cathleen sacudiu as rédeas com firmeza e a velha mula se pôs a andar.

Melanie a acompanhou com o olhar, as lágrimas lhe correndo pelas faces. Scarlett ficou olhando, ainda atordoada.

— Melly, ela enlouqueceu? Você sabe que ela não pode estar apaixonada por ele.

— Apaixonada? Ah, Scarlett, nem sugira uma coisa tão horrível! Ah, pobre Cathleen! Pobre Cade!

— Ah, deixe disso! — exclamou Scarlett, começando a se aborrecer. Era irritante que Melanie sempre parecia captar mais as situações do que ela. O apuro de Cathleen lhe parecia mais surpreendente que catastrófico. É claro que a ideia de se casar com um ianque branco ordinário não era agradável, mas, afinal, uma moça não podia ficar sozinha em uma fazenda; ela precisava de um marido para ajudar a dirigi-la.

— Melly, é o que eu estava dizendo outro dia. Não há ninguém para as moças se casarem e elas precisam se casar.

— Ah, não precisam se casar! Não há nada de vergonhoso em ser solteirona. Veja tia Pitty. Ah, eu preferia ver Cathleen morta! Tenho certeza de que Cade preferiria vê-la morta. É o fim dos Calvert. Pense só no que ela... no que os filhos dela serão. Ah, Scarlett, peça a Pork que encilhe o cavalo depressa e vá atrás dela e lhe diga para vir morar aqui conosco!

— Santo Deus! — exclamou Scarlett, chocada com o modo prosaico com que Melanie estava oferecendo Tara. Com certeza, Scarlett não tinha nenhuma intenção de alimentar outra boca. Ela ia dizer isso, mas algo na fisionomia aflita de Melanie conteve suas palavras.

— Ela não viria, Melly — emendou. — Você sabe que não. É muito orgulhosa e consideraria isso caridade.

— É mesmo, é mesmo! — disse Melanie de modo distraído, observando a pequena nuvem de pó vermelho desaparecendo na estrada.

"Você está comigo há meses", pensou Scarlett, impiedosa, olhando para a cunhada, "e nunca lhe ocorreu que está vivendo de caridade. E creio que nunca se dará conta. Você é uma daquelas pessoas a quem a guerra não mudou e continua pensando e agindo como se nada tivesse acontecido... como se ainda fôssemos ricos feito um Creso e tivéssemos tantos víveres que nem se soubesse o que fazer com eles e hóspedes não fossem um peso. Tudo indica que vou ficar com você em minhas costas pelo resto da vida. Mas não vou ficar com Cathleen também".

Capítulo 30

Naquele verão quente que se sucedeu à paz, Tara já não estava mais isolada. Pelos meses que se seguiram, uma sucessão de espantalhos barbados, maltrapilhos, com os pés machucados e sempre famintos subia com dificuldade a colina vermelha até Tara e ficava descansando nos degraus, à sombra, querendo comida e alojamento por uma noite. Eram soldados confederados voltando para casa. A ferrovia levara os remanescentes do exército de Johnston da Carolina do Norte a Atlanta, descarregando-os lá, e a partir de Atlanta eles começavam sua peregrinação a pé. Após a passagem dos homens de Johnston, os exaustos veteranos do Exército da Virgínia chegaram, e depois os homens das tropas do oeste, trilhando o caminho para o sul, rumo a casas que podiam não mais existir e a famílias que podiam ter se dispersado ou morrido. A maioria caminhava, uns poucos felizardos montavam cavalos e mulas ossudos, que os termos da rendição lhes permitiram manter, animais macilentos que mesmo olhos pouco treinados podiam ver que não chegariam à distante Flórida nem ao sul da Geórgia.

Ir para casa! Ir para casa! Era só o que os soldados pensavam. Alguns estavam tristes e quietos, outros se mostravam alegres, desdenhando das durezas, mas o que sustentava a todos era a ideia de que estava tudo acabado e que eles voltavam para casa. Poucos se sentiam amargurados. Deixavam a amargura para mulheres e idosos. Eles tinham feito um bom combate, haviam sido derrotados e queriam se acomodar pacificamente para arar sob a bandeira que tinham combatido.

Ir para casa! Ir para casa! Não conseguiam falar de outra coisa, nem nas batalhas, nem nos ferimentos, nem nas prisões, nem no futuro. Mais tarde, reencontrariam as batalhas e contariam aos filhos e netos sobre as façanhas, os saques, as atribuições, a fome, as marchas forçadas e os ferimentos, mas não agora. A alguns faltava um braço, uma perna ou um olho, muitos exibiam cicatrizes que doeriam no clima úmido se chegassem aos 70 anos, mas essas questões pareciam de menor importância agora. Mais tarde, seria diferente.

Velhos e jovens, falantes ou taciturnos, ricos fazendeiros ou caipiras, todos tinham duas coisas em comum, piolhos e disenteria. O soldado confederado estava tão acostumado a seu estado infectado que nem se dava conta e se coçava sem preocupação, mesmo na presença de damas. Quanto à disenteria — o "fluxo sanguinolento" como as senhoras delicadamente a chamavam —, parecia não ter poupado ninguém, do soldado raso ao general. Quatro anos de fome, quatro anos de ração grosseira, verde ou meio putrefata, fizeram seu serviço, e cada soldado que parava em Tara estava se recuperando ou em pleno sofrimento do mal.

— Num tem uma só tripa sardáve em todo exérsto confederado — observou Mammy, melancólica, enquanto suava sobre o fogo, fervendo uma mistura de raízes de amora preta que fora o remédio soberano de Ellen para tais aflições. — Pro meu modo de vê num foi os ianque que derrotô os nosso cavalero. Foi as tripa. Ninhum cavalero pode de lutá com as tripa virada em água.

Mammy medicou cada um deles, sem esperar para fazer perguntas tolas sobre o estado de seus órgãos, e cada um bebia as doses oferecidas docilmente e com cara de nojo, talvez se lembrando de outras fisionomias negras severas em lugares distantes e outras mãos negras inexoráveis a lhes dar colheres com remédios.

Quanto à questão dos "acompanhantes", Mammy era igualmente inflexível. Nenhum soldado cheio de piolhos entrava em Tara. Ela os mandava para trás de uns arbustos densos, os aliviava dos uniformes, lhes dava uma bacia de água, um forte sabão de lixívia desinfetante para se lavar e cobertas e cobertores para cobrir a nudez enquanto fervia suas roupas em uma enorme panela. Era inútil as moças lhe dizerem que essa conduta humilhava os soldados. Mammy retrucava que as moças se sentiriam bem mais humilhadas se encontrassem piolhos em si mesmas.

Quando os soldados começaram a chegar quase diariamente, Mammy protestou contra o uso dos quartos. Sempre temia que algum piolho lhe tivesse escapado. Em vez de discutir a questão, Scarlett transformou a sala com seu tapete macio em dormitório. Mammy também vociferou sobre o sacrilégio de os deixarem dormir sobre o tapete da sinhá Ellen, mas Scarlett foi firme. Eles tinham que dormir em algum lugar. E, nos meses que se seguiram à rendição, a penugem alta e macia começou a dar sinais de desgaste e, finalmente, a urdidura sólida e a textura mostravam marcas de tacos e de esporas que o cravaram sem cuidado.

A cada soldado, elas perguntavam ansiosas por Ashley. Suellen, controlando-se, pedia notícias do Sr. Kennedy. Mas nenhum deles os conhecia nem estava inclinado a falar dos extraviados. Era suficiente que eles mesmos estivessem vivos e não queriam nem pensar nos milhares que jaziam em sepulturas anônimas e que jamais voltariam para casa.

A família tentava apoiar Melanie após cada decepção. É claro que Ashley não tinha morrido na prisão. Algum capelão ianque teria escrito se isso tivesse acontecido. É claro que ele estava vindo para casa, mas o presídio onde ficara era muito distante. Ora, tinham levado dias para chegar de trem, e, se Ashley estivesse caminhando, como esses homens... Por que não escrevera? Bem, minha querida, você sabe como está o correio hoje em dia... tão incerto e relaxado, mesmo onde já restabeleceram as rotas. Mas imaginem... imaginem se ele tivesse morrido a caminho de casa. Ora, Melanie, alguma ianque com certeza teria nos escrito a respeito... Mulheres ianques! Credo!... Melly, deve haver algumas mulheres ianques que são boas. Ah, com certeza há! Deus não iria fazer uma nação inteira sem algumas mulheres que prestassem! Scarlett, lembra que conhecemos uma ianque bem simpática em Saratoga aquela vez... Scarlett, conte a Melly sobre ela!

— Simpática uma ova! — retrucou Scarlett. — Ela me perguntou quantos perdigueiros nós tínhamos para perseguir nossos negros! Concordo com Melly. Nunca vi um ianque que prestasse, homem ou mulher. Mas não chore, Melly! Ashley virá para casa. É uma longa caminhada e talvez... quem sabe ele nem botas tenha.

Então, à ideia de Ashley descalço, Scarlett quase chorou. Que os outros soldados estivessem por aí mancando esfarrapados com sacos e tiras de tapetes amarrados aos pés tudo bem, mas não Ashley. Ele devia chegar em um cavalo empertigado, bem-vestido, com botas lustradas e uma pena no chapéu. Parecia-lhe a última das degradações pensar em Ashley reduzido ao estado desses outros soldados.

Em uma tarde de junho em que todos em Tara estavam reunidos na varanda dos fundos, ávidos para ver Pork cortando a primeira melancia madura da estação, ouviram o som de cascos no cascalho do caminho de entrada. Prissy, lânguida, foi indo para a porta da frente, enquanto os outros discutiam ardentemente se deviam esconder a melancia ou guardá-la para o jantar, caso o visitante fosse um soldado.

Melly e Carreen sussurraram que deviam partilhar com o soldado, e Scarlett, apoiada por Suellen e Mammy, disse a Pork que a escondesse rapidamente.

— Não banquem as manteigas derretidas! Não há suficiente para nós do jeito que está, e, se houver dois ou três soldados esfomeados aí fora, ninguém aqui vai sequer provar — disse Scarlett.

Enquanto Pork ficava parado com a pequena melancia, incerto quanto à decisão final, eles ouviram Prissy gritando.

— Deus todo-poderoso! Sinhá Scarlett! Sinhá Melly! Corre aqui!

— Quem é? — gritou Scarlett, levantando-se em um pulo e correndo pelo corredor com Melly ao lado e os outros atrás delas.

"Ashley", pensou ela. Ah, talvez...

— É o Tio Peter! Tio Peter da sinhá Pittypat!

Todos correram para a varanda da frente e viram o velho déspota da casa de tia Pitty, alto e grisalho, apeando de um pangaré de rabo de rato em cujo lombo haviam sido atadas várias dobras de cobertas. No rosto largo, a dignidade habitual rivalizava com o prazer de encontrar velhos amigos, exibindo em consequência o cenho franzido, mas a boca entreaberta como um velho cão de caça desdentado.

Todos desceram as escadas para cumprimentá-lo, negros e brancos lhe apertando a mão e fazendo perguntas, mas a voz de Melly se elevou acima das demais.

— A titia não está doente, está?

— Não, sinhazinha. Ela tá boa, graças a Deus! — respondeu Peter, lançando um olhar severo, primeiro a Melly e depois a Scarlett, de modo que elas se sentiram repentinamente culpadas, mas sem saber por quê. — Ela tá boa, mais tá passada com vosmecês, sinhazinha, e, falano nisso, eu tamém.

— Por quê, Tio Peter. O que foi...

— Vosmecês num precisa tentá se descurpá. A sinhá Pitty num escrivinhô e mais escrivinhô para vosmecês ir para casa? Num vi ela escrivinhá e num vi ela chorá quando vosmecê escrivinhô de vorta dizeno que tinha muito que fazê nesse sítio véio pra ir pra casa?

— Mas Tio Peter...

— Como que vosmecês dexa a sinhá Pitty só quando ela tá com tanto medo? Vosmecês sabe muito bem que a sinhá Pitty nunca morô só e ela tá tremeno nos sapatim desde que vortô de Macon. Ela diz pra eu vim dizê bem dito como eu sei fazê que ela num consegue entendê como que vosmecês tão abandonano ela nessa hora de precisão.

— Chega! — disse Mammy acidamente, pois lhe caiu mal ouvir Tara sendo chamada de "sítio véio". Como dar crédito a um negro ignorante criado na cidade que nem sabe a diferença entre um sítio e uma fazenda? — E nós num tá em hora de precisão? Num tá precisano da sinhá Scarlett e da sinhá Melly aqui, precisano que dá dó? Como que a sinhá Pitty num pede pro irmão dela ajudá, se tá precisada?

Tio Peter lhe lançou um olhar intimidante.

— Nós num tem nada que vê com o sinhô Henry faz ano, e tamo véio por demais para começá a tê agora. — Ele se virou para as moças, que tentavam conter o riso. — As sinhazinha devia se envergonhá de dexá a pobre da sinhá Pitty só, com metade dos amigo morto e a otra metade em Macon e Atlanta apinhada de sordado ianque e os nêgo ordinário livre.

As duas jovens tinham aguentado a dura crítica com a fisionomia mais séria possível, mas a ideia de tia Pitty mandar Peter para repreendê-las e levá-las em carne e osso para Atlanta foi demais para que se controlassem. Caíram na gargalhada, apoiando-se uma na outra. Pork, Dilcey e Mammy deram vazão a sonoras risadas ao ouvirem o detrator de sua querida Tara desmoralizado. Suellen e Carreen davam risadinhas, e até a fisionomia de Gerald exibiu um vago sorriso. Todos riram, exceto Peter, que só trocou o apoio de um pé para o outro, ficando indignado.

— Que qui vosmecê tem, nêgo? — perguntou Mammy, rindo. — Tá véio por demais pra tomá conta da sua Sinhá?

Peter ficou ultrajado.

— Véio por demais! Eu, véio por demais? Tô nada! Posso tomá conta da sinhá Pitty que nem desde sempre. Num tomei conta dela quando nós foi se refugiá em Macon? Num tomei conta dela quando os ianque foi pra Macon e ela tava com tanto medo que esfalecia o tempo todo? E num fui eu que consegui esse pangaré aqui pra trazê ela de vorta pra Atlanta e tomei conta dela e das prata do pai dela todo o caminho? — Todo empertigado, Peter se defendeu. — Num tô falano de tomá conta, tô falano das *aparência*.

— Aparência de quê?

— Tô falano do que os pessoá vai achá vendo a sinhá Pitty morano sozinha. Os pessoá faz escândlo das muié sortera que mora sozinha — continuou Peter, e ficou óbvio para os ouvintes que para ele Pittypat ainda era uma encantadora gordinha de 16 anos que precisava ser protegida das línguas ferinas. — E num quero os pessoá falano dela. Não mermo... E num quero vê ela se aborreceno pra arranjá companhia. Já falei pra ela. "Não enquanto tivé gente da sua carne e do seu sangue." Eu falei. E agora a carne e o sangue dela arrenega ela. A sinhá Pitty num passa de uma criança e...

Ouvindo isso, Scarlett e Melly riram ainda mais alto e caíram sentadas nos degraus. Por fim, Melly enxugou as lágrimas de riso.

— Pobre Tio Peter, desculpe-me por rir. Mesmo. Vamos. Perdoe-me. A sinhá Scarlett e eu simplesmente não podemos voltar para casa agora. Talvez eu vá em setembro, após a colheita do algodão. A titia só o mandou até aqui para nos levar de volta nesse saco de ossos?

Diante dessa pergunta, Peter ficou subitamente boquiaberto, e seu semblante enrugado foi tomado por culpa e consternação. Seu lábio inferior se retraiu ao normal com a mesma rapidez com que uma tartaruga puxa a cabeça para dentro do casco.

— Sinhá Melly, devo de tá ficano véio pruquê tava me esqueceno do pruquê que ela me mandô inté aqui e é importante. Tenho uma carta para vosmecê, sinhá Melly. A sinhá Pitty num confia nos correio nem ninguém, além de eu pra trazê e...

— Uma carta? Para mim? De quem?

— Bom, sinhá, é... a sinhá Pitty, ela falô: "Vosmecê, Peter, conta com cuidado para sinhá Melly" e eu disse...

Melly se levantou, a mão no coração.

— Ashley! Ashley! Ele morreu!

— Não, sinhá! Não, sinhá! — exclamou Peter, a voz se elevando em um grito agudo, enquanto remexia no bolso interno do casaco surrado. — Ele tá vivo!

Tá aqui a carta dele. Ele tá vino pra casa. Ele... Deus todo-poderoso! Pegá ela, Mammy! Dêxa eu...

— Num toca nela, seu véio leso! — trovejou Mammy, tentando impedir que Melanie fosse ao chão. — Seu macaco véio! É pra falá com jeito! Pork, pega os pé dela. Sinhazinha Carreen, apoia a cabeça. Vamo deitá ela no sofá da sala.

Houve o maior tumulto enquanto todos, menos Scarlett, se aglomeraram em volta de Melanie desmaiada, todos gritando alarmados, entrando apressados atrás de água e travesseiros. Em um instante, Scarlett e Tio Peter ficaram ali sozinhos. Ela estava paralisada, incapaz de sair da posição em que ficara ao levantar em um pulo quando ouvira suas palavras, olhando para o velho fraco ali parado com uma carta na mão. A fisionomia dele era de dar pena, como a de uma criança censurada pela mãe, a dignidade combalida.

Ela não conseguia falar nem se mexer, sua mente gritando: "Ele não está morto! Está vindo para casa!" Saber disso não lhe trouxe alegria nem emoção, apenas um atordoamento imobilizante. A voz de Tio Peter chegou como se estivesse longínqua, triste, apaziguadora.

— O sinhô Willie Burr de Macon, que é nosso parente, foi ele que trôxe pra sinhá Pitty. O sinhô Willie tava na mesma prisão do sinhô Ashley. O sinhô Willie arrumô um cavalo e chegô antes. Mas o sinhô Ashley tá caminhano e...

Scarlett tirou a carta da mão dele. Estava endereçada a Melly com a letra da Srta. Pitty, mas isso não a fez hesitar nem um minuto. Ela abriu o envelope e um bilhete anexado pela Srta. Pitty caiu no chão. Dentro estava um papel dobrado, sujo por causa do bolso no qual fora carregado e com as pontas puídas. Havia o endereçamento com a letra de Ashley: "Sra. George Ashley Wilkes, a/c Srta. Sarah Jane Hamilton, Atlanta, ou Twelve Oaks, Jonesboro, Ga."

Com dedos trêmulos, ela a abriu e leu:

"Minha amada, estou voltando para casa, para você..."

As lágrimas começaram a correr, impedindo-a de continuar a leitura, e seu coração se inflou até ela sentir que não aguentaria a felicidade. Agarrando a carta, correu para a porta e seguiu pelo corredor, passando pela sala onde todos os habitantes de Tara se atrapalhavam uns aos outros em função de Melanie inconsciente, e foi para o gabinete de Ellen. Fechou a porta, trancando-a a chave, jogou-se no velho sofá chorando, rindo, beijando a carta.

— Minha amada — sussurrou —, estou voltando para casa, para você.

O bom-senso lhes dizia que, a menos que criasse asas, Ashley levaria semanas ou até meses para fazer o trajeto de Illinois à Geórgia, mas de qualquer modo os corações batiam desordenados a cada vez que um soldado entrava na alameda de Tara. Cada espantalho barbado podia ser Ashley, talvez o soldado tivesse notícias dele ou uma carta de tia Pitty sobre ele. Negros e brancos, todos corriam para a porta da frente a cada vez que ouviam passos. A visão de uma farda era suficiente para fazer todos voarem da pilha de lenha, do pasto e do campo de algodão. Por um mês após a chegada da carta, o trabalho ficou quase parado. Ninguém queria estar longe da casa quando ele chegasse. Scarlett especialmente. Ela não podia insistir que os outros cuidassem de seus afazeres quando ela mesma negligenciava os próprios.

Mas quando as semanas se arrastaram e Ashley não chegou nem qualquer notícia dele, Tara retomou à velha rotina. Os corações saudosos nada podiam fazer além de continuar saudosos. Scarlett foi assaltada pela inquietude, temendo que algo tivesse lhe acontecido pela estrada. Rock Island era muito distante, e ele podia estar fraco ou doente ao ser libertado. Além disso, não tinha dinheiro e trilhava uma região na qual os confederados eram odiados. Se ela ao menos soubesse onde ele estava, lhe enviaria dinheiro, enviaria cada centavo que tinha, deixando a família passar fome, para que ele pudesse pegar o trem e chegar logo em casa.

"Minha amada, estou voltando para casa, para você."

No primeiro ímpeto de alegria ao ver aquelas palavras, elas só significavam que Ashley estava voltando para casa, para ela. Agora, à luz de um raciocínio mais frio, ela sabia que ele estava voltando para Melanie. Nesses dias, Melanie andava cantando de felicidade pela casa. Às vezes, Scarlett se perguntava, amarga, por que Melanie não tinha morrido no parto, em Atlanta. Teria sido perfeito. Então ela podia ter se casado com Ashley após um intervalo decente e também se tornado uma boa madrasta para Beau. Quando lhe vinham esses pensamentos, ela não se apressava a rezar a Deus, dizendo que não era isso que queria. Deus já não a assustava.

Os soldados vinham sozinhos, em duplas ou às dúzias, e sempre estavam famintos. Desesperada, Scarlett pensava que uma praga de gafanhotos teria sido mais bem-vinda. Novamente praguejou contra o antigo costume de hospitalidade que florescera em uma época de abundância, o costume que não permitia a qualquer viajante, importante ou humilde, seguir sua jornada sem uma noite de alojamento, alimento para si e seu cavalo e o máximo de cortesia que a casa pudesse oferecer. Ela sabia que aquela época acabara para sempre, mas o resto da casa não, nem os soldados, e cada um deles era recebido como um hóspede muito esperado.

Enquanto a fila interminável passava, seu coração se endurecia. Eles estavam consumindo os alimentos destinados às bocas de Tara, os vegetais em cujos canteiros ela tinha exaurido as costas, alimentos que ela percorrera quilômetros para comprar. Estava muito difícil conseguir víveres, e o dinheiro da carteira do ianque não duraria para sempre. Só havia algumas notas e duas pepitas de ouro. Por que ela devia alimentar essa horda de homens famintos? A guerra tinha acabado. Eles nunca mais se postariam entre ela e o perigo. Então deu ordens a Pork para que, na presença de soldados na casa, a mesa fosse servida com frugalidade. Essa ordem prevaleceu até ela notar que Melanie, que nunca se fortalecera desde o nascimento de Beau, induzia Pork a servir amostras de comida em seu prato e dar sua porção aos soldados.

— Precisa parar com isso — repreendeu. — Você continua meio doente e, se não comer mais, vai acabar acamada e teremos que cuidar de você. Deixe que esses homens sintam fome. Eles aguentam. Aguentaram por quatro anos e não vai lhes fazer mal algum aguentar um pouco mais.

Melanie se virou para ela e havia em sua fisionomia a primeira expressão de nítida emoção que Scarlett já vira naqueles olhos serenos.

— Ah, Scarlett, não me repreenda! Deixe-me fazer isso. Nem imagina quanto me ajuda. Toda vez que dou a um pobre homem minha parte, acho que talvez alguém na estrada lá no norte, alguma mulher está dando a meu Ashley sua parte do almoço e ajudando-o a chegar em casa para mim!

"Meu Ashley."

"Minha amada, estou voltando para casa, para você."

Scarlett deu-lhe as costas, sem palavras. Depois disso, Melanie notou que havia mais comida na mesa quando tinham hóspedes, mesmo que Scarlett concedesse cada bocado de má vontade.

Quando os soldados estavam mal demais para continuar, e havia muitos nessas condições, Scarlett os punha na cama, sem nenhuma boa vontade. Cada homem doente significava outra boca a alimentar. Alguém tinha que cuidar deles, o que significava um trabalhador a menos na faina de construir cercas, capinar, tirar as ervas daninhas e arar. Um rapazola, em cujo rosto uma penugem loura começava a surgir, foi deixado na varanda por um soldado montado que ia para Fayetteville. Ele o encontrara inconsciente na beira da estrada e o trouxera atravessado na sela a Tara, a casa mais próxima. As moças acharam que devia ser um dos jovens cadetes que tinham sido convocados nas escolas militares quando Sherman se aproximara de Milledgeville, mas nunca ficaram sabendo, pois ele tinha morrido sem voltar à consciência, e uma busca em seus bolsos não fornecera informações.

Um menino de boa aparência, com certeza um cavalheiro, e em algum ponto do sul alguma mulher olhava para a estrada, imaginando por onde ele andaria e quando chegaria em casa, assim como ela e Melanie, com uma esperança desenfreada nos corações, olhavam para cada figura barbada que subia a alameda. Enterraram o cadete no campo-santo da família, ao lado dos três pequenos O'Hara, e Melanie chorou muito enquanto Pork cobria o túmulo, imaginando se estranhos não estavam fazendo exatamente isso com o corpo esguio de Ashley.

Will Benteen foi outro soldado, como o rapazinho sem nome, que chegou inconsciente atravessado na sela de um camarada. Will estava com pneumonia, e, quando as moças o puseram na cama, temeram que logo se reuniria ao rapaz no campo-santo.

Tinha o rosto amarelado característico do caipira do sul da Geórgia, cabelo ruivo rosado e olhos azuis desbotados, que, mesmo durante o delírio, eram pacientes e meigos. Uma das pernas fora amputada, e uma estaca de pau lhe fora grosseiramente adaptada ao coto no joelho. Ele era obviamente um caipira, assim como o garoto que tinham acabado de enterrar era filho de um fazendeiro. Exatamente como sabiam, as moças não podiam precisar. Com certeza, Will não estava mais sujo, nem mais cabeludo ou mais infestado de piolhos que muitos dos cavalheiros que chegaram a Tara. Com certeza, a linguagem que usava em seu delírio não era menos gramatical que a dos gêmeos Tarleton. Mas instintivamente elas sabiam, assim como diferenciavam puros-sangues de pangarés, que ele não era de sua classe. Mas isso não as impedia de se esforçar para lhe salvar a vida.

Magro e desnutrido depois de um ano em uma prisão ianque, exausto pela longa jornada sobre sua mal-adaptada perna de pau, ele tinha pouca energia para combater a pneumonia e passou dias na cama gemendo, tentando se levantar, combatendo em batalhas outra vez. Nenhuma vez chamou pela mãe, esposa, irmã ou amada, e essa omissão preocupou Carreen.

— Um homem deve ter algum parente — disse ela. — E ele parece não ter vivalma neste mundo.

Apesar de toda a fraqueza, ele era resistente, e uma boa assistência o tirou daquele estado. Chegou o dia em que seus claros olhos azuis, perfeitamente cientes do que o cercava, se depararam com Carreen sentada a seu lado, rezando as contas de seu rosário, à luz do sol matutino brilhando em seu cabelo claro.

— Então você não era um sonho, afinal — disse ele, com seu tom monótono de voz. — Espero não ter lhe causado muito problema, madame.

Sua convalescença foi longa e ele ficava deitado quieto, olhando pela janela para as magnólias, dando muito pouco trabalho a todos. Carreen gostava dele por causa de seus silêncios plácidos e ausentes de constrangimento. Ela ficava sentada ao lado dele durante as longas tardes quentes, abanando-o, sem dizer nada.

Carreen tinha muito pouco a dizer, movia-se delicadamente, feito um espectro, cumprindo as tarefas que estavam ao alcance de suas forças. Rezava muito, pois, sempre que Scarlett entrava em seu quarto sem bater, encontrava-a de joelhos junto à cama. Aquela visão nunca deixava de aborrecê-la, pois Scarlett sentia que a época para orações já passara. Se Deus tivesse achado justo puni-los desse jeito, então podia muito bem ficar sem orações. A religião sempre fora um processo de barganha para Scarlett. Ela prometia bom comportamento a Deus em troca de favores. A seu ver, Deus não cumprira sua parte com excessiva frequência, e ela achava que nada lhe devia agora. E, sempre que encontrava Carreen de joelhos quando deveria estar tirando sua sesta vespertina ou fazendo suas costuras, achava que ela estava se esquivando de sua porção daquele fardo.

Foi isso o que disse a Will Benteen certa tarde quando ele já conseguia se sentar em uma cadeira e se sobressaltou ao ouvi-lo retrucar com a voz monótona:

— Deixe-a, Sra. Scarlett. É um consolo para ela.

— Um consolo para ela?

— É. Ela está rezando por sua mãe e por ele.

— Ele quem?

Os olhos desbotados olharam para ela por debaixo dos cílios ruivos sem surpresa. Nada parecia surpreendê-lo ou emocioná-lo. Talvez tivesse visto um excesso do inesperado para se surpreender outra vez. Que Scarlett não soubesse o que se passava no coração de sua irmã não lhe parecia estranho. Ele via aquilo com a mesma naturalidade que o fato de Carreen se consolar conversando com ele, um estranho.

— O pretendente dela, aquele Brent qualquer coisa, que foi morto em Gettysburg.

— O pretendente dela? — disse Scarlett secamente. — Pretendente dela coisa nenhuma! Ele e o irmão eram meus pretendentes.

— Sim, ela me contou. Parece que a maior parte dos rapazes do condado eram seus pretendentes. Mas, mesmo assim, ele ficou sendo pretendente dela quando a senhora o dispensou, porque, quando ele veio para casa em sua última licença, eles ficaram noivos. Ela disse que ele foi o único rapaz de quem gostou, então se consola rezando por ele.

— Bem, é bobagem! — disse Scarlett, com uma pontada de ciúme.

Ela olhou com curiosidade para aquele homem magricela, com os ombros ossudos curvados, o cabelo rosado e olhos calmos e firmes. Então ele sabia de coisas sobre sua própria família que ela nem se dera ao trabalho de descobrir. Então era por isso que Carreen vagava sonhadora, rezando todo o tempo. Bem, ela ia superar. Muitas moças superavam a morte de namorados e até de maridos. Ela, com certeza, ia superar a morte de Charles. E conhecia uma moça em Atlanta que enviuvara três vezes durante a guerra e ainda estava disposta a prestar atenção aos homens. Disse isso a Will, mas ele fez que não.

— Não a Srta. Carreen — disse ele, pondo um ponto final.

Era agradável conversar com Will porque ele tinha pouco a dizer e, mesmo assim, era um ouvinte compreensivo. Ela lhe contou seus problemas de capina e plantio, de engordar os porcos e cruzar a vaca, e ele lhe deu bons conselhos, pois tivera um sítio no sul da Geórgia e dois escravos. Ele sabia que agora seus escravos estavam livres e que o sítio virara mato. Sua irmã, única parente que tinha, se mudara para o Texas com o marido anos atrás e ele estava sozinho no mundo. Contudo, nada disso parecia incomodá-lo mais nem menos que a perna que deixara na Virgínia.

Sim, Will era um consolo para Scarlett após os dias difíceis em que os negros se queixavam, Suellen resmungava e gritava e Gerald perguntava por Ellen com excessiva frequência. Ela podia contar qualquer coisa a Will. Chegou a lhe contar que matara o ianque e ficou radiante de orgulho com seu breve comentário:

— Bom serviço!

Por fim, toda a família ia ao quarto de Will para transmitir seus problemas — até Mammy, que a princípio havia mantido distância porque ele não tinha classe e só possuíra dois escravos.

Quando já conseguia andar pela casa cambaleante, empregou as mãos a fazer cestas e a consertar os móveis destruídos pelos ianques. Ele trabalhava bem a madeira e Wade sempre estava a seu lado, pois ele lhe entalhava brinquedos, os únicos que o menino tinha. Com Will em casa, todos se sentiam seguros deixando Wade e os bebês enquanto iam cumprir suas tarefas, pois ele sabia cuidar das crianças com a mesma habilidade de Mammy, e só Melanie o superava para acalmar os bebês chorões.

— A senhora foi boa demais para mim, Sra. Scarlett — disse ele —, eu, um estranho e nada da senhora. Sei que lhe causei um monte de problemas e preocupações e, se a senhora não se importar, vou ficar aqui ajudando a todos no trabalho até pagar por parte do trabalho que dei. Nunca vou poder pagar tudo, porque não tem jeito de um homem poder pagar pela própria vida.

Então ele ficou e, gradativa e despercebidamente, grande parte do fardo de Tara passou dos ombros de Scarlett para os ombros ossudos de Will Benteen.

Era setembro, tempo de colher o algodão. Will Benteen sentava-se nos degraus da entrada aos pés de Scarlett sob o agradável sol da tarde do início do outono e sua voz monótona comentava languidamente sobre os custos exorbitantes para descaroçar o algodão na nova descaroçadora em Fayetteville. Entretanto, ele soubera naquele dia em Fayetteville que conseguiria cortar esse custo em um quarto, emprestando o cavalo e a carroça por duas semanas para o dono da máquina. Ele adiara o fechamento do negócio até discuti-lo com Scarlett.

Scarlett olhou para a figura esguia encostada na coluna da varanda, mascando um capim. Sem dúvida, como Mammy costumava afirmar, fora Deus que enviara Will, e Scarlett muitas vezes se perguntava como podia ter sobrevivido aos últimos meses sem ele. Ele nunca tinha muito a dizer, nunca exibia muita energia, nunca parecia estar muito interessado nos acontecimentos a sua volta, mas sabia tudo sobre todos em Tara. E fazia as coisas. Fazia tudo em silêncio, com paciência e competência. Embora tivesse só uma perna, conseguia trabalhar com mais rapidez que Pork. Além disso, conseguia fazer Pork trabalhar, o que, para Scarlett, era um prodígio. Quando a vaca teve cólicas e o cavalo ficou doente de um mal misterioso, que ameaçava seu afastamento permanente, Will os assistiu noites adentro, conseguindo salvá-los. O fato de ele se mostrar um negociante astuto conquistou o respeito de Scarlett, pois ele saía de manhã com uma ou duas caixas de maçãs, batatas-doces e outros vegetais e retornava com sementes, fardos de tecido, farinha e outras necessidades que ela sabia que nunca teria conseguido, embora fosse boa negociante.

Aos poucos, ele ganhou o status de membro da família e passou a dormir em um catre no pequeno vestiário do quarto de Gerald. Nada falou sobre ir embora de Tara e Scarlett tomou o cuidado de não lhe perguntar a respeito, temendo que ele pudesse deixá-los. Às vezes, ela pensava que, se ele fosse alguém e tivesse juízo, iria para casa, mesmo que não a tivesse mais. De todo modo, rezava fervorosamente para que ele permanecesse indefinidamente. Era muito conveniente ter um homem na casa.

Pensou também que, se Carreen tivesse o raciocínio de um camundongo, perceberia que Will gostava dela. Scarlett ficaria eternamente grata a Will se ele pedisse a mão de Carreen. É claro que, antes da guerra, Will com certeza não seria um pretendente aceitável. Não fazia parte da classe dos grandes fazendeiros, embora não fosse um branco pobre. Era simplesmente um caipira típico, um pequeno fazendeiro, meio educado, propenso a cometer erros gramaticais, e ignorava algumas maneiras mais finas que as O'Hara estavam acostumadas a ver nos cavalheiros. Na verdade, Scarlett cogitou se ele podia ser considerado um cavalheiro de fato, e concluiu que não. Melanie o defendia ardentemente, dizendo que qualquer um que tivesse o bom coração de Will e sua atenção para com os outros possuía um berço nobre. Scarlett sabia que Ellen teria desmaiado só de pensar em uma filha sua se casando com um homem daqueles, mas agora Scarlett fora forçada pela necessidade a se distanciar muito dos ensinamentos de

Ellen para que isso a preocupasse. Havia escassez de homens, as moças precisavam se casar e Tara carecia de um homem. Mas Carreen, cada vez mais profundamente imersa em seu livro de orações e a cada dia perdendo ainda mais o contato com o mundo real, tratava Will com a mesma gentileza com que trataria um irmão, considerando-o tão parte do dia a dia quanto Pork.

"Se Carreen tivesse algum senso de gratidão pelo que eu fiz por ela, se casaria com ele e não o deixaria ir embora daqui", pensou Scarlett, indignada. "Mas não, ela precisa ficar sonhando acordada com um bobo de um rapaz que provavelmente nunca a levou realmente a sério."

Sem que ela soubesse por quê, Will permaneceu em Tara, e ela considerava agradável e vantajosa sua maneira de discutir as questões de negócios de homem-para-homem. Ele era extremamente respeitoso com o vago Gerald, mas era a ela que procurava como a verdadeira chefe da casa.

Ela aprovou o plano de emprestar o cavalo, mesmo que isso significasse a falta temporária de um meio de transporte para a família. Foi Suellen quem mais sentiu. Sua maior alegria era ir a Jonesboro ou a Fayetteville com Will quando ele ia a negócios. Enfeitada com o que havia de melhor na família, visitava velhos amigos, ficava a par de todos os mexericos do condado, sentindo-se novamente a Srta. O'Hara. Suellen nunca perdia a oportunidade de sair da fazenda e fazer pose entre as pessoas que não sabiam que ela capinava a horta e fazia as camas.

"A Srta. Posuda terá que ficar duas semanas sem passear", pensou Scarlett "e teremos que aguentar seus resmungos e berreiros".

Melanie reuniu-se a eles na varanda, o bebê no colo, e estendeu um velho cobertor no chão, largando o pequeno Beau para engatinhar. Desde a carta de Ashley, Melanie dividia o tempo entre uma felicidade radiante, quando passava cantando, e uma saudade ansiosa. Mas, feliz ou deprimida, ela estava magra demais, pálida demais. Fazia sua parte do trabalho sem reclamar, mas estava sempre indisposta. O velho Dr. Fontaine diagnosticou seu problema como problema feminino e concordou com o Dr. Meade, dizendo que ela nunca deveria ter tido Beau. E declarou francamente que outro filho a mataria.

— Hoje, lá em Fayetteville — disse Will —, encontrei algo que é uma graça e achei que poderia interessar às damas, então eu trouxe. — Ele remexeu no bolso de trás das calças e puxou uma carteira de casca de árvore forrada de chita, que Carreen lhe fizera. Dali tirou uma nota confederada.

— Se você acha que dinheiro confederado é uma graça, Will, eu com certeza não acho — disse Scarlett secamente, pois só de ver dinheiro confederado já se zangava. — Nós temos 3 mil dólares delas no baú de papai, Mammy anda querendo me convencer a deixar que ela as use para tampar os buracos na parede do sótão que deixam passar correnteza bem em cima dela. E acho que vou deixar. Pelo menos vão servir para alguma coisa.

— "Imperioso César, morto e reduzido a pó" — disse Melanie com um sorriso triste. — Não faça isso, Scarlett. Guarde-as para Wade. Algum dia, ele vai ter orgulho disso.

— Bem, sobre o imperioso César nada sei — disse Will pacientemente —, mas o que sinto combina com o que a senhora acabou de dizer sobre Wade, Sra. Melly. É um poema que está colado atrás desta nota. Sei que a Sra. Scarlett não é muito de poemas, mas achei que este poderia interessá-la.

Ele virou a nota. Atrás havia uma tira de papel pardo de embrulho, escrito com uma tinta fraca feita em casa. Will pigarreou e leu devagar e com dificuldade.

— O título é "Versos no dorso de uma nota confederada" — disse ele.

> *Nada representando agora nesta terra de Deus*
> *E nem nas águas abaixo dela*
> *Como penhor de uma nação que morreu*
> *Guarde-a, caro amigo, e mostre-a.*

> *Mostre-a àqueles que derem ouvido*
> *À história que esta ninharia irá contar*
> *De Liberdade, do sonho dos patriotas nascida*
> *De uma nação, pela tormenta embalada, que caiu.*

— Ah, que lindo, que emocionante — exclamou Melanie. — Scarlett, você não pode deixar Mammy colar o dinheiro no sótão. É mais que papel... como diz esse poema: "O penhor de uma nação que morreu!"

— Ah, Melly, não seja sentimental! Papel é papel, está muito escasso, e estou cansada de ouvir Mammy reclamando das rachaduras no sótão. Espero ter muitas notas verdes para dar a Wade quando ele crescer em vez desse lixo confederado.

Will, que estava atraindo o pequeno Beau com a nota durante essa discussão, ergueu a cabeça e, apertando os olhos, olhou na direção da alameda.

— Mais companhia — disse ele. — Outro soldado.

Scarlett seguiu o olhar dele e a visão lhe era familiar, um homem barbado subindo lentamente a alameda sob os cedros, um homem vestido em uma mistura esfarrapada de fardas azul e cinza, a cabeça curvada de cansaço, os pés se arrastando com lentidão.

— Achei que já estávamos livres de soldados — disse ela. — Espero que esse não esteja com muita fome.

— Fome ele vai ter — disse Will laconicamente.

Melanie se levantou.

— É melhor dizer a Dilcey para pôr outro prato na mesa — disse — e avisar a Mammy para não tirar as roupas do coitado de modo tão abrupto e...

Ela parou tão de súbito que Scarlett se virou a fim de olhar para ela. A mão delgada de Melanie estava na garganta, agarrando-a como se estivesse sentindo uma dor dilacerante, e Scarlett pôde ver as veias pulsando abaixo da pele branca. Seu rosto ficou ainda mais pálido e os olhos castanhos se dilataram.

"Ela vai desmaiar", pensou Scarlett, levantando-se em um pulo e agarrando-a pelo braço.

Mas, em um instante, Melanie se desvencilhou de sua mão e desceu os degraus. Voou pelo caminho de cascalho, deslizando feito um pássaro, as saias surradas ondulando atrás dela, os braços estendidos. Então Scarlett percebeu, com o impacto de um golpe. Cambaleou para trás, parando em uma das colunas da varanda enquanto o homem levantava o rosto coberto por uma barba loura e suja e, ficando imóvel, olhou na direção da casa como se estivesse exausto demais para dar outro passo. Seu coração pulou, depois parou, e então ficou acelerado enquanto Melly, aos gritos, se atirava nos braços sujos do soldado e a cabeça dele se curvou na direção da dela. Em um arroubo, Scarlett deu dois passos apressados, mas foi detida pela mão de Will agarrando sua saia.

— Não vá lá — disse ele baixinho.

— Solte-me, seu tolo! Solte-me! É Ashley!

Ele não soltou.

— Afinal, ele é marido *dela*, não é? — perguntou Will calmamente e, olhando para ele, em uma confusão de alegria e fúria impotente, Scarlett viu nas profundezas quietas de seus olhos compreensão e pena.

Quarta Parte

Capítulo 31

Em uma tarde fria de janeiro de 1866, Scarlett estava no gabinete escrevendo uma carta para tia Pitty, explicando em detalhes pela décima vez por que nem ela, Melanie ou Ashley poderiam voltar a Atlanta para morar com ela. Escrevia com impaciência, pois sabia que tia Pitty não passaria das primeiras linhas e depois escreveria de volta, lamentando: "Mas tenho medo de morar sozinha!"

Estava com as mãos geladas e pausou para esfregá-las e enfiar mais ainda os pés na tira de um acolchoado velho onde se enrolavam. As solas de suas sapatilhas estavam praticamente acabadas e tinham sido reforçadas com pedaços de tapete. O tapete isolava seus pés do chão, mas não os mantinha aquecidos. Naquela manhã, Will levara o cavalo a Jonesboro para trocar as ferraduras. Soturna, Scarlett pensou que as coisas andavam realmente mal para que os cavalos tivessem calçados e os pés das pessoas ficassem tão descalços quanto patas de cachorros.

Pegou a pena para voltar à carta, mas largou-a ao ouvir Will chegando pela porta dos fundos. Ouviu o bate-bate da perna de pau no corredor fora do gabinete e então ele parou. Ela aguardou um instante pela entrada dele e, não ouvindo qualquer outro movimento, chamou. Ele entrou, as orelhas vermelhas de frio, o cabelo rosado em desalinho, e ficou olhando para ela, um leve sorriso bem-humorado nos lábios.

— Sra. Scarlett, quanto dinheiro a senhora tem? — perguntou.

— Você vai tentar se casar comigo pelo dinheiro, Will? — perguntou ela um tanto mal-humorada.

— Não, senhora. Mas gostaria de saber.

Ela ficou olhando para ele, interrogativa. Will não parecia sério, mas isso não era novidade. Entretanto, ela sentiu que havia algo de errado.

— Tenho 10 dólares em ouro — informou. — O restante daquele dinheiro do ianque.

— Bem, madame, não será suficiente.

— Para quê?

— Para os impostos — respondeu ele e, indo até a lareira, se inclinou estendendo as mãos vermelhas para o fogo.

— Impostos? — repetiu. — Por Deus, Will! Nós já pagamos os impostos.

— Eu sei. Mas eles dizem que a senhora não pagou o suficiente. Ouvi falar isso hoje em Jonesboro.

— Mas, Will, não estou entendendo. O que você quer dizer?

— Sra. Scarlett, eu com certeza detesto incomodar com mais problemas do que a senhora já tem, mas devo lhe dizer. Eles estão falando que a senhora devia ter pagado muito mais impostos do que pagou. Estão pondo a tributação de Tara lá em cima, mais elevada que de qualquer outra propriedade do condado, imagino.

— Mas eles não podem nos fazer pagar mais impostos quando nós já pagamos.

— Sra. Scarlett, a senhora não vai a Jonesboro com frequência, e fico contente com isso. Hoje em dia, aquilo não é mais lugar para damas. Mas, se fosse, saberia que tem uma cambada da escória sulista e de aventureiros ianques, mandando nas coisas por lá. Eles a deixariam furiosa. Além disso, tem os negros empurrando os brancos para fora da calçada e...

— Mas e o que isso tem a ver com nossos impostos?

— Estou chegando lá, Sra. Scarlett. Por alguma razão, os patifes elevaram os impostos de Tara como se a produção fosse de mil fardos. Depois de saber disso, andei pelos bares e ouvi os mexericos e fiquei sabendo que alguém quer comprar Tara por um preço baixo no leilão judicial, se a senhora não conseguir pagar os impostos. E todo mundo sabe muito bem que a senhora não pode pagar. Ainda não sei quem quer comprar isto aqui. Não consegui descobrir. Mas acho que aquele sujeito covarde, o Hilton, que se casou com a Sra. Cathleen, sabe, pois ele riu de um jeito matreiro quando tentei arrancar alguma coisa dele.

Will sentou-se no sofá e esfregou o coto da perna, que doía no clima frio, e a estaca de madeira não estava bem acolchoada nem confortável. Scarlett olhou para ele exaltada. Ele falava de modo absolutamente natural ao anunciar a morte de Tara. Vendida no leilão judicial? Para onde eles iriam? E Tara passar para outras mãos? Não, era impensável.

Ela estivera tão ocupada no trabalho de fazer Tara produzir que deixara de prestar muita atenção ao que acontecia no mundo exterior. Agora que tinha Will e Ashley para cuidar de quaisquer negócios necessários em Jonesboro e Fayetteville, ela raramente saía da fazenda. E, assim como fizera ouvido mouco à conversa de seu pai sobre a guerra nos tempos que a antecederam, prestara pouca atenção às discussões de Will e Ashley à mesa após o jantar sobre os inícios da Reconstrução.

Ah, claro que estava a par da escória sulista, que tinha se tornado republicana por interesse, e dos aventureiros ianques, aqueles nortistas que tinham voado para o sul como urubus após a rendição com todas as suas posses dentro de uma bolsa de tapete. E tivera algumas experiências desagradáveis com o Departamento dos Libertos. Também soubera que alguns dos negros libertos estavam se tornando bastante insolentes. Nisso ela mal conseguia acreditar, pois nunca vira um negro insolente em toda a sua vida.

Mas havia muitas coisas que Will e Ashley conspiraram para que ela não soubesse. Ao açoite da guerra, seguira-se o açoite pior da Reconstrução, mas os dois homens tinham concordado em não mencionar os detalhes mais alarmantes quando discutiam a situação em casa. E, quando Scarlett se dava ao trabalho de escutar o que diziam, a maior parte entrava por um ouvido e saía pelo outro.

Ouvira Ashley dizer que o sul estava sendo tratado como uma província conquistada e que a vingança era a política predominante dos conquistadores. Mas esse era o tipo de declaração que significava menos que nada para Scarlett. Política era coisa de homem. Ouvira Will dizendo que lhe parecia que o norte simplesmente não queria que o sul se reerguesse. Bem, pensou Scarlett, os homens sempre tinham que se preocupar com alguma tolice. No que lhe dizia respeito, os ianques não a tinham vencido nenhuma vez, e não seria agora que o fariam. A coisa a fazer era trabalhar feito um demônio e parar de se preocupar com o governo ianque. Afinal, a guerra tinha acabado.

Scarlett não percebia que todas as regras do jogo tinham mudado e que o trabalho honesto já não conseguia obter sua justa recompensa. A Geórgia estava praticamente sob lei marcial agora. Os soldados ianques guarneciam toda a região, e o Departamento dos Libertos estava no comando absoluto de todas as coisas e estabelecia as regras que melhor lhe conviesse.

Esse Departamento, organizado pelo governo federal para cuidar dos ansiosos e ociosos ex-escravos, os levava das fazendas para os vilarejos e cidades aos milhares. O Departamento os alimentava enquanto envenenava suas cabeças contra os antigos proprietários. O ex-administrador de Gerald, Jonas Wilkerson, estava no comando do Departamento local e seu assistente era Hilton, marido de Cathleen Calvert. Diligentemente, esses dois espalharam o boato de que os sulistas e democratas só esperavam uma boa oportunidade para reconduzir os negros à escravidão e que a única esperança que eles tinham de escapar a esse destino era a proteção proporcionada pelo Departamento e pelo Partido Republicano.

Wilkerson e Hilton diziam ainda aos negros que eles eram tão bons quanto os brancos, e que logo o casamento entre negros e brancos seria permitido, as propriedades de seus antigos donos seriam divididas e cada negro receberia cerca de 16 hectares e uma mula. Agitaram os negros com histórias de crueldade perpetrada pelos brancos, e, em uma região havia muito afamada pelas relações cordiais entre escravos e seus proprietários, começou a se desenvolver ódio e desconfiança.

O Departamento tinha o apoio dos soldados, e os militares tinham emitido muitas e conflitantes ordens relativas à conduta dos conquistados. Era fácil ser preso, até mesmo por desacato aos funcionários do Departamento. As ordens militares tinham sido promulgadas em referência a escolas, saneamento, tipos de botões a ser usados nos ternos, venda de mercadorias e quase todo o resto. Wilkerson e Hilton tinham o poder de interferir em qualquer negócio que Scarlett pudesse fazer e de fixar seus próprios preços em qualquer coisa que ela vendesse ou trocasse.

Felizmente, Scarlett tivera pouco contato com esses dois homens, pois Will a convencera a deixá-lo encarregado do comércio enquanto ela dirigia a fazenda. Com seu temperamento tranquilo, Will tinha contornado diversas dificuldades desse tipo e nada lhe dissera a respeito. Will conseguia se relacionar com os aventureiros e com os ianques, caso necessário. Mas agora surgira um problema grande demais para ele dar conta. Scarlett precisava ter conhecimento do imposto extra e do perigo de perder Tara, e imediatamente.

Ela olhou para ele com olhos fuzilantes.

— Ah, malditos ianques! — exclamou. — Não foi suficiente nos terem derrotado e empobrecido sem soltar os canalhas em cima de nós?

A guerra tinha acabado, a paz fora declarada, mas os ianques ainda conseguiam roubá-la, ainda conseguiam fazê-la passar fome, ainda conseguiam despejá-la de sua casa. E ela fora tola de pensar durante os meses de escassez que, se conseguisse manter as coisas até a primavera, tudo ficaria bem. Essa notícia esmagadora trazida por Will, depois de um ano de trabalho árduo e de esperanças adiadas, era a gota d'água.

— Ah, Will, e eu que achei que todos os nossos problemas tinham se acabado quando terminou a guerra!

— Não, senhora. — Will ergueu a cara angulosa de caipira e fixou o olhar nela. — Nossos problemas só estão começando.

— Quanto mais eles querem que paguemos de impostos?

— Trezentos dólares.

Ela ficou muda por um instante. Trezentos dólares! Era como se fossem 3 milhões.

— Ora, ora... ora, então teremos que levantar 300 dólares de algum modo.

— Sim, senhora... e um arco-íris e uma lua, ou duas.

— Ah, mas Will, eles não poderiam vender Tara. Ora...

Seus calmos olhos claros mostraram mais ódio e amargura que ela julgara possível.

— Ou poderiam? Bem, podem e vão, vão adorar fazê-lo! Sra. Scarlett, o país foi direto para o inferno, com o perdão da palavra. Esses aventureiros ianques e a escória sulista podem votar e a maioria de nós, democratas, não. Nenhum democrata pode votar neste estado se constar dos livros tributários com valores superiores a 2 mil dólares em 65. Isso deixa de fora gente como seu pai, o Sr. Tarleton, os McRae e os Fontaine. Ninguém que tenha ocupado cargo de coronel e superior na guerra pode votar e, Sra. Scarlett, aposto que há mais coronéis neste estado que em qualquer outro da Confederação. Também não podem votar as pessoas que trabalharam para o governo confederado, o que deixa de fora todo mundo, desde tabeliães até juízes, e as matas estão cheias de gente assim. O fato é que os ianques moldaram aquele juramento de anistia de tal modo que impedia todos que eram alguém antes da guerra de votar. Nenhuma das pessoas inteligentes, de classe ou ricas.

"Hmm! — continuou ele. — Eu poderia votar se prestasse o danado do juramento deles. Eu não tinha dinheiro algum em 65 e certamente não era coronel nem ocupava qualquer outra posição notável. Mas não vou prestar juramento nenhum. De jeito e maneira! Se os ianques tivessem agido de modo correto, eu teria prestado o juramento de fidelidade, mas agora não vou. Posso ser reintegrado à União, mas não vou ser reconstruído nela. Não vou prestar o juramento deles mesmo que nunca mais possa votar... mas a escória, como aquele sujeito, o Hilton, ela pode votar, além de patifes como Jonas Wilkerson, brancos pobres como os Slattery e gente que não conta, como os Macintosh, esses podem votar. E são eles que dirigem as coisas agora. E, se quiserem cair em cima da senhora com impostos extras uma dúzia de vezes, podem. Assim como um negro pode matar um branco e não ser enforcado ou... — pausou, constrangido, provocando na mente deles dois a lembrança do que acontecera a uma mulher branca sozinha em uma fazenda isolada perto de Lovejoy... — Esses negros podem fazer qualquer coisa contra nós, tendo o apoio do Departamento dos Libertos e dos soldados armados, e nós não podemos votar nem fazer nada a respeito.

— Votar! — exclamou ela. — Votar! Minha nossa, o que votar tem a ver com tudo isso, Will? É sobre impostos que estamos falando... Will, todo mundo sabe que grande fazenda é Tara. Poderíamos hipotecá-la pelo valor suficiente para pagar os impostos, se fosse necessário.

— Sra. Scarlett, a senhora não é nenhuma boba, mas às vezes fala como se fosse. Quem é que tem dinheiro para lhe emprestar sobre esta propriedade? Quem, além dos aventureiros ianques, que estão tentando tirar a fazenda da senhora? Ora, todo mundo tem terras. Todas as terras estão pobres. A senhora não pode negociar com a terra.

— Tenho aqueles brincos de brilhante que peguei do ianque. Podíamos vendê-los.

— Sra. Scarlett, quem por aqui tem dinheiro para brincos? O pessoal não tem dinheiro para comprar carne-seca, que dirá bugigangas. Se a senhora tem 10 dólares em ouro, lhe juro que é mais do que a maioria do pessoal por aí tem.

Ficaram de novo em silêncio e Scarlett sentia como se estivesse dando cabeçadas na parede. Houvera tantas paredes em que dar cabeçadas nesse último ano.

— O que vamos fazer, Sra. Scarlett?

— Não sei — respondeu ela, entorpecida, sentindo que não se importava. Eram obstáculos demais, e de repente ela se sentiu tão cansada que os ossos doíam. Por que trabalhar, lutar e se exaurir? No fim de cada luta, sempre parecia haver a derrota aguardando para debochar dela.

— Eu não sei — disse ela —, mas não deixe papai saber. Poderia preocupá-lo.

— Pode deixar.

— Você falou para alguém?

— Não, vim direto falar com a senhora.

Sim, pensou ela, todos sempre a procuravam primeiro com as más notícias, e ela já estava cansada.

— Onde está o Sr. Wilkes? Talvez ele tenha alguma sugestão.

Will se virou para ela e ela sentiu, como desde o dia em que Ashley chegara, que ele sabia de tudo.

— Ele está lá no pomar rachando madeira para a cerca. Ouvi o machado quando guardava o cavalo. Mas ele não tem mais dinheiro que nós.

— Se eu quiser falar com ele sobre isso, eu posso, não é? — falou ela asperamente, ficando de pé e chutando o fragmento de colcha dos tornozelos.

Will não se ofendeu, continuando a esfregar as mãos diante do fogo.

— Melhor pegar seu xale, Sra. Scarlett. Está gelado lá fora.

Mas ela foi sem o xale, pois estava lá em cima, e sua necessidade de ver Ashley e expor seus problemas era urgente demais para aguardar.

Que sorte a dela se pudesse encontrá-lo a sós! Nunca, desde que ele retornara, ela conseguira lhe falar a sós. A família se aglomerava ao seu redor, Melanie sempre estava a seu lado, tocando-lhe a manga de vez em quando para se tranquilizar de que ele realmente estava lá. A visão daquele feliz gesto de posse tinha despertado em Scarlett toda a animosidade ciumenta que estivera adormecida durante os meses em que ela pensara que Ashley podia estar morto. Agora ela estava decidida a vê-lo a sós. Dessa vez, ninguém a impediria de falar com ele em particular.

Ela seguiu pelo pomar sob os galhos nus, molhando os pés no capim. Ela podia ouvir o brandir do machado rachando os troncos que tinham sido trazidos do pântano. Recolocar as cercas que os ianques haviam queimado com tanta alegria era trabalho árduo e longo. Tudo era trabalho árduo e longo, ela pensou desanimada, e estava cansada daquilo, cansada, zangada e enjoada de tudo. Se ao menos Ashley fosse marido dela e não de Melanie, como seria bom ir até ele e deitar a cabeça em seu ombro e chorar, jogando seu fardo para que ele o solucionasse da melhor maneira que pudesse.

Dando a volta em um arvoredo de pés de romã, que sacudiam os galhos nus ao vento frio, ela o viu inclinado sobre o machado, enxugando a testa com as costas da mão. Vestia o restante de suas calças de algodão e uma das camisas de Gerald, uma das camisas de jabô que em tempos melhores só ia às feiras e churrascos, curta para seu atual dono. O casaco estava pendurado em um galho de árvore, pois o trabalho aquecia e ele descansava quando ela chegou.

À vista de Ashley maltrapilho, com um machado na mão, seu coração se encheu de amor e de fúria com o destino. Ela não aguentava vê-lo em andrajos, trabalhando, seu afável, imaculado Ashley. As mãos dele não tinham sido feitas para trabalhar, e seu corpo, para usar outra coisa que não fosse casimira e linho fino. Tinha sido a vontade de Deus que ele se sentasse em uma grande casa, conversando com pessoas agradáveis, tocando piano e escrevendo coisas que soavam belamente e não faziam qualquer sentido.

Aturava a visão de seu próprio filho usando aventais feitos de saco e as meninas em roupas de guingão surrado, tolerava que Will trabalhasse mais que qualquer escravo do campo, mas não Ashley. Ele era fino demais para tudo aquilo, infinitamente amado demais por ela. Preferiria ela mesma rachar os troncos a sofrer enquanto ele o fazia.

— Dizem que Abe Lincoln começou rachando estacas — disse ele enquanto ela se aproximava. — Imagine só a que altura conseguirei chegar.

Ela franziu a testa. Ele estava sempre fazendo brincadeiras em relação às durezas por que passavam, assunto seriíssimo para ela, que às vezes quase se irritava com esses comentários.

Ela contou as notícias de Will abruptamente e de modo conciso, tendo uma sensação de alívio enquanto falava. Com certeza, ele teria como colaborar de alguma forma. Ele não disse nada, mas, vendo-a tremer, pegou seu casaco e o colocou nos ombros dela.

— Bem — disse ela por fim —, não lhe ocorre que teremos de conseguir esse dinheiro em algum lugar?

— Sim — respondeu ele —, mas onde?

— Sou eu que estou lhe perguntando — retrucou ela, aborrecida. A sensação de alívio por ter descarregado o peso desaparecera. Mesmo que não pudesse ajudar, por que não dizia algo reconfortante, mesmo que fosse apenas: "Ah, sinto tanto"?

Ele sorriu.

— Em todos esses meses, desde que cheguei em casa só soube de uma pessoa que realmente tem dinheiro, Rhett Butler — disse ele.

Tia Pittypat escrevera a Melanie na semana anterior dizendo que Rhett estava de volta a Atlanta com uma carruagem, dois belos cavalos e os bolsos recheados de notas. Insinuara, entretanto, que não haviam sido ganhas honestamente. Tia Pitty tinha uma teoria, largamente compartilhada em Atlanta, de que Rhett conseguira fugir com os míticos milhões do tesouro confederado.

— Não falemos sobre isso — disse Scarlett secamente. — Ele é o maior cafajeste que já existiu. O que vai ser de nós?

Ashley largou o machado e desviou o olhar. Seus olhos pareciam estar viajando para algum país distante, para onde ela não conseguia segui-lo.

— Eu gostaria de saber — disse ele — não apenas o que vai ser de nós em Tara, mas o que será de todos aqui no sul.

Ela teve vontade de falar: "Que o sul vá para o inferno! E nós?", mas ficou quieta porque a sensação de cansaço retornara mais forte que nunca. Ashley não estava sendo de nenhuma ajuda.

— No fim, vai acontecer o que sempre acontece quando uma civilização desmorona. As pessoas com inteligência e coragem têm êxito, e as outras são abatidas. Pelo menos, tem sido interessante, se não confortável, testemunhar um Götterdämmerung.

— Um o quê?

— Um crepúsculo dos deuses. Infelizmente, nós sulistas pensávamos que éramos deuses.

— Pelo amor de Deus, Ashley Wilkes! Não fique aí parado falando coisas sem nexo quando somos nós que seremos abatidos!

Algo em sua exaustão exasperada pareceu penetrar a mente dele, chamando-a de volta de suas divagações, pois ele pegou as mãos dela com ternura e, virando as palmas, olhou para os calos.

— Estas são as mãos mais belas que eu conheço — disse ele e beijou de leve cada uma das palmas. — São belas porque são fortes e cada calo é uma medalha, Scarlett, cada bolha um prêmio pela bravura e pela abnegação. Elas ficaram ásperas por todos nós, seu pai, as meninas, Melanie, o bebê, os negros e eu. Minha querida, sei o que você está pensando. Está pensando: "Eis aqui um tolo pouco prático falando asneiras sobre deuses mortos quando gente viva está em perigo." Não é verdade?

Ela fez que sim, desejando que ele continuasse segurando suas mãos para sempre, mas ele as largou.

— E você veio a mim, esperando que eu pudesse ajudá-la. Bem, não posso.

Seus olhos estavam amargos ao se desviarem para o machado e a pilha de troncos.

— Minha casa se foi, assim como todo o dinheiro que eu considerava tão garantido que nunca me dei conta de que o tinha. E não sei fazer nada neste mundo, pois o mundo ao qual pertencia se acabou. Não posso ajudá-la, Scarlett, exceto a aprender com a maior boa vontade possível a ser um fazendeiro desajeitado. E isso não conseguirá manter Tara em suas mãos. Não pense que não me dou conta da amargura de nossa situação, vivendo aqui devido à sua caridade... Ah, sim, Scarlett, sua caridade. Nunca poderei retribuir o que você fez por mim e pelos meus, com a gentileza de seu coração. Percebo isso melhor a cada dia que passa. E a cada dia vejo com maior clareza quanto sou impotente para lidar com tudo o que nos aconteceu... Todos os dias meu maldito recolhimento da realidade me dificulta encarar novas realidades. Você entende?

Ela fez que sim. Não fazia uma ideia clara do que ele dizia, mas prestava muita atenção em suas palavras. Essa era a primeira vez que ele lhe falava das coisas que estava pensando, quando parecia tão distante dela. Aquilo a entusiasmou como se estivesse à beira de uma descoberta.

— É uma maldição... essa recusa em olhar para a realidade nua e crua. Até a guerra, a vida nunca fora mais real para mim do que um teatro de sombras. E eu a preferia assim. Não gosto de ver a silhueta das coisas muito delineada. Eu as prefiro ligeiramente embaçadas, um pouco preguiçosas.

Ele parou e deu um leve sorriso, tendo um calafrio com o vento entrando em sua camisa fina.

— Ou seja, Scarlett, sou um covarde.

Sua conversa de teatro de sombras e silhuetas embaçadas não lhe transmitia qualquer significado, mas as últimas palavras foram pronunciadas em uma linguagem que ela entendia. Ela sabia que não eram verdadeiras. A covardia não fazia parte dele. Cada traço de seu corpo delgado falava de gerações de homens bravos e audazes, e Scarlett conhecia seu registro militar de cor.

— Ora, isso não é verdade! Um covarde teria subido no canhão em Gettysburg e reorganizado as tropas? O próprio general teria escrito uma carta a Melanie sobre um covarde? E...

— Isso não é coragem — disse ele cansado. — O combate é como champanhe. Sobe à cabeça dos covardes com a mesma velocidade que à dos heróis. Qualquer tolo pode ser corajoso no campo de batalha quando se trata de ser corajoso ou morrer. É de outra coisa que falo. E meu tipo de covardia é infinitamente pior do que seria se eu tivesse fugido na primeira vez em que escutei a explosão de um canhão.

Suas palavras saíam devagar e com dificuldade como se fosse doloroso pronunciá-las, e ele parecia ficar à parte e olhar com o coração triste para o que acabara de dizer. Se qualquer outro homem tivesse falado assim, Scarlett teria rejeitado tais protestos desdenhosamente, como falsa modéstia e um pedido de elogio. Mas Ashley parecia realmente falar sério e havia uma expressão em seu olhar que lhe escapava... não se tratava de medo, nem de desculpas, mas a preparação para um esforço inevitável e avassalador. O vento invernal varreu seus tornozelos úmidos e ela teve outro calafrio, mas dessa vez era menos por causa do vento do que pelo pavor que as palavras dele evocavam em seu coração.

— Mas, Ashley, de que você tem medo?

— Ah, de inúmeras coisas. Coisas que soam muito bobas ao serem postas em palavras. Mais que tudo porque a vida se tornou muito real de repente, obrigando-me a entrar em contato íntimo, íntimo demais com alguns de seus simples fatos. Não que me importe de ficar aqui no meio da lama a rachar madeira, mas me importo com o que isso significa. Realmente me importo com a perda da beleza da vida antiga que eu amava. Scarlett, antes da guerra, a vida era maravilhosa. Havia nela um glamour, uma perfeição, uma totalidade e uma simetria similar à arte grega. Talvez não fosse assim para todos. Agora eu sei. Mas para mim, morando em Twelve Oaks, havia uma verdadeira beleza na vida. Aquela era a minha vida. Eu fazia parte daquilo. E agora que acabou e eu estou deslocado nesta nova vida, sinto medo. Agora eu sei que nos velhos tempos era a um teatro de sombras que eu assistia. Evitava tudo que não fosse sombreado, pessoas e situações que fossem demasiadamente reais, demasiadamente vitais. Eu me ressentia com sua intromissão. Tentava evitar você também, Scarlett. Você era cheia de vida e real demais, e eu era covarde a ponto de preferir sombras e sonhos.

— Mas... mas... Melly?

— Melanie é o mais delicado dos sonhos e parte de meu sonhar. Não fosse a guerra, eu teria continuado alegremente a levar minha vida, enterrado em Twelve Oaks, contente a ver a vida passar, sem nunca fazer parte dela. Mas, quando chegou a guerra, fui varado pela realidade da vida. A primeira vez que entrei em combate... foi em Bull Run, lembra... vi meus amigos de infância explodirem em pedaços, ouvi os gritos dos cavalos morrendo, conheci a sensação terrível, apavorante, de ver homens se dobrarem e cuspirem sangue ao serem baleados por minha arma. Mas isso não foi o pior da guerra, Scarlett. O pior da guerra foram as pessoas com quem tive de conviver. Toda a vida eu me protegera das pessoas, escolhera cuidadosamente meus poucos amigos. Mas a guerra me ensinou que eu criara um mundo particular com pessoas de sonho; ensinou-me como as pessoas realmente são, mas não como conviver com elas. E sinto que nunca vou aprender.

Agora sei que, para sustentar minha mulher e meu filho, terei que abrir meu caminho por um mundo de pessoas com quem nada tenho em comum. Você, Scarlett, está agarrando a vida pelos chifres e virando-a segundo sua vontade. Mas onde é que eu me encaixo neste mundo? Estou lhe dizendo, tenho medo.

Enquanto sua voz baixa, melodiosa, continuava desolada, carregada de um sentimento que ela não conseguia entender, Scarlett se agarrava a palavras aqui e acolá, tentando dar-lhes algum sentido. Mas as palavras lhe fugiam como pássaros selvagens das mãos. Algo o impulsionava, o impulsionava com um aguilhão cruel, mas ela não entendia o que era.

— Scarlett, não sei precisar quando foi que tive a gélida percepção de que meu teatro particular de sombras tinha se acabado. Talvez tenha sido nos primeiros cinco minutos em Bull Run, quando vi o primeiro homem que matei cair no solo. Mas eu sabia que tinha terminado e eu já não podia ser um espectador. Não, de súbito me vi na cortina, um ator, posando e fazendo gestos inúteis. Meu pequeno mundo interior se acabara, invadido por pessoas cujos pensamentos não eram os meus, cujos atos eram tão alheios quanto os de um hotentote. Eles percorriam meu mundo com pés escorregadios, sem deixar lugar para onde eu pudesse fugir quando as coisas ficavam ruins demais para aguentar. Quando eu estava na prisão, pensava: "Quando a guerra acabar, poderei retornar à vida antiga e aos velhos sonhos, e assistir ao teatro de sombras outra vez." Mas, Scarlett, não há volta. E isso que nos encara agora é pior que a guerra e pior que a prisão... e, para mim, pior que a morte... então, você percebe, Scarlett, estou sendo punido por ter medo.

— Mas, Ashley — começou ela, debatendo-se em um lamaçal de atordoamento —, se você ficar com medo, morremos de fome, ora... pois... Oh, Ashley, nós daremos algum jeito! Sei que daremos!

Por um momento, seus olhos cinzentos se voltaram para ela, arregalados e cristalinos, com admiração. Em seguida, eles estavam novamente distantes e ela teve certeza, com um aperto no coração, de que ele não estava pensando em morrer de fome. Era como se eles sempre tivessem sido duas pessoas a falar em idiomas diferentes. Mas ela o amava tanto que, quando ele se recolhia, como acabara de fazer, era como se o sol descesse, deixando-a exposta ao sereno frio do crepúsculo. Ela queria agarrá-lo pelos ombros e abraçá-lo, fazê-lo perceber que ela era de carne e osso e não algo que ele lera ou sonhara. Se ao menos conseguisse ter aquela sensação de unidade com ele pela qual ansiava desde aquele dia, tanto tempo atrás, quando ele acabara de retornar da Europa, e ficou parado nos degraus de Tara sorrindo para ela.

— Passar fome não é agradável — disse ele. — Sei porque passei fome, mas não tenho medo disso. Tenho medo de encarar a vida sem a beleza vagarosa de nosso mundo que se foi.

Desesperada, Scarlett pensou que Melanie entendia o que ele falava. Ele e Melly sempre falavam dessas tolices, poesia, livros, sonhos, raios de luar e poeira das estrelas. Ele não temia as coisas que ela temia, as garras de um estômago vazio, nem o gume do vento invernal ou a desapropriação de Tara. Ele se encolhia diante de um medo que ela nunca conhecera e nem podia imaginar. Pois, em nome de Deus, o que mais se havia de temer nesse naufrágio de um mundo, que não fome, frio e a perda da moradia?

E ela pensara que, se escutasse com atenção, conheceria a resposta para o enigma que Ashley representava.

— Ah! — disse ela, e o desapontamento em sua voz era o de uma criança que abre um pacote belamente embrulhado e o encontra vazio. Diante daquele tom, ele sorriu arrependido, como quem se desculpa.

— Perdoe-me, Scarlett, por falar assim. Não consigo fazê-la entender porque você não entende o significado do medo. Você tem o coração de um leão e uma total falta de imaginação, e eu a invejo nessas duas qualidades. Você nunca vai se importar de encarar as realidades, nem vai querer escapar delas como eu.

— Escapar?

Era como se essa fosse a única palavra compreensível que ele pronunciara. Como ela, Ashley estava cansado da luta e queria escapar. Sua respiração se acelerou.

— Ah, Ashley — exclamou ela —, você está errado. Eu também quero escapar. Estou cansada disso tudo.

Ele ergueu as sobrancelhas em descrédito e ela pôs a mão, febril, urgente, em seu braço.

— Ouça — começou ela rapidamente, as palavras tropeçando umas nas outras. — Estou cansada disso tudo, nem imagina o quanto. Estou cansada até os ossos e não vou aguentar por muito mais tempo. Batalhei por comida, por dinheiro e arranquei ervas daninhas, capinei, colhi algodão e até arei a terra e não aguento mais nem um minuto. Vou lhe dizer, Ashley, o sul está morto! Morto! Os ianques, os negros libertos e os aventureiros tomaram conta e não nos deixaram nada. Ashley, vamos fugir!

Ele lhe lançou um olhar penetrante, abaixando a cabeça para encarar o rosto dela, agora flamejante.

— Sim, vamos fugir... deixar eles todos! Estou cansada de trabalhar para o pessoal! Alguém vai tomar conta deles. Sempre há alguém que tome conta daqueles que não conseguem cuidar de si mesmos. Ah, Ashley, vamos fugir, você e eu. Podíamos ir para o México... o exército mexicano quer oficiais e podíamos ser tão felizes lá. Eu trabalharia por você, Ashley. Eu faria qualquer coisa por você. Você sabe que não ama Melanie...

Ele começou a falar, uma expressão chocada no rosto, mas ela abafou suas palavras com as suas próprias, desencadeadas em uma torrente.

— Você disse que me amava mais que a ela aquele dia... ah, você se lembra daquele dia?! E eu sei que nada mudou! Posso ver que nada mudou! E você acabou de dizer que ela não passa de um sonho... ah, Ashley, vamos embora! Eu poderia fazê-lo tão feliz... E de qualquer modo — acrescentou venenosamente — Melanie não pode... o Dr. Fontaine disse que ela não pode mais ter filhos e eu poderia lhe dar,...

As mãos dele estavam em seus ombros e os apertavam com tanta força que chegou a doer e ela parou de falar, sem fôlego.

— Era para termos esquecido aquele dia em Twelve Oaks.

— Você acha que eu conseguiria esquecer? Você esqueceu? Pode honestamente me dizer que não me ama?

Ele respirou fundo e respondeu rapidamente.

— Não. Eu não a amo.

— Isso é mentira.

— Mesmo que seja uma mentira — disse Ashley e sua voz estava mortalmente calma —, não é algo que possa ser discutido.

— Você quer dizer...

— Você acha que eu poderia ir embora e deixar Melanie e o bebê, mesmo que os odiasse? Magoar Melanie? Deixá-los à mercê da caridade dos amigos? Scarlett, você está louca? Você não tem nenhum senso de lealdade? Você não poderia deixar seu pai e as meninas. Estão sob sua responsabilidade, assim como Melanie e Beau estão sob a minha, e, estando cansada ou não, eles estão aqui e você precisa sustentá-los.

— Eu poderia deixá-los, sim. Estou farta deles... cansada deles...

Ele estendeu o braço e, por um instante, ela achou, com o coração sobressaltado, que ele fosse abraçá-la. Em vez disso, ele bateu em seu ombro e falou como quem consola uma criança.

— Eu sei que você está farta e cansada. É por isso que está falando desse modo. Você tem carregado o fardo de três homens. Mas eu vou ajudá-la... não vou ser sempre assim tão desajeitado...

— Só há um modo de você me ajudar — disse ela desanimada —, é me tirando daqui e nos dando a oportunidade de um novo começo em algum lugar que ofereça uma chance de felicidade. Não há nada que nos prenda aqui.

— Nada — disse ele baixinho —, nada além da honra.

Ela olhou para ele com um desejo frustrado e viu, como que pela primeira vez, como as curvas de seus cílios tinham a rica cor dourada do trigo maduro, com que orgulho sua cabeça pousava sobre o pescoço nu e como a expressão de classe e dignidade persistia em seu corpo esbelto e ereto, mesmo vestido em trapos. Seus olhos se cruzaram, os dela abertamente suplicantes, os dele, distantes como lagos sob céus plúmbeos.

Ela viu neles a derrota de seu sonho ardente, de seus desejos impetuosos.

Vencida pela decepção e pelo cansaço, ela deixou a cabeça cair entre as mãos e chorou. Ele nunca a vira chorar. Nunca pensara que mulheres de sua índole forte tivessem lágrimas e ficou inundado de ternura e remorso. Ele se aproximou rapidamente dela e em um instante a tinha nos braços, consolando-a, pressionando-lhe a cabeça contra o coração, sussurrando:

— Querida! Minha querida corajosa... não! Não chore!

Ao tocá-la, ele sentiu a mudança que se processou naquele abraço e havia impetuosidade e magia no corpo esbelto que ele segurava e um suave fulgor nos olhos verdes que olhavam para ele. De repente, não era mais um inverno triste. A primavera voltara para Ashley, aquela primavera balsâmica, meio esquecida, de farfalhas verdes e murmúrios, uma primavera de tranquilidade e indolência, dias descompromissados quando os desejos da juventude lhe ardiam o corpo. Os anos amargos transcorridos desde então sumiram e ele viu que os lábios voltados para os dele estavam rubros e trêmulos e a beijou.

Houve um curioso rugido abafado nos ouvidos dela como o que se escuta ao segurar conchas no ouvido e através do som ela ouviu, fraco, o batimento acelerado do próprio coração. Seu corpo parecia estar se derretendo no dele e, por um momento atemporal, eles ficaram unidos enquanto os lábios dele se apoderaram dos dela, famintos, como se não conseguisse encontrar satisfação.

Quando ele a soltou de súbito, ela precisou se apoiar na cerca. Ergueu os olhos ardentes, cheios de amor e triunfo.

— Você me ama, sim! Você me ama! Diga... diga!

Suas mãos ainda descansavam sobre os ombros dela e ela adorou senti-las trêmulas. Encostou-se a ele, ardente, mas ele a afastou, olhando-a com uns olhos dos quais sumira todo o distanciamento, olhos atormentados pela luta e pelo desespero.

— Não! — disse ele. — Não! Se você se aproximar, eu a possuirei, aqui.

Ela abriu um sorriso iluminado, quente, abstraído do tempo, do espaço e de tudo o que não fosse a lembrança de sua boca na dela.

Então ele a sacudiu, sacudiu de tal modo que os cabelos lhe caíram pelos ombros, sacudiu-a como se sentisse uma raiva insana dela... e de si mesmo.

— Não vamos fazer isso! — disse ele. — Estou lhe dizendo, não vamos fazer isso!

Dava a impressão de que o pescoço dela iria estalar se ele a sacudisse outra vez. Ela estava cega pelo cabelo e aturdida com aquela atitude. Livrou-se de suas mãos e olhou-o fixamente. Havia gotas de suor na testa e os punhos estavam fechados como em quem sente dor. O olhar dele foi direto, penetrante.

— A culpa é toda minha... nem um pouco sua, e não vai acontecer de novo, porque vou pegar Melanie e o bebê e vou embora.

— Vai embora? — exclamou ela, angustiada. — Ah, não.

— Sim, por Deus! Acha que vou ficar aqui depois disso? Quando pode acontecer de novo...

— Mas Ashley, você não pode partir. Por que deveria? Você me ama...

— Você quer que eu diga? Pois bem, vou dizer. Eu a amo.

Ele se inclinou sobre ela com uma súbita ferocidade, que a fez se encolher contra a cerca.

— Eu amo você, sua coragem e teimosia e seu fogo e sua total impiedade. Quanto a amo? Tanto que um minuto atrás eu teria ultrajado a hospitalidade da casa que me abriga e à minha família, teria esquecido da melhor esposa que um homem pode ter... o bastante para tê-la aqui na lama como um...

Ela lutava com um caos de pensamentos e sentiu uma dor fria no coração como se um pingente de gelo o tivesse transpassado. Hesitante, disse:

— Se você se sentiu assim... e não me possuiu... então não me ama.

— Nunca vou fazê-la entender.

Eles ficaram quietos e se olharam. De súbito, Scarlett teve um calafrio e percebeu, como se estivesse retornando de uma longa viagem, que era inverno e os campos estavam nus e agrestes e ela sentia muito frio. Viu também que a velha expressão distante de Ashley, que ela tão bem conhecia, tinha voltado e também estava com frio e dura de dor e remorso.

Ela teria se virado e ido embora, buscando abrigo na casa, mas estava cansada demais para se mexer. Até a fala era cansativa e exigia esforço.

— Não sobrou nada — disse ela, por fim. — Não sobrou nada para mim. Nada para amar. Nada pelo que lutar. Você se foi e Tara está indo.

Ele olhou para ela por um bom tempo e depois, inclinando-se, pegou um pouco de barro vermelho.

— Não, restou alguma coisa — disse ele e o espectro de seu velho sorriso voltou, o sorriso que debochava de si mesmo, assim como dela. — Algo que você ama mais do que a mim, embora talvez não saiba. Você ainda tem Tara.

Ele pegou sua mão solta e pôs o barro na palma, fechando-a com os dedos. Já não havia febre nas mãos dele, nem nas dela. Ela olhou para o solo vermelho por um instante e não viu nenhum significado. Olhou para ele e percebeu ligeiramente que ele possuía uma integridade de espírito que não seria rompida por suas mãos passionais nem por quaisquer outras.

Mesmo que aquilo o matasse, ele nunca abandonaria Melanie. Mesmo que ardesse por Scarlett até o fim de seus dias, ele nunca a teria, e lutaria para mantê-la distante. Ela nunca mais atravessaria aquela armadura. Palavras, hospitalidade, lealdade e honra significavam mais para ele do que ela.

Ela olhou outra vez para o barro frio em sua mão.

— É — disse —, ainda tenho isso.

A princípio, as palavras não significavam nada e o barro era apenas barro vermelho. Mas lhe veio a lembrança espontânea do mar de terra vermelha que cercava Tara, de quanto era querida e de quanto ela lutara para mantê-la... de quanto teria que lutar se quisesse mantê-la dali em diante. Olhando novamente para ele, ela se perguntou para onde tinha ido aquela ardente inundação de sentimentos. Ela conseguia pensar, mas não sentir, nem por ele nem por Tara, pois tinha sido sugada de qualquer emoção.

— Você não precisa ir embora — disse ela com clareza. — Não vou deixar que vocês passem fome só porque me atirei em seu pescoço. Nunca mais vai acontecer.

Ela se virou e foi caminhando em direção à casa pelo caminho tosco, amarrando o cabelo em um nó sobre a nuca. Ashley ficou observando e viu-a endireitando os ombros magros enquanto andava. E aquele gesto lhe tocou o coração, mais que qualquer palavra que ela dissera.

Capítulo 32

Ela ainda segurava a bola de barro vermelho ao subir os degraus da entrada da frente. Tivera o cuidado de evitar a entrada dos fundos, pois os olhos aguçados de Mammy certamente teriam percebido que algo estava errado. Scarlett não queria encontrar Mammy nem qualquer outra pessoa. Tinha a sensação de que não poderia mais encarar nem falar com ninguém. Não sentia vergonha, decepção ou amargura agora, só uma fraqueza nas pernas e um grande vazio no coração. Apertou o barro com tanta força que ele saiu por entre os dedos, e repetia como um papagaio:

— Ainda tenho isto. Sim, ainda tenho isto.

Nada mais possuía, a não ser a terra vermelha, aquela terra que, havia poucos minutos, ela se dispusera a jogar fora como um lenço rasgado. Agora lhe era cara outra vez, e ela cogitava, entorpecida, que loucura se apoderara dela para lhe dar tão pouca importância. Se Ashley tivesse cedido, ela podia ter ido embora com ele, deixado família e amigos sem um olhar para trás, mas, mesmo em seu vazio, ela sabia que lhe despedaçaria o coração deixar aquelas colinas queridas, os longos sulcos e os lúgubres pinheiros escuros. Seus pensamentos sempre se voltariam para eles, saudosos, até o dia de sua morte. Nem mesmo Ashley poderia ter preenchido os espaços vazios de seu coração onde Tara estivera enraizada. Como Ashley era sábio, e como a conhecia bem! Só precisara pressionar a terra úmida em sua mão para fazê-la voltar a si.

Ela estava no corredor, preparando-se para fechar a porta, quando ouviu o som de cascos de cavalo e se virou para ver a alameda. Receber visitas exatamente agora era demais. Ela correria para o quarto e alegaria uma dor de cabeça.

Mas, quando a carruagem se aproximou, sua fuga se deparou com o espanto. Era uma carruagem nova, envernizada, e os arreios também eram novos, com ornamentos de cobre polido. Estranhos, com certeza. Ninguém que conhecia tinha dinheiro para exibir um veículo daqueles.

Ela ficou na porta aguardando, a correnteza fria soprando suas saias à altura dos tornozelos úmidos. Então a carruagem parou em frente à casa e Jonas Wilkerson apeou. Scarlett ficou tão surpresa de ver o antigo administrador da fazenda dirigindo uma carruagem tão fina e vestindo um sobretudo tão esplêndido que não conseguia acreditar em seus olhos. Will lhe dissera que ele parecia bastante próspero desde que conseguira o novo emprego no Departamento dos Libertos. Ganhara muito dinheiro, segundo Will, trapaceando os negros ou o governo, ou os dois, ou confiscando o algodão do povo, jurando que era algodão do governo confederado. Com certeza, não havia amealhado todo aquele dinheiro honestamente nessa época difícil.

E ali estava ele, descendo de uma elegante carruagem e dando a mão a uma mulher com uma roupa de matar. Scarlett viu de relance que o vestido era colorido a ponto de ser vulgar, mas mesmo assim seus olhos passaram saudosos pelo traje. Fazia tanto tempo que sequer vira roupas novas de estilo... "Bem! Então as crinolinas não estão tão largas este ano", pensou, examinando o vestido vermelho xadrez. E, ao ver o casaco preto de veludo, observou que estavam bastante curtos! E que chapéu interessante. Os chapéus de sol deviam estar fora de moda, pois esse se resumia a um absurdo apetrecho plano de veludo vermelho, empoleirado no alto da cabeça da mulher como uma panqueca esticada. As fitas não eram amarradas sob o queixo como as dos chapéus de sol, mas atrás, por baixo de um monte de cachos que caíam por trás do chapéu, cachos que Scarlett não pôde deixar de notar que não combinavam nem com a cor nem com a textura dos cabelos da mulher.

Assim que ela pisou no chão e olhou para a casa, Scarlett viu que havia algo de familiar naquele rosto de coelho caiado de pó de arroz.

— Ora, é Emmie Slattery! — exclamou Scarlett, tão surpresa que falou em voz alta.

— Sim, sou eu — disse Emmie, jogando a cabeça para trás com um sorriso insinuante e se dirigindo aos degraus.

Emmie Slattery! A sórdida imoral de cabelos amarelos cujo filho ilegítimo Ellen batizara, Emmie, que transmitira o tifo a Ellen e a matara. Aquela branca ordinária, nojenta, pobretona, vulgarmente vestida estava subindo os degraus de Tara, toda empertigada e sorridente como se esse fosse o seu lugar. Scarlett pensou em Ellen e, em um ímpeto, sua cabeça vazia foi tomada de um sentimento, de uma raiva assassina tão potente que lhe provocou calafrios.

— Desça já desses degraus, sua ordinária! — exclamou ela. — Saia já desta terra! Vá embora!

Emmie ficou de queixo caído, olhou para Jonas, que subiu com o cenho franzido. Esforçou-se para manter a dignidade, apesar da raiva.

— A senhora não deve falar desse modo com minha esposa — disse ele.

— Esposa? — disse Scarlett, e deu uma gargalhada marcada pelo desdém. — Já era tempo de se casar com ela. Quem batizou os outros moleques depois que você matou minha mãe?

Emmie emitiu um "ah" e recuou apressadamente, mas Jonas impediu sua fuga para a carruagem segurando-a com firmeza pelo braço.

— Viemos aqui fazer uma visita... uma visita cordial — falou ele em um tom ríspido. — E para falar de negócios com velhos amigos...

— Amigos? — A voz de Scarlett parecia um chicote. — Quando é que tivemos amigos da laia de vocês? Os Slattery viviam de nossa caridade e retribuíram matando minha mãe... e você... você... papai o dispensou por causa do bebê de Emmie e você sabe disso. Amigos? Saia já daqui antes que eu chame o Sr. Benteen e o Sr. Wilkes.

Com isso, Emmie se livrou da mão do marido e voou para a carruagem, mostrando de relance o brilho das botas de verniz com acabamentos em vermelho-berrante.

Agora Jonas tremia com uma fúria igual à de Scarlett, e o rosto amarelado ficou vermelho como o de um peru enfurecido.

— Ainda altiva e poderosa, não é? Bem, estou a par de toda a sua situação. Sei que nem sapatos tem para calçar. Sei que o seu pai virou um idiota...

— Saia já daqui!

— Ah, você não vai cantar desse modo por muito tempo. Sei que está quebrada. Sei que nem consegue pagar seus impostos. Vim lhe propor a compra disto aqui... para lhe fazer uma boa oferta. Emmie gostaria muito de morar aqui. Mas, por Deus, não vou lhe dar um centavo agora! Sua irlandesa metida do brejo, você logo vai saber quem manda nas coisas por aqui quando for despejada pelo valor dos impostos. E vou comprar isto aqui, o lote inteiro... móveis e tudo... e vou morar aqui.

Então era Jonas Wilkerson que queria Tara... Jonas e Emmie, que de alguma maneira torta pensavam em vingar desfeitas passadas, morando na casa onde tinham sido menosprezados. Todos os seus nervos zuniam de ódio, do mesmo modo que no dia em que ela apontara o cano da pistola para o rosto barbado do ianque e disparara. Queria estar com aquela pistola agora.

— Eu ponho esta casa abaixo, pedra por pedra, a incendeio e jogo sal em cada hectare de terra antes de ver qualquer um de vocês dois atravessarem este marco — gritou ela. — Saiam daqui, estou avisando! Saiam daqui!

Jonas lhe lançou um olhar feroz, começou a dizer algo, mas em seguida se dirigiu à carruagem. Sentou-se ao lado da mulher, que choramingava, e virou o cavalo. Enquanto iam saindo, Scarlett teve o impulso de cuspir neles. E cuspiu. Ela sabia que era um gesto vulgar, infantil, mas sentiu-se melhor. Queria tê-lo feito enquanto eles pudessem ver.

Aqueles malditos adoradores dos negros ousando ir até ali e troçar de sua pobreza! Aquele cão nunca pretendera lhe oferecer um preço por Tara. Só usara isso como pretexto para vir se exibir e a Emmie. A escória sulista, aqueles velhacos sujos, os brancos ordinários gabando-se de ir morar em Tara!

De súbito, ela foi tomada de pavor e a raiva sumiu. Pelo manto de Cristo! Eles virão morar aqui! Não havia nada que pudesse fazer para impedi-los de comprar Tara, nada para impedi-los de executar a cobrança com cada espelho, mesa, cama, os lustrosos móveis de mogno e jacarandá de Ellen, e cada pedacinho que lhe era precioso, mesmo arranhado pelos saqueadores ianques. E a prataria dos Robillard também. "Não vou permitir que o façam", pensou Scarlett, veemente. "Não, nem que eu tenha que incendiar isto aqui!" Emmie Slattery jamais poria os pés em um pedacinho sequer do piso trilhado por sua mãe!

Ela fechou a porta e se encostou-se a ela, com muito medo. Mais assustada ainda do que tinha ficado no dia em que o exército de Sherman passara pela casa. Naquele dia, o pior que podia esperar era que Tara fosse queimada sobre sua cabeça. Mas agora era pior — aquelas criaturas vulgares indo morar ali, se gabando com seus amigos ordinários de como tinham expulsado os orgulhosos O'Hara. Talvez até convidassem negros para jantar e dormir ali. Will lhe contara que Jonas fazia um grande estardalhaço sobre ser igual aos negros, comia com eles, os visitava em casa, os levava a passear em sua carruagem, colocava o braço em volta de seus ombros.

Quando pensou na possibilidade desse último insulto a Tara, seu coração batia tão forte que ela mal conseguia respirar. Estava tentando se concentrar no problema, tentando encontrar alguma solução, mas cada vez que reunia os pensamentos, novas rajadas de raiva e de medo a sacudiam. Devia haver alguma saída, devia haver alguém em algum lugar que tivesse dinheiro para lhe emprestar. O dinheiro não podia simplesmente secar e morrer. Alguém tinha que ter dinheiro. Então se lembrou das palavras risonhas de Ashley: "Só há uma pessoa, Rhett Butler... que tem dinheiro."

Rhett Butler. Ela foi rapidamente para a sala e fechou a porta. Encerrou-se na penumbra das cortinas fechadas e do crepúsculo invernal. Ninguém pensaria em procurá-la ali, e ela queria tempo para pensar sem ser perturbada. A ideia que acabara de lhe ocorrer era tão simples que ela se perguntou por que não tinha pensado nela antes.

— Vou pegar o dinheiro emprestado com Rhett. Vendo-lhe os brincos de brilhante. Ou pego o dinheiro emprestado e deixo os brincos com ele até conseguir pagar o empréstimo.

Por um instante, o alívio foi tal que ela se sentiu fraca. Ela pagaria os impostos e riria de Jonas Wilkerson. Mas, depois dessa ideia alegre, veio a lembrança implacável.

"Não é só este ano que terei de pagar os impostos. Haverá o ano que vem e todos os anos de minha vida. Se eu pagar desta vez, eles vão elevar ainda mais os impostos da próxima, até conseguirem me tirar daqui. Se eu tiver uma boa safra de algodão, vão tributá-la até eu não ter nenhum lucro, ou talvez o confisquem e digam que é algodão confederado. Os ianques e os patifes mancomunados com eles me têm nas mãos. Durante toda a vida, enquanto viver, vou ficar com medo de que eles me peguem de algum modo. Toda a vida vou estar assustada e lutando por dinheiro, morrendo de trabalhar, só para ver meu trabalho dando em nada e meu algodão sendo roubado... Pegar trezentos dólares emprestados para os impostos só vai servir como tapa-buraco. O que quero é me livrar desse apuro, para sempre... de modo que possa ir dormir à noite sem ter que me preocupar com o que vai acontecer no dia seguinte, e no mês seguinte, e no ano seguinte."

Sua cabeça palpitava com estabilidade. Fria e logicamente uma ideia se formou em sua mente. Pensou em Rhett, um lampejo dos dentes brancos contrastando com a pele morena, os olhos pretos sarcásticos acariciando-a. Lembrou-se da noite quente em Atlanta, perto do fim do cerco, quando ele estava na varanda de tia Pitty, semioculto pela escuridão estival, e ela novamente sentiu no braço o calor de sua mão quando ele disse: "Eu a quero mais do que jamais quis uma mulher... e esperei mais por você do que jamais esperei por qualquer mulher."

"Vou me casar com ele", pensou friamente. "E acabam-se as preocupações com dinheiro."

Ah, que ideia abençoada, mais doce que a esperança de alcançar o Céu, nunca mais ter que se preocupar com dinheiro, saber que Tara estaria a salvo, que a família teria o que comer e o que vestir. E ela nunca mais precisaria bater a cabeça na parede.

Sentiu-se muito velha. Os acontecimentos daquela tarde a tinham drenado de todo sentimento. Primeiro, a notícia aterradora sobre os impostos, depois Ashley e, por último, sua raiva assassina de Jonas Wilkerson. Não, não lhe sobrara qualquer emoção. Se toda a sua capacidade de sentir não tivesse se exaurido, alguma coisa dentro dela teria protestado contra o plano que se formava em sua mente, pois ela odiava Rhett como a ninguém mais neste mundo. Mas não conseguia sentir. Só conseguia pensar, e seus pensamentos eram muito práticos.

"Eu disse coisas terríveis para ele naquela noite em que nos abandonou na estrada, mas posso fazê-lo esquecer", pensou, desdenhosa, ainda segura de seu poder de encantar. "Não vou deixar a manteiga derreter na boca quando estiver com ele. Vou fazê-lo pensar que sempre o amei e só estava aborrecida e assustada naquela noite. Ah, os homens são tão convencidos que acreditam em qualquer coisa que os lisonjeie... não posso deixá-lo imaginar as dificuldades em que nos encontramos, não até tê-lo fisgado. Ah, ele não pode saber! Se chegasse a desconfiar quanto estamos pobres, saberia que é seu dinheiro que quero, e não ele. Afinal, não há como ele saber, pois nem tia Pitty está a par do pior. E depois que nos casarmos, ele vai ter que nos ajudar. Não poderá deixar a família da esposa passar fome."

Esposa dele. Sra. Rhett Butler. Um toque de repulsa, enterrado bem no fundo, abaixo de seu pensamento frio, mexeu-se de leve e logo se aquietou. Ela se lembrou dos acontecimentos constrangedores e desagradáveis de sua breve lua de mel com Charles, das mãos desajeitadas, de seus modos canhestros, suas emoções incompreensíveis... e Wade Hampton.

"Não vou pensar nisso agora. Depois que estiver casada me preocupo..."

Depois que estiver casada com ele. A lembrança lhe despertou algo. Causou-lhe um calafrio na espinha. Lembrou-se outra vez daquela noite na varanda de tia Pitty, lembrou-se de perguntar a ele se estava sendo pedida em casamento, lembrou-se do modo detestável como ele dera uma risada e dissera: "Minha querida, não sou homem que se case."

Supondo que ainda não fosse um homem disposto a se casar. Supondo que, apesar de todos os seus encantos e estratagemas, ele recusasse se casar. Supondo — ah, que ideia terrível —, supondo que ele a tivesse esquecido completamente e estivesse perseguindo outra mulher.

"Eu a quero mais do que jamais quis uma mulher..."

Scarlett enfiou as unhas na própria carne ao fechar as mãos. "Se ele me esqueceu, vou fazê-lo se lembrar. Vou fazer com que me queira de novo."

E, se ele não se casasse com ela, mas ainda a quisesse, havia um modo de conseguir seu dinheiro. Afinal, ele já lhe pedira que fosse sua amante.

Na penumbra cinzenta da sala, ela travou uma rápida e decisiva batalha com os três grandes vínculos de sua alma — a lembrança de Ellen, os ensinamentos de sua religião e o amor por Ashley. Ela sabia que seu plano seria hediondo para a mãe, mesmo naquele confortável e distante paraíso onde certamente se encontrava. Sabia que fornicação era um pecado mortal. E que, amando Ashley como amava, seu plano era uma dupla prostituição.

Mas todas essas coisas foram subjugadas pela impiedosa frieza de sua mente e pelo aguilhão do desespero. Ellen estava morta, e talvez a morte possibilitasse uma ampla compreensão das coisas. A religião proibia a fornicação com a promessa do fogo do inferno, mas se a Igreja achava que ela deixaria de virar uma única pedra para salvar Tara e impedir sua família de passar fome... bem, azar da Igreja. Ela não deixaria. Pelo menos, não por enquanto. E Ashley... Ashley não a queria. Sim, ele a queria. A lembrança de sua boca quente na dela lhe disse isso. Mas ele nunca a levaria embora. Estranho que ir embora com Ashley não lhe parecia pecado, mas com Rhett...

Naquele insípido crepúsculo da tarde invernal, ela chegou ao fim da longa jornada que se iniciara na noite da queda de Atlanta. Ao pôr o pé naquela estrada, era uma moça mimada, egoísta e inexperiente, cheia de juventude, emoções calorosas, facilmente se confundindo com a vida. Agora, no final da jornada, nada restara daquela moça. Fome e trabalho pesado, medo e tensão constantes, os terrores da guerra e da Reconstrução tinham levado todo o calor, a juventude e a suavidade. Uma couraça se formara em torno de seu coração e, aos poucos, camada por camada, foi engrossando durante aqueles meses intermináveis.

Mas até esse dia, duas esperanças tinham restado para sustentá-la. Uma de suas expectativas era de que, terminada a guerra, a vida gradativamente retomaria sua antiga feição. A outra era que o retorno de Ashley devolveria à vida algum sentido. Agora já não havia essas duas esperanças. Ver Jonas Wilkerson na entrada de Tara a fizera perceber que para ela, para todo o Sul, a guerra jamais terminaria. O combate mais amargo, as retaliações mais brutais estavam só começando. E Ashley estava aprisionado para sempre por palavras mais fortes que qualquer cadeia.

Ela se desapontara com a paz e com Ashley, ambos no mesmo dia, e era como se a última fenda da couraça se fechasse, a última camada endurecesse. Tornara-se aquilo contra o que vovó Fontaine a prevenira, uma mulher que vira o pior e, portanto, nada mais tinha a temer. Nem a vida, nem a mãe, nem a perda do amor, nem a opinião pública. A única coisa que a amedrontava era a fome e o pesadelo com a fome.

Uma curiosa sensação de leveza, de liberdade a permeava agora que ela finalmente tinha endurecido o coração contra tudo o que a ligava aos velhos tempos e à antiga Scarlett. Ela tomara sua decisão e, graças a Deus, não sentia medo. Nada tinha a perder e estava decidida.

Se conseguisse persuadir Rhett a se casar com ela, tudo ficaria perfeito. Mas se isso não acontecesse... bem, arranjaria o dinheiro de outra forma. Por um breve momento, cogitou o que se esperaria de uma amante. Será que Rhett insistiria em mantê-la em Atlanta, como diziam que ele mantinha aquela Watling? Se ele a fizesse ficar em Atlanta, teria que pagar muito bem — pagar o bastante para compensar o que sua ausência de Tara valeria. Scarlett desconhecia o lado oculto da vida masculina e não tinha como saber o que o arranjo poderia envolver. E cogitou se teria um filho. Isso, sem dúvida, seria terrível.

"Não vou pensar nisso agora. Pensarei mais tarde", e rapidamente ela afastou aquela ideia inoportuna, antes que pudesse abalar sua decisão. Naquela noite, ia contar à família que iria a Atlanta pedir dinheiro emprestado para tentar hipotecar a fazenda, se necessário. Era só isso o que precisariam saber até o dia maléfico em que descobrissem outra coisa.

Com a ideia em ação, sua cabeça se ergueu e os ombros se empertigaram. Não seria nada fácil, ela sabia. Antes, fora Rhett a pedir seus favores e era ela quem estava no poder. Agora, ela era a pedinte e, como tal, não estava em posição de ditar os termos.

"Mas não me aproximarei dele como uma pedinte. Irei como uma rainha que concede favores. Ele nunca perceberá."

Ela se olhou no longo espelho, a cabeça erguida. E o que viu dentro da moldura dourada foi uma estranha. Era como se estivesse vendo a si mesma pela primeira vez depois de um ano. Ela se olhara no espelho todas as manhãs para ver se o rosto estava limpo e o cabelo, arrumado, mas estava sempre pressionada por outras coisas para conseguir realmente se enxergar. Mas aquela estranha! Com certeza, aquela mulher magra e encovada não podia ser Scarlett O'Hara! Scarlett O'Hara tinha um rosto bonito, coquete, animado. Esse rosto que a encarava nada tinha de bonito e não possuía o encanto de que ela tão bem se lembrava. Estava branco, tenso, e as sobrancelhas pretas acima dos olhos verdes oblíquos agarravam-se à pele alva, assustadas como asas de pássaro. Havia uma aparência dura e amedrontada em sua fisionomia.

"Não estou bonita bastante para agarrá-lo!", ela pensou, sendo outra vez tomada pelo desespero. "Estou magra... ah, estou magra demais!"

Deu tapinhas nas faces e apalpou as clavículas freneticamente, percebendo que se pronunciavam pelo corpete. E seu busto estava tão pequeno... quase como o de Melanie. Teria que pôr enchimento nos seios para fazê-los parecer maiores, e sempre desdenhara das jovens que lançavam mão de tais subterfúgios. Enchimentos! Isso lhe trouxe outro pensamento. Roupas. Olhou para o vestido, abrindo suas dobras remendadas entre as mãos. Rhett gostava de mulheres bem-vestidas, que estivessem na moda. Lembrou-se com saudades do vestido verde de babados que usara ao sair do luto, o vestido que usara com o chapéu de sol verde emplumado que ele lhe comprara, e recordou os elogios que recebera dele. Lembrou-se também, com ódio instigado pela inveja do vestido vermelho xadrez, das botas altas ornadas com franjas vermelhas e do chapéu parecido com uma panqueca de Emmie Slattery. Eram berrantes, mas novos, estavam na moda e certamente chamariam a atenção. Especialmente a de Rhett Butler! Se ele a visse em suas roupas velhas, perceberia que estava tudo errado em Tara. E ele não podia saber.

Que tola fora ela em pensar que poderia ir a Atlanta e fazer com que ele a desejasse, com aquele pescoço esquelético, os olhos de gata faminta e o vestido esfarrapado! Se não conseguira arrancar-lhe um pedido de casamento no auge da beleza, quando tinha as mais belas roupas, como podia esperar um agora, quando estava feia e vestida daquele jeito? Se o que tia Pitty contara fosse verdade, ele devia estar com mais dinheiro que qualquer um em Atlanta, e era provável que pudesse escolher quem quisesse entre as belas damas, boas e más. "Bem," ela pensou, taciturna, "tenho algo que a maioria das belas damas não têm — uma mente resoluta". E se tivesse pelo menos um vestido bonito...

Não havia nenhum vestido bonito em Tara, nem um que não tivesse sido virado duas vezes do avesso e remendado.

"É isso", ela pensou, desconsolada, olhando para o chão. Deparou-se com o tapete de veludo verde-musgo de Ellen, agora gasto, puído, rasgado e marcado pelos inúmeros homens que tinham dormido nele, e aquilo a deprimiu mais ainda, fazendo-a perceber que Tara estava tão esfarrapada quanto ela. Toda a sala obscura a deprimiu e, indo até a janela, subiu a vidraça, abriu o trinco das persianas, deixando entrar os últimos raios do pôr de sol invernal. Fechou a vidraça e encostou a cabeça nas cortinas de veludo, olhando através do pasto deserto na direção dos cedros perto do campo-santo.

Ela sentiu a maciez da cortina de veludo verde-musgo no rosto e roçou-se nela, agradecida como uma gata. De repente, olhou-a.

Um minuto depois, estava arrastando uma pesada mesa com tampo de mármore, suas peças de metal enferrujado rangendo em protesto. Levou a mesa até a janela, segurou as saias, subiu e, na ponta dos pés, alcançou a pesada vara da cortina. Estava quase fora do seu alcance e ela puxou com tal impaciência que os pregos caíram da madeira, e as cortinas, com vara e tudo, foram ao chão com um estrondo.

Como em um passe de mágica, a porta da sala se abriu e o rosto largo de Mammy apareceu, ardente de curiosidade e da mais profunda desconfiança em todas as rugas. Lançou um olhar de censura para Scarlett em cima da mesa, as saias acima dos joelhos, pronta para pular. Uma aparência de entusiasmo e triunfo em sua fisionomia deixou Mammy desconfiada.

— Que vosmecê tá pensano em fazê com as cortina da sinhá Ellen? — indagou ela em tom de cobrança.

— O que você está fazendo escutando atrás das portas? — perguntou Scarlett, pulando lepidamente para o chão e segurando um comprimento do pesado veludo empoeirado.

— Num foi preciso escutá porta niuma — contra-atacou Mammy, preparando-se para o combate. — Vosmecê num tem nada que mexê com as cortina da sinhá Ellen, arrancano a madera e derrubano elas no chão, na poera. A sinhá Ellen armava o maió circo por causa dessas cortina e num preteno dexá vosmecê estragá com elas.

Scarlett virou os olhos verdes para Mammy, olhos que estavam ardentemente alegres, parecendo os da menina travessa dos velhos tempos, que provocavam os suspiros de Mammy.

— Corra até o sótão, Mammy, e pegue minha caixa de moldes — exclamou ela, dando-lhe um leve empurrão. — Vou fazer um vestido novo.

Mammy ficou dividida entre a indignação diante da ideia de fazer seus noventa quilos correrem para qualquer lugar, quanto mais até o sótão, e o início de uma horrível suspeita. Rapidamente, arrancou a cortina das mãos de Scarlett, segurando-a junto a seu monumental busto caído como se fosse uma relíquia sagrada.

— Num é com as cortina da sinhá Ellen que vosmecê vai fazê vestido novo, se tá pensano isso. Não enquanto eu tivé viva.

Por um momento, a expressão que Mammy estava acostumada a descrever para si mesma como "cabeçuda" passou pelo semblante de sua jovem senhora, para logo se transformar em um sorriso, ao qual era difícil para Mammy resistir. Mas ele não enganou a velha. Ela sabia que Scarlett estava usando aquele sorriso meramente para lhe passar a perna e, nesse caso, ela estava decidida que ninguém ia lhe passar a perna.

— Mammy, não seja mesquinha. Vou a Atlanta pegar um dinheiro emprestado e preciso de um vestido novo.

— Vosmecê num precisa de vestido novo. As otra dama num tem vestido novo. Usa os véio e usa eles com orguio. Num tem motivo pra fia da sinhá Ellen num podê usá os trapo se ela quisé e todo mundo vai respeitá ela como se tivera usano seda.

A expressão de cabeçuda começou a voltar. Sinhô do céu, era engraçado como a sinhá Scarlett mais véia tava cada vez mais parecida com o sinhô Gerald e menos com a sinhá Ellen!

— Ora, Mammy, você sabe que tia Pitty escreveu que a sinhá Fanny Elsing vai se casar no sábado que vem e, é claro, eu irei ao casamento. E preciso de um vestido novo.

— O vestido que vosmecê tá usano agorinha tá tão bão quanto o que a sinhá Fanny vai tá usano no casamento. A sinhá Pitty num escrevinhô que os Elsing tão pobre de doê?

— Mas eu preciso de um vestido novo! Mammy, você não sabe quanto precisamos de dinheiro. Os impostos...

— Sei sinhá. Sei tudo dos imposto, mas...

— Sabe?

— Bão, Deus deu os ouvido pra mó de eu escutá, num foi? Inda mais quando o sinhô Will fala dos pobrema muito perto das porta.

Será que haveria algo que Mammy não entreouvisse? Scarlett se perguntou como aquele corpo pesado que sacudia o assoalho conseguia se mover de modo tão furtivo quando sua dona queria escutar às escondidas.

— Bem, se você ouviu tudo aquilo, suponho que tenha ouvido Jonas Wilkerson e aquela Emmie...

— Sim, sinhá — disse Mammy com olhos ardentes.

— Bem, não banque a mula, Mammy. Não vê que preciso ir a Atlanta conseguir algum dinheiro para os impostos? Preciso conseguir algum dinheiro. — Ela bateu um punho no outro. — Pelo amor de Deus, Mammy, eles vão nos jogar no meio da estrada, e para onde iremos? Você vai discutir comigo por causa de uma bobagem, por causa das cortinas de mamãe na hora em que aquela ordinária da Emmie Slattery, que a matou, está se preparando para se mudar para esta casa e dormir na cama onde mamãe dormia?

Mammy mudou o peso do corpo de um pé para o outro, como um elefante irrequieto. Tinha a leve impressão de que estavam lhe passando a perna.

— Não, sinhá, num tô quereno vê os ordinário na casa da sinhá Ellen nem nós tudo na estrada, mas... — Ela fixou Scarlett com súbitos olhos de acusação. — Em quem vosmecê tá pensano pra consegui dinhero que precisa dum vestido novo?

— Isso — disse Scarlett, surpresa — é um assunto meu.

Mammy a encarou com olhar penetrante, como fazia quando Scarlett era pequena e tentava, sem sucesso, lhe impingir desculpas plausíveis para suas travessuras. Parecia estar lendo sua mente, e Scarlett baixou os olhos sem querer, sendo invadida pelo primeiro sentimento de culpa sobre a conduta pretendida.

— Entonce vosmecê precisa dum vestido novo bem bonito pra pegá dinhero. Isso num tá me cherano a coisa certa. E vosmecê num qué dizê donde vem esse dinhero.

— Não vou dizer nada — respondeu Scarlett, indignada. — Isso é assunto meu. Você vai me dar essa cortina e me ajudar a fazer o vestido?

— Vô, sinhá — disse Mammy baixinho, capitulando tão de súbito que levantou as suspeitas de Scarlett. — Vô te ajudá a fazê e tarvez nós consegue fazê um corpete com o forro de cetim das cortina e orlá as calçola com uns resto de renda.

Ela entregou a cortina de veludo a Scarlett e um sorriso tímido se espalhou em sua fisionomia.

— A sinhá Melly vai pra Atlanta com vosmecê, sinhá Scarlett?

— Não — respondeu Scarlett secamente, começando a se dar conta do que estava por vir. — Vou sozinha.

— Vosmecê que pensa — disse Mammy com firmeza —, eu vô junto com vosmecê e esse vestido novo. É, sinhá, eu vô mais vosmecê.

Por um instante, Scarlett visualizou sua viagem a Atlanta e a conversa com Rhett, tendo a companhia de Mammy com seu olhar ameaçador como um enorme Cérbero negro no fundo. Sorriu outra vez e pôs a mão no braço de Mammy.

— Mammy querida, que amor você querer ir comigo e me ajudar, mas de que modo o pessoal daqui poderia ficar sem você? Você sabe que praticamente governa Tara.

— Hum! Num adianta vi com essa fala melosa, sinhá Scarlett. Eu conheço vosmecê desde as primera frarda. Já falei que vô para Atlanta com vosmecê e vô. A sinhá Ellen tá se revirano na sepurtura de vosmecê ir sozinha praquela cidade cheia de ianque e nêgo livre e coisa assim.

— Mas eu vou ficar na casa da tia Pittypat — disse Scarlett, frenética.

— A sinhá Pittypat é uma boa muié, mas acha que vê tudo, mas num vê — disse Mammy e, virando-se com o ar majestoso de quem encerrou a entrevista, foi para o corredor. As tábuas do assoalho tremeram quando ela chamou:

— Prissy, fia! Avoa lá em cima e pega a caxa dos morde da sinhá Scarlett lá no sóto e tenta achá a tesora sem passá a noite toda lá.

"Era só o que me faltava", pensou Scarlett, desalentada. "Logo vou ter um cão perdigueiro atrás de mim."

Depois de tirarem a mesa do jantar, Scarlett e Mammy espalharam os moldes na mesa enquanto Suellen e Carreen se ocupavam retirando o forro de cetim das cortinas e Melanie passava uma escova de cabelos limpa no veludo para tirar o pó. Gerald, Will e Ashley sentavam-se na sala fumando e sorrindo diante do tumulto feminino. Um prazeroso sentimento de empolgação que parecia emanar de Scarlett envolvia a todos, embora fosse uma empolgação que eles não conseguiam entender. O rosto de Scarlett estava corado, havia um brilho capcioso em seus olhos e ela ria muito. Sua risada agradava a todos, pois fazia meses que não a ouviam rir de verdade. Agradava especialmente a Gerald, cujos olhos estavam menos vagos do que o usual enquanto seguiam sua figura crepitante pela sala, e ele lhe dava tapinhas de aprovação sempre que ela estava a seu alcance. As moças agitavam-se como se estivessem se preparando para um baile, rasgando o tecido, cortando e alinhavando como se costurassem um vestido de baile para si mesmas.

Scarlett estava indo a Atlanta para conseguir dinheiro emprestado ou para hipotecar Tara, se necessário. Mas o que era uma hipoteca, afinal de contas? Scarlett disse que eles poderiam facilmente pagá-la com a colheita do algodão do ano seguinte, e ainda sobraria dinheiro, e falara de modo tão decisivo que eles nem pensaram em questionar. Quando lhe perguntaram quem iria emprestar o dinheiro ela disse: "Isto é assunto meu" de modo tão malicioso que todos riram e implicaram com ela sobre seu amigo milionário.

— Só pode ser o capitão Rhett Butler — disse Melanie, e eles explodiram de rir diante desse absurdo, cientes de quanto Scarlett o odiava e nunca deixava de se referir a ele como "aquele canalha do Rhett Butler".

Mas Scarlett não riu, e Ashley, que gargalhara, parou abruptamente ao ver Mammy lançar um rápido olhar vigilante para Scarlett.

Suellen, em um gesto de generosidade, movida pelo espírito festivo da ocasião, emprestou sua gola de renda irlandesa, um pouco surrada, mas ainda bonita, e Carreen insistiu que Scarlett usasse suas sapatilhas para ir a Atlanta, pois estavam em melhores condições que quaisquer outras em Tara. Melanie pediu a Mammy que deixasse sobras de veludo suficientes para recuperar a armação de seu velho chapéu de sol, e fez todos caírem na gargalhada ao dizer que o velho galo iria se despedir de suas magníficas penas da cauda, cor de bronze e preto-esverdeado, a menos que partisse para o pântano imediatamente.

Observando os dedos ágeis, Scarlett ouviu as risadas e olhou para todos com disfarçada amargura e desdém.

"Eles não têm ideia do que está realmente acontecendo a mim, a eles próprios ou ao sul. Ainda acham, apesar de tudo, que nada realmente pavoroso pode acontecer a qualquer um porque são quem são, os O'Hara, Wilkes, Hamilton. Até os negros se sentem assim. Ah, são todos uns tolos! Nunca vão perceber! Vão continuar pensando e vivendo como sempre fizeram e nada os fará mudar. Melly pode se vestir de trapos, colher algodão e até me ajudar a matar um homem, mas isso não a modifica. Ainda é a tímida e bem-criada Sra. Wilkes, a dama perfeita! E Ashley pode ver a morte, a guerra, ser ferido, ficar na prisão e voltar para casa para menos que nada, e continuar sendo o mesmo cavalheiro que era quando possuía toda Twelve Oaks atrás de si. Will é diferente. Sabe como as coisas realmente são, mas, de todo modo, nunca teve muito a perder. E quanto a Suellen e Carreen... acham que isso é só um problema temporário. Elas não mudam para satisfazer as novas condições porque acham que logo tudo vai passar. Acham que Deus irá operar um milagre especialmente em benefício delas. Mas não irá. O único milagre que vai acontecer por aqui é o que vou operar com Rhett Butler... Elas não irão mudar. Talvez não consigam mudar. Eu sou a única que mudou — e não o teria feito se tivesse sido possível."

Mammy finalmente tirou os homens da sala de jantar e fechou a porta para que se iniciasse a prova. Pork ajudou Gerald a subir e se acomodar para dormir, e Will e Ashley ficaram sozinhos sob a luz do lampião no vestíbulo da frente. Mantiveram silêncio por algum tempo, e Will mascava seu fumo com a placidez de um ruminante. Mas sua fisionomia conciliatória estava longe de ser plácida.

— Essa ida a Atlanta — disse ele, por fim, em uma voz arrastada — não me agrada. Nem um pouco.

Ashley olhou para Will rapidamente e depois desviou o olhar, sem nada dizer, mas cogitava se o outro tinha a mesma suspeita terrível que o assombrava. Mas era impossível. Will não sabia o que ocorrera no pomar naquela tarde e como aquilo levara Scarlett ao desespero. Will não podia ter percebido a expressão de Mammy quando o nome de Rhett Butler foi mencionado e, além disso, Will nada sabia sobre as posses de Rhett Butler e sobre sua má reputação. Pelo menos, Ashley não imaginava que ele pudesse estar a par dessas coisas, mas desde que retornara a Tara percebera que Will, como Mammy, parecia saber das coisas sem que lhe fossem ditas, senti-las antes que acontecessem. Havia algo de agourento no ar, exatamente o quê, Ashley não sabia, mas não tinha o poder de salvar Scarlett daquilo. Seus olhos não haviam se cruzado uma vez sequer naquela noite, e a alegria rude e vivaz com que ela o tratara era amedrontadora. As suspeitas que o dilaceravam eram terríveis demais para serem postas em palavras. Ele não tinha o direito de insultá-la, perguntando se eram verdadeiras. Ele cerrou os punhos. Não tinha nenhum direito sobre ela; naquela tarde, ele o perdera de todo, para sempre. Não podia ajudá-la. Ninguém podia ajudá-la. Mas, ao pensar em Mammy e no olhar implacavelmente determinado que ela tinha enquanto cortava as cortinas de veludo, ele se alegrou um pouco. Mammy tomaria conta de Scarlett, esta querendo ou não.

"Fui eu que causei tudo isso", pensou ele desesperado. "Eu a levei a isso."

Ele relembrou o modo como ela endireitara os ombros ao se virar, afastando-se dele naquela tarde, relembrou como ela erguera a cabeça, teimosa. Seu coração se voltava para ela, despedaçado pela própria impotência, contorcido de admiração. Ele sabia que no vocabulário dela a palavra bravura não existia, sabia que ela ficaria com o olhar perdido se ele lhe dissesse que era a alma mais corajosa que já conhecera. Sabia que ela não entenderia quantas coisas boas ele lhe atribuía quando pensava nela como corajosa. Sabia que ela acatava a vida como esta se apresentava, resistia com sua mente tenaz a quaisquer obstáculos que aparecessem, lutava com uma determinação que não reconheceria derrota, e continuava lutando mesmo quando percebia que a derrota era inevitável.

Mas, por quatro anos, ele vira outros que se recusavam a reconhecer a derrota, homens que cavalgavam alegremente para a catástrofe certa porque eram corajosos. E mesmo assim tinham sido derrotados.

Enquanto olhava para Will no vestíbulo sombrio, pensou que nunca conhecera bravura como a de Scarlett O'Hara indo em frente para conquistar o mundo usando as cortinas de veludo da mãe e as penas da cauda de um galo.

Capítulo 33

Soprava um vento muito frio e as nuvens velozes acima eram cor de chumbo quando Scarlett e Mammy desceram do trem em Atlanta na tarde do dia seguinte. A estação não fora reconstruída desde o incêndio da cidade, e elas pisaram no carvão misturado à lama, a poucos metros das ruínas enegrecidas que marcavam o local. Pela força do hábito, Scarlett olhou em volta procurando por Tio Peter e pela carruagem de Pitty, pois estavam sempre a sua espera quando ela retornava a Atlanta durante os anos da guerra. Em seguida, caiu em si e torceu o nariz diante da própria distração. Naturalmente, Peter não estava lá, pois ela não avisara tia Pitty de sua chegada e, além disso, lembrou-se de que em uma de sua cartas a velha senhora relatara lamuriosamente a morte do velho matungo que Peter "adquirira" em Macon para levá-la de volta a Atlanta após a rendição.

Olhou em volta do espaço sulcado e devastado para ver se enxergava o veículo de algum velho amigo ou conhecido que pudesse levá-las até a casa de tia Pitty, mas não reconheceu ninguém, negro ou branco. Provavelmente, nenhum de seus antigos amigos possuía carruagens agora, se o que Pitty tinha lhes escrito era verdadeiro. Os tempos estavam tão duros que já era difícil alimentar e alojar os humanos, que dirá animais. A maioria dos amigos de Pitty, como ela mesma, andava a pé agora.

Havia alguns carroções sendo carregados junto aos vagões, e várias charretes salpicadas de lama com estranhos de aparência rude nas rédeas, mas apenas duas carruagens. Uma era fechada, a outra, aberta e ocupada por uma mulher bem-vestida e um oficial ianque. Scarlett prendeu a respiração à vista do uniforme. Embora Pitty tivesse lhe escrito que Atlanta estava guarnecida, e as ruas, lotadas de soldados, a primeira visão da farda azul a deixou sobressaltada e assustada. Era difícil lembrar que a guerra tinha acabado e que aquele homem não a perseguiria, nem a roubaria ou insultaria.

O vazio em volta do trem levou sua mente de volta àquela manhã de 1862 quando ela chegara a Atlanta como uma jovem viúva, envolta em crepe e enlouquecida de tédio. Recordou quanto aquele local estava lotado de carroças, carruagens e ambulâncias, e de como era ruidoso com cocheiros xingando e gritando e as pessoas cumprimentando os amigos em voz alta. Ela suspirou pela empolgação despreocupada dos dias de guerra e suspirou de novo ao pensar na caminhada que faria até a casa de tia Pitty. Porém, estava esperançosa de que, chegando à rua dos Pessegueiros, pudesse encontrar alguém conhecido que lhe daria uma carona.

Enquanto olhava em torno, um negro de meia-idade levou a carruagem fechada em sua direção e, inclinando-se da boleia, perguntou:

— Uma carruage, sinhá? Dois conto pra quarqué lugá de Atlanta.

Mammy lhe lançou um olhar aniquilador.

— Uma carruage de aluguê! — rosnou ela. — Nêgo, ocê sabe quem nós é?

Mammy era uma negra do campo, mas nem sempre o fora, e sabia que nenhuma mulher casta jamais andava em um veículo alugado, especialmente fechado, sem a companhia de um membro masculino da família. Nem mesmo a presença de uma criada negra satisfazia as convenções. Ela lançou um olhar feroz a Scarlett quando a viu olhando desejosa para o veículo.

— Arreda daí, sinhá Scarlett! Uma carruage de aluguê e um nêgo livre! É, dá uma boa dupra.

— Num sô nêgo livre — declarou o cocheiro calorosamente. — Pertenço à véia sinhá Talbot, e essa é a carruage dela e eu tô dirigino pra ganhá dinhero pra nós.

— Que sinhá Talbot é essa?

— Sinhá Suzannah Talbot de Milledgeville. Nós se mudô pra cá despois que mataro o véio sinhô.

— Vosmecê conhece ela, sinhá Scarlett?

— Não — disse Scarlett, pesarosa. — Conheço muito pouca gente de Milledgeville.

— Entonce nós caminha — disse Mammy, inflexível. — Pode ir andano, nêgo.

Ela pegou a mala que levava o novo vestido de veludo, o chapéu de sol e a camisola de Scarlett, enfiou a trouxa com seus próprios pertences embaixo do braço e guiou Scarlett pela extensão de hulha molhada. Scarlett não discutiu, embora preferisse ir de carruagem, pois não queria gerar discordâncias com Mammy. Desde a tarde anterior, quando Mammy a flagrara com as cortinas de veludo, surgira uma expressão de desconfiança alerta em seu olhar que não agradava Scarlett. Seria difícil escapar de sua companhia, e ela não pretendia provocar o sangue beligerante de Mammy antes que fosse absolutamente necessário.

Caminhando pela calçada estreita rumo à rua dos Pessegueiros, Scarlett ficou consternada e pesarosa, pois Atlanta estava totalmente devastada e diferente do que ela recordava. Elas passaram ao lado do que fora o hotel Atlanta, onde Rhett e tio Henry tinham morado, e do qual só restava uma casca, uma parte das paredes enegrecidas. Os depósitos que ladeavam os trilhos do trem por mais de um quilômetro, e que haviam abrigado toneladas de suprimentos militares, não tinham sido reconstruídos, e seus alicerces retangulares davam uma impressão lúgubre sob o céu escuro. Sem as paredes dos prédios de cada lado e com o sumiço da estação, os trilhos da ferrovia pareciam nus e expostos. Em algum lugar, em meio às ruínas, indistinguível dos outros, ficava o que restara de seu próprio depósito, parte da propriedade que Charles lhe deixara. Tio Henry pagara os impostos do ano anterior para ela. Em algum momento, ela teria que lhe devolver esse dinheiro. Era mais uma coisa com que se preocupar.

Ao virarem a esquina da rua dos Pessegueiros, ela olhou na direção de Five Points e ficou chocada com o que viu. Apesar de tudo o que Frank lhe contara sobre a cidade ter sido incendiada, ela nunca tinha de fato imaginado a total destruição. Em sua mente, a cidade que tanto amava ainda estava de pé, com seus prédios e casas elegantes. Mas essa rua dos Pessegueiros que via agora estava tão vazia de pontos de referência, era-lhe tão pouco familiar, que sentia nunca tê-la visto. Essa rua lamacenta pela qual passara milhares de vezes durante a guerra, por onde escapara com a cabeça encolhida e as pernas movidas pelo medo quando as bombas estouravam durante o cerco, essa rua que vira pela última vez no calor, na pressa e na angústia do dia da retirada, estava tão diferente que ela teve vontade de chorar.

Embora tivessem surgido muitos prédios novos desde o ano em que Sherman marchara em retirada da cidade incendiada e os confederados tinham retornado, ainda existiam grandes lotes vagos em torno de Five Points, onde montes de tijolos quebrados se acumulavam entre um emaranhado de lixo, ervas daninhas mortas e capim alto. Havia os restos de alguns prédios dos quais ela se lembrava, paredes de tijolos sem telhado pelas quais passava a luz fosca do dia, janelas escancaradas e sem vidraças, chaminés se elevando solitárias. Aqui e ali, seus olhos encontravam alegremente uma loja conhecida que tinha sobrevivido parcialmente às bombas e ao fogo, tendo sido consertada, o vermelho dos tijolos novos brilhando em contraste com a fuligem das antigas paredes. Na frente das lojas novas e nas janelas dos novos escritórios, ela viu os acolhedores nomes de homens que conhecia, mas com mais frequência eram nomes desconhecidos, especialmente nas dezenas de tabuletas de médicos, advogados e comerciantes de algodão. Antes ela conhecia praticamente todo mundo em Atlanta, e a visão de tantos nomes estranhos a deprimiu. O que a alegrou foi a visão de novos prédios sendo erguidos ao longo da rua.

Havia dezenas deles, e vários chegavam a ter três andares! As construções estavam em andamento por toda parte, pois, ao olhar pela rua, tentando ajustar sua mente à nova Atlanta, ela ouvia o ruído jubiloso de martelos e serrotes, via andaimes sendo erguidos e homens subindo escadas de mão com cochos de tijolos nos ombros. Olhando para a rua que tanto amava, seus olhos ficaram um pouco marejados.

"Eles a incendiaram", pensou ela, "e devastaram. Mas não a derrotaram. Não poderiam derrotá-la. Vai voltar a ser tão grande e audaciosa como era antes!".

Caminhando pela rua dos Pessegueiros, seguida pela balouçante Mammy, encontrou as calçadas tão lotadas como eram no auge da guerra, e havia a mesma atmosfera de pressa e agitação na cidade em ressurgimento que fizera seu sangue cantar quando ali chegara, tanto tempo atrás, em sua primeira visita a tia Pitty. Parecia haver tantos veículos chafurdando pelos buracos de lama como naquela época, exceto que não se viam ambulâncias confederadas, e a mesma quantidade de cavalos e mulas estava amarrada nos postes diante dos toldos de madeira das lojas. Embora as calçadas estivessem lotadas, os rostos que ela via eram tão pouco familiares quanto as tabuletas acima. Novas pessoas, muitos homens de aparência rude e mulheres malvestidas. As ruas estavam escuras de negros desocupados, encostados em paredes ou sentados no meio-fio observando os veículos passarem com a curiosidade ingênua de crianças em um desfile de circo.

— Esses nêgo livre do campo — bufou Mammy. — Nunca que viu uma carruage na vida. E tem um jeito descarado...

Eles tinham um jeito descarado, Scarlett concordava, pois olhavam-na de modo insolente, mas ela logo os esqueceu ao enfrentar um novo choque perante uniformes azuis. A cidade estava cheia de soldados ianques, a cavalo, a pé, em carroções do exército, vadiando pela rua, cambaleando para fora dos bares.

"Nunca vou me acostumar com eles", pensou, cerrando os punhos. "Nunca!" E chamou por cima do ombro:

— Apresse-se, Mammy, vamos sair desta multidão.

— Logo que eu tirá esse nêgo ordinário da minha frente — respondeu Mammy em voz alta, batendo com a mala em um negro bem-vestido que andava bem devagar na frente dela, fazendo-o saltar para o lado. — Num tô gostano nada dessa cidade, sinhá Scarlett. Tá cheia de ianque e nêgo livre barato.

— É mais bonita onde não tem tanta gente. Quando passarmos de Five Points vai melhorar.

Elas atravessaram as pedras escorregadias que faziam uma ponte sobre a lama da rua Decatur e continuaram subindo a rua dos Pessegueiros, através da multidão que diminuía. Ao chegarem à capela Wesley, onde tinha parado para recuperar o fôlego naquele dia de 1864 quando saíra correndo para buscar o Dr. Meade, Scarlett soltou uma risada curta e assustadora. Os velhos e rápidos olhos de Mammy buscaram os dela com desconfiança e interrogação, mas sua curiosidade não foi satisfeita. Scarlett recordava com desdém o terror que a acometera naquele dia. Ela rastejara de medo, ficara fragilizada pelo medo, apavorada com os ianques e com a proximidade do nascimento de Beau. Agora se perguntava como podia ter ficado tão amedrontada, assustada como uma criança com um ruído alto. E que infantil ela fora de pensar que os ianques, o fogo e a derrota eram as piores coisas que podiam lhe acontecer! Que trivialidades diante da morte de Ellen e do estado vago de Gerald, diante da fome, do frio, do trabalho duro e do pesadelo permanente da insegurança. Agora seria fácil ser corajosa diante de um exército invasor, mas como era duro enfrentar o perigo que ameaçava Tara! Não, ela nunca mais teria medo de nada, exceto da pobreza.

Subindo a rua dos Pessegueiros, vinha uma carruagem fechada, e Scarlett foi até o meio-fio, ansiosa para ver se conhecia seu ocupante, pois a casa de tia Pitty ainda estava a várias quadras de distância. Ela e Mammy se inclinaram para a frente enquanto a carruagem passava ao lado, e Scarlett, com um sorriso pronto, quase chamou quando a cabeça de uma mulher apareceu na janela por um instante — uma cabeça demasiado ruiva sob um fino chapéu de pele. Scarlett recuou enquanto o reconhecimento mútuo ficou visível na fisionomia de ambas. Era Belle Watling, e Scarlett viu de relance as narinas distendidas de dissabor antes que ela desaparecesse de novo. Curioso ter sido Belle a primeira figura conhecida a lhe aparecer.

— Quem que é aquela? — perguntou Mammy, desconfiada. — Ela reconheceu vosmecê, mas num cumprimentô. Nunca vi um cabelo desse na vida. Nem mermo na famía Tarleton. Parece... é, parece pintado!

— E é — disse Scarlett secamente, caminhando mais rápido.

— Vosmecê conhece uma muié de cabelo pintado? Eu perguntei quem que é.

— Ela é a mulher da vida da cidade — disse Scarlett brevemente —, e lhe dou minha palavra de que não a conheço, então fique quieta.

— Deus nosso Sinhô! — expirou Mammy, o queixo caindo enquanto ela olhava para a carruagem com uma curiosidade apaixonada. Ela não via uma mulher da vida desde que deixara Savannah com Ellen havia mais de vinte anos, e queria muito ter observado Belle melhor. — Ela parecia tá usano umas ropa bem vistosa, e tinha carruage e cochero — murmurou. — Num sei que nosso Sinhô tá pensano pra dexá as muié da vida prosperá desse jeito e nós gente boa passá fome e quase andá descarço.

— O Senhor deixou de pensar em nós anos atrás — disse Scarlett ferozmente. — E não venha me dizer que mamãe está se revirando no túmulo por me ouvir falar isso.

Ela queria se sentir superior e virtuosa em relação a Belle, mas não conseguia. Caso seus planos dessem certo, poderiam ficar na mesma condição e sustentadas pelo mesmo homem. Ainda que não se arrependesse da decisão tomada, a situação sob seu verdadeiro prisma a embaraçava. "Não vou pensar nisso agora", disse a si mesma e apressou o passo.

Passaram pelo terreno onde ficava a casa dos Meade, e dela só restava um desamparado par de degraus e um caminho levando a nada. Onde ficava a casa dos Whiting, só havia o chão. Até mesmo os alicerces e as chaminés de tijolos tinham sumido, e havia rastros do carroção que os recolhera. A casa de tijolos dos Elsing ainda estava lá, com um novo telhado e um novo segundo andar. O lar dos Bonnell, remendado de modo canhestro e com um telhado de tábuas grosseiras em vez de telhas de madeira, parecia habitável apesar da aparência danificada. Mas em nenhuma casa havia um rosto na janela ou alguém na varanda, o que deixou Scarlett satisfeita. Não queria falar com ninguém naquele momento.

Logo o novo telhado de ardósia da casa de tia Pitty ficou à vista com suas paredes de tijolos aparentes e o coração de Scarlett palpitou. Que bondade do Senhor não tê-la deixado sem conserto! Saindo do pátio da frente, vinha Tio Peter, segurando uma cesta de compras, e, quando viu Scarlett e Mammy chegando a pé, um sorriso largo, incrédulo, rasgou o rosto negro.

"Eu podia até beijar o tolo do negro velho de tão feliz que estou em vê-lo", pensou Scarlett e gritou:

— Corra e pegue o frasco antidesmaio da titia, Peter! Sou eu mesma!

Naquela noite, a inevitável canjica com ervilhas estava na mesa de tia Pitty e, enquanto comia, Scarlett jurou que aqueles dois pratos nunca apareceriam em sua mesa quando ela tivesse dinheiro novamente. E não importava o preço que tivesse de pagar, ela teria dinheiro outra vez, mais do que apenas o bastante para pagar os impostos de Tara. De algum modo, algum dia ela teria muito dinheiro, nem que precisasse matar.

Sob a luz amarelada do lampião da sala de jantar, ela indagou Pitty sobre suas finanças, esperando o impossível, que a família de Charles pudesse lhe emprestar o dinheiro de que necessitava. As perguntas não foram nada sutis, mas Pitty, em seu prazer de ter um membro da família com quem conversar, nem percebeu o modo direto com que elas foram feitas. Com lágrimas, ela mergulhou nos detalhes de seus infortúnios. Simplesmente não sabia para onde suas fazendas, propriedades urbanas e dinheiro tinham ido, mas tudo sumira. Pelo menos, fora o que seu irmão Henry lhe dissera. Ele não conseguira pagar os impostos sobre suas propriedades. Tudo se fora, com exceção da casa onde morava, e Pitty não parou para pensar que a casa nunca fora sua, mas uma propriedade conjunta de Melanie e Scarlett. Henry mal conseguia pagar os impostos sobre essa casa. Ele lhe dava uma pequena quantia para o sustento todos os meses e, embora fosse muito humilhante aceitar dinheiro dele, não lhe restava outra opção.

— Meu irmão Henry diz que não sabe como vai conseguir pagar as contas com o peso que carrega e os altos impostos, mas, é claro, provavelmente ele está cheio de dinheiro e simplesmente não quer me dar muito.

Scarlett sabia que tio Henry não estava mentindo. As poucas cartas que recebera dele em relação à propriedade de Charles mostravam isso. O velho advogado estava lutando corajosamente para salvar a casa e a propriedade do centro onde havia o depósito, de modo que sobrasse algo para Wade e Scarlett. Scarlett sabia que ele estava dando conta desses impostos para ela à custa de grande sacrifício.

"É claro que ele não tem nenhum dinheiro", pensou Scarlett com tristeza. "Bem, ele e tia Pitty estão fora de minha lista. Não sobrou ninguém além de Rhett. Preciso ir adiante. Mas não devo pensar nisso agora... Preciso fazê-la falar sobre Rhett e então sugerir que o convide para uma visita amanhã."

Ela sorriu e apertou as mãos gordas de tia Pitty entre as dela.

— Titia querida — disse —, não vamos mais falar sobre coisas angustiantes como dinheiro. Vamos esquecê-las e falar de coisas agradáveis. A senhora precisa me contar todas as novidades sobre nossos velhos amigos. Como está a Sra. Merriwether, e Maybelle? Soube que o pequeno creole de Maybelle chegou em casa a salvo. Como estão os Elsing e o Dr. e a Sra. Meade?

Pittypat se iluminou com a mudança de assunto e sua fisionomia infantil parou de estremecer em lágrimas. Ela fez um relatório detalhado sobre os antigos vizinhos, o que estavam fazendo, vestindo, comendo e pensando. Contou, com conotações de pavor, como, antes que René Picard voltasse da guerra, a Sra. Merriwether e Maybelle tinham conseguido sobreviver fazendo tortas e vendendo-as para os soldados ianques. Imagine! Às vezes havia duas dúzias de ianques no pátio dos fundos da casa delas, esperando as tortas ficarem prontas. Agora que René estava em casa, todos os dias levava para os soldados do acampamento ianque bolos, tortas e biscoitos em um carroção velho. A Sra. Merriwether dissera que, quando ganhasse mais dinheiro, abriria uma confeitaria no centro. Pitty não queria criticar, mas afinal de contas... Quanto a ela, preferiria morrer de fome a negociar com os ianques. Fazia questão de lançar um olhar de desprezo a cada soldado que encontrava, e atravessava a rua do modo mais insultante possível, embora isso fosse bem inconveniente quando chovia. Scarlett concluiu que nenhum sacrifício, mesmo que lhe custasse sapatos enlameados, era grande demais para demonstrar lealdade à Confederação, conforme tia Pitty.

A Sra. Meade e o doutor haviam perdido a casa quando os ianques incendiaram a cidade, e não tinham dinheiro nem ânimo para reconstruí-la agora que Phil e Darcy estavam mortos. A Sra. Meade dissera que nunca mais ia querer uma casa, pois o que era uma casa sem crianças e netos? Eles estavam muito sós e tinham ido morar com os Elsing, que haviam reconstruído a parte danificada de sua casa. O Sr. e a Sra. Whiting também tinham um quarto lá, e a Sra. Bonnell estava falando de se mudar também, se tivesse a sorte de alugar sua casa para um oficial ianque e a família.

— Mas como eles se ajeitam? — perguntou Scarlett. — Tem a Sra. Elsing, Fanny e Hugh...

— A Sra. Elsing e Fanny dormem na sala, e Hugh no sótão — explicou Pitty, que conhecia os arranjos domésticos de todos os amigos. — Minha querida, detesto lhe dizer isso, pois a Sra. Elsing os chama de "hóspedes pagantes", mas — Pitty baixou a voz — eles realmente não passam de pensionistas. A Sra. Elsing está dirigindo uma pensão! Não é terrível?

— Eu acho maravilhoso — disse Scarlett brevemente. — Queria que nós tivéssemos recebido hóspedes pagantes em Tara em vez de pensionistas gratuitos. Talvez não estivéssemos tão pobres agora.

— Scarlett, como pode dizer uma coisa dessas? Sua pobre mãe deve estar se revirando no túmulo de pensar em cobrar pela hospitalidade de Tara! É claro, a Sra. Elsing foi simplesmente obrigada a fazê-lo porque, embora se dedicasse à costura fina, Fanny pintasse porcelana e Hugh levantasse algum dinheiro vendendo lenha, não conseguiam ganhar o suficiente. Imagine Hugh ter de vender lenha! Ele, que estava pronto para ser um bom advogado! Sinto até vontade de chorar pensando em onde chegaram nossos rapazes!

Scarlett pensou nas fileiras de algodão sob o fulgurante céu acobreado de Tara e em como suas costas doíam enquanto ela se debruçava na colheita. Lembrou-se da sensação dos cabos do arado entre suas palmas inexperientes, cheias de bolhas, e sentiu que Hugh Elsing não merecia especial solidariedade. Que velha tola e inocente era Pitty e, apesar da ruína à sua volta, continuava em uma redoma!

— Se ele não gosta de vender lenha, por que não trabalha como advogado? Ou não sobrou advocacia em Atlanta?

— Ah, minha querida, sobrou, sim! Atlanta está cheia de advogados. Praticamente todo mundo está processando todo mundo hoje em dia. Com tudo incendiado e as linhas divisórias apagadas, ninguém sabe ao certo onde seus terrenos começam ou acabam. Mas é difícil ser pago pelos processos, pois ninguém tem dinheiro. Então Hugh continua com seu trabalho... Ah, quase me esqueci! Eu lhe escrevi? Fanny Elsing se casará amanhã à noite e, é claro, você precisa ir. A

Sra. Elsing fará questão de recebê-la quando souber que está na cidade. Espero que tenha algum outro vestido. Não que não seja um doce de vestido, querida, mas... bem, parece um pouco surrado. Ah, você tem um vestido bonito? Fico contente, pois será o primeiro casamento de verdade que teremos desde a queda da cidade. Bolo, vinho e, depois, baile. Só não sei como os Elsing podem pagar, estão tão pobres...

— Com quem Fanny vai se casar? Achava que depois da morte de Dallas McLure em Gettysburg...

— Querida, não critique Fanny. Nem todos são tão leais aos mortos quanto você ao pobre Charlie. Deixe-me ver. Como é o nome dele? Nunca consigo me lembrar de nomes... Tom alguma coisa. Eu conhecia bem a mãe dele, frequentamos o Instituto Feminino LaGrange juntas. Ela era uma Tomlinson de LaGrange e sua mãe era... deixe-me ver... Perkins? Parkings? Parkinson! De Sparta. Uma ótima família, mas mesmo assim... bem, sei que não deveria dizer isso, mas não sei como Fanny decidiu se casar com ele!

— Ele bebe ou...

— Ah, não! Tem um caráter perfeito, mas, veja bem, foi ferido nos membros inferiores por uma explosão que o deixou com as pernas de um jeito que faz... que faz, bem, detesto usar a palavra, mas ele ficou capenga. Isso lhe dá uma aparência muito vulgar quando caminha... bem, não fica muito bonito. Não sei por que ela vai se casar com ele.

— As moças precisam se casar com alguém.

— Na verdade, não — disse Pitty, irritada. — Eu nunca precisei.

— Ora, querida, não me referi à senhora! Todos sabem quanto era popular e ainda é. O velho juiz Carlton sempre lhe lançava olhares cobiçosos, até eu...

— Ah, Scarlett, pare com isso! Aquele velho tolo! — Pitty soltou umas risadinhas, recuperando o bom humor. — Mas, afinal, Fanny era muito popular, poderia ter conseguido um partido melhor, e não creio que ame esse Tom não-sei-das-quantas. Não creio que tenha superado a morte de Dallas McLure, mas ela não é como você, querida, que permaneceu fiel ao querido Charlie, embora pudesse ter se casado uma dezena de vezes. Melly e eu comentamos sua lealdade à memória dele quando todos diziam que você não passava de uma coquete desalmada.

Scarlett passou por cima da confidência sem tato e habilmente levou Pitty de um amigo a outro, mas durante todo o tempo estava febril de impaciência para dirigir a conversa a Rhett. Não ficaria bem perguntar diretamente sobre ele logo na chegada. A velha podia começar a fazer suposições desfavoráveis. Haveria tempo de sobra para o surgimento das desconfianças de Pitty se Rhett se recusasse a se casar com ela.

Tia Pitty tagarelava alegremente, feliz como uma criança por ter uma plateia. As coisas em Atlanta caminhavam a passos tenebrosos, disse ela, devido aos atos vis dos republicanos. Seus disparates não tinham fim, e o pior era o modo como botavam ideias na cabeça dos pobres negros.

— Minha querida, eles querem deixar os negros votar! Já ouviu coisa mais tola? Embora... não sei... agora, pensando bem, Tio Peter é muito mais sensato que qualquer republicano, e muito mais bem-educado, mas, claro, Tio Peter foi bem-criado demais para querer votar. Mas a ideia tem perturbado a cabeça dos negros a ponto de estragá-los. E alguns estão insolentes demais. Não é seguro nas ruas quando anoitece, e até em pleno dia eles empurram as damas para fora da calçada, na lama. E, se qualquer cavalheiro ousa protestar, eles o prendem e... Minha querida, eu lhe contei que o capitão Butler foi preso?

— Rhett Butler?

Mesmo com aquela notícia assustadora, Scarlett ficou agradecida que tia Pitty lhe tivesse poupado ter que mencionar o nome dele na conversa.

— Isso mesmo! — A empolgação coloriu as faces de Pitty e ela se endireitou no assento. – Ele está na cadeia agora mesmo por matar um negro, e pode ser enforcado! Imagine enforcarem o capitão Butler!

Por um momento, Scarlett ficou sem ar em um grito sufocado e só conseguiu encarar a gorda senhora que estava obviamente satisfeita com o efeito de sua declaração.

— Ainda não foi provado, mas alguém matou esse negro que ofendera uma branca. E os ianques estão muito aborrecidos porque muitos negros arrogantes foram assassinados recentemente. Eles não têm provas contra o capitão Butler, mas querem usar alguém como exemplo, é o que o Dr. Meade diz. O doutor disse que, se o enforcarem, será o primeiro trabalho honesto feito pelos ianques, mas não sei... E pensar que o capitão Butler esteve aqui na semana passada e me trouxe a codorna mais encantadora que já vi e perguntou por você. Disse que temia tê-la ofendido durante o cerco e que você jamais o perdoaria.

— Quanto tempo ele vai ficar na prisão?

— Ninguém sabe. Talvez até que o enforquem, mas talvez acabem não conseguindo provar o crime. No entanto, os ianques parecem não se importar se as pessoas são culpadas ou não, desde que possam enforcar alguém. Estão furiosos — disse Pitty baixando a voz misteriosamente — com a Ku Klux Klan. Vocês têm a Klan no condado? Minha querida, tenho certeza de que devem ter, e Ashley simplesmente não diz nada às moças. Os homens da Klan não falam nada. Eles saem à noite a cavalo vestidos como fantasmas e visitam os aventureiros ianques, que roubam dinheiro, e os negros presunçosos. Às vezes, só os assustam, avisando que devem deixar Atlanta, mas, quando não se comportam, eles os chicoteiam e — sussurrou Pitty — às vezes os matam e os deixam onde possam ser encontrados com o cartão da Ku Klux Klan por cima... Os ianques estão furiosos e querem usar alguém para dar o exemplo... Mas Hugh Elsing disse que não acha que vão enforcar o capitão Butler, porque os ianques pensam que ele sabe onde está o dinheiro e não quer contar. Estão tentando fazer com que ele diga.

— O dinheiro?

— Você não sabe? Eu não lhe escrevi? Minha querida, você está enterrada em Tara, não é mesmo? Foi o maior alvoroço na cidade quando o capitão Butler voltou com um bom cavalo, uma carruagem e os bolsos cheios de dinheiro, quando o resto de nós nem sabia de onde viria a próxima refeição. Isso deixou todos simplesmente furiosos. Um especulador que sempre dissera coisas horríveis sobre a Confederação com tanto dinheiro quando estávamos todos tão pobres! Todos queriam saber como ele conseguira salvar seu dinheiro, mas ninguém tinha coragem de perguntar, além de mim, e ele só riu e disse: "Não foi de um modo honesto, pode ter certeza." Sabe quanto é difícil arrancar alguma coisa sensata dele.

— Mas é claro, ele ganhou dinheiro como atravessador...

— É evidente, doçura, uma parte dele. Mas isso não é uma gota no oceano diante do que o homem realmente tem. Todo mundo, inclusive os ianques, acredita que tem milhões de dólares em ouro, pertencentes ao governo confederado, escondido em algum lugar.

— Milhões... em ouro?

— Bem, doçura, para onde foi nosso ouro confederado? Alguém o pegou, e o capitão Butler deve ser um desses alguéns. Os ianques achavam que o presidente Davis o levara ao abandonar Richmond, mas, quando capturaram o pobre homem, ele mal tinha um centavo. Simplesmente não havia nenhum dinheiro no Tesouro quando acabou a guerra, e todos acham que alguns dos atravessadores do bloqueio o pegaram e estão de bico calado.

— Milhões... em ouro! Mas como...

— O capitão Butler não levou milhares de fardos de algodão à Inglaterra e a Nassau para vender ao governo confederado? — perguntou Pitty, triunfante. — Não só algodão dele, mas também o do governo? E sabe quanto valia o algodão na Inglaterra durante a guerra? Quanto se quisesse pedir! Ele era um agente livre do governo e devia vender o algodão para comprar armas e atravessá-las para nós. Bem, quando o bloqueio ficou fechado demais, ele não conseguia mais trazer as armas, e não podia ter gastado um centésimo do dinheiro obtido com o algodão; portanto, simplesmente havia milhões de dólares nos bancos ingleses, depositados pelo capitão Butler e por outros atravessadores, esperando pelo afrouxamento do bloqueio. E não venha me dizer que depositaram em nome da Confederação. Depositaram no próprio nome, e o dinheiro ainda está lá... Todos falam disso desde a rendição e criticam gravemente os atravessadores. Quando os ianques prenderam o capitão Butler por matar o negro, devem ter ouvido os boatos, pois o estão pressionando para que conte onde está o dinheiro. Todos os nossos fundos confederados pertencem aos ianques agora... ao menos é o que eles acham. Mas o capitão Butler diz que não sabe de nada. O Dr. Meade diz que devem enforcá-lo assim mesmo, mas que só o enforcamento é pouco para um ladrão e especulador. Querida, você está estranha! Está passando mal? Eu a aborreci? Sei que ele já foi um de seus admiradores, mas achava que você já tinha o esquecido há muito tempo. Nunca aprovei, pois ele é um patife...

— Ele não é meu amigo — disse Scarlett fazendo um esforço. — Tivemos uma briga durante o cerco, depois que a senhora foi para Macon. Onde... onde ele está?

— No posto de bombeiros, perto da praça pública!

— No posto de bombeiros?

Tia Pitty caiu na gargalhada.

— Sim. Agora os ianques o utilizam como prisão militar. Estão acampados em cabanas em volta da prefeitura na praça, e o posto dos bombeiros fica na rua logo abaixo, então é lá que está o capitão Butler. E, Scarlett, ontem eu soube uma coisa muito engraçada. Esqueci quem me contou. Sabe como ele sempre foi bem-arrumado... um verdadeiro dândi... e eles o mantêm lá sem deixar que tome banho, e todos os dias ele insiste que quer tomar um banho. Finalmente, tiraram-no da cela, levando-o para a praça, e havia uma longa gamela para cavalos com a água na qual todo o regimento se banhara! Então disseram que podia se banhar ali e ele recusou, pois preferia a própria sujeira sulista à sujeira ianque e...

Scarlett ouvia a esfuziante voz que tagarelava sem parar, mas já não prestava atenção às palavras. Só lhe passavam duas ideias pela cabeça: que Rhett tinha mais dinheiro do que ela jamais esperara e que estava na cadeia. O fato de ele estar na cadeia e a possibilidade de ser enforcado mudavam um pouco a situação. Na verdade, a tornavam mais luminosa. Ela pouco sentia sobre Rhett. Sua necessidade de dinheiro era opressiva e desesperadora demais para que se importasse com o destino dele. Além disso, em parte concordava com a opinião do Dr. Meade de que o enforcamento era pouco. Qualquer homem que deixasse uma mulher abandonada entre dois exércitos no meio da noite, só para ir embora e lutar por uma causa perdida, merecia a forca... Se conseguisse se casar com ele enquanto ele ainda estava na prisão, todos aqueles milhões seriam só dela se ele acabasse sendo executado. E, se o casamento não fosse possível, talvez ela pudesse conseguir um empréstimo, prometendo-lhe casamento quando ele fosse libertado ou prometendo... ah, prometendo qualquer coisa! E, se eles o enforcassem, o dia do pagamento nunca chegaria.

Por um instante, sua imaginação se inflamou com a ideia de se tornar viúva pela gentil intervenção do governo ianque. Milhões em ouro! Ela poderia reformar Tara, contratar mão de obra e plantar hectares e hectares de algodão. E poderia ter roupas bonitas e tudo o que desejasse comer, assim como Suellen e Carreen. E Wade poderia ficar bem nutrido para preencher as faces magras e usar roupas quentes, ter uma governanta e mais tarde ir para a universidade... em vez de se criar descalço e ignorante como um caipira. E um bom médico poderia cuidar de papai e quanto a Ashley... o que ela não faria por Ashley!

O monólogo de tia Pittypat se interrompeu subitamente enquanto ela disse em tom inquiridor: "Sim, Mammy?" E Scarlett, retornando de seus sonhos, viu Mammy parada no vão da porta, as mãos embaixo do avental e nos olhos um penetrante olhar de alerta. Ela cogitou o tempo que Mammy estava ali parada e quanto tinha ouvido e observado. Provavelmente tudo, a julgar pelo brilho em seus velhos olhos.

— A sinhá Scarlett tá pareceno cansada. Acho mió ela ir se deitá.

— É verdade — disse Scarlett, levantando-se e encontrando os olhos de Mammy com uma expressão infantil, desamparada —, e sinto que estou ficando resfriada. Tia Pitty, se importaria que eu ficasse na cama amanhã e não a acompanhasse às visitas? Posso ir com a senhora a qualquer momento, e estou ansiosa para o casamento de Fanny amanhã à noite. Só que, se meu resfriado piorar, não poderei ir. E um dia na cama seria um mimo encantador para mim.

O olhar de Mammy mudou para uma leve preocupação quando ela sentiu as mãos de Scarlett e olhou sua fisionomia. Com certeza, ela não parecia estar bem. A empolgação de seus pensamentos tinha se recolhido abruptamente, deixando-a pálida e trêmula.

— Suas mão tá gelada, minha fia. Vem pra cama que eu faço um chá de sassafrás e ponho um tijolo quente pra te fazê suá.

— Que indelicadeza a minha — exclamou a rechonchuda e velha senhora, saltando da cadeira e dando um tapinha no braço de Scarlett. – Querida, você precisa ficar na cama amanhã e descansar, e poderemos mexericar juntas... Ah, não! Não poderei ficar com você. Prometi cuidar da Sra. Bonnell amanhã. Ela está acamada com a gripe, assim como sua cozinheira. Mammy, que bom você estar aqui. Precisa ir comigo de manhã e me ajudar.

Mammy apressou Scarlett a subir pelas escadas escuras, murmurando comentários exagerados sobre mãos frias e sapatos finos. Scarlett parecia fraca e estava bastante contente. Se conseguisse aplacar as suspeitas de Mammy por mais algum tempo e fazê-la sair de casa pela manhã, tudo daria certo. Ela poderia ir à prisão ianque e ver Rhett. Enquanto subia as escadas, iniciou-se um leve trovejar e, parando no patamar, do qual tão bem se lembrava, pensou em como se parecia com o som do canhão durante o cerco. Estremeceu. Uma trovoada sempre significaria canhão e guerra para ela.

Capítulo 34

O sol brilhava intermitente na manhã seguinte, e o vento forte que carregava velozmente as nuvens escuras sacudia as vidraças e gemia baixinho pela casa. Scarlett fez uma breve oração de agradecimento pela chuva da noite anterior ter cessado, pois ficara acordada escutando, sabendo que significaria a ruína de seu vestido de veludo e do chapéu novo. Agora que conseguia captar relances fugazes do sol, readquiria o ânimo. Ela mal conseguira ficar na cama e parecer lânguida, gemendo, até tia Pitty, Mammy e Tio Peter terem saído de casa a caminho da Sra. Bonnell. Quando, por fim, o portão da frente se fechou e ela ficou sozinha em casa, exceto pela presença da cozinheira, que cantava na cozinha, saltou da cama e tirou a roupa nova do cabide do armário.

O sono a revigorara e lhe dera energia. Ela tirou coragem do cerne duro e frio no fundo do coração. Havia algo na perspectiva de uma luta de sagacidade com um homem — qualquer que fosse — que lhe enchia de brios, e, depois de meses batalhando com incontáveis desânimos, saber que enfim iria encarar um adversário definitivo, alguém que poderia desmontar com o próprio esforço, deu-lhe uma sensação de alegria.

Vestir-se sem ajuda era difícil, mas ela finalmente conseguiu e, botando o chapéu de sol com suas penas, correu até o quarto de tia Pitty para se olhar no espelho de corpo inteiro. Como estava bonita! As penas do galo lhe davam um ar vistoso, e o veludo verde do chapéu deixava seus olhos brilhantes, quase cor de esmeralda. E o vestido era incomparável, luxuoso, bonito e ao mesmo tempo elegante! Era maravilhoso ter um belo vestido novamente. Era tão bom saber que estava bonita e provocante, e impulsivamente ela se inclinou e beijou o próprio reflexo no espelho, rindo de sua tolice. Pegou o xale de lã de Ellen, mas suas cores gastas colidiam com o vestido verde-musgo, empobrecendo-o. Abrindo o armário de tia Pitty, ela retirou um manto preto de casimira, um traje outonal que Pitty só usava aos domingos, e vestiu-o. Pôs nas orelhas furadas os brincos de brilhante que trouxera de Tara e balançou a cabeça para ver o efeito. Eles tilintavam de leve e ela pensou que devia se lembrar de balançar a cabeça com frequência quando estivesse com Rhett. Brincos dançantes sempre atraíam um homem e davam a uma moça um ar animado.

Que pena tia Pitty não ter outras luvas, além das que usava agora em suas mãos gordas! Nenhuma mulher conseguia se sentir uma verdadeira dama sem luvas, mas Scarlett não tinha um par desde que deixara Atlanta. E os longos meses de trabalho duro em Tara haviam deixado suas mãos ásperas, e elas estavam longe de ser bonitas. Bem, não tinha jeito. Ela pegaria o pequeno regalo de foca de tia Pitty e ali esconderia as mãos nuas. Scarlett sentiu que aquilo lhe dava o toque final de elegância. Ninguém que a olhasse agora desconfiaria de que pobreza e necessidade pairavam em seus ombros.

Era muito importante que Rhett não desconfiasse. Ele não podia achar que qualquer outra coisa, além de sentimentos ternos, a impulsionava.

Na ponta dos pés, ela desceu as escadas e saiu da casa enquanto Cookie continuava berrando na cozinha, despreocupadamente. Apressou-se pela rua Baker, evitando os olhos dos vizinhos que tudo viam, e sentou-se em um descanso de carruagem da rua Ivy, em frente a uma casa incendiada, esperando por alguma carruagem ou carroça que lhe desse carona. O sol aparecia e desaparecia por trás de nuvens apressadas, iluminando a rua com um falso brilho sem calor, e o vento agitava as rendas de suas calçolas. Estava mais frio do que esperava, e ela se enrolou no manto fino de tia Pitty, tremendo impacientemente. Quando se preparava para começar a andar o longo caminho que atravessava a cidade até o acampamento ianque, apareceu uma carroça alquebrada. Nela havia uma velha com o lábio cheio de rapé e um rosto calejado pelas intempéries sob um chapéu de sol pardacento, dirigindo uma velha mula preguiçosa. Ela ia na direção da prefeitura e, de má vontade, deu uma carona a Scarlett. Mas era óbvio que o vestido, o chapéu e o regalo não contribuíam para lhe causar boa impressão.

"Ela acha que sou uma assanhada", pensou Scarlett. "E talvez tenha razão!"

Quando enfim chegaram à praça da cidade e a alta cúpula da prefeitura se assomou, ela agradeceu, desceu da carroça e observou a camponesa seguir em frente. Olhando em volta para certificar-se de não estar sendo observada, beliscou as faces para lhes dar alguma cor e mordeu os lábios até ficarem ardendo de vermelhos. Ajeitou o chapéu, os cabelos e olhou para a praça. O sobrado de tijolos aparentes da prefeitura sobrevivera ao incêndio da cidade, mas parecia abandonado e malcuidado sob o céu cinzento. Cercando o prédio e cobrindo a praça, havia fileiras e mais fileiras de cabanas do exército, sujas e salpicadas de lama. Soldados ianques flanavam por toda parte e Scarlett olhava para eles insegura, parte de sua coragem a desertando. Como faria para encontrar Rhett nesse acampamento inimigo? Ela olhou para o fim da rua na direção do posto dos bombeiros e viu que as largas portas curvas estavam fechadas e bem trancadas, sendo que dois sentinelas passavam para cá e para lá nos lados do prédio. Rhett estava lá. Mas o que ela deveria dizer aos soldados ianques? E o que diriam a ela? Ajeitou os ombros. Se não tinha temido matar um ianque, não deveria temer falar com um deles.

Seguiu precariamente, pisando nas pedras da rua enlameada, e se dirigiu a um sentinela com o sobretudo azul abotoado até em cima para protegê-lo do vento, que a deteve.

— O que deseja, madame? — Sua voz tinha um sotaque estranho do meio-oeste, mas ele foi bem-educado e respeitoso.

— Eu quero ver um homem que está lá... é um prisioneiro.

— Bem, eu não sei — disse o sentinela, coçando a cabeça. — Eles são bem meticulosos no que se refere a visitantes e... — Ele parou e olhou para o rosto dela firmemente. — Nossa, senhora! Não chore! Vá até a sede do posto e peça aos oficiais. Aposto que a deixarão vê-lo.

Scarlett, que não tinha nenhuma intenção de chorar, sorriu para ele. Ele se virou para outro sentinela que lentamente trilhava seu percurso:

— Ei, Bill. Venha cá.

O segundo sentinela, um homem corpulento agasalhado em um sobretudo azul, de onde saíam perversas costeletas pretas, veio pela lama na direção deles.

— Leve esta senhora até a sede do posto.

Scarlett agradeceu e seguiu-o.

— Cuidado para não torcer o tornozelo nessas pedras — disse o soldado, segurando o braço dela. — E seria melhor que erguesse um pouco as saias para não arrastarem na lama.

A voz emitida das costeletas tinha o mesmo sotaque anasalado, mas era gentil e agradável, e sua mão, firme e respeitosa. Ora, até que os ianques não eram nada maus!

— É um dia danado de frio para uma senhora sair — disse seu acompanhante. — Veio de longe?

— Ah, vim, do outro lado da cidade — disse ela, animada com a gentileza da voz dele.

— Isso não é tempo para uma senhora sair de casa — disse o soldado em reprovação —, com toda essa gripe no ar. Chegamos ao posto do comando, senhora. Qual é o problema?

— Esta casa... esta casa é a sua sede do posto? – Scarlett olhou para cima, para a encantadora habitação diante da praça, e teve vontade de chorar. Ela estivera ali em tantas festas durante a guerra. Fora um lugar belo, alegre, e agora... havia uma grande bandeira dos Estados Unidos tremulando sobre ela.

— Qual é o problema?

— Nada... só... só... eu conhecia as pessoas que moravam aqui.

— Bem, que pena. Acho que eles mesmos não a reconheceriam de tão mudada que está por dentro. Agora entre, madame, e pergunte pelo capitão.

Ela subiu os degraus, acariciando o corrimão branco rachado, e abriu a porta da frente. O saguão estava escuro e gelado como uma catacumba. Um sentinela trêmulo encostava-se nas portas fechadas do que, em dias melhores, fora a sala de jantar.

— Eu gostaria de ver o capitão — disse ela.

Ele abriu as portas e ela entrou na sala, o coração acelerado, o rosto corando de constrangimento e empolgação. Havia um cheiro de lugar abafado, composto de fumaça, tabaco, couro, fardas de lã úmidas e corpos não lavados. Ela teve uma impressão confusa de paredes nuas com papel de parede rasgado, fileiras de sobretudos azuis e chapéus de aba larga pendurados em pregos, fogo na lareira, uma longa mesa coberta de papéis e um grupo de oficiais de fardas azuis com botões de metal.

Arquejou uma vez e encontrou a voz. Não podia deixar aqueles ianques perceberem que estava com medo. Precisava parecer o mais bonita e despreocupada possível.

— O capitão?

— Eu sou um deles — disse um homem gordo, cuja túnica estava desabotoada.

— Eu gostaria de ver um prisioneiro, o capitão Rhett Butler.

— Butler de novo? É popular esse homem — riu o capitão, tirando um charuto mascado da boca. — É parente, madame?

— Sim... irmã dele.

Ele riu de novo.

— Ele tem um monte de irmãs, uma delas esteve aqui ontem.

Scarlett corou. Uma das criaturas com quem Rhett se relacionava, provavelmente aquela Watling. E esses ianques pensavam que ela era outra dessas. Era insuportável. Nem mesmo por Tara ela ficaria ali mais um minuto sendo ofendida. Virou-se para a porta e, furiosa, estendeu a mão para pegar a maçaneta, mas outro oficial rapidamente chegou a seu lado. Estava escanhoado, era jovem e tinha olhos alegres e gentis.

— Só um instante, madame. Sente-se aqui perto da lareira onde é mais quente. Vou ver o que posso fazer a respeito. Como é seu nome? Ele se recusou a ver a... senhora que veio visitá-lo ontem.

Ela se sentou na cadeira oferecida, olhando ferozmente para o frustrado capitão gordo, e deu seu nome. O jovem oficial gentil vestiu o sobretudo e saiu da sala enquanto os demais foram para a outra extremidade da mesa, onde falavam em tom baixo e mexiam nos papéis. Agradecida, ela estendeu os pés para o fogo, dando-se conta de quanto estavam frios e desejando ter se lembrado de pôr um pedaço de papelão no furo da sola de uma das sapatilhas. Depois de algum tempo, houve o murmúrio de vozes do outro lado da porta e ela ouviu a risada de Rhett. A porta se abriu, uma corrente fria varreu a sala e ele apareceu, a cabeça descoberta, uma longa capa jogada descuidadamente sobre os ombros. Estava sujo e com a barba por fazer, sem gravata, mas de algum modo elegante apesar de mal-arrumado, e seus olhos escuros piscavam alegremente ao vê-la.

— Scarlett!

Ele segurou as mãos dela entre as suas e, como sempre, havia algo caloroso, vital e excitante em seu aperto de mão. Antes que ela se desse conta, ele já se inclinara e a beijara na face, o bigode lhe fazendo cócegas. Sentindo o movimento assustado de seu corpo afastando-se dele, ele a abraçou pelos ombros e disse: "Minha querida irmãzinha!", e riu, como se estivesse se comprazendo com sua impossibilidade de resistir ao carinho. Ela não conseguiu deixar de retribuir o riso pela vantagem que ele levara. Que pândego era! A cadeia não o modificara nem um pouquinho.

O capitão gordo murmurava com o charuto na boca ao oficial de olhos alegres.

— Totalmente irregular. Ele devia estar no posto dos bombeiros. Você conhece ordens.

— Ah, pelo amor de Deus, Henry! A senhora iria congelar no estábulo.

— Ah, está bem, está bem! A responsabilidade é sua.

— Eu lhes asseguro, senhores — disse Rhett, virando-se para eles, mas sem soltar os ombros de Scarlett — que minha irmã não me trouxe nenhum serrote ou lima para me ajudar a fugir.

Todos riram e, enquanto isso, Scarlett olhava rapidamente em volta. Nossa Senhora, ela teria que falar com Rhett diante de seis oficiais ianques! Será que ele era um prisioneiro tão perigoso que não o deixariam fora de vista? Percebendo seu olhar ansioso, o oficial simpático empurrou uma porta e falou brevemente em voz baixa com dois soldados que tinham levantado de imediato com sua entrada. Eles pegaram seus rifles e saíram para o hall de entrada, fechando a porta.

— Se quiserem, podem se sentar aqui na sala dos ordenanças — disse o jovem capitão. — E não tente sair por aquela porta. Os homens estão bem ali fora.

— Você está vendo que situação desesperadora a minha, Scarlett — disse Rhett. — Obrigado, capitão. Muita gentileza a sua.

Fazendo um rápido meneio de cabeça, ele segurou o braço de Scarlett pondo-a de pé e a levou até a sombria sala dos ordenanças. Ela nunca conseguiu se lembrar da aparência da sala, exceto de que era pequena, pouco iluminada, não muito aquecida e que havia papéis escritos presos nas paredes mutiladas e cadeiras de couro de vaca ainda com pelo.

Depois de fechar a porta, Rhett foi rapidamente até ela, inclinando-se. Percebendo seu desejo, ela virou a cabeça, mas sorriu provocante com o canto dos olhos.

— Não posso beijá-la de verdade agora?

— Na testa, como um bom irmão — respondeu ela recatadamente.

— Não, obrigado. Prefiro aguardar e ter esperança de algo melhor. — Os olhos dele buscaram os lábios dela e ali ficaram por um instante. — Mas que bom você vir me ver, Scarlett! Você é a primeira cidadã respeitável que me visita desde que fui encarcerado, e na prisão se aprende a apreciar os amigos. Quando chegou à cidade?

— Ontem à tarde.

— E veio hoje de manhã? Ora, minha querida, você é mais que simpática. — Ele sorriu para ela com a primeira expressão de prazer honesto que ela já vira em seu rosto. Scarlett sorriu por dentro de empolgação e baixou a cabeça, como que constrangida.

— É claro, tinha que vir imediatamente. Tia Pitty me contou a seu respeito ontem à noite e eu... nem consegui dormir pensando em quanto era terrível. Rhett, estou tão aflita...

— Por quê, Scarlett?

A voz dele era suave, mas havia uma nota vibrante e, olhando para seu rosto moreno, ela não viu nenhum ceticismo, nenhum sinal do humor debochado que conhecia tão bem. Diante do olhar direto, ela baixou os olhos de novo, em total confusão. As coisas estavam indo ainda melhor do que esperava.

— Vale a pena estar na cadeia para vê-la outra vez e ouvi-la dizendo essas coisas. Eu realmente não conseguia acreditar em meus ouvidos quando me disseram seu nome. Pois nunca esperaria que você fosse perdoar minha atitude patriótica naquela noite na estrada perto de Rough and Ready. Devo presumir que esta visita significa um perdão?

Ela sentiu uma raiva se mexendo, mesmo agora, depois de tanto tempo, ao pensar naquela noite, mas a subjugou e fez que não até os brincos dançarem.

— Não, eu não o perdoei — disse ela e fez um beicinho.

— Outra esperança aniquilada. E depois que me ofereci por meu país, lutado descalço na neve em Franklin e tive o pior caso de disenteria de que já se ouviu falar.

— Não quero saber de suas... dores — disse ela, ainda fazendo um beicinho, mas sorrindo para ele com os olhos. — Ainda acho que você foi detestável naquela noite, e espero nunca perdoá-lo. Deixar-me sozinha daquele jeito quando qualquer coisa podia me acontecer!

— Mas nada lhe aconteceu. Então veja, minha confiança em você era justificada. Sabia que conseguiria chegar em casa a salvo, e que Deus ajudasse qualquer ianque que se atravessasse em seu caminho!

— Rhett, como pôde fazer tal coisa... alistar-se no último minuto quando sabia que seríamos derrotados? E depois de tudo que falava sobre os idiotas que acabavam mortos!

— Scarlett, poupe-me! Sempre morro de vergonha quando penso nisso.

— Bem, fico feliz em saber que você está envergonhado pelo modo como me tratou.

— Você entendeu mal. Sinto dizer que minha consciência não me incomodou em relação a tê-la deixado. Mas quanto a me alistar... quando penso que entrei para o exército com minhas botas de verniz e um terno de linho branco, armado apenas com um par de pistolas de duelo... E aqueles longos quilômetros frios sob a neve depois que minhas botas se acabaram e eu sem um sobretudo, nem nada para comer... Não consigo entender por que não desertei. Foi tudo pura loucura. Mas está no sangue. Os sulistas não conseguem resistir a uma causa perdida. Mas esqueça meus motivos. É suficiente que eu esteja perdoado.

— Não está. Considero-o um cachorro. — Mas ela acariciou a última palavra de tal modo que poderia ter sido "querido".

— Pare de mentir. Você me perdoou. Damas não enfrentam sentinelas ianques para ver um prisioneiro só pelo doce amor à caridade, nem vêm vestidas de veludo, penas e regalos de foca. Scarlett, como você está bonita! Fico tão cansado de ver mulheres com roupas velhas e desalinhadas e com o perpétuo crepe. Você parece com a rue de La Paix. Dê uma voltinha, querida, e deixe-me olhar para você.

Então ele notara o vestido. É claro que notaria, sendo Rhett. Ela riu, animada, e girou na ponta dos pés, os braços estendidos, a crinolina balouçando para mostrar a renda na ponta das calçolas. Os olhos negros dele passearam por ela, do chapéu aos calcanhares, sem que nada lhe escapasse àquele velho olhar descarado que a desnudava e sempre lhe causava arrepios.

— Você parece muito próspera e muito, muito arrumada. E quase pronta para ser consumida. Se não fosse pelos ianques aí fora... mas você está bem segura, minha querida. Sente-se. Não vou me aproveitar de você como fiz em nosso último encontro. — Ele esfregou o rosto em um arrependimento fingido. — Honestamente, Scarlett, não acha que foi um pouco egoísta aquela noite? Pense em tudo o que eu havia feito por você, arriscando a vida... roubando o cavalo... e que cavalo! Corri em defesa de nossa Gloriosa Causa! E o que recebi por minhas dores? Palavras duras e um forte tapa na cara.

Ela se sentou. A conversa não estava seguindo exatamente o rumo que esperava. Ele tinha parecido tão contente de vê-la no início, tão feliz que ela estivesse ali. Tinha quase parecido um ser humano, e não o perverso miserável que ela conhecia tão bem.

— Você tem sempre que levar algo em troca por suas dores?

— Ora, é claro! Sou um monstro de egoísmo, como você deve saber. Sempre espero pagamento por qualquer coisa que dou.

Aquilo lhe causou um leve calafrio, mas ela voltou ao combate e fez os brincos tilintarem outra vez.

— Ah, você não é tão mau assim, Rhett. Só gosta de se exibir.

— Minha nossa, mas você mudou! — disse ele, rindo. — O que a tornou cristã? Tenho ouvido sobre você pela Srta. Pittypat, mas ela não fez nenhuma insinuação de que você tinha desenvolvido a doçura feminina. Conte-me mais, Scarlett. O que andou fazendo desde que nos vimos pela última vez?

A antiga irritação e o antagonismo que ele lhe despertava ferviam em seu coração, e só o que ela desejava era dizer palavras ácidas. Mas, em vez disso, sorriu, fazendo as covinhas surgirem. Ele tinha puxado a cadeira para perto dela, que se inclinou e pôs uma das mãos em seu braço, de modo natural.

— Ah, consegui me arranjar direitinho, obrigada, e tudo está bem em Tara agora. É claro que passamos por dificuldades logo depois da passagem de Sherman, mas, afinal, ele não incendiou a casa e os negros salvaram a maior parte da criação, levando-a para o pântano. E fizemos uma boa colheita neste outono, vinte fardos. Claro, isso é praticamente nada em comparação ao que Tara pode produzir, mas não temos muita mão de obra. Papai diz que ano que vem será melhor. Mas, Rhett, está tão entediante no campo agora! Imagine que já não há bailes nem churrascos, e só se fala da dureza dos novos tempos! Meu Deus, fico enjoada disso! Até que, semana passada, fiquei tão entediada que não podia mais aguentar, então papai disse que eu devia fazer uma viagem e me distrair um pouco. E vim para cá, mandar fazer alguns vestidos e depois vou para Charleston visitar minha tia. Será um encanto voltar aos bailes.

"Pronto", ela pensou orgulhosa. "Contei isso do modo descuidado como devia! Nem rica demais, mas com certeza, não pobre."

— Você fica linda em vestidos de baile, minha querida, e sabe disso, que azar! Suponho que o motivo verdadeiro para você vir me visitar é ter passado por todos os pretendentes do condado e estar procurando por carne fresca em outras paragens.

Scarlett pensou, agradecida, que Rhett passara vários meses no exterior e só recentemente voltara a Atlanta. De outro modo, ele nunca teria feito comentário tão ridículo. Ela pensou ligeiramente sobre os pretendentes do condado, os amargurados e maltrapilhos Fontaine, os Munroe empobrecidos, os admiradores de Jonesboro e Fayetteville, tão ocupados arando a terra, rachando lenha e cuidando dos animais doentes que até tinham se esquecido de que existiam bailes e flertes. Mas ela abandonou essa lembrança e deu uma risadinha tímida, como quem admite a verdade da afirmação.

— Ah, bem — disse ela em tom de reprovação.

— Você é uma criatura desalmada, Scarlett, mas talvez isso seja parte de seu charme. — Ele sorriu do velho modo, um canto da boca curvado para baixo, mas sabia que a estava elogiando. — Pois, é claro, sabe que tem mais charme do que a lei deveria permitir. Até eu fui atingido por ele, por mais dura que seja minha capa. Muitas vezes me pergunto o que há em você que sempre me faz lembrá-la, pois conheci muitas damas que eram mais bonitas e certamente mais inteligentes e, temo, moralmente mais honradas e gentis. Mas, de algum modo, sempre me lembro de você. Mesmo durante os meses que se seguiram à rendição, quando estava na França e na Inglaterra, sem tê-la visto ou sabido de seu paradeiro, e desfrutava da companhia de muitas belas damas, sempre me lembrava de você e pensava no que estava fazendo.

Por um momento, ela ficou indignada por ele dizer que outras mulheres eram mais bonitas, mais inteligentes e gentis que ela, mas o arroubo momentâneo foi logo apagado pelo prazer de saber que se lembrava dela e de seus encantos. Então ele não a esquecera! Isso facilitaria as coisas. E ele estava se comportando bem, quase como um cavalheiro faria naquelas circunstâncias. Agora, tudo de que precisava era conduzir o assunto de modo que ela pudesse confidenciar que também não se esquecera dele e então...

Ela apertou de leve o braço dele e provocou as covinhas de novo.

— Ah, Rhett, olhe o jeito como fala, implicando com uma moça do campo como eu! Sei muito bem que nunca me reservou um pensamento depois de ter me deixado naquela noite. Não venha dizer que me dedicou um pensamento sequer com todas aquelas beldades francesas e inglesas a sua volta. Mas não vim até aqui para ouvi-lo falar bobagens a meu respeito. Vim... vim... porque...

— Por quê?

— Ah, Rhett, estou tão aflita por sua causa! Tão amedrontada por você! Quando vão deixá-lo sair deste lugar terrível?

Ele rapidamente cobriu a mão dela com a dele, segurando-a firme junto ao braço.

— Sua aflição lhe dá crédito. Ninguém diz quando vou sair. Provavelmente quando eles esticarem um pouco mais a corda.

— A corda?
— É, espero sair daqui na ponta da corda.
— Eles não vão enforcá-lo, vão?
— Vão, sim, basta conseguirem um pouco mais de provas contra mim.
— Ah, Rhett! — exclamou ela, a mão no coração.
— Você sentiria? Se sentir o bastante, eu a ponho em meu testamento.

Seus olhos escuros riram incautos, e ele apertou a mão dela.

Testamento! Ela baixou os olhos rapidamente, temendo se trair, mas não foi rápida o suficiente, pois os olhos dele brilharam, subitamente curiosos.

— Segundo os ianques, devo ter um bom testamento. Parece haver considerável interesse em minhas finanças. Todos os dias sou levado a uma nova junta de interrogatório e me fazem as mais tolas perguntas. Parece circular o boato de que eu roubei o mítico ouro da Confederação.

— Bem... você roubou?
— Mas que pergunta tendenciosa! Sabe tão bem quanto eu que a Confederação presidia uma gráfica, e não a casa da moeda.
— Onde arrumou todo o seu dinheiro? Especulando? Tia Pittypat disse...
— Que sindicância você está fazendo!

Ele que se dane! É claro que tem o dinheiro. Ela estava tão empolgada que ficou difícil falar docemente com ele.

— Rhett, estou tão aborrecida por você estar aqui. Acha que não há chance de sair?
— "*Nihil desperandum*" é meu lema.
— O que significa isso?
— Significa "talvez", minha encantadora *ignoramus*.

Ela levantou os cílios espessos para olhar para ele e baixou-os de novo.

— Ah, você é esperto demais para deixar que o enforquem! Tenho certeza de que vai arrumar um jeito de derrotá-los e sair! E quando isso acontecer...
— E quando isso acontecer? — perguntou ele baixinho, chegando mais perto.
— Bem, eu... — e ela fingiu estar confusa e conseguiu corar. Corar não foi difícil, pois estava sem fôlego e seu coração batia como um tambor. — Rhett, sinto muito pelo que eu... disse naquela noite... você sabe... em Rough and Ready. Eu estava... ah, tão assustada e aborrecida e você foi tão... tão... — Olhando para baixo, ela viu sua mão bronzeada apertando a dela. — E então pensei que nunca, nunca o perdoaria! Mas quando tia Pitty me contou ontem à noite que você... que podem enforcá-lo... recebi a notícia de súbito e eu... eu... — Ela olhou para os olhos dele com uma leve expressão que implorava, colocando ali uma agonia de decepção amorosa. — Ah, Rhett, eu morreria se o enforcassem! Não poderia

aguentar! Entende, eu... — E, não conseguindo mais sustentar a luz ardente que havia nos olhos dele, ela baixou as pálpebras outra vez.

"Não falta muito e estarei chorando", ela pensou em um frenesi de espanto e empolgação. "Será que devo me permitir chorar? Pareceria mais natural?"

Ele falou rapidamente:

— Meu Deus, Scarlett, você não pode estar querendo dizer que... — E suas mãos se fecharam sobre as dela em um aperto tal que chegou a machucar.

Ela fechou os olhos bem apertado, tentando espremer lágrimas, mas lembrou-se de virar a cabeça levemente para cima, para que ele pudesse beijá-la sem dificuldade. Agora, em um instante os lábios dele estariam nos dela, os lábios insistentes e firmes dos quais ela subitamente se lembrou com uma vivacidade que a deixou fraca. Mas ele não a beijou. Uma estranha decepção a fez abrir os olhos e aventurar uma espiada nele. Sua cabeça negra estava inclinada sobre suas mãos e, enquanto ela observava, ele ergueu uma delas e a beijou e, pegando a outra, encostou-a no próprio rosto por um momento. Esperando violência, esse gesto gentil e amoroso assombrou-a. Queria saber que expressão ele teria no rosto, mas não podia, tendo ele a cabeça inclinada.

Ela logo baixou os olhos, para o caso de ele olhar para cima subitamente e ver sua expressão. Sabia que a sensação de triunfo que a penetrava certamente seria perceptível. Em um instante, ele a pediria em casamento... ou pelo menos diria que a amava, e então... Enquanto o observava pelo véu de seus cílios, ele virou sua mão, palma para cima, para beijá-la também e subitamente suspirou. Olhando para baixo, ela viu a própria palma, viu-a como realmente estava pela primeira vez em um ano, e afundou em um temor gelado. Essa era a palma da mão de uma estranha, não a macia, branca, desamparada Scarlett O'Hara. Essa mão estava áspera pelo trabalho, queimada do sol, cheia de sardas. As unhas estavam quebradas e irregulares, havia grandes calos nas palmas, uma bolha em parte curada no polegar. A cicatriz vermelha deixada pelo óleo quente do mês anterior estava feia e lustrosa. Ela olhou para aquilo apavorada e, sem pensar, rapidamente fechou o punho.

Ainda assim, ele não ergueu a cabeça. Ela ainda não conseguia ver sua fisionomia. Ele abriu a mão dela à força, pegou a outra mão e segurou-as em silêncio, observando-as.

— Olhe para mim — disse ele, enfim erguendo a cabeça, e sua voz estava bastante tranquila. — E abandone a expressão recatada.

Sem querer, seus olhos encontraram os dele, desafio e perturbação em sua fisionomia. As sobrancelhas negras dele estavam arqueadas e os olhos lampejavam.

— Então você está se saindo muito bem em Tara, não é? Conseguiu tanto dinheiro com o algodão que pode sair a passear. O que andou fazendo com suas mãos... arando?

Ela tentou puxá-las, mas ele as segurou com firmeza, passando os polegares pelos calos.

— Essas mãos não são as de uma dama — disse ele, e as jogou no colo dela.

— Ah, cale-se! — exclamou ela, tendo uma intensa sensação momentânea de alívio por poder falar o que sentia. — A quem interessa o que faço com minhas mãos?

"Que tola eu sou", pensou ela com veemência. "Deveria ter pegado emprestadas ou roubado as luvas de tia Pitty. Mas não me dei conta de que minhas mãos estavam neste estado. É claro que ele perceberia. E agora, perdi a calma e provavelmente estraguei tudo. Ah, acontecer isso logo agora, quando ele estava a ponto de se declarar!"

— Com certeza, suas mãos não são assunto meu — disse Rhett friamente, e se encostou na cadeira de modo indolente, a fisionomia inescrutável.

Então ele ia bancar o difícil. Bem, ela teria que aguentar docilmente, por mais que a desagradasse, se quisesse chegar à vitória em meio àquele desastre. Talvez se o adulasse...

— Acho que você está sendo grosseiro de culpar minhas pobres mãos. Só porque saí a cavalo semana passada sem as luvas e as estraguei.

— Saiu a cavalo uma ova! — disse ele no mesmo tom de voz. — Você andou trabalhando com essas mãos, trabalhando como uma negra. Qual é a resposta? Por que mentiu para mim sobre estar tudo bem em Tara?

— Ora, Rhett...

— Supondo que cheguemos à verdade. Qual é o propósito de sua visita? Quase fui persuadido por seu coquetismo de que você se importava comigo e estava sentida por mim.

— Ah, eu estou sentida! Mesmo...

— Não está, não. Eles podem me enforcar mais alto que Hamã pelo que lhe diz respeito. Está escrito em seu rosto, assim como o trabalho duro está escrito em suas mãos. Você quer algo de mim, e quer a ponto de montar um espetáculo. Por que não disse o que era? Teria uma chance muito melhor de conseguir, pois se há uma virtude que valorizo em uma mulher é a franqueza. Mas não, tinha que vir tilintando seus brincos, fazendo beicinhos e saltitando como uma prostituta diante de um cliente em potencial.

Ele não elevou a voz nas últimas palavras, nem as enfatizou de qualquer modo, mas para Scarlett elas caíram como uma chicotada, e foi com desespero que ela perdeu as esperanças de um pedido de casamento. Se ele tivesse explodido de raiva e vaidade ferida ou se a tivesse repreendido, como outros homens teriam feito, ela teria conseguido lidar com ele. Mas a quietude mortal de sua voz a assustou, deixou-a totalmente perdida, sem saber o que fazer. Embora fosse um prisioneiro e os ianques estivessem do outro lado da porta, ela percebeu que era perigoso ofender um homem como Rhett Butler.

— Suponho que minha memória está começando a falhar. Deveria ter me lembrado de que você é como eu e que nunca faz nada sem um motivo dissimulado. Agora, deixe-me ver. O que poderia ter escondido na manga, Sra. Hamilton? Não é possível que estivesse tão enganada a ponto de achar que eu a pediria em casamento.

Ela ficou com o rosto vermelho e não respondeu.

— Mas você não pode ter se esquecido de meu comentário tantas vezes repetido de que não sou um homem que se case.

Quando ela ficou quieta, ele falou com uma súbita violência:

— Você tinha se esquecido? Responda.

— Não tinha me esquecido — disse ela, infeliz.

— Que jogadora você é, Scarlett — zombou ele. — Apostou que estar encarcerado e afastado da companhia feminina me deixaria em tal estado que eu iria abocanhá-la como uma truta a uma minhoca.

"E foi o que você fez", pensou Scarlett furiosa, "e se não fosse por minhas mãos...".

— Agora temos grande parte da verdade, exceto seu motivo. Veja se consegue me dizer a verdade sobre por que queria me levar ao matrimônio.

Havia uma nota suave, quase implicante na voz dele, e ela se animou. Talvez nem tudo estivesse perdido, afinal. Sem dúvida, ela arruinara qualquer esperança de casamento, mas, mesmo em seu desespero, estava contente. Havia algo nesse homem imóvel que a assustava, de modo que agora a ideia de casar-se com ele era amedrontadora. Mas talvez, se fosse esperta e se aproveitasse da solidariedade e das lembranças dele, ela pudesse garantir um empréstimo. Ajeitou o rosto em uma expressão apaziguadora e infantil.

— Ah, Rhett, você pode me ajudar tanto... basta que seja bondoso.

— Não há nada de que eu goste mais do que ser bondoso.

— Rhett, em nome da velha amizade, gostaria que você me fizesse um favor.

— Então, enfim, a dama das mãos calejadas chega à sua real missão. Eu temia que visitar os enfermos e aprisionados não fosse bem seu papel. O que quer? Dinheiro?

A franqueza da pergunta dele arruinou todas as esperanças de chegar à questão de modo indireto e sentimental.

— Não seja cruel, Rhett — disse ela, persuasiva. — Quero mesmo algum dinheiro. Queria que você me emprestasse 300 dólares.

— Enfim a verdade. Falando em amor e pensando em dinheiro. Verdadeiramente feminina! Você precisa muito do dinheiro?

— Ah, preciso... Bem, nem tanto assim, mas preciso.

— Trezentos dólares. É uma vasta soma. Para que você a quer?

— Para pagar os impostos de Tara.

— Então quer pegar dinheiro emprestado. Bem, como está se comportando como uma negociante, vou negociar também. Que garantia você me dá?

— O quê?

— Garantia. A garantia por meu investimento. É claro que não posso perder todo esse dinheiro. — Sua voz estava enganosamente afável, quase suave, mas ela não percebeu. Talvez tudo acabasse dando certo, afinal de contas.

— Meus brincos.

— Não estou interessado em brincos.

— Vou lhe dar uma hipoteca de Tara.

— O que eu faria com uma fazenda?

— Bem, você poderia... poderia... é uma grande plantação. E você não iria perder. Eu lhe pagaria com o algodão do ano que vem.

— Não tenho certeza. — Ele se reclinou na cadeira e pôs as mãos nos bolsos. — O preço do algodão está caindo. Os tempos estão difíceis, e o dinheiro, curto.

— Ah, Rhett, você está implicando comigo! Você bem sabe que tem milhões! Uma malícia calorosa dançou em seus olhos enquanto ele a examinava.

— Então tudo está correndo bem e você não precisa do dinheiro tanto assim. Bem, fico feliz em saber disso. Gosto de saber que tudo está bem com os velhos amigos.

— Ah, Rhett, pelo amor de Deus... — Ela começou desesperada, a coragem e controle se alquebrando.

— Por favor, baixe a voz. Você não quer que os ianques a ouçam, espero. Alguém já lhe disse que você tem os olhos de uma gata... uma gata no escuro?

— Pare, Rhett! Eu lhe conto tudo. Preciso muito do dinheiro. Eu... eu menti sobre tudo estar bem. As coisas não poderiam estar piores. Meu pai não... não é mais ele mesmo. Ficou esquisito desde a morte de minha mãe e não pode me ajudar.. Parece uma criança. Não temos um único empregado para trabalhar no campo e há tantos a alimentar, somos 13. E os impostos estão muito altos. Rhett, vou lhe contar tudo. Há mais de um ano que estamos quase passando fome. Ah, você não faz ideia! Não pode fazer! Nunca tivemos o suficiente para comer, e é terrível acordar com fome e ir dormir com fome. E não temos roupas quentes, e as crianças estão sempre resfriadas, doentes e...

— Onde conseguiu esse vestido bonito?

— Foi feito com as cortinas de minha mãe — respondeu ela, desesperada demais para mentir sobre essa vergonha. — Eu conseguia aguentar a fome e o frio, mas agora... agora os aventureiros ianques elevaram os impostos. E precisam ser pagos imediatamente. E não tenho nenhum dinheiro, além de uma pepita de ouro de 5 dólares. Preciso arranjar o dinheiro para os impostos! Você entende? Se não pagar, eu... eu perco Tara, e isso simplesmente não pode acontecer. Não posso perdê-la.

— Por que não me disse isso tudo de imediato em vez de ficar saqueando meu suscetível coração... sempre fraco quando se trata de damas? Não, Scarlett, não chore. Você tentou todos os truques, exceto esse, e acho que eu não conseguiria aguentar. Meus sentimentos já estão dilacerados de decepção por descobrir que era meu dinheiro e não meu ser encantador o que você queria.

Ela se lembrou de que ele muitas vezes dizia verdades sobre si mesmo quando falava debochadamente... zombando de si mesmo como dos outros, e apressadamente o encarou. Estaria realmente magoado? Será que gostava mesmo dela? Será que estava a ponto de lhe pedir em casamento quando viu suas mãos? Ou estaria simplesmente se dirigindo a alguma outra proposta detestável, como fizera duas vezes antes? Se realmente gostasse dela, talvez ela pudesse amansá-lo. Mas seus olhos negros a rastreavam de um modo nada amoroso, e ele ria baixinho.

— Não gosto de sua garantia. Não sou fazendeiro. O que mais tem a me oferecer?

Bem, ela chegara àquele ponto enfim. Agora, em frente! Suspirou e olhou para ele de modo direto, sem qualquer coquetismo ou pose enquanto seu espírito apressou-se a se atracar naquilo que ela mais temia.

— Eu... eu tenho a mim mesma.

— É?

Seu maxilar se apertou e os olhos ficaram cor de esmeralda.

— Lembra-se daquela noite na varanda da tia Pitty, durante o cerco? Você disse... disse que me queria.

Ele se reclinou despojadamente na cadeira e olhou para a fisionomia tensa dela, e seu próprio rosto moreno estava inescrutável. Algo palpitou por trás de seus olhos, mas ele não disse nada.

— Você disse... disse que nunca tinha desejado uma mulher como me desejava. Se ainda me deseja, pode me ter. Rhett, eu farei qualquer coisa que você quiser, mas, pelo amor de Deus, me escreva um cheque com o dinheiro! Eu tenho palavra. Juro. Não vou recuar. Posso fazer um contrato por escrito, se você quiser.

Ele a olhava de um modo esquisito, ainda inescrutável, e, conforme ela falava, não conseguia definir se ele estava se divertindo ou a repelindo. Se ao menos ele dissesse algo, qualquer coisa! Ela sentiu as faces esquentarem.

— Preciso conseguir logo esse dinheiro, Rhett. Eles vão nos jogar na estrada e aquele administrador desgraçado de papai será o dono do lugar e...

— Só um minuto. O que a faz pensar que ainda a desejo? O que a faz pensar que vale 300 dólares? A maioria das mulheres não chega a esse preço.

Ela corou até a linha dos cabelos e sua humilhação foi completa.

— Por que está fazendo isso? Por que não deixa a fazenda de lado e vai morar com a Srta. Pittypat? É dona de metade da casa.

— Santo Deus! — exclamou ela. — Você é idiota? Não posso deixar Tara para trás. É meu lar. Não vou perdê-la. Não enquanto puder respirar!

— Os irlandeses — disse ele, ajeitando-se na cadeira e tirando as mãos dos bolsos — são uma raça danada. Dão ênfase a tantas coisas erradas... A terra, por exemplo. Cada pedaço de chão é igualzinho ao outro. Agora, deixe-me entender isso bem, Scarlett. Está vindo a mim com uma proposta de negócio. Eu lhe dou 300 dólares e você se torna minha amante.

— Sim.

Agora que aquela palavra repulsiva fora pronunciada, ela sentiu algum alívio, e a esperança se reacendeu. Ele tinha dito "Eu lhe dou". Havia um brilho diabólico em seus olhos como se algo o divertisse muito.

— Contudo, quando tive o atrevimento de fazer essa mesma proposta, você me expulsou da casa. E também me chamou de nomes bastante grosseiros e mencionou de passagem que não queria um "bando de moleques". Não, minha querida, não estou lhe jogando na cara. Só estou especulando as peculiaridades de sua mente. Não o faria pelo próprio prazer, mas o fará para manter o lobo afastado de sua porta. Isso prova minha teoria de que toda virtude é uma questão de preço.

— Ah, Rhett, como você fala! Se quiser me ofender, vá em frente, mas me dê o dinheiro.

Ela respirava com mais facilidade agora. Sendo quem era, naturalmente Rhett iria querer atormentá-la e ofendê-la o máximo possível por desfeitas passadas e por sua recente tentativa de embuste. Tudo bem, ela podia aguentar. Aguentaria qualquer coisa. Tara valia tudo isso. Por um breve momento, era o auge do verão e o céu vespertino estava azul e ela estava deitada no gramado cheio de trevos de Tara, olhando para os castelos de nuvens, a fragrância dos botões brancos em suas narinas e o zunido agradável das abelhas em seus ouvidos. Tarde e quietude, o som distante das carroças chegando dos campos vermelhos espiralados. Valia tudo, valia mais.

Ela ergueu a cabeça.

— Vai me emprestar o dinheiro?

Ele dava a impressão de estar se divertindo e, ao falar, havia uma suave brutalidade em sua voz.

— Não, não vou — disse.

Por um instante, a cabeça dela não conseguiu se ajustar àquelas palavras.

— Mesmo que quisesse, não poderia. Não tenho um centavo, nem um dólar sequer em Atlanta. É verdade que tenho algum dinheiro, mas não aqui. E não vou dizer onde está nem quanto é. Mas, se tentasse sacar um cheque, os ianques cairiam em cima de mim, e nada restaria para nenhum de nós dois. O que acha disso?

Ela ficou verde, as sardas de repente saltaram sobre seu nariz e ela contorceu a boca como Gerald costumava fazer em um acesso de raiva assassina. Ficou de pé com um grito incoerente que calou o zunido de vozes na sala ao lado. Veloz como um puma, Rhett estava ao lado dela, a mão pesada lhe tapando a boca, o braço apertado em torno de sua cintura. Ela se debateu loucamente, tentando morder a mão dele, chutar-lhe as pernas, gritar sua raiva, desespero, ódio, sua agonia de orgulho ferido. Ela se curvou para trás e se retorceu de todas as formas contra o braço férreo dele, o coração quase explodindo, o espartilho apertado lhe cortando a respiração. Ele a segurava com tanta força, tão rudemente, que a machucava, e a mão sobre sua boca prendia-lhe os maxilares com crueldade. O rosto dele estava pálido, os olhos, duros e ansiosos enquanto a erguia totalmente do chão, girando-a contra seu peito e sentava-se na cadeira, segurando-a a se contorcer no colo.

— Querida, pelo amor de Deus! Pare! Fique quieta! Não grite. Eles vão entrar aqui em um minuto se você não se calar. Acalme-se! Quer que os ianques a vejam desse jeito?

Ela não se importava com quem a visse, estava além de qualquer coisa, exceto de um desejo feroz de matá-lo, mas a tontura começava a dominá-la. Não conseguia respirar; estava engasgando; o espartilho parecia uma faixa compressora de ferro; os braços dele a sua volta a faziam se sacudir com um ódio e uma fúria impotentes. Depois a voz dele foi enfraquecendo, tornando-se difusa, e o rosto acima dela rodopiava em uma névoa enjoativa que foi ficando cada vez mais densa até ela não vê-lo mais... nem qualquer outra coisa.

Quando ela fez fracos movimentos de natação para voltar à consciência, sentia-se cansada até os ossos, fraca, confusa. Estava recostada na cadeira, sem o chapéu, Rhett dava-lhe tapas nos pulsos, os olhos negros examinando seu rosto ansiosamente. O jovem capitão simpático tentava derramar um cálice de conhaque em sua boca e o derramara pelo pescoço. Os outros oficiais rondavam impotentes, sussurrando e abanando as mãos.

— Acho... que devo ter desmaiado — disse ela, e sua voz parecia tão distante que a assustou.

— Beba isto — disse Rhett, pegando o copo e levando-o aos lábios dela. Agora ela se lembrava e olhou debilmente para ele, mas estava cansada demais para sentir raiva.

— Por favor, por mim.

Ela tomou um gole, engasgou-se, começando a tossir, mas ele a fez tomar outro. Ela engoliu e a bebida quente lhe ardeu a garganta.

— Acho que ela já está melhor, cavalheiros — disse Rhett —, e eu lhes agradeço muito. Saber que estou para ser executado foi uma emoção forte demais.

O grupo de azul arrastou os pés, parecendo constrangido, e, após várias pigarreadas, retirou-se. O jovem capitão parou no vão da porta.

— Se eu puder fazer mais alguma coisa...

— Não, obrigado.

Ele saiu, fechando a porta atrás de si.

— Beba mais um pouco — disse Rhett.

— Não.

— Beba.

Ela tomou outro gole e o calor começou a se espalhar por seu corpo, devolvendo-lhe a força às pernas trêmulas. Empurrando o copo, tentou se levantar, mas ele a segurou.

— Tire suas mãos de mim. Vou embora.

— Ainda não. Espere um pouco. Você pode desmaiar de novo.

— Prefiro desmaiar na rua a ficar aqui com você.

— Mesmo assim, não quero que desmaie na rua.

— Deixe-me ir. Eu o odeio.

Um leve sorriso voltou ao rosto dele diante dessas palavras.

— Isso se parece mais com você. Deve estar se sentindo melhor.

Ela relaxou por um instante, tentando reunir a raiva a seu favor, tentando recobrar a força. Mas estava cansada demais. Cansada demais para odiar ou se importar muito com qualquer coisa. A derrota pesava em seu espírito como chumbo. Ela apostara tudo e perdera tudo. Nem sequer o orgulho restara. Este era o beco sem saída de sua última esperança. Era o fim de Tara, o fim de todos eles. Por um longo tempo, ela ficou reclinada com os olhos fechados, ouvindo a respiração pesada dele, e o ardor do conhaque a invadiu aos poucos, dando-lhe a impressão de força e calor. Quando finalmente abriu os olhos e olhou-o, a raiva ressurgiu. Enquanto suas sobrancelhas se franziam, o velho sorriso de Rhett voltou.

— Agora você está melhor. Dá para ver pela expressão.

— É claro que estou bem. Rhett Butler, você é detestável, um patife, se é que já vi algum! Sabia muito bem o que eu ia dizer assim que comecei, e sabia que não ia me dar o dinheiro. Mesmo assim, me deixou continuar. Podia ter me poupado...

— Poupá-la e deixar de ouvir tudo isso? Não mesmo. Tenho muito pouca diversão aqui. Nem sei quando ouvi algo tão gratificante. — Ele soltou sua repentina risada debochada. Com isso, ela ficou de pé em um salto, agarrando o chapéu de sol.

Imediatamente, ele a segurou pelos ombros.

— Ainda não. Você está se sentindo bem para falar com sensatez?

— Deixe-me ir.

— Posso ver que está bem. Então, diga-me uma coisa. Eu era o único ferro que você tinha no fogo? — Os olhos dele estavam aguçados e alertas, observando cada mudança no rosto dela.

— O que você quer dizer?

— Eu era o único homem com quem você ia tentar isso?

— Isso é de sua conta?

— Mais do que você imagina. Há outros homens na sua lista? Diga.

— Não.

— Incrível. Não consigo imaginá-la sem cinco ou seis de reserva. Certamente, vai aparecer alguém que aceite sua interessante proposta. Tenho tanta certeza disso que gostaria de lhe dar um pequeno conselho.

— Não quero seu conselho.

— Mesmo assim vou dar. Um conselho parece ser a única coisa que posso lhe dar no momento. Ouça bem, pois é um bom conselho. Quando está tentando conseguir algo de um homem, não seja tão direta como foi comigo. Tente ser mais sutil, mais sedutora. Dá melhores resultados. Você sabia como fazer com perfeição. Mas agora, quando me ofereceu... hã... sua garantia por meu dinheiro, parecia mais dura que um prego. Já vi olhos como os seus acima de uma pistola de duelo a vinte passos de distância, e não é uma imagem agradável. Não evocam nenhum ardor no peito de um homem. Não é assim que se lida conosco, minha querida. Você está se esquecendo de seu treinamento inicial.

— Não preciso que você me diga como me comportar — disse ela e, exausta, pôs o chapéu. Não entendia como ele podia gracejar daquele modo com uma corda no pescoço e diante de sua penosa situação. Nem sequer percebeu que seus punhos estavam cerrados dentro dos bolsos, como se ele se debatesse com a própria impotência.

— Ânimo — disse ele, enquanto ela amarrava as fitas do chapéu de sol. — Você pode vir a meu enforcamento, e isso a fará se sentir bem melhor. Ficará vingada de todos os antigos ressentimentos comigo... inclusive deste. E eu vou citá-la em meu testamento.

— Obrigada, mas não devem enforcá-lo até ser tarde demais para pagar os impostos — disse ela com uma súbita malícia, que rivalizava com a dele, e estava sendo sincera.

Capítulo 35

Chovia quando ela saiu do prédio, e o céu estava cinzento e fosco. Os soldados da praça tinham se abrigado nas cabanas e as ruas estavam desertas. Não havia nenhum veículo à vista, e ela percebeu que teria de caminhar o longo percurso até em casa.

O ardor do conhaque foi sumindo conforme ela seguia. O vento frio a fez estremecer, e os pingos caíam como agulhas em seu rosto. A chuva penetrou rapidamente a capa fina de tia Pitty até esta ficar pendurada em dobras molhadas. Ela sabia que aquilo estava estragando o vestido de veludo e que as penas do chapéu estavam caídas e ensopadas como quando seu antigo dono as usara ao passear pelo velho galinheiro de Tara. As lajotas da calçada estavam quebradas e faltavam por longos trechos. Nesses pontos a lama ia até o tornozelo e as sapatilhas prendiam como se fossem cola, chegando a sair dos pés. Cada vez que ela se inclinava para recuperá-las, a barra do vestido caía na lama. Não tentava se desviar das poças, pisava-as descuidadamente, arrastando as saias pesadas. Sentia a anágua e as calçolas molhadas frias em torno dos tornozelos, mas não conseguia se importar com a ruína do traje em que apostara tão alto. Estava gelada, abatida e desesperada.

Como poderia voltar a Tara e encará-los após suas palavras corajosas? Como poderia lhes dizer que deveriam ir para algum outro lugar? Como poderia abandonar tudo, os campos vermelhos, os enormes pinheiros, as terras escuras do pântano lá embaixo, o campo-santo tranquilo onde Ellen jazia sob a sombra profunda dos cedros?

O ódio por Rhett ardia em seu coração conforme ela seguia pelo caminho escorregadio. Que patife ele era! Tomara que o enforcassem, assim ela nunca mais o encararia, o conhecedor de sua desgraça e humilhação. É claro que poderia ter conseguido o dinheiro para ela se quisesse. Ah, a forca era boa demais para ele! Graças a Deus, ele não podia vê-la agora, com as roupas ensopadas, o cabelo despenteado e tiritando de frio. Que horrível ela devia estar, e como ele riria!

Passou por negros que riam, insolentes, e faziam troça dela, que se apressava, escorregando na lama e parando, ofegante, para recolocar as sapatilhas. Como ousavam rir, aqueles macacos negros? Como ousavam rir dela, Scarlett O'Hara de Tara! Ela gostaria de mandar chicoteá-los até o sangue lhes correr pelas costas. Que demônios os ianques tinham sido de libertá-los para debochar dos brancos!

Conforme seguia pela rua Washington, a paisagem estava tão lúgubre quanto seu coração. Ali não havia o movimento e a animação que ela notara na rua dos Pessegueiros. Antigamente, havia muitas casas bonitas, mas poucas tinham sido reconstruídas. Alicerces escuros e as solitárias chaminés enegrecidas, agora conhecidas como "Sentinelas de Sherman", apareciam com uma frequência desanimadora. Caminhos tomados pelo capim levavam ao que tinham sido casas... velhos gramados cheios de ervas daninhas, apoios de carruagem exibindo nomes que ela conhecia tão bem, postes que nunca mais teriam os nós de rédeas. Vento frio e chuva, lama e árvores nuas, silêncio e desolação. Como seus pés estavam molhados e que longo era o caminho até em casa!

Ela ouviu o ruído de cascos na lama e chegou mais para o canto da calçada estreita a fim de evitar mais salpicos na capa de tia Pitty. Um cavalo puxando uma charrete vinha devagar pela rua e ela se virou para ver, decidida a pedir uma carona se o cocheiro fosse branco. A chuva lhe impedia uma visão clara quando a charrete chegou a seu lado, mas ela viu o cocheiro espiar sobre o encerado que se estendia do para-lama até seu queixo. Havia algo de familiar naquele rosto, e, quando ela pisou na rua para ver melhor, ouviu uma tosse constrangida do homem, e uma voz bem conhecida exclamou em tons de prazer e surpresa:

— Não pode ser, será que é a Sra. Scarlett?!

— Ah, Sr. Kennedy! — exclamou ela, atravessando a rua enlameada, sem pensar em causar mais dano à capa. — Nunca fiquei mais feliz de ver alguém na vida!

Ele corou de prazer diante da óbvia sinceridade das palavras dela, apressadamente cuspiu o tabaco do outro lado da charrete e, em um movimento ágil, desceu ao chão. Apertou a mão dela com entusiasmo e, segurando o encerado para cima, ajudou-a a entrar.

— Sra. Scarlett, o que faz por aqui sozinha? Não sabe que é perigoso agora? E está ensopada. Tome, enrole este manto nos pés.

Enquanto ele se preocupava com ela, cacarejando como uma galinha, ela se deu ao luxo de abandonar-se a seus cuidados. Que bom ter um homem se preocupando, cacarejando e repreendendo, mesmo que fosse aquela solteirona de calças, Frank Kennedy. Era especialmente bom depois do tratamento brutal que recebera de Rhett. E como era bom ver um rosto do condado quando estava tão longe de casa! Ele estava bem-vestido, ela notou, e a charrete também era nova. O cavalo parecia jovem e bem alimentado, mas Frank parecia muito velho para sua idade, mais velho que naquela noite de Natal quando estivera em Tara com seus homens. Estava magro e tinha as faces encovadas, os olhos amarelados estavam aquosos e afundados em vincos de carne solta. A barba alaranjada estava mais escassa que nunca, manchada de suco de tabaco e desalinhada como se ele a cofiasse sem parar. Mas ele parecia animado e vivaz, em oposição às rugas de pesar, preocupação e cansaço que Scarlett via nos rostos por toda parte.

— É um prazer vê-la — disse Frank calorosamente. — Não sabia que estava na cidade. Vi a Srta. Pittypat semana passada e ela não me disse que a senhora estava vindo. Alguém... mais veio de Tara consigo?

Ele estava pensando em Suellen, o velho tolo.

— Não — disse ela, envolvendo-se no manto quente e tentando agasalhar o pescoço —, vim sozinha. Não avisei a tia Pitty.

Ele instigou o cavalo, que saiu caminhando penosamente, seguindo seu trajeto com cuidado pela estrada escorregadia.

— Estão todos bem em Tara?

— Ah, sim, mais ou menos.

Ela devia pensar em algo para conversar, mas era difícil falar. Sua cabeça estava deprimida pela derrota, e tudo o que desejava era reclinar-se envolvida naquele manto quente e dizer a si mesma: "Não quero pensar em Tara agora. Penso depois, quando não doer tanto." Se pelo menos conseguisse fazê-lo iniciar a conversa sobre algum assunto que o mantivesse ocupado durante o trajeto até em casa, para que ela não precisasse fazer nada, além de murmurar "Que bom" e "Com certeza, o senhor é esperto" de vez em quando...

— Sr. Kennedy, estou surpresa de vê-lo. Sei que não me comportei bem, deixando de manter contato com os velhos amigos, mas não sabia que estava em Atlanta. Achei que alguém me dissera que estava em Marietta.

— Tenho negócios em Marietta, muitos — disse ele. — A Srta. Suellen não lhe contou que abri uma loja em Atlanta? Não lhe contou sobre minha loja?

Ela tinha uma vaga lembrança de ouvir Suellen falando sobre Frank e uma loja, mas nunca prestava muita atenção a nada do que Suellen dizia. Era suficiente saber que Frank estava vivo e que algum dia tiraria Suellen de debaixo de suas asas.

— Nem uma palavra — mentiu. — O senhor tem uma loja? Que esperto deve ser!

Ele pareceu um pouco magoado ao saber que Suellen não divulgara a notícia, mas animou-se com o elogio.

— É, tenho uma loja e é bastante boa, acho. O pessoal me diz que sou um comerciante nato. — Ele riu com prazer, o riso abafado que ela sempre achara tão irritante.

Que velho metido e tolo, pensou.

— Ah, o senhor faria sucesso em qualquer coisa, Sr. Kennedy. Mas como conseguiu abrir a loja? Quando o vi naquele Natal, o senhor me disse que não tinha um centavo.

Ele pigarreou de modo irritante, cofiou as costeletas e abriu o sorriso nervoso e tímido.

— Bem, é uma longa história, Sra. Scarlett.

Graças a Deus, ela pensou. Talvez isso o ocupe até chegarmos em casa. E disse em voz alta:

— Conte!

— Lembra-se de quando estivemos em Tara pela última vez, caçando suprimentos? Bem, não muito depois disso, fui para a ativa. Quero dizer, fui lutar de verdade. Não existia nada mais no batalhão de suprimentos para mim. Não havia muita necessidade disso, Sra. Scarlett, porque mal conseguíamos alguma coisa para o exército, e achei que o lugar para um homem de físico apto seria a linha de frente. Bem, lutei junto à cavalaria por algum tempo até ser atingido por uma bala no ombro.

Ele parecia muito orgulhoso e Scarlett disse:

— Que terrível!

— Ah, não foi tão mau assim, só um ferimento superficial — disse ele em tom de reprovação. — Enviaram-me para um hospital ao sul e, quando eu já estava quase bom, os ianques atacaram. Minha nossa, que momento difícil aquele. Fomos pegos desprevenidos e todos nós que podíamos andar ajudamos a transportar os mantimentos do exército e o equipamento hospitalar para a ferrovia. Tínhamos conseguido carregar um trem quando os ianques chegaram por um lado da cidade e nós saímos correndo pelo outro. Minha nossa, que imagem triste, nós sentados em cima do trem vendo os ianques queimarem os suprimentos que tivemos de deixar na estação. Sra. Scarlett, eles incendiaram quase um quilômetro de coisas que tínhamos deixado empilhadas ao longo dos trilhos. Só conseguimos salvar a nós mesmos.

— Que terrível!

— É, essa é a palavra. Terrível. A essa altura, nossos homens tinham voltado para Atlanta, então nosso trem veio para cá. Bem, Sra. Scarlett, não faltava muito tempo para a guerra acabar e... bem, havia um monte de louça, camas, colchões, cobertores, e ninguém os reivindicava. Suponho que por direito pertenciam aos ianques. Creio que foram esses os termos da rendição, não é?

— Sim — disse Scarlett, ausente. Ela estava se aquecendo agora e ficando um pouco sonolenta.

— Até agora não sei se agi bem — disse ele, um tanto queixoso. — Mas, como calculo, aquelas coisas não fariam a mínima diferença para os ianques. É provável que fossem queimar tudo. Nosso pessoal pagara um bom dinheiro por tudo aquilo e achei que ainda devia continuar pertencendo à Confederação ou aos Confederados. Entende?

— Sim.

— Fico contente que concorde comigo, Sra. Scarlett. De certo modo, me pesa na consciência. Muita gente diz: "Esqueça isso, Frank", mas não consigo. Não poderia andar de cabeça erguida se achasse que tinha feito algo incorreto. A senhora acha que agi bem?

— É claro — disse ela, se perguntando sobre o que o velho tolo falava. Algum dilema de consciência. Um homem velho como Frank Kennedy já deveria ter aprendido a não se preocupar com coisas sem importância. Mas ele era nervoso e preocupado como uma solteirona velha.

— Fico contente de ouvi-la dizer isso. Após a rendição, eu tinha 10 dólares em prata e mais nada neste mundo. A senhora sabe o que fizeram a Jonesboro e a minha casa, e à loja lá. Simplesmente não sabia o que fazer. Mas usei os 10 dólares para pôr um telhado em uma velha loja perto de Five Points, levei o equipamento hospitalar para lá e comecei a vendê-lo. Todo mundo precisava de camas, louça e colchões, e eu vendia barato, pois calculava que aquilo pertencia tanto ao resto do pessoal quanto a mim. Mas fiz algum dinheiro e comprei mais alguma coisa, e a loja andava bem. Acho que vou ganhar bastante dinheiro se as coisas se arranjarem.

Diante da palavra "dinheiro", a cabeça dela se voltou para ele, clara como cristal.

— O senhor está dizendo que ganhou dinheiro?

Ele se expandiu visivelmente diante do interesse dela. Poucas mulheres, além de Suellen, lhe davam mais que atenção superficial, e era lisonjeiro que uma antiga beldade como Scarlett se prendesse às suas palavras. Diminuiu o passo do cavalo para que não chegassem em casa antes de ele ter terminado de contar a história..

— Não estou milionário, Sra. Scarlett, e, comparando ao que tinha, o que tenho agora parece pouco. Mas ganhei mil dólares este ano. É claro que metade se destinou ao pagamento do novo estoque, aos consertos da loja e ao aluguel. Mas me sobraram quinhentos dólares de lucro, e, como as coisas certamente vão se arranjar, espero ganhar 2 mil dólares ano que vem. Com certeza, terei onde aplicá-los, pois tenho outro ferro no fogo.

Ela ficara extremamente interessada na conversa sobre dinheiro. Ocultou os olhos com os cílios espessos e se aproximou um pouco dele.

— O que quer dizer com isso, Sr. Kennedy?

Ele riu e bateu com as rédeas no lombo do cavalo.

— Acho que estou lhe aborrecendo falando de negócios, Sra. Scarlett. Uma jovem bela como a senhora não precisa saber nada sobre negócios.

Velho tolo.

— Ah, sei que não entendo nada de negócios, mas estou tão interessada! Por favor, conte-me tudo a respeito e poderá me explicar o que eu não entender.

— Bem, meu outro ferro é uma serraria.

— Uma o quê?

— Uma oficina onde se corta e se aplaina madeira. Ainda não a comprei, mas vou. Conheço um sujeito, Johnson, que tem uma, na saída da rua dos Pessegueiros, e está louco para vendê-la. Precisa de dinheiro imediatamente, então quer me vender e ficar dirigindo-a para mim por um salário semanal. É uma das poucas serrarias nesta região, Sra. Scarlett. Os ianques destruíram a maioria delas. E qualquer um que possua uma serraria possui uma mina de ouro, pois hoje em dia pode-se pedir qualquer preço por madeira de construção. Os ianques incendiaram muitas casas por aqui e há poucas onde morar, então todos parecem estar loucos para reconstruir, mas não conseguem madeira suficiente, nem rápido o bastante. As pessoas estão chegando aos borbotões a Atlanta, todo o pessoal da zona rural que não está conseguindo levar as plantações adiante sem os negros e com os ianques e aventureiros que ficam em cima deles tentando deixá-los mais pobres do que já estão. Garanto, Atlanta logo será uma grande cidade. Todos precisam de madeira para as casas, então vou comprar essa serraria assim que... bem, assim que pagarem algumas contas que me devem. Mas ano que vem, nesta época, acho que estarei mais tranquilo em relação a dinheiro. A... acho que a senhora sabe por que estou tão ansioso para ganhar dinheiro rapidamente, não é?

Ele corou e deu seu riso abafado novamente. "Está pensando em Suellen", pensou Scarlett com desgosto.

Por um instante, chegou a pensar em lhe pedir 300 dólares emprestados, mas, fatigada, rejeitou a ideia. Ele ficaria constrangido, gaguejaria, daria desculpas, mas não emprestaria o dinheiro. Trabalhara duro para ganhá-lo, de modo a se casar com Suellen na primavera, e, se viesse a se desfazer do dinheiro agora, o casamento seria indefinidamente adiado. Mesmo que ela apelasse para a solidariedade dele e seu dever para com a futura família e obtivesse sua promessa de um empréstimo, sabia que Suellen nunca permitiria. Suellen estava cada vez mais preocupada com o fato de que era praticamente uma solteirona e moveria céus e terras para evitar que qualquer coisa atrasasse seu casamento.

O que havia naquela garota queixosa, que só reclamava, para que o velho tolo estivesse tão ansioso para lhe dar um ninho? Suellen não merecia um marido amoroso e os lucros de uma loja e de uma serraria. No minuto em que Sue pusesse as mãos no dinheiro, ficaria cheia de pose e nunca contribuiria com um centavo que fosse para a manutenção de Tara. Não, Suellen! Acreditaria estar livre e não se importaria se Tara fosse trocada pelos impostos ou se fosse incendiada, contanto que tivesse roupas bonitas e um "Sra." antes do nome.

Ao pensar no futuro seguro de Suellen e na precariedade de seu próprio e do de Tara, ela ardeu de raiva diante da injustiça da vida. Rapidamente, olhou para a rua lamacenta lá fora da charrete, para o caso de Frank poder ver sua expressão. Ela iria perder tudo o que tinha, ao passo que Sue... Repentinamente, nasceu nela uma determinação.

Suellen não ficaria com Frank, nem com a loja ou a serraria!

Suellen não merecia. Ela mesma ficaria com aquilo. Pensou em Tara e se lembrou de Jonas Wilkerson, venenoso feito uma cascavel, aos pés dos degraus da varanda, e agarrou-se ao último graveto pairando acima do naufrágio de sua vida. Rhett a decepcionara, mas o Senhor providenciara Frank.

"Mas será que consigo fisgá-lo?" Seus dedos se cerraram enquanto ela olhava para a chuva sem nada ver. "Será que consigo fazê-lo esquecer Sue e me pedir em casamento bem rápido? Se quase consegui que Rhett o fizesse, sei que consigo pegar o Frank!" Ela voltou os olhos para ele, piscando. "Com certeza ele não é nenhuma beleza", pensou friamente, "tem péssimos dentes, mau hálito, e idade para ser meu pai. Além disso, é nervoso, tímido e tem boas intenções, as piores qualidades em um homem. Mas pelo menos é um cavalheiro e creio que eu conseguiria aguentar melhor viver com ele do que com Rhett". Com certeza, seria fácil lidar com ele. De qualquer modo, de cavalo dado não se olham os dentes.

O fato de Frank ser noivo de Suellen não lhe fazia a consciência pesar. Após o total colapso moral que a enviara a Atlanta e a Rhett, apropriar-se do noivo da irmã lhe parecia um assunto menor, que nem merecia grande atenção.

Com o surgimento de novas esperanças, ela endireitou a coluna e se esqueceu dos pés molhados e frios. Olhou para Frank com tal insistência, os olhos se estreitando, que ele ficou um tanto alarmado e ela baixou o olhar rapidamente, lembrando-se das palavras de Rhett: "Já vi olhos como os seus acima de uma pistola de duelo... Não evocam nenhum ardor no peito de um homem."

— O que houve, Sra. Scarlett? Está com frio?

— Sim — respondeu ela de modo desamparado. — O senhor se importaria se eu pusesse a mão em seu bolso? Está muito frio e meu regalo está ensopado.

— Ora... ora... é claro que não! E a senhora está sem luvas! Minha nossa, que grosseria de minha parte indo tão devagar, falando de minhas coisas quando a senhora deve estar congelada e querendo se aconchegar diante de uma lareira.

Vamos, Sally! Por falar nisso, Sra. Scarlett, fiquei tão concentrado falando de mim mesmo que nem lhe perguntei o que estava fazendo neste bairro com este tempo.

— Fui até a sede do comando dos ianques — respondeu ela sem pensar. As sobrancelhas dele se ergueram de espanto.

— Mas Sra. Scarlett! Os soldados... Por quê?

"Minha mãe de Deus, faça-me pensar em uma boa mentira", rezou ela rapidamente. Frank não podia desconfiar de que ela fora visitar Rhett. Frank considerava Rhett o mais obscuro dos patifes e achava que mulheres decentes não estavam seguras ao falar com ele.

— Fui até lá... fui lá para ver se os oficiais comprariam meus bordados para enviar a suas mulheres. Bordo muito bem.

Ele se encostou ao banco, horrorizado, a indignação lutando contra o assombro.

— A senhora foi até os ianques... Mas, Sra. Scarlett! Não deveria. Ora... ora... Certamente seu pai não sabe... Certamente a Srta. Pittypat...

— Ah, eu morreria se contasse a tia Pittypat! — exclamou ela com verdadeira ansiedade e caiu no choro. Foi fácil chorar, pois estava com frio e sentia-se infeliz, mas o efeito foi chocante. Frank não teria ficado mais constrangido e impotente se ela tivesse começado a se despir de repente. Ele estalou a língua nos dentes várias vezes, murmurando "Minha nossa! Minha nossa!", fazendo gestos inúteis para ela. Passou-lhe uma ideia ousada pela cabeça de que deveria puxar a cabeça dela para seu ombro e acalmá-la com tapinhas, mas, como nunca o fizera com mulher alguma, nem sabia como agir. Scarlett O'Hara, tão corajosa e bonita, chorando ali na charrete dele. Scarlett O'Hara, a mais orgulhosa entre os orgulhosos, tentando vender bordados para os ianques. Seu coração ardeu.

Ela continuou soluçando, dizendo algumas palavras de vez em quando, e ele deduziu que as coisas não andavam bem em Tara. O Sr. O'Hara ainda "não era ele mesmo" e não havia comida suficiente para alimentar a todos. Então ela tivera que ir a Atlanta para tentar ganhar algum dinheiro para si mesma e o filho. Frank estalou a língua de novo e subitamente percebeu que a cabeça dela estava em seu ombro. Nem sabia como chegara ali. Com certeza, ele não tinha sido o responsável, mas lá estava a cabeça de Scarlett, desamparada, soluçando junto a seu peito magro, uma sensação excitante e nova para ele. Ele deu um tapinha tímido no ombro dela, timidamente a princípio, mas, sem que ela o repelisse, ele ficou mais ousado e afagou-a com mais firmeza. Que coisinha desamparada, doce e feminina ela era. E que corajosa e tola tentando ganhar dinheiro com a agulha. Mas negociar com os ianques, isso era demais.

— Não vou contar à Srta. Pittypat, mas a senhora precisa me prometer, Sra. Scarlett, que nunca mais fará algo assim de novo. A ideia de uma filha de seu pai...
Os olhos verdes úmidos dela, desamparados, buscaram os dele.
— Mas Sr. Kennedy, eu preciso fazer algo. Preciso cuidar de meu pobre filhinho e não há ninguém que cuide de nós agora.
— A senhora é uma jovem corajosa — disse ele —, mas não posso deixá-la fazer esse tipo de coisa. Sua família morreria de vergonha.
— O que vou fazer então? — Os olhos aquosos voltaram-se para ele como se ela tivesse certeza de que ele soubesse tudo e estivesse dependendo de suas palavras.
— Bem, agora não sei. Mas vou pensar em algo.
— Ah, tenho certeza de que sim. Você é tão esperto... Frank.
Ela nunca o chamara pelo primeiro nome, e aquele som lhe chegou com um agradável choque e uma surpresa. A pobre moça devia estar tão aborrecida que nem notara o deslize. Ele se sentiu muito benevolente em relação a ela, e muito protetor. Se houvesse algo que pudesse fazer pela irmã de Suellen O'Hara, certamente faria. Sacou um grande lenço vermelho e deu a ela, que enxugou os olhos com um sorriso trêmulo.
— Sou tão boba — disse ela se desculpando. — Por favor, perdoe-me.
— Não é boba, não. É uma jovem muito corajosa e está tentando carregar um fardo pesado demais. Sinto que a Srta. Pittypat não lhe vá ser de muita ajuda. Soube que ela perdeu a maior parte das propriedades, e o Sr. Henry Hamilton também está em maus lençóis. Gostaria de ter uma casa para lhe oferecer como abrigo. Mas, Sra. Scarlett, não se esqueça, quando a Srta. Suellen e eu estivermos casados, sempre haverá um lugar para a senhora sob nosso teto, e para Wade Hampton também.
Agora chegara a hora! Com certeza, os santos e anjos estavam olhando por ela para lhe dar essa oportunidade enviada pelos Céus. Ela tratou de parecer muito surpresa e constrangida, abrindo a boca como se quisesse falar rapidamente, e fechou-a em seguida com um estalo.
— Não me diga que não sabia que estou para ser seu cunhado nesta primavera — disse ele, dando uma risadinha nervosa. Então, vendo os olhos dela se encherem de lágrimas, ele indagou alarmado: — Qual é o problema? A Srta. Sue não está doente, está?
— Ah, não! Não!
— Há algo de errado. A senhora precisa me dizer.
— Ah, não posso! Não sabia! Achei que ela tinha lhe escrito... ah, que crueldade!
— Sra. Scarlett, o que é?

— Ah, Frank, eu não pretendia contar, mas achei, é claro, que você soubesse... que ela tinha lhe escrito...

— Escrito o quê? — Ele tremia.

— Ah, fazer isso com um bom homem como você!

— O que foi que ela fez?

— Ela não lhe escreveu? Ah, imagino que estava muito envergonhada para lhe escrever. Devia mesmo estar! Ah, ter uma irmã tão cruel.

A essa altura, Frank nem conseguia articular as perguntas. Estava parado olhando para ela, o rosto cinzento, as rédeas soltas nas mãos.

— Ela vai se casar com Tony Fontaine no mês que vem. Ah, sinto muito, Frank. Sinto tanto por ser eu a lhe contar. Ela simplesmente se cansou de esperar e estava com medo de ficar solteirona.

Mammy esperava na varanda quando Frank ajudou Scarlett a saltar da charrete. Era evidente que estava ali havia algum tempo, pois o lenço da cabeça estava úmido, e o velho xale que a agasalhava mostrava sinais de chuva. A fisionomia enrugada era um estudo de cólera e apreensão, e Scarlett não se lembrava de ter visto seu beiço mais protuberante. Ela deu uma rápida olhada em Frank e, quando viu quem era, a fisionomia mudou, ficando envolta pelo prazer, surpresa e algo semelhante a culpa se mostrando. Ela veio gingando na direção de Frank, cumprimentando-o, rindo, e fez uma mesura quando ele apertou sua mão.

— Mas é tão bão vê os pessoá de casa — disse ela. — Como vai passano, sinhô Frank? Arre, como o sinhô tá bem. Se eu sabia que a sinhá Scarlett tava com o sinhô, num tava procupada. Ia sabê que tava cuidano dela. Vortei pra cá e vi que ela num tava e fiquei apavorada que nem galinha sem cabeça, pensano nela correno só por aí nessa cidade com todos esses nêgo livre na rua. Como vosmecê num me disse que ia saí, fia? E tá resfriada!

Matreira, Scarlett piscou para Frank e, apesar de toda a angústia por causa da má notícia que tivera, ele sorriu, sabendo que ela o convidava ao silêncio, metendo-o em uma prazerosa conspiração.

— Vá lá em cima e me arrume roupas secas, Mammy — disse ela. — E chá quente.

— Meu Sinhô do Céu, o vestido novo tá todo estragado — grunhiu Mammy. — Vai me dá o maió trabaio secá e escová ele ara ficá direito procê usá hoje à noite.

Ela entrou na casa e Scarlett se aproximou de Frank, sussurrando:

— Venha jantar conosco hoje. Estamos tão sozinhas... E depois vamos ao casamento. Seja nosso acompanhante! E, por favor, não diga nada a tia Pittypat sobre... sobre Suellen. Isso a angustiaria muito, e não aguentaria que ela soubesse que minha irmã...

— Ah, não vou, não vou! — disse Frank rapidamente, estremecendo só de pensar.

— Você foi muito gentil comigo hoje e me fez bem. Já me sinto corajosa outra vez. — Ela apertou a mão dele para se despedir e virou toda a bateria de seus olhos para ele.

Mammy, que esperava logo depois da porta, lançou-lhe um olhar inescrutável e a seguiu, bufando escada acima até o quarto. Ficou em silêncio enquanto lhe tirava as roupas molhadas, pendurando-as nas cadeiras, e em seguida aconchegou Scarlett na cama. Depois de lhe trazer uma xícara de chá e um tijolo quente embrulhado em uma flanela, olhou para Scarlett e disse, com a abordagem mais próxima a desculpas na voz que Scarlett já ouvira:

— Meu bem, pruquê vosmecê num disse pra sua Mammy o que era? Daí eu num vinha inté Atlanta. Tô muito véia e muito gorda pra ficá correno por aí.

— O que você quer dizer?

— Fia, vosmecê num me engana. Conheço vosmecê. E vi bem a cara do sinhô Frank agorinha e vi sua cara e sei lê suas ideia como quarqué pessoa lê a Bíblia. E ouvi aquele cochicho da sinhá Suellen. Se eu sabia que vosmecê tava atrás do sinhô Frank, tinha ficado em casa, que é o meu lugá.

— Bem — disse Scarlett brevemente, aconchegando-se sob as cobertas e percebendo ser inútil tentar tirar Mammy da pista —, quem você achava que era?

— Fia, eu num tinha ideia, mas num me agradô nadinha sua cara onte. E me alembrei da sinhá Pittypat escrevê pra sinhá Melly que aquele danado do Butler tava com tanto de dinhero e num me esqueço do que oço. Mas o sinhô Frank é um cavalero, mesmo sem sê muito bonito.

Scarlett lhe lançou um olhar aguçado e Mammy o retribuiu com tranquila onisciência.

— E o que você vai fazer a respeito. Contar a Suellen?

— Vô te ajudá a agradá o sinhô Frank de todo jeito que pudé — disse Mammy, enfiando as cobertas em torno do pescoço de Scarlett.

Scarlett ficou quieta por um tempo enquanto Mammy ajeitava o quarto, aliviada de não precisar discutir com ela. Nada de explicações, nada de censuras. Mammy entendera e estava quieta. Scarlett encontrara em Mammy uma realista menos compromissada que ela mesma. Os velhos olhos sábios viam profunda e claramente, com a objetividade do selvagem ou da criança que não é tolhida pela consciência quando seu bicho de estimação está ameaçado. Scarlett era sua filhinha, e o que sua filhinha queria, mesmo que pertencesse a outra, Mammy estava disposta a ajudá-la a obter. Os direitos de Suellen e Frank Kennedy nem lhe passavam pela cabeça, provocavam no máximo um secreto riso à socapa.

Scarlett estava em apuros e dando o melhor de si, e Scarlett era a filha da sinhá Ellen. Mammy ficava a seu lado sem um único momento de hesitação.

Scarlett sentiu o reforço silencioso e, conforme o tijolo quente em seus pés a aquecia, a esperança que tinha se acendido levemente no frio percurso até em casa agora era uma chama. Ela foi tomada por ela, que fez o coração bombear sangue para suas veias em ondas pulsantes. A força voltava, e uma excitação descontrolada lhe dava vontade de soltar risadas. Ainda não tinha sido derrotada, pensou exultante.

— Mammy, me alcance o espelho.

— Fica com os ombro por debaxo das coberta — ordenou Mammy, lhe entregando o espelho com um sorriso nos lábios grossos.

Scarlett se olhou.

— Estou branca como um cadáver — disse ela —, e meu cabelo está mais duro que o rabo de um cavalo.

— Num tá tão bonita como podia.

— Hãã... Está chovendo muito?

— Vosmecê sabe que tá.

— Bem, mesmo assim, você tem que ir ao centro para mim.

— Nessa chuva num vô.

— Vai sim, ou então eu mesma vou.

— Que vosmecê tem pra fazê que num pode esperá? Parece que vosmecê já fez muito prum dia só.

— Quero — disse Scarlett, examinando-se cuidadosamente no espelho — um vidro de água-de-colônia. Você pode lavar meu cabelo e enxaguá-lo com a colônia. E compre um vidro de pasta de semente de marmelo para deixá-lo assentado.

— Num vô lavá cabelo com esse tempo, e vosmecê num vai botá prefume no cabelo feito muié assanhada. Não se eu tivé ar pra respirá.

— Ah, vou sim. Veja em minha bolsa e pegue aquela pepita de cinco dólares e vá ao centro. E...hãã... Mammy, aproveite e me compre um ruge também.

— Que é isso? — perguntou Mammy desconfiada.

Scarlett olhou para ela com uma frieza que estava longe de sentir. Nunca havia como saber até que ponto se podia usar Mammy.

— Não importa. Só peça.

— Num vô comprá nada que num sei que que é.

— Bem, é pintura, se está tão curiosa! Pintura para o rosto. Não fique aí parada inchando feito um sapo. Vá.

— Pintura! — exclamou Mammy. — Pintura de rosto! Bão, vosmecê num tá tão grande pra eu num podê te dá uma sova! Nunca que fiquei tão arreliada.

Vosmecê tá perdida, fia! A sinhá Ellen deve tá se arrevirano na tumba! Pintá a cara feito uma...

— Você sabe muito bem que vovó Robillard pintava o rosto e...

— É sim, e só usava uma anágua e moiava ela com água pra fazê grudá e mostrá a forma das perna, mais isso num qué dizê que vosmecê vai fazê o mermo! Os tempo era indecente quando a véia sinhá era moça, mais os tempo muda, é certeza, e...

— Por Deus! — falou Scarlett, perdendo a paciência e jogando para trás as cobertas. — Pode voltar já para Tara!

— Vosmecê num pode me mandá pra Tara sem eu querê. Sô livre — disse Mammy com ardor. — E vô ficá bem aqui. Vorta já pra essa cama. Tá quereno pegá uma peumonia logo agora? Larga esse espartio! Dexa isso, fia. Arre, sinhá Scarlett, vosmecê num vai pra lugá ninhum com esse tempo. Sinhô Deus! Mas vosmecê parece mermo com seu pai! Vorta pra cama... num posso saí pra comprá pintura! Eu ia morrê de vergonha, todo mundo sabeno que é pra minha fia! Sinhá Scarlett, vosmecê é tão doce e bonita que num precisa de pintura ninhuma. Fia, só as muié da vida usa essas coisa.

— Bem, elas conseguem resultados, não é?

— Jesus, ove ela! Fiota, num diz essas coisa! Larga essas meia moiada, fia. Num vô dexá ocê ir comprá essas coisa. A sinhá Ellen ia vim garrá meu pé. Vorta pra cama. Eu vô. Vô tentá achá uma loja onde eles não conheça nós.

Naquela noite na casa da Sra. Elsing, depois de Fanny estar devidamente casada, o velho Levi e os outros músicos afinavam os instrumentos para a dança e Scarlett olhou em volta, contente. Era tão empolgante estar novamente em uma festa. Também estava feliz com a recepção calorosa que tivera. Quando entrou de braço dado com Frank, todos correram para ela com exclamações de prazer e boas-vindas, beijando-a, apertando sua mão, dizendo-lhe quanto tinham sentido sua falta e que ela não devia voltar para Tara. Os homens pareciam ter galantemente esquecido que ela fizera o possível para decepcioná-los no passado, assim como as moças, cujos admiradores ela tentara afastar. A Sra. Merriwether, a Sra. Whiting, a Sra. Meade e as outras rainhas da cidade, que tinham sido tão frias com ela durante os últimos dias da guerra, haviam se esquecido de sua conduta leviana e de sua reprovação, só relembrando que ela sofrera na derrota em comum e que era a sobrinha de Pitty e viúva de Charles. Eles a beijaram e falaram gentilmente com lágrimas nos olhos sobre a morte de sua querida mãe e, de passagem, perguntaram pelo pai e pelas irmãs. Todos indagaram por Melanie e Ashley, querendo saber o motivo para não terem voltado a Atlanta.

Apesar do prazer da acolhida, Scarlett sentia uma leve intranquilidade, que tentou ocultar, sobre a aparência do vestido de veludo. Ainda estava úmido até a altura dos joelhos e manchado na barra, apesar dos esforços frenéticos de Mammy e da cozinheira com o vapor da chaleira, uma escova de cabelos e do abanar diante do fogo da lareira. Scarlett temia que alguém notasse seu estado e percebesse que era seu único vestido bonito. Ficou um pouco animada pelo fato de que muitos dos vestidos de outras convidadas estavam em pior condição. Eram velhos e estavam cuidadosamente remendados e passados. O seu, pelo menos, estava inteiro e era novo, por mais que estivesse úmido — na verdade, era o único vestido novo da reunião, exceto pelo vestido branco de cetim de Fanny.

Lembrando-se do que tia Pitty lhe contara sobre as finanças dos Elsing, ela ficou imaginando como tinham obtido o dinheiro para o vestido de cetim, para os refrescos, a decoração e os músicos. Devia ter custado uma boa soma. Provavelmente, dinheiro emprestado ou todo o clã dos Elsing tinha contribuído para dar a Fanny esse dispendioso casamento. Uma festa assim nesses tempos difíceis parecia uma extravagância a Scarlett, só rivalizando com as pedras tumulares dos Tarleton, e ela sentiu a mesma irritação e a mesma falta de solidariedade que sentira diante daqueles túmulos. Os dias em que o dinheiro podia ser jogado fora de modo negligente pertenciam ao passado. Por que essas pessoas insistiam na repetição de atos dos velhos tempos quando os velhos tempos já não existiam?

Mas ela deu de ombros para o aborrecimento momentâneo. O dinheiro não era dela, e ela não queria estragar o prazer da noite se irritando com a tolice alheia.

Descobriu que conhecia o noivo muito bem, pois era Tommy Wellburn de Sparta, e ela o atendera no hospital quando ele se ferira no ombro. Fora um belo jovem com seu 1,80 m de altura, e tinha desistido dos estudos de medicina para alistar-se na cavalaria. Agora parecia um velhinho de tão curvado que ficara devido ao ferimento no quadril. Caminhava com certa dificuldade e, como tia Pitty comentara, mancava de modo bem vulgar. Mas ele parecia totalmente inconsciente da própria aparência, ou despreocupado com ela, e agia como alguém que não vê diferença entre os homens. Perdera todas as esperanças de continuar seus estudos de medicina e agora era empreiteiro, dirigindo uma equipe de operários irlandeses que estavam construindo o novo hotel. Scarlett cogitou como ele conseguia dar conta de um trabalho tão pesado em sua situação, mas não fez perguntas, percebendo que quase tudo era possível quando a necessidade se impunha.

Tommy, Hugh Elsing e o pequeno René Picard, que parecia um macaco, ficaram conversando com ela enquanto as cadeiras e os móveis eram afastados até a parede em preparação para a dança. Hugh não mudara nada desde que Scarlett o vira pela última vez em 1862. Ainda era o mesmo menino magro e sensível, com os mesmos cabelos castanho-claros caídos sobre a testa e as mesmas mãos delicadas e inúteis de que ela se lembrava tão bem. Mas René mudara desde aquela licença, quando se casara com Maybelle Merriwether. Ainda possuía o vislumbre gaulês nos olhos negros e o entusiasmo crioulo pela vida, mas, apesar do riso fácil, havia algo duro em sua fisionomia que não estava presente no início da guerra. E o ar altivo e elegante que a farda zuava lhe emprestava sumira completamente.

— Faces como rosas, olhos como esmerraldas! — disse ele, beijando a mão de Scarlett e elogiando o ruge em suas faces. — Bonita como da prrimeirra vez que a vi na querrmesse. Você se lembrra? Nunca vou esquecerr do jeito como você jogou sua aliança na minha cesta. Ah, mas aquilo foi corrajoso! Mas eu nunca irria imaginar que você levarria tanto tempo prra conseguir uma outrra aliança!

Seus olhos travessos cintilaram e ele deu uma cotovelada nas costelas de Hugh.

— E eu nunca imaginei que você estaria transportando tortas em uma carroça, Renny Picard — disse ela. Em vez de se envergonhar por sua ocupação degradante lhe ser jogada na cara, ele pareceu agraciado e caiu na risada, dando um tapa nas costas de Hugh.

— Touché! — exclamou. — Belle Mère, madame Merriwether é quem me manda fazerr isso, o prrimeirro trrabalho que faço na vida, eu, René Picard, que fui crriado parra terr cavalos de corrida e tocarr violino! Orra, eu gosto de dirrigir a carroça e distribuirr as torrtas! Madame Belle Mère consegue que um homem faça qualquerr coisa. Ela devia terr sido o generral e a gente terria ganhado a guerra, né, Tommy?

Bem, pensou Scarlett. Que ideia essa de gostar de dirigir uma carroça e distribuir tortas quando o pessoal dele possuíra 16 quilômetros ao longo do rio Mississippi, além de uma casa enorme em Nova Orleans!

— Se tivéssemos nossas sogras nas fileiras, teríamos derrotado os ianques em uma semana — concordou Tommy, olhando de relance para sua nova sogra, esguia e invencível. — A única razão para termos durado tanto foram as damas na retaguarda que nunca desistiam.

— Que *nunca* desistirão — emendou Hugh e seu sorriso era orgulhoso, mas torcido. — Não há uma dama sequer aqui que tenha se rendido, não importa o que seus homens tenham feito em Appomattox. É muito pior para elas do que foi para nós. Pelo menos, descontamos no combate.

— E elas no ódio — finalizou Tommy. — Ei, Scarlett? As damas ficam muito mais aborrecidas com o que restou a seus homens do que nós. Hugh devia virar juiz, René se preparava para tocar violino diante das cabeças coroadas da

Europa... — Ele se esquivou diante da ameaça de René lhe dar um tapa. — E eu devia ser um médico e agora...

— Nos dê algum tempo! — exclamou René. — Enton eu vou ser o Prríncipe das Torrtas do Sul! O meu bom Hugh, o Rei da Lenha, e você, meu Tommy, você serrá prroprietárrio de escrravos irrlandeses em vez de escrravos negrros. Que mudança... que diverrtido! E o que restou prra vocês, Sra. Scarrlet e Sra. Melly? Vocês orrdenham as vacas, colhem algodón?

— Na verdade, não! — disse Scarlett friamente, incapaz de entender o entusiasmo com que René aceitava as durezas da nova vida. — Nossos negros fazem isso.

— Eu soube que a Sra. Melly batizou o menino de "Beauregard". Diga-lhe que eu, René, aprrovo e digo que exceto por "Jesus" non tem nome melhorr.

Embora risse, seus olhos brilharam orgulhosos ao som do nome do arrojado herói da Louisiana.

— Bem, tem "Robert Edward Lee" — observou Tommy —, e, embora eu não esteja querendo diminuir a reputação do Velho Beau, meu primeiro filho vai se chamar "Bob Lee Wellburn".

René riu e deu de ombros.

— Vou contarr uma piada, mas é uma histórria verrdadeirra. E você verrá o que os crioulos pensam de nosso bravo Beauregard e de seu generral Lee. No trrem perto de Nova Orleans, um homem da Virgínia, um homem do generral Lee, se encontrrou com um homem das trropas de Beauregard. E o homem da Virgínia fala, fala, fala como o generral Lee faz isso, como o generral Lee diz aquilo. E o crioulo, ele parrece bem-educado e enrruga a testa como se tentasse se lembrrar e enton sorri e diz: "Generral Lee! Ah, oui! Agorra eu sei! Generral Lee! O homem de quem o generral Beauregard fala bem!"

Scarlett tentou educadamente juntar-se ao coro de risadas, mas não viu nenhum sentido na história, exceto que os crioulos eram tão presunçosos quanto o povo de Charleston ou de Savannah. Além disso, ela sempre achara que o filho de Ashley devia ter sido batizado com o nome do pai.

Após afinarem os instrumentos e darem os tons preliminares, os músicos atacaram com "O Véio Dan Tucker" e Tommy se virou para ela.

— Quer dançar, Scarlett? Não posso acompanhá-la, mas Hugh ou René...

— Não, obrigada. Ainda estou de luto por minha mãe — disse Scarlett apressadamente. — Vou me sentar durante as danças.

Seus olhos procuraram por Frank Kennedy, que estava ao lado da Sra. Elsing, e ela o chamou com o dedo.

— Vou me sentar naquele canto. Se quiser me trazer uma bebida, poderemos conversar — falou a Frank enquanto os outros três dispersavam.

Quando ele se apressou para ir buscar um copo de vinho e uma fatia de bolo fina como papel, Scarlett sentou-se no canto da sala e arrumou com cuidado as saias, tentando ocultar as piores partes. Os acontecimentos humilhantes da manhã com Rhett tinham sido eliminados de sua mente pela empolgação de ver tanta gente e de ouvir música outra vez. Amanhã ela pensaria na conduta de Rhett e em sua vergonha e aquilo a faria se contorcer outra vez. Amanhã ela veria se tinha causado qualquer impressão no coração magoado e confuso de Frank. Mas hoje, não. Hoje ela estava viva até a ponta dos dedos, todos os sentidos alertas de esperança, os olhos radiantes.

Do canto ela olhou para o grande salão e observou os dançarinos, relembrando a beleza daquela sala quando ela chegara a Atlanta durante a guerra. Na época, o piso de tábua corrida brilhava como vidro e, acima, as centenas de pequenos prismas do lustre refletiam cada raio das dúzias de velas que continha, fazendo a luz dançar pela sala em forma de diamantes e safiras. Os velhos retratos nas paredes eram dignos e graciosos, olhando para os convidados com ar de madura hospitalidade. Os sofás de jacarandá eram macios e convidativos, e um deles, o maior, ficava no lugar de honra nesse mesmo nicho onde ela se sentava agora. Tinha sido o assento favorito de Scarlett nas festas. Desse ponto se estendia uma vista agradável do salão e da sala de jantar, com sua mesa oval de mogno que acomodava vinte pessoas e as vinte cadeiras de pés finos gravemente encostadas nas paredes, o pesado aparador e o bufê com a prataria pesada, os candelabros de sete braços, as taças, galheteiros, os decantadores e pequenos copos brilhantes. Scarlett se sentara naquele sofá muitas vezes nos primeiros anos da guerra, sempre com algum oficial bonito ao lado, e ouvira o violino e o contrabaixo, o acordeão e o banjo, e os ruídos estimulantes provocados pelos pés que dançavam no piso encerado e polido.

Agora o lustre estava escuro, meio torto e com a maioria dos prismas quebrados, como se os ocupantes ianques tivessem feito de sua beleza um alvo para as botas. Agora um lampião a óleo e algumas velas iluminavam a sala, e o fogo que ardia na larga lareira proporcionava a maior parte da iluminação. A luz tremeluzente mostrava o modo irreparável como o velho piso fosco estava arranhado e lascado. Quadrados no papel de parede desbotado evidenciavam que no passado havia retratos pendurados ali, e grandes rachaduras no gesso relembravam o dia durante o cerco em que uma bomba explodira na casa e destruíra partes do telhado e do segundo andar. A velha mesa pesada de mogno, servida de bolo e decantadores, ainda presidia a sala de jantar vazia, mas estava arranhada e os pés quebrados mostravam sinais de um conserto malfeito. O aparador, a prataria e as cadeiras esguias tinham sumido. As cortinas dourado-fosco de tecido adamascado que cobriam as janelas francesas arqueadas no fundo do salão já não estavam lá, e apenas os restos das cortinas de renda permaneciam, limpas, mas obviamente consertadas.

No lugar do sofá circular de que ela tanto gostava, havia um banco duro, não muito confortável. Ela se sentou ali com o máximo de graça possível, desejando que suas saias estivessem em condições de lhe permitir dançar. Seria bom dançar de novo. Mas, é claro, ela poderia fazer mais com Frank naquele nicho afastado do que em uma escocesa de tirar o fôlego, podendo ouvir fascinada a conversa dele e encorajá-lo a voos mais altos de tolice.

Mas, certamente, a música era convidativa. Sua sapatilha batia saudosa no compasso do pé largo de Levi enquanto ele tangia as cordas do banjo estridente e comandava a escocesa. Os pés arrastavam e batiam conforme as fileiras gêmeas dançavam em direção uma da outra, recuavam, giravam e faziam arcos com os braços.

> *O Véio Dan Tucker ficô bêbo...*
> *(Gire seus par!)*
> *Caiu na foguera e chutô uma acha de lenha!*
> *(As dama pula a foguera!)*

Após os meses tediosos e exaustivos em Tara, era bom ouvir música e o som de pés dançantes, bom ver rostos familiares e simpáticos rindo sob a luz difusa, contando velhas piadas e declarando velhos lemas, caçoando, brincando, flertando. Era como voltar à vida depois de estar morta. Dava quase a impressão de que os dias luminosos de cinco anos atrás tinham voltado. Se ela pudesse fechar os olhos e não ver os vestidos surrados e refeitos, as botas e sapatilhas remendadas, se sua mente não relembrasse os rostos dos rapazes ausentes na escocesa, poderia ter pensado que nada mudara. Mas enquanto olhava, observando os velhos agrupados em torno do decantador na sala de jantar, as matronas alinhadas nas paredes, conversando por trás de mãos sem leques e o vaivém dos jovens dançarinos saltitantes, ela percebeu súbita, fria e assustadoramente que tudo mudara a tal ponto, que aquelas figuras familiares pareciam fantasmas.

Pareciam os mesmos, mas estavam diferentes. O que era? Estariam apenas cinco anos mais velhos? Não, era algo além da passagem do tempo. Algo se esvaíra deles, se esvaíra daquele mundo. Cinco anos antes, uma sensação de segurança os envolvia tão generosamente que nem percebiam. Tinham florescido naquele abrigo. Agora era passado e com ele se fora a antiga emoção, a antiga sensação de algo encantador e empolgante logo ali na esquina, o antigo glamour do estilo de vida deles.

Ela sabia que também tinha mudado, mas não como eles, e aquilo a intrigava. Ali sentada, ela os observava e se sentia uma estranha, alheia e solitária como se tivesse vindo de outro mundo, falando uma língua que eles não entendiam e sem entender a deles. Depois reconheceu que essa sensação era a mesma que tinha em relação a Ashley. Com ele e com as pessoas semelhantes a ele, que compunham a maior parte de seu mundo. Ela se sentia fora de alguma coisa que não conseguia entender.

As fisionomias estavam pouco mudadas, os modos, não, mas lhe parecia que essas duas coisas eram tudo o que restava de seus velhos amigos. Uma dignidade imutável e uma cortesia atemporal ainda os caracterizava e assim seria até morrerem, mas eles carregariam uma amargura imortal para a sepultura, uma amargura profunda demais para ser posta em palavras. Eram pessoas de fala macia, arrebatadas, cansadas, que estavam derrotadas e não reconheceriam a derrota, alquebradas e mesmo assim determinadamente eretas. Eram cidadãos esmagados e impotentes de províncias conquistadas. Eram espectadores no estado que amavam, que viam ser pisoteado pelo inimigo, viam malandros caçoando da lei, seus antigos escravos transformados em uma ameaça, os homens privados de seus direitos civis, as mulheres insultadas. E se lembravam dos túmulos.

Tudo em seu velho mundo tinha mudado, exceto os antigos padrões. Os costumes se mantinham, era preciso, pois só o que lhes restava eram os padrões. Seguravam-se com afinco às coisas que conheciam melhor e mais amavam dos velhos tempos, as maneiras folgadas, a cortesia, a informalidade agradável nos contatos humanos e, mais que tudo, a atitude protetora dos homens em relação às mulheres. Fiéis à tradição em que tinham sido criados, os homens eram corteses e ternos e quase conseguiam criar uma atmosfera protetora que afastasse suas mulheres de tudo o que fosse duro e impróprio para os olhos femininos. Isso, pensou Scarlett, era o máximo do absurdo, pois havia pouco que até a mais enclausurada das mulheres não tivesse visto e sabido nos últimos cinco anos. Elas tinham atendido os feridos, cerrado olhos mortos, sofrido a guerra, o incêndio e a devastação, conhecido o terror, a luta e a fome.

Mas, não importava o que tinham visto ou as tarefas servis que haviam desempenhado e teriam que desempenhar, continuavam sendo damas e cavalheiros, a realeza no exílio — amarga, arredia, apática, gentis uns com os outros, duros como o diamante, claros e frágeis como os cristais quebrados sob suas cabeças. Os velhos tempos tinham se acabado, mas essas pessoas seguiriam como se ainda existissem, charmosos, folgados, determinados a não se apressar para disputar por centavos como os ianques, determinados a não se separar de nada que pertencesse aos velhos tempos.

Scarlett sabia que ela também tinha mudado muito. Caso contrário, não teria conseguido fazer as coisas que tinha feito desde que estivera em Atlanta pela última vez; caso contrário, não estaria planejando o que esperava desesperadamente prestes a fazer. Mas havia uma diferença entre a dureza deles e a dela, e exatamente que diferença era essa ela ainda não sabia. Talvez por não haver nada de que ela não fosse capaz, enquanto havia muitas coisas que essas pessoas prefeririam morrer a fazer. Talvez fosse porque, mesmo tendo perdido as esperanças, continuassem rindo da vida, fazendo uma graciosa mesura e indo em frente. E isso Scarlett não conseguia.

Não conseguia ignorar a vida. Precisava vivê-la e lhe era muito brutal, muito hostil até tentar pôr um verniz sobre suas asperezas com um sorriso. Scarlett nada via da doçura, da coragem e do orgulho inflexível de seus amigos. Só via uma teimosia estúpida que observava os fatos, mas sorria e se recusava a encará-los de frente.

Olhando para os dançarinos, corados com a escocesa, ela se perguntou se as coisas os impulsionavam como a ela, amores mortos, maridos mutilados, filhos famintos, terras perdidas, tetos amados que abrigam estranhos. Mas, é claro, eles eram impulsionados! Ela sabia das circunstâncias deles só um pouco menos do que sabia das suas. As perdas deles tinham sido as dela, as privações deles, as dela, seus problemas os mesmos que os dela. Contudo, tinham reagido de modo diferente a tudo aquilo. Os rostos que ela via no salão não eram rostos, e sim máscaras, ótimas máscaras, que nunca cairiam.

Mas, se estivessem sofrendo tão agudamente as circunstâncias brutais como ela estava — e eles estavam —, como conseguiam manter esse ar de alegria e essa leveza de alma? Por que, na verdade, tentavam fazê-lo? Estavam além de sua compreensão e eram vagamente irritantes. Ela não conseguia ser como eles. Não podia examinar o naufrágio do mundo com ar de despreocupação acidental. Sentia-se como uma raposa sendo caçada, correndo com o coração a explodir, tentando chegar à toca antes que os cães a alcançassem.

De repente, odiou todos eles porque eram diferentes dela, porque carregavam suas perdas com um ar que ela jamais conseguiria alcançar, que jamais desejaria alcançar. Ela os odiava, aqueles estranhos sorridentes e graciosos, tolos orgulhosos, que se orgulhavam de algo que tinham perdido, parecendo orgulhosos de terem perdido. As mulheres posavam de damas e ela sabia que eram damas, embora seu cotidiano fosse preenchido por tarefas servis e elas não soubessem de onde viria seu próximo vestido. Todas damas! Mas ela não conseguia se sentir uma dama, apesar do vestido de veludo e do cabelo perfumado, apesar do orgulho do berço que trazia e da fortuna que já tivera. O contato agreste com a terra vermelha de

Tara lhe havia desnudado da nobreza, e ela sabia que nunca se sentiria uma dama novamente até que sua mesa estivesse guarnecida de prata e cristal, fumegante de boa comida, até que seus próprios cavalos e carruagens estivessem em seu estábulo, até que mãos negras, não brancas, colhessem o algodão de Tara.

"Ah!", pensou ela, raivosa, suspirando. "Esta é a diferença! Mesmo sendo pobres, elas ainda se sentem como damas, e eu não. As tolas não parecem perceber que não é possível ser uma dama sem dinheiro!"

Mesmo com essa revelação, ela percebeu vagamente que, por mais tolas que elas parecessem, sua atitude estava certa. Ellen teria achado. Isso a perturbou. Sabia que deveria se sentir como essas pessoas, mas não conseguia. Sabia que deveria crer devotadamente, como elas, que uma dama nata assim permanece, mesmo que reduzida à pobreza, mas agora não conseguia acreditar nisso.

Toda a vida ela ouvira as pessoas caçoando dos ianques porque suas pretensões à cortesia se baseavam na riqueza, não no berço. Mas, nesse momento, por mais que fosse uma heresia, ela não podia deixar de pensar que os ianques estavam certos a respeito dessa questão, mesmo que estivessem errados sobre todas as outras. Era necessário dinheiro para ser uma dama. Ela sabia que Ellen teria desmaiado se ouvisse tais palavras da própria filha. Nenhum grau de pobreza teria deixado Ellen envergonhada. Envergonhada! Sim, era como Scarlett se sentia. Envergonhada por estar pobre e reduzida a exasperantes vestidos virados do avesso, à penúria e ao trabalho que os negros deveriam fazer.

Irritada, deu de ombros. Talvez essa gente estivesse certa, e ela, errada, mas, de todo jeito, esses tolos orgulhosos não estavam olhando adiante como ela, retesando cada nervo, arriscando até a honra e o bom nome para conseguir de volta o que perdera. Estava abaixo da dignidade de muitos deles entregar-se a uma disputa renhida por dinheiro. Os tempos eram rudes e duros. Pediam uma luta rude e dura se alguém quisesse conquistá-los. Scarlett sabia que a tradição familiar forçosamente refrearia muitas dessas pessoas de tal luta — sendo ganhar dinheiro claramente sua meta. Todos achavam que procurar ganhar dinheiro e até falar sobre dinheiro eram coisas vulgares ao extremo. Claro que havia exceções. A Sra. Merriwether fazia suas tortas e René as transportava na carroça. Hugh Elsing rachava e vendia lenha e Tommy trabalhava como empreiteiro. E Frank tivera a iniciativa de abrir uma loja. Mas e o povo? Os fazendeiros lavrariam alguns hectares e viveriam na pobreza. Os advogados e médicos voltariam à carreira, esperando por clientes que talvez nunca viessem. E os outros, os que tinham vivido bem com seus rendimentos? O que lhes aconteceria?

Mas ela não ficaria pobre toda a vida. Não se sentaria e esperaria pacientemente por um milagre. Iria se lançar na vida e tirar dela o que pudesse. Seu pai começara como um pobre rapaz imigrante e conquistara todos aqueles hectares de Tara. O que ele fizera, sua filha poderia fazer. Ela não era como essas pessoas que tinham apostado tudo na Causa que já passara e estavam orgulhosas de ter perdido porque a Causa valia qualquer sacrifício. Elas tiravam sua coragem do passado. Scarlett tirava a sua do futuro. No momento, Frank Kennedy era seu futuro. Pelo menos, tinha a loja e dinheiro. E, se ela conseguisse se casar com ele e botar as mãos naquele dinheiro, poderia pagar as contas de Tara por mais um ano. E, depois disso, Frank ia comprar a serraria. Ela via a rapidez com que a cidade estava se reconstruindo, e qualquer um que abrisse um negócio de madeira agora, quando havia tão pouca competição, teria uma mina de ouro.

Do fundo de sua mente, lhe chegaram as palavras que Rhett dissera nos primeiros anos da guerra sobre o dinheiro que ele ganhara com o bloqueio. Ela não se preocupara em entendê-las na época, mas agora pareciam perfeitamente claras, e ela imaginava se tinha sido apenas sua juventude ou pura burrice que a impedira de apreciá-las então.

"Pode-se ganhar tanto dinheiro com os destroços de uma civilização como com sua construção."

"Estes são os destroços que ele previu", pensou ela, "e estava certo. Ainda se pode ganhar muito dinheiro se não se tiver medo de trabalhar... ou de roubar".

Vendo Frank atravessar a sala em sua direção com uma taça de vinho de amoras e um pedaço de bolo em um pires, ela abriu um sorriso. Não lhe ocorreu questionar se Tara valia o casamento com Frank. Sabia que valia e nunca pensou duas vezes no assunto.

Sorriu para ele enquanto tomava um gole do vinho, sabendo que suas faces estavam mais atraentemente rosadas que as de qualquer dançarina. Afastou as saias para que se sentasse a seu lado e ficou abanando o lenço para que o leve aroma da colônia alcançasse o nariz dele. Estava orgulhosa da água-de-colônia, pois nenhuma outra mulher no salão estava usando qualquer perfume, e Frank notara. Em um acesso de ousadia, sussurrara-lhe que ela estava mais rosada e perfumada que uma rosa.

Se ao menos ele não fosse tão tímido! Ele lembrava um velho coelho marrom e tímido do campo. Se ao menos tivesse a galanteria e o ardor dos Tarleton ou mesmo a imprudência ordinária de Rhett Butler. Mas, se possuísse essas qualidades, seria provável que tivesse juízo suficiente para perceber o desespero que se ocultava sob suas recatadas pálpebras palpitantes. Como era tímido, não conhecia as mulheres o suficiente para suspeitar o que ela planejava, o que era uma sorte, mas não aumentava o respeito que tinha por ele.

Capítulo 36

Ela se casou com Frank Kennedy duas semanas após uma corte fenomenal, à qual ela, corando, lhe confessara não ter fôlego para resistir por mais tempo.

Ele não sabia que, durante aquelas duas semanas, ela andara para cá e para lá à noite, rangendo os dentes diante da lentidão com que ele percebia as insinuações e os estímulos, rezando para que não chegasse uma carta inoportuna de Suellen e arruinasse seus planos. Agradeceu a Deus que a irmã fosse a pior das correspondentes, gostando de receber cartas, mas não de escrevê-las. Mas sempre havia uma possibilidade, sempre, pensava, durante as longas horas das noites em que trilhava o piso frio do quarto, com o xale desbotado de Ellen sobre a camisola. Frank não sabia que ela recebera uma carta lacônica de Will, relatando que Jonas Wilkerson fizera outra visita a Tara e, ao saber que ela estava em Atlanta, se enfurecera, e Will e Ashley literalmente o haviam atirado para fora. A carta de Will martelava em sua cabeça o fato que ela já conhecia bem: o tempo estava cada vez mais curto para o pagamento dos impostos extras. Vendo os dias passarem, ela se desesperou, desejando o poder de segurar a ampulheta nas mãos e impedir a descida da areia.

Mas ocultou tão bem os sentimentos, desempenhou com tal maestria seu papel, que Frank de nada desconfiou, vendo apenas o que lhe era apresentado na superfície: a bonita e desamparada jovem viúva de Charles Hamilton que o cumprimentava todas as noites na sala da Srta. Pittypat e ficava sem fôlego ao escutá-lo falando de seus planos futuros para a loja e sobre quanto dinheiro pretendia ganhar quando pudesse comprar a serraria. Sua doce solidariedade e o interesse demonstrado pelos olhos brilhando com cada palavra que ele pronunciava eram um bálsamo sobre a ferida deixada pelo suposto abandono de Suellen. Seu coração estava magoado e confuso com a conduta de Suellen, e sua vaidade, sua tímida e suscetível vaidade de solteirão de meia-idade, consciente de não atrair as mulheres, estava profundamente ferida. Não podia escrever a Suellen, repreendendo-a pela infidelidade; esquivava-se da ideia. Mas podia sossegar o coração conversando sobre ela com Scarlett. Sem qualquer palavra desleal sobre Suellen, ela podia lhe dizer que entendia quanto a irmã o tratara mal e que ele merecia ser bem-tratado por uma mulher que realmente o apreciasse.

A pequena Sra. Hamilton era uma linda moça de bochechas rosadas, que se alternava entre suspiros melancólicos, quando pensava em sua triste situação, e risos tão alegres e doces quanto o tinido de sininhos de prata quando ele fazia pequenas brincadeiras para animá-la. Seu vestido verde, agora perfeitamente limpo por Mammy, mostrava à perfeição sua figura esbelta com a cintura fininha, e como era enfeitiçante a leve fragrância que sempre envolvia seu lenço e seu cabelo! Era uma vergonha que uma jovem tão boa estivesse sozinha e desamparada em um mundo impiedoso que estava além de sua compreensão. Não tinha marido, nem irmão, ou sequer um pai para protegê-la. Frank considerava o mundo grosseiro demais para uma mulher só e, com essa ideia, Scarlett silenciosa e entusiasticamente concordava.

Ele as visitava todas as noites, pois a atmosfera na casa de Pitty era agradável e calmante. O sorriso de Mammy na porta da frente era reservado às pessoas de categoria, Pitty lhe servia café com conhaque, alvoroçando-se a seu redor, e Scarlett prestava atenção a tudo o que ele dizia. Às vezes, ele a levava a passear de charrete à tarde enquanto resolvia seus negócios. Esses passeios eram alegres porque ela o enchia de perguntas tolas — "como uma mulher" ele dizia a si mesmo em sinal de aprovação. Não conseguia deixar de rir diante de sua ignorância em questões de negócios, e ela também ria, dizendo:

— Bem, é claro que você não pode esperar que uma mulherzinha tola como eu entenda de assuntos masculinos.

Ela o fez sentir, pela primeira vez em sua vida de solteirão, um homem forte e íntegro, feito por Deus em um molde mais nobre, para proteger mulheres tolas e desamparadas.

Quando, enfim, eles estavam lado a lado para se casar, a pequena mão confiante dela na sua e os cílios castamente abaixados lançando espessos crescentes negros sobre suas bochechas rosadas, ele ainda não sabia como tudo aquilo acontecera. Sabia apenas que fizera algo romântico e empolgante pela primeira vez na vida. Ele, Frank Kennedy, tinha trazido essa encantadora criatura para seus braços fortes. Era uma sensação estonteante.

Nenhum amigo ou parente estava no casamento. As testemunhas foram estranhos encontrados na rua. Scarlett insistira nisso e ele cedera, embora relutante, pois queria que sua irmã e o cunhado, de Jonesboro, estivessem presentes. E uma recepção com brindes feitos à noiva na sala de visitas da Srta. Pitty entre amigos alegres teria sido uma felicidade para ele. Mas Scarlett não queria nem sequer ouvir falar na presença da Srta. Pitty.

— Só nós dois, Frank — ela implorou, apertando seu braço. — Como em uma fuga. Eu sempre quis fugir para me casar! Por favor, querido, por mim!

Fora aquele termo carinhoso, ainda tão novo para seus ouvidos, e as lágrimas brilhantes que margearam os olhos verde-claros, fixos nele em súplica, que o fizeram ceder. Afinal, um homem devia fazer algumas concessões à noiva, especialmente no que se referia ao casamento, pois as mulheres davam muita importância às coisas sentimentais.

E, antes de se dar conta, ele estava casado.

Frank lhe deus os 300 dólares, desnorteado por sua doce insistência, a princípio relutante, pois isso significava o fim de sua esperança de comprar a serraria imediatamente. Mas não podia ver a família dela desapropriada, e a decepção logo diminuiu à vista de sua alegria radiante, para depois esvair-se completamente diante do modo amoroso com que ela "agradeceu" sua generosidade. Frank nunca tivera antes uma mulher lhe "agradecendo" daquele modo, e acabou sentindo que o dinheiro tinha sido bem investido.

Scarlett despachou Mammy para Tara de imediato com o triplo propósito de entregar o dinheiro a Will, anunciar seu casamento e voltar com Wade para Atlanta. Dois dias depois, ela recebeu um bilhete de Will, que levava consigo, lendo e relendo com uma felicidade crescente. Will escrevera que os impostos tinham sido pagos e que Jonas Wilkerson "reagiu bem mal" à notícia, mas que até então não fizera outras ameaças. Encerrou desejando-lhe felicidades, uma declaração formal e lacônica, sem qualquer ressalva. Ela sabia que Will entendia o que ela fizera e por quê, não a culpando nem elogiando. Mas o que Ashley teria pensado? Daria tudo para saber. *O que estará pensando de mim agora, depois do que eu lhe disse há tão pouco tempo no pomar de Tara?*

Também recebeu uma carta de Suellen, mal escrita, hostil, ofensiva, manchada de lágrimas, uma carta tão cheia de veneno e de observações verdadeiras sobre seu caráter que ela nunca a esqueceria nem perdoaria quem a escrevera. Mas nem as palavras da irmã conseguiram diminuir sua alegria pela salvação de Tara, pelo menos do perigo imediato.

Foi duro perceber que agora Atlanta era sua casa, e não Tara. No desespero de obter o dinheiro dos impostos, nenhum pensamento que não fosse salvar Tara e o destino que a ameaçava ocupara sua mente. Mesmo no momento do casamento, ela não pensara no fato de que o preço que estava pagando pela segurança de sua casa era o exílio permanente. Agora que a façanha estava realizada, ela o percebia com uma saudade difícil de extinguir. Mas assim era. Fizera sua barganha e pretendia ficar com ela. E estava tão agradecida a Frank por ter salvado Tara que sentiu um afeto caloroso por ele e uma determinação igualmente calorosa de que ele jamais se arrependeria de ter se casado com ela.

As senhoras de Atlanta sabiam pouco menos sobre os assuntos de seus vizinhos do que sobre os próprios, e se interessavam muito mais pelos primeiros. Todos sabiam que havia anos Frank Kennedy tinha um "entendimento" com Suellen O'Hara. De fato, ele dissera, acanhado, que esperava se casar na primavera. Portanto, não foi de surpreender o tumulto de mexericos, suposições e profundas desconfianças que se seguiu ao anúncio do discreto casamento com Scarlett. A Sra. Merriwether, que nunca deixava de satisfazer sua curiosidade se pudesse, perguntou sem rodeios o que ele pretendia tendo se casado com uma irmã quando estava noivo da outra. Ela contou à Sra. Elsing que tudo o que conseguiu como resposta para suas aflições foi um olhar tolo. Nem mesmo a Sra. Merriwether, a alma valente que era, ousou abordar Scarlett sobre o assunto. Scarlett parecia recatada e doce o bastante naquele tempo, mas havia uma satisfação complacente em seus olhos que incomodava as pessoas, e um aborrecimento que ninguém fazia questão de perturbar.

Ela sabia que Atlanta mexericava, mas não se importava. Afinal, nada havia de imoral em se casar com um homem. Tara estava salva. Que o povo falasse. Ela tinha muitas outras coisas com que se ocupar. A mais importante era fazer Frank perceber, com muito tato, que a loja precisava fazer mais dinheiro. Depois do susto que Jonas Wilkerson tinha lhe dado, ela nunca descansaria até que ela e o marido tivessem algum dinheiro de reserva. E, mesmo que não aparecesse nenhuma emergência, Frank precisaria ganhar mais para que ela pudesse poupar o suficiente para os impostos do ano seguinte. Além disso, o que Frank lhe dissera sobre a serraria ficara em sua cabeça. Ele poderia ganhar muito. Qualquer um poderia, com o preço ultrajante da madeira. Ela lamentava em silêncio que o dinheiro de Frank não tivesse sido suficiente para pagar os impostos de Tara e comprar a serraria. Decidira que ele precisava dar um jeito de lucrar mais com a loja, e rápido, para poder comprar logo aquela serraria antes que alguém a surrupiasse. Era claramente uma barganha.

Se ela fosse homem, compraria a serraria nem que tivesse que hipotecar a loja para levantar o dinheiro. Mas, ao sugeri-lo delicadamente a Frank no dia seguinte ao casamento, ele sorriu e lhe disse para não incomodar sua doce cabecinha com negócios. Chegou a ficar surpreso que ela soubesse o que era uma hipoteca e, a princípio, se divertiu. Mas a diversão logo passou, e uma sensação de choque tomou seu lugar nos primeiros dias do casamento. Certa vez, incauto, dissera que "pessoas" (tivera o cuidado de não mencionar nomes) lhe deviam dinheiro, mas não podiam pagar de imediato e, é claro, ele não queria pressionar velhos amigos e gente de bem. Frank se arrependeu de ter mencionado aquilo, pois, desde então, ela não parava de indagar a respeito. Ela tinha o mais encantador dos ares infantis, mas só estava curiosa, disse, por saber quem lhe devia e quanto. Frank foi bastante evasivo. Tossiu nervoso, gesticulou e repetiu o comentário irritante sobre sua doce cabecinha.

Ele começara a perceber que aquela mesma doce cabecinha era uma "boa cabeça para números". Na verdade, bem melhor que a sua, e isso lhe tirou a tranquilidade. Ficou estupefato ao descobrir que ela conseguia somar rapidamente uma longa coluna de números quando ele precisava de papel e lápis para mais de três algarismos. E frações não eram obstáculo para a esposa. Ele sentia que havia algo de inadequado em uma dama que entendesse de frações e de negócios, e acreditava que, se uma mulher era desafortunada a ponto de possuir esse tipo de compreensão tão pouco feminina, devia fingir o contrário. Agora ele detestava falar de negócios com ela tanto quanto apreciara antes de se casarem. No princípio, achava que aquilo estava além de sua capacidade mental, e era prazeroso explicar-lhe. Agora percebia que ela entendia tudo bem demais, e sentia a indignação masculina costumeira diante da duplicidade das mulheres. Em acréscimo, houve a usual desilusão masculina de descobrir que uma mulher possui um cérebro.

Ninguém nunca soube em que momento de sua vida de casado Frank ficou sabendo da artimanha usada por Scarlett para se casar com ele. Talvez a verdade tenha vindo à tona quando Tony Fontaine, obviamente desimpedido, foi a Atlanta a negócios. Talvez lhe tenha sido dito de modo mais direto por meio das cartas de sua irmã de Jonesboro, que estava estarrecida com o casamento. Com certeza, nunca soube por intermédio da própria Suellen. Ela nunca lhe escreveu e, naturalmente, ele não podia escrever explicando. De que adiantariam explicações agora que ele estava casado? Ele se contorceu por dentro ao pensar que Suellen nunca saberia a verdade e sempre acharia que ele rompera o noivado de modo insensível. Era provável que todos estivessem pensando o mesmo e criticando-o, o que certamente o deixava em uma posição constrangedora. E não havia como elucidar os fatos, pois um homem não podia sair por aí dizendo que perdera a cabeça por causa de uma mulher, e não podia anunciar o fato de que sua esposa lhe armara uma cilada com uma mentira.

Scarlett era sua esposa, e uma esposa merecia a lealdade do marido. Além disso, não podia acreditar que ela se casara com ele friamente, sem sentir qualquer afeto. Sua vaidade masculina não permitiria que tal ideia permanecesse por muito tempo em sua mente. Era mais agradável pensar que ela tinha se apaixonado subitamente por ele e que se dispôs a mentir para tê-lo. Mas era tudo muito intrigante. Ele sabia que não era um grande partido para uma mulher que tinha metade de sua idade, era bonita e, ainda por cima, esperta, mas Frank era um cavalheiro e manteve para si a perplexidade. Scarlett era sua mulher e ele não podia ofendê-la fazendo perguntas esquisitas que, afinal, não remediariam as coisas.

Não que Frank estivesse especialmente interessado em remediar coisa alguma, pois tudo indicava que teria um casamento feliz. Scarlett era a mais encantadora e excitante das mulheres, e ele a achava perfeita em tudo, exceto pelo fato de ser tão voluntariosa. Logo aprendeu que, enquanto as coisas fossem feitas a seu modo, a vida seria bem agradável, mas quando ela era contrariada... Tendo as coisas a seu modo, ela era alegre como uma criança, ria muito, fazia brincadeirinhas tolas, sentava-se no joelho dele e lhe puxava a barba até ele se sentir vinte anos mais moço. Ela podia ser inesperadamente doce e atenciosa, aquecendo seus chinelos diante da lareira quando ele chegava em casa à noite, preocupando-se afetuosamente com seus pés úmidos e intermináveis resfriados, lembrando-se de que ele gostava de moela de galinha e de três colheres de sopa de açúcar no café. Sim, a vida era doce e aconchegante com Scarlett, contanto que as coisas fossem como ela queria.

Após duas semanas de casados, Frank contraiu a gripe, e o Dr. Meade o pôs de cama. No primeiro ano da guerra, Frank passara dois meses no hospital com pneumonia e desde então ficava apavorado de ter outro ataque; portanto, gostou bastante de ficar deitado, suando sob três cobertores e tomando as cocções quentes que Mammy e tia Pitty lhe traziam toda hora.

A doença se prolongou e Frank estava a cada dia mais preocupado com a loja. O balconista tinha ficado encarregado e ia até sua casa todas as noites para relatar os negócios do dia, mas Frank não estava satisfeito. Scarlett, que só esperava por tal oportunidade, aproveitou o aborrecimento, pôs a mão fria em sua testa e disse:

— Ora, querido, ficarei aflita se você continuar assim. Vou ao centro ver como andam as coisas.

E ela foi, sorrindo, enquanto abafava seus fracos protestos. Durante as três semanas de seu novo casamento, ela estava febril para ver os livros da contabilidade e descobrir como estavam exatamente as questões financeiras. Que sorte ele ficar acamado!

A loja ficava perto de Five Points, o telhado novo brilhando ao contrário dos tijolos escurecidos das velhas paredes. Toldos de madeira cobriam a calçada até o fim da rua e cavalos e mulas estavam amarrados às longas barras de ferro que os apoiavam, as cabeças baixas contra a chuva fria e a névoa, os lombos cobertos com cobertores e colchas velhas. O interior da loja se parecia com a de Bullard em Jonesboro, exceto pela ausência de vagabundos em torno do fogão a lenha aceso, desbastando madeira e cuspindo fumo mascado nas caixas de areia. Era maior que a loja de Bullard, e muito mais escura. Os toldos de madeira impediam a entrada da luz do dia invernal e o interior ficava na penumbra, sombrio, com uma fresta de luz entrando pelas janelinhas cobertas de moscas que ficavam no alto das paredes laterais. O piso era coberto por serragem enlameada e estava tudo cheio de pó e sujeira. Havia uma aparência de ordem na frente da loja, onde prateleiras altas se erguiam para a escuridão, empilhadas com peças coloridas de tecido, louça, utensílios de cozinha e aviamentos. Mas no fundo, atrás da divisória, reinava o caos.

Ali não havia cobertura no chão e a mistura variada de estoque se empilhava caoticamente sobre o chão batido. Na semiescuridão, ela viu caixas de produtos, arados e arreios, selas e caixões baratos de pinho. Mobília usada, que ia de resina barata a mogno e jacarandá, acomodada na escuridão, e os surrados estofados de brocado e crina de cavalo eram um vislumbre incongruente naquelas cercanias sombrias. Caixas de louça, conjuntos de tigelas e jarras se espalhavam pelo chão, e em volta das quatro paredes havia latões fundos, tão escuros que ela precisou segurar o lampião bem em cima para ver que continham sementes, pregos, parafusos e ferramentas de carpinteiro.

"Eu achava que um homem tão detalhista e com ares de velha solteirona como Frank manteria as coisas mais organizadas", pensou, esfregando as mãos sujas no lenço. "Este lugar é um chiqueiro. Que jeito de dirigir uma loja! Se ele pelo menos tirasse o pó dessas coisas e pusesse lá na frente onde as pessoas pudessem ver, poderia vender tudo mais rapidamente."

E, se o estoque estava naquelas condições, como não estaria a contabilidade!

"Vou dar uma olhada no livro agora", pensou, e pegando o lampião foi até a frente da loja. Willie, o balconista, ficou relutante em lhe entregar o grande livro-razão de capa suja. Era óbvio que, jovem como era, compartilhava a opinião de Frank de que não havia lugar para mulheres nos negócios. Mas Scarlett o calou com uma boa chamada, mandando-o sair para almoçar. Sentiu-se melhor quando ele se foi, pois sua reprovação a aborreceu, e se acomodou em uma cadeira próxima ao fogão a lenha, sentando-se sobre um pé e deixando o livro no colo. Era hora do almoço e as ruas estavam desertas. Não entrou nenhum freguês e ela ficou com a loja só para si.

Virou com calma as páginas, examinando rigorosamente as listas de nomes e números escritos por Frank com a ajuda de modelos gravados. Estava exatamente como imaginava, e ela franziu a testa diante dessa nova evidência da falta de tino para negócios de Frank. Havia dívidas de pelo menos 500 dólares, algumas delas penduradas havia muitos meses, marcadas ao lado de nomes que ela conhecia muito bem, os Merriwether e os Elsing, entre outros. A partir dos comentários de Frank sobre o dinheiro que algumas "pessoas" lhe deviam, ela imaginara somas pequenas. Mas isso?

"Se não podem pagar, por que continuam comprando?", ela pensou, irritada. "E, se ele sabe que não podem pagar, por que continua a lhes vender as coisas? Muitos deles poderiam pagar, bastava que ele os fizesse pagar. Com certeza, os Elsing podiam, se tinham conseguido dar a Fanny um vestido novo de cetim e uma festa cara de casamento. Frank simplesmente tem o coração muito mole, e as pessoas se aproveitam disso. Ora, se ele tivesse cobrado tudo isso, poderia ter comprado a serraria e facilmente me cedido o dinheiro do imposto também."

Então ela pensou: "Imagine só, Frank tentando operar uma serraria! Pelo manto de Cristo! Se ele dirige esta loja como se fosse uma instituição de caridade, como poderia esperar ganhar dinheiro com madeira? O delegado a teria em um mês. Ora, eu poderia dirigir esta loja melhor que ele! E poderia dirigir uma serraria melhor que ele, mesmo sem saber nada sobre o negócio de madeira!"

Uma ideia surpreendente essa, que uma mulher podia tratar de negócios tão bem, ou melhor, que um homem, uma ideia revolucionária para Scarlett, que fora criada na tradição de que os homens eram oniscientes, e as mulheres, não muito inteligentes. Claro, ela tinha descoberto que isso não era bem verdade, mas ainda estava presa à agradável ficção. Nunca antes pusera essa ideia incrível em palavras. Sentada imóvel, com o pesado livro no colo, meio boquiaberta de surpresa, pensando que durante os meses magros em Tara ela fizera o trabalho de um homem, e o fizera bem. Ela fora criada para acreditar que uma mulher sozinha nada poderia realizar; contudo, tinha dirigido a fazenda sem homem algum para ajudar até a chegada de Will. Ora, ora, sua mente gaguejava, creio que as mulheres poderiam fazer qualquer coisa no mundo sem a ajuda dos homens, exceto ter filhos, e Deus sabe, nenhuma mulher em sã consciência teria bebês se pudesse evitar. Com a ideia de que ela era tão capaz quanto um homem, veio um súbito ímpeto de orgulho e uma intensa vontade de provar, de ganhar dinheiro por conta própria como os homens faziam. Dinheiro que seria dela, pelo qual não teria que pedir nem dar explicações a qualquer homem.

— Como queria ter dinheiro para comprar aquela serraria... — disse em voz alta e suspirou. — Com certeza, eu a faria funcionar. E não venderia fiado uma tábua sequer.

Suspirou de novo. Não havia onde conseguir dinheiro, portanto a ideia estava fora de questão. Frank simplesmente teria que cobrar o que lhe deviam e comprar a serraria. Era um modo seguro de ganhar dinheiro, e, quando ele a possuísse, ela certamente descobriria um modo de torná-lo melhor negociante em sua operação do que era com a loja.

Arrancou uma folha do final do livro e começou a copiar a lista das pessoas que já deviam havia vários meses. Trataria do assunto com Frank assim que chegasse em casa. Ela o faria perceber que aquelas pessoas tinham que pagar suas contas mesmo sendo velhos amigos, mesmo que ele ficasse constrangido de cobrar. É provável que isso o aborrecesse, pois ele era tímido e gostava de contar com a aprovação dos amigos. Era tão sensível que preferia perder dinheiro a ser um negociante e cobrá-lo.

Ele provavelmente lhe diria que ninguém tinha como pagar-lhe. Bem, talvez isso fosse verdade. A pobreza certamente não era novidade para ela. Mas quase todos tinham salvado alguma prataria ou joia ou estavam se mantendo com um pequeno imóvel. Frank podia ficar com aquilo em lugar do dinheiro.

Ela podia imaginar como o marido reclamaria quando ela mencionasse essa ideia. Tirar as joias e a propriedade de velhos amigos! Bem, ela deu de ombros, pode reclamar quanto quiser. Vou dizer que ele pode estar disposto a continuar pobre pelo amor à amizade, mas eu não. Frank nunca vai chegar a lugar algum se não tiver alguma iniciativa. E ele precisa chegar a algum lugar! Precisa ganhar dinheiro, nem que tenha de ser eu a vestir as calças nesta família para obrigá-lo.

Ela estava ocupada escrevendo, o rosto contorcido pela concentração, a língua presa entre os dentes, quando a porta da frente se abriu e uma forte corrente de vento frio varreu a loja. Um homem alto entrou na peça obscura, em um passo leve, semelhante a um índio que segue uma trilha e olhando para cima ela viu Rhett Butler.

Ele resplandecia em roupas novas e um sobretudo com uma capa jogada por cima dos ombros fortes. O chapéu de copa alta foi retirado em uma larga mesura quando seus olhos se encontraram, e sua mão foi para o peito de uma camisa preguesda impecável. Os dentes brancos brilharam surpresos em oposição ao rosto moreno, e os olhos ousados a dissecaram.

— Minha cara Sra. Kennedy — disse ele, caminhando em sua direção. — Minha mui cara Sra. Kennedy! — E soltou uma estrondosa risada divertida.

A princípio ela ficara assombrada como se um fantasma tivesse invadido a loja e depois, rapidamente tirando o pé de baixo da perna, endireitou a coluna e lançou-lhe um olhar frio.

— O que está fazendo aqui?

— Fui visitar a Srta. Pittypat e soube de seu casamento, então apressei-me a vir cumprimentá-la.

A lembrança de sua humilhação nas mãos dele a fez ficar rubra de vergonha.

— Não sei como você tem a desfaçatez de me encarar! — exclamou ela.

— Pelo contrário! Como é que você tem a desfaçatez de me encarar?

— Ah, você é o mais...

— Vamos deixar que as cornetas soem a trégua? — Ele sorriu para ela, um largo sorriso faiscante, cheio de atrevimento, mas nenhuma vergonha por seus atos ou condenação aos dela. Ela não conseguiu deixar de sorrir também, mas foi um sorriso torcido, desconfortável.

— Que pena não lhe terem enforcado!

— Há quem compartilhe de seu sentimento, eu temo. Vamos, Scarlett, relaxe. Você dá a impressão de ter engolido uma vareta de espingarda, e não lhe cai bem. Certamente, já teve tempo de se recuperar de minha... hã... brincadeirinha.

— Brincadeira? Pois sim! Nunca vou me recuperar daquilo!

— Ah, vai sim. Você só está fazendo esta encenação indignada porque acha que é adequado e respeitável. Posso me sentar?

— Não.

Ele se sentou em uma cadeira ao lado dela e sorriu.

— Soube que você nem pôde esperar duas semanas por mim — disse ele, dando um suspiro debochado. — Que mulher volúvel!

Sem que ela replicasse, ele continuou.

— Diga-me, Scarlett, só entre amigos, entre amigos muitos antigos e íntimos, não teria sido mais sábio esperar que eu saísse da cadeia? Ou os encantos do matrimônio com o velho Frank Kennedy são mais atraentes que relações ilícitas comigo?

Como sempre, quando sua troça lhe provocava ira, a ira combatia seu descaramento com uma risada.

— Não seja ridículo.

— E você se importaria de satisfazer minha curiosidade a respeito de uma coisa que tem me incomodado há algum tempo? Não sentiu uma repugnância feminina, nenhuma delicada relutância em se casar não só com um homem, mas com dois por quem não tinha amor, nem sequer afeto? Ou fui mal informado sobre a delicadeza da feminilidade sulista?

— Rhett!

— Consegui minha resposta. Sempre senti que as mulheres tinham uma dureza e uma resistência desconhecidas dos homens, apesar da bela ideia que me ensinaram na infância de que são criaturas frágeis, ternas, sensíveis. Mas, afinal de contas, segundo o código continental de etiqueta, não é adequado que marido e mulher se amem. Na verdade, é de muito mau gosto. Sempre achei que os europeus estavam certos quanto a isso. Case por conveniência e ame por prazer. Um sistema sensato, não acha? Você está mais próxima do velho mundo do que eu pensava.

Como seria bom gritar para ele: "Não me casei por conveniência!" Mas, infelizmente, Rhett sabia da verdade e qualquer protesto de inocência ferida só provocaria mais comentários mordazes.

— Como você fala... — disse ela friamente. Ansiosa para mudar de assunto, perguntou. — Como conseguiu sair da cadeia?

— Ah, isso! — respondeu ele, fazendo um gesto aéreo. — Sem muito problema. Eles me deixaram sair hoje de manhã. Empreguei um delicado sistema de chantagem em um amigo de Washington, que ocupa uma posição bem elevada nos conselhos do governo federal. Um homem fenomenal... um dos dedicados patriotas da União, de quem eu comprava mosquetes e saias de crinolina para a Confederação. Quando minha angustiante situação foi levada a sua atenção do modo certo, ele logo usou sua influência, e assim fui libertado. Influência é tudo, Scarlett. Lembre-se disso quando for presa. Influência é o que interessa, e culpa ou inocência é uma mera questão acadêmica.

— Eu poderia jurar que você não era inocente.

— Não, agora que estou livre do trabalho duro, admito francamente que sou tão culpado quanto Caim. Realmente, matei o negro. Ele foi arrogante com uma dama, e o que mais um cavalheiro sulista poderia fazer? E, já que estou confessando, devo admitir que dei um tiro em um ianque da cavalaria depois de uma discussão em um bar. Não fui acusado por esse pecadinho, então é possível que algum outro pobre diabo tenha sido enforcado por ele há muito tempo.

Ele estava tão jubiloso com seus crimes que ela teve um calafrio. Palavras de indignação moral lhe vieram aos lábios, mas subitamente se lembrou do ianque que jazia sob o emaranhado de trepadeiras em Tara. Ele não pesara em sua consciência mais do que uma barata que tivesse pisado. Não podia julgar Rhett quando era tão culpada quanto ele.

— E, como parece que estou abrindo o peito, devo lhe dizer, na mais estrita confiança (ou seja, não conte para a Srta. Pittypat), que eu realmente tinha o dinheiro, a salvo em um banco em Liverpool.

— O dinheiro?

— É, o dinheiro que causava tanta curiosidade aos ianques. Scarlett, não foi a mesquinhez que me impediu de lhe emprestar o que queria. Se eu emitisse um cheque, eles poderiam rastreá-lo de algum modo, e duvido que você tivesse conseguido um centavo. Minha única esperança era ficar quieto. Sabia que o dinheiro estava bem seguro, pois, se o ruim ficasse pior, se eles o localizassem e tentassem tirá-lo de mim, eu teria mencionado todos os patriotas ianques que me venderam balas e maquinaria durante a guerra. Daí a coisa ia feder, pois agora alguns deles ocupam altas posições em Washington. Na verdade, foi minha ameaça de desabafar a consciência sobre eles que me tirou da cadeia. Eu...

— Você quer dizer que... que realmente está com o ouro confederado?

— Não todo. Deus do Céu, não! Deve haver cinquenta ou mais atravessadores que estão cheios de ouro guardado em Nassau, na Inglaterra e no Canadá. Ficaremos bem impopulares entre os confederados que não foram tão espertos quanto nós. Tenho quase meio milhão. Pense só, Scarlett, meio milhão de dólares. Se você tivesse refreado sua natureza impetuosa e não tivesse se jogado em outro matrimônio...

Meio milhão de dólares. Ela sentiu uma angústia, quase de mal-estar físico, ao pensar em tanto dinheiro. As palavras de troça dele passaram por sua cabeça, sem que sequer as ouvisse. Era difícil acreditar que havia tanto dinheiro em todo este mundo amargo atingido pela pobreza. Tanto dinheiro, tanto dinheiro assim e outra pessoa o tinha, alguém que não lhe dava importância nem precisava dele. E ela só tinha um marido velho e doente e essa lojinha suja e insignificante a separá-la do mundo hostil. Não era justo que um condenado como Rhett Butler tivesse tanto e ela, que carregava um fardo tão pesado, tivesse tão pouco. Ela o odiava, ali sentado em seu traje de dândi, escarnecendo dela. Bem, não iria inchar a presunção dele, cumprimentando-o pela esperteza. Perversamente, queria encontrar palavras ácidas que o diminuíssem.

— Imagino que ache honesto ficar com o dinheiro da Confederação. Pois bem, não é. Roubar é totalmente incabível, e você sabe. Eu não aguentaria isso na consciência.

— Nossa! Como as uvas estão verdes hoje! — exclamou ele, contorcendo a fisionomia. — E de quem mesmo estou roubando?

Ela ficou quieta, tentando pensar. De fato, quem? Afinal, ele só fizera o mesmo que Frank, só que em escala maior.

— Metade do dinheiro é honestamente meu — continuou ele —, ganho honestamente, com o auxílio de honestos patriotas da União, que por trás dos panos estavam dispostos a vender a pátria, por cem por cento de lucro em seus produtos. Parte ganhei com meu pequeno investimento em algodão no início da guerra, o algodão que comprei barato e vendi por um dólar o meio quilo quando as tecelagens inglesas choravam por ele. Parte obtive com a especulação de alimentos. Por que eu deixaria os ianques ficarem com os frutos de meu trabalho? Mas o resto realmente pertencia à Confederação. Veio do algodão confederado que eu consegui passar pelo bloqueio e vender em Liverpool a preços altíssimos. O algodão me foi entregue de boa-fé para comprar couro, rifles e maquinaria. E eu o levei de boa-fé para esse propósito. As ordens que tinha eram de deixar o ouro em bancos ingleses, em meu nome, para que eu tivesse um bom crédito. Lembra-se de quando o bloqueio apertou? Eu não conseguia sair nem entrar com um barco de nenhum porto confederado, então o dinheiro ficou na Inglaterra. O que eu deveria ter feito? Retirar todo o ouro dos bancos ingleses, como um tolo, e tentar levá-lo para Wilmington? E deixar os ianques capturá-lo? Foi culpa minha que o bloqueio tenha se estreitado tanto? Foi culpa minha que nossa Causa tenha fracassado? O dinheiro pertencia à Confederação. Bem, já não há uma Confederação, embora, pelo que dizem, nunca se iria saber. A quem devo dar o dinheiro? Ao governo ianque? Portanto, eu odiaria que me chamassem de ladrão.

Ele tirou um estojo de couro do bolso, pegou um charuto e aprovou seu aroma enquanto olhava-a com uma ansiedade fingida, como se aguardasse o que ela tinha a dizer.

"Que diabos", ela pensou, ele está sempre um salto a minha frente. "Sempre há algo de errado em seus argumentos, mas nunca consigo saber exatamente o que é."

— Você poderia — disse ela dignamente — distribuí-lo entre os necessitados. A Confederação já não existe, mas há muitos confederados e suas famílias passando fome.

Ele jogou a cabeça para trás e riu grosseiramente.

— Você nunca fica tão encantadora ou tão absurda como quando diz alguma hipocrisia desse tipo — exclamou ele, divertindo-se. — Scarlett, sempre diga a verdade. Você não consegue mentir. Os irlandeses são os piores mentirosos deste mundo. Vamos lá, seja franca. Nunca se importou com a finada Confederação, e menos ainda com os confederados famintos. Você protestaria aos berros se eu sequer sugerisse doar todo esse dinheiro, a não ser que eu começasse lhe dando a maior parte.

— Não quero seu dinheiro — começou ela, tentando ser friamente digna.

— Ah, não?! A palma de sua mão não para de coçar. Se eu lhe mostrasse uma moeda, você pularia em cima.

— Se veio aqui para me ofender e rir de minha pobreza, vou logo me despedindo — retrucou ela, tentando tirar o pesado livro-razão do colo para poder se levantar e impressionar mais com suas palavras. Ele ficou instantaneamente de pé, inclinando-se sobre ela, rindo enquanto a empurrava de volta na cadeira.

— Quando vai deixar de perder a paciência ao ouvir a verdade? Você nunca se importa de falar a verdade sobre os outros, então por que não quer ouvi-la sobre si mesma? Não a estou ofendendo. Acho que o desejo de acumular posses é uma boa qualidade.

Ela não estava segura da sinceridade dele, mas, como era um elogio, amoleceu um pouco.

— Não vim tripudiar de sua pobreza, mas para lhe desejar vida longa e felicidade no casamento. E, por falar nisso, o que sua irmã Sue achou dessa apropriação indébita?

— Dessa o quê?

— Do fato de você roubar Frank embaixo do nariz dela.

— Eu não...

— Bem, vamos deixar a palavra de lado. O que foi que ela disse?

— Nada — respondeu Scarlett. Os olhos dele se reviraram, deixando-a passar com a mentira.

— Que altruísmo o dela. Agora eu gostaria de ouvir sobre sua pobreza. Com certeza, tenho o direito de saber, depois de sua pequena incursão à cadeia não faz muito tempo. Frank não tem tanto dinheiro quanto você pensava?

Não havia como escapar ao descaramento dele. Ela teria que aguentá-lo ou pedir que fosse embora. E agora ela não queria que ele se fosse. Suas palavras eram farpadas, mas eram farpas da verdade. Ele sabia o que ela fizera e por quê, sem parecer julgá-la por isso. E, apesar de suas perguntas serem desagradavelmente rudes, pareciam movidas por um interesse de amigo. Ele era uma pessoa a quem ela podia dizer a verdade, o que era um alívio, pois fazia muito tempo que não dizia a ninguém a verdade sobre si mesma e seus motivos. Sempre que se abria, os outros pareciam ficar chocados. Falar com Rhett só se comparava a uma coisa, à sensação de comodidade e bem-estar proporcionada por um par de velhos chinelos após dançar com sapatilhas apertadas demais.

— Você não conseguiu o dinheiro para os impostos? Não me diga que o lobo ainda está na porta de Tara? — Havia um tom diferente em sua voz.

Ela olhou para cima a fim de encontrar os olhos escuros dele e flagrou uma expressão que a deixou surpresa e intrigada a princípio e que lhe provocou um súbito sorriso, um sorriso doce e encantador que raramente se via em seu rosto atualmente. Que miserável perverso ele era, mas que simpático sabia ser às vezes! Agora percebia que o motivo real para sua visita não era implicar com ela, mas ter certeza de que conseguira o dinheiro pelo qual estava tão desesperada. Sabia agora que tinha corrido até ela assim que fora libertado, sem a mínima aparência de pressa, para lhe emprestar o dinheiro se ainda fosse necessário. E mesmo assim a atormentava e ofendia, negando ser essa sua intenção, caso ela o acusasse. Ele estava além de toda compreensão. Gostaria mesmo dela, mais do que estava disposto a admitir? Ou teria algum outro motivo? Provavelmente, sim, pensou. Mas quem poderia dizer? Ele fazia coisas tão estranhas às vezes...

— Não — disse ela. — O lobo não está mais na porta. Eu... eu consegui o dinheiro.

— Mas não sem alguma luta, garanto. Conseguiu se conter até estar com a aliança no dedo?

Ela tentou não sorrir diante do resumo preciso de sua conduta, mas não conseguiu deixar de mostrar as covinhas. Ele se sentou novamente, estendendo as longas pernas confortavelmente.

— Bem, conte-me de sua pobreza. Frank, o bruto, a enganou quanto a suas possibilidades? Ele devia apanhar por tentar se aproveitar de uma mulher indefesa. Vamos, Scarlett, conte-me tudo. Não deve me guardar segredos. Com certeza, conheço seu pior.

— Ah, Rhett você é o pior... bem, nem sei o quê! Não, ele não me enganou exatamente, mas... — De repente, tornou-se um prazer desabafar. — Rhett, se pelo menos Frank cobrasse o dinheiro que lhe devem, eu não estaria preocupada. Mas cinquenta pessoas lhe devem e ele não as pressiona. É tão sensível... Diz que um cavalheiro não pode fazer isso a outro. E pode levar meses até conseguirmos o dinheiro, se conseguirmos.

— Bem, e daí? Você não tem suficiente para comer até que ele faça a cobrança?

— Sim, mas... bem, na verdade, eu poderia empregar algum dinheiro agora mesmo. — Seus olhos brilharam ao pensar na serraria. Talvez...

— Para quê? Mais impostos?

— E isso é de sua conta?

— É, porque você está pronta para me dar o bote por um empréstimo. Ah, conheço todas as abordagens. E vou lhe emprestar... minha cara Sra. Kennedy, sem aquela encantadora garantia que me ofereceu há pouco tempo. A não ser, é claro, que insista.

— Você é o mais ordinário...

— De modo algum. Só queria lhe deixar à vontade. Sabia que ficaria preocupada com esse detalhe. Não muito, mas um pouco. E estou disposto a lhe emprestar o dinheiro. Mas quero saber como vai gastá-lo. Tenho esse direito, creio. Se for para comprar vestidos bonitos e uma carruagem, pegue-o com minha bênção. Mas, se for para comprar um novo par de culotes para Ashley, sinto que terei de recusar o empréstimo.

Ela ferveu com uma raiva repentina e gaguejou até lhe virem as palavras.

— Ashley Wilkes nunca pegou um centavo de mim! Eu não conseguiria fazê-lo aceitar um centavo sequer, nem que ele estivesse passando fome! Você não sabe quanto é honrado, quanto é orgulhoso! É claro que não pode entendê-lo, sendo quem você é...

— Não vamos começar a praguejar. Eu poderia chamá-la de alguns nomes que combinariam com cada um que tivesse para mim. Não se esqueça de que me informo sobre você por intermédio da Srta. Pittypat, e aquela boa alma conta tudo que sabe para qualquer ouvinte solidário. Sei que Ashley está em Tara desde que chegou de Rock Island. Sei que você até aguentou a presença da mulher dele, o que deve ter sido um grande esforço.

— Ashley é...

— Ah, sim — disse ele, gesticulando —, Ashley é sublime demais para minha compreensão. Mas, por favor, não se esqueça de que fui uma testemunha atenta de sua terna cena com ele em Twelve Oaks, e algo me diz que ele não mudou desde então. Nem você. Ele não fez uma figura tão sublime naquele dia, se bem me lembro. E não acho que faça uma figura muito melhor agora. Por que ele não parte com a família e procura um trabalho? E deixa de morar em Tara? É claro, é só um capricho meu, mas não pretendo lhe dar um centavo para Tara, para ajudar a sustentá-lo. Entre os homens, há um nome muito desagradável para homens que se permitem ser sustentados por mulheres.

— Como ousa dizer tais coisas? Ele tem trabalhado no campo! — Apesar de toda a raiva, seu coração se contraiu com a lembrança de Ashley cortando madeira para a cerca.

— E, valendo seu peso em ouro, ouso dizer. Que mão ele deve ter para o estrume e...

— Ele é...

— Ah, sim, eu sei. Admitindo que dê o melhor de si, não posso imaginar que ele ajude muito. Você nunca vai transformar um Wilkes em um trabalhador do campo... nem em qualquer coisa útil. Ele é de uma raça puramente ornamental. Agora, baixe suas penas eriçadas e deixe de lado meus comentários grosseiros sobre o orgulhoso e honrado Ashley. Estranho como essas ilusões persistem até em mulheres práticas como você. Quanto dinheiro você quer, e para quê?

Quando ela não respondeu, ele repetiu:

— Para que quer o dinheiro? E veja se consegue me dizer a verdade. Fará o mesmo efeito que uma mentira. De fato, será melhor, pois, se mentir para mim, vou descobrir com certeza e pense em quanto vai ser constrangedor. Nunca se esqueça disso, Scarlett, eu aguento qualquer coisa de você, menos mentira... você não gostar de mim, seus acessos de raiva, seu jeito temperamental, mas não uma mentira. Então, para que quer o dinheiro?

Furiosa que estava por causa do ataque a Ashley, ela teria dado qualquer coisa para cuspir nele e recusar orgulhosamente a oferta diante de sua expressão de troça. Por um instante quase o fez, mas a fria mão do bom-senso a segurou. Ela engoliu a raiva, sem muita graça, e tentou assumir uma expressão de agradável dignidade. Ele se recostou na cadeira esticando as pernas na direção do fogo.

— Se há uma coisa no mundo que me diverte mais que qualquer outra — comentou ele — é ver suas lutas mentais quando uma questão de princípios se depara com algo prático, como dinheiro. É claro que sei que seu lado prático sempre vence, mas continuo esperando para ver se o melhor de sua natureza não triunfará algum dia. E, quando esse dia chegar, faço as malas e deixo Atlanta para sempre. Há mulheres demais cujo melhor está sempre triunfando... Bem... vamos voltar aos negócios. Quanto e para quê?

— Não sei exatamente de quanto vou precisar — disse ela, amuada. — Mas quero comprar uma serraria... e acho que posso consegui-la por um bom preço. E vou precisar de duas carroças e duas mulas. Quero que sejam boas mulas. E de um cavalo e uma charrete para meu uso.

— Uma serraria?

— É, e se você me emprestar o dinheiro eu lhe dou uma participação.

— O que eu faria com uma serraria?

— Ganharia dinheiro! Podemos ganhar muito dinheiro. Ou lhe pago juros sobre o empréstimo... vejamos, quanto seria uma boa porcentagem de juros?

— Cinquenta por cento é considerado muito bom.

— Cinquenta... ah, está brincando! Pare de rir, seu demônio. Estou falando sério.

— É por isso que estou rindo. Eu me pergunto se todos percebem o que se passa nessa cabeça por trás de seu enganoso rostinho doce.

— Bem, quem se importa? Ouça, Rhett, e veja se isso não lhe parece um bom negócio. Frank me falou de um homem que tem uma serraria, uma que fica no fim da rua dos Pessegueiros, e ele quer vendê-la. Está precisando de dinheiro com urgência e vai vendê-la barato. Não há muitas serrarias por aqui agora, e do jeito que as pessoas estão reconstruindo... ora, podíamos vender a madeira por preços exorbitantes. O homem vai ficar e dirigir a serraria por um salário. Frank me contou. Ele mesmo a compraria se tivesse dinheiro. Acho que pretendia comprá-la com o dinheiro que me deu para pagar os impostos.

— Pobre Frank! O que vai dizer quando souber que você a comprou antes dele? E como vai explicar meu empréstimo sem comprometer sua reputação?

Scarlett não pensara nisso, tão atenta que estava ao dinheiro que a serraria poderia lhe render.

— Bem, simplesmente não vou contar.

— Ele vai saber que você não o colheu em uma árvore.

— Eu digo a ele, ora, claro, digo que lhe vendi meus brincos de brilhante. E os darei realmente a você. Será minha garantia.

— Eu não lhe tiraria os brincos.

— Não faço questão de ficar com eles. Não gosto deles. De todo jeito, não são meus de verdade.

— De quem são?

Sua mente voou para a tarde ainda quente na quietude do campo que envolvia Tara e o homem de farda azul esticado no vestíbulo.

— Foram deixados comigo por alguém que morreu. São meus por direito. Fique com eles. Não os quero. Preferia ter o dinheiro em vez deles.

— Santo Deus! — exclamou ele, impaciente. — Você nunca pensa em nada além de dinheiro?

— Não — respondeu francamente, voltando os duros olhos verdes para ele. — E, se você tivesse passado pelo que passei, também não pensaria. Descobri que dinheiro é a coisa mais importante do mundo e, com Deus por testemunha, nunca mais pretendo ficar sem.

Ela se lembrou do sol quente, da terra vermelha macia sob sua cabeça doente, do cheiro na cabana dos negros atrás das ruínas de Twelve Oaks, lembrou-se do refrão com que seu coração batia: "Nunca mais vou passar fome. Nunca mais vou passar fome."

— Algum dia vou ter dinheiro, muito, para poder comer qualquer coisa que deseje. E então nunca mais vai haver canjica e ervilhas em minha mesa. E vou ter roupas bonitas e serão todas de seda...

— Todas?

— Todas — disse ela secamente, nem se dando ao trabalho de corar com a implicação. — Vou ter dinheiro suficiente para que os ianques nunca consigam me tirar Tara. E vou fazer um telhado novo em Tara, um novo celeiro e ter boas mulas para arar, e algodão como você nunca viu. E Wade nunca mais vai saber o que é passar necessidade. Nunca! Ele vai ter todas as coisas do mundo. E toda a minha família, ninguém mais passará fome. Falo sério. Cada palavra. Você não entende, você é um cachorro egoísta. Nunca teve aventureiros ianques tentando despejá-lo. Nunca sentiu frio, ficou maltrapilho nem teve que encarar o trabalho duro para não morrer de fome!

Ele disse tranquilamente:

— Fiquei no exército confederado por oito meses. Não conheço lugar melhor para se passar fome.

— O exército! Ah! Nunca teve que colher algodão e tirar o mato da plantação de milho. Você... Não ria de mim!

As mãos dele seguravam as dela novamente enquanto sua voz se elevava severa.

— Eu não estava rindo de você. Ria da diferença do que você aparenta e do que realmente é. E me lembrava da primeira vez que a vi, no churrasco dos

Wilkes. Você usava um vestido verde e pequenas sapatilhas da mesma cor, e estava cercada de homens e toda cheia de si. Aposto que nem sabia quantos centavos havia em um dólar. Na época, só havia uma ideia na sua cabeça, que era armar uma cilada para Ash...

Ela puxou as mãos abruptamente.

— Rhett, se for para nos darmos bem, pare de falar em Ashley Wilkes. Sempre vamos brigar por causa dele, porque você não consegue entendê-lo.

— Suponho que você o entenda como a um livro — disse Rhett malicioso. — Não, Scarlett, se for para lhe emprestar o dinheiro, reservo-me o direito de discutir Ashley Wilkes como quiser. Abro mão do direito de recolher os juros sobre meu empréstimo, mas desse direito, não. E há muitas coisas sobre aquele jovem que eu gostaria de saber.

— Não preciso discutir sobre Ashley com você — respondeu ela secamente.

— Ah, precisa, sim! Veja, sou eu que estou com a carteira. Algum dia, quando for rica, você terá o poder de fazer isso com outros... É óbvio que você ainda gosta dele.

— Não gosto.

— Ah, é óbvio pelo modo como corre em sua defesa.

— Não vou permitir que debochem de meus amigos.

— Bem, vamos deixar passar por agora. Ele ainda sente alguma coisa por você ou Rock Island o fez esquecer? Ou talvez tenha aprendido a apreciar a joia de mulher que tem?

À menção de Melanie, Scarlett começou a respirar mais rapidamente e mal pôde se conter de contar toda a história, que só a honra mantinha Ashley com Melanie. Abriu a boca para falar, fechando-a em seguida.

— Ah. Então ele ainda não criou juízo para apreciar a Sra. Wilkes? E os rigores da prisão não diminuíram seu ardor por você?

— Não vejo necessidade de discutir o assunto.

— Eu gostaria de discuti-lo — disse Rhett. Houve uma nota grave em sua voz que Scarlett não entendeu, mas não gostou de ouvir. — E, por Deus, vou discutir e espero que você me responda. Então, ele ainda está apaixonado por você?

— Bem, e se estiver? — falou Scarlett, irritada. — Não quero discutir sobre ele porque você não consegue compreendê-lo, nem o tipo de amor que ele sente. O único tipo de amor que entende é... bem, o tipo que tem com criaturas como aquela mulher, a Watling.

— Ah — disse Rhett suavemente. — Então só sou capaz de lascívia carnal?

— Bem, você sabe que é verdade.

— Agora eu avalio sua hesitação em discutir a questão comigo. Minhas mãos e lábios impuros mancham a pureza do amor dele.

— Bem, é... algo assim.

— Estou interessado nesse amor puro...

— Não seja tão detestável, Rhett Butler. Se você é vil o bastante para pensar que já houve algo de errado entre nós...

— Ah, essa ideia nunca me passou pela cabeça, mesmo. É por isso que tudo isso me interessa. Por que exatamente nunca houve nada de errado entre vocês?

— Se você acha que Ashley iria...

— Ah, então é Ashley e não você que tem lutado pela pureza. Olha, Scarlett, você não deveria se entregar tão facilmente.

Scarlett olhou para a fisionomia inescrutável dele, confusa e indignada.

— Não estamos chegando a lugar algum com isso, e não quero seu dinheiro. Portanto, fora!

— Ah, sim, você quer meu dinheiro e, se chegamos tão longe, por que parar? Com certeza, não faz mal discutir um idílio tão casto... quando nada houve de errado. Então Ashley a ama por seu intelecto, sua alma, sua nobreza de caráter?

Scarlett se contorceu com aquelas palavras. É claro que Ashley a amava exatamente por essas coisas. Saber disso é que tornava a vida suportável, saber que Ashley, honrado como era, a amava a distância pelas belas coisas profundamente enterradas nela que só ele conseguia ver. Mas não pareciam tão belas quando trazidas à luz por Rhett, especialmente naquela voz enganadoramente suave que encobria o sarcasmo.

— Sinto-me voltando aos ideais de menino ao saber que tal amor pode existir neste mundo malicioso — continuou ele. — Então, não há o toque da carne no amor dele por você? Seria a mesma coisa se você fosse feia e não tivesse essa pele alva? Se não tivesse esses olhos verdes que fazem um homem imaginar o que faria se a tomasse nos braços? E um modo de mexer esses quadris que é um fascínio para qualquer homem com menos de 90 anos? E esses lábios que são... bem, não posso deixar minha lascívia carnal interferir. Ashley não vê nada disso? Ou, se vê, não lhe toca nem um pouco?

Sem querer, a mente de Scarlett voltou àquele dia no pomar quando os braços de Ashley tremiam ao abraçá-la, quando seus lábios ardiam nos dela, como se nunca fosse soltá-la. Ela ficou rubra com a lembrança e o rubor não escapou a Rhett.

— Então — disse ele, e houve uma nota vibrante, quase de raiva, em sua voz —, percebo. Ele a ama só por seu intelecto.

Como ele ousava sujar a única coisa bela e sagrada de sua vida, fazendo-a parecer vil? Fria e determinadamente, ele estava rompendo a última de suas reservas, e extraindo a informação que queria.

— É, isso mesmo! — exclamou ela, deixando para trás a lembrança dos lábios de Ashley.

— Minha cara, ele nem sabe que você tem um intelecto. Se foi seu intelecto que o atraiu, ele não teria que lutar contra você, como deve ter feito para manter esse amor tão... digamos... "sagrado"? Ele poderia ficar bem descansado, pois, afinal de contas, um homem pode admirar o intelecto e a alma de uma mulher e continuar sendo um cavalheiro honrado e fiel à esposa. Mas deve ser difícil para ele manter a honra dos Wilkes e cobiçar seu corpo como ele cobiça.

— Você julga o modo de ser dos outros pelo seu próprio, que é vil!

— Ah, nunca neguei que a cobiçava, se é isso o que quer dizer. Mas, graças a Deus, não me preocupo com questões de honradez. O que desejo eu pego, se conseguir, e, portanto, não luto nem com anjos nem com demônios. Que feliz inferno você criou para Ashley! Quase consigo ter pena dele.

— Eu... eu criei um inferno para ele?

— Sim, você! Aí está você, uma tentação constante para ele, mas, como a maioria de sua estirpe, ele prefere transformar em honra o que lhe passa pelas partes do que em amor. E me parece que o pobre coitado agora não tem nem amor nem honra para confortá-lo!

— Ele tem amor!... Quero dizer, ele me ama!

— É mesmo? Então me responda uma coisa e acabamos com isso, e você poderá pegar o dinheiro e jogá-lo na sarjeta, que não me importo. — Rhett se levantou e jogou o charuto fumado pela metade na caixa de areia. Havia em seus movimentos aquela mesma liberdade e aquele poder que Scarlett percebera na noite da queda de Atlanta, algo sinistro e meio amedrontador. — Se ele a ama, por que permitiu que viesse para Atlanta conseguir o dinheiro do imposto? Antes de deixar uma mulher que eu amasse fazer isso, eu...

— Ele não sabia, não fazia ideia de que eu...

— Não lhe ocorre que ele devia saber? — Havia uma brutalidade mal disfarçada em sua voz. — Amando-a do jeito que ama, ele devia saber exatamente o que você faria, estando tão desesperada. Devia tê-la matado antes de deixá-la vir... e a mim, entre tantos outros! Pelo amor de Deus!

— Mas ele não sabia!

— Se não imaginou sem que lhe dissessem, ele nunca vai saber nada sobre você e seu precioso intelecto.

Que injusto ele era! Como se Ashley fosse vidente! Como se Ashley pudesse tê-la impedido, caso soubesse! Mas, de fato, ela percebeu subitamente, Ashley podia tê-la impedido. Naquele dia no pomar, a mais leve insinuação de que algum dia as coisas poderiam ser diferentes teria bastado para que ela jamais pensasse em procurar Rhett. Uma palavra de ternura, até mesmo uma carícia de despedida quando ela estava pegando o trem a teriam detido. Mas ele só falara em honra. Mesmo assim... será que Rhett estava certo? Será que Ashley sabia o que ela tinha em mente? Apressou-se a desviar o pensamento desleal. É claro que ele não suspeitava. Ashley nunca desconfiaria de que ela sequer pensasse em fazer algo tão imoral. Era fino demais para ter essas ideias. Rhett só estava tentando minar seu amor. Estava tentando romper o que havia de mais precioso para ela. Algum dia, ela pensou perversamente, quando a loja estivesse nos trilhos, a serraria progredindo e ela tivesse dinheiro, faria Rhett Butler pagar pela infelicidade e pela humilhação que estava lhe causando.

De pé, olhando para ela, Rhett parecia divertir-se. A emoção que mexera com ele havia desaparecido.

— E o que você tem a ver com tudo isso? — perguntou ela. — É assunto meu e de Ashley, não seu.

Ele deu de ombros.

— Só isso: tenho uma profunda e impessoal admiração por sua resistência, Scarlett, e não gosto de ver seu ânimo esmagado por tantos fardos pesados. Existe Tara. Só isso já é trabalho para um homem. Em acréscimo, seu pai doente, que nunca mais lhe será de nenhuma ajuda. E ainda as moças e os negros. E agora assumiu um marido, e talvez a Srta. Pittypat também. Você já tem muita carga nas costas sem Ashley Wilkes e sua família.

— Ele não está em minhas costas. Ele ajuda...

— Ah, pelo amor de Deus — disse ele, impaciente. — Ele não ajuda em coisa alguma. Está em suas costas e aí ficará, ou nas de outro qualquer, até morrer. Pessoalmente, estou farto de falar sobre ele... De quanto dinheiro você precisa?

Palavras injuriosas voaram aos lábios de Scarlett. Depois de todas as suas ofensas, depois de arrancar dela aquelas coisas que lhe eram tão preciosas e pisoteá-las, ele ainda achava que ela aceitaria seu dinheiro!

Mas as palavras ficaram retidas. Que maravilha seria desprezar a oferta e mandá-lo sair da loja! Mas só os verdadeiramente ricos e seguros podiam se dar a esse luxo. Enquanto ela fosse pobre, teria de aguentar cenas como aquela. Mas, quando fosse rica... ah, que ideia reconfortante! Quando fosse rica, não aguentaria nada de que não gostasse, não ficaria sem o que desejasse, nem seria educada com as pessoas, a menos que a agradassem.

"Vou mandar todos para o inferno, e Rhett Butler vai ser o primeiro!"

O prazer diante da ideia lhe trouxe uma faísca aos olhos verdes e um meio sorriso aos lábios. Rhett também sorriu.

— Você é linda, Scarlett. Especialmente quando está matutando diabruras. E só para ver essas covinhas eu lhe compro uma dúzia de mulas, se você quiser.

A porta da frente se abriu e o balconista entrou, palitando os dentes com uma pena. Scarlett se levantou, puxou o xale e amarrou as fitas do chapéu firmemente sob o queixo. Estava decidida.

— Está ocupado agora à tarde? Pode me acompanhar? — perguntou ela.

— Aonde?

— Queria que fosse até a serraria comigo. Prometi a Frank que não sairia da cidade sozinha.

— Ir à serraria com esta chuva?

— É, quero comprá-la agora, antes que você mude de ideia.

Ele riu tão alto que o rapaz atrás do balcão parou, curioso, para olhá-lo.

— Você se esqueceu de que está casada? A Sra. Kennedy não pode se dar ao luxo de ser vista andando até o campo com esse condenado do Butler, que não é recebido nos melhores salões. Esqueceu-se de sua reputação?

— Reputação uma ova! Quero aquela serraria antes que você mude de ideia ou que Frank descubra que a estou comprando. Não seja lerdo, Rhett. O que é uma chuvinha? Vamos logo.

A serraria! Frank gemia sempre que pensava nela, amaldiçoando-se por ter chegado a mencioná-la para Scarlett. Já tinha sido ruim demais que ela tivesse vendido os brincos para Rhett Butler (e logo para quem!) e comprado a serraria sem sequer consultar o próprio marido, mas ainda pior fora não tê-la entregue para ele dirigir. Isso era péssimo. Como se não confiasse nele ou em seu discernimento.

Frank, juntamente com todos os homens que conhecia, sentia que uma esposa devia ser guiada pelo conhecimento superior do marido, devia aceitar suas opiniões sem ressalvas e não ter nenhuma própria. Ele teria aceitado o modo de ser da maioria das mulheres. Eram criaturinhas engraçadas e nunca custava satisfazer seus pequenos caprichos. Moderado e gentil por natureza, não era de seu feitio negar muito a uma esposa. Teria apreciado satisfazer as tolas ideias de uma pessoinha delicada e repreendê-la amorosamente por sua burrice e extravagância. Mas as coisas em que Scarlett se metia eram inacreditáveis.

Essa serraria, por exemplo. Foi o choque de sua vida quando ela lhe disse com um sorriso doce, em resposta a suas indagações, que pretendia dirigi-la. "Entrar no ramo da madeira sozinha", fora o que dissera. Frank nunca se esqueceria do horror daquele momento. Fazer negócios sozinha?! Era impensável. Não havia mulheres cuidando de negócios em Atlanta. Na verdade, Frank nunca ouvira falar de mulheres cuidando de negócios em lugar algum. Se as mulheres fossem desafortunadas a ponto de ser compelidas a ganhar algum dinheiro para ajudar a família nesses tempos difíceis, elas o faziam de modo reservado e feminino — fazendo tortas, como a Sra. Merriwether, pintando porcelana, costurando ou mantendo pensões como a Sra. Elsing e Fanny, ou ensinando na escola como a Sra. Meade, ou dando aulas de música, como a Sra. Bonnell. Essas damas ganhavam dinheiro, mas ficavam em casa, como era próprio a uma mulher. Mas uma mulher deixar a proteção do lar e se aventurar no mundo rude dos homens, competir com eles nos negócios, ombro a ombro, ficando exposta a ofensas e mexericos... Especialmente, sem ser forçada a isso, quando tinha um marido totalmente apto a lhe prover!

Frank tivera a esperança de que ela só estivesse implicando com ele, ou lhe pregando uma peça, uma peça de gosto duvidoso, mas logo descobriu que falava sério. Estava mesmo operando a serraria. Levantava-se antes dele, ia para a estrada dos Pessegueiros e muitas vezes só chegava em casa bem depois de a loja ter fechado e de Frank chegar à casa de tia Pitty para o jantar. Ela trilhava os longos quilômetros até a serraria contando apenas com o reprovador Tio Peter para protegê-la, e o mato estava cheio de negros livres e da escória ianque. Frank não podia acompanhá-la, a loja tomava todo o seu tempo, mas, quando ele protestou, ela disse secamente:

— Se eu não ficar de olho naquele tratante esperto do Johnson, ele rouba minha madeira e a vende para botar o dinheiro no próprio bolso. Quando conseguir um bom homem que dirija a serraria, não precisarei ir lá com tanta frequência. Vou poder passar o tempo na cidade vendendo madeira.

Vender madeira na cidade! Isso era o pior de tudo. Com frequência, ela tirava um dia e ia vender madeira, e nesses dias Frank tinha vontade de se esconder nos fundos escuros de sua loja e não ver ninguém. Sua mulher vendendo madeira!

As pessoas estavam falando terrivelmente dela, e era provável que dele também, por lhe permitir um comportamento tão pouco feminino. Ele ficava constrangido de encarar os fregueses no balcão e ouvi-los dizer: "Eu vi a Sra. Kennedy há poucos minutos na..." Todos se esforçavam para lhe contar o que ela fazia. Todos falavam sobre o que acontecia onde o novo hotel estava sendo construído. Scarlett chegara bem quando Tommy Wellburn estava comprando madeira de outro homem. Ela desceu da charrete entre os rudes pedreiros irlandeses que estavam assentando os alicerces e disse a Tommy que ele estava sendo enganado. Disse que sua madeira era melhor e também mais barata, e para provar fez uma enorme conta de cabeça, dando-lhe o cálculo na hora. Já era mau o bastante ela ter se metido no meio de operários estranhos e rudes, mas era ainda pior para uma mulher mostrar publicamente que conseguia fazer cálculos daquele modo.

Quando Tommy aceitou seu cálculo e lhe fez o pedido, Scarlett não partiu de imediato e docilmente, mas ficou por ali, conversando com Johnnie Gallegher, o capataz dos operários, um homenzinho obstinado, parecido com um gnomo, que tinha péssima reputação. A cidade ficou semanas falando.

Ainda por cima, ela realmente estava ganhando dinheiro com a serraria, e nenhum homem conseguia se sentir bem com uma mulher que tivesse sucesso em uma atividade tão pouco feminina. Nem ela lhe deu o dinheiro, ou parte dele, para ser usado na loja. A maior parte ia para Tara, e ela escrevia cartas intermináveis para Will Benteen a lhe dizer como o dinheiro devia ser gasto. Além disso, ela disse a Frank que, se conseguisse acabar com os consertos de Tara, pretendia emprestar dinheiro por hipotecas.

— Minha nossa! — gemia Frank sempre que pensava nisso. Mesmo sabendo o que era uma hipoteca, uma mulher não fazia esses negócios.

Scarlett andava cheia de planos, e a Frank cada um parecia pior que o anterior. Até falou em construir um saloon no terreno onde ficava seu depósito antes de ser incendiado por Sherman. Frank não era abstêmio, mas protestou com veemência contra a ideia. Possuir um saloon era um mau negócio, um negócio azarento, quase tão mau quanto alugar um imóvel para uma casa de prostituição. Exatamente por que era mau ele não sabia explicar, e, diante dos argumentos pouco convincentes, ela disse: "Bobagem!"

— Os saloons sempre são bons inquilinos. Tio Henry disse — contou ela. — Sempre pagam o aluguel e, veja só, Frank, eu podia construir um saloon barato, com madeira inferior que não consigo vender, e obter um bom aluguel, e, com o dinheiro do aluguel, o da serraria e o que eu conseguisse das hipotecas, poderia comprar mais serrarias.

— Doçura, você não precisa de mais serrarias! — exclamou Frank, estarrecido. — O que devia fazer é vender a que já tem. Você está ficando desgastada e sabe o perigo que corre mantendo negros livres trabalhando lá...

— Os negros livres não valem nada mesmo — concordou Scarlett, ignorando completamente a sugestão de se desfazer da serraria. — O Sr. Johnson diz que ao chegar de manhã para trabalhar nunca sabe se vai estar com todo o pessoal ou não. Simplesmente não podemos mais depender dos negros. Trabalham um ou dois dias e então tiram folga até ter gastado o salário. Quanto mais vejo os resultados da emancipação, mais criminosa acho que foi. Arruinou com os negros. Milhares deles estão ociosos, e os que conseguimos para trabalhar na serraria são tão preguiçosos e indolentes que nem vale a pena tê-los. E, se os xingamos, sem nem falar de lhes dar umas três chicotadas pelo bem de suas almas, o Departamento dos Libertos vem nos atacar.

— Meu bem, você não está permitindo que o Sr. Johnson bata naqueles...

— É claro que não — retrucou ela, impaciente. — Não acabei de lhe dizer que os ianques me põem na cadeia se eu faço isso?

— Aposto que seu pai nunca deu uma surra em um negro — disse Frank.

— Bem, só uma vez. Um rapaz do estábulo que não escovou o cavalo depois de um dia de caçada. Mas, Frank, era diferente naquela época. Os negros libertos são outra coisa e umas chicotadas fariam muito bem a alguns deles.

Frank não só estava impressionado com os pontos de vista de sua mulher, mas também com a mudança que se operara nela nos poucos meses desde o casamento. No breve período de namoro, ele achou que nunca conhecera uma mulher mais feminina em suas reações à vida, ignorante, tímida e desamparada. Agora todas as suas reações eram masculinas. Apesar das faces rosadas, covinhas e belos sorrisos, ela falava e agia como um homem. Sua voz era enérgica e resoluta e ela se decidia instantaneamente, sem qualquer delonga feminina. Sabia o que queria e perseguia pelo caminho mais curto, como um homem, não pelas rotas ocultas e circulares peculiares às mulheres.

Claro que Frank já vira mulheres comandantes antes. Atlanta, como todas as cidades sulistas, tinha sua cota de nobres mandonas, com quem ninguém gostava de cruzar. Não havia ninguém mais dominadora que a Sra. Merriwether, mais imperiosa que a frágil Sra. Elsing, mais ardilosa para assegurar seus objetivos que a grisalha e doce Sra. Whiting. Mas, fossem quais fossem as artimanhas que essas damas empregassem para conseguir o que queriam, eram sempre artimanhas femininas. Faziam questão de ser respeitosas com as opiniões dos homens, sendo orientadas ou não por eles. Tinham as boas maneiras de se mostrar orientadas pelo que os homens diziam e era isso o que importava. Mas ninguém orientava Scarlett, só ela mesma, conduzindo seus negócios de um modo masculino que tinha levado toda a cidade a falar dela.

"E", pensou Frank infeliz, "provavelmente falando de mim também, por deixá-la agir de modo tão pouco feminino".

Depois havia aquele homem, Butler. Suas visitas frequentes à casa de tia Pitty eram a maior humilhação de todas. Frank nunca gostara dele, mesmo quando tinham feito negócios juntos antes da guerra. Muitas vezes, amaldiçoava o dia em que tinha levado Rhett a Twelve Oaks e o apresentado a seus amigos. Ele o desprezava pela maneira fria como agira em sua especulação durante a guerra e pelo fato de não ter entrado para o exército. Só Scarlett sabia dos oitos meses de serviço que Rhett prestara à Confederação, pois ele lhe suplicara, com um medo simulado, que não revelasse sua "vergonha" a ninguém. Mais que tudo, Frank o desprezava por reter o ouro confederado, enquanto homens honestos como o almirante Bullock e outros, diante da mesma situação, tinham devolvido milhares de dólares ao tesouro federal. Mas, quer Frank gostasse ou não, Rhett era uma visita frequente.

Para todos os efeitos, era a Srta. Pitty que ele ia visitar, e esta acreditava, fazendo pose por causa de suas visitas. Mas Frank tinha a desconfortável sensação de que não era a Srta. Pitty que o atraía. O pequeno Wade gostava muito dele, embora fosse tímido com a maioria das pessoas, e até o chamava de "tio Rhett", o que aborrecia Frank. E Frank não conseguia deixar de lembrar que Rhett tinha acompanhado Scarlett durante os tempos da guerra e houvera mexericos sobre os dois. Ele imaginava que os mexericos podiam ser ainda piores agora. Nenhum de seus amigos tivera a coragem de mencionar qualquer coisa desse tipo a Frank, apesar de toda a franqueza sobre a conduta de Scarlett no negócio da serraria. Mas ele não podia deixar de perceber que ele e Scarlett eram cada vez menos convidados para refeições e festas e cada vez menos visitados. Scarlett não gostava da maioria dos vizinhos e estava muito ocupada com sua serraria para se lembrar de visitar os de que gostava, então a falta de visitas não a perturbava. Mas Frank sentia profundamente.

Frank estivera toda a vida sob o domínio da frase "O que os vizinhos vão dizer?" e não tinha defesas contra os choques provocados pelo pouco caso que sua mulher fazia das convenções. Sentia que todos censuravam Scarlett e o menosprezavam por permitir que ela agisse de modo tão contrário a seu gênero. Ela fazia coisas que um marido não devia permitir, segundo seu ponto de vista, mas, se ele a mandasse parar, discutisse ou mesmo a criticasse, abria-se um temporal sobre sua cabeça.

"Minha nossa!", ele pensava impotente. "Ela consegue se enfurecer com mais rapidez e ficar nesse estado por mais tempo do que qualquer mulher que já conheci!"

Mesmo nos períodos em que as coisas iam bem, era incrível como a esposa afetuosa, provocante, que cantarolava pela casa, podia ter se transformado tão completa e rapidamente em uma pessoa diferente. Ele só precisava dizer: "Doçura, se eu fosse você, não..." e a tempestade logo se formava.

Suas sobrancelhas pretas logo se franziam em um ângulo agudo sobre o nariz e Frank se encolhia, quase visivelmente. Ela tinha o temperamento de um bárbaro e a fúria de uma gata selvagem e, nessas horas, não parecia se importar com o que dizia e quanto feria. Nuvens de abatimento pairavam sobre a casa nessas ocasiões. Frank ia cedo para a loja e ficava até tarde. Pitty fugia para seu quarto como um coelho ofegante a entocar-se. Wade e Tio Peter se retiravam para a cocheira e Cookie ficava em sua cozinha, procurando não elevar a voz em louvor ao Senhor.

Só Mammy aguentava o temperamento de Scarlett com tranquilidade, pois tivera anos de treinamento com Gerald O'Hara e suas explosões.

Scarlett não tinha intenção de ter pavio curto e realmente queria ser uma boa esposa para Frank, pois gostava dele e lhe era agradecida por ter ajudado a salvar Tara. Mas ele realmente a tirava do sério muitas vezes e de muitas maneiras.

Ela nunca poderia respeitar um homem que se deixasse dominar por ela, e a atitude tímida, hesitante que ele exibia em qualquer situação desagradável, com ela ou com outros, a irritava de modo insuportável. Mas ela poderia ter feito vista grossa a essas coisas e até ser feliz, agora que alguns de seus problemas financeiros estavam sendo resolvidos, exceto pela constante e renovada exasperação provocada pelos muitos incidentes, mostrando que Frank não era um bom homem de negócios e nem queria que ela fosse.

Como esperava, ele se recusara a cobrar as dívidas até que ela o espicaçasse, e ele o fizera desanimado e cheio de desculpas. Essa experiência serviu para provar que a família Kennedy nunca teria mais que o suficiente para a sobrevivência, a menos que ela mesma ganhasse o dinheiro que estava determinada a ter. Agora sabia que Frank ficaria satisfeito de ir levando com sua lojinha suja pelo resto da vida. Ele não parecia perceber quanto sua segurança era tênue e a importância de ganhar dinheiro nesses tempos complicados, quando o dinheiro era a única proteção contra novas calamidades.

Frank podia ter sido um homem de negócios bem-sucedido nos dias tranquilos que antecederam a guerra, mas era tão aborrecidamente antiquado, ela pensava, e tão teimoso, querendo fazer as coisas à moda antiga, quando essa moda e os velhos tempos tinham acabado. Faltava-lhe totalmente a agressividade necessária aos novos tempos. Bem, ela tinha essa agressividade e pretendia usá-la, Frank gostando ou não. Eles precisavam de dinheiro e ela o estava ganhando com trabalho duro. O mínimo que Frank podia fazer, em sua opinião, era não interferir em seus planos que estavam obtendo resultados.

Com sua inexperiência, não era trabalho fácil operar a nova serraria, e a competição estava mais acirrada agora que no início, então ela costumava estar cansada, preocupada e de mau humor quando chegava em casa à noite. E, quando Frank tossia, desculpando-se, para dizer: "Meu bem, eu não faria isso" ou "Se eu fosse você, doçura, não faria isso", tudo o que ela podia fazer era reprimir um acesso de raiva, e muitas vezes não conseguia. Se ele não tinha a iniciativa de sair e ganhar dinheiro, por que estava sempre reclamando dela? E as coisas com que a importunava eram tão tolas! Que diferença fazia em uma época como essa se ela não estivesse sendo feminina? Especialmente quando sua serraria pouco feminina estava trazendo o dinheiro de que precisavam tanto, ela, a família, Tara e Frank.

Frank queria descanso e tranquilidade. A guerra à qual servira de modo tão consciencioso lhe arruinara a saúde, lhe custara sua fortuna e o deixara velho. Ele não lamentava nada disso, e, após quatro anos de guerra, tudo o que pedia da vida era paz e gentileza, fisionomias amorosas a seu redor e a aprovação dos amigos. Logo descobriu que a paz doméstica tinha seu preço, que era deixar Scarlett fazer as coisas a seu modo, não importando o que quisesse fazer. Portanto, como estava cansado, negociou a paz nos termos dela. Às vezes, pensava que valia a pena vê-la sorrindo quando ela abria a porta da frente nos crepúsculos frios, beijando-o na orelha ou no nariz ou em algum outro lugar inusitado, sentir sua cabeça se aninhando sonolenta em seu ombro à noite debaixo das cobertas quentes. A vida doméstica podia ser agradável quando Scarlett fazia as coisas como queria. Mas a paz que ele conquistara era oca, só uma imagem externa, pois a adquirira ao custo de tudo que tinha como certo na vida matrimonial.

"Uma mulher deve prestar mais atenção ao lar e à família, e não ficar perambulando por aí feito um homem", ele pensava. "Se ao menos ela tivesse um bebê..."

Ele sorria ao pensar em um bebê, e pensava com bastante frequência. Scarlett fora bastante franca sobre não querer um filho, mas bebês raramente esperavam um convite. Frank sabia que muitas mulheres diziam não querer filhos, mas aquilo não passava de tolice e medo. Se Scarlett tivesse um bebê, ela o amaria e se sentiria contente de ficar em casa cuidando dele, como as outras mulheres. Então ela seria obrigada a vender a serraria e seus problemas acabariam. As mulheres precisavam da maternidade para ser completamente felizes, e Frank sabia que Scarlett não estava feliz. Ignorante como era em relação às mulheres, não era tão cego que não percebesse que ela ficava infeliz de vez em quando.

Às vezes, ele acordava de madrugada e ouvia o som de um choro abafado no travesseiro. A primeira vez que acordara, sentindo a cama sacudir com os soluços dela, indagara, alarmado: "Doçura, o que foi?" e fora repreendido com uma exclamação passional: "Ah, deixe-me em paz!"

É, um bebê a deixaria feliz e afastaria sua mente de coisas com que não devia se ocupar. Às vezes, Frank suspirava, achando que apanhara um pássaro tropical, ardoroso e colorido como uma joia, quando uma cambaxirra lhe teria servido da mesma forma. Na verdade, bem melhor.

Capítulo 37

Foi em uma noite chuvosa de abril que Tony Fontaine chegou de Jonesboro em um cavalo espumando, semimorto de exaustão, e bateu na porta deles, acordando Scarlett e Frank, que ficaram com o coração na garganta. Então, pela segunda vez em quatro meses, Scarlett foi obrigada a sentir profundamente o que significava a Reconstrução com todas as suas implicações, foi obrigada a entender ainda melhor o que Will tinha em mente ao lhe dizer "Nossos problemas só estão começando", a reconhecer que as melancólicas palavras de Ashley, ditas em meio ao vento no pomar de Tara, eram verdade: "Isso que nos encara agora é pior que a guerra... pior que a prisão... pior que a morte."

A primeira vez que ela estivera frente a frente com a Reconstrução fora ao saber que Jonas Wilkerson, com o apoio dos ianques, poderia desapropriá-la de Tara. Mas a chegada de Tony lhe trouxe tudo de volta, de um modo ainda mais apavorante. Tony chegou no escuro, sob uma chuva torrencial, e em poucos minutos desapareceria novamente na noite, para sempre, mas nesse breve intervalo ele ergueu a cortina para uma cena de outro horror, uma cortina que ela sentiu, desesperançada, que nunca mais seria baixada.

Naquela noite de tormenta em que bateram na porta com uma urgência apressada, ela ficou no patamar, segurando apertado o roupão e olhando para o vestíbulo lá embaixo, e viu o rosto moreno e melancólico de Tony de relance antes que ele se inclinasse, soprando a vela na mão de Frank. Ela correu para baixo na escuridão para agarrar sua mão fria e molhada e ouvi-lo sussurrar:

— Eles estão em meu encalço... vou para o Texas... meu cavalo está quase morto... e estou morrendo de fome. Ashley disse que você... Não acenda a vela! Não acorde os negros... Não quero arrumar problemas para seu pessoal se puder evitar.

Com as persianas da cozinha fechadas e as venezianas baixadas, ele permitiu que uma vela fosse acesa e falou com Frank em frases rápidas, espasmódicas, enquanto Scarlett se apressava para lhe preparar um prato de comida.

Ele estava sem sobretudo e encharcado até os ossos. Não usava chapéu e o cabelo preto estava grudado no crânio pequeno. Mas o ânimo dos rapazes Fontaine, um ânimo frio naquela noite, estava em seus olhos dançantes enquanto tragava o uísque que ela lhe trouxera. Scarlett agradeceu a Deus que tia Pittypat roncasse imperturbável lá em cima. Certamente, desmaiaria se visse essa aparição.

— Um maldito de um fi... da escória sulista a menos — disse Tony, segurando o copo vazio para outra dose. — Corri muito e vai me custar a pele se não fugir daqui depressa, mas valeu a pena. Por Deus que valeu! Vou tentar chegar ao Texas e me acomodar por lá. Ashley estava comigo em Jonesboro e me disse para vir procurar vocês. Preciso de outro cavalo, Frank, e algum dinheiro. Meu cavalo está prestes a morrer... veio até aqui sem se aguentar... e hoje saí de casa feito um tolo, feito um morcego dos infernos sem casaco, nem chapéu ou um centavo no bolso. Não que haja muito dinheiro lá em casa.

Ele riu e se concentrou, faminto, no pão de milho e nas verduras frias sobre as quais havia grossos flocos brancos de gordura congelada.

— Pode ficar com meu cavalo — disse Frank, calmamente. — Só tenho 10 dólares aqui, mas se você puder esperar até de manhã...

— O inferno está em chamas, não posso esperar! — disse Tony, enfaticamente, mas de um jeito jovial. — Devem estar bem atrás de mim. Não consegui uma boa vantagem. Se não fosse por Ashley, que me arrastou e me fez subir no cavalo, eu teria ficado lá como um bobo e é provável que a esta altura já tivessem me enforcado. Um bom homem, o Ashley.

Então Ashley estava metido naquele enigma assustador. Scarlett teve um calafrio, pôs a mão na garganta. Os ianques estavam com Ashley agora? Por que Frank não perguntava o que acontecera? Por que ficava tão frio diante da situação, como se tudo fosse normal? Ela lutou para fazer as perguntas lhe chegarem aos lábios.

— O que... — começou. — Quem...

— O antigo administrador de seu pai... aquele maldito... Jonas Wilkerson.

— Você... ele morreu?

— Meu Deus, Scarlett O'Hara — disse Tony, impaciente. — Quando resolvo acabar com alguém, não acha que eu ficaria satisfeito só de arranhá-lo com o lado cego da faca, não é? Não, por Deus, eu o deixei em pedaços.

— Bom — disse Frank despreocupadamente. — Nunca gostei daquele homem.

Scarlett olhou para ele. Esse não era o Frank manso que ela conhecia, o homem nervoso que ficava cofiando a barba, de quem aprendera a abusar com facilidade. Havia nele um ar frio e revigorante, e ele encarava a emergência sem palavras desnecessárias. Era um homem, Tony era um homem e essa situação de violência era um negócio masculino, no qual uma mulher não tomava parte.

— Mas Ashley... ele...

— Não. Ele queria matá-lo, mas eu disse que era direito meu, pois Sally é minha cunhada, e ele acabou tendo juízo. Foi a Jonesboro comigo para o caso de Wilkerson me pegar primeiro. Mas não acho que o velho Ash vá ter problemas.

Espero que não. Tem alguma geleia para esse pão de milho? E será que pode me embrulhar algo para levar?

— Vou acabar gritando se você não me contar tudo.

— Espere até eu ir embora e depois grite se precisar. Vou lhe contar enquanto Frank encilha o cavalo. Aquele maldito Wilkerson já causou problemas suficientes. Sabe o que ele fez com você a respeito dos impostos. Foi só uma de suas crueldades. Mas o pior foi o jeito como ele agitou os negros. Se alguém tivesse me dito que eu viveria para ver o dia em que odiaria os negros, eu não acreditaria! Malditas sejam suas almas negras, eles acreditam em qualquer coisa que aquela escória sulista diz e esquecem tudo o que fizemos por eles. Agora os ianques estão falando em deixar que os negros votem. E não vão nos deixar votar. Ora, deve haver uma mancheia de democratas em todo o condado que não estão impedidos de votar, agora que eliminaram todos os homens que lutaram no exército confederado. E, se derem o voto aos negros, é nosso fim. Droga, é nosso estado! Não pertence aos ianques! Por Deus, Scarlett, isso não pode ser tolerado! E não será! Vamos fazer alguma coisa a respeito, nem que signifique outra guerra. Em breve, teremos juízes negros, legisladores negros... macacos negros que saíram da selva...

— Por favor, depressa, conte! O que foi que você fez?

— Dê-me outro pedaço desse pão antes de embrulhar. Bem, se espalhou um boato de que esse Wilkerson tinha ido um pouco longe demais com seu negócio de igualdade para os negros. Ah, sim, ele fala com aqueles negros tolos toda hora. Teve o descaramento... o... — Tony se engasgou — de dizer que os negros tinham o direito às... às... mulheres brancas.

— Ah, Tony, não!

— Por Deus que sim! Não me surpreendo com sua cara de nojo. Mas, pelo fogo do inferno, Scarlett, não pode ser novidade para você. Estão dizendo isso a eles aqui em Atlanta.

— Eu... eu não sabia.

— Bem, Frank não lhe contaria. De qualquer modo, depois disso, todos nós meio que pensamos em visitar o Sr. Wilkerson em particular à noite e cuidar dele, mas, antes que o fizéssemos... Você se lembra daquele negro, o Eustis, que era nosso capataz?

— Lembro.

— Hoje ele foi até a porta da cozinha quando Sally preparava o almoço... não sei o que disse a ela. Acho que agora nunca vou saber. Mas disse algo e eu a ouvi gritar, corri até a cozinha e lá estava ele, bêbado como a vadia do rabequista... Desculpe, Scarlett, escapou.

— Continue.

— Dei um tiro nele e, quando mamãe foi cuidar de Sally, peguei o cavalo e saí para Jonesboro atrás de Wilkerson. Era ele o culpado. O maldito do negro tolo nunca teria pensado em tal coisa se não fosse por ele. Passando por Tara, encontrei Ashley e, é claro, ele foi comigo. Ele me pediu que deixasse a coisa com ele pelo modo como Wilkerson agira em Tara, e eu disse que não, que era minha vez porque Sally era a mulher de meu irmão morto e discutimos por todo o caminho. E, quando chegamos à cidade, por Deus, Scarlett, sabe que eu nem tinha levado minha pistola? Tinha deixado no estábulo. Estava tão furioso, que me esqueci...

Ele fez uma pausa, mordeu o pão dormido e Scarlett estremeceu. A ira assassina dos Fontaine já tinha feito história no condado muito antes de esse capítulo ter sido aberto.

— Então tive que enfiar minha faca nele. Ele estava no bar. Eu o levei para um canto enquanto Ashley detinha os outros e lhe disse por que antes de matá-lo. Antes que me desse conta, estava feito — disse Tony refletindo. — Em seguida, a primeira coisa que percebi foi Ashley me fazendo montar no cavalo e me dizendo para vir até aqui. Ashley é um grande homem em um apuro. Ele mantém a cabeça fria.

Frank entrou, o sobretudo no braço, e o entregou a Tony. Era seu único sobretudo, mas Scarlett não protestou. Ela parecia estar fora desse assunto puramente masculino.

— Mas Tony... eles precisam de você em casa. Com certeza, se você voltasse e explicasse...

— Frank, você se casou com uma tola — disse Tony, arreganhando os dentes e vestindo o sobretudo. — Ela acha que os ianques vão premiar um homem por manter os negros afastados das mulheres de sua família. Vão sim, com uma corte de tambores e uma corda. Dê-me um beijo, Scarlett. Frank não vai se importar, e talvez eu nunca mais a veja. O Texas fica longe, e não vou escrever, então avisem ao pessoal lá de casa que consegui chegar até aqui em segurança.

Ele a deixou beijá-la e os dois homens saíram na chuva e ficaram conversando um instante na varanda dos fundos. Depois ela ouviu as patas do cavalo salpicando lama, e Tony se fora. Abriu uma fresta na porta e viu Frank levando um cavalo arquejante, trôpego, para dentro da cocheira. Fechou a porta de novo e se sentou, os joelhos trêmulos.

Agora sabia o que a Reconstrução significava, sabia muito bem, era como se a casa estivesse cercada de selvagens nus. Agora chegavam a sua mente muitas coisas em que ela não pensara recentemente, conversas que ouvira, mas às quais não dera atenção, conversas masculinas que eram interrompidas quando ela entrava no aposento, pequenos incidentes em que não vira significado na hora, avisos inúteis para que ela não saísse da serraria apenas com o fraco Tio Peter para protegê-la. Agora tudo se encaixava em um único quadro apavorante.

Os negros estavam por cima e, atrás deles, as baionetas ianques. Ela podia ser morta, estuprada e, bem provavelmente, nada seria feito a respeito. E qualquer um que a vingasse seria enforcado pelos ianques sem o benefício de um julgamento. Oficiais ianques que nada sabiam de lei e se importavam ainda menos com as circunstâncias do crime podiam encaminhar as moções de um julgamento e botar a corda no pescoço de um sulista.

"O que se pode fazer?", pensou ela, esfregando as mãos em uma agonia de medo impotente. "O que se pode fazer com demônios que enforcariam um rapaz decente como Tony só por matar um bêbado e um patife para proteger as mulheres?"

"Não pode ser tolerado!", dissera Tony, e estava certo. Não podia ser tolerado. Mas o que fariam além de tolerar, impotentes como estavam? Ela começou a tremer e, pela primeira vez na vida, enxergou pessoas e acontecimentos como coisas separadas de si mesma, percebeu claramente que Scarlett O'Hara, assustada e impotente, não era o que importava. Havia milhares de mulheres como ela por todo o sul, assustadas e impotentes. E milhares de homens, que tinham deitado suas armas em Appomattox e agora as pegavam de novo, prontos para arriscar o pescoço a qualquer momento para proteger essas mulheres.

Algo que passara pela fisionomia de Tony e se espelhara na de Frank, uma expressão que ela observara recentemente em outros homens de Atlanta, um olhar que ela percebera, mas que não se dera ao trabalho de analisar. Era uma expressão bem diferente daquela de impotência e cansaço que vira no rosto dos combatentes que retornavam da guerra após a rendição. Aqueles homens não se importavam com nada, só queriam chegar em casa. Agora novamente se importavam com alguma coisa, nervos dormentes voltavam à vida, e o velho espírito começava a arder. Importavam-se de novo com uma amargura fria e impiedosa. E, como Tony, pensavam: "Não pode ser tolerado!"

Ela vira homens sulistas, de fala macia e perigosos nos tempos anteriores à guerra, ficarem imprudentes e duros nos últimos desesperadores dias de combate. Mas, nas fisionomias dos dois homens que se olhavam através da chama da vela um instante atrás, havia algo diferente, algo que a animava, mas assustava... uma fúria que não conseguia encontrar palavras, uma determinação que não se deteria diante de nada.

Pela primeira vez, sentiu um parentesco com as pessoas a sua volta, sentiu-se unida a elas em seus temores, em sua amargura, em sua determinação. Não podia ser tolerado! O sul era um lugar bonito demais para ser abandonado sem uma luta, amado demais para ser pisoteado pelos ianques que odiavam os sulistas o bastante para se comprazer em esmagá-los, era uma pátria querida demais para ser virada de cabeça para baixo por negros ignorantes e embriagados de uísque e liberdade.

Pensando na chegada súbita de Tony e na rápida partida, ela se sentiu aparentada a ele, pois se lembrou da velha história, de como seu pai deixara às pressas a Irlanda à noite, após um assassinato que não representava um crime para ele nem para a família. O sangue violento de Gerald corria nela. Ela se lembrou de sua ardorosa alegria ao dar um tiro no ianque saqueador. O sangue violento corria neles todos, perigosamente perto da superfície, logo abaixo do exterior bondoso e cortês. Todos eles, todos os homens que conhecia, mesmo Ashley com seus olhos sonolentos e o nervoso e velho Frank eram assim, assassinos, violentos se houvesse necessidade. Até mesmo Rhett, o patife sem consciência que era, matara um negro por ser "insolente com uma dama".

Quando Frank entrou pingando de chuva e tossindo, ela se levantou depressa.

— Ah, Frank, por quanto tempo será assim?

— Pelo tempo que os ianques nos odiarem tanto, doçura.

— Não há nada que alguém possa fazer?

Frank passou a mão exausta na barba molhada.

— Estamos tomando providências.

— O quê?

— Por que falar disso enquanto não realizamos algo? Pode levar anos. Talvez... talvez o sul sempre fique assim.

— Ah, não!

— Doçura, venha para a cama. Você deve estar gelada. Está tremendo.

— Quando é que isso vai acabar?

— Quando todos nós pudermos votar de novo, doçura. Quando cada homem que lutou pelo sul puder colocar seu voto na caixa para um sulista e democrata.

— Um voto? — exclamou ela, desesperada. — De que serve um voto se os negros perderam a cabeça, se os ianques os envenenaram contra nós?

Frank lhe explicou com seu jeito paciente, mas a ideia de que votos podiam sanar o problema era muito complicada para ela. Pensava agradecida que Jonas Wilkerson nunca mais seria uma ameaça para Tara, e pensava em Tony.

— Ah, pobres Fontaine! — exclamou ela. — Só sobrou Alex, e há tanto a fazer em Mimosa. Por que Tony não teve juízo e... e agiu à noite quando ninguém saberia quem foi? Ele seria mais útil ajudando a arar a terra na primavera do que indo para o Texas.

Frank a enlaçou. Costumava ser cauteloso ao fazê-lo, pois previa ser impacientemente repelido, mas agora havia um olhar distante em sua fisionomia e seu braço estava firme segurando a cintura dela.

— No momento, há coisas mais importantes que arar, doçura. E assustar os negros e dar uma lição à escória sulista são algumas. Enquanto houver bons rapazes como Tony, creio que não precisaremos nos preocupar muito com o sul. Venha para a cama...

— Mas Frank...

— Se simplesmente ficarmos unidos e não cedermos um centímetro aos ianques, venceremos algum dia. Não preocupe sua linda cabecinha com isso, doçura. Deixe que os homens cuidem disso. Talvez não em nossa época, mas algum dia venceremos. Os ianques vão se cansar de nos importunar quando perceberem que nem conseguem nos arranhar, e então teremos um mundo decente onde viver e criar nossos filhos.

Ela pensou em Wade e no segredo que estava carregando silenciosamente havia alguns dias. Não, ela não queria seus filhos criados em meio a esse tumulto de ódio e incerteza, de amargura e violência movendo-se furtivamente logo abaixo da superfície, de pobreza, trabalho duro e insegurança. Nunca quisera que seus filhos sequer soubessem o significado de tudo isso. Queria um mundo seguro e ordenado em que pudesse olhar para a frente e saber que havia um futuro seguro adiante, um mundo no qual seus filhos conhecessem apenas a suavidade, o aconchego, boas roupas e boa comida.

Frank achava que isso poderia ser realizado por meio do voto. Votar? Que importavam os votos? As boas pessoas do sul nunca mais votariam. Só havia uma coisa no mundo que era um baluarte certo contra qualquer calamidade que o destino pudesse trazer, e era o dinheiro. Em um acesso febril, ela pensou em quanto precisavam ter dinheiro, muito, para ficarem seguros contra a desgraça.

Abruptamente, disse a ele que estava esperando um bebê.

Por semanas após a fuga de Tony, a casa de tia Pitty foi submetida a repetidas buscas por destacamentos de soldados ianques. Eles invadiam a casa a qualquer hora e sem avisar. Entravam em todos os cômodos, fazendo perguntas, abrindo armários, vasculhando cestos de roupas, espiando embaixo das camas. As autoridades militares tinham tomado conhecimento de que Tony fora aconselhado a ir para a casa da Srta. Pitty, e tinham certeza de que ele ainda estava se escondendo lá. Ou em algum lugar nas cercanias.

Em consequência, tia Pitty estava cronicamente no estado que Tio Peter chamava de "arreliada", sem nunca saber quando seu quarto seria invadido por um oficial ou por um pelotão de homens. Nem Frank nem Scarlett haviam mencionado a breve visita de Tony, portanto a velha não podia ter revelado nada, mesmo se quisesse. Ela era totalmente honesta em seus protestos alvoroçados de que vira Tony Fontaine uma única vez na vida, e fora na época do Natal de 1862.

— E — acrescentava sem fôlego, em um esforço de ser útil aos soldados ianques — ele estava bastante embriagado na ocasião.

Scarlett, enjoada e infeliz no primeiro estágio de gravidez, alternava entre o ódio exaltado pelas fardas azuis, que invadiam sua privacidade, muitas vezes levando consigo qualquer bugiganga que os atraísse, e um temor igualmente exaltado de que Tony acabasse sendo o motivo da desgraça de todos eles. As prisões estavam cheias de pessoas que tinham sido detidas por muito menos. Ela sabia que, se uma partícula da verdade fosse provada contra eles, não só ela e Frank iriam para a cadeia, mas a inocente Pitty também.

Por algum tempo, houvera uma agitação em Washington em torno do confisco de todas as "propriedades rebeldes" para pagar a dívida de guerra dos Estados Unidos, e essa possibilidade deixara Scarlett em um estado de angustiada apreensão. Agora, em acréscimo, Atlanta estava tomada pelos rumores sobre o confisco das propriedades dos infratores da lei militar, e Scarlett temeu que ela e Frank perdessem não só a liberdade, mas também a casa, a loja e a serraria. E, mesmo que os militares não tomassem as propriedades, tudo estaria perdido do mesmo jeito, pois quem cuidaria dos negócios se eles fossem presos?

Ela odiou Tony por lhes trazer tal problema. Como ele podia ter feito uma coisa dessas aos amigos? E como Ashley podia tê-lo enviado a eles? Ela nunca mais ajudaria ninguém se isso significasse ter os ianques atacando-a como um enxame de marimbondos. Não, ela fecharia a porta a qualquer um que precisasse de ajuda. Exceto, é claro, Ashley. Por semanas, após a breve visita de Tony, ela despertava de sonhos intranquilos com qualquer ruído na estrada lá fora, temendo que pudesse ser Ashley tentando escapar, fugindo para o Texas por causa da ajuda que dera a Tony. Ela não sabia como estava a situação dele, pois não se arriscavam a escrever para Tara sobre a visita que Tony lhes fizera de madrugada. As cartas podiam ser interceptadas pelos ianques e levar problemas à fazenda também. Mas, depois de se passarem semanas sem que tivessem más notícias, concluíram que Ashley tinha se safado. E, por fim, os ianques pararam de incomodá-los.

Mas nem esse alívio libertou Scarlett do estado de pavor que tinha se iniciado quando Tony batera à porta deles, um pavor que era pior que a tremedeira provocada pelo bombardeio do cerco, pior até que o terror dos homens de Sherman durante os últimos dias da guerra. Era como se a aparição de Tony naquela noite de chuva torrencial tivesse tirado piedosos antolhos de seus olhos, forçando-a a enxergar a verdadeira incerteza de sua vida.

Olhando ao redor naquela fria primavera de 1866, Scarlett percebeu o que a encarava e a todo o sul. Ela podia planejar, podia trabalhar mais duro que qualquer de seus escravos jamais trabalhara, podia ser bem-sucedida e superar todas as dificuldades, por meio da determinação podia solucionar problemas para os quais sua vida anterior não a preparara nem um pouco. Mas, apesar de todo o trabalho, o sacrifício e a engenhosidade, o pouco que conseguira a tanto custo podia lhe ser tirado a qualquer minuto. E, se isso acontecesse, ela não tinha direitos, nenhuma reparação legal, além daquelas cortes de tambores de que Tony falara com tanta amargura, aqueles tribunais militares com seus poderes arbitrários. Só os negros tinham direito à reparação naqueles dias. Os ianques tinham o sul prostrado e assim pretendiam mantê-lo. O sul fora torcido por uma cruel e gigantesca mão, e aqueles que um dia o tinham dominado viviam agora em um estado de impotência que nem seus antigos escravos tinham experimentado. A Geórgia estava fortemente guarnecida de tropas, e Atlanta tinha mais que a cota devida. Os comandantes das tropas ianques nas várias cidades tinham poder total, até de vida ou morte, sobre a população civil, e o usavam. Podiam aprisionar cidadãos, confiscar sua propriedade, enforcá-los e o faziam por qualquer motivo, ou sem nenhum. Podiam importuná-los e torturá-los com regulamentos conflitantes sobre a operação de seus negócios, o salário que deviam pagar aos funcionários, sobre o que deviam dizer em público e nas declarações particulares e o que deviam escrever nos jornais. Regulamentaram o modo, a hora e o lugar do despejo do lixo e decidiram quais canções as filhas e esposas de ex-confederados podiam cantar, de modo que cantar "Dixie" ou "Bonnie Blue Flag" tornou-se um delito só menos grave que traição. Regulamentaram que ninguém podia pegar uma carta nos correios sem fazer o juramento de fidelidade e, em alguns casos, eles até proibiam a emissão de licenças matrimoniais se os casais não fizessem o detestável juramento.

Os jornais eram tão amordaçados que nenhum protesto público podia ser levantado contra as injustiças ou depredações realizadas pelos militares, e os protestos individuais eram silenciados com aprisionamentos. A cadeia estava cheia de cidadãos proeminentes, que lá ficavam sem esperança de um rápido julgamento. Um julgamento realizado por um júri e o direito de habeas corpus estavam praticamente suspensos. Os tribunais civis ainda funcionavam, segundo o costume, mas ao bel-prazer dos militares, que podiam interferir nos veredictos e o faziam, de modo que os cidadãos que tivessem a infelicidade de ser presos ficavam praticamente à mercê das autoridades militares. E muitos eram presos. A simples suspeita de declarações contra o governo, suspeita de cumplicidade com a Ku Klux Klan, ou a reclamação de um negro de que um homem branco lhe ofendera eram suficientes para jogar um cidadão na cadeia. Provas e evidências não eram necessárias. A acusação era suficiente. E, graças à incitação do Departamento dos Libertos, sempre se podia encontrar negros dispostos a fazer acusações.

Os negros ainda não tinham recebido o direito de votar, mas o norte estava determinado a consegui-lo, e igualmente determinado a tornar esses votos favoráveis a si. Com isso em mente, nada era bom demais para os negros. Os soldados ianques os apoiavam em qualquer coisa que decidissem fazer, e o caminho mais fácil para um branco se encrencar era fazendo uma reclamação de qualquer tipo contra um negro.

Os antigos escravos eram agora os senhores da criação e, com o auxílio dos ianques, os mais inferiores e ignorantes estavam por cima. Os melhores entre eles, os que desdenhavam a liberdade, sofriam tanto quanto os senhores brancos. Milhares de criados domésticos, a casta mais elevada da população escrava, ficaram com seu pessoal branco, fazendo trabalho braçal que estava abaixo deles nos velhos tempos. Muitos leais trabalhadores do campo também se recusaram a fazer uso da nova liberdade, mas as hordas de "negros livres ordinários", que estavam causando a maior parte dos problemas, provinham, na maioria, da classe dos trabalhadores do campo.

Nos tempos da escravatura, esses negros inferiores tinham sido desprezados pelos negros domésticos e de quintal como criaturas de pouco valor. Assim como Ellen, outras senhoras de fazenda por todo o sul tinham feito os negrinhos passar por cursos de treinamento e eliminação, escolhendo os melhores para posições de maior responsabilidade. Os designados para o campo eram os menos dispostos ou capazes de aprender, os menos enérgicos, honestos e confiáveis, os de menor caráter e mais brutos. E era essa classe, a mais baixa na ordem social negra, que agora tornava a vida uma infelicidade no sul.

Auxiliados por aventureiros inescrupulosos que dirigiam o Departamento dos Libertos e impulsionados por um fervor de ódio nortista quase religioso no fanatismo, os antigos trabalhadores do campo foram subitamente elevados aos assentos dos poderosos. Ali eles se conduziam como era esperado de criaturas de pouca inteligência. Como macacos ou crianças soltos entre objetos valiosos, cujo valor estava além de sua compreensão, descontrolavam-se, fosse por prazer perverso ou simplesmente por ignorância.

A crédito dos negros, inclusive dos menos inteligentes, pode-se dizer que poucos atuavam com malícia, e esses poucos geralmente tinham sido "negros cruéis" mesmo nos tempos da escravatura. Mas eles tinham, como classe, mentalidade infantil, eram facilmente controlados e, pelo longo hábito, acostumados a obedecer. Antes, eram seus senhores a lhes dar ordens. Agora, tinham um novo grupo de senhores, o Departamento e os aventureiros ianques, e as ordens eram: "Vocês têm tanto valor quanto qualquer branco, então ajam desse modo. Assim que puderem votar nos republicanos, terão as propriedades dos brancos. Elas podem ser suas agora. Peguem se puderem!"

Deslumbrados com essas histórias, a liberdade tornou-se um piquenique sem fim, um churrasco a cada dia da semana, um carnaval de ociosidade, furto e insolência. Os negros do campo chegavam aos bandos às cidades, abandonando os distritos rurais, que ficavam sem mão de obra para as plantações. Atlanta já estava lotada deles, e continuavam vindo às centenas, preguiçosos e perigosos em consequência da nova doutrina que lhes era ensinada. Amontoados em esquálidas cabanas, a varíola, o tifo e a tuberculose irromperam entre eles. Acostumados aos cuidados de suas senhoras quando estavam doentes na época da escravatura, não sabiam como cuidar de si mesmos ou de seus enfermos. Contando com os senhores para tomar conta dos velhos e dos bebês, agora não tinham senso de responsabilidade com seus desamparados. E o Departamento estava muito mais interessado nas questões políticas que em oferecer o cuidado que os fazendeiros antes davam.

Crianças negras abandonadas andavam como animais assustados pela cidade até que pessoas brancas de bom coração as recolhessem e levassem para suas cozinhas para criá-las. Negros velhos do campo, abandonados pelos filhos, confusos e tomados pelo pânico na cidade movimentada, sentavam-se no meio-fio e pediam para as senhoras que passavam: "Sinhá, por favô, escrivinha pro meu sinhô no condado Lafayette que tô aqui. Pra ele vim levá esse nêgo véio de vorta pra casa. Pelo amô de Deus, chega dessa liberdade!"

O Departamento dos Libertos, sobrecarregado pelos números que os procuravam, percebeu tarde demais uma parte do erro e tentou mandá-los de volta a seus antigos donos. Disseram aos negros que, se voltassem, seriam como trabalhadores livres, protegidos por contratos escritos que especificariam os salários diários. Os velhos voltaram felizes para as fazendas, tornando-se um fardo mais pesado que nunca para os fazendeiros empobrecidos, que não tinham coragem de recusá-los, mas os jovens permaneciam em Atlanta. Não queriam trabalhar em nada, em lugar algum. Para que trabalhar quando a barriga está cheia?

Pela primeira vez na vida, os negros podiam beber todo o uísque que quisessem. Nos tempos da escravatura, só bebiam no Natal, quando cada um recebia uma dose junto com seu presente. Agora tinham não só os agitadores do Departamento e os aventureiros ianques a incitá-los, mas também o próprio uísque, e os ultrajes eram inevitáveis. Nem a vida nem as propriedades estavam a salvo, e os brancos, desprotegidos pela lei, viviam aterrorizados. Negros bêbados ofendiam homens na rua; casas e estábulos eram incendiados à noite; cavalos, gado e galinhas eram roubados em plena luz do dia; cometiam-se crimes dos mais variados e poucos de seus perpetradores eram levados à justiça.

Mas essas ignomínias e perigos não eram nada se comparados à situação das mulheres brancas, muitas privadas pela guerra da proteção masculina, que moravam sozinhas nos distritos periféricos e em estradas isoladas. Foi o grande número de ultrajes contra mulheres e o temor sempre presente pela segurança de suas esposas e filhas que levaram os homens sulistas a um estremecimento de fúria fria, provocando da noite para o dia o surgimento da Ku Klux Klan. E era contra essa organização sombria que os jornais do norte alardeavam com mais ruído, nunca percebendo a necessidade trágica que a criara. O norte queria todos os membros da Ku Klux Klan caçados e enforcados porque haviam ousado fazer justiça com as próprias mãos em uma época em que os processos normais de lei e ordem tinham sido derrubados pelos invasores.

Era o espetáculo assombroso de metade da nação tentando, à ponta de baioneta, forçar à outra metade o domínio dos negros, muitos dos quais estavam a apenas uma geração das selvas africanas. O voto devia ser dado a eles, mas negado à maioria de seus antigos donos. O sul devia permanecer curvado, e privar os brancos de seus direitos civis era o caminho. A maioria dos combatentes, dos que tinham sido funcionários públicos ou que haviam ajudado a Confederação não podia votar nem escolher seus representantes, e estava sob o poder de um regulamento forasteiro. Muitos homens, pensando sobriamente nas palavras e no exemplo do general Lee, estavam dispostos a fazer o juramento, a se tornar cidadãos novamente e esquecer o passado. Mas isso não lhes foi permitido. Outros, que tinham permissão de fazer o juramento, se recusavam ardorosamente, não se dignando a jurar lealdade a um governo que deliberadamente os submetia a crueldade e humilhação.

Scarlett não parava de ouvir, tantas vezes, que tinha vontade de gritar: "Eu teria feito o maldito juramento logo após a rendição se eles tivessem agido corretamente. Eu posso ser reintegrado à União, mas, por Deus, não posso ser reconstruído dentro dela!"

Scarlett passou por esses dias e noites de ansiedade contorcida de medo. A eterna ameaça dos negros sem lei e dos soldados ianques lhe assaltava a mente, o perigo do confisco sempre a acompanhando, mesmo em sonhos, e temia a chegada de horrores piores. Deprimida pelo próprio desamparo e o dos amigos, de todo o sul, não era de estranhar que durante esse tempo ela costumasse se lembrar das palavras que Tony Fontaine dissera de modo tão apaixonado: "Por Deus, Scarlett, isso não pode ser tolerado! E não será!"

Apesar da guerra, do incêndio e da Reconstrução, Atlanta novamente se tornara uma cidade progressista. De muitas formas, o lugar lembrava a jovem cidade movimentada dos primeiros tempos da Confederação. O único problema era que os soldados que lotavam as ruas usavam o tipo errado de farda, o dinheiro estava nas mãos erradas e os negros viviam de folga enquanto seus antigos senhores lutavam e passavam fome.

Sob a superfície, havia infelicidade e medo, mas toda a aparência exterior era a de uma cidade em progresso que rapidamente se reconstruía das ruínas, uma cidade movimentada, apressada. Tudo indicava que Atlanta sempre precisava estar correndo, não importando as circunstâncias. Savannah, Charleston, Augusta, Richmond e Nova Orleans nunca iam se apressar. Era mal-educado e ianquizado se apressar. Mas, nesse período, Atlanta estava mais mal-educada e ianquizada do que jamais fora ou seria. Com "gente nova" chegando de todos os cantos, as ruas eram obstruídas e barulhentas da manhã à noite. As lustrosas carruagens das mulheres dos oficiais ianques e dos aventureiros emergentes salpicavam lama nas charretes dilapidadas do povo da cidade, e vistosas casas novas de forasteiros abastados se apinhavam entre as moradias sossegadas dos antigos cidadãos.

A guerra definitivamente estabelecera a importância de Atlanta nos assuntos do sul, e a cidade, até então obscura, tornara-se amplamente conhecida. As ferrovias pelas quais Sherman lutara e matara milhares de homens durante um verão inteiro estimulavam outra vez a vida da cidade que tinham criado. Atlanta voltara a ser o centro de atividades para uma ampla região, como fora antes da reconstrução, e recebia um grande fluxo de novos cidadãos, bem-vindos ou não.

Os aventureiros ianques invasores fizeram de Atlanta seu quartel-general, e nas ruas empurravam os representantes das famílias mais antigas do sul, também recém-chegados à cidade. Famílias da zona rural, cujas propriedades haviam sido incendiadas durante a marcha de Sherman e que já não conseguiam sobreviver sem os escravos para cultivar o algodão, tinham ido morar em Atlanta. Novos moradores chegavam todos os dias, oriundos do Tennessee e das Carolinas, onde a mão da Reconstrução caíra ainda mais pesada que na Geórgia. Muitos irlandeses e alemães, gratificados pelo Exército da União, tinham se estabelecido em Atlanta após a baixa. As esposas e famílias da guarnição ianque, cheias de curiosidade em relação ao sul após quatro anos de guerra, chegavam para inchar a população. Aventureiros de todos os tipos vinham em grande número, esperando fazer fortuna, e os negros do campo continuavam a chegar às centenas.

A cidade rugia, totalmente aberta, como um vilarejo de fronteira, sem fazer qualquer esforço para encobrir seus vícios e pecados. Os saloons floresciam da noite para o dia, dois, às vezes três em uma única quadra, e, após o cair da noite, as ruas ficavam cheias de homens embriagados, negros e brancos, cambaleando da parede para o meio-fio e de volta. Bandidos, batedores de carteira e prostitutas ficavam à espreita nos becos mal iluminados e nas ruas sombrias. Casas de jogo funcionavam a todo vapor, e era raro que se passasse uma noite sem tiroteios ou rixas com facas. Cidadãos respeitáveis ficaram escandalizados ao descobrir que Atlanta tinha uma enorme e próspera zona de prostituição, maior e mais próspera que durante a guerra. À noite, pianos tocavam desafinados por trás de venezianas abaixadas, canções ruidosas e gargalhadas se espalhavam, pontuadas por gritos e tiros ocasionais. As moradoras dessas casas eram mais audaciosas que as do tempo da guerra e desavergonhadamente se debruçavam nas janelas chamando os transeuntes. E, nas tardes de domingo, as belas carruagens fechadas das madames da zona percorriam as ruas principais, cheias de moças vestindo suas melhores roupas, tomando ar por trás de venezianas de seda.

Belle Watling era a mais notória das madames. Abrira a própria casa, um grande sobrado que fazia as casas vizinhas da zona parecer tocas de coelho. No térreo, havia um elegante bar, com pinturas a óleo nas paredes, e uma orquestra de negros tocava todas as noites. O andar de cima, segundo os boatos, era mobiliado com os mais finos estofados, pesadas cortinas de renda e espelhos importados com molduras douradas. As jovens da casa eram graciosas, mesmo que muito pintadas, e se comportavam de modo mais comedido que as das outras casas. Pelo menos, a polícia raramente era chamada à casa de Belle.

Essa casa era alvo dos sussurros furtivos das matronas de Atlanta e das pregações dos pastores da igreja em termos precavidos como uma pocilga de iniquidade, com vaias e censura. Todos sabiam que uma mulher como Belle não podia ter ganhado dinheiro suficiente para montar sozinha um estabelecimento tão luxuoso. Ela devia ter tido um patrocinador, um que fosse rico. E Rhett Butler nunca tivera a decência de ocultar suas relações com ela, então era óbvio que ele, e nenhum outro, devia ser o tal patrocinador. A própria Belle mostrava uma aparência próspera quando ocasionalmente espiava para fora de sua carruagem fechada, dirigida por um mulato insolente. Quando passava, atrás de um belo par de cavalos baios, todos os garotinhos da rua que conseguiam escapar das mães corriam para espiá-la e sussurrar excitados: "É ela! É a velha Belle! Eu vi o cabelo ruivo!"

Lado a lado com as casas atingidas pelos bombardeios, de tijolos enegrecidos e remendadas com pedaços de tábuas velhas, subiam as boas casas dos aventureiros ianques e dos especuladores da guerra, com telhados de mansarda, cumeeiras e torreões, janelas com vitrais e amplos gramados. Durante noites consecutivas, nessas casas recém-construídas, as janelas apareciam iluminadas com lampiões a gás, e o som de música e pés dançantes era levado pelo ar. Mulheres vestidas de seda engomada e colorida andavam pelas varandas, acompanhadas por homens com trajes de noite. Rolhas de champanhe espocavam, e sobre toalhas de renda serviam-se jantares de sete pratos: presunto ao vinho, pato prensado, patê de foie gras, e frutas raras, da estação ou não, à vontade.

Atrás das portas em mau estado das velhas casas, moravam pobreza e fome, ainda mais amargas devido à galhardia com que eram toleradas, ainda mais atormentadoras pela demonstração exterior de indiferença orgulhosa às necessidades materiais. O Dr. Meade podia relatar tristes histórias de famílias saídas de mansões para pensões e de pensões para quartos sombrios em ruelas. Tinha muitas pacientes sofrendo de "declínio" e "coração fraco". Ele sabia, e elas sabiam que ele sabia, que era fome. Ele podia contar da tuberculose fazendo incursões em famílias inteiras, e da pelagra, antes só encontrada entre brancos pobres, surgindo nas melhores famílias de Atlanta. E havia bebês com perninhas raquíticas e mães incapazes de amamentá-los. No passado, o velho médico agradecia reverentemente a Deus por cada criança que trazia ao mundo. Agora já não achava que a vida fosse tal dádiva. Era um mundo duro para os bebês, e muitos morriam nos primeiros meses de vida.

Luzes brilhantes, vinho, violinos e dança, brocados e casimiras nas vistosas casas e, logo ali na esquina, lenta inanição e frio. Arrogância e insensibilidade para os conquistadores; amarga resistência e ódio para os conquistados.

Capítulo 38

Scarlett via tudo aquilo com que convivia durante o dia e levava para a cama à noite, sempre temendo o que aconteceria em seguida. Sabia que ela e Frank já estavam no livro negro dos ianques por causa de Tony, e a desgraça podia cair sobre eles a qualquer hora, mas sobretudo naquele momento ela não podia se dar ao luxo de retroceder, não com um bebê chegando, a serraria começando a se pagar e Tara dependendo dela até que o algodão fosse colhido no outono. Ah, imagine perder tudo? Imagine ter de recomeçar, contando apenas com suas armas insignificantes contra aquele mundo louco! Ter que desenterrar seus lábios vermelhos, olhos verdes e astuto cérebro raso contra os ianques e tudo o que representavam. Exausta de pavor, sentia que preferiria se matar a tentar um recomeço.

Na ruína e no caos daquela primavera de 1866, ela concentrou todas as suas energias em fazer a serraria lucrar. Havia dinheiro em Atlanta. A onda de reconstrução estava lhe dando a oportunidade que queria, e ela sabia que poderia ganhar dinheiro, bastando que não fosse presa. Mas, repetia a si mesma, precisaria andar tranquilamente, com cautela, se resignar às ofensas, ceder às injustiças, nunca ofender ninguém, negro ou branco, que pudesse lhe prejudicar. Ela odiava os negros libertos insolentes, tanto quanto qualquer outro, e ficava tomada pela fúria toda vez que ouvia seus comentários ofensivos e gargalhadas enquanto ela passava. Mas nunca lhes dava uma olhada de desdém sequer. Odiava os aventureiros e a escória sulista, que enriqueciam facilmente enquanto ela lutava, mas nada dizia para condená-los. Ninguém em Atlanta podia odiar tanto os ianques como ela, pois a simples visão de uma farda azul a deixava enjoada de raiva, mas, mesmo na privacidade da família, ficava quieta a respeito deles.

"Não vou bancar a tola de língua solta", pensava. Deixe que os outros partam o coração pelos velhos tempos e pelos homens que nunca voltarão. Deixe que os outros ardam de fúria por causa do domínio ianque e da perda do voto. Que os outros vão para a cadeia por serem francos, e sejam enforcados por pertencerem à Ku Klux Klan. (Ah, que nome pavoroso era aquele, quase tão aterrador para Scarlett quanto para os negros.) Que outras mulheres se orgulhem por seus maridos fazerem parte disso. Graças a Deus, Frank nunca se envolvera! Que os outros se preocupem e se aflijam, conspirem e tramem sobre coisas que não podem fazer. O que interessava o passado em comparação com a tensão do presente e a dúvida do futuro? O que interessava o voto quando ter pão, um teto e ficar fora da cadeia eram o verdadeiro problema? "E, por favor, Deus, livre-me de encrencas até junho!"

Só até junho! Àquela altura, Scarlett sabia que seria forçada a se recolher na casa de tia Pitty e ficar reclusa até depois de a criança nascer. As pessoas já a criticavam por aparecer em público nesse estado. Nenhuma senhora jamais se mostrava quando estava grávida. Frank e Pitty já suplicavam que não se expusesse — e a eles — ao constrangimento, e ela prometera que pararia de trabalhar em junho.

Só até junho! Então a serraria deveria estar organizada bastante para que Scarlett pudesse deixá-la. Até junho, precisava juntar o suficiente para ter ao menos uma pequena proteção contra algum revés. Tanto a fazer em tão pouco tempo! Queria que o dia tivesse mais horas e contava os minutos, enquanto se esforçava febrilmente para obter mais e mais dinheiro.

Como instigara o tímido Frank, a loja estava indo melhor, e ele até cobrava algumas das velhas dívidas. Mas era na serraria que suas esperanças se concentravam. Atlanta era como uma gigantesca árvore que fora cortada, mas que agora brotava outra vez com ramos mais vigorosos, folhagem mais grossa, mais galhos. A demanda por material de construção era muito maior do que a oferta. Os preços da madeira, tijolos e pedra subiram, e Scarlett mantinha a serraria funcionando desde o amanhecer até a hora de acender o lampião.

Uma parte do dia, ela passava na serraria, inspecionando tudo, fazendo o possível para controlar a roubalheira de cuja ocorrência tinha certeza. Mas, a maior parte do tempo, andava pela cidade, fazendo o circuito dos construtores, empreiteiros e carpinteiros, até visitando estranhos, cujas intenções de construir no futuro lhe chegavam aos ouvidos, adulando-os para que prometessem comprar dela e só dela.

Logo era figura conhecida nas ruas de Atlanta, sentada ao lado do velho e digno cocheiro negro, com ar de reprovação, uma túnica encobrindo-a desde cima, as mãozinhas enluvadas cruzadas no colo. Tia Pitty lhe fizera uma graciosa capa verde curta, que ocultava sua silhueta, e um chapéu verde, estilo panqueca, que combinava com seus olhos, e ela sempre usava esses trajes apropriados em suas visitas de negócios. Um leve toque de ruge nas faces e a leve fragrância de água-de-colônia a tornavam uma figura encantadora, contanto que não descesse da charrete e exibisse as formas. E raramente havia necessidade disso, pois ela sorria, chamava com o dedo e os homens iam rapidamente até a charrete, muitas vezes ficando com a cabeça descoberta, sob a chuva, para falar de negócios com ela.

Ela não fora a única a ver oportunidade de ganhar dinheiro com madeira, mas não temia a concorrência. Reconhecia com orgulho a própria esperteza e sabia que era tão capaz quanto qualquer outro. Era a filha de Gerald, e o instinto sagaz de comerciante que herdara estava agora sendo afiado pela necessidade.

No início, os outros comerciantes tinham rido dela, rido com um desdém de boa índole diante da ideia de uma mulher nos negócios. Mas agora já não riam. Praguejavam baixinho quando a viam passar. O fato de ser mulher muitas vezes trabalhava a seu favor, pois, dependendo da ocasião, ela podia parecer tão desamparada e suplicante que derretia corações. Sem nenhuma dificuldade, conseguia dar a muda impressão de ser uma senhora corajosa, mas tímida, forçada pela circunstância brutal a uma posição de mau gosto, uma pequena senhora desamparada que provavelmente passaria fome se os fregueses não comprassem sua madeira. Mas, quando seus ares femininos não conseguiam resultado, ela se tornava uma comerciante fria, e de propósito vendia mais barato que a concorrência, perdendo dinheiro só para conquistar um novo freguês. Não se importava de vender um tipo inferior de madeira pelo preço de madeira boa se achasse que não descobririam, e não tinha escrúpulos de desmerecer os concorrentes. Parecendo relutante em revelar a verdade desagradável, ela suspirava e dizia ao freguês em potencial que a madeira do concorrente era muito cara, podre, cheia de nós e, em geral, de uma qualidade deplorável.

Na primeira vez que mentira desse jeito, Scarlett se sentira desconcertada e culpada — desconcertada porque a mentira lhe viera fácil e naturalmente aos lábios, culpada porque um pensamento lhe passara rapidamente pela cabeça: O que mamãe diria?

Não havia dúvidas quanto ao que Ellen diria a uma filha que contasse mentiras e se envolvesse em práticas desonestas. Ela ficaria atordoada e incrédula, usaria palavras gentis que mesmo assim ofenderiam, falaria de honra e honestidade, verdade e dever para com o próximo. Por um momento, Scarlett se encolheu ao imaginar a expressão da mãe. Depois a imagem sumiu, riscada por um impulso duro, inescrupuloso e ganancioso que nascera nos dias magros de Tara e se fortalecera pela incerteza da vida. Assim, ela tinha cruzado esse marco como cruzara outros antes, com um suspiro por não ser como Ellen gostaria que fosse, um dar de ombros e a repetição do sortilégio infalível: "Depois penso em tudo isso."

Mas ela nunca mais pensou em Ellen no que se referia a suas práticas comerciais, nunca mais se arrependeu de quaisquer meios que usava para tirar fregueses de outros comerciantes de madeira. Sabia que estava em perfeita segurança ao mentir sobre eles. A cortesia sulista a protegia. Uma dama podia mentir sobre um cavalheiro, mas um cavalheiro sulista não podia mentir sobre uma dama nem, o que seria pior, chamá-la de mentirosa. Os outros comerciantes só podiam espumar por dentro e declarar ardorosamente, no seio de suas famílias, que só desejavam que a Sra. Kennedy fosse homem por uns cinco minutos.

Um branco pobre que dirigia uma serraria na estrada de Decatur tentou combater Scarlett com suas próprias armas, dizendo abertamente que ela era uma mentirosa e vigarista. Mas isso mais o prejudicou que ajudou, pois todos ficaram horrorizados que mesmo um branco pobre dissesse tais coisas sobre uma dama de boa família, mesmo que esta se conduzisse de modo tão pouco feminino. Scarlett tolerou os comentários com silenciosa dignidade e, conforme o tempo passou, voltou toda a sua atenção para ele e seus clientes. Ofereceu preços tão mais baixos e entregou, com surdo sofrimento, madeira de qualidade tão superior, para provar sua probidade, que ele logo abriu falência. Em seguida, para horror de Frank, triunfante, ela comprou a serraria do homem pelo preço que queria.

Já em posse da nova serraria, surgiu o confuso problema de encontrar um homem de confiança para dirigi-la. Não queria outro sujeito como o Sr. Johnson, pois sabia que, apesar de toda a sua vigilância, ele ainda estava vendendo madeira dela pelas suas costas, mas achava que seria fácil encontrar o tipo certo de homem. Não estavam todos pobres de dar dó? E as ruas não estavam cheias de homens, alguns ricos anteriormente, sem trabalho? Nunca se passava um dia sem que Frank desse dinheiro a algum ex-soldado faminto ou que Pitty e a cozinheira não alimentassem mendigos macilentos.

Mas Scarlett, por alguma razão que não entendia, não queria nenhum desses. "Não quero homens que, após um ano, não encontraram nada para fazer", pensava. "Se ainda não conseguiram se ajustar à paz, não se ajustariam a mim. E todos parecem servis e derrotados. Não quero um homem derrotado. Quero alguém que seja esperto e cheio de energia, como Renny, Tommy Wellburn ou Kells Whiting ou um dos rapazes Simmons ou... ou qualquer um da tribo. Eles não têm aquela expressão não-me-importo-com-nada que os soldados exibiam logo após a rendição. Eles parecem se importar com um monte de coisas."

Mas, para sua surpresa, os rapazes Simmons, que tinham aberto uma olaria, e Kells Whiting, que estava vendendo um preparado produzido na cozinha de sua mãe, que garantia alisar o mais crespo dos cabelos em seis aplicações, sorriram educadamente, agradeceram a oferta e a recusaram. Assim foi com a dúzia de outros que ela abordou. Desesperada, elevou o salário que oferecia, mas foi inútil. Um dos sobrinhos da Sra. Merriwether observou, de modo impertinente, que, embora não tivesse especial apreço por dirigir uma carreta, a carreta lhe pertencia, e ele preferia chegar a algum lugar com seus próprios meios do que com os de Scarlett.

Uma tarde, Scarlett parou a charrete ao lado da carroça de tortas de René Picard, cumprimentando-o e ao aleijado Tommy Wellburn, que pegava uma carona para casa com o amigo.

— Ei, René, que tal vir trabalhar para mim? Gerenciar uma serraria é mais respeitável que entregar tortas. Acho que você devia se envergonhar.

— Eu? Estou morrto parra a verrgonha — René sorriu. — Quem pode serr respeitável agorra? Toda a vida fui respeitável até que a guerra me deixou livrre como os negrros. Nunca mais querro ser respeitável e entediado. Livrre como um pássarro. Gosto de minha carroça de torrtas. Gosto de minha mula. Gosto dos ianques que gentilmente comprram as torrtas de Madame Belle Mère. Não, carra Scarlett, serrei o Rei das Torrtas. É meu destino! Como Napoleón, sigo minha estrrela. — Ele rodopiou o chicote teatralmente.

— Mas você não foi criado para vender tortas, assim como Tommy não foi criado para lutar ombro a ombro com um monte de pedreiros irlandeses selvagens. Meu tipo de trabalho é mais...

— E suponho que você tenha sido criada para dirigir uma serraria — disse Tommy, os cantos da boca se contraindo. — Posso imaginar a pequena Scarlett sentada no joelho da mãe, balbuciando a lição: "Nunca venda madeira boa se conseguir melhor preço pela má."

René caiu na gargalhada diante dessa, os olhinhos de macaco dançando jubilosos enquanto ele batia nas costas curvadas de Tommy.

— Não seja atrevido — disse Scarlett friamente, pois ela não via muita graça no comentário de Tommy. — É claro que não fui criada para dirigir uma serraria.

— Não tive intenção de ser atrevido. Mas você está dirigindo uma serraria, tendo sido criada para isso ou não. E está dirigindo muito bem, aliás. Então, nenhum de nós neste momento, pelo que vejo, está fazendo o que pretendia, mas acho que vamos nos sair bem da mesma forma. Pobres são as pessoas e a nação que se sentam a chorar porque a vida não está precisamente como esperavam que fosse. Por que não chama um ianque empreendedor para trabalhar para você, Scarlett? As matas estão cheias deles, como Deus bem sabe.

— Não quero um ianque. Esse tipo de gente vai roubar qualquer coisa que não esteja em brasa ou cheia de pregos. Se valessem alguma coisa, teriam ficado onde estavam em vez de virem aqui roer nossos ossos. Quero um homem bom, de boa família, que seja esperto, honesto, cheio de energia e...

— Você não quer muito. E não vai conseguir pelo salário que está oferecendo. Todos os homens com essa descrição, com exceção dos mutilados, já estão fazendo alguma coisa. Talvez sejam cavilhas redondas em buracos quadrados, mas todos têm algo para fazer. Algo seu que preferem fazer a trabalhar para uma mulher.

— Quando se resumem as coisas, os homens não parecem ter muito juízo, não é?

— Talvez não, mas têm um monte de orgulho — disse Tommy sobriamente.

— Orgulho? O orgulho tem um sabor incrível, especialmente quando a crosta é crocante e recheada de merengue — disse Scarlett acidamente.

Os homens riram, meio sem querer, e Scarlett teve a impressão de que a censuravam em uma solidariedade masculina. O que Tommy dissera era verdade, ela pensou, passando mentalmente pelos homens que tinha abordado e pelos que pretendia abordar. Estavam todos ocupados, trabalhando duro, mais do que poderiam ter sonhado ser possível nos tempos anteriores à guerra. Talvez não estivessem fazendo o que queriam, o que era mais fácil, ou o que tinham sido criados para fazer, mas estavam fazendo alguma coisa. Os tempos estavam muito difíceis para que tivessem opção. E se lamentavam pelas esperanças perdidas ou sentiam falta da vida passada, ninguém sabia, além deles. Estavam combatendo em uma nova guerra, mais difícil que a anterior. E novamente se importavam com a vida, com a mesma premência e violência que os animavam antes que a guerra a dividisse em duas.

— Scarlett — disse Tommy, meio sem jeito —, detesto lhe pedir um favor logo depois de ter sido atrevido com você, mas vou pedir mesmo assim. Talvez também possa lhe ajudar. Meu cunhado, Hugh Elsing, não está obtendo bons resultados vendendo lenha. Todo mundo, exceto os ianques, sai e recolhe a própria lenha. E sei que as coisas não andam bem para toda a família Elsing. Eu... faço o que posso, mas tenho Fanny para sustentar, e também preciso cuidar de minha mãe e de duas irmãs viúvas em Sparta. Hugh é um bom sujeito, e era isso o que você queria, é de boa família, como sabe, e é honesto.

— Mas... bem, Hugh não tem muita iniciativa, caso contrário estaria fazendo sucesso com a lenha.

Tommy deu de ombros.

— Você tem uma maneira dura de ver as coisas, Scarlett. Mas pense em Hugh. Você poderia ir mais longe e conseguir coisa pior. Acho que a honestidade e a disposição dele vão compensar a falta de iniciativa.

Scarlett não respondeu, pois não queria ser muito mal-educada. Mas em sua cabeça havia poucas qualidades, se é que havia alguma, que superassem a iniciativa.

Após ter escrutinado toda a cidade sem sucesso e recusado o oferecimento de muitos nortistas ávidos, ela finalmente decidiu aceitar a sugestão de Tommy e fazer uma proposta a Hugh Elsing. Ele fora um oficial arrojado e engenhoso durante a guerra, mas dois ferimentos graves e quatro anos de combate pareciam ter drenado toda a sua engenhosidade, deixando-o confuso como uma criança para encarar os rigores da paz. Havia uma expressão de cachorro perdido em seus olhos quando saía para vender lenha e ele não era nem um pouco o tipo de homem que ela esperava conseguir.

"Ele é burro", pensou. "Não sabe nada sobre negócios e aposto que não sabe somar dois e dois. E duvido que vá aprender. Mas pelo menos é honesto e não vai trapacear."

Scarlett pouco se importava com a própria honestidade, mas, quanto menos a valorizava em si, mais começava a valorizar nos outros.

"É uma pena que Johnnie Gallegher esteja comprometido com Tommy Wellburn naquela obra", pensou. "É o tipo de homem que quero. É duro como um prego e escorregadio feito uma cobra, mas seria honesto se lhe compensasse ser honesto. Eu o entendo e ele me entende e faríamos bons negócios juntos. Talvez eu consiga contratá-lo quando acabar o hotel e até lá vou ter de me virar com Hugh e Sr. Johnson. Se puser Hugh a cargo da nova serraria e deixar o Sr. Johnson na antiga, posso ficar na cidade fazendo as vendas enquanto eles cuidam da laminação e do transporte. Até poder trabalhar com Johnnie, terei que me arriscar a ser roubada pelo Sr. Johnson se ficar na cidade o tempo todo. Se pelo menos ele não fosse ladrão! Acho que vou construir um depósito de madeira na metade daquele terreno que Charles me deixou. Se Frank não fizesse todo aquele estardalhaço com a ideia de construir um saloon na outra metade! Bem, vou construir o saloon assim que conseguir dinheiro, não importa o que ele ache. Se ao menos Frank não fosse tão sensível! Ah, Deus, se ao menos eu não fosse ter um filho exatamente agora! Daqui a pouco, vou estar tão grande que nem poderei sair. Ah, Deus, se eu não fosse ter um bebê! E, ah, Deus, se ao menos os malditos ianques me deixarem em paz! Se..."

Se! Se! Se! Havia tantos senões na vida, nunca certeza de nada, nunca uma sensação de segurança, sempre o pavor de perder tudo e sentir frio e fome de novo. É claro, Frank estava ganhando um pouco mais agora, mas estava sempre indisposto, com resfriados, e muitas vezes era forçado a ficar de cama por vários dias. Imagine se acabasse ficando inválido. É, não podia contar muito com Frank. Não podia contar com coisa alguma nem com ninguém além de si mesma. E o que ela conseguia ganhar parecia tão desprezível... Ah, o que faria se os ianques viessem e lhe tirassem tudo? Se! Se! Se!

Metade do que ela ganhava mensalmente ia para Will em Tara, parte para Rhett a fim de pagar pelo empréstimo e o restante ela guardava. Nenhum avarento contava seu ouro com a frequência de Scarlett, e nenhum tinha maior temor de perdê-lo. Ela não guardava o dinheiro no banco, pois poderia falir, ou tê-lo confiscado pelos ianques. Então levava o que podia consigo, enfiado no corpete, e escondia pequenos rolos de notas pela casa, sob tijolos soltos na lareira, na bolsa de retalhos, entre as páginas da Bíblia. E ficava cada vez mais mal-humorada à medida que as semanas passavam, pois cada dólar poupado seria um dólar a mais a perder se houvesse uma desgraça.

Frank, Pitty e os criados aguentavam seus acessos com gentileza enlouquecedora, atribuindo sua má disposição à gravidez, nunca percebendo a verdade. Frank sabia que grávidas eram caprichosas, então botava o orgulho no bolso e nada dizia sobre ela dirigir as serrarias e ir à cidade em horas impróprias, o que não cabia a uma senhora. A conduta dela lhe era fonte de constante constrangimento, mas ele acreditava conseguir tolerar um pouco mais. Depois da chegada do bebê, ele sabia que seria a mesma moça doce e feminina que ele namorara. Mas, apesar de tudo o que fazia para apaziguá-la, ela continuava tendo acessos de fúria, dando-lhe muitas vezes a impressão de agir como uma possessa.

Ninguém parecia perceber o que a possuía, o que a levava a agir feito louca. Era a obstinação de deixar seus negócios em ordem antes de ter que se recolher em casa, conseguir ganhar o máximo de dinheiro que pudesse para o caso do dilúvio novamente cair sobre ela, construir uma barragem bem forte de dinheiro contra a onda crescente de ódio ianque. Dinheiro era a obsessão que dominava sua mente. Quando ela chegava a pensar no bebê, era com uma raiva desconcertante diante de sua inconveniência.

"Morte, impostos e gravidez! Nunca é momento oportuno para nenhum deles!"

Atlanta ficara totalmente escandalizada quando Scarlett, uma mulher, começara a dirigir a serraria, mas, com o passar do tempo, a cidade tinha concluído que não havia limite para o que ela faria. Suas trapaças nos negócios eram chocantes, especialmente porque sua pobre mãe fora uma Robillard, e era definitivamente indecente o modo como ela saía pelas ruas quando todos sabiam que estava grávida. Poucas negras e nenhuma branca respeitável saíam de casa se suspeitavam estar esperando um filho, e a Sra. Merriwether declarava, indignada, que, pelo modo como Scarlett estava agindo, era capaz de ter o bebê em pleno passeio público.

Mas todas as críticas anteriores à conduta dela não se comparavam ao alvoroço dos mexericos que agora se espalhavam pela cidade. Scarlett estava não só negociando com os ianques, como dando toda a aparência de estar gostando!

A Sra. Merriwether e muitos outros sulistas também estavam negociando com os recém-chegados do norte, mas a diferença era que não gostavam, e o demonstravam claramente. E Scarlett gostava, ou parecia gostar, o que era tão ruim quanto. Ela até chegara a tomar chá com as esposas dos oficiais ianques na casa delas! Na verdade, fizera praticamente tudo, menos convidá-las para a própria casa, e a cidade imaginava que faria até isso, não fosse por tia Pitty e Frank.

Scarlett sabia que a cidade falava, mas não se importava, não podia se dar ao luxo de se importar. Ainda odiava os ianques com um ódio tão feroz quanto o que sentira no dia em que haviam tentado incendiar Tara, mas conseguia dissimular. Sabia que, se fosse para ganhar dinheiro, seria com os ianques, e aprendera que adulá-los com sorrisos e palavras gentis era o caminho certo para conseguir fechar negócios para a serraria.

Algum dia, quando estivesse rica e seu dinheiro estivesse escondido onde os ianques não pudessem encontrá-lo, diria exatamente o que pensava deles, diria quanto os odiava e desprezava. E que felicidade seria! Mas, até que essa época chegasse, não passava de bom-senso dar-se bem com eles. E, se fosse hipocrisia, que Atlanta aproveitasse como quisesse.

Ela descobriu que fazer amizade com os oficiais ianques era tão fácil quanto dar tiros em pássaros no chão. Eram exilados solitários em uma terra hostil, e muitos deles estavam famintos de associações femininas bem-educadas em uma cidade onde as mulheres respeitáveis puxavam as saias para o lado ao passar e davam a impressão de que cuspiriam neles. Só as prostitutas e as negras lhes dirigiam palavras gentis. Mas Scarlett obviamente era uma dama, e uma dama de boa família, apesar de trabalhar tanto, e eles se emocionavam com seu sorriso cintilante e a luz agradável de seus olhos verdes.

Muitas vezes, quando Scarlett, sentada em sua charrete, conversava com eles e fazia suas covinhas atuarem, o desgosto que sentia por eles emergia com tanta força que era difícil não os xingar na cara. Mas ela se refreava e descobria que enrolar os homens ianques em seus dedos não era mais difícil que fora com os sulistas. A única diferença era que agora não era diversão, mas um negócio impiedoso. O papel que desempenhava era o da refinada e doce dama sulista em dificuldades. Com um ar de digna reserva, ela era capaz de manter suas vítimas a uma distância apropriada, mas a graciosidade de seus modos deixava uma impressão calorosa na lembrança que os oficiais ianques tinham da Sra. Kennedy.

Essa impressão calorosa era muito lucrativa, como Scarlett pretendera que fosse. Muitos oficiais da guarnição, sem saber quanto tempo ficariam baseados em Atlanta, tinham trazido suas esposas e famílias. Como os hotéis e pensões estavam lotados, eles estavam construindo pequenas casas; e ficavam contentes de comprar a madeira da graciosa Sra. Kennedy, que os tratava mais educadamente que qualquer outro na cidade. Os aventureiros ianques e a escória sulista, que estavam construindo boas casas com a nova fortuna, achavam mais agradável fazer negócio com ela do que com os antigos soldados confederados, que eram corteses, mas de um modo mais formal e frio do que o ódio franco.

Portanto, como Scarlett era bonita, charmosa, parecia meio desamparada e às vezes infeliz, eles ficavam contentes de frequentar sua serraria e também a loja de Frank, sentindo que deviam ajudar uma senhora tão destemida que aparentemente só tinha um marido indolente para sustentá-la. Vendo o negócio crescer, ela sentia que estava salvaguardando não só o presente com o dinheiro ianque, mas também o futuro com amigos ianques.

Relacionar-se com os oficiais ianques era mais fácil do que ela esperava, pois todos pareciam ter muito respeito pelas damas sulistas, mas Scarlett logo descobriu que as esposas eram um problema imprevisto. Ela não tinha qualquer intenção de fazer contato com as ianques. Teria ficado contente de evitá-las, mas não podia, pois as esposas dos oficiais faziam questão de conhecê-la. Tinham grande curiosidade pelo sul e pelas mulheres sulistas, e Scarlett lhes deu a primeira oportunidade de satisfazê-la. As outras mulheres de Atlanta não se davam com elas e até se recusavam a cumprimentá-las na igreja. Assim, quando os negócios levaram Scarlett às suas casas, foi como a resposta a uma oração. Muitas vezes, quando Scarlett estava na charrete em frente à casa de um ianque, falando de pilastras e sarrafos com o marido, a mulher saía para juntar-se a eles na conversa ou insistir que ela entrasse para tomar um chá. Scarlett raramente recusava, não importando quanto a ideia lhe fosse desagradável, pois sempre esperava ter uma oportunidade de sugerir, com muito tato, que eles fizessem suas compras na loja de Frank. Todavia, seu autocontrole foi gravemente testado diversas vezes por causa das perguntas pessoais que faziam e devido à atitude presunçosa e condescendente que exibiam em relação às coisas sulistas.

Aceitando *A cabana do pai Tomás* como uma verdade que só perdia para a Bíblia, todas as mulheres ianques queriam saber sobre os perdigueiros que todo sulista mantinha para perseguir escravos fugidos. E nunca acreditavam quando ela dizia ter visto um único perdigueiro na vida e era um cãozinho dócil, e não um enorme mastim feroz. Queriam saber sobre os terríveis ferros que os fazendeiros usavam para marcar o rosto de seus escravos e o chicote de nove caudas que era usado para surrá-los até a morte, e mostravam o que Scarlett sentiu ser um interesse nojento e mal-educado pelo concubinato escravo. Ela ficou especialmente ressentida com isso em vista do grande aumento de bebês mulatos em Atlanta desde que os soldados ianques tinham se estabelecido na cidade.

Qualquer outra mulher de Atlanta teria explodido de raiva por ter que ouvir tal ignorância fanática, mas Scarlett conseguiu se controlar. O que a ajudava era o fato de elas lhe despertarem mais desdém que raiva. Afinal, eram ianques, e ninguém podia esperar algo melhor de ianques. Portanto, as ofensas impensadas ao estado, sua gente e seus costumes, vistos de relance e nunca com a profundidade necessária, não lhe causavam mais que escárnio bem dissimulado, até a ocorrência de um incidente que a deixou doente de raiva, mostrando-lhe, se é que era preciso, a dimensão do vão que separava norte e sul e a total impossibilidade de se erguer uma ponte entre eles.

Voltando da serraria com Tio Peter certa tarde, ela passou pela casa onde se reuniam as famílias de três oficiais que estavam construindo suas moradias com a madeira de Scarlett. As três esposas estavam paradas na calçada e lhe acenaram para que parasse. Foram cumprimentá-la com aquele sotaque que a fazia sentir que se poderia perdoar os ianques por quase tudo, exceto pelo modo como falavam.

— A senhora é justamente a pessoa que eu precisava ver, Sra. Kennedy — disse uma mulher alta e magra do estado do Maine. — Preciso de umas informações sobre esta cidade obscura.

Scarlett engoliu o insulto a Atlanta com o desdém que merecia e abriu seu melhor sorriso.

— Em que posso lhe ajudar?

— Minha babá, minha Bridget, voltou para o norte. Disse que não ficaria nem mais um dia entre os negros. E as crianças estão simplesmente me tomando todo o tempo! Poderia me dizer como faço para conseguir outra babá? Não sei onde procurar.

— Isso não deve ser difícil — disse Scarlett e riu. — Se conseguir encontrar uma negra que tenha acabado de chegar do campo, que ainda não tenha sido estragada pelo Departamento dos Libertos, terá o melhor tipo possível de criada. Basta ficar no portão aqui e perguntar a cada negra que passa e tenho certeza...

As três mulheres fizeram o maior alarde.

— A senhora acha que eu confiaria meus bebês a uma negra? — exclamou a mulher do Maine. — Quero uma boa moça irlandesa.

— Acho que a senhora não vai encontrar criadas irlandesas em Atlanta — respondeu Scarlett, a voz fria. — Pessoalmente, nunca vi uma criada branca, e não teria uma em casa. E — continuou, sem conseguir reter uma leve nota de sarcasmo em suas palavras — lhe asseguro que os negros não são canibais e são bastante confiáveis.

— Deus me livre, não! Eu não teria uma em casa. Que ideia! Eu não confiaria nelas a não ser que estivessem sob minha vista, e quanto a deixá-las segurar meus bebês...

Scarlett pensou nas mãos carinhosas, nodosas de Mammy, desgastadas a serviço de Ellen, dela e de Wade. O que sabiam essas forasteiras de mãos negras, de quanto podiam ser doces e reconfortantes, quanto eram certeiras para acalmar, acariciar, afagar? Soltou uma breve risada.

— É estranho que se sintam assim, já que foram vocês que os libertaram.

— Meu Deus! Eu não, queridinha! — riu a mulher do Maine. — Nunca tinha visto um negro até chegar ao sul no mês passado, e não me importaria de ficar sem ver outro. Eles me deixam arrepiada. Eu não confiaria neles...

Scarlett percebera que Tio Peter estava com a respiração acelerada, sentado bem ereto enquanto olhava fixamente para as orelhas do cavalo. Foi forçada a prestar atenção nele quando a mulher do Maine deu uma risada súbita e apontou-o.

— Olhe só para esse nêgo velho todo empinado feito um sapo — disse ela, dando risadinhas. — Aposto que é um velho bicho de estimação seu, não é? Vocês, sulistas, não sabem como tratar os nêgos. Vocês os mimam demais.

Peter engoliu em seco e sua testa enrugada tinha sulcos profundos, mas manteve o olhar fixo. Nunca em sua vida um branco o chamara de "nego". Outros negros sim, mas nunca um branco. E ser chamado de indigno de confiança e um "velho bicho de estimação", ele, Peter, que era o digno esteio da família Hamilton havia anos!

Scarlett sentiu, mais que viu, o queixo negro tremer de orgulho ferido e uma raiva assassina tomou conta dela. Ouvira com calmo desdém enquanto aquelas mulheres subestimavam o exército confederado, desmereciam Jeff Davis e acusavam os sulistas de matar e torturar seus escravos. Se pudesse tirar vantagem, teria aguentado insultos sobre a própria virtude e honestidade. Mas ver que elas tinham magoado o negro velho e fiel com seus comentários estúpidos lhe acendeu o fogo como um fósforo na pólvora. Por um instante ela olhou para a grande pistola no cinto de Peter e sua mão coçou para senti-la. Esses conquistadores insolentes, ignorantes, arrogantes mereciam a morte. Mas apertou os dentes até os maxilares ficarem protuberantes, lembrando-se de que ainda não chegara a hora em que poderia dizer aos ianques exatamente o que pensava deles. O dia chegaria. Meu Deus, chegaria sim! Mas ainda não era agora.

— Tio Peter é um membro de nossa família — disse ela, a voz trêmula. — Boa tarde. Vamos em frente, Peter.

Peter deitou o chicote no cavalo de modo tão repentino que o animal surpreso deu um salto à frente, e, enquanto a charrete saiu aos solavancos, Scarlett ouviu a mulher do Maine dizer com um sotaque intrigado:

— Da família? Será que ela quis dizer um parente? Ele é excessivamente preto.

"Que Deus os amaldiçoe! Deviam ser varridos da face da terra. Se um dia tiver dinheiro bastante, vou cuspir na cara de cada um! Vou..."

Dando uma olhada para Peter, viu que uma lágrima escorria por seu nariz. Instantaneamente uma enorme ternura, de dor pela humilhação que ele passara, a invadiu, fazendo seus olhos arder. Era como se alguém tivesse sido insensatamente brutal com uma criança. Aquelas mulheres o haviam magoado. Peter, que estivera na Guerra do México com o velho coronel Hamilton, Peter, que segurara seu senhor nos braços quando ele morrera, que criara Melly e Charles e tomara conta da incapaz e tola Pittypat, "portegido" quando ela se refugiara e "diquirido" um cavalo para trazê-la de volta de Macon pelos campos arrasados pela guerra após a rendição. E elas diziam que não confiariam em nêgos!

— Peter — disse ela, a voz irrompendo enquanto punha sua mão no braço dele —, estou envergonhada de vê-lo chorar. Por que você dá importância? Elas não passam de umas malditas ianques!

— Elas falô na frente de eu como se eu fora uma mula e num pudesse entendê... como se eu fora um africano e num sabia o que elas tava falano — disse Peter, dando uma forte fungada. — E chamô eu de nêgo e nunca ninhum branco me chamô de nêgo e disse que num dá pra confiá nos nêgo! Num pôde confiá ni mim? Arre, quando o véio coroné tava moreno ele falô pra mim: "Vosmecê, Peter! Vosmecê cuida dos meu fio. Toma conta da sua jove sinhá Pittypat", ele falô, "pruquê ela num tem mais juízo que um gafanhoto". E foi isso que eu fiz todos esses ano, tomei conta dela...

— Ninguém mais, além do anjo Gabriel, podia ter feito melhor — disse Scarlett, tranquilizando-o. — Nós simplesmente não podíamos ter vivido sem você.

— Sim, sinhá, brigado, sinhá. Eu sei disso e vosmecê sabe tomém, mais os pessoá ianque num sabe e num qué sabê. Como que pode eles vim se metê nos nosso assunto, sinhá Scarlett? Eles num entende nós confedrado.

Scarlett não disse nada, pois ainda fervia com a raiva que não explodira na cara das mulheres ianques. Os dois foram até em casa em silêncio. As fungadas de Peter foram cessando e o beiço começou a se pronunciar de um modo alarmante. Agora que a mágoa inicial desaparecera, sua indignação crescia.

"Que execráveis eram os ianques!", Scarlett pensou. "Aquelas mulheres parecem pensar que, porque Tio Peter é negro, não tem ouvidos para ouvir nem sentimentos que possam ser feridos, tão sensíveis como os delas. Não sabem que se deve tratar os negros com gentileza, como se fossem crianças, que devem ser orientados, elogiados, acariciados, repreendidos. Não entendem os negros nem as relações entre eles e seus antigos senhores. Contudo, fizeram uma guerra para libertá-los. E, tendo conseguido, não querem ter nada com eles, a não ser usá-los para aterrorizar os sulistas. Não gostam deles, não os compreendem e, mesmo assim, não param de alardear que são os sulistas que não sabem se dar com eles."

Não confiar em um negro! Scarlett confiava neles muito mais que na maioria dos brancos, certamente mais do que confiava em qualquer ianque. Eles tinham qualidades de lealdade, amor e resistência que nenhuma tensão conseguia romper, nenhum dinheiro podia comprar. Ela pensou nos poucos leais que permaneceram em Tara diante da invasão ianque, quando podiam ter ido embora ou se unido às tropas para ter uma vida de lazer. Mas tinham ficado. Pensou em Dilcey trabalhando duro a seu lado nos campos de algodão, em Pork arriscando a vida nos galinheiros da vizinhança para que a família pudesse comer, em Mammy acompanhando-a a Atlanta, para evitar que agisse mal. Pensou nos criados dos vizinhos, que tinham permanecido leais ao lado de seus donos brancos, protegendo suas senhoras enquanto os homens estavam na frente de batalha, fugindo com elas em meio aos terrores da guerra, cuidando dos feridos, enterrando os mortos, confortando os depauperados, trabalhando, mendigando, roubando para pôr comida na mesa. E mesmo agora, com o Departamento dos Libertos prometendo todo tipo de maravilha, continuavam ao lado de seu pessoal branco, trabalhando muito mais do que quando eram escravos. Mas os ianques não entendiam essas coisas e nunca as entenderiam.

— Mesmo assim, eles o libertaram — disse ela em voz alta.

— Não, sinhá. Eles num liberto eu. Eu num ia dexá esses ordinário me libertá — disse Peter, indignado. — Eu inda sô da sinhá Pitty, e quando eu morrê ela vai me pô no cemitério dos Hamilton, que é o meu lugá... Minha sinhá vai ficá arreliada quando eu contá pra ela como vosmecê dexô aquelas muié ianque me insurtá.

— Eu não fiz isso! — exclamou Scarlett, assustada.

— Fez sim, sinhá Scarlett — disse Peter, fazendo o beiço crescer mais ainda. — Nem eu nem vosmecê tinha que tratá de negócio com os ianque, pra mó de eles num podê me insurtá. Se vosmecê num tivesse falado com elas, elas num tratava eu que nem mula nem africano. E vosmecê tamém num defendeu eu.

— Claro que defendi — disse Scarlett, ferida pela crítica. — Não falei que você era um membro da família?

— Isso num é defendê. Esse é os fato — disse Peter. — Sinhá Scarlett, vosmecê num tem que ficá tratano de negócio com os ianque. As otra sinhá num faz isso. Vosmecê num ia pegá a sinhá Pitty limpano os sapatim dela nesse lixo. E ela num vai gostá nada de sabê o que elas disse.

A crítica de Peter a magoou mais que qualquer coisa dita por Frank, tia Pitty ou pelos vizinhos, aborrecendo-a tanto que ela teve vontade de sacudir o negro velho até que suas gengivas desdentadas ficassem se batendo. O que Peter dizia era verdade, mas ela odiava ouvi-la de um negro, especialmente um negro da família. Não ter a alta consideração de um criado era a coisa mais humilhante que podia acontecer a um sulista.

— Bichim de estimação! — grunhiu Peter. — Magino que a sinhá Pitty num vai mais querê eu conduzino charrete pra vosmecê depois disso. Num vai mermo!

— Tia Pitty vai querer que você dirija a charrete para mim como sempre — disse ela severamente —, portanto não vamos mais falar sobre isso.

— Vô ficá arreliado das costa — avisou Peter, soturno. — Tô com a maió dô nas costa agora mermo. Mar guento ficá sentado. Minha sinhá num vai querê eu conduzino com essa dô... Sinhá Scarlett, num dianta os ianque e os branco ordinário gostá de vosmecê e os seu pessoá num te aprová.

O resumo da situação não podia ter sido mais exato, e Scarlett caiu em um silêncio enfurecido. Sim, os conquistadores a aprovavam, enquanto sua família e os vizinhos, não. Sabia de tudo o que a cidade dizia sobre ela. E agora até Peter a reprovava a ponto de não querer ser visto em público com ela. Aquela era a gota d'água.

Até então, ela não dera importância à opinião pública, chegando mesmo a desdenhá-la um pouco. Mas as palavras de Peter fizeram com que um profundo ressentimento lhe ardesse no peito, levando-a a uma posição defensiva, fazendo-a desgostar dos vizinhos tanto quanto desgostava dos ianques.

"Por que eles têm de se importar com o que eu faço?", pensou. "Devem achar que gosto de me relacionar com os ianques e de trabalhar como uma escrava. Só estão tornando meu trabalho difícil ainda mais difícil. Mas não ligo para o que pensam. Não me permito ligar. Não posso me dar a esse luxo agora. Mas algum dia... algum dia..."

Ah, algum dia! Quando houvesse segurança no mundo outra vez, ela se acomodaria, cruzaria as mãos e seria uma grande dama como fora Ellen. Ficaria impotente e protegida, como uma dama devia ser, e então todos a aprovariam. Ah, como seria fina quando tivesse dinheiro de novo! Então poderia se permitir ser boa e gentil, como Ellen fora, e atenciosa com os outros e com suas propriedades. Não seria impulsionada, dia e noite, pelos temores, e a vida seria plácida e sem pressa. Teria tempo de brincar com os filhos e de ajudá-los nas lições. Haveria longas tardes quentes, quando receberia a visita das senhoras e, em meio ao farfalhar das saias de tafetá e dos estalidos rítmicos dos leques de palmeira, ela serviria chá, sanduíches deliciosos e bolos, e passaria as horas mexericando. E, seria boa com os que estivessem em dificuldade, levaria cestas aos pobres, e sopa e geleia aos doentes, e levaria os menos afortunados a passear em sua fina carruagem. Seria uma dama no verdadeiro sentido sulista, como sua mãe fora.

E então, todos a amariam como tinham amado Ellen, dizendo quanto ela era altruísta, e a chamariam de "Dama da Abundância".

O prazer desses pensamentos sobre o futuro não se obscurecia por qualquer percepção de que ela não tinha desejo verdadeiro de ser altruísta, caridosa ou boa. Só o que queria era a reputação de possuir essas qualidades. Mas as redes de sua mente eram toscas e dispersas demais para filtrar essas pequenas diferenças. Bastava-lhe que algum dia, quando tivesse dinheiro, todos a aprovassem.

Algum dia! Mas não agora. Não agora, apesar do que todos podiam falar dela. Agora não havia tempo para ser uma grande dama.

Peter sabia o que dizia. Tia Pitty realmente ficou arreliada, e o mal de Peter progrediu da noite para o dia a tal proporção que ele nunca mais dirigiu a charrete. Dali em diante, Scarlett dirigia sozinha, e os calos que começavam a deixar suas mãos voltaram.

Então os meses de primavera decorreram, as chuvas frias de abril passaram, dando lugar ao bálsamo verdejante do clima de maio. As semanas eram preenchidas pelo trabalho e pelas limitações da gravidez avançada, com os velhos amigos cada vez mais frios, a família ainda mais gentil, mais loucamente solícita e mais totalmente cega ao que a impulsionava. Durante esses dias de ansiedade e luta, havia uma única pessoa confiável e compreensiva em seu mundo, Rhett Butler. Era estranho que entre todos fosse ele a ficar sob essa luz, pois era instável feito mercúrio e perverso como um demônio recém-vindo do tártaro. Mas era solidário, algo que ela nunca tivera de ninguém e nunca esperaria dele.

Eram frequentes suas ausências da cidade naquelas misteriosas viagens a Nova Orleans, que ele nunca explicava, mas que ela sentia, com uma pontada de ciúme, estarem ligadas a uma mulher... ou mulheres. Mas depois que Tio Peter se recusara a dirigir a charrete, ele permanecia em Atlanta por períodos cada vez maiores.

Quando estava na cidade, passava a maior parte do tempo jogando nas salas acima do saloon Girl of the Period ou no bar de Belle Watling, bebendo com os mais ricos dos ianques e aventureiros do norte, tramando modos de ganhar dinheiro, o que fazia o pessoal da cidade detestá-lo ainda mais que a seus camaradas. Ele não aparecia em casa agora, provavelmente em deferência aos sentimentos de Frank e de Pitty, que teriam ficado ultrajados de ter um visitante masculino com Scarlett naquele estado delicado. Mas ela o encontrava ao acaso quase todos os dias. Muitas vezes, ele alcançava a charrete dela quando passava por trechos isolados da estrada dos Pessegueiros e da estrada de Decatur, onde ficavam as serrarias. Ele sempre puxava as rédeas e conversava, e às vezes amarrava o cavalo atrás da charrete e a levava em suas rondas. Ela estava se cansando mais rápido do que gostava de admitir, e sempre ficava silenciosamente agradecida quando ele pegava as rédeas. Ele sempre a deixava antes de regressarem à cidade, mas toda Atlanta sabia desses encontros, que forneciam aos mexericos outro item a ser acrescentado na longa lista de afrontas às inconveniências cometidas por Scarlett.

Às vezes, ela se perguntava se esses encontros não seriam mais que acidentais. Tornavam-se cada vez mais numerosos conforme as semanas se passavam e a tensão na cidade aumentava em relação aos ultrajes dos negros. Mas por que ele a procurava logo agora, quando ela estava no auge da feiura? Com certeza, ele não tinha nenhum plano que a incluísse, se é que tivera um dia, coisa de que ela começava a duvidar. Havia meses que ele não fazia qualquer brincadeira sobre a triste cena na cadeia ianque. Nunca mencionava Ashley e seu amor por ele, nem fazia qualquer comentário rude e mal-educado sobre "cobiçá-la". Ela achou melhor não provocar, então não pediu nenhuma explicação sobre os encontros frequentes. Finalmente, concluiu que, como ele não tinha muito a fazer, além de jogar, e tinha poucos bons amigos em Atlanta, procurava-a somente pela companhia.

Qualquer que fosse o motivo, ela considerava sua companhia muito bem-vinda. Ele ouvia seus resmungos sobre perda de fregueses e dívidas, as trapaças do Sr. Johnson e a incompetência de Hugh. Aplaudia seus triunfos, quando Frank meramente sorria e Pitty dizia: "Pobre de mim!" de modo atordoado. Ela tinha certeza de que ele promovia negócios para ela com frequência, pois conhecia intimamente todos os ianques e nortistas ricos, mas ele sempre negava. Conhecia-o como ele era e nunca confiava nele, mas sempre se animava prazerosamente ao vê-lo fazendo a curva de uma estrada sombria em seu grande cavalo preto. Quando ele subia na charrete, pegava as rédeas de suas mãos e lhe fazia algum comentário impertinente, ela se sentia novamente jovem, alegre e atraente, apesar de todos os seus temores e do peso crescente. Podia falar com ele sobre quase tudo, sem ter que se preocupar em ocultar seus motivos ou suas verdadeiras opiniões, e nunca ficava sem assunto, como acontecia com Frank, ou mesmo com Ashley, para ser honesta. Mas, é claro, em todas as suas conversas com Ashley havia tantas coisas que não podiam ser ditas, por amor à honra, que a pura força delas inibia outros comentários. Era reconfortante ter um amigo como Rhett, agora que por alguma razão inexplicável ele decidira ficar bem-comportado com ela. Muito reconfortante, pois atualmente ela tinha poucos amigos.

— Rhett — perguntou atormentada, logo depois do ultimato de Tio Peter —, por que o pessoal desta cidade me trata de modo tão desprezível e fala tanto de mim? Não sei de quem falam pior, de mim ou dos aventureiros ianques! Não me intrometo com ninguém, não fiz nada de errado e...

— Se não fez nada de errado, é porque não teve a oportunidade, e talvez eles o percebam vagamente.

— Ah, fale sério! Eles me deixam furiosa. Só o que fiz foi tentar ganhar dinheiro e...

— Tudo o que fez foi ser diferente das outras mulheres, e conseguiu algum sucesso. Como já lhe disse antes, esse é um pecado imperdoável em qualquer sociedade. Seja diferente e seja amaldiçoado! Scarlett, o mero fato de você ter sido bem-sucedida com sua serraria é um insulto a cada homem que não tenha sido. Lembre-se, o lugar de uma mulher bem-educada é em casa, e ela nada deve saber sobre esse mundo brutal dos negócios.

— Mas, se eu tivesse ficado em casa, não teria me restado nenhuma casa onde ficar.

— A dedução é que você deveria ter morrido de fome bravamente e com orgulho.

— Ah, bobagem! Mas veja a Sra. Merriwether. Ela vende tortas para os ianques e isso é pior que dirigir uma serraria, e a Sra. Elsing costura para fora e recebe pensionistas, e a Fanny pinta coisas horrorosas em porcelana que ninguém quer e todos compram para ajudá-la e...

— Mas você não percebe, minha querida. Elas não são bem-sucedidas e, portanto, não estão afrontando o ardoroso orgulho sulista de seus homens. Eles ainda podem dizer: "Pobres tolas, como tentam com afinco! Bem, vou deixá-las pensar que estão ajudando." Além disso, as senhoras que você mencionou não gostam de ter que trabalhar. Deixam claro que só o farão até que algum homem venha para aliviá-las desses fardos pouco femininos. Então todos têm pena delas. Mas é óbvio que você gosta de trabalhar, e é óbvio que não vai deixar homem algum cuidar de seu negócio, então ninguém pode ter pena de você. E Atlanta nunca irá perdoá-la por isso. É tão bom sentir pena das pessoas...

— Queria que você fosse sério às vezes.

— Nunca ouviu o provérbio oriental: "Os cães ladram e a caravana passa"? Deixe que ladrem, Scarlett. Acho que nada vai impedir sua caravana de seguir em frente.

— Mas por que eles têm que se importar por eu ganhar um pouco de dinheiro?

— Não se pode ter tudo, Scarlett. Você pode ganhar dinheiro de seu modo pouco feminino e encarar o desprezo em todo lugar onde for ou pode ser pobre e cortês e ter um monte de amigos. Você fez sua escolha.

— Não vou ser pobre — disse ela rapidamente. — Mas... é a escolha certa, não é?

— Se for dinheiro, o que você mais quer.

— Sim, a coisa que mais quero no mundo é dinheiro.

— Então, fez a única escolha. Mas que vem junto com uma penalidade, como acontece com a maioria das coisas que se quer. A solidão.

Aquilo a silenciou por um momento. Era verdade. Quando parava para pensar, ela era um pouco solitária... solitária de companhia feminina. Durante os anos da guerra, tinha Ellen para visitar quando estava triste. E, desde sua morte, sempre havia Melanie, embora não tivessem nada em comum, além do trabalho duro em Tara. Agora não havia ninguém, pois tia Pitty não fazia ideia do mundo além de seu pequeno círculo de mexericos.

— Eu acho... acho — começou ela, hesitante — que sempre fui solitária no que se refere às mulheres. Não é só meu trabalho que impede as senhoras de Atlanta a gostar de mim. Simplesmente não gostam de qualquer forma. Nunca uma mulher gostou de mim, só minha mãe. Nem minhas irmãs. Não sei por quê, mas, mesmo antes da guerra, mesmo antes de me casar com Charlie, as mulheres pareciam não aprovar nada do que eu fazia...

— Você está se esquecendo da Sra. Wilkes — disse Rhett, e seus olhos brilharam com malícia. — Ela sempre a aprovou totalmente. Eu até diria que ela aprovaria qualquer coisa que você fizesse, a não ser assassinato.

Scarlett pensou soturnamente: "Até assassinato ela aprovou" e riu desdenhosamente.

— Ah, Melly! — disse ela e, depois, pesarosa: — Certamente, não é mérito meu que Melly seja a única mulher a me dar aprovação, pois ela não tem sequer o juízo de uma galinha-d'angola. Se tivesse algum juízo... — Ela se interrompeu, um pouco confusa.

— Se ela tivesse algum juízo, se daria conta de algumas coisas e não aprovaria — terminou Rhett. — Bem, é claro que você sabe mais sobre isso que eu.

— Ah, malditos sejam sua memória e seus maus modos!

— Vou passar por cima da sua injustificada indelicadeza com o silêncio que ela merece para retornar ao assunto anterior. Decida-se sobre isso. Se você é diferente, fica isolada, não só das pessoas de sua idade, mas também da geração de seus pais e da geração de seus filhos. Nunca vão entendê-la e sempre ficarão chocados, não importa o que faça. Mas seus avós provavelmente se orgulhariam de você e diriam: "tal avó, tal neta", e seus netos vão suspirar e dizer: "Que danada deve ter sido a vovó!" e tentarão ser como você.

Scarlett riu.

— Às vezes, você acerta bem no alvo! Era assim com a minha avó Robillard. Sempre que eu me comportava mal, Mammy a usava como exemplo. Vovó era fria como um pingente de gelo e restrita em relação a seus modos e aos modos de todos, mas se casou três vezes e houve uma série de duelos por causa dela, e ela usava ruge, os vestidos mais decotados e não usava... hã... bem, não usava muita coisa sob os vestidos.

— E você a admirava tremendamente, por mais que tentasse ser como sua mãe! Eu tive um avô pelo lado dos Butler que era pirata.

— Não! Mesmo? Daqueles que torturavam as vítimas?

— Ouso dizer que ele torturava as vítimas se fosse ganhar dinheiro. De qualquer modo, ele ganhou dinheiro suficiente para deixar meu pai bastante rico. Mas a família sempre se referiu a ele cuidadosamente como um "capitão do mar". Foi morto em uma briga de bar muito antes de eu nascer. A morte foi, nem preciso dizer, um grande alívio para seus filhos, pois o velho cavalheiro passava quase todo o tempo embriagado, e nesse estado se esquecia de que era um capitão do mar aposentado, e suas lembranças deixavam os filhos de cabelo em pé. No entanto, eu o admiro, e tentei copiá-lo mais que a meu pai, que é um cavalheiro amável cheio de hábitos honrados e ditos devotos... então, veja como são as coisas. Tenho certeza de que não terá a aprovação de seus filhos, Scarlett, não mais do que tem da Sra. Merriwether, da Sra. Elsing e de sua raça. É provável que seus filhos tornem-se criaturas suaves, recatadas, como geralmente são os filhos de personagens fortes. E, para piorá-los, você, como todas as outras mães, deve estar determinada a não permitir que passem pelas dificuldades que você experimentou. E isso está errado. As dificuldades formam ou destroem as pessoas. Então você terá que esperar pela aprovação de seus netos.

— Imagino como serão nossos netos!

— Você está sugerindo com esse "nossos" que você e eu teremos netos em comum? Que vergonha, Sra. Kennedy!

Subitamente, consciente de seu deslize, ela corou. O que mais a envergonhou não foi a brincadeira dele, mas a percepção repentina de suas formas arredondadas. De modo algum, nenhum dos dois jamais aludira a seu estado, e ela sempre mantinha a coberta de colo sob as axilas quando estava com ele, mesmo nos dias mais quentes, confortando-se, à usual moda feminina, com a crença de que nada aparecia quando assim coberto, e ficou subitamente furiosa com o próprio estado e envergonhada de que ele soubesse.

— Desça já desta charrete, seu verme de mente suja — disse ela, a voz trêmula.

— Não vou fazer nada disso — retrucou ele calmamente. — Vai escurecer antes que você chegue em casa, e há uma nova colônia de negros morando em barracas perto da próxima fonte, negros maus, eu soube, e não vejo por que você daria motivo para a impulsiva Ku Klux vestir suas camisolas noturnas e sair a cavalgar hoje à noite.

— Saia! — gritou ela, puxando as rédeas, e subitamente ficou enjoada de modo irremediável. Ele parou o cavalo rapidamente, alcançou-lhe dois lenços limpos e segurou a cabeça dela com habilidade. O sol da tarde, inclinando-se através das árvores que brotavam, girou por alguns momentos em um redemoinho dourado e verde. Quando o acesso passou, ela pôs o rosto entre as mãos e chorou de pura vergonha. Não só tinha vomitado na frente de um homem — por si só um dos piores contratempos que podiam sobrevir a uma mulher — como também, ao fazê-lo, o humilhante fato de sua gravidez devia agora estar evidente. Ela sentiu que nunca mais poderia encará-lo. Que isso tivesse acontecido com ele, logo com ele, com Rhett, que não tinha respeito pelas mulheres! Ela chorava, esperando algum comentário grosseiro e jocoso, que nunca conseguiria esquecer.

— Não seja boba — disse ele baixinho. — Estará sendo tola se estiver chorando de vergonha. Vamos, Scarlett, não seja infantil. Com certeza, deve ter consciência de que, não sendo cego, eu sabia que você estava grávida.

Ela disse "Ah" em uma voz atordoada e apertou os dedos contra o rosto rubro. A própria palavra a horrorizava. Frank sempre se referia à gravidez, constrangido, como "seu estado", Gerald costumava dizer "aumentando a família" quando tinha de mencionar esses assuntos, e as senhoras se referiam à gravidez como "estar em estado interessante".

— Você é uma criança se achava que eu não sabia, apesar de toda a proteção que buscava sob essa coberta quente. Claro que eu sabia. Por que mais você acha que ando...

Ele parou de repente e caiu um silêncio entre eles. Tomou as rédeas e impulsionou o cavalo. Continuou falando com suavidade, e, conforme sua fala arrastada caía agradavelmente nos ouvidos dela, o rubor foi sumindo de seu rosto abaixado.

— Não imaginava que você podia ficar tão chocada, Scarlett. Achava que fosse uma pessoa sensata, e estou decepcionado. Será possível que o recato ainda tenha lugar em seu peito? Sinto muito não ter sido um cavalheiro e ter mencionado o fato. E sei que não sou um cavalheiro, pois mulheres grávidas não me constrangem como deveriam. Consigo tratá-las como criaturas normais e não ficar olhando para o chão, para o céu ou para qualquer outro lugar no universo, menos a linha de sua cintura e então lançar-lhes aqueles olhares furtivos. Sempre achei isso o píncaro da indecência. Por que deveria agir assim? É um estado perfeitamente natural. Os europeus são muito mais sensatos que nós. Elogiam as futuras mães. Ao mesmo tempo que não sugiro ir tão longe, ainda assim é mais sensato que nosso modo de tentar ignorar. É um estado natural, e as mulheres deveriam se orgulhar em vez de se esconder atrás de portas fechadas como se tivessem cometido um crime.

— Se orgulhar! — exclamou ela em uma voz estrangulada. — Se orgulhar... argh!

— Você não está orgulhosa de estar esperando um filho?

— Ah, meu Deus, não! Eu... eu detesto bebês!

— Você quer dizer... o bebê de Frank?

— Não... o bebê de qualquer um.

Por um momento, ela ficou enjoada outra vez diante desse novo lapso, mas a voz dele continuou com a tranquilidade de quem não tivesse notado.

— Então somos diferentes. Eu gosto de bebês.

— Gosta? — exclamou ela, olhando para cima, tão assombrada com aquela declaração que se esqueceu do constrangimento. — Que mentiroso!

— Gosto de bebês e de crianças pequenas até elas começarem a crescer e adquirir hábitos adultos de pensar e habilidades adultas de mentir, trapacear e ser sujas. Isso não pode ser novidade para você. Sabe que gosto muito de Wade Hampton, por mais que não seja o menino que deveria ser.

Isso era verdade, pensou Scarlett, subitamente maravilhada. Ele realmente parecia gostar de brincar com Wade, e muitas vezes lhe trazia presentes.

— Agora que trouxemos esse terrível assunto à tona e você admite estar esperando um bebê para um futuro não muito distante, vou dizer uma coisa que há semanas quero dizer... duas coisas. A primeira é que é perigoso andar sozinha. Você sabe disso. Já lhe disseram bastante. Se pessoalmente você não se importa de ser estuprada, deve levar em consideração as consequências. Por causa de sua obstinação, você pode se meter em uma situação na qual os bravos cidadãos da cidade serão forçados a vingá-la enforcando alguns negros. E isso vai jogar os ianques em cima deles, e é provável que alguém acabe enforcado. Já lhe ocorreu que talvez um dos motivos para que as senhoras não gostem de você é o fato de que sua conduta pode provocar a ruptura dos pescoços de seus filhos e maridos? Além disso, se a Ku Klux Klan acabar com muitos outros negros, os ianques vão estreitar o cerco a Atlanta de tal modo que a conduta de Sherman vai parecer angélica. Sei do que estou falando, pois estou unha e carne com os ianques. Tenho vergonha de dizer, mas eles me tratam como a um dos seus, e os ouço falar abertamente. Pensam em acabar com a Ku Klux, nem que seja preciso queimar toda a cidade de novo e enforcar todos os homens com mais de 10 anos. Isso a atingiria, Scarlett. Você poderia perder dinheiro. E nunca se sabe onde o fogo pode parar, uma vez iniciado. Confisco de propriedade, impostos mais altos, multas para mulheres suspeitas... Ouvi todas essas sugestões. A Ku Klux...

— Você conhece algum Ku Klux? Será que o Tommy Wellburn ou Hugh ou...

Ele deu de ombros com impaciência.

— Como posso saber? Sou um renegado, um vira-casaca, um membro da escória sulista. Eu poderia saber? Mas sei de homens que os ianques têm como suspeitos, e que serão enforcados caso deem um passo em falso. Embora eu saiba que você não se importaria de ver seus vizinhos na forca, creio que não gostaria de perder suas serrarias. Vejo por sua expressão teimosa que não acredita em mim e que minhas palavras estão caindo em terreno pedregoso. Então tudo o que posso dizer é que deixe aquela sua pistola à mão... e, quando eu estiver na cidade, vou tentar ficar por perto para acompanhá-la.

— Rhett, você realmente... é para me proteger que você...

— Sim, minha querida, é meu muito anunciado cavalheirismo que me faz protegê-la. — A luz debochada começou a dançar em seus olhos negros e todos os sinais de seriedade lhe fugiram da fisionomia — E por quê? Por causa de meu profundo amor por você, Sra. Kennedy. Sim, tenho silenciosamente sentido fome, sede por você, tenho lhe adorado a distância; mas, sendo um homem honrado, como o Sr. Ashley Wilkes, ocultei-lhe isso. Aliás, você é mulher de Frank, e a honra me proibia de lhe dizer isso. Mas, assim como a honra do Sr. Wilkes racha ocasionalmente, agora é a minha que está rachando, e eu revelo minha paixão secreta e meu...

— Ah, pelo amor de Deus, cale-se! — interrompeu Scarlett, aborrecida como sempre que ele a fazia parecer uma tola exibida e não querendo que Ashley e sua honra se tornassem o assunto da conversa. — Qual era a outra coisa que queria me dizer?

— Como assim? Você muda de assunto quando estou expondo um coração dilacerado? Bem, a outra coisa é a seguinte. — A luz de troça fugiu de seus olhos outra vez e sua fisionomia ficou séria e calma. — Quero que você faça algo em relação a este cavalo. Ele é teimoso e tem uma boca dura como o ferro. Você se cansa de dirigi-lo, não é? Pois é, se ele decidir disparar, não teria como pará-lo. E, se a charrete virasse em uma vala, você poderia perder o bebê, e a vida também. Precisa conseguir o melhor freio que puder ou então me deixe trocá-lo por um cavalo mais gentil, que tenha uma boca mais sensível.

Ela olhou para o rosto afável e tranquilo dele, e sua irritação se foi, assim como seu constrangimento após a conversa sobre a gravidez. Ele tinha sido gentil instantes atrás, tranquilizando-a quando ela queria estar morta. E agora estava sendo ainda mais gentil e atencioso em relação ao cavalo. Ela sentiu um ímpeto de gratidão e se perguntou por que ele não era sempre assim.

— É mesmo difícil dirigir o cavalo — concordou ela docilmente. — Às vezes fico com os braços doloridos a noite toda de puxá-lo. Faça o que achar melhor com ele, Rhett.

Os olhos dele faiscaram, travessos.

— Isso soa tão meigo e feminino, Sra. Kennedy... Não se parece com seu usual estado de espírito autoritário. Bem, só é preciso ter jeito para fazer você andar nos trilhos.

Ela franziu a testa e o mau humor retornou.

— Desta vez, você vai saltar desta charrete, ou vou bater em você com o chicote. Não sei por que o tolero, por que tento ser simpática. Você não tem modos. Não tem ética. Não passa de um... Bem, saia. Falo sério.

Mas, depois que ele saltou, desamarrou o cavalo de trás da charrete e ficou parado na penumbra da estrada, arreganhando os dentes para atormentá-la, ela não conseguiu impedir o próprio sorriso enquanto seguia em frente.

Sim, ele era grosseiro, trapaceiro, não era seguro negociar com ele e nunca se podia saber quando a faca de fio cego que se punha em suas mãos em um momento de descuido se transformaria em uma lâmina afiada. Mas, afinal, ele era tão estimulante quanto... bem, quanto um sub-reptício copo de conhaque!

Durante esses meses, Scarlett conhecera a utilidade do conhaque. Quando chegava em casa no fim da tarde, molhada de chuva, com cãibras e dolorida pelas longas horas na charrete, nada a sustentava, exceto a ideia da garrafa oculta na última gaveta de sua escrivaninha, trancada contra os olhos investigativos de Mammy. O Dr. Meade não pensara em adverti-la de que uma mulher em seu estado não deveria beber, pois nunca lhe ocorrera que uma senhora decente fosse beber qualquer coisa mais forte que vinho branco. Com exceção, é claro, de uma taça de champanhe em um casamento ou de um chocolate quente durante um forte resfriado. É claro, havia mulheres infelizes que bebiam, para desgraça eterna da família, assim como havia mulheres dementes, divorciadas ou que acreditavam, como a Srta. Susan B. Anthony, que as mulheres deviam votar. Mas, por mais que Scarlett não contasse com a aprovação do Dr. Meade, ele nunca suspeitou de que ela bebesse.

Scarlett descobrira que uma dose de um bom conhaque antes do jantar ajudava de modo imensurável, e ela sempre podia mastigar um grão de café ou gargarejar com água-de-colônia para disfarçar o cheiro. Por que as pessoas eram tão tolas sobre mulheres beberem, quando os homens podiam e ficavam bêbados de cair sempre que queriam? Às vezes, quando Frank roncava a seu lado na cama e o sono não vinha, quando ela ficava se revirando com temores de pobreza, com medo dos ianques, com saudades de Tara e de Ashley, ela achava que enlouqueceria se não fosse pela garrafa de conhaque. E, quando o calor agradável, familiar se espalhava por suas veias, os problemas começavam a sumir. Depois de três doses, ela sempre podia dizer a si mesma: "Vou pensar nessas coisas amanhã quando puder aguentá-las melhor."

Mas havia noites em que nem mesmo o conhaque acalmava a dor de seu coração, a dor que era ainda mais forte que o medo de perder as serrarias, a ânsia de ver Tara outra vez. Atlanta, com seus ruídos, seus novos prédios, seus rostos estranhos, suas ruas estreitas lotadas de cavalos, carroças e multidões agitadas, às vezes a sufocava. Ela adorava Atlanta, mas... ah, a doce paz e a quietude de Tara, os campos vermelhos e os pinheiros escuros ao seu redor. Ah, voltar para Tara, não importando quanto a vida pudesse ser dura! E estar perto de Ashley, apenas vê-lo, ouvi-lo falar, ser sustentada pelo conhecimento de seu amor! Cada carta de Melanie, dizendo que eles estavam bem, cada bilhete de Will, contando da aragem, do crescimento do algodão, renovava sua vontade de estar de novo em casa.

"Vou para casa em junho. Depois disso, não vou poder fazer nada aqui. Vou ficar em casa por uns dois meses", ela pensou, e seu coração se regozijou. Ela realmente foi para casa em junho, mas não pela saudade que a movia, pois no início do mês chegou um breve bilhete de Will dizendo que Gerald tinha morrido.

Capítulo 39

O trem estava muito atrasado, e o crepúsculo azul profundo de junho se estendia sobre o campo quando Scarlett desembarcou em Jonesboro. Os reflexos amarelos dos lampiões apareciam nas poucas lojas e residências que restavam no vilarejo. Grandes espaços vazios separavam os prédios na rua principal, onde as casas tinham sido bombardeadas ou incendiadas. Prédios destruídos com buracos de bombas no teto e paredes pela metade a observavam, silenciosos e escuros. Uns poucos cavalos encilhados e grupos de mulas estavam amarrados do lado de fora da loja de Bullard. A estrada vermelha e poeirenta estava vazia e sem vida, sendo os únicos ruídos do vilarejo uns poucos gritos e risadas embriagadas que flutuavam pelo ar imóvel, oriundos de um saloon mais distante.

A estação não fora reconstruída depois do incêndio na batalha, só havendo em seu lugar um abrigo de madeira, sem laterais que protegessem do tempo. Scarlett sentou-se em um dos pequenos barris, que obviamente estavam ali para esse fim. Ficou olhando para um lado e outro, esperando Will, que tinha de estar lá para encontrá-la. Ele deveria saber que ela pegaria o primeiro trem após receber seu recado lacônico sobre a morte de Gerald.

Saíra de Atlanta com tanta pressa que só pusera na bolsa uma camisola e uma escova de dentes, nem sequer uma muda de roupa de baixo. Estava desconfortável no vestido preto apertado emprestado pela Sra. Meade, pois não tivera tempo de arranjar suas roupas de luto. A Sra. Meade estava magra, e a gravidez avançada de Scarlett tornava a roupa duplamente desconfortável. Mesmo com o pesar pela morte de Gerald, não esquecia a aparência, e olhava o corpo com desgosto. Sua silhueta sumira, e o rosto e os tornozelos estavam inchados. Até então, não tinha se importado muito com isso, mas, agora, que faltava pouco para ver Ashley, importava-se demais. Mesmo com o coração pesaroso, ela se encolhia ao pensar em encará-lo esperando o filho de outro. Ela o amava e ele a amava, e aquele filho indesejado agora lhe parecia uma prova de infidelidade àquele amor. Mas, por mais que não gostasse de ser vista sem cintura e leveza no andar, não havia como escapar.

Ela batia o pé, impaciente. Will deveria ter ido a seu encontro. Sem dúvida, ela podia ir até a loja de Bullard e perguntar por ele ou pedir que alguém de lá a levasse até Tara, caso descobrisse que ele não tinha podido vir. Mas ela não queria ir até a loja. Era noite de sábado e provavelmente metade dos homens do condado estaria lá. Ela não queria exibir seu estado naquele vestido preto que mal lhe servia, acentuando em vez de lhe disfarçar as formas. Não queria também ouvir os pêsames gentis pela morte de Gerald. Não queria solidariedade. Tinha medo de chorar se alguém sequer mencionasse seu nome. E ela não ia chorar. Sabia que se começasse seria como da vez em que chorara junto à crina do cavalo, naquela noite pavorosa da queda de Atlanta em que Rhett a deixara na estrada fora da cidade, lágrimas terríveis que lhe dilaceravam o coração e que não cessavam.

Não, ela não ia chorar! Sentiu o nó na garganta surgindo de novo, como acontecera com tanta frequência desde que recebera a notícia, mas chorar não ajudaria em nada. Só a confundiria e enfraqueceria. Ora, por que Will, Melanie ou as meninas não tinham lhe escrito que Gerald estava doente? Ela teria tomado o primeiro trem para cuidar dele em Tara, teria levado um médico de Atlanta, se necessário. Tolos, todos eles! Não conseguiam fazer nada sem ela? Ela não podia estar em dois lugares ao mesmo tempo, e o bom Deus sabia que estava dando o melhor de si por eles todos lá de Atlanta.

Ela já mudara várias vezes de posição sobre o barril, nervosa e inquieta porque Will não chegava. Onde estaria? Então ouviu o pisotear do carvão nos trilhos da ferrovia atrás dela e, virando-se, viu Alex Fontaine atravessando-os rumo a uma carroça com um saco de aveia no ombro.

— Meu Deus! É você, Scarlett? — gritou ele, deixando o saco cair e correndo para lhe dar a mão, o prazer escrito por todo o seu amargo rosto moreno. — Como fico contente de vê-la. Estive com Will no ferreiro. O trem estava atrasado e ele achou que teria tempo de ferrar o cavalo. Quer que eu vá chamá-lo?

— Sim, por favor, Alex — disse ela, sorrindo mesmo com todo o pesar. Era bom rever um rosto conhecido do condado.

— Ah... errr... Scarlett — ele começou desajeitado, ainda segurando a mão dela. — Sinto muitíssimo por seu pai.

— Obrigada — respondeu ela, preferindo que ele não tivesse falado. Suas palavras lhe trouxeram claramente o rosto corado e a voz estridente de Gerald.

— Se lhe servir de algum conforto, Scarlett, estamos muito orgulhosos dele por aqui — continuou Alex, soltando a mão dela. — Ele... bem, nós achamos que ele morreu como um soldado e pela causa de um soldado.

O que ele queria dizer com isso, ela pensou, confusa. Um soldado? Será que alguém lhe dera um tiro? Será que ele tinha se metido em uma briga com alguém da escória sulista como Tony? Mas ela não devia ouvir mais nada. Choraria se falasse sobre ele, e não podia chorar, não até estar em segurança na carroça, onde nenhum estranho pudesse vê-la. Will não importava. Era como um irmão.

— Alex, não quero falar sobre isso — disse ela brevemente.

— Não a culpo nem um pouco, Scarlett — disse Alex, enquanto o sangue escuro da ira inundava sua fisionomia. — Se fosse minha irmã, eu... bem, Scarlett, nunca falei uma palavra contra uma mulher, mas acho que alguém deveria dar umas chicotadas em Suellen.

Que bobagens ele estava falando agora, ela imaginou. O que Suellen tinha a ver com tudo isso?

— Todo mundo por aqui sente o mesmo em relação a ela, sinto dizer. Will é o único que a protege... e, claro, a Sra. Melanie, mas ela é uma santa e não vê maldade em ninguém.

— Eu disse que não queria falar a respeito — disse ela friamente, mas Alex não parecia ressentido. Ele parecia compreender sua aspereza, e aquilo era irritante. Ela não queria saber das más notícias da própria família por alguém de fora, não queria que ele percebesse sua ignorância dos fatos. Por que Will não lhe contara todos os detalhes?

Desejava que Alex não a olhasse tão diretamente. Sentia que ele percebera seu estado e aquilo a deixava constrangida. Mas o que Alex estava pensando enquanto olhava para ela sob o crepúsculo era que seu rosto tinha mudado tanto que ele nem sabia como chegara a reconhecê-la. Talvez fosse por estar esperando bebê. As mulheres ficavam parecendo o demônio nessa fase. E, é claro, ela devia estar muito abalada com a morte do velho O'Hara, de quem sempre fora a predileta. Mas não, a mudança era mais profunda. Ela realmente estava melhor do que quando a vira pela última vez. Agora, pelo menos, dava a impressão de fazer três refeições diárias. E a expressão de animal perseguido tinha quase sumido de seus olhos. Agora, os olhos, que eram medrosos e desesperados, estavam duros. Havia nela um ar de comando, de segurança e determinação, mesmo quando sorria. Ele podia apostar que ela guiava o velho Frank pelo caminho de uma vida feliz! Sim, ela mudara. Com certeza, era uma bela mulher, mas toda aquela doce meiguice sumira de sua fisionomia, e o modo lisonjeiro de olhar para um homem, que ela conhecia melhor que o Deus Todo-Poderoso, desaparecera completamente.

Bem, não tinham todos mudado? Alex olhou para as roupas toscas, e os traços usualmente amargos retornaram à sua fisionomia. Às vezes, à noite, quando ele se deitava desperto, pensando em como a mãe ia conseguir fazer aquela operação, como o garotinho do pobre falecido Joe iria para a escola e como ele conseguiria dinheiro para comprar outra mula, preferia que a guerra não tivesse acabado, desejava que continuasse para sempre. Eles não sabiam a sorte que tinham na época. Sempre havia algo para comer no exército, nem que fosse broa de milho, sempre alguém a quem dar ordens e nenhuma sensação torturante de encarar problemas que não tinham solução... nada com que se preocupar no exército, a não ser morrer. Depois, havia a Dimity Munroe. Alex queria se casar com ela e sabia que não podia quando já havia tantos dependendo dele. Fazia tempos que a amava, e suas faces começavam a perder a cor rosada, e seus olhos, a alegria. Se ao menos Tony não tivesse precisado fugir para o Texas. Outro homem em casa faria toda a diferença do mundo. Seu adorável irmãozinho de pavio curto, sem um tostão no oeste. Sim, todos tinham mudado. E por que não? Ele deu um profundo suspiro.

— Ainda não lhe agradeci pelo que você e Frank fizeram por Tony — disse ele. — Foram vocês que o ajudaram a fugir, não é? Foi muita bondade. Eu soube, de modo indireto, que ele está seguro no Texas. Fiquei com medo de escrever e perguntar... mas vocês emprestaram algum dinheiro a ele? Quero pagar...

— Ah, por favor, Alex, deixe disso! Agora não — exclamou Scarlett. Pelo menos dessa vez, dinheiro não representava nada para ela.

Alex ficou em silêncio por um momento.

— Vou atrás de Will para você — disse ele —, e amanhã nos encontraremos todos para o funeral.

Enquanto ele pegava o saco de aveia e se virava, uma carroça de rodas bamboleantes apareceu vindo de uma rua transversal e foi rangendo na direção deles. Will gritou da boleia:

— Desculpe o atraso, Scarlett.

Saltando desajeitadamente da carroça, ele foi até ela e, inclinando-se, deu-lhe um beijo no rosto. Will nunca a beijara antes, nunca deixara de colocar o "Sra." antes de seu nome e, ao mesmo tempo que isso a surpreendeu, aqueceu seu coração, agradando-a muito. Ele a ergueu com cuidado acima da roda e para dentro da carroça e, olhando para baixo, ela notou que era a mesma velha carroça raquítica com a qual fugira de Atlanta. Como podia ter se mantido de pé por tanto tempo? Will devia tê-la conservado bem. Sentiu-se mal ao olhar para ela e se lembrar daquela noite. Mesmo que lhe custasse um par de sapatos e alguma comida da mesa de tia Pitty, arranjaria uma nova carroça e mandaria queimar essa.

A princípio, Will não falou e Scarlett ficou agradecida. Ele jogou o velho chapéu de palha no fundo da carroça e eles partiram. Will continuava o mesmo, esguio e desengonçado, o cabelo rosado, paciente feito um animal de tração.

Deixaram o vilarejo e viraram na estrada vermelha para Tara. Ainda restava um leve tom rosado nas bordas do céu, e gordas nuvens emplumadas tingiam-se de dourado e verde-pálido. A quietude do crepúsculo do campo desceu sobre eles calmante, como uma oração. Como pudera aguentar, pensou, passar todos aqueles meses distante, longe do cheiro fresco do ar do campo, da terra arada e da doçura das noites de verão? A terra úmida cheirava tão bem, tão familiar, tão amigável, que ela teve vontade de descer e pegar um punhado entre as mãos. A madressilva que caía pelos barrancos vermelhos da estrada em um emaranhado verdejante estava aromática como sempre após a chuva, o mais doce perfume que existia. Acima de suas cabeças, um bando de andorinhas rodopiou com asas velozes e de vez em quando um coelho atravessava a estrada em disparada, assustado, com o rabo branco balançando como uma pluma. Conforme passavam entre os campos cultivados onde os arbustos verdes se erguiam vigorosos da terra vermelha, ela viu com prazer que o algodão ia bem. Como tudo era lindo! A névoa no fundo do pântano, a terra vermelha e o algodão crescendo, as encostas com suas fileiras verdes em curva e os pinheiros negros surgindo por trás de tudo como muros de zibelina. Como ficara em Atlanta por tanto tempo?

— Scarlett, antes que eu lhe conte sobre o Sr. O'Hara... e pretendo lhe contar tudo antes que você chegue em casa... quero pedir sua opinião sobre um assunto. Imagino que agora seja você a chefe da família.

— O que é, Will?

Por um instante, ele virou seu olhar sereno e sóbrio para ela.

— Só queria seu consentimento para me casar com Suellen.

Scarlett agarrou-se ao assento, quase caindo para trás de tão surpresa. Casar-se com Suellen! Desde que ela tirara Frank Kennedy de Suellen, nunca pensara em alguém se casando com ela. Quem iria querer Suellen?

— Meu Deus, Will!

— Então presumo que você não se importa.

— Me importar? Não, mas... Ora, Will, você me tirou o fôlego! Você se casar com Suellen? Will, sempre achei que você tinha uma queda por Carreen.

Will manteve os olhos no cavalo e sacudiu as rédeas. Nada mudou em seu perfil, mas ela achou que ele deu um leve suspiro.

— Talvez eu tivesse — disse.

— Bem, será que ela não o aceitaria?

— Nunca perguntei.

— Ah, Will, você é um bobo. Pergunte. Ela vale por duas Suellens.

— Scarlett, você não sabe de uma porção de coisas que estão acontecendo em Tara. Você não nos deu muita atenção nesses últimos meses.

— Ah, não? Ah, não? — Ela se inflamou. — O que acha que andei fazendo em Atlanta? Acha que fiquei passeando de carruagem e indo a bailes? Não lhe mandei dinheiro todos os meses? Não paguei os impostos, não consertei o telhado, não comprei o arado novo e as mulas? Não...

— Ora, não perca a cabeça e não desperte a irlandesa — interrompeu ele, imperturbável. — Se alguém sabe o que você fez, sou eu, e foi o trabalho de dois homens.

Levemente apaziguada, ela perguntou:

— Então, do que está falando?

— Bem, você manteve o teto sobre nós e a comida na despensa, não estou negando, mas não pensou muito no que se passava pela cabeça de ninguém aqui em Tara. Não a culpo, Scarlett. Você simplesmente é assim. Nunca se interessou muito pelo que se passa na cabeça dos outros. Mas o que estou tentando lhe dizer é que nunca propus nada à Srta. Carreen porque sabia que não ia adiantar. Ela tem sido uma irmãzinha para mim, e acho que fala comigo mais francamente do que com qualquer outra pessoa neste mundo. Mas nunca esqueceu aquele moço que morreu, e acho que nunca vai esquecer. E posso lhe dizer também que está pensando em ir para um convento lá em Charleston.

— Você está brincando!

— Bem, eu sabia que isso a pegaria de surpresa e só gostaria de lhe pedir, Scarlett, que não discuta com ela sobre isso, nem a repreenda ou ria dela. Deixe-a ir. É só o que ela quer agora. Ela está com o coração partido.

— Mas pelo manto de Cristo! Muitas pessoas tiveram o coração partido e não foi por isso que correram para um convento. Olhe para mim. Eu perdi um marido.

— Mas seu coração não ficou partido — disse Will calmamente e, pegando uma palha do chão da carroça, pôs na boca e ficou mastigando devagar. Aquele comentário a deixou sem ar. Como sempre que ouvia a verdade dita em voz alta, não importando quanto fosse intragável, uma honestidade básica a forçava a reconhecê-la como verdade. Ficou quieta por um momento, tentando se acostumar à ideia de Carreen como freira.

— Promete que não vai importuná-la?

— Está bem, prometo — concordou ela, e olhou para ele com uma nova compreensão e um certo assombro. Will amara Carreen, ainda amava, o suficiente para defendê-la e facilitar sua retirada. E, ainda assim, queria se casar com Suellen.

— Bem, o que é isso tudo com Suellen? Você não gosta mesmo dela, gosta?

— Ah, gosto sim, de certo modo — disse ele, retirando a palha da boca e examinando-a como se fosse altamente interessante. — Suellen não é tão má quanto você pensa, Scarlett. Acho que nos damos muito bem. O único problema de Suellen é que ela precisa de um marido e de filhos, exatamente do que todas as mulheres precisam.

A carroça sacolejava sobre a estrada esburacada e, por alguns minutos, enquanto os dois estavam quietos, a mente de Scarlett ficou ativa. Devia haver mais ali do que aparecia na superfície, algo mais profundo, mais importante, para fazer o suave Will de fala mansa querer se casar com uma chata que não parava de reclamar como Suellen.

— Will, você não disse o motivo verdadeiro. Como chefe da família, tenho o direito de saber.

— Está certo — disse Will —, e acho que você vai entender. Não posso ir embora de Tara. É minha casa, Scarlett, a única casa de verdade que eu já tive, e amo cada pedra dali. Trabalhei nessa terra como se fosse minha. E, quando você se dedica trabalhando em alguma coisa, passa a amá-la. Entende o que quero dizer?

Ela entendia, e sentiu um enorme afeto por ele, ouvindo-o dizer que também amava o que ela mais amava.

— E eu pensei no seguinte. Seu pai se foi, Carreen vai virar freira, só vou ficar eu e Suellen em Tara e, é claro, eu não podia continuar morando lá sem me casar com ela. Você sabe como as pessoas falam.

— Mas... mas Will, tem Melanie e Ashley...

Ao ouvir o nome de Ashley, ele se virou e olhou para ela, os olhos pálidos insondáveis. Ela teve a antiga sensação de que Will sabia tudo sobre ela e Ashley, compreendia tudo e não censurava nem aprovava.

— Eles irão embora em breve.

— Embora? Para onde? Tara é a casa deles, assim como é sua.

— Não, não é a casa deles. É isso o que está corroendo Ashley. Não é a casa dele e ele não sente que está ganhando a vida. Ele é um péssimo fazendeiro e sabe disso. Deus sabe que ele faz o melhor que pode, mas não foi feito para ser fazendeiro e você sabe disso tão bem quanto eu. Se ele racha lenha, corre o perigo de cortar o pé. Não consegue manter o arado em uma linha mais reta que o pequeno Beau, e o que ele não sabe sobre cultivar a terra daria para encher um livro. Não é culpa dele. Simplesmente não foi criado para isso. E se preocupa de ser um homem que está morando em Tara pela caridade de uma mulher, sem dar muito em troca.

— Caridade? Ele alguma vez disse...

— Não, ele nunca disse uma palavra. Você conhece Ashley. Mas eu noto. Ontem à noite, quando estávamos velando seu pai, eu contei a ele que tinha pedido a mão de Suellen e que ela tinha aceitado. Então ele disse que estava aliviado porque andava se sentindo como um cachorro ficando em Tara, e sabia que ele e a Sra. Melly teriam que continuar ali, agora que o Sr. O'Hara tinha morrido, para evitar que o pessoal falasse de mim e de Suellen. Foi então que ele me falou que pretendia ir embora e conseguir um trabalho.

— Trabalho? Que tipo? Onde?

— Não sei bem o que ele vai fazer, mas ele disse que iria para o norte. Ele tem um amigo ianque em Nova York que escreveu para ele sobre trabalhar em um banco lá.

— Ah, não! — exclamou Scarlett do fundo do coração e, diante disso, Will lhe lançou o mesmo olhar de antes.

— Talvez fosse melhor se ele realmente fosse para o norte

— Não! Não! Eu não acho.

Sua mente trabalhava com rapidez. Ashley não podia ir para o norte! Provavelmente ela nunca mais o veria. Mesmo que não o visse havia meses, não falasse com eles a sós desde aquela cena no pomar, não se passara um dia sem que pensasse nele, satisfeita por ele estar abrigado sob seu teto. Nunca enviara um dólar a Will que não a alegrasse porque facilitaria a vida de Ashley. Certo, ele não era um bom fazendeiro. Ashley fora criado para coisas melhores, pensava orgulhosa. Nascera para mandar, para viver em uma casa grande, ter bons cavalos, ler livros de poesia e dizer aos negros o que fazer. O fato de não haver mais mansões, cavalos, negros e só uns poucos livros não mudava nada. Ashley não fora criado para arar a terra e rachar lenha. Não era de surpreender que quisesse deixar Tara.

Mas ela não podia deixá-lo sair da Geórgia. Se necessário, convenceria Frank a lhe dar um emprego na loja, faria Frank despedir o rapaz que trabalhava como balconista. Mas não, o lugar de Ashley não era atrás de um balcão, assim como não era atrás de um arado. Um Wilkes como balconista! Ah, nunca! Deve haver alguma coisa... ora, a serraria, é claro! Seu alívio ao pensar nisso foi tal que ela sorriu. Mas será que ele aceitaria uma oferta dela? Será que ainda acharia que era caridade? Ela devia fazer as coisas de modo que ele achasse que estava lhe fazendo um favor. Ela despediria o Sr. Johnson e deixaria Ashley encarregado da velha serraria enquanto Hugh tomava conta da nova. Ela explicaria a Ashley como o mau estado de saúde de Frank e a pressão do trabalho na loja o impediam de ajudá-la e alegaria seu estado como outro motivo para precisar da ajuda dele.

Ela o faria perceber de algum modo que não podia ficar sem sua ajuda nesse momento. E lhe daria metade dos lucros da serraria, bastando que ele se encarregasse dela... qualquer coisa para tê-lo por perto, qualquer coisa para ver aquele sorriso se iluminar no rosto dele, qualquer coisa para flagrar uma expressão descuidada em seus olhos que mostrasse que a amava. Mas, prometeu a si mesma, nunca mais tentaria fazê-lo dizer palavras de amor, nunca mais tentaria fazê-lo jogar fora aquela honra tão tola que ele prezava mais que o amor. De alguma forma, devia lhe transmitir delicadamente suas novas resoluções. Caso contrário, ele podia se recusar, temendo outra cena terrível.

— Posso conseguir algo para ele em Atlanta — disse ela.

— Bem, isso é negócio seu e de Ashley — disse Will, e pôs a palha de volta na boca. — Anda, Sherman. Agora, Scarlett, tem outra coisa que preciso lhe pedir antes de contar sobre seu pai. Não vou admitir que você esbravaje com Suellen. O que ela fez está feito, e tirar o couro dela não vai trazer o Sr. O'Hara de volta. Além de tudo, ela honestamente achou que estava agindo para o melhor.

— Eu queria lhe perguntar sobre isso. O que Suellen andou fazendo? Alex não falou claramente e disse que ela devia ser chicoteada. O que foi?

— É, o pessoal está bem exasperado com ela. Todo mundo que eu encontrei hoje à tarde em Jonesboro estava jurando que ia fingir que não a conhecia na próxima vez que a encontrasse, mas talvez eles superem. Agora, prometa que não vai cair em cima dela. Não vou admitir brigas hoje à noite com o Sr. O'Hara deitado lá na sala.

"*Ele* não vai admitir brigas!", pensou Scarlett, indignada. Ele fala como se Tara já fosse dele.

Então ela pensou em Gerald, morto na sala, e subitamente começou a chorar, soluçando amargamente, com soluços sufocantes. Will pôs o braço em volta dela, puxou-a confortavelmente para perto de si, sem dizer nada.

Conforme iam sacolejando pela estrada escura, sua cabeça no ombro dele, o chapéu de sol torto, ela se esqueceu do Gerald dos últimos dois anos, o vago cavalheiro envelhecido que olhava para portas esperando por uma mulher que nunca entraria. Lembrava-se do senhor viril, cheio de vitalidade com sua cabeleira branca encaracolada, sua animação barulhenta, pisando forte com as botas, de suas piadas sem graça, da generosidade. Lembrou-se de como, quando era criança, ele parecia o homem mais maravilhoso do mundo, esse pai fanfarrão que a levava na frente de sua sela quando saltava cercas, virava-a e batia nela quando ela era travessa e depois chorava quando ela chorava e lhe dava moedas de 25 centavos para fazê-la parar. Ela se lembrou dele chegando de Charleston e de Atlanta carregado de presentes que nunca eram apropriados, lembrou-se também, com um leve sorriso em meio às lágrimas, como chegava em casa de madrugada dos dias de feira em Jonesboro, completamente bêbado, saltando cercas, a voz brincalhona cantando "The Wearin o' the Green" bem alto. E como ficava desconcertado ao encarar Ellen na manhã seguinte. Bem, agora ele estava com ela.

— Por que você não me escreveu contando que ele estava doente? Eu teria vindo tão depressa...

— Ele não ficou doente, nem por um minuto. Aqui, querida, pegue meu lenço e vou lhe contar tudo o que aconteceu.

Ela assoou o nariz no lenço dele, pois saíra de Atlanta sem sequer pegar um lenço, e novamente se acomodou na dobra do braço de Will. Como Will era bom... Nada jamais o aborrecia.

— Bem, foi assim, Scarlett. Você estava nos mandando dinheiro todo o tempo e Ashley e eu, bem, nós pagamos os impostos, compramos a mula, as sementes e tudo o mais, e alguns leitõezinhos e galinhas. A Sra. Melly deu conta das galinhas bem demais, ela tem mesmo jeito; a Sra. Melly é uma boa mulher, ah, se é. Bem, depois de comprarmos as coisas para Tara, não tinha sobrado muito para supérfluos, mas ninguém estava reclamando, só a Suellen.

"A Sra. Melanie e a Srta. Carreen ficam em casa e usam suas roupas velhas como se tivessem orgulho delas, mas você conhece Suellen, Scarlett. Ela nunca se acostumou a ficar sem as coisas. O fato de ter de usar vestidos velhos ficava atravessado na garganta dela toda vez que eu a levava para Jonesboro ou para Fayetteville. Especialmente porque algumas daquelas dam... mulheres dos aventureiros do norte sempre circulam em trajes elegantes. As mulheres daqueles malditos ianques que dirigem o Departamento dos Libertos, ah, elas capricham no vestir! Bem, acabou se tornando um ponto de honra entre as damas do condado usar os piores vestidos para ir à cidade, só para mostrar como não se importavam e se orgulhavam do que tinham. Mas não Suellen. E ela também queria uma carruagem e um cavalo. Salientava que você tinha uma."

— Não é uma carruagem, é uma charrete velha — disse Scarlett, indignada.

— Bem, que seja. Devo lhe dizer também que Suellen nunca se refez de você ter se casado com Frank Kennedy e não sei se posso culpá-la. Você sabe que foi um modo bem desprezível de lograr uma irmã.

Scarlett ergueu a cabeça do ombro dele, furiosa como uma cascavel pronta para dar o bote.

— Lograr uma irmã? Eu lhe agradeço por manter a língua em termos civilizados, Will Benteen! O que eu podia fazer se ele me preferiu a ela?

— Você é uma moça esperta, Scarlett, e imagino que pode tê-lo ajudado a preferi-la. As garotas sempre sabem como fazer essas coisas. Mas acho que o persuadiu. Você sabe ser bem enfeitiçante quando quer, mas que seja, ele era o pretendente de Suellen. Ora, ela tinha recebido uma carta dele uma semana antes de você ir para Atlanta e ele estava doce feito açúcar com ela, e falava sobre o casamento deles quando ele conseguisse um pouco mais de dinheiro. Eu sei porque ela me mostrou a carta.

Scarlett ficou quieta porque sabia que era verdade e não conseguia pensar em nada para dizer. Nunca esperava que logo Will, entre todas as pessoas, fosse criticá-la. Além disso, a mentira que ela contara a Frank nunca tinha lhe pesado muito na consciência. Se uma moça não conseguisse manter um pretendente, merecia perdê-lo.

— Ora, Will, não seja cruel — disse ela. — Se Suellen tivesse se casado com ele, você acha que ela teria gastado um centavo com Tara ou com qualquer um de nós?

— Eu disse que você pode ser bem enfeitiçante quando quer — disse Will, virando-se para ela com um sorriso calmo. — É, acho que nunca se veria um centavo do dinheiro do velho Frank. Mas, mesmo assim, não há como negar, foi uma lograda desprezível, e, se você quiser justificar os meios pelos fins, não é da minha conta, e quem sou eu para reclamar? Mas, de todo modo, Suellen ficou feito um marimbondo desde então. Não acho que ela gostava muito do velho Frank, mas isso mexeu com a vaidade dela, e ela fica falando em como você tem roupas boas e uma carruagem e mora em Atlanta enquanto ela está enterrada aqui em Tara. Sabe como ela adora fazer visitas, ir a festas e usar roupas bonitas. Não a culpo. As mulheres são assim.

"Bem, cerca de um mês atrás eu a levei a Jonesboro e ela foi fazer suas visitas enquanto eu cuidava dos negócios. Quando a levei para casa, ela continuava feito um camundongo, mas dava para notar que estava tão empolgada que parecia pronta para explodir. Achei que tivesse descoberto que alguém ia ter... que ela tinha sabido de algum mexerico interessante e não lhe dei muita atenção. Por cerca de uma semana, ela andou pela casa toda empinada e empolgada, sem falar muito. Ela foi visitar Sra. Cathleen Calvert... Scarlett, você vai chorar se puser os olhos na Sra. Cathleen. Coitada, era melhor estar morta que casada com aquele ianque covarde do Hilton. Sabia que ele hipotecou a fazenda e perdeu e eles vão ter que sair de lá?"

— Não, não sabia e nem quero saber. Quero saber de papai.

— Bem, estou chegando lá — disse Will pacientemente. — Quando voltou de lá, ela disse que nós todos tínhamos feito um mau julgamento do Hilton. Ela o chamava de Sr. Hilton, dizendo que ele era um homem inteligente e apenas rimos dela. Então ela começou a levar seu pai a passear a pé à tarde e muitas vezes, quando eu estava voltando do campo para casa, eu a via sentada com ele no muro perto do campo-santo, discutindo e gesticulando. E o velho cavalheiro só ficava olhando para ela, como que intrigado e fazendo que sim. Você sabe como ele andava, Scarlett. Estava ficando cada vez mais vago, como se mal soubesse quem era nem onde estava. Uma vez eu a vi apontar para o túmulo de sua mãe e ele começou a chorar. E, quando ela entrou em casa, toda alegre e animada, eu a chamei para uma conversa franca e disse: "Srta. Suellen, por que diabos está atormentando seu pobre pai e lhe relembrando de sua mãe? Na maior parte do tempo, ele não se dá conta de que ela está morta e a senhorita fica esfregando isso na cara dele." E ela só jogou a cabeça para trás, riu e disse: "Isso não é de sua conta. Algum dia vocês vão ficar contentes com o que estou fazendo." Ontem à noite, a Sra. Melanie me contou que Suellen tinha lhe falado de seus planos, mas disse que não fazia ideia de que Suellen estivesse falando sério. Disse que não falou nada para nenhum de nós porque ficou muito aborrecida com a ideia.

— Que ideia? Quando você vai chegar ao ponto? Já estamos a meio caminho de casa. Quero saber de papai.

— Estou tentando lhe contar — disse Will —, e já estamos tão perto de casa que acho melhor dar uma parada bem aqui para terminar.

Ele puxou as rédeas e o cavalo parou, bufando. Estavam junto à cerca viva crescida que marcava a propriedade dos Macintosh. Olhando de relance por baixo das árvores escuras, Scarlett só conseguiu discernir as altas chaminés fantasmagóricas ainda de pé acima das ruínas silenciosas. Preferia que Will tivesse escolhido outro lugar para parar.

— Bem, para resumir, a ideia dela era fazer os ianques pagarem pelo algodão que queimaram, pela criação que tinham levado e pelas cercas e estábulos que tinham destruído.

— Os ianques?

— Você não soube? O governo ianque está pagando reivindicações de todas as propriedades destruídas dos simpatizantes da União no Sul.

— É claro que soube — disse Scarlett. — Mas o que isso tem a ver conosco?

— Muito, na opinião de Suellen. Naquele dia em que a levei a Jonesboro, ela encontrou a Sra. Macintosh por acaso, e, enquanto mexericavam, Suellen não pôde deixar de notar as roupas finas que a Sra. Macintosh estava usando e perguntou-lhe a respeito. Então a Sra. Macintosh ficou cheia de pose e contou que o marido tinha apresentado uma reivindicação ao governo federal por destruir a propriedade de um leal simpatizante da União, que nunca dera qualquer tipo de apoio ou auxílio à Confederação.

— Eles nunca deram qualquer tipo de apoio ou auxílio a ninguém — cortou Scarlett. — Escoceses da Irlanda...

— Bem, talvez seja verdade. Não os conheço. De todo modo, o governo deu a eles, bem... não sei quantos mil dólares. Uma boa soma. Aquilo assombrou Suellen. Ela ficou a semana toda pensando e não nos disse nada porque sabia que só iríamos rir. Mas ela precisava falar com alguém, então foi procurar a Sra. Cathleen e o maldito branco ordinário, o Hilton, lhe passou um pacote de novas ideias. Ele salientou que seu pai nem tinha nascido neste país, não tinha lutado na guerra, não tinha tido filhos na luta e não tinha exercido cargo público junto à Confederação. Disse que eles podiam ainda salientar que o Sr. O'Hara era um leal simpatizante da União. Ele a encheu com tantas ideias que ela voltou para casa e começou a trabalhar o Sr. O'Hara. Scarlett, aposto minha vida que, metade do tempo, seu pai nem sabia sobre o que ela estava falando. Era com isso que ela contava, que ele faria o juramento de fidelidade sem nem saber.

— Papai fazer o juramento de fidelidade?! — exclamou Scarlett.

— Bem, ele estava com a cabeça bastante fragilizada nesses últimos meses, e acho que ela contava com isso. Veja bem, ninguém suspeitava de nada. Sabíamos que ela estava tramando alguma coisa, mas não que estava usando sua falecida mãe para censurá-lo por suas filhas estarem maltrapilhas quando podia tirar 150 mil dólares dos ianques.

— Cento e cinquenta mil dólares — murmurou Scarlett, perdendo o horror pelo juramento.

Que dinheirama era aquela! E consegui-la pela mera assinatura de um juramento de lealdade ao governo dos Estados Unidos, um juramento declarando que o signatário sempre apoiara o governo e nunca dera apoio nem auxílio a seus inimigos. Cento e cinquenta mil dólares! Todo esse dinheiro por uma mentirinha! Bem, ela não podia condenar Suellen. Deus do céu! Será que tinha sido por isso que Alex falara sobre ter vontade de chicoteá-la? O que o condado queria dizer com não cumprimentá-la mais? Tolos, todos eles. O que ela não poderia fazer com todo esse dinheiro! O que não poderia todo o pessoal do condado fazer com ele! E o que importava uma mentirinha dessas? Afinal, qualquer coisa que se pudesse arrancar dos ianques era dinheiro justo, não importavam os meios.

— Ontem, ali pelo meio-dia, quando Ashley e eu estávamos rachando lenha, Suellen pegou esta carroça, fez seu pai subir e lá se foram os dois até a cidade sem falar nada com ninguém. A Sra. Melly tinha uma ideia do que se tratava, mas estava rezando para que algo mudasse a intenção de Suellen, então não disse nada a ninguém. Simplesmente, não conseguia imaginar que Suellen fosse fazer tal coisa.

"Hoje eu soube como tudo aconteceu. Aquele sujeito covarde, o Hilton, tem certa influência com os outros da escória sulista e republicanos da cidade, e Suellen tinha concordado em dar a eles parte do dinheiro... não sei quanto... se testemunhassem que o Sr. O'Hara era leal à União, defendendo o ponto de que ele era irlandês, não tinha entrado em combate e assim por diante e assinassem as recomendações. Seu pai só precisava fazer o juramento e assinar o papel, que iria para Washington.

"Eles disseram o juramento bem depressa e ele ficou quieto, e estava tudo indo bem até ela fazê-lo assinar. E então o velho cavalheiro como que deu por si por um minuto e se negou. Acho que ele não sabia bem do que se tratava, mas não gostou, e Suellen nunca soube como levá-lo. Bem, ela teve um acesso de nervos com aquilo, depois de todo o trabalho que tivera. Ela o tirou do gabinete, levou-o de carroça para cima e para baixo na estrada, falando com ele que sua mãe estava chorando no túmulo por ele deixar suas filhas sofrerem quando podia fazer algo por elas. Me contaram que seu pai estava lá sentado na carroça e chorava feito um bebê, como sempre fazia ao ouvir o nome dela. Todo mundo na cidade estava olhando, e Alex Fontaine foi até eles ver o que estava havendo, mas Suellen foi grosseira com ele, dizendo que não era da conta dele, o que o deixou fulo da vida.

"Não sei de onde ela tirou a ideia, mas em algum momento ela conseguiu uma garrafa de conhaque, levou o Sr. O'Hara de volta pro gabinete e começou a servi-lo. Scarlett, faz um ano que não temos bebida forte em Tara, só um pouco de vinho de amora e da nossa uva, que Dilcey faz, e o Sr. O'Hara estava desacostumado. Ele ficou muito embriagado e depois de Suellen discutir e importuná-lo por mais umas duas horas ele cedeu e disse que sim, assinaria qualquer coisa que ela quisesse. Eles fizeram o juramento de novo e, quando ele estava pronto para pôr a pena no papel, Suellen cometeu seu erro. Ela disse: 'Muito bem. Agora acho que os Slattery e os Macintosh vão parar de ficar fazendo pose para nós!' Percebe, Scarlett, os Slattery tinham pedido uma grande quantia por aquele barracão deles que os ianques incendiaram e, por intermédio de Washington, o marido de Emmie tinha conseguido o dinheiro para eles.

"Me contaram que, quando Suellen disse aqueles nomes, seu pai se endireitou e pôs os ombros para trás e olhou asperamente para ela. Ele já não estava vago e disse: 'Os Slattery e os Macintosh assinaram alguma coisa desse tipo?' Suellen ficou nervosa e disse sim e não, gaguejou e ele gritou bem alto: 'Diga, aquele maldito Orange e aquele maldito branco pobre assinaram alguma coisa desse tipo?' E Hilton falou com voz mansa, dizendo: 'Sim, senhor, assinaram e ganharam um monte de dinheiro, como o senhor vai ganhar.'

"Então o velho cavalheiro soltou um brado, como se fosse um touro. Alex Fontaine disse que ouviu rua abaixo, lá do saloon. E ele falou com o sotaque forte: 'E vocês estavam achando que um O'Hara de Tara estaria seguindo os passos sujos de um maldito Orange e de um maldito branco pobre?' E rasgou o papel em dois e jogou na cara de Suellen, berrando: 'Você não é filha minha.' E saiu do gabinete como um furacão.

"Alex disse que o viu sair para a rua atacado feito um touro. Ele disse que o velho parecia ele mesmo pela primeira vez desde a morte da sua mãe. Disse que ele cambaleava de bêbado e praguejava bem alto. Alex disse que nunca tinha ouvido xingamentos tão bons. O cavalo de Alex estava por ali e seu pai montou nele sem pedir permissão e saiu fazendo uma nuvem de poeira de engasgar qualquer um, praguejando a cada fôlego.

"Bem, ali pelo entardecer, Ashley e eu estávamos sentados na escada da frente, olhando para a estrada e bem preocupados. A Sra. Melly estava lá em cima chorando na cama dela e não nos dizia nada. De repente, ouvimos um galopar na estrada e alguém gritando como se estivesse caçando raposa, e Ashley disse: 'Que esquisito! Parece com o Sr. O'Hara quando ia nos visitar antes da guerra.'

"Então nós o vimos lá no fim do pasto. Devia ter saltado a cerca lá e vinha subindo a colina em disparada, cantando bem alto como se não tivesse com o que se preocupar neste mundo. Eu não sabia que seu pai tinha uma voz daquelas. Ele cantava 'Peg in a Low-backed Car' e batia no cavalo com o chapéu, e o cavalo andava feito louco. Ele não puxou as rédeas ao chegar no topo e a gente viu que ia saltar a cerca do pasto e ficamos de pé em um pulo, morrendo de medo e aí ele gritou: 'Veja, Ellen! Veja só eu saltando esta!' Mas o cavalo parou de repente na cerca, se recusando a saltar, e seu pai foi direto sobre a cabeça do bicho. Não sofreu nada. Quando chegamos lá, já estava morto. Acho que a queda lhe quebrou o pescoço."

Will esperou que ela dissesse alguma coisa, mas, vendo-a quieta, pegou as rédeas.

— Anda, Sherman — disse ele, e o cavalo seguiu o rumo de casa.

Capítulo 40

Scarlett dormiu pouco naquela noite. Quando chegou a manhã e o sol se insinuou por detrás dos pinheiros negros das colinas a leste, ela se levantou da cama amarrotada e, sentando-se em um banquinho ao lado da janela, descansou a cabeça no braço. Ficou olhando através do pátio e do pomar de Tara na direção dos campos de algodão. Tudo era fresco, orvalhado, silencioso e verde, e essa imagem lhe incutiu alívio e conforto ao coração ferido. Ao alvorecer, Tara parecia amada, bem-cuidada e tranquila, apesar de seu senhor estar morto. O galinheiro de madeira estava caiado e rebocado de barro, contra ratos e doninhas, assim como o estábulo. A horta com suas fileiras de milho, abóbora amarela, vagens e nabos estava bem capinada e cercada por estacas de carvalho. O pomar não tinha ervas daninhas, e sob as árvores cresciam apenas margaridas. O sol iluminava as maçãs e os róseos pêssegos aveludados entre as folhas verdes. Lá adiante, estavam as fileiras curvas do algodão, ainda verdes, imóveis sob a luz dourada do novo dia. Patos e galinhas gingavam e se pavoneavam rumo ao campo, pois era sob os arbustos no solo fofo e recém-arado que se encontravam as melhores minhocas e lesmas.

O coração de Scarlett se encheu de gratidão e afeto por Will, que fizera tudo aquilo. Nem mesmo sua lealdade a Ashley a fazia crer que fora ele o responsável pela maior parte daquilo, pois o florescer de Tara não era obra de um aristocrata, mas do pequeno fazendeiro laborioso, incansável, que ama sua terra. Era uma fazenda modesta, não a nobre plantação do passado, com pastos cheios de mulas e bons cavalos, campos de algodão e milho a perder de vista. Mas o que tinham era bem-cuidado, e os hectares não cultivados seriam recuperados quando as coisas melhorassem, estando então mais férteis com o repouso.

Will fizera mais que simplesmente cultivar uns poucos hectares. Evitara os dois inimigos dos fazendeiros da Geórgia, os brotos de pinheiro e as sarças de amoreira. Estes não haviam tomado a horta, os pastos, os campos de algodão ou o gramado, nem crescido insolentes ao lado das varandas de Tara, como acontecia em fazendas por todo o estado.

O coração de Scarlett pulou uma batida quando ela pensou em quanto Tara estivera próxima de voltar ao estado primitivo de floresta. Ela e Will tinham feito um bom trabalho. Haviam conseguido lidar com os ianques, os aventureiros do norte e os abusos da natureza. E, melhor de tudo, Will dissera que, após a colheita do algodão no outono, ela não precisaria enviar mais dinheiro, a menos que outro aventureiro cobiçasse Tara e elevasse os impostos a preços astronômicos. Scarlett sabia que Will teria uma dura luta pela frente sem sua ajuda, mas admirou e respeitou sua independência. Enquanto estava na posição de auxiliar contratado, recebia dinheiro dela, mas, agora que se tornaria seu cunhado e o homem da casa, pretendia manter-se por conta própria. Sim, Will era fruto da providência divina.

Pork cavara o túmulo na noite anterior, ao lado do de Ellen, e lá estava ele, pá na mão, atrás da terra vermelha úmida que logo jogaria de volta. Scarlett ficou atrás dele, à sombra de um galho baixo de cedro, contra o sol quente da manhã de junho, tentando não olhar a cova vermelha diante dela. Jim Tarleton, o pequeno Hugh Munroe, Alex Fontaine e o neto mais jovem do velho McRae desciam lenta e desajeitadamente o caminho da casa carregando o caixão de Gerald sobre duas longas tábuas de carvalho. Atrás deles, a uma distância respeitosa, seguia-se uma multidão dispersa de vizinhos e amigos, silenciosos e vestidos com simplicidade. Enquanto andavam pelo caminho ensolarado da horta, Pork inclinou a cabeça sobre a alça da pá e chorou, e Scarlett percebeu com surpresa indiferente que seu cabelo crespo, preto como azeviche quando ela fora para Atlanta alguns meses antes, estava ficando grisalho.

Cansada, ela agradeceu a Deus por ter derramado todas as suas lágrimas na noite anterior para agora poder ficar ereta e com os olhos secos. Os soluços de Suellen, logo atrás de seu ombro, a irritaram sobremaneira, e ela teve que cerrar os punhos para não se virar e lhe dar um tapa na cara inchada. Sue causara a morte do pai, tendo intenção ou não, e devia ter a decência de se controlar diante dos vizinhos hostis. Ninguém falara com ela naquela manhã, nem lhe dera um olhar de pêsames. Tinham beijado Scarlett em silêncio, apertado sua mão, murmurado palavras gentis a Carreen e até a Pork, mas ignoravam Suellen.

Para eles, ela fizera pior que matar o pai. Tentara induzi-lo a ser desleal ao sul. E, para aquela comunidade inflexível e intimamente ligada, era como se tivesse traído a honra de todos. Rompera a sólida aparência que o condado apresentava ao mundo. Tentando arrancar dinheiro dos ianques, aliara-se aos aventureiros e à escória sulista, inimigos mais odiados que os soldados ianques. Ela, membro da antiga e dedicada família confederada de um grande fazendeiro, fora até o inimigo e envergonhara todas as famílias do condado.

Os enlutados fervilhavam de indignação, abatidos pelo pesar, especialmente três deles: o velho McRae, amigo íntimo de Gerald desde sua chegada de Savannah havia tantos anos; vovó Fontaine, que o adorava por ele ter sido marido de Ellen; e a Sra. Tarleton, mais próxima dele que de qualquer outro vizinho porque, como ela costumava dizer, era o único homem no condado que sabia a diferença entre um garanhão e um cavalo castrado.

A imagem daquelas três fisionomias atormentadas na penumbra da sala onde estava Gerald antes do funeral causara certa inquietude em Ashley e Will, que se retiraram para o gabinete de Ellen para se aconselharem.

— Algum deles vai falar algo de Suellen — disse Will abruptamente, partindo a palha que tinha na boca. — Acham que têm uma causa justa. Talvez tenham mesmo. Não sou eu que vou contestar. Mas, Ashley, estando certos ou não, temos de nos ofender, sendo os homens da família, e aí vai ter encrenca. Ninguém pode fazer nada com o velho McRae porque é surdo feito um poste e não ouve o pessoal tentando calá-lo. E você sabe que não há ninguém neste mundo de Deus que consiga evitar que vovó Fontaine diga o que pensa. E quanto à Sra. Tarleton... viu aqueles olhos cor de ferrugem se revirando cada vez que olha para Sue? Ela está furiosa e mal pode esperar. Se disserem alguma coisa, precisaremos reagir, e já temos problemas demais em Tara sem desavenças com os vizinhos.

Ashley suspirou, preocupado. Ele conhecia o temperamento dos vizinhos melhor que Will e se lembrava de que metade das brigas e alguns dos tiroteios dos tempos anteriores à guerra surgiam do hábito do condado de dizer alguma coisa diante do caixão dos vizinhos falecidos. Geralmente, as palavras eram extremamente elogiosas, mas às vezes não. Às vezes, as intenções mais respeitosas eram mal interpretadas por parentes nervosos, e, mal as últimas pás de terra caíam sobre o caixão, a encrenca começava.

Na ausência de um padre, Ashley conduziria a cerimônia com o auxílio do livro de orações de Carreen, visto que os pastores das igrejas metodista e batista de Jonesboro e Fayetteville tinham sido diplomaticamente recusados. Carreen, mais devotamente católica que as irmãs, ficara bastante aborrecida por Scarlett não ter pensado em trazer um padre de Atlanta, e só se tranquilizara um pouco ao ser lembrada de que, na ocasião da vinda do padre para casar Will e Suellen, ele poderia fazer as orações no túmulo de Gerald. Tinha sido ela a fazer objeção aos pastores protestantes vizinhos, incumbido Ashley de rezar o ofício, marcando as passagens a ser lidas em seu livro. Encostado à velha escrivaninha, Ashley sabia que seria dele a responsabilidade de evitar problemas, conhecedor que era do temperamento eriçado do condado, mas não fazia ideia de como deveria proceder.

— Não há o que fazer, Will — disse ele, passando a mão pelos cabelos claros. — Não posso bater em vovó Fontaine nem no velho McRae. Nem posso tapar a boca da Sra. Tarleton. E o mínimo que vão dizer é que Suellen é uma assassina, traidora e que, se não fosse por ela, o Sr. O'Hara estaria vivo. Maldito costume de falar sobre o morto. É um hábito bárbaro.

— Ash, não pretendo deixar ninguém dizer nada contra a Suellen, não importa o que pensem. Deixe comigo. Quando você acabar a leitura e as orações e disser: "Se alguém quiser dizer algumas palavras", olhe pra mim, para que eu possa falar primeiro.

Observando a dificuldade dos carregadores do féretro para passar o caixão pela entrada estreita da cova, Scarlett não pensava em uma possível encrenca após o funeral. Pensava apenas que, ao enterrar Gerald, ela estava enterrando um dos últimos laços que a ligavam aos velhos tempos de felicidade e irresponsabilidade.

Finalmente, os carregadores acomodaram o caixão no túmulo e ficaram flexionando os dedos doloridos. Ashley, Melanie e Will estavam dentro do cercado, parados atrás das O'Hara. Todos os vizinhos mais chegados que conseguiram se amontoar ficaram atrás deles e os outros ficaram fora do muro. Vendo-os de fato pela primeira vez, Scarlett ficou surpresa pelo tamanho da multidão. Com toda a dificuldade de transporte, era uma gentileza tantos terem ido. Havia cinquenta ou sessenta pessoas ali, algumas vindas de tão longe que ela se surpreendeu, cogitando como a notícia lhes chegara a tempo; famílias inteiras de Jonesboro, Fayetteville e Lovejoy, e, com elas, alguns criados negros. Muitos pequenos fazendeiros de lugares distantes do outro lado do rio estavam presentes, além dos caipiras da roça e de alguns moradores do pântano. Estes eram gigantes magros e barbudos, usando roupas de algodão cru e barretes de pele de guaxinim, com rifles a tiracolo e os nacos de tabaco tornando as bochechas salientes. Suas mulheres tinham os pés descalços afundados na terra fofa, o lábio inferior sujo de rapé. Os rostos sob os chapéus de sol eram encovados e tinham aparência de malária, mas bem limpos, e os vestidos de chita recém-passados brilhavam por causa da goma.

Os vizinhos próximos estavam todos lá. Vovó Fontaine, fraca, enrugada e amarela como um velho pássaro na muda, apoiava-se na bengala, e com ela estavam Sally Munroe Fontaine e a jovem Srta. Fontaine. Em vão, com súplicas sussurradas e puxões na saia, tentavam sentar a velha no muro. O marido de vovó, o velho doutor, não estava lá. Morrera dois meses antes, e grande parte da faiscante alegria maliciosa se fora de seus olhos. Cathleen Calvert Hilton estava sozinha, como convinha a alguém cujo marido ajudara a provocar a tragédia, o chapéu desbotado ocultando o rosto baixo. Scarlett percebeu que seu vestido de percal estava manchado de gordura, e as mãos, sardentas e sujas. Chegava a haver crescentes pretos sob suas unhas. Cathleen já não mostrava qualquer sinal de fineza. Parecia uma caipira, até pior. Parecia uma branca pobre, indolente, relaxada, desgastada.

"Logo estará cheirando rapé, se é que já não está", pensou Scarlett, horrorizada. "Meu Deus, que derrocada!"

Ela estremeceu, desviando os olhos de Cathleen enquanto se dava conta da linha tênue que separava as pessoas finas dos brancos pobres.

"Não estou assim graças a minha iniciativa", pensou, sendo invadida por uma onda de orgulho ao perceber que, após a rendição, ela e Cathleen haviam começado com as mesmas armas: mãos vazias e a própria inteligência.

"Até que não me saí mal", pensou, erguendo o queixo e sorrindo.

Mas interrompeu o sorriso de súbito ao ver os olhos escandalizados da Sra. Tarleton pousados nela. Os dela estavam vermelhos e, depois de fixá-los com censura em Scarlett, voltou-os para Suellen, com um olhar feroz, prenúncio de mau agouro. Atrás dela e do marido, estavam as quatro moças Tarleton, os cachos ruivos como notas indecorosas na ocasião solene, os olhos cor de ferrugem ainda se parecendo com os olhos cheios de energia de animais jovens, animados e perigosos.

Pés imóveis, chapéus retirados, mãos postas e saias acomodadas em silêncio quando Ashley deu um passo à frente com o velho livro de orações de Carreen nas mãos. Baixou os olhos por um instante, o sol brilhando na cabeça dourada. Um profundo silêncio caiu sobre a multidão, tão profundo que o sussurro do vento nas folhas de magnólia chegava claro aos ouvidos de todos, e as notas repetitivas de um tordo distante soavam insuportavelmente altas e tristes. Ashley começou a ler as orações, e todas as cabeças se abaixaram conforme sua voz harmoniosa e modulada pronunciava as poucas e dignas palavras.

"Ah", pensou Scarlett, a garganta se contraindo. "Que voz linda! Se alguém tem que fazer isso por papai, fico contente que seja Ashley. Prefiro ele a um padre. Prefiro que papai seja enterrado por um dos seus do que por um estranho."

Quando Ashley chegou à parte das orações relativa às almas no purgatório, que Carreen marcara para ser lida, fechou o livro abruptamente. Só Carreen percebeu a omissão e ficou intrigada enquanto ele dava início ao Pai-Nosso. Ashley sabia que metade dos presentes nunca ouvira falar em purgatório, e os que tinham ouvido tomariam aquilo como uma afronta pessoal se ele insinuasse, mesmo em oração, que um homem tão bom como o Sr. O'Hara não tinha ido direto para o Céu. Então, em deferência à opinião pública, evitou qualquer menção ao purgatório. O grupo se uniu fervoroso no Pai-Nosso, mas as vozes foram sumindo em um silêncio constrangido quando ele começou a Ave-Maria. Nunca tinham ouvido aquela oração e se entreolhavam furtivamente enquanto as O'Hara, Melanie e os criados de Tara davam as respostas: "Rogai por nós, pecadores, agora e na hora da nossa morte. Amém."

Então Ashley ergueu a cabeça e ficou indeciso por um momento. Os olhos dos vizinhos estavam sobre ele, na expectativa, enquanto se acomodavam em posições mais confortáveis para um longo discurso. Esperavam que desse continuidade à cerimônia, pois a ninguém ocorrera que tivessem acabado as orações católicas. Os funerais do condado eram sempre longos. Os pastores batistas e metodistas que os conduziam não tinham orações preestabelecidas, mas improvisavam conforme as circunstâncias, e raramente paravam antes que todos estivessem às lágrimas e as consternadas mulheres da família do morto berrassem de pesar. Os vizinhos teriam ficado chocados, aflitos e indignados se aquelas breves orações fossem tudo a ser dito sobre o corpo de seu amigo querido, e ninguém sabia disso melhor que Ashley. Discutiriam o assunto à mesa do jantar por semanas, e a opinião do condado seria de que as O'Hara não tinham demonstrado o respeito apropriado pelo pai.

Então ele lançou um breve olhar de desculpas para Carreen e, baixando novamente a cabeça, começou a recitar de memória a oração episcopal para funerais que tantas vezes lera para os escravos enterrados em Twelve Oaks.

"Eu sou a Ressurreição e a Vida... e aqueles... que acreditam em Mim nunca morrerão."

Não lhe ocorreu toda a oração de imediato, e ele falava lentamente, às vezes caindo em silêncio enquanto esperava que as frases lhe surgissem da memória. Mas esse discurso comedido tornou suas palavras mais impressionantes, e os enlutados que antes estavam de olhos secos começaram a procurar seus lenços. Todos eles, batistas e metodistas rigorosos, mudaram de opinião quanto à cerimônia católica, que antes consideravam fria e papista. Igualmente ignorantes, Scarlett e Suellen acharam as palavras reconfortantes e belas. Só Melanie e Carreen perceberam que um devoto católico irlandês estava sendo deixado em seu descanso eterno pelo serviço fúnebre da Igreja da Inglaterra. Por demais atordoada pelo pesar e pela mágoa com a traição de Ashley, Carreen não conseguiu interferir.

Ao terminar, Ashley abriu seus tristes olhos cinzentos e olhou em volta. Depois de uma pausa, seus olhos encontraram os de Will e ele disse:

— Haverá entre os presentes quem queira dizer alguma coisa?

A Sra. Tarleton se mexeu, nervosa, mas, antes que ela pudesse agir, Will deu um passo à frente e, parado na cabeceira do caixão, começou a falar:

— Amigos — começou em sua voz arrastada —, talvez achem que seja audácia minha tomar a palavra primeiro... eu, que nem conhecia o Sr. O'Hara até cerca de um ano atrás, quando todos aqui o conheciam há vinte anos ou mais. Mas eis minha desculpa. Se ele tivesse vivido mais um mês, pelo menos, eu teria tido o direito de chamá-lo de pai.

Um movimento surpreso percorreu a assistência. Eram bem-educados demais para sussurrar, mas mudaram a posição dos pés e olharam para a cabeça baixa de Carreen. Todos sabiam da muda devoção que ele tinha por ela. Percebendo a direção para onde todos os olhares se voltaram, Will continuou como se nada fosse.

— Assim sendo, como vou me casar com a Srta. Suellen no momento em que o padre vier de Atlanta, achei que talvez isso me desse o direito de falar primeiro.

Essa parte do discurso se perdeu em meio a um burburinho baixo de vozes sibilantes que percorreu o grupo, zangado como o de abelhas. Havia indignação e desapontamento. Todos gostavam de Will, todos o respeitavam pelo que fizera por Tara. Todos sabiam que seu afeto era por Carreen, então a notícia de que se casaria com a vizinha pária lhes caiu mal. O bom e velho Will casando-se com a detestável e furtiva Suellen O'Hara!

O ar ficou tenso por um instante. Os olhos da Sra. Tarleton começaram a piscar, e os lábios, a formar palavras inaudíveis. No silêncio, podia-se ouvir a voz do velho McRae, pedindo ao neto que lhe contasse o que ouvira. Will encarou a todos com a fisionomia ainda conciliatória, mas havia algo em seus pálidos olhos azuis que os desafiava a dizer algo sobre a futura esposa. Por um momento, a balança oscilou entre o afeto sincero que tinham por ele e o desprezo por Suellen. E Will venceu. Continuou como se a pausa que fizera fosse natural.

— Não vi o Sr. O'Hara no auge, como vocês. O que conheci pessoalmente foi um bom cavalheiro que estava um pouco confuso. Mas ouvi todos falarem de como ele era antes. E quero dizer isto: era um irlandês combativo, um cavalheiro sulista e um dos confederados mais leais que já existiram. Não pode haver melhor combinação que essa. E é provável que já não se vejam muitos assim, porque os tempos que geraram homens desse tipo estão mortos como ele. Ele nasceu em um país estrangeiro, mas o homem que estamos enterrando hoje era mais georgiano que qualquer um dos presentes. Viveu nossa vida, amou nossa terra e, pensando bem, morreu por nossa Causa, assim como os soldados. Era um de nós, e tinha nossos pontos fortes e nossos pontos fracos, tinha nossos sucessos e fracassos. Tinha nossos pontos fortes, pois nada o detinha quando tomava uma decisão, e nada que andasse em calçados de couro lhe metia medo. Nada que *viesse de fora* podia derrotá-lo.

"Ele não teve medo do governo inglês quando quiseram enforcá-lo. Simplesmente foi embora. Chegando a este país, ele era pobre, e isso também não o assustou. Começou a trabalhar e ganhou seu dinheiro. Também não se atemorizou de vir para estas terras quando ainda eram meio selvagens e os índios tinham acabado de sair daqui. Transformou uma vasta natureza intocada em uma fazenda. E, quando a guerra veio e o dinheiro começou a ir embora, não teve medo de ficar pobre outra vez. E, quando os ianques vieram para Tara, podendo incendiá-lo ou matá-lo, não se perturbou e não foi derrotado. Simplesmente, plantou os pés no chão e ficou firme. É por isso que digo que tinha nossos pontos fortes. Nada que *venha de fora* pode derrotar qualquer um de nós.

"Mas também tinha nossos pontos fracos, pois podia ser derrotado pelo que vinha de dentro. O que o mundo não conseguiu, o coração conseguiu. Quando a Sra. O'Hara morreu, seu coração morreu, e ele foi derrotado. O que víamos andar por aqui não era ele."

Will fez uma pausa e silenciosamente passou os olhos pelo círculo de rostos. A assistência, de pé sob o sol quente, parecia encantada, e esquecida de qualquer raiva que sentira por Suellen. Os olhos de Will pousaram em Scarlett por um instante e se enrugaram levemente nos cantos, como se internamente ele lhe oferecesse um sorriso de conforto. Scarlett, que estava lutando contra as lágrimas iminentes, sentiu-se reconfortada. Will falava de modo sensato em vez de buzinar sobre reuniões em um mundo melhor e de submeter-se à vontade de Deus. E Scarlett sempre encontrara força e consolo na sensatez.

— E não quero que nenhum dos presentes pense menos dele por ter sido derrotado. Todos vocês, assim como eu, são assim. Temos a mesma fraqueza e a mesma possibilidade de fracassar. Nada que caminhe pode nos derrotar, não mais do que pudesse derrotá-lo, nem os ianques nem os aventureiros do norte, nem as dificuldades ou os altos impostos, nem sequer a fome. Mas essa fraqueza que está em nossos corações pode nos derrotar em um piscar de olhos. Nem sempre é a perda de alguém que se ama que provoca isso, como aconteceu com o Sr. O'Hara. Cada um tem sua mola. E devo dizer o seguinte... aqueles que tiverem sua principal mola arrebentada estão melhor mortos. Não há lugar para eles neste mundo hoje em dia, e ficam mais felizes estando mortos... É por isso que lhes digo que não há motivo de pesar pelo Sr. O'Hara agora. A época de sentir pesar foi quando Sherman veio e ele perdeu a Sra. O'Hara. Agora que seu corpo se foi para encontrar seu coração, não vejo razão para nos sentirmos pesarosos, a menos que sejamos tremendamente egoístas, e digo isso como alguém que o amava como se fosse ao próprio pai... Se não se importam, nada mais será dito. A família está por demais dilacerada para escutar, e não seria gentil.

Will parou e, virando-se para a Sra. Tarleton, disse em voz baixa:

— Será que a senhora poderia levar a Scarlett para dentro de casa? Não é bom para ela ficar tanto tempo de pé debaixo desse sol. E vovó Fontaine também não parece estar muito bem, sem faltar ao respeito.

Assustada com a abrupta atenção sobre si, Scarlett enrubesceu de constrangimento quando todos os olhos se voltaram para ela. Por que Will tinha que anunciar sua já óbvia gravidez? Ela lhe lançou um olhar indignado, mas o olhar plácido de Will não se perturbou.

"Por favor", dizia seu olhar. "Eu sei o que estou fazendo."

Ele já era o homem da casa e, não querendo fazer uma cena, Scarlett se virou desamparada para a Sra. Tarleton. Aquela dama, subitamente distraída, como Will pretendia, dos pensamentos em Suellen para a questão sempre fascinante da procriação, fosse animal ou humana, pegou o braço de Scarlett.

— Vamos para casa, querida.

Sua fisionomia assumiu uma expressão de interesse gentil, absorto, e Scarlett ficou acabrunhada por ser conduzida pelo meio da multidão, que abriu caminho em uma estreita passagem para ela. Houve um murmúrio solidário enquanto ela passava, e diversas mãos se estendiam para lhe dar tapinhas reconfortantes. Quando chegou ao lado de vovó Fontaine, a velha estendeu a mão muito magra e disse:

— Dê-me seu braço, filha. — E com um olhar feroz para Sally e para jovem Srta. Fontaine, acrescentou: — Não, não venham. Não quero vocês.

Passaram lentamente pela multidão, que se fechou atrás delas, e foram subindo o caminho sombreado em direção à casa. Tão ávida por auxiliar, a mão da Sra. Tarleton amparava Scarlett pelo cotovelo, quase a erguendo do chão a cada passo.

— Ora, por que Will fez isso? — exclamou Scarlett, irritada, quando se afastaram do outros. — Ele praticamente disse: "Olhem para ela! Ela está esperando um bebê."

— Bem, mas você está, não é? — disse a Sra. Tarleton. — Will fez bem. Foi tolice sua ficar debaixo do sol quente, quando podia ter desmaiado e até perdido o bebê.

— Will não estava preocupado com isso — disse vovó, um pouco ofegante, enquanto atravessava o jardim da frente rumo aos degraus da entrada. Havia em seu rosto um sorriso matreiro, de quem sabe das coisas. — Will é esperto. Ele não queria nenhuma de nós duas perto do túmulo, Beatrice. Tinha medo do que pudéssemos dizer, e sabia que esse era o único jeito de se livrar de nós... E foi mais que isso. Não queria que Scarlett ouvisse a terra caindo sobre o caixão. E está certo. Lembre-se, Scarlett, enquanto você não ouve esse som, as pessoas não estão mortas para você. Mas quando ouve... Bem, é som mais pavoroso deste mundo... Ajude-me aqui na escada, filha, e me dê uma mão, Beatrice. Scarlett não precisa de sua mão, assim como não precisa de muletas, e eu já não sou tão lépida, como observou Will... Ele sabe que você era a queridinha de seu pai e não queria piorar as coisas. Calculou que não seria tão ruim para suas irmãs. Suellen tem a vergonha para ampará-la, e Carreen, seu Deus. Mas você não tem nada que a ampare, tem, filha?

— Não — respondeu Scarlett, ajudando a anciã a subir as escadas, surpresa com a verdade que soava na voz esganiçada. — Nunca tive nada que me amparasse, além de minha mãe.

— Mas, quando a perdeu, descobriu que conseguia se virar sozinha, não foi? Muita gente não consegue. Seu pai era um deles. Will está certo. Não lastime. Ele não conseguia viver sem Ellen e está mais feliz agora, como vou ficar quando me juntar ao Velho Doutor.

Ela falou sem qualquer desejo de compaixão e as duas ficaram quietas. Falou com tanta naturalidade como se o marido estivesse vivo em Jonesboro e uma curta viagem de charrete os pudesse reunir. Vovó estava muito velha e já vira demais para temer a morte.

— Mas... a senhora também consegue se virar sozinha — disse Scarlett.

A anciã lhe deu uma olhada lúcida.

— Sim, mas às vezes é tremendamente desconfortável.

— Veja bem, vovó — interrompeu a Sra. Tarleton —, a senhora não devia falar assim com Scarlett. Ela já está bastante aborrecida. Como se não bastasse a viagem até aqui, o vestido apertado, o luto e o calor, ela tem o suficiente para fazê-la abortar sem que a senhora acrescente lamentações e mais pesar.

— Pelo manto de Cristo! — exclamou Scarlett, irritada. — Não estou aborrecida! Não sou uma dessas tolas fracotas que abortam!

— Nunca se pode saber — disse a Sra. Tarleton, onisciente. — Perdi meu primeiro quando vi um touro dar uma chifrada em um de nossos negros e... vocês se lembram de minha égua, Nellie? Ora, era a égua de aparência mais saudável que já se viu, mas era nervosa e altamente irritável, e, se eu não ficasse de olho, ela...

— Beatrice, chega — disse vovó. — Scarlett não abortaria. Vamos nos sentar no vestíbulo, onde está fresco. Tem uma boa correnteza aqui. Agora, Beatrice, vá pegar um copo de leitelho, se tiver na cozinha. Ou veja na despensa se tem algum vinho. Eu tomaria um cálice. Vamos ficar aqui sentadas até o pessoal chegar para se despedir.

— Scarlett deveria estar na cama — insistiu a Sra. Tarleton, passando-lhe os olhos com o ar especialista de alguém que calcula uma gestação até o último minuto.

— Vá — disse vovó, cutucando-a com a bengala, e a Sra. Tarleton dirigiu-se à cozinha, atirando o chapéu sobre o aparador e correndo as mãos pelo cabelo ruivo e úmido.

Scarlett se recostou na cadeira e abriu os dois últimos botões do corpete apertado. Estava fresco e sombrio no vestíbulo de pé direito alto, a corrente de ar que passava da frente até os fundos da casa era agradável depois do calor do sol. Ela passou os olhos pela sala onde Gerald fora velado e, tentando não pensar nele, olhou para o retrato de vovó Robillard sobre a lareira. A figura rasgada pelas baionetas, com o cabelo penteado para cima, os seios semiexpostos e a fria insolência, exerceu, como sempre, um efeito tônico sobre ela.

— Não sei o que foi pior para Beatrice Tarleton, perder os filhos ou os cavalos — disse vovó Fontaine. — Nunca deu muita atenção a Jim ou às meninas. É uma daquelas pessoas de quem Will falava. Sua mola principal se arrebentou. Às vezes penso se não seguirá o caminho de seu pai. Nunca ficava feliz sem que cavalos ou humanos estivessem se reproduzindo, e nenhuma das moças se casou, nem têm qualquer perspectiva de agarrar maridos neste condado, então ela não tem com que se ocupar. Se não fosse uma dama de coração, estaria virando uma qualquer... Will falava sério sobre se casar com Suellen?

— Sim — disse Scarlett, olhando nos olhos da anciã. Deus do Céu, ela se lembrava da época em que morria de medo de vovó Fontaine. Bem, tinha crescido desde então e estava pronta para mandá-la para o inferno caso se intrometesse nos assuntos de Tara.

— Ele podia conseguir coisa melhor — disse vovó francamente.

— É mesmo? — disse Scarlett, insolente.

— Não seja insolente, mocinha — disse a anciã acidamente. — Não vou atacar sua preciosa irmã, embora pudesse tê-lo feito se tivesse ficado no camposanto. Refiro à escassez de homens na vizinhança. Will podia se casar com quase qualquer uma das moças. Há as quatro gatas selvagens da Beatrice, as Munroe e as McRae...

— Ele vai se casar com Sue e pronto.

— Ela teve sorte de agarrá-lo.

— Tara teve sorte de agarrá-lo.

— Você adora este lugar, não é?

— Sim.

— Tanto que nem se importa de sua irmã se casar com alguém de outra classe, contanto que tenha um homem para cuidar de Tara.

— Classe? — disse Scarlett, assombrada com a ideia. — Classe? O que interessa classe agora, contanto que uma moça consiga um marido que possa tomar conta dela?

— Isso é discutível — disse a velha. — Algumas pessoas diriam que você está sendo sensata. Outras, que está quebrando regras que deveriam ser sagradas. Will, com certeza, não é uma pessoa fina, e você teve familiares de classe.

Os velhos olhos aguçados se dirigiram para o retrato de vovó Robillard.

Scarlett pensou em Will, magro, sem graça, sempre mastigando um capim, toda a sua aparência destituída de energia, como a da maioria dos caipiras. Não tinha uma longa linhagem de ancestrais de fortuna, proeminência e sangue. O primeiro familiar de Will a pôr os pés na Geórgia podia até ter sido um dos devedores de Oglethorpe, fundador da colônia, ou um servente. Will não frequentara a faculdade. Na verdade, sua educação se resumia a quatro anos em uma escola da roça. Era honesto, leal, paciente e trabalhador, mas não era fino. Sem dúvida, pelos padrões dos Robillard, Suellen estava descendo de nível.

— Então você aprova a entrada de Will em sua família?

— Sim — respondeu Scarlett, feroz, pronta para pular sobre a anciã às primeiras palavras de censura.

— Pode me beijar — disse vovó surpreendentemente, sorrindo de seu modo mais aprovador. — Jamais gostei muito de você até agora, Scarlett. Você sempre foi difícil de lidar, mesmo quando era criança, e não gosto de mulheres difíceis, exceto eu mesma. Mas gosto do modo como encara as coisas. Não faz estardalhaço do que não tem conserto, mesmo que seja desagradável. Salta bem seus obstáculos, como um bom caçador.

Scarlett sorriu, incerta, e deu um beijinho, obediente, na face macilenta que se apresentou. Era agradável escutar palavras de aprovação outra vez, mesmo que não fizesse muita ideia do que significavam.

— Há muita gente por aqui que terá algo a dizer sobre seu consentimento a Sue se casar com um caipira, por mais que todos gostem de Will. Em um único fôlego, dirão que ele é um bom homem e como é terrível que uma O'Hara se case com alguém abaixo de sua condição. Mas não deixe que isso a aborreça.

— Nunca me aborreci com o que as pessoas falam.

— Eu soube. — Havia uma insinuação ácida na velha voz. — Bem, não se importe com o que o disserem. É provável que venha a ser um casamento muito bem-sucedido. É claro, Will sempre parecerá um caipira, e a união não vai melhorar sua gramática. E, mesmo que ganhe algum dinheiro, nunca emprestará a Tara brilho e fulgor, como seu pai. Falta fulgor aos caipiras. Mas Will tem coração de cavalheiro. Ele tem as intuições certas. Ninguém, além de um cavalheiro nato, podia ter percebido o que temos de errado de modo tão preciso como ele acabou de fazer no enterro. Nada em todo este mundo pode nos derrotar, mas podemos derrotar a nós mesmos ao procurar com demasiado afinco por coisas que já não temos... e por relembrar demais. É, Will vai se dar bem com Suellen e em Tara.

— Então a senhora aprova meu consentimento para que ele se case com ela?

— Meu Deus, não! — A velha voz estava cansada, amarga, mas vigorosa. — Aprovar que caipiras se casem com famílias tradicionais? Bah! E eu aprovaria a cruza entre um pangaré e um puro-sangue? Ah, os caipiras são boa gente, sólidos e honestos, mas...

— Mas a senhora disse que achava que seria um casamento bem-sucedido! — exclamou Scarlett, confusa.

— Ah, acho que fará bem a Suellen casar-se com Will, ou com quem quer que seja, porque ela precisa muito de um marido. E onde mais arranjaria um? E onde mais você conseguiria melhor administrador para Tara? Mas isso não significa que eu goste da situação mais do que você.

"Mas eu gosto", pensou Scarlett, tentando captar o que a velha dizia. "Estou contente de que Will vá se casar com Suellen. Por que ela acha que eu deveria me importar? Está presumindo que me importo, assim como ela."

Scarlett ficou intrigada e um pouco envergonhada, como sempre acontecia quando as pessoas lhe atribuíam emoções e motivos próprios e achavam que ela os compartilhava.

A vovó se abanou com a folha de palmeira e continuou rapidamente:

— Não aprovo essa união mais do que você, mas sou prática, assim como você. E, quando se trata de algo desagradável, mas que não tem solução, não vejo sentido em gritar e espernear. Não é assim que resolvemos os altos e baixos da vida. Sei disso porque minha família e a família do Velho Doutor tiveram mais que sua cota de altos e baixos. E, se nossa gente tem um lema, é o seguinte: "Não berre... sorria e aguarde o momento propício." Sobrevivemos a uma porção de coisas desse modo, sorrindo e aguardando nosso momento, e nos tornamos especialistas em sobrevivência. Foi preciso. Sempre apostávamos no cavalo errado. Fugimos da França com os huguenotes, da Inglaterra com os cavaliers, da Escócia com Bonnie Prince Charlie, fugimos do Haiti por causa dos negros e agora fomos derrotados pelos ianques. Mas sempre nos reerguemos em poucos anos. Sabe por quê?

Ela empinou a cabeça, dando a Scarlett a impressão de ser nada mais que um velho papagaio, que tudo sabia.

— Não, tenho certeza de que não sei — respondeu educadamente, mas estava entediada, assim como ficara no dia em que vovó lhe contara suas memórias da revolta dos índios Creek.

— Bem, a razão é a seguinte: cedemos ao inevitável. Não somos trigo, somos trigo-sarraceno! Quando chega uma tormenta, ela arrasa o trigo, porque ele é seco e não se curva com o vento. Mas o trigo-sarraceno maduro tem seiva e se curva. E, depois que o vento passa, ele se reergue, quase tão forte como antes. Não somos uma tribo de pescoço duro. Somos flexíveis quando sopra um vento forte, porque sabemos que vale a pena. Quando o problema chega, nos curvamos ao inevitável sem alarde, trabalhamos, sorrimos e esperamos o momento certo. Aliamo-nos a pessoas inferiores e tiramos o que pudermos delas. E, quando estamos fortalecidos o bastante, chutamos aqueles em cujo lombo montamos. Esse, minha filha, é o segredo de nossa sobrevivência. — E, após uma pausa, ela acrescentou: — Eu o passo a você.

Ela tagarelava como quem se divertisse com as próprias palavras, apesar do veneno embutido. Parecia esperar algum comentário de Scarlett, para quem aquilo fazia pouco sentido, e nada lhe ocorria a dizer.

— É isso mesmo — continuou a velha —, nossa gente fica arrasada, mas se reergue, e isso é mais do que posso dizer de muita gente não distante daqui. Veja Cathleen Calvert. Veja a que ponto ela chegou. Uma branca pobre! E muito inferior ao homem com quem se casou. Veja a família McRae. Arrastando-se no chão, impotentes, não sabem o que fazer, não sabem nada. Nem sequer tentam. Passam o tempo se lamentando pelos velhos tempos. E veja só... bem, veja quase todos neste condado, exceto meu Alex e minha Sally, você, Jim Tarleton e suas meninas e alguns outros. O resto quebrou porque não tinha seiva, porque não tinha a iniciativa para se reerguer. Nunca houve nada para essa gente além de dinheiro e escravos, e agora, que dinheiro e escravos se foram, sua próxima geração será de caipiras.

— A senhora se esqueceu dos Wilkes.

— Não me esqueci, não. Só quis ser educada e não mencioná-los, vendo que Ashley é hóspede sob este teto. Mas já que tocou no assunto... olhe só para eles! India, que segundo me consta já é uma solteirona estéril, dando-se todos os ares de viúva porque Stu Tarleton morreu e sem fazer qualquer esforço para esquecê-lo e tentar agarrar outro homem. É claro que está velha, mas podia arranjar um viúvo com uma família grande se tentasse. E Honey sempre foi uma tola doida por homens, sem ter mais juízo que uma galinha-d'angola. E, quanto a Ashley, olhe só para ele!

— Ashley é um homem muito bom — começou Scarlett, esquentada.

— Nunca disse que não era, mas é tão impotente quanto uma tartaruga caída de costas. Se a família Wilkes superar esses tempos difíceis, será por Melly, não por Ashley.

— Melly! Meu Deus, vovó! Do que a senhora está falando? Já morei com Melly por bastante tempo para saber que é fraca, medrosa e não tem coragem de assustar um ganso.

— Ora, por que alguém quereria assustar um ganso? Sempre me pareceu uma perda de tempo. Ela pode não assustar um ganso, mas assustaria o mundo, o governo ianque ou qualquer outra coisa que ameaçasse seu precioso Ashley, seu menino ou suas noções de nobreza. O modo de ser dela não é como o seu, Scarlett, nem como o meu. É o modo como sua mãe teria agido se estivesse viva. Melly me lembra sua mãe, quando era jovem... E talvez seja ela que recupere a família Wilkes.

— Bem, Melly é uma bobinha bem-intencionada, mas a senhora está sendo bastante injusta com Ashley. Ele é...

— Ah, sua tola! Ashley foi criado para ler livros e mais nada. Isso não ajuda um homem a sair de uma situação difícil como a que estamos vivendo. Pelo que sei, ele é a pior mão de obra em um arado em todo o condado! Compare com meu Alex! Antes da guerra, Alex era o mais inútil dos dândis e nunca pensava em nada além de uma nova gravata, em bebida, em sair por aí dando tiros e em perseguir moças que não eram tão boas quanto deveriam. Mas olhe para ele agora! Aprendeu a ser fazendeiro porque a necessidade o obrigou. Teria morrido de fome, assim como todos nós. Agora cultiva o melhor algodão do condado, sim senhora! Muito melhor que o de Tara! E ele sabe o que fazer com os leitões e com as galinhas. Ah! É um bom rapaz, apesar do gênio. Sabe como esperar seu momento e muda junto com as mudanças, e, quando acabar toda a infelicidade desta Reconstrução, você verá meu Alex como um homem tão rico como o pai e o avô eram. Mas Ashley...

Scarlett estava exasperada pela desconsideração da anciã por Ashley.

— Acho que tudo isso não passa de chavão — disse ela friamente.

— Mas não deveria — disse vovó, fixando nela um olhar aguçado. — Pois é exatamente o curso que anda seguindo desde que foi para Atlanta. Ah, é! Temos sabido de suas travessuras, mesmo estando enterradas aqui no interior. Você também mudou com as mudanças. Sabemos como anda sugando os ianques, os brancos ordinários e os aventureiros novos-ricos para lhes arrancar dinheiro. Pelo que ouço, age com frieza. Bem, vá em frente, é o que digo. Tire deles cada centavo que conseguir, mas, quando tiver dinheiro suficiente, chute-os bem na cara, porque de nada mais poderão lhe servir. Não deixe de fazê-lo e faça-o com categoria, pois ter gente ordinária pendurada na cauda de seu casaco pode arruiná-la.

Scarlett olhou a velha, a testa se enrugando no esforço para digerir suas palavras. Ainda não faziam muito sentido para ela, que ainda estava zangada por Ashley ter sido chamado de tartaruga virada de costas.

— Acho que a senhora está errada sobre Ashley — disse ela abruptamente.

— Scarlett, você não é esperta.

— É a senhora que pensa — retrucou ela grosseiramente, desejando que fosse permitido socar o maxilar de velhas.

— Ah, você é bem esperta no que se refere a dólares e centavos. Esse é um modo masculino de ser esperta. Mas, como mulher, você não é nem um pouco esperta. Não tem uma pontinha de esperteza em relação às pessoas.

Os olhos de Scarlett começaram a piscar fogo e seus punhos se cerravam e abriam.

— Eu lhe afaguei e lhe deixei zangada, não é? — perguntou a anciã, sorrindo.

— Era bem essa minha intenção.

— Ah, então era? E por quê, poderia me dizer?

— Eu tinha uma série de boas razões.

Vovó se reclinou na cadeira e subitamente Scarlett se deu conta de quanto parecia cansada e incrivelmente velha. As mãozinhas que lembravam garras cruzadas sobre o leque estavam amareladas e pareciam cera, como as de um morto. A raiva se foi de seu coração quando lhe ocorreu um pensamento. Inclinou-se e segurou uma das mãos dela entre as suas.

— A senhora é uma bela mentirosa — disse ela. — Não quis dizer nada com toda essa conversa sem sentido. Só estava falando para distrair meu pensamento de papai, não é?

— Não perca tempo comigo! — disse a anciã, resmungando, puxando a mão. — Parte por isso, parte porque estava dizendo a verdade, e você é burra demais para perceber.

Mas ela deu um meio sorriso e tirou a ferroada do tom de suas palavras. O coração de Scarlett se esvaziou da ira por causa de Ashley. Era bom saber que vovó não falara sério sobre tudo aquilo.

— Obrigada mesmo assim. Foi gentileza sua falar comigo... e fico contente que me apoie sobre Will e Suellen, mesmo que... mesmo que muitas outras pessoas reprovem.

A Sra. Tarleton veio pelo corredor, carregando dois copos de leitelho. Ela era péssima em todas as coisas domésticas, e os copos estavam cheios demais.

— Tive que ir até a casa de refrigeração para conseguir isto — disse ela. — Bebam logo porque o pessoal está chegando do campo-santo. Scarlett, vai mesmo deixar Suellen se casar com Will? Não que ele não seja até bom demais para ela, mas você sabe que é um caipira e...

Os olhos de Scarlett encontraram os de vovó. Uma faísca travessa nos olhos da anciã encontrou resposta nos seus.

Capítulo 41

Após a última despedida e depois que o último som de rodas e cascos desapareceu, Scarlett foi até o gabinete de Ellen e tirou um objeto brilhante que escondera na noite anterior entre os papéis amarelados do escaninho da escrivaninha. Ouvindo Pork a fungar na sala de jantar enquanto botava a mesa para o almoço, chamou-o. Ele foi até ela, a fisionomia desamparada como a de um cão perdido e sem dono.

— Pork — disse ela com firmeza —, se você chorar mais uma vez... vou chorar também. Precisa parar.

— Sim, sinhá. Tô tentano, mas toda vez eu penso no sinhô Gerald e...

— Bem, não pense. Posso aguentar as lágrimas de todos os outros, menos as suas. É que — ela revelou gentilmente — não posso aguentar as suas porque sei quanto você o amava. Assoe o nariz, Pork. Tenho um presente para você.

Um leve interesse tremeluziu nos olhos de Pork enquanto ele assoava o nariz, mas foi mais por educação que interesse.

— Você se lembra daquela noite em que lhe deram um tiro quando lhe pegaram roubando um galinheiro?

— Sinhô do Céu, sinhá Scarlett! Eu nunca...

— Você fez isso sim, então não venha mentir para mim depois de tanto tempo. Lembra-se de que eu lhe disse que lhe daria um relógio por toda a sua lealdade?

— Sim, sinhá, eu me alembro. Magino que a sinhá num esqueceu.

— Não, não me esqueci, e aqui está.

Ela lhe entregou um grande relógio de ouro maciço com uma corrente pendurada cheia de berloques.

— Por Deus, sinhá Scarlett! — exclamou Pork. — É o relógio do sinhô Gerald! Eu vi ele olhá pra esse relógio um mião de vez!

— Sim, é o relógio de papai, Pork, e o estou dando para você. Tome.

— Ah, não, sinhá! — Pork recuou horrorizado. — Isso é relógio de cavalero branco e do sinhô Gerald. Como que que a sinhá pode querê dá ele pra eu, sinhá Scarlett? Esse relógio é do pequeno Wade Hampton de direito.

— Agora é seu. O que Wade Hampton fez por papai? Cuidou dele quando ficou doente e fraco? Banhou, vestiu e barbeou papai? Ficou a seu lado quando os ianques chegaram? Roubou por ele? Não seja tolo, Pork. Se alguém já mereceu um relógio, foi você, e sei que papai aprovaria. Tome.

Ela pegou a mão negra e pôs o relógio em sua palma. Pork olhou para ele com reverência e lentamente o deleite se espalhou por seu rosto.

— Pra mim de verdade, sinhá Scarlett?

— De verdade mesmo.

— Bão... brigado, sinhá.

— Quer que eu o leve para Atlanta para gravá-lo?

— Que que é isso? — A voz de Pork era de desconfiança.

— Quer dizer escrever atrás, algo como... "Para Pork, dos O'Hara. Muito bem, servo bom e fiel."

— Não, brigado, sinhá. Dexa pra lá — Pork recuou um passo, segurando o relógio com firmeza.

Um leve sorriso passou pelos lábios dela.

— Qual é o problema, Pork? Não confia que eu vá trazê-lo de volta?

— Não, sinhá. Confio sim... só que, bão, a sinhá pode trocá de ideia.

— Eu não faria isso.

— Bão, a sinhá pode vendê ele. Magino que vale um tanto de dinhero.

— Você acha que eu venderia o relógio de papai?

— Acho, sinhá, se precisava do dinhero.

— Você merece apanhar por isso, Pork. Estou pensando em pegar o relógio de volta.

— Não, sinhá, num vai, não! — O primeiro leve sorriso do dia apareceu no rosto abatido de Pork. — Conheço vosmecê... e sinhá Scarlett...

— Sim, Pork?

— Se vosmecê fosse metade de boa pros branco que é pros nêgo, acho que o mundo ia te tratá mió.

— Já me trata bem o bastante — disse ela. — Agora vá procurar pelo sinhô Ashley e diga a ele que quero lhe falar, imediatamente!

Ashley sentou-se na cadeira baixa de Ellen, o corpo longo parecendo diminuir a frágil mobília, enquanto Scarlett lhe oferecia metade dos lucros da serraria. Nem uma vez ele a olhou nos olhos nem a interrompeu. Ficou sentado encarando as próprias mãos, virando-as lentamente, inspecionando primeiro as palmas, depois as costas, como se nunca as tivesse visto. Apesar do trabalho duro, ainda tinham uma aparência fina e delicada e, para um fazendeiro, estavam notavelmente bem-cuidadas.

A cabeça baixa e seu silêncio a perturbaram um pouco, e ela redobrou os esforços para tornar a serraria atraente. Exibiu também todo o encanto do sorriso e do olhar que possuía, mas foi em vão, pois ele não ergueu a vista. Se ao menos olhasse para ela! Sem aludir à informação dada por Will sobre sua decisão de ir para o norte, falou como se não houvesse obstáculo algum a seus planos. Ele continuou quieto e, por fim, ela acabou se calando, alarmada ante a resolução de sua postura. Com certeza, ele não recusaria! Que razão convincente teria para recusar?

— Ashley — começou ela novamente, e fez uma pausa. Não pretendera usar sua gravidez como argumento, tinha repelido a ideia de Ashley vê-la tão inchada e feia, mas, como seus outros argumentos não pareciam tê-lo impressionado, decidiu usá-la junto a seu desamparo como última carta. — Você deve ir para Atlanta. Preciso muito de sua ajuda agora, pois não posso cuidar das serrarias. Talvez se passem meses antes que eu possa, porque... você sabe... bem, porque...

— Por favor! — disse ele asperamente. — Meu Deus, Scarlett!

Ele se levantou, foi abruptamente até a janela e ficou de costas para ela, observando a solene fileira de patos desfilando pelo pátio do estábulo.

— É por... isso que você não olha para mim? — perguntou ela, infeliz. — Sei que estou...

Ele se virou de modo tão repentino e seus olhos cinzentos encontraram os dela com tal intensidade que ela levou as mãos à garganta.

— Dane-se sua aparência — disse ele com um rápido tom de violência — Você sabe que está sempre linda para mim.

A felicidade a inundou até seus olhos ficarem marejados de lágrimas.

— Que gentileza a sua! Pois estava envergonhada de deixá-lo me ver assim...

— Você, envergonhada? Por que deveria se envergonhar? Sou eu quem tinha de sentir vergonha, e sinto. Se não fosse por minha estupidez, você não estaria nesse apuro. Nunca teria se casado com Frank. Eu nunca deveria tê-la deixado sair de Tara no inverno passado. Que idiota eu fui! Devia ter me dado conta... me dado conta de que você estava desesperada, tão desesperada que faria... eu devia... devia... — Seu rosto ficou abatido.

O coração de Scarlett batia loucamente. Ele se arrependia de não ter fugido com ela!

— O mínimo que eu deveria ter feito era sair roubando pela estrada ou ter cometido um assassinato para conseguir o dinheiro dos impostos, quando você nos recebeu como mendigos. Ah, eu estraguei tudo!

O coração dela se contraiu de decepção, e parte da alegria se foi, pois não eram essas as palavras que esperava ouvir.

— Eu teria ido de qualquer modo — disse ela, cansada. — Nunca deixaria que fizesse nada disso. E, de qualquer forma, agora está feito.

— Sim, agora está feito — disse ele lentamente, com amargura. — Não me deixaria perder a honra, mas se vendeu a um homem que não amava... e carrega o filho dele para que minha família e eu não passemos fome. Foi bondade sua abrigar minha impotência.

Seu tom de voz demonstrava uma ferida aberta que lhe doía por dentro, e aquelas palavras a envergonharam. Ele logo percebeu, e sua expressão tornou-se gentil.

— Acha que eu a estava culpando? Deus do Céu, Scarlett! Não. Você é a mulher mais corajosa que já conheci. É a mim que estou culpando.

Ele se virou e olhou pela janela outra vez, e seus ombros já não estavam tão retos. Scarlett aguardou um longo momento em silêncio, esperando que Ashley retornasse à disposição com que falara de sua beleza, esperando que dissesse mais palavras para ela guardar na lembrança. Fazia muito que não o via, e desde então vivera de memórias que agora mal se sustavam. Sabia que ele ainda a amava. Isso era evidente em cada um de seus traços, em cada palavra amarga, de autocondenação, em seu ressentimento por ela estar carregando o filho de Frank. Queria que ele colocasse tudo isso em palavras, queria, ela mesma, lhe falar coisas que provocariam uma confissão, mas não ousou. Lembrou-se da promessa que fizera no inverno anterior no pomar, que nunca mais se atiraria sobre ele. Com tristeza, sabia que precisava cumprir aquela promessa se quisesse Ashley por perto. Uma súplica de amor, um olhar que pedisse por seus braços e a situação se decidiria para sempre. Certamente, Ashley iria para Nova York. E isso não podia acontecer.

— Ah, Ashley, não se culpe! Como poderia ser culpa sua? Você irá para Atlanta e me ajudará, não é?

— Não.

— Mas, Ashley — sua voz começava a se descontrolar de angústia e decepção —, eu estava contando com isso. Preciso de você. Frank não pode me ajudar. Está ocupado com a loja e, se você não for, não sei onde vou conseguir alguém! Todos que são espertos em Atlanta estão ocupados com os próprios negócios e os outros são tão incompetentes e...

— Não adianta, Scarlett.

— Quer dizer que prefere viver em Nova York entre os ianques a ir para Atlanta?

— Quem lhe contou isso? — Ele se virou e a encarou, uma leve contrariedade lhe enrugando a testa.

— Will.

— Sim, decidi ir para o norte. Um velho amigo que fez o *Grand Tour* comigo antes da guerra me ofereceu um cargo no banco do pai dele. É melhor assim, Scarlett. Eu não lhe serviria de grande coisa. Não entendo nada do comércio de madeira.

— Mas sabe menos ainda sobre bancos, o que é muito mais difícil! E sei que eu levaria muito mais em conta sua inexperiência do que os ianques!

Ele estremeceu e ela percebeu que dissera a coisa errada. Virando-se, ele olhou pela janela de novo.

— Não quero ninguém me fazendo concessões. Quero depender de mim mesmo, pelo que valho. Que foi que eu fiz de minha vida até agora? Já é hora de ser alguém... ou encarar a derrocada por própria culpa. Já fui seu pensionista por tempo demais.

— Mas estou lhe oferecendo uma participação de cinquenta por cento na serraria, Ashley! Você estaria dependendo de si mesmo... entende, seria seu próprio negócio.

— Daria no mesmo. Eu não estaria comprando a metade da participação. Estaria recebendo de presente. E já aceitei muitos presentes de você, Scarlett... comida, abrigo e até roupas para mim, Melanie e o bebê. E nada lhe dei em troca.

— Ah, deu, sim. Will não teria conseguido...

— Já consigo rachar lenha muito bem agora.

— Ah, Ashley! — exclamou desesperada, com lágrimas nos olhos diante da nota debochada em sua voz. — O que aconteceu a você desde minha partida? Fala de modo tão duro e amargo! Você não era assim.

— O que aconteceu? Uma coisa notável, Scarlett. Andei pensando. Creio que não pensei desde a época da rendição até você ir embora. Vivia aéreo e era suficiente que tivesse cama e comida. Mas, quando você foi para Atlanta, carregando o fardo de um homem, vi-me inferior a um homem... na verdade, muito inferior a uma mulher. Não é agradável conviver com essa ideia, e não pretendo continuar. Outros homens chegaram da guerra com o mesmo que eu, e olhe para eles agora. Portanto, estou indo para Nova York.

— Mas... não entendo! Se é trabalho o que você quer, por que Atlanta não serve tão bem quanto Nova York? E minha serraria...

— Não, Scarlett. Esta é minha última chance. Vou para o norte. Se for para Atlanta e ficar trabalhando para você, estarei perdido para sempre.

A palavra "perdido... perdido... perdido..." soava assustadora em seu coração, como o ribombar de um sino que anuncia a morte. Seus olhos correram para os dele, bem abertos e cristalinos, olhando através dela, além dela, para algum destino que ela não conseguia enxergar, não conseguia entender.

— Perdido? Quer dizer... fez algo que pode levar os ianques de Atlanta a prendê-lo? O fato de ter ajudado Tony a fugir ou... ou... Ah, Ashley, você não está na Ku Klux, está?

Seu olhar distante voltou rapidamente para ela e ele deu um breve sorriso que não lhe alcançou os olhos.

— Eu tinha me esquecido do quanto você é literal. Não, não é dos ianques que tenho medo. Quero dizer que, se for para Atlanta e aceitar sua ajuda novamente, enterro qualquer esperança de ser alguém por conta própria.

— Ah — ela suspirou aliviada —, se é só isso...

— Sim — confirmou e sorriu outra vez, um sorriso mais frio que o anterior.

— Só isso. Apenas meu orgulho masculino, meu respeito por mim mesmo e, se quiser assim chamar, minha alma imortal.

— Mas — ela tomou outro rumo — você podia aos poucos comprar a serraria de mim e seria sua, então...

— Scarlett — interrompeu ele, decidido —, estou dizendo que não! Há outros motivos.

— Quais?

— Você sabe melhor que qualquer outro ser vivente.

— Ah... aquilo? Mas... vai ficar tudo bem — assegurou ela rapidamente.

— Eu prometi, não foi, lá no pomar, no inverno passado, e vou manter minha promessa e...

— Então você está mais segura de si mesma do que eu. Não contaria comigo mesmo para manter aquela promessa. Não deveria ter dito isso, mas preciso fazê-la entender. Scarlett, eu não vou mais falar nisso. Está acabado. Depois do casamento de Will e Suellen, eu vou para Nova York.

Os olhos arregalados, atormentados, encontraram os dela por um instante e depois ele atravessou o gabinete depressa. Estava com a mão no trinco da porta. Scarlett o olhava, agoniada. A entrevista acabara e ela perdera. Subitamente enfraquecida pela tensão e pelo pesar do dia, acrescidos da atual decepção, em um abrupto acesso nervoso, ela gritou: "Ah, Ashley!" E jogando-se no velho sofá, caiu em um choro convulsivo.

Ela ouviu os passos incertos vindo até ela e a voz impotente pronunciando seu nome repetidamente acima da cabeça. Houve um rápido ruído de passos vindo da cozinha pelo corredor e Melanie irrompeu no gabinete, os olhos alarmados.

— Scarlett... o bebê não está...?

Scarlett afundou a cabeça no estofamento empoeirado e gritou de novo.

— Ashley... ele é tão mesquinho! Tão cruel... tão detestável!

— Ah, Ashley, o que fez a ela? — Melanie se jogou no chão, ao lado do sofá, e segurou Scarlett nos braços. — O que você disse? Como pôde? Podia provocar a chegada do bebê! Venha, minha querida, ponha a cabeça no ombro da Melanie! O que há de errado?

— Ashley... ele é tão... tão teimoso e detestável!

— Ashley, estou surpresa com você! Aborrecê-la tanto neste estado e com o Sr. O'Hara recém-enterrado!

— Não brigue com ele! — exclamou Scarlett, sem lógica, erguendo a cabeça do ombro de Melanie, o cabelo preto desgrenhado saindo da rede e o rosto banhado em lágrimas. — Ele tem o direito de fazer o que quiser!

— Melanie — disse Ashley, o rosto lívido —, deixe-me explicar. Scarlett teve a gentileza de me oferecer um cargo em Atlanta, como gerente de uma das serrarias...

— Gerente?! — exclamou ela, indignada. — Ofereci metade da participação e ele...

— E eu disse que já tínhamos combinado de ir para o norte e ela...

— Ah — exclamou Scarlett, começando a soluçar novamente. — Eu falei e falei de quanto precisava dele... que não conseguiria outra pessoa para cuidar da serraria... por causa do bebê... e ele se recusou a ir! E agora... agora, terei que vender a serraria e sei que não vou conseguir um preço bom, vou perder dinheiro e acho que podemos passar fome, mas ele não liga. É tão mesquinho!

Outra vez enfiando a cabeça no ombro franzino de Melanie, parte de sua angústia real sumiu enquanto aparecia uma faísca de esperança. Ela podia sentir que no coração dedicado de Melanie havia um aliado, sentia sua indignação por qualquer um, mesmo seu amado marido, que fizesse Scarlett chorar. Melanie voou até Ashley como uma pombinha decidida e deu-lhe uma bicada, pela primeira vez na vida.

— Ashley, como pôde lhe recusar alguma coisa? Depois de tudo o que ela fez por nós! Como nos faz parecer ingratos! E ela tão desamparada com o beb... Que descortês de sua parte! Ela nos ajudou quando precisávamos e agora você se nega quando ela precisa!

Scarlett olhou para Ashley de soslaio e viu surpresa e incerteza estampadas em seu rosto enquanto ele encarava os olhos escuros indignados de Melanie. Scarlett também ficou surpresa diante do vigor do ataque de Melanie, pois sabia que ela considerava o marido irrepreensível e achava que suas decisões só eram menos importantes que as de Deus.

— Melanie... — começou ele e depois soltou os braços, impotente.

— Ashley, como pôde hesitar? Pense no que ela fez por nós... por mim! Eu teria morrido em Atlanta quando Beau nasceu se não tivesse sido por ela! E ela... sim, ela matou um ianque nos defendendo. Você sabia disso? Matou um homem por nós. E trabalhou feito uma escrava antes de você e Will virem para casa, só para nos alimentar. E, quando penso nela arando e colhendo algodão, eu podia...

Ah, minha querida! — E ela segurou a cabeça de Scarlett e beijou-lhe o cabelo, em uma lealdade arrebatada. — E agora, na primeira vez em que nos pede para fazer algo por ela...

— Você não precisa me dizer o que ela fez por nós.

— E Ashley, pense só! Além de ajudá-la, pense só no que significaria para nós morar em Atlanta entre nossa gente, sem ter que viver entre os ianques! Tem a titia e tio Henry e todos os nossos amigos. Além disso, Beau pode ter um monte de amigos e ir à escola. Se fôssemos para o norte, não poderíamos deixá-lo ir à escola para se relacionar com crianças ianques e conviver com negrinhos na sala de aula! Precisaríamos de uma governanta e não sei como poderíamos sustentar...

— Melanie — disse Ashley, e sua voz estava mortalmente calma —, você quer tanto assim ir para Atlanta? Nunca disse isso quando conversamos a respeito de ir para Nova York. Você nunca insinuou...

— Ah, mas quando falamos sobre ir para Nova York, eu achava que não havia nada para você em Atlanta e, além disso, não me cabia dizer nada. O dever de uma esposa é seguir seu marido aonde ele for. Mas, agora que Scarlett precisa de nós e tem um cargo que só você pode preencher, podemos ir para casa! Para casa! — Sua voz estava em êxtase quando abraçou Scarlett. — Vou ver Five Points outra vez e a estrada dos Pessegueiros e... e... Ah, como senti saudades de tudo aquilo! E talvez pudéssemos ter uma casinha só nossa! Eu não me importaria que fosse pequena e barata, mas uma casa nossa!

Seus olhos resplandeciam de entusiasmo e felicidade e os dois olhavam para ela, Ashley com um olhar espantado, Scarlett com surpresa misturada a vergonha. Nunca lhe ocorrera que Melanie sentisse tanta saudade de Atlanta e quisesse voltar, que desejasse tanto uma casa só dela. Ela parecia tão contente em Tara que o fato de estar saudosa de casa foi um choque para Scarlett.

— Ah, Scarlett, que bondade a sua planejar isso tudo para nós! Você sabia quanto eu sentia falta de casa!

Como sempre, quando se confrontava com o hábito de Melanie de atribuir valores ao que não tinha valor algum, Scarlett ficou envergonhada e irritada, a ponto de não conseguir olhar para nenhum dos dois.

— Podíamos ter uma casinha só nossa. Você se dá conta de que já estamos casados há cinco anos e nunca tivemos uma casa?

— Podem ficar na tia Pitty. A casa é de vocês — murmurou Scarlett, brincando com uma almofada, com os olhos baixos para ocultar o triunfo ao perceber que venceria.

— Não, mas obrigada assim mesmo, querida. Ficaríamos todos amontoados. Nós conseguiremos uma casa... Ah, Ashley, diga que sim!

— Scarlett — disse Ashley, a voz neutra —, olhe para mim.

Assustada, ela olhou para cima e encontrou os olhos cinzentos, amargos e cheios de cansaço pela tentativa frustrada.

— Scarlett, eu vou para Atlanta... Não posso lutar contra vocês duas.

Ele se virou e saiu do gabinete. Parte do triunfo em seu coração foi amortecida por um medo inoportuno. A expressão dos olhos dele era a mesma de quando dissera que estaria perdido para sempre se fosse para Atlanta.

Depois que Suellen e Will se casaram e Carreen partiu para o convento em Charleston, Ashley, Melanie e Beau foram para Atlanta, levando Dilcey, para cozinhar e servir de babá. Prissy e Pork ficaram em Tara aguardando até que Will conseguisse outros negros para ajudá-los no campo, quando então eles também iriam para a cidade.

A casinha de tijolos que Ashley conseguiu para a família ficava na rua Ivy, bem atrás da casa de tia Pitty, e os dois quintais se uniam, separados apenas por uma cerca malcuidada de alfeneiros. Melanie a escolhera especialmente por isso. Em sua primeira manhã em Atlanta, enquanto ria, chorava e abraçava Scarlett e tia Pitty, ela disse que ficara separada dos seus bem-amados por tanto tempo que nunca estaria perto o bastante.

Originalmente, a casa tinha dois andares, mas o superior fora destruído pelas bombas durante o cerco e, ao retornar após a rendição, o proprietário não tivera dinheiro para reconstruí-lo. Contentara-se em colocar um teto reto sobre o primeiro andar, o que dava à construção a aparência desproporcional de uma casa de bonecas feita de caixas de sapato. A casa era elevada do solo, tendo sido construída sobre um grande porão, e a longa escadaria circular que levava até a entrada lhe dava um aspecto levemente ridículo. Mas a aparência atarracada era parcialmente redimida pelos dois enormes carvalhos antigos que lhe faziam sombra e por uma magnólia carregada de botões brancos que ficava ao lado da escadaria. O gramado era vasto e verde, cheio de trevos, rodeado por uma cerca de alfeneiros, entremeada pela aromática madressilva. Aqui e acolá no gramado, as roseiras lançavam brotos de velhos talos esmagados e as flores brancas e rosadas de murta floresciam corajosas, como se a guerra não tivesse passado por suas cabeças e os cavalos ianques não tivessem esmagado seus galhos.

Scarlett achou-a a casa mais feia que já vira, mas para Melanie nem Twelve Oaks, em todo o seu esplendor, fora mais bonita. Era um lar e, enfim, ela, Ashley e Beau estavam sob o próprio teto.

India Wilkes voltara de Macon, onde morava com Honey desde 1864, e passara a residir com o irmão, comprimindo os ocupantes da pequena casa, mas Ashley e Melanie a receberam bem. Os tempos tinham mudado, o dinheiro era escasso, mas nada alterara a regra da vida sulista de que as famílias sempre abriam espaço para parentes desprovidos ou solteiras.

Honey se casara e, segundo India, fizera uma união inferior, com um homem rude do Mississippi que se estabelecera em Macon. Ele tinha o rosto corado, voz alta e modos expansivos. India não aprovara o casamento e, assim sendo, não estava feliz na casa do cunhado. A notícia de que agora Ashley tinha a própria casa a deixara contente, pois poderia afastar-se da companhia incompatível e da penosa visão da irmã tão apaixonadamente feliz com um homem que não lhe fazia jus.

No íntimo, o resto da família achou que a risonha e simplória Honey tinha superado as expectativas e se maravilhou por ela ter arranjado um homem, qualquer que fosse. Seu marido era um cavalheiro e tinha algumas posses; mas, para India, nascida na Geórgia e criada sob as tradições da Virgínia, qualquer um que não pertencesse ao lado leste do litoral era colono e bárbaro. Provavelmente, o marido de Honey estava tão feliz de se ver livre de sua companhia quanto ela da dele, pois não estava nada fácil conviver com ela atualmente.

O manto da solteirice definitivamente se depositara em seus ombros. Ela tinha 25 anos e os aparentava, portanto já não havia nenhuma necessidade de tentar ser atraente. Seus pálidos olhos despidos de pestanas viam o mundo de modo direto e intransigente, e os lábios finos estavam sempre altivamente contraídos. Ela trazia agora um ar de dignidade e orgulho que, por estranho que parecesse, lhe caía melhor que a determinada doçura juvenil de seus dias em Twelve Oaks. Assumia quase a posição de uma viúva. Todos sabiam que Stuart Tarleton teria se casado com ela se não tivesse morrido em Gettysburg, e assim lhe concediam o respeito devido a uma mulher que fora desejada, mesmo sem ter se casado.

Os seis cômodos da casinha da rua Ivy foram logo mobiliados com os móveis mais baratos de pinho e carvalho que havia na loja de Frank, pois, como Ashley não tinha um tostão e fora forçado a comprar a crédito, recusara-se a aceitar qualquer coisa de maior valor, adquirindo apenas o estritamente necessário. Isso afligiu Scarlett e deixou Frank constrangido, pois ele gostava muito de Ashley. Tanto ela quanto Frank teriam cedido de graça o melhor mogno ou jacarandá entalhado que havia na loja, mas os Wilkes recusaram de modo obstinado. A casa deles era dolorosamente feia e vazia. Scarlett odiava ver Ashley morando naquele lugar sem tapetes nem cortinas. Mas ele não parecia notar o ambiente, e Melanie, pela primeira vez, desde que se casara, dona da própria casa, estava tão contente que chegava a se orgulhar do espaço. Scarlett teria sofrido de agonia e humilhação se os amigos a vissem sem cortinas, tapetes, o número certo de cadeiras, xícaras e colheres de chá. Mas Melanie fazia as honras da casa como se tivesse cortinas suntuosas e brocados.

Apesar da óbvia felicidade, Melanie não estava bem. O pequeno Beau lhe custara a saúde, e o trabalho duro em Tara desde o nascimento lhe cobrara um pouco mais das forças. Estava tão magra que os ossos miúdos pareciam prontos a lhe atravessar a pele alva. Vista de certa distância, brincando com o filho no quintal, parecia uma menininha, pois a cintura era incrivelmente fina e a silhueta, reta. Não tinha seios, e seus quadris eram tão estreitos quanto os do pequeno Beau. E, como não possuía a vaidade nem o bom-senso (na opinião de Scarlett) de franzir o peito do corpete ou de colocar enchimentos no espartilho, sua magreza ficava evidente. Como o corpo, seu rosto estava magro demais, além de muito pálido, e as sedosas sobrancelhas, arqueadas e delicadas como antenas de borboleta, destacavam-se muito escuras em oposição à pele descorada. Os olhos eram grandes demais para seu rosto miúdo, as olheiras escuras faziam-nos parecer enormes, mas a expressão não se modificara desde os tempos de sua meninice despreocupada. A guerra, a dor constante e o trabalho duro tinham sido impotentes contra sua doce tranquilidade. Eram os olhos de uma mulher feliz, que podia ser cercada pelas tormentas sem que sua serenidade fosse abalada.

Como podia manter esse olhar, pensava Scarlett com inveja, reconhecendo que os próprios olhos às vezes pareciam os de uma gata faminta. O que fora mesmo que Rhett dissera sobre os olhos de Melanie... alguma tolice sobre serem como velas? Ah, sim, duas grandes proezas em um mundo malicioso. Sim, eram como velas protegidas de todos os ventos, duas luzes suaves brilhando de alegria por estar em casa outra vez entre os amigos.

A casinha estava sempre cheia. Mesmo quando criança, Melanie sempre fora querida, e a cidade corria para lhe dar as boas-vindas. Todos compraram presentes para a casa, bugigangas, quadros, uma ou duas colheres de prata, fronhas de linho, guardanapos, pequenos artigos que tinham salvado de Sherman e guardado como tesouros, mas que agora juravam não lhes ser de qualquer utilidade.

Velhos que tinham estado na Guerra do México com seu pai iam visitá-la, levando visitantes para conhecer "a doce filha do velho coronel Hamilton". As antigas amigas de sua mãe reuniam-se a seu redor, pois Melanie tinha uma respeitosa deferência pelos idosos que era muito tranquilizante para as anciãs nesses tempos rebeldes em que os jovens pareciam ter se esquecido das boas maneiras. Suas contemporâneas, as jovens esposas, mães e viúvas, a adoravam porque sofrera o mesmo que elas, não ficara amargurada e sempre lhes emprestava um ouvido solidário. Os jovens apareciam, como sempre fazem, porque se divertiam na casa dela, e lá encontravam os amigos que procuravam.

Em torno da pessoa diplomática e modesta que era Melanie, rapidamente se formou uma roda de jovens e idosos que representavam o melhor que restara da sociedade pré-guerra de Atlanta, todos de bolsos vazios, todos orgulhosos da família, obstinados da mais resistente variedade. Era como se a sociedade de Atlanta, varrida e arruinada pela guerra, depauperada pela morte, desnorteada pela mudança, tivesse encontrado nela um núcleo inflexível em torno do qual se reerguer.

Melanie era jovem, mas possuía todas as qualidades que esses combativos remanescentes apreciavam, a pobreza e o orgulho na pobreza, uma coragem conformada, alegria, hospitalidade, bondade e, acima de tudo, lealdade a todas as antigas tradições. Ela recusava-se a mudar, e nem sequer admitia que houvesse motivo para tanto em um mundo em mudança. Sob seu teto, os velhos tempos pareciam estar de volta e as pessoas criavam coragem e desprezavam ainda mais a onda de vida impetuosa em grande estilo que levava de roldão os aventureiros ianques e os republicanos emergentes.

Em seu rosto jovem, viam a lealdade inflexível dos velhos tempos e conseguiam esquecer, por um instante, os traidores de sua própria classe, que provocavam fúria, medo e decepção. E havia muitos, homens de boa família, levados ao desespero pela pobreza, que tinham procurado o inimigo, se tornado republicanos e aceitado cargos dos conquistadores, para que suas famílias não vivessem de caridade. Havia jovens ex-soldados a quem faltava a coragem de encarar os longos anos necessários para construir fortuna. Estes, seguindo a liderança de Rhett Butler, ficaram de mãos dadas com os aventureiros em esquemas ofensivos para ganhar dinheiro.

Os piores traidores eram as filhas de algumas das famílias mais proeminentes de Atlanta. Essas moças, que tinham amadurecido desde a rendição, só possuíam memórias de infância da guerra, e lhes faltava a amargura que animava os mais velhos. Não tinham perdido maridos nem amores. Restavam-lhes poucas lembranças da fortuna e do esplendor do passado... e os oficiais ianques eram tão bonitos, se vestiam tão bem e eram tão despreocupados... Além disso, davam bailes esplêndidos, andavam em ótimos cavalos e simplesmente adoravam as moças sulistas! Tratavam-nas como rainhas, eram cuidadosos em não magoar seu orgulho suscetível e, afinal, por que não se relacionar com eles?

Eram muito mais atraentes que os jovens da cidade, que se vestiam mal, eram sérios e trabalhavam tanto que mal tinham tempo para se divertir. Portanto, houvera uma série de fugas com oficiais ianques, que partiram o coração das famílias de Atlanta. Havia irmãos que passavam pelas irmãs na rua e não lhes falavam, e mães e pais que nunca mencionavam o nome das filhas. Lembrando essas tragédias, um pavor frio corria nas veias daqueles cujo lema era "Rendição jamais", e se dispersava só de ver a fisionomia suave, mas inflexível, de Melanie. Ela era, como diziam as matronas, um exemplo excelente e íntegro para as jovens da cidade. E, como não exibia suas virtudes, as jovens não ficavam ressentidas com ela.

Nunca ocorreu a Melanie que estava se tornando a líder de uma nova sociedade. Só achava que as pessoas eram delicadas por visitá-la e convidá-la para seus pequenos círculos de costura, clubes de cotilhão e associações musicais. Atlanta sempre fora musical e apreciava a boa música, apesar dos comentários de escárnio das cidades irmãs do sul se referindo à falta de cultura do lugar. Agora havia uma entusiástica ressurreição no interesse, fortalecida à medida que os tempos ficavam mais difíceis e tensos. Era mais fácil esquecer os rostos insolentes dos negros nas ruas e os uniformes azuis da guarnição ouvindo música.

Melanie ficou um pouco constrangida ao se achar na direção do recém-inaugurado Círculo Musical das Noites de Sábado. Não sabia explicar sua elevação àquela posição, exceto pelo fato de poder acompanhar qualquer um ao piano, até mesmo as senhoritas McLure, que eram desafinadas, mas cantavam em dueto.

A verdade era que Melanie tinha diplomaticamente conseguido amalgamar as Senhoras Harpistas, o Gentlemen's Glee Club e a Sociedade de Bandolim e Violões das Moças com o Círculo Musical das Noites de Sábado, de modo que agora Atlanta podia ouvir música de qualidade. De fato, muitos consideravam a execução de *The Bohemian Girl* feita pelo Círculo superior à dos profissionais, ouvida em Nova York e Nova Orleans. Foi após sua manobra de trazer as Senhoras Harpistas para o rebanho que a Sra. Merriwether disse à Sra. Meade e à Sra. Whiting que Melanie devia ocupar a direção do Círculo. Se conseguia se dar com as Harpistas, conseguiria se dar com qualquer um. A própria Sra. Merriwether tocava o órgão para o coral da Igreja Metodista e, como organista, tinha pouco respeito por harpas e harpistas.

Melanie também fora eleita secretária da Associação para o Embelezamento dos Túmulos de Nossos Gloriosos Mortos e do Círculo de Costura em Prol das Viúvas e Órfãos da Confederação. Essa nova honra chegou após uma reunião calorosa do conselho dessas sociedades, que quase acabou em violência e com a ruptura de laços de amizade de toda uma vida. Durante a reunião, surgira a questão de ser ou não apropriado capinar os túmulos dos soldados da União próximos aos dos confederados. A aparência dos montículos descuidados dos ianques destruía todos os esforços das senhoras de embelezar os dos próprios mortos. Imediatamente, as chamas que ardiam baixo sob os espartilhos apertados explodiram, e as duas organizações se separaram e se encaravam de modo hostil. O Círculo de Costura era a favor da capina; as senhoras do Embelezamento, radicalmente contra.

A Sra. Meade expressou o ponto de vista do último grupo ao dizer:

— Capinar os túmulos dos ianques? Por dois centavos, eu capinaria todos os ianques dali e os jogaria no depósito de lixo!

Com essas palavras, as duas associações se inflamaram e cada senhora falava o que tinha vontade, sem que ninguém escutasse. A reunião acontecia na sala da Sra. Merriwether, e vovô Merriwether, que ficara exilado na cozinha, depois relatou que o ruído parecia com os tiros de abertura da batalha de Franklin. E, acrescentou, achava que tinha sido mais seguro estar na batalha de Franklin do que na reunião das senhoras.

Melanie deu um jeito de chegar ao centro da turba agitada e de algum modo fez sua voz suave ser ouvida acima do tumulto. Ela estava com o coração na garganta, com medo de ousar se dirigir ao grupo indignado, e sua voz hesitava, mas não parava de gritar: "Senhoras! Senhoras!", até o alarido cessar.

— Eu gostaria de dizer... quero dizer, pensei muito que... não só devíamos capinar, como também plantar flores nos... eu... não ligo para o que vocês pensam, mas, cada vez que levo flores ao túmulo do querido Charlie, ponho algumas no túmulo de um ianque desconhecido que está ali perto. Ele... o túmulo parece tão desamparado!

A agitação voltou a se formar com vozes falando mais alto, e dessa vez as duas organizações se uniram, falando como uma.

— Nos túmulos ianques! Ah, Melly, como pode!

— E foram eles que mataram Charlie!

— Quase mataram você!

— Droga, os ianques podiam ter matado Beau quando ele nasceu!

— Eles tentaram incendiar Tara com vocês lá dentro!

Melanie se apoiou no encosto da cadeira, sendo quase esmagada pelo peso de uma reprovação que nunca tivera antes.

— Ah, senhoras! — exclamou, suplicante. — Por favor, deixem-me acabar! Sei que não tenho o direito de falar sobre esse assunto, pois nenhum de meus entes queridos foi morto, além de Charlie, e sei onde ele jaz, graças a Deus! Mas há tantos entre nós que não sabem onde estão enterrados seus filhos, maridos e irmãos e...

Ela ficou com a voz embargada e a sala mergulhou em um silêncio mortal.

Os olhos flamejantes da Sra. Meade ficaram sombrios. Ela fizera a longa viagem até Gettysburg após a batalha para trazer o corpo de Darcy, mas ninguém conseguira lhe dizer onde ele estava enterrado. Em algum lugar, em alguma cova cavada às pressas no terreno inimigo. E a boca da Sra. Allan tremia. Seu marido e seu irmão estavam naquele ataque malfadado que Morgan comandara em Ohio, e a última informação que tivera era de que tinham caído nas encostas do rio, exatamente quando a cavalaria ianque chegara. Ela não sabia onde os corpos estavam. O filho da Sra. Allison morrera em um campo nortista de prisioneiros e ela, mais pobre que nunca, não tivera condições de trazer o corpo para casa. Havia outras que tinham lido nas listas de baixas: "Desaparecido — acredita-se morto" e naquelas palavras tiveram as últimas notícias dos homens que viram sair para a guerra.

Viraram-se para Melanie com olhos que diziam: "Por que está reabrindo essas feridas? São feridas que nunca se fecham, as feridas de não saber onde estão os corpos."

A voz de Melanie reuniu forças na imobilidade da sala.

— Os túmulos deles estão em algum lugar na terra dos ianques, assim como os túmulos ianques estão aqui e, ah, que horrível seria se uma ianque falasse para cavá-los e...

A Sra. Meade emitiu um som breve e pavoroso.

— Mas que bom seria saber que alguma boa mulher ianque... e deve haver *alguma* ianque que seja boa. Não ligo para o que dizem, mas eles não podem ser todos maus! Que bom seria saber que capinaram os túmulos de nossos homens e lhes levaram flores, mesmo que fossem inimigos. Se Charlie tivesse morrido no norte me confortaria saber que alguém... E não ligo para o que as senhoras pensam de mim — falou, a voz novamente embargada —, mas vou me retirar dos dois clubes e vou capinar cada túmulo ianque que encontrar e plantarei flores também e... desafio alguém a me impedir!

Com esse último desafio, Melanie se pôs a chorar e tentou abrir caminho até a porta.

Uma hora depois, vovô Merriwether, a salvo nos confins masculinos do saloon Girl of the Period, contou a tio Henry que, após essas palavras, todas choraram e abraçaram Melanie, terminando tudo em um festejo de amor, e Melanie foi eleita secretária das duas organizações.

— E elas vão capinar. O diabo foi que Dolly disse que eu ficaria todo satisfeito em ajudar, porque eu não tinha muito mais o que fazer. Não tenho nada contra os ianques e acho que a Sra. Melly estava certa, e o resto daquele bando de megeras, errado. Mas a ideia de capinar a essa altura da vida, e com meu lumbago!

Melanie estava na diretoria do conselho de senhoras do orfanato e ajudava na coleta de livros para a recém-fundada Associação Biblioteca Juvenil. Até os atores do grupo Tespianos, que montavam peças amadoras uma vez por mês, clamavam por ela. Ela era tímida demais para aparecer atrás dos lampiões de querosene da ribalta, mas sabia fazer fantasias com sacos de farinha, se fosse o único tecido disponível. Foi dela o voto decisivo no Círculo de Leitura de Shakespeare de que as palavras do bardo deviam ser intercaladas com as do Sr. Dickens e do Sr. Bulwer-Lytton e não com os poemas de Lord Byron, como fora sugerido por um membro jovem e, Melanie intimamente temia, assanhado do Círculo.

Nas noites do fim do verão, sua casa, pequena e mal iluminada, estava sempre cheia de visitas. Nunca havia cadeiras suficientes, e muitas vezes as senhoras se sentavam nos degraus da varanda com os homens agrupados em volta, encostados nas balaustradas, sentados em caixas ou no gramado abaixo. Às vezes, quando Scarlett via os convidados na grama, bebendo chá, a única bebida que os Wilkes podiam oferecer, perguntava-se como Melanie conseguia expor sua pobreza assim, sem qualquer vergonha. Até conseguir mobiliar a casa de tia Pitty como era antes da guerra e poder servir a seus convidados um bom vinho e julepos, presunto assado e pernil de veado, Scarlett não tinha intenção de receber ninguém, especialmente convidados proeminentes como os que Melanie recebia.

O general John B. Gordon, grande herói da Geórgia, era assíduo frequentador com a família. O padre Ryan, poeta da Confederação, nunca deixava de visitar quando passava por Atlanta. Ele encantava as reuniões com sua presença de espírito e raramente precisava que insistissem para recitar seu "A espada de Lee" ou o imortal "Bandeira conquistada", que sempre fazia as senhoras chorar. Alex Stephens, ex-vice-presidente da Confederação, a visitava sempre que estava na cidade, e, quando se espalhava a notícia de que ele estava na Melanie, a casa se enchia e as pessoas ficavam horas sentadas sob o encantamento do frágil inválido de voz envolvente. Em geral, havia uma dúzia de crianças sonolentas no colo dos pais, acordadas muito depois da hora de dormir. Nenhuma família deixaria de dar aos filhos a oportunidade de dizer, anos mais tarde, que tinham sido beijados pelo grande vice-presidente ou apertado a mão que ajudara a liderar a Causa. Toda pessoa importante que chegasse à cidade encontrava o caminho da casa dos Wilkes, e muitas vezes passava a noite lá. A casinha de teto reto ficava abarrotada, obrigando India a se acomodar em um colchão de palha no cubículo que servia de quarto para Beau, e Dilcey a atravessar a cerca dos fundos para pegar ovos com a cozinheira de tia Pitty para o café, mas Melanie recebia a todos com a dignidade de quem possui uma mansão.

Não ocorria a Melanie que as pessoas se agrupavam a sua volta como à volta de um surrado e amado estandarte. Então ficou perplexa e constrangida quando o Dr. Meade, após uma noite agradável em sua casa, na qual ele lera com nobreza o papel de Macbeth, beijou sua mão e fez observações no tom que costumava usar ao falar de Nossa Nobre Causa.

— Minha querida Sra. Melly, é sempre um privilégio e um prazer estar em sua casa, pois a senhora... e as damas como a senhora... são o coração de todos nós, tudo o que nos restou. Eles levaram a flor de nossa juventude e o riso de nossas jovens. Destruíram nossa saúde, extirparam nossas vidas e alteraram nossos costumes. Arruinaram nossa prosperidade, atrasando-nos cinquenta anos, pondo um fardo pesado demais nas costas de nossos rapazes, que deveriam estar na escola, e de nossos idosos, que deveriam estar cochilando ao sol. Mas nos reconstruiremos porque temos corações como o seu no qual plantaremos fundações. E, contanto que os tenhamos, os ianques podem ficar com o resto!

Até a silhueta de Scarlett atingir proporções tais que nem mesmo o grande xale preto de tia Pitty podia ocultar seu estado, ela e Frank frequentemente passavam pela cerca do quintal para ir às reuniões das noites de verão na varanda de Melanie. Scarlett sempre se sentava longe da luz, oculta pelas sombras, onde não só ficava pouco em evidência como também podia olhar, sem ser observada e com o coração contente, para o rosto de Ashley.

Só Ashley a atraía para a casa, pois as conversas a entediavam e entristeciam. Sempre seguiam um padrão estabelecido: primeiro, os tempos difíceis; depois, a situação política; e, por fim, inevitavelmente, a guerra. As senhoras protestavam contra a alta dos preços e perguntavam aos cavalheiros se acreditavam na volta dos bons tempos. E os cavalheiros oniscientes sempre afirmavam que sim. Era mera questão de tempo. Os tempos difíceis eram passageiros. As senhoras sabiam que os cavalheiros estavam mentindo, e eles sabiam que elas sabiam. Mas mentiam alegremente mesmo assim e as senhoras fingiam crer. Todos sabiam que os tempos difíceis tinham chegado para ficar.

Uma vez esgotados os tempos difíceis, as senhoras falavam da insolência crescente dos negros, dos ultrajes dos aventureiros e da humilhação de ver os soldados ianques vadiando em cada esquina. Será que os cavalheiros achavam que os ianques um dia poriam um ponto final na Reconstrução da Geórgia? Os cavalheiros achavam, de modo tranquilizador, que a Reconstrução logo teria um fim, isto é, assim que os democratas pudessem votar outra vez. As senhoras eram educadas bastante para não perguntar quando isso aconteceria. E, encerrando o assunto da política, iniciava-se a conversa sobre a guerra.

Sempre que dois antigos confederados se encontravam em qualquer lugar, a conversa era uma só, e, quando uma dezena ou mais se reunia, o resultado inevitável era a retomada dos combates. E a palavra "se" tinha proeminente participação na conversa.

— Se a Inglaterra tivesse nos reconhecido...

— Se Jeff Davis tivesse tomado todo o algodão e levado para a Inglaterra antes que o bloqueio apertasse...

— Se Longstreet tivesse observado as ordens em Gettysburg...

— Se Jeb Stuart não estivesse ausente daquele ataque quando o Sr. Bob precisava dele...

— Se não tivéssemos perdido Stonewall Jackson...

— Se Vicksburg não tivesse caído...

— Se tivéssemos resistido por mais um ano...

E sempre:

— Se não tivessem substituído Johnston por Hood...

Ou:

— Se tivessem posto Hood no comando em Dalton em vez de Johnston...

Se! Se! As vozes arrastadas retomavam a antiga empolgação à medida que falavam na quietude da noite — homens da infantaria, da cavalaria, responsáveis pelos canhões, evocando memórias de um tempo em que a vida sempre estava na maré alta, relembrando o calor arrebatador do auge de seu verão nesse entardecer desolado de seu inverno.

"Eles não falam de outra coisa", pensava Scarlett. "Nada além da guerra. Sempre a guerra. E nunca vão falar de nada além da guerra. Nada mais até morrerem."

Ela olhava em volta, vendo os meninos deitados nos braços dos pais, a respiração ofegante e os olhos brilhando enquanto ouviam histórias de ataques noturnos, investidas da cavalaria e bandeiras plantadas nas barricadas inimigas. Ouviam tambores, cornetas e o grito rebelde, vendo homens de pés feridos andando sob a chuva com bandeiras rasgadas.

"E essas crianças também nunca falarão de outra coisa. Vão achar que combater os ianques foi maravilhoso e glorioso, e voltar para casa cegos ou aleijados... ou nem sequer voltar. Todos gostam de se lembrar da guerra, de falar a respeito. Eu esqueceria tudo se pudesse... ah, se ao menos pudesse!"

Arrepiada, Scarlett escutava Melanie contar histórias de Tara, pintando-a como heroína ao enfrentar os invasores e salvar a espada de Charles, elogiando a forma como apagara o incêndio. Scarlett não sentia prazer nem orgulho com aquelas memórias. Nem sequer queria pensar nelas.

"Ora, por que não esquecem? Por que não olham para a frente em vez de para trás? Fomos uns tolos de entrar nessa guerra. E quanto antes a esquecermos, melhor."

Mas ninguém queria esquecer, só Scarlett, então foi um alívio dizer sinceramente a Melanie que se sentia constrangida de ir lá, mesmo ficando no escuro. Melanie entendeu perfeitamente, pois era hipersensível a tudo o que se referia a nascimentos. Queria muito outro filho, mas tanto o Dr. Meade quanto o Dr. Fontaine diziam que isso lhe custaria a vida. Portanto, só meio resignada com o destino, ela passava a maior parte do tempo com Scarlett, aproveitando indiretamente uma gestação que não era sua. Para Scarlett, pouco maternal e irritada pelo momento inoportuno em que o filho chegava, essa atitude parecia o cúmulo da estupidez sentimental. Mas tinha uma sensação culpada de prazer de que o decreto médico impossibilitasse qualquer intimidade real entre Ashley e sua mulher.

Agora Scarlett via Ashley com frequência, mas nunca a sós. Ele passava pela casa dela todas as noites para lhe falar do dia de negócios na serraria, mas Frank e Pitty costumavam estar presentes ou, ainda pior, Melanie e India. Ela só podia fazer perguntas relativas ao trabalho, dar sugestões e dizer: "Que bom você ter vindo. Boa-noite!"

Se ao menos não estivesse grávida! Seria uma oportunidade enviada pela providência divina de ir para a serraria com ele todas as manhãs, atravessando as matas isoladas, distantes dos olhos alheios, onde eles poderiam se imaginar de volta ao condado da época tranquila anterior à guerra.

Não, não tentaria fazê-lo dizer qualquer palavra de amor! Não se referiria a amor de forma alguma. Prometera a si mesma que nunca mais o faria. Mas, se ficassem sozinhos novamente, talvez ele deixasse cair aquela máscara de cortesia impessoal que usava desde que chegara a Atlanta. Talvez voltasse a ser como antes, ser o Ashley que ela conhecera antes do churrasco, antes de trocarem palavras de amor. Se não pudessem ser amantes, podiam ser amigos, e seu coração frio e solitário se aqueceria no fulgor dessa amizade.

"Se ao menos eu conseguisse fazer este bebê nascer logo e acabar com isso", ela pensava, impaciente, "poderia sair com ele todos os dias e poderíamos conversar...".

Não era só o desejo de estar com ele que a fazia se retorcer de impaciência diante do confinamento. As serrarias precisavam dela. Estavam perdendo dinheiro desde que se retirara da supervisão ativa, deixando-as a cargo de Hugh e Ashley.

Apesar de tentar com afinco, Hugh era muito incompetente. Era mau comerciante e ainda pior patrão. Qualquer um podia barganhar os preços com ele. Se um empreiteiro esperto dissesse que a madeira era de qualidade inferior e não valia o preço pedido, Hugh achava que a única coisa a fazer, como cavalheiro, era desculpar-se e diminuir o preço. Quando ela soube do pagamento que recebera por 3 mil metros de madeira para assoalho, teve um acesso irado de lágrimas. A melhor madeira para assoalho que a serraria já tivera e ele tinha vendido quase de graça! Além disso, ele não conseguia dirigir as equipes de trabalho. Os negros insistiam no pagamento diário, e muitas vezes se embriagavam com o dinheiro que ganhavam e não apareciam para trabalhar na manhã seguinte. Nessas ocasiões, Hugh era forçado a caçar outros trabalhadores e a serraria começava a funcionar tarde. Com essas dificuldades, ele ficava dias sem poder ir à cidade para efetuar as vendas.

Vendo os lucros escorrer entre os dedos de Hugh, Scarlett exaltava-se com a própria impossibilidade e com a burrice dele. Assim que o bebê nascesse e ela pudesse voltar ao trabalho, se livraria de Hugh e contrataria outra pessoa. Qualquer um seria melhor. E nunca mais se meteria com negros livres. Como um trabalho podia progredir com os negros livres se demitindo todo o tempo?

— Frank — disse ela, após uma reunião tempestuosa com Hugh sobre os operários faltosos —, estou quase decidida a arrendar detentos para trabalhar nas serrarias. Há algum tempo tive uma conversa com John Gallegher, capataz de Tommy Wellburn, sobre o problema que estamos enfrentando para fazer os negros trabalhar, e ele me perguntou por que eu não pegava detentos. Parece uma boa ideia. Ele disse que consigo arrendá-los por quase nada e dar-lhes qualquer coisa de comer. Disse também que é fácil fazê-los trabalhar do jeito que quero, sem o Departamento dos Libertos em cima de mim como marimbondos, fincando seus decretos em coisas que não são da conta deles. E, assim que acabar o contrato de Johnnie Gallegher com Tommy, vou levá-lo para administrar a serraria onde está Hugh. Qualquer homem que consegue fazer esse bando de irlandeses selvagens trabalhar com certeza vai ser bem-sucedido com os detentos.

Detentos! Frank ficou sem fala. Arrendar detentos era o pior de todos os esquemas malucos que Scarlett já sugerira, pior até que sua ideia de construir um saloon.

Pelo menos parecia pior para Frank e para o círculo conservador que frequentava. Esse novo sistema de arrendar detentos surgira devido à pobreza do estado após a guerra. Incapaz de sustentar os presos, o Estado permitia que fossem arrendados por aqueles que necessitassem de grandes equipes operárias na construção de ferrovias, nas florestas de extração de terebintina e nas madeireiras. Mesmo reconhecendo a necessidade do sistema, Frank e seus amigos beatos o deploravam. Muitos deles não tinham sido sequer a favor da escravatura e achavam que isso era muito pior do que a escravatura jamais fora.

E Scarlett queria arrendar detentos! Frank sabia que nunca mais andaria de cabeça erguida se ela o fizesse. Era muito pior que ser dona das serrarias e dirigi-las sozinha, era a pior de todas as coisas que já fizera. Suas objeções passadas sempre tinham sido casadas com a pergunta: "O que os outros vão dizer?". Mas dessa vez ia mais fundo que o medo da opinião pública. Ele tinha a sensação de que aquilo era tráfico de corpos humanos em paridade com prostituição, um pecado que se instalaria em sua alma se ele permitisse.

A partir dessa convicção de injúria, Frank reuniu coragem para proibir Scarlett de fazer tal coisa, e seus comentários foram tão fortes que ela, assustada, ficou quieta. Por fim, para tranquilizá-lo, disse humildemente que não tinha falado sério. Simplesmente, estava tão farta de Hugh e dos negros livres que perdera a paciência. Secretamente, ainda acalentava o desejo. A mão de obra presidiária resolveria um de seus maiores problemas, mas se isso fosse deixar Frank tão nervoso...

Ela suspirou. Se ao menos uma das serrarias estivesse dando lucro, ela aguentaria. Mas Ashley estava pouco melhor em sua serraria do que Hugh.

A princípio, Scarlett ficou chocada e decepcionada que, ao assumir o controle, Ashley não tivesse imediatamente feito a serraria lucrar o dobro do que lucrara sob sua direção. Ele era inteligente e lera muitos livros, não havia razão para não fazer sucesso e ganhar muito dinheiro. Mas ele não se saiu melhor que Hugh. Sua inexperiência, seus erros, sua total falta de talento para o comércio e os escrúpulos para fechar negócios eram os mesmos de Hugh.

O amor de Scarlett apressou-se a lhe arranjar desculpas e ela não julgava os dois homens sob a mesma luz. Hugh era simplesmente burro, enquanto Ashley era apenas novo no negócio. Mesmo assim, sem querer, lhe veio o pensamento de que ele nunca conseguia fazer uma conta rápida de cabeça nem um orçamento correto, como ela. Às vezes cogitava se algum dia ele aprenderia a distinguir uma tábua de um peitoril. Sendo um cavalheiro digno de confiança, confiava em todos os canalhas que chegassem, e várias vezes teria perdido dinheiro se não fosse pela intervenção diplomática dela. Se gostasse de uma pessoa, e parecia gostar de muitas, vendia-lhe madeira fiado sem nem pensar em descobrir se ela tinha dinheiro no banco ou uma propriedade. Nesse aspecto, era tão fraco quanto Frank.

Mas, com certeza, ia aprender! E, enquanto estivesse aprendendo, ela teria tolerância amorosa e paciência maternal com seus erros. Todas as noites em que ia a sua casa, cansado e desestimulado, ela era incansável em suas sugestões diplomáticas e úteis. Mas, apesar de todo o seu incentivo e ânimo, os olhos dele traziam uma estranha expressão morta. Ela não conseguia entender, e aquilo a amedrontava. Ele estava diferente, muito diferente do homem que fora. Se ao menos pudesse vê-lo a sós, talvez conseguisse descobrir o motivo.

A situação lhe provocou várias noites de insônia. Ela temia por Ashley, tanto porque percebia que estava infeliz como porque sabia que sua infelicidade não o estava ajudando a ser um bom comerciante. Era uma tortura ter as serrarias nas mãos de dois homens sem qualquer talento para negócios, como Hugh e

Ashley, dilacerante ver seus concorrentes pegar seus melhores clientes quando ela planejara com tanto cuidado e trabalhara tanto para esses meses de impotência. Ah, se ao menos pudesse voltar ao trabalho! Pegaria Ashley pela mão e então ele certamente aprenderia. Johnnie Gallegher poderia administrar a outra serraria, ela se encarregaria das vendas e tudo ficaria bem. Quanto a Hugh, ele podia dirigir a carroça de entregas, se ainda quisesse trabalhar para ela. Era só para isso que servia.

É claro, Gallegher parecia ser um homem inescrupuloso com toda a sua esperteza, mas quem mais ela podia conseguir? Por que os outros homens espertos e honestos tinham sido tão perversos em relação a trabalhar para ela? Se pelo menos um deles estivesse trabalhando agora no lugar de Hugh, ela não se preocuparia tanto, mas...

Tommy Wellburn, apesar da corcunda, era o empreiteiro mais ocupado da cidade e estava ganhando dinheiro, segundo diziam. A Sra. Merriwether e René prosperavam e agora tinham aberto uma confeitaria no centro. René estava na administração com uma verdadeira economia francesa, e vovô Merriwether, feliz por sair de seu canto ao lado da lareira, dirigia a carroça de tortas. Os rapazes Simmons estavam tão ocupados que a olaria trabalhava em três turnos diários. E Kells Whiting conseguia boas somas com seu alisador de cabelos, pois dissera aos negros que jamais lhes permitiriam votar nos republicanos com o cabelo crespo.

Era a mesma coisa com todos os jovens espertos que ela conhecia, médicos, advogados, donos de loja. A apatia que tomara conta deles logo após a guerra desaparecera completamente, e agora estavam ocupados demais fazendo a própria fortuna para ajudá-la a fazer a sua. Os que não estavam ocupados eram homens do tipo de Hugh... ou Ashley.

Que trapalhada era tentar dirigir um negócio e ter um bebê ao mesmo tempo!

"Nunca terei outro", decidiu com firmeza. "Não vou ser como essas mulheres que têm um filho por ano. Meu Deus, isso significaria ficar fora das serrarias por seis meses a cada ano! E vejo que não posso me afastar nem mesmo por um dia. Vou simplesmente dizer a Frank que não terei mais filhos."

Frank queria uma família grande, mas ela saberia lidar com ele de algum modo. Estava decidida. Este seria seu último filho. As serrarias eram muito mais importantes.

Capítulo 42

O bebê de Scarlett era uma menina, uma criaturinha careca, feia como um macaco sem pelos e absurdamente parecida com Frank. Ninguém, além do pai apaixonado, conseguia ver qualquer beleza nela, mas os vizinhos eram bastante caridosos e diziam que todos os bebês feios acabavam ficando bonitos. Recebeu o nome de Ella Lorena. Ella por causa da avó Ellen, e Lorena porque era o nome da moda para meninas, assim como Robert E. Lee e Stonewall Jackson eram populares para os meninos, e Abraham Lincoln e Emancipation para as crianças negras.

Ela nasceu no meio de uma semana em que Atlanta estava dominada por um alvoroço frenético, e a atmosfera era tensa pela expectativa de desgraça. Um negro que se vangloriava de estupro tinha sido preso, mas, antes que pudesse ser levado a julgamento, a Ku Klux Klan invadira a cadeia e ele fora enforcado. A Klan agira para impedir que a vítima, até então inominada, tivesse que testemunhar no tribunal. Antes de vê-la aparecer e anunciar sua vergonha, seu pai e seu irmão teriam preferido dar-lhe um tiro, então linchar o negro parecia uma solução sensata ao povo da cidade. Na verdade, a única solução decente possível. Mas as autoridades militares ficaram furiosas. Não viam motivo para que a moça se importasse de testemunhar publicamente.

Os soldados prenderam gente a torto e a direito, jurando que acabariam com a Klan, nem que tivessem de prender todos os brancos de Atlanta. Os negros, amedrontados e mal-humorados, falavam em incendiar casas como retaliação. A atmosfera ficou pesada com os rumores de enforcamentos generalizados, caso encontrassem os culpados, e com a insurgência de negros contra brancos. O povo ficou em casa de portas e janelas fechadas, os homens temendo sair para o trabalho e deixar mulheres e filhos desprotegidos.

Acamada e exausta, Scarlett agradeceu a Deus silenciosa e debilmente que Ashley fosse sensato demais para pertencer à Klan, e Frank, velho demais e pouco animado. Seria terrível saber que os ianques podiam prendê-los a qualquer momento! Por que aqueles jovens tolos da Klan não deixavam as coisas ruins como estavam e tinham que cutucar os ianques com vara curta? Provavelmente, a moça nem tinha sido estuprada de fato. Talvez só fosse uma tola assustada e, por causa dela, uma porção de homens podiam perder a vida.

Foi nessa atmosfera, tão tensa quanto observar um estopim queimar lentamente rumo a um barril de pólvora, que Scarlett logo recuperou as forças. O vigor saudável que a sustentara durante os dias difíceis em Tara a recompunha agora, e, após duas semanas do nascimento de Ella Lorena, ela já estava forte bastante para se sentar e impacientar-se com a inatividade. Em três semanas, estava de pé, declarando que precisava cuidar das serrarias. Estavam paradas porque Hugh e Ashley temiam deixar suas famílias sozinhas o dia inteiro.

Foi quando estourou a bomba.

Frank, cheio de orgulho pela recente paternidade, reuniu coragem e proibiu Scarlett de sair enquanto a situação estivesse perigosa. Aquelas ordens não a teriam preocupado, e ela teria saído para cuidar dos negócios se ele não tivesse posto a charrete e o cavalo na estrebaria pública, deixando ordens para que não fossem entregues a ninguém que não ele. Para piorar as coisas, ele e Mammy tinham feito uma paciente revista na casa enquanto ela estava acamada e desenterrado o dinheiro que escondera. E Frank o depositara no banco em seu nome, de modo que nem alugar um veículo ela podia.

Scarlett ficou furiosa com Frank e Mammy, depois limitou-se a implorar, e finalmente chorou durante uma manhã inteira como uma criança frustrada. Mas, apesar de tudo, ela só ouviu: "Calma, docim! Vosmecê só tá adoentada" e "Sinhá Scarlett, se vosmecê num se aquietá, o leite azeda e a menina vai tê cólica, tão certo quanto revórve sê de ferro."

Possessa de raiva, Scarlett atravessou o quintal e foi até a casa de Melanie, onde desabafou bem alto, declarando que iria a pé até as serrarias, sairia por Atlanta contando a todos o verme com que se casara, que não seria tratada feito uma criança simplória travessa. Levaria uma pistola e daria um tiro em qualquer um que a ameaçasse. Já tinha atirado em um homem e adoraria, sim, adoraria atirar em outro. Ela iria...

Melanie, que temia se aventurar até a varanda da própria casa, ficou horrorizada com tais ameaças.

— Ah, você não deve se arriscar! Eu morreria se lhe acontecesse alguma coisa! Ah, por favor...

— Eu vou! Eu vou! Vou a pé...

Melanie olhou para ela e percebeu que aquilo não era só histeria de uma mulher ainda fraca por causa do parto. Havia aquela mesma determinação arriscada, precipitada, na fisionomia de Scarlett que Melanie muitas vezes vira na de Gerald quando ele estava decidido. Ela envolveu Scarlett pela cintura e abraçou-a apertado.

— É tudo culpa minha por não ser corajosa como você e por segurar Ashley em casa quando ele deveria estar na serraria. Ah, Deus! Eu sou uma bobalhona mesmo! Querida, direi a Ashley que não estou com um pingo de medo e que vou ficar com você e tia Pitty e que ele pode voltar ao trabalho e...

Nem mesmo para si, Scarlett admitiria que não considerava Ashley capaz de lidar sozinho com a situação, e gritou:

— Você não vai fazer nada disso! De que serviria Ashley no trabalho se ficasse preocupado com você todo o tempo? Todo mundo é simplesmente detestável! Até Tio Peter se recusa a sair comigo! Mas não me importo! Vou sozinha. Andarei cada passo do caminho e pegarei uma equipe de negros em algum lugar...

— Ah, não! Não faça isso! Pode lhe acontecer alguma coisa horrível. Dizem que a colônia de Shantytown, na estrada Decatur, está cheia de negros maus, e você teria que passar por ela. Deixe-me ver... Querida, prometa que não fará nada hoje e vou pensar em alguma coisa. Prometa que vai para casa repousar. Você parece fraca. Prometa.

Exausta demais devido à raiva, Scarlett voltou para casa amuada, recusando-se a aceitar qualquer oferta de paz proposta pelos familiares.

Naquela tarde, uma figura estranha cruzou a cerca de Melanie e atravessou o quintal de Pitty. Obviamente, era um daqueles homens a quem Mammy e Dilcey se referiam como "a ralé que a sinhá Melly pega na rua e dexa drumi no porão".

Havia três quartos no porão da casa de Melanie, que antes serviam de moradia para os criados, e uma adega. Agora Dilcey ocupava um deles e os outros dois estavam em constante uso por uma corrente de ocupantes transitórios, miseráveis e maltrapilhos. Ninguém, além de Melanie, sabia de onde vinham ou para onde iam, assim como ninguém sabia onde os recolhia. Talvez as negras tivessem razão e fosse das ruas. Mas, assim como os grandes e os quase grandes gravitavam para sua pequena sala, os desafortunados encontravam o caminho para o porão, onde eram alimentados, tinham um leito e partiam com pacotes de comida. Geralmente eram ex-soldados confederados do tipo mais rude, analfabetos, homens sem teto, sem família, andarilhando na esperança de encontrar trabalho.

Muitas vezes, esquálidas camponesas queimadas de sol, com ninhadas de crianças quietas e de cabelos desgrenhados, passavam a noite lá, mulheres que a guerra deixara viúvas, despojadas de seus sítios, à procura de parentes perdidos. Às vezes, a vizinhança se escandalizava com a presença de estrangeiros, que falavam pouco ou nenhum inglês, atraídos para o sul pelas maravilhosas histórias de fortuna fácil. Certa vez, um republicano dormira lá. Pelo menos, Mammy insistia que era um republicano, dizendo que conseguia farejá-los assim como um cavalo fareja uma cascavel, mas ninguém acreditou, pois até para a caridade de Melanie devia haver limite. Pelo menos, era o que todos esperavam.

"É", pensou Scarlett, sentada na varanda lateral sob o fraco sol de novembro com o bebê no colo, "deve ser um dos cachorros estropiados de Melanie. E põe estropiado nisso!".

O homem que passava pelo quintal andava, como Will Benteen, em uma perna de pau. Era alto, magro, velho e careca, parecendo bem sujo, e tinha uma barba grisalha tão longa que podia ser enfiada no cinto. Devia ter mais de 60 anos, a julgar pelo rosto duro e enrugado, mas seu corpo não mostrava sinal da idade. Era magro e desajeitado, mas, mesmo com a perna de pau, movia-se com a rapidez de uma cobra.

Ele subiu os degraus, foi em direção a ela e, mesmo antes de falar, revelando em seu sotaque características incomuns às terras baixas, Scarlett percebeu que era montanhês. Apesar das roupas sujas e esfarrapadas, havia nele, como na maioria dos montanheses, um ar de arrebatado orgulho calado que não permitia liberdades e não tolerava tolices. A barba estava manchada pelo sumo do tabaco e o grande naco que mascava deformava-lhe o rosto. O nariz era fino, as sobrancelhas, cerradas, e de suas orelhas saíam chumaços de pelos, dando-lhes o aspecto de orelhas de lince. Abaixo de uma das sobrancelhas, havia uma órbita vazia, de onde saía uma cicatriz até a face, entalhando uma linha diagonal pela barba. O outro olho era pequeno, pálido e frio, um olho que não piscava nem sentia remorso.

No cós da calça, ele trazia uma pistola pesada, e do alto da bota gasta saía o cabo de uma faca.

Ele retribuiu o olhar fixo de Scarlett friamente e cuspiu para trás do corrimão antes de falar. Havia desdém em seu único olho, não um desdém pessoal por ela, mas por todo o sexo feminino.

— A Sra. Wilkes me mandou pra trabalhar pra senhora — disse ele secamente. Sua fala era enferrujada, como se não estivesse acostumado a falar, as palavras vindo lentamente e quase com dificuldade. — Meu nome é Archie.

— Sinto muito, mas não tenho serviço para o senhor, Sr. Archie.

— Archie é meu primeiro nome.

— Perdoe-me. Qual é seu sobrenome?

Ele cuspiu outra vez.

— Suponho que isso é da minha conta. Archie vai servir.

— Não ligo para seu sobrenome! Não tenho nada para o senhor fazer.

— Suponho que a senhora tem. A Sra. Wilkes estava chateada da senhora querer andar por aí sozinha e me mandou aqui pra dirigir pra senhora.

— É mesmo? — exclamou Scarlett, indignada com a grosseria do homem e com a intromissão de Melly.

O olho dele encontrou os dela com uma animosidade impessoal.

— É. Uma mulher não deve incomodar os capanga quando eles estão querendo tomar conta delas. Se a senhora tá querendo saí por aí, eu vou com a senhora. Odeio os nêgos... e os ianques também.

Ele mudou o naco de tabaco para a outra bochecha e, sem esperar o convite, sentou-se no último degrau.

— Não tô dizendo que gosto de levar as mulher por aí, mas a Sra. Wilkes foi boa pra mim, me deixando dormir no porão, e foi ela que me mandou pra acompanhar a senhora.

— Mas... — começou Scarlett, impotente, e depois parou e olhou-o. Em seguida sorriu. Não gostava da aparência desse velho marginal, mas sua presença simplificaria as coisas. Com ele a seu lado, poderia ir à cidade, às serrarias, visitar os fregueses. Ninguém duvidaria de sua segurança, e sua aparência já era suficiente para evitar um escândalo.

— Negócio fechado — disse ela. — Isto é, se meu marido concordar.

Após uma conversa em particular com Archie, Frank deu seu relutante consentimento e mandou uma ordem ao estábulo público para que liberassem o cavalo e a charrete. Estava magoado e decepcionado que a maternidade não tivesse mudado Scarlett como ele esperava, mas, se ela estava decidida a retornar às suas malditas serrarias, então Archie era um enviado da providência.

Iniciou-se assim a relação que a princípio assombrou Atlanta. Archie e Scarlett formavam um par extravagante, o velho sujo e truculento com a perna de pau saindo pela cabine e a jovem e bela senhora elegantemente vestida com a testa franzida em um semblante sério. Eram vistos a toda hora e em todos os lugares de Atlanta e arredores, raramente falando um com o outro, obviamente desgostando um do outro, mas unidos pela necessidade mútua, ele de dinheiro, ela de proteção. Pelo menos, diziam as senhoras da cidade, é melhor que andar por aí desavergonhadamente com aquele Butler. Todos cogitavam qual seria o paradeiro de Rhett, pois ele deixara a cidade abruptamente três meses antes e ninguém, nem Scarlett, sabia onde se encontrava.

Archie era um homem calado, nunca dizia nada a não ser que lhe perguntassem, e geralmente respondia com grunhidos. Todas as manhãs vinha do porão de Melanie e se sentava nos degraus da frente da casa de Pitty, mascando fumo e cuspindo até que Scarlett saísse e Peter trouxesse a charrete do estábulo. Peter o temia pouco menos do que ao demônio e à Ku Klux, e até Mammy ficava quieta e receosa perto dele. Odiava negros, eles sabiam, e tinham medo dele. Ele reforçou seu armamento com outra pistola, e sua fama se espalhou entre a população negra. Nunca precisou sacar a pistola nem levar a mão ao cinto. O efeito moral era suficiente. Nenhum negro ousava sequer rir se Archie pudesse ouvir.

Certa vez, Scarlett lhe perguntou, curiosa, por que odiava os negros e ficou surpresa quando ele respondeu, pois geralmente todas as perguntas eram respondidas com "Suponho que isso é da minha conta".

— Odeio eles como todo pessoal da montanha. A gente nunca gostou e nunca teve um deles. Foram eles que começaram a guerra. Odeio eles por isso também.

— Mas você lutou na guerra.

— Isso é coisa de homem. Odeio os ianques também, mais do que odeio os nêgo. Quase como odeio mulher conversadeira.

Foi uma franqueza tão grosseira, que lançou Scarlett no mais furioso silêncio, fazendo-a pensar em se livrar dele. Mas como faria sem ele? De que outra forma obteria tal liberdade? Ele era grosseiro, sujo e, às vezes, muito fedido, mas servia a seu propósito. Ele a levava para as serrarias e a trazia de volta, e em sua circulada pelos fregueses ficava cuspindo e olhando para o espaço enquanto ela falava e dava ordens. Se ela descesse da charrete, ele descia atrás dela e seguia seus passos de perto. Quando estava entre operários rudes, negros ou ianques, ele raramente ficava a mais de um passo de distância.

Logo Atlanta se acostumou a ver Scarlett e seu guarda-costas e, como de costume, as senhoras passaram a invejar sua liberdade de ir e vir. Desde o linchamento da Ku Klux, as mulheres tinham praticamente se tornado prisioneiras, sem poder sequer ir ao centro para fazer compras, a menos que houvesse um grupo. Naturalmente sociáveis, inquietavam-se e, pondo o orgulho de lado, começaram a pedir Archie emprestado a Scarlett. Sempre que não precisava dele, ela era gentil o bastante para cedê-lo ao uso das outras senhoras.

Logo Archie se tornou uma instituição de Atlanta, e as senhoras disputavam seu tempo livre. Era rara a manhã em que uma criança ou criado negro não chegasse na hora do café com um bilhete dizendo: "Se não estiver usando Archie hoje à tarde, por favor empreste-o para mim. Gostaria de levar flores ao cemitério." "Preciso ir ao chapeleiro." "Gostaria que Archie levasse tia Nelly para tomar ar." "Preciso fazer uma visita na rua Peters, e vovô não está bem para me levar. Será que Archie poderia..."

Ele acompanhava solteironas, matronas e viúvas, demonstrando por todas o mesmo desdém intransigente. Era óbvio que, com exceção de Melanie, ele não gostava mais de mulheres que de negros e ianques. A princípio chocadas com sua descortesia, as senhoras acabaram se acostumando com ele e, como era quieto, exceto pelas ocasionais cusparadas de sumo de tabaco, tomavam-no como um dos cavalos que conduzia, e se esqueciam de sua existência. A Sra. Merriwether chegou a relatar à Sra. Meade todos os detalhes do confinamento da sobrinha antes de notar a presença de Archie na boleia da carruagem.

Em nenhuma outra época além dessa tal situação teria sido possível. Antes da guerra não permitiriam sua entrada nem mesmo na cozinha das damas. Elas lhe teriam entregado a comida pela porta dos fundos e mandado que cuidasse da vida. Mas agora davam boas-vindas a sua presença tranquilizadora. Mal-educado, analfabeto e sujo, ele era um baluarte entre as damas e os terrores da Reconstrução. Não era amigo nem criado. Era um guarda-costas de aluguel, que as protegia enquanto seus homens trabalhavam durante o dia ou estavam ausentes de casa à noite.

Scarlett tinha a impressão de que, após a chegada de Archie, Frank ficava fora à noite com mais frequência. Dissera que precisava fazer o balanço da loja e que agora os negócios estavam mais acelerados, deixando-lhe pouco tempo durante as horas de trabalho. Além disso, tinha amigos doentes que precisavam de sua assistência. E havia a organização dos democratas, que se reunia todas as noites de quarta-feira para tramar formas de readquirir o direito ao voto, e Frank nunca perdia uma reunião. Scarlett achava que essa organização fazia pouco mais além de discutir os méritos do general John B. Gordon sobre todos os outros, com exceção do general Lee, e rediscutir a guerra. Com certeza, ela não conseguia ver nenhum progresso rumo à recuperação do voto. Mas era evidente que Frank gostava das reuniões, pois ficava fora até altas horas nessas noites.

Ashley também dava assistência aos doentes e frequentava as reuniões dos democratas, costumando ficar fora de casa nas mesmas noites que Frank. Nessas ocasiões, Archie acompanhava Pitty, Scarlett, Wade e a pequena Ella pelo quintal até a casa de Melanie, e as duas famílias passavam a noite juntas. As damas costuravam enquanto Archie ficava esticado no sofá da sala, roncando, as costeletas grisalhas flutuando a cada ribombo. Ninguém o convidara a se deitar no sofá, e, como era o móvel mais fino da casa, as damas secretamente gemiam a cada vez que ele o fazia, plantando as botas no belo estofamento. Mas nenhuma delas tinha coragem de reclamar, especialmente depois de seu comentário de que tinha sorte de pegar no sono com facilidade, caso contrário o som de mulheres tagarelando feito um bando de galinhas-d'angola certamente o deixaria louco.

Às vezes, Scarlett ficava curiosa sobre a procedência de Archie e a vida que levava antes de morar no porão de Melly, mas não fazia perguntas. Havia algo em seu taciturno rosto caolho que desencorajava a curiosidade. Sabia apenas que seu sotaque era das montanhas ao norte e que ele estivera no exército, tendo perdido a perna e o olho pouco antes da rendição. Foram as palavras ditas em um acesso de raiva contra Hugh Elsing que trouxeram à tona a verdade sobre o passado de Archie.

Certa manhã, o velho a levara à serraria de Hugh, que estava ociosa, os negros, ausentes e Hugh, sentado sem ânimo sob uma árvore. Sua equipe não aparecera naquela manhã e ele estava sem saber o que fazer. Scarlett ficou furiosa e não hesitou em descarregar sobre Hugh, pois acabara de receber um grande pedido, e urgente. Usara seus encantos, sua energia e barganha para obter o pedido, e agora a serraria estava parada.

— Leve-me para a outra serraria — ordenou ela. — Sim, sei que vai tomar tempo e não poderemos almoçar, mas para que estou lhe pagando? Terei que mandar o Sr. Wilkes interromper o que estiver fazendo para entregar essa madeira. Só me falta a equipe dele também não estar trabalhando. Pelas chamas do inferno! Nunca vi paspalhão maior que Hugh Elsing! Vou me livrar dele assim que Johnnie Gallegher acabar a construção das lojas em que está trabalhando. Que me importa que Gallegher tenha estado no exército ianque? Ele vai trabalhar. Nunca conheci um irlandês preguiçoso. E estou farta dos negros livres. Simplesmente não se pode contar com eles. Vou pegar Johnnie Gallegher e arrendar alguns detentos. Ele os fará trabalhar. Ele...

Archie se virou para ela, o olho malévolo, e quando falou havia uma raiva fria em sua voz enferrujada.

— O dia em que a senhora pegar detento é o dia em que vou me embora — disse ele.

Scarlett ficou assombrada.

— Deus do Céu! Por quê?

— Eu sei como é arrendamento de detento. É o que chamo de assassinato de detento. É comprar homem como se fosse mula. É tratar ele pior que se trata as mulas. É bater neles, deixar passar fome, matar eles. E quem se importa? O Estado não se importa. Ficam com o dinheiro do arrendamento. O pessoal que pega os detentos não se importa. Tudo que querem é dar pra eles comida barata e obrigar eles a trabalhar tudo que podem. Que inferno, madame. Nunca tive muita consideração por mulher, e agora tenho menos.

— Isso é da sua conta?

— Suponho — disse Archie, lacônico, e, após uma pausa. — Fiquei preso quarenta anos.

Scarlett engoliu em seco e, por um instante, afundou-se no assento. Então era essa a resposta para o enigma de Archie, era por isso que não queria dizer seu sobrenome, o lugar onde nascera, nem qualquer detalhe de sua vida passada, a resposta para a dificuldade que tinha de falar e seu ódio frio do mundo. Quarenta anos! Devia ter sido preso quando jovem. Quarenta anos! Ora... devia ter sido sentenciado à prisão perpétua e esses caras eram...

— Foi... assassinato?

— Foi — respondeu ele brevemente enquanto batia as rédeas no cavalo. — Minha mulher.

Scarlett piscou rapidamente de medo.

A boca sob o bigode pareceu se mover, como se ele estivesse rindo do medo dela.

— Não vou matar a senhora, madame, se é isso que está lhe assustando. Só tem uma razão para se matar uma mulher.

— Você matou sua esposa!

— Ela estava se deitando com o meu irmão. Ele fugiu. Não me arrependo nem um pouco de ter matado ela. Mulher devassa tem que morrer. A lei não tem direito de pôr um homem na cadeia por isso, mas me puseram.

— Mas... como você saiu? Fugiu? Foi perdoado?

— A senhora pode chamar de perdão. — Suas bastas sobrancelhas se uniram como se o esforço para juntar as palavras fosse grande.

— Foi em 64 quando chegou o Sherman, eu estava na prisão de Milledgeville. E veio o guarda, ele juntou todos nós prisioneiros e disse que os ianques estavam chegando, incendiando e matando. Ora, se tem uma coisa que eu odeio mais que um nêgo, ou uma mulher, é um ianque.

— Por quê? Você já tinha... Você conheceu algum ianque?

— Não senhora. Mas já tinha ouvido falar deles. Já tinham me contado que eles não tomavam conta das coisas deles. Odeio gente que não toma conta das suas coisas. O que é que eles tinham que está fazendo na Geórgia, libertando os nego e queimando as nossas casas e matando a nossa criação? Bem, o guarda disse que o exército estava por demais precisado de mais soldado e cada um de nós que se juntasse estava livre no fim da guerra... se a gente saísse vivo. Mas a gente que estava cumprindo pena perpétua... nós, assassinos, o guarda disse que o exército não queria a gente. A gente ia ser mandado pruns outros lugares, pruma outra cadeia. Então eu disse pro guarda que não gostava dos outros assassinos, que só estava lá por ter matado minha mulher e que ela merecia morrer. E eu queria lutar contra os ianques. E o guarda viu meu lado da coisa e me passou com os outros prisioneiros.

Ele fez uma pausa e grunhiu.

— Hã. Aquilo foi engraçado. Eles me puseram na cadeia por ter matado e me deixaram sair com uma arma na mão e um perdão de graça pra matar mais. É claro que foi bom ser um homem livre de novo com um rifle na mão outra vez.

Nós, de Milledgeville, fizemos um bom trabalho no combate e matando... e um monte de nós foi morto. Eu nunca tomei conhecimento de algum que desertou. E, quando veio a rendição, estávamos livres. Eu perdi essa perna aqui e esse olho aqui. Mas não me arrependo.

— Ah — disse Scarlett baixinho.

Ela tentou se lembrar do que ouvira sobre a libertação dos detentos de Milledgeville, um último esforço desesperado de deter a maré do exército de Sherman. Frank mencionara aquilo no Natal de 1864. O que era mesmo que tinha dito? Mas sua memória da época era muito caótica. Ela sentiu outra vez o terror daqueles tempos, ouviu as armas do cerco, viu a fila de carroças pingando sangue nas estradas vermelhas e a Guarda Nacional marchando, os pequenos cadetes e as crianças, como Phil Meade e os velhos como tio Henry e vovô Merriwether. Os detentos também tinham marchado para morrer no crepúsculo da Confederação, congelar na neve e percorrer o Tennessee sob chuva na última campanha.

Por um breve momento, ela pensou no tolo que era esse velho em lutar por um estado que lhe tirara quarenta anos de vida. A Geórgia tinha roubado sua juventude e os anos de maturidade por um crime que ele não considerava como tal e, mesmo assim, ele espontaneamente dera uma perna e um olho para a Geórgia. As palavras amargas que Rhett dissera nos primeiros tempos da guerra lhe voltaram à lembrança, que ele jamais lutaria por uma sociedade que fizera dele um proscrito. Mas, quando tinha surgido a emergência, ele fora lutar por essa mesma sociedade, assim como Archie. Pareceu-lhe que todos os homens sulistas, de classe alta ou baixa, eram tolos sentimentais e se importavam menos com o próprio couro do que com palavras sem sentido.

Ela olhou para as velhas mãos nodosas de Archie, para as duas pistolas e a faca, e foi tomada pelo medo outra vez. Será que havia outros ex-presidiários como ele soltos, assassinos, criminosos, ladrões perdoados por seus delitos em nome da Confederação? Qualquer estranho na rua podia ser um assassino! Se Frank descobrisse a verdade sobre Archie, seria o diabo. Ou se tia Pitty... mas o choque a mataria. Quanto a Melanie... Scarlett bem que gostaria de poder lhe contar a verdade sobre Archie. Seria bem feito para ela por pegar esse lixo e empurrar para seus amigos e parentes.

— Eu... fico contente por você ter me contado, Archie. Não vou contar a ninguém. Seria um grande choque para a Sra. Wilkes e para as outras damas, se soubessem.

— Hã. A Sra. Wilkes sabe. Eu contei para ela na primeira noite que ela me deixou dormir no porão. A senhora não acha que eu ia deixar uma dama tão boa como ela me receber na própria casa sem saber, não é?

— Que os santos nos protejam! — exclamou Scarlett, horrorizada.

Melanie sabia que esse homem era o assassino de uma mulher e não o expulsara de casa. Confiara seu filho a ele, e sua tia, a cunhada e todas as suas amigas. E ela, a mais tímida das mulheres, não tivera medo de ficar sozinha em casa com ele.

— A Sra. Wilkes é bem ajuizada, pra uma mulher. Sabia que estava tudo certo comigo. Sabia que um mentiroso sempre vai mentir e um ladrão roubar, mas a gente não comete mais de um assassinato na vida. E ela supôs que alguém que tinha lutado pela Confederação tinha varrido qualquer coisa que fez. Mesmo que eu não acho que fiz alguma coisa de ruim matando minha mulher... É, a Sra. Wilkes é bem ajuizada mesmo, pra uma mulher... E, estou dizendo, o dia que a senhora arrendar detento é o dia que eu me demito.

Scarlett não respondeu, mas pensou: "Quanto antes você se demitir, melhor para mim. Um assassino!"

Como Melly podia ter sido tão... tão... Bem, não havia palavras para descrever a atitude dela ao receber esse velho facínora e não contar às amigas que era um pássaro saído da gaiola. Então servir o exército varria os pecados passados? Melanie confundira isso com o batismo! Mas, afinal, ela era a pessoa mais tola possível em relação à Confederação, seus veteranos e tudo o que se referisse a eles. Scarlett amaldiçoou os ianques silenciosamente e acrescentou outra marca em sua contagem contra eles. Eram responsáveis por uma situação que forçava uma mulher a manter um assassino a seu lado para protegê-la.

Voltando para casa no frio do entardecer, Scarlett viu um agrupamento de cavalos encilhados, charretes e carroças do lado de fora do saloon Girl of the Period. Ashley estava montado em seu cavalo, uma expressão tensa de alerta no rosto; os rapazes Simmons se inclinavam para fora da charrete, fazendo gestos enfáticos; e Hugh Elsing, o cabelo castanho caído nos olhos, gesticulava. A carroça de tortas do vovô Merriwether estava no centro do emaranhado e, ao se aproximar, Scarlett viu que Tommy Wellburn e tio Henry Hamilton se comprimiam na boleia com ele.

"Seria bom", pensou Scarlett, irritada, "se tio Henry não se dispusesse a andar nesse veículo. Deveria se envergonhar de ser visto ali. Até parece que não tem o próprio cavalo. Só faz isso para ir ao saloon todas as noites com o vovô".

Mesmo sendo insensível como era, ao chegar ao lado da aglomeração ela sentiu parte da tensão e o medo lhe comprimiu o coração.

"Ah", pensou, "espero que ninguém mais tenha sido estuprada! Se a Ku Klux Klan linchar mais um negro, os ianques vão acabar conosco!". E falou a Archie:

— Pare. Há algo de errado.

— A senhora não vai parar na frente de um saloon — disse Archie.

— Você me ouviu. Pare. Boa-noite a todos. Ashley... Tio Henry... Há algo de errado? Vocês parecem tão...

Todos se viraram para ela, cumprimentando com o chapéu e sorrindo, mas havia uma agitação impetuosa nos olhos deles.

— Há algo certo e algo errado — falou tio Henry. — Depende do ponto de vista. Do modo como vejo a legislatura, não podia ter sido feito diferente.

"A legislatura?", pensou Scarlett aliviada. Pouco interesse tinha na legislatura, tendo a sensação de que mal podia afetá-la. O que a assustava era a perspectiva de agressão por parte dos soldados ianques.

— O que a legislatura fez agora?

— Eles se recusaram terminantemente a homologar a emenda — disse vovô Merriwether, com orgulho na voz. — Isso vai mostrar aos ianques.

— E as consequências serão infernais... desculpe, Scarlett — disse Ashley.

— Ah, a emenda? — indagou Scarlett, tentando parecer inteligente.

A política fugia a seu interesse e ela raramente perdia tempo pensando nisso. A Décima Terceira Emenda fora homologada fazia algum tempo, ou talvez a Décima Sexta, mas o que isso significava ela não sabia. Os homens estavam sempre se empolgando com coisas desse tipo. A falta de entendimento estampou-se em seu rosto e Ashley sorriu.

— É a emenda que permite aos negros votar, sabe — explicou ele. — Foi submetida à legislatura e eles se recusaram a homologá-la.

— Que tolice a deles! Sabem que os ianques vão forçá-la por nossas gargantas!

— Foi o que eu quis dizer quando falei que as consequências seriam infernais — disse Ashley.

— Estou orgulhoso do legislativo, orgulhoso da iniciativa deles — gritou tio Henry. — Os ianques não podem nos forçá-la garganta abaixo se não aceitarmos.

— Podem e vão. — A voz de Ashley estava calma, mas havia temor em seus olhos. — E as coisas vão ficar ainda mais duras para nós.

— Ah, Ashley, claro que não! As coisas não podem piorar!

— Ah, podem sim. Suponham que se tenha um legislativo negro? Um governador negro? Imaginem um governo militar pior que o atual?

À medida que Scarlett ia entendendo, seus olhos se arregalavam de medo.

— Tenho pensado no que seria melhor para a Geórgia, melhor para todos nós. — O rosto de Ashley estava tenso. — Se é mais hábil se opor, como fez o legislativo, estimular o norte contra nós e trazer todo o exército ianque para impor o voto negro. Ou engolir nosso orgulho como pudermos, nos submeter dignamente e acabar com o assunto com a maior tranquilidade possível. No fim, dá no mesmo. Estamos impotentes. Vamos tomar a dose que eles decidirem nos servir. Talvez fosse melhor para nós tomá-la sem queixas.

Scarlett mal ouviu suas palavras, tendo certamente deixado passar toda a sua importância. Ela sabia que Ashley, como sempre, via os dois lados de uma questão. Ela só via um: como esse tapa na cara dos ianques poderia afetá-la.

— Vai virar radical e votar nos republicanos, Ashley? — caçoou vovô Merriwether, asperamente.

Houve um silêncio tenso. Scarlett percebeu a mão de Archie mover-se rapidamente em direção à pistola e logo parar. Archie pensava, e muitas vezes dizia, que vovô era um saco velho de vento e não tinha nenhuma intenção de deixá-lo insultar o marido da Sra. Melanie, mesmo que este estivesse falando feito um tolo.

A perplexidade logo se esvaiu dos olhos de Ashley, dando lugar a uma raiva calorosa. Mas, antes que ele pudesse falar, tio Henry atacou vovô.

— Seu mald... que o diabo... Desculpe, Scarlett... Vovô, seu jumento, não fale assim com Ashley!

— Ashley pode cuidar de si mesmo sem precisar que você o defenda — disse vovô friamente —, e fala como a escória sulista. Submeter-se no inferno! Desculpe, Scarlett.

— Eu não acreditava na secessão — disse Ashley e sua voz tremeu de raiva —, mas, quando a Geórgia se separou, eu fui com ela. Não acreditava na guerra, mas combati. E não acredito que se deva deixar os ianques mais furiosos do que já estão. Mas, se o legislativo decidiu fazer isso, fico ao lado do legislativo. Eu...

— Archie — disse tio Henry abruptamente —, leve a Sra. Scarlett para casa. Aqui não é lugar para ela. Além disso, política não é assunto para mulheres e logo vai ter gente praguejando. Vá, Archie. Boa-noite, Scarlett.

Conforme seguiam pela rua dos Pessegueiros, o coração de Scarlett batia acelerado de medo. Será que essa atitude tola do legislativo poria em risco sua segurança? Deixaria os ianques tão furiosos que ela pudesse perder as serrarias?

— Sim, senhor — rosnou Archie —, já ouvi falar de coelho cuspindo na cara de buldogue, mas até agora não tinha visto. O legislativo podia muito bem ter gritado "Urra pro Jeff Davis e pra Confederação Sulista" por tudo de bom que vai ser pra eles... e pra nós. Aqueles ianques que adoram os nêgo já decidiram que vão tornar os nêgo nossos patrões. Mas não dá pra deixar de admirar o ânimo deles.

— Admirá-los? Pelo fogo do inferno! Admirá-los? Deviam levar um tiro! Assim vamos ser massacrados pelos ianques. Por que não homo... homo... sei lá o que deviam ter feito e amansam os ianques em vez de instigá-los outra vez. Eles vão nos fazer ceder, e tanto faz ceder agora ou mais tarde.

Archie cravou-lhe o olho frio.

— Ceder sem lutar? Mulher não tem mais orgulho que uma cabra.

Quando Scarlett arrendou dez detentos, cinco para cada serraria, Archie fez valer sua palavra e se recusou a continuar trabalhando para ela. Nem todas as súplicas de Melanie ou promessas de melhor salário de Frank conseguiram induzi-lo a pegar as rédeas outra vez. De boa vontade, ele acompanhava Melanie, Pitty, India e as amigas pela cidade, mas Scarlett, não. Nem dirigia para as outras senhoras se Scarlett estivesse na carruagem. Era constrangedor ter o velho criminoso a julgá-la, e ainda mais constrangedor saber que sua família e amigos concordavam com ele.

Frank protestou contra essa atitude. A princípio Ashley se recusou a trabalhar com detentos, e só foi persuadido, contra a vontade, após lágrimas, súplicas e promessas de que, quando as coisas melhorassem, ela contrataria negros livres. Os vizinhos foram tão francos na reprovação que Frank, Pitty e Melanie achavam difícil andar de cabeça erguida. Até Peter e Mammy declararam que dava azar trabalhar com detentos e que dali nada de bom sairia. Todos diziam que era errado tirar vantagem da infelicidade e do infortúnio alheio.

— Vocês não fizeram nenhuma objeção a trabalhar com escravos! — exclamava Scarlett, indignada.

Ah, mas isso era diferente. Os escravos não eram infelizes nem desafortunados. Os negros estavam muito melhor sob a escravatura do que livres, e, se ela não acreditasse, bastava olhar a sua volta! Mas, como sempre, a oposição tinha o efeito de deixar Scarlett mais determinada em seu rumo. Ela tirou Hugh da gerência da serraria, colocando-o na direção do carroção de entregas, e acertou os detalhes para contratar Johnnie Gallegher.

Ele parecia ser o único entre seus conhecidos que aprovava o uso dos detentos. Assentiu com a grande cabeça e disse que era uma decisão inteligente. Olhando o pequeno ex-jóquei, firmemente plantado sobre as curtas pernas arqueadas, a dura fisionomia metódica de gnomo, Scarlett pensou: "Seja quem for que o deixava montar seus cavalos, não ligava muito para o lombo dos animais. Eu não o deixaria chegar perto de um cavalo meu."

Mas ela não tinha nenhum escrúpulo de confiar-lhe um bando de detentos.

— E posso ter liberdade de ação com o bando? — perguntou ele, com os olhos tão frios como ágatas cinzentas.

— Total. Tudo o que lhe peço é que mantenha a serraria funcionando e me entregue tanta madeira quanto eu quiser e quando eu quiser.

— Estou a seu serviço — disse Johnnie brevemente. — Vou dizer ao Sr. Wellburn que estou me demitindo.

Enquanto ele saía em meio à multidão de pedreiros, carpinteiros e serventes, Scarlett sentiu-se aliviada e reanimada. Johnnie era mesmo o homem certo. Era durão, firme e não havia tolices com ele. "Irlandês pobre ganancioso", era como Frank desdenhosamente se referia a ele, mas, exatamente por essa razão, Scarlett o valorizava. Ela sabia que um irlandês determinado a chegar a algum lugar era um homem valioso de se ter, independente de suas características pessoais. Além de tudo, ela tinha maior afinidade com ele do que com muitos homens de sua própria classe, pois Johnnie conhecia o valor do dinheiro.

Em sua primeira semana de trabalho na serraria, ele justificou todas as suas expectativas, pois conseguiu mais com cinco detentos do que Hugh conseguira com sua equipe de dez negros. Além disso, ele possibilitava mais tempo de lazer a Scarlett do que ela tivera desde sua chegada a Atlanta no ano anterior, pois não gostava de sua presença na serraria e foi franco em dizê-lo.

— Cuide de suas vendas e me deixe cortar madeira — disse ele secamente. — Um campo de detentos não é lugar para uma senhora, e, se ninguém lhe disse isso, Johnnie Gallegher está dizendo agora. Estou entregando a madeira, não estou? Bem, não gosto de ser importunado todos os dias como o Sr. Wilkes. Ele precisa ser importunado, eu não.

Então, relutante, Scarlett se distanciou da serraria de Johnnie, temendo que, se aparecesse com muita frequência, ele poderia se demitir, o que seria sua ruína. O comentário de que Ashley precisava ser importunado a incomodou, pois havia mais verdade ali do que queria admitir. Ashley estava conseguindo pouco mais dos detentos do que conseguia com os operários livres, embora ele não soubesse por quê. Além disso, parecia estar envergonhado de trabalhar com detentos e não andava falando muito com ela.

Scarlett estava preocupada com a mudança que se operava nele. Havia cabelos brancos em sua cabeça luminosa e um cansaço que lhe curvava os ombros. E ele raramente sorria. Já não se parecia com o Ashley afável que instigara suas fantasias tantos anos atrás. Parecia um homem secretamente corroído por uma dor mal tolerada, e havia uma expressão tesa e soturna em sua boca que zombava dela e a magoava. Ela gostaria de puxar a cabeça dele ardorosamente para seu ombro, afagar-lhe os cabelos e gritar: "Diga o que o preocupa! Eu darei um jeito! Farei tudo ficar bem para você!"

Mas seu ar formal e distante a mantinha a um braço de distância.

Capítulo 43

Era um daqueles raros dias de dezembro em que o sol estava quase tão quente quanto em um veranico. Ainda havia folhas secas penduradas no carvalho do jardim de tia Pitty e um leve verde amarelado persistia no gramado moribundo. Com o bebê no colo, Scarlett foi para a varanda lateral e sentou-se na cadeira de balanço em um trecho onde batia sol. Usava um novo vestido verde debruado com metros e metros de passamanaria preta e uma nova touca caseira de renda que tia Pitty fizera. Ambos lhe caíam muito bem e ela sabia, o que lhe dava grande prazer. Que bom estar bonita outra vez, depois dos longos meses de uma horrível aparência!

Sentada, ninando o bebê e cantarolando baixinho para si mesma, ela ouviu o som de cascos vindo da rua e, espiando com curiosidade pelo emaranhado das trepadeiras mortas da varanda, viu Rhett Butler cavalgando em direção à casa.

Fazia meses que ele estava fora de Atlanta, tendo partido logo após a morte de Gerald e muito antes do nascimento de Ella Lorena. Ela sentira falta dele, mas agora queria muito que houvesse um modo de não o ver. Na verdade, ver seu rosto moreno lhe trazia uma sensação de pânico culpado ao peito. Uma questão que se referia a Ashley lhe pesava na consciência, e não queria discuti-la com Rhett, mas sabia que ele forçaria a discussão, não importando quanto ela não estivesse inclinada.

Ele parou diante do portão, saltou do cavalo com leveza e ela, olhando-o nervosa, pensou que ele tinha a exata aparência de uma ilustração do livro que Wade sempre a importunava para ler em voz alta.

"Ele só precisa de um brinco e um facão entre os dentes", pensou. "Bem, pirata ou não, não vou deixar que corte minha garganta hoje."

Enquanto ele vinha pelo caminho, ela o cumprimentou, dando seu mais doce sorriso. Que sorte estar com seu vestido novo, com a touca que lhe caía tão bem e estar bonita! Ele lhe deu uma rápida olhada e ela percebeu que também a achara bonita.

— Outro bebê! Ora, Scarlett, que surpresa! — riu ele, inclinando-se para tirar a coberta do rostinho feio de Ella Lorena.

— Não seja bobo — disse ela, corando. — Como vai, Rhett? Esteve fora por um longo tempo.

— É mesmo. Deixe-me segurá-lo, Scarlett. Ah, eu sei segurar bebês. Tenho muitos dons esquisitos. Bem, com certeza se parece com Frank. Tudo, exceto as costeletas, mas dê-lhe algum tempo.

— Espero que não. É uma menina.

— Uma menina! Isso é ainda melhor. Meninos são inconvenientes. Nunca mais tenha meninos, Scarlett.

Estava na ponta de sua língua retrucar que ela não pretendia ter mais bebês, meninos ou meninas, mas se deteve a tempo e sorriu, procurando rapidamente por algo que adiasse o momento desagradável em que o assunto que ela temia surgiria.

— Fez uma boa viagem, Rhett? Aonde foi dessa vez?

— Ah, Cuba... Nova Orleans... outros lugares. Tome, Scarlett, pegue o bebê. Ela está começando a babar e não consigo pegar meu lenço. É um ótimo bebê, com certeza, mas está molhando o peito de minha camisa.

Ela pegou a filha e Rhett se acomodou preguiçosamente na balaustrada e pegou um charuto de um estojo de prata.

— Você sempre vai a Nova Orleans — disse ela e fez um beicinho — e nunca me diz o que vai fazer lá.

— Trabalho duro, Scarlett, e talvez meus negócios me levem até lá.

— Trabalhar duro? Você? — Ela riu, impertinente. — Nunca trabalhou na vida. É preguiçoso demais. Só o que faz é financiar os aventureiros em seus roubos, ficar com metade dos lucros e subornar os oficiais ianques para que o coloquem nos esquemas de nos roubar, a nós, os pagadores de impostos.

Ele jogou a cabeça para trás e riu.

— E você adoraria ter dinheiro para subornar os oficiais e poder fazer o mesmo!

— Só de pensar nessa ideia...

— Mas talvez você ganhe bastante para chegar ao suborno de larga escala algum dia. Talvez fique rica com aqueles detentos que arrendou.

— Ah — disse ela, meio desconcertada —, como soube de meu bando tão cedo?

— Cheguei ontem à noite e fui ao saloon Girl of the Period, onde se sabe de todas as notícias da cidade. É terreno livre para os mexericos. Melhor que um círculo de costura para senhoras. Todos me contaram que você arrendou um bando e pôs aquele baixinho, Gallegher, para matá-los de trabalhar.

— Que mentira — disse ela, braba. — Ele não os mata de trabalhar. Eu cuido disso.

— Cuida?

— É claro que sim. Como pode insinuar tal coisa?

— Ah, eu lhe peço desculpas, Sra. Kennedy! Sei que seus atos estão sempre acima de censura. Contudo, Johnnie Gallegher é abusado e frio como não vi outro antes. É melhor ficar de olho nele ou terá problemas quando o inspetor andar por lá.

— Você cuida de seus negócios e eu cuido dos meus — disse ela, indignada. — E não quero mais falar de detentos. Todo mundo tem sido detestável por causa disso. Meu bando é de minha conta... E você ainda não me contou o que faz em Nova Orleans. Vai lá com tanta frequência que todos dizem... — Ela fez uma pausa, não pretendia falar tanto.

— Dizem o quê?

— Bem... que tem uma namorada lá. Que vai se casar. Vai mesmo, Rhett?

Fazia tanto tempo que ela estava curiosa a esse respeito que não conseguiu evitar, fazendo a pergunta abertamente. Uma sensação estranha de ciúmes a apunhalou ao pensar em Rhett se casando, embora não conseguisse explicar por quê.

Os olhos brandos dele ficaram subitamente alertas e se fixaram nela até um leve rubor lhe subir às faces.

— Você se importaria muito?

— Bem, eu odiaria perder sua amizade — disse ela, afetada, e, tentando demonstrar desinteresse, olhou para baixo, ajeitando a coberta em torno da cabeça de Ella Lorena.

Ele deu uma risada repentina e disse:

— Olhe para mim, Scarlett.

Ela olhou para cima, sem vontade, ficando ainda mais ruborizada.

— Pode dizer a seus amigos curiosos que, quando eu me casar, será porque não consegui a mulher que eu queria de nenhum outro modo. E ainda não quis uma mulher bastante para me casar com ela.

Agora ela estava realmente confusa e constrangida, pois se lembrou da noite naquela mesma varanda durante o cerco em que ele dissera: "Não sou homem que se case" e informalmente sugerira que ela se tornasse sua amante... lembrou-se também daquele dia terrível, quando ele estava na cadeia, e se envergonhou. Um sorriso malicioso passeou no rosto dele enquanto lia os olhos dela.

— Mas vou satisfazer sua curiosidade vulgar, visto que faz perguntas precisas. Não é uma namorada que me leva a Nova Orleans. É uma criança, um menininho.

— Um menininho! — O choque dessa informação inesperada varreu a confusão.

— É, tenho sua tutela legal e sou responsável por ele. Ele está na escola em Nova Orleans. Vou lá com frequência para vê-lo.

— E leva presentes para ele? — Então, ela pensou, é por isso que ele sempre sabe de que tipo de presentes Wade gosta!

— Sim — disse ele secamente, sem vontade.

— Bem, eu nunca... Ele é bonito?

— Bonito demais para o próprio bem.

— É um bom menino?

— Não. É um verdadeiro diabrete. Eu queria que nunca tivesse nascido. Meninos são criaturas problemáticas. Você gostaria de saber mais alguma coisa?

Ele pareceu repentinamente zangado e franziu a testa, como se já estivesse arrependido de falar do assunto.

— Bem, não se você não quiser me falar mais — disse ela com altivez, embora estivesse louca para saber mais. — Simplesmente não consigo vê-lo no papel de tutor. — E ela riu esperando desconcertá-lo.

— Imagino que não consiga. Sua visão é bastante limitada.

Ele não falou mais nada e ficou fumando o charuto em silêncio. Ela tentou achar um comentário tão descortês quanto o dele, mas não conseguiu.

— Eu apreciaria se você não contasse nada disso a ninguém — disse ele por fim. — Mesmo achando que pedir a uma mulher que fique de boca calada é pedir o impossível.

— Eu consigo guardar segredo — disse ela com a dignidade ferida.

— Mesmo? É bom saber de coisas insuspeitas sobre nossos amigos. Agora, pare de fazer beicinho, Scarlett. Perdoe a grosseria, mas você a mereceu pela intromissão. Sorria e sejamos agradáveis por um ou dois minutos antes que eu fale de um assunto desagradável.

"Minha nossa", pensou ela. "Agora ele vai falar sobre Ashley e a serraria", e apressou-se a sorrir e mostrar-lhe as covinhas para distraí-lo.

— Onde mais esteve, Rhett? Não ficou em Nova Orleans todo esse tempo, não é?

— Não, passei esse mês em Charleston. Meu pai morreu.

— Ah, sinto muito.

— Não sinta. Tenho certeza de que ele não se importou de morrer, e eu tenho certeza de que não sinto pela morte dele.

— Rhett, que coisa horrível de se dizer!

— Seria mais horrível se eu fingisse estar sentido quando não estou, não é? Nunca houve um amor perdido entre nós. Não consigo me lembrar de alguma vez que o velho cavalheiro não tenha me censurado. Eu era parecido demais com o pai dele, que ele reprovava de todo o coração. E, à medida que envelheci, sua reprovação se transformou em pura antipatia, que, admito, fiz pouco para mudar. Tudo o que meu pai queria que eu fizesse ou fosse era chato. Finalmente, ele me jogou no mundo sem um centavo e sem qualquer treino para ser alguma coisa, além de um cavalheiro charlestoniano, um bom atirador e excelente jogador de pôquer. E pareceu tomar como afronta pessoal que eu não tenha passado fome, mas tirei ótima vantagem de meu jogo de pôquer, vivendo regiamente como jogador. Ele ficou tão afrontado por um Butler se tornar jogador que, quando voltei para casa pela primeira vez, proibiu minha mãe de me ver. E, durante toda a guerra, quando eu estava atravessando o bloqueio de Charleston, mamãe tinha que escapulir para poder me ver. É natural que isso não tenha aumentado meu amor por ele.

— Ah, eu não sabia de nada!

— Ele era o que se considera um fino cavalheiro da velha escola, ou seja, ignorante, burro, intolerante e incapaz de pensar seguindo qualquer outra linha que não fosse a dos outros cavalheiros da velha escola. Todos o admiravam muito por ter me expulsado e me considerado morto. "Se teu olho direito te faz tropeçar, arranca-o e aparta-o de ti." Eu era seu olho direito, o filho mais velho, e ele me arrancou por vingança.

Ele sorriu de leve, os olhos endurecidos pela lembrança.

— Bem, eu poderia ter perdoado tudo, mas não posso perdoar o que ele fez a minha mãe e a minha irmã depois que a guerra acabou. Elas ficaram praticamente na miséria. A casa da fazenda foi incendiada e os campos de arroz voltaram a ser terras pantanosas. A casa da cidade foi entregue para pagar impostos e elas moram em dois cômodos que não servem para os negros. Mandei dinheiro para minha mãe, mas ele devolveu... dinheiro sujo! Diversas vezes fui a Charleston e dei dinheiro a minha irmã às escondidas. Mas ele sempre descobria e a infernizava, até sua vida não valer a pena, coitada. E o dinheiro voltava para mim. Não sei como conseguiram sobreviver... Sim, sei. Meu irmão lhes dava o que podia, embora não tenha muito e não aceite nada de mim... dinheiro de especulador é azarado! E pela caridade das amigas. Sua tia Eulalie tem sido muito boa. É uma das melhores amigas de minha mãe. Ela lhes deu roupas e... Meu bom Deus! Minha mãe vivendo de caridade!

Era uma das poucas vezes em que ela o via sem a máscara, a fisionomia dura com ódio honesto pelo pai e aflição pela mãe.

— Tia Eulalie! Mas, meu Deus, Rhett, ela não tem muito mais do que aquilo que eu mando para ela!

— Ah, então é daí que vem! Que falta de educação a sua, minha cara, vangloriar-se de tal coisa diante de minha humilhação. Precisa me deixar reembolsá-la!

— Com prazer — disse Scarlett, um sorriso se abrindo, e ele sorriu de volta.

— Ah, Scarlett, como a ideia de um dólar faz seus olhos brilharem! Tem certeza de não ter algum sangue escocês ou talvez judeu misturado ao irlandês?

— Não seja detestável! Não pretendia afrontá-lo com o comentário sobre tia Eulália. Mas ela acha que sou feita de dinheiro. Está sempre me escrevendo e pedindo mais e, Deus sabe, já tenho muitos nas costas sem sustentar os de Charleston. De que morreu seu pai?

— De inanição cavalheiresca, acho... e espero. Foi bem feito. Queria deixar mamãe e Rosemary morrerem de fome com ele. Agora, que está morto, posso ajudá-las. Comprei uma casa em Battery e elas têm criados que cuidam delas. Mas é claro que não podiam deixar que soubessem que o dinheiro era meu.

— Por que não?

— Minha cara, você certamente conhece Charleston! Já esteve lá. Minha família está pobre, mas tem uma posição que não poderia ser mantida se soubessem que por trás daquilo estava dinheiro de jogo, especulação e aventureiros ianques. Não, elas disseram que o pai lhes deixara um enorme seguro de vida... que tinha se tornado um mendigo e morrido de fome para manter os pagamentos, para que, quando morresse, elas ficassem amparadas. Assim, eles o veem como um cavalheiro da velha escola ainda maior que antes... Na verdade, um mártir pela família. Espero que ele esteja se retorcendo no túmulo, sabendo que mamãe e Rosemary estão bem agora, apesar de seus esforços... De certo modo, sinto por ele ter morrido, porque queria morrer... ficou feliz de morrer.

— Por quê?

— Ah, ele realmente morreu quando Lee se rendeu. Você conhece o tipo. Nunca conseguiu se ajustar aos novos tempos e passava os dias falando dos bons tempos passados.

— Rhett, será que todos os velhos são assim? — Ela estava pensando em Gerald e no que Will dissera dele.

— Céus, não! Veja seu tio Henry e aquele gato do mato, o Sr. Merriwether, só para citar dois. Começaram vida nova quando marcharam com a Guarda Nacional e me parece que rejuvenesceram e ficaram mais mordazes desde então. Encontrei o velho Merriwether hoje de manhã dirigindo a carroça de tortas de René e xingando o cavalo como um cocheiro do exército. Ele me disse que estava se sentindo dez anos mais moço desde que escapara de casa e dos mimos da nora e começara a dirigir a carroça. E seu tio Henry adora lutar contra os ianques no tribunal e fora dele, defendendo viúvas e órfãos, sem cobrar, temo... contra os aventureiros. Se não tivesse havido guerra, ele teria se aposentado há muito tempo e estaria cuidando do reumatismo. Eles rejuvenesceram porque estão se sentindo úteis de novo, sentem que são necessários. E apreciam esta nova época que dá outra oportunidade aos velhos. Mas há muitos jovens que se sentem como o meu e o seu pai. Não conseguem e não vão se ajustar, o que me leva ao assunto desagradável que quero discutir com você, Scarlett.

Sua súbita virada a fez gaguejar:

— O... que... qual? — e internamente a gemer. Ah, Senhor! Agora, lá vem. Será que vou conseguir amansá-lo?

— Eu não devia ter esperado verdade, honra ou negócio limpo de você, conhecendo-a como conheço. Mas cometi a tolice de confiar.

— Não sei a que se refere.

— Acho que sabe. De qualquer modo, está com uma expressão culpada. Andando pela rua Ivy agora mesmo, a caminho daqui, quem me saúda detrás de um arbusto, senão a Sra. Wilkes! É claro, parei e conversei com ela.

— Mesmo?

— Sim, tivemos uma agradável conversa. Ela me disse que sempre quisera me dizer quanto fui bravo de ter lutado pela Confederação, mesmo que só na décima primeira hora.

— Ah, que bobagem! Melly é uma boba. Ela podia ter morrido naquela noite por causa de seu ato de heroísmo.

— Imagino que teria achado que dera a vida por uma boa causa. Quando perguntei o que estava fazendo em Atlanta, ela pareceu surpresa diante de minha ignorância e me contou que estavam morando aqui agora e que você tivera a bondade de oferecer sociedade ao Sr. Wilkes em sua serraria.

— Bem, o que tem isso? — questionou Scarlett, secamente.

— Quando lhe emprestei o dinheiro para comprar a serraria, foi sob a condição, com a qual você concordou, de que não deveria servir de sustento para Ashley Wilkes.

— Você está sendo ofensivo. Já lhe paguei o empréstimo, sou dona da serraria e o que faço com ela é assuntou meu.

— Você se importaria de me dizer como ganhou dinheiro para pagar o empréstimo?

— Vendendo madeira, é claro.

— O que quer dizer é que ganhou esse dinheiro a partir do que lhe emprestei para começar um negócio. Meu dinheiro está sendo usado para sustentar Ashley. Você é uma mulher sem honra e, se não tivesse pagado o empréstimo, eu teria grande prazer de lhe pedir de volta e de colocá-la em leilão público se não pudesse pagar.

Ele falou com suavidade, mas a raiva cintilava em seus olhos.

Scarlett rapidamente levou o conflito para o território inimigo.

— Por que você odeia tanto Ashley? Creio que tem ciúmes dele.

Depois de falar, ela sentiu vontade de morder a própria língua, pois ele jogou a cabeça para trás e riu até ela ficar rubra de humilhação.

— Vaidade somada a desonra — disse ele. — Você nunca vai superar o fato de ser a beldade do condado, não é? Sempre vai pensar que é a coisa mais linda e que cada homem que encontra está suspirando por seu amor.

— Não é nada disso! — exclamou ela, furiosa. — Só não consigo entender por que você odeia tanto Ashley, e essa é a única explicação que me vem à mente.

— Bem, pense em alguma outra coisa, pequena sedutora, pois essa explicação está errada. E quanto a odiar Ashley... não o odeio mais do que gosto dele. Na verdade, a única coisa que sinto por ele e pelos de sua estirpe é pena.

— Pena?

— Sim, e certo desdém. Agora pode inchar como um peru e dizer que ele vale mil patifes como eu e que eu não deveria ousar ser tão presunçoso de sentir pena dele nem desdenhá-lo. E quando parar de inchar, vou explicar, se estiver interessada.

— Pois bem, não estou.

— Mas vou dizer mesmo assim, pois não suporto que você continue acalentando sua agradável ilusão sobre meu ciúme. Tenho pena dele porque deveria estar morto e não está. E desdenho porque ele não sabe o que fazer de si mesmo agora que seu mundo se foi.

Havia algo familiar na ideia. Ela tinha uma lembrança confusa de ter ouvido palavras semelhantes, mas não conseguia se lembrar quando e onde. Não se esforçou muito, pois estava furiosa.

— Se dependesse de você, todos os homens decentes do sul estariam mortos.

— E, se dependesse deles, acho que a espécie de Ashley preferia estar morta. Mortos sob elegantes lápides, dizendo: "Aqui jaz um soldado da Confederação, morto pela Terra Sulista" ou *Dulce et decorum est*"... ou qualquer um dos outros epitáfios populares.

— Não vejo por quê.

— Você nunca vê nada que não esteja escrito em letras bem grandes e depois mostrado bem embaixo de seu nariz, não é? Se estivessem mortos, seus problemas teriam acabado, não precisariam encarar os problemas sem solução. Além disso, as famílias se sentiriam orgulhosas por inúmeras gerações. E já ouvi dizer que os mortos ficam felizes. Acha que Ashley Wilkes está feliz?

— Ora, é claro... — Ela começou e logo se lembrou da expressão nos olhos de Ashley nos últimos tempos e se calou.

— Ele está feliz, assim como Hugh Elsing ou o Dr. Meade? Estão mais felizes que o meu ou o seu pai estavam?

— Bem, talvez não tão felizes como podiam estar porque perderam todo o dinheiro.

Ele riu.

— A questão não é perder o dinheiro, minha querida, mas perder o mundo... o mundo no qual foram criados. São como peixes fora d'água ou gatos com asas.

Foram criados para ser certas pessoas, para fazer certas coisas, para ocupar certos nichos. E essas pessoas, coisas e nichos desapareceram quando o general Lee chegou a Appomattox. Ah, Scarlett, não pareça assim tão burra! O que há para Ashley Wilkes fazer agora que não tem mais a casa e que a fazenda foi confiscada para pagar os impostos e quando se conseguem vinte cavalheiros finos por um centavo? Ele consegue trabalhar com a cabeça ou as mãos? Aposto que você tem perdido dinheiro desde que ele se encarregou daquela serraria.

— Não perdi.

— Que bom. Posso ver seus livros em uma noite de domingo em que esteja livre?

— Você pode é ir para o inferno. E pode ir agora, que não me importo.

— Minha querida, já estive com o diabo e ele é muito chato. Não irei lá de novo, nem mesmo por você... Você pegou meu dinheiro quando estava desesperada e o usou. Tínhamos um acordo quanto a seu uso, e você o rompeu. Lembre-se, minha preciosa trapaceira, vai chegar o dia em que você vai querer pegar mais dinheiro emprestado comigo. Vai querer que eu a financie, com juros incrivelmente baixos, para poder comprar mais serrarias, mulas e construir mais saloons. E vai ser em vão.

— Quando precisar de dinheiro, pegarei emprestado no banco, obrigada — disse ela friamente, mas seu peito arfava de raiva.

— É mesmo? Tente. Tenho muitas ações no banco.

— Tem?

— Tenho. Estou interessado em um empreendimento honesto.

— Há outros bancos.

— Vários. E, se eu conseguir, será um inferno para você pegar um centavo de qualquer um deles. Poderá ir aos agiotas nortistas se quiser dinheiro.

— Irei com prazer.

— Irá, mas sem muito prazer quando souber as taxas de juros que cobram. Minha linda, há penalidades no mundo dos negócios por trapaça nas transações. Você deveria ter jogado limpo comigo.

— Você é um homem fino, não é? Rico e poderoso e, mesmo assim, fica atormentando pessoas que estão por baixo, como Ashley e eu!

— Não se compare a ele. Você não está por baixo. Nada a derruba. Mas ele está por baixo e lá ficará a menos que haja uma pessoa cheia de energia para orientá-lo e protegê-lo enquanto ele viver. Não tenho intenção de ter meu dinheiro beneficiando esse tipo de gente.

— Você não se importou de me ajudar, e eu estava por baixo e...

— Você era um bom risco, um risco interessante. Por quê? Porque não dependeu dos parentes do sexo masculino nem se lamentou pelos velhos tempos.

Você foi à luta, batalhou e agora sua riqueza está firmemente plantada no dinheiro roubado da carteira de um morto e no dinheiro roubado da Confederação. A seu crédito você tem assassinato, furto ao marido, tentativa de fornicação, mentira, negociações astuciosas e tramoias sem conta que não valem uma inspeção cuidadosa. Coisas admiráveis, todas elas. Demonstram que você é uma pessoa de energia e determinação, um bom risco financeiro. É divertido ajudar pessoas que se ajudam. Eu emprestaria 10 mil dólares sem sequer uma promissória àquela velha matrona romana, a Sra. Merriwether. Ela começou com uma cesta de tortas e veja-a agora! Uma confeitaria empregando meia dúzia de pessoas, o velho vovô feliz com sua carroça de entregas e aquele pequeno crioulo preguiçoso, René, trabalhando duro e gostando... ou aquele pobre coitado, Tommy Wellburn, fazendo o trabalho de dois homens com o físico de meio e fazendo bem, ou... bem, não vou continuar chateando você.

— Pois você me chateia. Chateia ao máximo — disse Scarlett friamente, esperando aborrecê-lo e distraí-lo do assunto sempre desastroso: Ashley. Mas ele só deu uma risada, recusando-se a receber a crítica.

— Pessoas assim merecem ser ajudadas. Mas Ashley Wilkes... bah! Sua espécie não tem utilidade ou valor em um mundo de cabeça para baixo como o nosso. Sempre que o mundo sofre uma reviravolta, a espécie dele é a primeira a perecer. E como seria diferente? Eles não merecem sobreviver porque não lutam... não sabem lutar. Esta não é a primeira vez que o mundo fica de cabeça para baixo e não será a última. Já aconteceu antes e vai acontecer outra vez. E, quando acontece, todos perdem tudo e se tornam iguais. Então, recomeçam do nada. Isto é, nada além da astúcia de seus cérebros e da força de suas mãos. Mas algumas pessoas, como Ashley, não têm astúcia nem força ou, se têm, não querem usá-las. Então sucumbem, e devem sucumbir. É a lei da natureza, e o mundo fica melhor sem eles. Mas sempre há uns poucos intrépidos que se erguem e, com o tempo, voltam exatamente para onde estavam antes da reviravolta do mundo.

— Você foi pobre! Acabou de dizer que seu pai o expulsou de casa sem um tostão! — disse Scarlett, furiosa. — Era de se pensar que entenderia Ashley e seria solidário!

— Entendo — disse Rhett —, mas ai de mim ser solidário. Após a rendição, Ashley tinha muito mais que eu quando fui expulso. Pelo menos tinha amigos que o abrigaram, ao passo que eu era Ismael. Mas o que Ashley fez de si mesmo?

— Se estiver se comparando a Ashley, seu convencido, ora... Ele não é como você, graças a Deus! Ele não mancharia as mãos como você faz, ganhando dinheiro ao lado de aventureiros, da escória sulista e de ianques. Ele é escrupuloso e honrado!

— Mas não escrupuloso e honrado para recusar ajuda e dinheiro de uma mulher.

— O que mais poderia ter feito?

— Quem sou eu para dizer? Só sei o que fiz, tanto quando fui expulso de casa como atualmente. Só sei o que outros homens fizeram. Vimos oportunidade na ruína de uma civilização e a aproveitamos ao máximo, alguns honestamente, outros, nem tanto, e continuamos aproveitando como podemos. Mas os Ashleys deste mundo têm as mesmas chances e não as aproveitam. Simplesmente não são espertos, Scarlett, e só os espertos merecem sobreviver.

Ela mal ouviu o que ele dizia, pois agora lhe retornava a lembrança exata que a provocara alguns minutos antes quando ele começara a falar. Lembrou-se do vento frio que varria o pomar de Tara e de Ashley diante de uma pilha de lenha, os olhos que a fitavam sem ver. E ele dissera... o quê? Algum nome estrangeiro engraçado que soava como blasfêmia e falara do fim do mundo. Ela não entendera na época, mas agora começava a compreender, ficando atordoada e com uma sensação de mal-estar e cansaço.

— Ora, Ashley disse...

— Sim?

— Certa vez, em Tara, ele disse alguma coisa sobre o... um... crepúsculo dos deuses e sobre o fim do mundo e algumas tolices desse tipo.

— Ah, o Götterdämmerung! — Os olhos de Rhett estavam aguçados de interesse. — E o que mais?

— Ah, não me lembro bem. Eu não estava prestando muita atenção. Mas... sim... algo sobre os fortes obterem êxito e os fracos serem eliminados.

— Ah, então ele sabe, o que torna as coisas mais difíceis para ele. A maioria não sabe e nunca saberá. Ficam se perguntando pelo resto da vida para onde foi o velho encanto. Simplesmente sofrem em um silêncio orgulhoso e incompetente. Mas ele entende. Sabe que foi eliminado.

— Ah, ele não foi! Não enquanto eu respirar.

Ele a olhou em silêncio e sua fisionomia ficou impassível.

— Scarlett, como o convenceu a vir para Atlanta trabalhar na serraria? Ele resistiu muito?

Ela teve uma rápida lembrança da cena com Ashley após o funeral de Gerald, que logo afastou.

— Ora, claro que não — retrucou indignada. — Quando expliquei que precisava da ajuda dele porque não confiava naquele tratante que estava na serraria e Frank estava muito ocupado para me ajudar e eu ia... bem, havia Ella Lorena. Ele ficou contente de me ajudar.

— Doces são os caminhos da maternidade! Então foi assim que o abordou. Bom, o tem onde quer agora, pobre coitado, tão agrilhoado a você por obrigações quanto qualquer um de seus detentos às correntes. E desejo felicidade a vocês dois. Mas, como eu dizia no início desta discussão, você nunca mais obterá um centavo meu para nenhum de seus projetos pouco femininos, minha cara hipócrita.

Ela estava com muita raiva e também desapontada. Fazia tempo que planejava pedir mais dinheiro a Rhett para comprar um lote no centro e abrir um depósito de madeira.

— Posso passar sem seu dinheiro — exclamou ela. — Estou lucrando com a serraria de Johnnie Gallegher, bastante, agora que não emprego mais negros, tenho algum dinheiro em hipotecas e na loja estamos ganhando dinheiro rapidamente vendendo aos negros.

— É, ouvi falar. Que esperteza a sua lograr os desamparados, as viúvas, os órfãos e os ignorantes! Mas, se precisa roubar, Scarlett, por que não rouba dos ricos e fortes em vez dos pobres e fracos? Desde Robin Hood isso é considerado altamente moral.

— Porque — disse Scarlett secamente — é muito mais fácil e seguro roubar... como você chama isso... dos pobres.

Ele riu em silêncio, os ombros se sacudindo.

— Você é uma boa de uma trapaceira honesta, Scarlett!

Uma trapaceira! Esquisito que aquela palavra a magoasse. Não era trapaceira, disse a si mesma com veemência. Pelo menos, não era o que queria ser. Queria ser uma grande dama. Por um momento, sua mente retrocedeu rapidamente pelos anos e ela viu a mãe movendo-se com o ruge-ruge de saias e uma leve fragrância de sachê, as mãos incansáveis a serviço dos outros, amada, respeitada, estimada. E de repente seu coração doeu.

— Você está tentando me atormentar — disse ela, cansada —, mas não adianta. Sei que não ando sendo tão escrupulosa quanto deveria. Nem tão boa e agradável como fui criada para ser. Mas não há outro jeito, Rhett. Mesmo, não consigo. O que mais deveria ter feito? O que teria acontecido comigo, com Wade, com Tara e com todos nós se eu tivesse sido... gentil quando aquele ianque chegou em Tara? Eu deveria ter sido... mas nem quero pensar naquilo. E, quando Jonas Wilkerson ia me tomar a casa, suponha que tivesse sido... boa e escrupulosa? Onde estaríamos agora? E se eu tivesse sido meiga e simplória e não tivesse censurado Frank sobre dívidas antigas nós estaríamos... ah, bem. Talvez eu seja uma trapaceira, mas não serei para sempre, Rhett. Mas durante esses últimos anos... e mesmo agora... que outra coisa deveria ter feito? De que outro modo teria agido? Eu tinha a sensação de ter que remar um barco bem carregado em meio a uma tormenta. Tive tanta dificuldade tentando simplesmente não afundar que não podia me preocupar com coisas sem importância, coisas de que podia me desfazer sem sentir falta, como boas maneiras e... bem, coisas assim. Fiquei com muito medo de atolar o barco no pântano, então descarreguei o que parecia menos importante.

— Orgulho, honra, verdade, virtude e bondade — ele enumerou suavemente. — Você tem razão, Scarlett. Essas coisas não são importantes quando o barco está afundando. Mas olhe em volta para seus amigos. Ou estão trazendo seus barcos para a terra firme em segurança com a carga intacta ou estão contentes de afundar com as bandeiras tremulando.

— São um bando de tolos — disse ela secamente. — Há hora para tudo. Quando eu tiver muito dinheiro, também vou ser boa como você quer. Serei de uma meiguice única. Vou poder me dar a esse luxo.

— Poderá, mas não vai. É difícil salvar cargas alijadas e, quando são salvas, costumam estar irreparavelmente danificadas. E temo que, quando você puder se dar ao luxo de pescar a honra, a virtude e a bondade que jogou fora, vai descobrir que sofreram uma mutação no mar e que não foi, sinto, para algo rico e desconhecido...

Ele se levantou de repente e pegou o chapéu.

— Já vai?

— Sim. Não fica aliviada? Deixo-a com os restos de sua consciência.

Ele fez uma pausa, olhou para o bebê, estendendo um dedo para a criança agarrar.

— Imagino que Frank esteja explodindo de orgulho.

— Ah, é claro.

— Suponho que tenha muitos planos para esse bebê.

— Ah, bem, você sabe que tolos são os homens em relação a seus bebês.

— Então diga a ele... — disse Rhett, e parou de repente, uma expressão estranha no rosto — diga a ele que, se quiser ver realizados seus planos para esse bebê, seria melhor ficar mais em casa à noite.

— O que quer dizer?

— Só isso. Diga-lhe para ficar mais em casa.

— Ah, que criatura vil você é! Insinuar que o pobre Frank...

— Ah, por Deus! — Rhett caiu na gargalhada. — Não quis dizer que ele está andando com mulheres! Frank! Não! Ah, Deus!

Ele desceu os degraus ainda rindo.

Capítulo 44

*V*entava e fazia frio na tarde de março, e Scarlett puxou a coberta até em cima, sob os braços, a caminho da serraria de Johnnie Gallegher pela estrada Decatur. Era um momento arriscado para andar sozinha e ela sabia, mais arriscado do que antes, pois agora os negros estavam totalmente fora de controle. Como Ashley profetizara, as consequências tinham sido desastrosas desde que o legislativo se recusara a homologar a emenda. A corajosa recusa fora como um tapa na cara do norte furioso, e a retaliação chegara rapidamente. O norte estava decidido a forçar o voto negro no estado e, para esse fim, a Geórgia fora declarada em rebelião e posta sob a mais rígida das leis marciais. A própria existência da Geórgia como estado fora varrida do mapa e se tornara, juntamente com a Flórida e o Alabama, "Distrito Militar Número Três", sob o comando de um general federal.

Se a vida fora insegura e apavorante, era o dobro agora. Os regulamentos militares, que tinham parecido rigorosos no ano anterior, agora eram suaves em comparação aos emitidos pelo general Pope. Confrontado com a perspectiva de um domínio negro, o futuro parecia obscuro e desesperançado, e o estado aflito ardeu e se contorceu, impotente. Quanto aos negros, a nova importância adquirida lhes subiu à cabeça, e, vendo que eram apoiados pelo exército ianque, eram cada vez mais ultrajantes. Ninguém estava a salvo deles.

Nessa época feroz e amedrontadora, Scarlett estava assustada... mas determinada, e ainda saía sozinha com a pistola de Frank enfiada no estofamento da charrete. Amaldiçoava o legislativo por desencadear essa desgraça sobre todos. Que bem fizera a corajosa resistência, o gesto que todos denominavam de galhardo? Só tinha piorado muito as coisas.

Ao se aproximar do caminho que descia por entre as árvores nuas até a parte baixa do riacho, onde ficava a colônia de Shantytown, ela apressou o cavalo. Sempre se sentia insegura ao passar por aquele conjunto sujo e sórdido de tendas descartadas do exército e barracos de tábuas. Era o local de pior reputação de Atlanta e arredores, pois ali viviam na imundice negros marginais, prostitutas negras e alguns brancos pobres da pior espécie. Corria o boato de que era o refúgio de criminosos negros e brancos, sendo o primeiro lugar que os soldados ianques revistavam quando procuravam um homem. Tiroteios e facadas aconteciam ali com tamanha regularidade que as autoridades raramente se davam ao trabalho de investigar, e geralmente deixava os habitantes de Shantytown resolver os próprios assuntos obscuros. No mato havia uma destilaria de uísque barato de milho e, à noite, os barracos perto do riacho ressoavam com gritos e xingamentos dos bêbados.

Até os ianques admitiam que era um local calamitoso e que devia ser eliminado, mas não tomavam nenhuma atitude. A indignação era enorme entre os habitantes de Atlanta e Decatur, que eram forçados a usar a estrada para viajar entre as duas cidades. Os homens passavam por Shantytown com a pistola solta no coldre, e as damas nunca passavam por lá se pudessem evitar, mesmo sob a proteção de seus homens, pois geralmente havia negras devassas e bêbadas sentadas pela estrada proferindo insultos e gritando palavrões.

Enquanto tivera Archie ao lado, Scarlett não pensava em Shantytown, pois nem mesmo a negra mais insolente ousava rir em sua presença. Mas, desde que fora forçada a andar sozinha, já houvera uma série de incidentes irritantes. As negras vadias pareciam querer ver até onde podiam chegar sempre que ela passava. Nada podia ser feito, a não ser ignorá-las e ferver de ódio. Não podia sequer procurar consolo desabafando com os vizinhos ou com a família, pois os vizinhos diriam triunfantes: "Pois bem, o que mais você esperava?", e a família ficaria apavorada novamente e tentaria impedi-la de sair. E ela não pretendia deixar de fazer suas rondas.

Graças aos Céus, naquele dia não havia mulheres maltrapilhas na estrada! Ao passar pela trilha que levava à colônia, ela olhou com desgosto para o grupo de choças erguidas no pequeno vale iluminado pelos raios oblíquos do sol. Soprava um vento frio e chegaram ao seu nariz os odores misturados de fumaça, carne de porco frita e latrinas desassistidas. Tapando o nariz, bateu com as rédeas no cavalo, apressando-o a fazer a curva da estrada.

Assim que começava a inspirar, aliviada, seu coração foi para a garganta pelo susto, pois um negro enorme saiu silenciosamente de trás de um carvalho. Ela estava assustada, mas não o bastante para perder a presença de espírito e, em um instante, puxou as rédeas do cavalo e a pistola de Frank estava em suas mãos.

— O que você quer? — gritou, com toda a severidade que conseguiu reunir. O negro se escondeu de novo atrás da árvore e a voz que respondeu estava assustada.

— Nosso Sinhô, sinhá Scarlett, num atira no Big Sam!

Big Sam! Por um momento, ela não se deu conta das palavras. Big Sam, o capataz de Tara, a quem vira pela última vez nos dias do cerco. Mas como...

— Saia daí e deixe-me ver se você realmente é o Sam!

Relutante, ele foi saindo de trás do esconderijo, um gigante maltrapilho, vestido em culotes de brim e um casaco azul da farda da União, que era curto e apertado demais para sua estatura. Vendo que realmente era Big Sam, ela enfiou a pistola de volta no estofamento e sorriu com prazer.

— Ah, Sam! Que bom revê-lo!

Sam correu até a charrete, os olhos se revirando de felicidade, os dentes brancos cintilando, e apertou a mão estendida com as duas mãos, tão grandes quando presuntos. A língua cor de melancia se projetou para fora, o corpo todo se agitou e suas contorções de alegria eram tão ridículas quanto as cabriolas de um mastim.

— Meu Deus, como é bão vê arguem da famía otra vez! — exclamou ele, esmagando a mão dela até fazê-la sentir que os ossos iam rachar. — Como que vosmecê ficô tão marvada de tá carregano uma arma, sinhá Scarlett?

— Com tanta gente ruim hoje em dia, Sam, é preciso. Mas o que você está fazendo em um lugar horrível como Shantytown, você, um negro respeitável? E por que não foi à cidade me procurar?

— Por Deus, sinhá Scarlett, eu num moro em Shantytown. Só tô descansano aqui um poco. Num ia morá nesse lugá por nada. Nunca na vida eu vi uns nêgo tão ordinário. E num sabia que vosmecê tava em Atlanta. Achei que tava em Tara. Eu tava pensano em ir pra casa pra Tara assim que pudesse.

— Você está morando em Atlanta desde o cerco?

— Não, sinhá! Tive viajano! — Ele soltou a mão dela, que foi flexionada para se certificar de que os ossos estavam intactos. — Se alembra quando me viu úrtima vez?

Scarlett se lembrou do dia quente antes do início do cerco, quando ela e Rhett estavam na carruagem e o bando de negros, com Big Sam à frente, marchava pela rua poeirenta em direção às trincheiras cantando "Go Down, Moses". Ela fez que sim.

— Bão, eu trabaiei feito um cão cavano as vala e encheno saco de areia inté os confedrado saí de Atlanta. Mataro o cavalero capitão encarregado de eu, e num tinha ninguém pra dizê o que fazê. Entonce só fiquei deitado debaxo dos arbusto. Pensei, vô tentá vortá pra casa, pra Tara, daí me disseram que em vorta de Tara tava tudo queimado. Ademais, eu num tinha como vortá e tava com medo dos capitão do mato me pegá, no caso deu num tê passe. Daí viero os ianque e um cavalero ianque, ele era coroné, ele gostô de eu e ficô com eu pra cuidá do cavalo dele e das bota.

"Isso mermo, sinhá! Craro que fiquei bem contente de virá criado de quarto que nem o Pork, depois de sê só trabaiadô do campo. Eu num disse pro coroné que era trabaiadô do campo e ele... Bão, sinhá Scarlett, os ianque são inguinorante! Ele num sabia a diferença! Entonce fiquei com ele e fui para Savannah quando o generá Sherman foi para lá e, por Deus, sinhá Scarlett, nunca vi tanta coisa terríve como vi no caminho pra Savannah! E foi robá e foi queimá... eles queimô Tara, sinhá Scarlett?"

— Tentaram, mas nós apagamos o fogo.

— Ah, bão sabê. Tara é minha casa e tô pensano em vortá. Quando cabô a guerra, o coroné falô: "Você, Sam, vem pro norte comigo. Vô te pagá um bão salário." Bão, que nem os otro nêgo, eu tava quereno ixprimentá essa tar de liberdade, entonce fui pro norte com o coroné. É, sinhá, nós foi pra Washington e Nova York e depois para Boston, onde morava o coroné. É, sinhá, sô um nêgo viajado! Sinhá Scarlett, tem mais cavalo e carruage nas rua dos ianque que vosmecê pode imaginá. Eu ficava com medo de sê atropelado!

— Você gostou do norte, Sam?

Sam coçou a cabeça lanosa.

— Gostei... e num gostei. O coroné é um home fino e entende os nêgo. Mais a muié dele era otra coisa. Ela me chamô de "Sinhô" primera vez que viu eu. É mermo, sinhá, ela chamô. Deu vontade de fugi quando ela fez isso. Daí o coroné falô pra ela me chamá Sam e entonce ela chamô. Mas todos os ianque quando via eu, primera vez, chamava "Sinhô O'Hara". E me convidava pra sentá com eles como se eu era bão que nem eles. Bão, eu nunca tinha sentado com os branco e tô muito véio pra aprendê. Eles me tratava bem, sinhá Scarlett, mas no coração eles num gostava de eu... num gostava de nenhum nêgo. E tinha medo de eu por causa de eu sê grande. E sempre preguntava dos cachorro perdiguero que ia trás de eu e das surra que eu tomava. E, Deus do Céu, sinhá Scarlett, eu nunca tomei surra! Vosmecê sabe que o sinhô Gerald nunca vai dexá batê num nêgo caro que nem eu!

"Eu falei pra eles isso e contei pra eles que a sinhá Ellen era boa pros nêgo e que ela cuidô de eu uma semana intera de penumonia, eles num acreditô. E, sinhá Scarlett, eu garrei saudade da sinhá Ellen e de Tara inté parecê que num ia mais guentá e uma noite me vim embora pra casa nos vagão de carga até Atlanta. Se vosmecê me comprá uma passage pra Tara, eu vô ficá bem feliz de chegá em casa. Vô fica bem contente de vê a sinhá Ellen e o sinhô Gerald otra vez. Chega de liberdade. Quero arguém que me dê de comê todos dia, me diz o que fazê e o que num fazê e me cuida quando tô doente. Magina se pego penumonia otra vez? Aquela sinhá ianque vai cuidá de eu? Num vai, sinhá. Ela vai me chamá de 'sinhô O'Hara', mas num vai cuidá de eu... que foi, sinhá Scarlett?"

— Papai e mamãe morreram, Sam.

— Morreu? Tá brincano, sinhá Scarlett? Isso num é jeito de me tratá.

— Não estou brincando. É verdade. Mamãe morreu quando os homens de Sherman passaram por Tara e papai... ele se foi em junho. Ah, Sam, não chore.

Por favor, não! Vou chorar também. Sam, pare! Não posso aguentar. Não falemos disso agora. Eu lhe conto tudo outra hora... A sinhá Suellen está em Tara, casada com um homem muito bom, o Sr. Will Benteen. E a sinhá Carreen está em um... — Scarlett fez uma pausa. Nunca faria o gigante chorão entender o que era um convento. — Está morando em Charleston. Mas Pork e Prissy estão em Tara... Vamos, Sam, enxugue o nariz. Você realmente quer ir para casa?

— Sim, sinhá, mais num vai sê que nem eu pensava com a sinhá Ellen e...

— Sam, você não gostaria de ficar aqui em Atlanta e trabalhar para mim? Preciso muito de um cocheiro com tanta gente ruim por aí hoje em dia.

— Sim, sinhá, quero, a sinhá percisa. Eu tava bem quereno dizê que vosmecê num devia tá andano por aí sozinha, sinhá Scarlett. Vosmecê num sabe o tanto que uns nêgo são mau hoje em dia, ainda mais esses que mora aqui em Shantytown. Num é seguro pra vosmecê. Só faz dois dia que tô por aqui, mais ovi eles falano na sinhá. E onte, quando a sinhá passô e as nêga vadia ficô inticano com vosmecê, eu reconheci a sinhá, mas num consegui lhe arcançá pruque vosmecê tava correno. Mas espantei elas toda! Ah, foi. Num notô que hoje num tem ninhuma por aqui?

— Notei, sim, e agradeço muito, Sam. Então, você gostaria de ser meu cocheiro?

— Sinhá Scarlett, brigado, mais eu acho que é mió ir pra Tara.

Big Sam olhou para baixo e seu dedo descalço ficou desenhando na estrada. Havia nele uma furtiva inquietação.

— Ora, por quê? Vou lhe pagar um bom salário. Fique comigo.

O grande rosto negro, tolo e de leitura tão fácil quanto o de uma criança olhou para ela assustado. Ele se aproximou e, inclinando-se ao lado da charrete, sussurrou:

— Sinhá Scarlett. Perciso saí de Atlanta e ir pra Tara, donde num vão me encontrá. Eu... matei um home.

— Um negro?

— Não, sinhá. Um branco. Um sordado ianque e eles tão percurano eu. É por causa disso que eu tô em Shantytown.

— Como foi?

— Ele tava bêbo e falô argo que num dava pra aceitá e eu pus as mão no pescoço dele e num queria matá ele, sinhá Scarlett, mas minhas mão são forte e antes de eu notá, ele tava morto. Fiquei com um medo danado e num sabia que fazê! Entonce eu vim pra cá pra se escondê e quando vi vosmecê onte, pensei "Deus seja Lovado! Sinhá Scarlett! Ela vai tomá conta de eu. Num vai dexá os ianque me pegá. Vai me mandá de vorta para Tara".

— Está dizendo que estão atrás de você. Eles sabem que foi você?

— Sabe, sinhá, eu sô tão grande que num dá pra se enganá. Tenho pra mim que sô o maió nêgo de Atlanta. Eles já teve aqui atrás de eu onte de noite, mais uma nêga me escondeu num barraco no meio do mato inté eles ir simbora.

Scarlett ficou parada, com a testa franzida por um instante. Não estava nem um pouco alarmada ou aflita porque Sam tinha cometido um assassinato, mas decepcionada por ele não poder servir-lhe de cocheiro. Um negro grande como Sam seria um guarda-costas tão bom quanto Archie. Bem, ela precisava fazê-lo chegar a Tara em segurança, pois as autoridades não podiam apanhá-lo. Era um negro valioso demais para ser enforcado. Ora, fora o melhor capataz que Tara tivera. Scarlett não conseguia se convencer de que ele estava livre. Ainda pertencia a ela, como Pork, Mammy, Peter, Cookie e Prissy. Ainda era "um de nossa família" e, como tal, devia ser protegido.

— Eu o mando para Tara hoje à noite — disse ela por fim. — Agora, Sam, tenho que ir, mas devo voltar antes do pôr do sol. Espere por mim aqui. Não diga a ninguém para onde vai e, se tiver um chapéu, traga-o para esconder o rosto.

— Num tenho ninhum chapéu.

— Bem, tome esta moeda. Compre o chapéu de um desses negros e me encontre aqui.

— Sim, sinhá. — Seu rosto ficou animado de alívio por novamente ter quem lhe dissesse o que fazer.

Scarlett seguiu caminho, pensativa. Certamente Will saudaria uma boa mão de obra para os campos. Pork nunca servira para esse trabalho e nunca serviria. Com Sam em Tara, Pork poderia ir para Atlanta ficar com Dilcey, como lhe prometera quando Gerald morrera.

Quando chegou à serraria, o sol se punha e era mais tarde do que ela pretendia. Johnnie Gallegher estava na porta do galpão miserável que servia de cozinha para o pequeno acampamento. Sentados em um tronco em frente ao barraco de meia-água que servia de dormitório estavam quatro dos cinco detentos que Scarlett separara para a serraria de Johnnie. Os uniformes estavam sujos e fedendo a suor, as algemas tilintavam entre seus tornozelos quando se mexiam, cansados, e havia um ar de apatia e desespero. Estavam magros e doentios, pensou Scarlett, olhando bem para eles, e, quando ela os contratara, não fazia muito tempo, era uma equipe em bom estado. Eles nem sequer ergueram os olhos quando ela desceu da charrete, mas Johnnie se virou para ela, erguendo um pouco o chapéu. O rosto queimado de sol estava duro feito um parafuso quando a cumprimentou.

— Não estou gostando da aparência dos homens — disse ela abruptamente.

— Não parecem bem. Onde está o outro?

— Alegou que está doente — disse Johnnie, lacônico. — Está no dormitório.

— O que ele tem?

— Principalmente preguiça.

— Vou vê-lo.

— Não faça isso. É provável que esteja pelado. Eu cuido dele. Vai estar de volta ao trabalho amanhã.

Scarlett hesitou e viu um dos detentos erguer a cabeça exausta e lançar um olhar de ódio para Johnnie antes de olhar de novo para o chão.

— Você andou chicoteando esses homens?

— Ora, Sra. Kennedy, me perdoe, mas quem dirige esta serraria? A senhora me deixou encarregado e me pediu para dirigi-la. Disse que eu tinha total liberdade. Não tem nenhuma reclamação de mim, tem? Não estou fazendo o dobro do que o Sr. Elsing fazia?

— Está, sim — disse Scarlett, mas sentiu um calafrio.

Havia uma atmosfera sinistra no acampamento, com aquelas choças, algo que não existia quando estava sob o comando de Hugh Elsing. Havia ali uma solidão e um isolamento que a deixaram arrepiada. Esses detentos estavam tão distantes de tudo, tão à mercê de Johnnie Gallegher, que, se ele resolvesse chicoteá-los ou maltratá-los, é provável que ela jamais ficasse sabendo. Os detentos teriam medo de reclamar com ela, temendo piores castigos depois que ela se fosse.

— Os homens estão magros. Está lhes dando comida suficiente? Deus é testemunha de que gasto bastante dinheiro com a alimentação deles para que estejam gordos como leitões. Só a farinha e o porco me custaram 30 dólares mês passado. O que vão jantar?

Ela foi até o barraco da cozinha e olhou para dentro. Uma mulata gorda, inclinada sobre um velho fogão enferrujado, fez uma meia mesura ao ver Scarlett e continuou mexendo uma panela de feijão. Scarlett sabia que Johnnie Gallegher vivia com ela, mas achou melhor ignorar o fato. Viu que, além do feijão e de uma panela de angu, nada mais estava sendo preparado.

— Você não tem nada mais para esses homens?

— Não, senhora.

— Não tem nenhum pedaço de carne-seca nesse feijão?

— Não, senhora.

— Nem bacon? Mas feijão sem bacon é ruim. Não sustenta. Por que não tem bacon?

— O sinhô Johnnie diz que num precisa pô carne.

— Você vai pôr bacon, sim. Onde guarda os mantimentos?

A mulata virou os olhos assustados para o armarinho que servia de despensa e Scarlett abriu a porta. Havia uma barrica aberta de fubá, um saco pequeno de farinha, meio quilo de café, um pouco de açúcar, um pote de melado de sorgo e dois presuntos. Um deles fora cozido recentemente, e só uma ou duas fatias tinham sido cortadas. Furiosa, Scarlett se virou para Johnnie Gallegher e encontrou seu olhar friamente zangado.

— Onde estão os cinco sacos de farinha de trigo que mandei semana passada? E o açúcar e o café? E mandei também cinco presuntos e três quilos de carne-seca e Deus sabe quantos quilos de inhame e batatas. Bem, onde estão? É impossível que tenha usado tudo em uma semana, nem servindo cinco refeições ao dia. Você vendeu! Foi isso que fez, seu ladrão! Vendeu meus bons suprimentos, pôs o dinheiro no bolso e alimentou esses homens com feijão e polenta. Não é de surpreender que estejam tão magros. Saia de minha frente.

Ela passou por ele furiosa e foi até a porta.

— Você aí na ponta... é, você mesmo! Venha cá!

O homem se levantou e caminhou desajeitado na direção dela, os grilhões tilintando, e ela viu que os tornozelos nus estavam vermelhos e em carne viva pelo atrito com o ferro.

— Quando comeu presunto pela última vez?

O homem olhou para o chão.

— Fale!

O homem continuou quieto e servil. Por fim, ele ergueu a vista, olhou para Scarlett suplicante e olhou para baixo de novo.

— Está com medo de falar, não é? Bem, vá até aquela despensa e tire aquele presunto da prateleira. Rebecca, dê a ele sua faca. Leve e divida com os homens. Rebecca, faça alguns pães e café para esses homens. E sirva bastante sorgo. Comece logo, quero ver.

— Esse café e farinha são do sinhô Johnnie — murmurou Rebecca, amedrontada.

— Do Sr. Johnnie uma ova! Suponho que o presunto também seja dele. Faça o que estou dizendo. Ande. Johnnie Gallegher, venha até a charrete comigo.

Altivamente, ela atravessou o pátio sujo e subiu na charrete, percebendo com soturna satisfação que os homens estavam cortando o presunto e enchendo a boca vorazmente. Pareciam temer que lhes fosse tirado a qualquer minuto.

— Você é um belo de um patife! — exclamou furiosa para Johnnie, parado ao lado da roda, chapéu para trás. — E devolva o equivalente a meus suprimentos. No futuro, trarei os mantimentos todos os dias em vez de entregá-los por mês. Aí não poderá me enganar.

— No futuro, não estarei aqui — disse Johnnie.

— Quer dizer que está se demitindo?!

Por um momento, Scarlett quase gritou: "Pois vá e boa viagem!", mas a fria mão da cautela a deteve. Se Johnnie se demitisse, o que faria? Produzia o dobro de madeira do que Hugh produzia. E ela tinha um grande pedido, o maior até então, e era urgente. Precisava entregar aquela madeira em Atlanta. Se Johnnie se demitisse, quem ela poria em seu lugar?

— É, estou me demitindo. A senhora me encarregou disso aqui e disse que esperava o máximo de madeira que fosse possível. Não me falou como dirigir meu negócio e não pretendo que faça isso agora. Meu jeito de conseguir lhe entregar a madeira não é da sua conta. A senhora não pode reclamar que eu não cumpri o prometido. Fiz a senhora ganhar dinheiro e ganhei meu salário... e tirei mais alguma coisinha. E agora vem a senhora, interferindo, fazendo perguntas e tirando minha autoridade na frente dos homens. Como espera que eu mantenha a disciplina agora? E daí se os homens levam uma surra às vezes? A ralé preguiçosa merece pior. E daí se não estão alimentados e mimados? Não merecem nada melhor. Ou a senhora cuida de seu negócio e me deixa cuidar do meu, ou me demito agora mesmo.

O pequeno rosto dele parecia mais empedernido que nunca, e Scarlett estava em um dilema. Se ele se demitisse, o que ela faria? Não poderia ficar ali a noite inteira montando guarda aos detentos!

O dilema estava estampado em seus olhos, pois a expressão de Johnnie mudou subitamente, e parte da dureza sumiu de sua fisionomia. Quando ele falou, havia uma nota agradável em sua voz.

— Está ficando tarde, Sra. Kennedy, é melhor ir para casa. Não vamos brigar por causa de uma bobagem como essa, não é? Digamos que a senhora tire 10 dólares de meu próximo salário e fica tudo por isso mesmo.

Sem querer, os olhos de Scarlett se dirigiram para o grupo infeliz que roía o presunto, e ela pensou no homem doente deitado no barraco frio. Precisava se livrar de Johnnie Gallegher. Ele era um ladrão bruto. Não havia como saber o que fazia aos detentos quando ela não estava lá. Mas, por outro lado, era esperto e, Deus sabia, ela precisava de um homem esperto. Bem, não podia dispensá-lo agora. Ele lhe rendia um bom dinheiro. Só precisava garantir que os detentos recebessem suas rações adequadas no futuro.

— Vou tirar 20 dólares de seu salário — disse ela secamente —, e volto amanhã de manhã para discutirmos melhor o assunto.

Ela pegou as rédeas, mas sabia que não haveria mais discussão. Sabia que o assunto se encerrara ali e sabia que Johnnie sabia.

Seguindo pela trilha que levava à estrada Decatur, sua consciência lutava contra seu desejo por dinheiro. Sabia que não devia deixar vidas humanas à mercê do homenzinho cruel. Se ele viesse a provocar a morte de um deles, a culpa seria igualmente dela, pois o mantivera no comando depois de saber de suas brutalidades. Mas, por outro lado... bem, por outro lado, nenhum homem devia fazer o que eles tinham feito para ser condenados. Se tinham infringido a lei e sido pegos, mereciam aquilo. Isso lhe apaziguou parcialmente a consciência, mas, conforme seguia pela estrada, os rostos embotados e magros dos detentos não paravam de lhe voltar à mente.

"Ah, penso neles depois", decidiu, arrastando aquele pensamento para o quarto de despejos de sua mente e fechando a porta.

O sol tinha se posto completamente quando ela chegou à curva da estrada que dava em Shantytown, e a mata em volta estava escura. Com o sumiço do sol, um calafrio amargo descera sobre o mundo crepuscular e um vento frio soprava pela mata escura, fazendo os galhos nus estalarem e as folhas mortas farfalharem. Ela nunca ficara fora sozinha até tão tarde e sentia-se inquieta, desejando já estar em casa.

Big Sam não estava à vista e, ao puxar as rédeas para esperar por ele, preocupou-se com sua ausência, temendo que os ianques já pudessem tê-lo levado. Então, ouviu passos vindos da trilha e suspirou aliviada. Com certeza, repreenderia Sam por deixá-la esperando.

Mas não foi Sam quem saiu da curva.

Eram um branco enorme e maltrapilho e um negro atarracado com ombros e peito iguais aos de um gorila. Ela bateu com as rédeas no lombo do cavalo e agarrou a pistola. O animal começou a trotar, mas em seguida parou quando o branco estendeu o braço.

— Senhora — disse ele —, pode me dar uma moeda? Estou com fome.

— Saia da frente — respondeu ela, mantendo a voz o mais estável possível. — Não tenho dinheiro. Vamos.

Com um rápido movimento, a mão do homem estava segurando o freio do cavalo.

— Agarre-a! — gritou para o negro. — Ela deve ter o dinheiro no busto!

O que ocorreu em seguida foi como um pesadelo para Scarlett, e tudo aconteceu muito rapidamente. Ela ergueu a pistola e um instinto lhe disse para não atirar no branco com medo de atingir o cavalo. O negro vinha correndo para a charrete, o rosto contorcido em um sorriso malicioso, e ela atirou nele à queima-roupa. Se acertou ou não, nunca soube, mas no momento seguinte a pistola foi arrancada de sua mão com uma violência que quase lhe quebrou o pulso. O negro estava a seu lado, tão próximo que ela podia sentir seu cheiro repulsivo, tentando puxá-la para fora da charrete. Com a mão livre, ela lutou ferozmente, fincando-lhe as unhas no rosto, e então sentiu a mão grande em sua garganta e, com ruído, seu corpete foi rasgado do pescoço até a cintura. Em seguida, a mão negra remexeu entre os seios dela, o que a encheu de terror e repugnância, como jamais sentira, e gritou feito louca.

— Faz ela se calar! Puxa ela pra fora! — gritava o branco, e a mão negra foi para o rosto de Scarlett, buscando-lhe a boca. Ela mordeu do modo mais selvagem que conseguiu e gritou de novo, ouvindo o branco praguejar, e percebeu que havia um terceiro homem na estrada escura. A mão negra largou sua boca e o negro saltou quando Big Sam o atacou.

— Corre, sinhá Scarlett! — gritou Sam, lutando com o negro. Gritando e tremendo, ela agarrou as rédeas e o chicote e deitou ambos no cavalo, que saltou e ela sentiu as rodas passar por algo macio e resistente. Era o branco, caído na estrada onde Sam o derrubara.

Enlouquecida de terror, ela chicoteava o cavalo sem parar, saindo em uma disparada que fez a charrete balançar e se inclinar. Apesar do medo, ela percebia o som de pés correndo atrás dela e gritou para o cavalo ir mais depressa. Se aquele macaco negro a pegasse de novo, ela morreria antes que a tocasse.

Uma voz gritou atrás dela.

— Sinhá Scarlett! Para!

Sem parar, ela olhou trêmula para trás e viu Big Sam correndo pela estrada, suas pernas compridas funcionando como pistões acelerados. Puxou as rédeas enquanto ele se aproximava e ele se jogou para dentro da charrete, o corpo grande fazendo-a se encolher. Suor e sangue escorriam por seu rosto enquanto ele dizia, ofegante:

— Tá machucada? Eles machucô a sinhá?

Ela não conseguia falar, mas, vendo a direção dos olhos dele, que logo se desviaram, percebeu que seu corpete estava aberto até a cintura, deixando seios e espartilho à mostra. Com a mão trêmula, ela juntou as duas pontas e, baixando a cabeça, começou a chorar em soluços aterrorizados.

— Dá cá as rédea — disse Sam, tomando-as da mão dela. — Cavalo, simbora!

Estalou o chicote e o animal assustado saiu a galope, quase jogando a charrete na vala.

— Espero tê matado aquele macaco preto, mais num esperei pra vê — falou ele ofegante. — Mais se ele te fez mar, sinhá Scarlett, eu vorto lá pra tê certeza.

— Não... não... vamos embora depressa — disse ela aos soluços.

Capítulo 45

Naquela noite, quando Frank deixou-a com tia Pitty e as crianças na casa de Melanie e saiu com Ashley, Scarlett quase teve um acesso de raiva e mágoa. Como podia sair para uma reunião de política justamente naquela noite? Uma reunião política! Na noite em que ela fora atacada, quando qualquer coisa podia ter lhe acontecido! Era insensível e egoísta da parte dele. Mas ele encarara toda a situação com uma calma enlouquecedora desde sua chegada em casa, com Sam carregando-a aos prantos, o corpete aberto até a cintura. Não cofiara a barba uma só vez enquanto ela contava a história. Só perguntara gentilmente: "Doçura, você está machucada... ou só assustada?"

Com ira misturada às lágrimas, ela não conseguira responder, e Sam adiantou-se a dizer que ela só estava assustada.

— Cheguei antes deles podê fazê mais estrago na rôpa dela.

— Você é um bom rapaz, Sam, e não esquecerei o que fez. Se houver qualquer coisa que puder fazer por você...

— Sim, sinhô, vosmecê pode me mandá pra Tara, o mais rápido que pudé. Os ianque tão trás de eu.

Frank ouviu aquela declaração também com calma e não fez perguntas. Estava com a mesma expressão que tinha na noite em que Tony batera à porta, como se aquele fosse um assunto exclusivamente masculino e que exigia um mínimo de palavras e emoções.

— Vá para a charrete. Vou mandar Peter levá-lo até Rough and Ready agora. Você pode se esconder no mato até de manhã e depois pegar o trem para Jonesboro. Será mais seguro... Agora, querida, pare de chorar. Está tudo acabado e você não se machucou. Srta. Pitty, pode me emprestar seus sais aromáticos? E Mammy, pegue um taça de vinho para a Sra. Scarlett.

Scarlett tivera um novo acesso de choro, desta vez eram lágrimas de raiva. Queria consolo, indignação, ameaças de vingança. Até preferiria que ele a atormentasse, dizendo que isso era exatamente o que tinha lhe avisado que iria acontecer... qualquer coisa menos aceitar tudo de modo natural e tratar o perigo pelo qual ela passara como um episódio menor. Ele foi bom e gentil, é claro, mas de modo distante, como se tivesse algo muito mais importante em mente.

E esse algo importante se revelara ser uma reuniãozinha de política.

Ela mal pôde acreditar quando ele lhe disse que trocasse de roupa e ficasse pronta para que ele a acompanhasse à casa de Melanie. Ele devia saber quanto a experiência fora angustiante, devia saber que não estava com vontade de ficar na casa de Melanie quando seu corpo cansado e seus nervos à flor da pele imploravam pelo conforto de uma cama e cobertores... com um tijolo quente que lhe amortecesse os dedos dos pés e um chocolate quente que lhe acalmasse os temores. Se ele realmente a amasse, nada o teria forçado a deixá-la justo naquela noite. Ele teria ficado em casa, segurado sua mão, dizendo que morreria se algo tivesse acontecido. E, quando ele voltasse para casa e estivessem a sós, ela certamente lhe diria isso.

A salinha de Melanie estava serena como de costume nas noites em que Frank e Ashley saíam e as mulheres ficavam reunidas para costurar. O cômodo estava quente e alegre com a luz do fogo aceso na lareira. O lampião sobre a mesa lançava uma luz amarelada nas quatro cabeças inclinadas sobre os trabalhos de agulha e linha. Quatro saias estavam modestamente acomodadas e oito pezinhos descansavam confortáveis em almofadas. Pela porta aberta do quarto, ouvia-se a respiração tranquila de Wade, Ella e Beau. Archie, sentado em um banco diante da lareira, as costas para o fogo, o rosto protuberante por causa do naco de fumo, desbastava diligentemente uma lasca de lenha. O contraste entre o homem sujo e peludo e as quatro damas caprichosas e meticulosas era tão grande como seria a de um velho cão de guarda malvado com quatro filhotes de gato.

A voz suave de Melanie, tocada pela indignação, falava sobre os recentes acessos temperamentais das Damas Harpistas. Incapazes de concordar com o Gentlemen's Glee Club quanto ao programa para o próximo recital, as damas tinham esperado por Melanie naquela tarde para anunciar sua completa retirada do Círculo Musical. Exigiram toda a sua diplomacia para dissuadi-las da decisão.

Irritadíssima, Scarlett tinha vontade de gritar: "Que se danem as Damas Harpistas!" Queria falar de sua terrível experiência. Estava explodindo para contar às outras todos os detalhes. Desejava dizer quanto fora corajosa, só para garantir a si mesma, pelo som da própria voz, que realmente o fora. Mas, sempre que começava a falar no assunto, Melanie habilmente desviava a conversa para outro terreno inócuo. Aquilo deixou Scarlett irritada a um ponto quase insuportável. Elas eram tão mesquinhas quanto Frank.

Como podiam ficar tão calmas e plácidas quando ela acabara de escapar a um destino tão terrível? Nem tinham a cortesia de dar-lhe o alívio de falar sobre aquilo.

Os acontecimentos da tarde a tinham abalado mais do que gostaria de admitir para si mesma. Cada vez que pensava naquele rosto negro malévolo olhando para ela na estrada sombria da floresta, começava a tremer. Quando pensava na mão negra em seu busto e no que teria acontecido se Big Sam não tivesse aparecido, baixava mais ainda a cabeça e esfregava os olhos fechados. Quanto mais ficava em silêncio na tranquilidade da sala, ouvindo a voz de Melanie, mais se retesavam seus nervos. Sentia que a qualquer momento ia ouvi-los se romper com o mesmo som que faz uma corda de banjo ao se partir.

O desbastar de Archie a aborrecia e ela franziu a testa para ele. De repente, parecia estranho que ele estivesse ali sentado se entretendo com uma lasca de lenha. Geralmente, se esticava no sofá nas noites em que montava guarda, dormindo e roncando com tal força que a longa barba flutuava a cada ribombar da expiração. Era ainda mais estranho que nem Melanie nem India lhe dissessem para pôr um papel no chão. Ele já fizera a maior sujeira no tapete diante da lareira com as lascas, mas elas não pareciam ter notado.

Enquanto ela o observava, Archie virou-se de repente para o fogo e cuspiu o sumo de tabaco com tal veemência que India, Melanie e Pitty se sobressaltaram como se uma bomba tivesse explodido.

— *Precisa* expectorar tão alto? — exclamou India em uma voz claramente aborrecida. Scarlett olhou para ela, surpresa, pois India era sempre muito contida.

Archie olhou para ela por olhar.

— Creio que sim — respondeu friamente e cuspiu outra vez. Melanie franziu o cenho para India.

— Sempre gostei que meu querido pai não mascasse — começou Pitty, e Melanie, o cenho ainda mais fechado, sacudiu-a e falou de um modo áspero que Scarlett jamais ouvira.

— Ah, por favor, cale-se, titia! Que falta de tato.

— Minha nossa! — Pitty largou a costura no colo e franziu a boca, magoada. — Não sei o que há com vocês hoje. Você e India estão nervosas e mal-humoradas como duas velhas ranzinzas.

Ninguém respondeu. Melanie nem sequer se desculpou pela irritação e voltou à sua costura com alguma agressividade.

— Está dando o ponto muito longo — declarou Pitty com alguma satisfação. — Terá que tirar todos. O que há com você?

Mas Melanie continuou sem responder.

O que estaria havendo com elas, Scarlett se perguntou. Será que ficara absorta demais com seus temores para perceber? Sim, apesar das tentativas de Melanie de fazer a noite se parecer com qualquer das outras cinquenta que tinham passado juntas, havia uma diferença na atmosfera, um nervosismo que não podia ser apenas devido ao alarme e ao choque pelo que acontecera naquela tarde. Scarlett espiava furtivamente as companheiras e interceptou um olhar de India que a deixou desconfortável porque foi um olhar longo, que carregava em suas frias profundezas algo mais forte que ódio e mais ofensivo que desdém.

"Como se ela achasse que o que aconteceu é culpa minha", pensou, indignada.

India desviou o olhar para Archie, todo o aborrecimento sumindo de sua fisionomia, olhando-o com uma expressão de oculta indagação ansiosa. Ele não olhou para ela, mas para Scarlett, do mesmo modo duro e frio de India.

Sem que Melanie retomasse a conversa, o silêncio tomou conta da sala e Scarlett ouviu o vento crescente lá fora. De repente, a noite tornou-se a mais desagradável possível. Agora começava a sentir a tensão no ar e imaginava se estivera presente todo o tempo e seu aborrecimento a impedira de perceber. Havia em torno de Archie uma expressão de espera alerta, e suas velhas orelhas peludas pareciam erguidas como as de um lince. Existia uma intranquilidade seriamente reprimida em Melanie e India, que as fazia erguer a cabeça a cada som de cascos na rua, a cada gemido dos galhos nus sob o zunido do vento, a cada ruído provocado pela queda das folhas secas na grama. Elas se sobressaltavam a cada estalo da lenha no fogo como se fossem passos furtivos.

Havia algo errado, e Scarlett perguntava-se o que seria. Algo que ela desconhecia estava acontecendo. Uma olhada para o rosto redondo e ingênuo de tia Pitty, contorcido em um beicinho, dizia-lhe que ela também não sabia. Mas Archie, Melanie e India sabiam. No silêncio, ela quase podia sentir os pensamentos de India e Melanie girando frenéticos como um esquilo em uma gaiola. Sabiam de alguma coisa, esperavam por alguma coisa, apesar do esforço para manter uma aparência de normalidade. E aquela inquietude contaminava Scarlett, deixando-a mais nervosa que antes. Manuseando a agulha desajeitadamente, ela picou o polegar e, como o gritinho de dor e irritação fez todas se sobressaltarem, o espremeu até aparecer uma gota encarnada.

— Estou nervosa demais para costurar — declarou, jogando seu conserto no chão. — Estou quase gritando. Quero ir para casa, dormir. E Frank sabia e resolveu sair. Ele fala, fala, fala sobre proteger as mulheres contra os negros e os aventureiros ianques e, quando chega a hora de dar alguma proteção, onde ele está? Em casa tomando conta de mim? Não, está vadiando por aí com um monte de homens que não fazem nada além de falar e...

Seus olhos detiveram-se no rosto de India e ela parou de falar. A respiração dela estava acelerada e seus olhos pálidos sem pestanas fixavam Scarlett com uma frieza mortal.

— Se não lhe custar muito, India — disse ela, sarcástica —, eu ficaria muito agradecida se você me dissesse por que ficou me olhando desse jeito a noite toda. Meu rosto ficou verde ou algo assim?

— Não me custa contar, o farei com prazer — disse India, e seus olhos brilharam. — Detesto vê-la subestimar um homem bom como o Sr. Kennedy quando, se você soubesse...

— India! — disse Melanie, advertindo-a, as mãos agarradas na costura.

— Creio conhecer meu marido melhor que você — disse Scarlett, esperando a primeira discussão aberta que teria com India, fazendo os ânimos se alterarem e seu estado nervoso sumir. Os olhos de Melanie cruzaram com os de India, que, relutante, calou-se. Mas, de modo quase instantâneo, ela falou de novo e sua voz estava fria de ódio.

— Você me deixa enjoada, Scarlett O'Hara, falando em ser protegida. Não quer ser protegida. Se quisesse não teria se exposto como fez todos esses meses, andando pela cidade, se exibindo para homens estranhos, esperando que a admirem! O que lhe aconteceu hoje à tarde era exatamente o que você merecia, e, se houvesse alguma justiça, teria sido pior.

— Ah, India, cale-se! — exclamou Melanie.

— Deixe-a falar — exclamou Scarlett. — Estou gostando. Sempre soube que ela me odiava e era hipócrita demais para admitir. Se achasse que alguém iria admirá-la, estaria caminhando nua pelas ruas da manhã à noite.

India ficou de pé, o corpo magro tremendo com o insulto.

— De fato a odeio — disse ela em uma voz clara, embora trêmula. — Mas não foi a hipocrisia que me manteve quieta. Foi algo que você não entende, pois não tem nenhuma... cortesia, nenhuma educação. É a noção de que, se não nos mantivermos unidos e deixarmos de lado os pequenos ódios, não podemos esperar derrotar os ianques. Mas você... você... fez tudo o que podia para desprestigiar gente decente... trabalhando e envergonhando um bom marido, dando aos ianques e à ralé o direito de rir de nós e de fazer comentários ofensivos sobre nossa falta de nobreza. Os ianques não sabem que você não é uma de nós e que nunca foi. Os ianques não têm juízo suficiente para saber que você é desprovida de nobreza. E, quando fica andando pelo meio do mato se expondo a ataques, está expondo cada mulher correta da cidade, colocando a tentação no caminho de negros e brancos ordinários malvados. E você pôs a vida de nossos homens em risco porque eles têm que...

— Meu Deus, India! — exclamou Melanie e, mesmo em sua ira, Scarlett ficou assombrada de ouvir Melanie tomar o nome do Senhor em vão. — Você precisa se calar! Ela não sabe e... fique calada! Você prometeu...

— Ah, meninas! — suplicou a Srta. Pittypat, os lábios trêmulos.

— O que eu não sei? — Scarlett estava de pé, furiosa, encarando furiosamente o frio arroubo de India e a súplica de Melanie.

— Galinhas-d'angola — disse Archie subitamente, com voz desdenhosa. Antes que alguém pudesse repreendê-lo, sua cabeça grisalha se ergueu e ele se levantou depressa. — Alguém está chegando. E não é o Sr. Wilkes. Parem de cacarejar.

Havia autoridade masculina em sua voz, e as mulheres ficaram subitamente quietas, a raiva logo sumiu de suas fisionomias enquanto ele atravessava a sala até a porta.

— Quem é? — perguntou antes que o visitante chegasse a bater.

— Capitão Butler. Deixe-me entrar.

Melanie atravessou a sala com tal rapidez que sua crinolina balançou, mostrando-lhe as calçolas até os joelhos, e, antes que Archie pusesse a mão na maçaneta, ela abriu a porta. Rhett Butler estava lá parado, o chapéu preto inclinado bem baixo sobre os olhos, o vento forte chicoteando sua capa. Uma vez na vida, as boas maneiras o abandonaram. Não tirou o chapéu nem falou com os outros na sala. Só tinha olhos para Melanie e disse abruptamente, sem cumprimentar.

— Onde eles foram? Diga logo. É questão de vida ou morte.

Scarlett e Pitty, nervosas e confusas, olharam uma para a outra, assombradas, e, como uma gata magra, India atravessou a sala correndo, ficando ao lado de Melanie.

— Não diga nada — exclamou ela rapidamente. — Ele é um espião da escória!

Rhett não concedeu sequer um olhar a ela.

— Rápido, Sra. Wilkes! Ainda pode dar tempo.

Melanie parecia paralisada de terror e só olhava para ele

— Mas o que está... — começou Scarlett.

— Cala a boca — ordenou Archie secamente. — A senhora também, Sra. Melly. Sai já daqui, seu velhaco maldito.

— Não, Archie, não! — exclamou Melanie, pondo a mão trêmula no braço de Rhett como que para protegê-lo de Archie.

— O que aconteceu? Como o senhor... como soube?

A cortesia lutava contra a impaciência na fisionomia sombria de Rhett.

— Meu Deus, Sra. Wilkes, eles estão sob suspeita desde o começo... foram apenas espertos... até esta noite! Como soube? Estava jogando pôquer com dois capitães ianques embriagados e eles deixaram escapar. Os ianques sabiam que haveria problemas hoje à noite e se prepararam. Os tolos vão cair em uma armadilha.

Por um momento, foi como se Melanie oscilasse sob o impacto de um golpe forte, e Rhett a segurou pela cintura para equilibrá-la.

— Não lhe diga! Ele está tentando enganá-la! — exclamou India, olhando para Rhett ferozmente. — Não o ouviu dizer que estava com oficiais ianques?

Rhett continuou sem olhar para ela. Seus olhos estavam insistentemente sobre o rosto lívido de Melanie.

— Diga-me. Onde eles foram? Eles têm um local de encontro?

Apesar do medo e da incompreensão, Scarlett pensou que nunca vira uma fisionomia mais inescrutável e sem expressão que a de Rhett, mas era evidente que Melanie via outra coisa, algo que a fazia confiar. Ela endireitou o corpo frágil, afastando-se do braço que a firmava e disse suavemente, mas com voz trêmula:

— Na estrada Decatur, perto de Shantytown. Eles se encontram no porão da antiga fazenda Sullivan... a que está meio queimada.

— Obrigado. Vou correndo. Quando os ianques vierem aqui, nenhuma de vocês sabe de nada.

Ele partiu com tal rapidez, a capa negra se mesclando à noite, que elas mal podiam crer que estivera lá até ouvirem o cascalho se espalhando e o ruído do cavalo saindo a todo galope.

— Os ianques aqui? — exclamou Pitty e, os pezinhos se virando, caiu no sofá, assustada demais para chorar.

— O que é isso? Do que ele estava falando? Se não me disserem vou enlouquecer! — Scarlett pegou Melanie e começou a sacudi-la violentamente, como se pudesse extrair-lhe uma resposta à força.

— Falando? Estava falando que você provavelmente é a causa da morte de Ashley e do Sr. Kennedy! — Apesar da agonia do medo, havia uma nota de triunfo na voz de India. — Pare de sacudir Melly. Ela vai desmaiar.

— Não vou, não — sussurrou Melanie, segurando-se no encosto de uma cadeira.

— Meu Deus! Não estou entendendo! Matar Ashley? Por favor, alguém me diga...

A voz de Archie, como uma dobradiça enferrujada, cortou as palavras de Scarlett.

— Sentem-se — ordenou ele secamente. — Peguem as costuras. Fiquem costurando como se nada tivesse acontecido. Pelo que se sabe, os ianques podem estar espiando essa casa desde o entardecer. Tô dizendo para se sentar e ficar costurando.

Trêmulas, elas obedeceram, e até Pitty pegou uma meia e segurando-a com dedos trêmulos correu os olhos arregalados, assustados como os de uma criança, em volta como que pedindo uma explicação.

— Onde está Ashley? Que aconteceu com ele, Melly? — perguntou Scarlett.

— Onde está seu marido? Não está interessada em saber dele? — Os olhos pálidos de India se inflamaram com uma insensata malícia, enquanto amassava e endireitava a toalha que estava consertando.

— India, por favor! — Melanie dominara a voz, mas sua fisionomia lívida, trêmula, e os olhos torturados mostravam tensão. — Scarlett, talvez devêssemos ter-lhe contado, mas... mas... você tinha passado por tanta tensão hoje à tarde que nós... que Frank achou melhor não... e você sempre foi tão francamente contra a Klan...

— A Klan...

A princípio, Scarlett falou a palavra como se nunca a tivesse ouvido e não entendesse seu sentido, e então:

— A Klan! — Ela quase gritou. — Ashley não está na Klan! Frank não pode estar! Ah, ele me prometeu!

— É claro que o Sr. Kennedy e Ashley fazem parte da Klan, assim como todos os homens que conhecemos — exclamou India. — São homens, não são? Brancos e sulistas. Você deveria se orgulhar em vez de obrigá-lo a sair às escondidas, como se fosse algo vergonhoso e...

— Vocês sabiam todo o tempo e eu não...

— Temíamos que você ficasse aborrecida — disse Melanie, pesarosa.

— Então é para lá que vão quando supostamente estão em reuniões de política? Ah, ele me prometeu! Agora os ianques vão vir e tomar minhas serrarias e a loja e vão prendê-lo... ah, o que Rhett Butler quis dizer?

Os olhos de India cruzaram com os de Melanie, apavorados. Scarlett se levantou, largando a costura.

— Se vocês não me contarem eu vou até o centro e descubro. Vou perguntar a todos que encontrar até descobrir...

— Sente-se — disse Archie, encarando-a com seu olho. — Eu lhe conto. Como a senhora foi vagabundear hoje à tarde e se meteu em uma encrenca, por sua culpa o Sr. Wilkes, o Sr. Kennedy e os outros homens saíram hoje pra matar aquele negro miserável e aquele branco maldito, se conseguirem, e varrer toda aquela colônia de Shantytown. E, se o que aquela escória falou é verdade, os ianques suspeitavam de alguma coisa ou alguém lhes contou, e eles mandaram as tropas atrás deles. E nossos homens foram direto pra uma armadilha. E, se o que Butler disse não é verdade, então ele é um espião e vai entregar eles pros ianques e eles vão morrer do mesmo jeito. E, se entregar mesmo, aí eu mato ele, nem que seja a última coisa que eu faça na vida. E, se eles não morrerem, vão ter que fugir, ir pro Texas, ficar quietos e talvez nunca mais voltar. É tudo culpa sua e é sangue nas suas mãos.

A raiva varreu o medo do rosto de Melanie quando ela viu a expressão de Scarlett, que se dava conta dos fatos e era acometida de horror. Ela se levantou e pôs a mão no ombro de Scarlett.

— Outra palavra dessas e você sai desta casa, Archie — disse ela com dureza.

— Não é culpa dela. Ela só fez... fez o que achava que devia. E nossos homens fizeram o que acharam que deviam. As pessoas devem fazer o que é preciso. Não pensamos todos da mesma forma e é errado julgar os outros por nós mesmos. Como é que você e India podem dizer coisas tão cruéis quando o marido dela, assim como o meu podem... podem...

— Ouçam! — interrompeu Archie suavemente. — Sente, madame. São cavalos.

Melanie se afundou na cadeira, pegou uma das camisas de Ashley, baixando a cabeça, e inconscientemente começou a rasgar os folhos.

O som dos cascos ficou mais alto conforme os cavalos trotavam em direção à casa. Havia o tilintar dos freios, o roçar do couro e o som de vozes. Quando os cascos pararam, uma voz de comando se salientou sobre as outras e eles ouviram pés andando pela varanda lateral rumo à entrada dos fundos. Sentiram que centenas de olhos inimigos os espiavam pelas janelas da frente, sem cortinas, e as quatro mulheres, apavoradas, baixaram a cabeça, manejando suas agulhas. O coração de Scarlett gritava dentro do peito: "Eu matei Ashley! Eu o matei!" E, naquele momento exaltado, nem pensou que podia ter matado Frank também. Sua mente não tinha espaço para outra imagem que não fosse a de Ashley, deitado aos pés dos cavaleiros ianques, o cabelo louro manchado de sangue.

Quando a áspera batida soou na porta, ela olhou para Melanie e viu o rostinho tenso assumir uma nova expressão, tão inescrutável como a que acabara de ver em Rhett Butler, a expressão branda de um jogador de pôquer blefando em um jogo com apenas um par.

— Archie, abra a porta — disse ela baixinho.

Enfiando a faca no cano da bota e deixando a pistola à mão na faixa das calças, Archie foi até a porta e a abriu. Pitty soltou um guinchinho, como um camundongo que sente a ratoeira se fechar, ao ver um capitão ianque e um pelotão de fardas azuis aglomerados na porta. Mas as outras não disseram nada. Scarlett viu com uma leve sensação de alívio que conhecia o oficial. Era o capitão Tom Jaffery, um dos amigos de Rhett. Ela vendera madeira para construir sua casa. Sabia que era um cavalheiro, não as arrastaria para a cadeia. Ele imediatamente a reconheceu e, tirando o chapéu, fez uma mesura, um tanto constrangido.

— Boa-noite, Sra. Kennedy. Qual das senhoras é a Sra. Wilkes?

— Eu sou a Sra. Wilkes — respondeu Melanie, levantando-se, e, apesar de sua baixa estatura, a dignidade se ergueu com ela. — A que devo esta intrusão?

O capitão deu uma rápida passada de olhos pelo aposento, fixando cada rosto por um instante, indo rapidamente para a mesa e para o cabideiro como que procurando por sinais de presença masculina.

— Eu gostaria de falar com o Sr. Wilkes e com o Sr. Kennedy, por favor.
— Eles não estão aqui — disse Melanie, um tom frio na voz suave.
— Tem certeza?
— Não duvide da palavra da Sra. Wilkes — disse Archie, a barba se eriçando.
— Queira me perdoar, Sra. Wilkes. Não tive intenção de desrespeitá-la. Se a senhora me der sua palavra, não farei revista na casa.
— O senhor tem minha palavra, mas pode revistar se quiser. Eles estão em uma reunião no centro, na loja do Sr. Kennedy.
— Eles não estão na loja. Não há nenhuma reunião hoje — respondeu o capitão. — Esperaremos aqui fora até retornarem.

Ele fez uma breve mesura e saiu, fechando a porta atrás de si. Os que estavam dentro de casa ouviram uma ordem clara, abafada pelo vento:
— Cerquem a casa. Um homem em cada janela e porta. — Ouviram-se os passos de diversos pés. Scarlett refreou um início de pânico ao ver, na penumbra, rostos barbados espiando-as pelas janelas. Melanie se sentou e, sem tremor algum, pegou um livro sobre a mesa. Era um volume gasto de *Os miseráveis*, livro que agradava os soldados confederados. Eles o liam à luz das fogueiras dos acampamentos, divertindo-se ao chamá-lo de "Os miseráveis de Lee". Ela o abriu no meio e começou a ler com voz clara e monótona.
— Costurem — comandou Archie, em um sussurro rouco, e as três mulheres, revigoradas pela voz calma de Melanie, pegaram suas costuras e baixaram a cabeça.

Por quanto tempo Melanie leu sob o círculo de olhos observadores, Scarlett nunca soube, mas pareceram horas. Não ouvia uma palavra. Começava a pensar em Frank, assim como em Ashley. Então era essa a explicação de sua aparente calma! Ele prometera que não se envolveria com a Klan. Ah, esse era justamente o tipo de problema que ela temia! Todo o trabalho do último ano daria em nada. Todos os seus esforços, temores e aflições sob a chuva e o frio seriam desperdiçados. E quem pensaria que o velho e desanimado Frank se envolveria nas façanhas impetuosas da Klan? Naquele minuto, ele podia estar morto. E, se não estivesse e os ianques o pegassem, seria enforcado. E Ashley também!

Ela enfiou as unhas nas palmas das mãos até aparecerem crescentes vermelhos. Como Melanie podia continuar lendo tão calmamente quando Ashley corria perigo de ser enforcado? Quando poderia estar morto? Mas algo em sua voz calma e suave a ler os sofrimentos de Jean Valjean a acalmava, impedindo-a de se levantar e gritar.

Mentalmente, ela voou para a noite em que Tony Fontaine os procurara, perseguido, exausto, sem dinheiro. Se não tivesse conseguido chegar à casa deles e receber dinheiro e um cavalo descansado, teria sido enforcado. Se Frank e Ashley não estivessem mortos, estariam na posição de Tony, só que pior. Com a casa cercada de soldados, não podiam pegar dinheiro e roupas sem serem capturados, e era provável que cada casa da rua tivesse uma guarda semelhante de ianques, portanto eles não poderiam recorrer aos amigos. Agora mesmo poderiam estar cavalgando feito loucos pela noite, rumo ao Texas.

Mas Rhett... talvez Rhett os tivesse alcançado a tempo. Rhett sempre tinha muito dinheiro no bolso. Talvez lhes emprestasse o suficiente para ajudar. Mas isso era esquisito. Por que Rhett se preocuparia com a segurança de Ashley? Certamente não gostava dele, sempre professara desdém por ele. Então por que... Mas esse enigma foi engolido outra vez com o terror renovado pela segurança de Ashley e Frank.

"Ah, é tudo culpa minha", ela se lamentou. "India e Archie disseram a verdade. É tudo culpa minha. Nunca achei que nenhum dos dois seria tolo de entrar para a Klan! E nunca achei que realmente me aconteceria algo! Mas eu não poderia ter agido de outro modo. Melly falou a verdade! As pessoas devem fazer o que é preciso. E eu tinha que manter as serrarias produzindo! Necessitava ter dinheiro! E agora é provável que perca tudo, e de um jeito ou de outro é culpa minha!"

Após longo tempo, a voz de Melanie gaguejou, foi parando e acabou em silêncio. Ela olhou para a janela como se nenhum soldado ianque observasse por trás da vidraça. As outras levantaram a cabeça, atentas a sua pose de escuta, e ficaram escutando também.

Houve um som de patas de cavalos e cantoria, amortecido pelas janelas e portas fechadas, trazido da distância pelo vento, mas ainda reconhecível. Era a mais odiada de todas as canções odiosas, a canção sobre os homens de Sherman... "Marching through Georgia", e era Rhett Butler quem cantava.

Ele mal acabara os primeiros versos e outras duas vozes, embriagadas, atacaram, vozes iradas e tolas que tropeçavam nas palavras, misturando-as de modo indistinguível. Houve um rápido comando do capitão Jaffery na entrada da frente e o som de passos apressados. Mas, antes mesmo que esse som surgisse, as senhoras se entreolharam, atordoadas. Pois as vozes embriagadas que protestavam com a de Rhett eram as de Ashley e Hugh Elsing.

As vozes ficaram mais altas no caminho de entrada, a do capitão Jaffery em um interrogatório lacônico, o tom agudo entremeado de risadas tolas de Hugh, a grave e descuidada de Rhett e os gritos esquisitos, irreais de Ashley: "Que diabos! Que diabos!"

"Não pode ser Ashley!" pensou Scarlett, arrebatada. "Ele nunca fica bêbado! E Rhett... ora, quando Rhett está embriagado ele fica mais calado... nunca berra desse jeito!"

Melanie se levantou e, com ela, Archie. Eles ouviram a voz áspera do capitão: "Estes dois homens estão presos." A mão de Archie foi para a pistola.

— Não — sussurrou Melanie com firmeza. — Não. Deixe comigo.

Havia em seu rosto a mesma expressão que Scarlett vira naquele dia em Tara quando Melanie estava no alto da escadaria, olhando para o ianque morto, seu pulso fraco oscilando sob o peso do sabre... uma alma gentil e tímida levada pelas circunstâncias à cautela e à fúria de uma tigresa. Ela escancarou a porta da frente.

— Traga-o para dentro, capitão Butler — chamou em uma voz clara que destilava veneno. — Imagino que o senhor o embebedou de novo. Traga-o para dentro.

A voz do capitão ianque chegou do escuro caminho de entrada:

— Sinto muito, Sra. Wilkes, mas seu marido e o Sr. Elsing estão presos.

— Presos? Por quê? Por embriaguez? Se todos fossem presos por embriaguez em Atlanta, a guarnição ianque estaria sempre na cadeia. Bem, traga-o para dentro, capitão Butler... isto é, se o senhor conseguir andar.

A mente de Scarlett estava lenta e, por um breve momento, nada fez sentido. Sabia que nem Rhett nem Ashley estavam bêbados, e que Melanie também sabia. Contudo, ali estava Melanie, geralmente tão cortês e refinada, gritando feito uma megera e na frente dos ianques ainda por cima, que os dois estavam bêbados demais para andar.

Houve uma curta discussão murmurada, pontuada por palavrões, e pés incertos subiram as escadas. Ashley apareceu no vão da porta, lívido, a cabeça pendente, o cabelo louro desgrenhado, o corpo longilíneo enrolado do pescoço aos joelhos pela capa preta de Rhett. Hugh Elsing e Rhett, não muito equilibrados, o apoiavam de cada lado e era óbvio que ele cairia no chão se não fosse pelo auxílio. Atrás deles, veio o capitão ianque, seu rosto um esboço de desconfiança combinada com diversão. Ficou parado no vão aberto da porta com seus homens espiando, curiosos, sobre seus ombros, e o vento frio varreu a casa.

Scarlett, amedrontada e intrigada, olhou de Melanie para Ashley, e então começou a compreender. Ela ia dizer: "Mas ele não pode estar bêbado!" mas refreou-se. Percebeu que estava assistindo a uma peça da qual vidas dependiam. Sabia que não fazia parte dela, nem tia Pitty, mas os demais faziam, e davam deixas aos outros como atores em um espetáculo bem ensaiado. Mesmo sem entender tudo, ela percebeu o suficiente para ficar quieta.

— Ponha-o na cadeira — exclamou Melanie, indignada. — E o senhor, capitão Butler, saia imediatamente desta casa! Como ousa dar as caras aqui após deixá-lo novamente nessas condições!

Os dois homens largaram Ashley em uma cadeira de balanço e Rhett, oscilando, segurou-se no encosto da cadeira para se equilibrar e dirigiu-se ao capitão com dor na voz:

— Veja só o agradecimento que recebo. Por impedir que a polícia o pegue, trazê-lo para casa aos berros e tentando me arranhar!

— E você, Hugh Elsing, estou com vergonha de você! O que sua pobre mãe vai dizer? Bêbado e por aí com um... um amigo dos ianques como o capitão Butler! E, ah, Sr. Wilkes, como pôde fazer tal coisa?

— Melly, não estou tão bêbado assim — murmurou Ashley e, dizendo isso, caiu para a frente, enterrando a cabeça nos braços sobre a mesa.

— Archie, leve-o para o quarto e ponha-o na cama... como de costume — ordenou Melanie. — Tia Pitty, por favor, corra e apronte a cama e ah... ah... — ela teve um súbito acesso de choro. — Ah, como ele pôde? Depois de ter prometido!

Archie já estava com o braço embaixo do ombro de Ashley, e Pitty, amedrontada e incerta, ficou de pé quando o capitão se interpôs.

— Não o toque. Ele está preso. Sargento!

Quando o sargento entrou na sala com o rifle a postos, Rhett, tentando se equilibrar, pôs a mão no braço do capitão e, com dificuldade, encarou-o nos olhos.

— Tom, por que está prendendo o sujeito? Ele nem está tão bêbado. Já o vi em piores condições.

— Dane-se o bêbado — exclamou o capitão. — Ele pode ficar deitado na sarjeta se depender de mim. Não sou policial. Ele e o Sr. Elsing estão presos por cumplicidade em um ataque da Klan a Shantytown esta noite. Um negro e um branco foram mortos. O Sr. Wilkes foi o líder.

— Esta noite? — Rhett começou a rir. Riu tanto que se sentou no sofá e pôs a cabeça entre as mãos. — Esta noite não, Tom — disse, quando conseguiu falar. — Esses dois estiveram comigo toda a noite... desde as oito horas quando deveriam estar na reunião.

— Com você, Rhett? Mas... — O capitão franziu o cenho e ele pareceu inseguro diante do ronco de Ashley e do choro de sua mulher. — Mas... onde estavam?

— Prefiro não dizer — Rhett lançou um olhar de embriaguez ardilosa para Melanie.

— É melhor dizer!

— Vamos sair na varanda e digo onde estávamos.

— Vai me dizer agora.

— Detesto dizer isso na frente das senhoras. Se as senhoras pudessem sair da sala...

— Não vou sair — exclamou Melanie, enxugando os olhos com raiva. — Tenho o direito de saber. Onde estava meu marido?

— Na casa de entretenimento de Belle Watling — disse Rhett, parecendo envergonhado. — Ele estava lá e Hugh, Frank Kennedy e o Dr. Meade e... e tantos outros. Houve uma festa. Grande festa. Champanhe. Garotas...

— Na... na Belle Watling?

A voz de Melanie ficou tão alta e expressou tanta dor que todos os olhos se viraram para ela, amedrontados. Levou a mão fechada ao peito e, antes que Archie conseguisse ampará-la, desmaiou. Seguiu-se então um rebuliço, Archie a levantando, India correndo para pegar água na cozinha, Pitty e Scarlett abanando-a e dando-lhe tapas nos pulsos, enquanto Hugh Elsing gritava sem parar:

— Agora vocês conseguiram! Agora conseguiram!

— Agora vai se espalhar pela cidade — disse Rhett irritado. — Espero que esteja satisfeito, Tom. Amanhã não vai haver uma esposa que fale com o marido em Atlanta.

— Rhett, eu não fazia ideia... — Embora o vento frio soprasse pela porta aberta atrás dele, o capitão transpirava. — Olhe aqui! Você jura que eles estavam na... hã... Belle?

— Que diabos, claro — resmungou Rhett. — Vá perguntar à própria Belle, se não acredita em mim. Agora deixe-me levar a Sra. Wilkes para o quarto dela. Dê-me aqui, Archie. Sim, posso carregá-la. Srta. Pitty, vá na frente com o lampião.

Ele pegou o corpo mole de Melanie dos braços de Archie com facilidade.

— Você leva o Sr. Wilkes para a cama, Archie. Nunca mais quero pôr os olhos ou as mãos nele depois desta noite.

A mão de Pitty tremia, de modo que o lampião era uma ameaça à segurança da casa, mas ela o carregou liderando o caminho até o quarto escuro. Com um grunhido, Archie pôs um braço sob Ashley e o ergueu.

— Mas... eu tenho que prender esses homens!

Rhett se virou no corredor à meia-luz.

— Então prenda-os pela manhã. Eles não poderão fugir nessas condições.... e eu não sabia que era ilegal se embriagar em uma casa de entretenimento. Por Deus, Tom, há umas cinquenta testemunhas para provar que eles estavam na Belle.

— Sempre há cinquenta testemunhas para provar que um sulista estava em algum lugar onde não estava — disse o capitão, mal-humorado. — O senhor vem comigo, Sr. Elsing. Deixo o Sr. Wilkes em liberdade condicional sob a palavra de...

— Eu sou a irmã do Sr. Wilkes. Responderei por seu comparecimento — disse India friamente. — Agora queiram fazer o favor de se retirar. Já causaram problemas suficientes por uma noite.

— Receba meu pedido de desculpas. — O capitão fez uma mesura desajeitada. — Só espero que eles possam provar sua presença na casa da senhorita... hã... Srta. Watling. Por favor diga a seu irmão que deve se apresentar ao delegado superintendente amanhã de manhã para interrogatório.

India fez uma fria mesura e, com a mão na maçaneta, silenciosamente, comunicou que sua rápida retirada seria bem-vinda. O capitão e o sargento saíram, acompanhados de Hugh Elsing, e ela bateu a porta atrás deles. Sem sequer olhar para Scarlett, ela foi a cada janela e baixou as venezianas. Com os joelhos frouxos, Scarlett se segurou no encosto da cadeira onde Ashley estivera sentado. Olhando para baixo, percebeu que havia uma mancha mais escura na almofada. Intrigada, passou a mão e, para seu horror, uma umidade pegajosa e vermelha apareceu em sua palma.

— India — sussurrou ela. — India, Ashley está... ele está ferido.

— Sua tola! Achou mesmo que ele estivesse embriagado?

India fechou a última veneziana e foi voando para o quarto, seguida de perto por Scarlett, com o coração na garganta. O corpo grande de Rhett barrava a porta, mas, pelo lado de seu ombro, Scarlett viu Ashley deitado, lívido e imóvel na cama. Melanie, estranhamente ágil para quem tivesse passado por um recente desmaio, cortava sua camisa ensopada de sangue com a tesoura de bordado. Archie segurava o lampião baixo sobre a cama e um dos seus dedos nodosos estava no pulso de Ashley.

— Ele está morto? — perguntaram as duas mulheres em coro.

— Não, só desmaiou por causa da perda de sangue. Atingiu o ombro — disse Rhett.

— Por que o trouxe para cá, seu tolo? — exclamou India. — Deixe-me chegar perto! Deixe-me passar! Por que o trouxe para cá para ser preso?

— Ele estava fraco demais para viajar. Não havia nenhum outro lugar para levá-lo, Srta. Wilkes. Além disso, a senhorita quer vê-lo exilado, como Tony Fontaine? Quer uma dúzia dos seus vizinhos morando no Texas sob nomes falsos pelo resto da vida? Temos uma chance de livrar a cara de todos eles se Belle...

— Deixe-me passar!

— Não, Srta. Wilkes. Há trabalho para a senhorita. Precisa buscar um médico... Não o Dr. Meade. Ele está envolvido nisso e é provável que esteja se explicando aos ianques agora mesmo. Consiga algum outro médico. Tem medo de sair sozinha à noite?

— Não — disse India, os olhos pálidos brilhando. — Não tenho medo. — Ela pegou a capa com capuz de Melanie, que estava pendurada em um gancho no corredor. — Vou atrás do velho Dr. Dean. — A exaltação abandonou seu rosto e, com esforço, ela procurou se acalmar. — Desculpe por tê-lo chamado de espião. Eu não compreendi. Fico profundamente agradecida pelo que fez por Ashley... mas o desprezo mesmo assim.

— Aprecio a franqueza... e agradeço por isso — Rhett fez uma mesura e o lábio se curvou para baixo em um sorriso divertido. — Agora, vá rápido e pelo caminho de trás e, quando voltar, não entre na casa se vir sinais de soldados por aí.

India deu mais uma rápida olhada angustiada para Ashley e, envolvendo-se na capa, correu pelo corredor até a porta dos fundos, saindo silenciosamente pela noite.

Forçando os olhos para além de Rhett, Scarlett sentiu o coração bater de novo ao ver os olhos de Ashley se abrirem. Melanie pegou a toalha na armação da bacia, pressionando-a contra o ombro ensanguentado, e ele sorriu levemente, tranquilizando-a. Scarlett sentiu os duros olhos penetrantes de Rhett sobre ela, sabendo que seu coração estava exposto em seu rosto, mas não se importava. Ashley estava sangrando, talvez morrendo, e ela, que o amava, abrira aquele buraco em seu ombro. Ela queria correr, abaixar-se ao lado da cama e segurá-lo, mas seus joelhos tremiam, impedindo-a de entrar no quarto. Mão na boca, ela observava Melanie pressionando uma toalha limpa no ombro, com força, como se quisesse obrigar o sangue a voltar para o corpo. Mas a toalha ficava vermelha como que por passe de mágica.

Como um homem podia sangrar tanto e continuar vivo? Mas, graças a Deus, não havia sangue saindo pela boca... ah, aquelas bolhas espumantes de sangue, precursoras da morte que ela conhecia tão bem desde o terrível dia da batalha do riacho dos Pessegueiros, quando os feridos morriam no gramado de tia Pitty com a boca ensanguentada.

— Fique tranquila — disse Rhett, com uma nota dura de leve deboche na voz. — Ele não vai morrer. Agora, segure o lampião para a Sra. Wilkes. Preciso que Archie faça umas coisas.

Archie olhou por cima do lampião para Rhett.

— Não recebo ordens de você — disse secamente, trocando de lado o naco de fumo.

— Faça o que ele mandar — disse Melanie, severa — e rápido. Faça tudo o que o capitão Butler disser. Scarlett, pegue o lampião.

Scarlett entrou no quarto, pegou o lampião, segurando-o com as duas mãos para não deixar cair. Os olhos de Ashley tinham se fechado outra vez. O peito nu subia lentamente e afundava com rapidez, e a corrente vermelha se escoava entre os dedinhos frenéticos de Melanie. Ela ouviu vagamente os passos pesados de Archie atravessando o quarto e as palavras rápidas de Rhett em voz baixa. Sua mente estava tão concentrada em Ashley que, das primeiras palavras meio sussurradas de Rhett, ela só ouviu: "Pegue meu cavalo... amarrado fora... corra feito louco."

Archie murmurou algumas perguntas e Scarlett ouviu Rhett responder: "A antiga fazenda Sullivan. Você vai encontrar as túnicas no alto da chaminé. Queime-as."

— Ahã — grunhiu Archie.

— E há dois... homens no porão. Acomode-os no cavalo como der e leve-os para o terreno baldio atrás da casa de Belle, o que fica entre a casa e os trilhos da ferrovia. Tenha cuidado. Se alguém o vir, você será enforcado junto conosco. Largue-os no terreno e deixe as pistolas perto deles... nas mãos deles. Tome... leve as minhas.

Scarlett viu Rhett tirar dois revólveres do sobretudo, que Archie pegou e enfiou na faixa da cintura.

— Dê um tiro de cada uma. Precisa parecer um caso de tiroteio comum. Entendeu?

Archie fez que sim como se entendesse perfeitamente, e uma faísca de admiração relutante brilhou em seu olho frio. Mas Scarlett estava longe de entender. O pesadelo da última meia hora dava-lhe a impressão de que nada seria inteligível e claro outra vez. Mas Rhett parecia estar em pleno comando da confusa situação e isso servia de certo consolo.

Archie se virou para ir, voltando-se em seguida, e seu único olho encarou Rhett, indagador.

— Ele?

— Sim.

Archie grunhiu e cuspiu no chão.

— Consequência infernal — disse conforme saía pelo corredor com suas passadas pesadas rumo à porta dos fundos.

Algo na última troca de palavras fez surgir um novo medo e desconfiança no peito de Scarlett, como uma bolha fria que não parava de inchar. Quando ela estourou...

— Onde está Frank? — perguntou.

Rhett atravessou rapidamente o quarto, indo até a cama, o corpanzil se movimentando com a leveza e quietude de um gato.

— Tudo a seu tempo — disse ele, e deu um breve sorriso. — Segure firme esse lampião, Scarlett. Não vá queimar o Sr. Wilkes. Sra. Melly...

Melanie olhou para cima, como um bom soldadinho aguardando ordens, e a situação era tão tensa que nem lhe ocorreu que Rhett a chamara familiarmente pelo primeiro nome, como só os parentes e velhos amigos faziam.

— Peço-lhe que me perdoe, quero dizer, Sra. Wilkes...

— Ah, capitão Butler, não me peça perdão! Eu me sentiria honrada se o senhor me chamasse de "Melly" sem o Sra.! Sinto como se fosse meu... meu irmão ou... meu primo. Que generosidade a sua, e que esperteza! Como poderei lhe agradecer o bastante?

— Obrigado — disse Rhett, e por um instante pareceu quase constrangido. — Eu nunca me atreveria a tanto, mas Sra. Melly — sua voz era de desculpas —, perdoe-me por ter precisado dizer que o Sr. Wilkes estava na casa de Belle Watling e por tê-lo envolvido e aos outros em tal... Mas tinha que pensar depressa quando saí daqui, e foi o único plano que me ocorreu. Eu sabia que iam aceitar minha palavra porque tenho muitos amigos entre os oficiais ianques. Eles me dão a dúbia honra de achar que sou quase um deles porque conhecem minha... devemos chamá-la impopularidade?... entre os homens da cidade. E eu estava jogando pôquer no bar de Belle mais cedo. Há uma dúzia de soldados ianques que podem testemunhar isso. E Belle e as garotas ficarão contentes de mentir e dizer que o Sr. Wilkes e os outros estavam... lá em cima toda a noite. E os ianques acreditarão. Os ianques são tontos nesse aspecto. Não lhes ocorre que mulheres... da profissão delas são capazes de lealdade e patriotismo. Eles não acreditariam na palavra de uma única dama de Atlanta quanto ao paradeiro dos que deviam estar na reunião hoje à noite, mas vão acreditar na palavra das... damas extravagantes. E acho que, entre a palavra de honra de alguém da escória e a de uma dúzia de damas extravagantes, temos uma chance de livrar os homens.

Havia um leve sorriso mordaz em seu rosto ao falar as últimas palavras, mas que sumiu quando o rosto de Melanie virou para cima resplandecendo de gratidão.

— Capitão Butler, o senhor é tão esperto! Eu não me importaria se tivesse dito que eles estavam no inferno hoje à noite, se isso os salvasse! Pois sei e todos sabem que meu marido nunca esteve em um lugar pavoroso como aquele!

— Bem... — começou Rhett, desajeitado —, na verdade ele esteve na Belle hoje.

Melanie se ajeitou, friamente.

— O senhor jamais me convencerá de tal mentira.

— Por favor, Sra. Melly! Deixe-me explicar! Quando fui à fazenda Sullivan hoje, encontrei o Sr. Wilkes ferido, com Hugh Elsing, o Dr. Meade e o velho Merriwether...

— Não o velho cavalheiro!

— Os homens nunca ficam velhos demais para bancar os tolos. E seu tio Henry...

— Ah, piedade! — exclamou tia Pitty.

— Os outros tinham se espalhado após a escaramuça com as tropas, e o grupo que ficou junto tinha ido até a Sullivan para esconder as túnicas na chaminé e para ver a gravidade do ferimento do Sr. Wilkes. Se não fosse por esse ferimento, eles estariam rumando para o Texas a estas alturas... todos... mas ele não chegaria longe, e ninguém o deixaria para trás. Era necessário provar que eles tinham estado em algum outro lugar em vez daquele onde estavam, então eu os levei pelas ruas de trás até a Belle Watling.

— Ah, entendo. Perdoe-me pela grosseria, capitão Butler. Vejo agora que era necessário levá-los lá, mas... Ah, capitão Butler, as pessoas devem tê-los visto entrar!

— Ninguém nos viu. Entramos pelos fundos, por uma entrada particular que dá nos trilhos do trem. Está sempre escura e trancada.

— Então como...?

— Eu tenho uma chave — disse Rhett, lacônico, e seus olhos cruzaram com os de Melly tranquilamente.

Quando todo o impacto do que aquilo significava a atingiu, Melanie ficou tão constrangida que remexeu a toalha até ela escorregar do ferimento.

— Não quis ser intrometida... — disse com voz abafada, o rosto alvo ficando ruborizado enquanto ela rapidamente pressionava a toalha de volta no lugar.

— Sinto muito ter que falar dessas coisas a uma dama.

"Então é verdade!", pensou Scarlett com estranha agonia. "Então ele realmente vive com aquela criatura pavorosa, a Watling! A casa é mesmo dele!"

— Eu estive com Belle e expliquei a ela. Dei-lhe uma lista dos homens que participaram da ação e ela e as garotas vão confirmar que todos estavam lá esta noite. Depois, para tornar nossa saída mais evidente, ela chamou os dois brutamontes que mantêm a ordem do local e eles nos carregaram escada abaixo, brigando, e nos jogaram na rua como se fôssemos bêbados encrenqueiros que estivessem perturbando o local.

Ele riu ao lembrar.

— O Dr. Meade não foi muito convincente como bêbado. Fica com a dignidade ferida só de estar em um lugar como aquele. Mas seu tio Henry e o velho Merriwether estavam ótimos. O palco perdeu dois grandes atores quando eles não se decidiram pela carreira dramática. Parecem gostar da coisa. Sinto dizer que seu tio Henry acabou com um olho roxo devido ao zelo do Sr. Merriwether por seu papel. Ele...

A porta dos fundos se abriu e India entrou, seguida pelo velho Dr. Dean, a longa cabeleira branca despenteada, a maleta de couro surrada, protuberante sob a capa. Ele cumprimentou com a cabeça, mas não disse palavra aos presentes, e em seguida levantou a toalha sobre o ombro de Ashley.

— Alto demais para pegar o pulmão — disse ele. — Se não lascou a clavícula, não é tão grave. Tragam muitas toalhas, senhoras, algodão, se houver, e um pouco de conhaque.

Rhett tomou o lampião de Scarlett e o pôs na mesa enquanto Melanie e India se apressavam, obedecendo às ordens do médico.

— Não há nada que você possa fazer aqui. Venha para a sala, para perto da lareira. — Ele pegou-a pelo braço, acompanhando-a para fora do quarto. Havia uma gentileza que lhe era estranha tanto na mão quanto na voz. — Você teve um dia péssimo, não foi?

Ela se permitiu ser conduzida para a sala e, apesar de estar diante da lareira, começou a tremer. A bolha da desconfiança em seu peito inchava cada vez mais agora. Era mais que uma suspeita. Era quase uma certeza, uma terrível certeza. Ela olhou para o rosto imóvel de Rhett, sem conseguir falar por um momento. Depois:

— Frank estava na... casa de Belle Watling?

— Não.

A voz de Rhett foi seca.

— Archie o está carregando para o terreno baldio perto da Belle. Ele está morto. Levou um tiro na cabeça.

Capítulo 46

$\mathcal{P}$oucas famílias na parte norte da cidade dormiram naquela noite, pois a notícia da desgraça com a Klan e do estratagema de Rhett se espalhou rapidamente conforme a sombra de India Wilkes se esgueirava silenciosamente pelos quintais, sussurrando pelas portas das cozinhas e desaparecendo na ventania escura, deixando pelo caminho medo e arrebatada esperança.

Pelo lado de fora, as casas pareciam escuras, silenciosas e adormecidas, mas dentro as vozes sussurraram até o amanhecer. Não só os envolvidos no ataque daquela noite, mas todos os membros da Klan estavam prontos para fugir, e em quase todos os estábulos ao longo da rua dos Pessegueiros cavalos esperavam encilhados na escuridão, pistolas nos coldres e comida nos alforjes. A única coisa que evitou um êxodo em massa foi o recado sussurrado de India: "O capitão Butler disse que não devem fugir. As estradas estarão sendo vigiadas. Ele combinou com aquela Watling..." Em aposentos escuros, os homens sussurravam: "Mas por que eu deveria confiar naquele maldito Butler?" E as vozes das mulheres imploravam: "Não vá! Se ele salvou Ashley e Hugh, pode salvar todo mundo. Se India e Melanie confiam nele..." E eles confiaram e ficaram, pois não havia outro jeito.

Cedo, naquela noite, os soldados tinham batido em uma dúzia de portas, e aqueles que não disseram onde tinham estado foram presos. René Picard e um dos sobrinhos da Sra. Merriwether, além dos Simmons e Andy Bonnell, estavam entre os que passaram a noite na cadeia. Tinham participado do desastrado ataque, mas se separaram dos outros após o tiroteio. Correndo em disparada para casa, foram presos antes de tomarem conhecimento do plano de Rhett. Felizmente, todos declararam que onde estavam naquela noite era da conta deles e não de qualquer ianque maldito. Ficaram presos para subsequente interrogatório pela manhã. O velho Merriwether e tio Henry Hamilton declararam sem qualquer vergonha que estavam na casa de entretenimento de Belle Watling e, quando o capitão Jaffery comentou, irritado, que eram velhos demais para tais andanças, eles quiseram briga.

A própria Belle Watling atendeu à intimação do capitão Jaffery e, antes que ele revelasse sua missão, ela gritou que a casa estava fechada. Um grupo de bêbados encrenqueiros estivera lá mais cedo, tinham brigado entre si, quebrado seus melhores espelhos e deixado as jovens tão alarmadas que os negócios tinham sido suspensos pelo resto da noite. Mas, se o capitão Jaffery quisesse uma bebida, o bar ainda estava aberto...

Bem consciente das risadinhas de seus homens e sentindo, impotente, que lutava na névoa, o capitão Jaffery declarou, zangado, que não queria nem as jovens nem a bebida, e perguntou se Belle sabia os nomes de seus fregueses encrenqueiros. Ah, sim, Belle sabia. Eram frequentadores da casa. Vinham todas as quartas-feiras e se autodenominavam os Democratas das Quartas, embora o que quisessem dizer com isso ela não sabia e não lhe importava. E, se não pagassem pelos espelhos do corredor do segundo andar, ela os denunciaria. Aquela era uma casa respeitável e... ah, os nomes? Sem hesitar, Belle relacionou os nomes dos 12 sob suspeita. O capitão Jaffery sorriu, azedo.

— Esses rebeldes malditos têm uma organização tão eficiente quanto o Serviço Secreto. Você e suas garotas devem comparecer diante do delegado superintendente amanhã.

— O delegado vai fazê-los pagar pelos meus espelhos?

— Seus espelhos que vão para o diabo! Faça Rhett Butler pagar por eles. Ele é o dono do lugar, não é?

Antes do amanhecer, cada família ex-confederada da cidade sabia de tudo. E seus negros, a quem nada fora contado, também sabiam, por meio do sistema secreto de telégrafo negro, que desafiava a compreensão dos brancos. Todos sabiam os detalhes do ataque, da morte de Frank Kennedy e do aleijado Tommy Wellburn e de como Ashley fora ferido carregando o corpo de Frank.

Parte do amargo ódio que as mulheres sentiam por Scarlett devido a sua participação na tragédia foi mitigado ao saberem da morte de seu marido, da qual ela estava a par, sem poder admiti-lo e nem ter o pobre consolo de reclamar o corpo. Até que a luz da manhã revelasse os mortos e as autoridades a notificassem, ela não devia saber de nada. Frank e Tommy, pistolas nas mãos frias, jaziam entre as secas ervas daninhas de um terreno baldio. E os ianques diriam que tinham matado um ao outro em uma rixa de bêbados por causa de uma garota na casa de Belle. O pesar foi enorme por Fanny, mulher de Tommy, que acabara de ter um bebê, mas ninguém podia sair furtivamente pela escuridão para visitá-la e levar algum consolo, pois um pelotão de ianques cercava a casa, aguardando o retorno de Tommy. E havia outro pelotão na casa de tia Pitty, esperando por Frank.

Antes do alvorecer, se espalhara a notícia de que o interrogatório militar aconteceria naquele dia. O povo da cidade, aguardando ansioso com olheiras fundas pela noite passada em claro, sabia que a segurança de alguns de seus cidadãos mais proeminentes apoiava-se em três coisas: a capacidade de Ashley ficar de pé e comparecer diante do conselho militar como se nada tivesse além de uma dor de cabeça resultante da ressaca, a palavra de Belle Watling de que eles tinham ido a sua casa, e a de Rhett Butler de que estivera com eles.

A cidade se contorcia ao pensar nesses dois últimos! Belle Watling! Dever a vida de seus homens a ela! Era intolerável! As mulheres que atravessavam a rua ostensivamente quando a viam cogitavam se ela se lembraria, e tremiam de medo. Os homens se sentiam menos humilhados que as mulheres por dever a vida a Belle, pois muitos a consideravam boa pessoa. Mas ficavam aflitos por dever a vida e a liberdade a Rhett Butler, um especulador da escória sulista. Belle e Rhett, a mulher extravagante mais conhecida da cidade e o homem mais odiado. E estavam em dívida com os dois.

Outra ideia que os levava à ira impotente era saber que os ianques e os aventureiros do norte iam rir. Ah, como ririam! Doze dos cidadãos mais proeminentes da cidade revelando-se frequentadores da casa de entretenimento de Belle Watling! Dois deles mortos em uma briga por causa de uma garota barata, outros expulsos por estar bêbados demais para ser tolerados até por Belle, e alguns presos, recusando-se a confessar que estavam lá quando todos sabiam que estavam!

Atlanta estava certa em temer que os ianques rissem. Tinham ficado constrangidos por muito tempo sob a frieza e o desdém sulista e agora explodiam com a situação hilária. Oficiais acordavam seus camaradas para contar a notícia em detalhes. Maridos acordavam as mulheres ao amanhecer e lhes contavam o máximo que podia ser decentemente relatado a mulheres. E as mulheres, vestindo-se apressadamente, batiam na porta dos vizinhos, espalhando a história. As damas ianques se deleitavam e riam até as lágrimas lhes rolarem pelas faces. Ali estavam a fidalguia e a galanteria sulista! Talvez aquelas mulheres que andavam de cabeça tão erguida e desconsideravam as tentativas de amizade deixariam de ser tão arrogantes, agora que todos sabiam onde seus maridos passavam o tempo quando supostamente estariam em reuniões de política. Reuniões de política! Bem, era engraçado!

Mas, mesmo ao rir, expressavam pesar por Scarlett e sua tragédia. Afinal, Scarlett era uma das poucas damas em Atlanta a ser gentil com os ianques. Ela já conquistara a simpatia deles pelo fato de ter de trabalhar porque o marido não podia ou não queria sustentá-la adequadamente. Mesmo que ele fosse lamentável, era terrível que a coitadinha descobrisse que lhe era infiel. E era duplamente terrível que sua morte ocorresse simultaneamente à descoberta de sua infidelidade. Afinal, um marido lamentável era melhor que nenhum, e as damas ianques decidiram que seriam ainda mais gentis com Scarlett. Mas as outras, a Sra. Meade, a Sra. Merriwether, a Sra. Elsing, a viúva de Tommy Wellburn e, sobretudo, a

Sra. Ashley Wilkes, dessas elas ririam na cara sempre que as vissem. Isso lhes ensinaria a ser um pouco mais corteses.

Grande parte dos sussurros que circularam pelos aposentos escuros no lado norte da cidade naquela noite referia-se a esse assunto. As damas de Atlanta foram veementes ao dizer aos maridos que não davam a mínima para o que os ianques pensavam. Mas por dentro sentiam que seria infinitamente preferível passar pelo corredor polonês a sofrer a provação das risadinhas ianques sem poder dizer a verdade sobre os maridos.

Fora de si devido à dignidade ultrajada em que Rhett o manobrara e aos outros, o Dr. Meade falou à mulher que, se não fosse pelo fato de envolver os outros, preferia confessar e ser enforcado a dizer que estivera na casa de Belle.

— É uma ofensa à senhora — disse ele enfurecido.

— Mas todos vão saber que o senhor não estava lá para... para...

— Os ianques não vão saber. Eles devem acreditar se for para salvarmos nosso pescoço. E vão rir. Só de pensar que alguém vai acreditar e rir me deixa furioso. E insulta a senhora, porque, minha cara, sempre lhe fui fiel.

— Eu sei. — E no escuro a Sra. Meade sorriu e pousou a mão magra sobre a do doutor. — Mas eu preferia que fosse realmente verdade a saber que um fio de seu cabelo corria perigo.

— Sra. Meade, sabe o que está dizendo? — exclamou o doutor, horrorizado com o realismo insuspeitado de sua mulher.

— Sim, eu sei. Perdi Darcy e perdi Phil. O senhor é tudo o que me resta, e, antes de perdê-lo, eu preferia que o senhor se mudasse para lá permanentemente.

— A senhora está perturbada! Não pode saber o que está dizendo.

— Seu velho tolo — disse a Sra. Meade ternamente, deitando a cabeça no braço dele.

O Dr. Meade se enfureceu em silêncio e lhe acariciou a face, para em seguida explodir outra vez.

— E ficar em dívida com aquele Butler! A forca seria fácil em comparação a isso. Não, nem mesmo devendo-lhe a vida conseguirei ser educado com ele. Sua insolência é monumental, e sua falta de vergonha em relação às suas especulações me faz ferver. Dever a vida a um homem que nunca esteve no exército...

— Melly diz que ele se alistou após a queda de Atlanta.

— É mentira. A Sra. Melly acredita em qualquer patife plausível. E o que não consigo entender é a razão para ele estar fazendo tudo isso... dando-se a todo esse trabalho. Detesto dizer, mas... bem, sempre houve boatos a respeito dele e da Sra. Kennedy. Os vi juntos chegando de charrete com demasiada frequência este ano. Ele deve ter feito isso por causa dela.

— Se fosse por causa de Scarlett, ele não teria levantado a mão. Teria ficado feliz de ver Frank Kennedy enforcado. Acho que foi por Melly...

— Sra. Meade, não pode estar insinuando que já houve algo entre aqueles dois!

— Ah, não seja tolo! Mas ela sempre o admirou imensuravelmente desde sua tentativa de conseguir a troca de Ashley durante a guerra. E devo dizer isso a seu favor. Quando está com ela, ele nunca dá aquele sorriso nojento. Sempre é o mais agradável e atencioso que pode... de fato, outro homem. Dá para ver pelo modo como age com Melly que poderia ser um homem decente se quisesse. Agora, minha ideia do motivo para ele estar fazendo tudo isso... — Ela pausou. — Doutor, o senhor não vai gostar de minha ideia.

— Não gosto de nada desse assunto!

— Bem, acho que em parte ele fez por atenção a Melly, mas principalmente por achar que estaria pregando uma grande peça em todos nós. Nós o odiamos tanto e o demonstramos claramente, e agora ele nos põe nessa situação, em que todos vocês têm a escolha de dizer que estavam na casa daquela mulher, a Watling, e se envergonhar e às suas mulheres diante dos ianques... ou dizer a verdade e ser enforcados. E ele sabe que ficaríamos todos devedores a ele e à... amante, e que quase preferiríamos ser enforcados a ficar em dívida com eles. Aposto que ele está gostando.

O doutor grunhiu.

— Ele parecia estar se divertindo quando nos levou lá para cima naquele lugar.

— Doutor — hesitou a Sra. Meade —, como é?

— O que a senhora quer dizer, Sra. Meade?

— A casa dela. Como é? Tem lustres de cristal lapidado? E cortinas de veludo vermelhas e uma porção de espelhos de corpo inteiro e molduras douradas? E as garotas... elas estavam despidas?

— Meu Deus! — exclamou o doutor, estupefato, pois nunca lhe ocorrera que a curiosidade de uma mulher casta em relação às suas irmãs não castas fosse tão devoradora. — Como é que pode fazer perguntas tão indecentes? A senhora está fora de si. Vou lhe preparar um sedativo.

— Não quero um sedativo. Quero saber. Ah, minha nossa, esta é minha única oportunidade de saber como é uma casa dessas e agora o senhor vai ser mesquinho e não vai me contar!

— Não observei nada. Garanto-lhe, eu estava por demais constrangido de me encontrar em um lugar daqueles para notar o que me cercava — disse o doutor formalmente, mais aborrecido diante dessa revelação inesperada do caráter de sua mulher do que ficara com todos os acontecimentos anteriores daquela noite. — Queira me desculpar, vou tentar dormir um pouco.

— Bem, vá dormir então — respondeu ela, em um tom de voz decepcionado. Enquanto o doutor se inclinava para tirar as botas, sua voz falou no escuro com renovada alegria. — Imagino que Dolly tenha arrancado tudo do velho Merriwether e vai me contar.

— Deus do Céu, Sra. Meade! Está querendo me dizer que mulheres de bem falam sobre tais coisas entre si...

— Ah, vá dormir.

Nevava e chovia no dia seguinte, mas, com a chegada do crepúsculo, as partículas de gelo pararam de cair e um vento frio começou a soprar. Enrolada em sua capa, aturdida, Melanie saiu da varanda seguindo até a calçada um cocheiro negro desconhecido que a chamara misteriosamente até uma carruagem fechada que aguardava em frente de casa. A porta da carruagem se abriu e no interior sombrio ela viu uma mulher.

Chegando mais perto, olhando para dentro, Melanie perguntou:

— Quem é? Não gostaria de entrar? Está tão frio...

— Por favor, entre aqui e sente comigo um instante, Sra. Wilkes — falou uma voz levemente familiar, uma voz constrangida lá no fundo da carruagem.

— Ah, é a senhorita... Srta.... Watling! — exclamou Melanie. — Eu queria tanto vê-la! Deve entrar.

— Não posso, Sra. Wilkes. — A voz de Belle Watling parecia escandalizada. — Entre um minuto e sente comigo aqui.

Melanie entrou na carruagem e o cocheiro fechou a porta. Sentou-se ao lado de Belle e procurou sua mão.

— Como posso lhe demonstrar minha gratidão pelo que fez hoje! Como podemos todos nós lhe agradecer!

— Sra. Wilkes, a senhora não tinha que ter me enviado aquele bilhete hoje de manhã. Não que eu não tenha ficado orgulhosa de receber um bilhete seu, mas os ianques podiam ter pegado. E, quanto à senhora vir me dizer que ia me visitar para agradecer... ora, Sra. Wilkes, a senhora deve ter perdido a cabeça! Que ideia! Vim aqui logo que escureceu para dizer que a senhora não deve pensar nada dessas coisas. Ora, eu... ora, a senhora... não ia combinar nem um pouco.

— Não combinaria comigo visitar e agradecer uma boa mulher que salvou a vida de meu marido?

— Ora, Sra. Wilkes! A senhora sabe o que eu quero dizer!

Melanie ficou quieta por um momento, constrangida pela implicação. De alguma forma, essa mulher bonita, sobriamente vestida, sentada na escuridão da carruagem, não parecia nem falava como ela imaginava que uma mulher da vida, a madame da casa, devia parecer e falar. Ela parecia como... bem, um pouco vulgar e caipira, mas gentil e de bom coração.

— A senhora esteve maravilhosa diante do delegado superintendente hoje, Sra. Watling! E a senhora e as outras... suas... as jovens certamente salvaram a vida de nossos homens.

— O Sr. Wilkes é que foi maravilhoso. Não sei como foi que ele conseguiu ficar de pé e contar sua história, quanto mais parecer tão tranquilo como parecia. Ele estava sangrando feito um porco quando vi ele ontem de noite. Ele vai ficar bem, Sra. Wilkes?

— Sim, obrigada. O médico disse que o ferimento só pegou na carne, embora ele realmente tenha perdido muito sangue. Hoje de manhã ele estava... bem, estava auxiliado pelo conhaque ou não teria tido forças para passar por tudo aquilo tão bem. Mas foi a senhora que o salvou. Quando se zangou e falou dos espelhos quebrados, soava tão... tão convincente.

— Obrigada, senhora. Mas eu... eu achei que o capitão Butler também teve um ótimo desempenho — disse Belle com orgulho tímido na voz.

— Ah, ele estava maravilhoso! — exclamou Melanie calorosamente. — Os ianques não tinham como não acreditar no testemunho dele. Ele foi muito esperto com a coisa toda. Nunca poderei agradecê-lo o bastante... nem à senhora! Que boa e gentil a senhora é!

— Muito obrigada mesmo, Sra. Wilkes. Foi um prazer. Espero que... não vá lhe deixar constrangida eu ter dito que o Sr. Wilkes é frequentador do meu estabelecimento. Ele nunca, sabe...

— Sim, eu sei. Não me constrange nem um pouco. Só lhe fico muito agradecida.

— Aposto que as outras senhoras não estão agradecidas — disse Belle com um súbito veneno. — E aposto que não estão agradecidas ao capitão Butler também. Aposto que vão odiar ele mais ainda. Aposto que a senhora vai ser a única a me dizer obrigada. Aposto que nem vão me olhar no olho quando me virem na rua. Mas eu não me importo, nem me importaria que todos os maridos delas fossem enforcados. Mas me importo com o Sr. Wilkes. A senhora sabe, eu não me esqueci como a senhora foi boa para mim durante a guerra, sobre aquele dinheiro para o hospital. Nunca teve uma dama nessa cidade boa para mim como a senhora foi e eu não me esqueço de uma bondade! E eu pensei na senhora ficando viúva com um menino pequeno para criar se o Sr. Wilkes fosse enforcado e... é um menininho bonito o seu, Sra. Wilkes. Eu também tenho um menino e então eu...

— Ah, a senhora tem? Ele mora... hã...

— Ah, não senhora! Ele nunca ficou aqui. Ele está interno no colégio. Eu não vejo ele desde pequeno. Eu... bem, voltando ao assunto, quando o capitão Butler queria que eu mentisse para aqueles homens eu quis saber quem eram e quando soube que o Sr. Wilkes estava no meio eu nem hesitei. Eu disse para as minhas garotas, eu disse "vou açoitar todo mundo se vocês não deixarem bem claro que o Sr. Wilkes estava aqui com vocês toda a noite".

— Ah! — disse Melanie, ainda mais constrangida pela referência impensada de Belle às "garotas". — Ah, isso foi... hã... gentil de sua parte e... da parte delas também.

— Não mais do que a senhora merece — disse Belle, calorosa. — Mas eu não ia fazer por qualquer um. Se fosse só o marido daquela Sra. Kennedy, só ele, eu não ia ter levantado um dedo, não importa o que o capitão Butler dissesse.

— Por quê?

— Bem, Sra. Wilkes, o pessoal no meu negócio fica sabendo de um monte de coisas. Muita dama fina ia ficar surpresa se elas tivessem uma noção do que a gente sabe delas. E ela não é boa, Sra. Wilkes. Ela matou o marido e aquele bom rapaz, o Wellburn, como se tivesse dado um tiro neles. Ela foi a causa de tudo, andando por aí em Atlanta sozinha, instigando os negros e os ordinários. Ora, nem uma das minhas garotas...

— A senhora não deve dizer essas coisas descorteses sobre minha cunhada. — Melanie se empertigou friamente.

Belle pôs a mão apaziguadora no braço de Melanie e logo a retirou.

— Por favor, não me dê esse gelo, Sra. Wilkes. Eu não ia aguentar, depois da senhora ter sido tão gentil e meiga comigo. Eu me esqueci de como a senhora gosta dela e sinto muito pelo que eu disse. Também sinto pelo coitado do Sr. Kennedy estar morto. Era um bom homem. Eu comprava algumas coisas para minha casa com ele e ele sempre me tratou bem. Mas a Sra. Kennedy... bem, ela simplesmente não está na mesma categoria que a senhora. Ela é uma mulher muito fria e não consigo pensar de outro jeito... Quando é que vão enterrar o Sr. Kennedy?

— Amanhã de manhã. E você está enganada a respeito da Sra. Kennedy. Ora, agora mesmo ela está prostrada de pesar.

— Talvez — disse Belle com evidente descrença. — Bem, tenho que ir andando. Tenho medo que alguém possa reconhecer essa carruagem se ficar aqui mais tempo e isso não seria bom para vocês. E, Sra. Wilkes, se acontecer de me encontrar na rua, a senhora... não precisa falar comigo. Eu vou entender.

— Vou me orgulhar de falar com a senhora. Orgulhosa de ficar em dívida com a senhora. Espero... espero que nos encontremos novamente.

— Não — disse Belle. — Isso não seria apropriado. Boa-noite.

Capítulo 47

Scarlett estava sentada no quarto, beliscando o jantar que Mammy levara, escutando o vento veemente que vinha da noite. A casa estava amedrontadoramente silenciosa, mais ainda do que quando Frank jazia na sala algumas horas antes. Havia então gente caminhando na ponta dos pés e falando em voz baixa, batidas abafadas na porta da frente, vizinhos entrando para expressar condolências e soluços ocasionais da irmã de Frank que chegara de Jonesboro para o funeral.

Mas agora a casa estava envolta em silêncio. Embora a porta estivesse aberta, ela não ouvia nem um ruído vindo lá de baixo. Wade e o bebê estavam na casa de Melanie desde que o corpo de Frank chegara, e ela sentia falta do som dos pés do menino e do balbuciar de Ella. Na cozinha houvera um armistício, e as discussões de Peter, Mammy e Cookie não chegavam até ela. Nem tia Pitty, na biblioteca lá embaixo, se balançava na cadeira em deferência ao pesar de Scarlett.

Ninguém a procurava, imaginando que ela queria ficar só com seu pesar, mas ficar só era a última coisa que Scarlett desejava. Se fosse apenas pesar que a acompanhasse, ela aguentaria, assim como aguentara outros pesares. Mas, além de sua atordoante sensação de incerteza com a morte de Frank, havia medo, remorso e o tormento de uma consciência subitamente desperta. Pela primeira vez na vida, ela se arrependia das coisas que fizera, arrependimento que vinha acompanhado de um terrível medo supersticioso que a fazia dar olhadas oblíquas para a cama onde se deitara com Frank.

Ela matara Frank. Matara-o como se tivesse puxado o gatilho. Ele suplicara para que não andasse sozinha, mas ela não lhe dera ouvidos. E agora ele estava morto por causa de sua obstinação. Deus a castigaria. Mas havia em sua consciência outra questão mais pesada e assustadora que ter causado sua morte... uma questão que nunca a inquietara até ver seu rosto no caixão. Havia algo de impotente e patético naquele rosto imóvel que a acusava. Deus a castigaria por ter se casado com um homem que na verdade amava Suellen. Ela teria que se encolher no assento do Juízo e responder por aquela mentira que contara voltando do acampamento ianque em sua charrete.

Agora era inútil argumentar que os fins justificavam os meios, que ela fora levada a enganá-lo, que o destino de muitas pessoas dependia dela para que levasse em consideração os direitos dele ou de Suellen à felicidade. A verdade estava clara, mas ela se esquivava, amedrontada. Casara-se com ele friamente e o usara dessa mesma maneira. E o deixara infeliz nos últimos seis meses quando podia tê-lo deixado feliz. Deus a castigaria por não ter sido melhor para ele... a castigaria por todos os seus insultos, acessos temperamentais e comentários sarcásticos, por indispô-lo com os amigos e envergonhá-lo por dirigir as serrarias, construir o saloon e contratar detentos.

Ela o tornara muito infeliz e sabia disso, mas ele aguentara tudo como um cavalheiro. A única coisa que ela fizera para lhe proporcionar verdadeira felicidade fora presenteá-lo com Ella. E ela sabia que, se pudesse ter evitado, Ella nunca teria nascido.

Scarlett teve um calafrio, assustada, desejando que Frank estivesse vivo para que pudesse ser boa para ele, tão boa que compensasse por todo o resto. Ah, se ao menos Deus não parecesse tão furioso e vingativo! Ah, se ao menos os minutos não passassem com tanta lentidão e a casa não estivesse tão quieta! Se ao menos ela não estivesse tão só!

Se ao menos Melanie estivesse com ela, poderia acalmar seus temores. Mas Melanie estava em casa, cuidando de Ashley. Por um momento, Scarlett pensou em convocar Pittypat para se postar ente ela e sua consciência, mas hesitou. Era provável que Pitty só piorasse as coisas, pois estava em verdadeiro luto por Frank. Era mais contemporâneo dela que de Scarlett e ela era muito dedicada a ele. Ele preenchera com perfeição a necessidade de Pitty de ter "um homem em casa", pois lhe trazia presentinhos, mexericos inocentes, piadas e histórias, lia o jornal para ela à noite e lhe explicava os assuntos da hora enquanto ela remendava as meias dele. Ela o cumulava de atenções, planejava pratos especiais e o atendia durante seus inumeráveis resfriados. Agora sentia extrema falta dele e não parava de repetir enquanto enxugava os olhos inchados: "Por que ele foi sair com a Klan?".

Se ao menos houvesse alguém para consolá-la, acalmar seus temores, explicar-lhe o que significavam esses temores confusos que faziam seu coração afundar em um frio doentio! Se ao menos Ashley... mas se esquivou da ideia. Quase matara Ashley, assim como matara Frank. E se Ashley chegasse a saber a verdade de como ela mentira a Frank para agarrá-lo, se soubesse quanto fora mesquinha, deixaria de amá-la. Ashley era honrado, verdadeiro, bom e via de modo direto, claro. Se soubesse de toda a verdade, entenderia. Ah, sim, entenderia muito bem! Mas deixaria de amá-la. Portanto, ele nunca poderia saber, pois precisava continuar a amá-la. Como ela viveria se aquela fonte secreta de sua força, o amor dele, lhe fosse tirada? Mas que alívio seria pôr a cabeça em seu ombro, chorar e desabafar seu coração culpado!

O silêncio da casa, com a pesada sensação da morte, aumentou sua solidão até ela sentir que não aguentaria sem ajuda. Levantou-se com cautela, encostou um pouco a porta e, abrindo a última gaveta da cômoda, buscou por baixo da roupa íntima. Pegou a "garrafa antidesmaio" de conhaque de tia Pitty, que escondera lá, e segurou-a contra a lâmpada. Estava pela metade. Com certeza, não bebera tanto desde a noite passada! Serviu uma quantidade generosa em seu copo de água e tomou de um trago. Teria que encher a garrafa de água até em cima e devolvê-la ao armário antes do amanhecer. Mammy tinha procurado por ela logo antes do funeral, quando os carregadores do caixão tinham pedido uma bebida, e o ar na cozinha já estava elétrico com a desconfiança de Mammy, Cookie e Peter.

O conhaque ardeu com um calor agradável. Não havia nada como aquilo quando se precisava. Na verdade, conhaque era bom a quase qualquer hora, muito melhor que o insípido vinho. Por que era apropriado que uma mulher bebesse vinho e não destilados? As Sras. Merriwether e Meade tinham obviamente sentido seu hálito no funeral, e ela vira o olhar triunfante que tinham trocado. Aquelas megeras!

Serviu-se de outra dose. Não importava se ficasse um pouco tonta, pois logo iria dormir e poderia gargarejar com água-de-colônia antes que Mammy subisse para abrir seu espartilho. Só queria poder ficar tão completa e imprudentemente embriagada como Gerald costumava ficar nos dias de feira. Então talvez conseguisse esquecer o rosto encovado de Frank acusando-a de arruinar sua vida e depois matá-lo.

Ficou imaginando se todos na cidade achavam que ela o matara. As pessoas tinham sido frias com ela no funeral, com certeza. As únicas a demonstrar calorosa simpatia tinham sido as mulheres dos oficiais ianques com quem ela negociara. Bem, pouco ligava para o que a cidade dizia. Isso parecia fútil perto do que teria de responder perante Deus!

Tomou outra dose, estremecendo enquanto o conhaque descia pela garganta. Sentia-se aquecida agora, mas ainda não conseguia tirar Frank da cabeça. Que tolas eram as pessoas quando diziam que a bebida fazia esquecer! A não ser que bebesse até ficar insensível, ainda veria o rosto de Frank como estava na última vez que lhe suplicara para não sair sozinha de charrete, tímido, reprovador, desculpando-se.

A batida surda na porta da frente provocou um eco na casa silenciosa, e ela ouviu os passos gingados de tia Pitty atravessando o vestíbulo e a porta se abrindo. Houve o som de cumprimentos e um murmúrio indistinguível. Devia ser algum vizinho vindo para comentar o funeral ou para trazer um manjar branco. Pitty gostaria disso. Sentira prazer melancólico em falar com os visitantes que vinham dar seus pêsames. Indiferente, ela pensou em quem seria e, quando a voz de um homem, grave e arrastada, se distinguiu da voz sussurrante de Pitty, ela percebeu. Ficou cheia de contentamento e alívio. Era Rhett. Não o via desde que ele dera a notícia da morte de Frank, e agora ela sabia, no fundo do coração, que ele era a pessoa que poderia ajudá-la naquele momento.

— Creio que ela me receberá. — A voz de Rhett flutuou até seus ouvidos.

— Mas agora ela está deitada, capitão Butler, e não receberá ninguém. Coitadinha, está prostrada. Ela...

— Creio que ela me receberá. Por favor, diga-lhe que estou viajando amanhã e que talvez fique afastado por algum tempo. É muito importante.

— Mas... — alvoroçou-se Pittypat.

Scarlett foi até o corredor, observando com certa surpresa que tinha as pernas vacilantes, e se debruçou na balaustrada.

— Desço em um minuto, Rhett.

Ela viu de relance o rosto gordo de tia Pittypat voltado para cima, os olhos arregalados de surpresa e censura. "Agora vai correr a cidade que me comportei do modo mais inapropriado no dia do funeral do meu marido", pensou Scarlett enquanto voltava ao quarto para ajeitar os cabelos. Abotoou o corpete preto até o queixo, fechando-o com o broche de luto que pertencia a Pittypat. "Não estou muito bonita", pensou, inclinando-se para perto do espelho, branca demais e assustada. Por um momento, sua mão foi para o estojo onde escondia o ruge, mas decidiu que não. A pobre Pittypat ficaria gravemente aborrecida se ela descesse rosada e viçosa. Pegou a água-de-colônia e gargarejou com cuidado, cuspindo no jarro de despejo.

Acompanhada pelo ruge-ruge das saias, ela desceu as escadas em direção aos dois, que ainda estavam de pé no vestíbulo, pois Pittypat ficara aborrecida demais com a atitude de Scarlett para convidar Rhett a se sentar. Ele estava decorosamente vestido de preto. A camisa de linho preguada e engomada e seus modos eram tudo o que os costumes exigiam de um velho amigo fazendo uma visita de condolências a alguém consternado. De fato, estava tão perfeito que beirava o burlesco, embora Pittypat não percebesse. Ele se desculpou adequadamente por perturbar Scarlett e sentia muito que em sua pressa de fechar negócios inadiáveis antes de partir não tivesse podido comparecer ao funeral.

"Por que terá vindo?", cogitou Scarlett. "Não está sendo sincero em nenhuma palavra que diz."

— Detesto perturbá-la nesta hora, mas tenho um assunto de negócios que não pode esperar. Algo que o Sr. Kennedy e eu estávamos planejando...

— Eu não sabia que o senhor e o Sr. Kennedy tinham negócios em comum — disse tia Pittypat, quase indignada por desconhecer alguma das atividades de Frank.

— O Sr. Kennedy era um homem de vastos interesses — disse Rhett respeitosamente. — Vamos até a sala?

— Não! — exclamou Scarlett, olhando de relance para as portas fechadas. Ainda conseguia ver o caixão lá. Esperava nunca mais precisar entrar. Dessa vez, Pitty entendeu, embora sem muita boa vontade.

— Fiquem na biblioteca. Eu preciso... preciso ir lá em cima fazer alguns consertos. Minha nossa, larguei tudo nesta última semana. Realmente...

Ela subiu as escadas, dando uma olhada de censura para trás, que não foi percebida por Scarlett nem por Rhett. Ele ficou de lado para deixá-la entrar na biblioteca antes dele.

— Que negócio você tinha com o Frank? — perguntou ela abruptamente.

Ele se aproximou e sussurrou.

— Nenhum. Só queria me livrar da Srta. Pitty. — Ele fez uma pausa, inclinando-se sobre ela. — Não adianta, Scarlett.

— O quê?

— A colônia.

— Não sei o que quer dizer.

— Tenho certeza de que sabe. Você andou bebendo bastante.

— Bem, e se estive? É de sua conta?

— A alma da cortesia, mesmo nas profundezas do pesar. Não beba sozinha, Scarlett. As pessoas sempre descobrem, e isso arruina a reputação. Além disso, é mau negócio beber sozinha. Qual é o problema, doçura?

Ele a levou até o sofá de jacarandá e ela se sentou em silêncio.

— Posso fechar as portas?

Ela sabia que, se Mammy visse as portas fechadas, ficaria escandalizada, faria sermões e ficaria resmungando por dias a fio, mas seria ainda pior se ouvisse essa discussão sobre bebida, especialmente na falta da garrafa de conhaque. Ela fez que sim e Rhett fechou-as. Quando voltou e se sentou ao lado dela, os olhos escuros alertas, examinando-lhe a fisionomia, o pano mortuário caiu diante da vitalidade que ele irradiava, e o aposento pareceu agradável e doméstico outra vez, os lampiões rosados e aconchegantes.

— Qual é o problema, doçura?

Ninguém mais conseguia dizer aquela tola palavra de estima tão carinhosamente quanto Rhett, mesmo quando estava brincando, mas não parecia estar agora. Ela ergueu os olhos atormentados e, de algum modo, encontrou consolo na inescrutabilidade que viu ali. Não sabia por que, pois ele era uma pessoa imprevisível e dura. Talvez fosse porque, como ele costumava dizer, eram parecidos. Às vezes, ela achava que todas as pessoas que conhecia eram estranhas, exceto Rhett.

— Pode me contar? — Ele pegou a mão dela, estranhamente gentil. — É mais do que o fato de o velho Frank deixá-la? Precisa de dinheiro?

— Dinheiro? Por Deus, não! Ah, Rhett, estou com tanto medo.

— Não banque a covarde, Scarlett, você nunca sentiu medo na vida.

— Ah, Rhett, estou com medo!

As palavras vinham com mais rapidez do que ela conseguia pronunciá-las. Podia dizer qualquer coisa a Rhett. Ele já fora tão mau que não a julgaria. Que maravilha conhecer alguém mau, desonrado, trapaceiro e mentiroso, quando o mundo estava cheio de gente que não mentia para salvar a alma e que preferiria passar fome a desonrar-se!

— Tenho medo de morrer e ir para o inferno.

Se ele risse dela, ela morreria ali mesmo. Mas ele não riu.

— Você está bem saudável, e talvez nem exista esse tal inferno.

— Ah, mas existe, sim, Rhett! Você sabe que existe!

— Sei, mas fica bem aqui, na terra. Não depois de morrermos. Não há nada depois de morrermos, Scarlett. Você está vivendo seu inferno agora.

— Ah, Rhett, isso é blasfêmia!

— Mas deveras consolador. Diga-me, por que vai para o inferno?

Agora ele estava implicando, ela podia ver aquele lampejo em seus olhos, mas não ligava. Suas mãos eram quentes e fortes, um consolo tê-las como apoio.

— Rhett, eu não devia ter me casado com Frank. Foi errado. Ele era o pretendente de Suellen e era a ela que amava, não a mim. Mas menti para ele e disse que ela ia se casar com Tony Fontaine. Ah, como pude fazer isso?

— Ah, então foi assim que tudo aconteceu! Sempre quis saber.

— E, depois, eu o tornei infeliz. Obriguei-o a tomar todo tipo de atitude que ele não queria, como fazer as pessoas pagarem suas contas quando não estavam em condições. E ele ficou magoado quando eu assumi as serrarias, construí o saloon e arrendei os detentos. Ele mal conseguia andar de cabeça erguida de tanta vergonha. Além disso, Rhett, eu o matei. Sim, fui eu! Eu não sabia que ele estava na Klan. Nunca sonhei que tivesse coragem. Mas devia ter imaginado. E eu o matei.

— "Será que todo o grande oceano de Netuno poderá lavar este sangue de minha mão?"

— O quê?

— Não importa. Prossiga.

— Prossiga? É tudo. Não é suficiente? Casei-me com ele, tornei-o infeliz e o matei. Ah, meu Deus! Não entendo como consegui fazer isso! Menti para me casar. Tudo parecia correto quando eu fiz, mas agora vejo quanto foi errado. Rhett, nem parece que fui eu que fiz todas essas coisas. Fui mesquinha com ele, mas não sou realmente má. Não fui criada assim. Mamãe... – Ela parou e engoliu em seco. Evitara pensar em Ellen o dia todo, mas já não conseguia riscar sua imagem.

— Muitas vezes fico imaginando como ela era. Você sempre me deu a impressão de ser muito parecida com seu pai.

— Mamãe era... Ah, Rhett, pela primeira vez estou feliz que esteja morta e não possa me ver. Ela não me criou para ser má. Era tão gentil com todos, tão boa... Preferiria que eu tivesse passado fome a agir assim. Queria tanto ser como ela em tudo, e não sou nem um pouco. Não tinha pensado nisso... há tanto em que pensar... mas queria ser como ela. Não queria ser como papai. Eu o amava, mas ele era... tão... imprudente. Rhett, às vezes eu tentava ser gentil com os outros e boa para Frank, mas aí o pesadelo voltava, me deixando tão assustada que eu só queria correr para a rua e tirar dinheiro das pessoas, fosse meu ou não.

Sem serem percebidas, as lágrimas corriam por suas faces e ela agarrou a mão dele com tanta força que fincou-lhe as unhas na carne.

— Qual pesadelo? — Sua voz era calma e tranquilizante.

— Ah... Esqueci que você não sabia. Bem, quando eu tentava ser gentil com as pessoas e dizia a mim mesma que dinheiro não era tudo, ia dormir e sonhava que estava de volta a Tara logo após a morte de mamãe, depois da passagem dos ianques. Rhett, você não pode imaginar... fico gelada só de pensar. Vejo tudo incendiado e silencioso, sem nada para comer. Ah, Rhett, no sonho eu estou com fome de novo.

— Continue.

— Estou com fome e todo mundo, papai, as meninas e os negros estão passando fome e não param de dizer: "Estamos com fome" e eu estou tão faminta que chega a doer, e muito assustada. Minha cabeça não para de dizer: "Se conseguir sobreviver a isso, nunca, nunca mais vou passar fome" e então o sonho acaba em uma névoa cinzenta e eu estou correndo através dela, correndo tanto que meu coração fica a ponto de sair pela boca e alguma coisa está me perseguindo, não consigo respirar, mas continuo pensando que, se ao menos conseguisse chegar lá, estaria salva. Mas não sei aonde quero chegar. Então acordo e fico gelada de medo, e assustada de passar fome de novo. Quando acordo desse sonho, parece que não há dinheiro suficiente no mundo que me impeça de sentir medo e fome outra vez. Além disso, Frank era tão parcimonioso e indolente que me deixava furiosa e eu perdia a paciência. Acho que não entendia, e eu não conseguia fazê-lo entender. Eu estava sempre pensando que iria compensá-lo algum dia quando tivéssemos dinheiro e eu não tivesse tanto medo de passar fome. Agora ele está morto e é tarde demais. Ah, quando fiz aquilo, parecia correto, mas agora parece errado. Se eu pudesse voltar, faria tudo diferente.

— Acalme-se — disse ele, desembaraçando-se de seu aperto frenético e puxando um lenço limpo do bolso. — Enxugue o rosto. Não faz sentido ficar se dilacerando assim.

Ela pegou o lenço e enxugou as faces, sentindo um ligeiro alívio, como se tivesse transferido parte de seu fardo para as costas dele. Ele parecia capaz e calmo, e até mesmo a boca levemente torcida era reconfortante, como se provasse que sua agonia e sua confusão eram injustificadas.

— Está se sentindo melhor agora? Então vamos examinar isso direito. Você diz que, se pudesse voltar, faria diferente. Mas faria mesmo? Pense bem. Faria mesmo?

— Bem...

— Não, faria as mesmas coisas. Você tinha outra escolha?

— Não.

— Então por que está arrependida?

— Fui muito má e agora ele está morto.

— E, se ele não tivesse morrido, você continuaria a ser má. Pelo que vejo, não está arrependida de ter se casado com Frank, de tê-lo insultado e de causar, inadvertidamente, sua morte. Só se arrepende porque está com medo de ir para o inferno. Certo?

— Bem... isso parece tão confuso...

— Seu senso de ética é bastante confuso também. Você está na posição exata de um ladrão que foi pego com a boca na botija e não se arrepende de ter roubado, mas está terrivelmente arrependido porque vai para a cadeia.

— Um ladrão...

— Ah, não seja tão literal! Em outras palavras, se não tivesse essa ideia boba de que vai queimar no fogo eterno do inferno, estaria achando que tinha se livrado do Frank.

— Ah, Rhett!

— Ora, vamos! Você está confessando, assim como pode muito bem confessar a verdade como se fosse uma mentira decorosa. Sua... hã... consciência a incomodou muito quando você se ofereceu para... digamos... doar aquela joia que lhe era mais cara que a vida por 300 dólares?

O conhaque fazia sua cabeça girar e ela se sentia atordoada e um tanto afoita. De que adiantava mentir? Ele sempre parecia ler sua mente.

— Realmente não pensei muito em Deus naquela vez... nem no inferno. E quando pensei... bem, supus que Deus me entenderia.

— Mas não acha que Deus vai entender seus motivos para se casar com Frank?

— Rhett, como pode falar assim sobre Deus, se sabe que não crê em sua existência?

— Mas você crê em um Deus irado, e é isso o que interessa no momento. Por que o Senhor não entenderia? Arrepende-se de ainda possuir Tara e de que não haja aventureiros do norte morando lá? Você se arrepende de não estar passando fome e maltrapilha?

— Ah, não.

— Bem, você tinha outra alternativa que não fosse se casar com Frank?

— Não.

— Ele não precisava se casar com você, precisava? Homens são livres. E ele não precisava deixar que o insultasse, obrigando-o a fazer coisas que não queria, precisava?

— Bem...

— Scarlett, por que se preocupar com isso? Se tivesse que fazer de novo, seria impulsionada a mentir, e ele, a se casar com você. Continuaria a sair por aí se arriscando e ele teria de vingá-la. Se ele tivesse se casado com sua irmã Sue, talvez ela não tivesse provocado sua morte, mas é provável que o deixasse duas vezes mais infeliz. Não poderia ter sido de outro modo.

— Mas eu podia ter sido melhor para ele.

— Poderia ter sido se fosse outra pessoa. Mas você nasceu para abusar de qualquer um que o permita. Os fortes foram feitos para abusar, e os fracos, para ceder. É tudo culpa de Frank por não lhe dar umas chicotadas... Estou surpreso com você, Scarlett, por deixar brotar uma consciência a esta altura da vida. Oportunistas como você não devem ter uma.

— O que é uma oportu... como foi mesmo que você chamou?

— Uma pessoa que se aproveita das oportunidades.

— Isso é errado?

— Sempre foi considerado uma má reputação... especialmente pelos que tiveram as mesmas oportunidades e não as agarraram.

— Ah, Rhett, você está de brincadeira e eu achei que fosse ser gentil!

— Estou sendo gentil... para mim. Scarlett, querida, você está um pouco embriagada. Esse é seu problema.

— Não ouse...

— Ouso, sim. Você está à beira do que vulgarmente é chamado de pileque e, portanto, devo mudar de assunto e animá-la, dando-lhe uma notícia que deve diverti-la. De fato, essa foi a razão para minha visita hoje, para lhe dar essa notícia antes de partir.

— Aonde está indo?

— À Inglaterra, e devo ficar fora por meses. Esqueça sua consciência, Scarlett. Não pretendo mais discutir os assuntos da sua alma. Não quer ouvir a notícia?

— Mas... — começou ela debilmente e parou. Entre o conhaque, que afastava os severos contornos do remorso, e as palavras debochadas, mas reconfortantes, de Rhett, o pálido espectro de Frank recuava para as sombras. Talvez Rhett estivesse certo. Talvez Deus de fato entendesse. Ela se recuperou o suficiente para empurrar a ideia para o fundo de sua mente e decidir: "Vou pensar nisso tudo amanhã." — Qual é a notícia? — disse ela com esforço, assoando o nariz no lenço dele e levantando o cabelo que se desfazia.

— A notícia é — respondeu ele, sorrindo para ela — que ainda a quero mais que qualquer outra mulher que já vi, e, agora que Frank se foi, achei que gostaria de saber.

Scarlett puxou as mãos de seu afago e em um salto ficou de pé.

— Eu... você é o homem mais mal-educado do mundo, vir aqui em uma hora dessas com sua imunda... eu devia saber que você nunca mudaria. E Frank mal esfriou! Se tivesse alguma decência... Quer fazer o favor de se retirar dessa...

— Fique quieta ou a Srta. Pittypat vai estar aqui em um minuto — disse ele, sem se levantar, mas pegando os dois punhos dela. — Sinto que você não me entendeu.

— Não entendi? Eu entendi tudo. — Ela puxou os punhos. — Solte-me e saia daqui. Nunca ouvi nada de tanto mau gosto. Eu...

— Quieta — disse ele. — Estou pedindo-a em casamento. Você se convenceria se eu me ajoelhasse?

— Ah — disse ela sem fôlego, e caiu sentada no sofá.

Ela ficou olhando para ele, boquiaberta, imaginando se o conhaque não a estava ludibriando, insensatamente se lembrando do que ele dissera: "Minha querida, não sou homem que se case." Ela estava bêbada ou ele estava louco. Mas ele não parecia louco. Parecia calmo como se estivesse falando do tempo, e sua voz arrastada e suave caiu em seus ouvidos sem qualquer ênfase em particular.

— Sempre pretendi ter você, Scarlett, desde o primeiro dia em que a vi em Twelve Oaks, quando jogou aquele vaso, xingando, e provou que não era uma dama. Sempre pretendi tê-la, de um jeito ou de outro. Mas, como você e Frank conseguiram ganhar algum dinheiro, sei que nunca mais vai me procurar com qualquer proposta interessante de empréstimos e garantias. Então vejo que será necessário me casar com você.

— Rhett Butler, esta é mais uma de suas vis brincadeiras?

— Desnudo minha alma e você está desconfiada! Não, Scarlett, esta é uma declaração honrada de boa-fé. Admito que não é de muito bom gosto vir em uma hora dessas, mas tenho uma ótima desculpa para minha falta de modos. Parto amanhã e fico afastado por um longo tempo e temo que, se esperar até meu retorno, você possa ter se casado com outro que tenha algum dinheiro. Então pensei: por que não eu e meu dinheiro? É, Scarlett, não posso passar a vida toda esperando agarrá-la entre um marido e outro.

Ele falava sério. Não havia dúvida. Sua boca ficou seca ao assimilar essa verdade e ela engoliu em seco e olhou bem nos olhos dele, tentando achar alguma pista. Eles estavam cheios de riso, mas havia alguma outra coisa, lá no fundo, que ela nunca vira antes, um lampejo que desafiava análises. Ele estava relaxadamente sentado, mas ela sentia que a observava com a mesma atenção com que um gato observa uma toca de rato. Havia uma sensação de poder atrelada sob sua calma que a fez recuar, um pouco assustada.

Ele realmente a estava pedindo em casamento; estava se comprometendo com o inacreditável. No passado, ela planejara como iria atormentá-lo se ele fizesse essa proposta. No passado, achara que, se um dia ele falasse aquelas palavras, ela o humilharia e o faria sentir seu poder, com um prazer malicioso. Agora falara e o plano nem sequer lhe ocorreu, pois ele não estava mais em seu poder do que jamais estivera. De fato, ele controlava a situação completamente, deixando-a tão aturdida quanto uma moça diante de seu primeiro pedido de casamento, e ela só conseguia enrubescer e gaguejar.

— Eu... eu nunca mais vou me casar.

— Ah, vai sim. Você nasceu para estar casada. Por que não comigo?

— Mas Rhett, eu... eu não o amo.

— Isso não há de ser uma desvantagem. Não me lembro de que o amor tenha sido proeminente em suas duas outras iniciativas.

— Ah, como você pode? Sabe que eu gostava de Frank!

Ele não disse nada.

— Eu gostava! Gostava!

— Bem, não vamos discutir isso. Vai pensar na proposta enquanto eu estiver fora?

— Rhett, não gosto de coisas que se arrastam. Prefiro lhe dizer agora. Vou para casa em breve e India vai ficar com tia Pittypat. Quero ficar em casa por um bom tempo e... nunca mais vou querer me casar.

— Bobagem. Por quê?

— Ah, bem... deixe os motivos de lado. Simplesmente não gosto de estar casada.

— Mas, minha pobre criança, nunca esteve realmente casada. Como pode saber? Admito que teve azar... uma vez por despeito e outra por dinheiro. Já pensou em se casar... só por diversão?

— Diversão! Não fale feito um bobo. Não há diversão no casamento.
— Não? Por que não?
Certo grau de calma retornara e, com ele, toda a franqueza que o conhaque proporcionava.
— É divertido para os homens... embora só Deus saiba por quê. Nunca entendi. Mas só o que uma mulher tira disso é algo de comer, um monte de trabalho e ter que aguentar as tolices masculinas... e um bebê por ano.
Ele riu tão alto que o som ecoou no silêncio e Scarlett ouviu a porta da cozinha se abrir.
— Quieto! Mammy tem os ouvidos de um lince e não é decente rir logo após... pare de rir. Você sabe que é verdade. Diversão? Bobagem!
— Eu disse que você teve azar e o que acabou de dizer é a prova. Casou-se com um menino e com um velho. E aposto que sua mãe lhe disse que as mulheres têm que aguentar essas coisas por causa da feliz compensação da maternidade. Bem, está tudo errado. Por que não tenta se casar com um homem jovem que tem má reputação e jeito com as mulheres? Vai ser divertido!
— Você é grosseiro, convencido e acho que esta conversa já foi longe demais. É bem... bem vulgar.
— E bem divertida também, não é? Aposto que nunca discutiu a relação conjugal com um homem antes, nem com Charles nem com Frank.
Ela lhe lançou um olhar mal-humorado. Rhett sabia demais. Ela gostaria de saber onde aprendera tanto sobre as mulheres. Não era decente.
— Não faça essa cara. Escolha a data, Scarlett. Não estou exigindo um matrimônio instantâneo por causa de sua reputação. Esperaremos por um prazo decente. Por falar nisso, quanto tempo é um "prazo decente"?
— Eu não disse eu vou me casar com você. Nem sequer é decente falar sobre tal coisa neste momento.
— Já lhe falei por que toquei no assunto. Parto amanhã e sou um apaixonado ardoroso demais para refrear meu amor por mais tempo. Mas talvez tenha sido precipitado em meu cortejo.
Com uma rapidez que a deixou atordoada, ele escorregou do sofá e se pôs de joelhos e, com uma das mãos delicadamente posta sobre o coração, recitou apressadamente:
— Perdoe-me por assustá-la com a impetuosidade de meus sentimentos, minha querida Scarlett... quero dizer, minha cara Sra. Kennedy. Não pode ter-lhe passado despercebido que faz algum tempo a amizade que tenho em meu coração por você amadureceu, transformando-se em um sentimento mais profundo, um

sentimento mais belo, mais puro, mais sagrado. Ouso nomeá-lo? Ah! É o amor que me torna tão ousado!

— Levante-se — pediu ela. — Está fazendo papel de bobo, e imagine se Mammy entrar e o vir assim?

— Ela ficaria atordoada e incrédula diante dos primeiros sinais de meu cavalheirismo — disse Rhett, levantando-se com leveza. — Vamos, Scarlett, você não é uma criança ou colegial para me decepcionar com desculpas tolas sobre decência e coisas do tipo. Diga que se casará comigo quando eu voltar ou, diante de Deus, eu não vou. Ficarei por aqui tocando violão embaixo de sua janela todas as noites e cantando tão alto que vou comprometê-la e então você terá que se casar comigo para salvar a reputação.

— Rhett, seja sensato. Não quero me casar com ninguém.

— Não? Você não está me contando o verdadeiro motivo. Não pode ser timidez feminina. O que é?

Subitamente, ela pensou em Ashley, vendo-o tão vividamente como se estivesse diante dela, o cabelo dourado, os olhos de mormaço, cheio de dignidade, tão diferente de Rhett. Ele era a verdadeira razão para não querer se casar de novo, embora não fizesse objeção a Rhett e às vezes gostasse muito dele. Ela pertencia a Ashley, para sempre. Nunca pertencera a Charles nem a Frank, nunca poderia realmente pertencer a Rhett. Cada parte sua, quase tudo o que já fizera, por que lutara, que obtivera, pertencia a Ashley, fora feito por causa de seu amor por ele. Ashley e Tara, ela pertencia a eles. Os sorrisos, as risadas, os beijos que dera em Charles e Frank eram de Ashley, mesmo que ele nunca os tivesse reclamado. Em algum lugar lá no fundo, havia o desejo de se guardar para ele, embora soubesse que ele nunca a teria.

Não sabia que sua fisionomia mudara, que o devaneio lhe trouxera uma suavidade que Rhett nunca vira antes. Ele olhou para os olhos verdes oblíquos, grandes e enevoados, e para a curva suave de seus lábios, e por um momento parou de respirar. Em seguida, sua boca se contorceu com violência em um canto e ele xingou com impaciência apaixonada.

— Scarlett O'Hara, você é uma tola!

Antes que sua mente retornasse das paragens distantes, os braços dele a envolveram com a mesma segurança e firmeza usada na estrada escura para Tara, tanto tempo atrás. Ela sentiu outra vez a impotência, a rendição, uma onda de calor que a deixou mole e embaçou a fisionomia tranquila de Ashley Wilkes, afogando-a no vácuo. Ele inclinou a cabeça dela sobre seu braço e a beijou, primeiro suavemente, depois com uma intensidade gradual que a fez se segurar nele como se fosse a única coisa sólida em um mundo oscilante. Sua boca insistente separava os lábios trêmulos, provocando tremores ao longo de seus nervos, evocando-lhe sensações que nunca suspeitara ser capaz de ter. E, antes que uma vertigem a fizesse girar, ela percebeu que estava retribuindo o beijo.

— Pare... por favor, estou tonta! — sussurrou, tentando se desviar dele. Ele pressionou a cabeça dela firmemente contra seu ombro e ela viu seu rosto. Os olhos estavam abertos e inflamados de um modo estranho, e o tremor em seus braços a assustou.

— Quero deixá-la tonta. Vou deixá-la tonta. Faz anos que isso tinha de acontecer. Nenhum dos tolos que conheceu a beijou assim... beijou? Seus preciosos Charles ou Frank, ou seu estúpido Ashley...

— Por favor...

— Eu disse seu estúpido Ashley. Cavalheiros, todos eles... o que sabem sobre as mulheres? O que sabiam sobre você? Eu conheço você.

Sua boca estava sobre a dela outra vez e ela cedeu sem lutar, fraca demais até para virar a cabeça, sem sequer ter o desejo de virá-la, o coração a sacudi-la com suas batidas, com medo da força dele e sendo varrida por uma total fraqueza. O que ele ia fazer? Ela desmaiaria se ele não parasse. Se ao menos ele parasse... se ele nunca parasse.

— Diga sim! — Sua boca pousada acima da dela e os olhos tão próximos que pareciam enormes, preenchendo o mundo. — Diga sim, sua danada, ou...

— Sim! — sussurrou ela sem nem pensar. Era quase como se ele desejasse a palavra e ela a tivesse falado independente de sua vontade. Mas, ao dizê-la, uma súbita calma tomou seu espírito, sua cabeça parou de girar e até a tonteira do conhaque diminuiu. Prometera se casar com ele mesmo sem querer prometer. Mal sabia como tinha acontecido, mas não se arrependia. Agora parecia muito natural que tivesse dito sim... como que por intervenção divina, uma mão mais forte que a sua cuidando dos assuntos, resolvendo os problemas.

Ele inspirou quando ela falou, e se inclinou como que para beijá-la de novo. Os olhos dela se fecharam e a cabeça caiu para trás, mas ele recuou e ela ficou desapontada. Sentiu-se estranha por ser beijada daquele jeito, embora houvesse algo excitante ali.

Ele ficou sentado imóvel por um tempo segurando a cabeça dela em seu ombro e, como quem faz um esforço, o tremor de seus braços cessou. Ele se afastou um pouco e olhou para ela. Ela abriu os olhos e viu que o brilho assustado sumira de sua expressão. Mas por alguma razão não conseguia encará-lo e baixou os olhos, em uma súbita confusão.

Quando ele falou, sua voz estava muito calma.

— Você falou sério? Não quer voltar atrás?

— Não.

— Foi só porque eu... qual é a expressão?... a fiz flutuar com meu... hã... ardor?

Ela não podia responder porque não sabia o que dizer, nem conseguia olhar nos olhos dele. Ele pôs a mão em seu queixo e ergueu-lhe o rosto.

— Eu lhe disse uma vez que podia aguentar qualquer coisa de você, menos uma mentira. E agora quero a verdade. Por que disse sim?

As palavras não vinham, mas com o retorno de algum equilíbrio, ela manteve os olhos recatadamente baixos e deu um leve sorriso com os cantos da boca.

— Olhe para mim. É meu dinheiro?

— Ora, Rhett! Que pergunta!

— Olhe para cima e não tente me bajular. Não sou Charles, nem Frank ou um dos rapazes do condado para ser ludibriado pelo esvoaçar de seus cílios. É o meu dinheiro?

— Bem... sim, em parte.

— Em parte?

Ele não pareceu aborrecido. Respirou fundo e com esforço varreu dos olhos a avidez que as palavras dela causavam, uma avidez que ela estava confusa demais para perceber.

— Bem — debateu-se ela, impotente —, dinheiro ajuda, você sabe, Rhett, e Deus é testemunha de que Frank não tinha muito. Mas depois... bem, Rhett, nós nos damos bem, sabe. E você é o único homem que já conheci que aguenta ouvir a verdade de uma mulher, e seria bom ter um marido que não me achasse uma tola ou esperasse que eu dissesse mentiras... e.... bem, eu gosto de você.

— Gosta de mim?

— Bem — disse ela, impaciente —, se dissesse que estou loucamente apaixonada por você, estaria mentindo e, além disso, você saberia.

— Às vezes, acho que você leva sua franqueza longe demais, minha querida. Não acha que, mesmo sendo mentira, seria apropriado dizer "Eu o amo, Rhett", mesmo que não estivesse falando sério?

Aonde ele queria chegar, ela se perguntou, ficando mais confusa. Parecia esquisito, ansioso, magoado, debochado. Ele tirou as mãos das dela, enfiando-as no fundo dos bolsos das calças, e ela o viu fechando os punhos.

"Mesmo que me custe um marido, vou dizer a verdade", ela pensou, impiedosa, o sangue subindo como sempre quando ele a atormentava.

— Rhett, seria mentira, e por que deveríamos passar por toda essa tolice? Gosto de você, como já falei. Sabe como é. Certa vez, você disse que não me amava, mas que tínhamos muito em comum. Éramos dois tratantes, foi como você...

— Ah, Deus! — sussurrou ele rapidamente, virando o rosto. — Cair na própria armadilha!

— O que disse?

— Nada. — E ele olhou para ela e riu, mas não foi uma risada agradável. — Marque a data, minha querida. — E riu outra vez, inclinou-se e lhe beijou as mãos. Ela ficou aliviada de ver seu mau humor passar e o bom humor retornar, então sorriu também.

Ele brincou um pouco com a mão dela e sorriu.

— Em suas leituras de romances, você já se deparou com a velha situação da esposa desinteressada se apaixonando pelo próprio marido?

— Sabe que não leio romances — disse ela e, tentando se equiparar a seu humor bufão, continuou: — Além disso, você disse uma vez que era o máximo do mau gosto que maridos e mulheres se amassem.

— Uma vez eu disse um excesso de coisas malditas — retrucou ele abruptamente, e se levantou.

— Não fique praguejando.

— Você terá que se acostumar e aprender a praguejar também. Terá que se acostumar com todos os meus maus hábitos. Será parte do preço por... gostar de mim e pôr suas belas garrinhas em meu dinheiro.

— Não precisa perder as estribeiras só porque não menti para deixá-lo todo convencido. Você não está apaixonado por mim, está? Por que eu deveria estar por você?

— Não, minha querida. Não estou apaixonado por você mais do que você está por mim, e, se estivesse, você seria a última pessoa a quem eu diria. Deus ajude o homem que realmente vier a amá-la. Você lhe partiria o coração, minha querida, sua megerazinha cruel, destrutiva, tão descuidada e confiante que nem se dá ao trabalho de recolher as garras.

Ele a puxou bruscamente, beijando-a outra vez, mas dessa vez seus lábios estavam diferentes, pois ele parecia não se importar de feri-la... parecia querer feri-la, ofendê-la. Seus lábios escorregaram até o pescoço e por fim pressionaram o tafetá sobre seu busto, com tanta firmeza e por tanto tempo que a respiração lhe fez arder a pele. Ela se debateu, afastando-o em um recato ultrajado.

— Pare com isso! Como ousa?

— Seu coração está rápido como o de um coelho — caçoou ele. — Rápido demais para um mero gostar, eu diria, se fosse convencido. Acomode suas penas eriçadas. Só está fingindo esses ares virginais. Diga-me o que quer que eu lhe traga da Inglaterra. Um anel? De que tipo você gostaria?

Ela oscilou momentaneamente entre o interesse em suas últimas palavras e um desejo feminino de prolongar a cena de raiva e indignação.

— Ah... um anel de brilhante... e, Rhett, compre um bem grande.

— Para você poder ostentá-lo diante de suas amigas atingidas pela pobreza e dizer "Estão vendo o que agarrei!". Muito bem, terá um bem grande, tão grande que suas amigas menos afortunadas poderão se consolar cochichando que é vulgar usar pedras tão grandes.

Abruptamente, ele atravessou o cômodo e ela o seguiu, atordoada, até a porta fechada.

— Qual é o problema? Onde você vai?

— Para meus aposentos acabar de fazer as malas.

— Ah, mas...

— Mas o quê?

— Nada. Espero que faça uma boa viagem.

— Obrigado.

Ele abriu a porta e foi para o vestíbulo. Scarlett foi atrás dele, um tanto perdida, uma ponta de decepção diante daquele inesperado anticlímax. Ele vestiu o sobretudo e pegou as luvas e o chapéu.

— Vou lhe escrever. Avise-me se mudar de ideia.

— Não vai...

— Sim? — Ele parecia impaciente para ir embora.

— Não vai me dar um beijo de despedida? — sussurrou ela, consciente dos ouvidos da casa.

— Não acha que já foi beijada o bastante por uma noite? — retrucou ele, e sorriu. — E pensar que uma jovem recatada, bem-criada... Bem, eu disse que seria divertido, não disse?

— Ah, você é impossível! — exclamou ela com raiva, não ligando se Mammy ouvisse. — E não me importo se nunca mais voltar.

Ela se virou e foi em direção às escadas, esperando sentir sua mão quente no braço, impedindo-a. Mas ele só abriu a porta e uma corrente de ar frio entrou.

— Mas vou voltar — disse ele e se foi, deixando-a no primeiro degrau olhando para a porta fechada.

O anel que Rhett trouxe da Inglaterra era realmente grande, tanto que Scarlett chegava a ficar constrangida de usá-lo. Ela adorava joias caras e vistosas, mas ficava com a desagradável sensação de que todos estavam dizendo, com toda a razão, que o anel era vulgar. A pedra central era um brilhante de quatro quilates cercado de esmeraldas. Chegava ao nó do dedo, dando a impressão de ser pesado.

Scarlett desconfiava de que Rhett se esforçara muito para mandar confeccioná-lo e, por pura maldade, fizera questão de encomendá-lo o mais ostentoso possível.

Até Rhett voltar a Atlanta e o anel estar em seu dedo, ela não falou a ninguém, nem mesmo à família, de suas intenções, e, quando finalmente anunciou o noivado, irrompeu uma tormenta de rumores amargos. Desde o caso da Klan, Rhett e Scarlett eram, exceto pelos ianques e pelos aventureiros, os cidadãos mais impopulares da cidade. Todos censuravam Scarlett desde os tempos longínquos em que ela abandonara os trajes de luto por Charles Hamilton. A reprovação aumentara ainda mais devido à sua conduta nada feminina na questão das serrarias, sua falta de recato ao se mostrar quando estava grávida e tantas outras coisas. Mas, quando provocou a morte de Frank e Tommy e colocou em risco a vida de dezenas de outros homens, a antipatia se transformou em condenação pública.

Quanto a Rhett, ele sempre desfrutara do ódio da cidade desde as especulações durante a guerra, e suas alianças com os republicanos não o tornaram mais simpático a seus concidadãos. Mas, estranhamente, o que mais despertou o ódio inflamado das damas foi o fato de ele ter salvado a vida de alguns dos homens mais proeminentes de Atlanta.

Não que desejassem ver seus homens mortos. O problema é que se ressentiam amargamente de dever a vida deles a um homem como Rhett e a um estratagema tão constrangedor. Meses a fio, se contorcendo sob o riso e escárnio ianques, as damas sentiam que, se Rhett realmente quisesse de coração o bem da Klan, teria lidado com o assunto de modo mais decente. Diziam que ele tinha deliberadamente arranjado aquela situação com a tal Belle Watling para deixar as pessoas de bem em má posição. Portanto, não merecia agradecimentos por ter resgatado os homens nem perdão pelos pecados passados.

Essas mulheres, tão prontas na gentileza, tão ternas com os sofredores, tão incansáveis em épocas de tensão, eram implacáveis quanto fúrias com qualquer renegado que infringisse uma regra, por menor que fosse, de seu código tácito. Esse código era simples: reverência pela Confederação, louvor aos veteranos, lealdade aos velhos costumes, orgulho na pobreza, mãos abertas aos amigos e ódio imortal aos ianques. Juntos, Scarlett e Rhett tinham ultrajado cada um desses princípios.

Por decência e senso de gratidão, os homens cujas vidas Rhett salvara tentaram manter suas mulheres caladas, mas sem muito sucesso. Antes do anúncio do casamento, os dois eram bastante impopulares, mas as pessoas ainda conseguiam ser formalmente educadas com eles. Agora, nem mesmo aquela fria cortesia era possível. A notícia do noivado estourou como uma explosão, inesperada e demolidora, balançando a cidade, e até as mulheres mais flexíveis quanto às maneiras se inflamaram. Casar-se tendo mal se passado um ano da morte de Frank, e ela o matara! E com aquele Butler, dono de um bordel e associado aos ianques e aventureiros e a todo tipo de roubalheira! Separadamente, ainda era possível tolerá-los, mas a combinação desavergonhada de Scarlett e Rhett era demais. Ordinários e vis, os dois! Deveriam ser expulsos da cidade!

Talvez Atlanta tivesse sido mais tolerante em relação a eles se a notícia do noivado não tivesse chegado quando os aventureiros e a escória sulista, camaradas de Rhett, eram mais odiados pelos cidadãos respeitáveis do que nunca. Bem no momento em que a cidade soube do noivado, a reação pública aos ianques e a todos os seus aliados estava no auge, pois a última cidadela da resistência da Geórgia ao domínio ianque acabara de cair. A longa campanha, iniciada quando Sherman se dirigira ao sul a partir de Dalton, quatro anos antes, finalmente atingira seu clímax, e a humilhação do estado era completa.

Três anos de Reconstrução tinham se passado e tinham sido anos de terror. Todos achavam que as condições já eram o pior que podiam. Mas agora a Geórgia descobria que o pior da Reconstrução estava só começando.

Havia três anos que o governo federal tentava impor ideias alheias e um domínio alheio à Geórgia e, com um exército para reforçar seus comandos, conseguira em grande parte. Mas só o poder militar mantinha o novo regime. O estado estava sob domínio ianque, mas não por consentimento. Os líderes da Geórgia tinham continuado a batalhar pelo direito do estado de se governar segundo as próprias ideias. Continuavam resistindo a todos os esforços para obrigá-los a se dobrar e aceitar os desígnios de Washington como sua própria lei estatal.

Oficialmente, o governo da Geórgia nunca capitulara, mas fora uma luta inútil, uma luta que não podia ser vencida, mas que, pelo menos, adiara o inevitável. Muitos outros estados sulistas já tinham negros analfabetos ocupando altos cargos públicos e assembleias legislativas dominadas por negros e aventureiros do norte. Mas a Geórgia, por sua teimosa resistência, até então escapara a essa degradação final. Pela maior parte desses três anos, a assembleia legislativa estadual permanecera sob o controle de brancos e democratas. Com os soldados ianques por toda parte, as autoridades estaduais não podiam fazer muito, além de protestar e resistir. Seu poder era nominal, mas tinham conseguido ao menos manter o governo do estado nas mãos de georgianos. Agora até esse último baluarte caíra.

Assim como Johnston e seus homens tinham sido impelidos a recuar passo a passo de Dalton a Atlanta quatro anos antes, os democratas da Geórgia eram obrigados a recuar pouco a pouco desde 1865. O poder do governo federal sobre os assuntos do estado e as vidas de seus cidadãos crescera paulatinamente. Atos múltiplos de força e decretos militares em número crescente deixavam a autoridade civil cada vez mais fraca. Finalmente, com a Geórgia ocupando a posição de província militar, as urnas se abriram para os negros, com ou sem a permissão das leis estaduais.

Uma semana antes de Scarlett e Rhett anunciarem o noivado, houvera uma eleição para governador. Os democratas sulistas tinham como candidato o general John B. Gordon, um dos cidadãos mais amados e honrados da Geórgia. Opondo-se a ele, estava um republicano chamado Bullock. As eleições duraram três dias em vez de um. Trens lotados de negros tinham sido enviados de cidade em cidade, votando em cada zona eleitoral ao longo do caminho. É claro, Bullock venceu.

Se a captura da Geórgia por Sherman causara amargura, a captura final da assembleia legislativa estadual por aventureiros, ianques e negros provocou um desgosto que o estado jamais experimentara. Atlanta e Geórgia ferviam de ódio.

E Rhett Butler era amigo do odiado Bullock!

Com seu usual desinteresse por todas as questões que não estivessem bem embaixo de seu nariz, Scarlett mal tomara conhecimento de que houvera uma eleição. Rhett não tinha votado, e suas relações com os ianques continuavam sendo as mesmas de sempre. Mas o fato de que ele era da escória sulista e amigo de Bullock permanecera. E, se o casamento se consumasse, Scarlett também passaria a ser da escória. Atlanta não sentia-se disposta a ser tolerante ou caridosa com alguém que estivesse no campo inimigo, e a notícia do noivado, chegando na hora em que chegou, só relembrou à cidade as coisas maléficas do casal e nenhuma das boas.

Scarlett sabia que Atlanta estava abalada, mas não percebera a extensão do sentimento público até que a Sra. Merriwether, incitada pelo círculo da igreja, encarregou-se de falar com ela para seu próprio bem.

— Como sua querida mãe está morta e a Srta. Pitty, não sendo casada, não está qualificada a... hã, bem, falar do assunto, sinto que é minha obrigação avisá-la, Scarlett. O capitão Butler não é o tipo de homem que sirva para uma mulher de boa família se casar. Ele é um...

— Ele conseguiu salvar o pescoço de vovô Merriwether e o de seu sobrinho.

A Sra. Merriwether se inflou. Menos de uma hora antes, tivera uma conversa irritante com vovô. O velho comentara que ela não devia valorizar tanto seu couro, já que não sentia gratidão por Rhett Butler, mesmo que o homem fosse um patife da escória.

— Ele só fez aquilo para pregar uma peça suja em todos nós, Scarlett, para nos deixar constrangidos perante os ianques — continuou a Sra. Merriwether. — Sabe tão bem quanto eu que ele é um tratante. Sempre foi, e agora mais do que nunca. Simplesmente não é o tipo de homem que as pessoas decentes recebam.

— Não? Estranho, Sra. Merriwether. Ele ia a sua casa com bastante frequência durante a guerra. E foi ele que deu a Maybelle o vestido de cetim para o casamento, não foi? Ou minha memória falha?

— Era diferente durante a guerra, e pessoas finas se associavam a homens nem tanto... Era tudo pela Causa, e era apropriado. Com certeza, você não pode estar pensando em se casar com um homem que não esteve no exército, que caçoava dos que se alistavam?

— Ele esteve no exército. Esteve no exército por oito meses, na última campanha. Lutou em Franklin e estava com o general Johnston quando ele se rendeu.

— Não fiquei sabendo disso — disse a Sra. Merriwether, parecendo não acreditar. — Mas ele não foi ferido — acrescentou, triunfante.

— Muitos homens não foram.

— Todo mundo que era alguém foi ferido. *Eu* não conheço ninguém que não tenha sido.

Scarlett estava irritada.

— Então imagino que todos os homens que conheceu eram tão bobos que não sabiam quando se desviar de uma saraivada de chuva, quanto mais de balas. Agora, vou lhe dizer uma coisa, Sra. Merriwether, e pode comunicar às suas amigas abelhudas. Vou me casar com o capitão Butler e não me importaria se ele tivesse lutado ao lado dos ianques.

Quando aquela valorosa matrona saiu da casa sacudindo seu chapéu com raiva, Scarlett sabia que agora tinha uma franca inimiga em vez de uma amiga que a censurava. Mas não ligou. Nada que a Sra. Merriwether pudesse dizer ou fazer a atingiria. Ela não ligava para o que alguém dissesse... a não ser Mammy.

Scarlett aguentara o desmaio de Pitty com a notícia e se revestira de coragem ao ver Ashley parecer subitamente velho e evitar seus olhos ao lhe desejar felicidades. Rira e se irritara com as cartas de tia Pauline e de tia Eulalie, de Charleston, horrorizadas, proibindo o casamento, dizendo-lhe que arruinaria não só sua posição social, mas poria a delas em risco. Chegara a rir quando Melanie, franzindo a testa de preocupação, dissera lealmente: "É claro que o capitão Butler é muito melhor do que a maioria das pessoas acha, e foi gentil e esperto no modo como salvou Ashley. E, afinal, lutou pela Confederação. Mas, Scarlett, não acha que deveria esperar um pouco mais para tomar essa decisão?"

Não, ela não se importava com o que diziam, além de Mammy. As palavras de Mammy foram as que a deixaram mais zangada e lhe trouxeram a maior mágoa.

— Já vi vosmecê fazê um tanto de coisa que ia magoá a sinhá Ellen, se ela sobesse. E me dexô cheia de pesá. Mas essa é a pió. Casá com ordinário. Eu disse ordinário! Num vá dizê que ele vem de famia fina. Isso num faz diferença. Gente ordinária pode vi de cima como debaxo e ele é ordinário! É, sinhá Scarlett. Eu vi vosmecê pegá o sinhô Charles da sinhá Honey quando num ligava nada pra ele. E eu vi vosmecê robá o sinhô Frank da sua própia irmã. E calei pra um tanto de coisa que vosmecê fez, como vendê madera ruim fingino que era boa e contá mentira dos otro maderero e saí por aí sozinha, se mostrano pros nêgo livre e fazê o sinhô Frank levá um tiro e num alimentá os mardito dos coitado dos preso direito pra mantê as alma deles no corpo. Eu calei, mermo que a sinhá Ellen lá da terra promitida tava dizeno "Mammy! Mammy! Tu num tá cuidano direito da minha fia!". É. Eu guentei tudo, mas essa agora num vô guentá, sinhá Scarlett. Vosmecê num pode casá com gente ordinária. Não enquanto eu respirá.

— Vou me casar com quem eu quiser — disse Scarlett friamente. — Acho que você está esquecendo onde é seu lugar, Mammy.

— Em boa hora tomém! Se num fô eu a dizê essas coisa pra vosmecê, quem vai?

— Estive pensando no assunto, Mammy, e decidi que a melhor coisa para você é voltar a Tara, eu lhe dou algum dinheiro e...

Mammy se endireitou com toda a sua dignidade.

— Sô livre, sinhá Scarlett. Vosmecê num pode me mandá pronde qué se eu num querê ir. E, quando eu fô de vorta pra Tara, vai sê quando vosmecê fô comigo. Num vô dexá a fia da sinhá Ellen e num tem jeito de me fazê ir. E tomém num vô dexá os neto da sinhá Ellen para ninhum padrasto ordinário criá. Tô aqui e aqui vô ficá!

— Não vou deixá-la ficar em minha casa e ser grosseira com o capitão Butler. Vou me casar com ele e não há nada mais a ser dito.

— Tem um tanto mais pra sê dito — retrucou Mammy lentamente, e nos velhos olhos embaçados surgiu o lampejo da batalha. — Mas nunca que pensei de dizê isso pra arguém do sangue da sinhá Ellen. Mas sinhá Scarlett, me ove. Vosmecê é uma mula em arreio de cavalo. A gente pode lustrá os casco de uma mula e escová os pelo e botá os metar nos arreio e engatá ela numa boa carruage. Mas ela continua sendo mula do mermo jeito. Num logra ninguém. Vosmecê tem vestido de seda e as serraria e a loja e o dinheiro e se enche de pose que nem cavalo fino, mas continua sendo mula. E tomém num engana ninguém. E aquele Butler tem criação boa e é todo lustroso que nem cavalo bão, mas é mula em arreio de cavalo, iguar a vosmecê.

Mammy lançou um olhar penetrante a sua senhora. Scarlett estava sem palavras e tremia, ofendida.

— Se vosmecê diz que vai casá com ele, vai mermo, pruque é teimosa que nem seu pai. Mas se alembre, sinhá Scarlett, num vô te dexá. Vô ficá bem aqui e vê tudo.

Sem esperar por uma réplica, Mammy se virou e deixou Scarlett. Se tivesse dito "Haverás de me ver em Filipos" seu tom não teria sido mais agourento.

Durante a lua de mel em Nova Orleans, Scarlett contou a Rhett o que Mammy dissera. Para sua surpresa e indignação, ele riu da declaração a respeito de mulas em arreios de cavalo.

— Nunca ouvi uma verdade tão profunda expressa de modo tão sucinto — disse ele. — Mammy é uma velha alma esperta, e uma das poucas pessoas que conheço de quem gostaria de ganhar o respeito e a boa vontade. Mas, sendo uma mula, creio que nunca vou conseguir nenhum dos dois. Ela até recusou a moeda de 10 dólares em ouro que, em meu fervor de noivo, quis lhe dar de presente depois do casamento. Vi poucas pessoas que não se derreteram à vista de dinheiro vivo. Mas ela me olhou bem nos olhos, agradeceu e disse que não era uma nêga livre qualquer e não precisava de meu dinheiro.

— Por que ela tem de agir assim? Por que todo mundo precisa falar de mim como um bando de galinhas-d'angola? Com quem eu me caso e a frequência com que me caso é de minha conta. Sempre cuidei de minha vida. Por que os outros não cuidam da deles?

— Ora, querida, o mundo pode perdoar praticamente tudo, exceto os que cuidam da própria vida. Mas por que você tem que gritar como gato escaldado? Já cansou de dizer que não se importa com o que dizem. Prove. Sabe que muitas vezes já se expôs a críticas por coisas pequenas, não podia esperar que fosse escapar aos mexericos por essa grande. Você sabia que haveria falação se casasse com um vilão como eu. Se eu fosse um vilão de classe inferior e pobre, as pessoas não estariam tão zangadas. Mas um vilão rico, próspero... claro, isso é imperdoável.

— Eu gostaria que você fosse sério às vezes!

— É sério. É sempre irritante para os piedosos quando os impiedosos prosperam como o loureiro verde. Anime-se, Scarlett, você não me disse uma vez que a principal razão para querer muito dinheiro era poder mandar todo mundo para o inferno? Eis sua chance.

— Mas era principalmente você que eu queria mandar para o inferno — disse Scarlett, dando uma risada.

— Ainda quer me mandar para o inferno?

— Bem, não com tanta frequência como antes.

— Se a deixa feliz, mande sempre que quiser.

— Não me deixa especialmente feliz — disse Scarlett e, inclinando-se, beijou-o com carinho. Seus olhos escuros deram uma rápida olhada na fisionomia dela, buscando algo em seus olhos que não encontrou, e ele deu uma risada breve.

— Esqueça Atlanta. Esqueça as velhas megeras. Eu a trouxe Nova Orleans para se divertir e pretendo fazer com que isso aconteça.

Quinta Parte

Capítulo 48

Ela realmente se divertiu, mais do que se divertira desde a primavera anterior à guerra. Nova Orleans era um lugar muito diferente, glamouroso, e Scarlett aproveitou com a impetuosidade de um condenado à prisão perpétua que fora perdoado. Os aventureiros do norte saqueavam a cidade, muita gente honesta fora expulsa de casa, sem saber de onde viria a próxima refeição, e um negro se sentava na cadeira do vice-governador. Mas a Nova Orleans que Rhett lhe mostrava era o lugar mais alegre que já vira. As pessoas que conheceu pareciam ter todo o dinheiro que desejavam e nenhuma preocupação. Rhett a apresentara a dezenas de mulheres bonitas e bem-vestidas, mulheres de mãos macias, sem qualquer sinal de trabalho duro, mulheres que riam de tudo e nunca falavam de assuntos sérios e chatos, nem dos tempos difíceis. E os homens que ela conheceu... que empolgantes! E como eram diferentes dos homens de Atlanta... e como disputavam para dançar com ela e lhe faziam os mais extravagantes elogios, como se ela fosse uma jovem beldade.

Esses homens tinham a mesma expressão dura e blasé de Rhett. Tinham os olhos sempre alertas, como quem convive há muito tempo com o perigo e nunca se descuida. Pareciam não ter passado ou futuro, e educadamente desencorajaram Scarlett quando, para puxar assunto, ela perguntou o que faziam ou onde estavam antes de irem para Nova Orleans. Aquilo por si só era estranho, pois em Atlanta cada recém-chegado respeitável se apressava a apresentar suas credenciais, falar com orgulho de sua casa e sua família e reconstituir os tortuosos labirintos de relacionamentos que se estendiam por todo o sul.

Mas esses homens eram um bando taciturno, que escolhia as palavras com cuidado. Às vezes, quando Rhett ficava sozinho com eles e Scarlett estava no aposento ao lado, ouvia risadas e capturava fragmentos de conversa que nada significavam para ela, retalhos de palavras, nomes enigmáticos — Cuba, Nassau nos tempos do bloqueio, a corrida do ouro, posse de terras registradas, contrabando de armas, pirataria, Nicarágua e William Walker e como ele morrera encostado no muro em Trujillo. Uma vez sua entrada súbita cessou abruptamente uma conversa sobre o que acontecera aos membros do bando de guerrilheiros de Quantrill e ela capturou os nomes de Frank e Jesse James.

Mas todos eram bem-educados, extremamente bem-vestidos e era evidente que a admiravam, então pouco importava a Scarlett se preferissem viver só no presente. O que realmente importava era o fato de serem amigos de Rhett, terem casas grandes, boas carruagens e os levarem a jantares, dando festas em sua homenagem. E Scarlett gostava muito deles. Rhett se divertiu quando ela lhe disse isso.

— Achei que você gostaria — disse ele, rindo.

— Por que não? — Ela ficou desconfiada como sempre ficava com a risada dele.

— Eles são todos de segunda classe, ovelhas negras, velhacos. São aventureiros ou aristocratas renegados. Fizeram fortuna especulando com alimentos como seu amado marido, por meio de contratos governamentais duvidosos ou de outras maneiras obscuras que não resistiriam a investigações.

— Não acredito. Você está brincando. São as pessoas mais gentis...

— As pessoas mais gentis da cidade estão passando fome — disse Rhett — e morando em modestas choupanas, e duvido que me recebessem. Entenda, minha querida, durante a guerra estive envolvido em minhas negociatas nefandas aqui, e essas pessoas têm uma memória infernal! Scarlett, você é uma alegria constante para mim. Infalivelmente, consegue escolher as pessoas e as coisas erradas.

— Mas eles são seus amigos!

— Ah, mas eu gosto de velhacos. Passei a juventude jogando em um barco de rio e consigo entender pessoas assim. Mas não sou cego ao que eles são. Ao passo que você... — Ele riu de novo. — Você não tem instinto para as pessoas, não discrimina o barato do grandioso. Às vezes, acho que as únicas grandes damas com quem conviveu foram sua mãe e a Sra. Melly, e nenhuma parece ter lhe causado grande impressão.

— Melly! Ora, ela é tão comum quanto um sapato velho, as roupas sempre lhe caem de um jeito desalinhado e ela nunca tem duas palavras sequer para si mesma!

— Poupe-me de seu ciúme, senhora. Não é beleza que faz uma dama, nem roupas!

— Ah, não? Espere só, Rhett Butler, e vou lhe mostrar. Agora que eu... que nós temos dinheiro, vou ser a maior dama que você já viu!

— Aguardarei com interesse — disse ele.

Mais empolgante que as pessoas que conheceu foram os vestidos dados por Rhett, que supervisionou pessoalmente a escolha de cor, tecidos e modelos. As crinolinas estavam fora de moda agora, e os novos estilos eram encantadores com as saias puxadas para trás e drapeadas sobre um enchimento, que sustentava festões de flores, laços e cascatas de renda. Ela pensou nas crinolinas recatadas dos anos de guerra e se sentiu um pouco constrangida com essas novas saias que inegavelmente marcavam-lhe o abdômen. E os graciosos chapéus, tão pequenos, que na verdade não eram chapéus, mas peças planas usadas sobre um olho e carregadas de frutas e flores, plumas que dançavam e laços esvoaçantes! (Se ao menos Rhett não tivesse sido tão tolo de queimar os cachos falsos que ela comprara para aumentar o aplique de cabelo liso de índio que descia atrás dos chapeuzinhos!) E a delicada roupa íntima feita no convento! Que graciosa, e quantos conjuntos ela tinha! Chemises e camisolas, anáguas do melhor linho rematadas com fino bordado e milhares de preguinhas. E os sapatos de cetim que Rhett lhe comprara! Tinham saltos de sete centímetros e fivelas cintilantes. E meias de seda, uma dúzia de pares, sem que nenhuma tivesse a parte de cima em algodão! Que riquezas!

Ela não economizou nos presentes para a família. Um filhote de São Bernardo bem peludo para Wade, que sempre quisera um, um gatinho persa para Beau, um bracelete de coral para a pequena Ella, uma pesado colar com pingentes de ortósio para tia Pitty, as obras completas de Shakespeare para Melanie e Ashley, um uniforme elegante para Tio Peter, incluindo uma cartola de cocheiro, tecidos para vestidos a Dilcey e Cookie, presentes caros para todos em Tara.

— Mas o que você comprou para Mammy? — perguntou Rhett, olhando para as pilhas de presentes espalhados na cama do quarto de hotel e levando o cão e o gato para o quarto de vestir.

— Nada. Ela foi detestável. Por que eu deveria levar um presente quando ela nos chamou de mulas?

— Por que se ressente tanto de ouvir a verdade, minha querida? Deve levar um presente para Mammy. Ela ficaria de coração partido se não levasse... e corações como o de Mammy são muito valiosos para ser partidos.

— Não vou levar nada. Ela não merece.

— Então vou lhe comprar um presente. Lembro-me de minha ama sempre dizer que quando fosse para o Céu queria uma saia de tafetá tão rija que ficaria em pé sozinha, e tão farfalhante que Nosso Senhor acharia que era feita de asas de anjos. Vou comprar um tafetá vermelho para Mammy e mando fazer uma anágua fina.

— Ela não vai aceitar. Vai preferir morrer a usá-la.

— Não duvido. Mas o farei mesmo assim.

As lojas de Nova Orleans eram luxuosas e empolgantes, e fazer compras com Rhett era uma aventura. Comer fora com ele era outra aventura, ainda mais empolgante que fazer compras, pois ele sabia o que pedir e como devia ser preparado. Os vinhos, licores e champanhes de Nova Orleans eram novos e excitantes para ela, familiarizada apenas com o vinho caseiro de amoras ou uvas e com o conhaque "antidesmaio" de tia Pitty; mas, ah, a comida que Rhett pedia! Melhor que tudo em Nova Orleans era a comida. Lembrando-se dos amargos dias de fome em Tara e da penúria mais recente, Scarlett sentia que nunca comeria o bastante desses pratos maravilhosos. Camarões com quiabo à creole, pombos ao vinho e ostras com molho branco em empadinhas crocantes, cogumelos, pães doces, fígado de peru, peixe assado em papel-manteiga com limões. Seu apetite nunca diminuía, pois, sempre que se lembrava dos eternos amendoins, ervilhas e batatas-doces de Tara, sentia necessidade de se empanturrar novamente com os pratos da culinária crioula.

— Você come como se cada refeição fosse a última — disse Rhett. — Não raspe o prato, Scarlett. Tenho certeza de que há mais na cozinha. Basta pedir ao garçom. Se não deixar de ser tão gulosa, vai ficar gorda como as mulheres cubanas, e aí me divorcio.

Ela só mostrou a língua para ele e pediu outro confeito, cheio de chocolate e recheado de merengue.

Como era bom poder gastar todo o dinheiro que se queria, sem ter de contar os centavos e sentir que devia economizar para pagar impostos ou comprar mulas. Como era bom estar com gente alegre e rica e não cavalheirescamente pobre como o pessoal de Atlanta. Como era bom usar vestidos farfalhantes de brocado que mostravam sua cintura e todo o pescoço e braços e um pouco mais do busto, e saber que os homens a admiravam. E como era bom comer tudo o que queria sem ter pessoas lhe dizendo que não estava agindo como uma dama. E como era bom beber todo o champanhe que quisesse. Na primeira vez que bebeu demais, ficou constrangida ao acordar na manhã seguinte com uma tremenda dor de cabeça e a terrível lembrança de ter cantado "Bonnie Blue Flag" todo o caminho de volta ao hotel, pelas ruas de Nova Orleans, em uma carruagem aberta. Ela nunca vira uma dama nem meio tonta, e a única mulher bêbada que já vira tinha sido aquela criatura Watling no dia da queda de Atlanta. Ela nem sabia como encarar Rhett tal era sua humilhação, mas aquilo só pareceu diverti-lo, como se ela fosse uma gatinha fazendo suas piruetas.

Era empolgante sair com Rhett, ele era tão bonito... De algum modo, ela nunca pensara muito em sua beleza, e em Atlanta todo mundo sempre estivera preocupado demais com seus defeitos para falar de sua aparência. Mas ali em Nova Orleans ela podia ver como os olhos das outras mulheres o seguiam e como se alvoroçavam quando ele se inclinava sobre suas mãos. A percepção de que outras mulheres se sentiam atraídas por seu marido e talvez a invejassem deixou-a subitamente orgulhosa de ser vista ao lado dele.

"Ora, somos um belo casal", pensou Scarlett com prazer.

Sim, como Rhett profetizara, o casamento podia ser muito divertido. Não só era, como ela estava aprendendo muitas coisas. Só isso já era estranho, pois

Scarlett achava que a vida nada mais tinha a lhe ensinar. Agora se sentia como uma criança, todo dia à beira de uma nova descoberta.

De início, descobriu que casamento com Rhett era algo completamente diferente de casamento com Charles ou Frank. Eles a respeitavam e temiam seu gênio. Imploravam por favores que ela concedia se quisesse. Rhett não a temia e, ela costumava pensar, também não a respeitava muito. Ele fazia o que queria e, se ela não gostasse, ele ria dela. Ela não o amava, mas sem dúvida era empolgante viver a seu lado. O mais excitante nele era que, mesmo em seus ímpetos de paixão, que às vezes tinham pitadas de crueldade, outras de irritante diversão, ele sempre parecia se refrear, cavalgando suas emoções com freio curto.

"Acho que é porque ele não é realmente apaixonado por mim", ela pensava e ficava contente com o estado de coisas. "Eu odiaria se ele se soltasse completamente de qualquer jeito." Mesmo assim, pensar nessa possibilidade provocava sua curiosidade de um modo excitante.

Embora achasse que o conhecia bem, convivendo com Rhett aprendeu muitas coisas novas sobre ele. Aprendeu que, em um momento, sua voz podia ser tão sedosa como o pelo de um gato e, no outro, áspera e crepitante de blasfêmias. Ele contava, com aparente sinceridade e consentimento, histórias de coragem, honra, virtude e amor nos lugares estranhos onde estivera, e as seguia com histórias irreverentes do mais frio cinismo. Ela sabia que homem algum devia contar tais histórias a sua mulher, mas eram divertidas e apelavam a seu lado mais grosseiro e mundano. Ele podia ser um amante ardente, quase terno por algum tempo, e em seguida virar um demônio caçoador, que arrancava a tampa da pólvora do mau gênio de Scarlett, botava fogo e se divertia com a explosão. Ela aprendeu que seus elogios sempre tinham dois lados e suas expressões de ternura eram abertas à desconfiança. De fato, naquelas duas semanas em Nova Orleans, aprendeu tudo sobre ele, exceto o que ele realmente era.

Às vezes, ele dispensava a camareira, levava a bandeja do café da manhã para ela e lhe dava de comer como se ela fosse uma criança, tirava a escova de sua mão e penteava seus longos cabelos escuros. Em outras manhãs, no entanto, ela era arrancada brutalmente do mais profundo sono, quando ele puxava todas as cobertas e lhe fazia cócegas nos pés nus. Às vezes, ele escutava com digno interesse os detalhes dos negócios dela, aprovando sua sagacidade, e, em outras, chamava suas transações um tanto duvidosas de sugadoras, roubo e extorsão. Ele a levava ao teatro, aborrecendo-a ao sussurrar que provavelmente Deus não aprovaria esses divertimentos, e a igrejas, onde relatava obscenidades engraçadas em voz baixa e depois a censurava por rir. Ele a encorajava a ser franca, loquaz e ousada. Ela pegou dele o dom de usar palavras picantes e expressões sarcásticas, aprendendo a se deliciar ao usá-las pelo poder que lhe davam sobre os outros. Mas não possuía o senso de humor que temperava a malícia dele, nem o sorriso que caçoava de si mesmo quando estava caçoando dos outros.

Ele a fazia brincar e ela tinha quase se esquecido de como era. A vida fora séria e amarga. Ele sabia brincar e a levava junto. Mas nunca brincava como um menino; ele era um homem e não importava o que fizesse, ela nunca se esquecia disso. Não podia olhar para baixo do alto de sua superioridade feminina, sorrindo como as mulheres sempre sorriram das travessuras dos homens que por dentro eram eternos meninos.

Sempre que pensava no assunto, ficava um pouco aborrecida. Seria bom sentir-se superior a Rhett. Era possível soltar um desdenhoso "Que infantil!" para todos os outros homens que conhecera. Seu pai, os gêmeos Tarleton com sua paixão por implicar e suas brincadeiras elaboradas, os Fontaine cabeludos com seus ataques infantis de ira, Charles, Frank, todos os homens que lhe tinham feito a corte durante a guerra... de fato, todos, menos Ashley. Somente Ashley e Rhett lhe escapavam à compreensão e ao controle, pois eram ambos adultos e lhes faltava o elemento de meninice.

Ela não entendia Rhett e não se preocupava em entender, embora houvesse coisas a seu respeito que ocasionalmente a intrigavam. Havia o modo como ele a olhava às vezes, quando achava que ela não estava atenta. Virando-se rapidamente, ela muitas vezes o pegava a observá-la, um olhar alerta, ansioso, de espera.

— Por que está me olhando assim? — perguntou, certa vez, irritada. — Parece um gato diante da toca do rato.

Mas sua expressão mudou de imediato e ele só riu. Ela logo esquecia e não ficava mais intrigada com isso nem com qualquer outra coisa a respeito de Rhett. Ele era imprevisível demais para que ela se preocupasse, e a vida estava agradável, exceto quando ela pensava em Ashley.

Rhett a mantinha muito ocupada para que pudesse pensar em Ashley com frequência. Raramente, ele estava em seus pensamentos durante o dia, mas à noite, quando estava cansada de dançar ou sua cabeça girava de tanto champanhe, pensava nele. Muitas vezes, deitada sonolenta nos braços de Rhett, iluminados pelo luar, ela pensava em como a vida seria perfeita se apenas fossem os braços de Ashley que a segurassem, se fosse Ashley que estivesse pondo seu cabelo sobre o rosto dele e o enrolando no pescoço.

Uma vez, quando pensava nisso, ela suspirou, virou a cabeça para a janela e em seguida sentiu o braço pesado sob seu pescoço ficar rijo como ferro e ouviu a voz de Rhett falar em meio ao silêncio:

— Que Deus condene sua alma infiel ao inferno por toda a eternidade!

E, levantando-se, ele se vestiu e saiu do quarto, apesar das perguntas e protestos aturdidos. Ele reapareceu na manhã seguinte, quando ela tomava o café no quarto, despenteado, embriagado e no pior de seus humores sarcásticos, sem sequer se desculpar nem dar explicações de sua ausência.

Scarlett não lhe fez perguntas e comportou-se com frieza, como convinha a uma esposa magoada. Ao acabar a refeição, vestiu-se sob o olhar injetado dele e saiu às compras. Ao retornar, ele não estava, só reaparecendo na hora do jantar.

Foi uma refeição silenciosa, e o temperamento de Scarlett estava se retesando, pois era seu último jantar em Nova Orleans e ela queria fazer justiça à lagosta, que não estava conseguindo aproveitar sob o olhar dele. Mesmo assim, ela comeu uma bem grande e bebeu uma boa quantidade de champanhe. Talvez essa combinação tenha acarretado o pesadelo naquela noite, pois ela acordou soluçando, banhada em um suor frio. Estava de volta a Tara, tudo desolado. Sua mãe estava morta e com ela toda a força e sabedoria do mundo. Não havia ninguém a quem recorrer, ninguém de quem depender. E algo apavorante a perseguia e ela corria, corria, até o coração estar estourando, corria em meio a uma densa neblina, gritando, cegamente buscando aquele porto seguro sem nome, desconhecido, que estava em algum lugar na névoa que a cercava.

Ao acordar, Rhett estava debruçado sobre ela e sem dizer palavra tomou-a nos braços como a uma criança, abraçando-a, os músculos fortes reconfortantes, seu murmúrio sem palavras calmante, até seus soluços cessarem.

— Ah, Rhett, eu estava com tanto frio, tanta fome e tão cansada, sem conseguir encontrar. Eu corria e corria pela neblina, mas não conseguia encontrar.

— Encontrar o quê, doçura?

— Não sei. Queria tanto saber...

— É seu antigo sonho?

— Ah! É.

Ele a deitou delicadamente, tateou no escuro e acendeu uma vela. Seu rosto com os olhos injetados e traços duros estava tão inescrutável quanto uma pedra. A camisa, aberta até a cintura, exibia um peito moreno coberto de pelos. Ainda tremendo de medo, Scarlett pensou em quanto aquele peito era forte, resistente e sussurrou:

— Rhett, me abrace.

— Querida! — disse ele e, agarrando-a, sentou-se em uma poltrona aninhando seu corpo ao dele.

— Ah, Rhett, é terrível passar fome.

— Deve ser terrível sonhar com inanição após um jantar de sete pratos, incluindo aquela enorme lagosta. — Ele sorriu, mas seus olhos eram meigos.

— Ah, Rhett, eu só corro sem parar e procuro e nunca encontro o que procuro. Sempre está escondido na névoa. Sei que se conseguisse encontrar estaria segura para sempre e nunca mais teria frio e fome outra vez.

— É uma pessoa ou uma coisa que você está procurando?

— Não sei. Nunca pensei nisso. Rhett, você acha que um dia vou sonhar que chego à segurança?

— Não — disse ele, alisando seu cabelo —, acho que não. Os sonhos não são assim. Mas acho que, se você se acostumar a estar segura, aquecida e bem alimentada no dia a dia, vai parar de ter esse sonho. E, Scarlett, eu vou garantir sua segurança.

— Rhett, você é tão bom...

— Obrigada pelas migalhas de sua mesa. Scarlett, quero que você repita todas as manhãs ao acordar: "Nunca mais vou passar fome e nada vai me atingir enquanto Rhett estiver aqui e o governo dos Estados Unidos estiver de pé."

— O governo dos Estados Unidos? — perguntou ela, sentando-se, aturdida, com o rosto ainda molhado de lágrimas.

— O antigo dinheiro confederado agora se transformou em uma mulher honesta. Apliquei a maior parte em títulos do governo.

— Pelo manto de Cristo! — exclamou Scarlett, sentada no colo dele, esquecida do recente terror. — Está querendo me dizer que emprestou seu dinheiro aos ianques?

— A uma justa porcentagem.

— Nem que fosse cem por cento! Você deve vendê-los imediatamente. Que ideia, deixar os ianques fazer uso de seu dinheiro!

— E o que devo fazer com ele? — perguntou com um sorriso, percebendo que os olhos dela estavam arregalados de medo.

— Ora... ora, comprar propriedades em Five Points. Aposto que você poderia comprar Five Points inteira com o dinheiro que tem.

— Obrigado, mas eu não gostaria de possuir Five Points. Agora que o governo do norte realmente está controlando a Geórgia, não há como saber o que vai acontecer. Não aplicaria nada nesse bando de abutres que estão atacando, vindo de norte, leste, sul e oeste. Estou fazendo o jogo deles, entende, como a boa escória do sul deve fazer, mas não confio neles. E também não estou investindo em imóveis. Prefiro títulos. Esses se pode esconder. Imóveis são mais difíceis.

— Você acha... — começou ela, empalidecendo ao pensar nas serrarias e na loja.

— Não sei. Mas não fique tão assustada, Scarlett. Nosso amável novo governador é um bom amigo meu. Estamos apenas em uma época de muitas incertezas e não quero muito do meu dinheiro preso em imóveis.

Ele a passou para um joelho e, se reclinando, pegou um charuto e o acendeu. Sentada, com os pés descalços a balançar, ela ficou observando o movimento dos músculos em seu peito moreno, os terrores esquecidos.

— Aproveitando que estamos falando em imóveis, Scarlett, vou construir uma casa. Você deve ter intimado Frank a morar na casa da Srta. Pittypat, mas a mim não vai. Não creio que fosse aguentar sua tagarelice três vezes ao dia e, além disso, creio que Tio Peter me assassinaria antes de me deixar morar sob o teto sagrado dos Hamilton. A Srta. Pitty pode arranjar para que a Srta. India Wilkes fique com ela e mantenha o bicho-papão distante. Ao voltarmos para Atlanta, ficaremos na suíte nupcial do hotel Nacional até nossa casa ficar pronta. Antes de partirmos, eu estava negociando aquele terreno grande na rua dos Pessegueiros, aquele que fica perto da casa dos Leyden. Sabe qual?

— Ah, Rhett, que ótimo! Quero tanto uma casa. Uma bem grande.

— Então, enfim, concordamos com alguma coisa. Que tal uma casa branca com detalhes em ferro forjado como essas casas crioulas aqui de Nova Orleans?

— Ah, não, Rhett. Nada tão fora da moda como essas casas de Nova Orleans. Sei exatamente o que quero. É o que há de mais moderno porque vi um desenho... deixe-me ver... foi naquela *Harper's Weekly* que estava folheando. Era o modelo de um chalé suíço.

— Um o quê suíço?

— Um chalé.

— Soletre.

Ela obedeceu.

— Ah — disse ele e cofiou o bigode.

— Era encantador. Tinha um teto alto com mansarda cercada e uma torre feita de ripas nas duas extremidades. E as torres tinham janelas com vidros vermelhos e azuis. Tinha tanto estilo...

— Imagino que tivesse o balaústre decorado na varanda.

— Sim.

— E uma ornamentação em arabesco arrematando o teto da varanda.

— Sim. Você deve ter visto uma dessas.

— Vi... mas não na Suíça. Os suíços são muito inteligentes e dão muita importância à beleza arquitetônica. Você quer mesmo uma casa dessas?

— Ah, quero!

— Eu achava que associar-se a mim melhoraria seu gosto. Por que não uma casa crioula ou estilo colonial com seis colunas brancas?

— Estou lhe dizendo que não quero nada com aparência pobre e fora de moda. E dentro vamos pôr papel de parede vermelho e *portières* de veludo vermelho em todas as portas duplas e, ah, uma porção de móveis caros de nogueira e tapetes bem altos e... ah, Rhett, todo mundo vai ficar verde de inveja quando vir nossa casa!

— É necessário deixar todos com inveja? Bem, se você quiser, eles ficarão verdes. Mas Scarlett, já lhe ocorreu que não é de muito bom gosto mobiliar a casa de modo tão pródigo quando todos estão tão pobres?

— É assim que eu quero — disse ela, obstinada. — Quero fazer todos que foram mesquinhos comigo se sentirem mal. E daremos grandes festas que vão fazer a cidade inteira se arrepender de ter dito tantas coisas.

— Mas quem irá a nossas festas?

— Ora, todo mundo, é claro.

— Duvido. A Velha Guarda morre, mas não se rende.

— Ah, Rhett, como você fala! Se temos dinheiro, as pessoas sempre gostam de nós.

— Não os sulistas. É mais difícil o dinheiro de um especulador entrar nos melhores salões do que um camelo passar pelo furo de uma agulha. E, quanto à escória sulista, ou seja, você e eu, minha querida, temos sorte de não nos cuspirem. Mas, se quiser tentar, eu lhe dou apoio, e tenho certeza de que vou me divertir intensamente com sua campanha. E aproveitando que estamos no assunto de dinheiro, quero deixar uma coisa bem clara. Você pode dispor de todo o dinheiro que quiser para a casa e suas bugigangas. E, se gostar de joias, pode comprar, mas sou eu quem vai escolher. Você tem um gosto execrável, minha cara. E o que quiser para Wade e Ella. E, se Will Benteen não obtiver êxito com o algodão, estou disposto a colaborar e ajudar naquele elefante branco do condado de Clayton que você tanto ama. Isso é bem justo, não é?

— Claro. Você é muito generoso.

— Mas ouça bem. Nenhum centavo para a loja nem para aquela fábrica de lenha.

— Ah — disse Scarlett, a fisionomia murchando. Durante toda a lua de mel, ela pensara como abordaria o assunto dos mil dólares de que precisava para comprar mais um pedaço de terreno e ampliar seu depósito de madeira. — Sempre achei que você se gabava de ter cabeça aberta e de não se importar com o que as pessoas diziam sobre eu ter um negócio, e acaba que você é como qualquer outro homem... cheio de medo de que digam que sou eu quem manda na casa.

— Nunca haverá nenhuma dúvida na cabeça de ninguém sobre quem manda na casa dos Butler — falou Rhett, com a voz arrastada. — Não me importo com o que dizem os tolos. Na verdade, sou tão mal-educado que tenho orgulho de ter uma esposa esperta. Quero que você continue dirigindo a loja e as serrarias. São de seus filhos. Quando Wade crescer ele não vai se sentir bem de ser sustentado pelo padrasto e então poderá se encarregar dos negócios. Mas nenhum centavo meu vai para nenhum deles.

— Por quê?

— Porque não faço questão de contribuir para o sustento de Ashley Wilkes.

— Vai começar com isso de novo?

— Não. Mas você perguntou meus motivos e eu disse. E outra coisa. Não pense que vai poder trapacear com os livros e mentir sobre o custo de suas roupas e da manutenção da casa para poder usar o dinheiro e comprar mais mulas ou outra serraria para Ashley. Pretendo supervisionar cuidadosamente seus gastos e sei bem quanto as coisas custam. Ah, não fique ofendida. Você faria isso. Sim, seria capaz. De fato, acho que seria capaz de qualquer coisa no que se refere a Tara ou a Ashley. Para Tara, não ligo. Mas devo impor um limite para Ashley. Eu a tenho em rédea solta, minha querida, mas não se esqueça de que uso freio e esporas mesmo assim.

Capítulo 49

A Sra. Elsing apurou o ouvido em direção ao corredor. Ouvindo os passos de Melanie sumirem na cozinha, onde o ruído de louça e o tilintar de talheres prometiam refrescos, ela se virou e falou baixinho com as amigas sentadas em círculo na sala, as cestas de costura no colo.

— Pessoalmente, não pretendo visitar Scarlett agora nem nunca — disse ela, a fria elegância de sua fisionomia mais fria que de costume.

As outras participantes do Círculo de Costura em Prol das Viúvas e Órfãos da Confederação logo largaram as agulhas e foram para a beira de suas cadeiras de balanço, aproximando-se. Todas as senhoras estavam ansiosas para falar de Scarlett e Rhett, mas a presença de Melanie as impedia. No dia anterior, o casal retornara de Nova Orleans e estava ocupando a suíte nupcial do hotel Nacional.

— Hugh diz que devo fazer a cortesia de visitar porque o capitão Butler salvou a vida dele — continuou a Sra. Elsing. — E a pobre Fanny fica ao lado dele e diz que também vai. Eu disse a ela: "Fanny, se não fosse por Scarlett, Tommy estaria vivo neste minuto. Visitá-los é um insulto à sua memória." E Fanny, sem qualquer juízo, disse: "Mãe, não vou visitar Scarlett. Vou visitar o capitão Butler. Ele deu o melhor de si para salvar Tommy e não foi culpa dele se não conseguiu."

— Como os jovens são tolos — disse a Sra. Merriwether. — Visitar, imagine! — O busto avantajado se inchou, indignado, ao se lembrar da grosseira recepção de Scarlett a seu conselho sobre casar-se com Rhett. — Minha Maybelle é tão tola quanto sua Fanny. Diz que ela e René vão visitá-los, pois o capitão Butler impediu que René fosse enforcado. E eu disse que, se não tivesse sido por Scarlett ter se exposto, René nunca teria passado por esse perigo. E papai Merriwether pretende visitá-los e fala como se estivesse caduco, dizendo que sente gratidão por aquele patife, mesmo que eu não sinta. Juro, desde que papai Merriwether esteve na casa daquela criatura Watling, tem agido de modo vergonhoso. Visitar, imagine! Eu, com certeza, não irei. Scarlett proscreveu a si mesma casando-se com um homem desses. Ele já tinha sido mau-caráter bastante ao especular durante a guerra, lucrando com nossa fome, mas agora é unha e carne com os aventureiros e com a escória, além de ser amigo, amigo mesmo, daquele miserável governador Bullock... Visitar, imagine!

A Sra. Bonnell suspirou. Era uma mulher morena e rechonchuda de cara alegre.

— Eles só vão visitar uma vez, por cortesia, Dolly. Não sei se os culpo. Ouvi dizer que todos os homens que estavam lá naquela noite pretendem visitá-los, e acho que devem mesmo. De certa forma, custa pensar que Scarlett é filha de sua mãe. Frequentei a escola com Ellen Robillard em Savannah e nunca houve uma moça mais amável, eu gostava muito dela. Se ao menos o pai não tivesse se oposto ao casamento com seu primo Philippe Robillard! Não havia nada realmente errado com o rapaz... os rapazes sempre fazem suas estripulias. Mas Ellen teve que se casar com o velho O'Hara e ter uma filha como Scarlett. Mas sinto que devo fazer pelo menos uma visita pela memória de Ellen.

— Tolice sentimental! — bufou a Sra. Merriwether com vigor. — Kitty Bonnell, você vai visitar uma mulher que se casou mal, tendo passado um ano da morte do marido? Uma mulher...

— E quem realmente matou o Sr. Kennedy foi ela — interrompeu India, a voz fria, mas ácida. Sempre que pensava em Scarlett, ficava difícil observar os modos, sempre se lembrando de Stuart Tarleton. — E sempre achei que havia mais entre ela e aquele Butler antes do Sr. Kennedy ter morrido do que a maioria das pessoas suspeita.

Antes que as senhoras pudessem se recuperar de seu espanto diante da afirmação e do fato de uma solteirona falar de tal assunto, Melanie estava parada no vão da porta. Estavam tão absortas no mexerico que não tinham ouvido seus passos leves, e agora, confrontadas pela anfitriã, pareciam colegiais sussurrantes flagradas pela professora. O alarme se somou à consternação diante da mudança na fisionomia de Melanie. Ela estava corada de uma raiva justiceira, seus olhos bondosos fuzilavam, as narinas palpitavam. Ninguém jamais vira Melanie zangada. Nenhuma das senhoras presentes acreditava que ela fosse capaz de ira. Todas a amavam, mas a consideravam a mais meiga, a mais flexível das jovens, deferente aos idosos e isenta de opiniões próprias.

— India, como ousa? — perguntou ela, em uma voz baixa, que tremia. — Aonde seu ciúme a levará? Que vergonha!

India empalideceu, mas a cabeça estava erguida.

— Não retiro nada — disse ela brevemente. Mas sua mente fervia.

"Será que sou ciumenta?", ela pensou. Lembrando-se de Stuart Tarleton, de Honey e Charles, não tinha bons motivos para ter ciúme de Scarlett? Não tinha bons motivos para odiá-la, especialmente agora, suspeitando que Scarlett dera um jeito de emaranhar Ashley em sua teia? Ela pensou: "Há muito que eu poderia dizer sobre Ashley e sua preciosa Scarlett." India se debatia entre o desejo de proteger Ashley com seu silêncio e de deslindá-lo contando de suas suspeitas a Melanie e ao mundo inteiro. Isso obrigaria Scarlett a liberar qualquer laço que prendesse Ashley.

— Não retiro nada — repetiu.

— Então é lamentável que você não more mais sob meu teto — disse Melanie, e suas palavras foram frias.

Com um salto, Melanie se pôs de pé, o rubor invadindo o rosto pálido.

— Melanie, você... minha cunhada... não vai brigar comigo por aquela volúvel...

— Scarlett também é minha cunhada — disse Melanie, olhos fixos nos de India, como se fossem estranhas —, e me é mais querida do que uma irmã de sangue poderia ser. Se você se esquece de quanto devo a ela, eu não. Ela ficou comigo durante todo o cerco, quando podia ter ido para casa, quando até tia Pitty tinha fugido para Macon. Ajudou-me no nascimento de meu bebê quando os ianques estavam quase chegando a Atlanta, e se sobrecarregou comigo e com Beau naquela terrível viagem a Tara, quando podia ter me deixado aqui em um hospital para os ianques me pegarem. E ela cuidou de mim e me alimentou, mesmo estando cansada e faminta. Como eu estava doente e fraca, fiquei com o melhor colchão em Tara. Quando pude caminhar, fiquei com o único par inteiro de sapatos. Você pode se esquecer dessas coisas que ela fez por mim, India, mas eu não. E, quando Ashley voltou, doente, desanimado, sem uma casa, sem um centavo no bolso, ela o recebeu como uma irmã. E, quando achamos que teríamos que ir para o norte e estávamos com o coração partido por deixar a Geórgia, Scarlett interveio e lhe deu a serraria para dirigir. E o capitão Butler salvou a vida de Ashley por pura bondade. Certamente, ele não tinha nenhuma obrigação com Ashley! E sinto-me agradecida a Scarlett e ao capitão Butler. Mas você, India! Como pode esquecer os favores que Scarlett fez a mim e a Ashley? Como pode dar tão pouca importância à vida de seu irmão a ponto de querer manchar o nome do homem que o salvou? Nem se ajoelhar diante do capitão Butler e de Scarlett bastaria.

— Ora, Melly — começou a Sra. Merriwether rapidamente, pois recuperara a compostura —, isso não é modo de falar com India.

— Também ouvi o que a senhora falou de Scarlett — exclamou Melanie, dirigindo-se à robusta dama com ar de duelista que, tendo retirado a lâmina do oponente prostrado, vira-se com toda a vontade para o outro. — E a senhora também, Sra. Elsing. O que vocês pensam dela com suas mentes intolerantes eu não me importo, pois é de sua conta. Mas o que dizem dela em minha casa ou diante de meus ouvidos é sempre de minha conta. Como podem pensar essas coisas pavorosas, quanto mais dizê-las? Seus homens têm tão pouca importância que os prefeririam mortos? Não têm gratidão por quem os salvou arriscando a própria vida? Se toda a verdade tivesse vindo à tona, os ianques podiam muito bem tê-lo considerado membro da Klan! Podiam enforcá-lo. Mas ele se arriscou por seus homens. Por seu sogro, Sra. Merriwether, e seu cunhado e dois sobrinhos.

E por seu irmão, Sra. Bonnell, e por seu filho e seu genro, Sra. Elsing. Ingratas, é o que são! Quero que se desculpem.

A Sra. Elsing estava de pé, com a costura amarrotada entre as mãos, a boca cerrada.

— Se alguém tivesse me contado que você podia ser tão mal-educada, Melly... Não, não vou me desculpar. India tem razão. Scarlett é uma assanhada volúvel. Não posso me esquecer do modo como agiu durante a guerra. E não dá para esquecer sua atitude de branca ordinária desde que conseguiu algum dinheiro...

— O que a senhora não pode esquecer — atalhou Melanie, fechando os punhos — é que ela rebaixou Hugh por ele não ter capacidade de dirigir a serraria.

— Melly! — resmungou um coro de vozes.

A cabeça da Sra. Elsing foi para trás e ela começou a andar em direção à porta. Com a mão na maçaneta, parou e se virou.

— Melly — disse ela, e a voz se suavizou —, querida, isto me parte o coração. Eu era a melhor amiga de sua mãe, ajudei o Dr. Meade a trazê-la ao mundo e sempre a amei como se fosse minha. Se fosse algo de importância, não seria tão duro ouvi-la falar assim. Mas, por causa de uma mulher como Scarlett O'Hara, que não pensaria duas vezes antes de lhe pregar uma peça suja, assim como em qualquer de nós...

Às primeiras palavras, os olhos de Melanie ficaram marejados, mas sua fisionomia endureceu quando a velha finalizou.

— Quero deixar entendido que aquelas que não visitarem Scarlett nunca mais precisam me visitar.

Houve confusão e um murmúrio generalizado enquanto as senhoras se punham de pé. A Sra. Elsing deixou sua caixa de costuras cair no chão e voltou para a sala, a franja postiça torta.

— Não vou aceitar isso! — exclamou ela. — Não vou aceitar! Você está fora de si, Melly, e não é responsável pelo que diz. Você deve ser minha amiga e eu sua. Recuso-me a deixar que isso interfira em nossa amizade.

Ela estava chorando, e, quando se deram conta, Melanie estava em seus braços, chorando também, mas declarando entre soluços que falava sério. Diversas outras senhoras caíram no choro, e a Sra. Merriwether, trombeteando bem alto em seu lenço, abraçou a Sra. Elsing e Melanie. Tia Pitty, que fora uma testemunha petrificada de toda a cena, caiu no chão, em um dos poucos desmaios verdadeiros de sua vida. Em meio a lágrimas, confusão, beijos e disparadas em busca de sais aromáticos e conhaque, havia um único rosto calmo, um par de olhos secos. India Wilkes saiu sem ser notada.

Vovô Merriwether, encontrando-se com tio Henry Hamilton no saloon Girl of the Period horas mais tarde, relatou que ouvira da Sra. Merriwether os acontecimentos da manhã. Contou tudo com satisfação, pois estava encantado que alguém tivesse tido a coragem de encarar a fortaleza que era sua nora. Ele, com certeza, nunca a tivera.

— Bem, e o que o bando de tolas acabou decidindo fazer? — perguntou tio Henry, irritado.

— Não tenho certeza — disse o vovô —, mas me parece que Melly venceu a primeira rodada. Aposto que todas irão visitar, pelo menos uma vez. O pessoal arma o maior circo por causa daquela sua sobrinha, Henry.

— Melly é uma tola, e as senhoras estão certas. Scarlett não vale nada mesmo, não sei como Charlie se casou com ela — disse tio Henry, triste. — Mas Melly também estava certa, em um ponto. É no mínimo decente que as famílias dos homens que o capitão Butler salvou façam uma visita. Afinal de contas, não tenho muito contra Butler. Mostrou ser um bom homem naquela noite em que salvou nosso couro. É Scarlett que não passa em minha garganta como espinha de peixe. É esperta demais para o próprio bem. Bom, tenho que visitar. Escória ou não, Scarlett é minha sobrinha por casamento. Pretendo ir hoje à tarde.

— Vou com você, Henry. Dolly vai ficar pronta para ser amarrada quando souber que eu fui. Espere até eu tomar mais uma bebida.

— Não, vamos tomar uma bebida do capitão Butler. Isso devo dizer a seu favor, ele sempre tem boa bebida.

Rhett dissera que a Velha Guarda nunca se renderia e estava certo. Sabia quanto eram insignificantes as poucas visitas que receberam, e sabia por que tinham sido feitas. As primeiras visitas foram das famílias dos homens envolvidos no malfadado ataque da Klan, sendo repetidas com óbvia falta de frequência. E não convidaram os Butler para suas casas.

Rhett disse que não teriam aparecido, não fosse por receio à reação violenta de Melanie. De onde tirara essa ideia, Scarlett não sabia, mas deixou-a de lado com o desdém que merecia. Pois que influência Melanie poderia ter sobre pessoas como as Sras. Elsing e Merriwether? O fato de não receberem mais a visita delas não a preocupou muito; de fato, sua ausência mal foi sentida, pois a suíte estava lotada de convidados de outro tipo. "Gente nova", era como o povo de Atlanta os chamava, quando não usava termos menos educados.

Havia muita "gente nova" hospedada no hotel Nacional que, como Rhett e Scarlett, esperava pelo fim da construção de suas casas. Era uma gente alegre, rica, muito semelhante aos amigos de Rhett de Nova Orleans, elegante no vestir, liberal com dinheiro, vaga quanto aos antecedentes. Todos os homens eram republicanos e estavam "em Atlanta a negócios relacionados com o governo estadual". Exatamente do que se tratava, Scarlett não sabia e não se interessava em saber.

Rhett podia ter lhe dito o que era..., o mesmo negócio que os abutres têm com animais moribundos. Farejavam a morte de longe e eram infalivelmente atraídos para se empanturrar. O governo da Geórgia por seus próprios cidadãos estava morto, o estado, impotente, e os aventureiros vinham em enxames.

As esposas dos amigos aventureiros e da escória sulista de Rhett iam em manadas visitá-los, assim como a "nova gente" que ela conhecera vendendo madeira para suas casas. Rhett dizia que, tendo feito negócios com eles, devia recebê-los e, recebendo-os, ela os considerava uma companhia agradável. Usavam roupas adoráveis e nunca falavam da guerra e dos tempos difíceis, mas restringiam as conversa a modas, escândalos e ao uíste, um jogo de cartas. Scarlett nunca tinha jogado cartas antes e ficou fã do uíste, tornando-se boa jogadora em pouco tempo.

Sempre que estava no hotel, havia um grupo de jogadores de uíste em sua suíte. Mas ela não ficava muito em sua suíte nessa época, pois estava ocupadíssima com a construção da nova casa para se preocupar com visitas. Não ligava muito se as recebia ou não. Queria adiar as atividades sociais até que sua casa estivesse pronta e ela pudesse emergir como senhora da maior mansão de Atlanta, a anfitriã das reuniões mais finas da cidade.

Durante os longos dias quentes, ela observava sua casa de tijolos vermelhos e telhas cinzentas se erguer grandiosamente, mais alta que qualquer outra da rua dos Pessegueiros. Esquecida da loja e das serrarias, passava o tempo na obra, discutindo com os carpinteiros, se altercando com os pedreiros, atormentando o empreiteiro. Conforme as paredes subiam rapidamente, ela pensava satisfeita que, terminada, seria maior e mais fina que qualquer outra casa da cidade. Seria ainda mais imponente que a residência próxima dos James, que acabara de ser adquirida para servir de mansão oficial do governador Bullock.

A mansão do governador tinha a balaustrada e o beiral ornados de arabescos, mas os arabescos intrincados da casa de Scarlett deixavam a outra envergonhada. A mansão tinha um salão de baile que parecia uma mesa de bilhar comparado ao enorme salão que ocupava todo o terceiro andar da casa de Scarlett. De fato, sua casa tinha mais de tudo que a mansão ou que qualquer outra casa da cidade, mais cúpulas e torreões, sacadas e para-raios, e muito mais janelas com vidraças coloridas. Toda a casa era cercada de uma varanda, e quatro lances de escadas nos quatro lados levavam a ela. O jardim era grande, verde e tinha bancos de ferro rústico, um alpendre de ferro, modernamente denominado "gazebo", que, garantiram a Scarlett, era de puro estilo gótico. Além disso, havia duas grandes estátuas de ferro, sendo uma de um cervo e a outra de um mastim, tão grande quanto um pônei. Para Wade e Ella, um tanto perplexos pelo tamanho, o esplendor e a modernidade obscura da nova casa, esses dois animais de metal eram as únicas notas alegres.

Por dentro, a casa foi mobiliada como Scarlett desejara, com um espesso tapete vermelho que ia de parede a parede, portières de veludo vermelho e a mais moderna mobília de nogueira preta envernizada, entalhada onde quer que houvesse um centímetro para entalhe e estofada com tecido de crina de cavalo, tão lustroso que as damas tinham que se sentar com todo o cuidado para não escorregar. Por toda parte, havia espelhos com molduras douradas nas paredes, e tantos espelhos de corpo inteiro... tantos quantos, disse Rhett inutilmente, havia no estabelecimento de Belle Watling. Havia gravuras em molduras pesadas, algumas com dois metros e meio de comprimento, que Scarlett encomendara especialmente em Nova York. As paredes eram cobertas de um vistoso papel de parede escuro, o pé-direito era alto e a casa estava sempre na penumbra, pois as janelas eram cobertas por cortinas cor de ameixa que impediam a entrada da luz solar.

Em suma, era uma construção de tirar o fôlego de qualquer um, e Scarlett, pisando nos tapetes macios e afundando-se no abraço das camas recheadas de penas, lembrava-se dos pisos frios e dos colchões de palha de Tara e ficava satisfeita. Considerava essa a casa mais linda e mais elegantemente mobiliada que já vira, mas, na opinião de Rhett, era um pesadelo. No entanto, se a fazia feliz, ela era bem-vinda.

— Um estranho que não tivesse ouvido palavra sobre nós saberia que esta casa foi construída com ganhos ilícitos — disse ele. — Sabe, ganhos ilícitos nunca dão bons frutos, e esta casa é prova do axioma. É exatamente o tipo de casa que um especulador construiria.

Mas Scarlett, inchada de orgulho e felicidade e cheia de planos para as festas que dariam quando se estabelecessem totalmente, só puxava a orelha dele, brincando, e dizia:

— Bobagem! Como você fala!

A essa altura, Scarlett já sabia que Rhett adorava implicar com ela e que, sempre que podia, acabava com sua diversão, bastava que desse ouvidos a seu escárnio. Se o levasse a sério, era obrigada a discutir com ele, e não gostava de medir forças, pois sempre perdia. Portanto, raramente escutava o que ele dizia e, quando não havia outro jeito, tentava transformar o dito em brincadeira. Pelo menos tentou por algum tempo.

Durante a lua de mel e por grande parte da estada no hotel Nacional, o convívio entre eles fora cordial. Mas, mal se mudaram para a nova casa e Scarlett se rodeou das novas amigas, súbitas discussões irromperam. Discussões rápidas, pois era impossível manter uma longa discussão com Rhett, que, friamente alheio a suas palavras impetuosas, esperava para atingi-la em um ponto fraco. Ela discutia; Rhett, não. Apenas deixava clara sua opinião sobre ela, suas atitudes, sua casa e suas novas amigas. E algumas dessas opiniões eram de tal natureza que ela não podia ignorá-las ou fingir que eram brincadeira.

Por exemplo, quando ela decidiu mudar o nome da loja "Kennedy's General Store" para algo mais edificante, pediu que ele pensasse em um nome que incluísse a palavra "empório". Rhett sugeriu "Empório Cavilagem", garantindo-lhe que combinaria perfeitamente com o tipo de produto vendido na loja. Ela achou que tinha um som imponente e chegou mesmo a mandar pintar a placa, mas Ashley Wilkes, constrangido, traduziu seu verdadeiro sentido. E Rhett caiu na gargalhada diante de sua raiva.

E havia o modo como ele tratava Mammy. Esta nunca recuara um centímetro de sua posição ao considerar Rhett uma mula em arreios de cavalo. Ela era bem-educada, mas fria com ele. Sempre o chamava de "capitão Butler", nunca "sinhô Rhett". Nem sequer fez uma mesura quando ele a presenteou com a anágua vermelha, e também nunca a usou. Mantinha Wade e Ella afastados dele sempre que podia, apesar de Wade adorar o tio Rhett e ser óbvio que ele gostava muito do menino. Mas, em vez de demitir Mammy ou de ser frio e duro com ela, Rhett a tratava com a máxima deferência, sendo muito mais cortês que com qualquer das senhoras do novo círculo de amizades de Scarlett. De fato, mais cortês que com a própria Scarlett. Sempre pedia a permissão de Mammy para levar Wade a cavalgar e antes de trazer bonecas para Ella. E Mammy só mantinha a educação com ele.

Scarlett achava que Rhett devia ser firme com Mammy, como convinha ao chefe da casa, mas ele só ria e dizia que Mammy era a verdadeira chefe da casa.

Enfurecia Scarlett ao dizer friamente que estava se preparando para sentir muita pena dela em alguns anos, quando o domínio republicano saísse da Geórgia e os democratas voltassem ao poder.

— Quando os democratas tiverem um governador e um legislativo próprio, todos os seus novos e vulgares amigos republicanos serão varridos do tabuleiro de xadrez e voltarão a cuidar de bares e a esvaziar baldes de água suja, que é o correto. E você ficará abandonada, sem um único amigo democrata nem republicano. Bem, não pense no amanhã.

Scarlett riu e com alguma razão, pois na época Bullock estava bem seguro na cadeira do governador, 27 negros estavam no legislativo e milhares de eleitores democratas da Geórgia se encontravam privados dos direitos civis.

— Os democratas nunca voltarão. Só o que sabem fazer é deixar os ianques furiosos e adiar o dia de sua volta. Só o que fazem é falar e correr por aí à noite ku kluxando.

— Voltarão, sim. Conheço os sulistas. Conheço os georgianos. É um bando durão e teimoso. Se tiverem que fazer outra guerra para voltar, farão. Se tiverem que comprar os votos negros, como os ianques fizeram, eles o farão. Se tiverem que fazer 10 mil mortos votarem, como os ianques fizeram, cada cadáver em cada cemitério da Geórgia estará nas urnas. As coisas vão ficar tão ruins sob o domínio de nosso bom amigo Rufus Bullock que a Geórgia vai vomitá-lo.

— Rhett, não use palavras tão vulgares! — exclamou Scarlett. — Você fala como se eu não fosse ficar contente com a volta dos democratas! E sabe que não é assim! Eu ficaria bem contente de vê-los de volta. Acha que gosto de ver esses soldados andando por aí, me lembrando da... acha que gosto... ora, também sou georgiana! Gostaria de ver os democratas de volta. Mas isso não vai acontecer. Nunca. E, mesmo que voltassem, como isso afetaria meus amigos? Eles ainda teriam dinheiro, não é?

— Se o poupassem. Mas duvido da capacidade deles de guardar dinheiro por mais de cinco anos no ritmo que gastam. O que vem fácil, vai fácil. O dinheiro não vai fazer-lhes bem. Não mais que o meu lhe fez. Certamente ainda não transformou-a em um cavalo, não é, minha linda mula?

A discussão impulsionada por este último comentário durou dias. Após o quarto dia de mau humor de Scarlett e óbvios silêncios em exigência de desculpas, Rhett foi para Nova Orleans, levando Wade, sob os protestos de Mammy, e ficou fora até que o acesso de raiva de Scarlett passasse. Mas a dor de não conseguir dobrá-lo permaneceu.

Quando ele retornou de Nova Orleans, sereno e afável, ela engoliu a raiva o melhor que pôde, empurrando-a para o fundo da mente, a fim de pensar depois. Não queria preocupar-se com nada desagradável agora. Queria estar feliz, pois sua mente estava focada na primeira festa que daria na casa nova. Seria uma enorme recepção noturna com palmeiras, uma orquestra, todas as varandas protegidas com toldos e um bufê que já lhe dava água na boca. Ela pretendia convidar todo mundo que conhecia em Atlanta, os antigos amigos e os novos e charmosos que conhecera desde o retorno da lua de mel. A empolgação com a festa baniu a maior parte de sua lembrança das farpas de Rhett e ela estava feliz, mais feliz do que estivera em anos enquanto planejava sua festa.

Ah, como era divertido ser rica! Dar festas e nunca fazer contas do custo! Comprar os mais caros móveis, vestidos e iguarias sem nunca ter que pensar nas contas! Que maravilha poder enviar cheques polpudos para tia Pauline e tia Eulalie em Charleston e para Will em Tara! Ah, os tolos invejosos dizendo que dinheiro não é tudo! Que perversidade de Rhett dizer que o dinheiro nada fizera por ela!

    Scarlett enviou convites para todos os amigos e conhecidos, até mesmo para quem não gostava. Não fizera exceção nem à Sra. Merriwether, que fora quase grosseira ao visitá-la no hotel Nacional, nem à Sra. Elsing, que fora fria ao ponto da frigidez. Convidou as Sras. Meade e Whiting, que sabia não gostarem dela, assim como sabia que ficariam constrangidas por não terem roupas adequadas para usar em um evento tão elegante. Pois a inauguração da casa de Scarlett, ou "crush" como estava na moda chamar esse tipo de festa noturna, parte recepção, parte baile, era de longe a mais fina que Atlanta já presenciara.

    Naquela noite, a casa e as varandas cobertas estavam repletas de convidados, que beberam ponche de champanhe, comeram empadinhas com ostras ao creme, dançaram com a música da orquestra que fora cuidadosamente encoberta por uma parede de palmeiras e seringueiras. Mas nenhum dos que Rhett chamava de "Velha Guarda" estava presente, exceto Melanie e Ashley, tia Pitty e tio Henry, o Dr. e a Sra. Meade e vovô Merriwether.

    Muitos da Velha Guarda tinham decidido, relutantes, comparecer à "crush". Alguns aceitaram por causa da atitude de Melanie, outros porque se sentiam em dívida com Rhett por ter salvado suas vidas e a de seus parentes. Mas, dois dias antes, correu um boato por Atlanta de que o governador Bullock fora convidado. A Velha Guarda demonstrou sua reprovação através de uma pilha de cartões, desculpando-se pela impossibilidade de aceitar o gentil convite de Scarlett. E o pequeno grupo de velhos amigos que compareceu foi embora, constrangido, mas firme, assim que o governador chegou.

    Scarlett ficou tão desnorteada e furiosa com essas desfeitas que a festa perdeu toda a graça. Sua elegante "crush"! Ela planejara com tanto carinho, e poucos dos velhos amigos e nenhum dos velhos inimigos comparecera para ver como estava maravilhosa! Após a saída do último convidado ao alvorecer, ela teria chorado e gritado, não fosse pelo receio de que Rhett fosse gargalhar e por temer ler em seus olhos negros "Eu avisei", mesmo que ele não dissesse nada. Então engoliu sua ira sem muita graça e fingiu indiferença.

    Somente com Melanie na manhã seguinte, ela se permitiu o luxo de explodir.

— Você me ofendeu, Melly Wilkes, e fez Ashley e os outros me ofenderem! Sabe que eles nunca teriam ido embora se você não os tivesse arrastado. Ah, eu vi! Logo quando eu ia levar o governador Bullock para apresentar-lhes, você correu feito um coelho!

— Eu não acreditei... não podia acreditar que ele realmente estaria presente — respondeu Melanie descontente. — Mesmo que todos tivessem dito...

— Todos? Então todo mundo anda tagarelando e mexericando sobre mim, é? — exclamou Scarlett, furiosa. — Está querendo me dizer que, se soubesse que o governador estaria presente, você também não iria?

— Não — disse Melanie em voz baixa, os olhos no chão. — Querida, eu simplesmente não poderia ter ido.

— Pelo fogo do inferno! Então teria me ofendido como todos os demais fizeram!

— Ah, piedade! — exclamou Melanie, com verdadeira angústia. — Não tive intenção de magoá-la. Você é como uma irmã, querida, a viúva de meu Charles, e eu...

Ela pôs a mão tímida no braço de Scarlett, que o puxou, sentindo uma vontade ardente de rugir tão alto quanto Gerald em seus acessos de raiva. Mas Melanie encarou sua ira. E, ao fixar os olhos verdes atormentados de Scarlett, seus frágeis ombros se aprumaram, revestindo-se de um manto de dignidade, em estranho contraste com a fisionomia e o talhe infantis.

— Sinto muito que esteja magoada, minha querida, mas não posso me encontrar com o governador Bullock, nem com nenhum republicano. Não vou encontrá-los em sua casa ou em nenhuma outra. Não, nem mesmo se... se precisar... — Melanie buscou a pior coisa em que podia pensar. — Nem mesmo se precisar ser mal-educada.

— Você está criticando meus amigos?

— Não, querida. Mas eles são seus amigos, não meus.

— Está me criticando por receber o governador em casa?

Encurralada, Melanie ainda encarou os olhos de Scarlett firmemente.

— Querida, o que você faz, sempre faz por um bom motivo, e eu a amo e confio em você, e não me cabe criticá-la. E não permitirei que ninguém a critique na minha frente. Mas, ah, Scarlett! — Subitamente, as palavras começaram a borbulhar, palavras ardentes, velozes, e havia um ódio inflexível na voz baixa. — Você consegue esquecer o que essa gente fez conosco? Consegue esquecer a morte do querido Charlie, da saúde arruinada de Ashley e de Twelve Oaks incendiada? Ah, Scarlett, não pode esquecer daquele homem terrível que segurava a caixa de costuras de sua mãe, que você matou! Não pode esquecer os homens de Sherman em Tara e o modo como até nossa roupa íntima eles roubaram! E tentaram incendiar a casa, chegando até a pegar a espada de meu pai! Ah, Scarlett, foi essa mesma gente que nos roubou e torturou, nos deixando passar fome, que você convidou para sua festa! As mesmas pessoas que puseram os negros para nos comandar, que estão nos roubando e impedindo nossos homens de votar! Não consigo esquecer. Não deixarei que meu Beau esqueça e vou ensinar meus netos a odiar essa gente e os netos de meus netos se Deus me permitir viver tanto! Scarlett, como pôde esquecer?

Ela parou para respirar e Scarlett a encarou, sobressaltada com a nota palpitante de violência na voz de Melanie.

— Você acha que sou uma idiota? — perguntou, impaciente. — É claro que me lembro! Mas isso tudo é passado, Melly. Depende de nós fazer o melhor do que temos, e é o que estou tentando. O governador Bullock e alguns dos republicanos mais gentis podem nos ajudar se nós os manipularmos direito.

— Não há republicanos gentis — disse Melanie secamente. — E não quero a ajuda deles. E não quero fazer o melhor das coisas... se forem coisas ianques.

— Deus do Céu, Melly, por que ficar tão amuada?

— Ah — exclamou Melanie, parecendo culpada. — Como eu falo! Scarlett, não tive a intenção de magoá-la. Todos pensam diferente, e todos têm o direito à própria opinião. Agora, querida, eu a amo e você sabe, e nada que você possa fazer vai mudar isso. E você ainda me ama, não é? Não fiz com que me odiasse, não é? Scarlett, eu não suportaria se algo ficasse entre nós... depois de tudo pelo que passamos juntas. Diga que está tudo bem.

— Que bobagem, Melly, que tempestade você faz em um copo d'água — disse Scarlett, de má vontade, mas não se esquivou da mão que a abraçou pela cintura.

— Agora estamos de bem outra vez — disse Melanie, contente, mas acrescentou com suavidade: — Quero que continuemos a nos visitar como sempre, querida. Só me avise quando os republicanos e a escória forem visitá-la, que nesses dias ficarei em casa.

— Se você vier ou não é uma questão de extrema indiferença para mim — disse Scarlett, pondo o chapéu de sol e indo para casa, ofendida. Sua vaidade ferida obteve alguma satisfação com a fisionomia magoada de Melanie.

Nas semanas que se seguiram a sua primeira festa, Scarlett teve dificuldade de manter a pretensa extrema indiferença à opinião pública. Por não ser visitada pelos velhos amigos, exceto Melanie, Pitty, tio Henry e Ashley, e não receber convites para suas modestas reuniões, ficou genuinamente intrigada e magoada. Não tinha se esforçado para pôr fim às hostilidades e mostrado a eles que não os queria mal por suas fofocas e mexericos? Com certeza, deviam saber que ela não gostava mais do governador Bullock do que eles, mas que era conveniente ser gentil com ele. Idiotas! Se todos fossem gentis com os republicanos, a Geórgia sairia mais rapidamente do apuro em que se encontrava.

Ela não percebera então que em um único golpe cortara o frágil laço que ainda a ligava aos velhos tempos, aos velhos amigos. Nem mesmo a influência de Melanie podia consertar o rompimento daquela teia. E Melanie, aturdida, magoada, mas ainda leal, não tentou consertá-lo. Mesmo que Scarlett quisesse voltar aos velhos tempos, aos velhos amigos, já não havia retorno possível. A face da cidade se voltara contra ela com a dureza do granito. O ódio que envolvia o regime de Bullock a envolvera também, um ódio que tinha pouco fogo e fúria em si, mas uma frieza implacável. Scarlett misturara-se com o inimigo e, não importava seu nascimento ou relações familiares, ela agora pertencia à categoria dos vira-casacas, uma instigadora dos negros, traidora, republicana... escória.

Após um período infeliz, a pretensa indiferença de Scarlett deu lugar à realidade. Ela nunca fora de se preocupar muito com os caprichos da conduta humana ou de ficar deprimida por muito tempo caso uma linha de ação fracassasse. Logo, já não se importava com o que os Merriwether, os Elsing, os Whiting, os Bonnell, os Meade e outros pensavam dela. Pelo menos Melanie a visitava, trazendo Ashley, e era ele quem mais importava. E havia outras pessoas em Atlanta que compareceriam a suas festas, pessoas muito mais agradáveis que aquelas galinhas velhas preconceituosas. Poderia encher a casa de convidados quando quisesse, e esses convidados seriam muito mais divertidos e bem-vestidos do que aqueles velhos tolos, pudicos, de mentalidade tacanha que a reprovavam.

Essas pessoas eram recém-chegadas a Atlanta. Algumas eram amigas de Rhett, outras seus associados naqueles assuntos misteriosos aos quais ele se referia como "meros negócios, minha querida". Algumas eram casais que Scarlett conhecera quando estava morando no hotel Nacional, e outras eram funcionários do governador Bullock.

O grupo com quem circulava agora era variado. Entre eles, estavam os Gelert, que tinham morado em dezenas de estados e que, aparentemente, os tinham abandonado às pressas após a descoberta de suas falcatruas; os Connington, cuja ligação com o Departamento dos Libertos em um estado distante fora altamente lucrativa à custa dos negros ignorantes que deviam proteger; os Deal, que tinham vendido calçados de "papelão" ao governo confederado até serem forçados a passar o ano anterior na Europa; os Hundon, que possuíam ficha policial em muitas cidades, mas, mesmo assim, conseguiam licitações governamentais com bastante frequência; os Carahan, que tinham feito seu pé-de-meia em uma casa de jogo e agora apostavam mais alto na construção de ferrovias inexistentes com o dinheiro do estado; os Flaherty, que compraram sal a dois centavos o quilo em 1861 e ganharam uma fortuna quando o sal foi para um dólar em 1863; e os Bart, que tinham sido donos do maior bordel de uma metrópole do norte durante a guerra e agora andavam nos melhores círculos da sociedade dos nortistas.

Tais pessoas eram íntimas de Scarlett agora, mas os que frequentavam suas maiores recepções incluíam outras de alguma cultura e refinamento, muitas de excelentes famílias. Além dos aventureiros bem-nascidos, pessoas abastadas do norte estavam se mudando para Atlanta, atraídas pela atividade comercial incessante da cidade nessa época de reconstrução e expansão. Famílias ianques de posses enviavam os filhos jovens para ser pioneiros de uma nova fronteira no sul, e oficiais ianques após sua baixa fixavam residência na cidade que tanto tinham lutado para capturar. A princípio, estranhos em uma terra estranha, eles aceitavam com prazer os convites para as generosas reuniões da abastada e hospitaleira Sra. Butler, mas logo se afastavam de seu grupo. Eram pessoas finas, e só foi preciso um breve contato com os aventureiros e seu domínio para ficarem tão ressentidos quanto os georgianos nativos. Muitos se tornaram democratas e mais sulistas que os próprios sulistas. Outros desajustados do círculo de Scarlett só permaneceram porque não eram bem recebidos em outros lugares. Teriam preferido os tranquilos salões da Velha Guarda, mas esta não os recebia. Entre esses, encontravam-se mestres escolares, que tinham ido para o sul imbuídos do desejo de erguer os negros e a escória sulista, que tinham nascido bons democratas, mas se transformaram em republicanos após a rendição.

Era difícil dizer quem era mais cordialmente odiado pelos cidadãos estabelecidos, os nada práticos mestres escolares ou a escória, mas é provável que a balança pesasse para o lado dos últimos. Os mestres escolares podiam ser dispensados com "Bem, o que se pode esperar de ianques fãs de negros? É claro que pensam que os negros são tão bons quanto eles!". Mas, para os georgianos que tinham se tornado republicanos com fins de ganho pessoal, não havia atenuantes.

"Se podemos passar fome, vocês também deviam poder." Era assim que a Velha Guarda pensava. Muitos ex-soldados confederados, conhecendo o pavor dos homens que tinham visto a família em necessidade, eram mais tolerantes com os antigos camaradas que tinham trocado de partido para que suas famílias pudessem comer. Mas não as mulheres da Velha Guarda, e eram elas a força implacável e inflexível por trás do trono social. A Causa Perdida estava mais forte, mais cara a seus corações agora do que estivera no auge de sua glória. Agora era um fetiche. Tudo a seu respeito era sagrado, os túmulos dos homens que morreram por elas, os campos de batalha, as bandeiras rasgadas, os sabres cruzados em seus vestíbulos, as cartas desbotadas recebidas da frente de batalha, os veteranos. Essas mulheres não davam ajuda, conforto ou moedas ao inimigo mais recente, e agora Scarlett fazia parte do inimigo.

Nessa sociedade mestiça, reunida pelas exigências da situação política, havia uma única coisa em comum: o dinheiro. Como antes da guerra a maioria nunca tivera 25 dólares de uma só vez na carteira, agora estavam em uma orgia de gastos como Atlanta nunca vira.

Com os republicanos montados na sela política, a cidade entrou em uma era de desperdício e ostentação, os adornos do refinamento mal cobrindo o vício e a vulgaridade por baixo. A separação entre os muito ricos e os muito pobres nunca estivera tão marcada. Os que estavam por cima não pensavam nos menos afortunados. Exceto pelos negros, é claro. Estes precisavam ter o que houvesse de melhor. O melhor das escolas, alojamentos, roupas e diversões, pois eram o poder da política, e cada voto negro contava. Mas o recém-empobrecido povo de Atlanta, esse podia passar fome e cair pelas ruas, que os novos-ricos republicanos não se importavam.

No topo dessa vulgaridade, Scarlett andava triunfante, recém-casada, linda em suas roupas finas, solidamente apoiada no dinheiro de Rhett. Era uma época que combinava com ela, crua, berrante, ostensiva, com mulheres exageradas no vestir, casas exageradas na mobília, excesso de joias, de cavalos, de comida e de uísque. Quando Scarlett parava para pensar sobre o assunto, o que era raro, sabia que nenhuma de suas novas associadas podia ser chamada de dama segundo os estritos padrões de Ellen. Mas ela rompera com os padrões de Ellen muitas vezes desde aquele dia longínquo quando, na sala de Tara, decidira se tornar amante de Rhett, e agora poucas vezes sentia a fisgada da consciência.

Talvez esses novos amigos não fossem, estritamente falando, damas e cavalheiros, mas, como os amigos de Rhett de Nova Orleans, eram muito divertidos! Bem mais divertidos que os amigos subjugados, carolas, leitores de Shakespeare dos primeiros tempos de Atlanta. E, exceto pelo breve interlúdio da lua de mel, ela não se divertia assim havia muito tempo, nem sentia-se tão segura. Agora queria dançar, jogar, gastar, empanturrar-se de boa comida e vinhos finos, vestir-se de sedas e cetins, chafurdar em fofas camas de penas e em finos estofamentos. E o fazia. Incentivada pela tolerância divertida de Rhett, livre das restrições da infância, livre até daquele último temor da pobreza, enfim se permitia o luxo com que tantas vezes sonhara... de fazer exatamente o que lhe agradasse e de mandar para o inferno aqueles de que não gostassem.

Fora invadida por uma agradável intoxicação, peculiar àqueles cujas vidas são um tapa deliberado no rosto da sociedade organizada: o jogador, o vigarista, a aventureira bem-nascida, todos aqueles que são bem-sucedidos devido à sagacidade. Ela dizia e fazia exatamente o que lhe agradava e, em pouco tempo, sua insolência já não conhecia limites.

Não hesitava em exibir sua arrogância aos novos amigos republicanos, mas com nenhuma outra classe era mais grosseira ou mais insolente que com os oficiais ianques da guarnição e suas famílias. De toda a massa de pessoas heterogêneas que afluíra a Atlanta, ela só se recusava a receber ou a tolerar o pessoal do exército. Chegou a abrir mão de suas maneiras para afrontá-los. Melanie não estava sozinha em sua incapacidade de esquecer o que uma farda azul representava. Aquela farda com botões dourados sempre significaria os temores do cerco, o terror da fuga, os saques e incêndios, a pobreza desesperadora e o trabalho duro em Tara. Agora que estava rica e segura na amizade com o governador e muitos republicanos proeminentes, podia ser ofensiva com cada farda azul que visse. E era.

Certa vez, Rhett lhe chamou a atenção de que a maioria dos convidados do sexo masculino que se reunia sob o teto deles tinha usado aquela mesma farda não fazia muito tempo, mas ela retrucou que um ianque não parecia um ianque a menos que estivesse com a farda azul. Ao que Rhett respondeu: "Consistência, és uma joia" e deu de ombros.

Odiando o azul forte que usavam, Scarlett gostava ainda mais de afrontá-los porque ficavam desnorteados. As famílias da guarnição tinham o direito de ficar desnorteadas, pois geralmente eram pessoas tranquilas, bem-educadas, sozinhas em uma terra hostil, ansiosas para voltar ao norte, um tanto envergonhadas da ralé, cujo domínio eram forçadas a manter... e eram de uma classe infinitamente superior à dos associados a Scarlett. Era natural que as esposas dos oficiais estivessem intrigadas que a vistosa Sra. Butler recebesse mulheres como a ruiva Bridget Flaherty e se esforçasse para menosprezá-los.

Mas mesmo as senhoras que Scarlett recebia precisavam aguentar muito. Contudo, o faziam contentes. Para elas, Scarlett não só representava fortuna e elegância, mas também o velho regime, com seus antigos nomes, antigas famílias e tradições com os quais desejavam ardentemente se identificar. Não sabiam que as antigas famílias, cujo convívio cobiçavam, podiam ter banido Scarlett. Apenas sabiam que seu pai fora um grande proprietário de escravos; a mãe, uma Robillard de Savannah; e o marido era Rhett Butler, de Charleston. E isso lhes bastava. Ela representava o único meio de ingresso na antiga sociedade, que almejavam frequentar, a sociedade que as desprezava, não retribuía convites e lhes acenava friamente nas igrejas. De fato, ela era mais que uma passagem para a sociedade. Para elas, recém-saídas de um início obscuro, ela *era* a sociedade. Falsas damas, não enxergavam as falsas pretensões de Scarlett mais que a própria. Aceitavam o valor que atribuía a si própria e suportavam a pose, os acessos temperamentais, a arrogância, a evidente grosseria e a franqueza sobre seus defeitos.

Elas tinham saído do nada tão tardiamente e eram tão inseguras que ficavam duplamente ansiosas para parecer refinadas, abstendo-se de retrucar por medo de ser consideradas pouco elegantes. A todo custo, precisavam ser damas. Fingiam delicadeza, recato e inocência. Ouvindo-as falar, era de imaginar que não tinham pernas, funções naturais ou conhecimento do mundo perverso. Ninguém imaginaria que a ruiva Bridget Flaherty, de pele muito alva e forte sotaque irlandês, roubara as reservas escondidas do pai para ir à América a fim de ser camareira em um hotel de Nova York. E, observando o ar delicado de Sylvia (anteriormente Sadie Belle) Connington e de Mamie Bart, ninguém suspeitaria de que a primeira se criara acima do saloon de seu pai na Bowery, atendendo no bar nas horas de muito movimento, e a última, segundo diziam, saíra de um dos bordéis do marido. Mas agora eram delicadas criaturas protegidas.

Os homens, embora tivessem ganhado dinheiro, tinham menos facilidade de aprender os novos modos ou eram, talvez, menos pacientes com as exigências do novo cavalheirismo. Bebiam muito nas festas de Scarlett, demais, e geralmente após a recepção havia um ou mais hóspedes inesperados para passar a noite. Não bebiam como os homens da juventude de Scarlett. Ficavam embrutecidos, estúpidos, feios e obscenos. Além disso, independente da quantidade de escarradeiras que fossem postas bem à vista, os tapetes sempre mostravam sinais de sumo de tabaco na manhã seguinte.

Apesar de desdenhar essa gente, Scarlett gostava da companhia. E enchia a casa com eles. Devido a seu desdém, mandava-os para o inferno sempre que a aborreciam. Mas eles aguentavam.

Toleravam até Rhett, uma questão mais difícil, pois este sabia quem eles eram e eles sabiam disso. Ele não hesitava em desnudá-los verbalmente, mesmo sob o próprio teto, sempre de um modo que não lhes permitia réplica. Sem vergonha do modo como fizera sua fortuna, fingia que eles também não tinham qualquer constrangimento de seus começos e raramente perdia uma oportunidade de comentar assuntos que, tacitamente, todos achavam melhor deixar na obscuridade.

Nunca se sabia quando ele comentaria, de modo afável, tomando um ponche: "Ralph, se eu tivesse tido algum juízo, teria ganhado meu dinheiro vendendo ações de minas de ouro a viúvas e órfãos, como você, em vez de sendo atravessador. É bem mais seguro." "Bill, vejo que você está com uma nova parelha de cavalos. Andou vendendo mais alguns milhares de títulos de ferrovias inexistentes? Bom trabalho, rapaz!" "Parabéns, Amos, por fisgar esse novo contrato com o governo. Pena que precisou molhar tantas mãos para consegui-lo."

As senhoras o achavam detestável, intoleravelmente vulgar. Por trás, os homens diziam que ele era um suíno e um canalha. A nova Atlanta não tinha maiores amores por Rhett que a velha tivera, e ele fazia tão pouca questão de conciliar esta quanto fizera com a outra. Seguia a seu modo, divertido, desdenhoso, impermeável às opiniões dos que o cercavam, tão cortês que sua cortesia em si era uma afronta. Ainda era um enigma para Scarlett, mas ela já não se ocupava desse enigma. Estava convencida de que nada jamais o agradava ou agradaria; que ele queria muito uma coisa que não tinha ou nunca quisera nada e, portanto, não ligava para nada. Ele ria de tudo o que ela fazia, incentivava suas extravagâncias e insolências, caçoava de suas pretensões... e pagava as contas.

Capítulo 50

Rhett nunca perdia os modos imperturbáveis, mesmo em seus momentos íntimos. Scarlett, porém, nunca perdeu a antiga impressão de que ele a observava dissimuladamente, sabendo que, se virasse a cabeça de repente, surpreenderia em seus olhos aquela expressão especuladora, de espera, aquela expressão de paciência quase terrível que ela não entendia.

Às vezes, era uma pessoa de convívio muito confortável, apesar do infeliz hábito de não permitir que ninguém em sua presença dissesse uma mentira, escamoteasse uma pretensão ou se entregasse à conversa vazia. Ele a ouvia falar da loja, das serrarias e do saloon, dos detentos e do custo de alimentá-los e lhe dava conselhos astutos e práticos. Tinha uma energia incansável para os bailes e festas que ela adorava e um suprimento inesgotável de histórias pesadas, com as quais ela se deleitava em suas raras noites a sós, após o jantar, diante do café e do conhaque. Ela descobriu que ele lhe daria qualquer coisa que quisesse, responderia a qualquer pergunta sua, contanto que houvesse franqueza, e lhe recusaria qualquer coisa que ela tentasse obter por meio de indiretas, insinuações e ardis femininos. Ele tinha o desconcertante hábito de ler sua mente e rir dela grosseiramente.

Observando a cortês indiferença com que geralmente a tratava, Scarlett muitas vezes pensava, mesmo sem verdadeira curiosidade, por que se casara com ela. Os homens se casavam por amor, para ter uma casa e filhos ou por dinheiro, mas ela sabia que ele não tivera nenhuma dessas razões. Certamente, não a amava. Referia-se a sua adorável casa como um horror arquitetônico e dizia que preferiria morar em um bom hotel que em uma casa. E nunca fizera menção a filhos, como Charles e Frank. Certa vez, tentando flertar com ele, perguntou-lhe por que se casara com ela, e ficou furiosa quando ele respondeu com um brilho divertido nos olhos: "Para mantê-la como bichinho de estimação, minha querida."

Não, ele não se casara com ela pelos motivos que normalmente levam os homens a se casar. Só o fizera porque a queria e não havia outro modo de tê-la. Admitira isso ainda na noite em que lhe fizera a proposta. Ele a quisera, assim como quisera Belle Watling. Não era uma ideia agradável. Na verdade, era um insulto descarado. Mas ela deu de ombros para aquilo como aprendera a dar de ombros para todos os fatos desagradáveis. Eles tinham feito uma barganha e ela estava satisfeita com sua parte. Esperava que ele estivesse igualmente satisfeito, mas não se importava muito se não estivesse.

Porém uma tarde, ao se consultar com o Dr. Meade sobre um mal-estar estomacal, ela soube de um fato desagradável ao qual não podia dar de ombros. Foi com verdadeiro ódio nos olhos que entrou tempestivamente no quarto ao entardecer e disse a Rhett que estava esperando um bebê.

Ele descansava em um roupão de seda, envolto por uma nuvem de fumaça, e seus olhos foram direto para os dela quando ela falou, mas ficou quieto. Ele a observou em silêncio, mas havia uma tensão em sua postura enquanto esperava pelas palavras seguintes que lhe escapou. Tomada por indignação e desespero, ela excluíra o resto dos pensamentos.

— Sabe que não quero mais filhos! Nunca quis nenhum. Toda vez que as coisas estão indo bem comigo, tenho que ter um bebê. Ah, não fique aí sentado rindo! Você também não quer. Ah, Mãe de Deus!

Se ele estava esperando pelas palavras dela, não eram essas que desejava ouvir. Sua fisionomia se endureceu ligeiramente e os olhos ficaram inescrutáveis.

— Bem, por que não entregá-lo à Sra. Melly? Você não me disse que ela estava desorientada a ponto de querer outro bebê?

— Ah, tenho vontade de matar você! Não vou ter, estou lhe dizendo, não vou!

— Não? Diga-me como, por favor.

— Ah, pode-se dar um jeito. Não sou mais a tolinha do interior que era. Agora sei que uma mulher não precisa ter filhos se não quiser! Há coisas...

Ele já estava de pé, segurando-a pelo pulso, impulsionado por um medo estampado em sua fisionomia.

— Scarlett, sua tola, diga a verdade! Você não fez nada, fez?

— Não fiz, mas vou fazer. Acha que vou estragar minha silhueta outra vez, logo agora que consegui recuperar minha cintura e estou me divertindo e...

— De onde você tirou essa ideia? Quem andou lhe falando essas coisas?

— Mamie Bart... ela...

— A madame de uma casa de vadias só podia saber esses truques. Aquela mulher nunca mais vai pôr os pés nesta casa, entendeu? Afinal, é minha casa, e sou eu quem manda. Nem quero que volte a falar com ela.

— Vou fazer o que quero. Solte-me. Por que eu deveria me importar?

— Não me importo se você tiver um filho ou vinte, mas me importo se você morrer.

— Morrer? Eu?

— Sim, morrer. Imagino que Mamie Bart não lhe falou das chances que uma mulher tem de morrer quando faz uma coisa dessas, disse?

— Não — disse Scarlett, relutante. — Só disse que resolveria tudo.

— Por Deus, eu vou matá-la! — exclamou Rhett, o rosto sombrio de raiva. Ele olhou para o rosto molhado de lágrimas de Scarlett e parte da ira se foi, mas ainda estava duro e com os dentes cerrados. De repente, ele a pegou nos braços, sentou-se na poltrona, segurando-a apertado, como se temesse que ela fosse escapar.

— Ouça, minha linda, não vou deixar sua vida em suas mãos. Entendeu? Meu Deus, não quero filhos mais do que você, mas posso tê-los. Não quero mais ouvir tolices, e se você ousar tentar... Scarlett, já vi uma moça morrer desse jeito. Era apenas uma... bem, mas sabia o que fazia. Não é um modo fácil de morrer. Eu...

—Droga, Rhett! — exclamou ela, esquecendo a própria infelicidade, surpresa com a emoção na voz dele. Nunca o vira tão emocionado. — Onde... quem...

— Em Nova Orleans... ah, anos atrás. Eu era jovem e impressionável. — De repente, ele inclinou a cabeça e enterrou os lábios nos cabelos dela. — Você vai ter seu bebê, Scarlett, nem que eu tenha de algemá-la a meu pulso pelos próximos nove meses.

Ela se sentou no colo dele, encarando seu rosto com verdadeira curiosidade. Sob seu olhar, ele ficou repentinamente brando e inescrutável como se uma magia o tivesse invadido. As sobrancelhas estavam erguidas e o canto da boca para baixo.

— Eu significo tanto para você? — perguntou ela, baixando os olhos.

Ele a olhou, como que calculando quanto havia de vaidade atrás da pergunta. Lendo o significado verdadeiro de sua atitude, ele deu uma resposta fortuita.

— Ah, sim. Veja bem, investi bastante dinheiro em você e detestaria perdê-lo.

★ ★ ★

Melanie saiu do quarto de Scarlett, exausta pelo esforço, mas feliz até as lágrimas com o nascimento da menina. Rhett tinha ficado tenso no corredor, cercado de tocos de charuto, que deixaram furos no fino tapete.

— Pode entrar, capitão Butler — disse ela timidamente.

Rhett passou por ela apressado e, em um rápido vislumbre, Melanie o viu se debruçando sobre o bebezinho nu no colo de Mammy antes que o Dr. Meade fechasse a porta. Melanie afundou-se em uma cadeira, o rosto ruborizado de constrangimento por ter testemunhado, sem intenção, uma cena tão íntima.

"Ah!", pensou ela. "Que meigo! Que preocupado o pobre capitão Butler ficou! E não bebeu um único gole todo esse tempo! Que bom. Muitos cavalheiros ficam embriagados quando os filhos nascem. Creio que ele precisa muito de uma bebida. Devo sugerir? Não, seria muita ousadia de minha parte."

Sentou-se agradecida na cadeira, com as costas, que estavam sempre doendo ultimamente, parecendo que se partiriam na altura da cintura. Ah, que sorte Scarlett ter o capitão Butler bem na porta enquanto o bebê nascia! Se ao menos Ashley estivesse com ela naquele dia terrível do nascimento de Beau, ela não teria sofrido metade do que sofreu. Se ao menos aquela menininha atrás da porta fosse dela e não de Scarlett! "Ah, como sou perversa", pensou, culpada. "Cobiçar o bebê dela, que foi tão boa para mim. Perdoe-me, Senhor. Eu não desejaria o bebê de Scarlett, mas... mas queria tanto um bebê meu!"

Pôs uma almofada nas costas doloridas e pensou, ávida, em uma filha. Mas o Dr. Meade nunca mudara de opinião sobre o assunto. E, embora estivesse disposta a arriscar a vida por outro filho, Ashley não queria nem ouvir falar nisso. Uma filha. Como Ashley adoraria uma filha!

Uma filha! Piedade! Ela se endireitou na cadeira, alarmada. "Eu não disse ao capitão Butler que era uma menina! E logicamente ele estava esperando um menino. Ah, que horror!"

Melanie sabia que para uma mulher um filho de qualquer sexo era igualmente bem-vindo, mas para um homem, e especialmente um homem voluntarioso como o capitão Butler, uma menina seria um golpe, um ataque a sua masculinidade. Ah, como ela era agradecida que Deus tivesse permitido que seu único filho fosse um menino! Sabia que, se fosse a mulher do temível capitão Butler, teria preferido morrer no parto a lhe apresentar uma filha como primogênita.

Mas Mammy, saindo sorridente do quarto, a tranquilizou e, ao mesmo tempo, deixou-a pensando no tipo de homem que o capitão Butler realmente era.

— Eu tava banhano nessa criança gora mermo — disse Mammy — e meio que me descurpei pro sinhô Rhett pruque num era um menino. Mas, Deus do Céu, sinhá Melly, o que ele disse? Ele disse: "Vira essa boca pra lá, Mammy! Quem qué menino? Os menino num têm graça. Só dão trabaio. As menina que têm graça. Eu num trocava essa menina aqui por uma dúzia de menino." Daí ele tentô pegá a criança de mim, peladim como tava e eu dei um tapa no purso dele e disse: "Se comporta, sinhô Rhett! E eu que tava aqui toda peorcupada de dizê que num era menino e despois tenho que ri de sabê que o sinhô tá todo alegre." Ele riu e balançô a cabeça e disse: "Mammy, vosmecê é boba. Os menino serve pra nada. Num sô prova disso?". Sim, sinhá Melly, ele agiu iguar cavalero — terminou Mammy, satisfeita. Não escapou a Melanie que a conduta de Rhett tinha se superado ao redimi-lo aos olhos de Mammy. — Tarvez eu tava enganada sobre o sinhô Rhett. Esse é um dia muito feliz pra mim, sinhá Melly. Já troquei fralda de três geração das menina Robillard e esse é um dia feliz.

— Ah, é mesmo um dia feliz, Mammy! Os dias mais felizes são aqueles em que chegam os bebês!

Para uma pessoa da casa, não era um dia feliz. Repreendido e em grande parte ignorado, Wade Hampton estava infeliz na sala de jantar. De manhã cedo, Mammy o acordara de modo abrupto, vestira-o apressadamente, mandando-o com Ella para tomar café da manhã na casa de tia Pitty. A única explicação que lhe deram era que sua mãe não passava bem e que o ruído de suas brincadeiras podia incomodá-la. A casa de tia Pitty ficou um alvoroço, pois a notícia do mal-estar de Scarlett mandara a velha para a cama arreliada, com Cookie a atendê-la, e o desjejum foi uma refeição escassa preparada por Tio Peter para as crianças. Com o passar da manhã, o medo se apossou da alma de Wade. E se a mãe morresse? As mães de outros meninos tinham morrido. Ele vira os carros fúnebres saírem das casas e ouvira seus amigos chorando. E se a mãe morresse? Wade amava sua mãe, muito, quase tanto quanto a temia, e a ideia de vê-la sendo levada embora em uma carruagem preta, puxada por cavalos pretos com plumas nos freios, causou-lhe dor no pequeno peito, de modo que mal conseguia respirar.

Ao chegar o meio-dia e com Peter ocupado na cozinha, Wade escapou pela porta da frente e correu para casa, com a rapidez que suas perninhas conseguiam levá-lo, o medo apressando-o. Tio Rhett, tia Melly ou Mammy com certeza lhe diriam a verdade. Mas tio Rhett e tia Melly não estavam à vista, e Dilcey corria para cima e para baixo das escadas com toalhas e bacias de água quente, não o notando no vestíbulo. Lá de cima, ele ouvia o tom lacônico do Dr. Meade quando a porta se abria. Uma vez ouviu sua mãe gemer e teve um acesso de soluços lacrimosos. Sabia que ela ia morrer. Para se consolar, aproximou-se do gato cor de mel que estava deitado no parapeito da janela ensolarada do vestíbulo. Mas Tom, já entrado nos anos e irritável a perturbações, balançou a cauda, batendo-lhe de leve.

Finalmente, descendo pelas escadas da frente, o avental amarrotado e sujo, o lenço torto na cabeça, Mammy o viu e o repreendeu. Mammy sempre fora o esteio de Wade e seu cenho franzido o fazia tremer.

— Você é o pió menino que eu já vi — disse ela. — Eu num mandei vosmecê pra casa da sinhá Pitty? Vorta já pra lá!

— Mamãe vai... ela vai morrer?

— Como vosmecê dá trabaio! Nunca vi nada iguar! Morrê? Meu Sinhô do Céu, não! Nossa, os menino é um tromento. Num sei pruque o Sinhô manda menino pras pessoa. Sai já daqui.

Mas Wade não foi. Escondeu-se atrás das portières do vestíbulo, só em parte convencido das palavras dela. O comentário de que os meninos eram incômodos o atingiu, pois ele sempre se esforçara ao máximo para ser bom. Tia Melly desceu depressa as escadas meia hora depois, pálida e cansada, mas sorrindo para si mesma. Ela ficou estupefata ao ver sua fisionomia acabrunhada nas sombras da cortina. Geralmente, tia Melly tinha todo o tempo do mundo para lhe oferecer. Ela nunca dizia, como sua mãe fazia com tanta frequência: "Não me incomode agora. Estou com pressa" ou "Saia daqui, Wade. Estou ocupada".

Mas naquela manhã ela disse:

— Wade, você foi muito travesso. Por que não ficou na tia Pitty?

— Mamãe vai morrer?

— Santa Graça, não, Wade! Não seja bobinho. — Em seguida, mais branda: — O Dr. Meade acaba de trazer um lindo bebezinho, uma doçura de irmãzinha para brincar com você, e, se ficar comportado, poderá vê-la hoje à noite. Agora, corra lá para fora, vá brincar e não faça barulho.

Wade foi para a sala de jantar isolada, seu pequeno e inseguro mundo oscilando. Não haveria lugar para um menino de 7 anos preocupado nesse dia ensolarado em que os adultos estavam agindo de modo tão curioso? Sentou-se no parapeito da janela na alcova e mordiscou uma folha de antúrio cultivado ao sol em uma caixa. Era tão picante que fez seus olhos arderem até as lágrimas e ele começou a chorar. A mãe devia estar morrendo, ninguém prestava nenhuma atenção nele e todos se alvoroçavam por causa do novo bebê, uma menina. Wade não se interessava por bebês, menos ainda por meninas. A única que conhecia bem era Ella que, até agora, não fizera nada que lhe inspirasse respeito ou afeto.

Após um longo intervalo, o Dr. Meade e tio Rhett desceram as escadas e ficaram conversando no vestíbulo em voz baixa. Depois que a porta se fechou atrás do médico, tio Rhett foi rapidamente até a sala de jantar e se serviu de um grande copo de bebida antes de ver Wade. Wade se encolheu, esperando que lhe dissessem outra vez que ele era travesso e devia voltar para tia Pitty, mas, em vez disso, tio Rhett sorriu. Wade nunca o tinha visto sorrir assim, nem tão feliz, o que o encorajou a descer do parapeito e correr para ele.

— Você tem uma irmã — disse Rhett, abraçando-o. — Por Deus, o bebê mais lindo que já nasceu! Ora, por que você está chorando?

— Mamãe...

— Sua mãe está almoçando, um pratão de arroz, galinha com molho e café, e nós vamos lhe preparar um sorvete daqui a pouco e você pode comer duas tigelas, se quiser. E lhe mostro sua irmã também.

Enfraquecido de alívio, Wade tentou ser educado sobre a nova irmã, mas sem sucesso. Todos estavam interessados na menina. Ninguém mais ligava para ele, nem mesmo tia Melly ou tio Rhett.

— Tio Rhett, as pessoas gostam mais de meninas que de meninos?

Rhett largou o copo e olhou-o atentamente, de imediato entendendo a situação.

— Não, eu não diria isso — respondeu ele com seriedade, como quem dá ao assunto a atenção devida. — É só que as meninas dão mais trabalho que os meninos, e as pessoas geralmente se preocupam mais com gente que dá trabalho do que com quem não dá.

— Mammy acabou de dizer que meninos dão trabalho.

— Bem, Mammy estava aborrecida. Não falou sério.

— Tio Rhett, o senhor não preferia ter tido um menino que uma menina? — indagou Wade, esperançoso.

— Não — respondeu Rhett rapidamente e, vendo a fisionomia do menino se abater, continuou: — Ora, por que eu ia querer um menino se já tenho um?

— Tem? — exclamou Wade, boquiaberto com a informação. — Onde ele está?

— Bem aqui — respondeu Rhett, pegando a criança e colocando-a no joelho. — Você já é menino que chega para mim, filho.

Por um momento, a segurança e a felicidade de ser querido foram tão grandes que Wade quase chorou de novo. A garganta apertou e ele mergulhou a cabeça no colete de Rhett.

— Você é meu menino, não é?

— A gente pode ser... bem... o menino de dois homens? — perguntou Wade, a lealdade pelo pai que nunca conheceu lutando com o amor pelo homem que era tão compreensivo com ele.

— Pode — disse Rhett com firmeza. — Assim como você pode ser o menino de sua mãe e de tia Melly.

Wade digeriu essa afirmação. Fazia sentido e ele sorriu, aconchegando-se no braço de Rhett timidamente.

— Você entende os meninos, não é tio Rhett?

O rosto moreno de Rhett reassumiu seus traços duros e o lábio se torceu.

— Sim — disse ele, amargurado —, eu entendo os meninos.

Por um instante o medo voltou para Wade, medo e uma súbita sensação de ciúmes. Tio Rhett não estava pensando nele, mas em outra pessoa.

— Você não tem outros meninos, tem?

Rhett o pôs de pé.

— Vou tomar uma bebida e você também, Wade, sua primeira bebida, um brinde por sua irmã.

— Você não tem outros... — começou Wade e então, vendo Rhett pegar o decantador de vinho tinto, se distraiu com a empolgação de ser incluído em uma cerimônia de adultos.

— Ah, não posso, tio Rhett! Prometi a tia Melly que não iria beber até me formar na faculdade e ela vai me dar um relógio se eu cumprir a promessa.

— E eu lhe dou uma corrente... esta aqui que estou usando agora, se você quiser — disse Rhett, sorrindo outra vez. — Tia Melly tem toda a razão, mas ela estava falando de bebidas destiladas, não de vinho. Você precisa aprender a beber vinho como um cavalheiro, filho, e não há momento melhor que este.

Habilmente, ele diluiu o vinho com água até o líquido ficar rosado e entregou a taça para Wade. Naquele instante, Mammy entrou na sala de jantar. Ela tinha se trocado e usava seu melhor vestido preto de domingo, na cabeça o lenço engomado, assim como o avental. Conforme gingava, ouvia-se o sussurro do farfalhar de seda. A expressão preocupada sumira de sua fisionomia, e as gengivas quase desdentadas apareciam em um largo sorriso.

— Presente de niversário, sinhô Rhett! — disse ela.

Wade parou com a taça nos lábios. Ele sabia que Mammy nunca gostara de seu padrasto. Nunca a ouvira chamá-lo de nada que não fosse "capitão Butler" e sempre tivera uma conduta digna, porém fria com ele. E ali estava ela, toda radiante, chamando-o de "sinhô Rhett!". Que dia virado de pernas para o ar.

— Imagino que você prefira rum a vinho — disse Rhett, buscando uma garrafa no armário. — É um bebê lindo, não é, Mammy?

— É mermo — respondeu Mammy, estalando os lábios ao pegar o copo.

— Já viu outro mais bonito, Mammy?

— Bão, sinhô, a sinhá Scarlett era bonita quando nasceu, mas não tanto.

— Tome outra dose, Mammy. E me diga — o tom era duro, mas seus olhos reluziam —, que farfalhar é esse que estou ouvindo?

— Deus do Céu, sinhô Rhett, num é nada não, só as minha anágua vermeia de seda! — Mammy deu uma risadinha e balançou até fazer tremer o corpanzil.

— Só sua anágua! Não acredito. Parece uma montanha de folhas secas roçando. Deixe-me ver. Levante a saia.

— Sinhô Rhett, o sinhô é mermo danado! Ah, meu Deus!

Mammy deu um gritinho, recuou e de certa distância, recatadamente, ergueu o vestido alguns centímetros e mostrou o roçar da anágua de tafetá.

— Levou tempo para usar — queixou-se Rhett, mas seus olhos negros riam e dançavam.

— É sinhô. Pra lá da conta.

Então Rhett disse algo que Wade não entendeu.

— E a mula em arreios de cavalo?

— Sinhô Rhett, a sinhá Scarlett foi danada de te contá isso! O sinhô tá guardano isso contra essa nêga véia?

— Não, não estou. Só queria saber. Tome outra dose, Mammy. Tome a garrafa inteira. Beba, Wade! Faça-nos um brinde.

— À maninha — exclamou Wade e bebeu de um trago. Engasgando, ele começou a tossir, soluçar e os outros dois a rir e a bater-lhe nas costas.

A partir do momento em que sua filha nasceu, a conduta de Rhett intrigou todos os observadores, perturbando muitas noções estabelecidas sobre quem ele era, noções que tanto a cidade quanto Scarlett estavam relutantes em abandonar. Quem imaginaria que ele ficaria orgulhoso da paternidade de modo tão desavergonhado, tão aberto? Especialmente diante da embaraçosa circunstância de que seu primogênito fosse uma menina?

A novidade da paternidade não se esvaiu, causando alguma inveja secreta entre as mulheres, cujos maridos já não davam mais atenção aos recém-nascidos muito antes do batismo. Ele parava para uma prosa na rua, relatando os progressos milagrosos de sua filha, sem sequer prefaciar os comentários com o hipócrita, mas polido: "Sei que todos acham que o próprio filho é esperto, mas..." Ele achava a filha maravilhosa, sem comparação com qualquer criança, e não se importava com opiniões contrárias. Quando a nova babá permitiu que ela chupasse um pouco de gordura de porco, o que lhe trouxe o primeiro ataque de cólicas, a conduta de Rhett fez os pais e mães mais experientes terem acessos de riso. Apressadamente, convocou o Dr. Meade e dois outros médicos, tendo sido difícil impedi-lo de bater na infeliz babá com o chicote. A babá foi demitida, sendo seguida por uma série de outras que permaneciam, no máximo, por uma semana. Nenhuma era boa bastante para satisfazer os exigentes requisitos impostos por Rhett.

Mammy também não via com bons olhos as babás que iam e vinham, pois ficava com ciúmes de qualquer negra estranha, e não entendia por que não podia cuidar do bebê, de Wade e de Ella. Mas Mammy começava a mostrar sinais da idade e o reumatismo diminuía a marcha de seu trabalho. Rhett não tinha coragem de mencionar esses motivos para empregar outra babá. Então lhe disse que um homem de sua posição não podia ter só uma babá. Não ficava bem. Ele contrataria duas outras para o trabalho mais pesado e a deixaria como chefe das babás. Isso Mammy entendeu muito bem. Mais criados eram um crédito para sua posição, assim como para a de Rhett. Mas ela lhe disse com firmeza que não aceitaria qualquer negra ordinária no berçário. Então Rhett mandou buscar Prissy em Tara. Sabia dos defeitos dela, mas, afinal, era uma negra da família. E Tio Peter cavou uma sobrinha-neta, chamada Lou, que pertencera a uma das primas Burr de tia Pitty.

Antes mesmo que Scarlett pudesse sair novamente, ela percebia a preocupação de Rhett com o bebê e estava um tanto exasperada e constrangida com o orgulho dele diante das visitas. Tudo bem que um homem amasse sua filha, mas ela sentia que havia algo pouco masculino na demonstração de seu amor. Ele devia estar despreocupado e desatento, como os outros homens ficavam.

— Você está bancando o bobo — disse ela, irritada —, e não entendo por quê.

— Não? Bem, é claro que você não entenderia. É porque ela é a primeira pessoa que já me pertenceu completamente.

— Ela pertence a mim também!

— Não, você tem dois outros filhos. Ela é minha.

— Pelo fogo do inferno — disse Scarlett. — Eu tive o bebê, não foi? Além disso, querido, eu pertenço a você.

Rhett olhou para ela por cima da cabeça preta da criança e sorriu de modo esquisito.

— É mesmo, minha querida?

Só a entrada de Melanie interrompeu uma daquelas discussões ardentes, que pareciam irromper com tanta facilidade entre eles nessa época. Scarlett engoliu a raiva e observou Melanie pegar o bebê. O nome escolhido fora Eugenie Victoria, mas naquela tarde Melanie, involuntariamente, a chamou de um nome que pegou, assim como "Pittypat" rasurara toda a memória de Sarah Jane.

Debruçando-se sobre a criança, Rhett dissera:

— Ela vai ter olhos verdes cor de ervilha.

— Não vai, não — exclamou Melanie, indignada, esquecendo-se de que os olhos de Scarlett eram quase daquele tom. — Vão ser azuis, como os do Sr. O'Hara, tão azuis quanto... quanto a *bonnie blue flag*.

— Bonnie Blue Butler — riu Rhett, tirando a menina do colo de Melanie e observando mais de perto seus olhinhos. E Bonnie ficou até que os próprios pais não se lembrassem mais de que ela fora batizada com o nome de duas rainhas.

Capítulo 51

Quando finalmente já podia sair, Scarlett fez Lou lhe apertar o espartilho ao máximo. Em seguida, mediu a cintura com a fita métrica. Cinquenta centímetros! Ela gemeu bem alto. Era isso que os bebês faziam à silhueta! Estava com a cintura tão larga quanto a de tia Pitty, tão larga quanto a de Mammy.

— Lou, puxe mais as tiras. Se não conseguir deixá-la com 45 centímetros, não vou entrar em nenhum de meus vestidos.

— Vai rebentá as tira — disse Lou. — Sua cintura só ficô maió, sinhá Scarlett, e num tem nada que se pode fazê.

"Há, sim, algo a fazer", pensou Scarlett enquanto abria com violência as costuras do vestido para alargá-lo os centímetros necessários. "Só não vou mais ter bebês."

Sem dúvida, Bonnie era linda, um crédito a seu favor, e Rhett a adorava, mas ela não teria outra. Como faria isso, não sabia, pois não conseguia manipular Rhett como fazia com Frank. Rhett não tinha medo dela. Com sua atitude tola em relação a Bonnie, provavelmente seria difícil dominar Rhett, que era capaz de querer um filho no ano seguinte, por mais que dissesse que afogaria qualquer menino que ela lhe desse. Pois bem, não lhe daria menino e nem menina. Ter três filhos era o suficiente para qualquer mulher.

Após dar os pontos nas costuras abertas, assentá-las e abotoar o vestido, Lou chamou a carruagem e Scarlett saiu para o depósito de madeira. Mais animada, pois ia encontrar Ashley para verem os livros de contabilidade, esqueceu a cintura. E, se tivesse sorte, estariam a sós. Não se viam desde muito antes do nascimento de Bonnie. Ela não queria vê-lo estando tão notavelmente grávida e sentira muita falta do contato diário com ele, mesmo que sempre houvesse alguém em volta. Durante o confinamento, também sentira falta da atividade com os negócios. É claro que agora já não precisava mais trabalhar. Poderia tranquilamente vender as serrarias e investir o dinheiro para Wade e Ella. Mas isso significaria ver Ashley só raramente, em circunstâncias formais, com muita gente em volta. E trabalhar ao lado de Ashley era seu maior prazer.

Ao entrar no depósito, ela viu, interessada, como estavam altas as pilhas de madeira e a quantidade de fregueses parados em torno, falando com Hugh Elsing. E havia seis parelhas de mulas e carroças sendo carregadas por cocheiros negros. "Seis parelhas", ela pensou, orgulhosa. "E fiz tudo isso sozinha!"

Ashley chegou à porta do pequeno escritório, os olhos alegres de prazer por vê-la novamente, e lhe deu a mão para sair da carruagem e entrar no escritório como se ela fosse uma rainha.

Mas ela perdeu parte do prazer quando passou os olhos nos livros da serraria dele e os comparou com os de Johnnie Gallegher. Ashley mal pagara os custos, e Johnnie tinha uma soma notável a seu crédito. Ela se absteve de falar qualquer coisa enquanto olhava para as duas folhas, mas Ashley leu sua fisionomia.

— Scarlett, sinto muito. Só o que posso dizer é que gostaria que você me deixasse contratar negros livres em vez de trabalhar com detentos. Acho que eu obteria melhores resultados.

— Negros! Ora, o salário nos quebraria. Os detentos custam pouco. Se Johnnie consegue produzir tudo isso com eles...

Os olhos de Ashley se fixaram ao longe, em alguma coisa que ela não podia ver, e sua luminosidade alegre desapareceu.

— Não posso trabalhar com detentos como Johnnie Gallegher. Não posso montar em pessoas.

— Pelo manto de Cristo! Johnnie produz muito. Ashley, seu coração é mole demais. Precisa fazê-los trabalhar mais. Johnnie me falou que toda vez que alguém fazia corpo mole para não trabalhar e lhe dizia que estava doente, você lhe dava um dia de folga. Meu Deus, Ashley! Não é assim que se ganha dinheiro. Umas duas chicotadas curam quase todas as doenças que não forem uma perna quebrada...

— Scarlett! Scarlett! Pare! Não aguento ouvi-la falando assim — exclamou Ashley, os olhos voltando a fitá-la com uma ferocidade que a calou. — Você não percebe que se trata de homens... alguns doentes, malnutridos, infelizes... Ah, minha querida, não aguento ver o modo como ele a brutalizou, você, que sempre foi tão meiga...

— Quem me brutalizou?

— Preciso dizer, mesmo sem ter qualquer direito. Mas preciso dizer. Seu... Rhett Butler. Tudo o que ele toca, envenena. E ele a levou, você, que era tão meiga, generosa e gentil, apesar de toda a sua vivacidade, e fez isso... endureceu-a, brutalizou-a com o contato.

— Ah — expirou Scarlett, a culpa lutando com a alegria de que Ashley tivesse sentimentos tão intensos em relação a ela, que a achasse meiga. Graças a Deus que ele culpava Rhett por sua mesquinharia. É claro que Rhett nada tinha a ver com isso e a culpa era dela, mas, afinal, outra marca negra em Rhett não faria mal.

— Se fosse qualquer outro homem, eu não me importaria tanto... mas Rhett Butler! Eu vi o que fez com você. Sem que você percebesse, ele distorceu suas ideias, guiando-as para o mesmo caminho duro que ele trilha. Ah, claro, sei que não deveria dizer isso... Ele salvou minha vida e lhe sou grato, mas queria tanto que Deus tivesse enviado qualquer outro homem em vez dele! E não tenho o direito de lhe falar assim...

— Ah, Ashley, você tem o direito... que ninguém mais tem!

— Pois não aguento ver sua nobreza ser maculada por ele, saber que sua beleza e seu encanto estão nas mãos de um homem que... Quando penso nele tocando você, eu...

"Ele vai me beijar!", pensou Scarlett, extasiada. "E não vai ser culpa minha!" Ela se inclinou em sua direção e ele recuou subitamente, como que se dando conta de ter falado demais... de ter dito coisas que nunca pretendera dizer.

— Eu me desculpo humildemente, Scarlett. Estava insinuando que seu marido não é um cavalheiro e minhas palavras provam que eu não sou. Ninguém tem o direito de criticar um marido para sua mulher. Não tenho desculpa, a não ser... a não ser... — gaguejou ele, e seu rosto se contorceu. Ela esperava sem fôlego. — Não tenho nenhuma desculpa.

Durante todo o caminho de volta, a mente de Scarlett estava acelerada. Nenhuma desculpa a não ser... a não ser que a amava! E a ideia de imaginá-la nos braços de Rhett lhe provocava uma fúria que ela não imaginara possível. Bem, isso ela podia entender. Se não fosse a certeza de que as relações entre ele e Melanie eram puramente fraternais, sua própria existência seria um tormento. E os abraços de Rhett a maculavam, a brutalizavam! Bem, se Ashley pensava assim, ela podia muito bem ficar sem aqueles abraços. Pensou em quanto seria doce e romântico que eles dois fossem fisicamente fiéis um ao outro, mesmo casados com outras pessoas. A ideia lhe possuiu a imaginação e ela se deleitou. Além disso, havia o lado prático. Significaria não ter mais filhos.

Ao chegar em casa e dispensar a carruagem, parte da exaltação causada pelas palavras de Ashley começou a sumir diante da perspectiva de dizer a Rhett que ela queria quartos separados e tudo o que aquilo implicava. Seria difícil. Além do mais, como poderia dizer a Ashley que se negara a Rhett para satisfazer seu desejo? De que valia um sacrifício se fosse ignorado? Que fardo eram o recato e a delicadeza! Se ao menos pudesse falar com Ashley usando a franqueza que usava com Rhett! Bem, não importava. Ela daria um jeito de insinuar a verdade a Ashley.

Subiu as escadas e, abrindo a porta do berçário, encontrou Rhett sentado ao lado do berço de Bonnie com Ella no colo e Wade lhe mostrando o conteúdo dos bolsos. Que bênção Rhett gostar de crianças e lhes dar tanta importância! Alguns padrastos eram amargos com as crianças de casamentos anteriores.

— Quero falar com você — disse ela e foi para o quarto deles. Melhor tratar daquilo logo, enquanto sua determinação de não ter mais filhos estava forte e enquanto o amor de Ashley lhe dava força.

— Rhett — disse ela abruptamente assim que ele fechou a porta. — Decidi que não quero mais ter filhos.

Se ele ficou atordoado com a declaração inesperada, não demonstrou. Sentou-se relaxadamente em uma cadeira, inclinando-a para trás.

— Minha cara, como eu lhe disse antes de Bonnie nascer, para mim tanto faz se você tiver um ou vinte filhos.

Que maldade a dele se evadir do assunto tão bem, como se o fato de não se importar com a vinda de filhos não tivesse nada a ver com sua chegada.

— Creio que três é o bastante. Não pretendo ter um por ano.

— Três parece um número adequado.

— Você sabe muito bem... — começou ela, o constrangimento lhe ruborizando as faces. — Você entende o que estou querendo dizer?

— Entendo. Percebe que posso me divorciar de você por me recusar meus direitos matrimoniais?

— Você é muito baixo por pensar em uma coisa dessas — exclamou ela, aborrecida por nada estar seguindo o rumo planejado. — Se tivesse algum cavalheirismo, você... você seria gentil como... Bem, veja Ashley Wilkes. Melanie não pode ter filhos e ele...

— Bastante cavalheirinho, o Ashley — disse Rhett, e seus olhos começaram a brilhar estranhamente. — Por favor, prossiga com seu discurso.

Scarlett engoliu em seco, pois tinha acabado e nada mais tinha a dizer. Agora percebia que tolice fora sua esperança de resolver amigavelmente um assunto tão importante, especialmente com um suíno egoísta como Rhett.

— Você esteve no escritório do depósito agora à tarde, não foi?

— O que isso tem a ver com nosso assunto?

— Gosta de cachorros, não gosta, Scarlett? Você os prefere acorrentados ou soltos?

Tomada por uma onda de raiva e decepção, a alusão lhe escapou.

Lépido, ele se pôs de pé e, indo até ela, pôs a mão sob seu queixo, erguendo-lhe o rosto.

— Como você é infantil! Já viveu com três homens e ainda não conhece a natureza masculina. Parece pensar que são como velhas, que já passaram pela fase crítica da vida.

Ele lhe deu uma beliscada no queixo antes de soltá-lo. Uma das sobrancelhas se ergueu enquanto ele a fitou fria e longamente.

— Scarlett, entenda isto: se você e sua cama ainda exercessem qualquer encanto para mim, nenhuma tranca ou súplica me manteria afastado. E não me sentiria envergonhado por nada que fizesse, pois fiz uma barganha com você... uma barganha que tenho cumprido e que agora você está quebrando. Fique com sua cama casta, minha cara.

— Você está querendo me dizer que não se importa — exclamou Scarlett, indignada —, que não se importa...

— Você se cansou de mim, não foi? Bem, os homens se cansam com mais facilidade que as mulheres. Fique com sua santidade, Scarlett. Não será nenhum problema para mim. Não importa. — Ele deu de ombros e sorriu. — Felizmente, o mundo está cheio de camas... e a maioria está cheia de mulheres.

— Você quer dizer que realmente seria tão...

— Minha querida ingênua. Mas é claro. É uma maravilha que eu não tenha escapulido todo esse tempo. Nunca achei que a fidelidade fosse uma virtude.

— Vou trancar minha porta todas as noites!

— Por quê? Se eu a quisesse, nenhuma fechadura me deixaria do lado de fora.

Ele se virou, dando o assunto por encerrado, e saiu do quarto. Scarlett o ouviu voltar para o berçário, onde lhe deram as boas-vindas. Ela se sentou abruptamente. Conseguira. Era esse seu desejo e o de Ashley, mas não a deixara feliz. Sua vaidade estava magoada, e ela estava mortificada por Rhett ter aceitado tudo com tanta leveza, por saber que não a queria, que a tinha posto no mesmo nível de outras mulheres em outras camas.

Esforçou-se para pensar em um modo delicado de contar a Ashley que ela e Rhett já não eram de fato marido e mulher, mas agora percebia que nada lhe vinha à cabeça. Agora tudo parecia uma tremenda confusão e ela desejava de todo o coração não ter falado nada. Sentiria falta das longas e divertidas conversas com Rhett quando a brasa de seu charuto brilhava no escuro. Sentiria falta do conforto de seus braços quando ela acordava apavorada dos sonhos em que corria pela neblina fria.

De repente, sentiu-se muito infeliz e, encostando a cabeça no braço da poltrona, chorou.

Capítulo 52

Numa tarde chuvosa, logo após o primeiro aniversário de Bonnie, meio desanimado, Wade perambulava pela sala íntima, indo de vez em quando à janela grudar o nariz na vidraça. Era um menino delgado, pequeno para seus 8 anos, quieto quase ao ponto da timidez, que nunca falava a não ser que lhe dirigissem a palavra. Sentia-se entediado e obviamente queria algum entretenimento, pois Ella estava no canto, ocupada com suas bonecas, Scarlett na escrivaninha, murmurando consigo mesma enquanto somava uma longa coluna de números, e Rhett deitado no chão, balançando o relógio na ponta da corrente, quase ao alcance de Bonnie.

Depois de pegar vários livros e deixá-los cair, fazendo barulho e suspirando alto, Scarlett se virou para ele, irritada.

— Céus, Wade! Saia e vá brincar.

— Não posso. Está chovendo.

— É mesmo? Eu não tinha notado. Bem, faça alguma coisa. Está me deixando nervosa, inquieto desse jeito. Vá dizer a Pork para atrelar a carruagem e levá-lo para brincar com Beau.

— Ele não está em casa — suspirou Wade. — Está na festa de aniversário de Raoul Picard.

Raoul era o filho de Maybelle e René Picard... um moleque detestável, pensava Scarlett, mais se parecia a um macaco que a uma criança.

— Bem, vá visitar qualquer um. Corra e peça a Pork.

— Ninguém está em casa — respondeu Wade. — Estão todos na festa.

As palavras não ditas "todos, menos eu" ficaram no ar; mas, com a cabeça nos números, Scarlett não prestou atenção.

Rhett se sentou e perguntou:

— Por que você não está na festa também, filho?

Wade aproximou-se dele, raspando o pé, com aparência infeliz.

— Não fui convidado.

Rhett deixou o relógio nas mãos destruidoras de Bonnie e lepidamente se levantou.

— Scarlett, deixe esses malditos números de lado. Por que Wade não foi convidado para a festa?

— Pelo amor de Deus, Rhett! Não me incomode agora, Ashley deixou essa contabilidade em uma tremenda confusão!... Ah, essa festa? Bem, acho que não é nada incomum que Wade não tenha sido convidado, e eu não o deixaria ir se tivesse sido. Não se esqueça de que Raoul é neto da Sra. Merriwether, e ela preferiria ter um negro liberto em seu salão do que um de nós.

Observando o rosto de Wade com olhos pensativos, Rhett viu sua fisionomia murchar.

— Venha cá, filho — disse ele, puxando o menino. — Você gostaria de estar naquela festa?

— Não, senhor — disse Wade corajosamente, mas baixando os olhos.

— Hum... Diga, Wade, você vai às festas de Joe Whiting ou de Frank Bonnell ou... bem, de qualquer de seus amiguinhos?

— Não, senhor. Não sou convidado para muitas festas.

— Wade, você está mentindo! — exclamou Scarlett, virando-se. — Foi a três na semana passada, à festa dos filhos dos Bart, dos Gelert e dos Hundon.

— A maior coleção de mulas em arreios de cavalos que você poderia agrupar — disse Rhett, a voz ficando suavemente arrastada. — Você se divertiu nessas festas? Diga.

— Não, senhor.

— Por que não?

— Eu... eu não sei. Mammy... Mammy diz que são brancos ordinários.

— Vou arrancar a pele de Mammy agora mesmo — exclamou Scarlett, ficando de pé em um salto. — E quanto a você, Wade, falar assim dos amigos da mãe...

— O menino está falando a verdade, assim como Mammy — disse Rhett.

— Mas, é claro, você jamais reconheceria a verdade se a encontrasse na rua. Não se aborreça, filho. Não precisa ir a nenhuma outra festa que não queira. Tome — continuou, puxando uma nota do bolso —, diga a Pork para atrelar a carruagem e levá-lo até o centro. Vá comprar balas... um monte, o bastante para ficar com dor de barriga.

Radiante, Wade embolsou a nota e olhou ansioso para a mãe em busca de confirmação. Mas ela, com uma ruga na testa, olhava para Rhett. Ele pegara Bonnie do chão e a aninhava nos braços, o rostinho junto ao dele. Ela não conseguia ler sua fisionomia, mas havia algo em seus olhos quase como medo... medo e autoacusação.

Encorajado pela generosidade do padrasto, Wade aproximou-se timidamente.

— Tio Rhett, posso perguntar uma coisa?

— Claro. — O olhar de Rhett estava ansioso, ausente, enquanto segurava a cabeça de Bonnie junto à dele. — O que é, Wade?

— Tio Rhett, o senhor estava... você lutou na guerra?

Os olhos de Rhett voltaram ao estado de alerta e se aguçaram, mas a voz era casual.

— Por que pergunta, filho?

— Bem, Joe Whiting disse que não e Frankie Bonnell, também.

— Ah — disse Rhett —, e o que você disse a eles?

Wade parecia infeliz.

— Eu... eu disse... Eu falei que não sabia. — E, impulsivamente, acrescentou: — Mas que não me importava, e bati neles. O senhor esteve na guerra, tio Rhett?

— Sim — disse Rhett, ficando agressivo de repente. — Eu estive na guerra. Fiquei no exército por oito meses. Lutei todo o caminho de Lovejoy até Franklin, no Tennessee. E estava com Johnston, quando ele se rendeu.

Wade ficou exultante de orgulho, mas Scarlett riu.

— Eu achava que você se envergonhasse de sua passagem pelo exército — disse ela. — Não me disse para não falar nada a respeito?

— Cale-se — disse ele secamente. — Isso o satisfaz, Wade?

— Ah, sim, senhor. Sabia que o senhor tinha estado no exército, sabia que não era medroso como eles disseram. Mas... por que não estava com os pais dos outros meninos?

— Porque os pais dos outros meninos eram uns tolos e tiveram que ir para a infantaria. Eu estudei em West Point, então estava na artilharia. Na artilharia de linha, não na Guarda Nacional. É preciso muito juízo para estar na artilharia, Wade.

— Aposto que sim — disse Wade, o rosto vibrante. — Foi ferido, tio Rhett?

Rhett hesitou.

— Conte a ele sobre sua disenteria — zombou Scarlett.

Rhett pôs o bebê no chão com cuidado e puxou a camisa e a camiseta para fora das calças.

— Venha cá, Wade, vou lhe mostrar onde eu fui ferido.

Wade avançou, empolgado, e olhou para onde o dedo de Rhett apontava. Uma cicatriz comprida no peito moreno descendo até o abdômen musculoso. Era o souvenir de uma luta de faca nos campos de ouro da Califórnia, mas Wade não sabia. Ele expirou profundamente de felicidade.

— Acho o senhor tão corajoso quanto meu pai, tio Rhett.

— Quase, mas não tanto — disse Rhett, pondo a camisa para dentro das calças. — Agora vá lá, gaste seu dólar e mande para o inferno qualquer menino que diga que eu não estive no exército.

Wade saiu dançando todo feliz, chamando Pork, e Rhett pegou de novo o bebê.

— Agora, por que todas essas mentiras, meu galhardo soldado? — perguntou Scarlett.

— Um menino precisa se orgulhar de seu pai... ou padrasto. Não posso deixá-lo envergonhado diante dos outros pequenos brutos. Criaturas cruéis, as crianças.

— Ah, bobagem!

— Eu nunca tinha pensado no que significou para Wade — disse Rhett devagar. — Nunca tinha pensado em quanto ele sofreu. E não vai ser assim com Bonnie.

— Assim como?

— Acha que vou deixar minha Bonnie envergonhada do pai? Deixá-la fora das festas quando tiver 9 ou 10 anos? Acha que vou deixá-la ser humilhada por coisas de que não tem culpa, mas sim eu ou você?

— Ah, festas infantis!

— É das festas infantis que surgem as festas de debutante. Acha que vou deixar minha filha fora de tudo o que há de decente em Atlanta? Não vou mandá-la estudar e ter vida social no norte por não ser aceita aqui, em Charleston, Savannah ou Nova Orleans. E não vou deixar que seja forçada a se casar com um ianque ou com um estrangeiro porque nenhuma família decente do sul irá aceitá-la... porque sua mãe era uma tola, e seu pai, um patife.

Wade, que tinha voltado até a porta, era um ouvinte interessado, mas intrigado.

— Bonnie pode se casar com Beau, tio Rhett.

A raiva esvaiu-se da fisionomia de Rhett quando ele se virou para o menino, considerando suas palavras com aparente seriedade, como sempre fazia ao lidar com crianças.

— É verdade, Wade. Bonnie pode se casar com Beau Wilkes, mas com quem você vai se casar?

— Ah, não vou me casar com ninguém — disse Wade, confiante, deleitando-se com a conversa de homem para homem com a única pessoa, além de tia Melly, que nunca o censurava e sempre o incentivava. — Eu vou para Harvard me formar advogado, como meu pai, e depois vou ser um bravo soldado como ele.

— Como eu queria que Melly ficasse de boca calada — exclamou Scarlett. — Wade, você não vai para Harvard. É uma escola ianque e não vou deixá-lo frequentar uma escola ianque. Você vai para a universidade da Geórgia e, depois que se formar, vai administrar a loja para mim. E quanto a seu pai ser um bravo soldado...

— Cale-se — disse Rhett, lacônico, sem perder o brilho nos olhos de Wade ao falar do pai que nunca conhecera. — Isso, Wade, cresça e seja o homem corajoso que seu pai foi. Tente ser como ele, pois ele foi um herói, e não deixe que ninguém lhe diga outra coisa. Ele se casou com sua mãe, não foi? Bem, é prova suficiente de heroísmo. E vou colocá-lo em Harvard para se tornar advogado. Agora peça a Pork que leve-o ao centro.

— Agradeço se você me deixar cuidar de meus filhos — exclamou Scarlett quando Wade obedientemente saiu da sala correndo.

— Você cuida muito mal. Já arruinou quaisquer oportunidades que Ella e Wade tinham, mas não vou permitir que faça o mesmo com Bonnie. Ela vai ser uma princesinha e todo mundo vai querê-la. Não vai haver lugar algum que não possa frequentar. Meu Deus, acha que vou deixá-la crescer e se associar à ralé que enche esta casa?

— Eles lhe servem muito bem...

— E bem demais para você, minha querida. Mas não para Bonnie. Acha que eu a deixaria se casar com qualquer um dessa gangue de renegados com quem você passa o tempo? Irlandeses gananciosos, brancos ordinários, aventureiros emergentes... Minha Bonnie com seu sangue Butler e linhagem Robillard...

— Os O'Hara...

— Os O'Hara podem ter sido reis da Irlanda no passado, mas seu pai não passava de um homem ganancioso e esperto. E você não é melhor... Mas, nesse caso, eu também tenho culpa. Passei pela vida como um morcego que sai do inferno, sem nunca me importar com o que fazia, porque nada nunca me importou. Mas Bonnie importa. Nossa, como fui tolo! Bonnie não seria recebida em Charleston, não importa o que minha mãe, sua tia Eulalie ou sua tia Pauline fizessem... e é óbvio que não será recebida aqui, a menos que se faça alguma coisa rapidamente...

— Ah, Rhett, você leva isso tão a sério que chega a ser engraçado. Com nosso dinheiro...

— Dane-se nosso dinheiro! Todo o nosso dinheiro não pode comprar o que eu quero para ela. Preferia que Bonnie fosse convidada a comer pão seco na casa miserável dos Picard ou no estábulo paupérrimo da Sra. Elsing a ser a beldade em um baile de posse republicano. Scarlett, você tem sido uma tola. Devia ter assegurado um lugar na sociedade para suas crianças anos atrás... mas não o fez. Nem se preocupou em manter a posição que tinha. E é esperar demais que se emende a esta altura. Você é ávida por dinheiro e gosta demais de abusar das pessoas.

— Considero esse assunto uma tempestade em um copo d'água — disse Scarlett, fria, arrumando seus papéis ruidosamente para indicar que dava a discussão por encerrada.

— Só temos a Sra. Wilkes para nos ajudar, e você faz o melhor que pode para afastá-la e ofendê-la. Ah, poupe-me de seus comentários sobre a pobreza e as roupas cafonas dela. Ela é a alma e o centro de toda a excelência em Atlanta. Graças a Deus ela existe. Ela vai me ajudar a fazer algo.

— E o que você vai fazer?

— Fazer? Vou cultivar cada dragão da Velha Guarda desta cidade, especialmente as Sras. Merriwether, Elsing, Whiting e Meade. Se tiver que rastejar de barriga para cada megera gorda que me odeia, o farei. Vou me resignar à frieza delas e me arrepender de minhas maldades. Contribuirei com as malditas obras de caridade e irei às malditas igrejas, admitirei e me exibirei por meus serviços à Confederação e, se o pior tiver que ficar pior ainda, entrarei para a maldita Klan, embora um Deus misericordioso pudesse me livrar de tal peso nas costas. E não vou hesitar em lembrar aos tolos cujos pescoços salvei que estão em dívida comigo. E a senhora vai gentilmente abster-se de desfazer meu trabalho pelas costas, executando a hipoteca de qualquer das pessoas que estou cortejando, vendendo-lhes madeira podre ou as ofendendo de qualquer modo. E o governador Bullock nunca mais vai pôr os pés nesta casa. Entendeu? E nem essa gangue de ladrões elegantes com quem você se associou. Se insistir em convidá-los, apesar de meu pedido, ficará na constrangedora posição de não ter um anfitrião em sua casa. Se eles vierem a esta casa, eu vou para o bar de Belle Watling dizer para quem quiser ouvir que não ficarei sob o mesmo teto que eles.

Scarlett, que estava se condoendo com essas palavras, deu uma rápida risada.

— Então o jogador e especulador vai se tornar respeitável! Bem, seu primeiro ato rumo à respeitabilidade será vender a casa de Belle Watling.

Aquele foi um tiro no escuro. Ela nunca tivera absoluta certeza de que Rhett possuísse a casa. Ele riu, como que lendo a mente dela.

— Obrigado pela sugestão.

Mesmo que tentasse, Rhett não podia ter escolhido momento mais difícil para buscar sua volta à respeitabilidade. Nunca antes ou depois, os nomes republicano e escória tinham carregado tanto ódio, pois agora a corrupção dos aventureiros do norte estava no auge. E, desde a rendição, o nome de Rhett estava intimamente ligado aos ianques, republicanos e à escória sulista. Em 1866, o povo de Atlanta achara, com uma fúria impotente, que nada poderia ser pior que o duro comando militar em vigência, mas agora, no governo de Bullock, estavam conhecendo o pior. Graças ao voto negro, os republicanos e seus aliados estavam firmemente entrincheirados e sendo ditatórios sobre uma minoria sem poder, mas ainda contestadora.

Tinham espalhado entre os negros que só havia dois partidos políticos mencionados na Bíblia, os republicanos e os pecadores. Nenhum negro queria entrar para um partido inteiramente composto de pecadores, então correram para apoiar os republicanos. Seus novos senhores os faziam votar incessantemente, elegendo brancos pobres e membros da escória sulista para postos elevados, elegendo até alguns negros. Estes sentavam-se no legislativo, onde passavam a maior parte do tempo comendo amendoins e acomodando os pés desacostumados em uma série de sapatos novos. Poucos sabiam ler ou escrever. Haviam acabado de sair dos campos de algodão e dos canaviais, mas tinham o poder de votar impostos e títulos, assim como imensos pagamentos para si mesmos e seus amigos republicanos. E o faziam. Desconcertado, o estado pagava impostos sob protestos furiosos, pois os contribuintes sabiam que grande parte do dinheiro votado para propósitos públicos ia para bolsos particulares.

Cercando a assembleia legislativa do estado, estava uma multidão de promotores, especuladores, empreiteiros e outros, esperando lucrar com a orgia de gastos, e muitos estavam ficando vergonhosamente ricos. Não tinham dificuldade de obter dinheiro estadual para ferrovias que nunca eram construídas, para vagões e máquinas que nunca eram comprados, para edifícios que nunca eram erguidos, a não ser na mente de seus promotores.

Os títulos emitidos chegavam a milhões, sendo sua maioria ilegal e fraudulenta, mas eram emitidos mesmo assim. O tesoureiro do estado que, embora republicano, era honesto protestava contra a ilegalidade dessas emissões e se recusava a assiná-las, mas nem ele nem os outros que tentavam coibir os abusos conseguiam deter a maré que corria.

A ferrovia estadual, antes um patrimônio do estado, agora era um problema, e suas dívidas chegavam à marca do milhão. Já não era uma ferrovia, mas uma imensa gamela sem fundo, onde os leitões podiam chafurdar e se esbaldar. Muitos de seus funcionários eram indicados por motivos políticos, independente de seu conhecimento operacional de ferrovias, e havia três vezes mais empregados que o necessário. Os republicanos viajavam com passes gratuitos, e vagões lotados de negros transitavam livremente em suas alegres excursões pelo estado para votar diversas vezes na mesma eleição.

A má administração da ferrovia estadual enfurecia especialmente os contribuintes, pois era de seus lucros que vinha o dinheiro para as escolas públicas. Mas não havia lucros, só dívidas, e, portanto, não existiam escolas gratuitas. Poucos tinham dinheiro para mandar os filhos para as escolas pagas, e o resultado foi uma geração de crianças ignorantes, que espalharia as sementes do analfabetismo pelos anos vindouros.

Mas muito maior que a raiva pelo desperdício, má administração e suborno, era o ressentimento do povo pela péssima imagem que o governador passava do estado ao norte. Quando a Geórgia berrou contra a corrupção, o governador se apressou a ir ao norte e, perante o Congresso, falou dos ultrajes dos brancos contra os negros, da preparação da Geórgia para outra rebelião e da necessidade de um domínio militar rígido no estado. Nenhum georgiano queria problemas com os negros, e todos tentavam evitar problemas. Ninguém queria outra guerra, como tampouco queria ou necessitava ser governado à baioneta. A Geórgia só desejava ser deixada em paz para poder se recuperar. Mas, com a operação do que ficou conhecido como o "engenho da difamação", realizada pelo governador, o norte só via um estado rebelde que necessitava de uma mão de ferro, e foi isso que se instalou.

Para a corja que segurava a Geórgia pelo pescoço, foi uma pândega. Houve uma orgia de rapinagem e, acima de tudo, um cinismo frio sobre a roubalheira explícita nos altos cargos, que causava arrepios. Os protestos e esforços de resistência não surtiam efeito, pois o governo do estado era defendido e apoiado pelo Exército dos Estados Unidos.

Atlanta maldizia o nome de Bullock, de sua escória sulista, republicanos e de qualquer um que estivesse a eles ligado. E Rhett estava. Todos diziam que estivera com eles em todas as suas falcatruas. Mas agora ele se virava contra a corrente que percorrera até tão pouco tempo e começava a nadar arduamente de volta.

Ele iniciou sua campanha lentamente, de modo sutil, sem levantar as suspeitas de Atlanta ao espetáculo do leopardo tentando dissimular suas pintas da noite para o dia. Evitava seus camaradas duvidosos e não era mais visto na companhia de oficiais ianques, da escória e dos republicanos. Frequentava os comícios dos democratas e ostensivamente votou na chapa. Parou de apostar alto nos jogos de cartas e ficou relativamente sóbrio. Se chegasse a ir à casa de Belle Watling, o fazia à noite e furtivamente, como os cidadãos mais respeitáveis, em vez de deixar seu cavalo amarrado na frente da porta durante a tarde como um anúncio de sua presença.

E a congregação da igreja episcopal quase caiu de seus bancos quando ele entrou na ponta dos pés, atrasado para a missa, com Wade pela mão. A congregação ficou tão aturdida pela aparição de Wade quanto pela de Rhett, pois o menino era supostamente católico. Pelo menos Scarlett era. Mas ela não punha os pés na igreja havia anos, pois se afastara da religião assim como se afastara de tantos outros ensinamentos de Ellen. Todos achavam que negligenciara a educação religiosa do menino, e Rhett subiu em seu conceito por tentar emendar o caso, mesmo levando-o à igreja episcopal em vez de à católica.

Rhett conseguia assumir uma postura séria e encantadora quando decidia refrear a língua e a expressão maliciosa de seus olhos negros. Fazia anos que não agia assim, mas agora o fazia, impondo-se seriedade e encanto juntamente com coletes de tons mais sóbrios. Não foi difícil firmar amizade com os homens que lhe deviam o próprio pescoço. Eles teriam mostrado seu apreço muito tempo antes, se Rhett não tivesse agido como se não desse valor. Agora, Hugh Elsing, René, os rapazes Simmons, Andy Bonnell e os outros o achavam agradável, tímido e constrangido quando falavam da obrigação que lhe deviam.

— Não foi nada — protestava ele. — Em meu lugar, vocês teriam feito o mesmo.

Contribuiu generosamente com o fundo para os consertos da igreja episcopal e deu uma grande soma, mas não vulgarmente grande, para a Associação em Prol do Embelezamento dos Túmulos de Nossos Gloriosos Mortos. Ele procurou a Sra. Elsing para fazer seu donativo e timidamente suplicou que ela o mantivesse em segredo, sabendo muito bem que isso iria estimulá-la a espalhar a notícia. A Sra. Elsing odiou aceitar seu dinheiro — "dinheiro de especulador" —, mas a Associação estava muito necessitada.

— Não entendo por que o senhor está contribuindo — disse ela acidamente.

Quando Rhett lhe disse, com o adequado semblante sóbrio, que fora levado a contribuir devido à lembrança dos antigos camaradas de armas, mais corajosos que ele, mas menos afortunados, que agora jaziam nos túmulos sem identificação, o queixo aristocrático da Sra. Elsing caiu. Dolly Merriwether lhe dissera que Scarlett tinha comentado que o capitão Butler estivera no exército, mas, é claro, ela não acreditara. Ninguém acreditara.

— O senhor, no exército? Qual era sua companhia... seu regimento?

Rhett os forneceu.

— Ah, a artilharia! Todos que eu conhecia estavam na cavalaria ou na infantaria. Então, isso explica... — Ela se interrompeu, desconcertada, esperando ver seus olhos piscarem, maliciosos. Mas ele só olhou para baixo e ficou mexendo na corrente do relógio.

— Eu teria gostado da infantaria — disse ele, ignorando completamente a insinuação —, mas, quando souberam que eu estivera em West Point... embora não tenha me formado, Sra. Elsing, devido a uma travessura juvenil... puseram-me na artilharia, na de linha, não na milícia. Necessitavam de homens com conhecimento especializado naquela última campanha. A senhora sabe quanto as perdas tinham sido pesadas, tantos homens da artilharia mortos... Era bastante solitário lá. Não vi uma alma conhecida. Creio não ter visto um único homem de Atlanta durante todo o meu serviço.

— Ora! — disse a Sra. Elsing, confusa. Se ele estivera no exército, então ela tinha se enganado. Fizera vários comentários ácidos sobre sua covardia, e esta lembrança a fez se sentir culpada. — Ora! E por que o senhor nunca contou a ninguém sobre seu serviço? Age como se estivesse envergonhado.

Rhett a olhou bem nos olhos, a fisionomia inexpressiva.

— Sra. Elsing — disse ele com convicção —, creia-me quando lhe digo que tenho mais orgulho de meus serviços à Confederação do que de qualquer coisa que já fiz ou farei. Eu sinto... sinto...

— Bem, por que escondeu esse fato?

— Eu me envergonhava de falar nisso por causa de... de algumas de minhas ações anteriores.

A Sra. Elsing relatou a contribuição e a conversa em detalhes à Sra. Merriwether.

— E Dolly, dou-lhe minha palavra de que, quando ele disse estar envergonhado, seus olhos ficaram marejados de lágrimas! Sim, lágrimas! Eu mesma quase chorei.

— Conversa fiada! — exclamou a Sra. Merriwether, descrente.

— Não creio em suas lágrimas nem que esteve no exército. E tenho como descobrir rapidamente. Se ele esteve na artilharia, posso saber a verdade, pois o coronel Carleton, que a comandou, casou-se com a filha de uma das irmãs do meu avô e vou escrever a ele.

Ela escreveu ao coronel Carleton e, para sua consternação, recebeu uma resposta tecendo os mais rasgados elogios aos serviços prestados por Rhett. Um artilheiro nato, soldado corajoso e cavalheiro sem queixas, homem modesto que nem sequer aceitou uma promoção quando lhe foi oferecida.

— Ora! — disse a Sra. Merriwether, mostrando a carta à Sra. Elsing. — Por essa eu não esperava! Talvez nós realmente tenhamos feito mau juízo do patife por não ter sido soldado. Talvez devêssemos ter acreditado no que Scarlett e Melanie disseram sobre ele ter se alistado no dia em que a cidade caiu. Mas, mesmo assim, ele é um malandro da escória e eu não gosto dele!

— De algum modo — disse a Sra. Elsing, hesitante —, de algum modo, não acho que ele seja mau. Um homem que tenha lutado pela Confederação não pode ser de todo mau. É Scarlett que não presta. Sabe, Dolly, acho que ele... bem, que ele se envergonha de Scarlett, mas é por demais cavalheiro para deixar transparecer.

— Envergonhar-se? Imagine! Os dois são feitos do mesmo barro. De onde tirou essa ideia tão tola?

— Não é tola — disse a Sra. Elsing, indignada. — Ontem, debaixo da chuva, ele estava com aquelas três crianças, até o bebê, veja bem, passeando para cima e para baixo pela rua dos Pessegueiros, e me deu uma carona até em casa. E quando eu disse: "Capitão Butler, o senhor perdeu a cabeça com essas crianças aqui fora na umidade? Por que não as leva para casa?" Ele ficou bem quieto e pareceu constrangido. Mas Mammy falou e disse: "A casa tá cheia de branco ordinário e é mió pras criança ficá na chuva que em casa!"

— E o que ele disse?

— O que podia dizer? Só olhou com jeito severo para Mammy e ignorou. Sabe que Scarlett estava dando uma grande festa de uíste ontem à tarde e todas aquelas mulheres vulgares estavam lá? Acho que ele não as queria beijando seu bebê.

— Ora! — disse a Sra. Merriwether, hesitante, mas ainda obstinada. Mas, na semana seguinte, ela também capitulou.

Agora Rhett tinha uma escrivaninha no banco. O que ele fazia naquela escrivaninha os aturdidos dirigentes do banco não sabiam, mas ele possuía um grande número de ações para que protestassem contra sua presença ali. Depois de algum tempo, a objeção feita a ele já fora esquecida, pois era quieto, bem-educado e realmente tinha algum conhecimento do procedimento bancário e de investimentos. De qualquer maneira, ficava o dia inteiro sentado em seu posto, dando toda a impressão de atividade, pois queria ficar em termos de igualdade com seus respeitáveis concidadãos que trabalhavam, e muito.

Querendo expandir seu próspero negócio com a confeitaria, a Sra. Merriwether tentara pegar um empréstimo de 2 mil dólares, oferecendo sua casa como garantia. O banco lhe recusara, pois já havia duas hipotecas sobre a casa. A velha corpulenta estava saindo, indignada, do banco, quando Rhett a interrompeu. Soubera do problema e disse, preocupado: "Mas deve haver algum engano, Sra. Merriwether. Algum terrível engano. A senhora é uma pessoa que não deveria se preocupar com garantias. Ora, eu lhe emprestaria dinheiro só com sua palavra! Qualquer um que consegue montar o negócio que a senhora montou, é o melhor risco do mundo! O banco deseja emprestar dinheiro a pessoas como a senhora. Agora, sente-se bem aqui em minha cadeira e eu providenciarei isso."

Ao voltar, sorrindo afavelmente, disse que houvera um engano, exatamente como ele imaginara. Os 2 mil dólares estavam lá esperando pelo momento em que ela quisesse retirá-los. Agora, quanto à casa, ela só precisava assinar bem aqui.

A Sra. Merriwether, cheia de indignação e revolta, furiosa por ter que aceitar esse favor de um homem que detestava e em quem não confiava, mal agradeceu.

Mas ele nem notou. Ao acompanhá-la até a porta, disse:

— Sra. Merriwether. Sempre tive grande apreço por seu conhecimento e gostaria de lhe perguntar uma coisa.

As plumas de seu chapéu mal se moveram quando ela aquiesceu.

— O que a senhora fez quando Maybelle era pequena e chupou o dedo?

— O quê?

— Minha Bonnie está chupando o dedo. Não consigo fazê-la parar.

— O senhor precisa fazê-la parar. Ela vai ficar dentuça.
— Eu sei! Eu sei! E ela tem uma boca linda. Mas não sei o que fazer.
— Bem, Scarlett deveria saber — disse a Sra. Merriwether secamente. — Ela tem outros dois filhos.

Rhett olhou para os sapatos e suspirou.

— Já tentei pôr sabão embaixo das unhas dela — disse ele, ignorando o comentário sobre Scarlett.

— Sabão! Bah! Sabão não é nada bom. Eu pus quinino no dedo de Maybelle e lhe digo, capitão Butler, ela parou de chupar o dedo rapidamente.

— Quinino! Eu nunca teria pensado nisso! Não tenho como lhe agradecer, Sra. Merriwether. Isso estava me preocupando.

Ele deu um sorriso tão agradável, tão agradecido, que a Sra. Merriwether hesitou por um instante. Mas, ao se despedir, estava sorrindo também. Detestou admitir à Sra. Elsing que julgara mal o homem, mas era uma pessoa honesta e disse que devia haver algo de bom em um homem que amava sua filha. Que pena Scarlett não se interessar por uma criatura tão bonita como Bonnie! Havia algo patético em um homem que tentava criar uma menina sozinho! Rhett sabia muito bem do lado patético do espetáculo, mas não ligava se aquilo enegrecesse a reputação de Scarlett.

Desde o momento em que ela começou a caminhar, ele a levava constantemente na carruagem ou na frente de sua sela. Ao voltar do banco, à tarde, passeava com ela pela rua dos Pessegueiros, segurando sua mão, refreando seus passos largos para acompanhar os passinhos dela, pacientemente lhe respondendo milhares de perguntas. As pessoas sempre estavam em seus jardins ou nas varandas ao entardecer e, como Bonnie era uma criança simpática e bonita, com seus cachos pretos e olhos bem azuis, poucos resistiam falar com ela. Rhett nunca interferia nessas conversas, mas ficava ao lado, exibindo orgulho paterno e agradecimento pela atenção dada à filha.

Atlanta tinha boa memória, era desconfiada e lenta nas mudanças. Os tempos eram difíceis e o sentimento era amargo em relação a qualquer um que tivesse algo a ver com Bullock e sua corja. Mas Bonnie combinava o que havia de melhor dos encantos de Scarlett e de Rhett, e era a pequena brecha que Rhett ia abrindo na muralha da frieza de Atlanta.

Bonnie cresceu rapidamente, e a cada dia se tornava mais evidente que Gerald O'Hara fora seu avô. Tinha pernas curtas e fortes, grandes olhos de um azul irlandês e um queixinho quadrado que ia com determinação abrindo o próprio caminho. Possuía o temperamento impulsivo de Gerald, ao qual dava vazão gritando até seus desejos serem satisfeitos. Se o pai estivesse por perto, sempre eram satisfeitos de imediato. Ele a mimava, apesar de todos os esforços de Mammy e de Scarlett, pois ela o agradava em todas as coisas, exceto uma: seu medo do escuro.

Até os 2 anos, ela adormecia facilmente no berçário, que dividia com Wade e Ella. Então, sem motivo aparente, começou a chorar sempre que Mammy saía do quarto, levando o lampião. Em seguida, passou a acordar de madrugada, berrando de pavor, assustando as duas outras crianças e alarmando a casa. Certa vez, o Dr. Meade teve que ser chamado e Rhett foi indelicado quando ele diagnosticou nada, mas pesadelos. Tudo o que se conseguia tirar dela era a palavra "escuro".

Scarlett se irritava com a criança e defendia a ideia de bater nela. Não queria fazer sua vontade, deixando um lampião aceso no berçário, pois Wade e Ella não conseguiriam dormir. Rhett, preocupado, mas gentil, tentando extrair mais informações da filha, disse friamente que, se fosse haver palmadas, seriam dele, mas em Scarlett.

O desfecho da situação foi que Bonnie foi transferida do berçário para o quarto que Rhett agora ocupava sozinho. Sua pequena cama foi colocada ao lado da grande dele e um lampião ardia a noite toda. Houve o maior burburinho na cidade quando essa história se espalhou. De certa forma, havia algo indelicado em uma menina dormir no quarto do pai, mesmo que só tivesse 2 anos. Scarlett sofreu com esse mexerico de duas formas. Primeiro, provava indubitavelmente que ela e o marido ocupavam quartos separados, por si só uma situação chocante. Depois, todos achavam que, se a criança tinha medo de dormir sozinha, seu lugar era com a mãe. E Scarlett não conseguiu explicar que não conseguia dormir em um quarto iluminado, e nem Rhett permitiria que Bonnie dormisse com ela.

— Você nunca acordaria a não ser que ela gritasse, e então é provável que batesse nela — disse ele secamente.

Scarlett se aborrecia com a importância que ele dava aos terrores noturnos de Bonnie, mas achava que acabaria remediando as coisas, transferindo-a de volta ao berçário. Todas as crianças tinham medo do escuro, e a única cura era a firmeza. Rhett estava sendo perverso, fazendo-a parecer uma mãe ruim só para puni-la por tê-lo banido de seu quarto.

Ele nunca mais pusera os pés em seu quarto, nem sequer tocara na maçaneta da porta desde a noite em que ela declarara não mais querer ter filhos. Dali em diante, e até começar a ficar em casa por causa dos medos de Bonnie, ele estivera mais ausente da mesa do jantar do que presente. Às vezes, ficava fora a noite toda, e Scarlett, desperta na cama atrás da porta trancada, ficava ouvindo as batidas do relógio até as primeiras horas da manhã, imaginando onde ele estaria. Lembrava-se: "Há outras camas, minha cara!" Embora a ideia a deixasse exasperada, não havia o que fazer. Não havia nada que ela pudesse dizer que não fosse precipitar uma cena em que ele certamente indicaria sua porta trancada e a provável conexão que Ashley tinha com isso. Sim, a tolice de deixar Bonnie dormindo em um quarto iluminado — no quarto dele — era só uma forma mesquinha de se vingar dela.

Até uma noite terrível, inesquecível para a família, Scarlett não percebia a importância que ele dava à tolice de Bonnie nem toda sua devoção pela criança.

Naquele dia, Rhett encontrara um ex-atravessador e eles tinham muito a conversar. Scarlett não sabia onde tinham ido conversar e beber, mas suspeitava, é claro, da casa de Belle Watling. Ele não voltou para passear com Bonnie e nem chegou para o jantar. Bonnie passara a tarde olhando pela janela, ansiosa para mostrar uma coleção de besouros e baratas ao pai, e só a muito custo Lou conseguiu levá-la para a cama, em meio a gritos e protestos.

Nunca se soube ao certo se Lou se esquecera de acender o lampião ou se fora o óleo que queimara. Quando Rhett finalmente chegou, bem embriagado, a casa estava em alvoroço e os gritos de Bonnie se faziam ouvir no estábulo. Ela acordara no escuro, chamara-o e ele não estava lá. Todos os inomináveis horrores que habitavam sua pequena imaginação a assaltaram. Todas as luzes calmantes e brilhantes trazidas por Scarlett e os criados não a aquietaram, e Rhett, subindo as escadas de três em três degraus, parecia um homem que vira a Morte.

Quando ele finalmente a tinha nos braços e entre seus soluços, reconheceu uma só palavra: "escuro", ele se virou para Scarlett e para os negros, furioso.

— Quem foi que apagou o lampião? Quem foi que a deixou sozinha no escuro? Prissy, vou tirar seu couro por isso, sua...

— Deus Nosso Sinhô, sinhô Rhett! Num foi eu! Foi a Lou!

— Por Deus, Sinhô Rhett, eu...

— Cale-se. Você sabe de minhas ordens. Por Deus, eu... saia. Não me apareça mais. Scarlett, dê-lhe algum dinheiro e providencie para que suma daqui antes que eu desça. Agora saiam todos!

Os negros saíram correndo, a azarada Lou soluçando no avental. Mas Scarlett ficou. Era duro ver a filha predileta se aquietar nos braços de Rhett quando chorava sem parar nos seus. Era duro ver seus bracinhos em volta do pescoço dele e ouvir sua voz soluçante contar o que a assustara, quando ela, Scarlett, nada obtivera de coerente.

— Então a coisa sentou em seu peito — disse Rhett suavemente. — Era grande?

— Ah, era! Muito grande... e garras.

— Ah, garras também. Tudo bem agora. Eu vou ficar sentado a noite inteira e dou um tiro nela se voltar. — A voz de Rhett era interessada e calmante, e os soluços de Bonnie foram parando. Sua voz ficou menos engasgada enquanto ela descrevia em detalhes seu hóspede monstruoso, em uma linguagem que só ele entendia. Scarlett se irritou enquanto Rhett discutia a questão como se tivesse sido algo real.

— Pelo amor de Deus, Rhett...

Mas ele fez sinal para que se calasse. Quando, por fim, Bonnie adormeceu, ele a pôs na cama e a cobriu.

— Vou tirar o couro daquela negra — disse ele baixinho. — É sua culpa também. Por que não veio aqui para ver se o lampião estava aceso?

— Não seja bobo, Rhett — sussurrou ela. — Ela fica desse jeito porque você faz seus caprichos. Muitas crianças têm medo do escuro, mas superam. Wade tinha medo, mas eu não o mimava. Se você simplesmente a deixar gritar por uma ou duas noites...

— Deixá-la gritar? — Por um instante, Scarlett achou que ele ia bater nela. — Ou você é uma tola, ou é a mulher mais desumana que já vi.

— Não quero que ela cresça nervosa e covarde.

— Covarde? Pelo fogo do inferno! Não há um único osso covarde no corpo dela! Mas você não tem imaginação e não consegue entender as torturas de pessoas que têm... especialmente uma criança. Se alguma coisa com garras e chifres viesse se sentar em seu peito, você ia querer mandar a coisa para o inferno, não ia? É claro que sim! Faça o favor de se lembrar, senhora, que eu a vi acordar se debatendo como um gato escaldado porque sonhava estar correndo na neblina. E isso também não faz muito tempo!

Scarlett ficou confusa, pois nunca gostava de pensar naquele sonho. Além disso, a constrangia que Rhett a tivesse confortado quase da mesma maneira que a Bonnie. Então ela passou rapidamente para outro ataque.

— Você só está a mimando e...

— E pretendo continuar a mimá-la. Assim ela vai crescer e acabar esquecendo.

— Então — disse Scarlett acidamente —, se pretende brincar de babá, deve tentar chegar em casa à noite, e sóbrio, para variar.

— Vou chegar em casa cedo, mas embriagado feito um gambá, se quiser.

Realmente, passou a chegar em casa cedo desde então, bem antes da hora de Bonnie dormir. Ele se sentava ao lado dela, segurando sua mão até que o sono a soltasse. Só então descia, deixando o lampião aceso e a porta entreaberta para poder ouvir caso ela acordasse e ficasse assustada. Queria evitar a todo custo que ela tivesse outro episódio de medo do escuro. Toda a casa estava bem atenta ao lampião aceso, Scarlett, Mammy, Prissy e Pork, que frequentemente subiam na ponta dos pés para ter certeza de que ainda estava aceso.

Chegava em casa sóbrio também, mas isso não fora obra de Scarlett. Ele passara meses bebendo muito, embora nunca ficasse embriagado de fato, e certa noite o cheiro de uísque estava especialmente forte em seu hálito. Ele pegou Bonnie no colo e perguntou:

— Você tem um beijo para seu querido?

Ela franziu o narizinho arrebitado e se retorceu para descer do colo.

— Não — disse ela francamente. — Nojento.

— Eu sou o quê?

— Cheiro nojento. Tio Ashley não cheira nojento.

— Bem, estou condenado — disse ele lastimando e pondo-a no chão. — Nunca esperei encontrar uma advogada da temperança em minha própria casa.

Mas, depois disso, ele se limitou a beber uma taça de vinho depois do jantar. Bonnie, que sempre podia tomar as últimas gotas da taça, não achava nada nojento o cheiro do vinho. Em consequência, o inchaço que começara a obscurecer seus traços firmes foi lentamente desaparecendo, e os círculos sob os olhos negros já não estavam tão escuros ou evidentes. Como Bonnie gostava de cavalgar na frente da sela, ele passava mais tempo ao ar livre, e o sol começou a fazer efeito em seu rosto moreno, deixando-o mais escuro que nunca. Ele parecia mais saudável, ria mais e estava outra vez parecido com o ousado atravessador que empolgara Atlanta no início da guerra.

Pessoas que nunca o tinham apreciado passaram a sorrir ao vê-lo passar levando a pequena figura encarapitada na sela. Mulheres que até então acreditavam correr perigo ao seu lado passaram a parar e conversar com ele na rua para admirar Bonnie. Até as anciãs mais rígidas sentiam que um homem que sabia discutir os males e problemas da infância com tanta propriedade não podia ser de todo mau.

Capítulo 53

Era o aniversário de Ashley, e Melanie estava dando uma festa-surpresa para ele naquela noite. Todos sabiam, menos Ashley. Até Wade e o pequeno Beau tinham jurado segredo, o que os deixou estufados de orgulho. Todas as pessoas de bem de Atlanta tinham sido convidadas e compareceriam. O general Gordon e a família tinham graciosamente aceitado o convite, Alexander Stephens estaria presente se sua saúde sempre incerta permitisse e até Bob Toombs, o tempestuoso petrel da Confederação, era esperado.

Por toda a manhã, Scarlett, Melanie, India e tia Pitty voaram pela casinha, dando ordens aos negros enquanto penduravam cortinas recém-lavadas, poliam a prataria, enceravam o assoalho, cozinhavam, mexiam e provavam os refrescos. Scarlett nunca vira Melanie tão empolgada ou alegre.

— Pois é, querida, Ashley não celebra o aniversário desde... desde, lembra-se do churrasco em Twelve Oaks? O dia em que soubemos que o Sr. Lincoln tinha chamado voluntários? Pois bem, desde então não festeja o aniversário. E ele trabalha tanto, está tão cansado quando chega em casa à noite que nem se lembrou de que hoje é seu aniversário. Imagine como vai ficar surpreso depois do jantar quando todo mundo chegar.

— Que jeito a senhora vai dar nas lanternas do gramado pra não deixar o Sr. Wilkes ver quando ele chegar pra janta? — perguntou Archie, de mau humor.

Ele ficara a manhã inteira observando os preparativos, interessado, mas sem querer admitir. Nunca estivera nos bastidores de uma grande festa do pessoal da cidade, e era uma nova experiência. Fez comentários ostensivos sobre as mulheres ficarem de um lado para outro como se a casa estivesse pegando fogo, só porque teriam visitas, mas nem cavalos selvagens o tirariam dali. Ficou particularmente interessado nas lanternas de papel que a Sra. Elsing e Fanny tinham feito e pintado para a ocasião, pois nunca vira "essas engenhocas". Ficaram escondidas em seu quarto no porão e ele as examinara em detalhes.

— Por piedade! Eu não tinha pensado nisso! — exclamou Melanie. — Archie, que sorte você ter comentado. Nossa! Nossa! Como vamos fazer? Elas têm que ser amarradas nos arbustos e nas árvores e temos que colocar velinhas dentro e acendê-las só na hora em que os convidados estiverem chegando. Scarlett, você pode mandar o Pork fazer isso enquanto estivermos jantando?

— Sra. Wilkes, a senhora tem mais juízo que a maioria das mulheres, mas fica agitada muito fácil — disse Archie. — E quanto àquele nêgo tolo, Pork, ele não tem nada de se meter com aquelas engenhocas. Ele ia logo prender fogo nelas. Elas são... bem bonitas — admitiu ele. — Eu penduro pra senhora, enquanto a senhora e o Sr. Wilkes estão comendo.

— Ah, Archie, que gentileza a sua! — Melanie virou olhos infantis de gratidão e confiança para ele. — Não sei o que faria sem você. Acha que poderia pôr as velas nelas agora, assim já ficamos com uma preocupação a menos?

— Bem, acho que posso — disse Archie, descortês, e foi para as escadas do porão com seus passos pesados.

— Há muitas formas de capturar um passarinho além de jogar sal na cauda dele — riu Melanie, depois que o velho das costeletas descera as escadas. — Todo o tempo eu tinha pensado em Archie para pôr aquelas lanternas, mas sabe como ele é... Não faz nada que pedimos. E agora o tiramos de cena por algum tempo. Os negros têm tanto medo dele que acabam não fazendo nenhum trabalho quando ele está por perto a observá-los.

— Melly, eu não ficaria com esse velho marginal na minha casa — disse Scarlett, contrafeita. Ela detestava Archie tanto quanto ele a detestava, e mal se falavam. Se ela estivesse presente, só na casa de Melanie ele ficava. E, mesmo ali, a olhava com desconfiança e frio desdém. — Ele ainda vai lhe dar problemas, escute o que digo.

— Ah, ele é inofensivo se o adularmos e agirmos como se dependêssemos dele — disse Melanie. — E ele é tão dedicado a Ashley e a Beau que sempre me sinto segura quando está por perto.

— Não, Melly, ele é dedicado a você — disse India, a fisionomia fria relaxando em um sorriso caloroso enquanto seu olhar pousava carinhosamente na cunhada. — Creio que você é a primeira pessoa que aquele velho facínora amou desde a esposa. Acho que ele até gostaria que alguém a ofendesse, só para poder matá-lo e mostrar o respeito que lhe tem.

— Por piedade! Como você fala, India! — disse Melanie, corando. — Ele acha que sou uma covarde, e você sabe disso.

— Bem, não acho nada importante o que aquele velho montanhês matuto pensa — disse Scarlett, abrupta. Pensar no modo como Archie a criticara em relação aos detentos sempre a encolerizava. — Preciso ir agora. Vou almoçar e depois vou à loja pagar aos funcionários e ao depósito pagar aos cocheiros e a Hugh Elsing.

— Ah, você vai ao depósito? — perguntou Melanie. — Ashley vai até lá à tardinha para falar com Hugh. Faça-me o favor de detê-lo lá até umas cinco horas? Se ele chegar em casa mais cedo, com certeza vai nos pegar acabando de fazer o bolo ou alguma outra coisa, e então não vai haver surpresa.

Scarlett sorriu por dentro, o bom humor recuperado.

— Pode deixar, eu o detenho lá — disse ela.

Enquanto falava, os olhos pálidos de India fixaram os seus. "Ela sempre me olha de um modo estranho quando falo de Ashley", pensou Scarlett.

— Bem, retenha-o lá pelo máximo que puder depois das cinco — disse Melanie. — Então India vai até lá buscá-lo... Scarlett, chegue cedo hoje à noite. Não quero que você perca um minuto da recepção.

Quando ia para casa, Scarlett pensou, amuada: "Ela não quer que eu perca um minuto da recepção, é? Então por que não me convidou para receber os convidados com ela, India e tia Pitty?"

Geralmente, Scarlett não daria importância ao fato de receber nas festas insignificantes de Melanie. Mas essa era a maior festa que ela já dera, além de ser para o aniversário de Ashley, e tudo o que Scarlett queria era ficar ao lado dele recebendo os convidados. Mas sabia por que não fora convidada para receber. Mesmo que não soubesse antes, o comentário de Rhett sobre o assunto fora bem franco.

— Alguém da escória sulista fazer as honras da casa quando todos os ex-confederados e democratas proeminentes estarão lá? Suas ideias são de uma burrice comovente. É só por causa da lealdade da Sra. Melly que você está sendo convidada.

Scarlett se vestiu com maior esmero que o usual para sua ida à loja e ao depósito àquela tarde, pondo um novo vestido de tafetá verde furta-cor, que ficava lilás sob certa luminosidade, e o novo chapéu de sol verde-claro, todo debruado com plumas verde-escuras. Se ao menos Rhett a deixasse cortar uma franja crespa sobre a testa, aquele chapéu ficaria muito melhor! Mas ele declarara que rasparia toda a sua cabeça se ela cortasse a franja. E ele andava agindo de modo tão atroz que era capaz de fazer isso mesmo.

Era uma tarde adorável, ensolarada, mas não muito quente, clara, sem ser fulgurante, e a brisa que balançava as árvores da rua dos Pessegueiros fazia as plumas do chapéu de Scarlett dançar. Seu coração também dançava, como sempre quando ia ver Ashley. Se pagasse aos cocheiros e a Hugh cedo, talvez fossem para casa e a deixassem a sós com Ashley no pequeno escritório no meio do depósito. As oportunidades de ver Ashley a sós eram muito raras atualmente. E pensar que Melanie lhe pedira para retê-lo. Que graça!

Seu coração estava feliz quando ela chegou à loja. Pagou a Willie e aos outros balconistas sem sequer perguntar sobre os negócios do dia. Era sábado, o melhor dia da semana para a loja, pois todos os fazendeiros iam fazer compras na cidade nesse dia, mas ela não fez perguntas. Ao longo do caminho para o depósito, parou uma dúzia de vezes para falar com senhoras nortistas em esplêndidas carruagens — não tanto quanto a sua, ela pensou com prazer — e com muitos homens que passavam pelo pó vermelho da rua para tirar o chapéu e cumprimentá-la. A tarde estava linda, ela sentia-se feliz, bonita, e seu progresso era de realeza. Devido a esses atrasos, chegou ao depósito mais tarde do que pretendia e encontrou Hugh e os cocheiros sentados em uma pilha baixa de madeira, esperando por ela.

— Ashley está?

— Sim, no escritório — disse Hugh, a expressão habitualmente preocupada o abandonando à vista de seus olhos alegres. — Ele está tentando... quero dizer, ele está fazendo a contabilidade.

— Ah, ele não precisava se preocupar com isso hoje — disse ela e depois, abaixando a voz: — Melly me pediu para retê-lo aqui para dar tempo de arrumarem a casa para a recepção.

Hugh sorriu, pois era um dos convidados. Ele gostava de festas e acreditava que Scarlett também gostasse pelo modo como estava naquela tarde. Ela pagou aos cocheiros e a Hugh e, retirando-se abruptamente, foi em direção ao escritório, deixando evidente que não fazia questão de ser acompanhada. Ashley a encontrou na porta e ficou parado sob o sol, o cabelo luminoso e nos lábios um sorriso quase forçado.

— Ora, Scarlett, o que está fazendo aqui no centro a esta hora do dia? Por que não está lá em casa ajudando Melly a aprontar a festa-surpresa?

— Droga, Ashley Wilkes! — exclamou ela indignada. — Não era para você saber. Melly vai ficar decepcionada se você não ficar surpreso.

— Ah, não vou deixar que isso aconteça. Serei o homem mais surpreso de Atlanta — disse ele, os olhos sorrindo.

— Agora, quem foi o mesquinho a lhe contar?

— Praticamente todos os homens que Melly convidou. O general Gordon foi o primeiro. Ele disse que por experiência sabia que, quando as mulheres decidiam dar festas-surpresa, geralmente escolhiam justo as noites em que os homens tinham decidido polir e limpar todas as armas da casa. Depois vovô Merriwether me avisou. Disse que certa vez a Sra. Merriwether planejara uma festa-surpresa para ele e a mais surpresa fora ela, porque o vovô tratara o reumatismo às escondidas com uma garrafa de uísque e estava bêbado demais para sair da cama e... ah, todos os homens que já tiveram uma festa-surpresa me contaram.

— Que mesquinhos! — exclamou Scarlett, mas teve que rir.

Parecia ser o antigo Ashley que ela conhecera em Twelve Oaks ao sorrir assim. E raramente sorria agora. A atmosfera estava tão suave, o sol tão agradável, a fisionomia de Ashley tão alegre, sua conversa tão descontraída que o coração dela saltitava de felicidade. Inchava dentro do peito até literalmente doer de prazer, como se carregasse um fardo de lágrimas de alegria, ardentes, não derramadas. De repente, ela se sentia outra vez com 16 anos e feliz, um pouco sem fôlego e empolgada. Teve um impulso louco de arrancar o chapéu de sol, jogá-lo para o ar e gritar "Urra!". Então imaginou quanto Ashley ficaria assombrado se ela o fizesse e começou a rir, rindo tanto até as lágrimas lhe virem aos olhos. Ele também riu, jogando a cabeça para trás como se gostasse da risada, achando que fora provocada pela traição amigável dos homens que tinham contado o segredo de Melly.

— Entre, Scarlett. Estou fazendo a contabilidade.

Ela entrou no pequeno aposento, inflamada pelo sol da tarde, e se sentou na cadeira diante da escrivaninha de tampo corrediço. Seguindo-a, Ashley se sentou na ponta da mesa, as pernas compridas balançando relaxadamente.

— Ah, não vamos nos preocupar com os livros hoje, Ashley! Não estou conseguindo me concentrar. Quando uso um chapéu novo, parece que todos os números me escapam da cabeça.

— Os números fazem bem de escapar quando o chapéu é bonito como esse — disse ele. — Scarlett, você fica cada vez mais bonita!

Descendo da mesa e rindo, ele pegou suas mãos e abriu os braços para poder admirar seu vestido.

— Você está tão bonita! Creio que nunca vai envelhecer!

Àquele toque, ela se deu conta de que, mesmo inconsciente, ela esperara que exatamente isso acontecesse. Durante toda aquela tarde feliz, esperara pelo calor das mãos dele, pela ternura de seus olhos, por uma palavra que mostrasse seu afeto por ela. Essa era a primeira vez que ficavam completamente a sós desde aquele dia frio no pomar de Tara, a primeira vez em que suas mãos tinham se encontrado em qualquer gesto que não fosse formal, e durante os longos meses ela ansiara por um contato mais próximo. Mas agora...

Que estranho que o toque de suas mãos não a excitasse! No passado, só sua proximidade a deixava trêmula. Agora ela só sentia amizade e contentamento. Nenhuma febre saltava das mãos dele para as suas e nelas o coração dela aquietou-se em uma felicidade tranquila. Isso a intrigou, deixando-a um pouco desconcertada. Ele ainda era seu Ashley, seu querido, luminoso, e ela o amava mais que à vida. Então por que...

Mas tirou a ideia da cabeça. Era suficiente que estivesse com ele, que ele segurasse suas mãos e sorrisse, totalmente amigo, sem tensões ou ardores. Parecia um milagre que isso pudesse acontecer quando ela pensava em todas as coisas não ditas entre eles. Os olhos dele fitavam os dela, claros e luminosos, sorrindo do antigo modo que ela amava, sorrindo como se nunca tivesse havido qualquer coisa entre eles além de felicidade. Agora não havia barreiras entre os olhos dele e os dela, nenhum distanciamento desconcertante. Ela riu.

— Ah, Ashley, estou ficando velha e decrépita.

— Ah, está bem aparente! Não, Scarlett, quando tiver 60 anos vai parecer a mesma para mim. Sempre vou me lembrar de você como você estava no dia de nosso último churrasco, sentada sob um carvalho com uma dúzia de rapazes ao redor. Posso até lhe dizer como estava vestida, com um vestido branco coberto de mínimas flores verdes e um xale de renda branca nos ombros. Usava sapatilhas verdes com renda preta e um enorme chapéu de palha com longas fitas verdes. Lembro-me muito bem desse vestido porque, quando estava na prisão e as coisas ficavam ruins demais, eu recorria a minhas memórias, passando o dedo sobre elas como se fossem retratos, relembrando cada detalhe...

Ele parou de repente e a luz entusiasmada sumiu de sua fisionomia. Largou suas mãos gentilmente e ela ficou sentada esperando, esperando pelas próximas palavras.

— Fizemos uma longa jornada desde aquele dia, não foi, Scarlett? Percorremos estradas que não esperávamos trilhar. Você foi em frente veloz e diretamente, e eu relutante e lentamente.

Ele se sentou de novo sobre a mesa, olhou para ela e um leve sorriso surgiu em seu rosto. Mas não era o sorriso que a deixara tão feliz logo antes. Era um sorriso frio.

— É, você veio a toda velocidade, arrastando-me nas rodas de sua biga, Scarlett. Às vezes, tenho uma curiosidade impessoal sobre o que teria sido de mim sem você.

Scarlett apressou-se a defendê-lo de si mesmo, mais apressada ainda porque traiçoeiramente lhe surgiram as palavras de Rhett sobre esse assunto.

— Mas nunca fiz nada por você, Ashley. Sem mim, você teria ficado a mesma coisa. Algum dia ficaria rico, seria um grande homem como ainda vai ser.

— Não, Scarlett, nunca tive a semente da grandeza. Acho que, se não fosse por você, eu teria caído no esquecimento... como a pobre Cathleen Calvert e tantos outros que no passado tinham grandes nomes, nomes tradicionais.

— Ah, Ashley, não fale assim, é tão triste...

— Não, não estou triste. Não mais. Já estive... Agora, eu só...

Ele parou de falar, e de repente ela sabia o que ele estava pensando. Era a primeira vez que ela sabia o que Ashley estava pensando conforme seus olhos a atravessavam, claros feito cristal, ausentes. Quando a fúria do amor batia em seu coração, ela ficava fechada para a mente dele. Agora, naquela amizade tranquila que se desenrolava, conseguia penetrar um pouco em sua mente, compreender um pouco. Ele já não estava triste. Ficara triste após a rendição, quando ela lhe suplicara para ir para Atlanta. Agora estava apenas resignado.

— Detesto ouvi-lo falar assim, Ashley — disse ela, veemente. — Parece Rhett. Ele está sempre assim, batendo na mesma tecla e em algo que chama de sobrevivência dos mais aptos, até me dar vontade de gritar de tão entediada.

Ashley sorriu.

— Já parou para pensar, Scarlett, que Rhett e eu somos basicamente parecidos?

— Ah, não! Você é tão fino, tão honrado, e ele... — ela se interrompeu, confusa.

— Mas somos. Viemos do mesmo tipo de família, fomos criados dentro dos mesmos padrões, educados para pensar as mesmas coisas. E em algum ponto do caminho tomamos rumos diferentes. Ainda pensamos da mesma forma, mas reagimos de modo diferente. Por exemplo, nenhum de nós acreditava na guerra, mas eu me alistei e lutei, e ele ficou de fora quase até o fim. Nós dois sabíamos que a guerra era um erro, que era uma batalha perdida. Eu estava disposto a lutar em uma batalha perdida. Ele, não. Às vezes, acho que ele estava certo, já em outras...

— Ah, Ashley, quando vai parar de ver os dois lados da questão? — perguntou ela, mas sem impaciência, como antes. — Ninguém chega a lugar algum vendo os dois lados.

— É verdade, mas... Scarlett, aonde você quer chegar? Muitas vezes, me pergunto. Veja, eu nunca quis chegar a lugar nenhum. Só queria ser eu mesmo.

Aonde ela queria chegar? Era uma pergunta boba. À fortuna e à segurança, é claro. E, no entanto... sua mente se atrapalhou. Ela tinha dinheiro e toda a segurança que se podia esperar em um mundo inseguro. Mas agora, pensando nisso, não era suficiente. Pensando bem, aquilo não a fizera especialmente feliz, embora a tivesse deixado menos atormentada, menos temerosa do amanhã. "Se eu tivesse tido dinheiro, segurança e você, teria chegado aonde queria", ela pensou, olhando para ele com avidez. Mas não disse nada, temendo quebrar o encanto entre eles, temendo que a mente dele se fechasse para a dela.

— Você só quer ser você mesmo? — riu ela, um pouco lastimosa. — Não ser eu mesma sempre foi minha maior dificuldade! Quanto a onde eu queria chegar, bem, creio que já cheguei. Eu queria ser rica e segura e...

— Mas, Scarlett, já lhe ocorreu que não me importo de ser rico ou não?

Não, nunca lhe ocorrera que alguém não quisesse ser rico.

— Então, o que você quer?

— Agora já não sei. Já soube, mas me esqueci. Em grande parte, ser deixado em paz, não ser atormentado por pessoas que não me agradam, levado a fazer coisas que não quero. Talvez... eu queira a volta dos velhos tempos, e eles nunca vão voltar, e sou perseguido pela lembrança deles e do mundo se despedaçando completamente.

Scarlett cerrou os lábios, obstinada. Não que não entendesse ao que ele se referia. Mais que tudo, o timbre de sua voz a remetia a outros tempos, fazia seu coração doer de repente, recordando. Mas, desde o dia em que ficara prostrada, desolada, passando mal na horta em Twelve Oaks e dissera: "Não vou olhar para trás", fechara-se para o passado.

— Prefiro os dias de hoje — disse ela, mas sem olhar para ele. — Agora sempre tem alguma coisa empolgante acontecendo, festas e tudo o mais. Tudo cintila. Os velhos tempos eram entediantes. — (Ah, os dias preguiçosos e os crepúsculos silenciosos do verão no interior! As risadas da senzala! O calor dourado que a vida tinha então e o conhecimento reconfortante daquilo que os amanhãs trariam! Como posso lhe negar?) — Prefiro os dias de hoje — disse ela, mas sua voz estava trêmula.

Ele desceu da mesa, rindo baixinho em descrença. Pondo a mão em seu queixo, ele ergueu seu rosto para encarar o dele.

— Ah, Scarlett, como você mente mal! Sim, a vida tem brilho agora... de certo modo. É isso que está errado. Os velhos tempos não tinham este brilho, mas tinham encanto, beleza, um glamour em seu vagar.

A mente puxada para sentidos opostos, ela baixou os olhos. O som da voz dele, o toque de sua mão estavam suavemente abrindo portas que ela trancara para sempre. Atrás delas, estava a beleza dos velhos tempos, e uma triste saudade abriu um poço dentro dela. Mas sabia que não importava a beleza que tinha ficado para trás, lá devia ficar. Ninguém podia seguir em frente com um fardo de memórias dolorosas.

Ele largou o queixo dela e pegou uma de suas mãos entre as suas, segurando-a suavemente.

— Você se lembra — disse ele... e uma campainha de alarme tocou na mente dela: não olhe para trás! Não olhe para trás!

Mas rapidamente a desconsiderou, sendo arrastada por uma maré de felicidade. Enfim ela o entendia, enfim suas mentes tinham se encontrado. Era um momento precioso demais para ser perdido, não importando a dor que se seguiria.

— Você se lembra — disse ele, e, sob o encanto de sua voz, as paredes nuas do pequeno escritório sumiram, os anos ficaram de lado e eles cavalgavam pelos caminhos de cascalho do campo em uma primavera distante. À medida que falava, ele apertava mais a mão dela, e havia em sua voz a triste magia de canções meio esquecidas. Ela podia ouvir o cascalho repicando quando passavam sob os cornisos indo para o piquenique dos Tarleton, ouvia sua própria risada despreocupada, via o sol brilhando no cabelo prateado de Ashley e percebia a graça altiva com que montava o cavalo. Em sua voz, havia a música dos violinos e banjos com que dançavam na casa branca que já não existia. Havia os latidos dos cachorros perdigueiros no pântano escuro sob as frias luas de outono, o aroma das tigelas de gemada, coroadas com galhos de azevinho na época de Natal, e os sorrisos nos rostos de negros e brancos. E os velhos amigos voltavam trotando e rindo como se não estivessem mortos durante todos esses anos. Stuart e Brent, com suas pernas compridas, cabelo ruivo e seus trotes, Tom e Boyd, indomáveis como cavalos jovens, Joe Fontaine com seus olhos negros ardentes, Cade e Raiford Calvert, que se moviam com graciosa languidez. Havia também John Wilkes; e Gerald, corado de conhaque; e um sussurro e uma fragrância que eram Ellen. Sobre tudo, repousava uma sensação de segurança, o saber que amanhã traria apenas a mesma felicidade que hoje trouxera.

Ashley se calou, eles se olharam por um longo momento em silêncio e entre eles estava a dourada juventude perdida, que tão irrefletidamente tinham compartilhado.

"Agora eu sei por que você não consegue ser feliz", ela pensou, triste. "Nunca entendera antes. Também nunca entendera por que eu não estava feliz. Mas... ora, estamos falando como os velhos!", ela pensou com triste surpresa. "Velhos olhando para cinquenta anos atrás. E não somos velhos! É só que aconteceu muita coisa nesse meio-tempo. Tudo mudou tanto que parece ter sido há cinquenta anos. Mas não somos velhos!"

Mas, quando olhou para Ashley, ele já não era nem jovem, nem luminoso. Sua cabeça estava baixa e ele olhava, ausente, para a mão dela que ainda segurava, e ela viu que seu cabelo agora estava grisalho como o reflexo da lua em água parada. De algum modo, a beleza brilhante se fora da tarde de abril, assim como de seu coração, e a triste doçura das lembranças ficou amarga como fel.

"Não devia tê-lo deixado me fazer olhar para trás", pensou ela, desesperada. "Eu estava certa quando disse que nunca olharia para trás. Dói demais, arrasta o coração até que não se consegue fazer nada a não ser olhar para trás. É isso que está errado com Ashley. Ele não consegue mais olhar para a frente. Não consegue ver o presente, teme o futuro e, então, olha para trás. Eu nunca tinha entendido isso. Nunca tinha entendido Ashley. Ah, Ashley, meu querido, você não devia olhar para trás! Que bem isso vai fazer? Eu não devia tê-lo deixado me tentar a falar dos velhos tempos. É nisso que dá olhar para a felicidade que ficou lá atrás, essa dor, esse coração partido, esse descontentamento."

Ela se levantou, a mão ainda na dele. Precisava ir embora. Não podia ficar e pensar nos velhos tempos e olhar para o rosto dele, cansado, triste e taciturno como estava agora.

— Passou-se muito tempo desde então, Ashley — disse ela, tentando firmar a voz, lutando contra o nó em sua garganta. — Nós tínhamos boas ideias naquela época, não é? Ah, Ashley, nada saiu como esperávamos!

— Nunca sai — disse ele. — A vida não tem obrigação de nos dar o que esperamos. Aceitamos o que nos acontece e agradecemos por não ter sido pior.

Seu coração ficou repentinamente dolorido, cansado, ao pensar na longa estrada que ela percorrera desde aqueles tempos. Veio-lhe à lembrança a Scarlett O'Hara que adorava os admiradores e vestidos bonitos e que pretendia, algum dia, quando tivesse tempo, ser uma grande dama, como Ellen.

Sem aviso, lágrimas começaram a rolar lentamente por suas faces e ela ficou olhando para ele, muda, como uma criança confusa e magoada. Ele não falou nada, mas tomou-a nos braços, pressionando sua cabeça contra o ombro, e, inclinando-se, colou o rosto ao dela. Ela relaxou e o envolveu com os braços. O conforto de seus braços a ajudou a secar as lágrimas repentinas. Ah, era tão bom estar em seus braços, sem paixão, sem tensão, estar lá como com um amigo amado. Só Ashley, que compartilhava suas memórias e sua juventude, que conhecia suas raízes e seu presente, podia entender.

Ela ouviu o som de passos lá fora, mas não deu atenção, achando que eram os cocheiros indo para casa. Ficou por um momento escutando as batidas tranquilas do coração de Ashley. Subitamente, ele se desvencilhou do abraço, deixando-a confusa com a violência do gesto. Ela olhou para ele, surpresa, mas ele não a olhava. Olhava sobre o ombro dela para a porta.

Ela se virou e lá estava India, branca, os olhos pálidos fuzilando, e Archie, malévolo como um papagaio caolho. Atrás dos dois, estava a Sra. Elsing.

Como saiu do escritório, ela nunca se lembrou. Mas, seguindo ordens de Ashley, foi logo embora, deixando-o a conversar com Archie lá dentro, India e a Sra. Elsing do lado de fora de costas para ela. Acompanhada por vergonha e medo, ela correu para casa e em sua mente, com sua barba patriarcal, Archie assumiu as proporções de um anjo vingativo direto das páginas do Velho Testamento.

A casa estava vazia e silenciosa no entardecer de abril. Todos os criados tinham ido a um funeral e as crianças brincavam no pátio dos fundos de Melanie. Melanie...

Melanie! Subindo as escadas, Scarlett gelou ao pensar nela. Ela ficaria sabendo. India disse que contaria a ela. Ah, India adoraria contar, não se importando se denegrisse o nome de Ashley, não se importando se magoasse Melanie, se fazendo isso pudesse ferir Scarlett! E a Sra. Elsing também falaria, embora nada tivesse visto de fato, pois estava atrás de India e de Archie na porta do escritório. Mas falaria de qualquer jeito. Até a hora do jantar, a notícia teria se espalhado pela cidade. Até o café da manhã do dia seguinte, todos saberiam, até os negros. Na festa à noite, as mulheres se reuniriam nos cantos e discretamente, aos sussurros, dariam asas a seu prazer malicioso. Scarlett Butler despencando de seu alto e poderoso pedestal! E a história não pararia de crescer. Não havia como interrompê-la. Não se deteria no simples fato de que Ashley a estava abraçando enquanto ela chorava. Antes do anoitecer, as pessoas estariam dizendo que ela fora flagrada em adultério. E fora tão inocente, tão meigo! Scarlett pensou, descontrolada: se tivessem nos pegado naquele Natal em que ele veio de licença, quando o beijei em despedida... se tivessem nos pegado no pomar de Tara, quando supliquei que fugisse comigo... ah, se nos pegassem em qualquer das vezes em que realmente éramos culpados, não seria tão ruim! Mas agora! Agora! Quando eu fui para seus braços como uma amiga...

Mas ninguém acreditaria nisso. Ela não teria um único amigo a defendê-la, uma única voz a se levantar para dizer: "Não acredito que ela estivesse fazendo algo errado." Ela ultrajara os velhos amigos por tempo demais para encontrar um defensor entre eles. Suas novas amizades, sofrendo em silêncio sob sua insolência, adorariam uma oportunidade de injuriá-la. Não, qualquer um acreditaria em qualquer coisa sobre ela, embora pudessem duvidar de que um homem fino como Ashley Wilkes estivesse metido em um caso tão sujo. Como de costume, lançariam a culpa sobre a mulher e dariam de ombros para a culpa do homem. E, nesse caso, estariam certos. Ela fora para seus braços.

Ah, ela aguentaria as ofensas, as desfeitas, os sorrisos dissimulados, qualquer coisa que a cidade pudesse dizer, caso necessário... mas não Melanie! Ah, não Melanie! Não sabia por que se importava tanto de Melanie saber, mais que qualquer outro. Sentia-se apavorada e oprimida demais por uma sensação de culpa para tentar entender. Mas teve um acesso de choro ao pensar no que haveria nos olhos de Melanie quando India lhe contasse que flagrara Ashley abraçando Scarlett. E o que faria ao saber? Deixaria Ashley? O que mais restaria a fazer com dignidade? "O que eu e Ashley faremos?" Ela pensava, frenética, as lágrimas escorrendo pelas faces. Ah, Ashley vai morrer de vergonha e me odiar por isso. De repente, parou de chorar, o medo tomando conta de seu coração. E Rhett? O que faria?

Talvez nunca soubesse. Como era mesmo aquele velho e cínico ditado? "O marido é sempre o último a saber." Talvez ninguém contasse. Seria preciso um homem de coragem para dar essa notícia, pois Rhett tinha a reputação de atirar primeiro e perguntar depois. Por favor, meu Deus, não deixe que ninguém seja corajoso bastante para contar a ele! Mas ela se lembrava da fisionomia de Archie na porta do escritório, o frio olho pálido, sem remorso, cheio de ódio por ela e por todas as mulheres. Archie não temia Deus nem os homens e odiava mulheres licenciosas. Odiava-as bastante para ter matado uma. E dissera que contaria a Rhett. E contaria apesar de tudo o que Ashley pudesse fazer para dissuadi-lo. A menos que Ashley o matasse, Archie contaria a Rhett, sentindo que era seu dever de cristão.

Ela se despiu e deitou na cama, a cabeça girando. Se pudesse apenas trancar a porta, ficar naquela segurança para sempre e nunca mais ver ninguém... Talvez Rhett não descobrisse naquela noite. Ela diria que estava com dor de cabeça e não queria ir à festa. Pela manhã, já teria pensado em alguma desculpa, alguma defesa que detivesse a inundação.

"Não vou pensar nisso agora", pensou, desesperada, enterrando a cabeça no travesseiro. "Não vou pensar nisso agora. Pensarei depois, quando conseguir aguentar."

Ao anoitecer, ela ouviu os criados voltando, e lhe pareceram quietos demais durante os preparativos do jantar. Ou era sua consciência culpada? Mammy bateu à porta, mas Scarlett a mandou embora, dizendo que não queria jantar. O tempo passou e, por fim, ouviu os passos de Rhett nas escadas. Ficou tensa até ele chegar ao último degrau, reuniu todas as suas forças para um encontro, mas ele foi para seu quarto. Respirou aliviada. Ele não sabia. Graças a Deus, ele ainda respeitava seu gélido pedido de nunca mais pôr os pés em seu quarto, pois, se a visse agora, seu rosto a entregaria. Ela precisava se recompor e dizer a ele que estava demais mal para ir à festa. Bem, havia tempo para se acalmar. Ou não? Desde aquele momento terrível à tarde, a vida parecia atemporal. Ela ouviu Rhett andando pelo quarto, ocasionalmente falando com Pork. Ainda não tinha coragem de chamá-lo. Ficou deitada, imóvel, tremendo.

Após um longo tempo, ele bateu à porta e ela disse, tentando controlar a voz:
— Entre!
— Estou mesmo sendo convidado a entrar no santuário? — perguntou ele, abrindo a porta. Estava escuro e ela não conseguia ver o rosto dele, assim como não conseguiu tirar nenhuma conclusão de sua voz. Ele entrou e fechou a porta.
— Está pronta para a recepção?
— Sinto muito, mas estou com dor de cabeça. — Que estranho sua voz soar natural! Graças a Deus pela escuridão! — Creio que não vou. Vá você, Rhett, e peça minhas desculpas a Melanie.

Houve uma longa pausa e ele falou com a voz arrastada, causticamente, no escuro.

— Que branca ordinária, vadia e covarde você é.

Ele sabia! Ela ficou tremendo, incapaz de falar. Ouviu-o remexer no escuro, acender um fósforo, e o quarto se iluminou. Ele foi até a cama e olhou para ela. Estava vestido para a festa.

— Levante-se — disse ele, e não havia nada em sua voz. — Nós vamos à recepção. Você precisa se apressar.

— Ah, Rhett, não posso. Veja, eu...

— Estou vendo. Levante-se.

— Rhett, Archie ousou...

— Archie ousou, sim. Um homem muito corajoso, o Archie.

— Você devia matá-lo por contar mentiras...

— Eu tenho essa estranha mania de não matar as pessoas que contam a verdade. Não há tempo para discutirmos agora. Levante-se.

Ela se sentou, abraçando o lençol, os olhos investigando a fisionomia dele. Estava obscura e impassível.

— Não vou, Rhett. Não posso até que esse mal-entendido esteja esclarecido.

— Se você não mostrar a cara hoje, nunca mais vai poder mostrá-la nesta cidade enquanto viver. E, embora eu consiga suportar uma vadia como esposa, não suporto uma covarde. Você irá hoje, nem que todos, de Alex Stephens para baixo a ofendam e a Sra. Wilkes lhe peça que se retire.

— Rhett, deixe-me explicar.

— Não quero ouvir. Não há tempo. Vista-se.

— Eles entenderam mal, India, a Sra. Elsing e Archie. E me odeiam. India me odeia tanto que mentiria sobre o próprio irmão para me prejudicar. Se me deixasse explicar...

"Ah, Mãe de Deus," ela pensou agoniada, "imagine se ele disser: 'Por favor, explique!' O que eu posso dizer? Como posso explicar?"

— Eles vão ter contado mentiras a todos. Não posso ir.

— Você irá — disse ele —, nem que eu precise carregá-la pelo pescoço e chutar seu belo traseiro com minha bota até lá.

Havia um brilho frio em seus olhos, e ele a puxou para ficar de pé. Agarrou o espartilho e jogou para ela.

— Vista-o. Eu amarro. Ah, sim, entendo muito disso. Não, não vou chamar Mammy para ajudá-la e deixá-la fechar a porta e ficar aqui escondida como a covarde que é.

— Não sou covarde — exclamou ela, atingida além do medo. — Eu...

— Ah, poupe-me da saga sobre matar ianques e enfrentar o exército de Sherman. Você é uma covarde... entre outras coisas. Se não for por amor a si própria, irá por amor a Bonnie. Como poderia destruir ainda mais as chances dela? Vista o espartilho, depressa.

Ela se apressou em se livrar do lençol e ficou só com sua chemise. Se ao menos ele olhasse para ela e visse como estava bonita assim, talvez aquela expressão amedrontadora sumisse de seu rosto. Afinal, fazia tempo que ele não a via só de chemise. Mas ele não olhou. Estava diante do armário, observando rapidamente os vestidos. Depois de remexer um pouco, tirou seu vestido novo de seda, verde-jade. Era decotado, e a saia era drapeada para trás sobre uma enorme anquinha com um ramalhete de rosas de veludo cor-de-rosa.

— Use este — disse ele, jogando-o na cama. — Nada de cinzas e lilases recatados de matrona hoje. Sua bandeira precisa ser pregada ao mastro, pois obviamente você a deixaria cair se não estivesse. E bastante ruge. Tenho certeza de que a mulher que os fariseus prenderam por adultério não estava tão pálida. Vire-se.

Ele pegou as tiras do espartilho e puxou-as com tal força que ela gritou, assustada, humilhada, constrangida com seu desempenho tão desagradável.

— Dói? — Ele deu uma risada breve e ela não podia ver seu rosto. — Pena que não é em volta de seu pescoço.

A casa de Melanie resplandecia com luzes em todos os aposentos e podia-se ouvir a música de longe. Conforme se aproximaram da entrada, o agradável som de gente se divertindo flutuava no ar. A casa estava repleta de convidados. Transbordavam pelas varandas e muitos sentavam-se nos bancos do jardim iluminado pelas lanternas penduradas.

"Não posso entrar... Não posso", pensou Scarlett, sentada na carruagem, segurando o lenço embolado. "Não posso. Não vou. Vou saltar e fugir para algum lugar, de volta para Tara. Por que Rhett me forçou a vir? O que as pessoas vão fazer? O que Melanie vai fazer? Como ela vai estar? Ah, não posso encará-la. Vou fugir."

Como se lesse sua mente, Rhett segurou seu braço em um aperto que deixaria uma mancha roxa, o aperto bruto de um estranho.

— Nunca conheci um irlandês covarde. Onde está sua tão alardeada coragem?

— Rhett, por favor, deixe-me ir para casa e explicar.

— Você terá uma eternidade para se explicar, mas só uma noite para ser uma mártir no anfiteatro. Saia, querida, e deixe que eu veja os leões devorarem-na. Saia.

De algum modo, ela conseguiu percorrer o caminho de entrada, o braço que segurava, duro e firme quanto granito, lhe passando certa coragem. Por Deus, ela podia encará-las, e era o que faria. O que eram, além de um bando de gatas ariscas que a invejavam? Ela lhes mostraria. Não importava o que pensassem. Só Melanie... só Melanie.

Eles estavam na porta de entrada e Rhett se inclinava para a direita e para a esquerda, chapéu na mão, a voz fria e afável. A música parou quando entraram, e em sua mente confusa todas as pessoas pareceram avançar como o rugir do mar e, em seguida, se afastar, como na maré vazante, diminuindo o som. Será que todos a retalhariam? Bem, pelo manto de Cristo, que fosse! Ela ergueu o queixo e sorriu, o canto dos olhos se enrugando.

Antes que pudesse se virar e falar com os que estavam próximos à porta, alguém veio abrindo caminho. Houve um silêncio estranho que fez o coração de Scarlett tremer. Então, apareceu Melanie, os pezinhos apressados para encontrar Scarlett na porta, para falar com ela antes de qualquer outro. Os ombros estreitos estavam empertigados, e o pequeno maxilar, decidido, e ela dava a impressão de não ter outros convidados além de Scarlett. Foi para seu lado, passando-lhe a mão pela cintura.

— Que vestido lindo, querida — disse ela com sua voz fraca e clara. — India não pôde vir para me ajudar. Você poderia receber comigo?

Capítulo 54

Segura em seu quarto outra vez, Scarlett caiu na cama, descuidando do lustroso vestido das anquinhas e das rosas. Por algum tempo, só conseguiu ficar imóvel e pensar em si mesma entre Melanie e Ashley, cumprimentando os convidados. Que horror! Preferia enfrentar Sherman de novo a repetir aquela atuação! Depois, levantou-se e foi largando as roupas enquanto andava pelo quarto.

Reagindo à tensão por que passara, começou a tremer. Os grampos escorregavam de seus dedos, caindo no chão, e, quando tentava dar as cem escovadas usuais no cabelo, acabou batendo o verso da escova na testa, o que doeu. Foi até a porta na ponta dos pés uma dúzia de vezes para escutar possíveis ruídos lá embaixo, mas o andar inferior parecia um negro abismo silencioso.

Ao acabar a festa, Rhett a mandara para casa sozinha na carruagem, e ela agradeceu a Deus pela prorrogação. Ele ainda não chegara. Ainda bem que não tinha vindo. Não poderia encará-lo naquela noite, envergonhada, assustada, trêmula. Mas onde estaria? Provavelmente na casa daquela criatura. Pela primeira vez, Scarlett estava contente pela existência de uma pessoa como Belle Watling. Contente por haver outro lugar que abrigasse Rhett além de sua casa até que seu faiscante humor assassino passasse. Era errado ficar contente pelo marido estar na casa de uma prostituta, mas ela não conseguia sentir o contrário. Ficaria quase feliz de sabê-lo morto, se isso significasse não precisar vê-lo hoje.

Amanhã... bem, amanhã seria outro dia. Amanhã ela pensaria em alguma desculpa, em alguma contra-acusação, alguma maneira de provar que Rhett estava errado. Amanhã a lembrança dessa noite atroz não estaria tão feroz assim para fazê-la tremer. Amanhã ela não estaria tão assombrada pela memória da fisionomia de Ashley, seu orgulho ferido e sua vergonha... vergonha causada por ela, na qual ele participara tão pouco. Será que a odiaria agora, seu querido e honrado Ashley, pela vergonha que provocara? Claro que sim... agora que os dois tinham sido salvos pelos magros ombros indignados e decididos de Melanie e pelo amor e pela confiança inabalável que estavam em sua voz quando ela cruzara o assoalho lustroso para passar o braço pelo de Scarlett e encarar a multidão curiosa, maliciosa, dissimuladamente hostil. Com que elegância Melanie evitara o escândalo, mantendo Scarlett a seu lado durante toda aquela noite pavorosa! As pessoas tinham sido um pouco frias e ficado meio atordoadas, mas haviam sido bem-educadas.

Ah, a ignomínia daquilo tudo, ficar protegida atrás das saias de Melanie daqueles que a odiavam, que a teriam despedaçado com seus sussurros! Ser protegida pela confiança cega logo de Melanie!

Scarlett teve um calafrio diante dessa ideia. Precisava tomar uma bebida, muitas doses antes de se deitar, e ter alguma esperança de dormir. Jogou um roupão sobre a camisola e saiu para o corredor escuro, suas chinelinhas fazendo ruído em meio ao total silêncio. Ela já estava no meio da escadaria quando olhou para a porta fechada da sala de jantar e viu um filete de luz passando por baixo. Seu coração parou. Será que aquela luz estava acesa quando chegara e, de tão aborrecida, não percebera? Ou Rhett estaria em casa, afinal? Ele poderia ter entrado em silêncio pela cozinha. Se Rhett estivesse em casa, ela voltaria para seu quarto na ponta dos pés sem o conhaque, por mais que necessitasse dele. Assim não precisaria encará-lo. No quarto estaria a salvo, pois podia trancar a porta.

Inclinava-se para tirar as chinelas e poder voltar correndo sem fazer ruído quando a porta se abriu abruptamente e a silhueta de Rhett apareceu contra a fraca luminosidade da vela acesa atrás dele. Ele parecia enorme, maior do que ela já o vira, um vulto escuro, apavorante, sem rosto, que oscilava levemente.

— Por favor, faça-me companhia, Sra. Butler — disse ele, com a voz meio pastosa.

Ele estava embriagado, visivelmente, e ela nunca o vira mostrar a embriaguez antes, não importando quanto tivesse bebido. Scarlett ficou parada, sem saber o que fazer, quieta, e o braço dele se ergueu em um comando.

— Venha cá, maldita! — disse ele asperamente.

"Ele deve estar muito bêbado", ela pensou com o coração palpitante. Geralmente, quanto mais ele bebia, mais finos ficavam seus modos. Ele ficava mais debochado, suas palavras ficavam mais sarcásticas, mas os modos eram sempre mais escrupulosos.

"Jamais devo deixá-lo perceber que estou com medo de encará-lo", pensou ela e, segurando o roupão junto ao pescoço, desceu as escadas com a cabeça erguida e batendo ruidosamente as chinelas nos calcanhares.

Ele ficou de lado e fez uma mesura quando ela passou pela porta, com um ar de deboche que a fez estremecer. Ela viu que ele estava sem casaco e que a gravata estava pendurada no colarinho aberto. A camisa estava aberta, deixando ver os pelos pretos de seu peito. O cabelo estava despenteado, e os olhos, injetados e estreitos. Uma vela ardia sobre a mesa, uma faísca de luz que lançava sombras monstruosas pela sala de pé-direito alto, fazendo os maciços aparadores e o bufê parecerem bestas imóveis, agachadas.

Sobre a bandeja de prata na mesa, estava o decantador de conhaque, aberto, cercado de copos.

— Sente-se — disse ele, lacônico, seguindo-a para dentro da sala.

Agora era invadida por outro tipo de medo, um medo que fez seu alarme de encará-lo parecer muito pequeno. Ele parecia, falava e agia como um estranho. Este era um Rhett grosseiro que ela nunca vira antes. Nunca, em momento algum, mesmo nos mais íntimos, ele fora outra coisa que não indiferente. Mesmo com raiva, era brando e satírico, e o uísque geralmente intensificava essas qualidades. A princípio, aquilo a incomodara, e ela tentara romper a indiferença, mas logo passou a aceitá-la como algo conveniente. Por anos, achara que nada tinha muita importância para ele, que ele considerava tudo na vida, inclusive ela, um jogo irônico. Mas, ao encará-lo do outro lado da mesa, percebeu, com uma pontada no estômago, que por fim algo importava, e muito.

— Não há motivo para que você não tome sua bebida antes de dormir, apesar de minha indelicadeza de estar em casa — disse ele. — Posso servi-la?

— Eu não queria beber — disse ela, tesa. — Ouvi um ruído e vim...

— Ouviu nada. Não teria descido se achasse que eu estava em casa. Fiquei aqui sentado e a escutei andando pelo quarto. Deve precisar muito de uma bebida. Tome.

— Eu não...

Ele pegou o decantador e encheu um copo até a borda, deixando derramar.

— Tome — disse ele, entregando-lhe. — Você está trêmula. Ah, não faça essa pose. Eu sei que você bebe às escondidas e sei quanto. Já pensei em lhe dizer que parasse com os fingimentos e bebesse abertamente. Acha que me importo se gosta de tomar um conhaque?

Ela pegou o copo molhado, silenciosamente amaldiçoando-o. Ele a lia como a um livro aberto. Sempre a lera, e era o único homem do mundo de quem ela gostaria de ocultar seus pensamentos.

— Beba, estou dizendo.

Ela ergueu o copo e bebeu seu conteúdo com um abrupto movimento de braço, o pulso firme, assim como Gerald sempre tomara seu uísque puro, tomou de um trago antes de pensar em quanto parecia experiente e deselegante. O gesto não escapou a Rhett, que desceu o canto da boca.

— Sente-se e teremos uma agradável discussão doméstica sobre a elegante festa desta noite.

— Você está bêbado — disse ela friamente —, e eu vou dormir.

— Estou muito bêbado e pretendo ficar mais ainda antes que a noite acabe. Mas você não vai dormir... ainda não. Sente-se.

Sua voz ainda trazia vestígios da tranquila fala arrastada de costume, mas por baixo das palavras ela sentia a violência abrindo caminho para a superfície, uma violência tão cruel quanto o estalido do chicote. Enquanto hesitava, indecisa, ele já estava a seu lado, apertando-lhe o braço até machucar. Deu-lhe um leve empurrão e ela sentou-se com um uivo de dor. Agora estava com medo, com mais medo do que nunca. Quando ele se inclinou, ela percebeu que seu rosto estava sombrio e corado, e os olhos ainda tinham aquela faísca amedrontadora. Havia algo em suas profundezas que ela não reconhecia, não conseguia entender, algo mais profundo que a cólera, mais forte que a dor, algo que o impelia até tornar seus olhos duas brasas incandescentes. Ele ficou olhando para ela por um bom tempo, tanto que o olhar desafiador de Scarlett hesitou e cedeu. Então ele se jogou em uma cadeira em frente a ela e se serviu de outra dose. Ela pensou rapidamente, cogitando um plano de defesa. Mas, até que ele falasse, ela não saberia o que dizer, pois não sabia exatamente quais seriam as acusações.

Ele bebia devagar, observando-a, e os nervos dela se retesavam, tentando não tremer. A expressão dele ficou imutável por algum tempo, mas finalmente ele riu, ainda com os olhos nela, e, diante disso, ela não conseguiu evitar o tremor.

— Foi uma comédia bem divertida esta noite, não foi?

Ela não disse nada, cruzando os dedos dos pés nas chinelas em um esforço de controlar a tremedeira.

— Uma agradável comédia sem a falta de um único personagem. A aldeia reunida para apedrejar a mulher desviada, o marido enganado apoiando-a como é apropriado a um cavalheiro, a esposa enganada chegando com espírito cristão e lançando o manto de sua reputação imaculada sobre tudo. E o amante...

— Por favor.

— Não há favor algum. Não hoje. É muito divertido. E o amante parecendo um bobo, querendo estar morto. Como se sente, minha cara, tendo a mulher que odeia defendendo-a e encobrindo seus pecados? Sente-se!

Ela se sentou.

— Imagino que isso não a tenha feito gostar mais dela. Você está cogitando se ela sabe de tudo sobre você e Ashley... cogitando por que agiu assim se sabe... se o fez só para salvar a própria situação. E está achando que ela é uma tola de fazer isso, mesmo que tenha lhe salvado a pele, mas...

— Não vou escutar...

— Vai, sim. E vou lhe dizer algo para tranquilizar suas preocupações: a Sra. Melly é uma tola, mas não do modo que você pensa. É óbvio que alguém lhe contou, mas ela não acreditou. Mesmo que visse, não acreditaria. Ela é honrada demais para conceber a desonra em qualquer um que ame. Não sei que mentira

Ashley Wilkes lhe contou... mas qualquer uma desengonçada serviria, pois ela ama Ashley e ama você. Não consigo entender por que ela a ama, mas ama. Que esta seja uma de suas cruzes.

— Se você não estivesse tão embriagado e ofensivo, eu lhe explicaria tudo — disse Scarlett, recuperando alguma dignidade. — Mas agora...

— Não estou interessado em suas explicações. Eu sei mais a verdade do que você. Por Deus, se você se levantar mais uma vez dessa cadeira... E o que acho mais divertido que a comédia desta noite é o fato de que, enquanto você tem virtuosamente me negado os prazeres de sua cama devido a meus muitos pecados, esteve olhando para Ashley Wilkes com intenção impura no coração. "Intenção impura no coração." É uma boa frase, não é? Há uma série de boas frases no Livro, não há?

— Que livro? Que livro? — Sua mente se dispersou, tolamente, enquanto ela olhava, frenética, pela sala, observando quanto o brilho da prataria estava fosco sob aquela luz difusa, quanto eram assustadoramente escuros os cantos.

— E fui expulso porque meus ardores toscos eram demais para seu refinamento... porque você não queria mais filhos. Como aquilo me deixou mal, meu coração! Como me magooou! Então saí e encontrei agradável consolo e deixei-a com seus refinamentos. E você passou esse tempo seguindo as pegadas do sofredor de longa data, Sr. Wilkes. Maldito seja, o que há com ele? Não consegue ser mentalmente fiel, nem fisicamente infiel. Por que não se decide? Você não se importaria de ter filhos dele, não é... e agiria como se fossem meus?

De um salto, ela ficou de pé com um grito, e ele saiu de sua cadeira, rindo aquela risada baixa que fazia o sangue dela gelar. Ele comprimiu-lhe as costas no encosto da cadeira com suas grandes mãos morenas e se inclinou sobre ela.

— Olhe minhas mãos, minha cara — disse ele, flexionando-as diante dos olhos dela. — Eu poderia parti-la em pedaços sem dificuldade, e o faria se isso tirasse Ashley de sua cabeça. Mas não vai tirar. Então, acho que vou tirá-lo de sua cabeça para sempre assim. Vou pôr as mãos, assim, de cada lado de sua cabeça e vou espremer seu crânio entre elas como uma noz e isso vai espremê-lo aí de dentro.

Suas mãos estavam na cabeça dela, sob o cabelo escorrido, acariciando brutalmente, virando-lhe o rosto para cima. Ela olhava para a fisionomia de um estranho, um estranho embriagado de voz arrastada. Nunca lhe faltara a coragem instintiva, e, diante do perigo, ela fluía, ardendo em sua veias, endireitando-lhe a espinha, estreitando-lhe os olhos.

— Seu bêbado idiota — disse ela. — Tire as mãos de mim.

Para sua surpresa, ele o fez, e sentando-se na beira da mesa, serviu outro copo.

— Sempre admirei sua coragem, minha cara. Nunca tanto quanto agora, quando está encurralada.

Ela cruzou o roupão sobre o corpo. Ah, se ao menos pudesse ir para o quarto, fechar a sólida porta a chave e ficar sozinha. De algum modo, ela precisava mantê-lo afastado, dominá-lo, esse Rhett que ela nunca vira antes. Levantou-se sem pressa, embora as pernas tremessem, ajustou o roupão nos quadris e tirou o cabelo do rosto.

— Não estou encurralada — disse ela, cortante. — Você nunca vai me encurralar, Rhett Butler, ou me assustar. Você não passa de uma besta embriagada que andou com mulheres da vida por tanto tempo que não consegue entender nada além de vadiagem. Você não pode entender Ashley nem a mim. Viveu na sujeira por tempo demais para conhecer qualquer outra coisa. Está com ciúmes de uma coisa que não pode entender. Boa-noite.

Ela se virou descontraidamente e foi para a porta, só parando com a gargalhada dele. Ela se virou e ele cambaleou em sua direção. Por Deus, se ao menos ele parasse com aquela terrível gargalhada! O que havia de risível? Conforme ele ia em sua direção, ela recuou e acabou encostada na parede. Ele pôs as mãos pesadas sobre ela e prendeu seus ombros.

— Pare de rir.

— Estou rindo porque tenho muita pena de você.

— Pena... de mim? Sinta pena de si mesmo.

— Juro por Deus, tenho pena de você, minha cara, minha bela tolinha. Isso dói, não é? Você não consegue aguentar riso nem pena, não é?

Ele parou de rir, apoiando-se com tanta força nos ombros dela que doía. Sua fisionomia mudou e ele ficou tão perto dela que o cheiro forte do uísque em seu hálito a fez virar a cabeça.

— Então estou com ciúmes? — disse ele. — E por que não? Ah, estou sim, com ciúmes de Ashley Wilkes. Por que não? Não tente falar e explicar. Sei que foi fisicamente fiel. Era o que estava tentando dizer? Ah, sempre soube disso. Todos esses anos. Como sei? Ah, bem, conheço Ashley Wilkes e sua raça. Sei que é um cavalheiro honrado. E isso, minha cara, é mais do que posso dizer de você... ou de mim, nesse caso. Não somos cavalheiros e não temos honra, temos? Por isso, prosperamos como um loureiro verdejante.

— Deixe-me ir. Não vou tolerar ficar aqui sendo ofendida.

— Não a estou ofendendo. Estou elogiando sua virtude física. E não me enganou nem um pouco. Você acha que os homens são tolos, Scarlett. Nunca vale a pena subestimar a força e a inteligência de seu adversário. E não sou tolo. Você acha que não sei que você já esteve em meus braços e imaginou serem os de Ashley Wilkes?

Ela deixou cair o queixo, medo e surpresa claramente escritos em seu rosto.

— Coisa agradável aquela. Meio fantasmagórica, de fato. Como se houvesse três na cama, quando só devia haver dois. — Ele sacudiu os ombros dela, de leve, deu um soluço e sorriu, debochado. — Sim, você foi fiel a mim porque Ashley não a teria. Mas, bem, eu não disputaria com ele seu corpo. Bem sei o pouco que valem os corpos... especialmente os das mulheres. Mas disputo seu coração e sua cabeça querida, dura, inescrupulosa, teimosa. Ele não quer sua cabeça, o tolo, e eu não quero seu corpo. Posso comprar mulheres por pouco dinheiro. Mas quero sua cabeça e seu coração, e nunca os terei, não mais do que você terá a cabeça de Ashley. E é por isso que tenho pena de você.

Apesar de todo o seu medo e atordoamento, seu escárnio a atingiu.

— Pena... de mim?

— Sim, pena porque você é muito infantil, Scarlett. Uma criança chorando pela lua. O que uma criança faria com a lua se a tivesse? O que você faria com Ashley? Sim, tenho pena de você... pena de vê-la jogar fora a felicidade e tentar ter algo que nunca a faria feliz. Sinto pena porque é tola a ponto de não saber que só há felicidade quando iguais se unem. Se eu morresse, se a Sra. Melly morresse e você tivesse seu precioso e honrado amor, acha que seria feliz com ele? Não! Você não o conheceria, nunca saberia o que estava pensando, não o entenderia mais que entende música, poesia, livros ou qualquer coisa que não sejam dólares. Ao passo que nós, cara esposa de meu coração, poderíamos ter sido muito felizes se você tivesse dado metade da chance que deu, pois somos muito parecidos. Somos dois patifes, Scarlett, e não há nada que nos impeça de ter o que queremos. Podíamos ter sido felizes, pois eu a amo e a conheço, Scarlett, até os ossos, de um modo que Ashley nunca poderia conhecer. E ele a desprezaria se a conhecesse... Mas não, você tem que desejar o impossível, a vida inteira atrás de um homem que não consegue entender. E eu, minha cara, vou continuar atrás de vadias. E, devo dizer, nós nos damos melhor que muitos casais.

Ele a soltou abruptamente, fazendo um caminho sinuoso de volta ao decantador. Scarlett ficou presa ao chão por um instante, os pensamentos indo e vindo com tal rapidez que ela não conseguia deter-se em nenhum por tempo suficiente para examiná-lo. Rhett dissera que a amava. Teria falado sério? Ou só estava bêbado? Ou era mais uma de suas terríveis brincadeiras? E Ashley... a lua... chorando pela lua. Ela correu pelo corredor escuro, fugindo como se demônios estivessem em seu encalço. Ah, só queria chegar a seu quarto! Torceu o tornozelo e a chinela caiu. Quando parou para tirá-la, frenética, Rhett, vindo com a leveza de um índio, já estava a seu lado no escuro. Seu hálito estava quente em seu rosto e suas mãos a abraçaram rudemente, por baixo do roupão, tocando sua pele nua.

— Você me expôs para a cidade ao persegui-lo. Por Deus, esta vai ser uma noite em que só haverá duas pessoas em minha cama.

Ele a pegou no colo e começou a subir as escadas. Sua cabeça estava contra o peito dele e ela ouvia o martelar de seu coração. Ele a machucava e ela deu um grito abafado, assustada. Ele subia as escadas na total escuridão e ela estava apavorada. Era um estranho enlouquecido em uma escuridão que ela desconhecia, mais negra que a morte. Ele era como a morte, levando-a em um doloroso abraço. Ela soltou um grito asfixiado e ele parou de repente no patamar e, virando-a rapidamente nos braços, inclinou-se e beijou-a com uma ferocidade e uma entrega que varreram tudo de sua mente, menos a escuridão em que se afundava e os lábios nos dela. Ele tremia como se estivesse em meio a uma forte ventania, e seus lábios percorreram o roupão entreaberto, detendo-se na pele macia. Ele murmurava palavras inaudíveis, seus lábios evocavam sensações novas. Eles estavam no escuro e nunca houvera nada antes disso, só a escuridão e os lábios dele a tocando. Ela tentou falar e os lábios dele cobriram os seus de novo. Subitamente, ela sentiu uma emoção que nunca tivera; alegria, medo, loucura, excitação, entrega a braços fortes, lábios que machucavam, destino que se movia rápido demais. Pela primeira vez, encontrara alguém, algo que era mais forte que ela, alguém a quem não podia insultar nem destruir, alguém que a insultava e destruía. De algum modo, seus braços estavam em torno do pescoço dele e seus lábios tremiam sob os dele, e eles subiam novamente no escuro, uma escuridão suave, vertiginosa e envolvente.

Quando acordou na manhã seguinte, ele já tinha ido e, não fosse pelo travesseiro amassado a seu lado, ela teria achado que os acontecimentos da noite anterior tinham sido um sonho absurdo e selvagem. Enrubesceu com a lembrança e, puxando as cobertas até o pescoço, ficou deitada, banhada pela luz do sol, tentando organizar a mistura de impressões em sua mente.

Duas coisas ficaram evidentes. Ela vivera com Rhett por anos, eles tinham dormido juntos, comido juntos, discutido, ela tivera uma filha dele... e, no entanto, não o conhecia. O homem que a carregara escada acima era um desconhecido, com cuja existência ela nem sonhara. E agora, embora tentasse odiá-lo, tentasse ficar indignada, não conseguia. Ele a humilhara, machucara, usara-a brutalmente durante uma noite impetuosa e ela tinha exultado.

Ah, devia estar envergonhada, devia detestar a lembrança daquela escuridão ardente e vertiginosa! Uma dama verdadeira nunca mais ergueria a cabeça após uma noite daquelas. Porém, mais forte que a vergonha era a lembrança do arroubo, do êxtase, da entrega. Pela primeira vez, se sentira viva, conhecera uma paixão tão avassaladora e primitiva como o medo da noite em que fugira de Atlanta, uma vertigem tão doce como o ódio frio que sentira ao atirar no ianque.

Rhett a amava! Pelo menos, dissera que a amava, e como ela podia duvidar agora? Que estranho, surpreendente e incrível que ele a amasse, esse desconhecido selvagem com quem ela vivia em meio a tanta frieza. Não tinha certeza de como se sentia em relação àquela revelação, mas subitamente deu uma risada diante da ideia que teve. Ela finalmente o tinha. Quase esquecera o desejo que cultivara no início, de fazer com que a amasse para poder segurar o chicote sobre sua insolente cabeça preta. Agora retornava, dando-lhe grande satisfação. Por uma noite, ele a tivera à mercê, mas agora ela conhecia o ponto fraco de sua armadura. Dali em diante, ela o teria onde o queria. Sofrera com seu escárnio por muito tempo, mas agora poderia fazê-lo saltar por qualquer argola que segurasse.

Ao pensar em reencontrá-lo, cara a cara sob a luz sóbria do dia, foi envolvida por um constrangimento nervoso atrelado a um prazer excitante.

"Estou nervosa feito uma noiva", ela pensou. "E por Rhett!" E começou a rir tolamente diante dessa ideia.

Mas Rhett não apareceu para o almoço, nem ocupou seu lugar na hora do jantar. A noite transcorreu, uma longa noite em que ela ficou deitada, desperta, até o amanhecer, os ouvidos atentos para escutar a chave dele virando a fechadura. Mas ele não veio. Ao se passar o segundo dia sem uma palavra dele, ela estava frenética de decepção e medo. Foi até o banco, mas ele não estava lá. Foi à loja e tratou todos com aspereza, pois toda vez que a porta se abria para admitir um freguês ela olhava palpitante, na esperança de que fosse Rhett. Foi até o depósito de madeira e tanto atormentou Hugh que ele chegou a se esconder atrás de uma pilha de tábuas. Mas Rhett não a procurou lá.

Não podia se humilhar, perguntando aos amigos se o tinham visto. Não podia pedir notícias dele aos criados. Mas sentia que sabiam algo que ela desconhecia. Os negros sempre sabiam de tudo. Mammy estava estranhamente quieta naqueles dois dias. Espiava Scarlett com o canto do olho sem nada dizer. Na segunda noite, Scarlett decidiu ir à polícia. Talvez ele tivesse sofrido um acidente, podia ter caído do cavalo e estar deitado, desamparado, em alguma vala. Talvez... ah, que ideia horrível... talvez estivesse morto.

Na manhã seguinte, tendo acabado de tomar o café, ela estava no quarto pondo o chapéu de sol quando ouviu passos apressados subindo as escadas. Enquanto se sentava na cama, fraca de gratidão, Rhett entrou no quarto. Ele estava barbeado, banhado e sóbrio, mas os olhos ainda estavam injetados e o rosto inchado da bebida. Acenou para ela e disse:

— Ah, olá.

Como um homem podia dizer "ah, olá" depois de sumir por dois dias sem qualquer explicação? Como podia ficar indiferente depois de uma noite como a que tinham passado? Não era possível a não ser... a não ser... a ideia terrível tomou sua mente. A não ser que noites como aquela fossem comuns para ele. Por um momento, ela não conseguiu falar e todos os gestos graciosos e sorrisos que planejara foram esquecidos. Ele nem sequer se aproximou para lhe dar o beijo usual, só ficou parado olhando para ela com um sorriso forçado, um charuto aceso na mão.

— Onde... onde você andou?

— Não diga que não sabe! Tinha certeza de que a cidade inteira já sabia. Talvez todos saibam, menos você. Conhece o velho adágio: "A esposa é sempre a última a saber."

— O que você quer dizer?

— Achei que depois da polícia ter ido até a Belle anteontem à noite...

— Belle... aquela... mulher! Você estava com...

— É claro. Onde mais eu estaria? Espero que você não tenha se preocupado comigo.

— Você ficou com ela depois de... ah!

— Ora, Scarlett! Não banque a mulher enganada. Você já devia saber de Belle há muito tempo.

— Você a procurou depois de... de...

— Ah, aquilo. — Ele fez um gesto descuidado. — Não sei me portar. Peço-lhe desculpas por minha conduta em nosso último encontro. Eu estava muito bêbado, como sem dúvida você sabe, e bem desvairado por causa de seus encantos... preciso enumerá-los?

Ela teve vontade de chorar, de se deitar e soluçar eternamente. Ele não mudara, nada mudara e ela fora uma tola, burra, convencida, uma idiota por achar que ele a amava. Tudo não passara de uma de suas pilhérias de embriaguez. Ele a usara, assim como usaria qualquer mulher da casa de Belle. E agora voltava, ofensivo, sarcástico, inatingível. Ela engoliu as lágrimas e se recompôs. Ele jamais poderia saber o que ela pensara. Como riria se soubesse! Pois bem, nunca saberia! Ela olhou-o rapidamente e flagrou aquele antigo brilho intrigante, observador, em seus olhos... penetrante, como se esperasse por suas próximas palavras, esperando que fossem... o que esperava? Que bancasse a tola e berrasse, dando-lhe motivo para rir? Não! Suas sobrancelhas arqueadas se franziram com frieza.

— Naturalmente, eu suspeitava do tipo de relações que você tinha com aquela mulher.

— Só suspeitava? Por que não me perguntou e satisfez sua curiosidade? Eu teria lhe contado. Estou vivendo com ela desde o dia em que você e Ashley Wilkes decidiram que nós devíamos ficar em quartos separados.

— Você tem o descaramento de ficar aí e se gabar para mim, sua mulher, que...

— Ah, poupe-me de sua indignação moral. Você nunca deu a mínima para o que eu fazia, contanto que pagasse as contas. E sabe que não tenho sido um santo ultimamente. E quanto a você ser minha mulher... você não tem sido mulher de verdade desde o nascimento da Bonnie, tem? Você foi um mau investimento, Scarlett. Belle foi melhor.

— Investimento? Você quer dizer que deu a ela...?

— "Estabelecê-la no negócio" é a expressão correta, creio. Belle é esperta. Eu queria vê-la progredir e ela só precisava de dinheiro para montar uma casa. Devia saber dos milagres que uma mulher consegue fazer quando tem um pouco de dinheiro. Veja você.

— Você me compara...

— Bem, as duas são mulheres de negócios determinadas e bem-sucedidas. Belle leva vantagem sobre você, é claro, pois tem um bom coração, uma boa alma...

— Quer sair deste quarto?

Ele foi devagar rumo à porta, uma sobrancelha debochadamente erguida. Como podia ofendê-la assim, ela pensou com raiva e mágoa. Estava se esforçando para magoá-la e humilhá-la, e ela se retorceu por dentro ao pensar no quanto esperara por sua volta para casa, enquanto ele passara o tempo embriagado, se altercando com a polícia em um bordel.

— Saia deste quarto e nunca mais volte aqui. Já lhe disse isso uma vez e você não foi cavalheiro para entender. Daqui em diante, vou trancar a porta.

— Não precisa se incomodar.

— Vou trancar. Depois do modo como agiu naquela noite... bêbado, repulsivo...

— Vamos lá, querida! Repulsivo com certeza não!

— Saia.

— Não se preocupe. Estou indo. E prometo que nunca mais vou aborrecê-la. Basta! E só pensei em lhe dizer que, se minha conduta foi infame demais para você tolerar, dou-lhe o divórcio. Você só me deixa Bonnie e não vou contestar.

— Eu não pensaria em desgraçar a família com um divórcio.

— Você a desgraçaria rapidinho se a Sra. Melly morresse, não é? Minha cabeça entra em parafuso só de pensar na rapidez com que você se divorciaria de mim.

— Pode sair?

— Sim, estou indo. Foi isso o que vim em casa lhe dizer. Estou indo para Charleston e Nova Orleans e... ah, bem, será uma viagem bem longa. Estou indo hoje.

— Ah!

— E vou levar Bonnie comigo. Peça para aquela tola da Prissy guardar as coisinhas dela. Levarei Prissy também.

— Você nunca vai tirar minha filha desta casa.

— Minha filha também, Sra. Butler. Com certeza, você não se importa que eu a leve a Charleston para visitar a avó?

— A avó uma ova! Acha que vou deixá-lo levar essa criança daqui quando vai se embriagar todas as noites e é bem provável que vá levá-la a lugares como o daquela Belle...

Ele jogou o charuto violentamente no chão, queimando o tapete, o cheiro da lã chamuscada subindo até as narinas de ambos. Em um instante, ele atravessou o quarto e estava ao lado dela, o rosto sombrio de fúria.

— Se você fosse homem, eu quebraria seu pescoço. Mas, como não é, só o que posso dizer é para calar essa sua boca maldita. Acha que eu não amo Bonnie, que a levaria onde... minha filha! Meu Deus, sua tola! E você, fazendo pose piedosa em relação à maternidade. Ora, uma gata é melhor mãe que você! O que você já fez pelas crianças? Wade e Ella morrem de medo de você e, se não fosse por Melanie Wilkes, nunca saberiam o que é amor e afeto. Mas Bonnie, minha Bonnie? Acha que não sei cuidar melhor dela que você? Acha que vou deixá-la abusar dela e lhe tirar o ânimo, como fez com o de Wade e Ella? Não! Deixe-a pronta em uma hora ou, estou avisando, o que aconteceu na outra noite será brando perto do que vai acontecer. Sempre achei que uma boa surra de chicote lhe faria muito bem.

Ele se virou antes que ela pudesse falar e saiu do quarto apressado. Ela o ouviu atravessar o corredor, ir ao quarto de brinquedos das crianças e abrir a porta. Houve uma exclamação contente de vozes infantis e ela ouviu a voz de Bonnie sobre a de Ella.

— Papai, onde andou?

— Caçando uma pele de coelho para agasalhar minha Bonnie. Dê um beijo em seu mais querido, Bonnie... e você também, Ella.

Capítulo 55

— Querida, não preciso de nenhuma explicação sua, nem vou escutar — disse Melanie, firme, pondo a mãozinha delicadamente sobre os lábios torturados de Scarlett, calando-a. — Você ofenderia a si mesma, a Ashley e a mim só de pensar que pudesse haver necessidade de explicações entre nós. Ora, nós três temos sido... temos sido como soldados lutando juntos neste mundo há tantos anos que me envergonho de você achar que mexericos de desocupados poderiam interferir conosco. Acha que eu acreditaria que você e meu Ashley... Ora, que ideia! Não percebe que a conheço melhor que qualquer outra pessoa neste mundo? Acha que me esqueci de todas as coisas maravilhosas, magnânimas que você fez por Ashley, por Beau e por mim? Desde ter salvado minha vida até impedir que passássemos fome! Acha que eu me lembraria de você caminhando naquele sulco da estrada atrás daquele cavalo do ianque, quase descalça, com as mãos cheias de bolhas... só para que eu e o bebê tivéssemos o que comer... e depois iria acreditar nessas coisas atrozes sobre você? Não quero ouvir uma palavra sua, Scarlett O'Hara. Nenhuma palavra.

— Mas... — gaguejou Scarlett e parou.

Rhett partira uma hora antes com Bonnie e Prissy, somando desolação à vergonha e à raiva de Scarlett. O fardo adicional de sua culpa em relação a Ashley e a defesa de Melanie era mais do que ela podia suportar. Se Melanie tivesse acreditado em India e Archie, magoado-a na recepção ou mesmo cumprimentado-a friamente, ela poderia ter mantido a cabeça erguida e reagido com todas as armas de seu arsenal. Mas agora, com a lembrança de Melanie se postando entre ela e a ruína social, se postando como uma fina e brilhante lâmina, com confiança e uma luz combativa nos olhos, parecia não haver nada honesto a fazer, senão confessar. Sim, despejar tudo desde aquele distante começo na varanda ensolarada de Tara.

Ela foi movida por uma consciência que, embora contida, ainda aparecia, uma consciência católica ativa. "Confesse seus pecados e se penitencie com pesar e contrição", Ellen lhe dissera centenas de vezes. Nessa crise, os ensinamentos religiosos de Ellen voltavam e a dominavam. Ela confessaria... sim, tudo, cada olhar e palavra, aqueles poucos carinhos... e Deus aliviaria sua dor e proporcionaria paz. E, como penitência, o olhar atroz de Melanie indo do amor e da confiança ao horror e à repulsão. Ah, seria uma penitência dura demais, pensou, angustiada, ter que passar a vida relembrando a expressão de Melanie, sabendo que ela conhecia toda a sua mesquinharia, sua deslealdade e sua hipocrisia.

Já houvera um tempo em que o pensamento de jogar a verdade na cara de Melanie e assistir ao colapso de seu tolo paraíso fora embriagante, um gesto que valeria tudo o que ela pudesse perder dali em diante. Mas agora, tudo aquilo mudara da noite para o dia e não havia nada que ela desejasse menos. Por quê, não sabia. Sua mente era um grande tumulto de ideias conflitantes a serem organizadas. Assim como no passado, ela queria que sua mãe a achasse recatada, gentil e boa, agora só sabia que queria muitíssimo contar com a opinião favorável de Melanie. Só sabia que não se importava com o que o mundo, Ashley ou Rhett pensavam dela, mas Melanie não podia mudar de opinião sobre o que sempre a considerara.

Embora apavorada de contar a verdade a Melanie, um de seus raros instintos honestos emergira, um instinto que não a deixaria se mascarar em falsas cores diante da mulher que assumira suas batalhas. Por isso, ela tinha corrido para a casa de Melanie naquela manhã, logo após a partida de Rhett e Bonnie.

Mas, ao exprimir as primeiras palavras: "Melly, preciso explicar sobre o outro dia...", Melanie imperiosamente a interrompera. Olhando envergonhada para os olhos escuros que irradiavam amor e raiva, Scarlett percebeu com o coração apertado que nunca teria a paz e a calma da confissão. Melanie cortara para sempre aquele plano com suas primeiras palavras. Com uma das poucas emoções adultas que Scarlett já tivera, percebeu que descarregar seu coração torturado seria o mais puro egoísmo. Estaria se desfazendo de um peso e transferindo-o para o coração de uma pessoa inocente e leal. Tinha uma dívida com Melanie pela proteção recebida, e só com o silêncio poderia pagá-la. Que pagamento cruel seria destroçar a vida de Melanie com o conhecimento indesejado de que o marido lhe fora infiel e sua amada amiga era parte disso!

"Não posso contar a ela", pensou, infeliz. "Nunca, nem mesmo que minha consciência me mate." Sem querer, ela se lembrou do comentário embriagado de Rhett: "Ela não pode conceber a desonra em ninguém que ame... que esta seja sua cruz."

Sim, seria sua cruz, até morrer, manter esse tormento silencioso dentro dela, vestir a camisa de cilício da vergonha, sentir seu esfolar a cada olhar e gesto terno que Melanie fizesse através dos anos, subjugar para sempre o impulso de gritar: "Não seja tão boa! Não brigue por mim! Eu não mereço!"

"Se ao menos você não fosse tão tola, uma tola tão meiga, confiante, simplória, não seria tão difícil", pensou desesperada. "Já carreguei muitos fardos pesados, mas este será o mais pesado e opressor de todos."

Melanie sentava-se de frente para ela, em uma cadeira baixa, com os pés apoiados em um divã mais alto que deixava seus joelhos dobrados para cima, como uma criança, uma posição em que ela jamais ficaria, não estivesse possuída pela raiva a ponto de esquecer as conveniências. Segurava uma esteira de frocos nas mãos e levava a agulha cintilante para a frente e para trás com uma fúria tal, que parecia estar manuseando um espadim em um duelo.

Estivesse possuída de tal ira, Scarlett estaria batendo os pés e rugindo feito Gerald em seus melhores dias, invocando Deus para testemunhar a maldita má-fé e a patifaria da humanidade e proferindo ameaças e retaliações sanguinárias. Mas Melanie só sinalizava estar fervendo por dentro pelo relampejar da agulha e pelo delicado cenho franzido. Sua voz estava serena, e as palavras, mais bem escolhidas que de costume. Mas a contundência usada por Melanie lhe era estranha, pois ela raramente expressava uma opinião e jamais uma palavra descortês. Subitamente, Scarlett se deu conta de que os Wilkes e os Hamilton eram capazes de uma fúria igual ou superior à dos O'Hara.

— Estou farta de ouvir as pessoas criticando você, querida — disse Melanie —, esta foi a gota d'água. Vou tomar uma atitude. Isso aconteceu porque os outros têm inveja porque você é inteligente e bem-sucedida. Teve sucesso onde muitos homens fracassaram. Não, não se aborreça comigo. Não estou querendo dizer que foi pouco feminina ou se masculinizou, como muita gente diz. Pois não foi nada disso. As pessoas simplesmente não a entendem e não suportam que as mulheres sejam inteligentes. Mas sua inteligência e seu sucesso não dão às pessoas o direito de dizer que você e Ashley... Ah! Deus!

A suave veemência dessa última frase teria sido, em lábios masculinos, uma profanação de significado bem definido. Scarlett ficou olhando para ela, alarmada por uma explosão tão sem precedentes.

— E virem a mim com essas mentiras imundas que maquinaram... Archie, India, a Sra. Elsing! Como ousaram? Claro, a Sra. Elsing não veio aqui. Não teve coragem. Ela sempre a odiou, querida, porque você era mais popular que Fanny. Além de ter ficado exasperada por ter rebaixado Hugh da gerência da serraria. Mas você teve toda razão de rebaixá-lo. Ele não passa de um imprestável, preguiçoso, insignificante! — Melanie rapidamente repudiou seu amiguinho de infância e admirador da adolescência. — Eu me culpo por Archie. Não devia ter abrigado o velho patife. Todo mundo me avisou, mas eu não queria escutar. Ele não gostava de você, querida, por causa dos detentos, mas quem é ele para criticá-la? O assassino de uma mulher! E, depois de tudo o que fiz por ele, ele chega para mim e conta... Eu não deveria ter ficado com pena se Ashley tivesse lhe dado um tiro. Bem, despachei-o daqui com uma boa bronca, lhe digo! E ele saiu da cidade.

"E quanto a India, aquela vilã! Querida, não pude deixar de notar desde a primeira vez que vi vocês duas juntas que ela a invejava e odiava, porque você era tão mais bonita e tinha tantos pretendentes... E a odiava especialmente por causa de Stuart Tarleton. Remoeu tanto sobre Stuart que... bem, detesto dizer isso sobre a irmã de Ashley, mas acho que sua mente sucumbiu de tanto pensar! Não há outra explicação para a atitude dela... Eu disse a ela para não pôr mais os pés nesta casa, e, se eu a ouvisse proferir uma insinuação tão vil, eu... eu a chamaria de mentirosa em público!"

Melanie parou de falar e abruptamente a raiva abandonou seu semblante, que se encheu de pesar. Melanie tinha toda aquela lealdade apaixonada ao clã, peculiar aos georgianos, e a ideia de uma briga familiar lhe despedaçava o coração. Por um momento, ela ficou com a voz embargada. Mas Scarlett era a mais querida, Scarlett vinha primeiro em seu coração, e ela continuou lealmente:

— Ela sempre teve ciúmes porque eu a amo mais, querida. Ela nunca mais entrará nesta casa e eu nunca porei os pés sob nenhum teto que a receba. Ashley concorda comigo, mas ficou de coração partido que sua própria irmã tenha dito tal...

À menção do nome de Ashley, os nervos exaustos de Scarlett não resistiram e ela caiu no choro. Será que ela nunca cessaria de apunhalar o coração dele? Seu único pensamento era deixá-lo feliz e seguro, mas cada passo seu parecia magoá-lo. Arruinara sua vida, rompera com seu orgulho e seu respeito próprio, estilhaçara aquela paz interior, a calma baseada na integridade. E agora o separava da irmã que amava tanto. Para salvar a própria reputação e a felicidade de sua mulher, India tivera que ser sacrificada, forçada a ficar sob a luz de uma solteirona mentirosa, ligeiramente louca, ciumenta... India, que tinha absoluta justificação em cada uma das desconfianças e palavras de acusação que proferira. Sempre que Ashley olhasse nos olhos de India, veria a verdade brilhando, verdade, censura e o frio desdém em que os Wilkes eram mestres.

Como Ashley valorizava a honra acima da vida, Scarlett sabia que ele devia estar se contorcendo. Ele, como Scarlett, fora obrigado a se abrigar atrás das saias de Melanie. Embora Scarlett percebesse a necessidade disso e soubesse que a culpa por essa falsa posição se depositava em grande parte em sua porta, ainda assim... Como mulher, ela teria respeitado Ashley mais se ele tivesse dado um tiro em Archie e admitido tudo para Melanie e para o mundo. Sabia que estava sendo injusta, mas sentia-se infeliz demais para se importar com refinamentos. Algumas das palavras de escárnio e desdém de Rhett vieram a sua mente e ela se perguntou se Ashley tinha sido de fato homem nessa confusão toda. E, pela primeira vez, parte do resplendor que o envolvia desde o dia em que se apaixonara por ele começou a desbotar imperceptivelmente. A mancha de vergonha e culpa que a envolvia passou para ele. Decidida, tentou combater a ideia, mas só conseguiu chorar ainda mais.

— Não! Não! — exclamou Melanie, largando seu froco e indo rapidamente para o sofá a fim de segurar a cabeça de Scarlett em seu ombro. — Eu não devia ter falado sobre isso e deixá-la sofrendo assim. Sei quanto você deve estar se sentindo mal e nunca mais se toca no assunto. Nunca mais, nem entre nós nem com qualquer outra pessoa. Será como se nunca tivesse acontecido. Mas — acrescentou ela, com certo veneno — vou mostrar a India e à Sra. Elsing. Não devem pensar que podem espalhar mentiras sobre meu marido e minha cunhada. Vou dar um jeito para que nenhuma das duas possa andar de cabeça erguida em Atlanta. E qualquer um que acredite nelas ou as receba será meu inimigo.

Olhando pesarosa o longo panorama de anos por vir, Scarlett percebeu que seria a causa de uma hostilidade que separaria a cidade e a família por gerações.

Melanie cumpriu a palavra. Nunca mais mencionou o assunto a Scarlett ou a Ashley. Nem a mais ninguém. Manteve um ar de fria indiferença que rapidamente podia se transformar em formalidade gelada se alguém sequer ousasse insinuar o assunto. Durante as semanas que se seguiram à festa-surpresa, enquanto Rhett estava misteriosamente ausente, e a cidade, frenética de mexericos, agitação e partidarismo, ela não teve clemência pelos difamadores de Scarlett, fossem eles velhos amigos ou familiares. Não falou, agiu.

Ela ficou do lado de Scarlett como um parasita. Forçou-a a ir à loja e ao depósito como de costume, todas as manhãs, e a acompanhava. Insistiu que saísse para passear à tarde, embora Scarlett pouco quisesse se expor aos olhares curiosos. E Melanie ia a seu lado na carruagem. Levava-a em suas visitas nas tardes formais, suavemente forçando sua entrada em salões que ela não frequentava havia mais de dois anos. E com um olhar feroz que dizia "se-me-ama-ame-meu-cão", Melanie convertia as anfitriãs mais estarrecidas.

Fazia Scarlett chegar cedo nessas tardes e permanecer até que os últimos convidados tivessem partido, privando as senhoras da oportunidade de se reunirem em uma agradável discussão especulativa, algo que provocou certa indignação. Essas visitas eram um tormento particular para Scarlett, mas ela não ousava deixar de acompanhar Melanie. Detestava se sentar entre mulheres que secretamente cogitavam se ela realmente cometera adultério. Detestava saber que essas mulheres não teriam lhe dirigido a palavra não fosse pelo amor que dedicavam a Melanie e pelo desejo de manter sua amizade. Mas Scarlett sabia que, uma vez recebida, não poderia mais ser ignorada dali em diante.

Devido ao modo como as pessoas viam Scarlett, poucos baseavam sua defesa ou crítica em sua integridade pessoal. "Acho que ela seria capaz de tudo" era a opinião geral. Scarlett fizera inimigos demais para ter muitos defensores agora. Suas palavras e atitudes tinham ferido um excesso de corações para que muita gente se importasse com a mágoa que esse escândalo lhe causara. Mas todos se importavam muito em não ferir Melanie nem India, e a tempestade se revolvia em torno delas, não de Scarlett, concentrando-se em uma questão: "India teria mentido?"

Os que adotaram o lado de Melanie apontavam, triunfantes, para o fato de Melanie andar na constante companhia de Scarlett ultimamente. Uma mulher com os elevados princípios de Melanie defenderia a causa de uma mulher culpada, sobretudo com seu marido? De jeito nenhum! India não passava de uma solteirona frustrada que odiava Scarlett, que mentira sobre ela e induzira Archie e a Sra. Elsing a acreditarem em sua mentira.

Mas, indagavam os partidários de India, se Scarlett não era culpada, onde estava o capitão Butler? Por que não ali, ao lado da mulher, emprestando-lhe a força de sua aprovação? Era uma questão sem resposta, e, à medida que as semanas passavam e se espalhava o boato de que Scarlett estaria grávida, o grupo pró-India aquiesceu satisfeito. Não podia ser o bebê do capitão Butler, diziam. A desavença dos dois havia muito era de conhecimento público. Havia muito que a cidade se escandalizara com a separação de quartos.

Assim, os mexericos correram, dividindo a cidade, dividindo também os clãs dos Hamilton, Wilkes, Burr, Whitman e Winfield, antes tão próximos. Todos pertencentes à conexão familiar tiveram que tomar partido. Não existia terreno neutro. Melanie, com serena dignidade, e India, com ácida amargura, providenciaram isso. Mas não importava o lado que os parentes defendiam, todos se ressentiam de que tivesse sido Scarlett a causa da ruptura familiar. Ninguém achava que ela valesse a pena. Além disso, não importava o partido tomado, os parentes deploravam com todas as forças o fato de India ter assumido a lavagem de roupa suja em público e envolvido Ashley em um escândalo tão degradante. Mas, agora que ela tinha se pronunciado, muitos correram em sua defesa, ficando a seu lado contra Scarlett, assim como outros, que amavam Melanie, ficaram a seu lado e de Scarlett.

Metade de Atlanta era aparentada, ou afirmava ser, de Melanie e India. As ramificações de primos, primos por casamento ou por afinidade eram tão intrincadas que ninguém além dos georgianos natos poderia desemaranhá-las. Sempre tinham sido uma tribo unida, exibindo uma falange contínua de escudos sobrepostos para o mundo em épocas de tensão, não importando quais fossem suas opiniões particulares sobre a conduta de um parente específico. Exceto pela guerrilha entre tia Pitty e tio Henry, que sempre fora motivo de gargalhadas dentro da família, nunca houvera uma cisão nas relações cordiais. Eram pessoas gentis, de pouca fala, reservadas e nem sequer dadas às altercações amistosas que caracterizavam a maioria das famílias de Atlanta.

Mas agora estavam divididas em dois, e a cidade tinha o privilégio de testemunhar primos de quinto e sexto graus tomando partido no caso mais escandaloso que Atlanta já vira. Isso provocou grande dificuldade, criando tensão na diplomacia e abstenção da metade não aparentada da cidade, pois a hostilidade entre Melanie e India rompeu praticamente todas as organizações sociais. Os Comediantes, o Círculo de Costura em Prol das Viúvas e Órfãos da Confederação, a Associação em Prol do Embelezamento dos Túmulos de Nossos Gloriosos Mortos, o Círculo Musical das Noites de Sábado, a Sociedade Cotillon de Senhoras, a Biblioteca dos Jovens, todos estavam envolvidos. Assim como quatro igrejas com suas sociedades, Auxílio das Damas e Missionárias. Era necessário muito cuidado para evitar colocar membros de facções opostas no mesmo comitê.

Nas tardes comuns em suas casas, as matronas de Atlanta ficavam angustiadas das quatro às seis horas, com medo de que Melanie e Scarlett aparecessem em seus salões na mesma hora que India e seus leais adeptos.

Quem mais sofreu em toda a família foi tia Pitty, que, nada desejando além de viver confortavelmente em meio ao amor de seus parentes, teria prazerosamente, nessa questão, corrido com as lebres e caçado com os cães. Mas nem lebres nem cães o permitiriam.

India morava com tia Pitty e, se ela tomasse o partido de Melanie, como desejava, India a deixaria. E se India a deixasse, o que a pobre Pitty faria? Não podia morar sozinha. Teria que arranjar uma desconhecida para morar com ela, ou fechar a casa e ir morar com Scarlett. Tia Pitty tinha a vaga sensação de que o capitão Butler não gostaria disso. Ou teria que ir morar com Melanie e dormir no pequeno cubículo que servia de berçário para Beau.

Pitty não gostava muito de India, que a intimidava com seu modo seco, teimoso e suas convicções apaixonadas. Mas ela possibilitava a Pitty manter seu confortável sistema, e a balança de Pitty sempre pesava mais para o lado do conforto pessoal que das questões morais. Então India ficou.

Mas sua presença na casa tornou tia Pitty o centro de uma tormenta, pois Scarlett e Melanie interpretaram isso como uma adesão ao partido de India. Laconicamente, Scarlett se recusou a continuar contribuindo para o sustento da casa enquanto India lá estivesse. Ashley enviava dinheiro a India toda semana, e toda semana India silenciosa e orgulhosamente o devolvia, para alarme e pesar da velha. Não fosse pela intervenção de tio Henry, as finanças na casa de tijolos vermelhos estariam em um estado deplorável, e Pitty se sentia humilhada por ter de aceitar dinheiro dele.

Pitty amava Melanie mais que qualquer outra pessoa no mundo, exceto por si mesma, e agora Melly agia como uma desconhecida fria e educada. Embora morasse praticamente no pátio de Pitty, nenhuma vez atravessara a cerca, algo que costumava fazer várias vezes todos os dias. Pitty a visitava, chorando e protestando seu amor e dedicação, mas Melanie sempre se recusava a discutir a questão e não retribuía as visitas.

Pitty sabia muito bem quanto devia a Scarlett... praticamente a própria existência. Com certeza, naqueles dias negros após a guerra, quando Pitty tivera que encarar a alternativa do irmão Henry ou a fome, Scarlett mantivera a casa para ela, a alimentara, vestira, possibilitando-lhe manter a cabeça erguida perante a sociedade de Atlanta. E, desde que se casara, mudando-se para a própria casa, fora a generosidade em pessoa. E, muitas vezes, após as visitas daquele amedrontador e fascinante capitão Butler a Scarlett, Pitty encontrava carteiras novas cheias de notas em seu console, ou lenços de renda cheios de moedas de ouro furtivamente enfiados em sua caixa de costuras. Rhett sempre jurava não saber de nada e a acusava, de modo descortês, de ter um admirador secreto, geralmente o barbudo vovô Merriwether.

Sim, Pitty devia amor a Melanie, segurança a Scarlett, e o que devia a India? Nada, exceto que sua presença evitava que precisasse abrir mão de sua vida agradável e tomar decisões por conta própria. Era tudo muito desgastante, vulgar demais, e Pitty, que jamais tomara decisões sozinha, simplesmente deixou as coisas prosseguirem como estavam, e em consequência passava muito tempo em lágrimas que não lhe traziam consolo.

No fim, algumas pessoas acreditavam piamente na inocência de Scarlett, não devido à sua virtude pessoal, mas porque Melanie acreditava. Alguns tinham algumas reservas, mas eram corteses com Scarlett e a visitavam porque amavam Melanie e queriam manter seu amor. Os adeptos de India faziam uma fria mesura, e alguns poucos a ignoravam abertamente. Esses eram constrangedores e irritantes, mas Scarlett percebia que, não fosse pela defesa de Melanie e por sua atitude rápida, toda a cidade teria lhe dado as costas e ela seria uma proscrita.

Capítulo 56

Rhett estava fora havia três meses, e durante esse tempo Scarlett não recebera uma palavra dele. Não sabia onde estava e por quanto tempo ficaria longe. Na verdade, não sabia sequer se voltaria. Durante esse tempo, ela cuidou dos negócios de cabeça erguida e coração ferido. Não se sentia bem, mas, forçada por Melanie, ia à loja todos os dias e tentava manter um interesse superficial pelas serrarias. Mas, pela primeira vez, ela perdera o interesse pela loja. Embora os negócios tivessem triplicado em relação ao ano anterior e dessem lucro, ela não conseguia se interessar e era áspera e ranzinza com os funcionários. A serraria de Johnnie Gallegher progredia, e o depósito de madeira vendia com facilidade todo o seu suprimento, mas nada que Johnnie fizesse ou dissesse a agradava. Ele, tão irlandês quanto Scarlett, acabou explodindo de raiva com suas implicâncias e ameaçou se demitir, após um longo e veemente discurso que finalizou com "e as costas de minhas duas mãos para a senhora, madame, e a maldição de Cromwell". Ela precisou apaziguá-lo com a mais servil das desculpas.

Ela nunca ia à serraria de Ashley. Nem ao escritório do depósito quando imaginava que ele estaria lá. Sabia que ele a evitava e que a constante presença dela em sua casa, devido aos inescapáveis convites de Melanie, era um tormento para ele. Eles nunca se falavam a sós e ela estava desesperada para questioná-lo. Queria saber se a odiava e o que, exatamente, dissera a Melanie, mas ele a mantinha a distância e silenciosamente lhe suplicava para não falar. A imagem de seu rosto, velho, desfigurado pelo remorso, fazia pesar ainda mais seu fardo, e o fato de que a serraria dele perdia dinheiro todas as semanas era um motivo extra de irritação que ela não podia expressar.

Sua impotência diante da situação a incomodava. Ela não sabia o que ele podia fazer para resolvê-la, mas sentia que ele devia fazer alguma coisa. Rhett teria feito. Rhett sempre fazia alguma coisa, mesmo que fosse a errada, e, mesmo sem querer, o respeitava por isso.

Agora que a raiva inicial de Rhett e de suas ofensas tinha passado, ela começava a sentir sua falta cada vez mais à medida que os dias passavam sem receber notícias. Da confusão de êxtase, raiva, decepção e orgulho ferido que ele deixara, emergira a depressão, e se acomodara em seu ombro como uma ave de rapina. Ela sentia saudades dele, sentia saudades de seu toque loquaz com as histórias que a faziam rolar de rir, de seu sorriso sarcástico que reduzia os problemas às suas devidas proporções, sentia saudades até de seus deboches que a impeliam a uma réplica incisiva. Mais que tudo, sentia falta de lhe contar as coisas. Rhett era ótimo nesse aspecto. Ela podia relatar sem vergonha e com orgulho como acabara com a moral de alguém e ele aplaudia. Se mencionasse tal coisa para outras pessoas, elas ficavam chocadas.

Ela se sentia solitária sem ele e Bonnie. Sentia mais saudades da filha do que imaginara ser possível. Lembrando-se das últimas palavras duras que Rhett lhe lançara sobre Wade e Ella, Scarlett tentava preencher algumas de suas horas vagas com eles. Mas não adiantava. As palavras de Rhett e as reações das crianças abriram seus olhos para uma verdade amarga. Quando eram bebês, ela estava ocupada e preocupada demais com as questões financeiras, áspera e irritável demais, para obter a confiança ou o afeto deles. E agora era muito tarde ou ela não tinha a paciência ou a sabedoria para penetrar em seus pequenos e secretos corações.

Ella! Scarlett se aborrecia de perceber que era uma criança tola, mas sem dúvida era. Ela não conseguia se concentrar em um assunto por mais tempo que um pássaro ficava em um galho de árvore, e, mesmo quando Scarlett tentava lhe contar histórias, Ella se desviava por tangentes infantis, interrompendo com perguntas sem sentido e se esquecendo do que perguntara muito antes que Scarlett conseguisse lhe explicar. E quanto a Wade... talvez Rhett tivesse razão. Talvez tivesse medo dela. Isso era estranho e a magoava. Por que seu filho, seu único menino, teria medo dela? Quando tentava fazê-lo falar, ele a olhava com os suaves olhos castanhos de Charles e se contorcia, virando os pés, constrangido. Mas com Melanie tagarelava e mostrava o conteúdo dos bolsos, desde minhocas a velhos barbantes.

Melanie tinha jeito com crianças. Não havia como negar. Seu pequeno Beau era a criança mais bem-comportada e adorável de Atlanta. Scarlett se dava melhor com ele do que com o próprio filho, pois Beau não se intimidava com os adultos e subia em seu joelho sem ser convidado sempre que a via. Que lourinho lindo ele era, bem como Ashley! Se ao menos Wade fosse como Beau... Claro, o motivo que possibilitava a Melanie fazer tantas coisas com ele era ter só um filho e não precisar se preocupar e trabalhar como Scarlett. Pelo menos era assim que Scarlett tentava justificar, mas a honestidade a forçava a admitir que Melanie amava crianças e adoraria ter uma dúzia. E seu afeto transbordante se derramava sobre Wade e sobre as crias da vizinhança.

Scarlett nunca se esqueceria do choque que tivera em um dia em que passara na casa de Melanie para buscar Wade, e quando ia pelo caminho da entrada ouviu o som da voz de seu filho em uma bela imitação do grito rebelde... Wade, que em casa era quieto quanto um camundongo. E varonil, seguindo o grito de Wade, ouviu o gritinho esganiçado de Beau. Ao entrar na sala, encontrou os dois atacando o sofá com espadas de madeira. À sua entrada, eles se aquietaram, desconcertados, e Melanie se ergueu de trás do sofá, rindo e segurando grampos e cachos esvoaçantes.

— É Gettysburg — explicou. — E eu sou os ianques, e certamente fiquei com a pior parte. Este é o general Lee — apontou para Beau —, e este o general Pickett — completou, pondo um braço em torno do ombro de Wade.

Sim, Melanie tinha um jeito com as crianças que Scarlett jamais teria.

"Pelo menos", pensou, "Bonnie me ama e gosta de brincar comigo". Mas a honestidade a forçou a admitir que Bonnie preferia Rhett infinitamente. Talvez nunca voltasse a vê-la. Pelo que ela sabia, Rhett podia estar na Pérsia ou no Egito pretendendo ficar lá para sempre.

Quando o Dr. Meade lhe disse que estava grávida, ela ficou aturdida, pois esperava um diagnóstico de irritabilidade e nervosismo. Então sua mente voou àquela noite sôfrega e ela ficou rubra com a lembrança. Então uma criança estava vindo daqueles momentos de êxtase absoluto... mesmo que a lembrança deste fosse empalidecida pela sequência dos fatos. Pela primeira vez, ela estava feliz de esperar um filho. Imagine se fosse um menino! Um menino de verdade, não uma criaturinha desanimada como Wade. Como ela o amaria! Agora que tinha tempo para se dedicar a um bebê e dinheiro para suavizar o caminho, como seria feliz! Teve o impulso de escrever a Rhett, aos cuidados da mãe dele em Charleston e lhe contar. Deus do Céu, ele precisava vir para casa agora! Imagine se ficasse fora até depois de o bebê nascer! Nunca poderia explicar isso! Mas, se escrevesse, ele acharia que o queria em casa e se divertiria. Ele nunca podia achar que o queria ou que precisava dele.

Ela ficou contente de ter reprimido esse impulso quando as primeiras notícias de Rhett chegaram em uma carta de tia Pauline de Charleston onde, parecia, Rhett estava visitando a mãe. Que alívio saber que ele ainda estava nos Estados Unidos, mesmo que a carta de tia Pauline a tivesse deixado furiosa. Rhett levara Bonnie para conhecê-la e a tia Eulalie, e a carta estava cheia de elogios.

"Que lindinha! Quando crescer, certamente será uma beldade. Mas suponho que você saiba que qualquer homem a cortejá-la terá de pelejar com o capitão Butler, pois nunca vi um pai tão dedicado. Agora, minha querida, gostaria de lhe confessar algo. Até conhecer o capitão Butler, achava que seu casamento com ele fora uma péssima associação, pois, é claro, ninguém em Charleston ouve algo de bom a seu respeito e todos têm pena da família dele. Na verdade, Eulalie e eu não sabíamos se deveríamos recebê-lo... mas, afinal, a querida criança é nossa sobrinha-neta. Quando ele veio, ficamos agradavelmente surpresas e percebemos quão pouco cristão é dar crédito aos boatos. Pois ele é encantador. Muito bonito também, achamos, e muito sério e cortês. E tão dedicado a você e à filha...

"E agora, minha querida, devo lhe escrever de algo que soubemos, algo em que Eulalie e eu relutamos em acreditar a princípio. Sabíamos, é claro, que você às vezes ia à loja que o Sr. Kennedy lhe deixou. Tínhamos ouvido boatos, mas os negamos. Percebemos que naqueles terríveis dias após a guerra talvez fosse necessário, diante das condições que se apresentavam. Mas agora não há necessidade de tal conduta de sua parte, pois sei que o capitão Butler está em circunstâncias muitos confortáveis e é, além disso, totalmente capaz de dirigir para você qualquer de seus negócios e propriedades. Tínhamos que saber a verdade a respeito desses boatos e fomos forçadas a fazer perguntas bem francas ao capitão Butler, o que foi extremamente aflitivo para todos nós.

"Relutante, ele nos contou que você passa as manhãs na loja e não permite que ninguém mais faça a contabilidade. Admitiu também que você tem alguma participação em uma serraria ou serrarias (não insistimos com ele sobre isso, estando já bastante aborrecidas com essa informação que desconhecíamos), exigindo que você ande desacompanhada ou assistida por um facínora que, garantiu o capitão Butler, é um assassino. Pudemos ver como isso lhe afligia o coração e achamos que ele deve ser um marido tolerante, tolerante até demais. Scarlett, isso precisa ter um ponto final. Sua mãe não está aqui e devo guiá-la em seu lugar. Pense em como seus filhinhos se sentirão quando crescerem e perceberem que você estava no comércio! Quanto ficarão mortificados ao saber que você se expôs às ofensas de homens rudes e aos perigos dos mexericos indiscretos por cuidar de uma serraria. Uma atitude nada feminina..."

Praguejando, Scarlett largou a carta sem terminar de ler. Podia visualizar tia Pauline e tia Eulalie a criticá-la, sentadas em sua casa prestes a desmoronar em Battery, onde estariam à míngua se não fosse pelo que ela, Scarlett, lhes enviava todos os meses. Nada feminina? Por Deus, tivesse ela sido feminina, seria provável que as duas nem tivessem um teto sobre a cabeça agora. E maldito Rhett por lhes contar sobre a loja, a contabilidade e as serrarias! Estava relutante, não é? Ela sabia muito bem do prazer que ele sentira se fazendo de sério, cortês e encantador, o marido e pai dedicado. Como devia ter adorado atormentá-las, descrevendo suas atividades com a loja, as serrarias, o saloon. Que demônio ele era. Por que tirava tanto prazer dessas coisas perversas?

Mas logo, mesmo essa raiva se transformou em apatia. A vida perdera tanto do entusiasmo ultimamente... Se ao menos ela conseguisse recapturar a emoção e o resplendor de Ashley... se ao menos Rhett voltasse para casa e a fizesse rir.

Sem avisar, eles retornaram. A primeira sugestão da chegada foi o ruído da bagagem no piso do vestíbulo e a voz de Bonnie gritando "mãe!".

Scarlett saiu do quarto correndo até o topo da escadaria e viu sua filha esticando as pernas rechonchudas, em um esforço de subir as escadas. Um gatinho listrado estava resignadamente agarrado a seu peito.

— A vovó deu ele para mim — gritou empolgada, segurando o gato pelo cangote.

Scarlett a pegou no colo, beijando-a, agradecida por sua presença poupá-la de um primeiro encontro a sós com Rhett. Olhando por cima da cabeça de Bonnie, ela o viu no vestíbulo lá embaixo, pagando o cocheiro do táxi. Olhando para cima, ele a viu e tirou o chapéu em uma larga mesura. Ao encontrar os olhos escuros, seu coração saltou. Não importava o que ele era, o que fizera, agora estava em casa e a deixava contente.

— Onde está Mammy? — perguntou Bonnie, se contorcendo para escapar do abraço de Scarlett, que, relutante, deixou-a descer.

Seria mais difícil do que ela previra, cumprimentar Rhett com o grau adequado de indiferença, sem falar da notícia do novo bebê! Ela olhou para sua fisionomia enquanto ele subia as escadas, o rosto moreno indiferente, tão impenetrável, tão vazio. Não, ela esperaria para contar. Não podia ser de imediato. Entretanto, essas notícias pertenciam primeiro ao marido, pois eles sempre ficavam contentes de ouvi-las. Mas ela não achava que ele fosse ficar contente com essa.

Ela ficou no patamar, encostada na balaustrada, cogitando se ele iria beijá-la. Mas não. Disse apenas:

— Está pálida, Sra. Butler. O ruge está em falta?

Nenhuma palavra sobre ter sentido saudades dela, mesmo que não falasse sério. E podia ao menos tê-la beijado diante de Mammy, que, após uma mesura, levava Bonnie pelo corredor até o berçário. Ele ficou ao lado dela no patamar, avaliando-a com indiferença.

— Será que esse abatimento significa que sentiu minha falta? — perguntou ele e, embora seus lábios estivessem sorrindo, os olhos não estavam.

Então essa seria sua atitude. Detestável como sempre. Subitamente, a criança que ela carregava tornou-se um fardo nauseante em vez de algo que trazia com contentamento no ventre, e esse homem diante dela, parado ali, indiferente, com seu largo chapéu-panamá junto ao quadril, seu mais amargo adversário, a causa de todos os seus problemas.

Havia veneno em seus olhos quando ela respondeu, um veneno muito evidente para deixar escapar, e o sorriso se foi do rosto dele.

— Se estou pálida a culpa é sua, mas não por ter sentido sua falta, seu convencido. É porque... — Ah, ela não pretendia contar a ele desse jeito, mas as palavras ardentes se precipitaram em seus lábios e ela as jogou, sem se preocupar com a possibilidade de os criados ouvirem. — É porque estou esperando um bebê!

Ele ficou sem fôlego de repente e seus olhos rapidamente a examinaram. Ele deu um passo em sua direção como se fosse pôr a mão em seu braço, mas ela se esquivou e, diante do ódio nos olhos dela, o rosto dele endureceu.

— É mesmo! — disse ele friamente. — Bem, quem é o felizardo pai? Ashley?

Ela agarrou o pilar até as orelhas do leão entalhado lhe machucarem a palma. Mesmo ela, que o conhecia tão bem, não previra esse insulto. É claro que estava brincando, mas havia algumas brincadeiras que eram monstruosas demais para serem toleradas. Ela teve vontade de lhe arranhar os olhos com as unhas afiadas e apagar aquela luz estranha.

— Seu maldito! — começou, a voz trêmula de tanta raiva. — Você... você sabe que é seu. E não o quero mais do que você. Nenhuma... mulher iria querer filhos de um canalha como você. Eu queria... Ah, Deus, eu queria que fosse o filho de qualquer um, mas não seu!

Ela viu seu rosto moreno mudar de repente, raiva e algo que ela não conseguia analisar fazendo-o se retorcer como que atingido.

"Pronto!", ela pensou em um acesso de prazer enraivecido. "Pronto! Agora eu o magoei!"

Mas a velha máscara fleumática voltara a seu semblante e ele cofiou um lado do bigode.

— Anime-se — disse ele, virando-se e seguindo escada acima —, talvez você perca a criança.

Por um momento de tontura, ela pensou no que uma gestação significava, o enjoo que a dilacerava, a tediosa espera, a perda das formas, as horas de dor. Coisas que nenhum homem podia avaliar. E ele ousava fazer piadas. Ela lhe cravaria as unhas. Nada, além da visão de sangue no rosto dele, aliviaria a dor em seu coração. Ela investiu contra ele, rápida como uma gata, mas com um leve movimento de surpresa ele foi para o lado, erguendo o braço para evitá-la. Ela estava na beira do último degrau recém-encerado e, quando seu braço com todo o peso do corpo bateu no dele, ela perdeu o equilíbrio. Tentou se agarrar no pilar da escada, sem conseguir. Caiu de costas nas escadas, sentindo uma pontada de dor nas costelas. E, muito atordoada para se segurar, rolou até embaixo.

Era a primeira vez que Scarlett ficava de cama, exceto quando tivera os bebês, mas essas vezes não contam. Nessas ocasiões ela não ficara desesperançada e com o medo que sentia agora, fraca, dolorida e atordoada. Sabia que estava pior do que ousavam lhe dizer, percebia levemente que podia morrer. Ao respirar, sentia uma pontada na costela fraturada, o rosto machucado e a cabeça doíam e todo o seu corpo estava entregue aos demônios que a fincavam com tridentes quentes e a serravam com facas sem fio, concedendo-lhe apenas breves intervalos. Ficou tão sem forças que não conseguia readquirir o controle de si mesma antes que voltassem. Não, os partos não tinham sido assim. Duas horas após o nascimento de Wade, Ella e Bonnie, ela estava fazendo lautas refeições, mas agora não podia pensar em nada, além de água fria, que ficava nauseada.

Como era fácil ter um filho, e como era doloroso não ter! Estranha aquela angústia, mesmo em meio a sua dor, de saber que não teria essa criança. Mais estranho ainda porque teria sido a primeira realmente desejada. Ela tentou pensar por que a desejara, mas sua mente estava exausta demais para pensar em qualquer coisa, além do medo da morte. A morte estava ali no quarto e ela não tinha forças para confrontá-la, combatê-la, e estava amedrontada. Queria alguém forte a seu lado, que lhe segurasse a mão e lutasse contra a morte até que ela tivesse força suficiente para lutar por si mesma.

A raiva fora engolida pela dor e ela queria Rhett. Mas ele não estava lá, e ela não tinha coragem de perguntar por ele.

A última lembrança que tinha dele era de sua aparência ao pegá-la no vestíbulo escuro ao pé da escadaria, o rosto lívido e isento de tudo que não um medo pavoroso, a voz rouca chamando por Mammy. Depois a leve lembrança de ser carregada para cima, antes que sua mente se apagasse. Com a volta à consciência, dor e mais dor, o quarto cheio de vozes sussurrantes e os soluços de tia Pitty, as ordens bruscas do Dr. Meade e pés que corriam pelas escadas e andavam suaves pelo corredor. Então, como um raio, reconheceu a morte, e o medo lhe deu vontade de gritar um nome, mas o grito saiu em um sussurro.

O sussurro desesperado teve a resposta imediata de alguém no escuro ao lado da cama, e a voz suave de quem ela chamara respondeu em tom de cantiga de ninar:

— Estou aqui, querida. Estive aqui todo o tempo.

A morte e o medo recuaram gentilmente quando Melanie pegou sua mão, pondo-a silenciosamente em sua face fria. Scarlett tentou se virar para ver-lhe o rosto e não conseguiu. Melly estava tendo o bebê e os ianques estavam vindo. A cidade pegava fogo e ela precisava se apressar. Mas Melly estava tendo o bebê e ela não podia fugir. Precisava ficar com ela e ser forte porque Melly necessitava de sua força. Melly sentia tantas dores, havia tridentes quentes nela e facas sem fio, ondas recorrentes de dor. Precisava segurar a mão de Melly.

Mas o Dr. Meade estava lá, afinal, ele tinha vindo, mesmo que os soldados na estação precisassem dele, pois ela o ouviu dizer:

— Ela está delirando. Onde está o capitão Butler?

A noite estava escura e depois clara e às vezes ela estava tendo um bebê e em outras era Melanie quem gritava, mas o tempo todo Melly estava lá, suas mãos estavam frias e ela não fazia gestos inúteis de ansiedade nem soluçava como tia Pitty. Sempre que Scarlett abria os olhos, dizia "Melly?", e a voz respondia. E geralmente ela começava a sussurrar: "Rhett... quero Rhett" e se lembrava, como em um sonho, de que Rhett não a queria, de que seu rosto estava escuro, como o de um índio, e seus dentes apareciam brancos em um riso de deboche. Ela o queria e ele não a queria.

Uma vez ela disse: "Melly?", e a voz de Mammy respondeu: "Sô eu, fia" e pôs um pano frio em sua testa, e ela chorou irritada: "Melly... Melanie", dizia sem parar, mas Melanie não apareceu por um longo tempo. Pois Melanie estava sentada na beira da cama de Rhett, que embriagado e aos prantos, sentado no chão, soluçava, a cabeça no colo dela.

Toda vez que ela saía do quarto de Scarlett, o via, sentado na cama, a porta aberta, observando a porta do outro lado do corredor. Seu quarto estava desarrumado, tocos de charuto espalhados e pratos de comida intocados. A cama revirada e ele ali sentado, barba por fazer e subitamente magro, fumando sem parar. Nunca lhe fazia perguntas ao vê-la. Ela sempre ia até a porta, ficava por um minuto lhe dando as notícias: "Sinto muito, ela está pior" ou "Não, ainda não chamou o senhor. Está delirando" ou "Não perca as esperanças, capitão Butler. Deixe-me lhe preparar um café e algo de comer. Assim vai ficar doente".

Seu coração sempre se condoía de pena dele, embora estivesse com sono e quase cansada demais para sentir qualquer coisa. Como as pessoas podiam dizer todas aquelas mesquinharias sobre ele... dizer que não tinha coração, que era perverso e infiel a Scarlett, quando ela podia vê-lo emagrecer diante de seus olhos, ver o tormento em seu semblante? Mesmo cansada, sempre tentava ser mais gentil que de costume ao lhe fazer os boletins do quarto da enferma. Ele parecia uma alma penada esperando pelo juízo... uma criança em um mundo subitamente hostil. Mas todos eram como crianças para Melanie.

Mas quando, enfim, ela foi toda alegre até a porta dele para contar que Scarlett sentia-se melhor, estava despreparada para o que encontrou. Havia uma garrafa de uísque pela metade na mesa ao lado da cama e o cômodo fedia a bebida. Ele olhou para ela com olhos vidrados e a mandíbula tremia, apesar de seus esforços para fechar a boca.

— Ela morreu?

— Ah, não. Está bem melhor.

— Ah, meu Deus — disse ele, pondo o rosto entre as mãos. Ela viu seus ombros largos se sacudirem como se tivessem tido um calafrio e, enquanto o olhava com pena, a pena logo se transformou em horror, pois viu que ele estava chorando. Melanie nunca vira um homem chorar e ver logo Rhett, tão melífluo, tão debochado, tão seguro de si...

O ruído engasgado de desespero que ele fazia a assustou. Ficou apavorada com a ideia de ele estar bêbado, pois Melanie tinha medo da embriaguez. Mas, quando ele levantou a cabeça e ela vislumbrou seus olhos, apressou-se a entrar no quarto, fechou a porta sem ruído e foi até ele. Nunca vira um homem chorar, mas consolara as lágrimas de muitas crianças. Quando ela pôs a mão suave em seu ombro, os braços dele subitamente abraçaram suas saias. Antes que se desse conta, estava sentada na cama e ele no chão, a cabeça em seu colo e os braços e mãos segurando-a em um aperto que chegava a machucar.

Ela afagou levemente a cabeça de cabelos pretos e, acalmando-o, disse:

— Calma, calma, ela vai ficar boa.

Com isso, o aperto afrouxou e ele começou a falar rapidamente, com voz rouca, balbuciando como que para uma sepultura que nunca contaria seus segredos, balbuciando a verdade pela primeira vez na vida, desnudando-se impiedosamente para Melanie, a princípio totalmente desnorteada, totalmente maternal. Sua fala era descontinuada, o rosto enterrado em seu colo, empurrando as dobras de sua saia. Às vezes, suas palavras saíam indistintas, abafadas, outras chegavam bem claras a seus ouvidos, palavras amargas de confissão e rebaixamento, falando de coisas que ela nunca ouvira nem sequer uma mulher mencionar, segredos que levaram o sangue ardente do recato às suas faces, deixando-a agradecida pela cabeça baixa dele.

Ela afagou sua cabeça como fazia com o pequeno Beau e disse:

— Quieto! Capitão Butler! O senhor não deve me contar essas coisas! Está fora de si. Aquiete-se!

Mas a voz dele continuava, em uma torrente impetuosa de emoção, e ele se segurava ao vestido dela como se representasse sua esperança de vida.

Ele se acusou de coisas que ela não entendia; balbuciou o nome de Belle Watling e depois a sacudiu com violência ao exclamar:

— Eu matei Scarlett, eu a matei. Você não entende. Ela não queria esse bebê e...
— O senhor precisa se aquietar! Não está em posse de si mesmo! Não querer um bebê? Ora, toda mulher quer...
— Não! Não! A senhora quer filhos. Mas ela não quer. Não os meus...
— O senhor deve parar!
— A senhora não entende. Ela não queria esse bebê e eu o fiz. Esse... esse bebê... é tudo culpa minha. Nós não andávamos dormindo juntos...
— Cale-se, capitão Butler! Não é conveniente...
— E eu estava bêbado, enlouquecido e queria magoá-la... porque ela tinha me magoado. Eu queria... e fiz... mas ela não me queria. Ela nunca me quis. Nunca me quis e eu tentei... tentei tanto e...
— Ah, por favor!
— E eu não sabia desse bebê até o outro dia... quando ela caiu. Ela não sabia onde eu estava para me escrever... mas não teria me escrito se soubesse. Eu lhe digo... teria vindo direto para casa... ah, se eu soubesse... mesmo que ela não me quisesse em casa...
— Ah, sim, eu sei que o senhor viria!
— Deus, andei feito um louco todas essas semanas, louco e embriagado! E, quando ela me disse, lá na escada... o que eu fiz? O que eu disse? Eu ri e disse: "Anime-se. Talvez você perca o bebê." E ela...

De repente, Melanie ficou lívida, seus olhos se arregalaram de horror enquanto olhava para a cabeça atormentada em seu colo. O sol da tarde entrou pela janela aberta e subitamente ela viu, como que pela primeira vez, como eram grandes, morenas e fortes suas mãos, e que grossos eram os pelos negros que cresciam nas costas delas. Involuntariamente, encolheu-se. Pareciam tão predadoras, tão impiedosas e, no entanto, enroscadas em sua saia, tão abatidas, tão impotentes.

Seria possível que ele tivesse ouvido e acreditado na mentira absurda sobre Scarlett e Ashley e tivesse ficado enciumado? É verdade, ele saíra da cidade logo após o escândalo, mas... Não, não podia ser isso. O capitão Butler sempre viajava de uma hora para outra. Não podia ter acreditado nos mexericos. Era sensato demais. Se essa fora a causa do problema, ele não teria tentado matar Ashley? Ou pelo menos exigido uma explicação?

Não, não podia ser isso. Só estava bêbado, mal por causa da tensão e sua mente estava acelerada, como um homem delirante a balbuciar fantasias tresloucadas. Os homens não toleravam as tensões tão bem como as mulheres. Algo o aborrecera, talvez tivesse havido alguma pequena discussão com Scarlett e ele ampliara sua importância. Talvez algumas das coisas atrozes que dissera fossem verdadeiras, mas não tudo. Ah, aquela última, certamente não! Nenhum homem poderia dizer tal coisa à mulher que amava de modo tão apaixonado como esse homem amava Scarlett. Melanie nunca vira o mal, nunca vira crueldade e, agora que se deparava com isso pela primeira vez, achou inconcebível. Ele estava bêbado e mal. E crianças que passavam mal precisavam ser reanimadas.

— Calma! Calma! — disse ela, apaziguante. — Quieto agora. Eu entendo.

Ele ergueu a cabeça com violência e olhou para ela, os olhos injetados, desvencilhando-se ferozmente de suas mãos.

— Não, por Deus, a senhora não entende! Não pode entender! É... é boa demais para entender. Não acredita, mas é tudo verdade e eu sou um cachorro. Sabe por que fiz isso? Estava louco, doido de ciúmes. Ela nunca gostou de mim e achei que conseguiria fazê-la gostar. Mas nunca gostou. Ela não me ama. Nunca me amou. Ela ama...

Seu olhar passional, embriagado, encontrou o dela e ele parou, boca entreaberta, como que percebendo pela primeira vez com quem falava. O rosto dela estava pálido e tenso, mas os olhos eram tranquilos, meigos, cheios de pena e incredulidade. Havia uma serenidade luminosa neles, e a inocência nas suaves profundezas castanhas o atingiu como um golpe na cara, varrendo parte do álcool de seu cérebro, detendo suas palavras desenfreadas em pleno voo. Ele arrastou um murmúrio, os olhos se desviaram dos dela, os cílios piscando com rapidez na luta para retornar à sanidade.

— Sou um canalha — murmurou, deixando a cabeça cair no colo dela. — Mas não tão canalha assim. E, se eu lhe contasse, a senhora não acreditaria, não é? É boa demais para acreditar. Nunca conheci alguém tão bom. A senhora não acreditaria, não é?

— Não, eu não acreditaria no senhor — disse Melanie, calmante, começando a afagar a cabeça dele outra vez. — Ela vai ficar boa. Pronto, capitão Butler! Não chore! Ela vai ficar boa.

Capítulo 57

Foi uma mulher pálida e magra que Rhett deixou no trem para Jonesboro um mês depois. Wade e Ella, que viajariam com ela, estavam quietos e desconfortáveis diante do semblante imóvel da mãe. Ficaram agarrados a Prissy, pois, mesmo para suas mentes infantis, havia algo de assustador na atmosfera fria e impessoal entre a mãe e o padrasto.

Apesar de fraca, Scarlett estava indo para Tara. Tinha a sensação de que sufocaria se ficasse mais um dia em Atlanta, forçando a mente cansada a girar no círculo profundo e desgastado de ideias inúteis sobre sua situação. Corpo doente e mente exausta, imobilizada como uma criança perdida em um campo de pesadelos, sem ver qualquer referência conhecida a guiá-la.

Como fugira uma vez de Atlanta diante de um exército invasor, agora fugia de novo, jogando as preocupações para o fundo da mente e preferindo sua antiga defesa contra o mundo: "Não vou pensar nisso agora. Não vou aguentar. Penso nisso amanhã, em Tara. Amanhã será outro dia." Parecia-lhe que bastaria retornar à imobilidade dos verdes campos de algodão e todos os seus problemas sumiriam, dando-lhe condições de reunir os pensamentos estilhaçados em algo que lhe pautasse a existência.

Rhett ficou olhando o trem até perdê-lo de vista com uma expressão nada agradável de curiosa amargura. Suspirou, dispensou a carruagem e, montando em seu cavalo, foi para a rua Ivy, à casa de Melanie.

Era uma manhã quente e Melanie sentava-se na varanda à sombra das trepadeiras, a cesta de costuras cheia de meias a consertar. Ela ficou confusa e apreensiva ao ver Rhett apear do cavalo e jogar as rédeas sobre o braço do menino negro de ferro fundido que ficava na calçada. Não se falavam desde aquele dia atroz em que Scarlett estava tão doente e ele tão... bêbado. Melanie detestava até pensar na palavra. Só falara com ele de passagem durante a convalescença de Scarlett e nessas ocasiões achara difícil olhá-lo nos olhos. No entanto, ele fora afável como sempre e nunca, por olhar ou palavra, mostrara saber o que se passara entre eles. Ashley dissera certa vez que muitas vezes os homens não se lembravam do que fizeram ou disseram durante uma bebedeira, e Melanie rezou fervorosamente para que o capitão Butler tivesse perdido a memória daquela ocasião. Tinha impressão de preferir a morte a saber que ele se lembrava dos desabafos. Dominada pela timidez e pelo constrangimento, sentiu ondas de rubor lhe invadir as faces enquanto ele vinha pelo caminho da entrada. Talvez só estivesse ali para ver se Beau podia passar o dia com Bonnie. Certamente, não teria o mau gosto de lhe agradecer pelo que fizera naquele dia!

Levantando-se para cumprimentá-lo, observou surpresa, como sempre, a leveza daquele andar para um homem de seu porte.

— Scarlett já foi?

— Sim. Tara lhe fará bem — disse ele sorrindo. — Às vezes, acho que ela é como o gigante Anteu, que ficava mais forte cada vez que tocava a Terra Mãe. Scarlett não consegue ficar afastada por muito tempo daquele torrão de terra vermelha que ama. A vista do algodão crescendo lhe fará mais bem que todos os tônicos do Dr. Meade.

— Gostaria de se sentar? — disse Melanie, as mãos agitadas. Ele era muito grande e másculo, e criaturas excessivamente masculinas sempre a descompunham. Pareciam irradiar uma força e uma vitalidade que a faziam se sentir menor e mais fraca do que já era. Tão moreno e formidável, os músculos fortes dos ombros salientes no paletó de linho branco de tal modo que a assustavam. Era incrível ter visto toda essa força e insolência vir abaixo. E ela segurara aquela cabeça de cabelos negros em seu colo!

"Minha nossa!", pensou, aflita, corando novamente.

— Sra. Melly — disse ele gentilmente —, minha presença a aborrece? Prefere que eu me vá? Por favor, seja franca.

"Ah!", pensou ela. "Ele se lembra! E percebe quanto estou perturbada!"

Ela olhou para ele, suplicante, e subitamente constrangimento e confusão se foram. Os olhos dele estavam tão tranquilos, tão bondosos, tão compreensivos que ela se perguntou como podia ter sido tola a ponto de ficar atrapalhada. Seu rosto dava a impressão de cansaço e, ela pensou surpresa, um pouco mais que tristeza. Como podia ter sequer pensado que ele seria grosseiro a ponto de aludir ao assunto que ambos preferiam esquecer?

"Coitado, andou tão preocupado com Scarlett..." pensou e arrumando um sorriso, disse:

— Sente-se, capitão Butler.

Ele se sentou pesadamente e observou-a voltando à cerzidura.

— Sra. Melly, vim lhe pedir um enorme favor e — disse ele, sorrindo, descendo os cantos da boca — recrutar sua ajuda em uma trapaça que, sei de antemão, vai lhe causar resistência.

— Uma... trapaça?

— É. De fato, vim lhe falar de negócios.

— Ah, nossa. Então é melhor procurar o Sr. Wilkes. Sou péssima nos negócios. Não sou esperta como Scarlett.

— Receio que Scarlett seja esperta demais para seu próprio bem — disse ele —, e é exatamente sobre isso que desejo lhe falar. A senhora sabe quanto ela ficou... doente. Quando voltar de Tara, vai começar sua lida furiosa com a loja e com aquelas serrarias que eu adoraria que explodissem noite dessas. Temo pela saúde dela, Sra. Melly.

— É verdade, ela trabalha demais. O senhor precisa fazê-la parar e cuidar de si.

Ele riu.

— A senhora sabe quanto ela é voluntariosa. Nunca sequer tento discutir com ela. É como uma criança obstinada. Não quer que eu a ajude. Já tentei fazê-la vender sua parte das serrarias, mas ela não quer. E agora, Sra. Melly, é que chego à questão do negócio. Sei que Scarlett venderia sua parte das serrarias ao Sr. Wilkes e a mais ninguém, e gostaria que o Sr. Wilkes fizesse uma oferta de compra.

— Ah, minha nossa! Isso seria bom, mas... — Melanie parou de falar e mordeu o lábio. Não podia mencionar questões financeiras a outra pessoa. De algum modo, apesar do que ele ganhava com a serraria, ela e Ashley nunca pareciam ter dinheiro suficiente, e ela se preocupava com a pouca poupança que conseguiam fazer. Para onde iria o dinheiro? Ashley lhe dava o bastante para cuidar da casa, mas, quando havia despesas extras, eles costumavam ter dificuldades. É claro, suas contas médicas eram muitas, e havia os livros e móveis que Ashley encomendava de Nova York, tudo custava dinheiro. Além disso, eles alimentavam e vestiam inúmeras pessoas sem teto que dormiam no porão, e Ashley nunca conseguia recusar um empréstimo a um homem que estivera no exército confederado. E...

— Sra. Melly, eu gostaria de lhe emprestar o dinheiro — disse Rhett.

— É muita gentileza sua, mas talvez nunca possamos lhe pagar de volta.

— Não faço questão de ser pago. Não se zangue comigo, Sra. Melly! Escute-me, por favor. Serei grato por saber que Scarlett não ficará se exaurindo, viajando quilômetros até as serrarias todos os dias. A loja bastará para mantê-la ocupada e feliz... Entende?

— Bem... sim... — disse Melanie, insegura.

— A senhora quer que seu menino tenha um pônei, não é? E quer que ele vá para a universidade em Harvard e à Europa em uma *Grand Tour* não quer?

— Ah, é claro — exclamou Melanie, o semblante se iluminando, como sempre acontecia à menção de Beau. — Quero lhe dar tudo, mas... bem, estão todos tão pobres hoje em dia que...

— O Sr. Wilkes pode ganhar muito dinheiro com as serrarias algum dia — disse Rhett. — E eu gostaria de ver Beau desfrutar de todas as vantagens que merece.

— Ah, capitão Butler, que miserável ardiloso o senhor é! — exclamou ela, sorrindo. — Apelando para o orgulho materno! Eu posso lê-lo como a um livro.

— Espero que não — disse Rhett, e pela primeira vez houve um brilho em seus olhos. — Então, vai me permitir lhe emprestar o dinheiro?

— Mas onde entra a trapaça?

— Precisamos conspirar juntos e enganar tanto Scarlett quanto o Sr. Wilkes.

— Minha nossa! Eu não conseguiria!

— Se Scarlett soubesse que conspirei pelas costas, mesmo sendo para seu próprio bem... Ora, a senhora conhece o temperamento dela! E receio que o Sr. Wilkes recusaria qualquer empréstimo que eu lhe oferecesse. Portanto, nenhum dos dois pode saber de onde veio o dinheiro.

— Ah, mas eu tenho certeza de que o Sr. Wilkes não recusaria, se entendesse a questão. Ele gosta muito de Scarlett.

— Sim, tenho certeza disso — disse Rhett tranquilamente. – Mas, mesmo assim, ele iria recusar. A senhora sabe quanto todos os Wilkes são orgulhosos.

— Nossa! — exclamou Melanie, infeliz. — Eu gostaria... Mesmo, capitão Butler, eu não poderia enganar meu marido.

— Nem mesmo para ajudar Scarlett? — Rhett pareceu muito magoado. — Ela gosta tanto da senhora!

As lágrimas tremeram nos cílios de Melanie.

— O senhor sabe que eu faria qualquer coisa por ela. Nunca, nunca poderei retribuir a metade do que ela fez por mim. O senhor sabe.

— Sim — disse ele brevemente —, sei o que ela fez pela senhora. Não poderia dizer ao Sr. Wilkes que o dinheiro lhe foi deixado em testamento por algum parente?

— Ah, capitão Butler, não tenho parentes com a bênção de um centavo sequer!

— Então, se eu enviasse o dinheiro pelo correio para o Sr. Wilkes sem que ele soubesse do remetente, a senhora cuidaria para que fosse usado para comprar as serrarias e não... bem, doado aos ex-Confederados sem meios?

A princípio, ela se magoou com as últimas palavras, que deixavam subentendida uma crítica a Ashley, mas ele sorriu de modo tão compreensivo que ela sorriu de volta.

— É claro que sim.

— Então estamos acertados? Fica sendo nosso segredo?

— Mas nunca guardei qualquer segredo de meu marido!

— Tenho certeza disso, Sra. Melly.

Olhando para ele, ela pensou em quanto sempre estivera certa a seu respeito e quão enganadas estavam tantas outras pessoas. Diziam que era bruto, debochado, mal-educado e até desonesto. Embora muita gente fina agora estivesse admitindo que se enganara. Ora! Ela sabia desde o início que ele era um bom homem. Nunca recebera dele nada que não fosse o mais gentil dos tratamentos, atenção, extremo respeito e compreensão! Além disso, como amava Scarlett! Que meiguice a dele dar toda essa volta para poupá-la de um dos fardos que carregava!

Em um impulso sentimental, ela disse:

— Que sorte de Scarlett ter um marido tão bom com ela!

— A senhora acha? Receio que ela não concordaria se pudesse ouvi-la, Sra. Melly. Estou lhe dando mais do que dou a Scarlett.

— A mim? — perguntou ela, intrigada. — Ah, o senhor quer dizer a Beau.

Ele pegou o chapéu e se levantou. Ficou por um momento olhando para o rosto simples, em forma de coração, com seu pronunciado bico de viúva e graves olhos escuros. Uma fisionomia tão etérea, tão indefesa contra o mundo.

— Não, não a Beau. Estou tentando lhe dar algo mais que Beau, se puder imaginar.

— Não, não posso — disse ela, confusa outra vez. — Não há nada no mundo que me seja mais precioso que Beau, a não ser Ash... a não ser o Sr. Wilkes.

Rhett ficou quieto e olhou para ela, a fisionomia impassível.

— O senhor é de uma bondade extrema querendo fazer algo por mim, capitão Butler, mas, de fato, eu tenho muita sorte. Tenho tudo que uma mulher poderia desejar.

— Isso é ótimo — disse Rhett, subitamente soturno. — E pretendo garantir que continue tendo.

Quando Scarlett voltou de Tara, a palidez doentia se fora e as faces estavam cheias e levemente rosadas. Seus olhos verdes alertas e reluzentes de novo e, pela primeira vez em semanas, ela deu uma risada quando Rhett e Bonnie foram buscá-los na estação. Uma risada amuada e divertida a um só tempo. Rhett tinha duas penas de peru na aba do chapéu e Bonnie usava seu vestido dominical lamentavelmente rasgado, tinha traços azul-índigo pintados nas bochechas e uma pena de pavão com metade de seu tamanho enfiada nos cachos. Era evidente que estavam brincando de índio quando chegou a hora de ir à estação esperar o trem, e óbvio, pela aparência de cômica impotência na fisionomia de Rhett e pela indignação de Mammy, Bonnie se recusara a fazer a toalete, mesmo para encontrar a mãe.

— Que criança maltrapilha — disse Scarlett ao beijar a filha, e depois ofereceu a face para os lábios de Rhett. A estação estava lotada, caso contrário ela jamais teria oferecido esse carinho. Embora constrangida pela aparência de Bonnie, não pôde deixar de notar que todos estavam rindo diante do quadro representado por pai e filha, mas não de escárnio, e sim afavelmente achando graça. Todos sabiam que a caçula de Scarlett tinha o pai pela coleira, e Atlanta se divertia e aprovava. O grande amor de Rhett pela filha havia muito o reintegrara na opinião pública.

No caminho de casa, Scarlett estava cheia de notícias do condado. O clima quente e seco fazia o algodão crescer com tal rapidez que era quase possível ouvi-lo, mas Will dissera que os preços do algodão estariam baixos neste outono. Suellen estava esperando outro bebê... isso ela soletrou para que as crianças não entendessem... e Ella mostrara inusitada coragem ao morder a menina mais velha de Suellen. Embora, observou Scarlett, a pequena Susie tenha merecido, sendo a cópia fiel da mãe. Mas Suellen ficara furiosa e elas tinham brigado como nos velhos tempos. Wade matara sozinho uma cobra d'água. Randa e Camilla Tarleton estavam lecionando, e não parecia brincadeira? Nenhum dos Tarleton jamais fora capaz de soletrar gato! Betsy Tarleton se casara com um gordo maneta de Lovejoy e eles, mais Hetty e Jim Tarleton, estavam com um bom campo de algodão em Fairhill. A Sra. Tarleton estava com uma égua grávida e um potro, feliz como se possuísse um milhão de dólares. E havia negros morando na antiga casa dos Calvert! Um bando deles, e realmente eram proprietários! Tinham comprado no leilão. O lugar estava caindo aos pedaços e dava vontade de chorar ao vê-lo. Ninguém sabia do paradeiro de Cathleen e do marido perverso. E Alex ia se casar com Sally, a viúva do irmão! Imagine, depois de conviverem na mesma casa por tantos anos! Todos diziam que era um casamento de conveniência porque os mexericos começavam a circular sobre os dois morando sozinhos, desde que as duas, a jovem e a velha, morreram. Aquilo partira o coração de Dimity Munroe. Mas ela bem merecia. Se tivesse iniciativa, teria agarrado outro homem há muito tempo, em vez de ficar esperando Alex ganhar dinheiro suficiente para se casar com ela.

Scarlett tagarelava contente, mas havia muitas coisas sobre o condado que suprimiu, coisas que magoavam só de pensar. Passeara pelo condado com Will, tentando não recordar os tempos em que esses milhares de hectares férteis eram verdes de algodão. Agora, uma a uma, as grandes fazendas estavam sendo invadidas pela mata e campos desoladores de capim-vassoura, chaparreiro, e brotos de pinheiros apoderavam-se das ruínas silenciosas e dos campos de algodão. Agora, menos de um hectare era cultivado onde antes cem estavam sob o arado. Era como passar por uma terra morta.

— Esta região levará pelo menos cinquenta anos para voltar a ser o que era... se voltar — dissera Will. — Tara é a melhor fazenda do condado, graças a você e a mim, Scarlett, mas é um sítio agora, não a plantação que era. Depois vem a fazenda dos Fontaine e, em seguida, a dos Tarleton. Eles não estão ganhando muito dinheiro, mas conseguem sobreviver e têm fibra. Mas a maior parte do pessoal, o resto das fazendas...

Scarlett não gostava de se lembrar da aparência do condado abandonado. Parecia ainda mais triste em comparação à agitação e prosperidade de Atlanta.

— E, por aqui, aconteceu alguma coisa? — perguntou ela quando finalmente chegaram em casa e sentaram-se na varanda. Ela falara rapidamente e sem parar durante todo o caminho para casa, temendo um silêncio entre eles. Desde o dia em que caíra da escada, não tivera uma palavra a sós com Rhett, e não estava muito ansiosa para que isso acontecesse agora. Desconhecia os sentimentos dele em relação a ela. Ele fora a gentileza personificada durante sua infeliz convalescença, mas era a gentileza impessoal de um desconhecido. Previra seus desejos, impedira que as crianças a aborrecessem e supervisionara a loja e as serrarias. Mas nunca dissera: "Sinto muito." Bem, talvez não sentisse. Talvez ainda achasse que aquela criança que nunca nasceu não fosse dele. Como ela poderia saber o que ia pela mente atrás daquele semblante neutro? Mas ele mostrara disposição de ser cortês, pela primeira vez em sua vida de casados, e um desejo de deixar a vida continuar como se nunca tivesse havido nada de desagradável entre eles... como se, pensou Scarlett, desanimada, como se nunca tivesse havido absolutamente nada entre eles. Bem, se era isso que ele queria, ela podia muito bem fazer seu papel.

— Está tudo em ordem? — repetiu ela. — Você conseguiu as novas ripas para a loja? Trocou as mulas? Por Deus, Rhett, tire essas penas do chapéu. Está com cara de bobo e é capaz de ir ao centro sem se lembrar de tirá-las.

— Não — disse Bonnie, pegando o chapéu do pai, na defensiva.

— Tudo andou muito bem por aqui — respondeu Rhett. — Bonnie e eu nos divertimos, e creio que ela não penteou o cabelo uma vez desde que você partiu. Não chupe as penas, querida, podem estar sujas. Sim, as ripas foram consertadas e fiz um bom negócio com as mulas. Não, não há novidades. Tudo foi bastante tedioso. — Em seguida, como em uma reflexão tardia, ele acrescentou: — O honorável Ashley esteve aqui ontem à noite. Queria saber se eu achava que você lhe venderia sua serraria e sua parte na serraria dele.

Scarlett, que estava se balançando e abanando com um leque de penas de peru, parou abruptamente.

— Vender? Onde Ashley conseguiu o dinheiro? Você sabe que eles nunca têm um centavo. Melanie gasta tudo assim que ele ganha.

Rhett deu de ombros.

— Sempre a achei uma pessoinha bem frugal, mas é claro que não estou tão bem informado dos detalhes íntimos da família Wilkes como você parece estar.

Aquela estocada era bem o velho estilo de Rhett, e Scarlett se aborreceu.

— Vá para dentro, querida — disse ela a Bonnie. — Mamãe quer conversar com seu pai.

— Não — disse Bonnie, positiva, e subiu no colo de Rhett.

Scarlett franziu a testa para a filha e Bonnie a olhou mal-humorada, em uma semelhança tão grande com Gerald O'Hara que quase a fez rir.

— Deixe-a ficar — disse Rhett confortavelmente. — Quanto ao dinheiro, parece que lhe foi enviado por alguém de quem ele cuidou durante um caso de varicela em Rock Island. Renova minha fé na natureza humana saber que a gratidão ainda existe.

— Quem foi? Alguém que conhecemos?

— A carta era anônima e vinda de Washington. Ashley não conseguiu saber quem a enviou. Mas, enfim, a índole magnânima de Ashley sai pelo mundo fazendo tantos atos de caridade que não se pode esperar que se lembre de todos.

Não fosse a surpresa pela súbita fortuna de Ashley, Scarlett não teria deixado sem resposta a ironia, embora em Tara ela tivesse decidido que nunca mais se envolveria em qualquer discussão com Rhett sobre Ashley. O terreno em que pisava era incerto demais e, até saber exatamente sua posição em relação aos dois, não queria se indispor.

— Ele quer comprar de mim?

— Quer, mas, é claro, eu disse a ele que você não venderia.

— Eu gostaria que você me deixasse cuidar de meus negócios.

— Bem, você sabe que não conseguiria se separar das serrarias. Eu disse que ele sabia bem disso, assim como disse que você não resistia ficar sem pôr o dedo na torta de todo mundo e, se vendesse para ele, ficaria impossibilitada de lhe dizer como tomar conta do próprio negócio.

— Você ousou dizer isso a ele sobre mim?

— Por que não? É verdade, não é? Creio que ele concordou plenamente comigo, mas, é claro, é cavalheiro demais para se pronunciar.

— É mentira! Vou vendê-las! — exclamou Scarlett, com raiva.

Até aquele momento, ela não pretendia se desfazer das serrarias. Tinha vários motivos para tanto, e seu valor monetário era o último. Podia tê-las vendido por grandes somas nos últimos anos, mas recusara todas as ofertas. As serrarias eram a evidência palpável do que realizara, sem ajuda e com grandes dificuldades, o que a deixava orgulhosa delas e de si mesma. Sobretudo, queria mantê-las porque eram o único caminho aberto a Ashley. Não tê-las sob seu controle significaria raramente ver Ashley e nunca a sós. E ela precisava vê-lo a sós. Não podia continuar assim, cogitando que sentimentos ele tinha por ela agora, imaginando se todo o seu amor morrera com a vergonha desde aquela noite atroz na festa de Melanie. No curso dos negócios, ela tinha muitas oportunidades para conversar com ele sem dar a impressão de que o procurava. E, com o devido tempo, sabia que poderia recuperar qualquer terreno perdido em seu coração. Mas se vendesse as serrarias...

Não, ela não queria vender, mas, incitada pela ideia de que Rhett a expusera em uma luz tão verdadeira e pouco elogiosa para Ashley, decidiu-se instantaneamente. Ashley ficaria com as serrarias e por um preço bem baixo, sem se dar conta de sua generosidade.

— Vou vender! — exclamou, furiosa. — E, agora, o que acha disso?

Nos olhos de Rhett, apareceu o leve brilho do triunfo enquanto ele se inclinava para amarrar os cordões do sapato de Bonnie.

— Acho que você vai se arrepender — disse ele.

Ela já se arrependia das palavras apressadas. Tivessem sido ditas a qualquer um que não Rhett, poderia retirá-las sem qualquer vergonha. Por que fora tão impulsiva? Olhou para Rhett com uma expressão raivosa e percebeu que ele a observava com o velho e conhecido olhar de gato-na-toca-do-rato. Ao ver sua testa franzida, ele deu uma súbita risada, os dentes brancos cintilando. Scarlett teve a sensação de que ele a manobrara.

— Você teve alguma coisa a ver com isso? — falou asperamente.

— Eu? — Suas sobrancelhas se arquearam em uma surpresa debochada. — Você devia me conhecer melhor. Nunca saio por aí fazendo atos caridosos se puder evitar.

Naquela noite, ela vendeu as serrarias e toda a sua participação nelas para Ashley. Nada perdeu com isso, pois Ashley se recusou a aceitar a vantagem de seu primeiro preço e conseguiu a melhor oferta que já lhe fora feita. Quando ela assinara os papéis e as serrarias irrevogavelmente já não lhe pertenciam, e Melanie passava pequenas taças de vinho para Rhett e Ashley, celebrando a transação, Scarlett sentiu-se destituída, como se tivesse vendido um de seus filhos.

As serrarias tinham sido suas queridas, seu orgulho, fruto de suas pequenas e avaras mãos. Ela começara com uma pequena serraria naqueles dias negros em que Atlanta mal se erguia das ruínas e cinzas e a necessidade lhe encarava. Ela lutara, organizara e cuidara delas durante a época obscura em que os confiscos ianques se assomavam, quando o dinheiro era curto e os homens espertos iam parar no muro de execuções. E agora que Atlanta começava a cicatrizar, prédios se erguiam por toda parte e a cidade recebia novos moradores todos os dias, ela tinha duas boas serrarias, dois depósitos de madeira, uma dúzia de parelhas de mulas e trabalho detento operando o negócio a baixo custo. Esse arremate significava dizer-lhes adeus, fechar para sempre a porta de uma parte de sua vida, uma parte dura e amarga, mas de que ela se lembrava com nostálgica satisfação.

Ela construíra esse negócio e agora o vendia, oprimida pela certeza de que, sem ela no timão, Ashley perderia tudo... tudo o que ela trabalhara para construir. Ashley confiava em todo mundo e ainda não diferenciava dois por quatro de seis por oito. E agora ela não poderia beneficiá-lo com seus conselhos... só porque Rhett lhe dissera que ela gostava de mandar em tudo.

"Ah, maldito Rhett!", pensou, e, ao observá-lo, sua convicção de que ele estava por trás de tudo aumentou. Como e por que ela não sabia. Ele conversava com Ashley, e suas palavras despertaram suas suspeitas.

— Imagino que você vá devolver os detentos imediatamente — disse ele.

Devolver os detentos? Por que haveria qualquer ideia de devolvê-los? Rhett sabia muito bem que os grandes lucros das serrarias vinham do trabalho barato dos detentos. E por que falava com tanta certeza sobre as futuras decisões de Ashley? O que sabia dele?

— Sim, eles serão imediatamente devolvidos — respondeu Ashley, evitando o olhar atônito de Scarlett.

— Você perdeu a cabeça? — exclamou ela. — Vai perder todo o dinheiro do arrendamento, e que tipo de mão de obra vai conseguir?

— Vou empregar negros livres — disse Ashley.

— Negros livres? Loucura! Sabe o que os salários deles vão lhe custar e, além disso, terá os ianques em cima de você a cada minuto, verificando se está lhes dando frango três vezes por dia e pondo-os para dormir sob colchas de penas. E, se der umas duas chibatadas em um negro para acelerá-lo, ouvirá os ianques gritando daqui a Dalton e vai acabar na cadeia. Ora, os detentos são a única...

Melanie olhou para as mãos cruzadas no colo. Ashley parecia descontente, mas obstinado. Ficou calado por um instante. Então seu olhar cruzou com o de Rhett e foi como se encontrasse compreensão e estímulo em seus olhos... o que não escapou a Scarlett.

— Não vou trabalhar com detentos, Scarlett — ele disse baixinho.

— Bem, senhor! — Ela ficou sem fôlego. — E por que não? Tem medo de que as pessoas falem de você como falam de mim?

Ashley ergueu a cabeça.

— Se estou certo, não tenho medo do que as pessoas falam. E nunca achei certo explorar o trabalho dos detentos.

— Mas por que...

— Não consigo ganhar dinheiro com o trabalho forçado e a infelicidade alheia.

— Mas você tinha escravos!

— Eles não eram infelizes. Além disso, eu os teria libertado quando meu pai morresse se a guerra não o tivesse feito. Mas isso é diferente, Scarlett. O sistema está aberto para um excesso de abusos. Talvez você não saiba, mas eu sei. Sei muito bem que Johnnie Gallegher matou pelo menos um homem em seu acampamento. Talvez mais... quem se importa com um detento a mais ou a menos? Ele disse que o homem foi morto tentando fugir, mas não foi o que me contaram. E sei que ele obriga homens doentes a trabalhar. Chame de superstição, mas não creio que dinheiro ganho com o sofrimento dos outros possa gerar felicidade.

— Pelo manto de Cristo! Você quer dizer... meu Deus, Ashley, você engoliu toda a ladainha do reverendo Wallace sobre dinheiro manchado?

— Não precisei engolir. Já acreditava nisso muito antes de sua pregação.

— Então, deve achar que todo o meu dinheiro é manchado — exclamou Scarlett, começando a se zangar. — Porque eu trabalhei com detentos e sou senhoria de um saloon e... — Ela parou de repente. Os dois Wilkes pareciam constrangidos e Rhett abrira um largo sorriso. "Dane-se ele", pensou Scarlett com veemência. Ele acha que estou metendo meu dedo na torta alheia outra vez, assim como Ashley. Que vontade de bater a cabeça deles uma contra a outra! Ela engoliu a ira e tentou assumir um ar indiferente de dignidade, mas sem muito sucesso.

— É claro que para mim não tem importância — disse ela.

— Scarlett, não pense que a estou criticando. Não estou. Apenas vemos as coisas sob diferentes ângulos e o que é bom para você pode não ser bom para mim.

De repente, ela quis estar a sós com ele, desejou ardentemente que Rhett e Melanie estivessem nos confins da terra para poder gritar: "Mas quero ver as coisas pelo seu ângulo! Explique-me o que você quer dizer, para que eu possa entender e ser como você!"

Mas, com a presença de Melanie, trêmula pela tensão da cena e de Rhett, displicente, rindo, ela só disse com o máximo de serenidade e virtude ofendida que conseguiu reunir:

— Claro que o negócio é seu, Ashley, e longe de mim lhe dizer como dirigi-lo. Mas devo dizer que não entendo sua atitude nem seus comentários.

Ah, se ao menos estivessem a sós, ela não seria forçada a lhe dizer essas palavras frias, essas palavras que o deixavam infeliz!

— Eu a ofendi, Scarlett, e não foi minha intenção. Por favor, creia-me e aceite meu pedido de desculpas. Nada há de enigmático no que eu disse. Apenas acredito que o dinheiro que vem de certas maneiras não traz felicidade.

— Mas você se engana! — exclamou ela, incapaz de se controlar. — Olhe para mim! Você sabe como ganhei meu dinheiro. Sabe como estavam as coisas antes de eu ganhar o dinheiro! Deve se lembrar daquele inverno em Tara, quando estava gélido e nós cortávamos os tapetes para usar como sapatos e não havia o bastante para se comer e ficávamos pensando em como daríamos uma educação a Wade e Beau. Você deve se lem...

— Eu me lembro — disse Ashley, cansado —, mas preferia esquecer.

— Bem, você não pode dizer que estávamos felizes naquela época, pode? E veja agora! Você tem uma boa casa e um futuro promissor. E alguém tem uma casa mais bonita que a minha, roupas mais finas ou melhores cavalos? Ninguém põe uma mesa como eu nem dá recepções mais elegantes, e meus filhos têm tudo o que querem. Bem, como consegui dinheiro para tudo isso? Em árvores? Não, senhor! Detentos e aluguel de saloon e...

— E não se esqueça do assassinato daquele ianque — disse Rhett serenamente. — De fato, foi ele quem lhe deu a arrancada.

Scarlett virou-se para ele, palavras furiosas nos lábios.

— E o dinheiro a fez muito, muito feliz, não foi, querida? — perguntou ele, venenosamente meigo.

Scarlett parou de falar, a boca entreaberta, e seus olhos passaram rapidamente pelos outros três. Melanie estava quase chorando de constrangimento, Ashley ficou subitamente frio e ausente e Rhett a observava atrás do charuto, com um jeito impessoal de quem se divertia. Ela ia falar: "Mas é claro que me fez feliz."

Mas algo a impediu.

Capítulo 58

Na época posterior a sua enfermidade, Scarlett percebeu uma mudança em Rhett, sem ter muita certeza se a apreciava. Ele andava sóbrio, quieto e preocupado. Agora sua presença era mais frequente na hora do jantar, estava mais gentil com os criados e mais afetuoso com Wade e Ella. Nunca fazia referências ao passado, agradáveis ou não, e tacitamente parecia impedi-la de aludir a tais assuntos. Scarlett aproveitou a paz, pois era mais fácil deixar as coisas como estavam, e a vida continuava tranquilamente, na superfície. A cortesia impessoal para com ela, que se iniciara durante a convalescença, continuava, e ele já não lhe lançava farpas com voz suave e arrastada nem a ferroava com sarcasmos. Ela se dava conta de que, embora a enfurecesse com seus comentários maldosos e a levasse a réplicas calorosas, ele o fazia porque gostava do que ela fazia e dizia. Agora se perguntava se ele se importava com qualquer coisa que ela fizesse. Rhett andava bem-educado e desinteressado, e ela sentia falta de seu interesse, mesmo perverso como era, tinha saudade dos velhos tempos de implicâncias e represálias.

Ele era agradável com ela, quase como se fosse um estranho; mas, como seus olhos antes a seguiam, agora seguiam Bonnie. Era como se o fluxo veloz de sua vida tivesse se desviado para um único e estreito canal. Às vezes, Scarlett achava que, se Rhett tivesse lhe dado metade da atenção e da ternura que dava a Bonnie, a vida teria sido diferente. Muitas vezes, era difícil sorrir quando as pessoas diziam: "Como o capitão Butler idolatra essa criança!" Mas, se ela não sorrisse, iam estranhar e achar que Scarlett odiava reconhecer, mesmo para si mesma, que estava com ciúmes da menina, especialmente sua filha predileta. Scarlett sempre quis ser a primeira no coração dos que a cercavam, e agora era óbvio que Rhett e Bonnie sempre estariam em primeiro lugar um para o outro.

Rhett saía de casa uma série de noites durante a semana, mas sempre chegava sóbrio. Era frequente ouvi-lo assobiar baixinho para si mesmo quando passava por sua porta fechada no corredor. Às vezes, trazia homens para casa de madrugada e ficavam conversando na sala de jantar em torno da garrafa de conhaque. Não eram os mesmos homens com quem ele bebia no primeiro ano de casamento. Nenhum aventureiro do norte, ninguém da escória sulista ou republicano frequentava a casa a seu convite. Indo até a balaustrada do corredor superior na ponta dos pés, Scarlett escutava e, para sua surpresa, muitas vezes ouvia as vozes de René

Picard, Hugh Elsing, os rapazes Simmons e Andy Bonnell. Vovô Merriwether e tio Henry eram assíduos. Certa vez, para seu espanto, ouviu a voz do Dr. Meade. E esses homens já tinham pensado que a forca seria pouco para Rhett!

Esse grupo estava associado à morte de Frank em sua cabeça, e as altas horas em que Rhett andava retornando lembraram-na ainda mais da época que precedera o ataque da Klan, quando Frank perdera a vida. Relembrava apavorada o comentário de Rhett sobre entrar para a maldita Klan se isso o tornasse respeitável, embora esperasse que Deus não lhe impusesse tal penitência. Imagine se Rhett, como Frank...

Certa noite, quando ele ficou fora até mais tarde que o usual, ela não conseguiu mais aguentar a tensão. Ao ouvir a chave virando a fechadura, pôs o roupão e, saindo para o corredor iluminado, encontrou-o no topo das escadas. Sua expressão, ausente, pensativa, ficou surpresa ao vê-la ali de pé.

— Rhett, preciso saber! Preciso saber se você... se é a Klan... é por isso que fica fora até tão tarde? Você entrou...

Sob a luz do lampião a gás, ele olhou para ela, apático, e depois sorriu.

— Você está muito desatualizada — disse ele. — Já não há Klan em Atlanta. Provavelmente, nem na Geórgia. Você andou ouvindo as histórias ultrajantes da Klan contadas por suas amigas.

— Não há mais Klan? Está mentindo para me tranquilizar?

— Minha cara, quando foi que eu tentei tranquilizá-la? Falo sério, não há mais Klan. Decidimos que fazia mais mal que bem porque só instigava os ianques e entregava mais milho ao moinho de difamações de sua excelência, o governador Bullock. Ele sabe que só manterá o poder enquanto conseguir convencer o governo federal e os jornais ianques de que as rebeliões fervilham na Geórgia e que há um homem da Klan escondido atrás de cada arbusto. Para continuar no poder, ele anda desesperado, fabricando histórias inexistentes e ultrajantes sobre a Klan, falando de nobres republicanos sendo pendurados pelos polegares e negros honestos linchados por estupro. Mas ele atira em um alvo que não está lá, e sabe disso. Grato por sua apreensão, mas não existe uma Klan ativa desde pouco tempo depois que deixei de ser da escória sulista e me tornei um humilde democrata.

A maior parte do que ele dissera sobre o governador Bullock lhe entrara por um ouvido e saíra pelo outro, pois estava ocupada pelo alívio de saber que já não havia a Klan. Rhett não seria morto como Frank tinha sido; ela não perderia sua loja nem o dinheiro. Mas uma palavra da conversa ficou pairando em sua mente. Ele dissera "nós", ligando-se naturalmente àqueles que antes chamava de "Velha Guarda".

— Rhett — perguntou ela de repente —, você teve algo a ver com o fim da Klan?

Ele lhe lançou um olhar prolongado e seus olhos começaram a dançar.

— Sim, meu amor. Ashley Wilkes e eu somos os principais responsáveis.

— Ashley... e você?

— É absurdo, mas a política forma estranhos casais. Nem Ashley nem eu gostamos muito um do outro, mas ele nunca acreditou na Klan, por ser contra a violência de qualquer tipo. E eu nunca acreditei nela porque é uma tolice sem tamanho e não é o caminho para se conseguir o que se quer. É o modo certo de manter os ianques em cima de nós até o Reino por Vir. E Ashley e eu convencemos as cabeças quentes de que observar, esperar e trabalhar nos levariam mais longe que túnicas e cruzes coléricas pela noite.

— Você não está me dizendo que os rapazes seguiram seu conselho, sendo você...

— Sendo eu um especulador? Da escória? Um aliado dos ianques? Está se esquecendo, Sra. Butler, que agora sou um democrata em boa posição, dedicado até a última gota de sangue a recuperar nosso amado estado das mãos dos violadores! Meu conselho foi bom e eles aceitaram. Meu conselho em outras questões políticas é igualmente bom. Agora temos uma maioria democrata no legislativo, não é? Em breve, meu amor, teremos alguns de nossos melhores amigos republicanos atrás das grades. Eles andam um tanto gananciosos demais, agindo muito a descoberto.

— Você ajudaria a colocá-los na cadeia? Ora, eram seus amigos! Eles o aceitaram no negócio dos títulos da ferrovia no qual você ganhou milhares de dólares!

Rhett deu seu velho sorriso debochado.

— Ah, não lhes quero mal, mas agora estou do outro lado e, se puder ser de alguma ajuda para colocá-los no seu lugar, vou ser. Como serei creditado por isso! Sei bastante sobre algumas dessas negociatas para ser valioso quando o legislativo começar a cavar... e não vai demorar muito, pelo jeito como as coisas estão agora. Vão investigar o governador também e, se puderem, o põem na cadeia. Melhor avisar seus bons amigos, os Gelert e os Hundon, que se preparem para sair da cidade a qualquer momento, pois, se conseguirem pegar o governador, eles serão pegos também.

Scarlett vira os republicanos apoiados pela força do exército ianque, no poder na Geórgia por tempo demais para acreditar nas palavras animadas de Rhett. O governador estava entrincheirado com segurança demais para que o legislativo lhe fizesse algo, muito menos pô-lo na cadeia.

— Como você fala! — observou.

— Se não for para a cadeia, pelo menos não será reeleito. Teremos um governador democrata na próxima vez, só para variar.

— E devo supor que você terá algo a ver com isso?

— Terei, minha querida. Já tenho agora. É por isso que fico fora até tão tarde. Estou trabalhando mais do que trabalhei com uma pá na corrida do ouro, tentando ajudar na organização das eleições. E... sei que ficará magoada, Sra. Butler, mas estou também contribuindo com muito dinheiro. Você se lembra de ter me dito, anos atrás, na loja de Frank, que era desonesto de minha parte guardar o ouro confederado? Enfim acabei concordando, e esse ouro está sendo gasto para pôr os confederados novamente no poder.

— Você está derramando dinheiro no buraco de um rato!

— Como? Você chama o Partido Democrata de buraco de rato? — Os olhos dele debocharam dela e logo ficaram quietos, inexpressivos. — Não me interessa quem vence as eleições. O que importa é que todos saibam que trabalhei por ela e gastei dinheiro ali. E isso será lembrado a favor de Bonnie no futuro.

— Quase tive medo de que sua conversa piedosa significasse uma mudança, mas vejo que não é mais sincero sobre os democratas do que sobre qualquer outra coisa.

— De coração não mudei, só mudei de pele. Talvez se possa tingir as pintas de um leopardo, mas ele continua sendo um leopardo de qualquer forma.

Bonnie acordou com o ruído de vozes no corredor e chamou sonolenta, mas imperiosa: "Papai!", e Rhett foi passando por Scarlett.

— Rhett, espere. Quero lhe falar outra coisa. Deve parar de levar Bonnie às reuniões políticas à tarde. Não fica bem. A ideia de uma menina nesses lugares! E o deixa com cara de bobo. Eu nem sonhava que a levava até tio Henry comentar, achando que eu sabia e...

Ele se virou para ela, a fisionomia fechada.

— Como você pode achar errado que uma menina fique no colo do pai enquanto ele conversa com amigos? Pode achar bobo, mas não é. As pessoas se lembrarão por anos de que Bonnie estava em meu colo enquanto eu ajudava a expulsar os republicanos deste estado, por anos... — A cara fechada se desfez e uma luz maliciosa dançou em seus olhos. — Sabia que, quando perguntam a ela quem mais ama, ela diz: "O papai e os democatas", e quem mais odeia: "A escóia"? As pessoas, graças a Deus, vão se lembrar de coisas assim.

A voz de Scarlett se elevou, furiosa.

— E imagino que você diga a ela que eu sou da escória!

— Papai! — disse a vozinha, agora indignada, e Rhett, ainda rindo, seguiu pelo corredor ao encontro da filha.

No outubro seguinte, o governador Bullock renunciou ao cargo e fugiu da Geórgia. Mau uso de fundos públicos, desperdício e corrupção atingiram tal proporção durante sua administração que o edifício veio abaixo devido ao próprio peso. Até seu partido se dividiu, tão grande era a indignação pública. Agora os democratas eram maioria no legislativo, o que significava uma só coisa: sabendo que seria investigado e temendo impeachment, Bullock não esperou. Rápida e secretamente levantou acampamento, dando um jeito para que sua renúncia só ficasse conhecida quando ele estivesse seguro no norte.

Quando soube, uma semana depois da fuga, Atlanta ficou exaltada de entusiasmo e alegria. O povo lotou as ruas, os homens riam e apertavam as mãos se parabenizando, as mulheres se beijavam e choravam. Todos fizeram festas de comemoração e os bombeiros ficaram ocupados apagando as chamas espalhadas pelas fogueiras de meninos jubilosos.

Estavam quase lá! A Reconstrução praticamente acabara! Sim, o governador interino também era republicano, mas haveria eleição em dezembro e ninguém duvidava do resultado. E, com a chegada da eleição, apesar dos esforços frenéticos dos republicanos, a Geórgia novamente tinha um governador democrata.

Houve alegria e empolgação, mas de um tipo diferente do que assolara a cidade quando da fuga de Bullock. Era um sentimento mais sóbrio, sincero, de profundo agradecimento, e as igrejas ficaram lotadas enquanto os pastores agradeciam a Deus pela libertação do estado. E, havia orgulho, misturado a ufania e alegria de que a Geórgia tivesse voltado às mãos de seu povo, apesar de tudo o que a administração de Washington fizesse, apesar do exército, dos aventureiros, da escória e dos republicanos locais.

O Congresso aprovara sete decretos esmagadores contra o estado para mantê-lo como província conquistada, o exército tinha ignorado a lei civil três vezes. Os negros se divertiam com a legislação. Forasteiros avaros fizeram péssimas administrações no governo, indivíduos enriqueceram com fundos públicos. A Geórgia ficara impotente, fora atormentada, maltratada, esmagada. Mas agora, apesar de tudo, o estado estava novamente em posse de si e pelos esforços do próprio povo.

Não foram todos que ficaram alegres com a súbita virada dos republicanos. Havia consternação nas fileiras da escória sulista, dos aventureiros do norte e dos republicanos. Os Gelert e os Hundon, logicamente avisados da partida de Bullock antes que sua renúncia se tornasse pública, desapareceram no esquecimento de onde eram oriundos. A escória e os aventureiros remanescentes estavam inseguros e amedrontados e rondavam juntos para consolar-se, cogitando o que as investigações do legislativo trariam à luz em relação a seus próprios negócios.

Já não eram insolentes. Estavam atordoados, confusos, com medo. E as senhoras que visitavam Scarlett não paravam de repetir:

— Mas quem pensaria que as coisas fossem tomar esse rumo? Achávamos que o governador era muito poderoso. Achávamos que estava aqui para ficar. Achávamos...

Scarlett estava igualmente surpresa pela virada da situação, apesar do aviso de Rhett. Em absoluto, estava penalizada pela partida de Bullock ou pela volta dos democratas. Embora ninguém fosse acreditar, ela também sentira grande alegria pelo término, enfim, do domínio ianque. Lembrava-se muito vividamente de sua luta durante os primeiros dias da Reconstrução, seus temores de ter o dinheiro e as propriedades confiscadas pelos soldados e pelos aventureiros. Lembrava-se de seu desamparo e do pânico que sentia diante dele, além do ódio pelos ianques que tinham imposto esse sistema exasperante sobre o sul. Nunca deixara de odiá-los. Mas, tentando tirar vantagem da situação e ter segurança, acompanhara os conquistadores. Por mais que não gostasse deles, cercara-se de sua presença, tinha se separado dos velhos amigos e do antigo modo de viver. E agora o poder dos conquistadores chegara ao fim. Ela apostara na continuidade do regime de Bullock e perdera.

Naquele Natal de 1971, o mais feliz que o estado tinha em mais de dez anos, ela estava inquieta. Não pôde deixar de perceber que Rhett, no passado um dos homens mais execrados de Atlanta, agora era um dos mais populares, pois tinha humildemente desdito suas heresias republicanas e doado tempo, dinheiro, trabalho e ideias para ajudar a Geórgia a se opor. Quando cavalgava pelas ruas, sorrindo, acenando com o chapéu, aquele pacotinho azul que era Bonnie encarapitado em sua sela, todos retribuíam o sorriso, falavam com entusiasmo e olhavam com afeto para a menina. Ao passo que ela, Scarlett...

Capítulo 59

Ninguém tinha dúvidas de que Bonnie Butler estava muito malcomportada e precisava de uma mão firme, mas, sendo a predileta de todos, ninguém tinha coragem de assumir a firmeza necessária. Começara a ficar incontrolável quando viajara com o pai. Quando fora a Nova Orleans e Charleston com Rhett, tinha permissão de ficar acordada até tarde e de adormecer em seus braços em teatros, restaurantes e mesas de jogatina. Dali em diante, nada conseguia fazê-la ir dormir à mesma hora que a obediente Ella. Enquanto estava viajando, Rhett a deixava usar qualquer roupa que quisesse e, desde então, tinha acessos de fúria cada vez que Mammy tentava vesti-la com vestidos de algodão e aventais infantis em vez de tafetás azuis e colarinhos de renda.

Parecia não haver jeito de recuperar o terreno perdido durante o período de ausência da criança e no subsequente, quando Scarlett estivera acamada e fora para Tara. Conforme ela crescia, Scarlett tentava discipliná-la, tentava evitar que ficasse voluntariosa e mimada demais, mas sem muito sucesso. Rhett sempre a defendia, não importava quanto fossem tolos seus desejos e ultrajante seu comportamento. Ele a estimulava a falar e a tratava como a um adulto, ouvindo suas opiniões com aparente seriedade, e fingia se guiar por elas. Em consequência, Bonnie interrompia os mais velhos sempre que queria e contradizia o pai, pondo-o em seu lugar. Ele apenas ria e não permitia que Scarlett sequer desse um tapa na mão da menina em reprimenda.

"Se ela não fosse essa coisinha meiga, seria impossível", pensava Scarlett, lastimando, percebendo que sua filha tinha uma vontade igual à sua. "Ela adora Rhett e ele poderia fazê-la se comportar melhor se quisesse."

Mas Rhett não pretendia disciplinar Bonnie. Tudo o que ela fazia estava certo, e, se quisesse a lua, a teria, se ele pudesse buscar. Seu orgulho pela beleza dela, por seus cachos, covinhas e gestos graciosos era ilimitado. Ele adorava seu atrevimento, seu ânimo e seu modo doce de demonstrar amor por ele. Apesar do jeito mimado e voluntarioso, ela era tão adorável que ele não tinha coragem de tentar controlá-la. Ele era o deus dela, o centro de seu pequeno mundo, e isso era precioso demais para que ele se arriscasse com repreensões.

Ela o seguia como uma sombra. Acordava-o mais cedo do que ele pretendia, sentava-se a seu lado na mesa, comendo alternadamente do prato dele e do dela, cavalgava na frente da sela com ele e não permitia a ninguém, que não ele, trocar sua roupa para ir dormir na pequena cama ao lado da dele.

Scarlett achava graça e ficava tocada de ver a mão de ferro com que a criança controlava o pai. Quem imaginaria que Rhett assumiria a paternidade com tal empenho? Às vezes, porém, um dardo de ciúmes atravessava Scarlett, pois Bonnie, aos 4 anos, entendia Rhett melhor do que ela jamais entendera e conseguia dele o que ela nunca conseguira.

Quando Bonnie completou 4 anos, Mammy começou a resmungar sobre a impropriedade de uma menina cavalgar "com as perna aberta defronte do pai com vestido avoano ". Rhett prestou atenção a esse comentário, como prestava a todos os comentários de Mammy sobre a criação apropriada de meninas. O resultado foi um pônei marrom e branco com crina e cauda longas e sedosas e uma pequena sela lateral com acabamento prateado. Aparentemente, o pônei era para as três crianças, e Rhett também comprou uma sela para Wade. Mas Wade preferia seu cão São Bernardo, e Ella tinha medo de animais. Assim, o pônei ficou para Bonnie e foi nomeado "Sr. Butler". A única mancha na alegria de Bonnie era não poder cavalgar com uma perna de cada lado, como seu pai, mas, depois que ele explicou como era difícil cavalgar em uma sela lateral, ela se satisfez e logo aprendeu. O orgulho de Rhett por sua boa montaria e suas mãos habilidosas era imenso.

— Esperem só ela crescer o bastante para caçar — gabava-se. — Não haverá ninguém como ela em nenhum campo. Vou levá-la à Virgínia então. É lá que acontece uma verdadeira caçada. E ao Kentucky, onde apreciam bons cavaleiros.

Quando foi fazer um traje de montaria, como sempre, ela escolheu as cores e, como sempre, escolheu azul.

— Mas, minha querida! Não aquele veludo azul! Aquele é para um vestido de festa para mim — ria Scarlett. — Uma boa casimira preta é o que usam as meninas. — E vendo as duas sobrancelhas se juntando: — Pelo amor de Deus, Rhett, diga a ela quanto é inadequado e como vai sujar.

— Ah, deixe-a ter o veludo azul. Se sujar, faremos outro — disse Rhett com tranquilidade.

Então Bonnie teve seu traje de veludo azul com uma saia longa que descia pela lateral do pônei e um chapéu preto com uma pluma vermelha, porque as histórias da pluma de Jeb Stuart que tia Melly contava encantaram sua imaginação. Os dois podiam ser vistos cavalgando pela rua dos Pessegueiros nos dias ensolarados, Rhett controlando as rédeas em seu grande cavalo preto para acompanhar o passo do pônei gordo. Às vezes, acabavam com o silêncio das estradas periféricas da cidade, enxotando galinhas, cachorros e crianças, Bonnie chicoteando o Sr.

Butler, os cachos emaranhados voando, Rhett segurando firme seu cavalo para ela pensar que estava ganhando a corrida.

Seguro de sua habilidade de montar e de controlar o pônei e de sua total ausência de medo, Rhett decidiu que chegara o momento de ela aprender a dar pequenos saltos, ao alcance das pernas curtas do Sr. Butler. Para isso, construiu um obstáculo no pátio dos fundos e pagava uma diária de 25 centavos a Wash, um dos sobrinhos pequenos de Tio Peter, para ensinar o Sr. Butler a saltar. Ele começou com uma barra a cinco centímetros do chão e gradativamente foi aumentando até chegar a trinta centímetros.

Esse arranjo enfrentou a reprovação das três partes mais interessadas: Wash, Sr. Butler e Bonnie. Wash tinha medo de cavalos e só a boa soma oferecida o induziu a fazer o pônei teimoso saltar o obstáculo algumas vezes por dia; o Sr. Butler aguentava com tranquilidade que sua pequena dona puxasse sua cauda e que seus cascos fossem examinados constantemente, mas sentia que o Criador dos pôneis não pretendera fazer seu corpo pesado pular sobre a barra; Bonnie, que não tolerava ver ninguém em cima de seu pônei, impacientava-se durante as aulas do Sr. Butler.

Quando Rhett decidiu que o pônei estava bem preparado para lhe confiar Bonnie, a excitação dela não tinha limites. Seu primeiro salto foi excelente e, dali em diante, cavalgar com seu pai já não lhe atraía. Scarlett não podia deixar de rir com o orgulho e o entusiasmo de pai e filha. No entanto, achava que, passada a novidade, Bonnie se voltaria a outras coisas e a vizinhança teria alguma paz. Mas esse esporte não perdeu o interesse. Do caramanchão, na extremidade do pátio até a barreira abriu-se uma trilha na grama, e durante toda a manhã do pátio ecoavam gritos empolgados. Vovô Merriwether, que fizera a viagem com os pioneiros em 1849, disse que os gritos soavam exatamente como os de um Apache após um escalpo bem-sucedido.

Depois da primeira semana, Bonnie suplicou por uma barra mais alta, a 45 centímetros do solo.

— Quando você tiver 6 anos — disse Rhett. — Aí estará crescida para um salto maior e lhe comprarei um cavalo maior. As pernas do Sr. Butler não são grandes o bastante.

— São, sim. Eu pulei a roseira da tia Melly e ela é assim de alta!

— Não, você precisa esperar — disse Rhett, firme dessa vez. Mas a firmeza foi cedendo diante da insistência e dos ataques da menina.

— Ah, está bem — disse ele com uma risada certa manhã e puxou para cima a estreita barreira branca. — Se você cair, não vá chorar e pôr a culpa em mim!

— Mãe! — gritou Bonnie, virando a cabeça para cima na direção do quarto de Scarlett. — Mãe! Olha eu! Papai diz que eu posso!

Scarlett, que penteava os cabelos, foi até a janela e sorriu para a figurinha empolgada, tão absurda em seu traje manchado.

"Preciso mesmo fazer outro traje para ela", pensou. "Embora só Deus saiba como vou fazê-la desistir desse sujo."

— Mãe, olha!

— Estou olhando, querida — disse Scarlett, sorrindo.

Enquanto Rhett erguia a criança, montando-a no pônei, com um rápido ímpeto de orgulho diante das costas eretas e da cabeça altiva, Scarlett falou:

— Você está linda, tesouro!

— Você também — disse Bonnie generosamente, e chicoteando as costelas do Sr. Butler, galopou pelo pátio em direção ao caramanchão.

— Mãe, veja só eu saltando essa! — exclamou ela, deitando o relho.

Veja só eu saltando essa!

A memória estalou no fundo da mente de Scarlett. Havia algo agourento naquelas palavras. O que era? Por que não conseguia se lembrar? Olhou para a filha precariamente equilibrada sobre o pônei galopante, e sua testa se franziu enquanto sentia um calafrio no peito. Bonnie ia em um ímpeto, os cachos pretos esvoaçantes, os olhos azuis inflamados.

"Parecem os olhos de papai", pensou Scarlett. "Olhos azuis irlandeses, e ela se parece tanto com ele..."

Ao pensar em Gerald, a lembrança que estivera procurando lhe veio imediatamente à memória, a claridade da luz estival se apagou em seu coração, por um instante reproduzindo todo o condado sob um brilho sobrenatural. Podia ouvir uma voz irlandesa cantando, o bater rápido dos cascos subindo o pasto de Tara, uma voz descuidada, tão semelhante à voz da filha: "Ellen! Veja só eu saltando essa!"

— Não! — ela gritou. — Não! Ah, Bonnie, pare!

Ela se debruçou na janela e ouviu o som amedrontador de madeira partida, um grito rouco de Rhett, uma confusão de veludo azul e patas voando no chão. Em seguida, o Sr. Butler se levantou e saiu trotando com a sela vazia.

Na terceira noite após a morte de Bonnie, Mammy gingava lentamente subindo os degraus da cozinha da casa de Melanie. Ela estava toda de preto, desde os enormes sapatos masculinos, cortados para lhe dar liberdade aos dedos, até o lenço da cabeça. Seus velhos olhos embaçados estavam vermelhos, e a infelicidade se anunciava em todos os traços de sua figura montanhosa. Tinha o rosto atordoado e triste de um velho símio, mas o queixo era decidido.

Ela falou algumas palavras em voz baixa a Dilcey, que aquiesceu gentilmente, como se a antiga disputa entrasse em um tácito armistício. Dilcey largou os pratos do almoço que segurava e atravessou a despensa em silêncio em direção à sala de jantar. Em um minuto, Melanie estava na cozinha, o guardanapo na mão, fisionomia ansiosa.

— A Sra. Scarlett não está...

— Sinhá Scarlett tá guentano, iguar sempre — disse Mammy, em um tom pesado. — Num queria trapaiá sua janta, sinhá Melly. Posso esperá pra contá o que vim contá.

— O jantar pode esperar — disse Melanie. — Dilcey, sirva o resto do jantar. Mammy, venha comigo.

Mammy foi gingando atrás dela pelo corredor, passando pela sala de jantar onde Ashley se sentava na cabeceira, o pequeno Beau a seu lado e as duas crianças de Scarlett na frente, fazendo ruído com suas colheres de sopa. As vozes alegres de Wade e Ella enchiam o aposento. Para eles, passar tanto tempo na casa de tia Melly era como um piquenique, pois ela era sempre boa, sobretudo agora. A morte de Bonnie, sua irmã mais nova, os afetara muito pouco. Bonnie caíra do pônei, a mãe tinha chorado muito e a tia Melly os levara para a casa dela para brincar no pátio com Beau e comer bolo sempre que quisessem.

Melanie foi até a pequena sala de estar forrada de livros, fechou a porta e convidou Mammy a se sentar no sofá.

— Eu ia até lá logo após o jantar — disse ela. — Agora que a mãe do capitão Butler chegou, suponho que o enterro será amanhã de manhã.

— O enterro. É isso mermo que vim falá — disse Mammy. — Sinhá Melly, tamo com o maió pobrema e vim pedi ajuda. É um fardo pesado por demais, pesado por demais.

— A sinhá Scarlett teve um colapso nervoso? — indagou Melanie, preocupada.

— Eu poco tive com ela desde que Bonnie... Ela tá no quarto e o capitão Butler fora de casa e...

As lágrimas começaram a correr pelas faces de Mammy. Melly sentou-se a seu lado, dando-lhe tapinhas no braço e, passado um momento, Mammy pegou a bainha da saia e enxugou os olhos.

— Vosmecê tem que ir ajudá nós, sinhá Melly. Eu fiz meu mió, mas num diantô.

— A sinhá Scarlett...

Mammy se endireitou.

— Sinhá Melly, vosmecê sabe iguar eu que a sinhá Scarlett tá boa. O que ela tem de guentá, o Nosso Sinhô dá as força pra guentá. Isso partiu o coração dela, mas ela guenta. É por causa do sinhô Rhett que tô aqui.

— Eu quis muito vê-lo, mas, sempre que vou lá, ele está no centro ou trancado em seu quarto com... E Scarlett parece um fantasma e não fala. Diga-me logo, Mammy. Você sabe que vou ajudar, se puder.

Mammy enxugou o nariz com as costas da mão.

— Tô dizeno que a sinhá Scarlett guenta o que o Nosso Sinhô manda, pruque já guentô muito, mas o sinhô Rhett... Sinhá Melly, ele nunca teve de guentá nada que num queria, nadim. É por causa dele que tô aqui.

— Mas...

— Sinhá Melly, vosmecê precisa vim comigo lá em casa. — Havia urgência na voz de Mammy. — Tarvez o sinhô Rhett escute vosmecê. Ele sempre considerô sua ideia.

— Ah, Mammy, o que é? O que quer dizer?

Mammy endireitou os ombros.

— Sinhá Melly, o sinhô Rhett deve de tê predido a cabeça. Ele num qué dexá a gente removê a sinhazinha.

— Perdeu a cabeça? Ah, Mammy, não!

— Num tô mentino. Por Deus que é verdade. Ele num vai dexá a gente enterrá aquela criança. Ele mermo me disse, num faz nem uma hora.

— Mas ele não pode... ele não está...

— Pois é isso mermo. Tô dizeno que ele tá variano.

— Mas por que...?

— Sinhá Melly, eu conto tudim. Num devia contá pra ninguém, mas vosmecê é da fámia e só posso contá pra vosmecê. Vô contá tudim. Vosmecê sabe o tanto que ele tinha amô por causa daquela criança. Nunca vi um home, nêgo ô branco, amá desse jeito quarqué fio. Parecia que ia ficá lôco quando o Dr. Meade falô que o pescocim dela tava quebrado. Ele pegô o revórve, correu pra fora e matô o pobre do pôni e, meu Deus, achei que ele ia se dá um tiro. Eu tava ocupada com a sinhá Scarlett que esfaleceu e os vizinho tudo entrano e saino da casa e o sinhô Rhett pegô a menina no colo, sem dexá nem eu lavá o rostim dela onde tava cortado. E, quando a sinhá Scarlett vortô a si, eu pensei, lovado seja o Sinhô! Agora vão consolá um o otro.

As lágrimas recomeçaram, mas dessa vez, Mammy nem as enxugou.

— Mas, quando ela volto a si, ela foi pra sala, donde ele tava sentado com a sinhazinha Bonnie e disse: "Me dá minha fia que vosmecê matô."

— Ah, não! Ela não podia!

— É, sinhá. Foi isso que ela falô. E despois: "Vosmecê matô ela." E eu garrei foi dó do sinhô Rhett. Comecei chorá pruquê ele parecia um cachorro ferido. E eu disse: "Dá essa criança pra sua Mammy. Num vô dimiti essas coisa conteceno na frente da minha sinhazinha." E peguei a criança dos braço dele e levei ela pro quarto dela e lavei o rostim. E ovi eles falano, de gelá o sangue o que eles dizia. A sinhá Scarlett tava chamano ele de assassino por dexá ela sartá tão arto e ele tava dizeno que a sinhá Scarlett nunca tinha ligado pra sinhazinha Bonnie, nem pros otro fio...

— Pare, Mammy! Não diga mais nada. Não é certo me contar essas coisas! — exclamou Melanie, horrorizada diante do quadro evocado pelas palavras de Mammy.

— Eu sei que num devia de tá contano, mas meu coração tava cheio demais pra escoiê o que dizê. Daí ele levô ela pra funerária e troxe ela de vorta e pôs ela na caminha dela no quarto dele. E, quando a sinhá Scarlett disse que o lugá dela era na sala, dentro do caxão, achei que o sinhô Rhett fosse batê nela. E ele disse, bem frio: "O lugá dela é no meu quarto." E virô pra mim e disse: "Mammy, cuida pra ela ficá bem aqui inté eu vortá." Daí ele pegô o cavalo e ficô fora de casa inté o pôr do só. Quando vortô, eu vi que tava muito bêbo, mas num mostrava, iguar sempre. Entrô em casa correno e nem cumprimentô a sinhá Scarlett nem a sinhá Pitty e nem as dama que tava visitano, mais vuô lá pra cima, abriu a porta do quarto e berrô me chamano. Quando eu fui correno, ele tava do lado da caminha e tava tão escuro no quarto que eu mar podia vê ele pruquê as cortina tava fechada.

"E ele disse, arreliado: 'Abre as cortina. Tá escuro aqui.' E eu abri e ele olhô pra mim e, por Deus, sinhá Melly, fiquei com as perna mole, pruquê ele tava por demais estranho. Daí ele falô: 'Traz luz. Traz muita luz. E dexa quemano. E num fecha as cortina nem as persiana. Num sabe que a sinhá Bonnie tem medo do escuro?'"

Os olhos de Melanie encontraram os de Mammy, que aquiesceu de modo agourento.

— Foi isso que ele falô. "Sinhá Bonnie tem medo do escuro."

Mammy teve um calafrio.

— Quando eu levei um tanto de vela, ele disse "Sai!" E daí ele fechô a porta e lá ficô com a sinhazinha e num abriu a porta pra sinhá Scarlett, nem quando ela bateu e gritô prele abri. E a coisa tá assim faz dois dia. Ele num fala nada do enterro e de manhã tranca a porta, pega o cavalo e vai pro centro. E vorta de tardim, bebo, e se tranca lá de novo e num come nem dorme. E agora, a mãe dele, a véia sinhá Butler veio de Charleston pro enterro e a sinhá Suellen e o sinhô Will veio de Tara, mas o sinhô Rhett num fala com ninguém. Ah, sinhá Melly, tá seno terríve! E vai ficá pió e os pessoá vai falá escandlo. Entonce onte de noite — Mammy pausou e enxugou o nariz outra vez. — Onte a sinhá Scarlett pegô ele no corredô de cima e entrô no quarto com ele e falô: "O funerá vai sê manhã de manhã." E ele disse: "Faz isso e eu te mato manhã."

— Ah, ele deve ter perdido o juízo!

— É, sinhá. Entonce eles falô meio baxo e num ovi o que disse, só que ele falô otra vez que a sinhazinha Bonnie tem medo do escuro e que o túmulo era escuro. E despois de um tempo a sinhá Scarlett falô: "Vosmecê fica assim despois de matá ela pra sastisfazê seu orguio." E ele falô: "Ocê num tem piedade?" E ela falô: "Tenho não! E num tenho mais minha fia tomém. E tô cansada do jeito que vosmecê tá agino desde a morte de Bonnie. É um escandlo na cidade. Tá bêbo todo tempo e se num bebe eu sei donde tá passano o dia, vosmecê é um tonto. Sei que vosmecê anda na casa daquela Belle Watling."

— Ah, Mammy, não!

— Sim, sinhá. Foi isso que ela falô. E, sinhá Melly, é verdade. Os nêgo sabe um monte de coisa mais rápido que os branco. Eu sabia que era lá que ele tava, mas fiquei de quieta. E ele num negô. Disse: "É, madame, é lá que eu vô e num precisa se afobá pruquê vosmecê num liga. Um bordé é um paraíso comparano com essa casa dos inferno. E Belle tem um dos mió coração do mundo. Ela num joga na minha cara que eu matei minha fia."

— Ah — disse Melanie, o coração fulminado.

Sua vida era tão agradável, tão protegida, tão cercada de pessoas que a amavam, tão cheia de bondade, que o que Mammy lhe contava estava quase além de sua compreensão. Mesmo assim, lhe veio à lembrança um quadro, que ela rapidamente afastou, assim como afastaria um pensamento sobre a nudez de outro. Rhett falara de Belle Watling no dia em que chorara com a cabeça em seus joelhos. Mas ele amava Scarlett. Ela não podia ter se enganado naquele dia. E é claro que Scarlett o amava. O que acontecera entre eles? Como era possível marido e mulher se retalharem com facas tão afiadas?

Mammy voltou à história com gravidade.

— Despois de um tempo, a sinhá Scarlett saiu do quarto, branca feito lençó, mas com quexo firme e me viu lá parada e disse: "O enterro é manhã, Mammy." E passô feito um fantasma. Entonce meu coração se revirô pruquê o que a sinhá Scarlett fala, ela faz. E o que o sinhô Rhett fala, ele tomém faz. E ele disse que vai matá ela se ela fizé isso. Eu tava muito distraída, sinhá Melly, pruquê eu tinha uma coisa na cociença todo o tempo que tava me matano. Sinhá Melly, fui eu que assustei a sinhazinha do escuro.

— Ah, Mammy, mas não importa... não agora.

— Importa sim, sinhá. Esse é todo probema. Entonce achei pra mim que era mió contá pro sinhô Rhett, nem que ele me matasse, por causa da minha cociença. Entonce eu entrei pela porta bem rápido, antes dele fechá e disse: "Sinhô Rhett, vim confessá." E ele se virô pra eu iguar lôco e falô: "Sai!" E, por Deus, nunca tive tanto medo. Mas eu disse: "Por favô, sinhô Rhett, dexa eu dizê. Isso tá pra matá eu. Fui eu que assustei a sinhazinha do escuro." E daí, sinhá Melly, eu baxei a cabeça e esperei ele batê em eu. Mais ele num falô nada. E eu falei: "Eu num queria fazê mar. Mas sinhô Rhett, aquela criança num tomava cuidado e num tinha medo de nada. E tava sempre saíno da cama despois de todo muno tá drumino e saía pela casa descarça. E eu ficava procupada, com medo que ela se machucava. Entonce eu disse pra ela que tinha fantasma e bicho-papão no escuro."

"Entonce, sinhá Melly, sabe o que ele fez? Ficô com cara boa e veio até eu e pôs a mão no meu braço. Foi a primera vez que ele fez isso. E disse: 'Ela era corajosa, não era? Só tinha medo de escuro, mais nada.' E comecei chorá ele disse: 'Ora, Mammy' e me afagô. 'Ora, Mammy, num fica assim. Fico contente de tê me contado. Eu sei que vosmecê ama a sinhazinha Bonnie e amano ela, num tem portância. O que tá no coração que importa.' Bem, isso meio que me animô, entonce eu risquei a dizê: 'Sinhô Rhett, e o enterro?' Entonce ele se virô pra mim com cara de mau e os óio dele briava e ele falô: 'Deus do Céu, achei que vosmecê havera de entendê, mermo que os otro num entendia! Vosmecê acha que vô botá minha fia no escuro se ela tem tanto medo? Gora mermo, consigo escutá o jeito que ela gritava quando cordava no escuro. Num vô dexá ela com medo.' Sinhá Melly, daí eu vi que ele tava variano. Tava bêbo e precisava drumi e comê, mas num foi só isso. Ele ficô lôco. Empurrô eu pra fora da porta e falô: 'Sai já daqui!'

"Eu desci a escada e fiquei pensano nele dizê que num ia tê enterro e na sinhá Scarlett dizê que ia sê manhã de manhã e nele dizê que ia tê tiroteio. E todos parente na casa e todos vizinho já tão tagarelano disso que nem um bando de galinha-d'angola e entonce eu pensei em vosmecê, sinhá Melly. Vosmecê tem de vim ajudá nós."

— Ah, Mammy, eu não posso me intrometer!

— Se a sinhá num pode, quem pode?

— Mas o que eu poderia fazer, Mammy?

— Sinhá Melly, num sei, mas vosmecê pode fazê arguma coisa. Pode falá com o sinhô Rhett e tarvez ele oça. Ele gosta de vosmecê, sinhá Melly. Tarvez a sinhá num sabe, mas ele sabe. Eu já cansei de ovi ele dizê que vosmecê é a única dama que ele conhece.

— Mas...

Melanie se levantou, confusa, o coração acovardado ao pensar em confrontar Rhett. A ideia de discutir com um homem tão enlouquecido pelo pesar como o que Mammy descrevia a enregelava. A ideia de entrar naquele quarto iluminado onde jazia a menininha que ela tanto amava torturou-lhe o coração. O que poderia fazer? O que poderia dizer a Rhett para aliviar sua dor e trazê-lo à razão? Ela ficou um minuto parada, indecisa, quando a risada de seu filho passou pela porta. A ideia de tê-lo morto atravessou seu coração como uma faca gelada. Imagine seu Beau deitado lá em cima, frio e imóvel, o riso feliz calado.

— Ah — exclamou ela com medo e mentalmente segurou-o mais perto do coração. Ela sabia como Rhett se sentia. Se Beau estivesse morto, como poderia removê-lo, deixá-lo sozinho com o vento, a chuva e a escuridão?

— Ah! Pobre capitão Butler! — exclamou ela. — Vou ter com ele imediatamente.

Ela voltou apressada à sala de jantar, disse algumas palavras em voz baixa a Ashley e surpreendeu o filho abraçando-o apertado e beijando com amor seus cachos louros.

Saiu de casa sem chapéu, o guardanapo ainda na mão cerrada e as velhas pernas de Mammy mal conseguiam acompanhar seu passo. Chegando ao vestíbulo de Scarlett, ela acenou ligeiramente para as pessoas reunidas na biblioteca, para a assustada Srta. Pittypat, a imponente Sra. Butler, Will e Suellen. Subiu as escadas rapidamente, com Mammy ofegando atrás dela. Ficou parada por um momento diante da porta fechada de Scarlett, mas Mammy sussurrou. "Não, sinhá, não faz isso."

Melly seguiu pelo corredor, mais devagar agora, e parou diante da porta de Rhett. Ficou indecisa por um momento, como se quisesse fugir. Em seguida, preparando-se, como um pequeno soldado indo para a batalha, bateu à porta e chamou baixinho:

— Por favor, deixe-me entrar, capitão Butler. É a Sra. Wilkes. Quero ver Bonnie.

A porta se abriu rapidamente e Mammy, recuando nas sombras do corredor, viu Rhett, enorme e escuro contra o fundo iluminado das velas incandescentes. Ele oscilava, e Mammy pôde sentir seu hálito de uísque. Ele olhou para Melly por um instante e depois, segurando-a pelo braço, puxou-a para dentro do quarto e fechou a porta.

Exausta, Mammy sentou-se furtivamente em uma cadeira ao lado da porta, transbordando-a com sua silhueta disforme. Ficou sentada imóvel, chorando em silêncio e rezando. De vez em quando, erguia a bainha do vestido e enxugava os olhos. Mesmo esticando os ouvidos o máximo possível, não ouvia nenhuma palavra dentro do quarto, só um murmúrio descontínuo.

Após um período interminável, a porta abriu uma fresta e Melly apareceu com o rosto branco e tenso.

— Traga-me um bule de café, rapidamente, e alguns sanduíches.

Em momentos de desespero, Mammy conseguia ser rápida como uma negrinha de 16 anos, e sua curiosidade de entrar no quarto de Rhett a fez trabalhar ainda mais rápido. Mas sua esperança se transformou em decepção quando Melly só abriu uma fresta e pegou a bandeja. Por um longo tempo, Mammy aguçou os ouvidos, mas nada conseguia distinguir além do ruído dos talheres na louça e os tons suaves e abafados da voz de Melanie. Depois ouviu o ranger da cama com o peso de um corpo se deitando e, logo depois, o som de botas caindo no chão. Após um intervalo, Melanie apareceu no vão da porta, mas, por mais que se empenhasse, Mammy não conseguiu enxergar dentro do quarto. Melanie parecia cansada e havia lágrimas brilhando em seus cílios, mas a fisionomia estava serena outra vez.

— Vá dizer à sinhá Scarlett que o capitão Butler deseja que o enterro seja amanhã de manhã — sussurrou.

— Deus seja lovado! — soltou Mammy. — Como foi...

— Não fale tão alto. Ele vai dormir. E, Mammy, diga à sinhá Scarlett que vou ficar aqui a noite toda e traga-me café também. Traga aqui.

— Presse quarto aqui?

— Sim, prometi ao capitão Butler que se ele dormisse eu a velaria a noite inteira. Agora vá dizer à sinhá Scarlett, assim ela não se preocupa mais.

Mammy foi indo pelo corredor, o peso sacudindo o piso, seu coração aliviado cantando "Aleluia! Aleluia!". Pensativa, parou diante da porta de Scarlett, a mente fervilhando de agradecimento e curiosidade.

"Como a sinhá Melly conseguiu num sei. Magino que os anjo luta do lado dela. Vô dizê pra sinhá Scarlett que o enterro vai sê manhã de manhã, mais acho mió num dizê que a sinhá Melly tá velano a sinhazinha. A sinhá Scarlett num vai gostá nem um poquim disso."

Capítulo 60

Havia algo de errado no mundo, algo sombrio, assustador, que a tudo permeava, como uma neblina escura e impenetrável, furtivamente se fechando em torno de Scarlett. Esse algo errado ia mais fundo que a morte de Bonnie, pois agora a insuportável angústia inicial se esvaía, dando lugar a uma aceitação resignada da perda. No entanto, a sinistra sensação de desgraça futura permanecia, como se algo escuro e oculto estivesse pousado em seu ombro, como se o chão sob seus pés pudesse virar, de repente, areia movediça.

Nunca antes tivera esse tipo de medo. Durante toda a vida, tivera os pés plantados firmemente no bom-senso, e as únicas coisas que já temera tinham sido as palpáveis, dor física, fome, pobreza, a perda do amor de Ashley. Sem nunca ter sido analítica, agora tentava analisar, mas sem sucesso. Perdera a filha predileta, mas conseguia aguentar aquilo, de algum modo, como aguentar tantas outras perdas esmagadoras. Ela tinha saúde, tanto dinheiro quanto podia desejar e ainda Ashley, embora o visse cada vez menos. Nem o constrangimento que havia entre eles desde o dia da desastrada festa-surpresa de Melanie a preocupava, pois ela sabia que passaria. Não, seu medo não era de dor, fome ou perda do amor. Esses temores nunca a tinham abatido como essa sensação de algo errado — esse temor sufocante que estranhamente se parecia com aquele de seu velho pesadelo, uma neblina densa pela qual ela corria com o coração explodindo, uma criança perdida a buscar um refúgio escondido.

Lembrava-se de como Rhett conseguia fazê-la rir e distraí-la de seus temores, assim como do conforto de seu peito largo e seus braços fortes. E assim ela se virou para ele com olhos que realmente o enxergaram pela primeira vez em semanas. E a mudança que viu deixou-a chocada. Esse homem não iria rir nem consolá-la.

Por algum tempo, após a morte de Bonnie ela ficara furiosa com ele, preocupada demais com a própria dor para fazer mais que lhe falar educadamente diante dos criados. Estivera ocupada demais lembrando-se do ruído dos passos rápidos de Bonnie e de sua risada contagiante para pensar que ele também pudesse estar recordando e com uma dor ainda maior que a dela. Durante todas essas semanas, eles tinham se encontrado e falado com a mesma cortesia usada por desconhecidos se encontrando entre as paredes impessoais de um hotel, compartilhando o mesmo teto, a mesma mesa, mas nunca os pensamentos.

Agora, amedrontada e só, ela teria rompido essa barreira se conseguisse, mas sentiu que ele a mantinha a distância, como se não quisesse trocar nenhuma palavra além do superficial. Agora que a raiva se esvaía, ela queria lhe dizer que não o considerava culpado pela morte de Bonnie. Queria chorar em seus braços e dizer que também tinha se orgulhado da habilidosa montaria da criança, que fora indulgente com suas persuasões. Agora, de boa vontade se humilharia, admitindo que só fizera aquela acusação devido à dor que sentira, esperando aliviar a própria mágoa, magoando-o. Mas nunca parecia surgir o momento oportuno. Ele a olhava com olhos vazios, não lhe dando chance de falar. E, uma vez adiadas, vai ficando cada vez mais difícil pedir desculpas, até ser impossível.

Ela se perguntava por que as coisas estavam assim. Rhett era seu marido, e entre eles havia o laço inquebrantável de duas pessoas que compartilharam a mesma cama, geraram e tiveram uma filha amada e agora a viam, cedo demais, ser levada para o escuro. Só nos braços do pai dessa criança, ela podia encontrar consolo, na troca de memórias e do pesar que poderia magoar a princípio, mas que ajudaria a curar. Na presente situação, porém, talvez caísse nos braços de um completo estranho.

Ele raramente ficava em casa. Quando acontecia de se sentarem juntos à mesa do jantar, costumava estar embriagado. Já não bebia como antes, ficando cada vez mais polido e provocador conforme o álcool lhe subia à cabeça, dizendo coisas divertidas, maliciosas, que a faziam rir, mesmo sem querer. Agora ficava em silêncio, mal-humorado e, com o passar das noites, embrutecido pelo efeito da bebida. Às vezes, nas primeiras horas da manhã, ela o ouvia cavalgar até o pátio dos fundos e bater na porta da casa dos criados para que Pork o ajudasse a subir as escadas e o pusesse na cama. Ajuda para se deitar! Rhett, que sempre acompanhara os outros em suas bebedeiras, sem um fio de cabelo fora do lugar, e depois levava todos para a cama.

Agora andava desleixado, quando antes sempre fora caprichoso, e foram necessários todos os argumentos escandalizados de Pork para fazê-lo trocar a roupa de baixo antes do jantar. O uísque estava aparente em seu rosto, a linha reta do queixo perdia seu contorno devido a um intumescimento doentio, e as bolsas inchavam embaixo dos olhos injetados. O corpanzil com seus músculos rijos parecia mole e frouxo, e a cintura começava a engrossar.

Muitas vezes, não ia para casa e nem mandava recado de que ficaria fora à noite. É claro, devia estar roncando, embriagado, em algum quarto acima de um saloon, mas Scarlett sempre acreditava que estava na casa de Belle Watling nessas ocasiões. Certa vez, ela vira Belle em uma loja, uma mulher tosca e madura agora, já quase sem atrativos. Mas, apesar de toda a maquiagem e das roupas extravagantes, era viçosa e quase maternal. Em vez de baixar os olhos ou de manter o olhar firme em desafio, como faziam outras mulheres fáceis ao se confrontar com as damas, Belle retribuiu-lhe o olhar, examinando sua fisionomia, com uma expressão quase de pena que fez Scarlett corar.

Mas agora ela não podia acusá-lo, não podia se enfurecer, exigir fidelidade ou tentar envergonhá-lo, assim como não conseguia se desculpar por tê-lo acusado pela morte de Bonnie. Foi tomada por uma apatia desnorteante, uma infelicidade que não conseguia entender, mais profunda que qualquer coisa que já conhecera. Sentia-se só e não conseguia se lembrar de já ter se sentido tão só. Talvez nunca tivesse tido tempo de estar tão sozinha até esse momento. Estava com medo e não havia ninguém a quem recorrer, além de Melanie. Pois agora, até Mammy, seu principal esteio, voltara para Tara. Permanentemente.

Mammy não deu explicação para sua partida. Seus velhos olhos cansados olharam tristes para Scarlett ao lhe pedir dinheiro para a passagem. Às lágrimas e súplicas de Scarlett para que ficasse, Mammy só respondeu:

— Parece que a sinhá Ellen disse pra eu: "Mammy, vem pra casa. Seu trabaio acabô." Entonce tô ino pra casa.

Rhett, que ouvira a conversa, deu a Mammy o dinheiro e um tapinha no braço.

— Você está certa, Mammy. A Sra. Ellen está certa. Seu trabalho aqui acabou. Vá para casa. Se precisar de qualquer coisa, mande me dizer.

E como Scarlett continuou a dar suas ordens, indignada, ele falou:

— Cale-se, sua tola! Por que alguém ia querer ficar nesta casa... agora?

Havia um brilho tão ensandecido em seus olhos que Scarlett recuou, assustada.

— Dr. Meade, o senhor acha que ele... pode ter perdido o juízo? — perguntou ela depois, procurando o doutor levada pela própria sensação de desamparo.

— Não — disse o médico —, mas está bebendo como um gambá e vai acabar morrendo se continuar assim. Ele amava a filha, Scarlett, e creio que bebe para esquecê-la. Agora, meu conselho para você, mocinha, é lhe dar outro filho o mais rápido que puder.

"Ah!", pensou Scarlett amargamente, ao sair do consultório. Era mais fácil falar que fazer. Ela gostaria de ter outro filho, vários filhos, se isso tirasse dos olhos de Rhett aquela expressão e preenchesse os espaços dolorosos de seu próprio coração. Um menino com a beleza morena de Rhett e outra menina. Ah, outra menina bonita, alegre, voluntariosa e risonha, não como a tonta da Ella. Ah, por que Deus não podia ter levado Ella se tinha que levar um de seus filhos? Ella não lhe servia de consolo, agora que Bonnie se fora. Mas Rhett não parecia querer outros filhos. Pelo menos, nunca ia a seu quarto, embora a porta não ficasse mais trancada e, geralmente, estivesse até entreaberta. Ele não parecia se importar. Não parecia se importar com nada, além de uísque daquela ruiva desgrenhada.

Agora ele estava amargo, quando antes era agradavelmente debochado, brutal, quando antes suas investidas eram temperadas com humor. Após a morte de Bonnie, muitas das boas senhoras da vizinhança, que ele conquistara por seus modos encantadores com a filha, ficavam ansiosas para lhe demonstrar gentileza. Elas o paravam na rua para lhe dar pêsames e lhe falavam através de suas cercas, dizendo que compreendiam. Mas agora que Bonnie, a razão para seus bons modos, se fora, os modos tinham acompanhado. Ele interrompia seca e grosseiramente as condolências bem-intencionadas das senhoras.

Mas, por mais estranho que fosse, elas não se ofendiam. Compreendiam, ou achavam compreender. Quando ele voltava para casa, quase embriagado demais para se manter sobre a sela, lançando um olhar mal-humorado aos que lhe falavam, as senhoras diziam "Coitado!", redobrando seus esforços para serem boas e gentis. Sentiam pena dele, indo para casa, sem melhor consolo que Scarlett.

Todos sabiam quanto ela era fria e impiedosa. Todos estavam apavorados com a aparente facilidade com que se recuperara da morte de Bonnie, nunca percebendo ou querendo perceber o esforço por trás da aparente recuperação. Rhett contava com a mais terna solidariedade geral, que não percebia nem importava. Scarlett contava com a antipatia da cidade e, pelo menos uma vez, teria agradecido a solidariedade dos velhos amigos.

Agora, nenhum dos velhos amigos ia a sua casa, exceto tia Pitty, Melanie e Ashley. Só os novos amigos iam visitá-la em suas carruagens vistosas, ansiosos para lhe oferecer solidariedade e para distraí-la com mexericos sobre outros novos amigos, por quem ela não tinha o mínimo interesse. Toda essa "nova gente" se compunha de estranhos! Não a conheciam. Nunca a conheceriam. Não tinham percepção do que sua vida fora antes de alcançar a atual eminência segura em sua mansão da rua dos Pessegueiros. Preferiam não falar sobre suas vidas anteriores, antes de conseguirem vestir brocados e ter suas vitórias com finas parelhas de cavalos. Não sabiam de sua luta, de suas privações, de todas as coisas que faziam aquela grande casa, as belas roupas, as pratarias e recepções valerem a pena. Não se importavam, essas pessoas Deus-sabe-de-onde, que pareciam viver sempre na superfície das coisas, sem memórias em comum da guerra, da fome e da luta, que não tinham raízes em comum descendo pela mesma terra vermelha.

Agora, em sua solidão, ela gostaria de passar as tardes com Maybelle, Fanny ou a Sra. Elsing, a Sra. Whiting ou mesmo com aquela irredutível velha belicosa, a Sra. Merriwether. Ou com a Sra. Bonnell ou... qualquer de seus antigos amigos e vizinhos. Pois eles sabiam. Tinham conhecido guerra, terror e incêndio, tinham visto seus queridos mortos antes do tempo, tinham passado fome e andado maltrapilhos, vivido com o lobo à porta. E tinham reconstruído a fortuna da ruína.

Seria um consolo sentar-se com Maybelle, relembrando que ela enterrara um filho, morto na fuga de Sherman. Haveria conforto na presença de Fanny, sabendo que ambas tinham perdido seus maridos nos dias negros da lei marcial. Teria sido amargamente engraçado rir com a Sra. Elsing, recordando a fisionomia da velha senhora enquanto chicoteava o cavalo passando por Five Points no dia da queda de Atlanta, com seu saque do batalhão de suprimentos abarrotando a carruagem. Seria agradável combinar suas histórias com as da Sra. Merriwether, agora segura do progresso de sua confeitaria; seria bom dizer: "Lembra-se de como as coisas estavam feias logo após a rendição? Lembra-se de quando não sabíamos de onde viria nosso próximo par de sapatos? E olhe só para nós agora!"

Sim, seria agradável. Agora ela entendia por que, quando dois ex-confederados se encontravam, falavam da guerra com tanta satisfação, com orgulho, com nostalgia. Tinham sido tempos que os haviam posto à prova, mas eles os tinham superado. Eram veteranos. Ela também era uma veterana, mas não tinha camaradas com quem revisitar as velhas batalhas. Ah, quem dera estar novamente com sua gente, com aqueles que tinham passado pelas mesmas coisas e sabiam quanto feriam... e, no entanto, como faziam parte do que se era!

Mas, de algum modo, essas pessoas tinham escorregado de sua vida. Ela percebia que fora culpa sua. Até agora, não se importara... agora que Bonnie estava morta e ela sentia-se só e amedrontada, via do outro lado da mesa um moreno estranho e embrutecido pela bebida se desintegrando diante de seus olhos.

Capítulo 61

Scarlett estava em Marietta quando chegou o telegrama urgente de Rhett. Havia um trem saindo para Atlanta em dez minutos e ela o pegou, sem levar qualquer bagagem, além da bolsa, deixando Wade e Ella no hotel com Prissy.

Atlanta só ficava a 30 quilômetros de distância, mas o trem se arrastava pelo início da tarde úmida de outono, parando em cada vereda para pegar passageiros. Assaltada pelo pânico com o recado de Rhett, ansiosa para chegar logo, Scarlett tinha vontade de gritar a cada parada. O trem seguia pesadamente pelas florestas cansadas, levemente douradas, passando por encostas de colinas ainda marcadas pelas barricadas sinuosas, passando por velhas posições de baterias de canhões e crateras tomadas por erva daninha, descendo a estrada por onde os homens de Johnston recuaram amargamente, lutando a cada passo do caminho. Cada estação, cada cruzamento anunciado pelo maquinista era o nome de uma batalha, o local de uma escaramuça. No passado, teriam provocado recordações de terror em Scarlett, mas agora ela não pensava nisso.

A mensagem de Rhett fora:

"A Sra. Wilkes está mal. Venha para casa imediatamente."

O sol já descera quando o trem chegou a Atlanta, e uma chuva fina cobria a cidade de neblina. Os lampiões a gás da cidade brilhavam difusos, bolhas amarelas em meio à névoa. Rhett a esperava na estação com a carruagem. A visão de sua fisionomia a assustou mais que o telegrama. Ela nunca o vira tão inexpressivo antes.

— Ela não... — exclamou ela.

— Não, ainda está viva — disse Rhett, ajudando-a a embarcar na carruagem.

— Para a casa da Sra. Wilkes e o mais rápido que puder — ordenou ao cocheiro.

— O que houve com ela? Eu não sabia que estava doente. Parecia bem semana passada. Sofreu um acidente? Ah, Rhett, não é tão sério quanto você...

— Ela está morrendo — disse Rhett, e sua voz não tinha mais expressão que seu rosto. — Quer ver você.

— Não a Melly! Ah, não a Melly! O que aconteceu com ela?

— Ela teve um aborto.

— Um... um... abo... mas Rhett, ela... — atrapalhou-se. Essa informação se somando ao horror do anúncio a deixou sem fôlego.

— Você não sabia que ela estava esperando um bebê?

Ela nem sequer conseguia fazer que não.

— Ah, imagino que não. Acho que ela não tinha contado para ninguém. Queria que fosse uma surpresa. Mas eu sabia.

— Você sabia? Mas com certeza ela não lhe contou!

— Não precisou me contar. Eu sabia. Ela andava tão... feliz nesses últimos dois meses que eu sabia não poder ser outra coisa.

— Mas, Rhett, o médico disse que ter outro bebê a mataria!

— Pois é, matou — disse Rhett. E para o cocheiro: — Por Deus, não dá para ir mais depressa?

— Mas Rhett, ela não pode estar morrendo! Eu... eu não morri e eu...

— Ela não tem sua força. Nunca teve força alguma. Nunca teve nada além de coração.

A carruagem parou em frente à casinha plana e Rhett lhe deu a mão para sair. Trêmula, assustada, uma súbita sensação de solidão, ela segurou-lhe o braço.

— Vai entrar, Rhett?

— Não — disse ele, e voltou a entrar na carruagem.

Ela subiu correndo as escadas, atravessou a varanda e abriu a porta. Lá, sob a luz amarelada do lampião, estavam Ashley, tia Pitty e India. Scarlett pensou "o que India está fazendo aqui? Melanie lhe disse para nunca mais pôr os pés nesta casa". Os três se levantaram ao vê-la, tia Pitty mordendo os lábios trêmulos para controlá-los, India olhando-a, tomada pela dor e sem ódio. Ashley parecia entorpecido como um sonâmbulo e indo até ela, pondo a mão em seu braço, falou como tal.

— Ela chamou você — disse ele. — Ela chamou você.

— Posso vê-la agora? — Ela se virou para a porta fechada do quarto de Melanie.

— Não. O Dr. Meade está lá agora. Fico contente que tenha vindo, Scarlett.

— Vim o mais rápido que pude. — Scarlett tirou o chapéu e a capa. — O trem... ela não está mesmo... Diga-me, ela está melhor, não é, Ashley? Fale comigo! Não me olhe assim. Ela não vai mesmo...

— Ela não parou de chamar por você — disse Ashley, olhando-a nos olhos. E ali ela viu a resposta para sua pergunta. Por um instante, seu coração parou, e em seguida um estranho medo, mais forte que a ansiedade, mais forte que o pesar, começou a bater em seu peito. Não pode ser verdade, pensou com veemência, tentando controlar-se. Os médicos erram. Não vou acreditar. Vou começar a gritar se acreditar. Preciso pensar em outra coisa.

— Não acredito! — exclamou ela tempestuosamente, olhando para os rostos abatidos, como se os desafiasse a contradizê-la. — E por que Melanie não me contou? Eu nunca teria ido para Marietta se soubesse!

Os olhos de Ashley despertaram e estavam atormentados.

— Ela não disse a ninguém, Scarlett, especialmente a você. Tinha medo de que a repreendesse se soubesse. Queria esperar três... até achar que estava segura, e então surpreender todos vocês e rir, dizendo quanto os médicos estavam errados. E estava tão feliz... Você sabe como ela era em relação a bebês... o quanto queria uma menininha. E estava tudo tão bem até... e então, sem qualquer motivo...

A porta do quarto de Melanie se abriu silenciosamente e o Dr. Meade saiu para o corredor, fechando-a atrás de si. Ficou parado um instante, a barba cinzenta afundada no peito, e olhou para os quatro, subitamente congelados. Seu olhar pousou por último em Scarlett. Indo em sua direção, ela viu que havia pesar em seus olhos e também antipatia e desdém, que inundaram de culpa seu coração assustado.

— Então chegou finalmente — disse ele.

Antes que ela pudesse responder, Ashley se dirigiu para a porta fechada.

— Você ainda não — disse o médico. — Ela quer falar com Scarlett.

— Doutor — disse India, pondo a mão em sua manga. Embora sua voz estivesse desprovida de tonalidade, suplicava mais que palavras. — Deixe-me vê-la um instante. Estou aqui desde de manhã, esperando, mas ela... Deixe-me vê-la por um instante. Quero dizer a ela... preciso dizer a ela... que eu estava enganada sobre... uma coisa.

Ela não olhou para Ashley ou Scarlett ao falar, mas o Dr. Meade permitiu que seu olhar frio pousasse em Scarlett.

— Vou ver, Srta. India — disse ele brevemente. — Mas só se a senhorita me prometer que não irá dispor das forças dela para lhe dizer que estava enganada. Ela sabe que a senhorita estava enganada e ouvir suas desculpas só a deixará angustiada.

Pitty começou a falar, timidamente:

— Por favor, Dr. Meade...

— Srta. Pitty, a senhorita sabe que vai gritar e desmaiar.

Pitty recuou o pequeno corpo robusto e retribuiu o olhar do médico. Seus olhos estavam secos e havia dignidade em cada curva.

— Está bem, querida, em breve — disse o médico, mais gentil. — Venha Scarlett.

Foram até a porta do quarto na ponta dos pés e o médico pousou duramente a mão no ombro de Scarlett.

— Agora, mocinha — sussurrou ele brevemente —, nada de histeria nem confissões de leito de morte ou, perante Deus, eu torço seu pescoço! Não me venha com seu olhar inocente. Você sabe o que quero dizer. A Sra. Melly vai morrer tranquila e você não vai desabafar sua consciência, contando-lhe qualquer coisa sobre Ashley. Eu nunca machuquei uma mulher, mas se você disser qualquer coisa agora... vai se ver comigo.

Ele abriu a porta antes que ela pudesse responder, empurrou-a para dentro e fechou-a novamente. O pequeno quarto, mobiliado com nogueira preta barata, estava em semiescuridão, o lampião protegido por um jornal. Era um quarto pequeno e arrumado, o quarto de uma colegial, a cama estreita, de cabeceira baixa, as cortinas simples de filó, atadas em cada lado, os tapetes de trapos, desbotados e limpos no piso, tudo tão diferente do luxo do quarto de Scarlett, com sua imponente mobília entalhada, cortinados de brocado rosado e tapeçaria decorada de rosas.

Melanie, deitada na cama, sua silhueta sob a coberta, plana como a de uma menina. Duas tranças pretas descendo de cada lado do rosto e os olhos fechados se afundavam em dois círculos roxos. Scarlett ficou atônita, encostada à porta. Apesar da penumbra no quarto, via que o rosto de Melanie estava cor de cera. O sangue da vida se esvaíra, e o nariz estava franzido. Até aquele momento, Scarlett esperava que o Dr. Meade estivesse enganado. Mas agora ficava claro. Nos hospitais, durante a guerra, ela vira muitas fisionomias com aquele ar de incômodo para ignorar o que inevitavelmente pressagiava.

Melanie estava morrendo, mas por um momento a mente de Scarlett se recusou a aceitar. Melanie não podia morrer. Era impossível. Deus não permitiria que morresse quando Scarlett precisava tanto dela. Nunca lhe ocorrera que precisava de Melanie. Mas agora a verdade surgia dos profundos recessos de sua alma. Contara com Melanie, assim como contara consigo mesma. Agora, Melanie estava morrendo e Scarlett soube que não poderia ir adiante sem ela. Agora, ao cruzar o quarto na ponta dos pés, em direção à figura quieta, o pânico lhe espremendo o coração, soube que Melanie tinha sido sua espada e seu escudo, seu consolo e sua força.

"Preciso retê-la! Não posso deixá-la partir!", pensou, sentando-se ao lado da cama com um farfalhar de saias. Em seguida, segurou a mão solta na coberta e se assustou novamente com sua frieza.

— Sou eu, Melly — disse ela.

Os olhos de Melanie se abriram um pouco e depois, satisfeita de ver que era realmente Scarlett, fecharam-se de novo. Após uma pausa, ela inspirou e sussurrou:

— Prometa...

— Ah, qualquer coisa!

— Beau... cuide dele.

Scarlett só conseguiu fazer que sim, com um aperto na garganta, e suavemente apertou a mão dela em sinal de consentimento.

— Eu o entrego a você. — Houve um leve traço de sorriso. — Eu o entreguei antes... lembra-se?... antes de nascer.

Se ela lembrava? Como poderia esquecer aquela época? Quase tão claramente como se aquele dia atroz tivesse voltado, ela conseguiu sentir o calor sufocante do meio-dia de setembro, lembrou-se do terror dos ianques, ouviu a marcha das tropas retirantes, a voz de Melanie lhe suplicando que ficasse com o bebê caso ela morresse, e lembrou-se de esperar que isso realmente acontecesse.

"Eu a matei", pensou em uma agonia supersticiosa. "Foram tantas as vezes que desejei sua morte que Deus me ouviu e está me punindo."

— Ah, Melly, não fale assim! Você sabe que vai se recuperar...

— Não. Prometa.

Scarlett engoliu em seco.

— Você sabe que está prometido. Cuidarei dele como seu fosse meu próprio filho.

— Faculdade? — perguntou a voz fraca.

— Ah, claro! Universidade, Harvard, Europa e tudo o que ele quiser... e... e um pônei... e aulas de música... Ah, por favor, Melly, tente! Faça um esforço!

O silêncio caiu novamente, e na fisionomia de Melanie havia sinais da luta para reunir forças e falar outra vez.

— Ashley — disse ela. — Ashley e você... — a voz balbuciou.

À menção do nome de Ashley, o coração de Scarlett ficou imóvel, frio como o granito dentro dela. Melanie sabia o tempo todo. Scarlett deixou a cabeça cair na colcha e um soluço ficou preso em sua garganta por uma mão cruel. Melanie sabia. Scarlett estava além da vergonha agora, além de qualquer sentimento que não fosse um remorso desbragado por ter magoado essa criatura bondosa durante todos esses anos. Melanie sabia e, mesmo assim, continuara sendo sua leal amiga. Ah, se ao menos pudesse viver todos aqueles anos outra vez! Ela não teria sequer permitido que seus olhos pousassem nos dele.

"Ah Deus", rezou rapidamente "por favor, deixe-a viver! Eu vou compensá-la. Serei boa para ela. Nem vou mais falar com Ashley enquanto viver, basta que a deixe melhorar!".

— Ashley — disse Melanie, a voz débil, e seu dedos tocaram a cabeça inclinada de Scarlett, polegar e indicador se enfiaram no cabelo de Scarlett sem mais força que os de um bebê. Scarlett sabia o que eles queriam, sabia que Melanie queria que ela olhasse para cima. Mas ela não conseguia, não conseguia fitar os olhos de Melanie e ver aquele conhecimento.

— Ashley — sussurrou Melanie outra vez e Scarlett se controlou. Quando ela olhasse para Deus no Dia do Juízo Final e lesse sua sentença nos olhos, não seria tão mau quanto isso. Com a alma oprimida, ela ergueu a cabeça.

Só viu os mesmos olhos escuros amorosos, encovados e mortalmente sonolentos, a mesma boca terna, cansada de lutar por ar e contra a dor. Não havia censura ali, nem acusação ou medo... só uma ansiedade de talvez não encontrar forças para falar.

Por um instante, Scarlett estava atordoada demais até para sentir alívio. Em seguida, enquanto segurava a mão de Melanie mais próxima, uma onda de calorosa gratidão a Deus a invadiu e, pela primeira vez desde a infância, ela fez uma oração humilde e altruísta.

"Obrigada, meu Deus. Sei que não mereço, mas obrigada por não deixá-la saber."

— O que tem Ashley, Melly?

— Você vai... cuidar dele?

— Ah, é claro.

Houve uma pausa.

— Cuidar... do negócio dele... entende?

— Sim, entendo. Vou cuidar.

Ela fez um grande esforço.

— Ashley não é... prático.

Só a morte poderia ter forçado Melanie a essa deslealdade.

— Cuide dele, Scarlett... mas... nunca o deixe saber.

— Vou cuidar dele e do negócio, sem nunca deixá-lo saber. Só vou fazer sugestões.

Melanie conseguiu dar um pequeno sorriso, mas era de triunfo quando cruzou os olhos com os de Scarlett. O olhar das duas selava aquele trato de que a proteção de Ashley Wilkes de um mundo muito áspero estava passando de uma mulher para outra e que seu orgulho masculino nunca seria humilhado por saber disso.

Agora a luta se esvaía do rosto cansado como se, com a promessa de Scarlett, a tranquilidade tivesse se instalado.

— Você é tão inteligente... tão corajosa... sempre foi tão boa para mim...

Com essas palavras, o soluço subiu livremente pela garganta de Scarlett, que tapou a boca. Agora ela ia berrar como uma criança e falar: "Fui um demônio! Fui tão injusta com você! Nunca fiz nada por você! Foi tudo por Ashley."

Ela se pôs de pé abruptamente, mordendo o polegar para readquirir o controle. As palavras de Rhett lhe retornaram à mente: "Ela ama você. Que esta seja sua cruz." Bem, agora a cruz ficaria mais pesada. Já era mau o bastante que ela tivesse usado de todas as artimanhas para tentar lhe tirar Ashley. Mas agora era pior, pois Melanie, que confiara nela cegamente durante a vida, estava lhe depositando o mesmo amor e a mesma confiança na morte. Não, ela não podia falar. Nem conseguia dizer outra vez: "Faça um esforço para viver." Precisava deixar que ela partisse em paz, sem luta, sem lágrimas, sem pesar.

A porta se abriu um pouco e o Dr. Meade ficou na soleira, fazendo um sinal imperioso. Scarlett se inclinou sobre a cama, sufocando as lágrimas e, pegando a mão de Melanie, colocou-a na face.

— Boa-noite — disse ela, e sua voz estava mais firme do que considerara possível.

— Prometa... — veio o sussurro, bem fraco agora.

— Qualquer coisa, querida.

— O capitão Butler... seja boa para ele. Ele... ama você.

"Rhett?", pensou Scarlett, confusa, e as palavras não significaram nada para ela.

— Sim — disse ela de modo automático e, dando-lhe um beijo na mão, colocou-a de volta na cama.

— Diga às senhoras que venham imediatamente — sussurrou o doutor quando ela passava pela porta.

Através de olhos marejados, ela viu Pitty e India seguirem o doutor para dentro do quarto, segurando as saias ao lado do corpo, evitando que fizessem ruído. A porta se fechou e a casa ficou em silêncio. Ashley não estava à vista. Scarlett encostou a cabeça na parede, como uma criança travessa em um canto, e esfregou a garganta dolorida.

Atrás da porta, Melanie estava partindo e, com ela, a força com que tinha contado por tantos anos, sem saber. Por que, ah, por que ela não percebera antes quanto amava e precisava de Melanie? Mas quem iria imaginar a pequena e simples Melanie como um baluarte de força? Melanie, que era tímida até as lágrimas diante de estranhos, incapaz de elevar a voz para dar uma opinião própria, temerosa da reprovação das velhas senhoras, Melanie que não tinha coragem de enxotar um ganso? E, contudo...

A memória de Scarlett voltou nos anos àquele meio-dia quente em Tara quando a fumaça cinzenta pairava sobre um corpo fardado de azul e Melanie estava parada no topo das escadas com o sabre de Charles na mão. Scarlett lembrou-se de ter pensado: "Que tola! Melly nem conseguiria erguer essa espada!" Mas agora sabia que, houvesse a necessidade, Melanie teria descido aquelas escadas e matado o ianque... ou seria morta.

Mesmo assim, Melanie estivera lá naquele dia com uma espada na mãozinha para lutar por ela. E agora, olhando tristemente para trás, Scarlett se dava conta de que Melanie sempre estivera a seu lado com uma espada na mão, sem obstruir o caminho, amando-a, brigando por ela com uma lealdade apaixonada e cega, lutando contra os ianques, o incêndio, a fome, a pobreza, a opinião pública e até contra sua amada família.

Scarlett sentiu coragem e segurança se esvaírem ao perceber que a espada que brilhara entre ela e o mundo se embainhava para sempre.

"Melly é a única amiga que eu tive", pensou, desamparada, "a única mulher, exceto minha mãe, que me amou de fato. Ela se parece com minha mãe. Todos que a conheciam ficavam presos às suas saias".

De repente, era como se fosse Ellen que estivesse deitada atrás daquela porta fechada, deixando este mundo pela segunda vez. De repente, ela estava novamente em Tara, com o mundo ao redor, desolada por saber que não poderia encarar a vida sem a incrível força dos fracos, dos gentis, dos corações ternos.

Ela ficou parada no corredor, indecisa, assustada, e a luz das labaredas na lareira da sala lançava longas sombras difusas nas paredes a seu redor. A casa estava em total silêncio, uma quietude que a encharcou como uma chuva fria. Ashley! Onde estava Ashley? Ela foi em direção à sala de jantar como um animal que tem frio em busca de fogo, mas ele não estava lá. Precisava encontrá-lo. Descobrira a força de Melanie e sua dependência dela só para perdê-la no momento da descoberta, mas ainda havia Ashley. Havia Ashley, que era forte, sábio e reconfortante. Em Ashley e em seu amor, estava a força sobre a qual depositar sua fraqueza, coragem para sustentar seu medo, tranquilidade para seu pesar.

Ele deve estar em seu quarto, ela pensou, seguindo na ponta dos pés pelo corredor, e bateu de leve na porta. Sem ouvir resposta, abriu-a. Ashley estava parado em frente à penteadeira, olhando para um par de luvas remendadas de Melanie. Primeiro, pegou uma delas, como se nunca a tivesse visto antes. Depois, largou-a com cuidado, como se fosse feita de vidro, e pegou a outra.

— Ashley! — disse ela, a voz trêmula. Ele se virou devagar e olhou para ela. O distanciamento sonolento sumira de seus olhos, que estavam bem abertos e desmascarados. Neles ela viu um medo que se equiparava ao seu, um desamparo maior que o seu, um atordoamento cuja profundidade ela jamais conheceria. A sensação de pavor que a possuíra no corredor aumentou ao ver a fisionomia dele. Foi em sua direção.

— Estou assustada — disse ela. — Ah, Ashley, abrace-me. Estou tão assustada!
Ele não se mexeu, mas ficou olhando para ela, agarrando a luva com força nas duas mãos. Ela pôs a mão no braço dele e sussurrou:
— O que é?
Os olhos dele a examinavam com intensidade, buscando desesperadamente por algo que não encontrava. Finalmente, ele falou, em uma voz que não era a sua.
— Queria sua presença — disse ele. — Eu procurá-la... correr feito uma criança que quer consolo... e encontro uma criança, mais assustada, correndo para mim.
— Você não... você não pode estar assustado — exclamou ela. — Nada nunca o assustou. Mas eu... Você sempre foi tão forte.
— Se algum dia fui forte, era porque ela estava atrás de mim — disse ele, a voz ficando embargada, e olhou para a luva, ajeitando os dedos. — E... e... toda a força que já tive está partindo com ela.

Havia uma nota de tamanho desespero em sua voz que ela largou seu braço e deu um passo para trás. E, no silêncio pesado que se fez entre eles, ela sentiu que, pela primeira vez na vida, o entendia.

— Ora... — disse ela devagar — ora, Ashley, você a ama, não é?

Ele falou mostrando esforço.

— Ela é o único sonho que já tive que viveu, respirou e não morreu diante da realidade.

"Sonhos!", pensou ela, uma velha irritação surgindo. "Sempre sonhos! Nunca o bom-senso."

Com um coração pesado e um pouco amargurado, ela disse:

— Você foi tão tolo, Ashley... Como não pôde ver que ela valia um milhão de vezes mais que eu?

— Scarlett, por favor! Se você soubesse pelo que estou passando desde que o doutor...

— Pelo que você está passando? Não acha que eu... Ah, Ashley, você devia ter sabido, anos atrás, que era a ela que amava e não a mim! Por que não? Tudo teria sido tão diferente, tão... Ah, você devia ter se dado conta e não ter me deixado seduzida por toda a sua conversa de honra e sacrifício! Se tivesse me dito anos atrás, eu teria... isso teria me matado, mas eu aguentaria de algum modo. Mas você espera até agora, até Melly estar morrendo, para descobrir, e agora é tarde demais para fazer qualquer coisa. Ah, Ashley, os homens devem saber essas coisas... não as mulheres! Você devia ter visto com clareza que sempre a tinha amado e só me queria como... como Rhett quer aquela mulher, a Watling!

Ele se sobressaltou com aquelas palavras, mas seus olhos ainda encontraram os dela, implorando silêncio, consolo. Cada traço de seu rosto admitia a verdade das palavras dela. Os ombros caídos mostravam que o castigo aplicado a si mesmo era mais cruel do que qualquer um que ela pudesse lhe dar. Ele ficou em silêncio diante dela, agarrado à luva, como se fosse uma verdadeira mão compreensiva, e, no silêncio que se seguiu às palavras dela, a indignação que a acometera sumiu, dando lugar à pena, misturada ao desdém. Ela foi afetada pela própria consciência. Estava chutando um homem vencido e indefeso... e prometera a Melanie que cuidaria dele.

"Mal acabo de prometer a ela e já disse coisas cruéis, dolorosas a ele, e não há necessidade de que eu ou ninguém mais as diga. Ele sabe a verdade e isso o está matando", ela pensou, desolada. "Ele não amadureceu. É uma criança, como eu, e está morrendo de medo de perdê-la. Melly sabia como ia ser... Melly o conhecia muito melhor que eu. Foi por isso que me pediu para cuidar dele e de Beau em um mesmo fôlego. Como Ashley vai aguentar isso? Eu consigo. Consigo aguentar qualquer coisa. Já tive que aguentar tanto... Mas ele não consegue... não consegue aguentar nada sem ela."

— Perdoe-me, querido — disse ela gentilmente, estendendo os braços. — Sei o que está sofrendo. Mas lembre-se, ela não sabe de nada... ela nunca sequer suspeitou... Deus teve essa bondade conosco.

Ele foi rapidamente até ela e seus braços a envolveram cegamente. Ela ficou na ponta dos pés para encostar sua face quente na dele, consolando-o, e com uma das mãos afagou sua nuca.

— Não chore, meu querido. Ela gostaria que você fosse corajoso. Ela vai querer vê-lo em um instante e você precisa ser corajoso. Não pode perceber que esteve chorando. Isso a preocuparia.

Ele a abraçava tão apertado que lhe dificultava a respiração, e sua voz embargada estava em seu ouvido.

— O que vou fazer? Eu não consigo... não consigo viver sem ela!

"Eu também não", pensou ela, evitando imaginar os longos anos futuros sem Melanie. Mas fez um grande esforço para se controlar. Ashley contava com ela, Melanie contava com ela. Como acontecera antes, sob o luar de Tara, embriagada, exausta, ela tinha pensado: "Os fardos são feitos para ombros fortes." Bem, seus ombros eram fortes, e os de Ashley, não. Ela os endireitou para receber o fardo e, com uma calma que estava longe de sentir, beijou a face molhada dele sem ardor, desejo ou paixão, apenas com fria gentileza.

— Vamos conseguir, de algum jeito — disse ela.

A porta se abriu com súbita violência e o Dr. Meade chamou com urgência:

— Ashley! Rápido!

"Meu Deus! Ela se foi!", pensou Scarlett. "E Ashley não conseguiu lhe dizer adeus! Mas talvez..."

— Depressa! — exclamou ela, dando-lhe um empurrão, pois ele ficou parado, olhando atordoado. — Depressa!

Ela puxou a porta aberta e foi levando-o. Impulsionado por suas palavras, ele correu para o corredor, ainda agarrado à luva. Ela ouviu seus passos rápidos por um instante e depois o fechar de uma porta.

— Meu Deus! — disse ela outra vez e, indo devagar até a cama, sentou-se e deixou a cabeça cair nas mãos. Sentiu um súbito cansaço, o maior cansaço que já sentira na vida. Com o ruído da porta se fechando, toda a tensão que a segurara, que lhe dera força, subitamente se foi. Ficou fisicamente exausta e vazia de emoções. Agora não sentia pesar nem remorso, nem medo ou surpresa. Estava cansada e sua mente palpitava monótona, mecanicamente, como o relógio sobre o console da lareira.

Daquele embotamento, surgiu um pensamento. Ashley não a amava, nunca a amara de fato, e saber disso não doeu. Deveria doer. Ela deveria estar desolada, de coração partido, pronta para gritar com o destino. Contara com aquele amor por tanto tempo, ele a sustentara na passagem por tantos lugares escuros... Sim, lá estava a verdade. Ele não a amava e ela não se importava. Não se importava porque não o amava. Ela não o amava e, portanto, nada que ele fizesse ou dissesse poderia magoá-la.

Ela se deitou na cama, pondo a cabeça cansada no travesseiro. Inútil tentar combater a ideia, inútil dizer a si mesma: "Mas eu o amo. Eu o amo há anos. O amor não pode se transformar em apatia em um minuto."

Mas podia, e tinha se transformado.

"Ele nunca existiu realmente, só na minha imaginação", ela pensou, cansada. "Amei uma coisa inventada, algo tão morto como Melly está. Costurei um belo traje e me apaixonei por ele. E, quando Ashley chegou a cavalo, tão bonito, tão diferente, eu o vesti naquele traje, fazendo-o usá-lo, servisse ou não. E não queria ver o que ele realmente era. Continuei amando o traje bonito... e não ele."

Agora ela podia olhar para aqueles longos anos lá atrás e se ver em um vestido verde florido, sob o sol de Tara, fascinada pelo jovem cavaleiro com o cabelo louro brilhando como um capacete de prata. Agora conseguia ver claramente que não passara de uma atração infantil, não mais importante de fato que seu desejo mimado pelos brincos de água-marinha que arrancara de Gerald. Pois, depois que pegara os brincos, eles tinham perdido o valor; assim como tudo, exceto o dinheiro, perdia o valor depois de estar em seu poder. E assim ele também teria se desvalorizado se, naqueles primeiros tempos distantes, ela tivesse tido a satisfação de se recusar a casar com ele. Se alguma vez ela o tivesse tido a sua mercê e percebido que ele ficava cada vez mais apaixonado, importuno, ciumento, aborrecido, suplicante, como os outros rapazes, a paixão eletrizante que a possuíra teria passado, levada pelo vento, com a leveza com que a névoa se desfaz antes do sol, quando ela conhecesse outro homem.

"Que tola eu fui", pensou amargamente. "E agora tenho que pagar por isso. O que desejei tantas vezes aconteceu. Desejei que Melly morresse para poder ficar com ele. Agora ela morreu, eu o tenho e não quero. Sua maldita honra vai fazê-lo me perguntar se quero me divorciar de Rhett e me casar com ele. Casar com ele? Nem em uma bandeja de prata eu o quereria. Mas, de qualquer modo, o terei em volta do pescoço pelo resto da vida. Enquanto viver, terei que cuidar dele e cuidar para que não passe fome e que as pessoas não o magoem. Será como outra criança agarrada às minhas saias. Perdi meu amor e consegui outro filho. E, se não tivesse prometido a Melly, nem faria questão de vê-lo novamente."

Capítulo 62

Ouvindo vozes sussurrantes, ela foi até a porta e viu os negros assustados parados no vestíbulo dos fundos. Dilcey com os braços arqueados sob o peso de Beau adormecido, Tio Peter chorando e Cookie secando a larga cara molhada no avental. Todos os três olhavam para ela, tacitamente perguntando o que fariam agora. Ela olhou pelo corredor na direção da sala de estar e viu India e tia Pitty paradas e mudas, segurando as mãos uma da outra e, dessa vez, India perdera seu ar orgulhoso. Como os negros, elas a olhavam de modo suplicante, esperando instruções. Ela foi para a sala e as duas mulheres a cercaram.

— Ah, Scarlett, o que... — começou tia Pitty, a boca opulenta e infantil tremendo.

— Não falem comigo, que sou capaz de gritar — disse Scarlett. Os nervos abalados levaram aspereza a sua voz, e os punhos se cerraram ao longo do corpo. A ideia de falar sobre Melanie agora, de tomar as providências inevitáveis que se seguem à morte, fez sua garganta se apertar de novo. — Não quero ouvir uma palavra de nenhuma das duas.

Diante do tom autoritário na voz dela, as duas recuaram, um ar de mágoa impotente nas fisionomias. "Não posso chorar na frente delas", pensou. "Não posso fraquejar agora ou elas começarão a chorar também e então os negros vão começar a gritar e ficaremos todos loucos. Preciso me controlar. Terei que tomar muitas providências. Procurar a funerária e organizar o enterro, providenciar para que a casa esteja limpa e estar aqui para falar com as pessoas que vão ficar chorando em meu ombro. Ashley não consegue fazer nada disso, nem India ou tia Pitty. Eu que devo fazer. Ah, que fardo exaustivo!"

Ela olhou para as fisionomias aturdidas e magoadas de India e tia Pitty e se arrependeu. Melanie não gostaria que ela fosse tão áspera com aqueles que a amavam.

— Desculpem-me pela aspereza — disse ela, falando com dificuldade. — É só que eu... desculpe-me pela aspereza, titia. Vou até a varanda um minuto. Preciso ficar sozinha. Depois eu venho e nós...

Ela deu um tapinha em tia Pitty e foi rapidamente para a porta da frente, ciente de que, se ficasse ali mais um minuto, perderia o controle. Precisava ficar sozinha. E precisava chorar ou seu coração se partiria.

Ela saiu para a varanda escura e fechou a porta atrás de si, recebendo no rosto o ar úmido e frio da noite. A chuva cessara e não se ouvia qualquer ruído, além do gotejar dos beirais. Uma densa neblina envolvia o mundo, um frio que trazia em seu hálito o odor do ano moribundo. Todas as casas do outro lado da rua estavam na escuridão, exceto uma, e a luz que saía pela janela lutava debilmente com a névoa, partículas douradas flutuando em seus raios. Era como se o mundo inteiro estivesse envolto em um imóvel manto de fumaça cinzenta. E o mundo inteiro estava quieto.

Ela encostou a cabeça em um dos pilares da varanda e se preparou para chorar, mas as lágrimas não vieram. Era uma calamidade profunda demais para lágrimas. Seu corpo se sacudiu. Ainda reverberava em sua mente a queda das duas cidadelas inexpugnáveis de sua vida, transformadas em poeira com um estrondo. Ela ficou parada por um instante, tentando apelar a seu velho sortilégio: "Penso em tudo isso amanhã, quando conseguir aguentar." Mas o sortilégio perdera a potência. Agora precisava pensar em duas coisas... em Melanie e em quanto a amava e precisava dela; em Ashley e na cegueira obstinada que a impedira de vê-lo como realmente era. E ela sabia que pensar neles seria igualmente doloroso amanhã e em todos os outros amanhãs de sua vida.

"Não posso voltar lá e falar com eles agora", pensou. "Não posso encarar Ashley hoje e consolá-lo. Hoje não! Amanhã de manhã, virei cedo e farei o que preciso fazer, direi as coisas reconfortantes que devo dizer. Mas não hoje. Não posso. Vou para casa."

Sua casa ficava a apenas cinco quadras de distância. Ela não ia esperar que o pobre Peter atrelasse a charrete, nem que o Dr. Meade a levasse. Não poderia suportar as lágrimas de um e a condenação silenciosa do outro. Desceu rapidamente os degraus escuros sem o casaco nem o chapéu e foi andando pela noite nebulosa. Virou a esquina e começou a subir a longa ladeira rumo à rua dos Pessegueiros, andando por um mundo imóvel, úmido, e até seus passos eram silenciosos como em um sonho.

Subindo a ladeira, o peito contraído com as lágrimas que não vinham, uma sensação irreal a invadiu, uma sensação de já ter estado nesse mesmo lugar frio e difuso antes, sob um mesmo conjunto de circunstâncias — não só uma vez, mas várias. Que tolice, pensou agitada, apressando o passo. Os nervos estavam lhe pregando uma peça. Mas a sensação persistiu, furtivamente permeando sua mente. Ela olhou em volta, incerta, e a sensação aumentou, misteriosa, mas familiar, e ela ergueu a cabeça como um animal farejando perigo. "Estou apenas exausta", ela tentou se acalmar. "E a noite está tão esquisita, tão enevoada, nunca vi uma neblina tão densa antes, exceto... exceto!"

Então ela se deu conta, e o medo lhe oprimiu o coração. Agora sabia. Em uma centena de sonhos, ela fugia em meio a uma névoa como aquela, em meio a um campo assombrado sem referências, coberto por uma neblina fria e densa, habitado por fantasmas e sombras que tentavam agarrá-la. Estaria sonhando outra vez ou esse era seu sonho se transformando em realidade?

Em um instante, a realidade se desfez e ela ficou perdida, levada pela velha sensação de pesadelo, mais forte que nunca, e o coração se acelerou. Novamente, ela estava em meio à morte e ao silêncio, assim como estivera uma vez em Tara. Tudo o que importava no mundo desaparecera, a vida estava em ruínas e o pânico uivava em seu coração como um vento frio. O horror que estava na neblina e era a neblina a agarrou. E ela começou a correr. Assim como correra uma centena de vezes no sonho, ela corria agora, cegamente sem saber para onde, impulsionada por um pavor inominado, buscando na neblina cinzenta a segurança que estaria em algum lugar.

Ela fugia rua acima, a cabeça baixa, o coração acelerado, o ar da noite molhado em seus lábios, as árvores ameaçadoras acima de sua cabeça. Em algum lugar, em algum lugar desta terra inóspita de úmida quietude havia um refúgio! Ofegante, ela subia a ladeira correndo, as saias molhadas roçando frias nos tornozelos, os pulmões estourando, o espartilho pressionando as costelas contra o coração.

Então apareceu uma luz, uma fileira de luzes, difusas, trêmulas, mas reais. Em seu pesadelo, nunca houvera luzes, só a neblina cinzenta. Sua mente se agarrou àquelas luzes. Luzes significavam segurança, gente, realidade. Ela parou de correr, os punhos fechados, lutando para controlar o pânico, olhando determinadamente para a fileira de lampiões a gás que lhe sinalizaram ser aquela a rua dos Pessegueiros, Atlanta, e não o onírico mundo cinza povoado de fantasmas.

Ela parou ofegante, apoiando-se em uma carruagem parada, agarrando os nervos como se fossem cordas que escorregassem velozmente pelas suas mãos.

"Eu estava correndo... correndo feito uma louca!", pensou, o corpo trêmulo com o medo amainando, os baques do coração deixando-a mal. "Mas para onde eu corria?"

Começava a respirar melhor e sentou-se pressionando a mão na lateral do corpo, olhando ao longo da rua dos Pessegueiros. Lá, no topo da ladeira, estava sua casa. Parecia que havia luzes saindo por todas as janelas, luzes que desafiavam a neblina a diminuir seu brilho. Sua casa! Era real! Olhou agradecida, saudosa para aquele volume distante e difuso da casa, e algo semelhante a calma invadiu seu espírito.

Sua casa! Era para lá que queria ir. Era para lá que corria. Para casa e para Rhett!

Com essa percepção, ela sentiu como se estivesse se soltando das correntes, e com elas do medo que a perseguira em sonhos desde a noite em que chegara a Tara para descobrir que o mundo acabara. No final da estrada para Tara, ela descobrira que a segurança se fora, toda a força, toda a sabedoria, toda a ternura amorosa, toda a compreensão tinham se ido — todas aquelas coisas que, personificadas por Ellen, tinham sido o baluarte de sua juventude. E, embora tivesse adquirido segurança material desde aquela noite, nos sonhos ainda era uma criança amedrontada, buscando a segurança perdida daquele mundo perdido.

Agora ela conhecia o refúgio que buscava em sonhos, o lugar de calorosa segurança que sempre estivera oculto dela em meio à neblina. Não era Ashley... ah, nunca fora Ashley! Não havia mais calor nele que em uma luz no pântano, não mais segurança que na areia movediça. Era Rhett... Rhett, que tinha braços fortes para abraçá-la, um peito largo para acomodar sua cabeça cansada, o riso debochado que botava seus assuntos na perspectiva certa. E total compreensão, pois ele, como ela, via a verdade como verdade, desobstruída de noções pouco práticas de honra, sacrifício ou uma elevada crença na natureza humana. Ele a amava! Como não percebera que ele a amava, apesar de todos os seus derrisórios comentários ao contrário? Melanie percebera e, em seu último fôlego, dissera, "Seja boa com ele".

"Ah! Ashley não é a única pessoa estupidamente cega. Eu devia ter visto."

Anos a fio, ela se apoiara no muro de pedras do amor de Rhett e não lhe dera valor, assim como não dera valor ao amor de Melanie, convencida de que sua força só era devida a si mesma. E, assim como antes se dera conta de que Melanie estivera a seu lado em suas amargas campanhas contra a vida, agora reconhecia que silencioso, em segundo plano, estivera Rhett, amando-a, compreendendo-a, pronto para ajudar. Rhett na quermesse, lendo-lhe a impaciência nos olhos e levando-a para liderar a escocesa, Rhett ajudando-a a sair do cativeiro do luto, Rhett escoltando-a através do incêndio e das explosões na noite da queda de Atlanta, Rhett emprestando-lhe o dinheiro que lhe deu a arrancada, Rhett que a confortava quando ela acordava à noite assustada com seus sonhos... ora, nenhum homem fazia isso sem amar desesperadamente uma mulher!

As árvores gotejavam sobre ela, que não sentia. A névoa a cercava, mas ela não prestava atenção, pois, ao pensar em Rhett, com seu rosto moreno, os dentes brancos e os olhos escuros e alertas, um tremor a acometeu.

"Eu o amo", ela pensou e, como sempre, aceitou a verdade sem muito espanto, como uma criança que aceita um presente. "Não sei há quanto tempo o amo, mas é verdade. E, se não tivesse sido por Ashley, eu teria percebido tempos atrás. Nunca consegui enxergar o mundo direito porque Ashley atrapalhava."

Ela o amava, patife, velhaco, sem escrúpulos ou honra — pelo menos, honra como Ashley via. "Que se dane a honra de Ashley! Sua honra sempre me decepcionou. Sim, desde o início, quando estava sempre indo me ver, mesmo sabendo que a família esperava que ele se casasse com Melanie. Rhett nunca me decepcionou, nem mesmo na noite daquela terrível recepção de Melly, quando devia ter me torcido o pescoço. Nem mesmo quando me largou na estrada na noite da queda de Atlanta, pois sabia que eu estaria segura. Sabia que eu daria um jeito de passar. Mesmo quando agiu como se fosse me fazer pagar para conseguir aquele dinheiro no quartel dos ianques. Ele não o faria. Só estava me testando. Ele me amou todo o tempo e fui tão má para ele... Eu o magoei repetidamente e ele era orgulhoso demais para demonstrar. E quando Bonnie morreu... Ah, como pude?"

Ela se pôs de pé, ereta, e olhou para a casa em cima da colina. Meia hora antes, achara que tinha perdido tudo, exceto o dinheiro, tudo o que tornava a vida desejável, Ellen, Gerald, Bonnie, Mammy, Melanie e Ashley. Tinha sido preciso perder eles todos para perceber que amava Rhett... amava-o porque ele era forte e inescrupuloso, passional e grosseiro, como ela.

"Vou dizer tudo isso a ele", pensou. "Ele vai entender. Sempre entendeu. Vou lhe dizer a tola que fui e quanto o amo e vou compensá-lo por tudo."

Subitamente, sentiu-se forte e feliz. Não estava com medo do escuro nem da neblina e, com o coração cantando, reconheceu que nunca mais os temeria. Não importavam as neblinas que pudessem cercá-la no futuro; ela sabia onde estava seu refúgio. Foi subindo a rua rapidamente e as quadras pareciam muito longas. Longas demais. Segurou as saias na altura dos joelhos e começou a correr um pouco. Mas, dessa vez, não estava correndo do medo. Corria porque os braços de Rhett estavam no fim da rua.

Capítulo 63

A porta da frente estava levemente aberta e ela entrou no vestíbulo, ofegante, parando por um instante sob o arco-íris formado pelos prismas do lustre. Apesar de toda a iluminação, a casa estava muito quieta, não a quietude serena do sono, mas um silêncio vigilante, exaurido, um sinal levemente agourento. Olhando de relance, ela viu que Rhett não estava na sala nem na biblioteca, e seu coração naufragou. Imagine se estivesse fora... com Belle ou onde costumava passar as noites quando não aparecia para jantar? Ela não contara com isso.

Já começava a subir as escadas à procura dele quando viu a porta fechada da sala de jantar. O coração se contraiu um pouco de vergonha ao ver aquela porta fechada, lembrando-se das muitas noites do último verão em que Rhett ficara ali sozinho, bebendo até ficar tão entorpecido que Pork precisava levá-lo para a cama. Isso fora culpa dela, mas tudo mudaria. De agora em diante, tudo seria diferente... mas, por favor, Deus, não permita que ele esteja muito bêbado hoje. Se estiver embriagado demais, não vai me acreditar e vai rir de mim e isso me deixará com o coração partido.

Ela abriu uma fresta da porta e olhou para dentro. Ele estava sentado à mesa, em uma posição relaxada na cadeira diante de uma garrafa cheia, tampada, e um copo limpo. Graças a Deus, estava sóbrio! Ela abriu a porta, controlando-se para não correr para ele. Mas, quando ele levantou a cabeça e olhou para ela, algo em seu olhar a petrificou na soleira, emudeceu as palavras em seus lábios.

Ele olhou para ela firmemente com os olhos escuros pesados de cansaço, sem nenhuma luz saltitante. Embora os cabelos dela estivessem caídos pelos ombros, o peito arfando, sem ar, e as saias salpicadas de lama até os joelhos, a fisionomia dele não ficou surpresa ou intrigada, nem seus lábios se contraíram debochados. Ele estava afundado na cadeira, o terno amassado em torno da cintura que engrossava, todos os seus traços a proclamar a ruína de um belo corpo e o desfiguramento de um rosto forte. Bebida e dissipação tinham feito seu trabalho no perfil de moeda, e agora já não era a cabeça de um jovem príncipe pagão no ouro recém-cunhado, mas a de um César decadente, cansado, no bronze desgastado pelo uso constante. Ele ficou olhando para ela, ali parada, a mão no coração, olhava de um modo tranquilo, quase bondoso, e isso a assustou.

— Entre e sente-se — disse ele. — Ela morreu?

Scarlett aquiesceu e foi, hesitante, em sua direção, a incerteza se formando diante dessa nova expressão em sua fisionomia. Sem se levantar, ele puxou uma cadeira para trás com o pé e ela se sentou. Preferia que ele não tivesse falado de Melanie tão logo. Não queria falar nela agora, reviver a agonia da hora passada. Teria todo o resto da vida para falar de Melanie. Mas agora, impelida por um forte desejo de gritar "Eu o amo", lhe parecia que só havia esta noite, esta hora, para dizer a Rhett o que lhe passava pela cabeça. Mas havia algo naquela fisionomia que a impediu, e ela ficou subitamente envergonhada de falar de amor quando Melanie mal esfriara.

— Bem, que Deus a receba em seu descanso — disse ele gravemente. — Ela foi a única pessoa totalmente boa que já conheci.

— Ah, Rhett — exclamou ela, infeliz, pois aquelas palavras lhe evocaram de modo muito vívido todas as coisas boas que Melanie fizera por ela. — Por que você não foi comigo? Foi terrível... e eu senti tanto a sua falta!

— Eu não aguentaria — disse ele, simplesmente, e ficou quieto por um momento. Depois falou com esforço e disse baixinho: — Uma grande dama.

Seu olhar sombrio a atravessou e havia nele aquela mesma expressão observada sob a luz das chamas na noite da queda de Atlanta, quando ele disse a ela que iria embora com o exército retirante — a surpresa de um homem que se conhece a fundo e, mesmo assim, descobre em si lealdades e emoções inesperadas, tendo uma leve sensação de ridículo.

Seus olhos melancólicos passaram por cima do ombro de Scarlett como se visse Melanie andando silenciosamente pela sala rumo à porta. Na expressão de adeus em seu rosto, não havia pesar, nem dor, apenas um assombro especulativo de si mesmo, apenas uma comoção de emoções, mortas desde a infância, ao dizer:

— Uma grande dama.

Scarlett estremeceu e o ardor se foi de seu coração, o calor agradável, o esplendor que a tinham impelido para casa com pés alados.

Ela captou em parte o que ia pela cabeça de Rhett enquanto ele dizia adeus à única pessoa no mundo que respeitava, ficando novamente desolada, com uma terrível sensação de perda, que já não era pessoal. Ela não conseguia compreender ou analisar totalmente o que ele estava sentindo, mas era como se ela também tivesse quase sentido o roçar de saias sussurrantes tocando-a de leve em uma última carícia. Através dos olhos de Rhett, ela via o falecimento não de uma mulher, mas de uma lenda — a mulher gentil, discreta, mas de espinha de aço, sobre quem o sul edificara sua casa na guerra e para cujos braços, orgulhosos e amorosos, retornara na derrota.

Rhett voltou os olhos para ela e sua voz mudara. Agora o olhar estava leve e sereno.

— Então ela está morta. Isso facilita as coisas para você, não é?

— Ah, como pode dizer uma coisa dessas? — exclamou ela, atingida, os olhos logo se enchendo de lágrimas. — Você sabe quanto eu a amava!

— Não, não posso dizer que soubesse. É totalmente inesperado e a seu crédito, considerando sua paixão por gente ordinária, que enfim tenha conseguido apreciá-la.

— Como pode falar assim? É claro que eu a apreciava! Você não. Você não a conhecia como eu! Não está em você compreendê-la... tão boa que era...

— É mesmo? Talvez não.

— Ela pensava em todos, menos em si mesma... ora, suas últimas palavras foram sobre você.

Houve um lampejo de sentimento genuíno em seus olhos quando ele voltou-se para ela.

— Que foi que ela disse?

— Ah, agora não, Rhett.

— Diga-me.

Sua voz estava serena, mas a mão que ele pôs no pulso dela machucou. Ela não queria dizer, não era assim que pretendia chegar ao assunto do amor que sentia, mas a mão era imperiosa.

— Ela disse... disse... "Seja boa com o capitão Butler. Ele a ama tanto..."

Ele ficou olhando para ela e soltou-lhe o pulso. As pálpebras caíram, deixando sua fisionomia inexpressiva. De repente, se levantou, foi até a janela e olhou para fora atentamente, como se houvesse algo para ver, além da densa neblina.

— Ela disse mais alguma coisa? — perguntou, sem virar a cabeça.

— Pediu que eu tome conta do pequeno Beau e eu disse que o faria, como se ele fosse meu próprio filho.

— O que mais?

— Ela disse... Ashley... ela me pediu para cuidar de Ashley também.

Ele ficou em silêncio por um instante e depois riu baixinho.

— É conveniente ter a permissão da primeira mulher, não é?

— O que você quer dizer?

Ele se virou e, mesmo em meio a sua confusão, ela ficou surpresa com a ausência de deboche em seu rosto. Assim como não havia mais interesse nele do que no rosto de um homem assistindo ao último ato de uma comédia não muito engraçada.

— Creio que seja bem simples. A Sra. Melly está morta. Com certeza, você tem todos os motivos que deseja para se divorciar de mim e, com o que lhe sobrou como reputação, um divórcio não lhe arranharia muito. E, como não lhe sobrou religião, a Igreja não importa. Então... Ashley e seus sonhos tornam-se realidade com as bênçãos da Sra. Melly.

— Divórcio? — exclamou ela. — Não! Não! — Incoerente por um momento, ela ficou de pé em um salto e, correndo até ele, pegou-lhe o braço. — Ah, você está enganado! Terrivelmente enganado. Não quero o divórcio... eu... — Ela parou de falar, não encontrando as palavras.

Com a mão sob o queixo, ele virou seu rosto para a luz e ficou olhando-a por algum tempo nos olhos. Ela olhava para cima, para ele, o coração à vista, os lábios trêmulos enquanto tentava falar. Mas não conseguia ordenar as palavras, pois tentava encontrar na fisionomia dele alguma emoção como resposta, alguma luz de esperança, de alegria. Com certeza, agora ele já devia saber! Mas tudo o que seus olhos frenéticos conseguiram encontrar foi a tranquila inexpressividade que a deixara tantas vezes desconcertada. Ele largou seu queixo, voltou para a cadeira e, cansado, sentou-se pesadamente outra vez, o queixo junto ao peito, os olhos fitando-a por baixo das sobrancelhas pretas de modo impessoal, especulador.

Ela o seguiu até a cadeira, torcendo as mãos, e ficou diante dele.

— Você está enganado — começou de novo, buscando as palavras. — Rhett, hoje, quando descobri, vim correndo cada passo até aqui para lhe dizer. Ah, querido, eu...

— Você está cansada — disse ele, ainda a observá-la. — É melhor ir dormir.

— Mas preciso lhe dizer!

— Scarlett — disse ele com firmeza —, não quero ouvir... nada.

— Mas você não sabe o que vou dizer!

— Minha querida, está escrito claramente em seu rosto. Alguma coisa, alguém, a fez perceber que o infeliz Sr. Wilkes é um bocado de fruto do Mar Morto grande demais até para você mastigar. E essa mesma coisa de repente a apresentou a meus encantos sob uma nova e atraente perspectiva — suspirou Rhett levemente. — E não adianta falar nisso.

Ela inspirou, surpresa. É claro que ele sempre a lera com facilidade. Até então ela se ressentira, mas agora, após o primeiro choque diante da própria transparência, seu coração se animou de contentamento e alívio. Ele sabia, entendia, e sua tarefa tinha sido milagrosamente facilitada. Não adianta falar nisso! É claro que ele estava amargurado com seu longo descaso, é claro que desconfiava de sua repentina virada. Ela teria que cortejá-lo com gentileza, convencê-lo com muitas demonstrações de amor, e que prazer seria!

— Querido, vou lhe contar tudo! — disse ela, apoiando-se no braço da cadeira e debruçando-se. — Eu estava tão errada, fui uma idiota tão tola...

— Scarlett, não continue com isso. Não se humilhe diante de mim. Não consigo aguentar. Deixe-nos alguma dignidade, alguma reticência a lembrar de nosso casamento. Poupe-nos esta última.

Ela se endireitou imediatamente. "Poupe-nos esta última!" O que ele queria dizer com "essa última"? Última? Essa era a primeira, o começo.

— Mas vou dizer — começou rapidamente, como se temesse que sua mão fosse lhe tapar a boca, silenciando-a. — Ah, Rhett, eu o amo tanto, querido! Devo tê-lo amado por anos e era tão tola que não sabia. Rhett, você precisa acreditar em mim!

Ele olhou para ela, de pé na sua frente, um olhar prolongado que chegava ao fundo de sua mente. Ela viu que havia crença em seus olhos, mas pouco interesse. Ah, será que ele bancaria o cruel justamente agora? Para atormentá-la, para lhe pagar na mesma moeda?

— Ah, eu acredito em você — disse ele enfim. — Mas e Ashley Wilkes?

— Ashley? — indagou ela com um gesto de impaciência. — Eu... eu acho que já faz eras que não gosto dele. Era... bem, um tipo de hábito a que me apeguei desde nova. Rhett, eu nunca teria nem pensado que gostava dele se soubesse quem ele realmente é. É uma criatura tão impotente, tão sem ânimo, apesar de toda a conversa sobre verdade, honra e...

— Não — disse Rhett. — Se for para vê-lo como ele realmente é, veja-o da forma correta. Ele é só um cavalheiro preso em um mundo ao qual não pertence, tentando fazer o melhor que pode pelas regras do mundo que já não existe.

— Ah, Rhett, não vamos falar nele! Que importância tem agora? Você não está contente de saber... quero dizer, agora que eu...

Quando seus olhos cansados encontraram os dela, ela ficou constrangida, como uma menina com seu primeiro pretendente. Se ao menos ele facilitasse as coisas! Se ao menos abrisse os braços para que ela pudesse rastejar agradecida para seu colo e deitar a cabeça em seu peito... Seus lábios nos dele poderiam lhe falar melhor que todas as suas palavras gaguejadas. Mas, olhando para ele, ela percebeu que ele não a mantinha afastada só para ser cruel. Ele parecia esgotado, como se nada que ela dissesse tivesse qualquer importância.

— Contente? — questionou ele. — Já houve tempo em que eu teria agradecido a Deus, jejuado, de ouvi-la dizer tudo isso. Mas, agora, não importa.

— Não importa? De que você está falando? É claro que importa! Rhett, você gosta de mim, não é? Deve gostar. Melly disse que sim.

— Bem, ela estava certa, até onde sabia. Mas, Scarlett, já lhe ocorreu que até mesmo o mais imortal dos amores pode se desgastar?

Ela olhou para ele sem palavras, de queixo caído.

— O meu se desgastou — continuou ele — por causa de Ashley Wilkes e sua obstinação insana que a faz se agarrar feito um buldogue a qualquer coisa que acha que quer... O meu se desgastou.

— Mas o amor não pode se desgastar!

— Aconteceu com o seu por Ashley.

— Mas eu nunca o amei de fato!

— Então, certamente fez uma boa imitação até hoje. Scarlett, não a estou repreendendo, acusando, censurando. Esse tempo passou. Então, poupe-me de suas defesas e explicações. Se conseguir me escutar por alguns minutos sem interromper, posso explicar o que quero dizer. Embora, Deus sabe, eu não veja necessidade de explicações. A verdade é muito simples.

Ela se sentou, a luz berrante do lampião sobre seu rosto branco, atordoado. Ela olhou dentro dos olhos que conhecia tão bem... e conhecia tão pouco... escutou sua voz dizendo palavras que, a princípio, nada significavam. Esta era a primeira vez que ele lhe falava desse modo, como um ser humano fala com outro, falava como as outras pessoas falam, sem petulância, zombaria ou enigmas.

— Nunca lhe ocorreu que eu a amava tanto quanto um homem pode amar uma mulher? Que a amei por anos antes de conseguir ficar com você? Durante a guerra, eu ia embora e tentava esquecê-la, mas, sem conseguir, sempre tinha que voltar. Após a guerra, me arrisquei a ser preso, só para voltar e encontrar você. Era tão apaixonado que acho que poderia ter matado Frank Kennedy se ele não tivesse morrido quando morreu. Eu a amava, mas não podia deixá-la saber. Você é tão brutal com aqueles que a amam, Scarlett... Você usa esse amor como um chicote sobre suas cabeças.

De tudo aquilo, só o fato de que ele a amava significou alguma coisa. Diante do leve eco da paixão em sua voz, prazer e empolgação voltaram a invadi-la. Sentada, ela mal respirava, escutando, esperando.

— Eu sabia que você não me amava quando nos casamos. Eu sabia de Ashley. Mas, tolo como era, achava que podia fazê-la gostar de mim. Ria, se quiser, mas eu queria cuidar de você, acariciá-la, lhe dar tudo o que quisesses. Queria me casar com você, protegê-la e deixá-la com a rédea solta em tudo que a deixasse feliz... assim como fiz com Bonnie. Você tinha enfrentado uma luta tão dura, Scarlett... Ninguém sabia, melhor que eu, pelo que você tinha passado, e eu queria que você parasse de lutar e me deixasse lutar por você. Queria que você brincasse, como uma criança... pois você era uma criança, uma criança corajosa, assustada, voluntariosa. Acho que você ainda é uma criança. Só uma criança poderia ser tão obstinada e insensível.

A voz dele estava calma e cansada, mas havia nela uma característica que evocou uma memória fantasmagórica em Scarlett. Ela já ouvira uma voz assim e fora em algum outro momento de crise em sua vida. Onde fora? A voz de um homem encarando a si mesmo e seu mundo sem sentimento, sem se esquivar, sem esperança.

Ora... ora... fora Ashley, no pomar invernal, varrido pelo vento em Tara, falando da vida e de espetáculos de sombras com uma calma cansada que trazia mais finalidade em seu timbre do que qualquer amargura desesperada poderia revelar. Assim como a voz de Ashley então a deixara gelada de pavor de coisas que ela não conseguia entender, agora a voz de Rhett fazia seu coração naufragar. A voz, o jeito, mais que o conteúdo de suas palavras, a perturbaram, fazendo-a perceber que sua deliciosa empolgação de momentos atrás tinha vindo fora de hora. Havia algo de errado, de muito errado. O que era ela não sabia, mas escutava, desesperada, os olhos fixos no rosto dele, esperando ouvir palavras que dissipassem seus temores.

— Era óbvio que tínhamos sido feitos um para o outro. Tão óbvio que eu era o único homem de suas relações que poderia amá-la depois de conhecê-la como realmente é... dura, gananciosa e inescrupulosa, como eu. Eu a amava e me arrisquei. Achei que Ashley acabaria desaparecendo de sua mente. Mas... — Ele deu de ombros. — Tentei de tudo e nada funcionou. E eu a amava tanto, Scarlett... Se você tivesse permitido, eu a teria amado com a maior gentileza e ternura que um homem já amou uma mulher. Mas eu não podia deixá-la saber, pois sabia que me consideraria fraco e usaria meu amor contra mim. E sempre... sempre houve Ashley. Isso me levava à loucura, era difícil me sentar à mesa na sua frente, sabendo que era Ashley quem você desejava que estivesse em meu lugar. E não podia tê-la nos braços à noite e saber que... bem, já não importa agora. Agora me pergunto por que doía. Foi isso o que me levou a Belle. É um consolo sujo estar com uma mulher que o ama totalmente e o respeita por ser um cavalheiro fino... mesmo que seja uma vadia analfabeta. Acalmava minha vaidade. Você nunca foi muito calmante, minha cara.

— Ah, Rhett — começou ela, infeliz só de ouvir o nome de Belle, mas ele gesticulou para que ela se calasse e continuou.

— Então, naquela noite em que eu a carreguei lá para cima... eu achei... esperei... esperei tanto que fiquei com medo de encará-la no dia seguinte, com medo de estar errado e você não me amar. Fiquei com tanto medo de que você risse de mim que saí e me embriaguei. E, quando voltei, eu tremia dentro das botas e, se você tivesse vindo pelo menos meio caminho a meu encontro, tivesse me dado algum sinal, acho que eu teria beijado seus pés. Mas você não veio.

— Ah, mas Rhett, eu o queria, mas você foi tão grosseiro! Eu realmente o queria! Acho... sim, deve ter sido quando eu me dei conta de meu amor por você. Ashley... eu nunca mais fiquei animada com Ashley depois disso, mas você foi tão grosseiro que eu...

— Ah, bem — disse ele —, parece que não nos entendemos, não é? Mas agora não importa. Só estou lhe contando, assim você não vai ficar fazendo conjeturas sobre tudo isto. Quando você ficou doente e foi tudo culpa minha, eu fiquei em sua porta, esperando que chamasse por mim, mas você não chamou e então me dei conta do tolo que tinha sido e de que estava tudo acabado.

Ele parou de falar, o olhar atravessando-a, absorto, assim como Ashley fizera tantas vezes, vendo algo que ela não conseguia ver. E ela só conseguia olhar, sem fala, para sua fisionomia ressentida.

— Mas, então, havia Bonnie e eu percebi que não estava tudo acabado, afinal. Eu gostava de pensar que Bonnie era você, uma menininha outra vez, antes que a guerra e a pobreza lhe fizessem mal. Ela se parecia tanto com você, tão voluntariosa, corajosa e alegre, cheia de ânimo, e eu podia afagá-la e mimá-la como queria fazer com você. Mas ela não era como você... ela me amava. Foi uma bênção poder pegar o amor que você não queria e dar para ela... Quando ela se foi, levou tudo.

De repente, ela ficou com pena dele, uma pena tão completa que apagou seu próprio pesar e o medo do que suas palavras pudessem significar. Era a primeira vez em sua vida que ela sentia pena de alguém sem um sentimento de desdém ao mesmo tempo, porque era a primeira vez que compreendia outro ser humano. E ela conseguia entender a astúcia, o orgulho obstinado que o impediam de admitir seu amor por medo de uma recusa.

— Ah, querido — disse ela indo adiante, esperando que ele estendesse os braços e a puxasse para seus joelhos. — Querido, eu sinto tanto, mas vou compensá-lo por tudo isso! Podemos ser tão felizes, agora que sabemos a verdade e... Rhett... olhe para mim, Rhett! Pode haver... outros bebês... não como Bonnie, mas...

— Obrigado, não — disse Rhett, como se estivesse recusando um pedaço de pão. — Não vou arriscar meu coração uma terceira vez.

— Rhett, não diga uma coisa dessas! Ah, o que posso dizer para fazê-lo entender? Já lhe disse quanto estou sentida...

— Minha querida, você é tão infantil... Acha que basta dizer "Sinto muito" para que todos os erros e mágoas de anos passados sejam remediados, apagados da memória, todo o veneno retirado de velhas feridas... Tome meu lenço, Scarlett. Nunca, em nenhuma das crises de sua vida, eu a vi com um lenço.

Ela pegou o lenço, assoou o nariz e se sentou. Era óbvio que ele não a tomaria em seus braços. Começava a ficar óbvio que toda a sua conversa sobre amá-la não significava nada. Era um conto de um tempo passado, e ele o encarava como uma experiência alheia. Isso era assustador. Ele a olhava de um modo quase bondoso, com um ar investigativo.

— Quantos anos você tem, minha cara? Nunca quis me dizer.

— Vinte e oito — respondeu ela vagamente, a voz abafada no lenço.

— Não é muito. É pouca idade para ter ganhado todo um mundo e ter perdido a própria alma, não é? Não fique assustada. Não me refiro ao fogo do inferno por vir devido a seu caso com Ashley. Só estou falando de modo metafórico. Desde que a conheci, você desejou duas coisas. Ashley e ser rica o bastante para mandar o mundo para o inferno. Bem, você é rica o bastante, falou asperamente com o mundo e tem Ashley, se o quiser. Mas tudo isso não parece ser suficiente agora.

Ela estava amedrontada, mas não com a ideia do fogo do inferno. Pensava: "Mas Rhett é minha alma e eu o estou perdendo. E, se o perder, nada mais importa! Não, nem amigos, dinheiro ou... nada. Se eu o tivesse nem me importaria de ficar pobre outra vez. Não, não me importaria de sentir frio ou até fome. Mas ele não pode estar querendo dizer... Ah, não pode!"

Enxugou os olhos e disse, desesperada:

— Rhett, se você já me amou tanto, deve ter sobrado algo para mim!

— De tudo, só encontro duas coisas que sobraram e são as duas coisas que você mais odeia... pena e um estranho sentimento de benevolência.

Pena! Benevolência! "Ah, meu Deus", ela pensou, desesperando-se. Tudo, menos pena e benevolência. Sempre que ela sentia essas duas emoções, elas andavam de mãos dadas com o desdém. Será que ele sentia desdém? Qualquer coisa seria preferível a isso. Até mesmo a frieza cínica dos tempos da guerra, a loucura da embriaguez que o impelia na noite em que a carregou para cima, seus dedos machucando-lhe o corpo, ou as palavras arrastadas, cheias de farpas que, agora ela percebia, encobriam um amor amargurado. Tudo, menos a benevolência impessoal que estava tão claramente escrita em seu rosto.

— Então... então você quer dizer que eu arruinei tudo... que você não me ama mais?

— Isso mesmo.

— Mas — disse ela, teimosa, como uma criança que ainda sente que declarar um desejo é tê-lo satisfeito — eu amo você!

— Que infelicidade a sua.

Ela olhou rapidamente para ver se havia algum deboche por trás daquelas palavras, mas não. Ele simplesmente afirmava um fato. Mas era um fato em que ela ainda não acreditava. Lançou-lhe um olhar oblíquo que ardia com uma obstinação desesperada, e a súbita linha dura do queixo que surgiu na face macia era de Gerald.

— Não seja tolo, Rhett. Eu posso...

Ele ergueu a mão em um gesto de horror debochado e as sobrancelhas pretas se arquearam do velho modo sarcástico.

— Não fique tão determinada, Scarlett! Você me assusta. Percebo que está pensando em transferir seu afeto tempestuoso por Ashley para mim e temo por minha liberdade e paz de espírito. Não, Scarlett, não serei perseguido como o azarado Ashley foi. Além disso, vou embora.

O queixo tremeu antes que ela cerrasse os dentes para controlá-lo. Ir embora? Não, tudo menos isso. Como a vida poderia continuar sem ele? Todos tinham ido embora, todos os que importavam, menos Rhett. Ele não podia ir. Mas como poderia detê-lo? Ela estava impotente diante de sua mente serena, de suas palavras desinteressadas.

— Estou indo embora. Pretendia lhe dizer quando retornasse de Marietta.

— Você está me abandonando?

— Não banque a esposa negligenciada e dramática, Scarlett. O papel não lhe assenta bem. Devo entender, então, que você não quer um divórcio ou nem mesmo uma separação? Bem, nesse caso, voltarei para casa com a frequência necessária para diminuir os mexericos.

— Danem-se os mexericos! — disse ela ferozmente. — É você que eu quero. Leve-me junto!

— Não — disse ele, em um tom definitivo. Por um momento, ela esteve à beira de um ataque infantil de lágrimas desenfreadas. Podia ter se jogado no chão, xingado e berrado, batendo com os calcanhares. Mas um resquício de orgulho, de bom-senso, a deteve. Ela pensou, se eu fizesse isso ele só riria ou ficaria me olhando. Não posso chorar, não posso implorar. Não posso fazer nada que provoque seu desdém. Ele precisa me respeitar mesmo... mesmo que não me ame.

Ela ergueu o queixo e conseguiu perguntar com certa serenidade:

— Para onde está indo?

Havia um leve brilho de admiração em seus olhos ao responder.

— Talvez para a Inglaterra... ou Paris. Quem sabe para Charleston, fazer as pazes com meu pessoal.

— Mas você os odeia! Eu o ouvi rir deles tantas vezes e...

Ele deu de ombros.

— Ainda tenho que rir... mas cheguei ao fim de minha vida errante, Scarlett. Estou com 45 anos... a idade em que um homem começa a valorizar algumas das coisas que jogou fora com tanto descaso na juventude, a exclusividade das famílias, honra e segurança, as raízes profundas... Ah, não! Não estou me retratando. Não estou me arrependendo de nada que já fiz. Eu me diverti muito... tanto que me fartei e agora quero algo diferente. Não, não pretendo jamais mudar mais que minhas pintas. Mas quero a imagem exterior das coisas que conheci, o completo tédio da respeitabilidade... a respeitabilidade das outras pessoas, minha querida, não a minha própria.... a tranquila dignidade que a vida pode ter quando é vivida por pessoas gentis, a graça cordial dos tempos que se foram. Quando eu vivia naqueles tempos não percebia seu encanto vagaroso...

Novamente, Scarlett se transportou para o pomar ventoso de Tara e havia nos olhos de Rhett a mesma expressão exibida pelos de Ashley naquele dia. As palavras de Ashley estavam tão claras em seus ouvidos como se fosse ele e não Rhett que estivesse falando. Fragmentos de palavras lhe retornaram e ela citou, feito papagaio:

— Um glamour... uma perfeição, uma simetria similar à arte grega.

Rhett perguntou bruscamente:

— Por que você disse isso? Era o que eu queria dizer.

— Foi algo que Ashley disse certa vez sobre os velhos tempos.

Ele deu de ombros e a luz sumiu de seus olhos.

— Sempre Ashley — disse, ficando quieto por um momento. — Scarlett, quando você tiver 45 anos, talvez entenda o que estou falando, e então talvez esteja também cansada das imitações de gente bem-nascida, dos modos falsificados e das emoções baratas. Mas duvido. Acho que você sempre ficará mais atraída pelo falso brilho que pelo ouro. De qualquer modo, não posso esperar tanto para ver. Simplesmente não me interessa. Vou caçar antigas cidades e antigos países, onde os velhos tempos ainda persistem. Sou sentimental. Atlanta é muito crua para mim, jovem demais.

— Pare — disse ela de repente. Mal ouvira o que ele dissera. Com certeza, sua mente nada absorvera. Mas sabia que não podia mais aguentar o som de sua voz quando nela já não havia amor.

Ele se interrompeu e olhou para ela, debochado.

— Bem, você entendeu o que eu quis dizer, não foi? — perguntou, pondo-se de pé.

Ela estendeu as mãos para ele, palmas para cima, no antigo gesto de apelo, o coração outra vez exibido em sua fisionomia.

— Não — exclamou ela. — Tudo o que sei é que você não me ama e está indo embora! Ah, meu querido, se você for, o que farei?

Ele hesitou por um momento, como que debatendo se uma mentira caridosa era mais caridosa que a verdade. Então deu de ombros.

— Scarlett, nunca tive paciência de pegar fragmentos quebrados, colá-los e dizer a mim mesmo que o todo consertado está tão bom quanto quando era novo. O que está quebrado está quebrado... e prefiro lembrar de como era em seu apogeu do que consertá-lo e passar a vida enxergando as partes coladas. Talvez, se eu fosse mais jovem... — suspirou. — Mas estou velho demais para crer em tais sentimentalidades como fichas limpas e recomeçar tudo outra vez. Estou velho demais para carregar o fardo das constantes mentiras que acompanham a convivência na desilusão bem-educada. Não conseguiria viver com você e mentir, e certamente não conseguiria mentir para mim mesmo. Nem mesmo agora, consigo lhe mentir. Eu gostaria de me importar com o que você faz ou para onde vai, mas não consigo

Expirando, ele foi claro, mas brando, ao dizer:

— Minha cara, não dou a mínima.

★ ★ ★

Em silêncio, ela o observou subindo as escadas, sentindo que seria estrangulada pela dor na garganta. Com o som de seus pés morrendo no corredor de cima, morria a última coisa no mundo que importava. Ela sabia que não havia apelo emocional ou racional que demoveria aquele cérebro arrefecido de seu veredicto. Agora sabia que ele falara sério cada uma de suas palavras, por mais que algumas fossem ditas com leveza. Ela sabia porque sentira nele algo forte, inflexível, implacável... todas as qualidades que procurara em Ashley sem nunca encontrar.

Ela nunca entendera nenhum dos dois homens que amara e assim perdera ambos. Agora reconhecia ligeiramente que, se tivesse compreendido Ashley, nunca o teria amado; se tivesse compreendido Rhett, nunca o teria perdido. Infeliz, ela se perguntou se alguma vez compreendera alguém neste mundo.

Um embotamento misericordioso se apossava de sua mente agora, um embotamento que, pela longa experiência, ela sabia logo daria lugar a uma dor aguda, assim como os tecidos cortados pelo bisturi do cirurgião têm um breve instante de insensibilidade antes que a agonia se inicie.

"Não vou pensar nisso agora", disse a si mesma, amedrontada, evocando seu velho sortilégio. "Vou enlouquecer se pensar agora que vou perdê-lo. Pensarei amanhã."

"Mas", seu coração clamou, pondo de lado o sortilégio e começando a doer, "não posso deixá-lo partir! Deve haver algum modo!".

— Não vou pensar nisso agora — disse, dessa vez em voz alta, tentando empurrar sua infelicidade para o fundo da mente, tentando encontrar algum baluarte contra a maré crescente de dor. "Eu... ora, vou para Tara amanhã", e seu ânimo se elevou um pouco.

Antes ela voltara a Tara em meio ao medo e à derrota e emergira de suas paredes protetoras forte e armada para a vitória. O que fizera uma vez, de algum modo... por favor, Deus, poderia fazer de novo! Como, não sabia. Não queria pensar nisso agora. Tudo o que queria era um espaço para respirar, onde curtir sua dor, um lugar tranquilo onde lamber as feridas, um refúgio onde planejar sua campanha. Pensou em Tara e foi como se uma suave mão fresca furtivamente tocasse seu coração. Ela podia ver a casa branca brilhando a saudá-la em meio às folhas avermelhadas do outono, sentir a quietude do crepúsculo no campo descendo sobre ela em uma bênção, sentir o orvalho caindo sobre os hectares de arbustos verdes estrelados pelo branco lanoso, ver a cor viva da terra vermelha e a melancólica beleza escura dos pinheiros nas colinas.

Sentiu-se vagamente reconfortada, fortalecida pela imagem, e parte de sua dor e desesperado arrependimento foi empurrada para trás. Parada, ela ficou relembrando pequenas coisas por um momento, a alameda de cedros escuros que levava a Tara, as encostas cobertas de moitas de jasmim, o verde-vívido junto às paredes brancas, as cortinas brancas esvoaçantes. E Mammy estaria lá. De repente, ela queria Mammy desesperadamente, como a queria quando era uma menininha, queria o peito largo onde deitar a cabeça, a mão nodosa em seu cabelo. Mammy, o último elo com os velhos tempos.

Com o espírito de sua gente, que não reconhecia a derrota, mesmo a encarando de frente, ela ergueu o queixo. Conseguiria Rhett de volta. Sabia que conseguiria. Nunca houvera um homem, que não tivesse, caso se concentrasse nisso.

"Penso nisso amanhã, em Tara. Vou aguentar então. Amanhã vou pensar em algum modo de tê-lo de volta. Afinal, amanhã é outro dia."

Este livro foi composto na tipografia Bembo Std,
em corpo 10,5/13,5, e impresso em papel
off-white no Sistema Digital Instant Duplex da
Divisão Gráfica da Distribuidora Record.